LE DÉMON À LA CRÉCELLE

Né à Paris en 1947, Georges-Olivier Châteaureynaud est romancier et nouvelliste. Auteur, entre autres, de *La Faculté des songes* (prix Renaudot 1982) et du *Château de verre*, il est traduit dans de nombreux pays.

GEORGES-OLIVIER CHÂTEAUREYNAUD

Le Démon à la crécelle

ROMAN

GRASSET

A la fin du millénaire, Isacaron habitait dans la banlieue nord de Paris un pavillon dont la vétusté et la saleté l'enchantaient. On accole souvent au mot « pavillon » les adjectifs « coquet » ou « modeste », parfois même les deux ensemble. Ces expressions tombent toutes seules de la plume si l'on n'y prend garde... En réalité la tanière d'Isacaron n'avait rien de coquet. Le second qualificatif paraît plus pertinent. C'était modeste, en effet, s'agissant de la demeure d'un prince des ténèbres.

A l'époque où Isacaron avait acheté cette bicoque, elle était encore présentable. Il détestait le neuf et le propre, il n'aimait que la décrépitude et les puanteurs, mais il était pressé et il ne trouvait pas de taudis à son goût dans l'ancien. En ce temps-là, les pauvres se les disputaient encore plus âprement qu'à l'ordinaire.

Isacaron pouvait dormir des cinq ou six mois d'affilée sans lever une paupière, quand ça le prenait. En 1945, il était vanné, il s'était donné à fond pendant cinq ans. Pendant ces cinq années, incrédule et jubilant, il avait sillonné l'Europe en tous sens, s'enivrant jour après jour de l'alcool sans pareil qui s'élabore dans l'alambic humain au triple feu de la douleur, de la haine et du désespoir. A qui a goûté cette liqueur de derrière les fagots des bûchers, ce cocktail de sueur, de larmes et de sang, de sanies et d'humeurs, cette marinade de langues, d'yeux, de sexes et de cœurs arrachés, ne présentez rien d'autre. Tout paraît fade à son palais démystifié. Isacaron s'était gorgé pendant cinq ans d'une ambroisie qui tapait dur. Il en avait des renvois exquis. Il dodelinait, bercé du cri des torturés dont l'écho s'attardait à ses oreilles. Bref, il ne lui restait qu'à cuver.

Il avait donc acheté la meulière et la tuile dont il avait besoin. A son réveil, à la fin de 1945, les lieux n'avaient guère changé : c'était toujours horriblement décent. Il avait pris son mal en patience. Il avait attendu que les murs s'encrassent, que les meubles s'emmitouflent de poussière et de toiles d'araignées, que le sol se couvre d'un beau tapis d'ordures, comme un sous-bois de feuilles mortes tournant peu à peu en humus. A l'approche de l'an 2000, c'était chose faite. Il s'épanouissait dans son chez-lui innommable, entouré des susdites araignées, d'asticots et de mouches, de rats bien sûr, mais aussi de blattes, de puces, de punaises, d'acariens, sarcoptes et trombidions, enfin de toute la vermine qui le vénérait et s'attachait à ses pas.

En dehors des coups de feu, Isacaron était un diable sédentaire, et sans doute aussi paresseux. Il avait l'éternité devant lui, et il connaissait nombre de façons de perdre ce temps qui ne lui était pas compté. Celle qui lui était la plus agréable, c'était la musique. Après sa longue sieste des lendemains de la victoire, il était allé boire un verre dans un bouge, au pied du Sacré-Cœur. Il y avait là, comme agglutiné sous un caillou, un échantillonnage de ce qu'une guerre peut produire et laisser derrière elle de bestioles plus ou moins répugnantes. Pêle-mêle, des héros désorientés, des anciens de la Carlingue, des déserteurs américains et des triangles verts rapatriés se refaisaient une santé sur le dos d'anciennes tondues. On négociait bas nylon, photos artistiques, cigarettes et préservatifs, sulfamides, essence et morphine, corned-beef, pneus et armes, grandes et petites filles, passeports et visas pour l'Amérique latine, adresses de couvents... Isacaron poussa un soupir d'aise. S'il ne les connaissait pas tous, il les reconnaissait pour siens ; quand ce n'étaient pas les mêmes qu'il avait fréquentés là deux ou trois ans plus tôt, ils leur ressemblaient beaucoup. Il salua à la ronde, serra des mains, commanda un alcool et s'assit. Un Noir chantait en pinçant les cordes de sa guitare avec des onglets en fer. Musique et paroles, le morceau plut tout de suite à Isacaron :

Me and the Devil was walking side by side.
Me and the Devil, uumh, was walking side by side.
I'm going to beat my woman until I get satisfied.

Enfin, une chanson qui avait du sens ! Il demanda le titre ; ça s'intitulait *Moi et le Diable.* En matière de chanson, rien de ce qu'Isacaron avait entendu ces dernières années n'avait vraiment retenu son attention, sinon bien sûr les chants de guerre nazis. Mais cette musique-là lui alla droit au cœur. Il interrogea l'interprète. Il savait susciter les confidences. Filthy James était un déserteur de l'US Navy alcoolique et drogué, syphilitique et tuberculeux. Cela faisait beaucoup d'ennuis pour un seul homme, alors il jouait le blues dans une cave, loin de l'océan et du ciel. En l'écoutant, Isacaron buvait du petit-lait. La musique qui charriait ces plaintes, ces violences, empoisonnements, suicides à la térébenthine ou à la morphine, meurtres aux second et premier degrés, était suave aux oreilles pointues et velues qu'il dissimulait sous un feutre très chic, bien qu'en piteux état. Il l'avait dérobé à Robert Brasillach quand celui-ci s'était livré à la police. Il se trouvait là, bien sûr ! De même qu'il était dans la foule rassemblée au bord du trottoir, le jour où un feu de cheminée nauséabond dénonça l'existence du four crématoire privé du Dr Petiot et de ses amis... Donc, Filthy chantait, et Isacaron ronronnait de plaisir en entendant les allusions à Satan dont les paroles étaient truffées. Filthy jouait et Isacaron l'observait, brûlant d'envie de l'imiter. Filthy lui apprit l'essentiel en deux mois, en échange de quelques sachets de poudre blanche.

Après l'arrestation de Filthy, l'élève monta dans la chambre du maître et s'appropria sa guitare, une petite Martin 0-17 tout acajou, aux cordes pourries et aux mécaniques grinçantes, griffée et constellée de brûlures de cigarettes. Il ne la garda pas seulement en souvenir. Il continua à jouer, acharné et maladroit, longtemps après la mort de Filthy sous la tente respiratoire d'une prison-hôpital, de l'autre côté de l'Atlantique.

La musique n'était pas le seul passe-temps d'Isacaron. Il lisait les journaux. Il écoutait la radio, regardait la télévision, depuis son invention par des esprits dont il se plaisait à penser qu'ils œuvraient pour la même cause que lui, qu'ils obéissaient au même maître. Il y trouvait chaque jour des nouvelles du front sur lequel il servait en dilettante. Toute armée a son généralissime, ses capitaines et sa piétaille. Isacaron était une sorte de génie du mal deuxième pompe. A d'autres la haute stratégie et les actions d'éclat. A lui les veilles au créneau, les corvées et les escarmouches de la damnation. Bah ! C'était son lot. Il en retirait des satisfactions parfois bien vives. Une âme de temps en temps... Même une âme de peu, une âme toute simple et commune, quelle jouissance il éprouvait à l'épier, à la troubler, à la perdre !

On connaissait Isacaron, *en bas*. On le tenait pour un individualiste, un joueur personnel. On lui laissait dans une certaine mesure la bride sur le cou. Selon lui, chacun faisait comme il voulait, mais il professait pour sa part que l'âme se chasse à la nuit tombée. L'homme s'oublie dans ses tâches quotidiennes ; il n'est rendu à lui-même, à sa fragilité, qu'après s'en être acquitté. A la sortie de l'usine, du magasin ou du bureau, il redevient ce qu'il est : une pâte travaillée de passions, de peurs, de remords, de rancœurs et d'espoirs. Dans cet état, Isacaron l'estimait plus vulnérable à ses coups.

Ces coups étaient indirects. Il s'agissait de tendre au mortel l'instrument de sa perdition, qu'il accomplirait lui-même. Sous l'apparence d'une simple crécelle en bois, rouge et vert, du modèle le plus courant, celui qu'on trouvait dans les pochettes-surprises et chez les marchands de couleurs au temps où les enfants se contentaient de crécelles pour faire enrager leurs parents, Isacaron disposait d'une arme imparable. L'essentiel consistait à bien choisir les mains auxquelles il la livrait. Si par inadvertance il avait confié cette crécelle de trois sous à un saint homme, c'eût été un désastre. Le Bien, au lieu du Mal, se serait propagé autour de son détenteur comme une auréole autour d'une tache de sauce au beurre sur un plastron de soie. Isacaron voyait ça d'ici : un immeuble, une rue, un quartier peut-être, perdus pour la cause, concédés au camp d'en face... Mais il s'exagérait sans doute l'ampleur du revers qu'aurait entraîné une telle bévue. Dans cette guerre-là un avantage n'est jamais qu'apparent, défaites et victoires demeurent également provisoires.

A l'heure où s'allument les réverbères, Isacaron partait en maraude le long des rues, dans les cafés, sur les quais... Excellents, les quais ! D'autres s'y seraient exposés à de mauvaises rencontres. Pour un Isacaron, l'humanité dans son entier est fréquentable, et tout spécialement celle qui hante ces lieux à la nuit. La cohue des dancings et la solitude des squares après l'heure de la fermeture, le tumulte des stades les soirs de match de football et le silence des quais sous la lune, de son point de vue c'était tout un : son gibier s'y ébattait à découvert.

On a évoqué plus haut les servitudes de la vie démoniaque au médiocre échelon qui était celui d'Isacaron. On se trompe, si l'on croit qu'il suffit à un suppôt de Satan de fondre sur une proie et de lui glisser quelques mots à l'oreille pour la subjuguer. Dans son état normal, l'âme se défend. Non qu'elle soit foncièrement bonne. La résistance qu'elle oppose tient d'abord à une force d'inertie considérable. Pour en avoir soupesé des myriades et en avoir suborné quelques-unes, Isacaron en savait long sur la question. L'âme, prétendait-il, ça n'a rien d'aérien, de volatil ou d'impalpable ; ça pèse comme du plomb. On se heurte plus souvent à la faiblesse des êtres qu'à leur force. L'acte qui damne ne coûte pas moins que celui qui sauve. L'indolence préserve plus d'âmes qu'elle n'en perd. L'irrésolution, la bêtise et l'incrédulité aussi. Des cœurs d'airain se donnent parfois au premier mot ; on n'a qu'à leur dire : « ose ! » Au contraire, des chiffes molles vous glissent entre les doigts, des crétins se montrent incapables de comprendre ce qu'on leur offre, des sceptiques laissent dormir au fond d'un tiroir la clé qui leur ouvrirait les portes du monde. Isacaron estimait qu'il n'avait pas de meilleur allié que le malheur. C'est pourquoi son cœur sauta de joie dans sa poitrine, une nuit, alors qu'il battait le pavé sans succès depuis des heures. On n'était plus très loin du troisième millénaire et le spectacle continuait. Entre tueries et pitreries l'homme se donnait toujours autant de mal pour épater les étoiles. Elles devaient en avoir vu d'autres, car elles restaient impassibles, grandes dames lointaines, guindées dans leur robe de lumière froide. Heureusement, Isacaron et ses semblables étaient là pour chauffer la salle... Cette nuit-là, du trottoir qui surplombe la berge du fleuve, quelque part entre Jussieu et Bercy, il entendit geindre et pleurer au bord de l'eau. S'approchant sans bruit du muret, il aperçut en contrebas, à la lueur du réverbère, un des êtres les plus lamentables qu'il lui eût été donné d'observer. Imaginez une maigre nuque sous des cheveux gras, un dos rond soulevé de sanglots, des jambes en tiges de pâquerettes... Longtemps, sans se manifester, Isacaron écouta les plaintes de l'inconnu et ses balbutiements enchifrenés. Les grandes douleurs parlent du nez, c'est physiologique. Isacaron distingua dans l'expression de cette souffrance l'accent inimitable de la vérité, l'écho inhérent à la profondeur. Ce jeune homme ne s'amusait pas à souffrir, comme on s'y complaît trop souvent à son âge. Quoi que la vie lui eût fait, elle n'y était pas allée de main morte. Autour de lui, invisibles aux mortels mais non à la créature qui l'épiait, car ces épanchements colorés fournissent aux démons en chasse de précieux éléments de diagnostic, les nimbes jumeaux de l'humiliation et de la haine irradiaient, l'un verdâtre et l'autre rouge-orange. La jeunesse d'une âme ayant pour lui le même attrait que, pour d'autres, celle d'un corps, Isacaron sut qu'il avait débusqué une proie de choix.

Un des avantages de la condition de démon réside dans l'économie d'une quantité de gestes et de pas. Ainsi, pour se rendre d'un point A à un point B, quelle que fût la distance qui les séparait, Isacaron n'avait qu'à se voir en B, et voilà, il s'y trouvait. Il glissait le long d'un axe idéal, A-B, hop là, le tour était joué. Tout ça pour dire qu'il n'eut pas à descendre la volée de marches mouillées et glissantes qui menait au quai. Le temps de le souhaiter, il était auprès du jeune pleurnichard. Celui-ci sursauta. Certes, la soudaineté des apparitions d'Isacaron produisait souvent cette réaction. Aussi avait-il mis au point un sourire tout spécialement rassurant. S'il n'avait rien d'humain hors l'apparence, même si un petit quelque chose clochait du côté des oreilles, il feignait l'humanité à merveille. Au point que certaines de ses dupes, et non des moins averties en principe, n'avaient cru la rencontrer qu'en lui !

— Cher enfant ! Te voilà, te voilà enfin ! s'exclama Isacaron de sa voix la plus chaleureuse.

— Quoi ?

Le cher enfant tourna vers Isacaron une bouche molle, un œil larmoyant, un nez rouge. En fait d'âme, celle-ci ne paraissait pas des plus rares. Mais à la chasse on épaule et on tire, et le canard sauvage qui tombe est le bon.

— Excuse le caractère abrupt de cette entrée en matière, reprit Isacaron. Je te cherchais, je te trouve, tu peux te représenter mon émoi !

— Vous me cherchiez ?

— Mais oui, Kevin Langlois, je te cherchais anxieusement !

— Vous connaissez mon nom ?

— Puisque je te cherchais !

Ce nom, Kevin Langlois, Isacaron l'ignorait une seconde auparavant. Il n'était pas réellement omniscient, mais la plupart du temps il savait dans l'instant même ce qu'il avait besoin de savoir. Les mots lui montaient aux lèvres, il les découvrait à la seconde où il les prononçait. C'était très pratique ; quel meilleur moyen de retenir l'attention d'un inconnu que de l'entretenir de lui-même ?

— Goethe, je crois, a écrit : « Pleurer à dix-huit ans, la nuit, au bord d'un fleuve, c'est le signe qu'on a un destin... » C'est beau, non ? Et tellement vrai !

Isacaron ne lisait que les journaux ; cependant, au fil du temps, il avait retenu le nom de quelques penseurs et écrivains illustres auxquels il attribuait dans le courant d'une conversation telle ou telle formule qui lui passait par la tête et lui semblait heureuse.

— ... C'est juste le signe qu'on a le cafard, corrigea Kevin en tournant un instant son regard morne en direction des eaux de la Seine, pour l'heure insondables, mais à coup sûr malpropres.

— Comment ? Tu songerais... Mais quelle horreur ! Toi ? Toi, Kevin Langlois, tu trahirais les espoirs qu'on place en toi ?

— Hein ? Quoi ? Qui place quoi en moi ?

Isacaron désigna les cieux cendreux, où par chance quelques escarbilles chichement dorées luisaient entre les nuages.

— Les astres ont l'œil sur toi, Kevin !

— Vous vous foutez de ma gueule ?

— Les astres, autant dire l'univers. Enfin, Kevin, quand tu prononces, même en pensée, ce mot si bref, ce mot étrange, ce mot-gouffre, le mot « moi », n'es-tu pas saisi de vertige ? Songe qu'il y a dans l'univers un point qui... Un point que... Un point qui n'est pas l'univers ! Un point réductible à rien d'autre et auquel finalement tout aboutit et se mesure. Ce point a un nom, un visage, des membres, un sexe, un esprit, des aspirations... Ah, Kevin, voilà un autre mot remarquable : les « aspirations ». L'homme a des aspirations ; il est aspiré ! Par quoi ? Vers quoi ? L'Absolu, bien sûr, rien de moins que l'Absolu. Et ce que l'Absolu aspire, ce qu'il s'efforce d'aspirer comme la délicieuse crème glacée au fond d'un verre à milk-shake, Kevin, c'est *ton* moi, c'est Toi ! Quelle merveille ! L'univers se soucie de tout homme, individuellement, nommément, je t'assure !... Les Anciens le savaient. Ils se tenaient à l'écoute, ils guettaient des signes, ils envoyaient des messages et ils décryptaient les réponses, ils finissaient par conclure des alliances et par signer des pactes... Parce que l'univers répond quand on lui parle. Il y a quelqu'un au bout du fil, tu comprends ? Le problème c'est que de nos jours on n'y croit plus. On se dit qu'on est tout petit et qu'on compte pour du beurre. Voilà ce qui cloche aujourd'hui, avec les gens : au fond d'eux-mêmes ils sont persuadés qu'en naissant c'est comme s'ils étaient entrés par hasard dans une sorte de musée d'art moderne aux murs couverts de tableaux abstraits qui ne disent rien à personne. Ils cherchent la sortie, et ils s'aperçoivent très vite qu'on ne sort de là que les pieds devant, alors ils reviennent vers les salles d'exposition, ils essaient en vain de s'intéresser aux toiles accrochées là, de percer les intentions du peintre et tout ça... Quand ils sont bien vannés d'avoir déambulé en bâillant de salle en salle, ils s'assoient par terre et ils attendent que le gardien les pousse dehors, les pousse dans le vide. Or le monde n'est pas un musée, c'est le monde. Chaque homme y a son étoile qui veille sur lui pour peu qu'il croie en lui-même et en elle. Je te le dis, Kevin, toi aussi, toi surtout, tu as une étoile !

— C'est ça, et vous en débarquez, non ?

Les sarcasmes, dans une conversation avec un mortel, Isacaron entendait s'en réserver le monopole. On ne tire rien d'un homme qui ne vous prend pas au sérieux. Vite, lui rabattre son caquet, à celui-là !

— Et cette étoile qui brille sur toi, Kevin Langlois, tu y renoncerais, tu la trahirais, à cause... A cause d'une petite idiote qui a de gros genoux ? Car reconnais-le, elle a de gros genoux, cette Cornélie Lambert. D'assez fines chevilles, mais de gros genoux.

— Cornélie ? Vous connaissez Cornélie ?

Kevin Langlois en menait moins large, soudain. Isacaron connaissait Cornélie Lambert, il devenait un sphinx, au moins momentanément.

— Je sais que tu l'aimes et qu'elle t'est cruelle. Et qu'elle a de gros genoux.

— Ses genoux sont très bien, normaux ! Mais comment savez-vous tout ça ? Qui êtes-vous, à la fin ?

— Tu aurais le choix, à qui préférerais-tu avoir affaire ? A un astrologue, à un magicien, ou au Diable ?

— Vous fatiguez pas, je crois pas à ces conneries-là. Qui êtes-vous ? Qu'est-ce que vous me voulez ?

— Je m'appelle Isacaron, pour te servir, dit Isacaron.

Il savait que son nom ne disait plus rien depuis quelques siècles à ses contemporains successifs.

Qui s'en serait douté ? La larve qu'il avait devant lui était aussi un esprit fort. Les rationalistes, Isacaron savait comment les traiter. Mais avant de sortir l'artillerie lourde de ses pouvoirs, il voulait épuiser les ressources de la manière douce. Il resservit à son interlocuteur une bonne rasade de Cornélie Lambert :

— Il y a un peu moins d'une heure, enchaîna-t-il, dans l'obscurité d'une salle de cinéma du boulevard Montparnasse, tu as tenté de caresser les gros genoux de Cornélie Lambert, et elle t'a giflé. Du coup tu as quitté la salle en larmes et tu es venu errer de ce côté dans l'idée de te jeter à l'eau. Je me trompe ?

— Vous étiez au cinéma ! Vous avez assisté à la

scène, vous m'avez suivi, et maintenant vous tentez je ne sais quoi, sale voyeur !

— D'où tiendrais-je ton nom et celui de Cornélie ? Et ce n'est encore rien ; je sais beaucoup d'autres choses, sur toi, sur elle. Tu veux que je t'en dise quelques-unes ?

Kevin haussa les épaules. Il n'était pas loin d'étonner Isacaron. Ce dernier l'avait d'abord pris pour un invertébré, un concentré de toutes les peurs, de toutes les impuissances et de toutes les frustrations susceptibles d'accabler l'adolescence. Il discernait à présent en Kevin, à côté de toutes ces disgrâces, quelque chose qui ressemblait à du cran et qui n'était peut-être que l'effet d'un mauvais caractère. Bien ! Bien ! Il n'en provoquerait que plus de dégâts autour de lui...

— Allez-y, lança Kevin d'une voix pleine de défi.

— Tu es sûr d'y tenir, mon cher, mon pauvre Kevin ?

— Vous ne savez rien de rien, vous bluffez ! Allez, tirez-vous, vieux pédé, ou j'appelle un agent.

— Le tiroir secret, chuchota Isacaron, pour obliger Kevin à tendre l'oreille.

— Qu'est-ce que vous marmonnez ?

— Le tiroir secret, cria cette fois Isacaron, assez fort pour crever les tympans de son vis-à-vis. Le tiroir secret du bureau de feu ton oncle ! Je sais ce qu'il y a dedans !

— Ne hurlez pas comme ça, vous allez ameuter la terre entière ! dit Kevin d'une voix altérée à la fois par la colère et la peur. Vous feriez mieux de vous taire, plutôt que de raconter des...

— Tu permets, j'ai commencé, je continue, lui rétorqua Isacaron d'une voix redevenue normale. Je sais ce que tu caches dans ce tiroir dont, soit dit en passant, tu crois à tort que ta tante ignore l'existence et le contenu... Elle sait très bien ce qu'il renferme : non seulement la collection de photos pornographiques de feu ton oncle, mais aussi ton journal intime, dont bien des développements s'inspirent des photos en question !

— Mon journal ?...

Kevin avait pâli. Il faisait nuit, mais Isacaron y voyait la nuit comme les chats. Il émit un bref feulement de joie. Touché, Kevin Langlois ! Touché dans ses œuvres vives : l'eau montait dans sa cale !

— Ta tante ne déchiffre pas tes pattes de mouche sans répugnance, poursuivit-il. C'est une femme que les choses du sexe ont toujours dégoûtée. Elle avait déjà horreur des appétits de ton oncle, alors les fantasmes d'un puceau !

Au mot « puceau », le visage de Kevin passa en une fraction de seconde de blême à rouge vif. Isacaron le devina tenté de s'enfuir. Pas de ça, mon bonhomme !

— Je n'ignore pas que tu juges ta tante avec sévérité, mais la pauvre femme n'a pas eu la vie facile...

— Parce qu'elle aussi, vous la connaissez !

— Evidemment. Elle a supporté pendant quarante ans un mari qu'elle détestait. Sa seule consolation aura été de n'avoir donné aucune descendance à cet homme dont l'étreinte lui était une corvée, sinon une torture. Or, maintenant qu'il est mort et qu'elle pourrait jouir en paix de son veuvage, elle t'a sur les bras, toi qui le lui rappelles jusqu'à la nausée. Ton père et ton oncle étant des jumeaux, tu ne peux tenir de l'un sans ressembler à l'autre !

— Ce n'est pas de ma faute si je suis orphelin ! Il a bien fallu que quelqu'un s'occupe de moi.

— En effet. Mais c'est tombé sur elle.

— Elle ne m'a jamais aimé ! Son cœur est sec et racorni. Elle hait la vie, le mouvement, la musique...

— Le sexe !

— Oui, ça aussi !

— Et pourtant, après son veuvage, elle n'a pas détruit la collection de son mari, alors qu'elle gardait le plus désagréable souvenir des séances au cours desquelles il la forçait à la compulser, à détailler et à commenter avec lui telle ou telle image dans l'espoir qu'elle finirait par s'échauffer un peu... Et sais-tu pourquoi elle ne s'est jamais résolue à tout balancer à la chaudière ?

Kevin était à présent suspendu aux lèvres d'Isacaron. Celui-ci avait toujours été sidéré de la facilité avec laquelle les humains acceptent d'un instant à l'autre ce qu'ils ont tenu toute leur vie pour impossible. Au fond, pour cette engeance, rien n'est jamais irrévocablement vrai, tout est quelque part réversible, comme un manteau.

— C'est à cause du petit plombier, lâcha Isacaron.

— Quel plombier ?

— Sur un de ces clichés, à l'arrière-plan, apparaît un jeune plombier reconnaissable à ses bleus et à sa boîte à outils. Il s'est trompé d'étage et a surgi au milieu d'une orgie huppée. La fusion des classes sociales constitue un des thèmes les plus insistants de la pornographie occidentale... Dans les clichés suivants, il va d'ailleurs s'employer à la réaliser, cette fusion. Tu le resitues ? C'est un blondinet...

— Oui, peut-être... Et alors ?

— Et alors, de tous les participants aux bacchanales de papier de ton oncle, lui seul, ce blondinet, a jamais ému ta tante. Il aurait été l'homme de sa vie s'ils s'étaient rencontrés dans la vie. Cela, elle s'est gardée de l'avouer à son mari. Mais en son absence, parfois, elle ouvrait le tiroir, elle en sortait les liasses de photos, elle les feuilletait à la recherche de son plombier charmant. Et un jour, bien après la disparition de ton oncle et celle de tes parents, alors qu'elle ne pensait plus à tout ça depuis des années, elle s'est ressouvenue du blondinet, elle a voulu revoir son visage... C'est ainsi qu'elle a découvert ton journal !

L'étrangeté de la situation et en quelque sorte son illégitimité foncière revinrent soudain à l'esprit de Kevin.

— Attendez, là... Je vous laisse parler, mais il ne faudrait tout de même pas exagérer...

— Exagérer, dis-tu ?

Isacaron tapa dans ses mains. Un formidable coup

de tonnerre ébranla le ciel de Paris. Kevin Langlois se protégea le crâne de ses avant-bras repliés.

— C'est vous... C'est vous qui avez fait ça ? balbutia-t-il après quelques secondes, sans abaisser encore sa garde.

Isacaron répéta sur-le-champ la démonstration.

— Si tu cesses de me contrarier, nous gagnerons du temps...

En manière de ponctuation, il frappa le sol à deux reprises du pied droit. Les deux éclairs dont il avait jusqu'alors retenu les fulgurances dans les limbes illuminèrent simultanément la voûte céleste, l'un au-dessus de Pantin et l'autre au-dessus de Passy. Un instant, on put se croire en plein jour.

— Me suis-je fait comprendre ?

— Oui, oui.

— Donc, ta tante a trouvé ton journal et elle l'a lu sans surprise... Tu as raison, elle ne t'aime guère.

— Personne ne m'aime !

— Personne, c'est vrai.

Le regard de Kevin chavira. Tous les mêmes, songea Isacaron. Quand ils disent ça, ils sont presque sûrs, au fond, qu'on va les démentir. Puisqu'il y a de l'amour, ils ne peuvent s'empêcher de penser que chacun doit en avoir une part. Mais qu'est-ce qu'ils croient ? Ce gâteau-là, certains n'en reçoivent pas une tranchette, pas une miette, pas un atome dans toute leur vie.

— J'ai peut-être parlé trop vite ! Ce type, là... On dirait qu'il t'aime bien. Comment s'appelle-t-il, déjà ?

— Milo ? Ce vieux con ?

— C'est ça, Milo. Charles-Honoré Milo. Il n'est pas si vieux que ça... C'est un con, vraiment ?

— Un cinglé, en tout cas. Il a la tête farcie de foutaises, les templiers, les Rose-Croix, les Grands Anciens, la parapsychologie...

— Ah oui, il s'intéresse à ces choses ? Ah tiens...

— Un peu, qu'il s'y intéresse ! Tout le monde se fout de lui, à la boîte.

— On se moque de lui derrière son dos... Par-devant on le salue bien bas. Il est quand même chef du service du contentieux, et membre du conseil d'administration, non ? On lui donne du Monsieur Milo avec empressement, toi le premier, quand il t'invite à déjeuner à la brasserie, sur le boulevard.

— Vous savez ça aussi ?...

Isacaron ne savait pas tout, il en était même loin, mais si son attention se portait sur quelqu'un, aussitôt des renseignements lui parvenaient. Ils concernaient le passé et le présent du personnage, ses attachements et ses haines, ses désirs, ses regrets et ses projets, l'état de sa santé, ses capacités, ses points forts et ses handicaps, et forcément, à travers lui, mais à un degré moindre, son entourage... Le plus difficile consistait à ne pas se laisser submerger, à opérer un tri dans ce fatras.

— ... Qu'est-ce que j'en ai à foutre, de l'affection du vieux Milo ? cracha Kevin. Milo, c'était un copain de régiment de mon père. Ils ont fait l'Algérie ensemble. En souvenir de ça, c'est vrai qu'il m'a trouvé un emploi quand ma tante n'a pas voulu me laisser retripler ma seconde... Bon, mais à part ça qu'est-ce qu'il a fait pour moi, Milo ? Il me prête de force ses bouquins à la noix sur l'Atlantide ou sur la télépathie, et je les lui rends quinze jours plus tard sans les avoir ouverts. Non, allez, je sais que je n'ai rien à attendre de personne... Personne ne m'aide à m'en sortir !

— A te sortir de quoi au juste ?

— De...

Kevin leva la main et esquissa un geste qui englobait le quai baigné de ténèbres, les eaux toutes proches d'où montait un brouillard glacé, mais aussi sans doute la ville, la France, l'Europe, la terre entière et encore au-delà peut-être.

— Voilà ! C'est ce que je disais ! Tu as l'impression d'être entré dans ce foutu musée d'art moderne et tu t'ennuies comme un rat mort. Mais moi je sais où est la sortie.

A cet instant passa sur le fleuve un bateau-mouche illuminé. Contemplant le jeune homme dans le halo de ses projecteurs, Isacaron pensa que la veulerie de ce visage immature n'était peut-être que provisoire ou conjoncturelle. Cette âme était à saisir. Qu'on lui laissât un mois ou deux de répit, la chance d'une rencontre, et elle pouvait aussi bien s'envoler vers la lumière.

— La sortie du musée, Kevin, la porte qui donne sur la réalité ! Tu en étais exactement à deux doigts tout à l'heure, au cinéma.

— Au cinéma ?

— La sortie est entre les cuisses de Cornélie, tête de lard ! Elle t'en a refusé l'accès ce soir, mais comme dit Schopenhauer, « Souvent femme varie, bien fol est qui s'y fie » !

— Elle ne changera pas d'avis. Elle ne m'aime pas, elle me l'a dit. Et comme je ne retirais pas ma main, elle m'a flanqué une baffe.

— C'est que tu ne disposais pas de... ceci !

Isacaron profita des dernières lueurs émises jusqu'à eux par le bateau-mouche qui s'éloignait pour sortir la crécelle de sa poche et la montrer à Kevin.

— C'est quoi, ce truc-là ?

— La clé du monde. Prends-la, et il est à toi.

Isacaron mit la crécelle entre les mains de Kevin. Celui-ci la regarda d'un air ennuyé.

— Ah oui, j'en ai déjà vu... Ça fait un potin ! Et c'est censé m'ouvrir quoi ? Le monde, rien que ça ?

— Les êtres, c'est-à-dire le monde.

— Je vois, vous êtes un type comme Milo, vous !

— Sauf que Milo ne peut pas déchaîner le tonnerre... Fais crépiter cet instrument aux oreilles de la personne de ton choix, et elle deviendra ton esclave. Elle t'obéira, mieux qu'au doigt et à l'œil. Tu n'auras qu'à penser fais ci, fais ça, et elle s'exécutera sur-le-champ, sans discuter, sans poser de questions. Tu imagines, Cornélie Lambert, docile, soumise à tous tes désirs, à toutes tes fantaisies ? Quelle revanche ! Sa gifle, tu seras en mesure de la lui faire payer cher. Si ça t'amuse, tu pourras la rabaisser plus bas que terre, l'inviter au restaurant et la forcer à se renverser sa choucroute sur la tête, ou à danser la danse du ventre devant toi, ou à lécher la semelle de tes souliers, ou n'importe quoi d'autre, c'est à toi de voir... Je suis sûr que tu en as déjà rêvé ! Ah, la Cornélie, si elle savait ce qui lui arrive certains soirs dans la chambre aux tentures cramoisies du palais imaginaire de Kevin-le-Cruel !...

— Vous êtes dingue ! protesta Kevin.

— Kevin, sois gentil, fais un effort ; oublie donc un instant toutes les conversations que tu as pu avoir depuis ton enfance avec des gens dont le principal souci était de ne rien dire, de ne pas parler de ce qui compte vraiment ! Ton père, ta mère, ta tante, Milo, les profs, le curé, je ne sais qui... N'est-il pas vrai que tu as derrière les yeux un royaume, un empire dont tu es le maître absolu ? Qu'en cet autre monde, toutes les injustices du nôtre sont réparées, et d'abord, ça va de soi, celles dont tu es la victime ? Là-bas tes mérites sont enfin reconnus, tes ennemis défaits et ridiculisés, les offenses qu'ils t'ont infligées sanctionnées... Là-bas tu passes en première, en terminale, à Polytechnique, à Oxford, à West Point, à l'Académie française, partout où ça te chante, tu passes, Kevin, rien ni personne ne te résiste, ou alors c'est juste pour ajouter un peu de piment à la chose en attendant ton triomphe inéluctable... Là-bas toute femme est à toi, Cornélie la première !... Je me trompe ? Eh bien cette crécelle peut faire coïncider les deux mondes, celui que tu renfermes et celui qui t'enferme. C'est la vraie Cornélie que je t'offre, consentante, pantelante, ouverte, béante, un coffre-fort de chair à piller ! Pas un montage bricolo-mental de clichés piqués dans la collection de ton oncle, avec la tête et la voix de Cornélie rajoutées... Cornélie pour de bon, Cornélie tout entière, avec ses couleurs, ses odeurs, ses saveurs. Alors, qu'est-ce que tu dis de ça ?

— Je dis que vous êtes louf. Bon Dieu, ce que vous pouvez balancer comme conneries !

La voix de Kevin ne trahissait pas l'excitation escomptée par son interlocuteur, mais un mélange d'incrédulité et de regret, le *taedium vitae* prématuré d'une jeunesse sans élan. Il rendit la crécelle à Isacaron. « Il n'y croit pas, l'imbécile ! » pesta le démon à part soi.

— Eh ! Oh ! Réfléchis un peu ! Ce n'est pas rien, ce que je te propose... Tu n'as pas bien compris, on dirait. Tout être humain entendant le bruit de cette crécelle verra ta volonté se substituer à la sienne. Je ne parle pas seulement de Cornélie. Ça peut être aussi Isabelle Adjani ou Carole Bouquet, ou n'importe qui... Côté genoux, tu ne perdrais certainement pas au change. Un petit coup de crécelle, et hagne donc, c'est gagné, elle se prête à tous tes caprices. Elle t'offre tout ce qu'elle possède, elle vide ses poches ou son sac, elle solde son compte en banque pour t'apporter ses économies, elle agresse les passants ou les épiciers, elle braque des banques, elle se prostitue, elle tue si tu le lui ordonnes... Enfin, quoi, un peu d'imagination, que diantre ! Avec ça tu peux régler tes comptes, assouvir tes désirs, et même intervenir dans la vie publique, corriger ou ruiner le système politique, influencer le cours de l'histoire, pourquoi pas ? L'Histoire, Kevin ! Tu n'y as jamais songé ? C'est l'arène des forts, la vraie cour des grands. Tes pareils n'y ont pas accès, en principe. Sauf pour applaudir dans les meetings ou fournir les cadavres en temps de guerre. Eh bien, avec cette crécelle, tu entres dans le jeu quand tu veux. Un tour de poignet, tu intimes au premier venu l'ordre de foutre une bombe à l'Assemblée, ou d'assassiner le Président, et il y va ! Toi, tu demeures hors d'atteinte, insoupçonnable, invisible et tout-puissant... Tu deviens une légende... Une légende noire, ou lumineuse, comme tu le sens, Fantômas ou Robin des Bois. Tu n'aimerais pas incarner la Révolte ? A ton âge on adore ça, dénoncer, démontrer l'ignominie des pourris, des riches, des vieux, l'insolence et le cynisme du Pouvoir et de l'Argent... Parce que tout de même, cette société, cette civilisation, elles puent, non ? Elles puent toutes, mais celles de maintenant, pardon, elles dégagent !

Presque malgré lui, Isacaron avait pris Kevin par

la manche et il lui secouait le bras de plus en plus fort. Kevin finit par se dégager mollement.

— Oui, oui, peut-être... Mais ça m'est égal.

Isacaron en resta sans voix un instant. Avec ce que le jeune homme cumulait de disgrâces, on en veut en général à quelqu'un. Le plus souvent aux nantis ; nantis d'argent, de beauté, de talent, quand ce n'est pas aux autres pauvres, aux autres laids, aux autres fruits secs. Il arrive même qu'on en veuille à tout le monde sans distinction. Quel appât convenait-il donc de tendre à ce poisson maussade ? Le *fun*, l'éclate ?... Ou la *schadenfreude*, le plaisir du mal ? Les jeunes de cette génération ne détestaient pas le spectacle de la violence...

— Foutre le souk partout, ça ne serait pas poilant, ça ? Avec ma crécelle, rien de plus facile que de transformer quinze ou vingt quidams en fous furieux. Tu t'installes devant ton téléviseur avec un pack de bières, et tu attends les flashes d'informations : prises d'otages dans les maternités, machines infernales à Beaubourg, viols à l'hospice, voyageurs poussés par rangées entières sous les roues du métro... Rigolade assurée !

Tout en parlant, le Tentateur sondait le regard de sa victime potentielle. Il eut la surprise de voir que la pitié l'y disputait à l'ennui.

— J'y crois pas, à vos salades, laissa tomber Kevin. Et si j'y croyais, elles me brancheraient même pas.

— Alors comme ça, gronda Isacaron, une greluche peut te refuser ce qu'elle accorde à d'autres, ça t'est égal, tu te couches comme un petit chien confronté à un plus gros ? Tu n'es qu'une lopette, Kevin Langlois.

— Qu'est-ce qu'elle accorde à d'autres ?... Et à qui, d'abord ?

— Tout. Elle accorde tout à Bobby De Clerk. La porte du monde, figure-toi qu'il l'a franchie, lui. Il ne s'est pas gêné pour lui mettre la clé dans la serrure.

— Le salaud, j'en étais sûr ! Mais pourquoi lui et pas moi ?

— Parce qu'il est mignon.

— Et moi, je ne suis pas mignon ?

— Non. Tu es minable. Voûté, boutonneux, mal habillé, malpropre... Mais tu le sais parfaitement.

— C'est vrai, je le sais.

Les yeux de Kevin s'embuèrent. Isacaron jugea le moment venu de se montrer paternel.

— Mon petit, voyons...

Il posa la main sur le poignet de Kevin. Celui-ci se dégagea brutalement.

— Ah, me touchez pas ou je cogne !

— Houlà, doucement ! Si je voulais te toucher, crois-moi, rien ne pourrait m'en empêcher ; en matière de possession j'en connais un rayon ! Sœur Jeanne des Anges, l'affaire de Loudun, j'en étais, avec quelques bons camarades... Bah, c'est si vieux ! Mais je te rassure : ton corps ne m'intéresse pas. On se fait des idées. Nous n'avons pas vraiment de mœurs, nous autres. Les corps, nous sommes bien forcés de nous en servir, mais au fond ça nous dégoûte plus qu'autre chose !

— Parce que vous n'en avez pas un, de corps, peut-être ?

— A peine. Un cache-horreur, ou un cache-merveille. Si tu me voyais tel que je suis vraiment, il faudrait t'interner pour le restant de tes jours. A la toute fin, cette crécelle, tu en veux ou tu n'en veux pas ?

— Ecoutez, je suis malheureux, j'ai besoin de solitude, de silence... Foutez-moi la paix, s'il vous plaît.

Isacaron escamota la crécelle.

— Tant pis pour toi ! Bonsoir, Kevin Langlois, marine bien dans la saumure de ta vie !...

L'esprit déjà ailleurs, à nouveau obsédé de son idole aux genoux cagneux, Kevin lui rendit distraitement son bonsoir. Le temps de tourner le dos, Isacaron l'avait oublié. Il ne rapporterait pas cette âme à son maître. Pffuit ! Le jeune homme tomberait demain dans les rets d'un plus malin, ou bien il continuerait à végéter. Qu'est-ce qui l'attendait s'il ne se noyait pas ce soir ? Après quelques autres gifles, le oui d'une vilaine, une terne carrière professionnelle, une famille bruyante, des vacances pluvieuses, des meubles en agglo et une auto à trois portes, et pour couronner le tout une retraite écourtée par une attaque ou un cancer ? Grand bien lui fasse !

Isacaron rentra chez lui sans se presser. Il ne détestait pas l'échec, à la réflexion. L'insuccès le mettait dans une disposition d'esprit songeuse, propice à la remontée d'images désaffectées de leur première virulence. L'humanité ne connaît pas cela : des souvenirs personnels vieux de plusieurs siècles. Comme celui des tableaux le vernis de la mémoire se patine et craquelle, les tons les plus violents, les teintes les plus crues s'estompent. Isacaron évoqua quelques-uns des êtres dont, au fil du temps, il avait facilité la damnation. Ceux et celles qui, par un biais ou un autre, avaient retenu son attention, éveillé sa... sympathie ? Pourquoi pas ? Il était capable d'en éprouver, à sa façon, et pas seulement pour la crapule ! Avec un vrai méchant, avec une belle ordure, il était indéniable qu'on se sentait à son aise. On avait devant soi plus un partenaire qu'une victime. Mais Isacaron avait un faible pour les innocents. Ils l'amusaient. Ils portaient comme un pot de fleurs encombrant le trésor qu'on allait leur ravir, ils ouvraient des yeux émerveillés sur ce monde mauvais. Ils constituaient son herbier humain. Il ne le feuilletait jamais sans émotion. Ces âmes-là, il se remémorait la lumière du jour, et plus souvent la noirceur particulière des ténèbres où il les avait cueillies. Il plongeait à nouveau dans l'eau profonde d'un regard, il réentendait une voix, ferme à l'instant fatal, il revoyait une main se saisie de la crécelle et sceller le pacte sonore qui lui livrait son propriétaire...

Ah, la bonne promenade que fit alors Isacaron ! Perdu dans ses pensées, il négligeait pour une fois de s'intéresser aux créatures de la nuit, dealers, putains, voleurs, violeurs, gibier déjà marqué, clients déjà en main. L'homme, songeait-il, se gargarisait de sa permanence. A l'en croire, il était à peu près le même partout et en tout temps. Quel aveuglement ! Ou alors toutes les pommes n'avaient qu'une saveur, tous les vins se valaient, et baiser une lèvre, c'était les baiser toutes ? Pour un goûteur pressé, sans doute... En matière d'âmes, qui aurait prétendu en remontrer à Isacaron ? De petits littérateurs qui n'avaient vécu qu'une petite vie ? Bah-bah-bah ! Lui, il avait observé l'homme, il l'avait reniflé et tâté comme un melon, et pour finir il l'avait négocié avec lui-même sous tous les climats et dans tous les âges. Il n'avait jamais rencontré deux fois le même. Les tigres ne sont qu'un tigre. Chaque homme est lui-même et lui seul avec un âpre entêtement. La singularité sans cesse renouvelée d'une telle proie décuplait le plaisir de la chasse.

Isacaron s'aperçut qu'il était arrivé. Il poussa le portillon mangé de rouille qui fermait son jardinet soigneusement laissé à l'abandon. Il adorait la rouille et les herbes folles... Ah, la rouille ! C'est le crachat du temps sur ce qu'*homo faber* a cru forger de plus solide. Le bricoleur compulsif aura beau inventer à tout bout de champ de nouveaux matériaux prétendument inoxydables, imputrescibles, cette salive acide aura raison de tout...

Isacaron gravit les marches du perron. La porte était ouverte et battait sur la nuit. Il avait jeté les clés dans l'égout le jour de sa première sortie, après sa longue hibernation. Entrait chez lui qui voulait, à ses risques et périls. Il avait bien un visiteur ce soir-là, mais celui-ci n'avait rien à craindre. Isacaron fit la grimace. Tandis qu'il accrochait son chapeau au long clou de charpentier qu'il avait planté à cet effet dans l'entrée, une voix familière frappa ses oreilles.

— Te voilà enfin, Isacaron, foutu dégueulasse ? Ce que ça peut schlinguer chez toi, mon salaud !

— Baalbérith ! Quelle bonne surprise ! s'exclama Isacaron.

En réalité, il ne nourrissait pas l'ombre d'une illusion quant aux suites prévisibles de cette intrusion : il n'avait à en attendre que des ennuis.

— La charmante idée que tu as eue de venir me voir ! poursuivit-il. Je me demandais justement comment ça se passait ces temps-ci, en bas. Je vis si loin du pouvoir et des intrigues !... C'est ça, le terrain, on perd le contact, on est largué... Tu vas me donner des nouvelles des amis, hein ? Que veux-tu boire ? Ah, je vois que tu t'es servi...

Une quinzaine de boîtes de bière dégoupillées et trois bouteilles de muscat vides sur un lit de paquets de chips et de cacahuètes éventrés établissaient l'amère vérité : le visiteur avait localisé la réserve.

D'un rot péremptoire, le Secrétaire général des Enfers coupa court aux amabilités de son hôte.

— Je ne suis pas venu pour papoter !

— Dommage ! Je me sentais d'humeur... Alors, quel autre bon vent t'amène ?

Il n'est d'usage en aucun milieu que des fétus de la sorte d'Isacaron tutoient des éminences de celle de Baalbérith. Mais ils avaient été quelque chose comme des compagnons d'armes. Cela remontait aux jours nébuleux de la Rébellion et de la Chute... Ils avaient chu ensemble ; voilà qui conférait à Isacaron le droit de tutoyer Baalbérith.

— Ce n'est pas une douce brise qui m'amène, dit ce dernier, c'est un aquilon amer !... Tu as raté Kevin Langlois. Tu es nul, mon pauvre vieux !

Une gorgée de bière ou de muscat n'aurait pas été de trop pour aider Isacaron à trouver une contenance, mais Baalbérith avait vraiment tout bu.

— Tu t'intéresses à ça ? Je l'ai rejeté à la mer. Trop petit poisson. Il ne valait pas l'hameçon.

Ce disant, Isacaron extirpa de la poche de sa houppelande la crécelle que Langlois lui avait rendue.

Baalbérith affectait volontiers un flegme hautain de grand commis, mais pour l'avoir pratiqué avant son ascension, Isacaron savait quel était son fond. Le buffet Henri-II qui constituait la pièce majeure du mobilier fut soulevé de terre et projeté contre le mur opposé, où il éclata, libérant des flots de verre et de faïence brisés. Isacaron ne cultivait pas un grand attachement pour les biens de ce monde, cependant il appréciait assez la laideur de ce meuble très « Bonhomme en bois », acheté chez Emmaüs avec son complément, une table et quatre chaises assorties, c'est-à-dire aussi lourdes, noirâtres et disgracieuses que lui.

— Baalbérith, écoute...

Ce fut au tour de la table de s'arracher du sol et de voler à travers la pièce, mue par une force évidemment surhumaine. Fracassant la fenêtre, elle alla frapper le tronc du cerisier, qu'elle ébrancha à demi en retombant sur le sol spongieux.

— Baalbérith...

Les chaises suivirent le même chemin. En revanche, la télé, un gros poste à lampes, ainsi que son support en formica et fer forgé du plus pur style 1963, allèrent s'écraser dans la cuisine. Le tube cathodique implosa. Une odeur de brûlé se répandit dans l'air.

— Baalbérith, je t'en prie, pas la guitare !

En prononçant cette supplique, Isacaron savait déjà qu'elle n'avait aucune chance d'être entendue. Dans toute la salle à manger deux objets avaient jusqu'alors échappé à la destruction : la guitare de Filthy, et un affreux buste en régule du Kronprinz Frédéric-Guillaume, coiffé d'un casque à pointe. Propulsé sur la guitare, le buste en fit voler la caisse en éclats avant d'exploser lui-même sur le mur.

— Là ! s'exclama Baalbérith. Je dois te dire que ça commençait à bien faire, avec ton crin-crin. Tu crois que tu es là pour t'amuser et jouer de la musique ?

— Mais Baalbérith, le blues, c'est la musique du Diable !...

L'odeur de brûlé s'accentua. Les mouchoirs en papier usagés, les pots de yaourt vides, les emballages de knackies et les trognons de pommes fossilisés qui jonchaient le lino de la cuisine avaient pris feu. Isacaron éteignit l'incendie d'un froncement de sourcils. Cela fait, il se retourna vers Baalbérith.

— Bon, bon, d'accord, je n'ai pas réussi à convaincre Kevin, je le reconnais. Mais ce n'est pas la première fois que j'échoue, et d'habitude on n'en fait pas un plat. Qu'est-ce qu'il a de spécial, ce petit Kevin Langlois ? Je n'ai vu en lui qu'un puceau travaillé par la chose. Immaturité, timidité, plaisirs solitaires, honte et dégoût de soi, complexe d'infériorité, toute la lyre, un cas d'une banalité à pleurer. Il est orphelin de père et de mère, il vit chez sa tante qui ne l'aime guère, il gagne trois francs six sous comme grouillot dans une mutuelle, il est amoureux d'une fille du pool des dactylos de la boîte... Elle lui préfère un bellâtre en blazer, comme il se doit ! La fille s'appelle Cornélie Lambert, et le bellâtre Bobby De Clerk. Voilà le tableau pour l'essentiel : un gosse malheureux comme les pierres, un vermisseau humain comme j'en ai peu vu. Je n'aurais pas eu le sentiment d'accomplir un exploit en le conduisant à sa perte, je n'ai pas eu l'impression d'un désastre en y renonçant. C'est de l'avoir laissé échapper qui me vaut ton courroux ?

— C'est très simple : derrière Kevin Langlois il y a Charles-Honoré Milo, et derrière Milo...

Baalbérith laissa sa voix s'éteindre, tandis que sa main droite baguée d'améthyste esquissait un geste aussi vague qu'élégant, dont Isacaron présuma qu'il évoquait un personnage ou un sujet d'importance.

— Et derrière Milo ?...

Baalbérith leva les yeux au ciel, puis les rabaissa pour écraser Isacaron sous le poids de ses paupières lasses.

— Tu ne comprends rien à demi-mot, hein ? Comment s'étonner que tu sois encore là à t'éreinter sur terre ? Enfin, à t'éreinter, c'est beaucoup dire...

Le Secrétaire général fit mine de gratter une guitare en roulant les yeux comme un mirliflore.

— Je te demande bien pardon, mais ce Kevin Langlois est insaisissable. Je le croyais prêt à m'échanger son âme et sa chemise contre le moyen de fléchir sa Cornélie... Macache ! C'est un mou, un informe, et en même temps il y a je ne sais quoi de coriace en lui. Mais bon, envoie-lui quelqu'un d'autre, nomme un expert sur le coup...

— C'est toi que j'ai choisi, Isacaron. Tu ne l'as pas rencontré par hasard. Derrière Milo, il y a... Tu ne devines pas ? Puisque je t'ai choisi, voyons !

Isacaron cherchait désespérément, tel le mauvais élève triturant son bout de craie face au tableau noir. Derrière Milo... Qu'est-ce qu'il pouvait bien y avoir derrière Milo ?

— Je donne ma langue au chat, Baalbérith ! Milo dirige le service contentieux d'une caisse mutualiste, la Providence Générale des Poètes, où travaille le môme. Il semble être la seule personne au monde à lui manifester quelque amitié. Sorti de là...

Ici, il n'est sans doute pas inutile de revenir brièvement sur la façon dont Isacaron prenait connaissance des faits dont il se servait pour éblouir ou effrayer à peu de frais. Ce mécanisme bien connu des Pères de l'Eglise s'appelle *illation*. Ils l'ont décrit et dénoncé pour ce qu'il est : une des armes les plus efficaces de l'Ennemi. Celui-ci pioche dans la cervelle de son interlocuteur des renseignements se rapportant à lui-même ou à son entourage. Dans le cas de Milo, Isacaron n'avait eu à sa disposition que ce qu'en savait Kevin, et c'était peu, somme toute.

— Deux personnalités coexistent au sein de Charles-Honoré Milo, dit Baalbérith d'un ton professoral. La première est celle d'un juriste précis et pondéré. Ses collègues respectent sa compétence et s'accordent à voir en lui un... hum... un honnête homme !

Baalbérith cracha par terre. Isacaron l'imita.

— La seconde facette de Charles-Honoré Milo, poursuivit le Secrétaire général, est bien différente...

— Je sais ! Dans le privé, c'est un allumé !

— Un chimérique.

— Il croit à tout !

— Aux Martiens, aux mutants, aux sorciers...

— A la magie, à la kabbale, à la métempsycose !...

D'une brève contraction des lèvres, Baalbérith ordonna à Isacaron de se taire.

— Charles-Honoré Milo est un homme intelligent qui poursuit une quête déraisonnable. Il déploie dans cette entreprise des qualités qui lui vaudraient sans doute le succès en toute autre matière... Or sa quête est la tienne, incapable ! rugit tout à coup Baalbérith.

Il ne restait d'à peu près intact que le plafond. Baalbérith l'éventra, et le toit avec. Le ciel leur apparut, noir, noir ! Des trains de nuages charbonneux dissimulaient à présent les rares étoiles encore visibles tout à l'heure. Ils contemplèrent un instant toute cette noirceur, avant de revenir à leurs moutons.

— Tu veux dire... cette vieille affaire Coscas ?

— Milo ne sait pas exactement ce qu'il faut chercher ; mais il cherche. C'est un de ces hommes persuadés depuis l'enfance qu'on leur cache quelque chose. Il a réuni la plus vaste bibliothèque d'absurdités de son arrondissement... Quatre cents mètres linéaires de rayonnages dans un trois-pièces aux Buttes-Chaumont. Il y en a jusque dans sa baignoire. Il se lave à l'évier. L'idée d'un monde sans coulisses, sans manigances, sans secret, lui est insupportable. Il veut de la transcendance à toute force, et il veut la voir, il veut l'étreindre. Alors il se fait initier à tout, il n'a que l'embarras du choix, tu penses, ce ne sont pas les charlatans ni les brindezingues qui manquent pour répondre à sa demande...

— Ça doit lui coûter chaud !

— Il touche un salaire confortable, il est propriétaire et veuf, et il n'a pas d'autre passion que celle-là. Il veut savoir ce qu'il y a derrière la vie. Il y consacre une part de ses revenus, ses loisirs, une énergie considérable. A soixante ans, il a donc fait le tour des disciplines qui prétendent ouvrir à l'homme les « Portes de la Connaissance », comme il dit...

— Hihi ! Nous savons bien ce qu'il en est, nous autres !

Baalbérith foudroya Isacaron du regard.

— Que sais-tu, pauvre ilote ? A peine plus qu'un mortel, c'est-à-dire moins que rien ! gronda-t-il.

Isacaron se le tint pour dit ; les jours de la camaraderie étaient vraiment révolus.

— Tu as raison, Baalbérith, je ne sais rien de rien !

Mais alors instruis-moi... Qu'est-ce qui t'intéresse chez ce tordu ?

— Milo a passé une petite annonce dans la dernière livraison du *Moniteur de l'Invisible*. Notre Argus m'a prévenu aussitôt. Il s'agit d'une espèce de fanzine où se donne rendez-vous tout ce que le pays compte de gobe-mouches et de songe-creux. Milo y demande à toute personne disposant de renseignements sur le chevalier Agrippa de Coscas de prendre contact avec lui. Cela ne peut signifier qu'une chose : au détour d'une page, dans le fatras colossal de ses lectures, Milo a dû tomber sur une mention de ce nom.

— Comment ! Mais nous avions...

— Nous croyions, en effet, avoir épuré les archives privées, paroissiales, municipales, départementales et nationales, de tout ce qui concernait de près ou de loin le chevalier de Coscas. Il faut se rendre à l'évidence, cette épuration a été confiée à des incompétents. Ces négligences ne resteront pas impunies, sois-en sûr !...

Le Secrétaire général adressa à l'univers entier une grimace de sévérité gourmande. Isacaron rentra la tête dans les épaules. Quatre siècles auparavant, il avait lui-même participé à l'échenillage des archives.

— Milo est sur une piste... Celle que tu as perdue voilà cinquante-cinq ans.

Cette fois, Isacaron se rebiffa :

— Il n'y a rien au bout de cette piste, quelle qu'elle soit ! Mon rapport de 1945 l'établissait de la manière la plus formelle. As-tu vu de près les bombardements alliés sur Berlin ? J'y étais ! Je peux te dire...

— Isacaron ! Qui comptes-tu impressionner avec une petite tempête de feu de rien du tout ?

— Evidemment, toi, chaque fois que tu sors de ton bureau pour aller faire pipi, tu as sous les yeux la fricassée universelle ! Alors l'effet produit par un misérable millier de bombardiers soi-disant lourds, chacun lançant cinq mesquines tonnes de bombes explosives et de plaquettes incendiaires sur le cœur d'une cité, ça te laisse de marbre... Veux-tu considérer néanmoins que cinq millions de kilogrammes de ferraille, de trinitrotoluène et de phosphore largués quotidiennement, et souvent deux fois par jour, sont susceptibles de provoquer à la longue une certaine casse ?...

— Mais c'est qu'il persifle ! Veux-tu que je te montre l'effet produit par une seule baffe du Secrétaire général des Enfers ?

— Baalbérith, fais-moi confiance, je t'en conjure ! J'ai vu des hommes, des chevaux, et même des éléphants se carboniser sur pied en un clin d'œil... J'ai vu des kiosques à musique et des toitures de gares fondre et crouler comme de la guimauve... J'ai vu l'eau d'une piscine se vaporiser avec ses nageurs, des pâtés de maisons trembler, se soulever et retomber instantanément en poussière... Souviens-toi, Baalbérith ! Souviens-toi que la colère de Dieu s'est abattue sur l'Allemagne !

Isacaron se tut, effrayé de ce qu'il avait proféré comme malgré lui. Baalbérith battit des paupières comme un oiseau effarouché bat des ailes. Lui non plus n'en revenait pas.

— Si ce n'était pas ça, il faut reconnaître que c'était bien imité, murmura-t-il. N'empêche ! Il semble que Milo ait eu vent de l'histoire du chevalier, et peut-être, concomitamment, de l'existence de l'Objet.

— L'objet n'existe plus, dit Isacaron sur le ton de la certitude absolue.

— Peut-être... Quel serait notre sort, à toi et à moi, si la preuve du contraire était exhibée à la face du monde par ce fanatique ?

— Un fanatique ? Je croyais que c'était un juriste pondéré.

— Pour une part, oui, professionnellement, oui... Mais pour ce qui touche à sa quête, c'est un enragé. Tour à tour, au long de l'histoire, de grands personnages ont détenu cet objet. C'étaient des esprits distingués, des hommes de pouvoir conscients de leurs responsabilités. Ils se sont bien gardés d'informer le *vulgum pecus* de son existence...

— Quelques-uns d'entre eux ont compté parmi nos clients les plus sérieux !

— Certes... En tout cas ils posaient sur les êtres et les choses le regard qui convient à des politiques : un regard froid. Ils savaient que le secret constitue un des principes fondamentaux du gouvernement des êtres et des choses. Tandis que Milo est un homme ordinaire. S'il découvre la vérité, rien ne le retiendra de la révéler pour se faire mousser.

— Vérité ? Quelle vérité ? Les hommes ne croient plus qu'à ce qu'ils voient. Et dans l'affaire qui nous intéresse il n'y a plus rien à voir depuis qu'une bombe américaine ou anglaise... Ah, ça pourrait aussi avoir été une bombe russe, tiens !... Sur la fin, les Russes ont bombardé Berlin eux aussi...

Baalbérith écoutait son subordonné avec un agacement manifeste.

— Tu me bassines, avec tes souvenirs de guerre ! D'autant plus qu'ils ne mènent nulle part. Tu l'as vue tomber, cette bombe ? Tu l'as vue tomber juste dessus ?

Isacaron ouvrit les mains en signe d'impuissance.

— L'objet est passé de main en main dans les derniers mois de la guerre. Rien que des mains sales... Moi, je courais derrière ; j'avais fait chou blanc Prinz Albrechtstrasse. Une piste m'a conduit à l'hôtel Adlon... Je t'en fous ! Une *Kokotte* me donne une adresse sur la Graf von Spee Allee, l'ancien Hohenzollerndamm. J'arrive après le bombardement, il ne reste plus qu'une maison debout, et ce n'est pas la bonne !

— Et tu as fouillé les décombres ? Tu as cherché ? Tu as vérifié par toi-même ?

— J'ai fait tout ce qui était en mon pouvoir. J'ai extorqué un brassard à je ne sais qui, et je me suis mêlé à un kommando de déblayage, avec les *Ostarbeiteren* nourris de coups de bâton. J'ai soulevé des madriers fumants, des blocs de béton encore chauds, des bouts de pendules, des fragments d'armoires, des morceaux de buffets, des débris de bureaux ministre, des éclats de baignoires, j'ai déterré des femmes rôties, des vieillards écrasés, des enfants bouillis...

— Mais rien qui ressemble à...

— Non, rien. A son point d'impact, une bombe ne se contente pas de désassembler le puzzle : elle en escamote tous les morceaux. Ce n'est pas la peine de les chercher, ils ne sont plus nulle part. C'est rigolo, quand on y pense, quelque chose qui était là et qui n'est plus nulle part ; ça m'a toujours émerveillé. Pas toi ?

— Non. Donc, à l'époque, ton rapport reposait sur cette seule base : tu n'avais rien trouvé, et tu en inférais qu'il n'était plus nécessaire de chercher, c'est bien ça ?

— C'est à peu près ça... Mais la décision ne m'appartenait pas, ça va de soi. Elle revenait à mes chefs. C'était à eux, grâce à leur perception aiguë de l'enchaînement des causes et des effets, grâce à leur appréhension subtile des tenants et des aboutissants, de statuer sur la suite à donner à tout ça...

Tout en parlant, Isacaron surveillait Baalbérith du coin de l'œil. Celui-ci, un pli goguenard à la lèvre supérieure, enregistrait avec de petits hochements de tête les coups de pied en vache de l'hypocrite.

— « C'est pas moi, m'sieur, c'est l'autre... »

— Ben oui, c'est toi, Baalbérith, qui as décidé de laisser tomber l'enquête en 1945. Je n'étais pas mécontent, je le reconnais : je crapahutais depuis des siècles d'un bout de l'Europe à l'autre...

— L'enquête redémarre. Et c'est toi qui t'y colles. Tu as fini de te tourner les pouces, feignasse ! Tu vas me rattraper Kevin Langlois. Je veux son âme, coûte que coûte !

— Oh, elle ne devrait pas coûter bien cher... Mais il est hors du coup. Il prend Milo pour un vieux toqué, il me l'a dit.

— Le vieux toqué l'aime bien. Le gosse lui fait pitié. Il n'a pas eu d'enfant. Il voudrait que Kevin devienne un homme. C'est mal parti, mais bon...

— Et tu crois qu'à travers Kevin je pourrais atteindre Milo ?

Baalbérith hocha la tête.

— Aborder Milo de front me paraît dangereux. C'est quelqu'un de très pénible, pour nous autres. Nous sommes censés inspirer une sainte frousse à l'humanité, à l'humanité qui croit encore en nous, ou à celle qui découvre que oui, finalement, nous existons pour de bon... Or ce Milo n'a pas peur de nous. Au contraire. Nous l'intéressons ! Il souhaite que nous existions, parce que ça donnerait un sens à sa vie. Il nous cherche. Il a essayé cent fois d'établir le contact. J'ai donné des consignes très strictes à son endroit : le mur de silence, le cordon sanitaire. Tu jugeras de l'opportunité de le rencontrer dans l'intérêt de ta mission. Mais à toi tout le plaisir.

— Baalbérith, ôte-moi d'un doute, est-ce que tu aurais peur de lui, par hasard ?

— Tu veux rire ! C'est un mortel. Je peux l'écraser à n'importe quel moment. Si je ne l'ai pas encore fait, c'est pour lui laisser une chance d'aboutir dans ses recherches, dont nous ne manquerions pas de lui confisquer le fruit. Résumons-nous : je veux que tu pièges Kevin, et que tu apprennes grâce à lui ce que Milo sait de Coscas.

— Kevin ne s'intéresse pas aux travaux de Milo. Il ne se passionne que pour l'anatomie comparée des mâles et des femelles de l'espèce humaine. En outre, c'est une tête de lard ! Je ne suis pas sûr de...

Baalbérith coupa Isacaron avec impatience.

— Quand il aura éprouvé le pouvoir de la crécelle, et que tu le menaceras de la lui retirer, il deviendra plus accommodant. Assez discuté ; tu t'y mets, et tu vas vite. Ah ! Un conseil : déménage, c'est vraiment immonde, chez toi !

Ce disant, Baalbérith tendit la main tour à tour vers le sol et vers les combles crevés. Une langue de feu jaillit de sa paume, embrasant le plancher jonché d'ordures et les pièces de charpente qui pointaient comme des côtes brisées. Le Secrétaire général quitta les lieux, abandonnant Isacaron au centre d'un brasier réfractaire à toute magie subalterne.

Etait-ce l'effet de la combustion des vernis ? La guitare de Filthy brûlait avec une sorte de hâte ou de fièvre, en produisant de jolies flammes bleutées.

Isacaron n'attendit pas les pompiers. Il se sentait las et d'humeur chagrine. Il n'avait qu'une idée, se coucher. On l'a vu, c'était un grand dormeur. Un grand rêveur aussi. En songe, il vivait mille autres vies que la sienne, il menait avec délices l'existence précaire et mouvementée d'un mortel. Il aimait des femmes qui ne le lui rendaient pas assez, voire pas du tout, il avait des enfants qui lui causaient des soucis, il fondait des épiceries de quartier qui périclitaient, il élevait des renards argentés qu'il fallait abattre jusqu'au dernier pour cause d'épidémie, il écrivait des romans dont le public n'avait que faire... Enfin il s'amusait beaucoup.

En cette fin de nuit, il aspirait à oublier pour un temps Baalbérith et Milo, Kevin Langlois et Cornélie Lambert. Il avait le blues, et la petite 0-17 en acajou de Filthy n'était plus que cendres. Sa maison et son lit aussi, mais un diable sait toujours où coucher. Bien qu'il n'eût pas un sou sur lui, Isacaron aurait pu s'installer dans le premier palace venu. L'argent naissait entre ses doigts comme les foulards entre ceux d'un prestidigitateur. Cependant ses exigences en matière de logement n'étaient pas celles de tout le monde. Plutôt que de se mettre en quête d'un galetas assez sordide pour lui plaire, il décida d'aller dormir sous un pont. Il était sûr d'y bénéficier des odeurs ignobles et des cavalcades de rats sans lesquelles il avait du mal à trouver le sommeil.

En arrivant à la Seine, il se traita de buse. Avec les voies sur berge, il n'y avait pratiquement plus moyen de dormir sous les ponts de Paris. Il s'attendrit au souvenir des nuits exquises qu'il y avait pourtant passées jadis et naguère, en compagnie de gueux dont les haillons empestaient tout autant, dont les poux et les puces ne piquaient pas moins sous les Valois que sous les Bourbons, sous la République que sous l'Empire ou sous l'Etat français...

Isacaron se dirigea vers un certain parking souterrain qui lui fournirait un asile à sa convenance. Les habitués appelaient ça l'Enfer. Il y avait là une outrance risible, aux yeux d'Isacaron, mais il concédait que ce parking constituait un des lieux les plus affreux de Paris, et donc un des plus plaisants selon ses critères.

C'était, chichement éclairé, non gardé, un long parallélépipède de béton brut. Le sol de terre battue avait été recouvert à la hâte de mâchefer. Une âcre odeur d'urine et d'excréments prenait à la gorge dès qu'on s'enfonçait entre les piliers soutenant le plafond. Le jour, les visiteurs et les exposants d'un vaste hall tout proche se garaient là sans s'attarder. La nuit on y courait les plus grands risques. Isacaron entra en sifflotant.

Non loin de l'accès au hall d'exposition, il se choisit un carton d'emballage bien usagé et culotté. Nombre de cloches et de SDF dormaient dans ces cartons. En s'y glissant après eux, Isacaron avait plaisir à découvrir les remugles, et souvent aussi les hôtes minuscules qu'ils y avaient laissés. Une faune tantôt furtive, tantôt bruyante et démonstrative, hantait le parking à partir d'une certaine heure. Isacaron s'entendait au mieux avec ce petit monde sans préjugés. Il avait avec les ressortissants de l'ombre des conversations cordiales, et parfois fructueuses. Mais cette nuit-là Isacaron ne voulait que dormir.

Il se glissa dans son carton sans se déshabiller. Il dormait toujours habillé. Pour ses sous-vêtements, il ne tolérait que de la soie, mais il la portait sans la laver, jusqu'à ce qu'elle partît en charpie. Pour ses vêtements de dessus, il se contentait de n'importe quoi de follement coûteux, dont il s'entichait en passant devant un magasin des beaux quartiers. Il achetait sans essayer et partait en laissant entre les mains de la caissière des liasses de ses billets magiques. Ceux-ci se transformaient dans le quart d'heure suivant en vieux bons points d'écolier, ou en photos de footballeurs, ou en lettres d'insultes en espéranto. Ses beaux habits, Isacaron les réduisait bientôt à l'état de guenilles raides de crasse et maculées de substances le plus souvent alimentaires, mais tel est le talent des vrais couturiers que ses nippes trahissaient encore le bon faiseur : Isacaron était un dandy sale.

Rien n'était moins pur que son cœur, et pourtant, trente secondes après s'être lové dans son carton, il dormait comme un ange. Le sourire aux lèvres, il rêva d'enfance et de bord de mer. Des petites filles pelletaient comme des brutes pour édifier sous sa houlette un barrage contre l'Atlantique. Elles avaient beau s'échiner sous le soleil ardent, pas une gouttelette de sueur ne perlait sur leur peau blanche, tandis qu'Isacaron qui n'en fichait pas une ramée était rouge et en nage. La chaleur devint insupportable. Son cuir pourtant tanné se couvrit de cloques. L'abondante pilosité de ses bras et de sa poitrine se mit à fumer. Il s'éveilla dans les flammes. Son carton brûlait, et le feu s'était communiqué à ses hardes de luxe.

Pour Isacaron, le feu, le feu banal, était une sorte de gros chat. Le chat peut griffer son maître mais il ne saurait l'égorger. Isacaron prononça quelques mots en un langage connu des seuls démons, et le chat-feu rentra ses griffes. Tout fumant et grésillant encore, Isacaron jaillit de sa papillote pour découvrir deux garçons décontenancés par l'extinction spontanée du carton. Une grimace ravie tordit son visage marbré de rouge et de gris sous ses cheveux roussis.

— Elle est bien bonne, les amis !

Le plus jeune lança au plus âgé un regard effrayé.

— Merde ! Il la ramène ! Qu'est-ce qu'on fait, Krux, on se barre ?

— T'inquiète, Gégé, c'est lui qui va se barrer, et vite fait, sans ça je lui en refous une giclée...

Le nommé Krux brandit une bouteille d'alcool à brûler en plastique. Isacaron ne broncha pas. En lui-même, il jubilait. La contrariété d'un réveil en sursaut comptait pour rien, au regard d'une pareille aubaine : de vrais, de beaux allumeurs de clochards ! C'était un jeu extrême qui avait commencé à se répandre dans une certaine frange de la jeunesse. De nuit, à quelques copains, on partait en quête d'un SDF isolé. Quand on en dénichait un bien envapé dans son carton ou son sac à viande, le jeu consistait à l'asperger de liquide inflammable, et à craquer une allumette. Isacaron se demandait lequel de ses confrères était à l'origine de cette mode. Barrabam ? Nébiros ? Melchom ? Ou Biscornet ? Cela ressemblait assez à du Biscornet ! En tout cas l'idée était excellente. Qu'on la lui eût probablement soufflée à l'oreille n'ôtait pas à cette génération le mérite de l'avoir adoptée. Quand il s'agissait de faire le mal, elle ne le cédait en rien aux précédentes.

— Me barrer ? Oh non ! Je suis trop content de t'avoir rencontré, Krux. Tu me plais. Tu es mûr... Tu es juste à point pour moi, je vais te cueillir, ma pomme !

Une perplexité maussade se lisait sur le visage de Krux. C'était un grand type au poil et aux yeux noirs. Il avait des cicatrices aux pommettes, au menton, et aux deux mains, nota Isacaron. Agressivité inouïe, énergie phénoménale. Ceux-là, si l'armée ne leur donne pas des tranchées à nettoyer, ce sont les civils qui trinquent.

— J'étais ton troisième, non ? reprit Isacaron. Le premier a sacrément bien brûlé. Il s'en serait peut-être tiré s'il avait été jeune et en bonne santé, mais c'était juste un vieux crevard alors il a crevé. Tirons un trait, il faut bien que les petites infirmières apprennent à enlever les lambeaux de peau à la pince à épiler sans vomir. Le deuxième a eu plus de veine. Il pleuvait à seaux, il est sorti de dessous son porche, et il s'est roulé dans une flaque d'eau... Il n'a plus de nez, mais il ne porte pas de lunettes, alors qu'est-ce que ça peut foutre ?

En Krux, la perplexité fit place à la peur. Poissé ! Ce type était un flic déguisé en clochard. Mais Krux ne s'était jamais laissé paralyser par la peur.

— T'es prêt, Gégé ?

L'alcool à brûler est d'un emploi délicat. En ondoyant votre clochard vous en renversez sur vos vêtements, et quand vous l'allumez vous vous embrasez avec lui... Le plus sûr est d'agir à deux : un qui asperge, un qui craque l'allumette. Krux préférait allumer. La décharge d'adrénaline était plus forte. Mais ce soir il avait laissé le beau rôle à Gégé, son disciple.

— Laisse tomber, Krux, je le sens pas, ce mec !

— Tu ne me sens pas, Gégé ? Vraiment ? Tu ne sens pas ma bonne odeur de soufre ?

Comme l'inconnu prononçait ces mots, une fumée roussâtre et nauséabonde environna le petit groupe. Les jeunes gens se mirent à tousser.

— Comment il fait ça, Krux ?

— Le blaireau, il pue ! Allez, on le crame à fond, cette fois !

Krux déboucha le flacon et voulut en inonder Isacaron. Mais au lieu du liquide inflammable ce fut du sable qui s'échappa du goulot. Incrédule, Krux s'obstina à agiter la bouteille en plastique en direction d'Isacaron. Après le sable, il en sortit des confettis, puis de minuscules perles multicolores, puis de la farine.

— Mais qui c'est, ce mec ?

— Je suis ton ami, le seul qui t'apprécie à ta juste valeur. Tu es un incompris, Krux ! Les gens que tu fréquentes ne savent pas à qui ils ont affaire. Moi, si. Et je vais te traiter comme tu le mérites...

Krux tourna les talons sans préavis et s'élança en direction de la sortie à toute vitesse. Il n'alla pas loin. Jailli de nulle part, un porc de bonne taille se jeta dans ses jambes et provoqua sa chute. Il se releva et reprit sa course. Cette fois, un très joli petit veau au regard langoureux surgit de derrière un pilier et lui coupa la route. Il parvint à l'éviter d'un saut de côté, mais trois pas plus loin un bouc se dressa devant lui.

— Qu'est-ce que c'est que cette merde ! hurla-t-il en heurtant l'animal.

Le bouc répliqua à sa manière, d'un maître coup de cornes en pleine poitrine. Krux tomba à la renverse. Il voulut se relever et parvint tout juste à s'asseoir. Il grimaçait, le souffle coupé.

— Suis-moi, toi ! lança Isacaron à Gégé.

Subjugué et tremblant, Gégé lui emboîta le pas. Ils rejoignirent Krux. A peu de distance, le porc, le veau et le bouc folâtraient entre les piliers. Une maigre foule de SDF tirés de leur sommeil par l'odeur de soufre et le bruit des voix commençait à affluer des profondeurs du parking. Ahuris par la présence des animaux, curieux de la scène insolite qui se jouait, mais prêts à se disperser comme une bande de rats à la moindre alerte, ils s'arrêtèrent à distance respectueuse.

— Tu m'entends, Krux ? demanda Isacaron.

Blême, Krux hocha la tête. Le coup de cornes du bouc avait dû lui casser une ou plusieurs côtes, car il respirait avec peine.

— Peux plus... respirer ! C'est votre animal, là... Vous ferai... un procès ! Dommages et intérêts... Z'allez casquer, fumier !

Une bouffée d'admiration souleva Isacaron. Un procès ! Le brûleur d'hommes voulait faire un procès à sa victime récalcitrante !

— Krux, je t'adore ! Tout ce qui sort de ta bouche insulte la simple décence. Vrai, tu réchauffes le cœur d'un pauvre vieux diable dégoûté par la fadeur des temps. Pour la peine, je vais te soigner. Tu étais parti pour claquer d'une overdose, ou d'un coup de couteau, ou d'un accident de moto... Aucune de ces fins triviales n'aurait rendu justice à ta personnalité. Tu peux te féliciter d'avoir croisé mon chemin. J'ai ce qu'il te faut : le coup du rosier !

— Qu'est-ce qu'il déconne, là ? A moi, Gégé, sonne-le !

D'un coup d'œil, Isacaron cloua Gégé sur place.

— Le coup du rosier, reprit-il, c'est un truc à moi. Rien de plus romantique. Rien de plus *glamourous*. Tu vas m'en dire des nouvelles.

Tout en récitant une formule défiant toute transcription phonétique, Isacaron traça dans l'air une suite de signes cabalistiques. Krux était parvenu à s'agenouiller. Sans qu'il s'en doutât, entre ses pieds, une pousse ligneuse creva le sol. D'abord minuscule, elle s'allongea et grossit à vue d'œil. Sa tige principale atteignit en quelques secondes trois bons centimètres de diamètre. Elle se couvrit d'épines acérées, recourbées comme des serres d'oiseau de proie. Elle se scinda en trois branches dont la première effleura le fondement de Krux, tandis que les deux autres, sans les toucher encore, montaient le long de ses jambes en se divisant à leur tour. Muet, fasciné, Gégé assistait à la scène. Krux, qui mendiait son aide du regard, lut dans ses yeux qu'un danger le menaçait.

— Quoi ? Qu'est-ce qu'il y a ? Qu'est-ce qui se passe ? Gégé...

Tout à coup, il hurla. Les tiges épineuses venaient de se refermer sur ses chevilles et sur ses mollets avec la précision et la soudaineté d'un piège, déchirant son jean et ses chairs.

— Qu'est-ce que c'est ? Arrêtez ! Arrêtez, m'sieur, pour l'amour de...

Isacaron éclata de rire.

— Pour l'amour ? Ma parole, on croit rêver ! Ce mot-là dans ta bouche... Pour l'amour ? Pour quel amour, Krux ? Celui que tu répands autour de toi ? Celui dont tu m'as aspergé tout à l'heure, dans mon lit en carton ? Ah ! Je crois savoir de quel amour tu parles, Krux... Voyons, est-ce qu'il s'agit de cette sorte d'amour-là ?

La tige maîtresse du rosier, qui butait contre le fond du pantalon de Krux, s'agrandit à la vitesse de l'éclair, crevant l'étoffe et forant son passage entre ses fesses que les réseaux des deux autres rameaux tenaient écartées. Krux hurla à nouveau. Ses cris glacèrent d'horreur quelques-uns des SDF témoins de la scène, mais ils amenèrent un sourire sur les lèvres de ceux qui avaient compris qu'il s'agissait de châtier un brûleur d'hommes.

Le rosier avait forcé l'anus de Krux. Il avait traversé en les lacérant au passage le rectum, le côlon et le cæcum. Telle une sonde rigide et barbelée inventée par un chirurgien fou, il avait frôlé la vessie et poursuivi sa route, crevant en plusieurs endroits le duodénum, l'iléon et le jéjunum avant le soulever la poche stomacale à un doigt du pylore.

— M'sieur, je vous en prie !...

De grosses larmes enfantines coulaient sur les joues de Gégé. Il zonait depuis quelques mois en compagnie de Krux. En plus de Krux, il allait avec des vieux, pour l'argent. L'argent, c'était de l'énergie qu'on grappillait ici et là comme dans un jeu vidéo, pour payer les bières brunes et les extas, les *nuggets* au poulet, les cafés noirs et les cigarettes, l'hôtel. Krux était fort. Gégé avait besoin de vivre dans la proximité d'une force, quelle qu'elle soit. Bien sûr, Krux cramait des clochards pour s'amuser, mais bourré comme il l'était de produits dont les effets se chevauchaient et se démultipliaient, rien ne paraissait tout à fait réel à Gégé.

— M'sieur... Pitié ! Pitié pour lui !

Isacaron se tourna vers le garçon et le dévisagea d'un œil féroce.

— Ah, voilà autre chose ! s'exclama-t-il. Comme elle y va, celle-là : « Pitié, m'sieur, pitié... »

Il imitait, en les exagérant, l'accent bouleversé de sa voix et les sanglots qui la brisaient.

— De la pitié, ma petite, tu ferais mieux d'en demander aux colonnes de béton qui soutiennent le toit de ce parking, parce que moi, je ne tiens pas l'article.

Il se tourna à nouveau vers Krux. Celui-ci griffait frénétiquement ses entrailles, comme s'il avait tenté de s'ouvrir le ventre avec les ongles pour en extirper le pal hérissé qui le taraudait.

— Ce qu'il y a de chic avec le coup du rosier, lui lança Isacaron, c'est que ça peut durer autant qu'on veut. On n'a qu'à doser la pousse, et...

— Les keufs ! cria une voix. Foutez le camp, v'là les bleus, la patrouille !...

— Flûte ! pesta Isacaron. Que c'est contrariant ! Tant pis, Krux, je vais être obligé d'écourter...

Autour d'eux, c'était la débandade. Seul Gégé, comme assommé par le spectacle du supplice de son compagnon, ne songeait pas à s'enfuir.

D'un claquement de doigts, Isacaron décupla la croissance du rosier. Krux ouvrit la bouche pour hurler encore, mais, poussé par le piston végétal qui avait transpercé son estomac et défonçait maintenant sa poitrine, l'air s'échappa de sa gorge en une brève éructation. Rouge de sang, la hampe apparut entre les dents de Krux, entraînant sa langue lardée d'épines. Il était encore vivant, car il se mit à loucher. A quelques centimètres de son visage, au bout de la tige, un bourgeon était apparu et en une fraction de seconde une rose superbe avait éclos.

— *Rosa Damascena*, la rose de Damas ! claironna Isacaron. Elle est vieille comme le monde, ou presque. Oh, Krux, tu devrais me remercier, grâce à moi tu meurs comme un poète !

D'un geste vif, il sectionna du bout des ongles la tige de la rose et la cueillit. Il la porta à ses narines pour se délecter de son parfum avec des roulements d'yeux et des cris d'extase. Un coup de sifflet strident le tira de sa pâmoison.

— Ah oui, les keufs ! grommela-t-il. On n'est jamais tranquille !...

Il fit mine de découvrir Gégé pétrifié devant le corps sans vie de Krux. Empalé et serti dans une résille végétale, il se couvrait à présent de feuilles et de roses en une floraison exubérante.

— Allons, finissons-en !

D'une seule main, Isacaron saisit Gégé par le col et le précipita la tête la première contre un pilier de béton. On entendit un craquement semblable à celui d'une très grosse noix dont on aurait brisé la coquille. Le garçon s'effondra au pied du pilier comme un mannequin de chiffons.

Des coups de sifflet, des appels et des sommations résonnaient sous la voûte. Des silhouettes en uniforme apparurent dans la lumière cafarde qui baignait le parking.

— Allez hop ! Au boulot, vous autres !...

Comme s'ils n'avaient attendu que cet ordre de leur maître, le porc, le veau et le bouc qui avaient intercepté Krux chargèrent d'un seul élan les forces de l'ordre et provoquèrent dans leurs rangs un début de flottement qu'Isacaron mit à profit pour disparaître.

A dix-neuf ans, Kevin n'était pas encore très propre. Ce matin-là il ne se lava pas. La veille, avec quelle minutie, corollaire de quel espoir, n'avait-il pas baigné et frotté le moindre centimètre carré de sa peau blafarde ! Il s'était lavé, il s'était rasé, il s'était coiffé. Il s'était enfoncé dans les oreilles de petits bâtonnets aux extrémités enrobées d'ouate. Lesdites extrémités n'étaient pas sorties immaculées de ces antres. Il s'était taillé les ongles des mains et des pieds après les avoir curés, et ce n'était pas du luxe. Pour finir, il s'était aspergé d'eau de Cologne. Et tout ça pour quoi ? Pour recevoir une gifle. Alors aujourd'hui, tintin la flotte ! Ce matin il renouait avec la crasse, de même qu'hier soir, en rentrant, il avait renoué avec des habitudes solitaires dont il s'était abstenu durant une semaine entière en prévision de sa soirée avec Cornélie et des prolongements charnels qu'il en avait espérés. Oh, Cornélie ! Si elle avait su, Cornélie, dans quel cul-de-basse-fosse elle allait renvoyer le pauvre garçon en se refusant à lui, elle aurait au moins fait un geste !... Mais elle en avait déjà fait un en acceptant l'invitation de Kevin. La déclaration balbutiée dans l'obscurité de la salle de cinéma était de trop, tout comme les attouchements dont elle avait été suivie sans transition ni consentement. Et d'ailleurs, Cornélie se gardait pour Bobby. Ou plutôt, puisqu'elle s'était déjà donnée à lui, elle se réservait à Bobby.

L'image de son rival heureux se leva dans l'esprit de Kevin, produisant sur lui un effet si perturbateur qu'il en lâcha sa tartine beurrée dans son bol de cacao. Le drôle de type d'hier, comment s'appelait-il déjà, Aaron ? Macaron ? Peu importe !... Il avait confirmé les craintes de Kevin. Cornélie et Bobby, ça y était. Les larmes aux yeux, Kevin contemplait, au centre de son bol, l'île spongieuse de sa tartine, aux pentes dégoulinantes de beurre sur la mie blanche gagnée par l'ocre du cacao. Les salauds ! Il imagina leur étreinte en quelques eaux-fortes mentales inspirées de la collection de *curiosa* de son oncle. Du coup, les larmes roulèrent sur ses joues. Cornélie ! Cornélie ! Il oscillait vis-à-vis de la jeune femme entre la dévotion niaise de l'amoureux transi et une salacité masculine normale. S'en doutait-elle ? Ça ne l'effleurait même pas. Elle était assise sur un petit nuage. Elle découvrait qu'une femme sent encore mieux qu'elle appartient à un homme si elle peut en faire souffrir un autre.

Kevin torcha ses pleurs du coin de sa serviette de table maculée de ketchup et de chocolat. Tata ne les changeait qu'à de longs intervalles, les serviettes. Surtout celle de Kevin. C'était comme pour son linge de corps et sa literie. Il pouvait croupir dans sa saleté, il n'était pas de son sang, mais de celui de son mari, qu'elle n'avait pas aimé. Elle avait une nièce, en Bretagne, la fille de sa sœur. Elle, elle la chérissait. Elle avait déjà dû arranger la donation en sa faveur, sans rien dire à Kevin. A sa mort il se retrouverait à la rue. Dans le bol de cacao trop chaud, l'île de pain beurré tournait au banc de vase. Kevin se leva et vida le bol dans l'évier. Le pain boucha la bonde. C'était dégoûtant.

Il jeta un coup d'œil à l'horloge de la cuisine. 7 h 20. La radio débitait en sourdine son babillage tour à tour atroce et dérisoire : tueries et résultats sportifs. Il était temps de partir s'il voulait arriver à l'heure à son travail. Il en revenait en métro, mais s'y rendait le plus souvent à pied. Ce n'était pas par économie. Eu égard à la modicité de son salaire, il s'estimait dispensé à vie de payer dans le métro, le RER ou le bus... Non, c'était par plaisir ; il aimait bien marcher tôt le matin, dans la pollution encore fraîche.

7 h 22. Vite, s'habiller et filer ! Il était arrivé trop souvent en retard ce mois-ci. Le chef du personnel le tenait à l'œil. Un dénommé Morsins. Kevin l'appelait « Porcin ». Ancien adjudant, Morsins avait pris sa retraite de militaire à quarante-cinq ans. Il n'en avait pas encore cinquante. Un surmoi coiffé en brosse, une main de fer dans un gant de fonte. Son regard clair s'obscurcissait quand il s'arrêtait sur Kevin. Un jour, alors qu'il croisait le grouillot dans le couloir, il n'avait pu s'empêcher de lui lancer : « Tête droite ! Rentrez le ventre ! » Si Milo n'avait pas étendu sa haute protection sur Kevin, celui-ci n'aurait pas fait de vieux os à la Providence. Porcin l'aurait vidé. Alors, ç'aurait été l'abomination : le chômage. L'aubaine d'un poste de grouillot ne se présente pas forcément deux fois dans une vie. La Providence des Poètes, pour Kevin, c'était un doux esclavage. Il n'aimait pas vraiment ses chaînes, mais il redoutait plus que tout d'en être un jour libéré. La nuit, parfois, des cauchemars le réveillaient en sursaut. Le licenciement. L'ANPE. La disparition de sa tante. La rue. Alors, recroquevillé entre ses draps grisâtres, il maudissait son père et sa mère d'être partis sans lui où s'en vont les morts de l'été, le laissant derrière eux comme un oisillon seul et nu dans un nid étranger. Par chance, il y avait Milo, le vieux Milo dont il se moquait volontiers avec les Troglodytes des archives... Ces nuits-là, il ne reprenait confiance qu'en songeant à Milo. Milo l'avait à la bonne. Il ne permettrait jamais qu'on licenciât Kevin. Il le sauverait de l'ANPE et de la dissolution dans la rue et la nuit. Il serait toujours là, toujours !... Mais ce mot-là... Kevin avait perdu ses parents à dix ans. Un matin de juillet, quelque part entre Nîmes et Palavas, leur petite voiture avait bifurqué sans crier gare vers l'éternité et le néant. Sans lui. Il les attendait à Paris, ils l'avaient confié à la garde de sa tante parce qu'il supportait mal les grosses chaleurs. Il y avait neuf ans de ça. Il savait que toujours, ça n'existe pas, que c'est un mot factice. Milo finirait par prendre sa

retraite. Et Porcin n'attendait que ce moment pour sacquer Kevin.

7 h 29. Qu'il était lent et maladroit ! Les choses lui tendaient des pièges. La matière conspirait contre lui. Les nœuds de ses lacets, qu'il n'avait pas dénoués en ôtant ses souliers, s'étaient compliqués dans la nuit. Son pull rentrait les manches comme un escargot ses cornes. Son trousseau de clés changeait tout seul de poche, et même parfois de vêtement. Enfin, il fut prêt. Il le crut un instant, en tout cas. Mais non. Ses sandwiches, sa bouteille thermos. Tata lui confectionnait des sandwiches, au fromage de tête de préférence, parce qu'elle savait qu'il n'aimait pas ça.

Il rafla la sacoche en skaï dans laquelle il transportait sa pitance. Il y fourra un livre sur les druides qu'il devait rapporter à Milo. Encore un qu'il n'avait pas lu. Il ne s'intéressait qu'à la Seconde Guerre mondiale. Les guerres coloniales, celle d'Indochine, celle d'Algérie que son père et Milo avaient faite ensemble, les brutales montées de température de la guerre froide, la Corée, la deuxième mi-temps d'Indochine, les conflits plus récents encore, le Golfe, la Yougoslavie, la Tchétchénie, tout ça le laissait indifférent. Ce n'était même pas une question d'ampleur : la guerre de 14 l'ennuyait, il s'y sentait étranger. Celle dans laquelle il se glissait comme dans un lit tiède chaque fois qu'il ouvrait un livre portant sur elle, c'était celle de ses hauts lieux fantasmatiques, Londres et Varsovie, villes d'acmé, lieux de paroxysme emblématiques d'un monde enfin clairement lisible : Londres à l'automne 40 où le Bien l'emporte, Varsovie au printemps 43, où le Mal triomphe. Du fond de sa nullité et de son inutilité modernes, Kevin enviait les jeunes gandins de la RAF tout juste sortis de leurs aéroclubs BCBG pour sauver leur pays et la civilisation en y laissant leur peau. Il enviait aussi aux loqueteux combattants du ghetto la joie qui devait les envahir quand un des égorgeurs de Jürgen Stroop tombait sous leur feu. Pour s'endormir, il se berçait d'horreurs anciennes.

Sa modeste bibliothèque en abritait plusieurs rayons, mémoires d'aviateurs, récits de survivants, aveux d'inculpés. La réalité derrière les apparences que Milo cherchait à sa façon à percer, pour Kevin, elle était là. La paix lui apparaissait comme un mensonge destiné à voler en éclats à chaque génération. Il s'étonnait de le voir durer et attendait le tour de vérité de la sienne. Alors les druides !... Mais est-ce qu'il était prêt à partir, cette fois ? Aïe, non, pas encore ! La revue suédoise des Troglodytes. Il oubliait depuis des jours et des jours de la leur rendre. Au premier abord il en avait été ébloui. Ces couleurs éclatantes, ces cadrages audacieux l'avaient changé des clichés riquiquis et charbonneux de son oncle. Et puis il s'était aperçu qu'il avait attrapé le virus du noir et blanc. Les incunables du fonds familial l'émouvaient plus que les quadrichromies nordiques.

Il gagna le bureau. Il n'alluma pas. Sa tante dormait à côté. Il fit jouer à l'aveuglette le mécanisme du tiroir secret, plongea la main dans la cavité qui s'était ouverte sans bruit, étouffa un juron. Sur l'enveloppe en papier kraft qui contenait la revue reposait un objet dont il tâta les contours sans parvenir à l'identifier tout d'abord. Une chose était certaine : ce truc, quel qu'il fût, n'aurait pas dû se trouver là. La cachette ne renfermait en principe que le gros cahier à couverture cartonnée du journal de Kevin, les liasses de photos de l'oncle, et la revue... Tout à coup, la lumière se fit dans son esprit. Mais c'était une lumière trouble, sulfureuse, qui obscurcissait plus qu'elle n'éclairait.

La Providence Générale des Poètes occupait un immeuble semblable à un navire. Cela tenait à son étroitesse, à sa longueur, au fait qu'il se dressait à l'intersection, sous un angle aigu, de deux artères larges et populeuses. En raison de la proximité des grands magasins et des banques, la foule jaillissait en flots continus d'une bouche de métro située sous l'étrave du bâtiment, simulant une écume le plus souvent grise. Aux beaux jours seulement, les robes et les chemises multicolores donnaient à cette navigation immobile des allures tahitiennes. Le long des flancs du paquebot des poètes en partance pour nulle part, les Parisiens glissaient vers l'étambot comme des bouquets lancés en signe d'adieu.

La fondation de l'établissement remontait à des temps révolus où les poètes avaient pignon sur rue, où l'opinion et les pouvoirs publics leur reconnaissaient comme aux notaires et aux cordonniers une existence sociale génératrice de devoirs et de droits. Parmi ces droits figurait celui de constituer une caisse de secours et de retraite mutualiste. Quelques esprits entreprenants s'y étaient employés. Les poètes, estimaient-ils, traînaient comme un boulet leur image de cigales. Ils tenaient que Virgile et Dante, et peut-être même Villon, se seraient volontiers affiliés en prévision de leurs vieux jours ou des coups en vache de la fortune si la possibilité leur en avait été offerte. En tout cas, leurs successeurs ne s'étaient pas dérobés. Il est bien rare que la clientèle initiale d'un organisme de ce genre consentant des conditions avantageuses demeure homogène. Aux poètes désireux de bénéficier des services d'une mutuelle vinrent s'ajouter nombre de leurs confrères prosateurs et dramaturges. L'idée de rembarrer un candidat à la cotisation répugnant à tout trésorier de bonne race, la Providence Générale avait connu au tournant du siècle un franc succès. Le pourcentage de poètes publiés et reconnus parmi les sociétaires avait évolué au fil du temps. Il avait décru au profit d'une catégorie que les employés nommaient avec une affectueuse irrévérence les poètes en peau de lapin, poètes autoédités, autoreconnus, et souvent autolus. Milo parlait à leur sujet de poètes solipsistes, voire de poètes copules. Mais il se reprenait bientôt et battait sa coulpe. Qui était-il pour se moquer d'eux ? La seule revendication de la qualité de poète les haussait à des hauteurs auxquelles n'atteindrait jamais l'humanité qui se contente de celle de détenteur d'un estomac ou de supporter d'un club de foot.

Ces origines littéraires étaient en grande partie oubliées, comme ensevelies sous des couches de poussière et d'or. De poussière, car elle avait eu le temps de s'installer, et d'or, car la Providence était riche. Elle avait bénéficié de la présence à sa tête, tout au long de son premier siècle d'existence, d'une succession de gestionnaires avisés. L'actuel président, Des Embruns, était une ganache bien habillée. Il n'exerçait son libre arbitre qu'à propos de camaïeux et de pochettes-cravates assorties. Pour le reste, il entérinait les avis d'un directoire qu'on aurait pu croire inchangé depuis la réunion du premier conseil d'administration, tant la moyenne d'âge y était élevée. C'étaient les Horribles Vieillards, poètes momifiés, confits dans le sarcophage ambulant de leur gloire passée, attentifs aux seuls égards qu'on leur devait, envieux, fielleux, amers. Des Embruns et Milo, et les autres cadres appelés à leur rendre des comptes, déployaient des trésors de diplomatie inquiète à l'égard de ces créatures voûtées et claudicantes, emmitouflées de septembre à mai de crainte du refroidissement fatal, mais jetant sur tout et sur chacun un regard aigu, luisant d'intelligence malveillante.

S'il avait l'apparence d'un bateau, le siège de la Providence en avait aussi les intérieurs. Une coursive centrale, dont la structure métallique évoquait celle d'un navire de guerre, desservait chacun des étages voués aux bureaux et des sous-sols dévolus aux archives. Il y avait ainsi un bâbord et un tribord, des cabines (l'exiguïté de la plupart des bureaux légitimait la comparaison), des cales, un pont supérieur figuré par un toit en terrasse, un château établi en poupe et presque aussi orné que celui d'un navire amiral sous Louis XVI... La proue, qui surplombait la station de métro, s'ornait d'une statue censée représenter la solidarité mutualiste sous l'espèce d'une créature à demi nue. Tout mâle, et d'abord les potaches du collège Mathieu-Chain sis à deux rues de là, se sentait au premier regard solidaire de ses formes monumentales. Les Troglodytes des archives l'appelaient la Gonzesse. Elle fournissait prétexte à mille plaisanteries dans leur manière, c'est-à-dire obscènes.

A bord de ce navire, Kevin faisait figure de mousse. Comme un mousse il était volontiers houspillé, et non seulement par Porcin. Il arrive qu'un premier coup du sort vous protège dorénavant. Il peut se produire à l'inverse qu'il vous désigne à d'autres coups. La qualité d'orphelin de Kevin ne rendait pas de dividendes. Encore enfant, parce qu'il tardait trop à reprendre le dessus, on le trouva geignard, on le lui dit et il le resta. Constatant qu'on n'écoutait guère ses plaintes, il se replia sur lui-même et fut jugé sournois. Un peu plus tard, comme les filles du pool dactylo se moquaient de lui quand il les contemplait en rougissant, il ne les regarda plus qu'en dessous — si bien qu'on l'estima vicieux. Geignard, sournois et vicieux, alors qu'il pâtissait déjà d'un physique disgracié : la Providence tenait son intouchable. Ou plutôt elle en tenait un de plus, car elle avait aussi les Troglodytes et Draghixa. De mémoire d'employé, Lémure et Débrua avaient toujours hanté les sous-sols. Ils étaient selon Milo les deux plus anciens dans la maison, si l'on exceptait, bien sûr, les Horribles Vieillards du conseil d'administration. D'ailleurs, Lémure et Débrua n'avaient pas d'âge précis. Ils étaient gris. Dans leur personne, le gris des cheveux et des sourcils, celui de la moustache à la gauloise de Lémure et celui des favoris louis-philippards de Débrua, le disputait au gris de la poussière qui imprégnait leur blouse et leur calot d'un autre temps. Cette poussière caractérisait leur empire souterrain et tout ce qui en émanait : dossiers et sarcophages de carton, fournitures diverses, formulaires vierges et polices dont on possédait des stocks suffisants pour affronter le prochain millénaire, et dont il fallait corriger à la main les dispositions caduques et les rubriques obsolètes.

Lémure et Débrua croisaient rarement leurs collègues des étages supérieurs. Certains employés, parmi les plus jeunes, ne les avaient même jamais rencontrés, mais tous en avaient entendu parler, comme tout enfant a entendu parler de l'ogre. Quant à s'aventurer à l'intérieur de leur repaire, on ne s'y serait résolu qu'avec réticence, sur l'ordre exprès d'un chef de service. La communication entre le monde d'en haut et le monde d'en bas échoyait à Kevin, et à lui seul en principe. A force d'œuvrer loin du soleil, les archivistes avaient revêtu, par dévalorisations successives, une image cavernicole, viscérale, et même obscurément excrémentielle. On les appelait le plus souvent les Troglodytes, mais aussi, selon l'inspiration du moment, les Soutiers, les Cro-Magnon, les golems, les « chaînons manquants »... Les femmes les détestaient. Ils incarnaient ce qu'elles pouvaient imaginer de pire : une lubricité ricanante, sans espoir ni excuse. Bien qu'on ne descendît jamais dans leur antre, on savait qu'ils en avaient tapissé des couloirs entiers de dessins et de photos révoltantes. On chuchotait qu'ils avaient aménagé en salle de visionnage de cassettes pornographiques le réduit le plus profond, le plus reculé de leur labyrinthe, dont ils avaient dissimulé l'accès derrière une armoire roulante... On avait oublié qui avait fait allusion le premier à ce bunker, de Kevin ou de son prédécesseur au poste de grouillot. Quoi qu'il en fût, l'aura d'ignominie des Soutiers s'étendait à ceux que leurs fonctions amenaient à les côtoyer chaque jour. Ils n'étaient que deux dans la maison : Kevin et Draghixa, la femme de ménage. Elle était originaire d'un pays mal identifié, un pays de villages brûlés et de charniers. Le bruit courait qu'elle avait été internée dans un camp, là-bas, et que la soldatesque de l'ethnie adverse s'était divertie avec elle pendant des semaines. De l'avis de Berthilde de Grassi, il fallait qu'elle eût été bien avinée, la soldatesque, parce que Draghixa était noiraude et courtaude, borgne et bancroche, avec un teint jaune, des dents mal plantées et une poitrine disproportionnée qui tendait sa blouse de travail comme si elle avait tenté d'y dissimuler des choux volés dans un champ... Quant à Aude Lorgeat, l'assistante du président Des Embruns, elle estimait qu'après ça, après avoir servi de viande à soudards, Draghixa aurait dû se suicider. On disait qu'elle avait pris des vices, là-bas, et qu'elle se laissait faire par les Troglodytes, dans leur repaire, après la sortie des bureaux. Lémure et Débrua, Draghixa, Kevin, on les mettait tous dans le même sac. Comme les archivistes, Kevin avait le regard torve, la lèvre humide, la main tremblante. Comme eux, il était infréquentable. Cornélie Lambert n'avait accepté de passer une soirée en sa compagnie qu'en service commandé. Plusieurs copines du pool l'avaient mise au défi de lui tirer les vers du nez au sujet des Troglodytes. Etait-il vrai qu'ils recevaient certains soirs, sous couvert de classement à finir et d'heures supplémentaires, de pauvres filles ramassées sur les Maréchaux, et que Draghixa ne répugnait pas à se mêler à leurs ébats ? A quelques instants de tenter sa chance auprès d'elle à la faveur de la pénombre d'une salle de cinéma, Kevin s'était bien gardé de s'étendre sur ses accointances avec les calamiteux archivistes. Au vrai, sans le tenir à l'écart, ils n'avaient pas encore jugé bon de l'admettre dans leur confrérie. Ils l'avaient laissé feuilleter quelques revues, ils lui en avaient prêté une, ils lui avaient permis d'admirer un bout de couloir orné par leurs soins de photos découpées dans diverses publications X... Il n'y avait rien d'extraordinaire dans ces fresques, ils en convenaient eux-mêmes. Le plus beau était ailleurs, derrière la porte en tôle rivetée qui fermait l'extrémité du couloir. Accès réservé aux vrais hommes, aux fins connaisseurs. Kevin méritait-il ces titres ? croassait Lémure, qui avait du corbeau le physique et la voix. On attendrait qu'il ait fait ses preuves, coassait Débrua, lequel tenait plutôt du crapaud...

Kevin n'était pas sûr de désirer vraiment l'intronisation qu'on lui faisait ainsi miroiter. Devenir l'égal des derniers des derniers, rejoindre les Troglodytes dans la déréliction et dans le mépris général, la belle affaire ! Mais si on continuait à le pousser de ce côté-là, quel autre choix lui resterait-il que le recours à la solidarité de l'abîme ? Dans ses éclairs de lucidité, Kevin avait conscience de vivre un moment crucial de son existence. Il pouvait imiter Lémure et Débrua. Il vieillirait comme eux, abdiquant graduellement toute dignité. Il pouvait au contraire la préserver en se réglant sur l'exemple de Milo. Le problème avec Milo, c'était que Kevin n'aurait su dire exactement quel sentiment le chef du Contentieux lui inspirait. S'agissait-il de timidité, de peur, de haine ? Et comment pouvait-il haïr quelqu'un qui s'était toujours montré amical à son égard ? Milo n'attendait rien de Kevin. Si cela dépendait de lui, il était disposé à faire en sorte que les choses se passent bien pour le jeune homme, comme il l'était vis-à-vis de toute créature croisant sa route : le lapin déboulant sous ses roues, la vieille dame qu'il voyait hésiter au bord du trottoir avec son cabas trop lourd au bout d'un bras trop maigre, le sociétaire de la mutuelle perdu dans un dossier labyrinthique... Pour des raisons impénétrables, Milo tenait à ce que la bestiole parvînt indemne de l'autre côté du fleuve de bitume, il voulait à toute force que la vieille dame regagnât son petit appartement sous les toits avec ses emplettes et ses deux fémurs intacts, il s'évertuait à démêler le dossier du poète. Milo était mystérieusement, dérisoirement bon, seul chevalier blanc dans un univers grouillant de félons. Et dans cette bonté qui s'abattait sur lui, quelque chose humiliait Kevin alors même qu'il avait conscience de devoir à Milo le bien le plus précieux sur la terre en cette fin du deuxième millénaire : la Sécurité de l'Emploi.

Au pied de l'immeuble, Kevin reconnut trois filles du pool des dactylos qui venaient de jaillir de la bouche de métro. Elles se poussèrent du coude à sa vue et se mirent à chuchoter et à pouffer. Il en déduisit que le bruit de son échec auprès de Cornélie s'était déjà répandu. Cornélie avait dû raconter sa soirée au téléphone, dès hier, en rentrant chez elle... Il rougit et ralentit le pas. Les trois jeunes femmes s'engagèrent ensemble dans le hall, laissant derrière elles un triple sillage parfumé. Mon Dieu, que les femmes sentaient bon, comme elles étaient belles quand elles arrivaient toutes fraîches pomponnées. Cependant ce spectacle lui était chaque jour un crève-cœur, tant il était sûr qu'aucune d'entre elles ne lui portait le moindre intérêt. Elles se lavaient longuement, elles se rasaient les aisselles, elles s'épilaient les jambes, elles égalisaient à petits coups de ciseaux précautionneux leur toison pubienne, elles s'enduisaient d'onguents, de crèmes et de laits, elles se maquillaient et se parfumaient, elles se coiffaient, elles limaient et polissaient leurs ongles, elles les vernissaient ou les peignaient de couleurs exquises, elles cherchaient quel corsage irait le mieux avec ce pantalon, quelle jupe longue tomberait le plus joliment sur ces chaussures, elles choisissaient des bagues, un camée, un foulard, pour orner, décorer, pour embellir la terre à travers elles-mêmes, pour charmer les sens du concierge, des passants, de leur chef de service, même les sens émoussés des Horribles Vieillards, si d'aventure il s'en trouvait sur leur chemin, mais certainement pas pour plaire à Kevin Langlois. Il leva les yeux. Les titanesques seins de marbre de la statue, vus en contre-plongée, lui masquaient la moitié du ciel. Il poussa un gros soupir. Il lui semblait tout à coup qu'il n'était venu au monde que pour voir ces belles jeunes femmes lui passer sous le nez, pour les admirer, les convoiter, en élire une, tenter de l'approcher, se faire rembarrer et en souffrir, jusqu'à quand, nom de Dieu ? Jusqu'à quelle explosion ?

A l'instant d'emboîter le pas aux trois jeunes femmes, il tâta dans la profonde poche de son caban l'objet qu'il avait découvert moins d'une heure plus tôt dans le tiroir secret. Il avait compris tout de suite de quoi il retournait. Parce que cela ne pouvait rien être d'autre, aussi étrange, aussi effrayant que cela parût... Pour que cet objet arrivât là, il avait bien fallu que l'homme d'hier soir s'introduisît dans la maison, pendant le sommeil de Kevin et de sa tante. Il aurait pu les dévaliser ou les égorger ! Mais il n'avait rien soustrait, au contraire, il avait apporté cette crécelle. Et il avait procédé à l'intrusion nécessaire avec une facilité, une discrétion... diaboliques ? Va pour diabolique. Kevin avait peur de beaucoup de choses dans la vie, du chômage, de l'exclusion, du rire des femmes, de sa tante, des voyous, des poseurs de bombes, de la surpopulation, du grignotage de la couche d'ozone, des pluies acides, des centrales atomiques, des maladies, de toutes les maladies et de tout ce qui s'y rapportait de près ou de loin, médecins, hôpitaux, infirmières, stéthoscopes, seringues, cathéters, bistouris..., mais il avait plutôt moins peur de mots comme diable, diabolique, Satan, satanique, démon, démoniaque, que de mots comme chef du personnel, police, prison, armée, fisc. En outre, il appartenait à une génération déchristianisée qui regardait des films, écoutait des disques, jouait à des jeux imprégnés d'un satanisme de bazar. Le fond de l'air du temps sentait le soufre.

Tout en tripotant la crécelle, Kevin se promit d'interroger Milo à propos du Diable, ou des diables, enfin sur ce genre de trucs. Il devait en savoir long là-dessus, comme sur une infinité de sujets plus bizarres les uns que les autres, le chandelier des Andes, l'épée magique de Jeanne d'Arc, la traduction en grec par Philon de Byblos de l'*Histoire de Phénicie* de Sanchoniathon... Avant ce jour, Kevin avait simplement tenu ces choses-là pour des foutaises. Mais en tout état de cause il avait été entrepris par un diable, une sorte de diable, et la seule personne de sa connaissance susceptible d'avoir une opinion sur cette rencontre était Milo, alors... Fallait-il parler à Milo de la crécelle ? Certainement pas, si elle recelait la moindre bribe du pouvoir que lui attribuait Isacaron !

Kevin jeta un coup d'œil à sa montre. Il n'était plus temps de voir les Troglodytes avant de prendre son service. Comme il s'apprêtait à entrer enfin dans le hall, Mme de Grassi déboucha du métro au pas de charge. Elle arriva bientôt à sa hauteur. Elle marqua le pas en fronçant les sourcils, tandis que sa grande bouche rouge sang se plissait de dédain, comme à peu près chaque fois que ses larges yeux océaniques s'arrêtaient sur Kevin. En Berthilde de Grassi, directrice du pool des dactylos, tout était surdimensionné, comme dans les voitures haut de gamme destinées à une clientèle exigeante. Si une anatomie méritait d'être qualifiée de sculpturale, entre toutes celles du personnel féminin de la Providence, c'était bien la sienne, mais alors il fallait parler de sculpture cyclopéenne. Les Troglodytes l'appelaient « la Jument », et ils ne rêvaient que de la bouchonner, de la débourrer, de la monter, de la saillir... Elle occupait une place d'autant plus importante dans leurs conversations, qu'à un physique spectaculaire elle joignait la particularité d'être demeurée vieille fille à quarante ans bientôt. On disait « Mme de Grassi » mais elle n'avait jamais été mariée, et on ne lui connaissait pas de liaison. La moitié de ceux qui avaient tenté en vain leur chance auprès d'elle la prétendaient frigide, et l'autre moitié lesbienne. Nulle rumeur émanant du pool ne venait corroborer cette dernière hypothèse. Ce qu'elle était en réalité, on n'en savait rien, sinon qu'elle était inaccessible... Et méchante, aurait ajouté Kevin si on lui avait demandé son avis. Elle manquait rarement de lui envoyer une pique ou une moquerie, de se faire mousser à ses dépens auprès de ses subordonnées, quand il poussait avec son chariot la porte du pool. Tantôt elle l'accueillait en s'exclamant : « Tiens, voici notre Mel Gibson à nous ! », tantôt elle lui demandait l'adresse de son coiffeur, ou de son tailleur, ou de sa manucure, afin d'attirer l'attention des filles sur ses cheveux hirsutes, sur son jean informe, sur ses mains aux ongles douteux. D'autres fois il lui suffisait d'une mimique, d'un regard, ou même d'un silence entendu, pour déclencher l'hilarité à l'entrée du grouillot. Kevin riait, lui aussi. Quelle autre attitude adopter ? Il faut rire de soi avec les autres, ou mourir. Il feignait de prendre du bon côté ces plaisanteries qui n'avaient rien d'amical, ces rires qui l'écorchaient vif. Il déposait le courrier et repartait, souriant et malade de honte, sous une dernière bordée de rires, en poussant son chariot dont une roue grinçait misérablement.

Mme de Grassi dévisageait Kevin de son regard insoutenable. Il n'était pas vert, pas du vert habituel des yeux humains, mais glauque, comme la mer qui se creuse et prend son élan avant de s'élancer contre la mince coque des navires, derrière laquelle tremblent les marins. Cette femme savait-elle à quel point elle était belle ? Cornélie Lambert, à côté, c'était un cageot. Isacaron avait vu juste : Cornélie avait de gros genoux. D'ailleurs, même ce que Kevin trouvait de plus plaisant en elle, ses joues pleines, son menton rond, ses pommettes hautes, son nez de poupée, tout ça faisait gnognotte à côté du masque de sa chef de service. Mme de Grassi avait un nez en bec d'aigle, une bouche grande et charnue, un menton prognathe, une dentition à vous déchiqueter un homme tout vivant, à lui briser les os pour en aspirer la moelle. Quand il voyait la directrice du pool, Kevin songeait moins à une jument, comme les Troglodytes, qu'à une statue de déesse antique. Ni la mignarde Aphrodite, ni la pensive Athéna, mais quelqu'un de puissant et de vindicatif, Héra ou Artémis... Voilà : Artémis chasseresse, descendue furieuse de son piédestal avec son arc et ses chiens pour lui faire un mauvais parti, à lui Kevin.

Pour l'heure, les sourcils froncés, elle attendait qu'il lui cédât le passage. Il en avait conscience, mais il n'arrivait pas à donner à son corps indocile cet ordre pourtant bien simple : « Arrête-toi, laisse passer la dame... » Alors, outrée de son manque d'éducation et de sa sottise, elle s'avança et le bouscula. Il roula sur le sol.

« Ah, l'imbécile ! » s'exclama-t-elle, prenant à témoin les filles du pool qui s'étaient retournées et qui avaient tout vu. Leurs rires argentins firent écho à sa colère. Kevin tardait à se relever. Ce qui le paralysait, ce n'était ni la douleur, ni la honte, mais une sorte d'incrédulité affolée. En l'envoyant bouler d'un coup d'épaule, Mme de Grassi avait rendu évidentes sa fragilité et sa faiblesse, elle l'avait infantilisé et presque féminisé. Les trois petites dactylos n'avaient pas été les seules à assister à la scène. A cette heure-ci, employés et cadres mêlés traversaient le hall pour gagner les ascenseurs. Comme il laissait errer son regard sur les visages tournés vers lui, pour la plupart empreints d'une curiosité moqueuse, Kevin reconnut Lordurin et Feunilieu, deux des Horribles Vieillards. Ces deux-là ne riaient pas de la mésaventure de Kevin. Ils plissaient le nez et les lèvres d'un air de dégoût, comme si la chute du grouillot avait libéré Dieu sait quelles mauvaises odeurs. Les Horribles Vieillards réprouvaient à peu près tout, a priori. Pour eux, il n'était pas convenable de tomber, et d'ailleurs, de leur temps, on ne tombait pas... Du coin de l'œil, Kevin aperçut Des Embruns accompagné de Porcin. Sur le visage altier du Président s'étalait une expression d'indulgence lointaine. Une bienveillance de convention lui était aussi consubstantielle que la manie de tout blâmer l'était aux Horribles Vieillards. Quant à Porcin, Kevin lisait en lui comme à livre ouvert. « Ce crétin ne peut pas s'empêcher de faire l'idiot ! » était-il inscrit en très gros caractères sur la face lisse et carrée du chef du personnel. C'était ça, la pensée-Porcin : les crétins faisaient les idiots, les pitres faisaient les clowns, les gugusses faisaient les charlots, inéluctablement.

Le monde entier était donc là, ou presque ! Il ne manquait que Milo ! soupira Kevin. Milo, s'il avait été là, lui aurait témoigné la compassion que les autres lui refusaient. En son absence, Kevin savait n'avoir rien à espérer de personne. Peu de gens doutent de la supériorité morale du bouddhiste qui respecte les formes de vie les plus humbles, mais qui l'imite ? On appartient sans gloriole mais sans remords au clan des écraseurs de lapins au bord des routes et des noyeurs d'araignées dans les baignoires...

Le temps semblait suspendu. L'idée de ne plus

jamais se relever effleura Kevin. Il était où il devait être, il était arrivé. Il pouvait rester vautré là, ses chers collègues passeraient leur chemin sans se soucier de lui, puisque c'était l'heure de prendre leur service. Et après cette heure d'autres heures viendraient. Cornélie épouserait Bobby De Clerk un jour ou l'autre, quelqu'un collecterait de bureau en bureau l'argent du cadeau de mariage dans une boîte à chaussures, les fiancés offriraient un pot, whisky, porto et jus de fruits, chipsters et noix de cajou. Mme de Grassi trouverait un autre petit jeune à asticoter, pendant que dans leur labyrinthe les Troglodytes continueraient à la désirer. Des Embruns se transformerait peu à peu en beau vieillard distingué, portant toujours sur les êtres le même regard indulgent et stupide, jusqu'à l'effondrement final, Alzheimer, suspensoir et couches-culottes grande taille... Milo prendrait sa retraite ; il consacrerait tout son temps à ses extravagantes études : la *Disciplina arcani*, les Tulissones baltes, Zosime de Panapolis, John Dee, Martines de Pasqually... Il continuerait à traquer le secret du monde dans les livres. Mourant, il chercherait encore sous son lit de mort la clé du mystère.

Les secondes s'écoulaient et Kevin ne se décidait pas à se relever. Jamais il ne s'était senti aussi radicalement étranger à l'Espèce, à ses prétendus semblables. Ses semblables ? Allons donc ! Ils avaient l'air de savoir à peu près ce qu'ils faisaient sur cette planète, eux. Et leurs positions et leurs attitudes respectives, eux debout et en marche, et lui à terre et immobile, provenaient de ce qu'ils étaient tendus vers un but, tandis qu'à lui rien n'imprimait d'élan, rien ne conférait la moindre densité. Certains, comme un bateau court sur son erre, vont sans encombre jusqu'au bout de leur vie sur la lancée d'une impulsion initiale. Mais les parents de Kevin avaient disparu trop tôt pour avoir eu le temps de souffler assez dans ses voiles. Tata ? Tata le regardait pourrir en carène avec satisfaction. Et si, en premier signe de défi, pour montrer qu'il prenait son parti de son destin et de l'indifférence du ciel, il allumait une cigarette, là, par terre, assis bien tranquille parmi les crachats, les mégots et les crottes de chien ? Il porta la main à la poche de son caban. Il roulait ses cigarettes, par souci d'économie. Tant mieux, ce serait encore plus spectaculaire. Mais alors il ne fallait pas que ses mains tremblent... Bah ! Il tremblait intérieurement, seconde après seconde, jour et nuit, de toute façon, de tout son cœur, de toute son âme, parce qu'il est terrifiant, quand on a le malheur d'y songer, de se tenir debout sur cette boule de terre, de roc, de feu et d'eau qui tourne sur elle-même à toute vitesse. Il paria que ses mains ne trembleraient pas. Il était délivré du vertige, puisqu'il avait renoncé à la station verticale. Il était sauvé ! Sa main droite plongea dans la poche censée contenir sa blague à tabac. Il jura à mi-voix. Il avait oublié chez lui tabac, papier gommé et briquet jetable. A leur place, sa main ne trouva que la crécelle.

Parmi les divers services de la mutuelle, le Contentieux jouissait d'une réputation comparable à celle des troupes de choc au sein d'une armée. Les subordonnés directs de Charles-Honoré Milo constituaient l'élite du personnel. Comme toute élite, elle était peu nombreuse, se composant en tout et pour tout de deux rédacteurs et de deux secrétaires. Le plus âgé des rédacteurs, Ari Bensila, était un homme au cheveu rare et à l'accent chantant. Il avait commencé sa carrière « chez nous là-bas, à Oran ». En matière d'assurances sociales, de mutualisme et de législation du travail, il savait tout. Pour le reste, il collectionnait avec une passion douloureuse les images du paradis dont il avait été chassé. Il avait réuni plus de neuf cents cartes postales représentant Oran et ses environs, et il passait ses samedis et ses dimanches à courir les bourses et les conventions pour échanger ses doubles et en dénicher d'autres. Il cultivait un autre hobby, connexe à sa cartophilie, la photographie. C'était lui qui immortalisait les fêtes du comité d'entreprise. Son collègue Abel Web, de trente ans son cadet, n'avait eu que le temps de naître à Alger avant d'en être chassé avec ses parents en 1962. Il n'était dévoré d'aucune nostalgie. Il vivait tourné vers l'avenir, avec sa manie des *organizers*, des ordinateurs et des téléphones portables. Il proclamait bien haut, le cas échéant devant l'intéressé, son ambition de succéder un jour à Des Embruns au poste de président-directeur général. Des Embruns souriait avec indulgence. Quant à Milo et à Bensila, non seulement ils croyaient leur poulain capable d'une telle ascension, mais encore ils estimaient en privé que plus tôt elle se produirait, mieux cela vaudrait pour la mutuelle.

La première des deux secrétaires du Contentieux avait grandi en haut à gauche de la carte de France, dans la bruine et l'herbe verte, et elle s'appelait Sable. La seconde était née en bas dans la pierraille ensoleillée, et elle avait nom Cétoine. En ces deux femmes s'incarnaient les archétypes complémentaires de la walkyrie et de la houri. A la crinière de lin de Sable, à sa carnation de lait, à ses yeux d'améthyste, répondaient la chevelure d'ébène, le teint d'abricot foncé, le regard d'ombre et de nacre de Cétoine. Mensurations idéales, cambrure et port de tête, fines attaches, dents perlées, front bombé, lèvres ourlées, rien ne manquait à leur panoplie d'appas. Chacune d'elles aurait pu devenir mannequin ou actrice, hanter de son image les kiosques, les écrans et les murs de la ville. Au lieu de quoi elles servaient Charles-Honoré Milo. Bien sûr, dans la vie profane, hors du temple du Contentieux dont elles figuraient les prêtresses, chacune avait un mari et des enfants. Le soir, ce n'était pas entre les bras de Milo qu'elles se lovaient, ce n'était pas son haleine qu'elles respiraient dans leur sommeil... Elles n'avaient jamais été, elles ne seraient jamais à lui. Une nuit, il s'était éveillé en sursaut, envahi par cette idée tout à coup intolérable : il mourrait sans les avoir vues nues, sans avoir connu l'odeur et le goût de leur peau. Il était resté longtemps adossé à son oreiller, à réfléchir à ça, les yeux ouverts dans le noir. Cette nuit-là, il avait procédé à un bilan personnel. Qu'avait-il à offrir à ces femmes splendides roulant sur l'or de leurs trente ans ? Une carcasse défraîchie, denture mi-ferraille, mi-résine, double menton, bajoues naissantes, mains encore élégantes mais déjà tavelées, estomac ruiné, reins vite lassés, érections capricieuses ? Sa marchandise ne valait pas la leur. Et elles lui donnaient déjà tant ! Avec le spectacle permanent de leur grâce, leur assiduité, leur compétence, leur zèle, leur gaieté... Il avait assez vécu pour savoir qu'une histoire avec l'une ou l'autre aurait fatalement rompu l'harmonie de leurs rapports. Chaque fois que Des Embruns tentait de lui arracher l'une d'elles pour en faire l'assistante d'Aude Lorgeat, sa secrétaire particulière, Milo montrait les dents... Au terme de cet examen de minuit, le chef du Contentieux avait reconnu qu'il était entré dans une phase de la vie où il faut savoir se contenter des fruits des basses branches, même s'il en brille plus haut de plus appétissants. Il avait allumé enfin, sans craindre de réveiller personne puisqu'il vivait seul depuis des années. Il avait tendu la main vers la table de chevet, s'était emparé du tome second de l'œuvre poétique d'Oscar de Lubicz-Milosz, dont il avait relu *La Symphonie de septembre*, et il s'était rendormi pour un temps consolé.

— Monsieur Milo, votre rendez-vous est à la réception.

Cétoine, la prêtresse orientale, vêtue d'un tailleur ocre et d'un chemisier grège qui s'accordaient à la matité de son teint, avait entrouvert la porte capitonnée du bureau de Milo.

— Mon rendez-vous ? Vous m'avez dit hier que je n'avais rien ce matin avant 11 heures. J'ai failli en profiter pour passer chez l'oculiste...

— Je sais, monsieur, mais j'ai dû me tromper...

La jeune femme tenait à la main l'agenda de Milo, ouvert à la date du jour.

— C'est curieux, je ne me souviens pas d'avoir inscrit ce rendez-vous. Pourtant, c'est bien mon écriture...

— Et qui est ce visiteur ?

— Eh bien, je... J'ai du mal à me relire... Jacques Niroton, ou Niloton...

— Inconnu au bataillon, ce Mironton-là ! Vous devez avoir un dossier, une note, quelque chose ?

Cétoine se mordit les lèvres. Milo, qui la tenait pour une des deux meilleures secrétaires des cinq continents, l'autre étant Sable, ne put dissimuler sa surprise.

— Et son nom ne vous dit rien ?

— Non, rien...

— A moi si, vaguement. Jacques Niroton, hein ?... C'est comme si j'avais un mot sur le bout de la langue... Peu importe ! Faites-le monter. Je vais le recevoir. Quant à vous, vous devez être surmenée ; prenez des vitamines, des amphétamines, de la cocaïne si vous voulez, mais ne vous faites pas porter pâle, sans vous, je suis perdu !

Elle sourit à peine, contrariée d'avoir été prise en faute.

— Entrez, monsieur...

— Niroton, Jacques Niroton. Je vous remercie de me recevoir si vite. Je ne me serais pas permis d'abuser de votre temps si je n'étais convaincu que mon affaire, si simple en apparence, en réalité si complexe, exige l'œil, la main, la « patte », si vous me passez l'expression, d'un expert, que dis-je, d'un maître tel que vous...

— Vous m'embarrassez, monsieur euh... Nicoton.

— Niroton ! Niroton ! Jacques Niroton !

— Excusez-moi... Prenez place, je vous en prie !

Niroton s'assit sur une des deux chaises tendues d'un cuir vert bien fatigué disposées face au bureau.

— Merci, monsieur Milo. Vous avez pu examiner mon petit mémoire ?

— Votre petit... Euh, c'est-à-dire...

— Mais oui, je le vois, là, sur votre sous-main ! Vous l'avez donc lu, vous l'avez même annoté...

Intrigué, Milo saisit la feuille de papier que désignait son visiteur. Il regretta soudain de n'être pas allé ce matin chez l'oculiste, comme il en avait eu l'intention. Ses verres n'étaient plus adaptés à sa vision, sinon ils ne lui auraient pas flanqué de pareils maux de tête ! Debout à côté de son fauteuil, et alors qu'il commençait à fléchir les jarrets, il accomplit simultanément deux gestes en principe contradictoires : il ôta ses lunettes à la seconde même où il jetait les yeux sur la feuille de papier en question. Il s'en félicita, car sa migraine cessa dans l'instant. Sa pensée suivante fut pour s'interroger. Comment peut-on voir deux choses à la fois, ou pour mieux dire, observer dans un seul objet la coexistence de deux aspects antinomiques ? La feuille qu'il tenait à la main était tout ensemble vierge de la moindre inscription, et couverte de lignes manuscrites serrées, aux lettres minuscules et gladiolées. Dans les marges, il discerna des apostilles dont il avait toutes chances d'être l'auteur, puisqu'il y reconnut son écriture et la couleur de son encre.

Milo s'ébroua et acheva de s'asseoir. Les reins calés dans son bon fauteuil, il retrouva ses marques. Il observa mieux son visiteur. Il constata d'abord qu'il avait devant lui un homme élégant. Pour sa part, il lui suffisait de s'estimer décent. Mais à travers Des Embruns il avait au moins une idée du luisant et du tombé des belles étoffes, de ce qu'un tailleur de talent peut en faire et de ce qu'il en coûte. Or, à l'évidence, l'homme qu'il venait d'introduire dans son bureau en avait au bas mot pour plusieurs dizaines de milliers de francs sur les fesses et sur les épaules.

— Vous regardez mon costume ?

Milo sursauta en entendant à nouveau la voix de Jacques Niroton. Lui avait-elle semblé aussi chaleureuse et sympathique quand il l'avait entendue pour la première fois, sur le pas de la porte ? Il dévisagea le propriétaire de cette voix avec plus de curiosité. En général, il prêtait peu d'attention au physique des hommes. Si on disait devant lui qu'Untel était beau, il lui fallait, pour savoir s'il souscrivait ou non à l'assertion, se livrer à un curieux exercice qui consistait à transformer mentalement cet homme en femme. Si le résultat lui paraissait convaincant, si cette femme virtuelle avait du charme, alors oui, il convenait en lui-même que l'homme en question devait en avoir aussi, aux yeux des femmes.

— ... Vous pouvez le regarder, allez, il est très beau. C'est du vrai camelin tissé comme au Moyen Age, et je m'y connais ! Et ça coûte bonbon !...

Niroton leva les bras au ciel, les mains ouvertes, les doigts écartés, et fit mine de disperser dans les airs des liasses de billets de banque. Milo profita de cet intermède pour effectuer le test. Il se révéla plus que positif : une créature à damner tous les saints du paradis d'une seule œillade apparut fugitivement. Milo récapitula ce qu'il savait désormais de son interlocuteur : il était prospère, il était sympathique, il était beau. Tout de même, la perfection n'étant pas de ce monde, il portait une eau de toilette trop forte.

— Vous aurez compris, reprit Niroton, soudain calmé, que je ne suis pas dans le besoin. Les 546 francs 35 centimes n'ont pas d'importance à mes yeux...

— Pardon, les 546 francs ?...

— 546 francs et 35 centimes. Vous avez lu mon mémorandum ; c'est la somme que je réclame à la mutuelle, à laquelle, d'ailleurs, j'ai toujours eu lieu de me louer d'appartenir... Donc, cette somme ridicule, cher monsieur, je m'en fous comme de l'an 40, c'est le principe qui m'intéresse. Sur les principes, voyez-vous, je suis intraitable !

Le chef de service baissa les yeux sur la feuille qu'il tenait à la main. Le phénomène qui s'était déjà produit un instant auparavant se renouvela. La tête sur le billot, Milo n'aurait su dire s'il y avait quelque chose d'écrit sur cette feuille, ou s'il n'y avait rien. Une fraction de seconde il la voyait immaculée, et aussitôt après elle se couvrait de chiffres et de mots, de phrases dont le sens général tournait autour d'un remboursement de frais médicaux pour un montant de 546 francs et 35 centimes. Ce remboursement, soutenait Niroton au fil d'une prose boursouflée de circonlocutions, de précautions oratoires, de digressions et d'envolées incongrues, lui avait été indûment refusé par la caisse de la mutuelle. Dans les marges, et bien qu'il n'eût gardé aucun souvenir de la lecture qu'elles attestaient, des annotations de la main de Milo témoignaient d'une adhésion enthousiaste et non moins incongrue aux thèses de Niroton : *Oui !... En effet... Très bien... Il a raison. !...* Milo se demanda s'il n'était pas en train de perdre la boule. Ces temps-ci, Alzheimer et Creutzfeldt-Jakob grimaçaient derrière le moindre trou de mémoire, derrière le premier mot pris pour un autre. Bah, pourquoi se compliquer la vie, puisqu'il avait lu cet exposé de l'affaire et reconnu la validité des arguments du demandeur ?

— Tout ceci me semble clair, monsieur Nico... Niroton. Je vais donner des instructions...

La sonnerie du téléphone l'interrompit. Il décrocha.

— Excusez-moi, je vous prie... Allô ?

C'était Cétoine. Elle avait fini par retrouver la fiche d'adhérent du visiteur.

— L'affaire est simplissime, au bout du compte, mais apportez-moi ça tout de même...

Il raccrocha. Cétoine poussa la porte capitonnée et entra, une simple feuille de papier à la main. Niroton se fendit d'un sourire appuyé. C'était toujours ainsi : les *Milo's girls* ne laissaient personne indifférent. Milo se demanda si une gravure de mode comme Niroton aurait eu une chance de séduire Cétoine. Il la croyait fidèle à son mari, mais les femmes aiment les beaux plumages, les beaux ramages. Il imagina Cétoine dans les bras de Niroton. Ils auraient sans conteste formé un couple magnifique, n'eût été la différence d'âge, car Niroton pouvait avoir une vingtaine d'années de plus qu'elle. Du point de vue physique, une comparaison entre Niroton et Milo aurait tourné à l'avantage du premier. Niroton se tenait droit comme un I, et son ventre paraissait plat comme celui d'un adolescent. Milo eut une pensée navrée pour la silhouette que la glace de son dressing-room lui renvoyait chaque matin. Un incident vint répondre à sa façon à la question qui l'avait conduit à ces considérations mélancoliques. Niroton avait accédé au bureau de Milo sans passer par celui des secrétaires. A l'instant où Cétoine posa les yeux sur lui, sa réaction déconcerta Milo. Ce fut d'abord un léger plissement des paupières, accompagné d'un très discret sursaut. Se méprenant, Milo, non sans une pointe de déception, se dit que Niroton lui avait « tapé dans l'œil ». Cependant, comme elle passait à proximité du visiteur, Milo dut réviser son jugement. Cette fois les narines de la secrétaire s'étaient pincées, sa bouche s'était tordue de dégoût.

— Voici la fiche, monsieur.

Ce qu'elle apportait n'avait aucun rapport avec une véritable fiche d'adhérent. Elles revêtaient en réalité la forme de carrés de bristol de couleur saumon, divisés en cases de tailles variables correspondant à autant de rubriques qui se remplissaient au fil du temps de mentions manuscrites, de coups de tampon et de paraphes divers. Elles n'étaient pas supposées circuler nues, mais à l'abri d'un sarcophage de carton contenant toutes les correspondances et pièces afférentes.

Milo accepta sans protester le chiffon de papier que lui tendait Cétoine. Elle tourna les talons et sortit, avec, oui, quelque chose qui ressemblait à de la précipitation.

Un coup d'œil suffit à Milo pour se convaincre que la prétendue fiche de Niroton offrait la même particularité que le mémorandum. Elle était à la fois vierge et couverte d'indications relatives au curriculum de son titulaire. Ce dernier les commentait à mesure que Milo croyait les déchiffrer. La voix si chaleureuse de Niroton parvenait aux oreilles de Milo comme à travers d'inconcevables distances, sur des ondes encombrées de parasites. On eût dit qu'une multitude d'insectes taraudait, mordillait, grignotait les mots de Niroton dès leur naissance sur ses lèvres...

— Oui, c'est Pierre de Lanceray qui m'avait porté sur les fonts baptismaux de la poésie en publiant mes premiers vers dans *Scansions*. Cela s'appelait *Immarcescibles aubes*... Il fut aussi mon parrain lors de mon adhésion. Vous vous souvenez de *Scansions* ? C'était une bonne revue, non ? Un peu académique, un peu trop « jeux floraux », peut-être... Le cher Pierre de Lanceray en avait lui-même conscience. Il m'avait dit : « Mon jeune ami, je vais publier votre poème dans *Scansions*, ça vous mettra en iambes. » En iambes, dans *Scansions* ! Il était pince-sans-rire, sous ses dehors d'esthète... Mais attention, hein, c'était un fin poète. Vous avez lu *Le Cœur nubile*, son recueil majeur ? C'était son sujet d'élection, ça, les petites filles. Je crois qu'il n'en a jamais vraiment traité d'autres. Il fallait qu'il mette de la pisseuse partout... A un certain détour de sa vie, il serait passé en correctionnelle s'il n'avait pas eu une aussi belle conduite en 14. Je me souviens qu'il me disait : « Dès qu'une guerre se présente, mon jeune ami, courez-y décrocher des médailles, vous verrez comme ça rend service, ensuite, dans le civil... » Et vous voyez, j'ai suivi son conseil...

D'un geste désinvolte, Niroton montra sa boutonnière ornée d'une rosette d'officier de la Légion d'honneur.

— Ah bah ! J'ai baroudé en Indochine et en Algérie... Je crois savoir que vous aussi, vous avez fait l'Algérie ?

Milo aurait pu se demander d'où son interlocuteur savait cela. Il n'y songea pas.

— Dire que j'y ai baroudé, ce serait mentir. J'y étais, voilà tout !...

— Ah, une campagne, c'est une campagne ! On n'a pas besoin d'avoir gagné ou perdu une guerre à soi tout seul pour dire qu'on l'a faite ! En tout cas je peux vous assurer qu'à Diên Biên Phu, les aubes n'étaient pas tout à fait immarcescibles ; ça empestait, nom d'un chien ! Remarquez, on clame partout : « La guerre c'est affreux, quelle horreur la guerre, ceci-cela... » Bon, c'est affreux, mais la chasse, ça n'est pas joli-joli non plus... Et la corrida ? C'est affreux ! Si, si, c'est affreux ! Mais j'aime ça, que voulez-vous ?

J'aime la corrida, j'aime la chasse, et j'ai aimé la guerre encore plus. Alors voilà, comme on fait bien ce qu'on aime, j'ai été un bon soldat, et on m'a décoré. Ceci posé, je n'avais aucun mérite... C'est familial, c'est atavique, chez moi. Figurez-vous que j'ai des ancêtres égorgeurs patentés, jusqu'au XVIe siècle au moins. Je descends du chevalier de Coscas. Ce nom ne vous dit probablement rien, mais...

— Attendez, si... Vous avez bien dit Coscas ? Il ne peut s'agir du chevalier Agrippa de Coscas, le compagnon d'armes de Paulon de Mauvans ?

— De Paulon et d'Antoine de Mauvans, ouiiii ! Il les aida à ravager la haute Provence, dès avant la première guerre de Religion, et jusqu'à la quatrième incluse.

— Agrippa de Coscas, vous lui seriez apparenté ? Mais c'est... Vous êtes donc protestant ?

Niroton baissa les yeux.

— Oh, vous savez, moi, les questions de religion m'indiffèrent... Mais oui, je descends bel et bien du chevalier Agrippa de Coscas.

Milo dévisageait à présent Niroton avec attention, et presque avec avidité.

— C'est stupéfiant !

— Comment ça, stupéfiant ? C'est tout simple, au contraire. Le chevalier fut trop occupé par la guerre pour se marier, et quand il en eut fini avec les armes, il donna dans le mysticisme, à moins que ce ne soit dans la folie pure et simple... En tout cas, il n'eut d'enfants que naturels. Parmi eux, une fille, une certaine Pâquette, naquit à Cassagnoles, aujourd'hui une paisible bourgade du Gard blottie autour de son château du XIIIe siècle... On ne sait si la mère de Pâquette avait consenti à l'étreinte du chevalier, ou s'il l'avait violée. Le chevalier était un assez mauvais sujet, si j'en crois la tradition familiale. Quoi qu'il en soit, la petite-fille de cette Pâquette épousa un Niroton natif de Lédignan et lui donna, entre autres héritiers, un garçon chez qui se réveilla le tempérament belliqueux et même féroce des Coscas. Cher monsieur, vous me voyez là bien civil et paisible en face de vous, mais dans mon jeune temps, dans les rizières, et plus tard dans les sables brûlants, j'étais un démon, ah, ah !

Une agitation, une nervosité chez lui inhabituelles s'étaient emparées de Milo. Il avait posé sur le bureau la pseudo-fiche d'adhérent de Niroton, et il tapotait du bout des doigts sur le bord de son sous-main de cuir le rythme d'une charge de cavalerie.

— Comment se peut-il... Il se trouve que j'ai été conduit à m'intéresser à votre ancêtre pour les besoins de... d'une étude historique. Eh bien, le chevalier de Coscas n'est même pas un personnage méconnu de l'histoire de France, mais tout de bon un inconnu ! Un *parfait inconnu*, ai-je pu croire jusqu'à cet instant...

— Pardon, il a bien fallu que vous-même en entendiez parler. Mais il est vrai que les documents concernant mon ancêtre font radicalement défaut... Puis-je vous demander où vous avez trouvé mention de son nom ?

Milo ouvrit la bouche et la referma aussitôt. Il était depuis longtemps persuadé qu'un mystère planait autour du personnage d'Agrippa de Coscas. A tout le moins un grand silence, un mutisme inexplicable des textes. Des registres paroissiaux avaient disparu, des actes notariés avaient été détruits, amputés ou falsifiés, des mémoires manuscrits ou imprimés expurgés, des inscriptions mortuaires ou commémoratives martelées ou effacées au burin. Milo n'avait jamais rencontré que deux traces indubitables du passage du chevalier sur la terre : celle que venait de constituer, à l'instant, la confidence fortuite de son lointain descendant, et... la précédente, qu'il entendait garder pour lui. Chacune certifiait l'autre. Milo avait interrogé nombre d'historiens, d'archivistes et de bibliothécaires de tout poil. Jamais avant ce jour il n'avait entendu prononcer le nom d'Agrippa de Coscas sur un autre ton que celui de l'ignorance indifférente. La petite annonce qu'en dernier recours il avait publiée dans le *Moniteur de l'Invisible* n'avait donné aucun résultat. Niroton arrivait à point pour lui redonner espoir. Mais Milo ne baignait pas pour rien depuis des lustres dans le bain de l'ésotérisme. Ce que sait ton voisin, prends-le et range-le avec ce qu'il ignore...

— Je ne me rappelle plus où c'était. Dans les *Commentaires* de Monluc, peut-être ?

— Certainement pas dans Monluc ; je le saurais !

— Alors... Non, vraiment, je ne sais plus.

— C'est dommage, mais ça vous reviendra, j'espère. Et quelle que soit votre source, que disait-elle ?

— Oh, assez peu de chose en vérité...

— Quand je l'ai cité, vous avez pourtant identifié en lui sans hésitation un acolyte des Mauvans...

La voix de Niroton se faisait pressante. Milo opina, toutefois sans se départir de sa prudence.

— Certes. Il sortit vivant de l'affaire de Draguignan, au cours de laquelle, en 1559, les catholiques rendus furieux par les exactions des huguenots de la région réglèrent son compte à Antoine de Mauvans. Tant de rancunes et de haines s'attachaient à celui-ci que son cœur fut arraché de sa poitrine et promené au bout d'une pique, et pour finir jeté aux chiens. Ses restes furent exhumés quelque temps plus tard. Le parlement d'Aix avait ordonné qu'ils lui soient apportés dans un tonneau de sel ; on les exhiba sur une potence...

— Oui, oui, tout le monde sait cela ! En février 1560, à Mérindol, son frère Paulon de Mauvans fut proclamé chef des protestants de Provence... Mais Coscas, que savez-vous au juste sur Coscas ?

Kevin avait beau pousser le chariot du courrier comme dans un de ces films des années 70 où les réalisateurs maniéristes abusaient du ralenti, inéluctablement la distance qui le séparait de la porte du pool des dactylos se réduisait. Encore cinq mètres, encore trois, et il lui faudrait affronter le regard d'une vingtaine de femmes et de jeunes filles. C'était chaque jour une épreuve, mais rembarré hier soir par Cornélie Lambert, jeté à terre ce matin par Mme de Grassi, il s'attendait au pire. Il rentra la tête dans les épaules. Son chariot grinçait comme jamais. On avait dû l'entendre approcher. Déjà les dactylos levaient la tête et échangeaient des grimaces malicieuses, déjà Mme de Grassi aiguisait la remarque assassine, le trait d'esprit qui le clouerait sur place. Plus que deux mètres, plus qu'un... Il pouvait encore abandonner le chariot devant la porte, s'enfuir, se perdre dans la foule du boulevard. Quel soulagement d'abord ! Plus de regards narquois à soutenir. Les mains dans les poches sous le ciel impassible, il s'en irait libéré de lui-même, puisque c'étaient les autres qui posaient sur ses épaules la tunique de Nessus d'une identité... Mais bientôt, cette liberté de fourmi désœuvrée dans la fourmilière de Paris deviendrait elle-même une torture, une terreur. Le chômage, la mort sociale ! Sa feuille de paie était minable, mais il pouvait la brandir sous le nez de sa tante et marâtre lors de leurs disputes : il gagnait son pain. Sans ce bout de papier, sans le numéro de Sécurité sociale qui allait avec, il aurait vite touché le fond. Et s'il voulait conserver son seul atout dans la partie mal engagée qui l'opposait au monde entier, il devait entrer comme tous les jours dans la salle du pool avec son chariot, et laisser les rires moqueurs des dactylos ruisseler sur son visage.

Mme de Grassi était assise à son bureau. Elle lisait. Elle ne leva pas la tête à l'entrée de Kevin. Avait-elle donné des consignes ? Nulle ne lui accorda un regard. Les dactylos travaillaient, l'écouteur à l'oreille, les yeux rivés à leur écran. Tout en maudissant pour la millième fois sa propre négligence qui lui faisait sans cesse remettre à plus tard le graissage du chariot, Kevin poussa l'engin vers la table où il déposait habituellement le courrier. Il avançait les yeux baissés, lui aussi, dans l'allée qui séparait les deux premières rangées de postes de travail. On n'entendait que le grincement à la fois crispant et comique des roues, et le cliquetis amorti des claviers. Dans l'air flottaient des odeurs de laque, de lait pour le corps, d'eaux de parfum et de poudre de riz, auxquelles celle du tabac blond de la cigarette que s'accordait parfois Mme de Grassi ajoutait une touche d'élégance un peu canaille. Elle seule avait le droit de fumer en travaillant, le vrai pouvoir n'allant pas, selon elle, sans une part d'arbitraire manifeste. Ses rares cigarettes lui servaient en outre à afficher des nervosités réelles ou feintes. Quand la patronne en grillait une, c'était un drapeau rouge qu'elle hissait sur la plage de son âme : vent violent, hautes vagues, rigolade interdite.

Il ne se serait peut-être rien passé, si Kevin n'avait laissé échapper un sarcophage en déchargeant le chariot. Mais le silence de la volière déconcertait le piètre oiseleur. Le sarcophage trop lourd glissa entre ses doigts et tomba avec bruit sur le sol carrelé. L'étui de carton fatigué s'éventra, répandant ses viscères de papier. Vingt paires d'yeux se fixèrent sur Kevin. Le cliquetis s'était interrompu. Il y eut un bref instant de vrai silence que la voix de Mme de Grassi pulvérisa :

— Mais qu'est-ce qu'il a dans les mains ?

A cette exclamation répondit un trille argentin. C'était Cornélie. Son rire de gorge provoqua l'hilarité générale. Celle-ci clapota, moutonna, s'enfla, éclata enfin en tempête, ses rafales giflant le grouillot comme des vagues glacées. Suffoqué, éperdu, il restait les mains et la bouche ouvertes sous ce déferlement.

— Tableau : *L'Impuissance contemplant le Désastre !* lâcha Mme de Grassi à la faveur d'une accalmie.

Les rires redoublèrent. Seules quelques-unes des jeunes femmes dissimulaient à demi leur gaieté. Cornélie n'avait pas ce scrupule. Renversée sur sa chaise, elle s'esclaffait au point qu'on lui voyait la glotte. Des larmes de rire coulaient sur ses joues. A chaque nouveau rebond de sa joie, elle martelait sa table du plat de la main.

— Allons, allons, mesdames, vous allez finir par vexer ce pauvre garçon...

Mme de Grassi ne ressentait pas moins de jouissance à maîtriser ses filles qu'à les déchaîner. Le deuxième exercice était même plus délicat, et donc plus exaltant que le premier. Quand elle parvenait à accomplir les deux avec une égale maestria, elle ne se sentait plus exactement chef de service, mais chef de meute : allez faire taire votre équipage, quand vous l'avez lancé à la curée !

— Mesdames ! Je vous prie ! Mesdames !... Les meilleures choses ont une fin...

Son œil commençait à vriller. Peu soucieuses de s'attirer ses foudres, les dactylos se turent. Cornélie seule continuait à pouffer. Son fou rire risquait d'entraîner les autres. Mme de Grassi sentit le danger. C'était à elle de décider si l'on riait dans son service.

— Cornélie, voyons, vous n'êtes plus au cinéma !...

Le bureau tout entier était au courant de la piteuse tentative de séduction de Kevin et savait en quel lieu elle s'était déroulée. Mme de Grassi savait, elle aussi. Cornélie ne s'était pas vantée de sa soirée devant elle, mais elle avait ses informatrices. En tout cas, pour celles qui n'auraient pas saisi l'allusion, elle accompagna sa phrase d'un clin d'œil appuyé. Le résultat fut à la hauteur de son attente. Les dactylos se tordirent les côtes à nouveau. Kevin s'anima enfin. Il ramassa le dossier éparpillé, le posa sur la table et acheva de décharger lettres et documents. Puis, rouge, la tête basse, les larmes aux yeux, il repartit vers la porte en poussant le chariot en sens inverse.

— Mon petit Kevin, il faudrait songer à huiler ces roues, n'est-ce pas ? On croirait entendre le cri d'amour du ouistiti le soir au fond des salles obscures !

La déferlante de rires soulevée par cette ultime saillie de Mme de Grassi s'écrasa contre la porte que

Kevin venait de franchir. Le jeune homme s'éloigna du pool dans une course titubante. Par chance le couloir était désert, sans quoi il aurait aussi bien renversé quelqu'un, un Horrible Vieillard, par exemple, et alors là, adieu son emploi ! Il essuya de la manche ses larmes naissantes. Il se demanda s'il était rouge ou blême. Il aurait préféré blême. Blême, c'était la colère, rouge c'était la honte... Mais ne dit-on pas aussi « rouge de colère » ? Sans doute s'agit-il alors d'une colère chaude, celle qu'on ne domine pas, colère sans dignité qui vous fait bouler les mots et frapper à tort et à travers. Le mieux, c'est la colère glacée, la blême, colère de la bombe humaine qui n'éclatera qu'à son heure... Il tâta ses joues du plat de la main. Il les avait brûlantes. Colère chaude, alors. Ou honte. Ou les deux ensemble. Il se dit qu'il devait absolument transformer ce mélange inconfortable et inefficace en colère froide.

— D'Agrippa de Coscas, répondit Milo, je sais seulement qu'il s'est rendu coupable de ce qu'on qualifierait aujourd'hui de « crimes de guerre » ou même de « crimes contre l'humanité »... Quoi de plus banal ? direz-vous. Exagérerait-on en avançant que l'histoire n'est rien d'autre qu'un long crime contre l'humanité ?

— A peine ! ricana Jacques Niroton. En tant qu'ancien criminel de guerre moi-même, la formule me paraît pertinente !

La question de Milo n'était que de principe, et il cherchait des phrases au plafond quand Niroton l'avait interrompu. Interloqué, il baissa les yeux pour dévisager à nouveau son interlocuteur.

— Vraiment, vous avez...

— Mais bien entendu ! s'exclama Niroton en levant les bras au ciel. Cependant revenons à mon aïeul. Pourquoi vous êtes-vous intéressé à lui ? Il est clair qu'il a vécu en un temps où les meurtriers et les tortionnaires se pressaient au portillon. Les guerres de Religion, pensez ! Tout sanguinaire qu'il semble avoir été, ce brave Agrippa ne saurait rivaliser avec des figures comme les Mauvans, des Adrets ou Montbrun chez les parpaillots, ou du côté catholique Monluc lui-même, Mongiron ou l'Italien Fabrizzio Serbelloni. Alors ? Pourquoi Coscas ?

— Coscas m'a intrigué quand j'ai trouvé mention de lui, je ne sais plus où, parce qu'il s'est repenti longtemps après, et sans contrainte extérieure... Vous avez parlé vous-même de mysticisme...

— Ou de folie. C'est très proche.

— Il y a peu d'exemples de criminels endurcis, pratiquants, qui se soient montrés capables de reconsidérer leurs actes passés sous un angle moral et de les condamner.

— Ben tiens ! Pas vu pas pris, ni vu ni connu je t'embrouille ! Croyez-vous que Gilles de Rais se serait repenti de lui-même, s'il avait échappé à la justice royale ?

— Ce sont les petits, les accidentels, qui se repentent. Ceux-là méritent à peine le nom de criminels, en réalité. Le hasard, ou le destin, les a mis dans une situation telle qu'un crime leur a échappé, comme un lapsus, un juron ou un geste de mauvaise humeur... Les « criminels de haut niveau », eux, ne regrettent que de s'être fait prendre. Or, votre ancêtre n'a eu à répondre de ses crimes que devant sa conscience.

— Mhouiii, peut-être...

— Ces méditations, ces macérations, ce cilice... Que vous faut-il de plus ?

— Vous êtes au courant pour le cilice ? Mais donc, votre source en fait état ? C'est passionnant ! Je l'ai vu, ce cilice, moi qui vous parle !

— Comment, il a été conservé ?

— Mais oui, c'est très solide, ces trucs-là. J'ai vu aussi l'épée, le plat à barbe... Ces pièces sont dans la famille. Je ne sais plus au juste laquelle de mes tantes les a laissées à laquelle de mes cousines. Cela vous amuserait de les voir ? Il faudrait que je vous arrange ça... Mais les macérations, les méditations, qu'en est-il plus précisément ? Là-dessus la tradition familiale est très pauvre. Le chevalier n'a pas laissé de mémoires, comme vous savez...

Du coin de l'œil, Niroton guettait Milo. Celui-ci s'en aperçut, malgré l'état cotonneux dans lequel il se trouvait. Il rêvait souvent qu'il était à demi ébloui par le soleil, et qu'il lui fallait traverser à l'aveuglette un boulevard sur lequel des autos, des motos et des camions se croisaient à toute allure. Ce qu'il éprouvait en présence de Niroton n'était pas sans ressembler à ce rêve.

— Tout de même, commença-t-il, il se pourrait que...

— Oui ? Allez, allez, palsambleu !...

Les yeux du visiteur lançaient des éclairs.

— Oh, je veux dire... On n'est jamais certain qu'un personnage n'a pas laissé de mémoires, reprit Milo d'une voix hésitante. Tout ce qu'on peut dire, c'est qu'on ignore s'il en a laissé. Et... Et ceci vaut aussi bien pour le chevalier de Coscas, n'est-il pas vrai ?

Une grimace comique tordit les traits de Niroton.

— Vous êtes un homme remarquable, monsieur Milo.

— En quoi, s'il vous plaît ?

— Vous êtes... réticent. Voilà : vous êtes la réticence incarnée. Vous dites les choses sans les dire, vous les dissimulez sans les dissimuler. Votre esprit fonctionne d'une façon très curieuse. C'est comme s'il y avait des grilles, des guichets, des octrois partout, et une foule de gabelous fouillant chaque idée comme un fourgon suspect... Enfin, qu'est-ce que c'est que ces cachotteries ? Je vous propose un marché : confirmez-moi franchement que vous avez la présomption de l'existence de mémoires d'Agrippa de Coscas, ou de quoi que ce soit qui y ressemble, et je vous promets un mot d'introduction auprès de ma cousine dès que j'aurai établi laquelle a hérité des reliques. C'est honnête, ça, non ? Entre adultes consentants tout est permis, que je sache.

— Entre adultes consentants, sans doute. Vous l'avez dit vous-même, je suis réticent...

— Je vous tiens pour un homme averti ; vous n'ignorez pas qu'il faut une longue fourchette pour piquer dans certains plats, en certaine compagnie ?

— Il me semble discerner tout à coup dans vos paroles, dans votre voix, quelque chose de...

— De menaçant ?

— De menaçant, pour ainsi dire. Et je n'aime pas ça du tout, monsieur Niroton !

Milo toisa son vis-à-vis, dont le visage changea d'expression en une fraction de seconde, passant de la férocité sournoise à l'incrédulité et presque à l'affolement.

— Mais... Mais pour qui vous prenez-vous, monsieur Milo ?

— Je suis le directeur du Contentieux, vous êtes entré ici en solliciteur, et je n'apprécie pas le tour que prend notre conversation. On ne me menace pas, qui soit-on, et d'où qu'on vienne !

Niroton grinça des dents. Milo crut voir des fumerolles et même des flammèches courir dans ses cheveux, tandis que dans le motif abstrait et bariolé de sa cravate s'ouvraient des gueules hérissées de dents aiguës.

On frappa à la porte qui donnait sur le couloir. Milo s'excusa machinalement auprès de son visiteur écumant.

— Permettez... Oui, entrez !

Les joues rouges et les yeux liquides, le visage de Kevin apparut dans l'entrebâillement de la porte.

— Excusez-moi, m'sieur Milo, c'est juste moi... Je vous ai rapporté votre bouquin, vous savez, sur les druides, dit-il d'une voix atone.

— Ah oui, Kevin, merci ! Mais tu aurais pu le laisser au secrétariat avec le courrier...

— C'est vrai, excusez-moi, m'sieur Milo, je voulais pas vous déranger.

Kevin s'avança dans le bureau, le volume à la main. Niroton ne s'était pas retourné à son entrée.

Ce ne fut qu'en arrivant à côté de lui que Kevin le reconnut. Il sursauta.

— Vous...

— Ah tiens, bonjour, mon garçon ! dit Niroton.

— Vous vous connaissez ? s'enquit Milo.

— Depuis peu ! dit Niroton. Mais il me revient que je suis mal garé. Nous avons fait le tour, je crois ? Pour mon petit litige, le remboursement des 546 francs, je peux compter sur vous ?

— Euh...

— Alors c'est parfait. A vous revoir, cher monsieur !

Niroton se leva. Il gratifia Kevin d'une grimace amicale, Milo d'un hochement de tête, et prit la porte en les laissant déconcertés par ce départ qui ressemblait à une fuite.

Kevin tendit le livre à Milo. Celui-ci le glissa dans sa serviette de cuir.

— Intéressant, non, les druides ?

— Oui, oui...

C'était à peine si Kevin avait feuilleté l'ouvrage. Arcanes, mystères et secrets, comme d'habitude. Pouvoirs, trésors et talismans. Kevin ne prenait pas plus au sérieux ces mots en papier crépon que les radotages des curés que sa tante écoutait à la télévision le dimanche matin. Même les démonstrations somme toute stupéfiantes auxquelles il avait assisté quelques heures plus tôt se heurtaient en lui au scepticisme des imaginations limitées. C'était trop, donc cela n'était pas. Pourtant, il venait d'identifier en la personne du visiteur de Milo le mage ou le démon de cette nuit. Que faisait-il dans ce bureau ? En partant, il avait parlé d'un litige, d'une somme modeste, autour de 500 francs... Et Milo, que Kevin prenait jusqu'alors pour un aimable farfelu ? Milo avait donc des accointances avec des créatures capables de déchaîner le feu du ciel ? Kevin regarda son protecteur d'un œil changé.

Milo, de son côté, observait Kevin avec curiosité.

— Tu fréquentes cet oiseau-là ? demanda-t-il en

accompagnant sa question d'un mouvement de tête en direction de la porte que Niroton venait de franchir.

— Oh, fréquenter n'est pas le mot.

— Eh bien méfie-toi, j'ai l'impression...

Milo s'interrompit et se massa les tempes. Il paraissait épuisé, soudain.

— Houlà, j'ai un de ces coups de pompe, moi !... Ecoute, il faudrait qu'on reparle de tout ça bientôt...

— Des druides ?

— Non, non, pas des druides. De ce gars-là, Niroton.

— Comment vous l'appelez ?

— Niroton, Jacques Niroton. Ce n'est pas sous ce nom-là que tu le connais ?

— Non... Après tout, si, peut-être... Peut-être que j'ai mal entendu quand il me l'a dit. Niroton, ça n'est pas courant, hein ? Mais ce que j'ai cru comprendre ressemblait assez à Jacques Niroton : Aliboron, Fulmicoton, Sammy Caron, un machin comme ça.

Tout en grimaçant et en se palpant le crâne d'une main, de l'autre Milo griffonnait sur un bloc.

— Excuse-moi, Kevin, je ne suis pas en forme, là maintenant. Une migraine qui commence... Laisse-moi, s'il te plaît. On se reparle très vite, hein ? C'est important. Qu'est-ce que tu fais ce soir ?

— Euh, ce soir, je pourrai pas...

— Alors demain soir, à la brasserie. D'accord ?

— Demain, ça va.

Kevin s'éclipsa. Milo décrocha son téléphone et appela Cétoine. La jeune femme apparut. Milo se leva et fit quelques pas.

— Cétoine, préparez-moi une double aspirine effervescente, s'il vous plaît.

— J'étais justement en train d'en préparer pour moi !

— Ah bon ? Vous avez mal à la tête vous aussi ?

— J'ai le front dans un étau... C'est l'odeur !

— L'odeur ? Quelle odeur ?

— Vous n'avez rien remarqué ? Mais votre visiteur

empestait ! D'ailleurs ça pue encore. Je vais ouvrir votre fenêtre pour aérer.

— Mais je ne sens rien du tout, sinon une eau de toilette un peu forte...

Cétoine éclata de rire.

— Ah ça, pour être forte !... Voyons, monsieur Milo, Niroton sentait la vieille crasse, c'était une horreur ! J'appelle Sable, elle vous dira ce qu'elle en pense. On croirait que ce dégoûtant est encore dans la pièce !

— C'est incompréhensible : je suis pris de nausées rien qu'en passant devant la porte du vestiaire d'un stade, et là je n'ai rien senti ! Et Kevin non plus... Il s'est approché de Niroton, et il n'a rien manifesté.

Sable les rejoignit à l'appel de Cétoine. A peine entrée, elle plissa le nez et battit en retraite.

— Pfuiii ! Quelle puanteur ! s'exclama-t-elle.

— Voilà ! triompha Cétoine en écartant largement les battants de la fenêtre de Milo.

— Vos témoignages concordent, dit celui-ci. Cétoine, l'aspirine, vite !

— Tout de suite, monsieur.

Il se laissa retomber sur son siège et attendit les yeux clos, les coudes appuyés sur le plateau du bureau, la tête dans les mains. Quand Cétoine revint, il ingurgita d'un trait la potion magique.

— Vous buvez trop vite, monsieur Milo ! C'est un médicament, quand même.

— Cétoine, regardez la fiche que vous m'avez apportée tout à l'heure.

Il saisit un bout de papier qui traînait devant lui et le tendit à la secrétaire. Elle l'examina, le retourna, avant de regarder à nouveau son patron.

— Excusez-moi, mais c'est juste une feuille de papier vierge !

— C'était une fiche d'adhérent quand vous me l'avez apportée. Ou plutôt, c'était, et ce n'était pas, une fiche d'adhérent... Comme ceci, poursuivit-il en brandissant une autre feuille tout aussi vierge : il y a quelques minutes, c'était et ce n'était pas une lettre de réclamation de M. Jacques Niroton portant sur une demande de remboursement de 546 francs et 35 centimes.

Cétoine semblait au bord des larmes, à présent.

— J'ai peur, monsieur... Qu'est-ce qui nous est arrivé ?

— Nous avons reçu un drôle de visiteur ! Vérifiez au fichier, tout de suite : ma tête sur le billot que vous ne trouverez rien au nom de Jacques Niroton.

Cétoine regagna son bureau et procéda à la vérification. Quelques instants plus tard, elle revenait en rendre compte.

— Vous aviez raison, nous n'avons pas d'adhérent de ce nom. Pourtant, tout à l'heure, j'aurais juré... Est-il possible que plusieurs personnes deviennent folles en même temps ?

— Nous ne sommes pas dans ce cas de figure. Non, c'est autre chose.

— Qu'est-ce que c'est ? Cet homme, Niroton, qui est-ce, en réalité ?

— Un illusionniste. Un mauvais plaisant. Ne vous inquiétez pas, je l'ai jeté dehors, il ne reviendra pas. Allons, l'incident est clos ! Juste un dernier mot sur Niroton, comment avez-vous trouvé son costume ?

— Ses habits ? Superbes. De la haute couture pour hommes. Je lis *Vogue*, alors je sais reconnaître... C'était d'autant plus choquant, le contraste avec l'odeur. On se disait qu'il était sale comme un peigne sous ces belles étoffes.

— Ah... Et lui ? Son visage, je veux dire ? Vous l'avez trouvé beau ?

— Beau ? Vous plaisantez ! Il est laid comme les sept péchés capitaux, au contraire !

— Y a quelqu'un, là-dedans ? Ils sont encore en train de s'enculer dans un coin sombre, ces deux pédés-là, ma parole ! hurla Kevin.

Au royaume de Lémure et Débrua, l'obscénité était

de rigueur. Le grouillot s'était vite mis au diapason des deux archivistes, et il avait pris l'habitude de les saluer chaque matin d'une grossièreté bien sentie.

Il venait de sortir du monte-charge au premier sous-sol, à l'endroit qu'on appelait la rotonde, avec son chariot lourdement chargé de sarcophages. Lémure et Débrua ne se tenaient pas souvent sous cette rotonde, bien qu'elle constituât en principe leur quartier général. Ils étaient le plus souvent occupés dans le dédale des couloirs. Pour les appeler, on usait d'une sonnette dont le grelottement sinistre résonnait jusqu'au fin fond de leur domaine, mais Kevin savait qu'à cette heure-ci ils n'étaient pas loin. Sur le coup de onze heures, ils se rencognaient dans le cagibi qui leur servait de cuisine pour boire un café en affinant leurs grilles en vue des rencontres hippiques de l'après-midi. Ils jouaient ainsi tous les jours. Débrua allait faire enregistrer les paris à l'heure du déjeuner, tandis que Lémure préparait la tambouille.

Lémure écarta le rideau de velours cramoisi, d'un luxe incongru, qui fermait leur cambuse. La pipe en épi de maïs dont il suçotait et crachotait le jus en permanence soulevait le coin droit de sa grosse moustache grise.

— Fais gaffe quand même, petit ! C'est nous, ça va, mais imagine qu'un cadre soit descendu pour une raison ou pour une autre, Morcins ou Des Embruns, par exemple, et qu'il t'ait entendu, tu serais mal, maintenant !...

— Ah quoi, pas de danger, les chefs viennent jamais par ici... Tenez, j'ai rapporté ça.

Il extirpa la revue de sous son pull.

— Je l'avais planquée pour pas la distribuer par erreur avec le courrier. La tête de la mère de Grassi, si des fois...

L'œil torve de Lémure s'alluma un instant.

— Ah, j'aimerais voir ça, tiens ! Cette jument-là, avec ses airs de grande dame prude, je suis sûr qu'elle cache son jeu ! Alors ça t'a plu, les belles images ?

— Comme ça...

— Comme ça seulement ? Ben ma vache !... Tu l'entends, Débrua ?

— De quoi ? demanda Débrua en émergeant à son tour du réduit, *Paris-Turf* dans une main et un vieux bout de crayon gras dans l'autre.

— La revue qu'on lui a prêtée lui a pas fait plus d'effet qu'un vieux *Mickey-Parade*. Si tu préfères les photos de rugbymen, tu t'es trompé d'adresse, dit Lémure.

— Non, non, c'est pas ça !

— Ah, bien sûr, dit Débrua, cette revue-là, c'est de la vraie femme, tablier de sapeur et roberts mahousses... Toi, ce qui te branche, c'est peut-être les premières communiantes imberbes ?

— Ou les petites éclaireuses de Thaïlande ! gloussa Débrua. Dis donc, tu sais que c'est interdit, ces spécialités-là ?

— Blague... à part, t'as pas trouvé ton... bonheur ? s'enquit Lémure en rallumant sa bouffarde. On n'est pas ennemis de la... diversité, on a de la marchandise en rayon.

— Qu'est-ce qui ferait plaisir à monsieur ? bouffonna Débrua. Urolagnie ? Scatophilie ? Triples pénétrations ? Femmes entre elles ? Femmes enceintes ? Femmes rasées ? Femmes forcées ? Cuirs et peaux ? Latex ? Femmes à la ficelle ? Nourrices ? Infirmières ? Amies des bêtes ?...

Les deux compères épiaient Kevin et s'amusaient de le voir rougir en écoutant ce catalogue des goûts et des couleurs du sexe. Pour sortir de son embarras, il choisit d'entrer dans leur jeu.

— Tiens, puisque vous m'y faites penser, vous auriez pas quelque chose de plus vieux ?

— De plus vieux ? Des mamies ? Vieux pots et châteaux branlants, c'est ça ? Oh, on doit bien avoir un machin de ce genre sous une pile, ou au fond d'un carton...

Kevin rougit de plus belle.

— Mais non, con ! De plus ancien, je voulais dire.

Quelque chose d'avant, des années 50, même en noir et blanc...

— Ah tiens, il est cinéphile ! Mais malheureux, le noir et blanc gomme les vergetures, ça perd tout son charme !

— Y en a marre ! Arrêtez de me chambrer, tous les deux !

— C'est vrai que tu dois frôler l'overdose, avec l'histoire de ce matin, dit Lémure.

— Ah, vous êtes au courant ?

— Tout le monde est au courant, tu penses ! Tu sais comment ça s'appelle, ce qu'elle t'a fait, la Jument ? Ça s'appelle du rentre-dedans !

— C'est malin !

— C'est *vrai*. C'est clair, elle a le béguin, dit Débrua.

— Mais bien sûr, renchérit Lémure, les juments, ça aime les petits jockeys dans ton genre. Je suis sûr qu'elle pense à toi le soir, toute seule dans son grand lit à baldaquin.

— Arrêtez vos conneries. Elle me déteste. Elle a remis ça tout à l'heure, devant le pool tout entier...

— C'est plus de l'amour, c'est de la rage ! Il faut porter plainte pour harcèlement sexuel.

— Elle s'est salement foutue de moi, devant toutes les dactylos. Et cette salope de Cornélie riait plus fort que les autres.

— Mon petit gars, on t'a déjà dit ce qu'il fallait penser de celle-là. Elle mouille pour Bobby De Clerk. Quand une femme mouille pour quelqu'un d'autre, tu peux bien te faire griller le cœur et les roustons et les lui servir en brochettes saupoudrées d'herbes de Provence, elle renvoie tout en cuisine !

— Tu peux en croire Débrua, dit Lémure, là-dessus il en connaît un rayon !

— Tu veux qu'on parle de tes amours ? se rebiffa Débrua. La lingère de la rue Belgrand, ce fut du propre ! Tu veux que j'entre dans les détails, dis, bourrique ?

— Laisse tomber, grommela Lémure, c'est trop atroce !

— Pour en revenir à Cornélie, c'est sûr qu'elle ruisselle pour Bobby De Clerk. En plus, elle est pas terrible, franchement, elle a de gros genoux.

— Bien vu ! approuva Lémure. Je me demandais ce qui clochait dans sa silhouette, eh bien c'est ça, les genoux !

— Vous trouvez, vous aussi ? demanda Kevin, songeur.

— Ah oui ! Elle les a trop gros par rapport aux chevilles, et ça, ça ne pardonne pas ! Bon, c'est pas le tout, il faudrait peut-être qu'on se mette au chagrin...

Lémure commença à décharger le chariot sur le long comptoir de bois brut qui occupait le centre de la rotonde. Débrua posa son journal et entreprit de trier les sarcophages. Kevin leur donna un coup de main.

— Je repense à ce que tu disais, reprit Lémure ; des trucs un peu anciens, je dois en avoir, faudra que je regarde. Dans le temps, c'est pas compliqué, tout était interdit. Les photos étaient retouchées : pas un poil, pas une fente, des statues ! Tu te serais cru au Louvre. A l'époque de la guerre d'Algérie, on nous trouvait assez grands pour nous faire flinguer par les fellaghas, mais pas assez pour nous rincer l'œil une bonne fois. Alors bien sûr, ça se vendait sous le manteau. J'ai dû en garder. Si je les retrouve, je te les amènerai, puisque c'est ça qui t'excite.

— Oh, je trouve ça marrant, c'est tout. C'est un peu comme de voyager dans le temps ! Ou comme de voir des fantômes...

— Ah ben tiens ! Voilà ce qui le fait triquer : mater des fantômes ! s'esclaffa Débrua. T'es un sacré allumé, petit, dans ton genre !

Demeuré seul après le départ de Cétoine, Milo avait relu avec difficulté les notes qu'il avait griffonnées au terme de sa conversation avec Kevin. Lui qui tirait orgueil de son écriture harmonieuse ! Il était toutefois parvenu à déchiffrer *Aliboron, Fulmicoton, Sammy Caron*... Il avait écrit en dessous : *Jacques Niroton*. Cela fait, il s'était abîmé dans la contemplation de la quadruple inscription. Un sourire encore douloureux avait bientôt éclairé son visage. Des décennies de lecture du *Canard enchaîné* forment au décryptage des contrepèteries. Celle qui recouvrait la fausse identité de son visiteur n'était d'ailleurs pas de nature à donner beaucoup de fil à retordre, même à un néophyte : *Jacques Niroton, Jar Nicquotons, Jarnicoton*, bien sûr ! Milo chercha une raison plausible à cet enfantillage, mais ne s'agissait-il que de cela ? Curieux des choses du langage, il possédait une batterie de dictionnaires et d'anthologies des expressions figurées. Il s'y reportait dès qu'une formule ou une tournure éveillait sa curiosité. En cette matière, *jarnicoton* constitue une sorte de pont-aux-ânes. Milo n'avait certes pas besoin d'aller vérifier l'origine du mot. Partant du principe qu'il était moins grave d'insulter au prêtre qu'à la divinité, le père Coton, confesseur d'Henri IV, ulcéré des continuels jurons de son ouaille, lui avait demandé de changer en *jarnicoton* ses *jarnidieu* et autres *jarnibleu*, lesquels signifiaient tout bonnement *Je renie Dieu*. Renier Coton ne tirait pas à conséquence. Et c'était sous ce nom loufoque qu'un individu affirmant descendre d'Agrippa de Coscas avait entrepris Milo au sujet de ce huguenot massacreur de papistes. Tout en réfléchissant, Milo avait recommencé à écrire. La netteté grandissante de ses notes reflétait l'atténuation de son mal de tête sous l'action de l'aspirine. Jarnicoton menait à Coton, catholique, et à Henri IV, grand renieur, en effet, puisque calviniste converti une première fois au catholicisme sous la contrainte, relaps dès qu'il avait pu s'échapper de la cour de France, converti une seconde fois par pragmatisme politique. Mais ce qui comptait, dans tout ça, ce n'était ni le père Coton ni le Béarnais, mais un de leurs contemporains. Tout, y compris Coton et son roi volontiers blasphémateur, renvoyait à Agrippa de Coscas, meurtrier au nom de Dieu, assassin longtemps vautré dans le sang ainsi qu'un cochon dans sa bauge. L'inquiétant bonhomme ne songeait qu'à lui en abordant Milo. Le hasard n'avait aucune part dans cette rencontre. Jarnicoton supposait que Milo savait quelque chose sur Coscas, il brûlait d'apprendre quoi, et il lui avait fait miroiter en échange une recommandation auprès de l'héritière de quelques objets ayant appartenu au reître. Tu parles ! Il n'y avait probablement rien de vrai dans l'histoire du cilice, du plat à barbe et de l'épée conservés dans la famille depuis des siècles. Tout était inventé, le lien de parenté, la cousine et les reliques. Tout, sauf une chose, la curiosité bien réelle du visiteur pour ce qui concernait Coscas, et la confirmation du passage de celui-ci sur la terre. Cette confirmation, Milo en avait bien besoin. Il l'accueillait avec une satisfaction intense.

Il se leva et marcha de long en large en se tripotant la lèvre inférieure. Il se sentait beaucoup mieux, à présent. A mesure qu'il reconsidérait l'incident et qu'il l'analysait, montait en lui une allégresse, une excitation de chasseur. Cette fois, il caressait l'espoir de tenir à travers le chevalier de Coscas une piste sérieuse. Il en voulait pour preuve l'étrangeté de ce qu'il venait de vivre. Le fait que Cétoine, étrangère à ses préoccupations et à ses recherches, eût partagé cette expérience était capital à ses yeux. Ce qu'il attendait depuis toujours, une maladresse de *l'adversaire* venait de le lui apporter. A plusieurs reprises dans le passé, il avait eu l'impression de brûler, d'approcher du but. Impressions fugitives, à la fois effrayantes et frustrantes...

Depuis toujours, il s'efforçait de vérifier une intuition obsessionnelle, dont la première manifestation avait dû coïncider avec l'apparition de sa conscience, et selon laquelle le monde avait une face cachée, un envers. Le monde, la vie, l'histoire même, n'entretenaient avec l'idée qu'on pouvait s'en former en écoutant la radio, en regardant la télévision, en lisant les journaux et la plupart des livres, que des rapports de ressemblance très lointains et comme fortuits. Les avions, les bateaux, les trains, les camions et les autos sillonnaient le globe en tous sens, la terre bonne fille produisait choux et carottes, riz et bananes, elle permettait aux vaches et aux moutons de prospérer, elle se laissait prendre son sel et son pétrole, son uranium et son coton ; certes, les usines tournaient, ici la richesse naissait et s'accumulait, ailleurs elle se raréfiait après vingt ans ou trente siècles d'abondance, laissant tout à coup les êtres humains suffoquer comme des poissons hors de l'eau ; bien sûr, les banquiers changeaient en toute hâte leurs plans d'investissement, les gouvernements s'efforçaient de maîtriser la pagaille... Parfois, n'y comprenant plus rien, dans l'affolement des intérêts privés et nationaux menacés, les uns et les autres se mettaient d'accord pour envoyer balader toutes les solutions raisonnables et inopérantes. Ils réglaient ça à la savate, comme des forts des Halles s'affrontant pour une histoire de cagettes de fraises... Mais ce n'était pas l'essentiel. Derrière la façade d'un univers affairé, brouillon, brutal, en perpétuelle autodévoration, c'est-à-dire tout à fait plausible, se jouait encore autre chose. Milo aurait été bien en peine de dire quoi au juste. Un drame à la mesure du secret sous lequel on tentait depuis toujours de le garder enseveli, de le cacher à ceux qui en étaient pourtant les protagonistes et les victimes. Il avait fallu à Milo une vie ou presque pour en arriver à cette formulation relativement claire, même si elle demeurait trop nébuleuse à son gré, même si elle perdait à certains moments tout sens à ses propres yeux. La porte des coulisses, l'accès à l'envers du décor, il les avait cherchés partout, avec la constance impatiente de qui cherche Dieu. Il ne put réprimer un sourire à l'évocation de sa jeunesse fiévreuse et naïve. Il avait consommé de la transcendance à haute dose ; il s'en était barbouillé comme un enfant de confiture !

Après avoir flanqué à la poubelle, à vingt-cinq ans, une considérable bibliothèque philosophique dont il n'avait conservé que les fragments d'Héraclite, il avait donné trois ans de son existence à la religion, puis cinq à l'alchimie, quatre à l'astrologie, trois à la magie blanche et deux à la noire, deux à la kabbale, six au spiritisme, deux à la méditation transcendantale, une à la drogue et à l'alcool, quatre à la parapsychologie... Tout l'avait déçu un jour ou l'autre sans pour autant le convaincre de l'inanité de sa quête. Il gardait en mémoire, comme un talisman, une phrase de Franz Kafka : « Evidemment je suis très ignorant, la vérité n'en existe pas moins. » Les jours de lassitude, la simple énonciation à haute voix de ces mots suffisait à le relancer à l'assaut des murailles dont toute conscience n'est elle-même que si elle se sait captive. Bien entendu, les médiums trichaient sans exception, les voyantes se trompaient comme dans un sketch d'amuseur public, les gourous vous extorquaient de l'argent pour le claquer avec des serveuses montantes... Trop humaine humanité ! Ces misères ne décourageaient jamais longtemps Milo. Il savait qu'un jour il passerait la ligne fatidique, qu'il soulèverait un certain voile ou qu'il briserait un certain miroir, et qu'une clarté bouleversante se révélerait à lui. A l'approche de la soixantaine il n'avait pas encore connu cette illumination... Or, pour la première fois, deux morceaux du puzzle immense et incohérent de l'univers semblaient correspondre l'un à l'autre. Le premier était constitué par la figure fuligineuse d'Agrippa de Coscas, le second par l'irruption de cet homme qui se prétendait son descendant. A l'instant où Niroton avait mis le pied dans la pièce, une demi-heure auparavant, Milo n'était même pas certain que Coscas eût jamais existé... Son très curieux visiteur avait cautionné, attesté tout ce que Milo savait du chevalier.

Il relut à nouveau ses notes. Il songea qu'il devait laisser son oreille le guider. Derrière les sonorités voisines du faux nom du prétendu sociétaire et le juron dont ce nom était l'anagramme devait se dissimuler autre chose. Il ferma les yeux et les répéta l'un et l'autre, en boucle, en une sorte de mélopée, *Jacques Niroton-Jarnicoton-Jacques Niroton-Jarnicoton-Jacques Niroton...* Et tout à coup la lumière se fit dans son esprit. Le nom auquel renvoyaient les deux premiers lui apparut. Il l'avait déjà rencontré à plusieurs détours de ses lectures ésotériques, dans le *Dictionnaire des sciences occultes* de l'abbé Migne, le *Discours des illusions et impostures des Diables* de Jean Wier, sous la plume d'exorcistes humanistes comme Friedrich von Spee ou Johann Matthaüs Meyfarth, ou celle de pédants sanguinaires comme Jean Bodin ou Nicolas Rémy. Jubilant, il ajouta ce troisième nom à son incantation : Jacques Niroton-Jarnicoton-*Isacaron* !... C'était ça, c'était lui, Isacaron, ou selon d'autres leçons Isaacaron ou Isaacarum. A présent qu'il avait mis le doigt dessus, la mémoire de Milo lui fournissait du grain à moudre. Isacaron, second couteau de la bande à Satan, modeste hiérarque de la nomenklatura démoniaque, *sideman* inconnu du grand public... Il figurait pourtant dans la confession de Jeanne de Belciel, dite sœur Jeanne des Anges, supérieure des ursulines de Loudun, amoureuse déçue d'Urbain Grandier et flamboyante hystérique. Dans les années 1630, ses allégations avaient envoyé au bûcher le trop beau curé de Saint-Pierre... Eh bien, parmi les sept démons dont elle se prétendait possédée par la faute de Grandier, avec Asmodée et Léviathan, Balaam, Béhémot, Aman et Grésil, Jeanne des Anges citait Isacaron.

Milo connaissait à présent le nom de son adversaire.

Le personnel de la Providence disposait d'un restaurant d'entreprise où l'on ne mangeait pas si mal, mais Kevin préférait de loin casser la croûte en compagnie des Troglodytes. Le temps passait plus vite ainsi. Après tout, en dehors de Milo, il ne connaissait d'échanges tant soit peu chaleureux qu'avec eux. Milo constituait la façade respectable de sa vie. On ne parlait pas de sexe, avec Milo ; les femmes n'étaient pas des pipeuses, des pétasses, des pouffes ou des juments ; Milo pouvait les évoquer avec quelque malice, le cas échéant, mais c'était toujours avec décence et en usant d'expressions volontiers vieillottes, évocatrices d'un autre temps, d'une autre société. Il y avait ainsi « l'intéressante Cornélie Lambert », « la spectaculaire Mme de Grassi », « Cétoine aux grâces d'aimée non-pareille »... Avec Lémure et Débrua on nageait dans l'ordure, cependant leur cordialité bougonne rachetait leur vulgarité. Kevin les aimait bien, comme un gosse aime des oncles indignes sans se poser encore de questions à leur sujet. Il descendait donc souvent les rejoindre à l'heure du déjeuner. Eux, ils bâfraient des raviolis réchauffés au bain-marie, du petit salé, de la piémontaise et du céleri rémoulade de charcutier-traiteur, du saucisson à l'ail, du brie très fait... Lui, il grignotait ses sempiternels sandwiches, et le pudding ou la part de flan qu'il s'achetait en chemin le matin. Il buvait du coca. Lémure et Débrua, du vin de pays des Pyrénées-Orientales. Trop, surtout Débrua. En début d'après-midi, il sentait le vin, il était bon à coucher. Cela ne posait pas de problème ; il piquait un somme dans une des niches secrètes de leur labyrinthe. Lémure montait la garde.

Ce jour-là, Kevin avait assez vu Lémure et Débrua. Il mangea seul, très vite, debout devant son chariot vide. L'appétit coupé d'énervement, il ne termina même pas son second sandwich, celui au fromage de tête. Il avait une heure pour déjeuner. Il lui restait trois bons quarts d'heure. Il se rinça la bouche d'une gorgée de coca et enfila son caban. Il voulait marcher, penser en marchant.

Il avait passé la matinée sous le coup des deux incidents successifs avec Mme de Grassi. Quand il avait toqué à la porte de Milo, le livre sur les druides n'était qu'un prétexte. Il venait chercher un peu de réconfort auprès de lui, tenter d'apaiser à son contact l'écume amère qu'il sentait bouillonner en lui. Et là, surprise, il était tombé sur le type à la crécelle, en train de discuter le bout de gras avec Milo ! Et justement, la crécelle était au centre du chaos de ses pensées. La double humiliation de ce matin avait ravivé toutes les autres. Dès qu'il repensait à la bourrade de Mme de Grassi, au trille de rire de Cornélie, les joues lui cuisaient à nouveau. Et si le type avait dit vrai, cette nuit ? Si la crécelle avait le pouvoir de briser toutes les volontés, d'imposer la sienne à quiconque entendrait son crépitement ? Il n'osait pas y croire, mais il tournait autour de l'idée, il se donnait quelques instants la latitude d'imaginer qu'elle pût se réaliser, et soudain son cœur s'emballait, il serrait les lèvres et les poings tandis qu'une voix murmurait en lui : *Ce que ça serait bien, nom de Dieu de nom de Dieu ! Elles riraient moins, les salopes !*

Il quitta le siège de la Providence par une porte latérale. Elle ne donnait pas sur le carrefour et la bouche de métro, mais sur une des avenues à l'intersection desquelles l'immeuble s'élevait. Il suffisait alors de traverser pour s'engager dans une succession de rues plus étroites, moins bruyantes, presque provinciales.

Kevin tâta la crécelle à travers le drap de son caban. Tout en marchant, il secouait la tête et soliloquait à mi-voix sans s'en apercevoir. Il ne fallait pas rêver, ça ne pouvait pas être vrai. Le supranormal, la magie, les charmes et les sortilèges, ça n'existait pas. N'y accordaient foi que des esprits faibles et quelques foldingues supérieurs comme Milo. L'univers obéissait à des règles énoncées par Euclide, Newton, Einstein et quelques dizaines d'autres savants dont Kevin ignorait les noms. Toutes ces règles s'emboîtaient les unes dans les autres pour verrouiller le pénitencier de la réalité. Elles excluaient formellement l'existence d'une chose telle qu'une crécelle en bois, rouge et vert, permettant d'influencer le comportement d'un être humain, d'annihiler son libre arbitre. Non qu'on manquât d'autres méthodes pour y parvenir... L'usage pertinent d'un nerf de bœuf, d'une chaussette emplie de sable ou de deux électrodes reliées à une dynamo permettait d'aboutir, à l'échelle individuelle, à des résultats indéniables, sans parler des vecteurs hertziens, plus coûteux et subtils, mais susceptibles d'un champ d'application plus vaste... On pouvait aussi, dans une mesure étroite, hypnotiser, et dans une plus large, séduire ou convaincre. En dehors de ces divers moyens, d'une mise en œuvre problématique pour un jeune homme chétif, pauvre et laid, timide, inculte et mal élevé, point de salut, l'âme d'autrui pouvait être considérée comme à peu près inexpugnable.

Pourtant, l'homme qui avait confié cette crécelle à Kevin en la lui présentant comme une sorte de baguette magique sonore jouissait de pouvoirs stupéfiants. Si Kevin en croyait son expérience, l'inconnu lui avait administré la preuve qu'il était omniscient, omniprésent, omnipotent. Omniscient, parce qu'il savait tout de lui... Omniprésent ou ubiquiste, parce qu'il avait, sans aucune trace d'effraction, déposé la crécelle dans le tiroir secret du bureau... Omnipotent, parce que la foudre était à ses ordres ! Il valait peut-être la peine de vérifier les dires d'un tel personnage. La crécelle n'eût-elle recelé qu'un infime pourcentage des pouvoirs qu'il lui prêtait, ç'aurait été sans aucun doute suffisant pour changer la vie de Kevin.

Il jeta un coup d'œil à sa montre. Il marchait depuis dix minutes à peine. Il parvint à un petit square où il partageait parfois ses sandwiches avec les pigeons. Pas souvent, parce qu'il n'aimait guère les pigeons, ni les squares, ni surtout les amoureux qui les hantent. La vue d'un couple d'amoureux occupés à se dévorer des yeux et à se picorer les lèvres avait le don de déprimer Kevin. Il aurait donné dix ans de sa vie pour se trouver à la place du garçon, pour embrasser et être embrassé, regarder et être regardé ainsi, pour s'enfermer avec une jeune fille dans cette bulle de bonheur dont il distinguait parfaitement, même de loin, les contours et les irisations. Comment ces types s'y prenaient-ils pour plaire aux filles ? Il n'était pas un apollon, mais il avait une tête, deux bras et deux jambes, sans parler d'un autre appendice qui se rappelait assez souvent à lui pour qu'il présumât de sa conformité au modèle général. Il en voyait d'aussi vilains, et quelquefois de plus vilains que lui, passer au bras de conquêtes dont il se serait contenté.

Il poussa le portillon de fer. Un pigeon vint à sa rencontre. Kevin se retint de justesse de lui flanquer un coup de pied. Le pigeon dut le deviner, car il tourna les ergots et s'éloigna en se dandinant. Kevin n'alla pas plus loin que la fontaine couleur de rouille, munie d'un robinet commandé par un plateau rotatif à l'ancienne, qui se dressait tout près de l'entrée. Il s'arrêta et se mit à danser d'un pied sur l'autre. A quelques mètres de lui, enlacés sur un banc dans l'attitude académique du couple d'amoureux seuls au monde, il avait reconnu Cornélie et Bobby De Clerk. Ils n'étaient pas tout à fait absorbés dans la contemplation de l'aimé, puisqu'ils l'avaient aperçu eux aussi.

Ils l'avaient vu, et ils parlaient de lui. Elle avait dû lui raconter sa soirée. Bobby De Clerk, Kevin le connaissait à peine. Il travaillait à la saisie du fichier informatique qui flanquerait un jour les Troglodytes au chômage, et peut-être Kevin aussi par la même occasion. Il n'avait pas la réputation d'un mauvais bougre. C'était juste un bellâtre bien habillé, bien adapté, bien dans sa peau. Même pas du genre hâbleur ou agressif. Même pas du genre à se lever de son banc pour demander des comptes à Kevin pour la piètre tentative de séduction d'hier soir, se dit celui-ci, non sans une pointe d'inquiétude.

Au soulagement du grouillot, l'informaticien détourna bientôt son regard. Il était serein comme un lion, mâle dominant sur son bout de savane, vautré avec sa femelle à l'ombre d'un arbrisseau. Les yeux mi-clos, mais sans cesser de guetter Kevin entre ses cils, Cornélie haussa son visage vers celui de

Bobby et chercha ses lèvres. Quand il les entrouvrit, ostensiblement, elle lui enfonça sa langue dans la bouche.

Elle l'avait fait exprès. Comme on écrase une blatte exprès. On pourrait l'épargner. On n'aurait qu'à se tenir à son pas ; l'insecte ne coïncidait pas avec un pied posé mais avec un pied levé. On a raccourci ou on a allongé sa foulée pour dire à ça qu'on a droit de vie et de mort sur les blattes qu'on croise sur sa route. Kevin le savait, que Cornélie et Bobby se fourraient la langue dans la bouche, au minimum, en public, et qu'en privé ça devait être pire. Et Cornélie savait qu'il savait, mais elle avait voulu lui montrer, pour dire à ça qu'elle avait droit de vie et de mort sur les amoureux transis qu'elle croisait sur sa route. Kevin avançait courbé contre un vent imaginaire, le souffle court, comme quand il descendait du bus à Bagneux, une fois l'an. Au milieu de son désarroi, il jugea sa propre réaction disproportionnée. Suffoquer en l'honneur de Cornélie Lambert comme à l'approche de la tombe de ses parents !... Elle n'en méritait pas tant. Ce n'était qu'une petite fille, méchante comme le sont presque toutes les petites filles, même les gentilles... Mais à vrai dire il n'en avait pas connu de gentilles, et de toute façon Cornélie n'appartenait pas à cette catégorie peut-être mythique des gentilles petites filles méchantes. Elle appartenait à la catégorie des salopes grand teint. Il répéta entre ses dents : « Salope-salope-salope... » Il fut tenté de le crier à pleins poumons dès qu'il aurait récupéré assez de souffle. Il s'en dissuada sans peine. Il avait déjà l'impression de se donner en spectacle sans le vouloir, au naturel, à peu près en n'importe quelle circonstance. Ce n'était pas la peine d'en rajouter.

Une fois de plus il consulta sa montre. Il reprenait son travail dans vingt-cinq minutes. Il n'avait le temps ni l'envie d'aller nulle part. Autant rentrer tout de suite au bureau. Il ne savait plus au juste où il était. Depuis qu'il avait quitté le square, il avait marché au hasard. Il continua jusqu'au prochain croisement, pour lire le nom de la rue sur une plaque. Ah oui, s'il prenait à gauche, et à gauche encore, il retomberait sur l'avenue.

Un homme marchait à sa hauteur sans lui accorder la moindre attention. Quelque soixante mètres de trottoir désert les séparaient de l'extrémité de la rue. Kevin lança un coup d'œil par-dessus son épaule. Derrière, personne, sinon une jeune femme qui poussait un landau, à trente ou quarante mètres. Le rythme de son cœur s'accéléra à nouveau. Il n'avait réfléchi à rien, il n'avait rien prémédité, mais s'il voulait tester la crécelle sur une personne isolée... Il regarda mieux l'inconnu. Cinquante-cinq ans, peut-être soixante. Coiffé d'une toque en astrakan, ou façon astrakan. Vêtu d'un manteau jaune. La gorge entourée d'une écharpe à carreaux d'un dessin qu'on voyait partout depuis des années. Un front haut, un nez aquilin, une bouche légèrement tordue par l'effort. Il tirait la patte. Rhumatisme ou Dieu sait quoi. Kevin prit une profonde inspiration. Cet homme serait son cobaye.

Sa main plongea dans sa poche et se referma sur la poignée de la crécelle. Il ne se passerait rien. Il allait juste avoir l'air d'un crétin. Pas grave. Habitué. Il voulut dégager l'instrument de sa poche. Il jura à mi-voix : ça coinçait. Une crécelle, ça a une forme bête, asymétrique. C'est une sorte d'angle droit bruyant, de la géométrie assourdissante. L'objet finit par venir. L'autre n'avait rien remarqué. Il continuait à boitiller à une allure soutenue. Kevin brandit la crécelle, et, d'un sec coup de poignet, imprima un mouvement de rotation au châssis maintenant la planchette flexible contre la roue dentée solidaire de l'axe. Un aigre crépitement se fit entendre. Il sembla à Kevin qu'il couvrait, l'espace d'un instant, l'immense tintamarre de la ville autour d'eux. Il se tourna vers sa proie. L'homme le regardait, lui aussi. Son regard allait et venait de son visage à la crécelle. Kevin sourit niaisement. Rassuré, l'homme sourit à son tour, avec indulgence.

— C'est carnaval ?

— Bientôt. Je m'entraîne !

— C'est bien, c'est bien !...

L'homme sourit encore, puis il détourna la tête et accéléra le pas. Il avait pris Kevin pour un neuneu inoffensif. On ne discute pas avec un neuneu, on sourit et on passe son chemin. Kevin le laissa gagner quelques mètres. Il remit la crécelle dans sa poche. Il s'encouragea. Il fallait éprouver le pouvoir de la crécelle, donner un ordre à cet homme. Il suffisait de penser, avait dit l'autre guignol. Kevin n'avait pas l'habitude de penser à l'intention d'autrui. Tout seul, on s'entend toujours assez, on n'a pas besoin de penser fort... L'idée le traversa que si rien ne se produisait, il ne saurait pas si c'était sa faute, parce qu'il n'était pas foutu de se servir de la crécelle, ou si celle-ci n'était qu'un objet inerte, un morceau de réalité butée, comme tous les autres objets.

Eh toi, là, le bonhomme au manteau jaune qui a entendu la crécelle... Toi ! Toi ! Je t'ordonne de lever un bras au-dessus de ta tête. Le... le gauche !

Il y avait peu de chances que l'homme levât le bras gauche à cet instant précis, si ce n'était pour obéir à Kevin... Mais en tout état de cause, il gardait les bras le long du corps. Il avait sursauté à l'instant où Kevin lui avait adressé sa muette injonction. Encore Kevin n'en était-il pas vraiment sûr. Et d'ailleurs, si Kevin ne s'était pas trompé, si l'homme avait bronché, c'était sans doute fortuit.

Le jeune homme recommença, il insista sur tous les tons, comme on tripote en s'énervant un mécanisme défectueux : *Tu vas le lever, ton bras gauche, dis, connard ? Lève-le ! Lève-le ! Lève le bras, je t'en prie, je t'en supplie, je t'en conjure !...*

Et soudain, alors que Kevin s'apprêtait à renoncer et ricanait déjà de sa propre jobardise, lentement, comme à regret, le cobaye leva le bras gauche. Kevin crut s'évanouir. Moins pour confirmer le prodige auquel il ne croyait pas encore que pour le démentir ou le conjurer, pour se prouver qu'il s'agissait d'une coïncidence amusante, il donna un autre ordre.

Maintenant, tout en gardant le bras gauche levé, de ta main droite, enlève ta toque et jette-la sur le trottoir !

L'homme avait ralenti. Kevin n'était qu'à cinq pas derrière lui. Cette fois-ci, il le vit distinctement sursauter à plusieurs reprises, comme s'il avait été atteint par une rafale de mitraillette dont chaque balle eût été un mot.

L'homme se retourna avec une telle brusquerie que Kevin faillit le heurter. Une inquiétude mortelle habitait son regard. Kevin se mordit les lèvres. Il n'était pas loin d'avoir aussi peur que sa victime !

Ne dites rien ! Pas un mot ! La toque ! Otez-la, jetez-la par terre, c'est tout !

Il l'avait vouvoyé malgré lui, cette fois-ci. Forcément, face à face... Les yeux agrandis d'horreur, le bras gauche toujours tendu vers le ciel, l'homme porta sa main droite à son couvre-chef, l'enleva et le jeta sur le trottoir mouillé, avec une sorte de sanglot.

Kevin expédiait sa besogne routinière comme un zombi heureux. De temps en temps il touchait l'objet coincé dans sa ceinture, sous son pull. A présent qu'il avait vérifié la vertu de la crécelle, il ne pouvait plus se résoudre à s'en séparer ne fût-ce qu'une minute. Plusieurs fois dans l'après-midi, alors qu'il souriait aux anges en préparant sa tournée, son visage s'était brusquement assombri. N'était-il pas la proie d'un délire ? Avait-il vraiment vécu l'épisode de l'homme à la toque ? Le cœur tenaillé d'angoisse, il interrompait sa tâche pour ouvrir un tiroir de la table de tri et contemplait avec soulagement la toque d'astrakan qu'il avait ramassée quelques heures plus tôt sur le trottoir. Il caressait du bout des doigts les boucles serrées de la fourrure encore humide. Merveilleuse toque ! Elle était la preuve qu'il n'avait pas rêvé. Sans qu'il eût prononcé un seul mot ni usé d'aucun moyen de coercition physique, un homme, après avoir entendu la crécelle, avait abdiqué toute volonté face à la sienne. Sans se lasser, Kevin revivait la scène et se remémorait chacune des quatre injonctions auxquelles l'homme s'était conformé. Il avait levé le bras gauche, il avait ôté sa toque de la main droite, il l'avait jetée par terre... Et quand Kevin, bien près de céder lui-même à la panique, lui avait ordonné de courir jusqu'à la Seine sans se retourner, il avait obtempéré sur-le-champ, avec dans l'œil un éclair de soulagement, presque de gratitude ! Il avait disparu au coin de la rue, courant à toutes jambes malgré sa boiterie.

Avec un sentiment de triomphe Kevin s'était emparé du semblant de scalp que l'homme avait laissé derrière lui. Il avait repris son service comme si de rien n'était. Pourtant, si l'efficacité de la crécelle devait se vérifier, si ce prodige était renouvelable, Kevin n'était plus exactement Kevin. Il n'avait plus grand-chose de commun avec le misérable personnage qu'on avait humilié trois fois en l'espace d'un matin. Même, sa vengeance aurait pu s'accomplir sans qu'il remît les pieds à la Providence. Car déjà cette idée-là faisait son chemin en lui. Mais il n'osait encore croire pleinement à la réalité de son pouvoir. Et si pouvoir il y avait, il lui fallait avant tout en mesurer l'étendue et apprendre à le maîtriser. Sans compter qu'à l'instant de pénétrer dans le monde inconnu et excitant qui s'ouvrait devant lui, il lui répugnait de sacrifier des repères rassurants, même s'ils étaient entachés de mauvais souvenirs. Il décida de ne rien changer dans l'immédiat. Plus tard, quand il aurait accompli pour de bon sa métamorphose, certaines personnes verraient ce qu'elles verraient.

A cinq heures, il accueillit avec un mélange de joie et d'appréhension la sonnerie annonçant la fin du travail. Il laissa les couloirs et le hall se vider. Enfin, vers cinq heures vingt, il quitta l'immeuble à son tour.

La nuit tombait. Dans les rues, c'était l'animation particulière à l'heure de sortie des bureaux. On en a fini pour aujourd'hui avec le gagne-pain, on se récupère, on a des courses à faire, des rendez-vous, on reprend sa vie privée où on l'avait laissée, on a à nouveau une famille à nourrir, des amis à voir, une maîtresse ou un amant à retrouver, un chat qui attend sa pâtée... Pour celui qui n'a rien, celui dont personne ne guette le bruit des pas sur le palier, c'est l'heure mélancolique de la demi-baguette et de la barquette de chou rouge achetées en rentrant. Kevin n'appartenait pas *stricto sensu* à cette catégorie-là. C'était pire, il avait sa tante et leurs sempiternels plateaux-repas devant la télévision. Il avait avalé des milliers de petits bols de salade mixte thon-maïs-tomate, des milliers de cuisses de poulet froid-mayonnaise-chips, des milliers de yaourts aux fraises, tout ça en regardant des milliers d'enquêtes du commissaire Maigret. Pendant ce temps, à l'autre bout du monde, des demi-dieux de son âge jaillissaient de l'écume sur leur planche de surf et couraient rejoindre sur une véranda les demi-déesses en string qui leur tendaient pêle-mêle des punchs glacés, leurs lèvres et leurs bras. Il cracha par terre. Sa vie avait un goût de vieille serpillière. Il n'en voulait plus. Ce soir, Tatie attendrait. Ou non, il la connaissait, elle ne l'attendrait pas pour s'attaquer à sa salade mixte devant les infos, et à sa cuisse de poulet devant le Maigret du jour. Il rentrerait quand il rentrerait. Elle lui dirait qu'elle s'était inquiétée, mais il savait qu'elle ne s'était jamais souciée de lui, ça n'était pas maintenant qu'elle allait commencer. L'espoir gonfla sa poitrine. Il s'écarta de l'itinéraire qui l'aurait ramené chez sa tante. La crécelle toujours passée dans sa ceinture lui meurtrissait le ventre. Il la sortit de sous son pull. Il fut saisi de vertige. Le monde était à lui, sa vie devenait un film. Pas un téléfilm, un film. Pas un Maigret, un Spielberg !... Il se reprit. Spielberg, c'était un peu trop chaste, non ?

— Comme c'est étrange ! Ton père raffolait des harengs pommes à l'huile, lui aussi. Il en prenait toujours...

— Et c'est étrange ?

— En soi, non. Mais de le revoir à travers toi se régaler de harengs, ça, oui.

Milo avait son rond de serviette dans cette brasserie de boulevard. Il en aimait les banquettes capitonnées surmontées de barres de cuivre, les lourds rideaux grenat à embrasses de cordelière, les plantes vertes, le vivier, les serveurs à gilet et les appliques à volutes. En réalité, dès qu'on y regardait d'un peu plus près tout ce décor d'apparence opulente sentait la fatigue et la poussière, l'usure des lieux où se succèdent soir après soir des foules interchangeables. Milo se gardait bien d'y regarder de près. Il détestait faire les courses, faire la cuisine, faire la vaisselle, faire la lessive, faire le ménage. Il avait assez donné dans le genre homme toutes mains du temps de sa femme, une délicate qui n'avait plus soulevé une casserole depuis ses dînettes d'enfant. Quand ils s'étaient enfin séparés il avait décrété qu'il en avait terminé avec le verbe faire. Il avait engagé une géante d'ébène à la denture de cannibale pour épousseter ses meubles, porter son linge au pressing et aérer sa literie. Ses repas, il les prenait au restaurant. C'était tout juste s'il consentait à mettre une tasse d'eau à chauffer au micro-ondes pour y dissoudre son café lyophilisé du matin. Il y trempait des spéculoos ; ni beurre ni graisseux couteau à beurre, ni confiture ni poisseuse cuiller à confiture : des petits déjeuners de pur esprit.

— Tu me diras que je vois de l'étrangeté partout, poursuivit-il en égratignant la chair de son avocat au crabe. C'est qu'il y en a ! Il n'y a même que ça, une fois qu'on a réglé l'optique. Il faut accommoder sa vision à la fausse clarté, à l'éternel contre-jour qui baigne notre vallée de larmes. Alors on voit. Le monde ne coïncide pas avec lui-même. On le croit lisse et compact, mais il y a des placages qui se décollent, des coins qui s'effritent, des jointures qui bâillent...

Un bâillement, Kevin en ravala un aussi discrètement que possible. Milo l'avait toujours un peu ennuyé avec ses théories et ses métaphores, ses soupçons sur la réalité, ses passions successives ou simultanées pour l'astrologie esquimaude, les petits bâtons à oreille divinatoires des Bantous ou la sortie de secours cachée de la pyramide de Khéops. L'aventure qu'il était lui-même en train de vivre n'inclinait pas le jeune homme à rejoindre son aîné sur le terrain de sa marotte. Il était si excité par les perspectives qui s'ouvraient à lui qu'il ne songeait pas à établir un lien entre sa propre expérience immédiate et les vieilles chimères de Milo. A vrai dire, il l'écoutait à peine. Il avait accepté ce dîner au nom de l'amitié et de la bienveillance que lui avait toujours témoignées Milo, mais son esprit caracolait ailleurs. S'il avait osé, renonçant d'un cœur léger à ses harengs comme au pavé au poivre et aux profiteroles qui viendraient ensuite, il aurait planté là l'ami de régiment de son père. Il refréna son impatience. Dans moins d'une heure, la dernière profiterole à peine engloutie, il s'élancerait dans la nuit, la crécelle au poing.

— Oui, alors dis-moi, ce Jacques Niroton, d'où le connais-tu ?

— Le type qui était dans votre bureau ?

— C'est ça.

Kevin porta un morceau de hareng à sa bouche pour se donner le temps, en le mâchant, de se remémorer le mensonge qu'il avait préparé à ce sujet. Il avait écarté formellement l'idée de se confier à Milo. L'usage que Kevin s'apprêtait à faire de la crécelle n'était pas de nature à recevoir l'approbation d'un honnête homme.

Il finit par avaler sa bouchée de hareng.

— C'est un bonhomme que je croise de temps en temps dans mon quartier, là-bas...

— C'est tout ? Mais vous vous causez, tout de même ?

— Bonjour-bonsoir. Mais pourquoi vous vous intéressez à lui ? C'est un sociétaire ?

— Il le prétend. Ce n'est pas vrai. Oh, en réalité c'est un personnage vraiment très...

— Etrange ?

Milo fit la grimace.

— Tu te moques de moi ! C'est de famille ; ton père aussi attendait les gens au détour de chaque phrase, avec une escopette... Tu as raison, au fond. Je rabâche. Nous rabâchons tous une chose, une seule, qui nous résume. Nous sommes des symptômes, des symptômes ambulants, insistants comme des mendiants... Cela dit...

Milo s'interrompit, et poussa un profond soupir de lassitude. Il lui paraissait tout à coup fastidieux et inutile d'expliquer à Kevin qui était en réalité Niroton, et qu'il l'avait hypnotisé dans le but de lui extorquer des renseignements au sujet d'un traîne-rapière mort depuis un demi-millénaire. Pourtant c'était la vérité. En outre, qu'Isacaron et Kevin se soient déjà rencontrés ne pouvait pas être une coïncidence. Depuis le temps qu'il arpentait les marges et les revers de la pensée à travers les livres de démonologie, Milo s'était familiarisé avec les procédés et les manigances du Mauvais, et il ne doutait pas d'avoir eu devant lui un de ses serviteurs. Il leva son verre, but une gorgée de riesling qu'il jugea platoche. Il se jura de revenir dès demain soir au gewurztraminer. Il soupira de nouveau. Ce qu'on lui voulait, à lui personnellement, Milo en avait au moins une idée : ça tournait autour de Coscas. Mais Kevin ? Il reposa son verre et dévisagea le grouillot avec curiosité. Kevin n'était-il pas le plus anodin des jeunes gens ? Milo l'aimait bien, en souvenir de son père, mais il se disait parfois que ce n'était peut-être pas un hasard s'il était la seule personne en ce monde à s'intéresser à lui. Dans ces conditions, quelle raison pouvait-on avoir de le faire dans l'autre ?

Le silence durait. Kevin finit par se troubler sous le regard de Milo.

— Pourquoi vous me regardez comme ça ?

— Pardon, je pensais ! Dis-moi, j'ai entendu parler d'un incident avec l'altière Mme de Grassi.

— Ah, la mère de Grassi... Oui, oh, c'est rien, je l'ai bousculée sans le faire exprès. Qui vous en a parlé ?

— Des Embruns. Des Embruns aiguillonné par Morsins, pour être tout à fait exact.

— Oh, je sais, Morsins ne peut pas me voir !

— J'ai cru le comprendre. Et pourquoi ça, à ton avis ?

Kevin baissa les yeux sur sa terrine de harengs.

— Je ne sais pas.

— Il est le chef du personnel. Tu n'arrives pas un peu trop souvent en retard ?

— Non, non... Enfin, un moment, oui, mais je me suis acheté un radio-réveil. Non, c'est autre chose.

— Il vaudrait mieux que je sache ce que c'est, pour pouvoir te défendre.

— Non, je sais pas. Je sais pas, ou alors...

— Ou alors ?

— Ou alors c'est parce qu'on est dans le civil et qu'il ne peut pas m'enfoncer un balai dans le cul comme si on était dans l'armée !

— Oh !

Milo était réellement choqué. Cependant cette explication ne lui parut pas aussi absurde qu'elle aurait dû. Il haussa les épaules.

— Tiens-toi à l'écart.

— Avec joie !

— Des Troglodytes aussi, Lémure et Débrua...

— Ce sont de braves types.

— De braves types, peut-être. De pauvres types, à coup sûr... Leur réputation est déplorable. Et tu descends les voir trop souvent.

— C'est pour mon service ! Il faut bien que les dossiers circulent dans la maison... Ou alors, qu'on m'installe un monte-charge ! Mais on préfère investir dans les canapés pleine fleur du salon de réception de Des Embruns.

— On n'installera jamais de monte-charge à la Providence. C'est trop tard. Dans deux ans les archives seront intégralement informatisées.

— Et Lémure et Débrua, qu'est-ce que vous en ferez ? L'ANPE ? L'équarrissage ? A la broyeuse, Lémure et Débrua, au Viandox ! Et moi avec, parce qu'on n'aura plus besoin de grouillot...

Kevin s'échauffait et élevait la voix. Milo lui adressa un petit signe apaisant.

— On aura toujours besoin de coursiers. Quant à Lémure et Débrua, ils prendront leur retraite. La pêche, la pétanque...

— Mettre des gars comme eux à la retraite, c'est jeter des poissons sur le sable. Lémure s'ennuie en vacances ; les week-ends, il dort toute la journée. Quant à Débrua, il boira encore plus. La retraite les tuera !

Milo posa ses couverts de part et d'autre de son assiette et ouvrit ses mains vides, dans un geste d'accusé arguant de sa bonne foi.

— Crois-moi, Kevin, je ne souhaite que le bonheur de l'humanité tout entière, y compris ces deux pauvres diables... Mais je ne peux empêcher le Directoire de prendre des décisions indispensables au bon fonctionnement de la maison. Nous sommes la dernière mutuelle sur la place de Paris à conserver des kilomètres d'archives-papier classées dans des sarcophages en carton sur des étagères en bois, au long de galeries creusées sous la terre... Quand d'aventure je croise Lémure et Débrua, le soir en partant, j'ai l'impression de respirer autour d'eux toute la poussière des tombeaux depuis les origines. Il faut dématérialiser les archives, les transformer en pixels, jeter ces étincelles sur des écrans d'ordinateurs, et rendre nos soutiers à la lumière du jour !... Tiens, à propos de vieux papiers, t'ai-je déjà parlé de la trouvaille que j'ai faite au marché aux puces ? Non ? Il y a quelques mois, sacrifiant un samedi matin à ma passion pour la brocante et la chine, je m'agenouille devant une valise crevée pour examiner de vieilles reliures moisies, et tout à coup...

Afin d'abréger ce dîner qui lui pesait, Kevin renonça aux profiteroles et se contenta d'un café.

Milo avait fini par s'apercevoir que son interlocuteur n'était plus trop à la conversation. Le récit de sa découverte n'avait pas éveillé la moindre lueur dans le regard du jeune homme. Un tel récit aurait pourtant mérité d'être écouté avec plus d'intérêt. Il est peu courant de trouver sur le bord du trottoir la confession autographe d'un égorgeur du XVIe siècle devenu frère convers, bineur et sarcleur du potager conventuel pendant vingt ans... Même l'énoncé des atrocités commises par Coscas du temps qu'il maniait l'épée et l'arquebuse plutôt que la binette et le sarcloir n'avait pas trouvé en Kevin une oreille complaisante. Déçu de son indifférence, Milo avait bientôt rengainé son histoire. Qu'était-ce qu'un village brûlé, quinze péquenauds branchés, autant de péquenaudes violées, à côté des scores faramineux du XXe siècle ? On n'allait pas impressionner la jeunesse contemporaine avec des pauvretés pareilles... Cela dit, un détail assez propre à frapper l'imagination figurait dans le manuscrit. Contrarié par l'impassibilité presque insultante de Kevin, Milo l'avait gardé pour lui.

Ils se séparèrent mécontents l'un et l'autre — Milo de Kevin, et Kevin de lui-même. Mais le jeune homme sentait la crécelle lui brûler le ventre à travers sa chemise et son T-shirt. En sortant de la brasserie, il remercia Milo et prit congé très vite. Le chef du Contentieux le vit se perdre dans la foule encore nombreuse sur le boulevard. Puis il remonta le col de son pardessus et planta sur son crâne légèrement dégarni une belle chapka flambant neuve. En vieillissant il se mettait à craindre les refroidissements. Il se dirigea vers la plus proche station de métro. Il se sentait bien seul, ce soir. Oh, il connaissait quelques numéros de téléphone ad hoc, auxquels il ne se privait pas de recourir de temps à autre. Mais pour l'heure ce n'était pas cette compagnie-là qui lui manquait. Il aurait voulu *partager*. Partager enfin le secret qu'il était parvenu tant bien que mal à dissimuler à ce satané Isacaron. *Satané* était ici le mot approprié. Il prit soudain la mesure de l'isolement dans lequel sa quête l'avait peu à peu enfermé. Avant de sortir Lémure et Débrua de leur labyrinthe de papier, que ne sortait-il du sien ? Il renfonça encore sa chapka d'une tape. Trop tard. Trop vieux. Revenir en arrière ? Vers quoi, vers qui, mon Dieu ? Les repentirs, les corrections d'assiette, les virages sur l'aile, c'est pour les quadragénaires, à la limite pour les quinquagénaires amoureux d'un épiderme lisse et de muqueuses neuves. La vie aux deux tiers, peut-être aux trois quarts consumée, on ne peut qu'aller de l'avant, même s'il n'y a plus rien de très engageant de ce côté-là.

Il fut bientôt chez lui. Il se déshabilla, enfila une robe de chambre et des chaussons, et s'attela à la routine aquariophile. Il élevait des poissons chinois. Il en avait sept, des beaux, des rares, qui caressaient rêveusement les algues de leurs nageoires, dans la lumière liquide. Il trouvait ça reposant, ce monde en bulle. En réalité c'était tout un tintouin. Il fallait contrôler la température, la salinité, le pH, rajouter ceci et cela, nettoyer les parois, nourrir les poissons... Mais au prix d'une vigilance continuelle on avait chez soi un bonsaï d'océan.

Quand il eut terminé, il considéra d'un œil morne les rayonnages qui couvraient du sol au plafond les murs de ce qui avait été la salle à manger du temps de sa femme. Il en avait bazardé la table et les chaises Regency pour leur substituer un grand bureau bien austère, genre bureau de directeur d'école 1936. C'était là qu'il travaillait tous les soirs à ses recherches, à l'endroit même où il servait naguère à Flavia les plats qu'il avait préparés pour elle. A ce souvenir il étouffa un petit rire sans joie. Il avait été l'esclave d'une femme. Hercule aux pieds d'Omphale. Dix-huit ans. Dix-huit ! Où étaient-ils passés, ces dix-huit ans ? Dix-huit printemps, dix-huit étés, dix-huit automnes, dix-sept hivers. C'était stupéfiant, il n'en restait rien, presque rien, de vagues échos de disputes, des images floues de vacances à la mer, quelques éclairs de nudité étonnamment nets, au contraire. Mais le meilleur de ces dix-huit années résidait dans les instants de chaleur animale du petit matin. Un corps qu'on explore à tâtons sans autre intention que de réaffirmer dans un demi-sommeil son droit de propriété. Ce droit, elle ne lui en avait pas toujours réservé l'exclusivité, et un jour il y avait renoncé de lui-même. Quand il avait chassé Flavia parce qu'elle le trompait trop ostensiblement avec un gros agent d'assurances, un homme dont la voiture valait plus cher que l'appartement de Milo, elle avait laissé le champ libre aux bouquins, aux revues, aux dossiers, aux liasses de photocopies à l'invasion desquels elle avait jusqu'alors résisté. Aujourd'hui, dix ans après son départ, ils tenaient toute la place. Il y en avait dans toutes les pièces sur tous les murs, il y en avait dans des cartons à la cave, il y en avait sous le lit et dans la baignoire, il y en avait dans le coffre de la voiture qui dormait oubliée dans son box au sous-sol. Il y en avait trop, bien sûr. Parfois il était tenté de se débarrasser de cette masse avant qu'elle ne l'engloutît. Il n'aurait eu qu'un coup de fil à donner. Les libraires spécialisés qui l'avaient aidé à réunir ce fatras n'auraient pas demandé mieux que de le lui racheter, pour le revendre pièce à pièce à d'autres gogos... Fatras ? Gogos ? Pouvait-il qualifier de fatras ce qui occupait le meilleur de sa vie depuis si longtemps ? Etait-il un gogo, pour avoir consacré tant d'argent et tant d'énergie à une quête dont les meilleurs des hommes avaient été obsédés avant lui ? Il écarta le rideau de velours qui masquait un miroir et examina son visage. Un gogo ? Peut-être bien. Un sursaut de défi orgueilleux souleva sa poitrine. Un gogo comme John Dee, un songe-creux comme Paracelse, un gobe-mouche comme Swedenborg ! Va pour gogo, mais alors comment fallait-il appeler le téléspectateur halluciné, l'électeur confiant, le supporter soufflant dans sa trompette en plastique du haut de sa tribune en l'honneur de crétins dopés, surpayés et tout de même corrompus ?

Son exaltation se dissipa presque aussitôt. Le miroir reflétait un visage qui ne lui inspirait, au fond, qu'une sympathie mitigée. Il laissa retomber le rideau et soupira. Il ne serait jamais sûr pendant plus de quatre secondes d'avoir raison contre tous ! Il alla s'asseoir à son bureau et laissa errer à nouveau son regard sur les livres de sa bibliothèque. Foutaises, billevesées, sornettes à l'hectomètre et fariboles au quintal. Qui le savait mieux que lui ? Il s'était immergé dans la littérature occultiste, il était allé y voir de près, à la différence de tous les contradicteurs rationalistes qu'il avait eu l'occasion d'affronter. Mais s'il existait un îlot de vérité, un seul, dans cet océan d'élucubrations, est-ce que ça ne valait pas la peine de le chercher ? Il avait misé sa vie là-dessus. En perdant, il n'aurait pas perdu grand-chose. Une vie, qu'est-ce que c'est ? Un autocar l'écrabouille, une pneumonie l'emporte... Et quand ça dure qu'est-ce qu'on en fait, à quoi ça sert ? A confectionner des calissons d'Aix, à ramasser les feuilles mortes dans des squares venteux, à retraduire Homère, à s'enchaîner aux grilles d'un hôpital pour obliger les femmes des autres à avoir des enfants dont elles ne veulent pas... Tout ça ne lui semblait pas beaucoup plus urgent que de vérifier par soi-même si le ciel, par hasard, ne serait pas un faux plafond. Il n'était pas sûr d'avoir perdu sa mise. Une inquiétude lui traversa brusquement l'esprit. Puisqu'on s'intéressait si fort à Coscas, *en bas*, ne se montrait-il pas d'une folle imprudence en conservant ici, dans un meuble qui ne fermait même pas à clé, l'unique trace du passage du chevalier sur la terre ? Il courut à sa chambre, alluma la suspension, et ouvrit la petite bibliothèque vitrée qui abritait les ouvrages auxquels il tenait le plus. Il soupira d'aise à la vue d'une grossière reliure, mangée de vers, écorchée et maculée, qui reposait à l'horizontale sur la rangée du haut. Il s'en empara et regagna son bureau en la serrant contre sa poitrine.

Ce soir-là, après avoir quitté Milo, Kevin chercha longtemps une proie. Ce serait la première, la vraie première. L'homme à la toque ne comptait pas. Tout s'apprend. Le bon usage d'une crécelle magique comme le reste. L'épisode de l'homme à la toque avait démontré à Kevin la réalité de son pouvoir. Restait à s'en servir avec discernement. Le but ne consistait pas à affoler ses victimes, à les faire s'évanouir ou fondre en sanglots, mais à les transformer en mannequins dociles, à obtenir d'elles des services délicats et complexes. Un tel résultat nécessitait sans doute quelques précautions, un minimum de patience et de doigté.

On était vendredi soir. Il ne travaillait pas le lendemain. Il avait tout son temps. La relative ignorance dans laquelle il se trouvait encore du mode d'emploi de la crécelle le paralysait. L'instrument soumettait-il à sa volonté toutes les personnes qui l'entendaient en même temps, ou bien son utilisateur pouvait-il en choisir une dans un lieu public, lui dédier un tour de crécelle, puis s'adresser mentalement à elle et se faire obéir d'elle seule ? S'il ordonnait à une jeune fille repérée dans un café de le suivre, par exemple, ne risquait-il pas de voir toute l'assistance se lever et lui emboîter le pas ? C'eût été à la fois ridicule et dangereux. Il était tout aussi effrayé par les conséquences éventuelles de sa prochaine tentative qu'excité par les délices qu'il en attendait. Il s'exhortait au calme, à l'efficacité. Il s'interdisait tout cafouillage. Il devait faire de l'opération une chaîne de gestes nets, maîtrisés, une chorégraphie ne laissant rien au hasard... Bien entendu, il se connaissait et il n'y croyait pas. Avec lui tout clochait à un moment ou à un autre. Son sentiment d'infériorité était tel que s'il s'était écouté, il aurait jeté la crécelle dans la première bouche d'égout. Il s'imagina remâchant ensuite ce remords nuit après nuit dans sa chambre, puceau et grouillot comme devant, et cette vision le dissuada de renoncer.

La battue dura des heures. Non que le gibier manquât ! Tous les dix mètres, il en déboulait devant lui.

Dans les files d'attente des cinémas, derrière la vitre des cafés, aux arrêts d'autobus, aux stations de taxis, la nuit foisonnait de femmes jeunes et désirables. Il avait bien souvent rôdé, vers cette heure-là, la tête pleine d'images tourbillonnantes, le cœur et le ventre tenaillés, appelant en vain du fond de son puits celle qui le délivrerait, la princesse charmante, la chevalière servante qui lui lancerait une corde tressée de cheveux de soie pour l'aider à se hisser jusqu'à elle, jusqu'au plaisir, jusqu'au bonheur. Nulle ne s'était penchée sur la margelle pour sonder ses ténèbres du regard. Il leur gardait rancune de sa propre incapacité à s'échapper lui-même pour se camper enfin devant elles. Le pire des mal-foutus, le dernier des bancroches est généralement capable de dresser son étal et de proposer sa triste chair à la foire aux amours. Kevin n'avait pas moins de sang que n'importe quel garçon de son âge, et il lui arrivait de se mordre les poings de désespoir, de frustration. Au chaudron empoisonné qui bouillonnait en lui, Cornélie n'avait fait que jeter la dernière pincée d'épices. Elles allaient voir, toutes, de quoi il était capable, maintenant qu'un démon lui avait procuré de quoi les subjuguer. Ce qu'elles dispensaient aux autres à profusion, avec cette générosité qu'il épiait dans les yeux des amoureuses blotties dans les squares contre leur Bobby De Clerk, il faudrait bien qu'elles le lui prodiguent à lui aussi. Il avait rejeté d'emblée l'éventualité de s'en prendre à une professionnelle. Ç'aurait été de la grivèlerie ! Et puis il avait peur des maladies. Et il n'y aurait pas trouvé la saveur particulière qu'il se promettait de goûter dans cette première étreinte. Il voulait ce qu'il appelait une vraie femme. Toutes les femmes sont vraies ? Pas tout à fait. Une putain n'est pas plus vraie qu'une actrice sur un écran. Et même les autres, il ne les sentait pas toutes aussi vraies, aussi *là*... Certaines n'offraient qu'un masque. La femme était loin, très loin derrière le masque. Cornélie ? Cornélie était vraie. Sotte et cruelle, mais vraie. Elle n'évoluait pas sur une scène de théâtre imaginaire. Elle aimait vraiment Bobby

De Clerk, elle méprisait vraiment Kevin Langlois : à l'un toutes les tendresses, à l'autre toutes les rebuffades. Il cherchait une femme de cette sorte-là pour étrenner sur elle le sortilège qui le vengerait de Cornélie. Mais elles étaient innombrables ; laquelle répondrait à ces conditions ? Cette brune potelée qui traversait la rue au pas de charge ? Cette blondinette un peu godiche sur des talons trop hauts pour elle, qui levait son petit nez vers les affiches d'une multisalle ? Cette lévrière aux épaules et aux hanches pointues, distraite, comme inconsciente de sa beauté efflanquée ?

Pour finir, il ne choisit pas. Il s'était promis de procéder comme hier avec l'homme à la toque, c'est-à-dire, une fois son gibier repéré, de suivre son gibier à quelque distance et de ne se porter à sa hauteur qu'à l'instant crucial. Il avait cent fois imaginé la manœuvre, la peaufinant en esprit tel un pilote de chasse à l'exercice, mais alors qu'il s'engageait dans une rue plus étroite et moins fréquentée, une jeune femme blonde en manteau grenat vint se jeter dans ses jambes. Au premier abord, il n'eut d'elle qu'une perception globale. Parfum, silhouette, démarche, tout en elle était attirant, et il se dit qu'elle ferait l'affaire. Elle esquissa un pas de côté pour l'éviter. Il sortit la crécelle et l'actionna. Cette fois encore le son aigre de la planchette butant contre les crans de la roue lui parut assourdissant. La jeune femme eut un mouvement de recul. Il la cloua sur place d'un ordre furieux et muet. Il pensait en force, comme il aurait donné des coups de marteau ou de hache. Elle s'immobilisa, les yeux écarquillés, les lèvres entrouvertes. Il devina qu'elle allait crier. Il le lui interdit.

Il la vit grimacer de douleur. Elle souffrait comme s'il lui avait hurlé dans l'oreille. C'était pire. Il hurlait à l'intérieur de son cerveau. Elle ferma la bouche. Des larmes jaillirent de ses yeux. *Ne pleurez pas !...*

Il ne savait pas encore ce qu'il allait faire d'elle. Il craignait, s'ils s'avançaient ensemble sur le boulevard, qu'elle n'échappât à son contrôle et ne se perdît dans la foule, ou qu'elle ne se jetât sur la chaussée, entre les voitures... Il préférait s'assurer de l'emprise qu'il exerçait sur elle dans cette rue plus tranquille. *Nous allons marcher. Je vous suis. Ne courez pas !*

Elle rouvrit la bouche, non pour crier, mais pour respirer. Elle hoqueta. La terreur l'oppressait. Elle était au bord de la perte de conscience. Il comprit qu'il devait la rassurer, réduire la pression insupportable qu'elle subissait. *Il ne vous arrivera rien de grave. Vous m'entendez ? Hochez la tête...*

Elle lui lança un regard de noyée, puis, lentement, elle hocha la tête. *Si vous obéissez, tout ira bien je ne vous ferai pas de mal. Vous allez m'obéir, n'est-ce pas ? Hochez la tête...* Elle hésita. Il hurla par la pensée, comme au début. Elle porta les mains à ses tempes. Une voix tonnait dans sa conscience, les syllabes se répercutaient contre les os de son crâne. Un filet de sang s'écoula d'une de ses narines. *Vous saignez du nez ! Prenez un kleenex, essuyez-vous !*

Elle ouvrit son sac d'une main tremblante, en retira un mouchoir en papier dont elle se servit pour étancher le sang. *C'est bien ! Faites demi-tour. Je vous suis. Tout ira bien...*

Elle se détourna de lui. Elle chancela, comme ivre. *Avancez.* Elle se mit en marche d'un pas saccadé. Il la laissa prendre quelques mètres d'avance et vérifia qu'elle était toujours sous son contrôle. *Votre sac... Changez-le d'épaule !*

Elle obéit. Il se détendit. Elle était à lui.

Plus tard, quand ils furent chez elle, elle put répondre d'une voix étranglée aux questions qu'il lui posait mentalement. Il répugnait à lui parler pour de bon, crainte de s'entendre chevroter. Elle aurait compris qu'il avait peur. Tandis qu'en s'adressant à elle en silence, en enfonçant ses pensées en elle comme autant de lames, il ne laissait rien percevoir de sa propre faiblesse. Il avait peine à se persuader du caractère absolu de son pouvoir, alors même que tout le lui prouvait.

Elle habitait un petit appartement surchauffé, au

dernier étage d'une tour, à quelques centaines de mètres de l'endroit où son chemin avait croisé celui de Kevin. Quand ils s'étaient rencontrés, elle venait de sortir de chez elle après avoir dîné, dans le but d'aller voir un film. Son assiette et son verre étaient posés dans l'évier. Il vit qu'elle avait mangé du jambon avec des pâtes, et une pomme, et qu'elle avait bu de l'eau. Il lui demanda si elle avait eu l'intention de rejoindre quelqu'un. Elle lui répondit que non. Elle allait souvent au cinéma toute seule. Il aperçut un plat à chat. Le chat n'était pas là. Il interrogea la jeune femme du regard. Elle dit qu'il devait être caché. Il n'aimait pas les visiteurs, il n'avait pas l'habitude.

Kevin lui ordonna de s'asseoir sur le canapé du living. Elle obéit. C'était étrange, elle lui faisait l'impression d'un objet, d'une grande poupée. Il pouvait la poser, la ranger quelque part, s'occuper d'autre chose sans se soucier d'elle. Il n'osait pas, parce qu'il ne se sentait pas encore assez sûr de lui. Il laissa errer son regard autour de lui. Des foulards indiens et des colliers accrochés au mur, un poster représentant un envol de flamants roses en Camargue, et un autre un surfeur sur la crête d'une vague énorme... Un combiné télévision-magnétoscope sur un petit meuble, une table basse devant le canapé, une bibliothèque, une autre table, ronde... Il se dit qu'il devait explorer le reste de l'appartement, pour être sûr.

C'est quoi, cette porte ?

— La salle de bains...

Prenant le risque de la quitter quelques instants, il poussa la porte et entra. Il inspecta la tablette au-dessus du lavabo. Il n'y avait qu'une brosse dans le verre à dents. Pas de rasoir, pas de mousse à raser ni d'aftershave. Il regagna le living. Elle était toujours assise sur le canapé, les mains sur les cuisses, le regard fixe.

Et là, c'est la chambre ?

Elle acquiesça sans se tourner vers lui. Il traversa la pièce et passa devant elle pour aller jusqu'à la chambre. Elle était meublée d'une armoire moderne, d'une commode, d'un lit de 120 flanqué d'une table de chevet en rotin... Il n'y avait qu'un oreiller sur le lit. Au mur encore un poster : un jeune homme sur le visage duquel il ne parvint pas à mettre un nom. C'était un acteur ou un chanteur quelconque... Non, justement, pas quelconque ! Il était beau jusqu'à la caricature. Il avait un visage aux traits harmonieux, d'une symétrie parfaite, des dents éclatantes, des cheveux noirs et drus, des yeux bleu-vert. Un Bobby De Clerk à la puissance dix. Combien de jeunes filles, de jeunes femmes, rêvaient à lui le soir avant de s'endormir ? Elles imaginaient des choses, des promenades au bord de l'eau sous la lune, des baisers, des étreintes... Kevin se pencha sur le lit pour éprouver du bout des doigts l'élasticité du matelas à travers la couverture marocaine qui le recouvrait. Il rejoignit la jeune femme. Elle n'avait pas bougé. A quoi s'attendait-elle ? Au pire, sans doute. Les journaux, les écrans sont pleins à ras bord de violence et de mort. Elle pensait qu'elle allait mourir. Elle espérait seulement qu'elle ne souffrirait pas trop. Pourtant il ne lui avait pas menti. Il ne lui voulait aucun mal. Il le lui dit à haute voix. Sa voix ne trembla pas. Toute la peur était de son côté à elle, à présent.

— Vous entendez ? Vous n'avez rien à craindre, répéta-t-il.

Elle fit signe que oui, presque distraitement. Elle ne le croyait pas. La seule façon de la convaincre aurait été de disparaître, de sortir de chez elle, de sortir de sa vie, là, tout de suite, et de ne jamais y revenir. Il se dit que tout ce qu'il pouvait faire pour elle, ce serait de ne jamais revenir, après. Elle n'entendrait plus parler de lui, mais en attendant... Il n'était pas *méchant*, il n'était pas *mauvais*. Il avait plutôt bon cœur, mais il voulait mener à son terme cette première expérience décisive. Alors tant pis pour elle, il allait bien falloir... Elle oublierait, après coup les choses lui apparaîtraient sous l'aspect d'un mauvais rêve, peut-être même pas si mauvais que ça. Elle en faisait de bien pires, si ça se trouvait. On ne sait jamais ce que les gens ont dans la tête. Ils se dressent devant vous chaque matin dans la lumière, avec leur visage lisse, leurs yeux paisibles, et en réalité ils ont affronté des monstres, ou bien ils se sont conduits comme des monstres, ils ont subi ou commis des horreurs toute la nuit... Il hésita à lui demander son nom. Il pensa qu'il risquait de regretter ensuite de ne pas l'avoir fait. Sans nom, les gens n'existent pas tout à fait. Il voulait qu'elle existe dans sa mémoire, comme une feuille dans un herbier, comme un timbre dans un album.

— Comment vous vous appelez ?

— Sandra.

Elle portait un prénom de pacotille, comme lui. Il considérait ainsi les prénoms qui ne figuraient pas dans le calendrier, des prénoms glanés dans des feuilletons télé, des *junk names*, comme on consomme de la *junk jood*. Il faillit demander Sandra comment. Il haussa les épaules. Son nom de famille n'avait pas d'importance, il avait juste besoin d'un repère, pour plus tard.

— Vous avez un ami ?

Cela le préoccupait. Parce que si elle avait un ami, il pouvait survenir.

— Il est à Londres, dit-elle d'une voix désolée.

Elle ne mentait pas, elle non plus. Elle aurait pu essayer d'effrayer Kevin en lui disant que son ami était à Paris, qu'il était susceptible de lui rendre visite à l'improviste. Elle en était incapable, à cause du sortilège. Si Kevin lui donnait un ordre, elle lui obéissait. S'il lui posait une question, elle répondait de son mieux, même si sa réponse était de nature à lui nuire. Elle était consciente, lucide, et privée de toute volonté, y compris celle de se défendre ou de tenter de s'échapper.

— Qu'est-ce qu'il fait, à Londres ?

— Il travaille. Barman. Il rentre tous les mois, pour un week-end.

— La dernière fois, c'était quand ?

— La semaine dernière...

Elle tendait sa gorge au couteau.

— Et vos parents ?

— A Bordeaux.

— Vous êtes seule à Paris, alors ?

— Oui, seule. Toute seule !

Un sanglot l'étouffa. Il secoua la tête, contrarié. Il n'aimait pas la voir pleurer. Ce n'était pas excitant. Déjà, il ne se sentait pas excité comme il aurait dû l'être, et ça risquait de poser un problème... Il avait vécu et revécu cette scène à l'avance, par l'imagination, mais il s'avisa qu'il y avait des choses auxquelles il n'avait pas réfléchi. Des choses concrètes. Des choses triviales.

— Vous ne devez pas pleurer, c'est compris ?

Elle fit oui, mais elle continua à pleurer et à renifler. On ne commande pas aux larmes. Elles coulent malgré nous. Tout à l'heure, dans la rue, elle s'était vite maîtrisée parce qu'elle n'avait pas encore perdu espoir. A présent qu'elle avait mesuré son impuissance, la détresse la submergeait.

— Il n'y a pas de quoi pleurer, reprit-il. Ce que nous allons faire, vous l'avez fait cent fois avec votre ami ! Si vous êtes docile tout ira bien pour vous.

Elle le dévisagea à travers ses larmes.

— Pourquoi moi ? Il y a des milliers d'autres femmes, dehors, plus belles, plus...

Il sentit le danger. Ils n'étaient pas supposés examiner la situation ensemble. Elle devait seulement se taire et obéir, à présent qu'elle lui avait dit ce qu'il voulait savoir. Il n'y avait rien à expliquer, rien à plaider. Il ne se souciait pas de gagner sa confiance ou son indulgence, ou quoi que ce soit de ce genre. La meilleure conduite à observer avec elle consistait à la traiter en objet. Il fallait l'utiliser comme un objet, puis l'abandonner comme un objet. S'il s'en tenait là tout irait bien pour lui.

De retour chez sa tante, quelques heures plus tard, Kevin resta longtemps couché sur le dos, les yeux ouverts dans l'obscurité de sa chambre. Il lui semblait qu'il ne parviendrait plus jamais à s'endormir, tant il se sentait énervé. De temps à autre il tendait la main vers la table de nuit pour saisir à tâtons la crécelle, pour s'assurer qu'elle était toujours là. Il s'en emparait, la palpait, la soupesait avec un soupir de bonheur. Grâce à elle, il pourrait reproduire à volonté l'expérience qu'il venait de vivre. Enivrante, stupéfiante expérience ! Il reposait la crécelle sur le napperon de dentelle mécanique froissé et poussiéreux qui couvrait le plateau de marbre du chevet. Il portait ses mains à ses narines pour humer sur elles l'odeur intime de Sandra. Avant de se coucher il s'était lavé les dents par habitude, mais il avait pris soin de ne pas se mouiller les mains. Cette odeur, c'était son trophée, la preuve de sa victoire. Chaque fois qu'il la respirait, elle lui confirmait qu'il n'avait pas rêvé, que l'univers lui appartenait. Il s'y promènerait désormais comme en un verger pour y cueillir tous les fruits qui lui plairaient. Des pensées qui jusqu'alors ne l'avaient pas effleuré se faisaient jour à présent dans son esprit. C'était la création qui s'était dévoilée à lui tout entière quand Sandra, sur son ordre, s'était déshabillée. La jeune fille s'était exécutée contre son gré, mais sans répugnance apparente, puisqu'elle y avait apporté la complaisance qu'il lui avait enjoint d'y mettre. Elle aurait souri, elle aurait minaudé s'il avait voulu, mais il n'avait pas pensé à l'exiger d'elle, et elle avait gardé tout au long un visage impassible qui lui donnait à son insu une allure de prêtresse ou de somnambule. Longtemps, avant d'oser la toucher, il l'avait fait évoluer devant lui comme un mannequin. Elle, dans sa robe de peau, se pliait à ses volontés et comblait enfin sa curiosité d'enfant au corps d'adulte. Bien sûr, il avait scruté les magazines des Troglodytes et les photos de la collection de l'oncle, il avait vu des films... Mais avoir quelqu'un devant soi, une personne, un être qui sait lui aussi que vous êtes là, dans une proximité magique et tragique, c'était une autre histoire. En Sandra nue, le monde acquérait tout à coup les qualités qui lui faisaient encore défaut l'instant d'avant : poids et grain, couleur, chaleur, parfum. La peau de son visage n'avait pas une matité ni un velouté uniques. Elle péchait au contraire par de menues imperfections, une dartre presque imperceptible au menton, deux ou trois rougeurs, un bouton minuscule au milieu du front... Ses yeux étaient verts, mais sans beaucoup d'éclat, l'arc de ses sourcils était excessif, sa lèvre inférieure manquait d'ourlet. Mais aux yeux de Kevin une lumière bouleversante baignait la beauté ordinaire d'une jeune femme que n'importe quel jury aurait estimée plaisante, sans plus. Ce n'était pas Sandra qui était belle, mais l'espèce humaine à travers elle. Kevin avait été envahi d'une admiration sans bornes et sans bénéficiaire. Il ne croyait à rien, comme la majorité de ses contemporains. Qui louer d'avoir créé ces merveilles ? Qui remercier de ces jambes, de ces bras minces et déliés, de cette taille flexible, de cette échine si droite, de la pesanteur et de la fragilité de cette poitrine ? A qui rendre grâce devant ce ventre lisse, à peine bombé au-dessus du buisson noir ? Nulle main de potier n'avait tourné l'amphore de ces hanches, nul sculpteur n'avait modelé ces fesses rondes sous le méplat des reins... Kevin avait enjoint à sa captive de s'agenouiller, de se cambrer, de s'écarteler. Dans toutes les postures, sous tous les angles, elle avait conservé sa beauté ; une sorte de noblesse inaliénable la revêtait ou l'habitait. Pourtant il gardait le souvenir d'images horribles, photos prises dans des prisons ou des camps, dans des hospices ou des bordels. Il avait alors fugitivement soupçonné qu'on ne pouvait humilier un corps qu'en s'humiliant, en s'abîmant avec lui, avant lui... Puis il avait tendu la main, affleuré la chair tiède de Sandra, et oublié tout ça.

A l'instant crucial, son corps à lui avait commencé par se dérober. Il s'était affolé. Il lui était insupportable que Sandra pût le juger sous le couvert du masque qu'il lui avait imposé, qu'une part de la victime, demeurée indemne et inaccessible, pût rire du bourreau. S'il avait lu quelque chose de ce genre sur les traits de Sandra, il aurait été capable de la frapper, ou d'user de son pouvoir pour la punir ou la forcer à se punir. Il avait escamoté son échec sous de nouveaux caprices, gagné du temps, sauvé la face. Maintenant, alors même qu'il savourait son triomphe, bien à l'aise et en sécurité dans son lit, son front se mouillait de sueur à l'évocation de ces quelques secondes où il avait frôlé la catastrophe. S'il n'avait pu prendre Sandra, loin de transfigurer son existence, loin de le métamorphoser en vainqueur, toute l'aventure ne lui aurait servi qu'à découvrir qu'il était infirme. Il s'était souvenu de l'époque, pas si lointaine, où son petit train électrique tombait en panne. La cause en était presque toujours la même : des saletés qui gênaient la transmission. Bourre de moquette, poussières agglomérées, poils de chat... En fin de compte, la mécanique du désir n'était peut-être pas beaucoup plus compliquée que celle d'un train miniature, si l'on voulait bien considérer qu'une panne pouvait être imputable à des sortes particulières de « bourre de moquette », de « poils de chat » et autres « poussières agglomérées »... Mais ce n'était pas le moment d'engager une psychanalyse ni de démêler l'écheveau de son âme. Une femme était devant lui, nue, renversée, ouverte sinon à proprement parler offerte. Il attendait cela depuis des années, jusqu'à l'obsession, jusqu'au désespoir, et quand enfin ce miracle se réalisait, son maudit petit train aux bielles encrassées par Dieu sait quoi tombait en panne ! Il se jeta à genoux, le visage en avant, les yeux fermés comme pour une naissance à rebours. Sa tête buta contre un obstacle tiède, un pelage effleura sa joue. Il y enfouit son visage, y respirant à pleine gorge une odeur pénétrante et douce. Ses lèvres happèrent des pétales de chair mouillée qui roulèrent et se défroissèrent sous sa langue. Il chercha une position plus confortable, la trouva en prenant appui sur ses coudes pour soulever le bassin de Sandra. Pour la première fois de sa vie il se sentait bien. Plus rien ne lui manquait, plus rien ne l'effrayait. Il était heureux comme un animal, comme un chien de mer au soleil, un morse vautré sur un rocher dans le fracas des vagues toutes proches, dans l'odeur éternelle de l'océan.

— Alors, jeune homme, on se repasse le film ? On revit ses exploits ? Il est vrai que tu t'es montré très brillant, ce soir !

Kevin faillit mourir de terreur. Cependant la voix était familière, comme l'était la silhouette qu'il distinguait sur le fond de luminosité des lampadaires de la rue filtrant à travers les rideaux.

— C'est vous ?

— C'est moi, mon beau, bien sûr ! Qui d'autre ?...

Kevin posa la crécelle sur ses genoux et voulut allumer.

— Non, n'allume pas, s'il te plaît, se récria Isacaron. C'est si bon, de se parler dans le noir ! On peut tout dire...

Une crainte traversa Kevin. La crécelle... Isacaron était-il venu la lui reprendre ? Il passa outre au souhait d'Isacaron et alluma.

— Qu'est-ce que vous voulez ?

— Rien. Bavarder. Te féliciter... Quel gaillard tu fais ! Il ne faut pas t'en promettre, dis donc ! Ah ah, tu rougis ? Allons, c'est tellement normal, tellement humain ! Vous êtes drôles, tout de même, les mortels. Tout à l'heure, tu aurais plutôt rougi de ne pas... Je me trompe ? Non, hein ? Et maintenant tu rougis d'avoir si bien... Bref, vous avez honte de tout. C'est ça qui cloche, chez vous : la honte. Prends Sandra, par exemple... Sans cette foutue honte dont vous n'arrivez jamais à vous dépatouiller, elle serait encore vivante.

— Sandra ? Sandra est morte ?

Le prime estre humain qu'oncques je fis passer à trépas fut une jeunesse de Vézénobres et je l'estois à peine moins qu'elle en ce temps-là. Je lui plantoi ma dague dans la gorge dans le même instant que mon otre lame dans le conin, de quoi je quémende humblement pardon à Dieu ! Elle n'avoit point connu d'homme, ce que je sentis à son estroitesse et à son opercule. Je la vois encore, pauvre chevrette, blesme et les yeux tout excoquillés. Elle méritoit plutot des berlingaux ou des pompons que le fer et la mors. Pour quoi la revois-je si bien quand j'en ai oublié tellement d'ottres ? C'est que la dite pucelle vaulx pour ce qui périt de ma main. Mes victimes la délèguent vers moy, du fond des puits où on les précipita et des fosses où on les estendit à teste bêchevet. Leurs sangs mélangés giclent par sa blessure. Ah, ceste enfant-là, je ne la remets que trop, quand tant d'otres que j'ay paroillement dépeschés ne poisent rien à ma mémoire. Celle-là de mes victimes je la vois une nuict sur deux dans mes rêves, avecque sa gorge tranchée et ses deux beaux tétons poisseux et rouges ! Ils étoient d'abord plus blancs que neige quand j'avois déchiré sa robe, devant que de l'avoir égorgée... Une nuict sur deux, pauvre de moy, elle m'apparoist et me conjure de l'espargner, et je diroi plus tard ce qu'il en est de l'ôtre nuict... Alors je tremble et je crie, je m'éveille mouillé de sueur, je me jete à genoux, je requiers à tastons, ma discipline dessous mon grabat et m'en fouaille à toutes forces jusques à l'aube. Pour avoir enfin la paix me faudra-t-il humecqueter ma bure et ma paillasse d'autant de sang que j'en tiroi naguère d'autruy ? Mes veines n'en renfermeroient pas à suffisance. J'en ai faict couler par toute la Provence. Vray, avecque les Mauvans nous avons quasi despeuplé ce païs ! Pour venger qu'on ait mis son frère en salaison, Paulon ordonna de réduire les ennemis en potée. Ce qui fut faict tout de bon. Honte à moi, car j'ards encore en y pensant certaines foys. La doleur et la mors qu'on inflige sont comme le vin dont les primes rasades nous soulèvent le cueur et nous tordent les enstrailles en nostre jeunesse, mais dont les suivantes nous plaisent. J'estois encore puceau de meurtre, à Vézénobres. Je me monstroi comme de juste hastif et maladroit. J'appris par la suite à mieux prendre mon temps et mon plaisir. Le corps humain est semblable à un luth duquel on ne sort rien si d'entrée on l'ataque si fort qu'on en casse les cordes...

Milo interrompit sa lecture pour ôter ses lunettes et masser un instant l'arête de son nez. Il avait si souvent relu ce texte qu'il aurait été capable de le réciter à peu près par cœur. L'écriture extravagante du chevalier Agrippa de Coscas, si difficile à déchiffrer au premier abord avec sa forêt de pertuisanes, de guisarmes, de hallebardes et de fauchards brandis, çà et là parsemée d'emberlificotages et de volutes, lui était devenue plus familière que la sienne, tant il l'avait scrutée mot à mot, lettre à lettre. Et au-delà de son écriture, c'était l'âme du chevalier qu'il avait l'illusion de connaître. Certes, elle était noire ! Coscas, dans sa confession, ne s'étendait vraiment que sur le premier et les derniers de ses crimes. Tout l'entre-deux, il se bornait à l'évoquer par allusions. A le lire, on n'aurait pu estimer combien de meurtres il avait sur la conscience. Vingt-cinq ? Cinquante ? Cent cinquante ? Peut-être plus. Même s'il s'était le plus souvent contenté d'exécuter les ordres de Paulon de Mauvans, on ne pouvait douter qu'il y eût mis la main. Au fil de son manuscrit, il s'accusait d'avoir passé des moutards au fil de l'épée, d'en avoir fracassé d'autres contre des murs de grange ou des bornes milliaires, d'avoir fait arquebuser, pendre et noyer des prisonniers, mais sans s'attarder ni dire combien. C'était donc qu'il ne les avait pas comptés.

Milo avait souvent essayé de se représenter les traits de cet assassin longtemps serein. Avant de venir à résipiscence, Agrippa de Coscas avait été un fauve. Ni plus ni moins féroce, d'ailleurs, que beaucoup d'hommes de guerre de son temps. Ce n'était pas lui qui avait coupé des langues à Bazas, bourré de poudre noire le vagin des Agenaises, jeté des captifs sur des piques du haut du rempart de Montbrison, confié au Rhône une barque pleine de la charogne des défenseurs de Mornas pour qu'il la portât jusqu'en Avignon... Ce n'était pas lui, mais il l'aurait fait de bon cœur si ça s'était trouvé. Ce n'était même pas à force de tuer qu'il avait été pris de dégoût. Il aurait probablement continué sans se poser de questions si le destin ne lui avait joué un tour pendable... Laissant la reliure sur la table basse qui jouxtait son fauteuil, Milo se dirigea vers la pièce d'eau à la recherche d'une lingette pour nettoyer ses lunettes. Il en trouva une boîte dans l'armoire à pharmacie et se livra à cette opération tout en s'examinant, à nouveau, dans le miroir de la salle de bains. Drôle de chose qu'un visage, décidément ! Le sien ne l'intéressait guère en lui-même, mais il servit de support à ses réflexions au sujet de Coscas. Aurait-il reconnu en lui un meurtrier, si par miracle ils s'étaient trouvés face à face ? Il savait bien que non. Coscas n'avait eu ni un nez, ni une bouche, ni un menton d'assassin, parce qu'il n'a jamais rien existé de tel. Quant à des yeux d'assassins, il suffit, pour en voir et en avoir soi-même d'assez vraisemblables, de mariner un peu trop longtemps au volant dans un embouteillage. Agrippa de Coscas avait torturé, violé et tué sans états d'âme ni séquelles visibles pendant des années. Où est le problème, tant que ce n'est pas moi qui souffre, tant que ce n'est pas moi qui meurs ? Milo lança un dernier regard méfiant à son propre reflet dans la glace, puis il vérifia la transparence retrouvée de ses verres, jeta la lingette à la poubelle, soupira, éteignit la lumière et retourna se carrer dans son fauteuil.

Il reprit le manuscrit. Sans la rouvrir encore, il en palpa la reliure. Ce geste n'avait rien de sensuel. Le cuir griffé et piqueté était rêche sous ses doigts. S'il l'approchait trop de son visage, une odeur de poussière et de moisi montait à ses narines. On avait vraiment l'impression de toucher quelque chose de sale. Milo, chaque fois qu'il manipulait le volume, se lavait compulsivement les mains ensuite. Malgré son amour des paperasses et son insatiable curiosité, il avait dû se forcer pour le saisir quand il était tombé dessus, au marché aux puces, dans une valise de drouille, pêle-mêle avec de vieux livres de prix aux gravures charbonneuses et aux cartonnages déchirés. Bien sûr, quand il avait lu le millésime M.DC.VI apposé à la dernière page sous la signature épineuse du chevalier, sans avoir encore la moindre idée du contenu du document, il ne l'avait plus lâché. Il s'était enquis de son prix. Le broque, un moustachu à l'œil noir et à l'haleine forte, en demandait cinq cents francs. « C'est vieux, disait-il, c'est la chose la plus vieille que j'ai jamais eue à vendre ! La date est écrite en chiffres romains, ça remonte peut-être bien à Jules César, alors il faut me lâcher un peu de monnaie !... » Milo avait marchandé par pudeur. On s'était entendu sur trois cent cinquante. Milo était rentré chez lui enchanté. Il aimait le passé. Le présent lui était une sorte de plage qu'il arpentait en quête d'épaves, bois flottés, joujoux antipodiques décolorés et mordus par le sel, flacons porteurs de secrets... Et voilà que lui parvenait un message vieux de quatre siècles ! Parfois, il se disait que c'était énorme, quatre siècles : à peu près le quart du gouffre qui nous sépare de César, ou du Christ et de Pilate... D'autres fois il se disait que ce n'était pas grand-chose. Quatre fois rien, tiens, puisqu'un homme peut parcourir un siècle à lui seul. Coscas et ses contemporains, égorgeurs et égorgés confondus, n'étaient pas si éloignés de nous. C'était l'affaire de quatre centenaires mis bout à bout. Il en fallait encore huit pour aller jusqu'à Charlemagne, huit de mieux pour Jésus, quatre ou cinq de plus pour Périclès et Socrate, plus trois pour Homère, plus cinq ou six pour Ramsès. L'histoire de l'humanité tenait donc en trente et quelques vieux bonshommes. Modeste abîme, finalement !

Milo chaussa ses lunettes et ouvrit à nouveau la confession du chevalier. Il reprit sa lecture, non pas où il l'avait suspendue, mais plus loin dans le corps de ce manuscrit. Il y était revenu d'innombrables fois avec la même incrédulité mêlée d'espoir. A un certain endroit du récit de Coscas, le mur compact auquel il se heurtait depuis toujours avait enfin sonné le creux.

— Je me demande si tu as eu le temps de te pénétrer de cette idée : les femmes sont innombrables, et grâce à la crécelle elles sont toutes à toi, sacré veinard !

Kevin s'était redressé sur son lit. La poitrine prise tout à coup dans un étau, il avait du mal à respirer. Il avait à peine éprouvé combien c'est chaud, l'intérieur d'une femme, et déjà le corps qui lui avait permis cette découverte était inerte et froid comme un poulet cru... Il s'efforça d'imaginer Sandra morte. *Eteinte*. Comme un poste de télévision ou un ordinateur éteint. Eteint l'écran de son regard, muet le haut-parleur de sa bouche. Face à lui, Isacaron jubilait :

— Toutes, mon petit vieux, toutes ! Les grandes brunes, les petites blondes et vice versa, les rousses aux allures d'extraterrestres, les Noires... Ah, les Noires ! Tu connais ce vers de Mallarmé qui... Non, tu ne connais pas Mallarmé, on s'en fout, on n'est pas en train de passer le bac ! Et les mignonnes Asiatiques du XIIIe arrondissement ? Tu les pêcheras au pied de leurs tours, sur leurs dalles venteuses, comme des crevettes au pied des falaises.

— Qu'est-ce qui est arrivé à Sandra ?

— Rien. Après ton départ, elle ne s'est pas retrouvée, elle ne s'est pas reconnue. Elle était nue sur son lit, avec la semence d'un inconnu sur le ventre. Elle s'est vue souillée, elle s'est crue folle, elle a eu honte, elle a eu peur... Elle a ouvert la fenêtre. Elle habitait haut, vingt-trois étages, foutre ! C'est ma faute, en un sens. J'aurais dû te dire. Il ne faut pas les abandonner à elles-mêmes. Quelques mots suffisent, elles oublient, ou elles croient qu'elles ont rêvé, ou qu'elles se sont raconté une histoire, on a bien le droit d'avoir des fantasmes. Ou alors tu t'en balances, elles peuvent toutes sauter par la fenêtre ou tourner psychotiques, qu'est-ce que t'en as à cirer ? Ce n'est pas moi qui te jetterai la pierre. Il n'y a pas plus compréhensif que moi, ah ah !

Peu à peu, l'étau qui oppressait Kevin se desserra. Ce n'était pas sa faute. Il n'avait pas souhaité la mort de Sandra. Il ne souhaitait la mort de personne, sinon parfois celle de Bobby De Clerk. Qu'est-ce qu'il y pouvait, si cette fille était morte ? Rien. Et déjà il savait que cette bavure ne le dissuaderait pas d'user à nouveau de la crécelle.

— Cette pauvre petite gourdasse a brûlé son fusible, d'autres suivront peut-être... C'est comme ça, avec la crécelle, il peut y avoir des nuisances. A toi de voir, tu arrêtes ou tu continues, tu prends ou tu laisses. Sans elle, qui sait si tu ne finirais pas par trouver le bonheur dans l'abstinence et la pauvreté ? Je n'ai pas d'œillères, moi. Chacun voit midi à sa porte, c'est ce que je dis... Tu es *libre*. N'est-ce pas merveilleux ? Tu peux choisir entre tout et rien, le monde ou son reflet. Mais quand tu choisiras, dis-toi bien que ce sera pour toujours. Tu as déjà eu une seconde chance ; il n'y en aura pas trois. Maintenant, si tu rentres dans le rang, si tu retournes à la grisaille, tu sauras ce que tu perds. Elle n'avait pas les cuisses bien douces, Sandra Berkowitz, hum ?

— Si, si, bien douces...

— Et son haleine ? Elle n'était pas suave, son haleine ? C'est ça qui est formidable, je trouve... L'être humain, ce n'est jamais qu'un sac d'humeurs diverses, ça a quelque chose de dégoûtant, si on y réfléchit. Et puis non, c'est parfois tout le contraire, soie et cristal, pétales de roses traversés de lumière !...

— Cristal et soie, c'est bien ça... Mais pourquoi moi ?

— Quoi, pourquoi moi ?

— Qu'est-ce que vous me voulez ? Vous en avez après mon âme, c'est ça ? Vous me l'avez peut-être déjà prise. Je me trompe ? J'ai pourtant l'impression qu'il ne me manque rien. Je me sens même plus... plus complet qu'avant !

— Oh, ça, c'est l'effet Sandra !

— Répondez-moi : vous m'avez volé mon âme ? Je suis damné, je brûlerai en enfer ? Je n'ai rien signé !

Isacaron eut une moue indulgente.

— Laissons ces vieilleries de côté, veux-tu ? Personne ne t'a barboté ton âme, rassure-toi, elle est bien à sa place, je la vois qui clignote.

Kevin porta ses mains à son visage.

— Vraiment ? Où est-elle ? Quelle forme elle a ?

— Quel enfant tu fais ! Je plaisante, voyons ! Détends-toi donc, prends la vie du bon côté. Et d'abord, qu'est-ce que tu fabriques encore ici, chez ta vieille carne de tante, dans ton lit aux draps gris ? Qu'est-ce que tu attends pour dépouiller l'ancien Kevin et devenir celui qui piétine et qui piaffe en toi-même, le vrai Kevin, un géant ? Qu'est-ce qu'ils ont de plus que toi, tous ces caïds de la politique, des affaires, du sport ou des arts ? Tu les vaux ! Tu les prends quand tu veux, parce que tu détiens l'atout maître, le joker, la crécelle !

— Oui, oui... Mais dites-moi la vérité : est-ce que j'ai une âme ?

— Tu en as une, je te le certifie... Qui n'en a pas ? La belle affaire ! Ne te casse pas la tête avec ton âme. De nos jours il y a cent choses plus importantes... Mieux qu'une âme, tu as un destin, mon petit vieux. Un Destin ! Tu ne le savais pas ? Tu n'y avais jamais pensé ? Voilà ! C'est typique ! Ils n'y pensent pas... Le destin, ça n'existe que si on le nomme. Pour en avoir un, il faut se dire : « Moi, machin, j'ai un destin à moi, je ne vais pas passer sur la terre comme l'ombre d'une aile de mouette sur l'eau, je vais laisser ma trace, petite ou grande, appuyée ou à peine visible, mais la mienne ! Je vais balafrer la réalité, sacré nom d'une pipe ! »

Un soupçon se fit jour dans l'esprit de Kevin.

— Vous avez besoin d'un Ravaillac ou de quelqu'un de ce genre-là ? Si c'est ça que vous me voyez comme destin, je vous préviens, je suis pas preneur !

— Qu'est-ce que tu vas chercher ! Tu me soupçonnes, moi qui ai tranché tes liens, alors que tu ne t'es jamais défié de ceux qui avaient entravé tes mains... Je ne t'ai rien offert d'autre qu'une liberté infinie. Alors apprends à t'en servir et jouis-en de toutes tes forces. C'est bien ton tour, tout de même ! Jouis, fils, jouis ! En échange...

Kevin hocha la tête d'un air entendu. Rien n'est gratuit, sur la terre. On attendait quelque chose de lui. Un crime ? On n'avait pas besoin de lui pour commettre un crime, tout de même ! Maladroit comme il était, c'eût été un crime sacrément imparfait !

— En échange ?

Isacaron eut un de ses sourires bouffons.

— Rien, presque rien... Milo.

Encore Milo ? Quoi, Milo ?

— A-t-il jamais prononcé le nom d'Agrippa de Coscas ?

Kevin fronça les sourcils. Il n'avait écouté que d'une oreille les confidences de Milo lors de leur dîner à la brasserie, mais il était sûr qu'il s'agissait de ce nom-là, Coscas, Caligula de Coscas, Zavatta de Coscas, un type d'il ne savait pas trop quel siècle... Il s'efforça de se rappeler ce que lui avait dit Milo. Face à lui, les yeux brillants d'excitation, Isacaron buvait ses paroles.

[...] *Nous chevauchions à travers la garrigue avecque mon escuyer, un cornette et deux Alemans de ma brigade, quand l'emboscate papiste nous surprint en terrain descouvert. Une forte arquebuzade faucha mes hommes. Elle m'espargna, si ce n'estoit pour un grelon de 40 grammes qui renversa mon cheval come s'il eust été un lièvre. Je rouloi dans les épines et les caillout ; les unes me lardèrent la coënne, les autres m'escorcharent la bouche et le front. Je ne me redressoi pourtant pas moins prestement que si j'estois tombé dans le feu. Je me jetoi à la bride du genet de mon cornette qui n'avait rien reçeu si son mestre estoit mors et l'enfourchoi au vol, escomtant toute la salve partie et qu'il n'en restay plus à m'envoyer. Et par le faict on n'en tira plus sur moi qu'une bille qui me passa par au-dessus l'échine. Le genet estoit un bon cheval que j'avais faict avoir à mon cornette pour ce qu'il n'hésitoit jamay à marcher en avant. Il me valeust ce jour de n'estre pas occit. Quand j'eust long temps chevauché, je peust m'estimer sauf. Je m'arrestoi pour laisser souffler le genet et mis pié à terre.*

C'estoit dans la montagne, le lieu le plus désolé, le plus sauvage que j'eust vu en ceste region qui l'est dans son entier. J'estois indamne, sinon pour les escorchures et les darts. Néantmoins mon sors n'estoit pas scellé. En m'escapant j'avois couru à l'aveuglecte, aussy je ne sçavois plus où j'estois. Je sçavois les papistes tenir le pié de ces monts. On me connaissoit come le loup, et je ne donnois pas un sol de ma pieau si je tombois entre leurs mains...

Afin de poursuivre plus confortablement sa lecture, Milo s'était couché. Depuis de longues années il dormait en bonnet de nuit et en chaussettes — et rien d'autre. C'est là privilège d'homme seul. Une compagne l'aurait jugé trop ridicule en ce peu romantique appareil. Mais il n'avait plus personne pour lui faire la guerre. Quitte à se morfondre au lit, il avait décidé de s'y morfondre à son aise. Il se procurait ses bonnets de nuit en pur coton biologique chez une vieille mercière du Gers. Quant aux chaussettes, il se contentait de simples chaussettes de montagnard. Elles lui montaient au-dessus du genou et ressemblaient à des jambières d'hoplite. Il lança un regard en direction du réveille-matin. Bientôt minuit et demi. Demain, ou plutôt aujourd'hui, on était samedi. Il revint au manuscrit. A nouveau, la crainte s'empara de lui à l'idée qu'on le lui dérobât. Devait-il louer un coffre à la banque ? Mais que pouvaient les murs épais et les portes blindées, les grilles, les chiens de garde et les vigiles militairement entraînés, les alarmes volumétriques et thermiques, les capteurs d'haleines, les palpeurs d'ombres d'une banque, contre un malfaiteur semblable à celui que

Milo soupçonnait de convoiter la confession du chevalier ? Existait-il un lieu qu'on pût croire hors d'atteinte d'un pareil voleur ? Il n'en était sans doute pas au monde, puisque celui-ci appartenait au voleur lui-même. Milo eut tout à coup l'impression que la reliure lui brûlait les doigts, qu'elle lui chauffait les cuisses à travers la couette. On était sur sa piste. Quelle autre interprétation fallait-il donner à la visite d'Isacaron ? Et lui il lisait, tranquille comme Baptiste, son bonnet de coton sur la tête et ses grosses chaussettes aux pieds ! Il avait eu le temps de s'en persuader au cours de son enquête, depuis des siècles on s'était évertué à expurger la mémoire humaine de toute mention relative au chevalier. Alors que ne ferait-on pour détruire sa confession authentique !

Milo se releva et se mit à marcher de long en large dans sa chambre. Chaque fois qu'il passait devant l'armoire, la glace lui renvoyait le reflet d'une sorte de vieux schtroumpf cul nu. Ah, il était beau, le champion du Bien, l'audacieux qui osait défier les Puissances des Ténèbres ! Bajoues, bedon, gidouille pendouillante, dos rond, muscles flasques. Il n'avait rien du saint Georges éblouissant des vitraux d'église. Il n'était qu'un bonhomme, un pauvre bonhomme usé et las, pourtant décidé à se colleter avec Satan quand il voudrait, où il voudrait, cette nuit ou dans dix ans, sous le ciel immense ou au fond d'une cave, un déjà vieux bonhomme prêt à consumer ses dernières forces dans cette bataille perdue d'avance.

Il s'immobilisa face à sa grotesque image. Il venait de s'aviser qu'il n'avait même pas la Foi. A l'instant d'affronter l'Adversaire, si cet instant venait jamais pour de bon, il n'en trouverait pas dans ses poches une once à changer en courage ou en espoir. Le Malin, c'était facile d'y croire, on le voyait partout à l'œuvre. Mais Dieu ? Qui témoignait de sa présence, hormis des vieilles filles un peu déjantées qui consacraient leurs loisirs à torcher des vieillards diarrhéiques et à nourrir des spina-bifida au biberon ? Les autres, les six ou huit milliards d'autres, toutes nationalités, toutes cultures, toutes religions confondues, ne connaissaient de sacré que la loi de l'égoïsme salvateur : travaille et profite, mange et nourris les tiens. Milo n'avait personne à nourrir. Il mangeait à lui seul sa paye de cadre supérieur, le revenu annuel de combien de villages maliens ? Un ? Deux ? Dix ?... Dans ces conditions, de quoi se mêlait-il ? Le Diable aurait beau jeu de lui demander *au nom de qui* il se dressait sur sa route avec ses chaussettes de montagne et son bonnet pur coton. « Quel maître prétends-tu servir, imbécile ? A quoi bon se rebeller contre Moi, puisqu'il n'y a que Moi ? » A cela, le dernier charbonnier aurait pu opposer sa foi de charbonnier. Milo n'avait rien d'autre que les élucubrations d'un soudard repenti. Foi par défaut, espérance en creux. De toutes les pistes sur lesquelles il s'était successivement lancé dans sa quête d'une quelconque forme de transcendance, celle-là seule semblait mener ailleurs qu'à une impasse. Sorciers, médiums, shamans, gourous, initiés, voyants et voyantes, alchimistes, magnétiseurs, quimboiseurs, magiciens blancs et noirs, médecins parallèles, perpendiculaires et transversaux, Milo les avait tous approchés, scrutés et jugés. Il les mettait tous, non dans le même sac, mais dans deux : un sac pour les imposteurs et un sac pour les jobards. Restait Coscas. Rien n'infirmait, rien ne démentait, rien ne relativisait son témoignage. Au contraire, une caution formidable l'authentifiait : celle de l'entité qui avait pris la peine d'effacer toute trace de son existence sans y parvenir tout à fait.

Milo tendit l'oreille. N'avait-il pas entendu un bruit de pas sur le palier, et comme un frôlement à sa porte ? Il s'adressa dans la glace un sourire qui se voulait rassurant. Si quelqu'un passe devant chez toi après minuit, ce n'est pas forcément le Diable... mais ça pourrait aussi bien être lui. Il frissonna. Il regarda ses avant-bras et vit qu'il avait la chair de poule. Ma parole, il avait *peur* ! Bravache métaphysique, il avait enfoncé sa badine sous toutes les pierres, dans tous les trous de la réalité, pour voir ce qu'il en débusquerait, et maintenant que quelque chose avait l'air de bouger il avait les grelots, les chocottes, les foies ! Dans le miroir, son double tournait à l'allégorie de la pétoche burlesque : le cheveu dressé, la pupille dilatée, l'œil prêt à jaillir de l'orbite, la bouche se mangeant elle-même, la pomme d'Adam montant et descendant le long du cou tel un écureuil en cage, les mains tremblantes, le petit oiseau réduit à rien, les genoux agités de tressautements irrépressibles. A nouveau, il crut entendre un bruit suspect. Il poussa un faible cri qui ressemblait à un ululement de chouette. Il se mordit la langue. Le goût du sang envahit sa bouche. En manière de défi, il cracha au visage de la piètre créature qui lui faisait face. La salive ensanglantée atteignit son reflet à la hauteur de la bouche, et coula, rougeâtre et écumeuse, sur son menton et son cou. La manœuvre s'avéra dégoûtante, mais efficace. Voilà comment il fallait traiter sa peur. A la hussarde. Il n'y avait personne dehors, il allait en administrer la preuve à la part de lui-même qui flanchait.

Il enfila à la hâte une robe de chambre. Traversant l'appartement au pas de charge, il alla jusqu'à la porte palière. Il tira à la volée les deux verrous. Il ouvrit la porte avec une telle fureur qu'elle heurta le mur de l'entrée, dont se décrocha un sous-verre abritant une photographie de Charles Baudelaire parfaitement inédite, qui faisait pendant à une lettre autographe de Carl Gustav Jung. Milo tenait à ces deux sous-verres comme à la prunelle de ses yeux, et en temps normal cet incident l'aurait fort contrarié. Là, il n'y prit pas garde. La minuterie de l'escalier était allumée. Il y avait quelqu'un sur le palier.

« Quelle énergie, jeune homme ! Vous m'avez causé une de ces peurs ! » minauda la vieille dame en portant une main tavelée et baguée au jabot de dentelle dont s'ornait son corsage.

Milo était dans un tel état d'énervement qu'il ne sursauta même pas en s'entendant appeler jeune homme. Il balbutia des excuses et battit en retraite.

Ce n'était qu'une vieille dame. Une vieille dame fort élégante et distinguée, étrangère à l'immeuble, qui cherchait en toute innocence un nom sur les portes de l'étage, et qu'il avait failli tuer de saisissement... Il esquissa une absurde révérence et rentra à reculons. Le verre cassé crissait sous ses mules. Il se dit qu'il allait piétiner le précieux portrait du poète, froisser et lacérer ce document unique. Cependant il ne parvenait pas à détacher son regard de la vieille dame. Dans son visage aux joues et aux lèvres trop rouges, ses yeux noirs aux paupières ombrées de bleu brillaient d'ironie plus que d'effroi. Avec son manteau, son tailleur et son parfum Chanel, son sac Hermès et ses lourds bijoux d'or aux doigts et aux poignets, elle ressemblait à une caricature de vieille friquée. A qui pouvait-elle bien rendre visite ?

— Je peux vous renseigner, peut-être ? hasarda-t-il d'une voix de petit garçon.

— Merci, merci, je suis arrivée...

D'un geste triomphant, excessif, elle brandit une clé bizarrement volumineuse, une clé de grange ou de prieuré. Elle se tourna vers la porte devant laquelle elle se tenait et introduisit la clé dans la serrure.

— Bonsoir, fougueux jeune homme ! lança-t-elle encore à Milo avant de disparaître.

Il referma sa porte et s'adossa au mur. Il sentit le clou qui avait supporté le sous-verre lui piquer le gras de l'épaule à travers le tissu de sa robe de chambre. Ses genoux flageolaient à nouveau. La vieille dame était entrée chez les Vauvert. Ariane et Ariel Vauvert habitaient là depuis quatre ans. Ils formaient un jeune couple sympathique. Lui biologiste, elle enseignante. Lui chauve, de l'humour, elle blonde, jolie femme. Milo aimait bien la croiser dans l'escalier. Elle sentait bon. Les Vauvert représentaient ce qu'on pouvait souhaiter de mieux en matière de voisins. Ni bruyants ni sans-gêne. Ils fréquentaient des gens comme eux, jeunes, simples... Pas du tout le genre sapin de Noël de la vieille dame. Pourtant elle avait la clé de leur appartement. Mais cette clé elle-même était invraisemblable. Dans cet immeuble des années 70, les portes avaient toutes les mêmes serrures. Milo avait rencontré cent fois Ariel ou Ariane Vauvert sur le pas de leur porte, le trousseau de clés au poing. C'étaient des clés modernes, des clés de verrou petites et plates. Elles n'avaient rien à voir avec celle qu'avait utilisée la vieille dame. Et d'ailleurs, où étaient-ils ce soir, les Vauvert ? Milo aurait juré qu'ils étaient chez eux en début de soirée. Il ne les avait pas entendus sortir après dîner. Il le savait pour y avoir été parfois invité à prendre l'apéritif, leur appartement était petit, même pour un couple sans enfants. Où auraient-ils couché une vieille parente, au surplus assez prospère pour se couvrir de bijoux et s'habiller chez les grands couturiers, et donc capable de s'offrir le confort d'un bon hôtel ? Il se passa le dos de la main sous le nez pour moucher une invisible roupie. La réalité semblait se détraquer, comme lors de la visite de... La seule évocation d'Isacaron agit sur Milo à la façon d'un interrupteur. La lumière se fit jour dans son esprit. Sous le maquillage, sous le tailleur Chanel et le corsage Balenciaga, la vieille dame, c'était lui ! Les effluves dispendieux du N° 5 étaient là pour masquer l'odeur du soufre !

Milo ferma les yeux. En une contraction spasmodique, les muscles de ses joues tétaient le sang qui sourdait de sa langue mordue. Il en était sûr, à présent, il s'était stupidement trahi en publiant cet article dans le *Moniteur.* Ils avaient un Argus, ou quelque chose comme ça. Pas seulement pour Coscas ! Pour cent mille autres affaires sans doute... Pour ausculter l'humanité malade, pour lui palper le front, lui prendre le pouls, lui scruter la pupille, quel meilleur moyen que de lire tous les journaux et tous les livres, d'écouter toutes les radios, de regarder toutes les chaînes de télévision ? A vrai dire, c'était peut-être dans les pages du *Moniteur de l'Invisible,* farcies de délires et d'élucubrations, de manifestes fumeux et de petites annonces douteuses, qu'il y avait le moins à glaner sur l'envers du monde, mais

Milo ne doutait plus que cette publication ne fît malgré tout l'objet d'un dépouillement attentif — comme le reste.

Il s'arracha du mur. Il devait fuir. Là, maintenant, tout de suite. Mais ce n'était pas assez de détaler droit devant soi, aussi vite et aussi loin que possible. Il devait tenter de mettre la confession de Coscas à l'abri, même s'il était à peu près certain qu'elle ne le serait nulle part en réalité. Elle était pourtant bien arrivée jusqu'à lui. Y avait-il donc place pour la chance ou le hasard ? Milo pouvait-il compter sur les erreurs de l'Ennemi, voire sur son incompétence ? L'incompétence, voilà une chose dont il ne faut sous-estimer l'importance en aucun domaine. Milo reprit courage à cette idée.

Il gagna sa chambre et s'habilla de pied en cap avec une maîtrise de soi dont il fut le premier surpris. Toute nervosité l'avait quitté comme par enchantement. Il enchaînait les gestes sans hésitation, dans l'ordre le plus approprié. Il rafla ses clés de voiture dans un tiroir, de l'argent dans un autre, glissa enfin la Confession dans une serviette de cuir qu'il était allé pêcher au fond d'un placard. Dans le même placard, dans une boîte à chaussures qu'il n'avait plus ouverte depuis dix ou quinze ans, il retrouva le colt automatique qu'il tenait d'un oncle ancien résistant. Cet engin de mort d'un volume extravagant avait fait partie en 1944 d'un parachutage d'armes à destination d'un maquis breton. Il était flambant neuf. Ni l'oncle ni Milo ni personne d'autre ne s'en était jamais servi. Les grosses balles enrobées de graisse malodorante dormaient dans leur chargeur depuis plus de cinquante ans. Avec l'assurance de quelqu'un qui va souvent au cinéma, Milo engagea une balle dans le canon. En revanche il ne savait pas trop où se trouvait la sécurité, et il renonça à passer le pistolet dans sa ceinture de peur de se tirer une balle dans le bas-ventre. Il fourra l'arme dans la poche de son imperméable.

Il quitta l'appartement sans éteindre aucune lumière ni verrouiller la porte derrière lui. A quoi bon se donner cette peine, puisque aucun verrou n'arrêterait la vieille dame ? Tenant fermement la poignée de la serviette de la main gauche, la droite crispée dans sa poche sur la crosse d'acier guilloché du colt, il traversa le palier et s'engagea dans l'escalier. Il tendait l'oreille tout en descendant les marches. La porte des Vauvert allait s'ouvrir, sans doute... Il se demanda s'il aurait le cran de tirer sur la vieille dame, dans le cas où elle se jetterait sur lui. Au long des deux années qu'il avait passées avec le père de Kevin dans une Algérie à feu et à sang, il n'avait eu l'occasion de tirer sur personne, et il n'avait vu qu'un chat se faire écraser par une DS 19 rue d'Isly, six mois avant la tuerie. Les compagnons d'armes avaient été surtout compagnons de corvée et de bamboche.

Il atteignit le parking souterrain sans avoir rien entendu. Il courut jusqu'à son box dont il fit basculer la porte. Il prit place au volant, non sans un léger pincement au cœur. Le moteur ronronna comme un brave bougre de moteur. Milo alluma les phares et sortit la voiture. Il se serait volontiers dispensé de redescendre fermer le box, mais l'instinct de propriété l'emporta sur l'impatience. Il prit le temps de mettre à l'abri de très hypothétiques convoitises les cartons de bouquins qui tapissaient le mur du fond.

La voiture attaqua la rampe étroite qui menait à la sortie. Milo l'engagea dans la rue déserte. De part et d'autre de la chaussée, les autos emperlées de pluie luisaient sous les réverbères. Milo se détendit. Un petit air martial lui monta aux lèvres. La vieille dame l'avait dans le dos. Il tapota du plat de la main la serviette en cuir posée à côté de lui sur le siège du passager. Il avait eu le bon réflexe : décamper. Maintenant il allait se perdre dans le grand aquarium noir de la nuit. Il ne rentrerait pas chez lui avant d'avoir caché la Confession quelque part, ou passé le témoin à quelqu'un. *Quelqu'un, quelque part...* Rien n'était résolu, mais il avait tout de même le sentiment d'avoir gagné la première manche.

Il fourra la précieuse reliure sous son siège. Au bout de la rue dans laquelle il venait de s'engager des lumières clignotaient. Un accident ? Un contrôle de police ? Il y avait un fourgon bleu et blanc, un autre rouge, des gyrophares, des silhouettes... Un policier, bâtons lumineux aux poings, lui fit signe de ralentir. Il s'exécuta. Il abaissa la vitre pour mieux voir. Le sens de la scène lui échappait encore. Enfin, en arrivant tout près, il aperçut une voiture retournée sur le terre-plein du carrefour. C'était un break blanc, du même modèle déjà un peu ancien que le sien. Sous le choc les portières s'étaient déformées. Le conducteur n'avait pas encore été désincarcéré. La tête en bas, retenu à son siège par la ceinture de sécurité dont il ne parvenait pas à actionner le mécanisme, il pressait son visage congestionné contre la vitre intacte. Des sauveteurs armés de pieds-de-biche et de barres de fer entouraient l'épave, mais curieusement, ils paraissaient soucieux de ne rien dissimuler du spectacle à Milo. Celui-ci s'étonna de la lenteur de leurs gestes. Ils s'affairaient au ralenti, avec des grâces saugrenues de ballerines bottées, cuirassées et casquées. Plus qu'ils n'œuvraient à la délivrance du blessé, ils avaient l'air de chercher à composer un tableau vivant : *Dévoués secouristes venant en aide à un accidenté*... La voie libre se rétrécit. Milo dut passer en première. Il n'était qu'à quelques mètres à présent. Quelqu'un déplaça un projecteur de façon à éclairer a giorno la voiture renversée. Le visage du conducteur apparut en pleine lumière derrière la vitre festonnée d'un frottis de sang. Milo sentit son cœur sauter dans sa poitrine. Son pied glissa sur la pédale d'embrayage. La voiture cala. C'était lui-même, Milo, ou son parfait sosie, qui grimaçait et suffoquait sous ses yeux. Dans une simultanéité panique, il prit conscience d'une très forte odeur d'essence. Il vit un pompier glisser sur les pavés luisants et laisser échapper la paire de cisailles dont il était porteur. Une étincelle jaillit et enflamma la flaque d'essence. Les sauveteurs s'écartèrent avec une agilité digne d'un numéro de cirque. Les yeux fous, la bouche ouverte comme celle d'un gros poisson vorace, le blessé hurla silencieusement dans sa cage de verre et de fer. Milo se précipita dehors et courut vers son double qui se tordait dans les flammes. A trois mètres du brasier un mur de chaleur lui interdit d'avancer. Dans l'habitacle, le captif n'était plus qu'un regard suppliant. Milo agrippa la manche ornée de galons du sauveteur le plus proche.

— Faites quelque chose, pour l'amour du ciel ! Il est en train de brûler vif...

— Il n'y a rien à faire, grommela l'officier.

— Ce n'est pas possible ! On doit pouvoir...

— Rien, je vous dis, rien de rien ! C'est ça qu'il faut comprendre : il y a un moment où on ne peut plus rien.

Milo dévisagea le pompier fataliste. Sous le casque doré, d'un dessin à la fois antique et futuriste, c'était encore Isacaron. Milo lâcha prise et recula en titubant.

— Qu'est-ce qu'on peut y faire ? répéta Isacaron d'une voix tragique, avec les accents d'un cabotin déplorant le massacre final d'un drame élisabéthain. Y a rien à faire, nibe, nada, que dalle...

Il arrondit les lèvres, gonfla les joues et imita le bruit d'un pet.

— Que pouic, que tchi, peau de balle ! poursuivit-il. Faut bien se mettre ça dans la tête, monseigneur, au bout du compte voilà ce qu'on est sur la terre, pas vrai, les gars ?

Ceux qu'il prenait à témoin se tournèrent vers eux. Pompiers, policiers, infirmiers, sous le casque, le képi ou le calot blanc, tous offraient au regard la même face camuse. Tous étaient Isacaron, et l'éclat sardonique de leurs yeux démentait la gravité compassée qu'ils affichaient à l'exemple du soi-disant officier.

— Que pouic, que tchi ! chantèrent en chœur les pompiers.

— Peau de balle ! acquiescèrent les policiers à l'octave inférieure.

— Nibe, nada, que dalle ! conclurent les infirmiers à l'octave supérieure.

Une saute de vent fit claquer les flammes comme la voile d'un bateau qui vire de bord. Dans la fournaise, le malheureux griffait la vitre de ses doigts saignants et noircis.

— Aidez-le ! Aidez-le ! balbutia Milo.

Pour toute réponse, l'assistance, avec des mines de petits chanteurs à la Croix de bois, se mit à chanter en canon : « Que pouic, que tchi, peau de balle, nibe, nada, que dalle » sur l'air de *La Petite Huguette*.

— Mais bien sûr ! s'exclama Milo. C'est un rêve, n'est-ce pas ?

— Un rêve ?... Qu'est-ce qui est vrai, qu'est-ce qui ne l'est pas, mystère ! Vous posez des questions oiseuses, monseigneur.

— C'est un rêve !

Milo plongea la main dans sa poche et en sortit le pistolet.

— Si je vous tire dessus, il ne se passera rien du tout !

Tandis que le chœur de ses doubles poussait de petits cris d'effroi, Isacaron se pencha et approcha son visage de l'orifice du canon en louchant si comiquement que Milo lui-même ne put réprimer un sourire.

— Mâtin, la belle arme ! apprécia le démon. C'est démodé, très lourd, d'un maniement malaisé pour les personnes de petit gabarit, mais quand même, ça jette ! C'est ça, avec les modèles qui ont beaucoup tué : ils ont une aura. Le nagan des Vétchéka, le walther PPK des SS... La légende, quoi !

— Vous êtes un cauchemar, et ça aussi ! cria Milo en désignant la voiture en feu du canon de son arme.

— Un cauchemar, soit ! Nous sommes un cauchemar... Mais mis en scène de main de maître, reconnaissez-le ; on a soigné les effets spéciaux. Comment trouvez-vous cette odeur d'homme grillé ? Il est vrai que vous ne l'aviez jamais sentie auparavant ; vous êtes passé entre les gouttes de toutes les pluies de feu du siècle. Vous vous en êtes bien tiré, mon salaud !

A d'autres les vilaines images et les vilaines odeurs. Pourtant, en Algérie, vous auriez pu en voir et en sentir de belles... Mais non, c'est comme si la providence vous avait mis un bandeau sur les yeux, un mouchoir sur le nez ! L'homme grillé et le cochon grillé, voyez-vous, ça ne sent pas tout à fait pareil. Question d'alimentation. Oh, je pourrais vous en parler, j'ai une longue expérience de ces choses-là.

Incapable d'en supporter davantage, Milo braqua son arme sur le supplicié.

— Vous avez raison, soupira Isacaron, il faut en finir. Cette décision-là vous revient, bien entendu. Après tout, c'est de vous-même qu'il s'agit...

A l'instant où Milo allait appuyer sur la détente, un doute subit l'arrêta. Son double brûlé vif implorait-il qu'on mît fin à ses souffrances, ou essayait-il d'attirer l'attention de Milo sur quelque chose qui se passait *derrière lui* ?

Il lança un coup d'œil en arrière et poussa un cri de rage. Penché, le haut du corps à demi engagé dans l'habitacle, un policier fouillait sa voiture. Une longue queue annelée sortait d'une sorte de boutonnière ménagée dans le gros drap de son pantalon et lui battait les mollets. Se retournant d'un bloc, cette fois, Milo visa et tira au jugé. Son inexpérience était totale, mais moins de dix mètres le séparaient de sa cible. Il vit la balle crever le gilet fluorescent du policier à la hauteur des reins. Le blessé se dégagea de la voiture et se livra à une curieuse pantomime qui rappela à Milo les réactions de la figurine d'ours équipée d'une cellule photoélectrique qui servait de cible dans les salles de jeux des grands boulevards au milieu des années 60 : il rugit de douleur en levant les bras et en se tournant alternativement vers la droite et la gauche avant de disparaître.

Milo perçut qu'un mouvement s'esquissait autour de lui. Il tira au jugé sur les silhouettes les plus proches. Un démon coassa un couic de dessin animé et se laissa tomber sur le côté. Un autre éclata d'un rire hystérique et enfonça un doigt crochu dans l'orifice d'entrée de la balle en plein milieu de son propre front, un troisième feignit une spectaculaire agonie, avec hoquets, grimaces, mains tendues vers le ciel, sursauts et soubresauts, résurrections inopinées... Milo comprit que ces facéties n'avaient d'autre visée que de lui faire perdre quelques secondes vitales. Il se rua vers sa voiture et parvint à démarrer alors qu'un fourgon de CRS manœuvrait pour lui barrer la route. Il devina derrière les vitres grillagées les visages de ses occupants, tous semblables à celui de leur maître. Il écrasa l'accélérateur. D'un bond poussif, son modeste coursier rompit l'encerclement.

Quand il se fut assuré que la Confession se trouvait toujours sous le siège, Milo eut une pensée pour sa propre image immolée dans les flammes. Le leurre s'était retourné contre son auteur. Cependant l'euphorie qui avait envahi Milo à la sortie du parking l'avait quitté. Isacaron pouvait se manifester à n'importe quel moment. Etait-il au volant de ce taxi qui débouchait à droite, ou de la belle voiture allemande qui déboulait à gauche ? Qu'est-ce qu'un accident de la circulation pour le Diable ? D'ailleurs, n'y avait-il pas à la réflexion quelque chose d'inutilement maniéré, de baroque, dans sa façon d'agir ?... Toutes ces complications quand il aurait suffi d'un carambolage tout simple ! Le Mal n'était pas rationnel. Cette idée tira un pâle sourire à Milo. Un quart de seconde plus tard le sourire se fana sur ses lèvres. Un gros camion-citerne venait de se matérialiser au bout de l'avenue et semblait l'attendre au feu rouge. Milo ralentit, guettant une rue adjacente qui lui permettrait de dégager avant d'arriver à proximité du monstre. Il reconnut à l'arrière du camion les plaques signalétiques d'un chargement inflammable. Il arracha d'un coup de dents une portion du revêtement épithélial de sa joue droite. Les procédés tarabiscotés avaient au moins le mérite de lui laisser une chance, mais si Isacaron arrêtait de finasser et employait les grands moyens... Rien ne lui était plus familier que le feu ! Milo aperçut sur sa gauche une rue en sens interdit, étroite et obscure. La chance inespérée ou le guet-apens idéal, songea-t-il. Cependant, le feu de l'enfer concentré dans les flancs du camion-citerne l'effrayait plus que tout. Il accéléra et jeta sa voiture dans la ruelle, qui se révéla trop étroite pour permettre à deux véhicules de se croiser. Heureusement ce goulet n'était long que de quelques dizaines de mètres. Comme Milo hésitait à accélérer encore, une silhouette jaillit d'une porte cochère et s'élança sur la chaussée, devant ses roues. Il freina en se traitant d'imbécile. C'était voulu, on comptait sur son humanité. Voilà comment on perdait à tous les coups, contre un adversaire par définition dénué de tout scrupule... Il enregistra un léger choc. Il n'eut pas le sentiment d'avoir broyé des os, écrasé des chairs... La voiture s'arrêta. L'ombre qui s'était à moitié couchée sur son capot se redressa, glissa le long de l'aile droite, ouvrit la portière, s'engouffra dans l'habitacle. Un visage d'une beauté extravagante posa sur Milo des yeux suppliants.

— Démarrez ! Démarrez vite ! Ils arrivent !...

— Hein ? Qui ça ?

D'autres ombres venaient d'apparaître. Blousons et casquettes, visages grimaçants. Sales gueules normales, honnêtes voyous, démons profanes, à première vue... L'un d'eux balança un coup de pied dans la portière. Un autre griffa la carrosserie à l'aide d'un objet métallique. « Les fumiers ! Ma voiture ! » pesta Milo.

— Ne vous arrêtez pas ! implora sa passagère.

Au bout de la ruelle, Milo s'engagea sur une artère plus large. Il regarda la jeune femme du coin de l'œil. Il sut aussitôt à quoi s'en tenir : elle était beaucoup trop belle pour être vraie. Le rayon violet qui brillait dans ses yeux n'appartenait pas à la panoplie humaine, ni le pli auguste et mystérieux de sa bouche, ni sa chevelure de jais semblable à un ciel de nuit piqueté d'étoiles, ni le bombement parfait de son front d'ivoire. Incrédule, Milo profita d'un feu rouge pour l'observer mieux encore. L'air pétillait autour d'elle comme du champagne. A chacun de ses mouvements son parfum semblait sourdre des pores de sa peau comme d'un encensoir. C'était un parfum indiscret, musqué, presque animal. Malgré sa peur, car il n'avait guère de doutes sur le compte de l'inconnue, Milo ne put réprimer un demi-sourire. Isacaron en faisait toujours trop !

— Alors, sur quoi portait le différend ? demanda-t-il enfin d'une voix teintée de scepticisme.

La créature haussa ses épaules laiteuses. Elle était vêtue d'une espèce de fourreau de soie noire très ajusté, crevé et surpiqué de bandes de gaze transparente vertes et rouges érotiquement réparties, le genre de tenue excentrique qu'une femme ne porte que si elle se sent vraiment très sûre d'elle-même. Ce n'était pas distingué pour deux ronds, mais avec sa silhouette elle aurait été élégante même habillée d'un sac à charbon.

— Ils m'ont agressée. Je passais par là tranquille, et ils se sont jetés sur moi.

Sa voix était voilée, légèrement rauque. Les voix d'entrailles avaient toujours troublé Milo.

— Pauvre enfant !

— Vous ne me croyez pas ? Mais vous les avez vus !

— Je ne crois pas tout ce que je vois... Et il m'arrive de croire à des choses que je ne vois pas.

Il sentit le regard violet s'appesantir sur lui.

— Vous avez peut-être raison, reprit-elle. Croire, ne pas croire... Qu'est-ce que ça peut faire au bout du compte ? Quand j'étais petite fille je ne croyais plus aux gens dès qu'ils sortaient de mon champ de vision. Comme s'ils étaient morts, mais sans que ça soit triste ni rien. J'étais bien étonnée de les voir réapparaître au bout d'un moment, semblables à eux-mêmes. Je me disais qu'ils auraient pu changer, revenir plus grands ou plus petits, blonds au lieu de bruns, ou changer de sexe, tiens ! Mais c'étaient les mêmes... Je trouvais ça barbant ! Ça ne vous a jamais fait ça, à vous ?

— Moi ? Oh, on a tous des idées à la gomme quand on est enfant, mais je n'ai pas eu celle-là. Vous sortiez, j'ai l'impression. Je peux vous déposer quelque part ?

— Non, non, racontez-moi, plutôt !

— Vous raconter quoi ?

— Votre enfance. J'adore les enfances. J'aime tout ce qui ennuie les gens, en général : l'enfance des autres, les rêves des autres...

— C'est vrai que c'est ennuyeux. On y tient comme à la prunelle de ses yeux, et c'est impartageable. Il y a de la malédiction là-dedans !

— Mais moi ça ne m'ennuie pas, au contraire ! Allez-y, racontez, vous allez voir comme j'écoute bien les enfances. Personne ne vous aura jamais prêté une oreille aussi complaisante ; tout m'intéresse, tout me passionne, l'épagneul blanc et roux devant le bigarreautier, la chambre sous le toit, le lit avec l'édredon rouge, le bruit des trains le soir dans le lointain...

Ils roulaient à faible allure sur les Maréchaux. Milo détourna un instant son regard de la chaussée pour jeter un coup d'œil en direction de la jeune femme.

— Ah ça, comment pouvez-vous savoir, pour le chien ?...

Il se reprit aussitôt :

— Je suis bête ! Il n'y a qu'une enfance, n'est-ce pas ? Nous avons tous la même, un canevas sur lequel le hasard brode des motifs interchangeables, le chien sous l'arbre, le bassin aux crapauds, la promenade en barque sur la Rivière Enchantée... Où est-ce que je vous dépose ?

— Roulez. Emmenez-moi où vous voudrez, loin d'ici. « Ici, la boue est faite de nos pleurs... » Depuis combien de temps n'avez-vous pas roulé de nuit vers la mer, avec auprès de vous une femme qui fume des cigarettes turques en vous écoutant évoquer vos plus chers souvenirs ? J'ai des cigarettes turques. Vous en voulez une ? C'était la marque de Marlène Dietrich. La vraie odeur du luxe, celle qui plane sous le plafond du salon-fumoir des grands hôtels, c'est l'odeur de ces cigarettes-là. Je vous l'allume ?

— Non merci... Fumez, vous.

Elle alluma la cigarette.

— Prenez l'autoroute, poursuivit-elle de sa voix rauque. Ne conduisez pas trop vite, qu'on puisse parler, parce que votre tacot fait un potin d'enfer !... Si vous ne voulez pas me raconter votre enfance, nous trouverons autre chose. L'amour, par exemple ! Voilà, racontez-moi vos amours... Ou non, c'est moi qui raconte. D'accord ?

— D'accord ! J'ai toujours rêvé d'entendre une femme en confession...

— Vous vous méprenez. Je ne vais pas vous raconter mes amours, mais les vôtres. La première fillette, c'était à la mer, non ? Elle avait cinq ans, vous six, et elle piétinait les remparts de votre château de sable au fur et à mesure que vous les éleviez, ah ah ! Comment s'appelait-elle, déjà ?

— Myriam.

— C'est ça, Myriam. Sacrée Myriam ! Des cheveux blonds, un maillot bleu ciel. Vous, bleu foncé le maillot, rouge brique le coup de soleil...

La vision d'une petite fille blonde en maillot bleu ciel envahit Milo. Il se revit, travaillant dur à édifier son château avant la marée montante. Le sable humide crissait entre ses orteils et le soleil lui cuisait les épaules et le dos. De temps en temps il protestait, il prenait le ciel étincelant à témoin des dommages causés par Myriam et il la menaçait de sa pelle. Elle lui tirait la langue en achevant de raser ses fortifications et en comblant ses douves creusées à grand-peine.

— Myriam est morte en 58, dit la jeune femme. Elle est passée sous un camion avec sa Vespa, alors qu'elle rejoignait son fiancé en banlieue.

— En 58 ?

— En juillet 58. La pauvre a été à peu près décapitée par le garde-boue du camion. Le corps intact à part ça, la Vespa broyée. Elle était presque nue, en plein été, forcément... Les secouristes en pleuraient. Le chauffeur du poids lourd gémissait : « C'est moi qui ai fait ça ! C'est moi qui ai fait ça ! » Ce n'était pas lui, c'était la pluie, la chaussée glissante, la roue du camion, le bord du garde-boue tranchant comme une faux... Vous ne l'avez pas vue grande, vous, Myriam. Votre histoire tient en deux ou trois après-midi sur la plage de La Baule. Elle était devenue une jeune fille ravissante, vraiment ; elle avait les seins sans mamelon des très jeunes blondes nullipares, l'aréole bombée, lisse, à peine plus foncée que le reste. Vous voyez ?

— Oui, oui, je vois.

— Prenez là, oui, là... Excusez-moi, mais si on loupe une bretelle, ça devient la galère.

Il obéissait machinalement à ses directives. Il pensait à Myriam. La petite fille en maillot bleu était morte depuis quarante ans. Qu'est-ce qu'il restait d'elle ? Des saletés au fond d'un cercueil et quelques images lumineuses dans la tête de deux sexagénaires : Milo, et le fiancé qu'elle allait rejoindre le jour de sa mort. Pensait-il parfois à elle ? Il était peut-être mort lui aussi.

— Il est vivant, dit la passagère. Mal en point mais vivant. Il a votre âge, mais il a bu plus que vous, mangé plus que vous, fumé plus que vous... Enfin ça ne va pas fort, quoi ! Il a des enfants, des petits-enfants. Il a déjà réglé sa succession, il a conscience que ça sent le roussi... Quand il pense à sa jeunesse, c'est Myriam qu'il revoit, ses seins aux aréoles renflées et lisses, tout juste un peu plus sombres que le reste, avec un téton à peine visible. Il hésite entre l'arrêt-maladie de longue durée et la préretraite, et quand il n'a pas trop le moral il se dit : « Quand même, dans ma vie il y a eu ça ! »... Ne manquez pas la prochaine sortie, et tournez à droite vers Ecorcheville !

— Je croyais qu'on allait à la mer.

— Il y a tout ce qu'on veut, à Ecorcheville : la ville et la campagne, la montagne, la steppe... Tout ! C'est un microcosme.

— Qui êtes-vous ?

Elle lui lança un de ses regards violets.

— Appelez-moi Lilith.

Il faillit lui demander ce qu'elle faisait dans la vie.

Il s'en abstint. Il avait mal à la tête. Avait-il vraiment mal à la tête ? C'était une sorte de migraine indolore. Comme si une nuée d'oiseaux criards tournoyait autour de son crâne, de temps à autre.

Le ressac venait battre la grève de sable noir. Ils avaient laissé la voiture sur le bas-côté d'une petite route bordée d'arbres. Lilith marchait à reculons devant Milo. Elle était pieds nus ; elle tenait ses chaussures contre son cœur comme un bouquet de fleurs. En riant, elle exhortait Milo à l'imiter.

— Otez vos godasses, Charles-Honoré, sinon vous allez les saloper !

Il s'était baissé et avait trempé sa main dans l'eau pour la goûter. C'était bien de l'eau de mer. L'air sentait l'iode et le varech comme au bord de la mer. D'ailleurs il entendait les vagues se briser à quelques mètres de lui et s'il tournait la tête de ce côté, ce qu'il voyait ressemblait à la mer à s'y tromper.

— Comment allez-vous danser, si vous mouillez vos chaussures ? On ne vous laissera pas entrer au Présent si vous faites flic-flac à chaque pas !

Milo secoua la tête. Il n'avait pas dansé depuis... longtemps ! Et il n'en avait aucune envie. Il avait l'impression d'être ivre, par intermittence. Une ivresse à éclipses. Un instant la tête lui tournait, ses idées s'embrouillaient, et l'instant suivant il se sentait ni plus ni moins lucide qu'à l'ordinaire.

En descendant de voiture, il avait profité de ce que Lilith lui tournait le dos et s'élançait sur la plage pour sortir la Confession de la serviette de cuir et la glisser dans sa ceinture. Ce n'était pas l'idéal, mais il ne pouvait se résoudre à s'en séparer. Il considéra avec inquiétude le bâtiment oblong du complexe de loisirs éclairé par des projecteurs. Il était déjà malcommode de marcher avec ce volume plaqué sur le ventre, mais il le serait encore plus de danser. Et à quelles danses s'adonnait-on sous ce hangar ? Aux gesticulations et piétinements à la mode, ou à des danses plus classiques, impliquant un contact physique entre les partenaires ?... Comme ils approchaient, la puissance de la sono fournit à Milo un élément de réponse ; il lui sembla qu'un géant invisible lui décochait alternativement, toutes les demi-secondes, un coup de poing dans l'abdomen et une gifle en plein visage. Il chancela. Lilith lui tendit la main.

— Venez, voyons ! On va s'éclater !

— C'est le mot. Je perds mes plombages et j'ai les méninges qui cloquent !

Avec une moue réprobatrice, elle le tira vers le pilon sonore qui concassait les âmes entassées dans le mortier de la boîte de nuit.

— Ne faites pas votre rabat-joie !... On va vous acheter de l'exta, comme ça vous vous lâcherez un peu.

Déjà elle adressait un signe à un jeune homme qui rôdait un peu plus loin. Milo l'arrêta.

— Non merci... A mon âge, on n'a plus le cœur à ça.

— Ne vous occupez pas de votre cœur, Charles-Honoré, je m'en charge ! Et aussi de vos reins, et de tous vos organes et viscères circonvoisins ou concomitants par-dessus le marché, si ça vous chante...

Comme elle prononçait ces mots, l'éclat violet de son regard vira un bref instant au mauve.

— « Je sèche tous les pleurs sur mes seins triomphants, et fais rire les vieux du rire des enfants », chantonna-t-elle.

— Je connais ce poème ! s'écria-t-il. Il s'intitule...

Il ne put achever sa phrase. Le malaise qu'il éprouvait par intervalles le submergea à nouveau. Il dut s'accrocher à la main qu'il s'apprêtait à repousser.

— Peu importe son titre, son auteur est de mes bons amis ! plaisanta Lilith. Allons, je parie que vous n'appréciez pas la techno, poursuivit-elle. Vous n'êtes pas tenté d'essayer l'extasy, le piercing vous dégoûte... Vous êtes un vieux chnoque, quoi !

Il sentait ses genoux se dérober sous lui. Il aurait aimé se laisser tomber sur place et s'endormir, peut-être à jamais, pourquoi pas ? Mais il n'en avait pas le droit. Pas tant qu'il détiendrait ce maudit grimoire qui avait glissé en chemin et qui comprimait sa vessie.

— Il vous faut sans doute quelque chose de plus intime, de plus feutré, reprit Lilith. Qu'à cela ne tienne, le manager du complexe est très conscient de la pluralité des goûts de sa clientèle. Attenants au Présent, plusieurs petits clubs et dancings sont ouverts à des sensibilités alternatives...

Milo fit la grimace.

— Qui vous parle de club échangiste ? dit Lilith. Le barman du Passé prépare les cocktails démodés à la perfection et il établit l'addition en anciens francs. L'orchestre peut interpréter à la demande tous les grands succès de Jacques Hélian, de Marino Marini et de François Deguelt... Ça va vous plaire !

Le Passé fit à Milo l'effet d'un havre de paix, après la cohue et le matraquage insensés du Présent qu'il avait fallu affronter pour s'y rendre. Il se laissa tomber sur une banquette de moleskine et resta là un moment, les épaules rondes, les yeux clos, tentant de remettre un peu d'ordre dans ses connexions synaptiques balayées par l'ouragan.

Lilith s'était assise près de lui sur la banquette. Il sentait sa chaleur contre sa cuisse et son flanc. Elle avait saisi sa main gauche entre les siennes et elle la caressait comme on polit un galet.

— Vous allez mieux ? C'est plus calme, ici. Comment s'appelle cette chanson ?

C'était *Syracuse.* Il le lui dit.

— *Syracuse*, c'est ça ! J'adore !

Il rouvrit les yeux. Sur une estrade, devant des pupitres jaunes ornés de palmiers verts peints au pochoir, quatre musiciens en costume blanc et nœud papillon rouge, les cheveux courts luisants de brillantine, jouaient en sourdine pour les quelques couples qui dérivaient lentement sur la piste.

— Ces messieurs-dames veulent boire quelque chose ?

Milo sursauta. La voix lui était si familière ! Il n'osa d'abord dévisager le barman venu s'enquérir de leurs désirs.

— Pour moi, ce sera un martini-gin, dit Lilith. Et vous, Charles-Honoré ? Un manhattan ? Un bloody mary ?...

Milo se résolut enfin à lever les yeux vers le barman.

— Salut, vieux, dit-il d'une petite voix.

René Langlois, le père de Kevin, lui adressa une grimace complice.

— Salut, vieille branche. Alors, qu'est-ce que je te sers ? Un perroquet ou une tomate, comme là-bas ?

— C'est une idée, oui, tiens, un perroquet comme là-bas dans le temps... Dis donc...

Il hésita, se mordilla les lèvres, et finalement se lança :

— Dis donc, ne prends pas ça mal, mais je te croyais...

René lui coupa la parole.

— Oui, mais ce n'est pas ce qu'on imagine. Tiens, regarde qui est là-bas, en train de danser.

Milo dirigea son regard vers la piste. Une des danseuses décolla un instant sa joue de celle de son cavalier pour leur sourire.

— C'est Madeleine, ta femme ! Mais elle aussi, elle était...

— Elle fait la taxi-girl et elle passe de table en table avec sa corbeille de roses et de cigarettes. Oh, il y a plein de gens que tu connais, ici. Alors un martini-gin et un perroquet, c'est ça ?

René fit mine de regagner le bar. Milo le retint par le pan de sa veste.

— Plein, tu dis ?

— Tous, en fait. Excuse-moi...

Avec douceur mais fermeté, il tira sur le pan de sa veste pour se dégager. Milo lâcha prise. Tandis que René s'éloignait, il lança un regard interrogateur à Lilith.

— Qu'est-ce qu'il a voulu dire, à votre avis ?

— Comme si vous ne vous en doutiez pas ! s'exclama-t-elle. C'est assez clair... Oh mais, je crois qu'on vous observe, et qu'on cherche à attirer votre attention.

— Hein ? Qui ?
— Cette jeune fille brune, à la table voisine.
— Attendez... Mon Dieu, c'est Julie ! Julie je-ne-sais-plus-comment, une de mes premières ! Je l'ai tannée en vain pendant des mois. Quand elle a su que je partais pour l'Algérie, elle s'est dit que peut-être j'allais m'y faire tuer comme son grand frère. Du coup, elle a fini par céder, plus en souvenir de lui que par amour pour moi. A mon retour de l'armée elle avait déménagé, je ne l'ai jamais revue. Qu'est-ce qu'elle fait là ?
— Elle est là comme les autres, en votre honneur ! Maintenant que vous êtes habitué aux lumières tamisées, regardez mieux autour de vous.
Ignorant lâchement le regard insistant de Julie, Milo scruta à nouveau la piste de danse. Les yeux soudain dessillés, il vit que les danseurs et les danseuses comme les occupants des tables appartenaient tous à son passé. Qu'il s'agît de parents, d'amis proches ou de simples connaissances, pas un ne lui était inconnu. Quand il le croyait d'abord, la lumière ne tardait pas à se faire dans son esprit, et un nom lui montait aux lèvres. Hommes et femmes, anciens professeurs, copains d'école, de lycée ou de faculté, amies d'un soir ou de quelques mois, compagnons de régiment comme Langlois, collègues de travail, à travers chacun d'eux c'était un pan large ou étroit du passé qui resurgissait de l'oubli.
— Je n'ai pas pleuré sur la menthe ni sur le pastis. Je sais que tu l'aimes chargé !
René posa les consommations sur la table. Il y avait une rondelle de citron à cheval sur le rebord du verre de martini-gin et un club de golf en plastique rouge dans le perroquet. Milo porta la main à sa poche. René se récria.
— Tu n'y penses pas, c'est pour la maison !
— C'est gentil... Je crois que je n'ai plus bu de ce truc-là depuis le dernier qu'on a pris ensemble. Tu te rappelles ?
— Tu parles que je m'en souviens. C'était trois jours avant le ravin... Au fait, je voulais te demander,

comment va mon petit Kevin ? Tu ne l'as pas perdu de vue, au moins ?

— Je le vois tous les jours au bureau... Je l'ai fait embaucher comme grouillot à la Providence. Le lycée, les études, ça n'était pas sa tasse de thé. Il avait hâte d'entrer dans la vie active. Alors bon, je lui ai mis le pied à l'étrier... On a dîné ensemble pas plus tard qu'hier, tiens !

— Hier ? Ah, c'est bien que tu t'occupes de lui ! Il est en forme ?

— En pleine forme. Il a eu un peu de mal à se faire sa place... Tu sais ce que c'est, un premier emploi, il faut trouver ses marques. Et puis c'est un introverti, il ne va pas facilement vers les gens...

— C'était un brave gosse, peut-être un peu trop sensible, mon Kevin ! dit René.

— Voilà, c'est ça, il a une sensibilité qui...

René était suspendu aux lèvres de son interlocuteur. Ses yeux brillaient, il dansotait d'un pied sur l'autre, en marquant la mesure sur sa cuisse à l'aide de son plateau vide.

— Mais maintenant tout va bien, il est bien intégré, mentit Milo.

— Tu me rassures, parce que des fois on se fait du souci, nous deux Madeleine. On l'a laissé si jeune ! Et avec sa tante, ça va ?

— Ecoute, ça va très bien... Il va prendre de plus en plus d'indépendance, de toute façon.

— C'est normal, c'est l'âge. J'espère qu'il va se trouver une petite et fonder un foyer, parce qu'il n'y a que ça ! Mais toi, dis-moi, ça gaze ? Tes recherches, là, les templiers, l'alchimie, ça te tient toujours ?

— Eh bien, ça avance, si on veut, ça avance, dit Milo.

— Je me souviens de nos conversations pendant les gardes, à l'armée. Tu étais déjà très versé là-dedans, tu essayais de me convaincre, tu me traitais de bûche... Mais moi, déjà tout petit, je n'ai jamais vraiment cru au père Noël, ni même au petit Jésus.

— Et maintenant ?

— Oh, maintenant...

René eut une moue désabusée.

— Excuse-moi, je bavarde, et le boulot ne se fait pas. Si tu as besoin de quoi que ce soit, n'hésite pas, tout aux frais de la princesse. Tu es chez toi.

— C'est quelque chose, l'amitié, dit Milo à Lilith quand René se fut éloigné.

— C'est ce qu'on dit... Ah tiens, voilà l'amour, peut-être ?

Une femme avait attendu le départ de René pour venir se planter devant leur table. Milo pâlit. C'était Flavia, droite comme un I dans le tailleur qu'elle portait le jour de la tentative de conciliation. Ils ne s'étaient pas réconciliés, ni ce jour-là ni aucun autre, et six mois plus tard elle était montée à bord d'un avion mal révisé.

Milo se leva et fit les présentations à contrecœur.

— Flavia... Lilith. Je t'en prie, assieds-toi, chérie, ajouta-t-il à l'adresse de Flavia.

— Merci, chéri.

Elle prit place sur le siège qu'il lui avançait et fit sonner l'ongle de son index rouge sang contre la paroi du verre de Milo.

— Tu bois toujours ce drink de prolétaire ?

— Je t'ai déjà expliqué, c'est un souvenir de mon séjour en Algérie. Les perroquets, les tomates, les képis blancs, les anis Gras... On buvait ça, là-bas. Toi-même, il doit bien y avoir des choses que tu aimes faire en souvenir du passé ?

Flavia saisit entre deux doigts le club de golf en plastique et imprima un mouvement de rotation aux cubes de glace qui flottaient dans le liquide vert pâle.

— Non. Moi, dans le passé, il n'y a rien dont j'aime me souvenir... A qui la faute ?

Milo échangea un regard à la dérobée avec Lilith. Elle gonfla les joues. Il plissa les lèvres.

— Fais-moi danser, tu veux ? reprit Flavia. On sera plus à l'aise pour parler, ajouta-t-elle en toisant Lilith.

— Danser ? Je... Si tu y tiens.

Ils se levèrent et gagnèrent la piste. Flavia précédait Milo. Il reconnut en lui-même qu'elle avait eu une superbe maturité... L'orchestre venait d'attaquer un air d'André Claveau sur lequel il se souvenait d'avoir dansé avec elle autrefois. Ils s'immobilisèrent et se tournèrent l'un vers l'autre. Il lui tendit gauchement les bras. Elle se colla contre lui, non sans brusquerie.

— Rapproche-toi donc ! Si c'est pour danser chacun à un bout de la salle...

— Comment ai-je pu épouser un aussi mauvais danseur, moi qui adorais la danse ? Je ne t'aurais peut-être pas trompé, si tu avais su danser... La plupart de mes amants, c'est comme ça que je les trouvais. En dansant. On se frotte, on sent la chaleur et l'odeur du partenaire, ça donne des idées. Si je n'avais dansé qu'avec toi...

Flavia parlait à voix basse. Tout en l'écoutant, Milo s'efforçait de ne pas lui marcher sur les pieds et de rester dans le rythme. Cela n'avait rien de trop difficile en principe, sur un slow, et pourtant le résultat n'était guère brillant. Il dansait comme un zèbre au manège. Il aurait dû se laisser conduire, mais il n'aimait pas ça non plus. En lui, une virilité obtuse se rebellait.

— Tu m'écoutes ? Est-ce que ça te fait de la peine, au moins, ce que je te dis ?

De la tête, doucement, il fit non. Son menton effleura le front de Flavia.

— Non ? Tu t'en tapes ? Merci, on n'est pas plus galant !

— Ça ne me fait plus de peine. On est au-delà, tu comprends ?

— Au-delà ? Au-delà de quoi ?

— Au-delà. C'est comme un trajet en voiture. Il y a des villes, la ville du plaisir, la ville de la trahison, la ville du chagrin... Elles sont toutes derrière nous. On est arrivés.

— Ce n'est pas la Carte du Tendre, c'est la Carte du Triste, ton truc ! On ne peut même plus tirer un coup en camarades ? Parce que le temps est long, quelquefois.

Elle se serra plus fort contre lui.

— Eh mais !... Qu'est-ce que je sens ? Tu te barricades ? Tu portes une prothèse, ou quoi ?

C'était la Confession. Elle écrasait à la fois la vessie de Milo et l'estomac de Flavia.

— Rien, c'est rien...

Curieuse, elle se colla encore plus à lui.

— Ma parole, c'est un livre ! Je savais que tu en fourrais partout, mais là...

— Je ne peux pas t'expliquer, bredouilla-t-il.

— Oh, ça n'a pas d'importance !... Donc tu es en état de marche ?

— Pardon ? Ah, tu veux dire... Oui, je suppose que oui.

— Alors viens.

— Là, maintenant ?

— Pas sur la piste, ahuri ! Ailleurs, dehors, sur la plage, ou dans ta voiture. Tu as bien une voiture ?

— Oui, mais...

— Tu ne veux pas ? Je croyais que tu faisais certaines choses pour l'amour du passé. Le Passé, je te signale, c'est ici. Tu te souviens d'un certain vieux fauteuil en cuir aux accoudoirs lacérés par les chats ? C'était en Bretagne, un été... Tu le revois ?

Il acquiesça.

— Mais tu disais à l'instant que le passé n'était rien pour toi, objecta-t-il.

— Je mentais. Tu oublies qu'il ne me reste que ça, le passé. Le passé pour tout présent et tout avenir. Je repense souvent à notre chambre de cet été-là. Elle donnait sur un verger, au pied de la montagne. Les guêpes entraient et sortaient sans cesse comme des voisines sans-gêne. Et il y avait ce fauteuil. Immense. Profond. Je ne gardais que mon soutien-gorge. Tu l'aimais parce qu'il était à balconnets, très échancré, très pigeonnant... Qu'est-ce que tu dirais si tu voyais que je porte le même aujourd'hui ?

Ils s'étreignaient à présent à pleins bras. Elle se haussa, dansant sur la pointe des pieds pour chuchoter à son oreille. Cette voix si riche d'échos, qui semblait jaillir de sa seule mémoire, le plongeait dans un état hypnotique. Pourtant, une part de lui-même demeurait vigilante. Par-dessus l'épaule de Flavia, il gardait un œil sur Lilith. Elle buvait de temps à autre une gorgée de martini-gin avec grâce. Puis elle reposait son verre et penchait la tête de côté. Mine de rien, bien sûr, elle les surveillait...

— Qu'est-ce que tu penses de ma proposition ? Il faut que les choses soient claires : elle est déshonnête !

Flavia se tut pour lécher d'un coup de langue rapide le pavillon de l'oreille de Milo.

— Quand j'y pense, Charles, je me dis qu'on s'est mal aimés. On a été nuls, en réalité !

— Mais la montagne, le fauteuil, les guêpes, l'été...

— Justement ! Il y a eu ça. On aurait dû faire en sorte qu'il n'y ait rien d'autre. Imagine, si on s'était quittés au dernier jour de cet été-là, ces quelques semaines-là seraient demeurées intactes en nous-mêmes, on pourrait y retourner en esprit quand on voudrait. Ce serait comme d'avoir un pied-à-terre au paradis, on n'aurait qu'à pousser la porte, on retrouverait tout, le fauteuil, le ciel et le verger par la fenêtre, les guêpes ! On serait restés jeunes et beaux à jamais, l'un pour l'autre.

— On n'a pas eu le courage de s'en tenir au bonheur, dit Milo. Je ne sais même pas si on a vraiment essayé. On croyait que ça se ferait tout seul. Je t'en fous ! Toutes seules, les choses se défont. C'est à cause de l'entropie. On se figure que le monde se construit à tout instant. Au contraire, il s'éboule, il s'abîme à chaque seconde. Et les sentiments c'est pareil...

Flavia se dressa à nouveau sur la pointe des pieds pour lui parler dans le creux de l'oreille.

— Voilà la plaie : les sentiments ! souffla-t-elle. Qu'est-ce qu'on en a à foutre, au fond, des sentiments ? Ils compliquent tout, ils pourrissent tout. On ne serait pas mieux sans eux, comme les chiens, comme les chats ?... J'ai envie de toi, Charles ! Trouvons-nous un coin sombre !

— C'est que...

— Tu t'inquiètes pour ton invitée ? Sur quel pied d'intimité tu es avec elle ?

— Aucun ! Nous nous sommes rencontrés il y a quelques heures.

— Tu vois bien ! Elle n'a aucun droit à faire valoir. Cela dit, si tu as envie qu'elle se joigne à nous, pourquoi pas ? Nous ne sommes plus des amoureux de Peynet. Tu veux que je lui parle ? De femme à femme...

— Non ! On s'éclipse ?

— Tu y viens enfin, coquin ! Il y a une sortie de secours dans le coin, là-bas, derrière la scène.

Tandis qu'ils parlaient, d'autres couples s'étaient formés et évoluaient avec eux sur la piste. Ils avaient fini par constituer une foule au sein de laquelle il n'était pas tout à fait déraisonnable d'espérer se perdre.

— Allons-y ! J'ai hâte, maintenant, dit Flavia en écrasant sa poitrine contre le sternum de Milo.

Tandis qu'ils se glissaient vers la sortie, des visages familiers leur souriaient avec malice et indulgence.

Quand ils furent parvenus à proximité de la sortie, Flavia se dégagea des bras de Milo. Une tenture de tissu doré dissimulait à moitié l'entrée d'un couloir plongé dans une demi-obscurité. Elle l'écarta et entraîna Milo à sa suite.

Ils se mirent à courir. Flavia étouffait des rires de fillette excitée. Elle s'amusait comme une folle, ouvrant et refermant à la volée toutes les portes qui donnaient sur le couloir.

— Un placard à balais ! C'est trop exigu et ça sent l'ammoniaque... Les toilettes !... Si on peut trouver autre chose... Le vestiaire des musiciens ! Ils peuvent faire un break et nous surprendre ; ma pudeur en souffrirait.

Derrière elle, Milo s'impatientait.

— Tu ne crois pas qu'on ferait mieux de courir directement à ma voiture et de foutre une bonne fois le camp d'ici ? Il doit bien y avoir un hôtel dans le coin.

Flavia se retourna vers lui.

— Qu'est-ce que tu veux dire ?

— Rien d'autre que ce que je dis : on devrait foutre le camp, se barrer d'ici !

— Mon pauvre ami, tu n'as pas bien compris. Foutre le camp, se barrer... Ces mots-là n'ont aucun sens. Pour toi, peut-être, mais pour moi il n'y a pas d'autre ici qu'ici !

— Mais si tu vis ici tu dois y avoir une chambre et un lit...

Un pli mécontent tordit la bouche de Flavia.

— *Vivre ici ?* Le tact n'a jamais été ton fort ! Le seul lit que je puisse dire mien, c'est celui de la mer où mon avion s'est englouti. Par mille mètres de fond, dans la compagnie des poissons aveugles, des vers blanchâtres et des crustacés translucides qui peuplent les abysses, tu ne ferais guère d'étincelles !

Elle ouvrit encore une porte. Sur les étagères métalliques qui couvraient les murs d'une pièce de dimensions médiocres étaient rangés des cartons de cigarettes et des bouteilles d'alcool.

— C'est la réserve du bar. Regarde, Madeleine y remise aussi sa corbeille de cigarettes et de roses... Tu m'en offres une ?

Milo fouilla dans sa poche. Il en ramena quelques pièces de monnaie et un billet de cinquante francs chiffonné. Il choisit deux pièces de dix francs et les déposa dans la corbeille.

— Charles, tu sais que j'ai ces petites mesquineries en horreur. De mon temps, tu n'étais pas rat !

Avec un discret soupir, Milo substitua le billet aux pièces.

— Comme ça, ça va, minauda Flavia.

Elle hésita entre deux roses, se décida pour la plus rouge, et tout en la humant s'avança vers le fond de la pièce que masquait un vieux paravent.

— Je ne serais pas étonnée qu'il y ait une autre

pièce derrière ce paravent... Laisse-moi seule un instant, dit-elle en passant derrière le paravent...

Compte à haute voix
Si tu veux de moi !
Compte jusqu'à cent
Si tu es galant,
Puis cinquante-deux
Tu seras heureux !

susurra-t-elle d'une voix câline avant de disparaître.

Il hésita. Elle ne tarda pas à le rappeler à l'ordre :

— Eh bien ? Je n'entends rien !

Il commença à compter, à haute voix comme elle l'avait spécifié. Il la retrouvait toute : impérieuse et piquante. Et il se retrouvait lui-même tel qu'il avait coutume de se montrer avec elle, toujours un peu réticent, traînant les pieds et cependant docile devant la plupart de ses caprices, jusqu'au jour où il s'était affranchi de son joug. Cela avait été sa seule, son amère victoire. Sans cesser de compter, il se laissa tomber sur une chaise. Infidèle, déloyale, volontiers condescendante, acerbe aussitôt que les choses n'allaient pas comme elle l'entendait, et pour finir répudiée, Flavia n'en avait pas moins été la femme de sa vie. Il ne supposait pas qu'il pût encore s'en présenter une autre pour tenir autant de place aussi longtemps. Il était rendu à quatre-vingt-deux quand il fut frappé de cette vérité. Elle n'avait rien de gratifiant. C'était comme ça, voilà tout. Il en arrêta de compter.

— Tu t'endors ? Ce serait dommage ! Je suis d'humeur très folâtre...

— Excuse-moi, je pensais !

— A quoi, vicieux ?... Compte ! Si je ne t'entends pas compter, tu feras ceinture !

J'ai cru que tu avais filé en douce ;
Pour la peine, va jusqu'à deux cent douze...

— Comme tu voudras.

Il reprit à quatre-vingt-deux. A cent trois, il entendit couler de l'eau. Il hocha la tête. Elle connaissait les lieux. Tout était-il arrangé d'avance ? Le sentiment de ses responsabilités revint le frapper en plein cœur. La Confession. Le secret... Il était en train de se faire entôler par le fantôme de sa propre femme, comme un malheureux conscrit par une fille à soldats. Une subite angoisse lui noua la gorge. Il se leva. Vite, une idée, une solution, vite !... Comptant toujours, la sueur au front, estropiant les nombres, boulant les syllabes, il extirpa la Confession de son pantalon et chercha des yeux une cachette où il pourrait la récupérer aisément... Cent vingt-sept, cent vingt-huit... Dans la corbeille de Madeleine, ou dessous ? Mais si elle venait la prendre ? Cent trente-deux, cent trente-cinq... Entre deux casiers à bouteilles, plutôt ! Cent quarante-sept, cent quarante-huit... Ou bien sous un carton de cigarettes ? La reliure au poing, incapable de prendre un parti, il piétinait comme un ours affolé. Deux cent sept, deux cent huit... Les bruits d'eau cessèrent. A deux cent douze, la sueur au front, il se tut. « A y est ! Tu peux venir ! » lui cria Flavia de la voix enfantine qu'elle prenait volontiers en de telles circonstances. Renonçant à dissimuler la Confession dans la réserve, il se borna à la cacher derrière son dos. Il contourna le paravent et entra dans la pièce où se tenait Flavia.

Il reconnut l'endroit au premier coup d'œil. La lumière du jour entrant à flots par la fenêtre grande ouverte baignait la chambre tout entière. Le plafond au plâtre jauni et craquelé était encore plus haut que dans son souvenir. Un papier peint orné de motifs floraux d'un bleu passé couvrait les murs. Milo laissa errer son regard autour de lui. C'était une immense chambre à l'ancienne. A mesure qu'il les passait en revue, Milo se rappela que la table était bancale, que le lit grinçait au moindre mouvement et s'effondrait à l'occasion, et que le robinet d'eau froide du lavabo aux formes mastoc fuyait. L'eau, en s'égouttant, avait laissé au fil des années une macule de calcaire verdâtre sur la faïence, à la verticale du robinet. Un très gros fauteuil club des années 30 occupait le centre de la pièce. Prématurément ruiné par les chats qui avaient fait leurs griffes sur son dossier et ses accoudoirs, il n'en était pas moins propice à toutes sortes d'ébats en raison de sa taille et de sa stabilité. Les amants avaient profité de ces qualités avec l'ardeur et la fantaisie de la jeunesse.

Les vêtements de Flavia étaient éparpillés sur le plancher. Au pied du lavabo des éclaboussures d'eau témoignaient d'ablutions désinvoltes. Milo s'avança encore. A demi renversée dans le fauteuil, une jambe pliée passée par-dessus un accoudoir, l'autre droite, la pointe du pied cambré reposant sur le plancher, Flavia s'offrait à lui dans la même posture qu'elle l'avait fait trente-cinq ans plus tôt. L'émotion de Milo perdit bientôt toute nature charnelle. Car en s'approchant il vit que ce n'était pas une femme de chair et de sang qui l'invitait au plaisir, mais une statue, une Flavia de marbre blanc veiné de gris en tout point semblable, dans sa forme, à l'image qu'il gardait de la vraie. D'une main tremblante, il toucha l'épaule, suivit la courbe du cou, erra sur le haut des seins prisonniers du soutien-gorge « à balconnets, très échancré, très pigeonnant », descendit le long du flanc et de la hanche nus, obliqua vers le ventre et l'aine, caressa la toison de marbre encore humide avant de remonter jusqu'au visage. Ses doigts effleurèrent les yeux sans pupille et la bouche entrouverte, ourlée d'un sourire fripon.

Un bourdonnement lui fit lever la tête. C'était une guêpe, jaillie par la fenêtre du ciel d'un bleu lumineux. Elle vola quelques instants en zigzag dans la pièce avant de se poser sur le cou de Flavia. Se servant de la Confession comme d'un chasse-mouche, Milo l'écarta. Elle revint, et se posa cette fois sur le sein droit de la statue. Milo renonça à la chasser. L'insecte au corps d'une élégante étroitesse, corseté de jaune et de noir, se détachait sur le marbre laiteux et comme éclairé du dedans. Ses ailes finement ciselées frémissaient d'avidité déçue, tandis qu'elle palpait cette chair inattaquable. Au bout d'un temps elle s'envola d'elle-même pour patrouiller au-dessus de la tête de Milo en vrombissant comme un avion minuscule et rageur.

Il délaissa le fauteuil et la statue pour aller jusqu'à la fenêtre. Le verger d'autrefois était bien là. Les branches courbaient sous les fruits d'un été aussi radieux qu'alors. Une brise tiède soulevait les feuilles et ployait l'herbe drue. Entre les frondaisons des pommiers et des cerisiers, Milo distinguait dans le lointain les crêtes enneigées de la montagne. Depuis des années, sur fond clair, des taches diverses dérivaient comme de petits nuages malpropres à travers le ciel de son champ de vision. Mais là il lui semblait avoir retrouvé les yeux de sa jeunesse, le monde se donnait à lui dans une transparence renouvelée.

La guêpe cessa de bourdonner. Il l'aperçut qui arpentait la chevelure de la statue. Elle s'engagea sur la pente abrupte et lisse du front, perdit prise sur l'arête du nez, prit brièvement son vol, buta contre la joue et le menton de Flavia, et disparut tout à coup entre ses lèvres. Supposant la cavité très peu profonde, Milo s'attendait à en voir la guêpe ressortir aussitôt. Contre toute attente l'insecte resta invisible. En revanche son bourdonnement s'intensifia pour atteindre en quelques secondes un volume surprenant. Milo appuya son oreille sur le cœur de la statue. Il perçut à travers l'épaisseur du marbre une rumeur d'essaim. Ce n'était plus une guêpe qui se trouvait à l'intérieur, mais une multitude. Milo posa sa main sur la gorge nue. Il lui sembla la sentir frémir sous sa paume. Les insectes aveugles se heurtaient à la paroi. Milo retira sa main avec horreur. Quelque chose l'avait égratigné. Entre les seins de Flavia une fine crevasse s'était ouverte. Une patte noire agitée de mouvements fébriles en dépassait. La faille s'allongeant et s'élargissant, une deuxième et une troisième patte apparurent, puis ce furent une antenne et la pointe d'une aile... Milo entraperçut les rayures noires et jaunes d'un abdomen. Il entendit un craquement. La fêlure se ramifia en deux puis en trois lézardes dont les bords s'écartaient et s'écalaient comme des coquilles d'œufs, laissant deviner des grouillements de guêpes furieuses. Déjà, sur le cou, sur l'épaule, sur le ventre de Flavia naissaient d'autres craquelures. Pris de peur, Milo se redressa et courut vers la fenêtre. Comme il repassait à proximité de la statue, il vit qu'un gros frelon avait crevé son ventre à deux doigts du mont de Vénus. Un autre, au même instant, naissait entre ses côtes. Milo fourra la Confession dans sa ceinture, escalada l'appui de la fenêtre et sauta dans le jardin. Un silence surnaturel y régnait. Le tronc des arbres, les branches, les feuilles, les fruits eux-mêmes et jusqu'aux oiseaux qui les picoraient, tout paraissait sculpté dans le même marbre que la statue de Flavia. Milo tendit la main vers une poire superbe, mais blanche et grise, froide comme l'ornement d'un tombeau. A peine ses doigts l'eurent-ils effleuré qu'un bourdonnement lointain se fit entendre à l'intérieur du fruit.

Milo parvint hors d'haleine à sa voiture. Il en découvrit l'épave rouillée en plein milieu d'un champ de blé, alors qu'il l'avait garée au bord d'une route à proximité du rivage... D'ailleurs il n'y avait plus de rivage du tout. Il lui fallut déchiffrer les plaques d'immatriculation pour se convaincre qu'il s'agissait bien de sa voiture. En un certain sens, elle était intacte. Elle avait seulement vieilli. Le caoutchouc des pneus s'était littéralement décomposé, la peinture s'était boursouflée et écaillée comme une peau lépreuse, découvrant une chair rousse qui se transformait peu à peu en limaille. L'intérieur de l'habitacle était tendu de toiles d'araignées. Le creux du siège du conducteur, mangé aux mites, servait de nid à une famille de petits rongeurs. Le blé en épi oscillait à hauteur des miroirs ternis des rétroviseurs, le liseron montait à l'assaut des pare-chocs. Saisi d'inquiétude, il se palpa les joues. Sa peau ne lui parut guère plus ridée, ni sa chair plus flasque que d'habitude. En ce qui le regardait, il ne semblait pas avoir pris ce terrible coup de vieux. Pour le reste, il savait à présent qu'il ne devrait pas plus s'arrêter à la soudaine labilité du temps qu'aux métamorphoses du paysage, au détraquement apparent de la course du soleil, à l'alternance suspecte des saisons, du jour et de la nuit, d'hier et d'aujourd'hui. Lilith l'avait entraîné dans une réalité instable où tout signe pouvait s'inverser d'une seconde à l'autre. Isacaron brouillait à plaisir les repères, les jalons, les balises diverses auxquels il tentait de se raccrocher, tout ce qui conférait un minimum de cohérence à sa perception des choses... A moins que ce ne fût sa conscience à lui, Milo, qui clignotât comme une vieille lampe électrique à la pile usée ! La conduite la plus raisonnable consistait à feindre l'incuriosité du rêveur, ou la sérénité du somnambule. Il fallait déjà s'estimer heureux d'avoir échappé au monde de marbre et aux Erinyes qui s'y dissimulaient !

Il se remit en marche. Il ne s'étonna même pas de se reconnaître un peu plus loin dans un vieil épouvantail censé effrayer les oiseaux. C'était bien lui, vêtu de guenilles imitant son imperméable crème sur sa veste pied-de-poule et son pantalon anthracite, avec son air anglais à cause de la moustache et du teint fleuri, signifiés par l'adjonction d'une touffe de crin de vache et deux touches de minium au vieux ballon crevé qui lui servait de tête... Il laissa derrière lui sa grotesque effigie dressée dans un crépuscule dont il n'aurait su dire si c'était celui du matin ou du soir. Au premier carrefour, une pancarte rouillée indiquait Ecorcheville.

Les voyageurs n'étaient pas très nombreux, huit ou dix, pas plus. Le plus proche était un homme petit et rougeaud. Soixante ans, le cheveu ras, les épaules lourdes sous un blouson de cuir bon marché, chemise à carreaux en laine mélangée, pas de cravate, des rouflaquettes d'un blanc de neige coupées net à la hauteur du lobe de l'oreille, des mains aux doigts courts et puissants, sagement posées sur ses cuisses tendues de denim bleu.

Non loin, une jeune femme noire avec un garçonnet de huit ou neuf ans. Le négrillon s'agitait sans répit. Il se levait, s'éloignait, revenait, s'adressait des grimaces dans la vitre, tripotait l'encadrement de la fenêtre et se léchait les doigts ensuite. Sa mère tentait sans succès de l'effrayer en lui parlant de microbes et de maladies. Elle était ravissante. A croquer comme une prune noire. Visage ovale, joues pleines, blanc des yeux en porcelaine, pupilles très sombres, sourcils d'un dessin délicat sur un front haut... Le nez épaté et les lèvres au pli boudeur corrigeaient ce que ce visage de madone noire aurait pu avoir de mièvre. Les mains étaient menues, ongles soignés, bagues discrètes, les chevilles et les poignets très fins.

Deux banquettes vides, puis une femme plus âgée, en fichu. Elle n'émettait aucun des signaux qui rendaient l'autre si intéressante. Sans doute n'avait-elle jamais eu d'autres charmes que ceux de la jeunesse, et celle-ci s'était enfuie. Restait un mammifère à la peau de bois grisâtre et fendillée, un corps semblable à une usine désaffectée qui s'effondre lentement, en silence. En elle, la jeune fille n'était plus perceptible. Pourtant la grâce minimale de l'adolescence avait un jour nimbé ses traits et ses formes. Elle aussi, elle avait servi d'appeau à l'oiseleur des corps...

Il inspira une profonde bouffée d'air malpropre. Cet air déjà respiré tant de fois par tant de poitrines plus ou moins saines était à l'air pur ce que la vomissure est à l'aliment. Il se sentit dans la peau d'un poisson au fond d'un aquarium surpeuplé, flanc contre flanc, nageoire contre nageoire avec les autres poissons, au milieu des déjections, les siennes et les leurs mêlées. Mais il n'était pas semblable à ceux qui l'entouraient. Grâce à la crécelle, il était désormais un prédateur. Prédateur sexuel, prédateur économique... Il prononça le mot à mi-voix. « Prédateur.

Je suis un prédateur... Enfin, si ça marche toujours ! » Sa main chercha la crécelle à l'intérieur de la poche de son caban. Il songea que son manche de bois, teint en vert mais non verni, allait très vite s'imprégner de sa sueur. Quelqu'un l'avait-il détenue avant lui ? Il l'avait retournée sous tous les angles, il l'avait scrutée longuement. Elle semblait neuve. Si elle avait eu de précédents détenteurs, aucun d'entre eux ne s'en était servi très longtemps avant de... Avant quoi ? Si d'autres l'avaient eue entre les mains, où étaient-ils à cette heure-ci ? S'agissait-il d'un objet unique, ou en circulait-il d'autres à travers le monde ?

Le son de la crécelle lui parut encore plus déplaisant que d'habitude. Il évoquait quelque chose de mécanique et d'animal à la fois. Un foret vivant, un taret qui aurait mordu dans la chair des âmes... Les occupants du wagon sursautèrent. Ils étaient pourtant blasés, mais aucun solliciteur ne leur avait encore fait ce coup-là. Les plus âgés savaient ce que c'était qu'une crécelle. L'homme au teint de buveur écossais poussa un soupir. Il fallait que ça arrive un jour, qu'un de ces emmerdeurs se serve d'une saloperie de crécelle pour capter l'attention. La femme âgée tourna vers Kevin son regard élimé. Pauvre garçon, si jeune et déjà mendigot. De son temps, on n'en arrivait là qu'en fin de course, quand l'existence vous avait déjà bien tabassé. Tout allait dans le même sens, toujours vers le pire, comme sa vie à elle ! La jeune femme noire fronça les sourcils. Encore un, mon Dieu, encore un ! Le pli boudeur de ses lèvres s'accentua. Elle ne donnerait pas. Pourquoi à celui-là et pas à celui d'avant ou à celui d'après ? Dans une société mal foutue, chacun devait inventer sa charité et sa justice. Le négrillon écarquillait les yeux. Sa mère n'avait manifesté aucune frayeur. Du coup, c'était intéressant, ce machin rouge et vert pour faire du bruit. Un instrument de musique moche — pour *faire* de la musique moche — c'était rigolo.

— Maman, comment ça s'appelle, ce truc-là ?

— Chut. Je sais pas. Un mirliton, une guimbarde...
— J'en veux une ! Tu m'en achèteras une, dis ?
— Pour nous casser les oreilles ? Tu peux courir.
Ils se turent. Le jeune homme à la crécelle s'était mis à parler.

— Mesdames, messieurs, ça n'est pas de gaieté de cœur que je viens vous déranger dans vos pensées ou vos lectures, et aussi je vous demande de m'excuser...
Kevin ânonnait son texte. Il en était conscient, mais il continuait, passant outre à la faiblesse de sa carcasse dans un curieux mélange d'affolement et d'audace. Quelle importance, s'il tremblait comme une feuille en imposant sa loi à ces inconnus ? D'ailleurs sa voix s'affermissait déjà.
— Gnia-gnia-gnia rester propre sur moi et payer ma chambre gnia-gnia-gnia plutôt que d'aller voler ou trafiquer de la drogue gnia-gnia-gnia nourrir ma petite fille...
A la fin, au lieu du quitus de convention accordé à chacun sous réserve d'un très hypothétique sourire, Kevin remercia par avance ses bienfaiteurs involontaires de faire pour lui *tout* ce qui était en leur pouvoir. Et ce petit mot-là, prononcé avec une brusque âpreté, eut sur les intéressés un effet prodigieux. Le rougeaud aux rouflaquettes sortit un portefeuille marron, l'ouvrit et en extirpa du bout de ses gros doigts un billet de deux cents francs. Il écarta les lames du portefeuille pour montrer qu'il ne trichait pas : il n'y avait pas d'autre billet.
— Merci de tout faire pour m'aider, merci, merci à vous ! répéta Kevin en empochant le billet.
L'homme offrit son chéquier. Kevin refusa d'un signe de tête.
— Soyez compréhensifs, messieurs mesdames, ni chèques ni cartes bleues...
L'homme rengaina son chéquier et vida son portemonnaie dans les mains de Kevin : un billet de vingt francs et quelques pièces. Il voulut y adjoindre un carnet de timbres à peine entamé et sa carte orange.
— Je rentrerai à pied, dit-il d'une voix étranglée.

Kevin ne prit que les timbres. La carte était nominative. « Merci, bonne journée ! » lança-t-il avant de se diriger vers la jeune femme noire flanquée de son petit garçon.

Le regard fixe, les lèvres réduites à un mince trait plus foncé que sa peau, elle l'attendait. Elle avait préparé son offrande : sept cents francs et des poussières. Elle avait rangé son chéquier et sa carte de crédit avec soulagement, quand elle avait compris qu'ils ne l'intéressaient pas. Pour le reste elle ne savait pas. Elle lui tendit ses bagues, sa fine chaîne en or et ses boucles d'oreilles fantaisie en même temps que l'argent. Elle espérait malgré tout qu'il ne voudrait pas des boucles d'oreilles en toc. Elles avaient appartenu à sa sœur, qui était morte.

— Remettez-les tout de suite, vous risqueriez de les perdre, dit-il en lui rendant les bijoux. Et toi, mon bonhomme ? Tu as quelque chose pour moi, toi aussi ?

Plié en huit, un billet dépassait du poing fermé du petit. Il hocha timidement la tête.

— C'était pour m'acheter *Little Big Adventure*, murmura-t-il.

— Tu es gentil... Tu l'auras plus tard, pour ton anniversaire, tiens !

— C'était aujourd'hui, mon anniversaire.

— Alors pour ta fête !

Kevin saisit le billet. Il était tiède, un peu humide de la sueur du gosse.

— Vous êtes un salaud ! souffla la femme.

Les sept cents francs, c'était quelque chose et en même temps ça n'était rien. Même s'il avait raflé les boucles de sa sœur, elle ne se serait pas rebiffée. Mais l'argent du gosse, le billet que lui avait donné son père pour s'acheter ce jeu d'ordinateur dont il rêvait depuis des semaines, c'était trop.

Il allait passer son chemin. Il s'arrêta et se pencha à demi vers elle.

— Qu'est-ce que vous dites ?

— Un salaud, oui, un salaud, et un pauvre type !

Quelque chose se mit à battre dans son ventre. Une

colère qui lui faisait peur. Cette femme le méprisait. Comme Cornélie. Comme Mme de Grassi, comme toutes les filles et les femmes de la Providence.

— Un minable ! cracha-t-elle encore.

Elle était assise, lui debout devant elle. Il faillit la frapper, casser le petit nez épaté qui conférait à ce visage le caractère qui aurait pu lui manquer. Elle aurait moins crâné ! Qu'est-ce qu'ils ont avec leur beauté, les beaux et les belles ? Que les atomes d'un corps soient emballés dans un pimpant paquet-cadeau, il n'y a pas de quoi la ramener. La beauté ça s'écrase comme un fruit, ça se brise comme un œuf, et hop, qu'est-ce qu'il en reste ? De la pulpe, des liquides dégoûtants, qui vont pourrir.

La femme baissa les yeux, rentra la tête dans les épaules. Le fils apeuré par la peur de sa mère était au bord des larmes. Un sourire s'esquissa sur les traits de Kevin. Il pouvait faire bien pire que frapper. Ils ne savaient pas à qui ils avaient affaire, les malheureux !

Le train s'arrêta. Dans le wagon, nul ne bougea. La femme âgée aurait dû descendre ici, à Opéra, mais elle avait cent vingt-sept francs sur elle, et rien au monde ne l'aurait détournée de les donner à ce drôle de mendiant...

— Lève-toi, mon garçon, et descends vite de ce wagon.

Les yeux de la femme s'agrandirent. Elle agrippa le bras de son fils.

— On ne se quitte pas ! Je descends avec lui...

— Non. Lui seulement. Lâchez son bras !

Elle obéit. Kevin alla ouvrir la porte.

— Allez, gamin !

Le gosse se leva. Kevin lui montra le quai.

— Allez, mon gars, à toi la liberté !

L'enfant sortit du wagon, fit quelques pas avant de se retourner vers la rame. Les portes automatiques se refermèrent. Le gosse roulait des yeux pleins de larmes. Neuf ans choyés, surprotégés, jamais voyagé seul. Connaissait-il au moins son adresse ? Ce quai de RER immense, presque désert, c'était le monde, c'était l'enfer. La rame s'ébranla, prit de la vitesse, disparut en emportant tout l'amour, toute la chaleur.

La femme était grise.

— Laissez-moi descendre à la prochaine, supplia-t-elle. Il va avoir peur, et moi je vais devenir folle...

— On s'inquiète toujours trop. Vous continuez jusqu'au terminus.

Kevin jeta un coup d'œil au panneau indicateur qui surmontait la porte.

— Terminus Saint-Germain-en-Laye.

Sur la grand-place d'Ecorcheville, une ombre attendait Milo. Il alla vers elle, puisqu'il n'y avait qu'elle. Il était las d'errer au long des rues désertes, baignées d'une lumière indécise. Il avait cherché sans succès un café ouvert, ou peut-être un hôtel, au moins une cabine téléphonique d'où appeler un taxi. Il n'y avait rien, que des rues étroites, des façades sombres et des portes closes. Ni voitures, ni cafés, ni boutiques... Ecorcheville était une ville morte. Ecorcheville était peut-être la mort elle-même, avait-il pensé un instant. Et puis une silhouette était apparue. Il l'avait reconnue de loin. Ce déhanchement canaille et élégant et ce rayon violet dans le regard n'étaient qu'à Lilith.

Elle s'avança à sa rencontre et l'apostropha à pleine voix.

— Eh bien, Charles-Honoré ! Vous en faites un lâcheur ! J'étais très bien disposée à votre égard, moi, et voilà que vous me plantez là pour aller baiser votre ex... Ce ne sont pas des procédés !

Milo désigna les maisons qui encadraient la place.

— La ville dort... Vous allez réveiller la population !

Lilith vint se pendre à son bras.

— Marchons un peu, dit-elle. Je chuchote aussi

très bien, si je veux. Vous n'avez pas idée des choses que je peux murmurer à l'oreille d'un homme. Des horreurs à rendre fou. J'en ai d'ailleurs rendu fou plus d'un... Non, sans blague, tout à l'heure vous m'avez vexée. Mais laissons cela. Je vous vois dans de mauvais draps, mon petit vieux. Jusqu'ici on a usé avec vous de beaucoup de patience. On doit vous avoir à la bonne, mais sachez qu'on pourrait changer de ton.

— On-on-on-on ! bouffonna Milo... Qui est-on, et que me veut-on ?

— Ne faites pas la bête, Charles-Honoré. Vous savez très bien à qui vous avez affaire, et cela devrait vous inciter à la prudence. Réfléchissez ! A quoi vous sert cette vieille bouquinasse tombée par hasard entre vos mains ?

— Vous voulez dire...

— Oui, oui, oui, la prétendue Confession du soi-disant chevalier de Coscas, ce conte à dormir debout, ce fatras...

— Il faut que ce fatras revête quelque valeur à certains yeux pour qu'on tienne tant à s'en emparer... Et d'ailleurs, pourquoi n'est-ce pas déjà fait ? Enfin quoi, face à celui qui vous envoie je ne suis qu'un moucheron !

— Certes. Et le plus misérable de tous...

— Il faudrait savoir, à la fin ! Si le Mal est tout-puissant, qu'on m'écrase une bonne fois, qu'on me rôtisse, qu'on me désintègre !...

Ils étaient arrivés au centre de la place, qu'occupait une fontaine ornée d'une statue grotesque. Une eau limoneuse et verdâtre jaillissait de la bouche, des narines, des oreilles et du sexe érigé d'un personnage qui ressemblait trait pour trait à Milo et qui dressait sa ventripotente nudité au centre du bassin.

— A quoi bon ces enfantillages ? poursuivit-il en montrant la statue.

Lilith la considéra un instant avec un sourire.

— On ne vous a pas loupé, mon pauvre ! Tout de même, vous avez moins de brioche que ça, non ?

— Laissons ma brioche de côté... C'est encore une

plaisanterie d'Isacaron, n'est-ce pas ? Isacaron, démon du deuxième ordre dont il est fait mention dans Wier et dans Bodin, et dont sœur Jeanne des Anges eut à connaître...

Un rire grinçant se répercuta de proche en proche contre les façades des maisons. Milo pâlit mais se reprit bien vite.

— Tu es là, je le sais ! Qu'attends-tu pour te montrer ? Aurais-tu peur de moi ? cria-t-il à la cantonade.

— Ne le bravez pas, voyons ! Vous ne connaissez pas votre chance. Il y en a de pires que lui.

— Alors pourquoi joue-t-il au chat et à la souris avec moi ?

— Parce que c'est la règle du jeu. Vous croyez qu'un démon est capable de tout. Que non ! Oh, bien sûr, il est en mesure de troubler tant soit peu ce que vous appelez l'ordre des choses...

— « Tant soit peu » ? Il peut ressusciter les morts !

— Il peut vous en donner l'illusion. Voilà précisément son domaine, l'illusion ! Apparitions, disparitions, fantasmagories, visions et prodiges, tout ça impressionne, mais sorti de là il ne peut rien sans vous. Sans votre complicité, il n'a pas accès à la réalité. L'homme, finalement, ça demeure très rustique, très sommaire... A votre insu, ce sont encore vos limites qui vous protègent le mieux ; vous êtes comme un prisonnier, bien à l'abri de l'ouragan entre les murs épais de sa cellule. Le triomphe d'Isacaron ne viendra que de vous. Il ne saurait rien vous prendre que vous ne vouliez lui donner d'une façon ou d'une autre. Il faut que vous vous abandonniez, Charles-Honoré ! Il faut que vous cédiez à la peur, ou au désir... Pourquoi pas plutôt au désir ?...

La voix rauque se fit tout à coup caressante, tandis que le regard violet cherchait à capter celui de Milo avec une délicieuse insistance.

— Le désir... Vous avez presque oublié ce que c'est. Je me trompe ?

— Vous exagérez, ma chère, bredouilla Milo. Je n'ai plus vingt ans, mais tout de même...

— Je vous parle du désir, pas d'un réflexe pavlovien encore présent en vous à un certain degré, en effet, et qui vous fait vous retourner sur les jolies femmes et marquer le pas devant les boutiques de lingerie féminine. Le *désir*, Charles-Honoré ! Le désir qui vous relie au cosmos... Non, ne cherchez pas, il n'y a pas d'autre lien, et s'il vient à se rompre vous partez à la dérive dans le néant comme un cadavre dans le courant d'un fleuve en crue. Regardez-moi ! Ne suis-je pas désirable ?

D'un geste théâtral, Lilith ouvrit la fermeture éclair de sa robe et dénuda une gorge parfaite.

— Vois ! Le roi de Judée a gémi sur ces seins ; il en a tété les bouts comme un petit enfant, puis il s'est endormi, et son sourire ne s'est même pas effacé de ses traits quand un assassin lui a tranché la gorge dans son sommeil...

Elle finit de se dégager du fourreau de soie ajouré et le laissa glisser à ses pieds.

— Vois ! Un prétendant au trône de Babylone a renoncé à ses ambitions pour rester blotti dans l'ombre de ma chambre à polir mes genoux. Veux-tu goûter la vraie saveur de toute chose ? C'est ici qu'elle se cache, dit Lilith en effleurant du bout des doigts sa toison aile de corbeau, odorante et bouclée.

Ensorcelé, Milo se jeta à genoux devant elle. Il la saisit aux hanches et fit mine d'enfouir son visage dans le nid qu'elle lui désignait. Elle se déroba en riant.

— Tout beau, maître Milo ! Il convient d'acquitter le péage. Je sais ce que tu veux, tu sais ce que j'espère. Tu auras tout, mais il me faut la Confession.

Ce marchandage dégrisa Milo. Il se redressa, honteux et mécontent de lui-même, et épousseta son pantalon à grandes tapes pour se donner une contenance.

— La Confession, bigre ! Vous surestimez votre fonds. Vous me prenez pour un serin, si vous croyez que je vais échanger la chose la plus rare sur la terre contre celle qui l'est le moins. Ce que vous me faites miroiter n'est l'apanage d'aucune femme. Chacune le dispense gratis à l'homme qu'elle aime, et souvent pas beaucoup plus cher à un ou deux autres à ses moments perdus ! Plusieurs me l'ont prodigué… J'en trouverai bien encore une si je veux m'en donner la peine.

Les lèvres de Lilith se retroussèrent sur des dents pointues.

— Mais tu ne comprends rien, imbécile ! Je suis Lilith ! Le musc et la mélisse coulent de mon flanc, le cinnamome et la myrrhe embaument mon giron ; de ma salive on fit le népenthès et de ma sueur d'amour l'ambroisie !

— Voui-voui…

Les yeux de la jeune femme lançaient maintenant des éclairs.

— Vous me décevez, Charles-Honoré ! En votre qualité de juriste, je vous croyais un négociateur avisé… Vous n'êtes qu'une bille ! Vous allez tout perdre. Vous finirez par nous livrer le grimoire, et vous ne m'aurez pas eue. Mais peut-être préférez-vous la richesse ? Vous n'avez plus très longtemps à vivre, à vue de nez… Vous avez déjà mangé le pain blanc de la jeunesse et le pain bis de la maturité, le temps des vieilles croûtes de pain noir approche. L'argent, c'est le confort, les ménagements, les égards jusqu'au bout… Il y a toujours une main fraîche pour essuyer la sueur d'agonie du front de l'homme riche. Non ? Vous n'êtes pas tenté ? Vous espérez tirer votre révérence avant l'heure du fauteuil et de l'urinal ? Vous verrez par vous-même ; comme on fait son lit de mort on se couche… La gloire, alors ? Voulez-vous tourner un film, écrire des chansons, un livre ? Il n'est que temps, mais nous pouvons faire en sorte que le monde ébloui vous découvre in extremis, nous n'aurons qu'à alerter nos réseaux… Si vous saviez ce que c'est qu'être découvert, être *reconnu* ! Quelle expression quand on y pense… Reconnu de qui, reconnu par quoi ? Reconnu comme un bâtard enfin délivré de sa bâtardise ? Reconnu comme un défiguré à qui l'on rend ses traits ? Quel *feed-back*, quand votre nom répété, magnifié, sanctifié par les mille voix de la grande Jacasse vous revient soudain en pleine poitrine ! C'est alors qu'on se sent vivre ! On compte, on est enfin, puisque l'univers entier vous en rend acte... Mais dites quelque chose, espèce de butor, parlez ! Je vous accorde une dernière chance d'échapper au pire. Vous savez comment s'appelle cet endroit ? Ecorcheville, pensez-y ! Je sens qu'Isacaron s'impatiente.

Un hurlement sauvage déchira le ciel et ébranla les maisons. Des failles s'ouvrirent dans les murs. Des plaques de crépi, des débris de verre, des tuiles s'abattirent sur le sol, tandis que l'outrageuse statue de la fontaine vacillait sur son socle. En un instant, mêlée à l'eau malpropre qui se déversait par les divers orifices naturels du Milo de pierre, une vermine aquatique composée de myriades de petits crapauds, d'anguilles noires et d'écrevisses envahit le bassin.

Tombant des cieux dans un bruit d'ailes membraneuses, une créature repoussante, mi-guêpe, mi-femme, vint se poser sur la margelle de la fontaine. Sur son corps aux formes caricaturales, longues et maigres jambes gainées de soie, lourd fessier comprimé dans une jupe annelée de jaune et de noir, taille exagérément fine sous une poitrine débordant d'un bustier de dentelle noire, se dressait une tête d'hyménoptère. Tournée vers Milo, elle l'observait de ses yeux à facettes.

— Aïe-aïe-aïe, Milo, les voici ! s'écria Lilith. Vous savez d'où elles viennent, n'est-ce pas ?

Comme elle prononçait ces mots, une nuée de créatures semblables à la première s'abattit autour d'eux.

— C'est Flavia ! C'est elle qui les envoie...

— Flavia, mon œil ! Ces saletés-là sont en vous, mon ami. Ah, on ne fait pas le fier, quand on voit débarquer tout ça.

— Les Erinyes !

— Appelez-les comme vous voudrez, ça ne les fera pas disparaître. Vous saviez qu'elles étaient là, non ? dit Lilith en tapotant du bout des ongles la poitrine oppressée de Milo. Ce grouillement lointain, en vous, ces bourdonnements dans vos oreilles, certaines nuits, c'était elles. Elles s'agitaient au fond des cavernes où vous les aviez enfermées. Cette fois elles ont forcé tous les barrages, elles ont trouvé le chemin jusqu'au jour. Elles sont là, et je ne serais pas étonnée qu'elles vous fassent un mauvais parti. Les guêpes aiment le sang et la viande autant que le sucre, vous savez ça ?

Milo chercha en vain une brèche dans la haie que les monstres formaient à présent autour d'eux. Il respira avec force et s'efforça de maîtriser le tremblement de ses genoux et de ses mains.

— Charles-Honoré, vous avez les copeaux ! s'esclaffa Lilith. Ah, vous la foutez bien ! Vous êtes libre de préférer aux miennes les caresses de ces mignonnes, mais il va falloir assumer, mon petit bonhomme !

Il serra les poings.

— C'est du bluff !

— Hein ?

— C'est du chiqué. Vous l'avez dit vous-même, sans moi, sans mon accord, l'Ennemi ne peut rien contre moi.

— Vous m'avez mal comprise...

— Non, non, c'est de la frime. Si je surmonte ma peur je suis invulnérable... Ces bestioles n'ont pas la moindre réalité !

Ce disant, du pouce, avec une désinvolture appuyée, il désignait les Furies qui se rapprochaient insensiblement.

— J'oubliais que vous avez des nerfs d'acier, ironisa Lilith. Eh bien soit, renvoyez-les au néant, puisque c'est de l'épate !

Elle se pencha pour ramasser sa robe et la revêtit avec une expression d'indifférence affectée.

— Salut, séducteur. Je vous laisse à vos admiratrices...

Elle s'éclipsa. De la foule compacte des Erinyes s'élevait maintenant un bourdonnement sourd, qui devenait plus aigu à mesure que son volume allait crescendo. Malgré ses beaux discours Milo n'en menait pas large. Ses nerfs le trahissant à nouveau, ses fesses étaient entrées en résonance avec ses genoux et tressautaient elles aussi de façon spasmodique. Au bout des doigts décharnés des Furies luisaient des ongles longs et recourbés, aiguisés comme des rasoirs. A présent qu'il les voyait de près, il distinguait mieux en elles les aspects insectoïdes que la féminité de leur silhouette lui avait en partie dissimulés. Leurs avant-bras et leurs mollets n'étaient pas ronds et lisses, mais hérissés de piquants et de fanons tranchants. Leurs épaules et leurs coudes se prolongeaient en scies et en rostres, leur abdomen se constituait de segments articulés. La tête proportionnée au corps était une pure et simple épouvante, avec ses ocelles, ses antennes frémissantes, ses énormes yeux composés et ses pièces buccales broyeuses en perpétuel mouvement.

Une des Furies déploya ses ailes pour se rapprocher de Milo. Comme si les planches d'un manuel d'anatomie animale se mettaient à vivre, il vit jouer les puissants muscles alaires du monstre, il distingua les rangées d'hamules par lesquelles la seconde paire d'ailes, passive, s'accrochait à la paire antérieure, seule motrice. Comme la créature s'élevait légèrement au-dessus du sol et pivotait sur elle-même ainsi qu'un hélicoptère au décollage, il entraperçut la double lancette de son aiguillon. La terreur le submergea. Le cri qu'il poussa servit de signal à l'essaim. Les Furies se jetèrent sur lui.

Elle était allongée sur l'immense lit d'hôtel, un lit si large qu'il en était un peu ridicule. Un lit pour collectivité, un lit pour escouade ! avait pensé Kevin. On aurait dormi à quatre ou cinq sans se toucher, à huit en se serrant à peine, là-dedans. Et sur ce podium elle était allongée nue, sur le dos, un bras le long du corps, l'autre ramené sur son visage, l'avant-bras lui masquant les yeux. Elle ne dormait pas. Elle attendait la suite.

Assis au bord du lit, encore haletant, Kevin s'attarda à la contempler dans la lumière dorée des appliques. Il ne lui avait pas encore demandé son nom. Il fallait le leur demander à toutes, et noter ces noms de femmes sur un carnet spécial, sinon il oublierait. Il y en aurait tant, très vite !

— Comment vous vous appelez ?

Sans bouger, elle lui dit qu'elle s'appelait Eléonore Benedetto. Il répéta *Eléonore Benedetto* plusieurs fois, l'air pensif, comme on regarde une pierre précieuse devant une source lumineuse, en transparence.

— Vous êtes italienne ?

— Non. C'est mon mari qui l'est. J'ai un mari, des enfants, et même des petits-enfants...

Il se souvint de ce qu'elle avait dit tout à l'heure : « Je suis presque vieille », pour le dissuader sans doute. Il ressentit le besoin de la toucher encore. Il ne la trouvait pas trop vieille. Juste bien. Elle faisait grande dame, l'incarnation de tout ce qui lui paraissait hors d'atteinte quelques jours plus tôt, la beauté, la richesse, l'élégance, la *classe*... Un mot qui aurait provoqué chez Milo de petits claquements de lèvres ironiques. Mais pourquoi pensait-il tout le temps à Milo ? Au diable Milo, avec ses scrupules de langage et sa manie d'opérer sans cesse des distinctions et des discriminations entre ceci et cela, ce qui est pertinent et ce qui ne l'est pas, le juste et l'injuste, le vrai et le faux, le bien et le mal... Il tendit la main, mais suspendit son geste. Il avait tous les droits sur elle, en principe, et il ne s'était pas privé d'en user depuis qu'ils étaient entrés dans cette pièce. Mais à présent qu'il avait joui ce n'était plus pareil, il lui semblait que tout était devenu impossible. Il l'avait déjà constaté avec Sandra Berkowitz, ce n'était pas comme s'ils avaient été des amants normaux. Ils n'étaient même pas des amants du tout. Juste des corps proches l'un de l'autre par accident, si proches qu'ils avaient un moment coïncidé. Et puis leurs trajectoires respectives allaient s'écarter, les séparant à jamais.

— Vous allez me tuer ?

— Pourquoi je ferais ça ?

— Je ne sais pas. Vous êtes si... si dangereux !

Elle disait ça pour qu'il la rassure, pensa-t-il. Mais en la rassurant il aurait eu le sentiment de baisser sa propre garde.

— C'est vrai, je suis dangereux. Pas méchant, mais dangereux.

Le mot lui plaisait. Il avait été minable si longtemps, il pouvait bien être dangereux, pour changer !

— Je peux me rhabiller ? demanda-t-elle.

— Vous avez froid ? Il fait bon, ici.

— Je n'ai pas froid ; ça me gêne d'être nue, c'est tout.

— Vous pourrez vous rhabiller bientôt. Est-ce que vous avez eu du plaisir ?

— Oui. Beaucoup.

Elle mentait. Elle avait tenté de répondre avec un mélange de simplicité et de surprise qui aurait rendu ce mensonge crédible, mais sa voix l'avait trahie.

— La vérité ! Je veux la vérité !

— Non, corrigea-t-elle, ce n'était pas du vrai plaisir. J'ai dû me forcer à penser à des choses, à des hommes que j'ai connus, pour... Vous savez bien, pour vous satisfaire, pour avoir l'air.

Il l'admira. Elle n'avait pas retiré son bras. Elle lui avait avoué ça sans le voir, sans guetter sa réaction.

— Rhabillez-vous, dit-il.

Elle se leva d'un bond. Sans le regarder au passage, elle se précipita vers la salle de bains.

— Attendez !

Elle s'immobilisa, le dos tourné.

— Vous avez des bourrelets.

— Vous êtes mal tombé.

— Pas si mal que ça ; vous avez dû être très... Je veux dire, vous êtes très belle, et vous avez dû l'être autrement, dans le temps !

Elle lui fit face, sans esquisser un geste pour cacher son ventre couru de vergetures, sa taille encore fine posée sur des hanches trop hautes et trop larges, les outres molles de ses seins qui oscillaient doucement quand elle bougeait, comme un bât fragile.

— Vous êtes le maître, mais... si votre plaisir n'est pas de m'humilier, laissez-moi me rhabiller maintenant !

— Dans un instant, c'est promis. Vous me détestez, n'est-ce pas ?

— Bien sûr. Il ne m'est rien arrivé de pire que de vous rencontrer... Vous êtes un sorcier, c'est ça ?

— C'est ça. Une sorte de sorcier.

— Je croyais que ça n'existait pas.

— Peut-être que tout existe, caché quelque part. Tout ce qu'on croit imaginaire... Vous avez déjà pensé à ça ?

— Non... Je voudrais me laver. J'ai votre sperme dans le vagin, et je ne vous connais pas.

— Ne vous inquiétez pas, je ne suis pas malade !

— Ce n'est pas seulement ça. C'est aussi le dégoût.

Il tiqua. Elle y allait fort.

— Vous êtes imprudente. Vous oubliez que vous parlez à un sorcier...

— C'est votre faute. Vous m'avez ordonné de dire la vérité. Vous me dégoûtez, voilà la vérité. Vous devriez m'ordonner de me taire, à présent, sinon ça va mal finir, forcément !

— D'accord, taisez-vous. Vous pouvez aller vous laver.

Elle obéit sans demander son reste. Il l'entendit pousser le verrou de la salle de bains. Il se dit qu'il aurait peut-être dû se laver lui aussi ? Bah, une bourgeoise comme ça, ça avait de l'hygiène, ça prenait soin de sa santé, ça n'avait rien à voir avec les grues des Maréchaux dont Lémure et Débrua faisaient leur ordinaire et qui leur flanquaient des blennorragies et des morpions en attendant pire.

Kevin rassembla ses beaux vêtements et s'habilla à la hâte. Quelques heures plus tôt, sous le coup d'une impulsion subite, il s'était habillé de neuf de pied en cap. Un beau pantalon, une chemise, un pull, une veste de velours, une sorte de trois-quarts qu'il estimait très chic, des chaussures... Il savait qu'on pouvait dépenser beaucoup plus pour des vêtements, cependant il n'osait pas encore. Six mille francs, c'était plus que son salaire mensuel ; ça lui faisait drôle de les claquer en une demi-heure. Il tâta la liasse de billets à travers le tissu de sa veste. Grâce à la crécelle, il était encore à la tête de quelque seize mille francs, en liquide. Tant que ça ? Il recompta mentalement. Vingt-deux mille de butin moins six mille de frusques, c'était ça, seize mille.

Il s'aperçut qu'il avait mal boutonné sa chemise et se força à prendre son temps. Il n'avait rien à craindre. Eléonore s'était enfermée dans la salle de bains sous la douche, décidée à y rester toute la nuit si cela devait lui épargner de le revoir. Il enfila ses chaussettes, de vieilles chaussettes que sa tante ne se donnait pas la peine de rapiécer. Il n'avait pas eu le réflexe d'en acheter des neuves en même temps que les chaussures. On vend des chaussettes dans tous les magasins de chaussures, de nos jours. Il trouva cette phrase d'une rare idiotie prudhommesque. Il se la répéta plusieurs fois de suite à mi-voix, sur des tons différents, pour le plaisir. Tandis qu'il bouffonnait ainsi, son regard s'arrêta sur les affaires d'Eléonore. Elle les avait jetées sur un fauteuil au fur et à mesure qu'elle les ôtait sur son ordre, tout à l'heure. Il s'approcha du fauteuil. Il se souvenait de l'avoir vue poser son sac à main sur ce même fauteuil. Il écarta les dessous soyeux, le chemisier comme taillé dans une porcelaine souple, le gilet en vrai mohair, la jupe et la veste frappés d'une griffe sans doute prestigieuse, et découvrit le sac, griffé lui aussi, et presque neuf. Cadeau récent du mari italien ou d'un des enfants, ou peut-être d'un amant ? De tout ce qui appartenait à Eléonore s'exhalait l'odeur suave de l'argent. A côté, l'eau coulait avec fureur. Il ouvrit le sac, le retourna et en vida le contenu sur le plateau de marbre d'un guéridon. N'était-ce pas inélégant ? Il leva les yeux au ciel. Inélégant ! Ce qu'il venait de commettre s'appelait un viol, un viol *soft*, mais un viol. Alors l'élégance !... Il écarta d'un doigt désinvolte un tube de rouge à lèvres, un minuscule téléphone portable, un paquet de mouchoirs en papier, une boîte de minilingettes parfumées, une lime à ongles, une boîte à pilules en argent incrustée de motifs floraux en pierres dures, un trousseau de clés... Pas de kleenex roulé en boule, pas de vieux sachet de sucre fripé, aux coins avachis, pas de ticket de métro tortillé, pas de plaquette de médicaments entamée, érodée par le frottement des clés, pas de poussière composite, sucre en poudre et poudre de riz mêlés. Tout était net, propre. Eléonore devait vider son sac et en nettoyer l'intérieur avec une éponge humide, périodiquement, comme on se purge. Le contenu du portefeuille confirmait le rigoureux sens de l'ordre de sa propriétaire, le contrôle qu'elle exerçait sur elle-même à travers ses objets familiers et ses papiers. Il feuilleta les pièces d'identité. Eléonore était née Besquet. Elle avait cinquante-deux ans. Elle avait vu le jour à Nice. Il jeta un coup d'œil sur les photos. Il n'en trouva aucune qui représentât un homme susceptible d'être son mari. Elle ne l'aimait pas ? Il n'y avait là que des gens d'une trentaine d'années, une femme, deux hommes, parfois accompagnés de marmots, avec cet air de cailloux anthropomorphes qu'ont les inconnus en photo : ses enfants et petits-enfants, certainement. Il ne s'attarda pas à leur chercher des ressemblances avec elle. En replaçant les photos dans leur pochette transparente, il s'y prit mal, il dut forcer, bourrer, ce qui eut pour effet de les écorner. Il sortit d'un autre compartiment des documents sans intérêt particulier, une carte de Sécurité sociale, un petit calendrier publicitaire dont les dates des vacances scolaires étaient cochées... Ah, une carte de visite au nom de Gianni Benedetto, architecte, avec une adresse personnelle à Fontenay-sous-Bois et une adresse professionnelle à Paris ! Il la glissa dans sa poche.

Derrière la porte l'eau coulait toujours à gros bouillons. Elle devait s'étriller à s'en arracher la peau ! Il n'avait plus rien à faire ici. Il se souvint du conseil que lui avait donné Isacaron. Il devait épargner à ses victimes le souvenir de leur rencontre avec lui, ou du moins faire en sorte qu'elles interprètent ce qu'elles avaient bel et bien vécu comme les vagues péripéties d'un rêve. S'il avait pris cette précaution, Sandra Berkowitz serait encore vivante, se dit-il. Il chassa cette idée déplaisante. A quelques mètres de lui, Eléonore Benedetto née Besquet s'évertuait à effacer toute trace de son passage dans sa vie et dans son corps. Oh, elle avait plus de défense que cette pauvre petite bécasse de Sandra ! Il alla tout de même cogner à la porte de la salle de bains.

— Eléonore, vous avez fait un rêve bizarre... Une sorte de cauchemar confus, compliqué ! Ce n'est pas grave, ça arrive à tout le monde. Vous avez rêvé que vous rencontriez un sorcier... Quelle idiotie ! Qu'est-ce qu'on ne va pas chercher, en rêve ! Voilà, c'est fini. Vous allez vous reposer quelques heures, ici même, et quand vous vous réveillerez vous rentrerez chez vous comme si de rien n'était... Vous m'avez compris ?

Elle marmonna quelque chose. L'eau continuait à remplir la baignoire à grand bruit. Kevin s'assura d'un regard circulaire qu'il n'oubliait rien avant de quitter la chambre en sifflotant.

Que c'est déjà bailler moult à d'aucuns de les espargner. Ainsi en aurois-je usé avec les habitans de ceste cahute où j'avois trouvé refuge, si je ne n'avois esté en aucy grand péril. Mais je ne doutais pas qu'ils fussent de l'autre bors comme toute la torbe de ce canton. A peine eussé-je tourné le dos qu'ils eussent mandé par leur fille ma présence aux papistes. Elle sembloit fort vive et capable de débouler de la montagne vers la vallée avec l'agilité d'une chèvre d'estaingn. Aussi, quand ils m'eurent donné à déjeuner d'une tartine de saindoux et d'une lampée de vin, leur tranchoi-je la gorge à tous... Je le fis d'abord à la fillette qui m'avoit servi à manger, pour ce qu'elle estoit possiblement la plus véloz et apte à s'esbigner. Son dernier souspir passa comme une brise. Son père ne me causa pas beaucoup plus de ménage. La mère, quant à elle, me vit venir et sut ce qu'il estoit résulté des deux autres. Elle me cria mille sottises et insultes, lesquelles elle vint à regretter quand elle fut dessous ma main. Le momignon qui était encore dans ses langes et dormait sous la coëtte, je le saignoi comme un goret avant de le jeter au fumier. Les vapeurs de tout ce sang m'avoient assoiffé. Je regagnoi la cahute afin d'estancher ma pépie. J'avois soif à vider les fleuves de la terre, et tous ceux de l'enfer après eux ! Une otre grande outre estoit suspendue à un clou. Je ne dus pas la tester avec moins d'avidité qu'Hercule aspirant du sein de Junon le lait qui le rendit immortel, et dont les éclaboussures firent la Voie lactée !... Les gueux que j'avois exterminés possédoient une mule. Elle me parust assez vigoreuse pour me porter jusqu'au col qu'il me falloit franchir pour rejoindre mon pary, cy je la préféroi à mon genet déferré. Je mis dans un bisac d'autres tartines, des hugnons confits et des noix, je me passoi en bandolère l'outre encore bien pleine, et j'enfourchoi ma mule. Il estoit beau grant jour à présent. L'orage de la nuict s'estoit apaisé. Les choses n'alloient pas trop mal à mon gré. J'avois espoir de retrouver dans peu de tems quelque escadron de Mauvans. Chevaucher, ferrailler, boire et rire, forcer des garces, jouer aux dés, voilà la bonne vie que nous faisoit la guerre. Nulle ne me sembloit plus désirable...

Milo s'éveilla de sa lecture comme d'un rêve. Mais le rêve dont on sort s'effiloche et se désintègre, tandis que la Confession du chevalier demeurait bien présente et tangible. En refermant le volume, il remarqua qu'il avait les ongles douteux, il y en avait même un d'ébréché, ce qu'il détestait par-dessus tout. Il conservait dans un tiroir de son bureau, au siège de la Providence, un petit nécessaire à ongles. S'il s'y était trouvé en cet instant, il aurait réparé sur-le-champ ce dommage minuscule, mais si déplaisant ! Il se serait lavé les mains longuement, dans son cabinet de toilette particulier. C'était un des privilèges des caciques de la Providence, ça : un WC personnel, avec lavabo, et même, dans le cas du président Des Embruns, une baignoire à l'ancienne avec des pieds de griffon et des robinets cols-de-cygne en bronze doré. Mais que voulez-vous faire sur un quai de RER, sans même un coupe-ongles de bazar au fond de votre poche ? Vous n'avez d'autre ressource que de ronger cet ongle... Comment était-il arrivé sur ce quai ? Il dut s'avouer qu'il n'en savait rien. Il était là, station Châtelet, ligne B, direction Saint-Rémy, il ne pouvait rien dire d'autre. Il n'avait pas vraiment perdu la mémoire. Il lui manquait seulement un chaînon entre l'horreur d'Ecorcheville et sa présence sur le quai du RER en plein Paris. Pour le reste, la vieille dame sur le palier, sa fuite, la rencontre de Lilith, le cabaret du Présent et celui du Passé, la résurrection de René Langlois et de Flavia, les guêpes, il conservait un souvenir précis des aventures qu'il venait de vivre... Mais vivre était-il le mot qui convenait ? Il revit les Erinyes, il se remémora l'instant où elles s'étaient précipitées sur lui. Il se secoua. Peu importait la façon dont il leur avait échappé. Il ne bénéficiait que d'un répit ; la partie continuait, il en était sûr.

Il se leva et marcha. Il s'aperçut qu'il titubait de fatigue. Il n'avait pas la moindre idée du temps qui s'était écoulé depuis son départ de chez lui. Il consulta sa montre. Elle était arrêtée à minuit et quart. L'heure à laquelle il avait surpris Isacaron grimé en rentière devant la porte des Vauvert... Tandis qu'il la considérait avec perplexité et sans qu'il eût touché au remontoir, la montre se remit à fonctionner. Il haussa les épaules. Menue monnaie diabolique ! Mais ce prodige d'un sou confirmait son intuition : on ne le tenait quitte de rien.

La Confession sous le bras, il se dirigea vers l'escalier mécanique. Comme son regard glissait une fois de plus sur la pancarte indiquant le nom de la station Châtelet, l'image de la tour Saint-Jacques, telle qu'il l'avait vue un jour depuis la fenêtre du salon d'Abel Web, s'inscrivit malgré lui dans son esprit. Abel habitait avenue Victoria et jouissait d'une vue magnifique sur le clocher de l'ancienne église Saint-Jacques-la-Boucherie. Milo s'était bien entendu intéressé de près à ce quartier hanté, pour tous les amateurs d'occultisme, par le souvenir de Nicolas Flamel. Il avait beau savoir que l'écrivain-juré, enlumineur, libraire et alchimiste n'avait pas été contemporain du clocher résiduel mais de l'ancien, il ne pouvait s'empêcher d'associer sa mémoire à la silhouette gothique de la tour. Il lui plaisait de savoir que la ligne de métro Vincennes-Neuilly traversait ce qui avait été la cave de sa maison, et peut-être le lieu même où il s'était livré à ses expériences, où avait brûlé son athanor, où le plomb s'était changé en métal précieux. Il s'enchantait qu'on eût, trois siècles après que Flamel avait rendu son âme « à toy J.H.S. qui les péchiés pardonne », selon les termes de son épitaphe par lui-même rédigée, fouillé son logis de fond en comble, creusé le sol des caves, arraché les planchers, sondé poutres et murs en quête de la pierre philosophale. Il était allé rêver au musée de Cluny devant l'épitaphe perdue en 1797 lors de la démolition de l'église, devenue la propriété d'une marchande de primeurs qui hachait ses épinards dessus, achetée par un brocanteur, revendue à un graveur qui avait su l'identifier... Entre toutes les figures d'initiés, souvent sombres, voire effrayantes, Flamel incarnait aux yeux de Milo l'alliance rare de la magie et de la bonté. Sa piété agissante démentait que la collusion du mage avec les puissances du Mal fût automatique. Non content de payer de son or (celui qu'on le soupçonnait d'avoir fabriqué) le portail de l'église Saint-Jacques, Flamel avait hébergé des pauvres rue de Montmorency, dans les étages de la maison du Grand-Pignon, aujourd'hui une des plus vieilles de Paris... Et tout à coup, au-delà du réconfort moral que Milo puisait dans l'évocation de la personnalité de Flamel, ce fut comme si, à travers les siècles qui les séparaient, l'achimiste lui soufflait la solution qu'il cherchait désespérément. Il existait bel et bien un moyen de protéger de la destruction ce que le monde d'en bas tentait à toute force d'arracher au monde d'en haut. Il consistait à semer à pleines mains ce qu'Isacaron s'évertuait à éradiquer... Milo monta en courant les dernières marches de l'escalator. En lui, une joyeuse excitation avait succédé à la lassitude. Le moyen existait, et Milo savait où trouver un homme qui le maîtrisait et se ferait un plaisir de le mettre à sa disposition. Il habitait à deux pas, dans l'ombre tutélaire de cette tour Saint-Jacques que Nicolas Flamel n'avait jamais connue !

La Confession serrée contre sa poitrine, Milo gagna la surface au pas de charge. Il déboucha hors d'haleine rue de Rivoli. Il sourit en se rappelant que le tracé de cette rue coïncide avec celui de la rue des Ecrivains où Flamel avait exercé son métier officiel, dans une des logettes ménagées dans le mur nord de l'ancienne église... C'était l'aube. Il pleuvait toujours sur Paris. Milo se força à raccourcir le pas. Autrefois, en culottes courtes et en tennis reblanchies chaque semaine par sa mère, il avait été infatigable. Le temps des agilités de cabri était révolu. Son cœur bon pour la réforme battait à éclater, ses poumons mités et encrassés pompaient l'air en couinant comme des soufflets d'accordéon crevés. Tout en marchant, il s'étonnait que les muscles de ses mollets et de ses cuisses ne se désolidarisent pas de ses os comme ceux d'un poulet de batterie qui n'a pas traversé une cour de ferme dans sa vie, et qui tombent en pièces détachées au fond de la cocotte.

Il retrouva sans difficulté le domicile d'Abel Web. Il n'était venu que deux fois, la première fois pour admirer la tour et boire l'apéritif, et la seconde, un jour qu'Abel avait la grippe, pour examiner avec lui un dossier urgentissime... En dépit de l'heure encore très matinale, le code était déconnecté. Milo put ainsi accéder au vestibule et à l'interphone. Les battements de son cœur s'accélérèrent à nouveau comme il tendait le doigt vers le bouton jouxtant une étiquette sous rhodoïd au nom d'Abel Web. D'assez longues minutes s'écoulèrent sans que la voix d'Abel se fît entendre dans le micro de l'interphone. Les dents serrées, l'index crispé sur le bouton, première phalange arquée sous la pression, l'ongle esquinté le narguant et le faisant loucher, Milo s'obstina. Il pouvait admettre qu'un homme dérangé à six heures du matin tardât quelque peu à se lever pour s'enquérir de l'identité du malotru, mais il *fallait* qu'Abel fût chez lui !

Enfin, une voix embrumée, plus intriguée que furieuse, finit par répondre à l'insistance de Milo.

— Oui ? Qu'est-ce que c'est ? Qui est là ?

— Abel, mon cher Abel, c'est moi, Milo ! Je suis désolé de vous tomber dessus si tôt, mais il faut absolument que je vous voie.

— Maintenant ?

— C'est très important !

Il y eut un instant de flottement, puis Abel capitula. Au demeurant, son supérieur n'était ni un mauvais plaisant, ni un homme à lubies dérangeantes. Il devait avoir une bonne raison pour se présenter chez lui à une heure pareille.

— Bon, montez... troisième gauche !

— Merci !

La porte s'ouvrit. Milo se glissa dans l'entrebâillement et referma aussitôt derrière lui.

— Au nom du ciel, monsieur Milo, que se passe-t-il ? Des Embruns s'est suicidé ? Mme de Grassi et Kevin Langlois se sont enfuis en emportant la caisse ?...

Abel se tenait sur le pas de la porte, vêtu d'un pyjama du goût le plus ingénu, orné d'ananas, d'oranges et de bananes multicolores. Il n'était ni coiffé ni rasé. Sa veste n'était qu'à moitié boutonnée, une toison gorillesque tapissait ses pectoraux. Milo pensa qu'il faisait tout de même très pataouète, bien qu'il n'eût hérité de ses parents qu'une imperceptible pointe d'accent.

— Il ne s'est rien passé de tel, rassurez-vous...

Abel s'effaça pour laisser entrer Milo. Celui-ci connaissait la disposition des lieux. Dans le couloir, il se dirigea de lui-même vers le salon-salle à manger, mais Abel l'aiguilla vivement vers la cuisine.

— Entrez plutôt là, monsieur Milo ; le ménage n'est pas fait, alors...

— Si vous saviez comme je m'en fous !

— Tout de même, tout de même... Et puis je vais préparer du café en vous écoutant. A cette heure-ci, un bon caoua, c'est ce qu'il nous faut !

— Encore une fois, je suis confus de vous déranger, mais vous seul êtes capable de m'aider.

— Demandez-moi ce que vous voulez, monsieur Milo ! Si c'est en mon pouvoir... Tenez, prenez un siège et expliquez-moi ça.

Abel avança un tabouret en formica rouge cerise. Milo s'assit. Son hôte débarrassa à la hâte les assiettes sales et les bouteilles qui encombraient la table.

— Vous aviez du monde hier soir, j'ai l'impression.

— Oui, euh, des amis...

— Le problème, c'est qu'on se retrouve le lendemain matin avec une vaisselle monstre. Vous étiez nombreux ?

— Quatre. Mais votre affaire ? Je suis sur des charbons ardents, vous savez !

— J'y viens. Remarquez, c'est une affaire si compliquée que je me demande...

— Vous prenez du sucre ?

— Deux, si c'est dans un bol.

— Je n'ai que des chopes.

— Alors un et demi...

Abel fit glisser sur la table une chope en grès bleu clair frappée d'un ourson juché sur une planche à roulettes, ainsi qu'une boîte à sucre à décor vichy.

— Faites comme chez vous. Il y a des petites cuillers dans le tiroir. Donc, cette affaire ?

Milo secoua la tête. Il lui semblait impossible de raconter toute l'histoire à Abel... N'y avait-il pas des moments où il n'y croyait pas tout à fait lui-même ?

— Il s'agit de quelque chose de très particulier, et surtout, de formidablement urgent.

Tout en parlant, Milo tournait et retournait la reliure entre ses mains. Abel la désigna d'un mouvement de tête.

— Qu'est-ce que c'est ?

— C'est un document qu'il faudrait diffuser sur Internet... Tout de suite.

— Tout de suite, là, maintenant, séance tenante ? A six heures du matin ?

Milo opina.

— Oui. Maintenant. C'est vital !

Abel était à présent éveillé. Il dévisageait son chef de service avec la plus intense curiosité, guettant sur ses traits ou dans sa conduite les signes d'une intoxication alcoolique ou d'un dérangement mental. Mais Milo s'exprimait avec clarté, et si ses yeux brillaient d'excitation, la taille de ses pupilles ne trahissait rien d'anormal. Une certaine pâleur ainsi qu'une légère bouffissure des traits pouvaient être mises au compte de la fatigue.

— Vital pour qui ?

Milo faillit répondre : pour le genre humain, ou pour la terre entière, ce qui aurait eu pour effet immédiat de lui aliéner la confiance d'Abel, devina-t-il.

— Vital pour moi. Vous savez que je suis très versé dans les sciences occultes, le paranormal, toutes ces choses.

Abel acquiesça. La passion de Milo était de notoriété publique. Elle lui valait en général un surcroît de sympathie, soit qu'on jugeât cette marotte inoffensive et plutôt attendrissante chez un homme par ailleurs si sérieux et pondéré, soit qu'on partageât plus ou moins sa crédulité.

— Ce document excite bien des convoitises dans le petit monde des chercheurs spécialisés dans l'occultisme, poursuivit Milo en donnant une tape sur le plat de la reliure. Je l'ai soufflé à un riche collectionneur auquel je me suis déjà souvent heurté dans le passé... Il me tanne pour le racheter, mais il veut en garder l'entière exclusivité. C'est comme si l'on prétendait dissimuler aux érudits et aux amoureux du théâtre une tragédie retrouvée de Shakespeare. Ma réponse à ce monsieur, c'est Internet, et là j'ai besoin de vous, car je n'y connais rien. Je veux que les curieux du monde entier aient accès aux moindres frais à ce texte. Il en crèvera de rage !... C'est possible, n'est-ce pas ?

— Parfaitement possible. Vous permettez ?

Milo laissa Abel lui prendre le manuscrit des mains.

— Houla ! Quelle écriture ! s'exclama Abel.

— Seizième siècle, plume d'oie, orthographe et syntaxe ultralibérales, sujet extraverti à la limite de l'hystérie, écrivant dans un état de grande exaltation, dit Milo. C'est à peu près illisible pour le profane, et barbifiant au possible il faut l'avouer ! conclut-il.

Il scruta, sur le visage d'Abel, l'effet du mensonge qu'il avait improvisé. Son subordonné l'avait avalé tout rond. Une rivalité entre rats de bibliothèque entichés de foutaises magiques, c'était plausible et plaisant aux yeux d'un jeune homme très compétent dans sa partie et presque inculte dans la plupart des autres. Pour Abel, tout ce qu'on ne pouvait rattacher par un biais ou par un autre à la sphère juridique ou à la sphère informatique appartenait à celle du folklore paysan, des contes et légendes d'autrefois et autres vieilleries pittoresques.

— Aucun logiciel de reconnaissance graphique ne se dépatouillera jamais d'une écriture pareille ! Vous voulez une saisie clavier, ou un scanner ?

— Quelle est la différence ?

— Saisir, cela veut dire recopier, transposer le texte manuscrit en caractères typographiques, comme n'importe quel document contemporain... Ce serait lisible par tous, et pas seulement par des pharmaciens en fin de carrière et des experts en graphologie.

— Et autrement ?

— Autrement on scanne. A l'écran, vous aurez des facsimilés parfaits, une photo de chaque page manuscrite. C'est beaucoup plus rapide, puisque vous évitez la frappe manuelle et donc le décryptage que vous seriez sans doute obligé d'effectuer vous-même...

— Combien de temps cela prendrait-il, par ce procédé ?

— Il y a... Voyons... Une trentaine de pages, hein ? Mettons une heure. C'est comme pour photographier un livre, il faut tourner les pages une à une, caler le volume à chaque fois, mais ça n'a rien à voir avec le temps que prendrait une saisie clavier.

— Et vous possédez une telle photocopieuse ?

— Le scanner, vous voulez dire ? Oui, bien sûr, j'ai un scanner. Mais si vous voulez mettre ça sur le Net, il vous faut un site...

Pour Milo, la conversation prit à partir de cet instant et pendant quelques minutes un tour fâcheusement nébuleux. Il n'avait, comme beaucoup de personnes de sa génération, qu'une idée très vague de ce qu'était Internet en réalité. Mais qu'il en comprît ou non les principes généraux ne revêtait pas une grande importance. L'essentiel consistait pour lui à injecter un fac-similé complet de la Confession dans le capharnaüm universel sous l'aspect duquel il se représentait le réseau. Ainsi dématérialisé et divulgué du même mouvement, le secret du chevalier perdrait la précarité qui s'attache à tout objet unique. Il cesserait d'être un vrai secret pour devenir une simple histoire, une fiction aussi insaisissable que n'importe quelle autre : le mythe d'Orphée, *L'Ingénieux Hidalgo*, ou *Le Gorille vous salue bien*. Du moins ne risquerait-il plus d'être effacé par la main jalouse du Diable ainsi qu'un graffiti sur un tableau noir.

La présence de Milo gênait bien plus Abel Web que ses demandes en elles-mêmes. Quand le jeune homme avait parlé à son visiteur de charbons ardents, l'image était à peine exagérée, mais il brûlait moins d'impatience que d'embarras. Cependant on ne jette pas hors de chez soi son supérieur hiérarchique, surtout quand on nourrit des ambitions légitimes et qu'il est à la fois capable et désireux de les favoriser. Abel se résigna à lui scanner tout son grimoire, puis à lui ouvrir une page de son propre *web* pour lui permettre d'en faire bénéficier à travers le vaste monde deux pelés et trois tondus férus d'ésotérisme. D'ailleurs sa complaisance n'était pas qu'intéressée. Il aimait bien Milo. Il l'aurait aidé d'un meilleur cœur si les circonstances avaient été autres...

Ils burent leur café, puis Abel suggéra à Milo de rentrer chez lui tandis qu'il procéderait au scannage du document et à l'installation du site.

— Allez donc vous reposer et prendre une douche. Je vous passe un coup de fil quand c'est fini, et vous revenez cet après-midi découvrir votre site.

Devant ce discours, Milo fronça les sourcils. Une bouffée de paranoïa l'avait envahi. Pourquoi Abel voulait-il l'écarter ? Etait-il *de l'autre bord* ?

— Pas question ! Je ne vous quitte pas. Je veux assister à toute l'opération...

Abel soupira. Milo commençait à lui casser les pieds. Il résolut de tout supporter, en espérant que le moment venu, quand il entamerait sa marche vers le pouvoir au sein de la Providence, Milo se souviendrait de cet épisode.

— Comme vous voudrez... Eh bien allons-y. Mon matériel est dans mon bureau... Encore un peu de café ?

— Non merci. Pour tout vous dire, j'ai vraiment hâte que ce soit terminé. Je sais de quoi je parle : il faut faire vite !

Pour gagner le bureau d'Abel, ils durent traverser le salon-salle à manger. La soirée avait été animée, à en croire le désordre qui y régnait. Des cendriers débordant de coquilles de pistaches, de bâtonnets de saucisses-cocktail, de mégots et de cendres voisinaient avec des bouteilles à demi vides, des verres sales, des cartes à jouer et des jetons de poker en fausse nacre éparpillés sur le tapis vert qui couvrait la table. Sur le dossier du canapé de cuir crème, un soutien-gorge en dentelle parme attirait l'œil. Le slip à la brésilienne qui complétait la parure n'était pas loin : sur la table basse qui jouxtait le canapé, lové comme un serpent autour du pied d'une flûte de champagne. Ici et là, des chaussures dépareillées, d'autres vêtements de femme et d'homme abandonnés sur un pouf ou sur la moquette témoignaient d'une ambiance qui avait dû être chaude. Amusé, mais aussi tranquillisé par ce tableau qui expliquait fort bien les réticences d'Abel, Milo adressa au jeune homme un sourire en coin.

— Ainsi va presque toute chair, murmura-t-il.

— On peut dire ça, répondit Abel d'un air mi-figue, mi-raisin.

Ils pénétrèrent dans le bureau. C'était une pièce de dimensions médiocres, qui renfermait très peu de livres, une quinzaine peut-être, et un nombre à peine plus élevé de dossiers. Abel surprit le regard de son compagnon sur les étagères clairsemées de la bibliothèque en sapin.

— Tout est dans la machine, dit-il en montrant l'ordinateur trônant sur une table à tréteaux drapée d'une pièce de tissu grenat. Vous n'avez toujours pas d'ordinateur, vous, monsieur Milo ?

— Abel, vous devriez m'appeler Charles-Honoré... A quoi bon un ordinateur, quand on a des secrétaires parfaites ? Aucun écran ne sourira jamais comme Sable, aucune imprimante ne sentira aussi bon que Cétoine quand elle se penche pour déposer le parapheur devant moi...

Abel toussota.

— Certes, Charles-Honoré, dit-il après s'être éclairci la gorge. Bon... On y va ?

— Commencez à régler vos appareils, j'aimerais user de vos toilettes, avec votre permission.

— Faites... C'est la porte à droite dans le couloir, en face de la cuisine.

Abel avait allumé l'ordinateur. Il souriait dans sa barbe. Il n'y avait plus guère sur la planète que Milo et quelques Alakalufs pêcheurs de moules des rivages désolés du détroit de Magellan, pour s'imaginer qu'un ordinateur nécessitait des réglages lors de sa mise en service quotidienne. Le vieux en était encore au taille-crayon qu'on affûte chaque matin en arrivant au boulot. Les choses allaient si vite aujourd'hui ! Des gouffres mentaux s'ouvraient entre les générations, les esprits s'éloignaient les uns des autres à une vitesse sans cesse croissante, comme les astres emportés par l'expansion de l'univers... Un type comme Milo, qui était pourtant une épée, mourrait sans avoir pris la mesure de la révolution en cours. Pour lui, un ordinateur ne serait jamais qu'une espèce de machine à écrire-boulier-agenda un peu sophistiquée. Alors qu'il s'agissait d'une extension du cerveau de son utilisateur, d'un cerveau-bis qu'on ne tarderait sans doute pas à intégrer au premier... Comme Milo avait le sien, Abel avait son dada ; c'était l'homme composite, la biomécanique et le pas suivant, le bionumérique. Il ne doutait pas de voir un jour la créature humaine appareillée et instrumentée, pourvue de prises Péritel et de ports parallèles, ou de récepteurs-émetteurs à infrarouge lui permettant d'asservir divers périphériques. L'homme augmenterait à volonté ses capacités à l'aide de barrettes de mémoire, il s'implanterait des programmes, des banques de données, des bibliothèques entières compactées sous forme de nanodisques lus sur des microlecteurs enchâssés quelque part dans sa nuque ou sa joue. Il échapperait enfin à l'ancestrale déréliction en communiquant par modem cellulaire avec la Totalité...

Tandis qu'il poursuivait sa rêverie favorite, Abel avait commencé à scanner la Confession sans prendre garde à l'absence de Milo.

Seul dans le salon, celui-ci s'attardait à détailler avec indulgence le décor de lendemain d'orgie qu'il y avait découvert un instant plus tôt. Décidément, ce grand travailleur d'Abel ne rechignait pas plus au plaisir qu'à la peine. Milo s'arrêta devant la flûte de champagne éventé qu'une main malicieuse avait couronnée de soie et de dentelle parme. Il chercha des yeux le soutien-gorge assorti et le retrouva à sa place, à cheval sur le dossier du canapé. Le sentiment de son âge lui pinça le cœur. Il pensa à la fuite du temps, aux occasions qu'il avait manquées plus souvent qu'à son tour. Il effleura la petite culotte du bout de son ongle ébréché, et poussa un gros soupir de nostalgie et de regret. Son trouble fut-il à l'origine de l'erreur qu'il commit alors ? Toujours est-il qu'il se trompa de porte.

Derrière celle qu'il ouvrit il y avait la chambre d'Abel, et dans le lit d'Abel, tournant le dos à Milo, une femme brune et nue dormait. Elle était couchée sur le côté, en chien de fusil. Le drap ne couvrait que son buste et ses épaules, si bien qu'elle offrait aux regards, dans l'innocence du sommeil, un abricot de chair bistre inscrit dans une parenthèse duveteuse. Un cri étouffé arracha Milo à cette vision émouvante. Il en poussa un à son tour en reconnaissant Ari et Sable dans l'homme et la femme qui le contemplaient avec une sorte d'horreur sacrée depuis une banquette clic-clac ouverte dans une alcôve à l'opposé du lit principal.

— Vous ? C'est vous ?...

Il se tut. Un de ses collaborateurs et une de ses secrétaires couchaient ensemble, et alors ? Leur vie privée ne regardait qu'eux. Cependant l'attitude des amants montrait qu'eux-mêmes s'estimaient en faute.

— Monsieur Milo ! Pour une surprise..., bredouilla Ari Bensila tandis que Sable replongeait sous les draps.

— La surprise est pour moi, rétorqua Milo.

Il se mordit les lèvres. On pousse une porte de trop, et on s'avance sur la scène d'un théâtre de boulevard...

— Que voulez-vous que je vous dise, c'est la vie ! reprit Bensila.

Son accent oranais et son physique fortement typé accentuaient le côté vaudeville de l'échange.

— Mais qu'est-ce qui se passe, ici ?

La brune endormie s'éveillait à son tour. Elle se retourna et se dressa à demi, sans songer tout d'abord à cacher sa nudité. A la vue de Milo la pudeur lui revint instantanément.

— Mon Dieu ! s'exclama-t-elle en se couvrant.

Quand il reconnut Cétoine, Milo prit le parti qu'il aurait dû choisir dès la première seconde : il s'excusa, tourna les talons, et quitta la pièce en refermant très doucement la porte derrière lui.

— Vous êtes désolé, je sais. Nous aussi, croyez-le... Mais si nous ne perdons pas de vue que tout se passe entre gens responsables qui n'ont de comptes à rendre à personne, cet incident devient minuscule. Alors oublions-le, d'accord ?

Parfait, Abel. Carré. Logique. Il avait tout compris en voyant la tête de Milo, et il prenait ça exactement comme il fallait, avec un petit sourire adulte. Milo se dit qu'il n'y avait pas de bugs dans ce disque dur. Santé physique et psychique, équilibre affectif, fonction sexuelle, tous les programmes d'Abel tournaient à la perfection. Certes, Abel n'avait pas trente ans, mais même à cet âge Milo n'avait jamais eu l'air, comme lui, d'une force en marche. Il songea à Cétoine. Il l'imagina dans les bras d'Abel, cette nuit, d'autres nuits, faisant certains gestes, prononçant certains mots. Ainsi, quand ils se voussoyaient, au travail, c'était du flan. Ils se donnaient du monsieur Web, du madame Albani. Elle avait épousé un M. Albani, stewart sur Air France, d'où les absences propices, tiens ! Ils jouaient aux collègues, sérieux-sérieuse, l'agenda, les notes de service, les dossiers, les litiges. Derrière tout ça il y avait des rendez-vous, des baisers, des caresses et des étreintes, des soupirs, des halètements, des échanges de salive et de sueur, de cyprine et de semence, du bonheur.

— Et il y a longtemps que...

— On avait dit qu'on oubliait, dit Abel.

— C'est vrai, excusez-moi, dit Milo.

Abel frappa dans ses mains tel un instituteur appelant les élèves à rentrer en classe.

— Allez, on s'y colle. Ce qu'on pourrait faire, si vous voulez à toute force diffuser ce texte de façon à le rendre irrécupérable, comme vous dites, ce serait de l'adresser par *e-mail* à divers centres de documentation et banques de données...

Milo applaudit à cette suggestion. Mais le principe d'un choix personnel le chiffonnait, dans la mesure où il impliquait que la liste des bénéficiaires de cet envoi serait connue de lui et d'Abel... Cette sélection ne pouvait-elle s'effectuer de façon aléatoire ? Y avait-il moyen de l'étendre à des firmes, à des associations, à des particuliers dépourvus de toute curiosité d'ordre ésotérique ?

— Ce que je veux, c'est saupoudrer le réseau à l'aveuglette, de façon que personne au monde ne soit capable de l'écheniller ensuite pour le purger de ce texte, serait-ce la CIA ou le Diable en personne !

Abel jugea cette préoccupation étrange, par certains aspects névrotiques, voire potentiellement délictueuse, mais en elle-même intéressante. Il aimait l'idée de pollinisation qui la sous-tendait. Il trouva la solution. Elle consistait à ajouter à un moteur de recherches quelques lignes lui permettant de prendre au hasard des adresses dans un annuaire électronique et d'y expédier le message. Un peu avant midi, des centaines de boîtes aux lettres informatiques disséminées à travers les cinq continents avaient reçu la Confession de Coscas in extenso. Sur la demande expresse de Milo, Abel avait programmé l'autodestruction du programme de sélection et l'effacement de la liste des destinataires.

Milo rentra chez lui en taxi. Une fatigue sans nom s'était abattue sur ses épaules. Fatigue de guerrier vainqueur. Pour le coup, Isacaron était battu. A travers Milo au moins, l'humanité avait cessé de lutter les mains entravées et les yeux bandés contre un adversaire tout-puissant. Les bricolages d'homo faber compensaient peu à peu ses handicaps. Pour tenir la dragée haute à Satan, pour l'emporter sur lui dans la partie de cache-tampon qu'ils venaient de disputer, il avait donc suffi de cinq ou six millénaires de technologie et de quelques lignes de commande tapées sur un clavier.

Milo régla la course. Comme il poussait la porte de son immeuble, un retour d'amertume vint gâter le sentiment de son triomphe. Il repensa à l'espèce de phalanstère amoureux qu'il avait découvert chez Abel. Par pusillanimité, par une sotte pudeur d'homme vieillissant, sans doute avait-il gâché avec Sable et Cétoine ses dernières chances d'être heureux. A qui il reste si peu de temps pour le plaisir, il n'en reste plus du tout pour la pudeur. Il ressentit à l'égard de lui-même un mélange de pitié et d'exaspération. Dire qu'il les avait prises pour des vestales, alors qu'elles étaient disponibles ! Mais elles ne l'étaient plus, des larrons étaient passés, qui les avaient chipées à l'indécis. Qu'est-ce qu'un homme de son âge pouvait attendre de mieux de la vie que la chance d'enfouir encore une fois son visage dans la chevelure d'une femme ? Voilà ce qu'il avait laissé échapper. Il se rappela qu'il avait acheté trois jours auparavant une bouteille de whisky et des canettes d'eau gazeuse. C'était tout juste ce qu'il lui fallait pour l'aider à tenter d'oublier ce crève-cœur.

Il compta les têtes de chat. Il y en avait sept, alignées à intervalles réguliers sur la cheminée. Une tête de chat pour chaque poisson chinois. Sept têtes de chat tranchées, qui souillaient de sang le manteau de marbre blanc : deux européens tigrés, un chartreux, un siamois, un persan, un élégant abyssin aux tempes étroites, un rouquin. Certains avaient les yeux ouverts, et d'autres fermés. Six d'entre eux tenaient entre leurs crocs acérés qui ne les avaient pas sauvés un des poissons de Milo. Seul le septième chat, le rouquin, n'avait pas de poisson dans la gueule. A la place, on apercevait un bout de langue semblable à un pétale de fleur racorni.

Dans l'aquarium, une chose révoltante qui devait être un étron de diable flottait entre deux eaux. Milo s'en détourna avec un haut-le-cœur. Il sut, en inventoriant le désastre, qu'il allait déménager. Il avait vécu ici pendant vingt-cinq années, il y avait beaucoup travaillé, il y avait été heureux parfois, mais c'était terminé. La vision d'apocalypse domestique qu'il avait sous les yeux entacherait d'une image résiduelle odieuse toute tentative de réhabilitation de ce qui avait été si longtemps son décor familier. De cette chose infâme qui tremblotait dans l'aquarium sous l'action des bulles de la pompe à oxygénation intacte, il y en avait partout : sur les meubles renversés, sur le sol, sur les murs, jusqu'au plafond. Il y en avait sur les tableaux crevés et sur les sous-verres éclatés qui gisaient à terre... Il y en avait sur le portrait inédit de Baudelaire et sur l'autographe de Jung, sur les portes et sur les vitres, sur les poignées de porte et sur les poignées des fenêtres, mais aussi sur les boutons et sur les brûleurs de la gazinière, sur la paillasse et dans l'évier, sur les robinets, dans le frigo, dans le compartiment à glace du frigo, sur et sous le lit, dans la baignoire et le bidet, sur les livres répandus à terre par rayonnages entiers... Il y en avait partout, sauf dans la cuvette des WC. Là, il y avait des roses admirables, des branches de mimosa, des jasmins, des coquelicots, du lilas, jusqu'au-dessus de la lunette. S'il en avait été besoin, Milo aurait reconnu là la touche baroque d'Isacaron. Mais celui-ci n'avait pas borné sa palette à la merde et aux fleurs. Il avait répandu le sang, à profusion, par flaques, par grandes giclées à demi coagulées qui empoissaient les amas de livres et de dossiers archivés au long des ans par Milo... Etait-ce le sang des sept chats ?... Les têtes étaient rangées comme des oignons sur la cheminée, mais les corps, où étaient-ils ? Milo les chercha et en trouva quelques-uns, cloués sur la face interne de la porte du placard à balais, pendus par la queue dans le séchoir à linge ; la dépouille du rouquin était tassée au fond du porte-parapluie, celle du chartreux lovée dans la suspension en pâte de verre signée Daum que Milo tenait de sa grand-mère. Il décida qu'il ne toucherait à rien. Il porterait plainte pour vandalisme, il ferait jouer son assurance, et il confierait le nettoyage des lieux à une entreprise spécialisée, puis il vendrait l'appartement... Il se demanda s'il n'allait pas s'installer à l'hôtel de façon définitive. Les objets nous mangent. Il caressa un moment le mirage d'une vie de liberté, d'une instrumentation réduite à l'ultraminimum. Ne plus rien posséder. User et jeter, poser une bonne fois le fardeau des machins et des bidules, des bouzins et des vistemboires, et poursuivre sa route allégé, aller et durer seul, les mains dans les poches, tête nue sous les astres. Il se jura qu'il ne garderait que la suspension de sa grand-mère, dans un carton, au fond de la penderie de sa chambre d'hôtel d'homme libre. Il n'aurait qu'à l'exhumer de l'ombre du carton, à la tirer de temps à autre de son lit de papier journal chiffonné, à la tenir un moment entre ses mains pour revivre les soirées d'autrefois sous la cloche de tendre lumière.

Que ce fût par hasard ou à dessein, un unique siège avait été épargné par la fureur d'Isacaron. C'était un fauteuil bancal qui perdait sa bourre de crin par plusieurs crevures, et les soins d'aucun tapissier ne l'auraient jamais empêché d'être laid. Mais aujourd'hui il avait l'immense avantage d'être demeuré vierge d'immondices. Milo s'y assit. Depuis cet humble trône, il laissa errer un instant encore son regard autour de lui. Il se releva presque aussitôt pour pêcher dans un tas d'épaves, vêtements, livres et papiers divers, ustensiles de cuisine et de toilette tartinés de fiente et de sang, un album de photographies dont il avait reconnu la couverture de cuir rouge à liséré d'or. Il crut au miracle et retourna s'asseoir le cœur battant. La reliure était extérieurement intacte. L'absence d'épaisseur suspecte permettait d'espérer qu'il en allait de même à l'intérieur. Mais c'était compter sans la malignité de l'Ennemi, sans son inventivité, son souci du détail cruel, sans son talent. Isacaron aurait pu saloper cet album comme le reste : quelques louches de bran et de sang, et c'en était fait des plus chers souvenirs de Milo. Isacaron avait préféré fignoler. Avait-il tiré la langue comme un enfant absorbé par ses coloriages, en griffonnant et en grattant chaque visage ? Ou comme un potache chauffé à blanc par des préoccupations pubertaires, en agrémentant chaque silhouette d'attributs sexuels disproportionnés, vulve béante, verge tendue comme un bâton de Guignol, pilosité surabondante, seins en obus ou en chaussettes ? En tout cas il n'avait oublié personne. Des grands premiers rôles et des figurants du passé de Milo, il ne restait plus que des créatures sans visage, des sexes à pattes, des monstres jaillis d'un cauchemar d'aliéné. Milo accusa le coup. Des larmes de rage lui montèrent aux yeux, tandis qu'il caressait de la pulpe d'un doigt l'image férocement biffée de sa mère. « Salaud ! Salaud ! Enculé ! » gronda-t-il. La plupart de ces photos n'existaient qu'en un seul exemplaire ; les négatifs étaient perdus, ou en la possession de parents que Milo ne voyait plus. Les attitudes et les sourires saisis par les Kodak et les Agfa, par les Leica d'autrefois venaient de s'évanouir, de s'évaporer à jamais, de rentrer dans le tunnel noir et glacé du temps. Milo grinça des dents. C'était comme si tous ces gens, les *siens*, tous les témoins de son enfance et de sa jeunesse, n'avaient jamais vécu. Sans le secours de ces clichés, saurait-il se remémorer leurs traits avec assez de précision pour consolider le rêve décousu de sa propre vie, pour lui conférer la vraisemblance et la cohérence qui lui faisaient tant défaut par instants ? Il grommela encore quelque chose comme « Satané fumier de pourriture de merde ! » avant de lancer l'album sur le tas d'ordures dont il l'avait extrait une minute auparavant. Il ferma les yeux et aspira une grande bouffée d'air empuanti par les déjections infernales. Il fallait oublier, trancher à vif dans sa mémoire pantelante. Isacaron cognait dur, mais il avait d'ores et déjà perdu la partie. La mise à sac de l'appartement et la profanation des images sacrées n'y changeaient rien. Le fauve avait mordu, mais il regagnerait sa tanière avec une sagaie empoisonnée dans la couenne ! Milo ouvrit sur ses genoux la Confession de Coscas. Les joues encore mouillées de larmes, il commença à lire à haute voix le passage crucial du document désormais hors de portée d'Isacaron et de ses semblables, grâce à Abel Web et à Internet :

... J'avois espairé en estre pour quelques heures mais le soleil estoit bientot à son couchié et je ne voyois pas la fin de ces pierrayes. Por tout aider, au bout d'un tems la mule partit à boittillé. Sa charge s'estoit pourtant allesgée, car au long de la route j'avois à peust près vidé l'outre et l'avois mesmement pissée depuis son dot. Je vis qu'elle s'estoit injurié un pié dont le sabot estoit fendu. Elle n'iroit pas mieux avent des jours, à déffaut de la panscer et de la laisser reposer. Je la maudis et lui donnai des coups de poing lesquels ne la portarent qu'à hennir et à se cabrer. Se montrer plus furieu, plus soule, plus fou que moy, aucune bête ne l'auroit peu ; je lui retiroi l'outtre avec ce qu'il restoit de vin, et la boutoi dans le ravin où elle tournoya et se brisa le cou sur les rocs.

J'estois alors fort congestionné et mécontant de cette montane, tant il me sembloit qu'à force d'y bailler la mort à autrui j'allais finir par l'y trouver pour moi ! Je scays maintenant que c'estoit por mes piéchés si nombreux et si noirs que Dieu me refusa ceste grâce. Il ne m'envoya poinct la mors qui m'eust été secourable, mais quelqu'un dont la rencontre fict de moi ce que je suys dès lors. Car il est bien vray quej'avois piéça parcouru totte la carrière du piéché et du meurtre et qu'il ne me restoit bientot plus de chemin que la repentance.

Peu de tems après que j'eus précipitté la mule au fond du ravin, je vis une créature se dresser devent moy. La nuict tomboit mais ses vestements paroissoient taillez dans la lumière mesme. Ses cheveu défaicts, flottoient au vent du soir. Elle estoit plus grande que moy, ce que je n'avois encore vu chez aucune female. Deux fortes aisles lui sailloient des eppaules, cy ses membres ni sa face n'avoient rien d'un oisiau. Elle avoit des traicts sévères, et bieaux comme il est rare. Sa robe de toile écreue dissimuloit son corps, mais je vis bien qu'elle estoit grosse et sa mammelle enflée. Elle m'apostropha par mon prénom d'Agrippa et me fict une diatribe me représentant que j'avois tué trop sur mon chemin, grands et petiots, la fillette et la mule, et beaucoup avant, que j'estois le fléau de la terre et que j'avois lassé la miséricord, et qu'il falloit rentrer en moi-mesme et renoncer au fer ! Oncques je n'avois rien escouté de plus sot, le fer m'accompagnant despuis tojours comme si je l'eusse jà brandi au pertuis de ma meyre ! Je crioi à la créatture de s'écarter, volaille qu'elle estoit, et que sinon je lui feroi tatter de la lame. Elle ouvrit la bousche pour répliquer, mais j'estois sur elle devant qu'elle le pust, et je lui perçois le cueur.

Elle bascula sur le sentier et expira en peu de tems : non sans battre par momants des aisles et darder sur moy un œil que je le lui fermoi à coups de botte. Dans l'ombre qui montoit, et ivre de tout ce que j'avois avalé, il me vinct l'envy de lui voir la nature. Por ce je retroussoi sa robe sur ses jambes. Toute estrange qu'elle estoit, je m'assurois qu'elle l'avoit comme celles de son sexe. Ma curiosité n'estoit pour tant pas encore estanchée. Je voulust assavoir ce qui estoit dans son ventre, s'il s'y cachoit un enfançon aislé à son image, ou à la nottre, un maleureux condamné à se traisner du jour de sa naissance à son dernié sospir dans la possière et dans la fange...

Du ventre de l'aérienne créatture, j'extirpoi un fœttus doublement insolite en ce qu'il avoit les yeux grand ouverts, et des aisles. Dieu ! Moy qui n'avois tremblé ny bronché à aucune besoigne, son regard me perça comme eut faict une épée. Il le posa sur moy tandis que je tranchois le conduict le liant à sa meyre... Je fust tout ce qu'il vict de l'univer, car sous peu l'éclat de ses yeux s'éteignit sans qu'il les eust fermés... Je ne peust me résoudre à l'abandoner derrière moi à porrir. Je l'emmenoi. Avecque ses ailes, il faisoit dans ma musette comme un oiselet tué à la chasse. Quand j'eust retrouvé un bivouacque des miens, mon angelot n'avoit pas eu le tems de trop se corompre. Je le plongeoi dans un tonnelet de gnôle, et plus tard je fis soufler exprès une ampolle de verre que j'emplis de marc et où je l'immergeoi avant de la sceller...

Des bruits de vaisselle brisée et de papiers froissés tirèrent Milo de sa lecture. En même temps, une puissante odeur de marais se surajouta au remugle auquel il s'était à peu près habitué. Sorti de la chambre à coucher, un crocodile long de trois mètres s'avançait vers lui, écrasant sous ses pattes griffues les débris qui jonchaient la moquette. Milo se réfugia d'un bond sur sa table de travail conchiée et constellée de glaires diverses, mais restée debout malgré tout. Il chercha en vain autour de lui un objet susceptible de se transformer en arme. Cependant, en dépit de son apparence redoutable, le saurien ne semblait pas animé pour l'instant d'intentions agressives. Il vint se placer sous la table, et là, fermant ses yeux jaunes fendus en losange, il s'endormit.

— Milo-Milo-Milo-Milo ! Brave Milo, pauvre Milo ! Dans quel pétrin t'es-tu fourré ?

Le démon était invisible. Pourtant Milo l'avait entendu si distinctement qu'il devait se trouver dans la pièce.

Isacaron éclata d'un rire de galopin.

— Où suis-je, à ton avis ? Tu n'en as pas idée ? Vas-tu donner ta langue au septième chat ? Ta langue est ton dernier poisson ; il nage dans l'aquarium de ta bouche, hi-hi !... Alors, où suis-je ? Dans un des pieds de la table qui te sert d'île déserte, ô naufragé ? Dans le ventre du monstre sur lequel elle repose, comme toute île ? Dans l'ampoule de la suspension de ta grand-mère ? Ou alors... Dans ton oreille droite ? Dans ton gros orteil gauche ? Je suis partout à la fois ! Mais tu ne peux comprendre ça, toi, misérable tôlard de ton propre corps, incarcéré derrière les barreaux de tes côtes juqu'à la levée d'écrou de ta chair, jusqu'à l'élargissement du cercueil !...

Milo avait rapporté d'Italie, quelques années auparavant, un petit miroir vénitien dans un cadre de bois doré. Il l'aperçut, intact sur le mur, et devina aussitôt d'où lui parlait Isacaron.

— Je t'ai vu, paillasse ! Sors de là, ta seule image souille l'eau pure de ce miroir...

Le miroir vola en éclats. Le plus gros fragment de verre atterrit sur la table, entre les genoux de Milo. Il y entrevit le visage grimaçant d'Isacaron.

— Pèse tes mots, mortel ! Je peux te renvoyer comme une balle de fronde ou comme un carreau d'arbalète chacun de ceux que tu hasardes ! Tu parles d'eau pure, malheureux, mais je puis faire en sorte qu'il n'y en ait plus pour toi sur toute l'étendue de la terre. Si je le veux, il suffira que tu approches tes lèvres de l'eau d'un bassin pour qu'une charogne crève la surface sous ton nez... Il y aura toujours un taon dans ton bock, un crapaud dans ton verre à bordeaux, une souris crevée au fond de ta bouteille, un doigt tranché dans ton whisky, un œil flottant comme une mine dans ton café !... Je peux faire pire encore, Milo de mes deux, petit humain prétentieux, moucheron, puceron, ciron, pet de ciron mental ! Tu ne soupçonnes pas le parti qu'un diable d'expérience peut tirer de la carcasse humaine, avec ses millions de terminaisons nerveuses, ses muqueuses et ses téguments si délicats, ses organes si foutrement compliqués et fragiles... J'ai été trop patient avec toi, je ne sais pas pourquoi. Je t'avais en sympathie, ta bobine me revenait... Mais c'est fini. Fi-ni, Nini ! Il fallait saisir la perche quand on te la tendait. Maintenant c'est trop tard. Plus de transaction, plus de contrepartie ; tu cèdes, tu ploies, tu te couches, tu capitules, tu te déballonnes, tu te déculottes, tu t'aplatis, tu...

— D'accord.

— Hein ?

Milo avait parlé d'une petite voix de vaincu. Dans l'éclat du miroir brisé, une moitié du visage d'Isacaron écarquilla un œil jaune et trouble, sous un sourcil touffu.

— Qu'est-ce que tu as dit ?

— J'ai dit d'accord. Je me rends à vos raisons, je

ne suis pas de taille... A quoi bon lutter ? La Confession d'Agrippa de Coscas est à vous !

— Tu veux dire... Attention, tu m'as bien entendu ? Tu n'auras rien en échange. Rien, zobi, la peau !

— Je n'attends rien de vous. Je veux simplement que ça s'arrête, que vous me laissiez tranquille. Plus de virées à Ecorcheville, plus de crocodiles chez moi...

Milo exhiba le manuscrit au-dessus du fragment de miroir. Il se produisit une explosion modeste, un peu comme un éclair de magnésium. Isacaron apparut.

— Alors comme ça, tu prétends...

Isacaron craignait un piège. Ses yeux brillaient, mais il ne se décidait pas encore à tendre la main pour s'emparer de la reliure.

— Prenez donc ! s'impatienta Milo.

Isacaron exhalait l'incrédulité et la méfiance par tous les pores de sa peau crasseuse.

— C'est complet ? Je te préviens, si tu l'as caviardée, s'il manque des feuillets...

— Ne craignez rien, c'est le texte intégral, tel qu'Agrippa de Coscas l'a rédigé à quelque temps de sa mort, dans le couvent de Saintonge où il s'était retiré. Il avait conscience d'arriver au bout du chemin. Déjà on l'avait déchargé de l'entretien du potager. On l'asseyait sur un banc, devant une bassine de pois à écosser, et c'était son ouvrage de la journée. Cependant il avait encore la tête solide... J'ignore ce qu'il est advenu du fœtus après sa mort. A la fin de sa Confession, il déclare offrir la relique au pape. Qui sait, elle est peut-être au Vatican ? Ou bien un maladroit l'a cassée, ou un malin l'a vendue...

Le Collège de la Sapience universelle donnait sur un minuscule square privé encaissé entre deux immeubles et un mur couvert d'un treillage géométrique auquel s'accrochait un lierre. L'endroit, situé dans un quartier cossu, était élégant mais sombre, car exposé au nord. Les rayons du soleil avaient à peine le temps d'effleurer les arbustes et les fleurs qu'un jardinier entretenait avec plus de constance que de succès. Ce jardinier, un pied-bot du nom de La Vallière, était l'employé du seul Collège, et non de l'ensemble des riverains du square. Un conflit opposait depuis des années les gens du Collège à l'ensemble des autres copropriétaires. Un mot en disait la raison : parking. Les gens du Collège n'en voulaient à aucun prix, ni en surface, c'est-à-dire à la place du square, ni en dessous. Pour préserver cet espace verdâtre, ses massifs et ses arbustes poussiéreux, ses quelques dizaines de mètres carrés de pelouse mitée et son lierre maladif, ils avaient engagé des avocats retors et dispendieux qui tenaient la dragée haute à leurs adversaires.

— Tiens-tiens, qui voilà ? Serait-ce pas...

A la vue d'Isacaron, le jardinier La Vallière s'était accoudé à sa binette dans la posture familière du paysan s'apprêtant à tailler une bavette. Son attente fut déçue. Isacaron était pressé et n'entendait pas s'attarder. La Vallière en conçut une aigreur qu'il exprima avec la franchise des simples.

— Je sens le mazout ? Ça fait vingt ans qu'on ne s'est vus, et monsieur passe en courant... Prétentiard, va !

Isacaron aimait bien La Vallière. Entre les deux guerres ils avaient souvent battu ensemble le pavé de Paris, en îlotiers de la perdition.

— M'en veux pas, La Vallière ! Je viens au rapport, mais en sortant je te paye un canon, d'accord ?

— C'est ça : « Place, manant, service du Roy ! » Ton canon, tu peux...

Le fracas d'un marteau-piqueur s'éleva à point nommé à l'angle du square.

Isacaron hâta le pas. Il emprunta une étroite allée

de gravier et escalada les marches d'un perron de béton moulé façon vieille abbaye.

Le heurtoir de bronze de la porte représentait une patte puissante et griffue. Isacaron le souleva et le laissa retomber. Il n'en détestait pas le bruit excessif, dramatique, un peu kitsch pour tout dire. Le heurtoir était assorti au reste. Avec son esthétique Viollet-le-Duc, ses caissons gothique-pointu et ses vitraux à dominantes rouge et orangée, l'extérieur du Collège n'était pas du meilleur goût. Mais au-dedans le décor était encore pire : lourdes tentures saturées de parfums indiscrets qui brûlaient en permanence dans des cassolettes, boiseries sombres, copies de meubles médiévaux, bureaux couverts d'épais tapis, trépieds, poufs, coussins, peaux de bêtes... Aux murs, des panoplies de casse-têtes, des parchemins illisibles signés en rouge exposés dans des vitrines, des bibliothèques grillagées ou tendues de vitrophanie, des in-quartos posés sur des lutrins d'ébène surmontés de lampes sourdes à breloques tintinnabulantes... Et çà et là, dans une alcôve ou un décrochement, des statues grimaçantes. Tout ça épousseté, encaustiqué, lustré, infiniment trop propre pour plaire à Isacaron.

Une bonne vint lui ouvrir. Où allaient-ils en chercher d'aussi louches ? Celle-ci, bossue, très jeune, vous regardait de côté avec un air d'écolière sournoise. Elle s'enquit de la raison de sa visite.

— Dites à M. Baalbérith que M. Isacaron le demande, je vous prie, répondit Isacaron en lui pinçant la hanche.

— C'est que M. Baalbérith est très occupé. Si vous n'avez pas de rendez-vous, je crains...

— Ne craignez rien, mon enfant ; allez seulement avertir M. Baalbérith de ma venue, reprit Isacaron en la pinçant jusqu'au sang, cette fois.

Elle poussa un bref cri de douleur et se massa la hanche avec un sourire vicieux.

— Il n'y a rien d'autre que je puisse faire pour vous ?

— Non, non, allez, pressez-vous !

Sans plus insister, elle l'introduisit dans une salle

d'attente lugubre, qui ne recevait de jour qu'à travers un soupirail haut placé, et s'éclipsa.

Isacaron n'eut pas à patienter longtemps. La petite bossue réapparut et l'invita à le suivre. Une lumière bleutée baignait le couloir qu'ils empruntèrent. Tandis qu'il marchait derrière elle, Isacaron ne pouvait détacher son regard de sa nuque brève et de ses épaules déviées, laissées nues par sa robe. A l'instant où elle allait s'effacer pour le laisser passer, d'un geste vif, il lui griffa l'épaule. Un peu de sang perla. Il le recueillit de l'ongle de son index, et le lui tendit à lécher. Elle s'exécuta avec empressement. Baalbérith surprit la scène. D'un signe de tête, le Secrétaire général congédia la petite.

— Eh bien, que t'arrive-t-il, vieux satyre ? Je te croyais las de ces choses... Serais-tu tenté de reprendre du service dans l'incubat ?

— Point pour ce siècle ni pour les deux ou trois suivants, en tout cas ! Je conçois que des éphémères s'affolent des plaisirs de la chair, puisqu'elle leur est prêtée pour si peu de temps, mais nous autres, nous avons liché tous les flacons, tous les cratères et tous les vases, de la première gorgée limpide à la dernière lie ! Non, je me sens d'humeur folâtre, et cette nuque m'a tenté, voilà tout !

— Mais qu'est-ce qui te rend si folâtre ? Ne me dis pas que... Non ! Si ? La Confession ? Ce volume que tu tiens si fort serré sous ton bras, ce serait la Confession d'Agrippa de Coscas ? Tu es donc entré en sa possession, toi aussi ?

Isacaron comprit que le triomphe qu'il avait escompté, avec retour en grâce, congratulations et avancement, était compromis. Il avait été berné par Milo, d'une façon ou d'une autre. S'était-il fait refiler un faux ? Après avoir laissé Milo dans son capharnaüm, il avait pris connaissance de la Confession, il l'avait collationnée avec soin, et il en avait retiré la conviction qu'il s'agissait du document authentique et intégral.

— Moi aussi ? Que veux-tu dire ?

Baalbérith invita Isacaron à le suivre dans les profondeurs de son antre. Il lui montra, reposant sur une table de chêne, un ordinateur dernier cri. Inquiet, Isacaron affecta de prendre les choses à la blague.

— Hum, beau matériel ! C'est vrai qu'il faut y venir à notre tour, sinon on aura l'air de quoi ? Mais attention aux bugs, hein ? Comme je dis toujours, une ardoise ne tombe pas en panne !

Baalbérith referma sa longue et fine main de prélat sur la souris.

— Tu connais *Pac Man* ? gouailla encore Isacaron. C'est poilant ! Tu dois boulotter des oranges, des bananes et des tranches de pastèque sans te faire attraper par les...

— Vas-tu te taire, imbécile ? Les mortels ont inventé une chose qui s'appelle Internet, et qui leur permet de communiquer n'importe quoi à n'importe qui n'importe où.

— Oui, j'en ai entendu parler... Et alors ?

Baalbérith cliqua ici et là, sur des icônes mystérieuses, et tout à coup l'écriture si caractéristique d'Agrippa de Coscas envahit l'écran. Isacaron jura. Baalbérith hocha la tête.

— Tu comprends ? Tu comprends enfin ?

Sous les yeux exorbités d'Isacaron, les pages défilaient, nettes, lumineuses, beaucoup plus lisibles que sur l'original.

— Mais attends, attends... On doit pouvoir localiser la source, l'anéantir, la...

— C'est trop tard. Le mal est fait. La Confession s'est diluée sur le Net comme une goutte de whisky dans un océan d'eau gazeuse : nous n'en récupérerons jamais toutes les molécules. Nous avons perdu cette partie, Isacaron... Que dis-je ? *Tu* nous as fait perdre cette partie ! Coscas ne pourra plus être retranché de la mémoire de l'humanité... Il en est désormais partie intégrante, comme Jules César et Annie Cordy. C'est ce que nous voulions éviter à tout prix.

— Ce n'est pas si grave, Baalbérith ! Qu'est-ce qui distingue la Confession de n'importe quelle sottise racontée par un romancier ? Les bibliothèques regorgent de foutaises, celle-ci n'en fera jamais qu'une de plus. La Confession n'a d'importance qu'en fonction de l'objet qu'elle mentionne, or cet objet n'existe plus depuis longtemps.

— Pas si longtemps que ça. 1945, c'est hier ! Et nous n'avons même pas la preuve irréfutable de sa destruction...

— Ce qui compte, c'est que la Confession de Coscas soit devenue une fiction. Voilà ! Une pure fiction, une espèce de conte fantastique, la chose la plus vaine qui soit, dit-on. Le monde va continuer à dormir sur ses deux oreilles, et le Mal à prospérer comme il convient, monsieur le Secrétaire général !

— Quoi qu'il en soit, il va bien falloir parler de sanction.

— Une sanction ? Une sanction contre qui ? Contre moi ? En quel honneur ? Ce n'est tout de même pas ma faute si l'espèce humaine est entrée dans l'Ere du Réseau ! Tu m'as chargé de te rapporter la Confession, la voici !

Isacaron plaqua avec force le manuscrit sur le plateau de la table.

— Je ne réclame rien, remarque bien, poursuivit-il. Le sentiment du devoir accompli me tiendra lieu de récompense.

Baalbérith foudroya du regard son vieux camarade.

— Ne me pousse pas à bout, Isacaron !

Celui-ci sentit venir l'orage et préféra mettre les pouces.

— Tu vas nettoyer tes ordures, reprit le Secrétaire général. Briser Milo, briser ce petit merdeux de Kevin qui se paye du bon temps à tire-larigot avec ta crécelle...

— Pas Kevin, Baalbérith, pas maintenant. Il a tout juste eu le temps de se familiariser avec la crécelle. Laisse-moi rentabiliser l'investissement. Il peut faire beaucoup de mal autour de lui, j'en suis sûr !

— Admettons... Mais ensuite tu te remets à la production. J'exige des résultats ! Il me faut des âmes, tu m'entends, bon à labe ? Et maintenant, ripe tes galoches !

Isacaron fut projeté hors du bureau de Baalbérith et parcourut le couloir à la vitesse d'un obus à l'intérieur d'un canon. Il se fût sans nul doute écrasé sur la face interne de l'épaisse porte du Collège, si la petite bossue n'avait pas été là pour l'ouvrir juste à temps et pour le regarder passer avec son éternel sourire pervers. L'unique rosier du square, objet de tous les soins de son jardinier, amortit l'atterrissage du démon à son épineuse façon.

— Ça allait, ton rapport ?

Isacaron se releva, saignant par dix écorchures. Il hésita à passer sa colère contre La Vallière. Il l'aurait pu, les démons n'étant pas moins que les hommes inégaux en vigueur et en talents. Il renonça à faire montre des siens dans l'immédiat. A la prochaine floraison, quand les fleurs de son rosier se mettraient à empester la charogne, La Vallière devinerait bien à qui il devrait ce prodige.

— Et tous ces vêtements, d'où qu'ils viennent ? Tu les voles ?

— Non Tata, je les achète...

— Tu les achètes ? Avec quoi ? Tu en as tous les jours des nouveaux. J'ai regardé les étiquettes que tu avais laissées traîner. C'était du beau, du cher : deux jours d'étiquettes, trois fois ton salaire du mois ! Alors comment tu fais ? Tu piques dans la caisse de la mutuelle ? Tu vends de la drogue ? Tu te prostitues ? Si c'est ça, faut-il qu'il y ait du vice !

Ils étaient dans la cuisine. Dans son tablier de maison sur sa robe à fleurs Exode 40, la petite femme aux cheveux gris se dressait sur ses ergots face à un Kevin qui se voulait désinvolte et hautain. Mais il n'était pas encore rodé à la désinvolture et à la hauteur, et il avait conscience de demeurer emprunté dans ses beaux habits.

— Ça ne peut plus durer, Kevin ! Je ne sais pas ce que tu trafiques, mais je suis sûre que tu vas finir en prison, tôt ou tard... On va t'arrêter, on va venir perquisitionner ici, et ici c'est chez moi ! Avec tous ces vêtements probablement volés que tu entasses dans ta chambre, on va m'accuser de recel. De recel, moi ! Je suis une femme honnête ! J'ai tout sacrifié pour t'élever, parce que tu étais mon neveu... Et voilà la récompense que j'en tirerai : le déshonneur et la prison !

Excédé, Kevin fit front.

— Tu as tout sacrifié pour m'élever, vraiment ? Qu'est-ce que tu as sacrifié au juste ? Dis un peu, pour voir...

— Tout ! Après la mort de ton oncle, j'aurais pu me remarier... J'aurais pu travailler, voyager, me cultiver, aller au concert... Vivre ! Mais non, il a fallu que tu me tombes sur les bras ! Qu'est-ce que vous croyez, tous ? Qu'on est prête à s'immoler de bon cœur pour le premier lardon qui passe ? Je n'avais pas la fibre, moi. Un enfant d'un homme que j'aurais aimé, je ne dis pas, mais toi...

— Moi, comme mon père et lui étaient jumeaux, je te rappelais trop mon oncle !

Un instant, Tata contempla Kevin d'un œil de poule, fixe et rond. Puis la rage et la rancœur l'emportèrent sur ce qu'elle appelait la décence ; elle balança tout.

— Eh bien oui ! Toi, tu n'étais que le fils du reflet d'un homme que je n'avais pas aimé, que j'avais méprisé !... C'est pour ça que je n'avais pas eu d'enfant. Je ne voulais pas me lever toutes les nuits pour donner le sein à un petit Langlois. C'était bien assez de... Plusieurs fois, j'ai fait un drôle de cauchemar ; ça me réveillait en nage, avec envie de vomir... Je rêvais que j'avais des jumeaux, des garçons, deux petits Langlois. Ton oncle et ton père crachés, les mêmes, mais bébés, et ils tétaient, ils me pompaient comme des sauvages, ils me vidaient comme des petits vampires dégoûtants, avec leur bouche avide et baveuse !... Ça me révulsait tellement que si on avait fait l'amour cette nuit-là, je retournais me laver une deuxième fois... Ah, la poire gynécologique ne chômait pas, avec moi ! Je ne me séparais pas d'un petit calendrier publicitaire, et si j'avais un jour de retard, je me voyais enceinte, je fondais en larmes à tout bout de champ, je devenais folle. Ton oncle se disait qu'il avait épousé une créature hypersensible, un monstre de délicatesse et de fragilité. Je me gardais bien de le détromper... Mais si ça se trouve il n'avait pas tort ; j'étais peut-être vraiment hypersensible, délicate et fragile, puisqu'à la seule idée d'avoir un enfant de lui j'avais la nausée !...

La petite femme aux cheveux gris prit conscience de ce qu'elle disait et se tut brusquement.

— Je sais tout ça, dit Kevin. Depuis le premier jour, le lendemain de l'enterrement de mes parents, chacun de tes gestes me l'a signifié. Ta façon de mal placer la serviette autour de mon cou lorsque tu rafraîchissais ma brosse, afin que j'aie plein de petits bouts de cheveux piquants dans le dos. Ta manière de me servir la purée en flocons trop épaisse, en la décollant de la cuiller d'un coup sec, pour qu'elle s'écrase sur ma tranche de jambon comme une bouse de vache. Ta manie de m'habiller toujours trop grand ou trop court à la rentrée des classes, de choisir systématiquement le cartable le moins pratique, les chaussures de sport les plus ringardes...

— Quoi ? Qu'est-ce que c'est que ces bêtises ? Tu déraisonnes ! Et d'abord, ne change pas de conversation. J'ai bien réfléchi, et j'ai pris une décision... Je t'ai élevé, j'ai fait pour toi tout ce que je pouvais, tout ce que je devais faire, personne au monde ne dirait le contraire ! Eh bien c'est fini, je pose mon fardeau, je reprends ma liberté, je redeviens propriétaire de ma vie, du peu de bon qu'il m'en reste peut-être, et je décline toute responsabilité quant à la suite de la tienne... Il faut que tu partes !

— Bien sûr, Tata, bien sûr, je vais partir.

Elle le dévisagea avec surprise. Elle ne s'attendait

pas à ce que ce soit aussi simple. Elle l'avait toujours connu si godiche ! Pas fichu d'aller jusqu'au bac ; son emploi à la mutuelle, c'était un ami de son père qui le lui avait procuré. Et d'ailleurs, Kevin végétait dans cette place de grouillot. Un autre se serait battu pour faire son chemin. Lui, non. Mais il avait dû se passer quelque chose. Il avait rencontré quelqu'un... Pas une femme, sûrement pas une femme ! Quelle femme riche aurait pu s'amouracher d'un tel avorton ? Non, c'était autre chose. Il y avait ces vêtements, cet argent... Elle n'en avait guère trouvé dans ses poches, il devait le cacher, mais il lui en fallait sans doute beaucoup pour sortir chaque soir, pour découcher deux nuits sur trois. Bah ! Tout ça ne la regardait plus. Elle avait décidé de le mettre dehors, il semblait décidé à ne soulever aucune difficulté, tout était pour le mieux.

— Tu gagnes ta vie, tu mènes grand train, tu n'auras qu'à louer un studio ou un appartement...

— Oui, Tata.

— Je vais prendre un locataire, je crois. Un étudiant. J'ai vu des annonces, dans le journal. Il y a plein de jeunes provinciaux en quête d'une chambre à Paris. Il faudrait que je puisse disposer rapidement de ta chambre.

— Pas de problème.

— Parfait ! Tu débarrasses tes affaires et tu me rends tes clés.

Il lui tendit son trousseau. Il ne voulait rien emporter. Il le lui dit. Qu'est-ce qu'elle s'imaginait ? Qu'il allait s'encombrer de ses jouets, de son vieux ballon de foot, de ses planches à roulettes, de ses livres de classe ? De la cave au grenier, le pavillon et tout ce qu'il contenait lui faisaient horreur. Qu'avait-il connu ici ? La tristesse, l'amertume, la honte. Si cela n'avait tenu qu'à lui, il aurait volontiers foutu le feu à la baraque. Il se souvint qu'il était tout-puissant. Les choses ne tenaient qu'à lui, désormais ; celle-là comme les autres.

Tata ne l'entendait pas de cette oreille, pour ses affaires. Avec ce qu'il lui avait déjà coûté depuis son enfance, elle n'allait pas payer encore les chiffonniers pour enlever tout ça ?

— Non, non, tu vides tes placards, tu jettes ce qui ne t'intéresse pas, tu emportes le reste, tu fais place nette, c'est la moindre des politesses !

Il la regarda en face. C'était la première fois depuis longtemps. Elle lui trouva un drôle d'air. Peut-être bien qu'il avait de la peine.

— Et alors ? Ne me regarde pas avec ces yeux de merlan frit. Tu as compris ce que j'ai dit ?

— J'ai compris. Tata. Je vais faire place nette, rassure-toi.

Portant la main à la poche de son loden, il en retira un instrument rouge et vert.

— Qu'est-ce que c'est ?... Ah oui, une crécelle. Qu'est-ce que tu fabriques avec ça ? J'ai toujours détesté le bruit de ces trucs-là, ça porte sur les nerfs... Non, ne la fais pas tourner, j'ai horreur de ça, je te dis !

En entendant l'affreux crépitement, elle grimaça et ferma les yeux. Quand elle les rouvrit, Kevin lut en eux qu'elle était subjuguée, comme tous les autres avant elle.

— Tata, tu vas m'obéir, n'est-ce pas ? Tu vas faire exactement ce que je vais t'ordonner, hein ?

La gorge nouée par la peur, elle était incapable de parler, mais il avait l'habitude, à présent, et il ne doutait pas de sa docilité.

— C'est très simple, continua-t-il, je m'en vais, comme tu me l'as demandé... Je pars tout de suite, et je ne veux rien laisser derrière moi. Je dois faire place nette, tu l'as dit toi-même. Alors tu vas tourner en grand tous les boutons de la gazinière, tu vas t'agenouiller devant, et tu vas enfoncer ta tête dans la gueule du four. Voilà, vas-y, fais-le.

Elle obéit sans protester, sans esquisser le moindre geste de révolte. Kevin se demanda si elle pensait qu'elle était en train de rêver, ou si elle l'espérait. Les brûleurs sifflaient. L'odeur du gaz se répandait. Kevin fronça le nez et recula de quelques pas.

— Plus profond, Tata ! Plus profond, la tête !

Dans le bureau de son oncle, il fit jouer le mécanisme du tiroir secret et récupéra la collection de clichés pornographiques et son journal intime. Il ne sauverait rien d'autre. Peut-être détruirait-il tout ça plus tard ? Il se dit qu'il verrait. C'était un peu de son enfance, ces photos-là, quelque chose comme ses contes de fées à lui, avec les messieurs et les dames de la bonne société et le petit plombier courageux.

Avant de partir, il se rendit dans la salle à manger. Là, il ficha une bougie neuve dans le bougeoir de bronze qui ornait la cheminée de brique. L'odeur du gaz n'était pas encore perceptible dans cette pièce, mais il entendait sa tante tousser et râler dans la cuisine. Il descendit encore à la cave chercher son magot. Il le cachait sous un reliquat de boulets des années d'après-guerre, quand on chauffait encore au charbon. Il en était à près de quatre cent mille francs, en liquide, bien sûr. Il se montrait prudent comme un chat ; il se limitait à la manche magique dans le métro, aux heures creuses pour plus de sécurité, et à un commerçant par-ci, par-là, toujours dans les beaux quartiers. Il n'omettait jamais d'ordonner aux généreux donateurs de tout oublier. Il ne pouvait en être absolument sûr, mais il espérait que personne n'avait porté plainte. Il empoigna le sac de sport qu'il avait acheté exprès pour y ranger son butin. Il commençait à peser lourd.

Quand les livreurs furent partis, Kevin corrigea encore la disposition des meubles qu'ils avaient mis en place suivant ses indications. Il décala le canapé un peu plus à gauche, le pouf et la table basse aussi, bien sûr. Il ne toucha pas au fauteuil. Ni, dans la partie salle à manger du vaste double living, à la table ronde en marbre et en verre, à la vitrine et au vaisselier design. Ils étaient bien à l'endroit exact où ils devaient être. Il se déchaussa et ôta ses chaussettes pour jouir du contact de sa plante des pieds sur les tapis. Il avait pris des chinois. Il les trouvait plus sobres, plus raffinés que les afghans. Ils devaient être aussi plus salissants, mais il engagerait une femme de ménage. Ou bien non... Il sourit. Le ménage, il le ferait faire par ses invitées. La bonne idée ! Oui mais. Il y avait un point important sur lequel il n'avait pas encore tranché. Recevrait-il ici ? Ou bien fallait-il continuer à accompagner ses conquêtes chez elles, ou à les entraîner à l'hôtel, selon les circonstances ? Grave, grave question ! Il serait plus prudent de ménager autour de lui une zone d'innocence protectrice, des eaux territoriales limpides, et de ne s'autoriser à recourir à la crécelle qu'en dehors de ce sanctuaire.

Il regagna le salon et se laissa tomber dans le fauteuil. Il était profond, si merveilleusement profond, on s'y sentait à l'abri de tout, comme un enfant dans une cabane cachée dans les feuilles, comme un bernard-l'hermite dans une coquille bien épaisse... Il caressa le cuir des accoudoirs. Il n'avait pas mégoté. Il avait choisi le plus beau, le plus cher. Il embrassa la double pièce d'un long regard amoureux. Il était fier de son chez-lui. Outre le living, l'appartement se composait d'une chambre avec salle de bains et WC séparés, d'une entrée assez spacieuse pour accueillir un énorme caoutchouc dans sa jarre, d'une belle et grande cuisine... Tout était neuf, tout brillait, tout sentait bon. Comment avait-il pu supporter si longtemps le gourbi de Tata ? Il poussa un soupir d'aise. Sans la crécelle il y serait encore. Et la Providence ? Autre problème qu'il allait falloir résoudre : Y retournerait-il ? Pour quoi faire, et combien de temps ? Pour l'instant il était en congé exceptionnel, à cause du décès de sa tante. Porcin aurait voulu s'en tenir à la journée réglementaire. Milo était intervenu. Il savait Kevin sans domicile après la destruction du pavillon. Il lui avait proposé de lui avancer un peu d'argent, de quoi payer la caution d'un studio ou d'une chambre. Kevin avait décliné l'offre. Il avait des économies. Milo l'avait trouvé *chose*. Distrait, voilà, comme pensant à Dieu sait quoi alors même qu'il s'entretenait avec Milo de sa tante défunte. Tout en parlant, il tripotait une crécelle, une vraie crécelle en bois, rouge et vert. Milo lui avait demandé d'où elle venait. Kevin avait sursauté. « Hein ? Ah oui... Elle vient du pavillon. Elle était à ma tante. Je n'ai plus que ça ! Tout a brûlé, tous mes livres sur la guerre sont partis en fumée... » La crécelle avait l'air toute neuve, mais une crécelle, on ne s'en sert pas tous les jours, ça ne s'abîme guère. Milo avait tapoté gentiment le dos de la main de Kevin. « Si tu as besoin de quoi que ce soit, fiston... » En quittant Kevin, il était allé parler au chef du personnel : « Mon cher Morsins, ce garçon n'a plus de toit ! En plus d'organiser les obsèques il va devoir courir les agences, visiter des studios... Laissez-lui au moins trois jours. » Porcin s'était incliné. Les trois jours étaient écoulés. Kevin avait fait incinérer ce qu'il était resté de Tata après l'explosion et l'incendie. Il avait visité plusieurs appartements et arrêté son choix sur celui-ci, dans un immeuble neuf, rue des Envierges. Il avait réglé cash un an de loyer d'avance. Il était allé choisir ses meubles dans le faubourg Saint-Antoine... Il était supposé reprendre le collier demain.

Il regarda de nouveau autour de lui, les murs blancs, les voilages aériens, la laine crémeuse des tapis chinois, les reflets des cuirs et des bois vernis... Cette beauté, il aurait aimé l'exhiber, afin qu'elle rejaillisse sur lui, qu'elle le pare et le nimbe. C'était Kevin, Kevin le grouillot, qui habitait ici, qui hantait cette splendeur, et personne n'en savait rien. Il se dit tout à coup que son intérieur était encore très impersonnel. Il aurait fallu des bibelots... Pas des bibelots de grouillot, des saletés de gadgéterie, non, de vrais objets, des... des tanagras ! Il ne savait pas exactement ce que c'était, mais le mot lui plaisait. Il symbolisait tout ce qui lui manquait depuis toujours. La déveine que c'est, de naître loin de la perfection, dans un monde sans tanagras... Il promit de s'en acheter un. Il ferait venir Cornélie, il le lui montrerait et il lui dirait : « Regarde ce que j'ai, regarde ce que je suis, regarde ce que tu es pour moi, tanagra-tanagra-tanagra... »

Donc, la Providence des Poètes. S'il n'y retournait pas, que ferait-il de ses journées ? Il pouvait rôdailler, bien entendu, aller au cinéma, récolter et dépenser de l'argent, chercher des femmes. Il en avait eu plusieurs depuis Sandra Berkowitz et Eléonore Benedetto. Il se disait qu'il aurait été utile d'explorer avec méthode l'immense continent de la féminité. Celle-ci lui était demeurée trop longtemps *terra incognita*. Il brûlait de se perdre en elle, de s'y enfoncer comme ces aventuriers du passé, les Livingstone et les Brazza, marcheurs mystiques, inlassables arpenteurs de forêts, inventeurs de lacs et de sources... Il se promettait d'éprouver selon un plan préétabli ses climats et ses paysages, ses terroirs, ses ambiances, par exemple en procédant par séries : trois blondes, puis trois brunes, trois rousses, trois Noires, trois Asiatiques... Enfantillages ! Une passante lui plaisait par un trait ou par un autre et réduisait à néant ses velléités scientifiques. Il l'abordait, qu'elle fût brune ou blonde ou quoi que ce soit d'autre, et la crécelle la lui soumettait. En la quittant il repensait, un peu tard, aux objurgations ressassées dans tous les journaux, par toutes les radios et toutes les télévisions. Il vivait au temps du virus, mais il avait du mal à se convaincre de la réalité du danger. Pourtant cette jeune femme si saine en apparence avait peut-être un amant toxicomane, ou un mari qui joggait la nuit au bois de Boulogne ? Il s'était essayé au latex ; il y pensait une fois sur deux. Il se faisait des frayeurs, et puis il oubliait. Les femmes ressemblaient à des fruits savoureux qu'il maraudait sur l'arbre. Quelques-uns de ces fruits pouvaient être empoisonnés, mais le verger était immense, et les fruits innombrables.

Pour le tanagra, il n'aurait qu'à demander à Milo. Milo savait presque tout. En dehors du tanagra, que manquait-il dans cet appartement ? Un poste de télévision, un lecteur de CD... Il n'était pas musicien pour un sou, mais un piano, voilà qui ferait chic. Un piano à queue aurait écrasé la pièce. Un demi-queue, ou même un quart de queue, ça irait très bien. Ce dont Kevin avait besoin, c'était d'un piano-signe. Il était prêt à parier que Bobby De Clerk ne possédait pas de piano à queue. Un piano droit, peut-être, un vieux crapaud de famille noir et ventru, ou un de ces pianos en agglo qu'on vendait dans les galeries marchandes, mais certainement pas un piano de concert comme celui que Kevin allait commander très vite... Il récapitula la liste : un tanagra, une télé, un lecteur, un piano quart de queue... Tout ça allait coûter cher, et l'année de loyer payée d'avance avait sensiblement entamé le magot.

Il se leva d'un bond, passa sur le balcon, ouvrit le coffre-fort et recompta les liasses. On lui avait monté le coffre jusqu'à l'appartement, et il l'avait installé lui-même sur le balcon. Cela pouvait sembler curieux, un coffre-fort sur le balcon, mais il s'agissait d'un petit modèle, et il l'avait porté en ahanant jusque dans l'angle mort du pare-vent de verre dépoli. Il était nécessaire de s'accroupir pour ouvrir la porte. Dans cette position on échappait aux regards d'éventuels observateurs postés dans l'immeuble en face. Il se trouvait encore à la tête de quelque deux cent cinquante mille francs. De toute façon cet argent était renouvelable à volonté. Il suffisait d'agiter la crécelle. Presque aussi vite qu'il s'en était entiché, il abandonna l'idée d'acheter immédiatement un piano. Le tanagra, le piano, tout ça, c'était pour Cornélie. Or, malgré de tels atouts, il doutait fort de l'éblouir. Une fois qu'une fille vous avait catalogué... Il serra les poings. C'était fichu ; même bien habillé, même riche, il ne la séduirait plus. Il pouvait la forcer, comme n'importe quelle autre. Il y pensait depuis le début, sans s'y résoudre. En fait, avec les autres, sur les autres, il s'entraînait, il se préparait. Il estima que la procédure était au point. Avec les dernières, tout s'était passé beaucoup plus simplement qu'avec Sandra, ou même Eléonore. Cependant, pour toutes jusqu'ici il n'avait été qu'un visage inconnu. Odieux, terrifiant, haïssable, mais inconnu. Cornélie le connaissait.

Il regagna le salon et retourna s'asseoir dans le fauteuil, les joues dans les poings, le front plissé, la bouche tordue. Il voulait Cornélie. Il ne s'agissait plus d'amour, ni même vraiment de désir. Il la savait superficielle, aisément méchante, presque sotte, aussi inculte que lui-même, d'une beauté très ordinaire... Mais il fallait qu'il lui rendît ses moqueries en coups de reins, ses rires narquois en grognements de plaisir. C'était aussi bête que ça, il ne savait pas comment continuer à vivre, sinon.

L'atmosphère n'était plus ce qu'elle avait été, au sein du service du Contentieux de la Providence. Chacun s'enfermait dans son travail pour dissimuler son embarras. Milo, pour sa part, ne pouvait poser les yeux sur l'une ou l'autre de ses secrétaires sans repenser à ce fameux matin. Il revoyait l'appartement en désordre d'Abel, les cartes à jouer et les bouteilles, les pièces de lingerie éparses sur la moquette et sur les meubles, le lit dédoublé, les beaux corps endormis dans le fouillis des draps, et une odeur de lendemain de nuit d'amour revenait frapper ses narines.

Il s'ébrouait comme un chien mouillé. A quoi bon resonger à tout ça ? Il se faisait du mal. Il réclamait des dossiers, toujours plus de dossiers, il s'absorbait dans des correspondances poussiéreuses, portant sur des litiges dérisoires... Et qu'est-ce qui n'était pas dérisoire, comparé à un petit friselis de cheveux sur la nuque de Cétoine, à l'éclat de nacre des ongles de Sable ? Milo soupirait. Il refermait d'un geste brusque le dossier en cours d'examen. Sarcophages ! Comme ce mot-là était bien trouvé, pour désigner les réceptacles de carton de ces paperasses qui sentaient la mort, qui peu à peu scellaient la sienne. Il allait continuer quelques années à bouffer du sarcophage, puis ce serait la retraite. L'amenuisement insensible de ses forces, et bientôt les premiers symptômes d'une horreur quelconque, cancer, athérosclérose, Alzheimer... Une main lui tordit les entrailles. Déjà ? Non, ce n'était encore que de l'angoisse. Cétoine entra, les bras chargés de nouveaux dossiers remontés par Kevin. Milo se leva.

— ... vais boire un café ! bougonna-t-il.

— Je vais vous le chercher, monsieur Milo !

— Non, merci, non... Je vais descendre le boire sur le zinc, ça me dégourdira les jambes.

Il lui sembla qu'elle cherchait son regard. Il se détourna et s'enfuit.

Il n'avait pas envie d'un café, finalement. Ni d'une bière. Ni de rien. Bon sang, que ces moments où l'on n'a envie de rien sont pénibles ! L'envie, le besoin, le désir, ça occupe ; c'est du plein anticipé, ça chasse le vide du présent. Milo avait assez vécu pour deviner qu'il était en train de s'interdire de désirer Cétoine. Pour se consoler, il commanda un armagnac dont il n'avait pas envie. Il le préférait au cognac. Il but une gorgée. Il jugea le breuvage quelconque. Un vrai armagnac, c'était autre chose. Il essaya de se souvenir des bons armagnacs qu'il avait bus. Il n'en exhuma qu'un, dans le Gers, avec Flavia... Ça ne datait pas d'hier ! Les autres s'étaient évaporés. Il s'efforça de comparer la gnôle brunâtre qu'on venait de lui servir à l'archétype qui avait fondé naguère sa préférence pour l'armagnac. Il ne trouva que des mots, une assertion piteuse, exsangue : celui d'autrefois était meilleur que celui d'aujourd'hui. Il finit de vider son verre d'un trait et régla en grimaçant. Combien en boirait-il encore dans sa vie ? Combien de bons ? Combien d'infects ? Il décida qu'il ne prendrait plus le risque d'en boire de mauvais. Il attendrait que le hasard daignât lui en offrir d'excellents, à l'occasion d'un déplacement en province ou d'une invitation à dîner. Cela pouvait fort bien ne jamais se produire. L'armagnac et lui, c'était peut-être une affaire terminée, un dossier bouclé. Dommage, alors, de se quitter sur le souvenir d'un tel tord-boyaux !... Et l'amour ? Combien de femmes encore ? Combien de contingentes, combien de nécessaires, comme auraient dit Sartre et Beauvoir ? Combien de délassantes, combien de bouleversantes ? Hélas, bien peu de chaque sorte, sûrement bien peu ! En contradiction flagrante avec la résolution qu'il avait prise quelques secondes plus tôt, il commanda un autre armagnac. Il le but cul sec. Brûlure à l'œsophage. Chaleur dans l'estomac. Le troisième ne lui parut pas si mauvais que ça. Il le sirota posément, en se regardant de temps en temps dans la glace. Comment pouvait-on être lui, comment pouvait-on être ça ? Un visage bouffi, ridé. Une peau épaisse, couperosée, semée de cicatrices minuscules, de pores dilatés, souvenirs de boutons anciens, petits cratères éteints... Une moustache entre le blond et le blanc, une moustache pisseuse, quoi ! Une chair qui tient mal au maxillaire, des tendons relâchés qui saillent en fanons, tels de vieux cordages tressautant au vent. Des lèvres en cuir craquelé, un nez dont les veinules témoignent des excès d'hier, et qui dit : « Souviens-toi ! » Des yeux marbrés, veinés, opaques, toute clarté et toute transparence éteintes, des yeux qui n'attendent plus rien de bon.

Il tituba avec dignité jusqu'à la cabine téléphonique.

— Allô, Cétoine ? Oui, je suis en bas, à la brasserie... Je me sens un peu patraque, je vais rentrer chez moi. Oui, non, rien de grave, seulement un peu barbouillé... Voilà, à demain !

Il raccrocha. Barbouillé ? Barbouillé de quoi ? Barbouillé de malheur. Avait-elle perçu quelque chose dans sa voix, au moins ? Mais la voix humaine est faite pour parler, pour dire à haute et intelligible voix : « Cétoine, je vous désire, Cétoine, je vous aime !... », non pour envoyer de vagues messages subliminaux, des signaux de détresse à peu près inaudibles... *Au secours, je coule, je me noie dans mes soixante ans ! Sauvez-moi, venez me chercher dans le beau bateau de votre corps tout neuf, luisant des peintures éclatantes, gréé des voiles blanches de la jeunesse...* Il régla ses deux derniers armagnacs et s'en alla finir de se noircir ailleurs.

Plus tard, dans un bistro de nuit où Milo pérorait sur sa guerre d'Algérie en éclusant des perroquets avec des buveurs de rencontre, Isacaron l'épia longtemps à son insu, pensivement. « Brise Milo », avait dit Baalbérith. Cela ne gênait pas Isacaron, de briser du bois d'homme. C'était une tâche plutôt facile et amusante. Intéressante, même : comme de peser sur une branche en dosant l'effort, pour voir à quel instant précis elle va se rompre. Isacaron n'était pas pressé. Indolence, mais aussi compétence, mais aussi obéissance... Baalbérith ne lui avait pas dit : « Ecrase-le ! » Alors Isacaron prenait son temps. Il observait Milo, il cherchait à discerner en lui la ligne de moindre résistance. Ce soir, Milo buvait. L'alcool constituait un assez bon moyen de briser une branche humaine. Un moyen lent, mais efficace ; un moyen cruel, générateur de souffrances de qualité. Isacaron déplorait qu'on ne sût plus mourir d'amour, en ces temps avachis. On mourait couramment de sexe, on attrapait une maladie ou une autre, ça oui. Mais lâcher la rampe parce qu'une dame ou un monsieur refusait de vous enduire de ses fluides corporels, ça n'était plus trop dans les mœurs. Il eût été amusant de voir Milo renouer avec la tradition... Quant à Kevin, voleur, violeur, déjà meurtrier, il aurait été dommage de l'empêcher de donner toute sa mesure dans la carrière où il progressait si vite.

Sur le coup de minuit et demi, le vieux diable éprouva un petit coup de pompe. Milo était entre de bonnes mains d'ivrognes, et Kevin essayait des positions avec une jeune touriste américaine devant l'armoire à glace d'une chambre d'hôtel, rue Delambre. Tout était dans l'ordre, les destinées s'élaboraient de façon satisfaisante. Isacaron s'estima en droit d'aller dormir un peu. Il avait finalement trouvé à se reloger, en banlieue, dans la pire des tours condamnées de la pire des cités HLM. Il venait tout juste d'emménager, mais il avait eu le temps de constater à quel point c'était sale, bruyant, dangereux. Les bacs à sable débordaient de seringues usagées, les dobermans des honnêtes gens aboyaient jour et nuit contre les pitbulls des dealers. Isacaron sentait qu'il allait se plaire dans ce quartier. Il paya ses consommations d'une grosse coupure qui ne tarderait pas à se métamorphoser en photo dédicacée du président René Coty. Il regagna sa banlieue et sa tour en RER, pour le plaisir de dodeliner sur une banquette lacérée à coups de rasoir. Quand il arriva sur la dalle, tout accès au dix-septième étage, le sien, était interdit. Un de ses voisins venait de tourner forcené. On attendait le GIGN. Avec philosophie, Isacaron choisit d'aller dormir au deuxième sous-sol, dans le local des poubelles.

Milo était rentré en taxi. Il louait une studette, non loin des Buttes-Chaumont. Il avait communiqué son nouveau numéro de téléphone à son secrétariat, en cadre conscient de ses responsabilités.

Il fut réveillé vers onze heures par la voix inquiète de Cétoine. On se souciait de sa santé. Il en fut touché. Il eut à cœur de rassurer la jeune femme, bien qu'il fût en réalité dans un état épouvantable. L'alcool moleste de plus en plus le buveur occasionnel à mesure qu'il avance en âge. Milo avait le sentiment d'avoir été à moitié scalpé, en raison de larges clairières douloureuses dans le cuir chevelu. Il parla de passer dans l'après-midi, peut-être, pour signer le courrier. Il raccrocha avec soulagement ; chaque fois que la voix de Cétoine en elle-même si douce grésillait dans l'appareil, deux gros trépans fouissaient avec fureur au fond de ses orbites. Il se prépara un double Alka-Seltzer, le but, et sombra à nouveau dans l'inconscience. Il n'en émergea qu'une heure plus tard, quand on frappa à sa porte. Il alla ouvrir dans une brume. Un homme, un parfait inconnu, se tenait sur le seuil.

— Monsieur Milo ?

— Je ne veux voir personne, balbutia Milo. Je suis souffrant !

— Vous avez la gueule de bois, c'est clair. C'est pas grave, ça se tassera vite. Et moi je suis seulement de passage à Paris, j'ai un train dans une heure... Etes-vous M. Milo ?

Tandis que l'inconnu parlait, Milo l'observait. C'était un homme d'une trentaine d'années, un peu plus peut-être, grand et dégingandé, vêtu d'un blue-jean et d'un blouson de cuir marron fermé sur un gros pull, chaussé de bottines éraflées. Il ne s'était pas rasé depuis au moins trois jours. Il avait les cheveux trop longs. Il portait des bagues de mauvais goût et une petite rose des vents tatouée sur le poignet droit. Il ne s'agissait pas d'un tatouage d'officine de tatouage, mais de tôlard, monochrome, épais et malhabile. Le regard de Milo remonta jusqu'au visage. Le type avait une gueule. Le genre buriné, les yeux bleus, deux ou trois cicatrices, les dents bien plantées, mais il lui manquait une incisive. Un ancien beau gosse de manège d'autos tamponneuses, pensa Milo. Depuis les dimanches glorieux à Noisy ou à Romainville, les marrades, les bastons, les filles ramassées à la pelle et les virées en moto avec les potes, il y avait eu l'armée et la prison, et Dieu sait quoi encore.

— Je suis vraiment mal en point, lui dit Milo. Qui êtes-vous ? Que voulez-vous au juste ?

— Je m'appelle Bogue. Je viens pour l'annonce.

— Quelle annonce ?

— L'annonce dans le *Moniteur de l'Invisible*... Ça n'est pas vous ?

— Le *Moniteur* ? Ah si, si, c'est moi... Vous parlez d'une annonce concernant le chevalier de Coscas ?

— C'est bien ça.

Milo tiqua. Pour lui, l'affaire était close. En tout cas il l'espérait, car il se doutait qu'un retour de bâton infernal n'était pas à exclure. Et voilà que ce zonard... Cependant sa curiosité fut la plus forte. Il s'effaça pour laisser entrer son visiteur.

— Asseyez-vous, asseyez-vous !

Bogue alla s'asseoir dans le seul fauteuil, près de la fenêtre. Milo déboucha le tube d'Alka-Seltzer, en fit tomber un cachet dans son verre, ajouta de l'eau. Puis, serrant contre lui la potion salvatrice, il s'assit au bord du lit défait.

— A quoi, la cuite ? demanda Bogue.

Milo fit la grimace.

— Armagnac... Perroquets...

Bogue grimaça à son tour.

— Aïe-aïe-aïe !

— Comme vous dites. Vous avez un train à prendre, je crois... Coscas ?

Bogue acquiesça. Ouvrant son blouson, il en sortit un portefeuille à l'ancienne, au format in-octavo, en maroquin vert passé muni d'un fermoir en métal oxydé.

— Je suis brocanteur, dit-il. J'ai trouvé ça dans un lot, un débarras que j'ai fait il y a quelques années, dans la Nièvre. Je l'ai pas revendu parce qu'Alberta voulait le lire en entier. Et comme elle est très occupée ça a pris du temps.

— Qu'est-ce que c'est ?

— Ça s'appelle... Attendez...

Bogue dégagea du portefeuille une épaisse liasse de pages manuscrites et déchiffra avec peine le titre pourtant calligraphié sur la première.

— *Mémoires du sieur Alphonse Gendelette, complétés en 1826 par l'ancien auxiliaire de police Anselme Cheminal.* Ouf !... C'est des histoires de la Révolution, du temps où on massacrait les nobles, ces choses-là, tout un roman, à ce que m'a dit Alberta.

— Vous ne l'avez pas lu vous-même ?

— J'ai déjà du mal avec les journaux de maintenant, alors des trucs de dans le temps écrits à la main comme ça... Mais Alberta m'a raconté, c'est intéressant, y aurait de quoi tourner un film.

— Mais qu'est-ce que c'est ? De vrais mémoires, ou un roman ?

Une expression d'incertitude se peignit sur le visage barbelé de Bogue.

— Alberta n'est pas sûre... Disons que ça se présente comme si c'était vrai, mais qu'on a peine à y croire tellement c'est incroyable...

— Et il est question d'Agrippa de Coscas, là-dedans ?

— *A. de Coscas*. Ce nom-là apparaît plusieurs fois. C'est pour ça que je suis venu, sur les conseils d'Alberta. Elle est tombée sur votre annonce en feuilletant le *Moniteur* chez des amis. Elle a noté votre téléphone, elle a mis des petits bouts de papier là où ça parle de Coscas et elle m'a dit...

Un soupçon effleura Milo.

— Vous dites qu'elle a noté mon numéro, mais ce n'est pas chez moi, ici. Comment m'avez-vous trouvé ?

— C'est Alberta. Chez vous, ça ne répondait pas, alors elle a regardé dans le *Who's Who*, et elle a su où vous travaillez, elle a appelé, et voilà.

— Un point encore : qui est Alberta ?

Bogue hésita.

— Alberta, c'est ma femme... Mon ex-femme, quoi. Elle continue à me donner un petit coup de pouce de temps en temps, pour m'arranger les bidons, parce que j'ai eu des malheurs...

Milo reprit confiance. Ces détails oiseux lui semblaient plausibles, justement parce qu'ils étaient oiseux. Un ex-tôlard tenu à bout de bras par son ex-épouse... Rien de flamboyant ni de baroque, rien d'isacaronien là-dedans. Il s'aperçut qu'il allait beaucoup mieux. Il n'avait pas encore avalé une gorgée de remède, et pourtant l'étau qui écrasait ses tempes se desserrait de minute en minute. Comment aurait-il pu résister au désir de savoir de quoi il retournait ? Il tendit la main en direction de la liasse. Bogue maintint celle-ci hors d'atteinte.

— Ce n'est pas gratuit !

— Je m'en doute. Mais je ne peux acheter sans savoir ce que j'achète. Et d'abord, combien en voulez-vous ?

Milo perçut dans le regard de Bogue un éclair d'affolement. Il n'était pas très étonnant, songea-t-il, que, de brocanteur, ce gars-là ne fût jamais passé antiquaire. Handicap social, défaut de confiance en soi... A trente-cinq ans c'était irrémédiable. Alberta avait désespéré d'un mari commercialement défectueux et elle avait quitté Bogue... Milo le trouva plutôt sympathique, tout à coup.

— Alberta ne vous a pas dit combien il fallait demander ?

— Si ! Elle m'a dit vingt mille, premier et dernier prix...

Milo resta impassible. Vingt mille, c'était peut-être beaucoup trop cher. C'était peut-être donné.

— Il faut que je voie. Je ne vais pas me jeter là-dessus parce qu'il y a marqué Coscas en deux ou trois endroits... Le mien est du XVIe siècle. Seconde moitié du XVIe, tout début du XVIIe. Or le document que vous me proposez est du XIXe et porte sur la période révolutionnaire, c'est-à-dire sur la fin du siècle précédent. J'en déduis qu'il n'a trait qu'indirectement au sujet de mon étude. C'est logique, non ?

— Oui, peut-être... Mais Alberta a dit...

— Alberta a dit vingt mille, je sais. A priori, pourquoi pas ? Mais je ne peux pas me décider comme ça, sans voir. Laissez-moi jeter un coup d'œil, et je vous dis tout de suite si ça m'intéresse.

Il y avait en Milo quelque chose de rassurant. Malgré la vieille hantise du brocanteur, se faire avoir, lâcher la belle pièce au prix de la drouille, ou, au contraire, payer cher un nanard, Bogue laissa Milo lui prendre la liasse des mains.

Milo chaussa ses lunettes. Tout en vidant son Alka-Seltzer à petites gorgées comme si ç'avait été un long drink, il commença à parcourir les *Mémoires du sieur Alphonse Gendelette...* Quelques sondages de folio en folio suffirent à le convaincre de la valeur du document. Le nom de Coscas apparaissait bien aux endroits marqués de signets par les soins d'Alberta... L'ensemble, les Mémoires eux-mêmes et leur complément de la main du policier Cheminal, couvrait une soixantaine de folios. A mesure qu'il les parcourait et qu'il y effectuait des carottages, la curiosité de Milo s'échauffait. D'autres auraient pu s'interroger à perte de vue sur la nature de ce texte. Pas lui. Il en détenait les clés.

— Quinze mille ! dit-il enfin.

La tête de Bogue se mit à osciller de droite à gauche, dans un mouvement de faible amplitude.

— Alberta a dit...

— Moi je dis : quinze mille. C'est déjà beaucoup. Vous avez un autre acheteur sous la main ?

Un rictus fatigué tordit le visage de Bogue.

— Je peux vous le laisser à dix-sept mille cinq. Mais j'irai pas plus loin.

Milo feignit un instant de peser le pour et le contre.

— Allez bon, dix-sept mille cinq. Le milieu du pont est au milieu de la rivière...

— Pas de chèque ! dit Bogue.

— Comment ça, pas de chèque ? Vous croyez que j'ai cette somme en liquide ?

— Pas de chèque. J'ai plus de compte, depuis mes malheurs.

— Vous le donnerez à Alberta contre des espèces. Elle a un compte, elle !

— Elle en a plusieurs. Pas de chèque, ou alors c'est vingt mille.

Milo comprit. Bogue ne voulait pas perdre la face une fois de plus en rapportant à Alberta un chèque inférieur au prix qu'elle avait fixé.

— Il faut que je passe à ma banque... Vous m'accompagnez et je vous règle dans un café. On fait comme ça ?

Ils firent comme ils avaient dit. Au café, l'argent et le portefeuille changèrent de mains. Bogue semblait content.

— Avec ça, plus ce qu'Alberta va me prêter, je vais pouvoir reprendre une camionnette...

Milo but un double express, Bogue éclusa une bière, puis il fila attraper son train, retrouver au plus vite sa vie pleine de bistrots et de caouas-rhums au petit matin, de camions pourraves, de copains, de trafics, de plans tantôt tordus et tantôt foireux, d'objets plus ou moins beaux, plus ou moins authentiques, plus ou moins volés ; la belle vie, quoi !

— Cornélie, tu vas bien ?

Elle marchait devant lui sur le boulevard, seule pour une fois. La plupart du temps, à la fermeture des bureaux, elle partait avec Bobby De Clerk, mais pas ce soir. Alors Kevin avait pressé le pas et il l'avait rattrapée.

Elle le regarda de haut, comme d'habitude. Ou non, lui sembla-t-il, pas tout à fait comme d'habitude. Il lut aussi de la curiosité dans ses yeux. Elle n'avait pas manqué de remarquer les changements survenus dans son apparence ces dernières semaines.

— Ça va...

Elle hésita. Depuis le soir où elle l'avait giflé, il ne lui avait plus adressé la parole. Elle s'en fichait. Mais puisque Kevin avait l'air disposé à faire les premiers pas, pourquoi ne pas en profiter pour l'interroger ? Le pool ne parlait plus que de ses beaux vêtements. Pour s'en moquer, surtout. Tout y passait, Kevin-dandy, Kevin-Brummell, le grouillot le plus smart de Paris... On piquait des fous rires, mais on brûlait de curiosité. La fringue, ça coûte. Elles le savaient bien, elles qui ne pensaient à peu près qu'à ça : se trouver de jolies petites choses pas trop chères, pour se montrer toujours à leur avantage, pour plaire, pour plaire, pour plaire !... Kevin avait perdu sa tante. Il avait dû hériter. Tout s'éclairait. Restait une question : de combien, l'héritage ? En réalité Tata avait tout légué à sa nièce, comme il s'en doutait. Et avec l'incendie, tout était entre les mains des assurances.

— Et toi, ça va ?

Il ne répondit pas sur-le-champ. Comment lui dire à la fois à quel point ça allait et à quel point ça n'allait pas ? Qu'il avait terriblement changé et qu'il était pourtant resté le même ? Qu'il violait des femmes tous les jours, qu'il avait assassiné sa tante, et qu'il était toujours amoureux d'une petite idiote comme elle ? Il se borna à dire que ça allait plutôt bien.

— Ça a l'air, reprit-elle. Dis donc... Chapeau, l'élégance !

Il avait encore changé de look. Ce jour-là, il portait des sportswears de marque. Hier encore il ne faisait pas la différence, mais il avait compris que les filles savaient toutes la faire.

— Il faut bien s'habiller.

— Oui, mais si on veut du beau...

Elle frotta l'un sur l'autre son pouce et son index.

— Bah, l'argent...

Il trouva son ton désabusé-désinvolte très réussi.

— Avec les filles du pool, on se demande comment tu te débrouilles. Il y en a qui disent que t'as gagné au Loto, et d'autres que c'est l'héritage de ta tante. Mais tu avais déjà commencé à t'habiller avant qu'elle meure, alors ça ne peut pas être ça ?

— Non, ça n'est pas ça...

Il se tut. Elle attendit en vain. Il faisait son mystérieux. Il fallait pourtant qu'il crache le morceau, pour qu'elle puisse tout raconter aux copines demain à l'heure de la pause, devant la machine à café.

— Mme de Grassi dit que tu te prostitues.

— Ah, elle dit ça, la mère de Grassi ?

— Oui, elle dit que tu fais le gigolo, que tu vas avec des vieux.

— La salope ! dit Kevin.

Il inscrivit cette nouvelle offense au passif déjà lourd de Berthilde de Grassi.

— Et pourquoi pas avec des vieilles ? demanda-t-il.

— Elle dit qu'aucune vieille ne paierait pour faire ça avec toi, même pas une vieille chèvre ! C'est vrai, tu vas avec des vieux ?

Cornélie pouffa. Kevin se força à feindre de prendre les choses à la blague.

— Pas besoin de ça ! Je joue en Bourse. Une fois que tu as pigé le système, ça rapporte plus que les passes... Et d'abord je n'aime que les femmes, tu devrais le savoir...

— Oui, c'est vrai, mais si elles t'envoient toutes balader comme moi, à la longue tu pourrais finir par changer ton fusil d'épaule.

— Elles ne m'envoient pas toutes balader.

— Vraiment ? Voilà une grande nouvelle ! Comment tu t'y prends ? Tu les emmènes au ciné ?

Il ne broncha pas. Le compte débiteur de Cornélie s'alourdissait vite, lui aussi. En se moquant de lui elle lui facilitait les choses, elle s'enfonçait.

— Au cinéma, non... Qu'est-ce qu'on peut faire, au cinéma ? Non, on va à l'hôtel, ou chez elles.

Elle le dévisagea avec ironie. Kevin en bourreau des cœurs ! Elle n'y croyait pas une seconde. Il faut dire qu'elle l'avait vu à l'œuvre.

— Et là, pfiou, c'est l'extase ? Le septième ciel ?

— Tu veux te rendre compte par toi-même ?

La main droite de Kevin s'était refermée sur le manche de la crécelle, au fond de la poche de sa parka de luxe.

— J'ai ce qu'il me faut. Ne t'illusionne pas, Kevin, l'habit ne fait pas le séducteur... Allez, c'est mon bus, je te laisse à tes rêves.

— Attends...

— Quoi ?

Elle fronça les sourcils. Il s'accrochait, le blaireau. Il allait lui faire louper son bus !

— Quoi ? répéta-t-elle sans aménité.

— Attends !

Il sortit un objet bizarre de sa poche.

— Ici, il y aura un tanagra, un vrai. On les trouve en Grèce ou en Asie Mineure, au hasard des fouilles... Tu sais, ces statuettes en terre cuite moulée... On les fabriquait en Béotie, au IIIe siècle avant Jésus-Christ. Il y a des sujets grotesques, mais ce que je veux c'est une petite danseuse... J'aimerais qu'elle te ressemble.

Kevin récitait l'*Encyclopaedia Universalis* devant la vitrine vide. Cornélie acquiesçait en fermant et en rouvrant les yeux spasmodiquement. Piano à queue, tanagra, fouilles, Béotie, les mots naissaient et crevaient sur les lèvres de Kevin comme des bulles de savon. Elle avait peur. Comme elle s'apprêtait à lui fausser compagnie pour sauter dans son bus il avait sorti quelque chose de sa poche, elle avait entendu un bruit horrible, et maintenant ils étaient là, chez lui, alors qu'elle aurait dû rentrer se changer, pour retrouver Bobby un peu plus tard et assister avec lui à la soirée d'anniversaire d'une amie. Elle s'en était fait une joie à l'avance. A l'idée de sortir, de se montrer en couple avec Bobby, son cœur battait. Elle sentait qu'ils se rapprochaient des fiançailles et du mariage. Qu'est-ce qu'elle fichait là avec Kevin, au lieu de repasser fissa son joli corsage en mousseline verte qui plaisait tant à Bobby et qui irait si bien avec son pantalon en shantung ?

— J'en ai parlé avec un antiquaire. Il a promis de me trouver une danseuse. Viens, viens t'asseoir.

Il l'entraîna vers le canapé fauve.

— Assieds-toi.

— Non, je...

Il la regarda méchamment.

— Tu ne me dis plus non. Pour rien. Plus jamais. Assieds-toi !

Elle s'assit au bord du canapé.

— Mets-toi à ton aise. Je vais chercher à boire. Tu m'attends ici, sans bouger.

Ce n'était pas normal qu'il dise ça, songea-t-elle. On n'intime pas à ses invités l'ordre d'attendre ici sans bouger. Kevin disparut en direction de la cuisine. Elle s'imagina en train de se lever, de traverser le living et l'entrée, d'ouvrir la porte, de sortir, de descendre l'escalier, de sauter dans un taxi, de courir se pomponner pour Bobby De Clerk, son chéri, son amour. Elle ne bougea pas. Elle était un être humain doté de libre arbitre, mais elle ne bougeait pas. Une force mystérieuse la tenait clouée au canapé. Il lui revint que Kevin, en s'éclipsant, lui avait dit de se mettre à l'aise, et malgré elle, mais en toute conscience, elle se vit ôter son pull. Sur les instances de son hôte elle avait déjà accroché son manteau dans l'entrée.

— Ah, c'est bien, tu te dégèles un peu...

Il s'était débarrassé lui aussi, et il avait enfilé un jacquard léger. Il posa sur la table basse un plateau supportant une bouteille de champagne dans un seau à glace, des flûtes en cristal et des gâteaux salés.

Il entreprit de déboucher la bouteille.

Le bouchon sauta. Il emplit les deux flûtes, en tendit une à Cornélie. Il leva la sienne. La lumière de la suspension traversait le cristal et embrasait les bulles.

— A nos amours !

— Je ne t'aime pas, dit-elle d'une voix blanche.

Elle ignorait où elle était allée chercher le courage de dire ça. Dans son amour pour Bobby De Clerk, peut-être. Ces mots, ce n'était d'ailleurs pas la première fois qu'elle les adressait à Kevin. Le soir du cinéma elle avait été heureuse de l'humilier ; ç'avait été comme si Kevin se trouvait au fond d'un puits d'eau noire et sale, et elle sur la margelle, au grand soleil. C'était bon, c'était érotique. Mais ce soir, ça n'avait rien à voir. C'était elle qui pataugeait au fond du puits dans l'eau noire de sa peur.

— Je sais ; ça n'est pas grave, ça ne fait rien...

Elle reprit espoir.

— Tu comprends, c'est vrai ? On n'y peut rien, ces choses-là ça ne se commande pas...

— Si, moi je peux les commander, tu vas voir. Lève ton verre, on va trinquer à nos amours. Dis : A nos amours !

Elle leva sa flûte.

— A nos amours ! dit-elle en chevrotant.

Ils trinquèrent.

— Tu vois comme c'est simple ? J'ordonne et tu obéis... J'ai réfléchi, Cornélie. Sur toi, sur nous, sur Bobby...

Au nom de Bobby, une lueur fugitive éclaira les yeux morts de Cornélie.

— Vous deux c'est plus qu'un flirt, poursuivit Kevin. Vous couchez ensemble, c'est bien ça ?

Elle dit oui. Il lui demanda ce qu'ils faisaient, et elle lui dit comment Bobby la prenait, ce qu'elle aimait le plus et ce qu'elle aimait moins, mais tout lui plaisait quand même puisque c'était avec Bobby, pour Bobby... Quand elle eut tout dit, elle se tut comme une poupée parlante dont la bande magnétique s'est entièrement dévidée. Il parla à son tour.

— C'est terminé, Bobby et toi. Tu ne le laisseras plus te toucher. Plus de baisers, plus de caresses, plus de chuchotements, plus rien. S'il te parle, tu lui réponds avec froideur. S'il t'offre des fleurs, tu les jettes. S'il te demande des explications, tu lui dis qu'il n'y a rien à expliquer, tu voulais bien mais tu ne veux plus, et basta !

Les lèvres de Cornélie tremblaient.

— Ne me demande pas ça, Kevin, je l'aime !

— Ça, je suppose que je n'y peux rien... Je veux seulement que tu lui interdises de poser la main sur toi. Il n'est plus autorisé, il n'a plus accès... S'il essaye, tu le gifles. Et tu ne fais pas semblant, hein ? Une vraie beigne, comme à moi l'autre soir.

Elle pleurait et se tordait les mains. Elle n'était pas terrible, quand elle souffrait. La souffrance photogénique reste l'apanage des grandes actrices. Ce n'est pas tout de grimacer, il faut qu'une autre beauté s'invente. Avec son nez et ses yeux rouges, ses sinus engorgés, sa bouche tordue et son menton raviné, Cornélie était loin du compte. Il la contempla un instant, fasciné par cette métamorphose. La jolie Cornélie qui l'avait si joyeusement piétiné n'était plus qu'un laideron en larmes. Il n'avait même pas envie d'elle, avec ses yeux de grenouille et sa morve au nez.

Et puis on était en fin de journée et il aimait les femmes fraîches comme la rosée du matin, il aurait fallu l'envoyer prendre une douche. Le léger dégoût qu'elle lui inspirait tout à coup lui apparut comme le signe d'une supériorité morale. Il avait gagné, puisqu'il ne voulait plus d'elle... Enfin, pour aujourd'hui, car il avait bien l'intention d'étreindre plus concrètement sa victoire dans les jours prochains. Il pouvait certes marquer sa prise de possession par quelque privauté symbolique, comme on plante un drapeau en terre, mais ce soir en tout cas il ne se passerait rien de plus.

— Finis ton champagne, tu vas rentrer chez toi et y rester.

— Mais Bobby va m'attendre, on devait se retrouver à neuf heures et demie chez...

— Il attendra. Au bout d'un moment il appellera chez toi. Tu lui diras que tu as changé d'avis et tu lui raccrocheras au nez.

— Mais je vais penser à lui toute la nuit !

Elle avait crié, en découvrant le gouffre qui s'ouvrait devant elle, une nuit à imaginer Bobby furieux, inquiet, malade de son absence, de sa conduite inexplicable.

— Tu n'auras qu'à prendre un somnifère, ou tiens, non, tu vas copier trois mille fois : « Je ne ferai plus jamais l'amour avec Bobby De Clerk. Je ne ferai plus jamais l'amour avec Bobby De Clerk. Je ne ferai plus jamais... » Proprement, au stylo à encre. Tu as un stylo à encre ?

Elle pleurait à nouveau. La tête basse, elle répondit entre ses larmes que sa mère avait gardé le beau stylo de son père mort d'un infarctus l'an dernier, et qu'il restait des cartouches dans le tiroir du buffet.

— Tu m'apporteras tes lignes demain. Allez, tu peux partir, maintenant.

Elle se leva, enfila son pull comme un automate.

— Ton manteau dans l'entrée...

Il faisait froid. Elle le savait, mais il le lui dit quand

même. Pour elle, il serait à la fois celui qui punit et celui qui protège. Elle se dirigea vers l'entrée.

— Reviens.

Il avait failli oublier la privauté.

Quand Cornélie fut partie, Kevin remplit sa flûte jusqu'au bord pour rafraîchir son contenu tiédi. Il était très tôt dans la soirée. Il regretta de n'avoir pas exigé qu'on lui livrât le poste de télévision aujourd'hui. Le vendeur avait dit après-demain. Kevin aurait dû dire aujourd'hui ou jamais. Il n'avait pas encore les réflexes de l'homme riche. Il pensa qu'il allait s'ennuyer, sans télé, sans compagnie. De la compagnie, il ne tenait qu'à lui de s'en procurer. Il n'avait qu'à descendre en chercher, dans la rue, dans un café. Il fit claquer ses lèvres. Ça l'embêtait de ressortir ce soir. Il aurait peut-être dû garder Cornélie ? Il secoua la tête. Il en attendait trop de délices pour se jeter sur elle comme un affamé. Il se souvint d'Eléonore Benedetto, de son corps confortable. Il avait conservé la carte de visite qu'il lui avait dérobée lors de leur rencontre. Il avait été tenté à plusieurs reprises de l'appeler. Comme ça. Pour voir. Si elle était là. Si elle était vivante. Si elle reconnaissait sa voix, et si elle la reconnaissait, comment elle y réagissait. Il alla chercher son portable et le tripota un moment sans parvenir à se décider. En achetant cet appareil il avait souscrit un abonnement. Son nom était associé à son numéro, et ce numéro pouvait apparaître sur un identificateur d'appels. A partir de là... Il reposa le téléphone sur la table. Il n'allait pas s'en servir souvent, selon toute vraisemblance. Il devait se montrer prudent, comme un chat arpentant les toits vertigineux de la vie. Il fallait exister à peine. Pour les autres, pour ses proies, n'être qu'un mauvais rêve. On ne passe pas les menottes à un mauvais rêve. S'il perdait, il perdrait beaucoup. Sa liberté à lui n'était pas vide, mais pleine à craquer de tous les plaisirs que lui prodiguait la crécelle. Les femmes. L'argent. Les vêtements. Les grands restaurants... Il n'osait pas encore s'y risquer vraiment. Il ne savait même pas se servir des bons couverts au bon moment. Il aurait eu besoin de quelqu'un pour lui apprendre. Eléonore Benedetto savait tout ça, sans aucun doute, les couverts, les vins, et quel pourboire donner en partant.

Il jaillit de son fauteuil, empocha la carte de visite, quitta la pièce en abandonnant sur la table basse le téléphone cellulaire et la flûte pleine de champagne.

Il y avait un café-tabac au carrefour, et juste en face une double cabine publique. Il acheta une carte de cinquante unités. Les deux cabines étaient occupées. Les gens téléphonent comme des fous. Qu'ont-ils donc à se dire ? Des bêtises, la plupart du temps. « Prends du pain, je m'occupe des carottes râpées ». Il s'aperçut qu'il n'avait personne au monde à qui dire des choses comme ça, maintenant que Tata n'était plus là. Sa solitude lui apparut. Il eut peur, soudain. N'avoir personne à qui parler de baguettes pas trop cuites et de barquettes de carottes râpées, ou de tranches de jambon, c'est le signe qu'on n'appartient pas tout à fait à l'humanité. Il était tombé d'un train en marche. Le train s'éloignait, tandis que lui, Kevin, restait seul au bord de la voie, la crécelle au poing. Une des cabines se libéra. Une jeune femme en sortit, préoccupée, pressée. S'il avait voulu... Mais elle avait de vilaines dents ; il la laissa filer et prit sa place dans l'édicule.

Il composa le numéro de l'adresse personnelle. On ne répondit pas immédiatement. Il avait entendu dire qu'un correspondant bien élevé n'insiste pas au-delà de cinq ou six sonneries. A la douzième sonnerie, on décrocha.

— Allô ?

C'était une voix d'homme. Une voix grave avec des inflexions un peu émoussées de vieux mâle. Le mari, sûrement, l'architecte. Décontenancé, Kevin resta coi. Gianni Benedetto s'impatienta.

— Oui, allô ?...

— Allô, euh... Pourrais-je parler à Mme Benedetto, s'il vous plaît ?

— Attendez, je vais voir si... Qui la demande ?

Kevin donna le premier nom qui lui vint à l'esprit.
— Desemblais, dites-vous ?
Kevin boulait les mots. L'architecte avait mal compris. Tant mieux, se dit Kevin. Donner le nom de Des Embruns, ça n'était pas malin.
— C'est ça, Desemblais.
— Ne quittez pas, je vais voir.
Il y eut un assez long silence. Enfin, la voix retentit à nouveau dans l'appareil.
— Allô ? Ecoutez, je suis désolé, ma femme n'est pas là...
— Tant pis, je rappellerai plus tard. Bonsoi...
— Voulez-vous laisser un message ?
— Non, non, si vous pouvez lui dire seulement que j'ai téléphoné...
— M. Desemblais, c'est ça ? Je vais noter, si vous permettez.
Kevin dut épeler son faux nom. Il se félicita d'avoir escamoté le nom de Des Embruns. Il se demanda soudain s'il n'était pas en train de se laisser piéger en restant si longtemps en ligne. La scène de la cabine téléphonique localisée par la police revenait dans des quantités de téléfilms. Il raccrocha, arracha sa carte téléphonique de la fente et quitta la cabine en toute hâte. Aucune voiture ne s'arrêta à sa hauteur dans un grand crissement de freins. Mais on pouvait aussi le suivre à distance. Il s'exhorta au calme. Sa conversation avec Benedetto avait duré quoi ? Deux minutes, silence compris ? Il se montait le bourrichon. Cela dit, il n'appellerait plus. Il retrouva la carte de visite des Benedetto au fond de sa poche, et il la déchira en trente-deux minuscules morceaux qu'il sema dans le caniveau. Adieu, Eléonore Benedetto. Adieu, vague espoir d'une complicité. Kevin s'apitoya sur lui-même. Seul. Il fallait continuer seul. Mais n'était-il pas déjà seul avant ? Tout ce qui arrivait n'avait pas d'autre cause. S'il n'avait pas pué la solitude et la détresse au point d'attirer les mouches de l'Enfer, Isacaron lui aurait-il tendu la crécelle ? Si, comme la plupart des êtres, il avait eu autour de lui un rempart d'amour, le

Diable aurait passé son chemin et cherché une autre victime. Ce n'était pas sa faute ! Le sort avait ouvert très tôt les hostilités contre lui, en lui arrachant ses parents, en le laissant entre les mains froides et sèches de... Il s'efforça de chasser sa tante de son esprit. Elle y était *persona non grata*. Elle s'y glissait pourtant, la nuit, dans ses rêves. Une silhouette frêle, souffreteuse, encore discrète, en arrière-plan d'une action confuse. Elle ne disait rien, elle ne faisait rien de particulier, elle traînait, elle rôdait, et c'était déjà trop.

Comme il passait devant une pharmacie, une jeune femme en sortit. Elle n'était pas du quartier, car une fois sur le trottoir elle s'immobilisa et regarda de droite et de gauche pour se repérer. Elle était brune, avec de longs cheveux qui encadraient son visage maigre. Ses dents du haut saillaient quelque peu, ce qui étirait sa lèvre supérieure. Les femmes dotées de cette particularité ne déplaisaient pas à Kevin. Il se dit que celle-ci ferait l'affaire pour ce soir, et il lui emboîta le pas.

Ils étaient une vingtaine, blêmes, les entrailles nouées, les yeux agrandis par la peur, dans l'ancienne chapelle de la prison de l'Abbaye Saint-Germain, aujourd'hui meublée de lits de sangles et de bottes de paille. On était le mardi 3 septembre 1792. La chapelle n'était plus qu'une cellule, et l'antichambre de la mort.

— Cessez donc de ressasser vos paperasses, Saint-Méard, dit Maussabré à son voisin plongé dans la relecture, pour la millième fois, des pièces dont il attendait son salut. Elles ne vous mèneront pas plus loin que le trottoir de la rue Sainte-Marguerite. Nos juges n'écoutent rien et n'ont d'autre souci que de nous égorger.

— Laissez-le faire, Maussabré ! Tout ce qui nous

occupe l'esprit est une bénédiction, dit Vaugiraud. Son rêve nous l'a requinqué. Si seulement le ciel avait la bonté de m'en envoyer un semblable !

— Eh ! Pour rêver il faut dormir, en principe, s'exclama Maussabré. Je serais même preneur d'un sommeil sans rêve. Ne fût-ce qu'un instant, échapper à ces cris... Mais nous pousserons bientôt les mêmes, conclut-il d'une voix lugubre.

Ses compagnons d'infortune dévisagèrent avec inquiétude l'ancien aide de camp de M. de Brissac. Ils notèrent que son regard avait encore gagné en fixité. A plusieurs reprises, déjà, il leur avait paru sur le point de perdre l'esprit.

— Monsieur, lui dit Saint-Méard, rappelez-vous que les tigres du dehors ont encore épargné quelqu'un tout à l'heure. Au lieu de lui trancher la gorge ils l'ont acclamé et embrassé comme du bon pain. J'ai vu cela quand j'étais en faction à la fenêtre de la tourelle, et vous l'avez entendu comme moi : la foule criait « Vive la Nation ! ».

— On crie aussi « Vive la Nation ! » en nous lardant de coups de pique, murmura Maussabré. Non, tout est perdu. J'ai entendu quelqu'un brailler mon nom, là-dehors...

— Votre nom, vraiment ? Je n'ai rien entendu de tel...

— Si, si... On a crié mon nom ; on va venir me prendre, on va me pousser sous les sabres !

— Ne vous effrayez pas sans savoir. Peut-être est-ce quelqu'un qui vient vous secourir, au contraire ! Il n'est pas possible que le monde laisse ces horreurs s'accomplir sans s'émouvoir ; les honnêtes gens...

— Les honnêtes gens sont tous ici, en prison. La lie de l'humanité les guette au-dehors et n'aura de cesse de les avoir exterminés ! dit Maussabré, un air d'égarement peint sur son visage décomposé.

— Calmez-vous, je vous en prie, le pressa Vaugiraud. Et vous, monsieur Saint-Méard, redites-nous votre rêve, s'il vous plaît. Il me réconforte. J'y vois comme vous un excellent présage, d'abord pour celui qui l'a fait, mais peut-être aussi pour nous tous, qui sait ?

Jourgniac Saint-Méard raconta de nouveau le rêve qui l'avait visité. Il en avait retiré une confiance que tous lui enviaient, y compris ceux qui tenaient d'ordinaire les rêves pour de simples sottises. Vers midi, alors que les prisonniers, à la lumière des scènes épouvantables que leur rapportait la vigie de la tourelle, en étaient à délibérer de la meilleure posture à adopter sous les coups pour souffrir le moins possible, Saint-Méard s'était jeté sur son lit et s'était endormi. Il avait comparu en songe devant le tribunal improvisé qu'il aurait à affronter pour de bon dans les heures prochaines. Et là, contre tout ce que les tueries en cours présageaient, on l'avait autorisé à développer sa défense, on avait reconnu la justesse de ses arguments et on l'avait renvoyé libre... Depuis son réveil, empli d'espoir, il repassait toute son affaire dans sa tête et relisait les certificats et attestations dont on savait trop bien que les juges se moquaient.

Il n'eut pas le temps, cette fois, d'aller au bout de son récit. Il fut interrompu par des gémissements en provenance de la tribune surplombant la salle. La proximité des plaintes fit oublier un temps aux captifs les hurlements d'agonie qui s'élevaient à intervalles réguliers de la rue. Ils alertèrent les guichetiers. On découvrit dans la tribune un jeune officier du nom de Boisragon. Il avait tenté de mettre fin à ses jours, mais, disposant pour toute arme d'une lame à l'extrémité arrondie, il ne s'était infligé que des blessures superficielles. Il fut traîné devant la Commission et livré quelques minutes plus tard à la sans-culotterie. Celle-ci n'officiait pas à l'aide de petits couteaux à beurre. Vaugiraud avait pris son tour au perchoir, comme ils appelaient la fenêtre de la tourelle. Il décrivit aux autres la mort de l'officier. Boisragon n'avait pu, comme ceux de la chapelle, se convaincre qu'il était préférable de garder les mains le long du corps. Il voulut se protéger des coups qu'on lui assenait. Il fallut lui trancher les avant-bras pour arriver à lui fendre le crâne.

C'en fut trop pour Maussabré. Le courage l'abandonna. Il tenta de s'enfuir par la cheminée de la chapelle. Une grille scellée dans le conduit arrêta son ascension. Il s'efforça en vain de la briser à coups de tête. Il finit par redescendre, couvert de suie et de sang, hagard, fou sans remède, désormais incapable d'articuler la moindre défense quand le moment serait venu pour lui de comparaître.

— Peut-être auront-ils pitié de ce pauvre insensé, chuchota Saint-Méard.

— La pitié ? Ils ignorent ce que c'est, répondit un jeune homme resté jusqu'alors silencieux. Maussabré a raison, nous allons tous mourir !

— Vous vous y mettez, vous aussi, Gendelette ? Vous n'avez trempé en rien dans les affaires du 10 août ?

— Si tel était le cas je serais déjà mort, et bien tranquille, comme les gardes suisses qu'on a hachés la nuit dernière après les religieux du cloître.

— Vous n'avez pas imprimé de faux assignats ?

— Je suis honnête homme, sinon gentilhomme !

— Je plaisantais, mon jeune ami ! Mais donc, si vous n'êtes pas faux-monnayeur, ni financier, ni garde du corps ni valet ni ancien ministre du roi, ni ecclésiastique, tous les espoirs vous sont permis...

— Ne prononcez plus ce mot devant moi, s'il vous plaît ! Je n'ai aucun espoir, en ce qui me concerne. Cette disposition m'engourdit. Elle me rend plus légère l'imminence de la mort.

— Mais pourquoi vous tuerait-on ? Vous n'êtes qu'un obscur employé du Garde-Meuble !

— Le Garde-Meuble est celui du roi. Cette raison suffira, dit Gendelette.

La nature positive de Saint-Méard l'entraînait à combattre la désespérance ou la résignation, chaque fois qu'elles semblaient l'emporter dans l'esprit d'un de ses codétenus. Ainsi, pour redonner confiance au sieur Emard, lui avait-il offert une médaille en argent, en le priant de la lui remontrer dans dix ans.

Il revint à la charge auprès du jeune employé du Garde-Meuble :

— Reprenez-vous, nom d'un chien ! Revoyez votre affaire, ordonnez vos idées, préparez votre plaidoyer ou alors, ma parole, ils vous tueront !

Gendelette lui adressa un sourire plein de tristesse et d'amitié.

— Monsieur Saint-Méard, vous êtes un homme de cœur... Si un seul d'entre nous doit survivre, ce sera vous, j'en suis sûr ! Pour moi, je ne crois guère à mes chances. Aussi faut-il que je vous livre mon secret...

— Un secret ? Attendez... S'agit-il d'un secret d'importance ?

— De la plus haute, à ce qu'il me semble.

— Alors prenez garde. Avant de mettre le pied dans cette cellule vous n'aviez jamais entendu parler de moi. Et vous iriez me révéler ce que vous devriez enfouir au plus profond de votre conscience ?

— Monsieur, dans une heure, moins peut-être, je serai mort, et ce secret risque de disparaître avec moi.

— Je comprends. Mais vous faites fond sur des chances de survie que vous me prêtez, et qui n'excèdent en rien les vôtres...

— Je suis persuadé du contraire. Acceptez-vous de m'entendre ?

— Je me ferais grief de vous le refuser en cette seconde, soupira Saint-Méard. De quoi s'agit-il ?

Depuis quelques répliques, instinctivement, les deux hommes s'étaient rapprochés l'un de l'autre et avaient baissé la voix.

— Voilà, commença Gendelette : il s'agit d'un des objets conservés au Garde-Meuble...

A cet instant, la porte de la chapelle s'ouvrit à grand fracas. Le guichetier Bertrand apparut et appela le nom de Gendelette. Celui-ci se frappa le front.

— Mon Dieu, je m'y suis pris trop tard ! C'est ma faute, c'est...

— Courage, ami !

— Gendelette ! Gendelette ! Où qu'il est, Gendelette ? bramait Bertrand. Faudra-t-il qu'on aille le chercher par la peau du cul ?

Gendelette se leva du lit de sangles au bord duquel il était assis près de Saint-Méard. Ses jambes flageolantes le portaient de justesse. Bertrand s'effaça, laissant trois hommes vigoureux se saisir du prévenu et l'entraîner vers le guichet où siégeait la Commission.

Milo avait pris une douche. Il s'était rasé. Il avait déjeuné dans un bistro d'une salade composée et d'une tarte aux pommes arrosées d'eau minérale. Il était ensuite passé en coup de vent à la Providence, pour voir le courrier et donner des instructions touchant à quelques affaires en cours. Il lui avait semblé que Cétoine, et pas seulement elle, le regardait « en dessous ». Sous ses dehors accoutumés de ruche paisible, il sentait le Contentieux en ébullition. Sa visite impromptue chez Abel et ce qu'elle l'avait conduit à découvrir avaient décidément déstabilisé cet univers. Il songea, non sans embarras, qu'il lui appartenait de prononcer les mots, d'accomplir les gestes susceptibles de restaurer l'ancienne harmonie, ou du moins d'en instaurer une autre... Il se dit que tout viendrait en son temps, et il s'éclipsa.

Rentré chez lui, Milo s'était enfin plongé dans la lecture des Mémoires d'Alphonse Gendelette. Depuis que Bogue le lui avait vendu, quelques heures plus tôt, il s'était retenu à grand-peine d'ouvrir le portefeuille. Il se méfiait de son impatience. Il désirait prendre connaissance du document de façon méthodique : commencer au premier mot et aller sagement jusqu'au dernier, sans en sauter aucun, le stylo à la main, prêt à consigner au fur et à mesure sur un carnet tout ce qui lui paraîtrait digne de l'être. Il s'était attendu à une lecture plus ou moins rébarbative. Il s'était trompé. Très vite emporté par le récit de Gendelette, Milo avait délaissé son stylo et ses notes. Alberta avait raison, ça se lisait comme un roman. Mais la seule mention du nom de Coscas suffisait, aux yeux de Milo, à tout authentifier. Quand il parvint à l'endroit où Gendelette tentait de s'ouvrir d'un certain objet auprès du bon Jourgniac Saint-Méard, dont il connaissait d'ailleurs le témoignage publié quelques jours après les massacres, la crispation spasmodique d'un de ses muscles faciaux trahit le trouble dans lequel cet épisode le jetait. L'objet mystérieux dont parlait Gendelette, il avait une idée de ce que c'était. Il dut se tenir à quatre pour continuer sa lecture avec la même pondération. Il choisit même, afin de se calmer, de l'abandonner le temps d'avaler encore un Alka-Seltzer. Sa gueule de bois lui avait laissé des échardes dans la dure-mère. Enfin, il revint se caler dans son fauteuil et reprit le fil des aventures du citoyen Gendelette.

Le président de la Commission, un géant vêtu de gris, le sabre au côté, s'appelait Maillard. Il n'avait pas trente ans. C'était un clerc d'huissier devenu agitateur de métier, une figure qui avait été de toutes les journées révolutionnaires, auxquelles il imprimait sa marque, celle d'un sang-froid inébranlable. On disait l'avoir vu, en juillet 89, franchir le fossé de la Bastille profond de trente pieds sur une planche étroite et branlante. Celui qui l'avait précédé s'était tué. Il avait le don d'instaurer une apparence d'ordre au sein du plus noir chaos. Aujourd'hui les instigateurs des massacres l'avaient dépêché à l'Abbaye pour y déployer ses talents. La vie des autres ne comptait pas plus pour lui que la sienne. Institué président du tribunal de sa propre autorité, entouré d'hommes à sa dévotion, il condamnait à tour de bras depuis plus de trente heures.

De l'angle du guichet où on le tenait étroitement ceinturé, deux sabres croisés sur sa poitrine, Gendelette vit Maillard envoyer un homme à la mort avec le même calme qu'il aurait taillé son crayon. Il ne lui annonça pas qu'il était condamné. Après avoir consulté ses assesseurs d'un coup d'œil, il statua que l'accusé serait transféré à la prison de la Force. C'était le mot convenu pour la boucherie. Un guichetier déverrouilla la porte, on poussa l'homme dehors. Gendelette eut le temps de voir une nuée de tueurs aux chemises trempées de sang fondre sur lui. La porte se referma. Maillard fit amener la victime suivante.

— Tu es le citoyen Alphonse Gendelette, employé au Garde-Meuble du Veto ?

— Oui monsieur le Prés...

— Citoyen Président !

— Oui, citoyen Président !

— On t'a dénoncé comme royaliste acharné et suppôt de l'aristocratie...

— C'est faux, citoyen Président ! Je...

— Tais-toi ! Les charges qui pèsent sur toi te vaudront la mort un jour ou l'autre, mais pas aujourd'hui, puisque le Comité de Recherche te réclame...

D'une grande et belle écriture, Maillard inscrivit quelques mots en face du nom de Gendelette sur le registre d'écrou maculé de taches de sueur, de vin et de sang. Puis prenant une feuille de papier vierge dans un compartiment de l'écritoire posée sur la table encombrée de documents, de bouteilles, de verres et de pipes, il rédigea une décharge. Il la tendit sans se retourner à un homme debout derrière lui. Abasourdi de la tournure que prenaient les événements, Gendelette considéra avec curiosité celui qui lui sauvait la vie au moins dans l'immédiat. C'était un homme jeune, vigoureux, proprement vêtu, aux traits réguliers, à l'expression sérieuse. Son visage était pâle, sans qu'on pût dire si c'était là sa complexion ordinaire, ou si le caractère sinistre du lieu et des circonstances y entrait pour quelque chose.

— Signe-moi ça, citoyen Cheminal, dit Maillard de sa voix de basse, et emmène ce client-là se faire sabrer ailleurs !

On se poussa, on avança devant Cheminal un encrier et une plume pour lui permettre de s'exécuter. Maillard happa la feuille de papier signée et la tendit à un assesseur qui la sabla et la classa dans une sacoche de cuir.

— Son dossier ?...

Cheminal hocha la tête pour signifier qu'il l'emportait. Maillard le lui donna.

— Allez, débarrassez-moi le plancher, citoyens ! C'est qu'on ne chôme pas, ici ! Ah, attention, hein, laissez-vous précéder par un des nôtres en sortant, sinon...

Maillard tourna son regard vers les bancs disposés le long des murs, et depuis lesquels des sans-culottes plus ou moins avinés assistaient aux audiences. Quelques-uns jouaient aux cartes et s'interrompaient parfois pour approuver bruyamment un transfert à la Force ou un acquittement ; d'autres somnolaient ; d'autres encore ronflaient, terrassés par la fatigue et la bouteille.

— Hervé ! Hervé ! Viens ici, nom de Dieu !

Un des joueurs abandonna ses cartes aux mains d'un de ses voisins et se leva. C'était une sorte de lutin athlétique. De petite taille sans être exactement un nain, il exhibait des bras d'une musculature prodigieuse, une tête ronde et bosselée, un faciès de brute bon enfant. Sa chemise et son pantalon ensanglantés le dénonçaient au premier regard comme un tueur au repos.

— Mon brave Hervé, tu vas t'assurer qu'on ne trucide pas ces deux-là ! lui dit Maillard.

— A tes ordres, citoyen Président !

L'émissaire du Comité de Recherche contourna la table. Il sortit de sa veste une chaîne et s'approcha de Gendelette dans le but de lui entraver les mains. Ce que voyant, Maillard intervint à nouveau.

— Holà, non, citoyen ! Si tu le sors comme ça, enchaîné, les travailleurs du dehors vont en déduire qu'il est coupable. Tu lui mettras ça dans l'intimité, quand vous aurez pris un peu de champ... Ah merde ! Il faut veiller à tout, dans ce bordel ! Si je ne leur dis pas moi-même de ne pas vous toucher, ils risquent de vous écharper, et moi j'aurai des ennuis avec Panis !... Hervé, tu les escorteras jusqu'au carrefour Saint-Benoît, ou même jusqu'au bas de la rue Saint-Benoît, tiens !

Maillard se leva et se dirigea en maugréant vers la porte. Le gardien du verrou la lui ouvrit. Le colosse s'avança sur le seuil et s'adressa à pleine voix à l'assistance.

— Citoyens, il faut me laisser passer ces deux hommes. Hervé va les raccompagner. Ce sont un agent du Comité de Recherche et de Surveillance, et un patriote injustement dénoncé... Le citoyen Panis les attend pour une affaire qui ne saurait souffrir aucun retard ; j'ai dit !

Une tempête de bravos accueillit cette déclaration. Les trognes rougies par les effets conjugués du vin et de l'effort s'éclairèrent d'une joie sincère. On achevait de tuer le malheureux qui avait précédé Gendelette. On suspendit un instant la besogne. Pour applaudir plus commodément des deux mains, on coinça sous son bras le sabre ou la pique, le poinçon ou l'outil de menuisier. Tandis que Maillard retournait à sa tâche, Gendelette et Cheminal se collèrent à Hervé pour fendre la foule. Le gnome souriait de toutes ses dents mal plantées, comme s'il avait pris les acclamations pour lui. Entouré, pressé de partout, Gendelette dut passer de bras en bras et recevoir les baisers d'une populace qui débordait de tendresse à son égard. N'eût été la caution que lui avait apportée Maillard, les mêmes hommes lui auraient tout aussi bien brûlé le visage à l'aide d'une torche, ainsi qu'ils l'avaient déjà fait à plusieurs prisonniers avant de les achever à la hache ou à la pique. Ou bien ils l'auraient éventré à coups de plat de sabre comme ils avaient traité Thierry, l'ancien valet de chambre du roi. Dans la cour de l'Abbaye, mais aussi des deux côtés de la grande porte qui donnait sur la rue Sainte-Marguerite, Gendelette vit des monceaux de corps nus et ensanglantés, certains démembrés, décapités, émasculés. Il reconnut le cadavre du financier Beausseret, qui l'avait pris en sympathie et lui avait épargné l'inconfort de la condition de « pailleux ». Grâce à Beausseret, qui avait acquitté le loyer de son lit, le petit commis avait joui du statut et des avantages des prisonniers « à la pistole ». Maintenant le pavé était gras du sang, de la cervelle et des excréments de Beausseret, et dans cette bouillie les gros souliers et les sabots de ses meurtriers piétinaient et glissaient.

Pour émoustiller les poissardes, un tueur rouquin leur brandissait sous le nez une verge tranchée avec ses bourses et son crin. Gendelette ne dut qu'à la poigne de Cheminal de ne pas s'évanouir. De plus en plus pâle, mais parvenant à sourire et à user d'un ton bonhomme, le policier s'efforçait d'abréger les effusions.

— Citoyens, citoyennes ! Soyez raisonnables, nous sommes convoqués à la Maison commune... Vous avez entendu ce qu'a dit le citoyen Maillard ! Il s'agit d'une affaire de grande conséquence...

— Il a raison, foutre ! s'exclama une harengère. Il y va peut-être du salut de la Nation... Allons, laissez-les passer ! Tu m'entends, bon à rien ? lança-t-elle à l'énergumène qui bouchait le passage avec son trophée obscène à la main, va donc porter ce truc-là à l'Autrichienne, ça lui fait sûrement plus défaut qu'à nous autres !

Des éclats de rire saluèrent la saillie.

— Et puis c'est de la queue d'aristocrate, à nous ça nous filerait des boutons ! renchérit une prostituée de bas étage qui était là depuis les premières tueries de la veille et profitait de l'occasion pour soulager les massacreurs échauffés derrière une porte cochère de la rue des Ciseaux.

Les rires redoublèrent.

— Oh, des vits d'aristos, t'as dû en frotter pas mal, jusqu'au 10 août, et même après ! lui lança la harengère.

— Qu'est-ce qu'elle veut dire, la vieillasse, là ? se rebiffa la fille.

— Que t'es qu'une morue, et que les morues ça mord à tous les appâts, eh, morue !

— De quoi ? De quoi ? Mords donc à celui-là, salope !

La pierreuse arracha la verge des mains du rouquin et la lança au visage de son adversaire. La poissonnière, avec un cri de rage, ramassa la loque de chair et la lui renvoya avant de se jeter sur elle toutes griffes dehors. Un frisson de plaisir parcourut la foule. Les rudes moissonneurs s'accoudèrent à leur outil pour assister à leur aise au spectacle qui s'annonçait.

— Marche, malheureux, marche ! Ils nous oublient, nous allons enfin en sortir ! souffla Cheminal en resserrant encore sa prise sur le bras de Gendelette.

— Mais... Mais ça sent, ici !

— Que dites-vous, cher ami, une odeur ? Attendez... Non, vraiment, non, je ne sens rien...

Des Embruns avait beau renverser en arrière sa belle tête de patricien romain entre deux âges et inhaler de toutes ses forces par les narines, il ne distinguait rien d'anormal dans l'air. Le grand hall de la Providence des Poètes sentait, pour l'essentiel, l'encaustique et le liquide nettoyant pour carrelages, avec, par-ci, par-là, quelques touches plus subtiles signalant des molécules hétérogènes à ce fond de toile olfactif. C'était un bâtonnet d'engrais pour plantes vertes mal enfoncé dans la terre d'un pot, la senteur miellée de la cigarette d'un visiteur, les effluves rémanents du sillage de Vétiver laissé par Berthilde de Grassi... Elle venait probablement de traverser le hall, comme la plupart des employés, car on était en tout début d'après-midi. Des Embruns avait régalé son interlocuteur chez Pécunieux, un des meilleurs restaurants de Paris, et ils rentraient examiner ensemble l'ordre du jour de la prochaine réunion du Directoire.

— Ah ça sent peut-être le tabac, dit Des Embruns. J'ai pourtant donné des ordres pour qu'on applique les dispositions de la loi anti-tabac.

— Je ne vous parle pas de tabac, je sais très bien reconnaître l'odeur du tabac ! Ce n'est pas ça. Je vous dis que ça sent ! dit Lordurin.

— Je vous fais confiance, mon cher, bien sûr... Mais honte à moi, je ne sens rien ! Que faut-il sentir ? Le crottin ? La mouffette ? La marée ?...

D'un geste impérieux, Lordurin fit taire le Président. Les narines palpitantes, les yeux mi-clos, il tentait d'identifier l'effluence rare qu'il avait cru percevoir en entrant dans le hall. Des Embruns respecta son silence. Pendant des années encore, et hors la divine surprise d'une embolie foudroyante, nul ne pourrait maîtriser sans l'alliance et l'aval de Lordurin le conseil d'administration de la mutuelle. Car celui-ci se composait en majorité d'Horribles Vieillards de son acabit, s'ils n'étaient pas tous de sa trempe. Dans le secret de son cœur, le très diplomate Des Embruns estimait s'y connaître assez bien en sales types. Et il classait Lordurin dans cette catégorie, à un rang enviable. Lordurin, ou le goût du pouvoir, le souci de ses intérêts et le mépris d'autrui incarnés. Voilà certes des choses fort communes en elles-mêmes... Mais elles se combinaient ici avec une aigreur propre, à ce degré de concentration, au seul cœur du poète qui estime la Poésie bafouée à travers lui. C'est que l'univers n'avait pas tenu ses promesses. Parti aux environs de la Libération pour couronner Lordurin prince du Verbe et nouvel Orphée, le monde littéraire l'avait laissé tomber un peu plus tard comme une vieille chaussette poétique. Lordurin n'avait pas compris qu'on s'était entiché de son port de tête au moins autant que de ses vers libres. Oh le bref été de sa vie ! Après des débuts éclatants Lordurin n'avait connu qu'une carrière banale. Il avait continué à écrire et à publier dans l'indifférence. Rentré dans le rang, il avait fait nombre, donnant ses poèmes comme l'arbre donne ses fruits, irrépressiblement, quel que soit leur sort. Il avait participé la rage au cœur à des colloques autour de l'œuvre de confrères qu'il haïssait, qu'ils fussent poètes ou prosateurs, les Chain, les Dorsay, les Rouan, les Perceval, tous ces clampins !... Alors il avait joué la carte institutionnelle, il était devenu un notable à défaut d'une gloire. A présent, il savait qu'il n'entrerait plus à l'Académie ni au Panthéon. Il doutait même parfois d'entrer dans l'histoire de la poésie française. Il ne pardonnait à personne ces deux certitudes moroses et cette incertitude crucifiante.

— Ce que ça sent ? Mais mon petit vieux, vous vous moquez de moi ! Vous ne connaissez pas cette odeur ? Voyons, Des Embruns, ça sent *l'amour* !

— L'amour... Ici ?

Des Embruns reniflait à droite et à gauche, sans quitter Lordurin de l'œil. L'amour. Dans le grand hall de la Providence. Qu'est-ce qu'il lui arrivait, là, au poète ? S'agissait-il d'une crise mystique, ou d'une atteinte brutale de gâtisme ? La libido du vieil homme avait jeté ses derniers feux quelques années plus tôt. Lordurin avait alors couvert les plus jolies employées de la mutuelle de chocolats fourrés aux griottes. Milo avait montré les dents. Lui, dès qu'on serrait ses secrétaires-vestales d'un peu trop près... Mais enfin Lordurin avait vieilli encore un petit coup, et tout s'était arrangé.

— Je suis désolé, je ne vois vraiment pas...

— Eh ! Vous êtes de grossières mécaniques, vous autres ! Nous, les poètes, nous pressentons les choses. Et ce que je pressens ici, maintenant, c'est l'amour. Comme les chiens sentent venir l'orage, je sens venir l'amour ! Il s'amasse, quelque part, non loin... Il forme comme une nuée ; cette nuée va crever et se déverser. L'amour va déferler sur la Providence, je vous en fiche mon billet, Des Embruns !

— Mais maître, de quel amour parlez-vous au juste ? L'amour peut prendre bien des formes...

Lordurin semblait maintenant perdu dans un rêve éveillé. Il écarquillait les yeux comme un oiseau de nuit, tandis que sa main presque transparente s'agrippait au poignet de Des Embruns.

— Il prendra sa forme la plus simple, sa forme originelle, celle du grand Pan !... Oh, mon Dieu !

Lordurin vacilla. Des Embruns pour le soutenir l'étreignit à pleins bras.

— Lordurin ! Comment vous sentez-vous ? Venez vous asseoir ! dit-il en s'efforçant de l'entraîner vers une des banquettes disposées en regard du guichet principal.

— Merci, dit Lordurin d'une voix faible. Je ne sais pas ce que j'ai, je vois trouble...

Des Embruns était aux cent coups. Avec tous ces vieux jetons qui peuplaient le Conseil, il était normal d'en perdre un de temps en temps. Mais celui-là, le plus influent, n'allait tout de même pas claquer en plein milieu du hall d'accueil !...

De l'index tournant autour de son oreille, il fit signe à la réceptionniste de téléphoner.

— Vite, mon petit, le Samu ! lui cria-t-il.

Lordurin protesta qu'il n'en était pas question, qu'il allait déjà beaucoup mieux, avant de s'effondrer d'un bloc entre les bras du Président. Sachant qu'une syncope s'accompagne assez souvent d'un relâchement des sphincters, Des Embruns ne perdit pas un quart de seconde pour le porter jusqu'à la banquette la plus proche. Il constata avec soulagement qu'il avait sauvé son beau costume de Saville Row de toute aspersion dommageable... In extremis, en réalité, car une petite mare commençait à se former sous la banquette. Allongé sur le dos, les yeux fermés, la bouche pincée, Lordurin lui parut terriblement pâle. S'il claquait, Des Embruns devrait se fendre d'un discours aux obsèques... Il demanderait à Milo de le lui écrire. Milo était un littéraire.

— Le Samu sera là dans quelques minutes, monsieur...

C'était la réceptionniste. Il l'avait à peine remarquée jusqu'alors. Elle n'était pas si mal, frisée comme un mouton, comme dans cette vieille chanson bourrée de rimes en *on*, mouton, menton, petons, tétons...

Milo arrivait de l'extérieur. Apercevant Des Embruns debout près de la réception et Lordurin couché inanimé sur la banquette, il hâta le pas.

— Malaise ?

— A l'instant !

Des Embruns se tourna à nouveau vers l'hôtesse.

— Prévenez M. Morsins, et faites installer un paravent, que nos clients ne voient pas un de nos administrateurs dans cette situation !

Des Embruns et Milo allèrent s'agenouiller auprès de Lordurin. Morsins les rejoignit bientôt. L'ambulance arriva, Lordurin venait de reprendre conscience. L'œil fixe, il bavouillait et balbutiait à mi-voix : « L'amour, l'amour va déferler ! »

— Qu'est-ce qu'il dit ? demanda Morsins tandis qu'on chargeait Lordurin dans le fourgon.

— Je vous raconterai, répondit Des Embruns. Vous croyez qu'il va en réchapper ?

— Je ne sais pas... Le vinaigre conserve les cornichons ; l'aigreur pourrait bien conserver les vieux poètes ! lança le chef du personnel.

Des Embruns se tourna vers Milo.

— S'il calanche, vous me préparez mon discours, hein ? Vous connaissez son œuvre, vous.

— Je les connais tous les deux ; elle vaut mieux que lui !

L'ambulance démarra. Les trois hommes regagnèrent le hall. Morsins enleva les paravents et partit en quête de Draghixa pour lui faire nettoyer le sol et la banquette.

— Je vais faire prendre des nouvelles d'heure en heure par mon secrétariat, dit encore Des Embruns. Si vraiment il y passe, faire-part dans le *Figaro*, gerbes, les principaux cadres autour de moi aux obsèques, discours senti... Toute la lyre ! Bon, je dois donner quelques instructions. A plus tard !

Plantant là Milo, le Président se dirigea vers la jeune réceptionniste. L'air de *Valentine* lui trottait dans la tête depuis tout à l'heure. L'air et les paroles : « Avec son petit menton, ses p'tits petons, ses p'tits tétons... » Comment s'appelait-elle, déjà ? Ah oui, Violaine. Allait-il l'inviter chez Pécunieux ? Non, Pécunieux, c'était un endroit trop solennel et intimidant pour un bout de chou comme ça. Il connaissait à Paris des tables moins sophistiquées, plus détendues, où emmener une caillette picorer. Il repensa aux propos incohérents que Lordurin avait tenus avant de s'écrouler. « Ça sent l'amour... L'amour va déferler... » Le pauvre vieux avait vraiment perdu l'esprit.

— Dites-moi, Valentine...

— Violaine, monsieur.

— Oui, bien sûr, Violaine ! Je ne sais plus ce que je dis...

Comme il longeait la coursive tribord du grand navire immobile, Milo aperçut une urne de carton accrochée au mur, sous un panneau d'affichage en liège. Cette folle furieuse remettait ça ! La folle furieuse, c'était Berthilde de Grassi. Milo s'arrêta devant l'urne et prit le temps de lire le règlement des prix qu'organisait chaque année le comité d'entreprise de la Providence à l'occasion de la fête du personnel. Ce règlement changeait sans cesse. D'édition en édition, la Jument qui en était l'instigatrice y introduisait des modifications, de la même manière, songea Milo, qu'un artilleur corrige son tir. Il avait tenté à plusieurs reprises d'attirer l'attention de Des Embruns sur le caractère malsain de ce divertissement. La Jument s'était fait élire secrétaire du comité d'entreprise grâce à la masse de manœuvre électorale de son pool, et elle bénéficiait de l'appui sans réserve de Morsins. Des Embruns n'entendait pas mettre en péril la moindre parcelle de son autorité en engageant un bras de fer avec elle dans une affaire dont il ne percevait pas, comme Milo, les arrière-plans déplaisants.

Le dada de la Jument, c'était de récompenser et de punir, d'appeler à soi et de bannir, d'honorer et de blâmer... Milo voyait là une sorte de syndrome de la reine, ou de la maîtresse d'école. Pour Berthilde de Grassi, l'humanité se partageait en favoris et en maudits, en chouchous et en souffre-douleur. Elle pratiquait ce tri névrotique à longueur de temps dans son service. La fête annuelle et la remise des prix lui permettaient de l'étendre à l'ensemble des employés. Son ego turgescent se libérait alors du cadre étroit du pool pour apparaître aux yeux de tous, sur le devant de la scène. Les lauréats n'étaient que ses pantins et ses faire-valoir. Ce jour-là enfin, pendant quelques minutes qu'elle s'ingéniait à prolonger par diverses circonlocutions et minauderies, on ne regardait qu'elle.

La chose dans son principe était vieille comme le monde. Berthilde avait ressuscité les prix *Orange* et *Citron*. Des générations de chroniqueurs et d'échotiers les avaient décernés aux personnalités parisiennes, le prix Orange allant à la plus aimable et le prix Citron à la moins amène. L'alibi d'une telle pratique, si bénigne dans une société ouverte comme le Tout-Paris et si scabreuse dans une société fermée comme l'est une entreprise, résidait dans la prétendue objectivité du scrutin. Le jury, c'était tout le monde, cadres et employés, du haut jusqu'en bas de la hiérarchie comme du bâtiment lui-même, depuis Des Embruns, l'habitant des hauteurs aristocratiques, jusqu'aux Troglodytes confinés dans leur antre poussiéreux. Le CE distribuait un bulletin de vote officiel. Il revenait à chacun de le déposer dans une des urnes réparties dans la maison.

La lecture des nouvelles dispositions du règlement confirma à Milo l'aggravation du déséquilibre qu'il avait toujours soupçonné chez Berthilde de Grassi. Il était à présent spécifié qu'il fallait indiquer deux noms, un nom de femme et un nom d'homme, pour chacun des deux prix. Berthilde régnait sans partage sur le comité d'entreprise. Tout ce qui en émanait émanait d'elle. Il ne lui suffisait donc plus d'élever et d'abaisser qui bon lui semblait à travers la fiction de la faveur et de la défaveur du groupe. Elle brûlait maintenant de marier les uns dans le triomphe et les autres dans l'opprobre, et d'opposer les couples ainsi constitués — le couple des gentils et celui des méchants, celui des beaux et celui des vilains. Seul dans la coursive, face au règlement composé en horribles lettres gothiques sur un des ordinateurs du pool, Milo jura à voix haute. Cette fois la Jument avait pris le mors aux dents ; elle était vraiment timbrée ! La nouvelle appellation des prix en témoignait. Le prix *Phénix* irait au couple qui bénéficierait du plus grand nombre de jugements positifs, et le prix *Ringard* aux deux malheureux qui en recueilleraient le plus de négatifs. Cela s'apparentait à du lynchage moral, jugea Milo.

En réintégrant son fief du Contentieux, il vit qu'Abel n'était pas dans son petit bureau aux parois de verre qui lui donnait des allures de gros poisson malicieux dans son bocal.

— M. Web n'est pas là ? demanda-t-il.

— Non monsieur, répondit Cétoine. Il a pris son après-midi...

— Comment ça, *il a pris* son après-midi ? Il n'y a plus de chef de service, ici ? Je ne me souviens pas d'avoir signé de demande de congé à son nom... Je me trompe ?

Cétoine demeura silencieuse. Milo ne l'avait pour ainsi dire jamais entendue proférer une sottise. Il lui vint à l'idée qu'elle se taisait pour lui laisser le temps de s'aviser que cette histoire de demande de congé était ridicule. Il s'offrit le luxe amer de se conduire à soixante ans passés comme un imbécile :

— Cétoine, je me trompe ?

Cette fois-ci, elle dut sortir de sa réserve.

— Non, monsieur. Mais vous n'étiez pas là ce matin, et il a éprouvé le besoin de rentrer chez lui.

— En pareil cas on remplit au moins sa demande. J'ai l'impression qu'on en prend un peu à son aise, ces temps-ci !

Cétoine cilla. Il avait dit : « Qu'*on* en prend... » *On*, c'était tout le monde. Et certes, on en prenait à son aise ces temps-ci, et pas seulement en quittant son poste sans l'autorisation du chef de service. On ne la lui demandait pas non plus pour forniquer. Après tout, peut-être qu'on était adulte et qu'on avait le droit ? Milo lut tout cela dans les yeux noirs de Cétoine.

— Alors il est rentré chez lui ? Ça n'allait pas ? Il était malade ?

Cétoine aurait pu dire qu'en effet, Abel ne se sentait pas bien et qu'il avait préféré rentrer pour cette raison. Mais le *on* lui était resté sur l'estomac.

— Je ne crois pas. Il voulait rentrer, voilà tout. Qui sait, il a peut-être une vie privée ?

Milo rougit. Assise à son bureau qui jouxtait celui de Cétoine, Sable ne feignait même pas de fourrager dans un dossier. Elle assistait à la scène sans se cacher, les yeux brillants, un petit sourire au coin des lèvres. Un peu plus loin, debout sur le seuil de sa cage de verre symétrique de celle d'Abel, Ari écoutait lui aussi. Milo se sentit dans la peau d'un petit garçon exposé à la réprobation d'un cercle de grandes personnes. Il choisit de ricaner.

— Une vie privée ? Il en a de la chance, cet Abel ! Je n'en ai pas, moi, de vie privée... Bah ! Nous réglerons cette affaire plus tard. Au fait, Lordurin vient d'avoir un malaise. S'il clabote, Des Embruns devra annuler la mascarade organisée par Mme de Grassi. Ce serait pain bénit !

La syncope du poète excita les curiosités et fournit un dérivatif bienvenu. Après un récit circonstancié de l'évacuation de Lordurin par le Samu, Milo put rapatrier derrière la porte capitonnée de cuir de son bureau sa dignité à peu près intacte.

Le petit groupe était presque rendu au bas de la rue Saint-Benoît quand Gendelette sentit la pression de la main de Cheminal sur son biceps se relâcher subitement.

— Dis-moi, citoyen, tu...

Cheminal n'acheva pas sa phrase. Ce n'était pas vraiment nécessaire.

— Citoyen, ne crois pas que ce soit la peur ! protesta piteusement Gendelette. J'étais déjà atteint de prussienne avant d'être appelé au guichet. C'est l'ordinaire de l'Abbaye qui... Plusieurs autres prisonniers ont connu la même disgrâce !

— Je ne peux te conduire dans cet état auprès du citoyen Panis. Il faut faire quelque chose... Grand merci, citoyen Hervé, tu peux nous laisser, maintenant.

A l'instant de les quitter, Hervé fit encore de vives démonstrations d'amitié à Gendelette, dont le fumet ne paraissait pas l'incommoder outre mesure. Enfin il rebroussa chemin et remonta la rue Saint-Benoît de sa démarche simiesque, son grand sabre lui battant les mollets.

— Dieu protège mes pauvres compagnons de la chapelle ! dit Gendelette à mi-voix. On a tué aussi ailleurs dans Paris, à ce qu'on disait à l'Abbaye ?

— Partout ! A la Force, ça continue. Aux Carmes, à la Conciergerie, au Châtelet, à Saint-Firmin, c'est fini. On parle d'une expédition à Bicêtre, où les prisonniers révoltés se seraient emparés de quarante mille fusils.

— Quarante mille fusils ! Et que feraient de quarante mille fusils les vieillards de l'hospice et les enfants de la Correction ?

— Il y a aussi de vrais brigands, des faux-monnayeurs, des assassins !

— Ceux-là trouveront à qui parler si on leur envoie Maillard. A assassin, assassin et demi ! dit Gendelette.

Cheminal le foudroya du regard. Ce suspect breneux savait-il que de telles remarques étaient de nature à le renvoyer devant la Commission ?

— Tu ferais bien de tenir ta langue, citoyen.

— Tu as raison de me le rappeler... Que me veut le citoyen Panis ?

— Il m'a chargé de te tirer de l'Abbaye et de te conduire à lui. Sorti de là...

Le policier fit claquer ses lèvres en signe d'ignorance. Gendelette se le tint pour dit.

— Tes poignets !

— Pardon ?... Ah, oui...

Gendelette se laissa entraver sans opposer de résistance.

— Et pour ma diarrhée, que pourrait-on faire ? demanda-t-il, las de se dandiner dans sa culotte souillée. C'est très inconfortable !

— Point seulement pour toi, citoyen ! Mais j'ai une idée. Ma sœur Gisèle est lingère rue des Augustins...

De trois ans sa cadette, la sœur de Cheminal était une jolie fille, devant laquelle Gendelette crut d'abord mourir de honte, dans son marmiteux équipage. Elle accueillit son frère avec des transports de joie et l'assaillit de questions au sujet des événements qui se déroulaient dans Paris depuis deux jours. Cheminal lui fit des réponses évasives, se bornant à lui conseiller de sortir le moins possible de chez elle et de s'absorber dans ses lessives et ses repassages sans s'occuper de rien d'autre. Puis il lui expliqua la situation dans laquelle se trouvait Gendelette, situation dont une part au moins se devinait assez. Les entraînant dans sa lingerie, elle exhuma d'une vieille panière une culotte usée, mais propre et pourvue de boutons.

— Voilà, citoyen, de quoi vous rendre plus décent, dit-elle à un Gendelette rouge jusqu'aux oreilles. Alors c'est vrai, vous êtes un ennemi du peuple ?

Il ouvrit la bouche pour répondre, mais Cheminal le devança.

— Allons, pressons, réglons ces embarras de culottes au plus vite. La situation est irrégulière, et le citoyen Panis attend !

— Pour enfiler cette culotte sans la gâter, dit Gendelette, il faudrait que je puisse me laver...

Gisèle opina avec vigueur.

— Vous allez aussi laver votre linge, citoyen. Il ne faut pas compter sur moi pour décrotter la culotte d'un ennemi du peuple !

Cheminal ordonna à Gendelette de lui tendre les mains, et il ouvrit le petit cadenas qui fermait la chaîne.

— Ne fais pas le malin, sinon...

A l'appui de cette mise en demeure, Cheminal écarta un pan de sa veste pour montrer à son prisonnier la crosse d'un pistolet.

— Passez dans le réduit d'à côté, dit Gisèle. Vous y trouverez un évier, un baquet plein d'eau, un broc et du savon.

— Allez, au travail, et frotte fort, citoyen-la-prussienne !

Ravi de sa trouvaille, Cheminal éclata de rire. Gendelette préféra ignorer la nasarde. Il pénétra dans le réduit que fermait un rideau de glands et de perles de bois. Le policier y entra à son tour pour s'assurer qu'il ne comportait pas d'autre issue. Une grille solide interdisait de sortir par la fenêtre.

— Dépêche-toi, j'attends dehors, dit-il en sortant.

Gendelette entreprit de se déshabiller. Il entendit la jeune femme chuchoter derrière le rideau :

— Tu n'es pas gentil, quand même !

— Comment ça ? demanda Cheminal.

— *Citoyen-la-prussienne*... Ça n'était pas gentil !

— Ma pauvre, on ne me paye pas pour être gentil.

Il y eut un silence, puis la lingère reprit :

— J'espère qu'on ne te paye pas pour être méchant ! Tu crois que c'est un vrai ennemi du peuple ?

— Je n'en sais rien, dit Cheminal avec agacement. Ecoute, ne reste pas à traîner dans mes pattes !

— Tu as peur que ton suspect me séduise, c'est ça ? Qu'il change de parfumeur, et on verra...

Cul nu dans son cagibi, tout en s'évertuant à remédier au désastre, Gendelette n'avait rien perdu de cet échange. Il entendit un pas de femme sur le plancher, le bruit d'une porte qui s'ouvre et se referme... Il estima qu'il en avait terminé avec la culotte. Il se lava l'entrejambe et les cuisses, usa d'un torchon qui se trouvait là pour s'essuyer, et passa la culotte que lui avait donnée Gisèle. Elle lui allait à peu près. Il remit ses bas qui n'avaient pas souffert, puis ses souliers. Il était prêt à se présenter devant le citoyen Panis. Prêt à redevenir un mouton promis au couteau du sacrificateur. Sur l'évier de granit étaient rangés plusieurs battoirs à linge, de taille et de poids différents.

— Eh bien, citoyen ! Tu as fini de te bichonner ?

Gendelette pensa au pistolet que lui avait montré Cheminal, puis il se dit qu'il s'en fichait, qu'il arriverait ce qui devait arriver, et il empoigna le plus gros, le plus lourd des battoirs.

— J'arrive, citoyen !

Depuis le mail qui longeait le Grand Arsenal, Gendelette contemplait la Seine et l'île Louvier que le pont de Grammont reliait au port Saint-Paul par le quai des Célestins. Il tombait une pluie fine mais insistante. Le vent la traînait comme un voile de gaze sur les eaux grises du fleuve. Le fugitif inclina un peu plus sur son visage son haut chapeau marron. Son humeur était sombre. La liberté qu'il avait reconquise lui paraissait plus angoissante que l'endormeuse certitude du jour après jour des prisons, tant que l'éventualité de la mort ne vient pas en précipiter le cours. Où aller ? Quand un homme n'a plus de toit et guère d'argent, son propre corps devient un tyran qu'il faut sans répit abreuver et nourrir, laver et peigner, reposer et divertir. Gendelette était un provincial. Monté à Paris deux ans plus tôt, il n'y avait pas de famille. Il avait pourtant eu le temps de s'y faire un ennemi, le cordonnier qui l'avait dénoncé à sa section par rancune : Gendelette ne se ressemelait pas chez lui ! Il baissa les yeux sur son petit balluchon renfermant quelques pièces de linge et objets de première nécessité. A la nouvelle de son arrestation sur son lieu de travail, au Garde-Meuble royal, la bonne citoyenne Ledoux, sa logeuse, l'avait préparé dans le but de le lui apporter dès qu'elle saurait où il était incarcéré. Elle n'avait eu qu'à le lui tendre quand il était passé lui demander de l'aide, quelques heures plus tôt. Elle y avait ajouté une petite somme prélevée sur ses propres économies. Celles de Gendelette, la tourbe qui avait perquisitionné dans sa chambre se les était appropriées.

Il ferma un instant les yeux. La maison de son père à Bayonne lui apparut. Les reverrait-il jamais l'un et l'autre ? Des bêtes féroces affublées de masques humains avaient chassé le roi et imposé leur volonté au peuple. C'étaient eux, les Marat, les Danton, les Robespierre, les Hébert, les Chaumette, et sous eux les Panis, les Sergent, les Héron, qui avaient déchaîné la lie de la population pour asseoir leur pouvoir par la terreur. Les atrocités qu'il avait eues sous les yeux avaient transformé en quelques heures le royalisme de principe de Gendelette en conviction profonde. Il avait jusqu'ici préféré le roi, à présent il haïssait les Montagnards. Un moment, sous la pluie monotone qui criblait son chapeau, Gendelette rêva de rejoindre l'armée des Princes qui venait de prendre Verdun. Il se vit s'enrôler et faire campagne dans ses rangs, rentrer avec elle en vainqueur dans Paris d'ici quelques semaines... Alors, il aurait deux mots à dire à un certain cordonnier dont il venait de découvrir la lettre de dénonciation dans son dossier pris sur le corps de Cheminal... Le policier n'avait peut-être pas survécu au coup de battoir qu'il lui avait assené. Eh ! se dit-il dans une brève bouffée de rancœur, ça lui apprendra à faire le malin devant sa sœur en appelant citoyen-la-prussienne un honnête homme tout embrené du fait du régime des prisons ! L'instant d'après, il se mordait les lèvres à l'idée d'être passé si vite du camp des innocents à celui des coupables, et, selon toute probabilité, d'émigrer bientôt dans celui des cadavres. Car sa mort déjà à peu près certaine était devenue inéluctable depuis qu'il avait frappé Cheminal. Il fut tenté de devancer le destin en se jetant dans la Seine, ou plus simplement encore en se brûlant la cervelle à l'aide du pistolet de Cheminal. Rejoindre l'armée royale ne constituait pas une moindre chimère que de regagner Bayonne. La France était sous les armes, la soldatesque contrôlait routes et chemins, la Garde nationale bouclait Paris, les sections révolutionnaires surveillaient les faits et gestes de tous, une police omniprésente grouillait sur le pays comme une nuée de mouches sur un corps en décomposition... Dans ces conditions, pourquoi lutter ? Le secret qu'il avait failli livrer à Jourgniac Saint-Méard ? Son importance aurait sans doute justifié qu'on lui sacrifiât son existence. Mais à la réflexion, le moyen le plus sûr de le protéger était peut-être, en disparaissant, de le confier au cours du temps, lequel ne pouvait être gouverné que par la providence.

Il abandonna son poste d'observation et descendit à pas lents vers la berge. La Seine l'attirait. Ses eaux lui promettaient l'oubli de tout. Le voilà bien, le vrai Léthé, songea-t-il, envahi de réminiscences de lectures mythologiques du temps de ses humanités. Il eut une pensée pour ses codétenus de l'Abbaye. Où étaient-ils à présent, les Saint-Méard, les Maussabré, les Vaugiraud ? Ce qu'il avait vu rue Sainte-Marguerite ne laissait guère de place au doute ni à l'espoir. Ils étaient morts, comme Beausseret et Boisragon. Leurs corps livides, marbrés de rouge et de violet, jonchaient le pavé ou bringuebalaient front contre front dans une charrette laissant derrière elle un mouchetis de sang au long des rues. Un monde qui dispose ainsi de la vie mérite-t-il vraiment qu'on s'y accroche et qu'on endure tout pour y séjourner quelque temps encore ? N'était-il pas légitime d'abandonner la place aux égorgeurs ? Gendelette s'efforça de se représenter les raisons qu'il pouvait avoir de s'entêter à vivre. Il ne lui vint rien d'autre à l'esprit que la petite maison de son père, qu'ombrageait un marronnier et dont une vigne vierge presque rouge ornait la façade. Rien d'autre, vraiment ? Rien. Il y avait eu Constance, la fille d'un avocat de Bayonne. Il avait écrit pour elle des vers bien mièvres, mais elle avait épousé le neveu d'un notaire, et Gendelette était parti pour Paris le cœur froissé.

Une voix qui ne lui était pas inconnue le tira de ses réflexions.

— Eh ben, citoyen, c'est donc déjà fini, à la Maison commune ?

Le cœur de Gendelette lui sauta à la gorge. C'était Hervé ! Souriant de tous ses chicots, un mouchoir trempé noué aux quatre coins sur le crâne, sa chemise teinte de sang délavé ouverte sur sa poitrine velue, il portait sous un bras un ballot de vêtements, et sous l'autre une paire de souliers dans lesquels, à leurs boucles d'or emperlées de pluie, Gendelette reconnut ceux de Beausseret.

— C'est allé vite ; le citoyen Panis ne manque pas d'ouvrage !

Hervé baissa les yeux sur le balluchon que Gendelette tenait à la main.

— Et tu pars en voyage ?

Gendelette ne sut que dire. Dans le regard du tueur dansait une petite flamme ironique. Gendelette se demanda si celui qu'il avait pris depuis le début pour un idiot n'était pas plus malin qu'il n'en avait l'air. Tout à l'heure, à l'Abbaye, il avait cru qu'Hervé, absorbé par sa partie de cartes, n'avait rien entendu avant que Maillard ne s'adressât nommément à lui. Rien n'était moins sûr.

— Dame ! reprit Hervé, l'air de Paris n'est pas sain pour tout le monde, ces jours-ci ! Mais c'est pas le tout de vouloir en changer, encore faut-il passer les barrières. Bah ! Si on a de la sonnette on s'arrange toujours...

La sonnette, bien sûr ! Gendelette l'avait-il entendu, ce mot-là, dans la bouche des guichetiers de l'Abbaye ! Là-bas, comme dans toutes les prisons de la république, sans sonnette, sans argent, c'était la paille ou plutôt le fumier pour lit, les harengs pourris et le pain charançonné pour pitance. La sonnette, voilà ce qui distinguait les pailleux, sales et affamés, des seigneurs de la pistole décemment traités tant qu'on pouvait les traire. Beausseret en avait eu, de la sonnette, il en avait couvert ses geôliers, et maintenant ses beaux souliers étaient là, sous le bras d'Hervé... Celui-ci avait deviné que Gendelette s'était évadé, et il voulait de la sonnette.

Gendelette n'en avait pas, ou si peu ! Mais il était armé. Il avait peut-être déjà tué, il allait peut-être recommencer. Les assassins avaient fait de lui leur semblable, en quelques heures. Mais en matière de maniement d'armes, il ne connaissait que celui du battoir à linge. Il ne s'était jamais servi d'un pistolet. Et d'ailleurs il pleuvait, l'air était humide. Le coup partirait-il ? Hervé traînait toujours son sabre.

— ... De la sonnette, reprit Hervé, ou autre chose...

— Nous savons quels dangers vous avez courus ; puisse votre séjour ici vous les faire oublier ! dit la baronne de Fonçagrive en considérant Gendelette avec la bienveillance la plus encourageante.

— Vous devez être affamé, dit M. de Fonçagrive. Passons à table sans plus attendre. Ici, c'est déjà la campagne. L'approvisionnement est plus aisé qu'en ville. Venez vous restaurer !

Charmé, Gendelette se laissa conduire vers la table. Celle-ci était dressée pour trois, près d'une porte-fenêtre donnant sur le parc. S'il ne pleuvait plus, le ciel qui se reflétait dans le grand miroir de la pièce d'eau était aussi bas et plombé que la veille. Gendelette avait quitté quelques heures plus tôt le galetas grouillant de puces de la rue Popincourt où Hervé l'avait emmené dormir. Rueil n'était qu'à quelques lieues de Paris, mais Gendelette se sentait transporté au bout du monde.

Ils prirent place. Une corbeille de fleurs fraîches ornait la nappe brodée. Les assiettes de fine porcelaine et les couverts d'argent luisaient dans la lumière grise.

A la baronne, Gendelette donnait vingt-cinq ans, peut-être vingt-sept. Le baron en avait bien quarante-cinq, pour sa part. L'une et l'autre semblaient l'incarnation et presque la caricature de l'aristocratie. Ils auraient été duchesse et prince, qu'ils n'auraient pas montré plus de noblesse et de distinction... Telle était du moins l'impression d'un jeune roturier qui n'avait jamais approché la moindre duchesse ni le plus petit prince. Mais Gendelette avait vu assez de femmes pour classer, à l'égard de la beauté, la baronne très au-dessus de toutes celles qu'il avait rencontrées dans sa vie. Sa carnation éclatante, ses cheveux noir corbeau coiffés en bandeaux, son profond regard sombre, sa bouche rouge et charnue lui conféraient quelque chose de la royauté de la rose. Toute féminité, à côté d'elle, prenait des airs de fleurette rustique et facile. Le physique de M. de Fonçagrive n'était pas moins frappant. Le nez en bec d'aigle, l'œil bleu et pénétrant, grand et droit comme un I, la taille mince et déliée d'un jeune homme, il portait avec élégance la culotte à mi-mollets et les bas, la redingote cintrée et la perruque poudrée.

On servit tour à tour des asperges à la crème, des tanches de la Marne, de l'oie grillée accompagnée de petits navets bouillis et de laitue aux pignons... Tout en faisant honneur à chacun de ces plats, non sans surveiller son langage tandis qu'il répondait de son mieux aux propos de ses hôtes, Gendelette se défendait mal d'un sentiment d'irréalité... Hier le sang et l'ordure, les cris de mort de l'Abbaye, les vaines prières des suppliciés, les rires et les injures des bourreaux, et aujourd'hui ces discrets cliquetis de couverts, ces mets délicieux, ce vin comme il n'en avait jamais bu, cette conversation courtoise avec des personnes raffinées... Cependant il ne pouvait oublier qu'un trait d'union vivant reliait ces deux univers si étrangers l'un à l'autre. Son sauveur, Hervé, celui qui l'avait conduit ici, avait-il égorgé Beausseret de sa propre main avant de lui prendre ses beaux souliers à boucles d'or ?

— Ce qui s'est produit dans les prisons ne nous a pas surpris, dit M. de Fonçagrive. Quantité de signes le laissaient prévoir depuis plusieurs jours. Les élections approchaient, la situation militaire tournait au désavantage des maîtres de l'heure... Verdun s'étant rendue sans combat aux Prussiens de Brunswick, la Commune tenait son prétexte. Ces tueries, perpétrées le jour même où les délégués élus le 26 du mois dernier devaient désigner les députés à la Convention, ont eu pour but d'effrayer les modérés et de conforter les extrémistes dans leur choix. La Commune a imposé à Paris un vote public, nominal et verbal, sous la pique des sectionnaires. Désormais Paris est tout à la Montagne, c'était ce qu'on voulait. On se bat aux frontières, mais une autre guerre est déjà commencée : celle que Paris livre à la France... Nous nous demandions jusqu'où irait l'ignominie des hommes du Conseil général de la Commune et de leurs sicaires du Comité de Recherche et de Surveillance... Nous savons à présent qu'elle ne connaît pas de bornes !

Gendelette remarqua que le baron ne parlait presque jamais en son nom. Il disait « nous »... Nous n'avons pas été surpris... Nous nous demandions... Nous savons... Qui se cachait derrière ce nous ? Un groupe de royalistes ? Mais alors, que faisait le sang des martyrs de l'Abbaye sur les mains d'Hervé ?

— Pardonnez-moi, monsieur le baron... Est-ce vous qui avez envoyé Hervé à Saint-Germain ?

— C'est moi. Tout le peuple n'est pas sans-culotte. L'avenir le démontrera aux dépens de la racaille jacobine, le roi a encore des sujets fidèles dans toutes les classes. Peut-on vous compter parmi eux ?

— Monsieur, j'ai vu hier la république à l'œuvre, et je la hais !

— C'est bien !

— Mais Hervé...

— Hervé ?

— C'est à lui que je dois d'être ici, et donc en vie, et pourtant mes compagnons morts crient vengeance... Je crains qu'il n'ait trempé dans les meurtres de l'Abbaye.

M. de Fonçagrive échangea avec la baronne un regard inquiet.

— Vous le craignez, ou vous en êtes sûr ?

— Je ne puis dire que je l'ai vu, mais il était couvert de sang, et seul celui des prisonniers a coulé...

La voix de Gendelette tremblait. La baronne étendit le bras et lui toucha la main. Ce contact acheva de le bouleverser. Il ne put retenir ses larmes. La baronne lui prit alors la main et la pressa dans la sienne un instant.

— Vous avez assisté à des spectacles insoutenables, dit M. de Fonçagrive. Mais pour autant, ne confondez pas l'apparence et la réalité. Hervé m'a remis des chaussures ornées de boucles en or...

— Ce sont celles du financier Beausseret. Il s'est montré d'une grande bonté à mon égard !

— Eh bien, sachez que ces reliques seront restituées à sa famille dès que possible. Vous voyez que vous méjugiez Hervé. Il peut paraître fruste, c'est vrai, mais il me sert depuis toujours.

— Séchez vos larmes, enchaîna la baronne d'une voix douce, en tendant à Gendelette un mouchoir parfumé. Il faut tourner la douleur en fureur, puisque la preuve est faite que la république conduit tout droit au crime !

— Ma chère, vous parlez fort bien, approuva M. de Fonçagrive. Les honnêtes gens doivent rendre coup pour coup. Le prince de Condé prendra bientôt cette plèbe à la gorge. En attendant, c'est dans l'ombre qu'il convient de nous rendre utiles, de préparer le retour du roi, d'atténuer les méfaits des aventuriers et des gredins qui ont usurpé le pouvoir ! A ce sujet... Hervé nous a dit que vous étiez employé au Garde-Meuble royal ?

— J'y étais encore commis il y a peu.

— Quelles fonctions exerciez-vous ?

— Elles étaient modestes, monsieur ; j'avais le grade de commis de cinquième classe, sous la haute direction de M. Alexandre Lemoine de Crécy, garde général des meubles de la Couronne...

— Mais vous connaissez parfaitement les lieux ?

— Les lieux ? Bien sûr, j'y ai travaillé deux ans.

— Vous pourriez donc vous y orienter, dans l'obscurité le cas échéant ?

— Sans doute, mais...

M. de Fonçagrive eut un bon sourire.

— Je vais vous expliquer !...

Sur le boulevard, à quelques mètres de la terrasse vitrée d'où Kevin les épiait, ils se dressaient face à face comme des ennemis, à deux pas de la station de métro. Kevin regrettait de ne voir Cornélie que de dos, mais les expressions qui se succédaient sur le visage de Bobby De Clerk suffisaient à le divertir. Un instant les yeux du bellâtre lui sortaient de la tête, puis il les fermait comme pour tenter de nier la réalité, pour effacer un monde dénaturé ou faussé, dans lequel Juliette n'aimait plus Roméo, où Cornélie Lambert n'était plus amoureuse de Bobby De Clerk.

Bobby gesticulait. Il surjouait. Questions, prières, objurgations, menaces... Il devait crier, car les passants le regardaient d'un air réprobateur ou ironique. Enfin, les yeux brillants de colère, il fit le geste de lancer quelque chose loin de lui, un fruit pourri ou le cœur noirâtre de Cornélie, peut-être ? Il cracha encore une phrase, puis il tourna les talons et s'engouffra dans la bouche de métro. Cornélie resta un instant immobile, penchée sur le gouffre où son amant venait de disparaître.

Au-dessus du moutonnement des toits de voitures apparut le haut front carré de l'autobus de Cornélie. Il ne fallait pas la laisser le prendre... Kevin posa des pièces de monnaie sur la table pour payer son café et sortit de la brasserie.

— Cornélie ! Hep ! Cornélie !...

Elle vint à lui docilement. Elle venait de lui sacrifier son amour. Qu'aurait-elle pu lui refuser ? Il constata qu'elle ne pleurait pas. Ses yeux étaient secs. Elle avait le teint brouillé. Elle n'avait guère dormi : les lignes ! Elle les lui tendit. Trois mille fois : « Je ne ferai plus jamais l'amour avec Bobby De Clerk », à l'encre violette. Le stylo de son défunt père bavait, elle avait les doigts tachés. Il prit les pages couvertes de son écriture ronde et mièvre, arrachées d'un bloc de correspondance après qu'elle eut épuisé sa ramette de papier-machine.

— Alors, Bobby ?

— Il me guettait dans le hall, ce matin. Il voulait des explications pour hier...

Un taxi arrivait à leur hauteur. Il l'arrêta et donna son adresse au chauffeur. Quand elle lui eut dit qu'elle venait de rompre avec Bobby, ils restèrent silencieux tout le long du trajet. Elle ne faisait, elle ne disait rien de sa propre initiative. Elle subissait. Tournée vers la vitre, elle laissait glisser son regard vide sur la foule des trottoirs, sur les boutiques... Il eut envie de la gifler, soudain. Jusqu'où pourrait-il aller sans qu'elle se révoltât ? *Jusqu'au bout*, c'était le plus probable. Le pouvoir de la crécelle était absolu. Il en tâta les contours à travers le tissu de sa poche. Absolu. Il avait le pouvoir absolu dans sa poche. Il allait en user pour gifler impunément une jeune fille qui lui avait fait de la peine. Il était nul, il n'y avait pas d'autre mot ! Il chassa cette pensée importune. Chaque chose en son temps. Plus tard, plus tard peut-être, il se fixerait d'autres tâches.

Le taxi les déposa devant la porte de son immeuble. Cornélie le suivit de son pas de somnambule. Ils n'échangèrent pas un mot dans l'ascenseur. Pensait-elle à Bobby ? Il fut tenté de la relâcher, comme un chasseur épargne une proie indigne de lui... Qu'est-ce qu'il s'encombrait de cette fille quelconque ? L'ancien Kevin s'était figuré qu'il l'aimait. Le nouveau, Kevin-le-fauve, n'avait que faire de ce petit lapin !

L'ascenseur s'immobilisa. Ils sortirent de la cabine. Il ouvrit la porte, fit entrer Cornélie, entra à son tour, ferma la porte. Il lui ordonna de se tourner vers lui. Elle obéit. Il la gifla. Elle vacilla. Sa joue était rouge. Une larme brillait au coin de sa paupière. Il reconnut en lui-même que c'était très agréable. Il recommença, sur l'autre joue. C'était délicieux. Un alcool très fort, qui vous brûlait la poitrine et le ventre. Il comprit que s'il n'arrêtait pas tout de suite il allait la rouer de coups. Il ne fallait pas. Pas de bleus, pas de traces. Elle avait une famille, des amis... Il la contempla avec avidité. Il eut du mal à se retenir de la prendre dans ses bras, de la couvrir de baisers, de boire les larmes qui coulaient sur ses joues.

— Maintenant, déshabille-toi, et fais le ménage. L'aspirateur est là, dans ce placard... Déballe-le, il est tout neuf.

Il était allé l'acheter exprès, à l'heure du déjeuner. Elle demanda si elle devait se déshabiller en entier. Il dit que oui, bien sûr. Sans plus se soucier d'elle, il se mit à son aise, se servit à boire avant de dénouer les lacets de ses chaussures.

— Tu as vraiment de gros genoux ! lui cria-t-il au bout d'un moment.

Le bruit de l'aspirateur couvrait le son de sa voix. Il dut s'y reprendre plusieurs fois. Elle éteignit l'aspirateur.

— Comment ?

— Je disais : Tu as vraiment de gros genoux !

Il pensa qu'elle ne s'en était peut-être jamais aperçue. Mais les femmes ne guettent-elles pas sans cesse leur reflet dans les innombrables miroirs de la ville ?

— Tu le savais ?

Elle se pencha pour les regarder.

— Ce sont des genoux.

— Non. Ils sont gros.

Elle avait aussi des cuisses potelées, une touffe de lichen châtain qui lui cochait le ventre, des hanches rondes, des seins accrochés bien haut. Elle releva la tête. Pour la première fois elle s'était vue à travers les yeux d'un autre, sans l'indulgence parfois navrée qu'on a presque toujours pour soi. Bobby aimait la regarder, mais il ne lui parlait jamais de ses genoux. Il lui disait de gentilles bêtises à propos de sa poitrine ou de sa touffe de lichen.

Au souvenir de Bobby, les larmes jaillirent à nouveau de ses yeux.

— Non, non, pas de pleurnicheries ! dit Kevin d'une voix impatientée. Finis plutôt de passer l'aspirateur, et après tu prendras une douche.

Plus tard, quand elle fut partie, il passa une partie de la nuit les yeux ouverts dans le noir à se remémorer ce qu'il avait fait avec elle. Rien de très particulier. Ni plus ni moins qu'avec les autres. Mais c'était la peau de Cornélie, le souffle de Cornélie, les larmes de Cornélie. Il regretta de l'avoir laissée rentrer chez elle. Il aurait dû la garder à côté de lui dans son grand lit tout neuf. Il ne l'aurait plus touchée, il aurait respecté son sommeil. Il l'aurait écoutée respirer, il aurait fini par sombrer lui aussi, ç'aurait été très bien comme ça. Mais peut-être aurait-elle feint de s'endormir, et attendu qu'il se fût assoupi à son tour pour lui voler la crécelle, ou même pour le poignarder, ou pour l'émasculer... Il se répéta qu'elle ne pouvait accomplir aucun acte qu'il ne lui eût dicté, mais en était-il bien sûr ? Il chercha la crécelle qu'il avait dissimulée sous le lit, à portée de sa main. Il la posa sur sa poitrine, comme un crucifix sur la poitrine d'un mort. Elle ne pesait guère. Pourtant tout était concentré en elle, les êtres et les choses, puisqu'elle avait le pouvoir de les lui livrer. Le fil de ses pensées le ramena vers Cornélie, vers le corps de Cornélie. Elle seule, il l'avait étreinte dans le noir. Il s'était pourtant promis le contraire. Il voulait la voir dans certaines postures. Mais au dernier moment, quand elle était revenue de la salle de bains, il avait éteint la lumière. Et cela n'en avait été que plus suave, plus fort. L'obscurité lui avait permis de se bercer de l'illusion qu'elle n'agissait pas sous l'emprise de la crécelle, et elle lui avait dissimulé les yeux morts de Cornélie, sa grimace de dégoût tandis qu'ils se caressaient.

— Eh bien, jeune homme, n'avais-je pas raison, pour ses genoux ? Tu le lui as dit toi-même, elle les a trop gros.

Mû comme par un ressort, Kevin se dressa sur son lit. Isacaron était là, flottant dans la pénombre à quelques pas du lit. Un halo phosphorescent l'enveloppait.

— Ne réponds pas, va, je te taquine !... Dis donc, je te jugeais un peu timoré, au début, mais je m'aperçois que...

Isacaron imita le crépitement de la crécelle, tandis qu'il agitait le poignet et la main.

— Cra-cra-cra-cra-crac, ça y va à la manœuvre, hein ? Avec ta tante, tu as été très bon. Excellent, le gag de la gazinière ! Et puis élégant, grand seigneur : pas de violence, tu as seulement allumé une bougie en partant, histoire d'assainir l'atmosphère. Ah ça, pour assainir !... Boum ! Tu n'as pas de remords, j'espère ? Rien n'est plus vulgaire que les remords.

— Je n'ai pas de remords, dit Kevin. A la limite, ça m'étonne. Je m'attendais à en avoir au moins un peu... Calme plat. Ma conscience me laisse en paix.

— Qui te dit que tu en as une, Kevin ? La conscience, ça n'est pas donné à tout le monde. Les hommes politiques, les grands, je veux dire, ceux qui laissent un nom... Eh bien ils n'en ont pas, ou alors, pfiou... d'une sorte très particulière ! Dans la nature, il y a des hommes sans conscience comme il y a des chats anoures. Tu appartiens peut-être à cette élite capable de prendre les choses comme elles viennent. Sandra Berkowitz est morte ? Bon, elle est morte ! Ta tante aussi ? Bah, si elle t'avait aimé un peu plus, ça ne lui serait pas arrivé si tôt. Eléonore Benedetto est à l'asile ? Voilà des choses qui arrivent, c'est tout ce qu'on peut dire.

— A l'asile ? Mais...

— Elle a mal entendu ce que tu lui as dit en partant, à travers la porte de la salle de bains, et avec le bruit de la douche... Alors elle s'est fourré dans la tête que quelqu'un a abusé d'elle grâce à une espèce de crécelle magique... Il a fallu l'interner, mais ça va s'arranger, ses médecins ne sont pas vraiment inquiets.

— Et les autres ?

— Les autres s'en tirent très bien. Un cauchemar par-ci, par-là, une bouffée d'angoisse.. Le négrillon du RER fait pipi au lit toutes les nuits. Blague à part, Kevin, tu as le don, tu as l'intuition du mal. Ce gosse lâché comme un cosmonaute dans le vide, chapeau ! Et Cornélie ? Les trois mille lignes : « Je ne ferai plus jamais l'amour avec Bobby De Clerk. » Voilà qui était tapé ! Sans flagornerie, je crois que tu as de l'étoffe. Tu es *méchant*.

Kevin eut un geste de dénégation. Il n'était pas méchant. On l'avait été avec lui, alors il avait rendu coup pour coup avec les armes que le hasard lui avait données... Mais lui, non, il n'était qu'un brave, qu'un pauvre garçon. Enfin, peut-être pas vraiment brave, mais pauvre, ça oui, pauvre, malheureux, misérable !

— Je sais, poursuivit Isacaron, ça fout un coup, d'apprendre qu'on est méchant. On voudrait continuer à se figurer qu'on est bon, au fond de soi-même, en dépit de tout ce qu'on a pu faire. Et puis voilà, un jour on se voit tel qu'on est, on voit son cœur tel qu'il est et tel qu'il sera toujours, une horreur, une épouvante, et on recule en se bouchant le nez devant la puanteur qu'il dégage. Ah oui, c'est dur, de se dire qu'on a tort à jamais. Que le droit et la raison, l'innocence, la bonne foi, le courage et l'honneur, que tout le meilleur est en face, de l'autre côté de la frontière, sur l'autre rive de la vie, et qu'on en est l'ennemi.

— Je ne suis l'ennemi de rien ni de personne ! protesta Kevin. Je veux seulement...

— Tu veux posséder. Tu veux étreindre. Tu veux jouir. Bien sûr ! Bien entendu ! Quoi d'autre ? Que pourrait-on vouloir d'autre ? La palourde jouit dans son sable et sa vase, le bousier jouit de pousser sa boule, et le vautour de plonger son bec dans le ventre odorant et grouillant de vers d'une belle et bonne charogne... Cependant leur jouissance n'est rien à côté de celle de l'homme qui sait qu'il jouit de faire le mal. Ose dire que je me trompe ! Ose, je t'écoute !

Kevin n'osa rien dire. En lui-même, pourtant, il formulait une objection. Si Cornélie s'était donnée à lui de son plein gré, son plaisir n'eût pas été moindre, au contraire.

Il avait oublié qu'Isacaron lisait à livre ouvert dans ses pensées.

— Tu crois ça ! s'exclama le démon. Pourtant tu l'as giflée deux fois. Le plaisir bien vif que tu en as retiré, l'aurais-tu connu si elle t'était tombée d'elle-même dans les bras ? Jamais de la vie. Tu l'aurais peut-être giflée plus tard, sans joie, dans le courant d'une dispute, parce qu'elle t'aurait échauffé les oreilles. Tandis que les gifles de ce soir, souviens-toi, quelles merveilles ! Quel joli prélude elles formaient à l'humiliation qu'elle a subie ensuite !... Cela dit, est-ce que tu vas t'encombrer encore longtemps de cette petite pécore ? Que tu t'amuses un moment avec elle, que tu lui fasses payer ses rebuffades, je dis : bravo ! Mais tu ne devrais pas t'attarder à cette vengeance. Il faut savoir qui l'on torture, qui l'on abaisse. Je ne t'ai pas mis cet instrument entre les mains pour que tu t'acharnes sur une Cornélie Lambert. Un peu d'ambition, que diable ! Règle tes comptes, soit, mets ton passé à feu et à sang si tu veux, puis tourne-toi vers l'avenir. Je bous, quand je te vois racketter les voyageurs du métro, ou te faire remettre la recette d'une épicerie à l'heure de la fermeture. Et puis ce coffre-fort sur ton balcon... Tu ne peux pas acheter des actions, faire travailler ton argent, comme tout le monde ?

— C'est ce que j'ai trouvé de plus sûr, se défendit Kevin. J'ai un CCP. Mon salaire de grouillot y est versé depuis que je travaille. Si je veux que la police s'intéresse à moi, je n'ai qu'à y déposer un million de francs en liquide tous les mois ! Tandis qu'avec mon coffre-fort je suis tranquille, je paye tout cash, mon nom n'apparaît nulle part, je suis invisible, invulnérable, je n'existe pas !

— C'est un mauvais calcul, dit Isacaron. Tu dois exister. Si tu veux te lancer dans les affaires, il te faut des comptes bancaires, un portefeuille boursier, un agent de change, et un coffre à la banque si tu y tiens, pour les babioles. Tu dois avoir pignon sur rue, gagner de l'argent de la façon la plus officielle, le déclarer au fisc, et payer des impôts... Rassure-toi, on te conseillera efficacement et tu n'en paieras pas beaucoup.

— Mais je suis très bien comme ça ! Pourquoi voulez-vous que j'aie pignon sur rue ?

— Parce que c'est ainsi que tu me serviras le mieux. Pour l'instant, tu ressembles à un passager clandestin à bord d'un navire, tu végètes de menus larcins et tu restes planqué dans la cale... Je veux que tu montes sur le pont supérieur, que tu t'installes dans une cabine de première classe, que tu dînes à la table du commandant et que tu séduises la fille de l'armateur !

Le fond de rébellion du caractère de Kevin se réveilla. Isacaron commençait à le courir, avec ses histoires à la gomme.

— La fille de l'armateur, je la connais pas, et je veux pas la connaître !

— La fille de l'armateur, c'est une image, dit Isacaron d'une voix soudain flûtée. Le navire, c'est la société, le commandant c'est le pouvoir, l'armateur c'est l'argent...

— Oui, eh bien j'en ai rien à foutre !

Isacaron tendit le bras, effleura de l'ongle la courtepointe du lit. Celle-ci s'enflamma aussitôt, à l'endroit où le doigt d'Isacaron était entré en contact avec l'épais tissu piqué et matelassé. Kevin poussa un cri d'effroi et se leva d'un bond. Tandis qu'il arrachait la courtepointe et la roulait en boule pour étouffer les flammes, Isacaron dansait autour de la chambre et allumait d'autres foyers de la même manière, tout en chantonnant « Au feu les pompiers, la maison qui brûle... »

— Tout va cramer ! Arrêtez ! Arrêtez, je ferai ce que vous voudrez, je le jure ! implora Kevin.

Les départs de feu s'éteignirent tous en même temps. Il ne resta plus qu'une âcre odeur de brûlé. Kevin se laissa tomber haletant sur le lit. Il se souvint tout à coup que la crécelle avait glissé à terre quand il avait sauté hors du lit. Il se pencha pour tenter de la récupérer à tâtons. Le plafonnier s'alluma, éclairant la pièce enfumée. Isacaron se tenait près de la porte et de l'interrupteur.

— Voilà ce que tu cherches, peut-être ?

Il jouait négligemment avec la crécelle. La gorge de Kevin se serra.

— Oui...

Isacaron lança l'instrument sur le lit. Kevin s'en empara. Sans elle, la vie n'aurait plus offert le moindre intérêt.

— Merci ! Merci ! bredouilla-t-il.

— Tu peux me remercier, dit Isacaron. A présent, parlons clair. J'ai des projets pour toi : pignon sur rue, la fille de l'armateur, tout le toutim. Cela peut attendre un peu, mais pas toute la vie. Alors fais ce que tu as à faire, règle tes comptes avec les gens de la Providence, mais ne traîne pas trop. Inventif comme tu l'es, je ne doute pas que tu leur joues un air à ta façon... Allez, à bientôt mon garçon. Montre-toi aussi méchant que possible avec cette engeance, et songe qu'on a l'œil sur toi !

Sur ces mots, Isacaron se métamorphosa en une grosse mouche noire. Elle tourna quelques instants autour de la pièce en vrombissant avant de disparaître.

M. de Fonçagrive n'avait pas convaincu sans peine Gendelette de se joindre à lui. Le jeune homme regrettait à chaque seconde qui passait de s'être laissé fléchir, tout en ayant conscience qu'il n'était plus temps de se dérober. Pour regagner la capitale en compagnie du baron, il avait eu grand mal à surmonter la répugnance qu'elle lui inspirait désormais.

Du moins n'y tuait-on plus pour le moment, semblait-il. A l'Abbaye, d'où Gendelette était sorti le 3 en fin d'après-midi, on avait encore égorgé toute la matinée du 4. A Bicêtre, à la Salpêtrière, il s'était commis ce jour-là des atrocités inouïes. A la Force, les mises à mort, quoique très ralenties, s'étaient poursuivies jusqu'au 7... On était dans la nuit du 11 au 12. Un engourdissement semblable à celui qui accompagne la digestion des fauves avait saisi la ville. Mais pour Gendelette, la pluie fine qui mouillait les pavés était bien la même qui avait délayé quelques jours plus tôt les flots de sang versés devant la porte de l'Abbaye.

Ils avaient rallié le gros des conjurés chez un marchand de vin de la rue Saint-Germain-l'Auxerrois. Gendelette n'avait vu là que des bandits. Le baron avait lu dans ses yeux sa surprise et sa déception.

— Ce sont en effet des gens de sac et de corde, lui avait-il soufflé. Nous l'avons voulu ainsi... C'est politique !

Gendelette avait dû se contenter de cette explication. La présence autour d'eux des intéressés ne se prêtait pas à un long échange de vues sur l'opportunité de leur embauche. Ils étaient au total une douzaine dans l'arrière-salle de l'estaminet. Le mastroquet servait à la ronde des vins chauds et des punchs.

On avait accueilli M. de Fonçagrive avec un signe de connivence et on avait invité les nouveaux venus à s'asseoir. Calquant son attitude sur celle de son compagnon, Gendelette avait siroté un vin chaud en écoutant les meneurs donner les dernières instructions. Il remarqua que le baron demeurait en retrait, laissant le devant de la scène à d'autres. Ils déclarèrent que l'assaut serait tout furtif et pacifique si les choses se passaient comme on l'espérait. Des deux édifices jumeaux bâtis par Jacques Ange Gabriel pour border la place Louis-XV du côté opposé à la Seine, le Garde-Meuble occupait le plus proche du jardin des Tuileries, celui qui abrite aujourd'hui le ministère de la Marine. Il était ouvert au public chaque lundi. Ainsi le peuple pouvait-il admirer, entre autres merveilles, les 9 547 diamants dont l'inventaire avait été dressé un an auparavant par les députés Bron, Christin et Delattre. Les plus belles pièces de ce trésor étaient constituées par le Régent, le Sancy, le hochet du dauphin... Un début de pillage avait déjà eu lieu dans l'effervescence des journées révolutionnaires de juillet 89. La foule s'était introduite dans le bâtiment. On avait alors dérobé, outre quelques pierres précieuses, deux petits canons en argent offerts à Louis XVI par le roi de Siam. Cette fois-ci il ne s'agissait pas de prendre des échantillons mais de barboter le tout. Les pierres, les perles et les bijoux exposés dans des vitrines étaient rangés dans huit coffres de bois fermés par de simples crochets. Trente millions de francs de joyaux protégés par du verre et du bois, et confiés à la vigilance des gardes du poste de la rue Saint-Florentin, dont la réputation était exécrable... Le précédent conservateur, Lemoine de Crécy, s'était inquiété de l'insuffisance des conditions de sécurité. On avait limogé cette créature de l'Ancien Régime, pour la remplacer par Restout, un affidé du nouveau ministre de l'Intérieur Roland. Restout n'avait rien obtenu. Les bijoux de la Couronne étaient à prendre : on allait s'en charger cette nuit. Le lundi soir, après la clôture de chaque visite hebdomadaire, des scellés étaient apposés sur les portes. On entrerait donc par une fenêtre depuis longtemps reconnue accessible, tandis que des comparses vêtus d'uniformes de gardes nationaux veilleraient au-dehors et tiendraient à distance les ivrognes et les bras-cassés de la rue Saint-Florentin, s'ils se manifestaient.

Les fonctions de Gendelette au sein du Garde-Meuble n'avaient rien à voir avec les bijoux. Il travaillait dans un tout autre département, celui du linge de table, mais il avait souvent profité de quelques instants de liberté pour se mêler à la foule des visiteurs du lundi, et il connaissait parfaitement les lieux. A la vue des brigands avec lesquels le baron s'était acoquiné pour monter cette opération, Gendelette comprit que M. de Fonçagrive ne nourrissait qu'une confiance relative vis-à-vis de ses associés. Dans ces conditions, il appréciait d'avoir à ses côtés au moins un homme de confiance, capable de s'orienter et de le guider si besoin était à travers l'immense palais. Ce trait de prudence concordait avec celui qui avait conduit M. de Fonçagrive à disjoindre Hervé de l'expédition. Il avait été ordonné au Breton de rester à distance et d'observer les événements, de façon à intervenir de l'extérieur en cas de coup dur.

Les chefs s'assurèrent que leurs hommes s'étaient munis de leurs instruments de travail, marteaux et pinces, crochets et pieds-de-biche, chandelles, lanternes sourdes et petits sacs de toile où rassembler le butin. Ils les répartirent ensuite en petits groupes qui gagneraient séparément la place Louis-XV. Le Vieux Louvre, puis le palais et les jardins des Tuileries les en séparaient. Deux groupes de trois hommes longeraient la Seine, pendant que deux autres emprunteraient la rue Saint-Honoré. M. de Fonçagrive et Gendelette effectueraient le trajet avec un jeune garçon souffreteux et d'aspect malsain, que les autres surnommaient le Petit Cardinal. Comme la bande sortait de chez le marchand de vin, le baron échangea quelques mots rapides avec un des chefs que Gendelette avait entendu appeler Miette, et qui emmenait son groupe par la rue Saint-Honoré. Le baron paraissait soucieux.

— Tout va bien ? chuchota Gendelette.

— Nous verrons... Marchons !

M. de Fonçagrive entraîna son escouade. Ils tournèrent à gauche dans la rue du Petit-Bourbon pour aller chercher la Seine avant de prendre le quai du Louvre vers le port Saint-Nicolas.

Circonscrite par le Pont-Tournant des Tuileries et le Cours-la-Reine d'est en ouest et par les palais de Gabriel et la Seine du nord au sud, la place Louis-XV était de forme octogonale. Un mois plus tôt, jour pour jour, les députés avaient envoyé à la fonte la statue de Louis XV par Bouchardon qui en occupait le centre. Chacun de ses huit angles était occupé par un pavillon qui abritait un escalier. Ces escaliers desservaient les fossés, larges de vingt mètres et aménagés en parterres de fleurs et de verdure, dont l'esplanade était bordée.

Des ponts permettaient de franchir les fossés. Les pierres de la Bastille avaient servi à achever les parties hautes de celui qui enjambait la Seine à cet endroit, face au Palais-Bourbon.

Les douze étaient maintenant à pied d'œuvre, dissimulés dans l'ombre du pavillon le plus proche du but de leur expédition. Tous avaient les yeux tournés vers la façade du Garde-Meuble royal... Alphonse Gendelette eût volontiers échangé sa main gauche, ou peut-être même la droite, contre la certitude de revoir un jour Bayonne et son père.

La nuit était humide à souhait. Il n'y avait pas à craindre que des filles n'usent des fossés ce soir-là pour y fricoter comme c'était fréquent en été. On ne faisait pas le pied de grue dans l'ombre depuis plus de dix minutes, qu'une patrouille armée apparaissait à l'ouest de la rue Royale, en provenance du Cours-la-Reine. Un vent de panique faillit disperser la canaille tapie contre la balustrade.

— Vache ! V'là déjà la garde ! hoqueta le Petit Cardinal.

Miette reprit son monde en main.

— Oui, la nôtre, fi'de garce ! Tu ne reconnais pas Badarel et Depeyron, et Cottet qui les mène ? Ah, ils sont jolis, comme ça, avec leur flingot et leur sabre !... Allez, puisque les v'là, c'est à nous ! Hardi, hardi !

Miette entraîna ses hommes jusqu'au pied du palais. Un portique de douze colonnes d'ordre corinthien posées sur un soubassement en orne la façade. Un des réverbères accolés aux colonnes devait permettre d'accéder au balcon sans grande difficulté, pourvu qu'on fût un peu agile. Miette grimpa le premier, en s'aidant de la corde qui servait aux allumeurs à descendre et remonter la lanterne, lors de leur tournée quotidienne. C'était à de telles cordes de lanterne qu'on avait pendu le 22 juillet 89 l'intendant Foulon et son gendre Berthier de Sauvigny, face à l'Hôtel de Ville. A Foulon, on avait donné à boire du vinaigre poivré, et comme il transpirait on lui avait essuyé le visage avec des orties... La corde ne cassa pas sous le poids de Miette comme elle avait fait sous celui de Foulon, qu'on avait dû décapiter pour en finir. Le bandit s'éleva sans encombre jusqu'à la terrasse. Le reste suivit, Gendelette et le baron les derniers, après le Petit Cardinal. Déjà, Miette avait brisé un carreau d'une des grandes portes-fenêtres, il avait passé le bras par l'ouverture et fait jouer l'espagnolette.

Une excitation sans borne avait saisi les escarpes. A la lueur des chandelles, leurs yeux brillaient d'un éclat comparable à celui des pierreries qu'ils s'appropriaient. Des sourires extatiques illuminaient par instants leurs traits obtus. Ils étaient devenus voleurs pour manger, et leur misérable aventure se muait soudain en apothéose. Ils avaient jusqu'alors chapardé des montres plus souvent en fer qu'en argent ou en or, ils avaient tiré des bourses plates pour la plupart, ils avaient dépouillé des pauvres à peine moins pauvres qu'eux, et voilà qu'ils se bourraient les poches des bijoux de la Couronne. Mais les diamants eux-mêmes changeaient de nature, se dématérialisaient et devenaient des signes. Ce soir on volait la lumière, on volait le feu, on faisait main basse sur le principe de tout enfoui dans les choses. Les brutes qui ne savaient pas épeler leur nom surent en cet instant pour quoi elles étaient nées. C'était pour ça, pour vivre cette nuit-là. Le plus pâle voyou de Paris, le Petit Cardinal, aux yeux caves et aux épaules en portemanteau, chouravait les larmes de soleil dont le Grand Roi avait couvert la gorge de sa maîtresse... Seuls les pillards égyptiens de la Vallée des Rois avaient connu pareille ivresse avant lui.

Autour des vitrines, on s'en donnait à cœur joie. Le verre et le bois éclataient, serrures et charnières cédaient en grinçant aux tenailles qui les arrachaient, aux ciseaux qui les forçaient. Les écrins vidés jonchaient le sol, où leur riche capitonnage de satin ou de soie réfléchissait encore la lueur des bougies. Tandis que les hommes penchés sur les vitrines éventrées s'activaient avec fébrilité et juraient d'émerveillement à voix basse, M. de Fonçagrive, immobile et silencieux, surveillait la manœuvre. Il ne lui échappait pas plus qu'à Gendelette qu'il disparaissait au moins autant de pierres et de bijoux dans les poches des uns et des autres que dans les sacs prévus à cet effet. Les joyaux ainsi escamotés n'avaient guère de chances de réintégrer jamais le trésor royal... Mais dans cette pénombre trouée de clartés dansantes et dans l'urgence du moment il était impossible d'intervenir. Miette avait déjà fourré dans son sac le Sancy et le Régent avec les autres pierres les plus grosses. M. de Fonçagrive s'appliquait à ne pas le perdre des yeux. Gendelette restait étranger à la fièvre qui régnait autour de lui. Bien plus, il en était comme glacé. S'il avait souscrit au principe du cambriolage, il ne pouvait approuver la façon dont on l'exécutait. Il était couru que nombre de joyaux allaient s'évanouir dans la nature. Pour l'employé du Garde-Meuble, comptable à son modeste échelon de la moindre serviette de table, ce pillage tenait du sacrilège. Il songea qu'il était temps de remplir la mission qu'il s'était lui-même fixée. Il existait un objet plus précieux que ceux sur lesquels se jetaient les crapules de Miette. Bien qu'il condamnât le spectacle qu'il avait sous les yeux, il ne se sentait pas de responsabilité personnelle vis-à-vis des pierreries. En revanche, il en avait la conviction, la volonté divine lui avait confié le sort de la relique qui dormait sous les combles.

Il toucha l'épaule de M. de Fonçagrive. Celui-ci l'interrogea du regard.

— Je reviens dans un instant, lui dit Gendelette en montrant le plafond de la main.

Le baron le retint.

— Où allez-vous ? Il était entendu que vous ne deviez pas me quitter d'une semelle...

— Des affaires à moi à reprendre... Je n'en ai pas pour longtemps !

— Soit, dit le baron avec humeur.

La contrariété lui faisait froncer les sourcils. Il reporta toute son attention sur Miette. Gendelette s'éclipsa.

Il n'avait pas menti. Il avait vraiment un manteau à récupérer. On ne lui avait pas laissé le loisir de l'enfiler le jour de son arrestation. Il l'attendait, pendu à sa patère dans le vestiaire du personnel. D'aller le chercher au rez-de-chaussée avant de monter au grenier impliquait un long détour, mais il aimait bien sa pelure...

Quand il fut sorti de la salle d'exposition où œuvraient les voleurs, il alluma une des chandelles dont ses poches étaient pleines. Le prudent M. de Fonçagrive l'en avait pourvu avec libéralité, en même temps que d'un casse-tête et d'un petit pistolet chargé, en prévision d'éventuelles difficultés.

Certaines parties de l'édifice étaient très familières à Gendelette. D'autres moins, et en raison des scellés qui interdisaient toutes les portes donnant sur l'escalier principal, il dut en traverser plusieurs qu'il connaissait mal. Il marchait d'un bon pas. La solitude et l'obscurité font un mélange dont on sait les effets quand le sentiment de l'illégalité s'y ajoute. Mais dans le cœur de Gendelette l'incrédulité l'emportait sur la peur. Qu'on pût investir et mettre à sac en toute quiétude un bâtiment renfermant de telles richesses lui parut tout à coup incroyable. Si incroyable, songea-t-il, que cela ne pouvait se concevoir sans d'innombrables complicités imbriquées, elles-mêmes improbables sans le liant de la volonté de très hauts personnages. Mais alors, pourquoi s'en remettre à des bandits pour expédier la tâche elle-même, avec les inconvénients pourtant prévisibles auxquels M. de Fonçagrive était à présent confronté ? Quelque chose clochait là-dedans.

Il retrouva son manteau avec satisfaction et regagna les étages par le même étroit escalier de service qu'il avait emprunté pour descendre. Il passa déjà bien essoufflé devant le petit appartement que Marie-Antoinette s'était fait réserver dans le Garde-Meuble pour en user chaque fois qu'elle aurait sujet de séjourner incognito à Paris.

Enfin, il atteignit la partie la plus élevée et la moins fréquentée de l'édifice, une série de soupentes où l'on conservait tout un bric-à-brac diplomatique offert au roi de France par des potentats lointains et subalternes. Il y avait là beaucoup d'objets en ivoire et en nacre, quantité d'arcs, de sagaies, de lances et de boucliers de parade, des mâchoires de requins et des coquillages géants, des cathèdres sculptées dans des essences exotiques, des peaux d'ours et de crocodiles, des peaux de zèbres, de lions et de tigres... On entassait ici ces merveilles dont on ne savait que faire, en attendant que les mites, les termites et les rats les eussent assez abîmées pour qu'on pût décemment s'en débarrasser.

Au fond d'une des soupentes se trouvait un placard rendu inaccessible par un mur de malles et de caisses. Cet entassement n'avait rien de fortuit. Le vieux Barthélemy avait condamné le placard pour protéger son contenu. D'ailleurs le barrage était en trompe l'œil, car il se composait de bannes, de panières, de caisses et de malles vides qu'un homme seul pouvait déplacer en quelques instants. Barthélemy avait pris sa retraite un an après que Gendelette était entré au Garde-Meuble. Il travaillait au linge de maison, lui aussi. Il avait guidé les premiers pas de Gendelette dans le service. Il avait eu le temps de prendre le jeune homme en amitié. Un jour, quelques semaines avant son départ, il l'avait entraîné sous les combles pour lui montrer l'objet. Il l'avait découvert vingt ans plus tôt, lors de l'emménagement de 1772, dans l'odeur des peintures et des stucs encore frais. Dans le grand chambard des arrivages, une caisse non répertoriée avait éveillé sa curiosité. Il l'avait ouverte. Elle ne contenait que de vieilles nappes qui dataient au moins du règne de Louis XIII et tombaient en poussière, et l'objet.

L'objet aurait dû figurer à l'inventaire général sous une rubrique ou sous une autre : *Reliques* si on l'estimait authentique, ou *Curiosités* si l'on pensait avoir affaire à un artefact. Les relations de Barthélemy lui permirent de s'assurer qu'il ne figurait nulle part. Ce fait lui parut en lui-même insolite, et presque scandaleux. Il n'était pas un bien du monarque, ruban de chausse, bouton de tiroir en verre, cuiller à moka ou canon de France de trente-trois livres, qui ne fût mentionné dans un état, et dont un fonctionnaire ne fût chargé de vérifier et de certifier périodiquement l'existence et la bonne conservation. Depuis combien de temps l'objet flottait-il ainsi qu'un bouchon de liège sur l'océan des possessions du prince ? Qui l'y avait apporté et comme abandonné ? S'agissait-il d'un présent, d'une acquisition, d'une prise de guerre ? Barthélemy n'en savait rien, et il y avait toute apparence que personne au monde n'en sût plus rien, car la caisse pouvait avoir été clouée un siècle et demi plus tôt, et n'avoir pas été ouverte depuis lors.

Barthélemy n'avait pas tenté de réparer l'irrégularité administrative. Quelqu'un avait voulu que l'objet appartînt au roi, mais en secret, et sans doute à l'insu du roi lui-même. La nature de l'objet laissait entendre que cette volonté n'était pas de celles auxquelles un chrétien pouvait passer outre. En dissimulant l'objet au bas d'un placard, dans la partie la moins noble et la moins fréquentée de l'entrepôt des Merveilles, derrière un rempart d'osier poussiéreux, Barthélemy l'avait confié à la garde de l'incuriosité humaine. C'était le bon parti, puisqu'en vingt ans nul autre que lui, et après son départ Gendelette, n'avait déplacé les malles ni ouvert le placard.

Gendelette alluma le lumignon de la soupente à la flamme de sa chandelle et se mit aussitôt au travail. « Promets-moi, lui avait dit Barthélemy, que s'il y avait un jour le feu au palais... » Gendelette avait promis. Aujourd'hui il y avait le feu à la France entière. Le moment était venu pour lui de tenir sa promesse.

Les bannes et les caisses à peine plus lourdes que des bottes de paille s'empilaient sans grand effort de part et d'autre du placard. Gendelette eut tôt fait d'en dégager l'accès. La porte était fermée à clé, mais celle-ci était cachée dans un trou du plancher. Gendelette ouvrit le placard. Il dut s'agenouiller pour saisir l'objet posé à même le sol sous un fouillis de cordes et de chiffons. Enveloppée dans un sac de toile matelassée dont il la sortit à moitié, c'était une ampoule de verre cylindrique d'un diamètre d'une douzaine de centimètres, et haute de vingt-cinq. Ses deux extrémités effilées étaient enchâssées dans deux manchons de cuir. Très épais et piqués à gros points, ils formaient saillie et étaient reliés l'un à l'autre par des bretelles de cuir qui contribuaient à la protéger. L'ampoule était faite d'un verre grossier, opaque, fortement teinté de vert et semé de petites bulles d'air. L'éclairage ne permettait pas de discerner son contenu, mais Gendelette n'avait pas oublié quelle émotion il avait ressentie la première fois que Barthélemy lui avait montré l'objet : une émotion faite à la fois d'émerveillement et d'horreur.

Il prit le temps et la peine de remettre en place les malles et les bannes. Demain, il ne serait question à Paris que du saccage de l'exposition et du vol des joyaux. L'honnête Gendelette avait le goût de l'ombre. Il lui plaisait que rien ne signalât son passage au grenier. Il endossa son manteau et plaqua l'ampoule contre son sein avant de le boutonner jusqu'au cou. Enfin il souffla la flammèche du lumignon et redescendit en toute hâte.

Chaque matin, Kevin fourrait ses sous-vêtements et sa chemise de la veille dans un sac en plastique qu'il jetait au vide-ordures. Il ne lavait jamais rien. Il ne portait son linge de corps qu'une fois. Il achetait slips et T-shirts, chaussettes et chemises par sept ; ça lui faisait la semaine. S'il découvrait une tache sur son pantalon, c'était pareil : au vide-ordures, et il rachetait le même. L'argent lui permettait de tenir les objets à distance. Ils ne lui inspiraient pas confiance. Ils l'avaient trahi sans cesse, du temps que la pauvreté l'obligeait à composer avec eux. A présent il en disposait en despote oriental qui coupe les têtes sans y penser.

Il n'avait pu se résoudre à suivre les conseils d'Isacaron. Il n'avait pas ouvert de comptes en banque. Son salaire s'accumulait sur un compte postal en un magot dérisoire. Le butin de ses rackets l'était moins. Reconstitué, bientôt multiplié, il dormait sur le balcon, dans le coffre-fort dont Kevin négligeait de fermer la porte. Il habitait en étage, et si un cambrioleur entrait chez lui par la porte, il n'irait sans doute pas fureter sur le balcon.

L'appartement lui-même était impeccable. Chez sa tante, Kevin laissait tout traîner, en représailles. Mais ici il n'y avait rien à laisser traîner. Quelques papiers qui tenaient dans une sacoche, le journal intime qu'il n'ouvrait plus, les photos de l'oncle, les trois mille lignes de Cornélie, et plus d'un million et demi de francs en liquide, voilà à peu près tout ce qu'il possédait... Le ménage, il en chargeait ses invitées. Cornélie lui avait donné l'idée. Avant ou après, il les obligeait à passer l'aspirateur ou à faire les carreaux. Il trouvait ça pratique et drôle. Le spectacle de ces femmes penchées ou juchées sur un escabeau confirmait sa toute-puissance. Une gifle par-ci, par-là, des séances de travaux ménagers en tenue légère... Il se disait qu'il devait exister des tyrans plus féroces. Au fond, elles auraient dû s'estimer heureuses d'être tombées sur lui. Il imaginait parfois d'autres amusements, de vrais sévices. Il s'excita si bien qu'il acheta un martinet et de la ficelle dans une droguerie à l'ancienne. Il avait aimé gifler Cornélie. Parfois il la rudoyait, il lui tirait les cheveux. Tortures pour rire, pinçons, soufflets et fessées. Peut-être aimerait-il la fouetter pour de bon ? Il avait eu le sentiment de retourner en enfance avec elle. S'il voulait goûter une bonne fois au mal il devait aller plus loin, faire couler le sang, mais la peau si douce, si soyeuse, dissimule l'ordure de l'être. Il faut que les corps restent clos, sinon l'horreur qu'ils renferment vous saute à la face. Ses rêveries les plus troubles ne portaient que sur Cornélie. Il se disait que ce serait plus fort, avec elle. En quel honneur ? L'idée de l'amour assaisonne toutes les salades humaines, mais qu'est-ce que l'amour ? Un rhume de cœur ? Une grosse malice de la nature, dentellière penchée sur son carreau, jonglant avec ses fuseaux d'ADN ?...

Le regard de Kevin s'arrêta sur le radio-réveil posé à son chevet. Il était tard. Gare à Morsins, s'il arrivait en retard demain matin... Il fallait vraiment qu'il fût resté bloqué dans sa précédente identité, pour craindre encore Morsins. Morsins ! Mais Morsins était un homme mort ! Un simple tour de crécelle en le croisant dans la coursive, et Morsins escaladerait la statue de la Providence pour se jeter tout nu dans le vide. Kevin pouvait aussi bien le réduire à l'état de loque humaine, SDF, gibier d'asile de nuit, ce que l'ancien Kevin avait eu si peur de devenir lui-même. Quand il avait changé ses jeans bon marché et ses pulls en Scotch-Brite contre des vêtements de bonne qualité, Morsins l'avait observé d'un œil soupçonneux. La nouvelle du décès de sa tante et la probabilité d'un petit héritage avaient dissipé les soupçons. L'œil de Morsins était redevenu semblable à ce qu'il était auparavant : méprisant. Kevin soupira. Pourquoi ne quittait-il pas la Providence ? Partir... Il n'avait connu que des camps de vacances dans le Loiret, ou en Vendée, même pas à la mer, à l'intérieur des terres. Sa tante les choisissait avec soin pour lui forger des souvenirs d'après-midi pluvieux, à jouer aux cartes sous la tente dans l'odeur des petits-beurre humides, des chaussettes sales et des bananes écrasées macérant au fond des sacs à dos. La télévision montrait sans cesse des endroits de rêve, des forêts vertes, des plages d'or, des mers bleues. Au nom du ciel, qu'est-ce qui l'empêchait de filer là-bas ? Il s'initierait à la plongée, au surf et au ski nautique, il jouerait aux boules, il se mettrait à la guitare. Et s'il offrait cette vie-là à Cornélie, elle finirait par oublier Bobby De Clerk. Kevin était prêt à parier que Bobby ne lui avait fait miroiter que deux enfants deux tiers et la mort. Lui, il lui proposerait le soleil et l'eau sur la peau, les étoffes multicolores, les nuits étoilées, les chevaux entraperçus à travers les arbres : presque l'éternité. Il se releva, ébloui par son idée. Elle et lui loin d'eux tous, les Morsins, les de Grassi, les Lordurin, les Des Embruns, les Milo, les Lémure et les Débrua qui n'étaient pas les pires... Enfin, toute cette humanité attelée à la charrue désastreuse du progrès. Il devait y avoir quelque part une autre humanité, innocente, insoucieuse de la pitance d'aujourd'hui, qu'elle pêcherait dans les mêmes eaux, qu'elle cueillerait aux mêmes branches qu'hier.

Depuis qu'il avait découvert l'endroit, Isacaron s'intéressait assez au siège de la Providence des Poètes pour y rôdailler à ses moments perdus, sous une apparence ou sous une autre, ou sous aucune. La grande nef immobile émettait des vibrations auxquelles il ne pouvait rester insensible. Outre Kevin, sur qui il fondait de grands espoirs, il avait repéré ici plusieurs cas prometteurs. Il y avait Lémure et Débrua, bien sûr... Ces deux-là séjournaient depuis longtemps en enfer, à leur façon, dans le labyrinthe intestinal des archives. Morsins, lui non plus, n'avait pas échappé au coup d'œil infaillible d'Isacaron. Des âmes de cette sorte-là, il en avait rencontré des myriades sous l'uniforme. Ce type humain fournit aux caisses du mal un fonds de roulement appréciable. Et Berthilde ! Dès la seconde où il l'avait croisée dans la coursive, drapée dans sa beauté monumentale et poussant devant elle ses appas colossaux, Isacaron avait deviné de quel potentiel elle était porteuse. Car derrière la muraille de chair un elfe captif ravalait ses sanglots. Il avait l'oreille comme il avait l'œil. Ces murmures de ruisselet par-delà la montagne, ces grignotements de souris au cœur de l'orage, nul ne les percevait mieux que lui. Mais ce n'était pas tout. Il y avait encore l'aimable lâcheté de Des Embruns, le malheur silencieux de Draghixa, les haines ruminées et les aigreurs mijotées des administrateurs, l'imbroglio du Contentieux, le désarroi et la fureur de Bobby De Clerk, l'hébétude dans laquelle Cornélie s'enfonçait de jour en jour... Isacaron ouvrait le four des poitrines, soulevait le couvercle des crânes, reniflait les cœurs fumants et les cervelles bouillonnantes pour se délecter des odeurs d'une tambouille de plus en plus corsée.

Les urnes déposées à chaque étage par Berthilde de Grassi lui arrachèrent des gloussements de joie. La belle trouvaille, que ces prix Phénix et Ringard ! Il lut avec gourmandise le règlement affiché au-dessus des urnes en carton. Chaque article le comblait d'aise. Il y aurait des gagnants et des perdants, un couple élu et un couple damné, les résultats seraient proclamés en public, puis on boirait un verre et on danserait... C'était une scène qu'on dressait là, un canevas qu'on proposait à son imagination !

On était à la veille du dépouillement. Les trois quarts des votants s'étaient déjà exprimés. Le démon sonda les ténèbres de carton. Il déchiffra sans surprise les noms inscrits sur les bulletins. Le prix Phénix allait échoir à un « gentil petit couple d'amoureux » qui n'existait déjà plus. Bobby et Cornélie, aussi fadassons l'un que l'autre, l'emportaient haut la main. Quant au prix Ringard, à l'exception de quelques votes frondeurs, la voix populaire dominée par les suffrages sous influence du pool dactylo l'attribuait comme de juste à Kevin et à Draghixa, le grouillot et la femme de ménage, le puceau et le laideron, les bêtes noires de Mme de Grassi.

Isacaron eut une moue devant ces suffrages sans talent. Il reconnaissait bien là le plat jugement de la foule, son absence d'imagination, son conformisme au demeurant si souvent propice aux entreprises démoniaques... A quoi bon apparier dans un cas des gens qui s'étaient déjà choisis, choisir dans l'autre des gens déjà appariés dans le mépris qu'ils inspiraient ? D'un matériau aussi riche que le personnel de la Providence, on pouvait tirer autre chose que ce bête ressassement de rôles distribués de longue date. Isacaron avait de la plupart des êtres, de leurs inclinations et de leurs animosités, une connaissance intuitive, immédiate et globale. Des natures particulières comme Milo pouvaient dans une certaine mesure lui dissimuler leurs pensées, mais il n'en lisait pas moins leurs émotions comme on lit les gros titres du journal par-dessus l'épaule d'un voisin de banquette... Où l'être humain n'analyse que très imparfaitement les sentiments d'autrui, parce qu'il y mêle sans cesse les siens, Isacaron percevait en toute objectivité les interfaces et les interactions, les fronts chauds et les fronts froids, les basses et les hautes pressions, les hygrométries de cette météorologie. Il eut tôt fait d'imaginer des combinaisons plus romanesques et excitantes que le plébiscite anodin auquel le scrutin risquait d'aboutir. Il élabora plusieurs variantes du palmarès, dont il étudia les effets éventuels. Il sélectionna les moins innocentes, les plus explosives. Il modifia les bulletins en conséquence, par un tour de passe-passe familier dont il arrive qu'on voie les effets à l'occasion de consultations plus officielles. Puis, ravi de son espièglerie, il s'éclipsa.

Le pillage du Garde-Meuble royal ne fut découvert qu'une semaine plus tard, dans la nuit du 16 au 17. Il l'eût été de toute façon le 17 au matin, lors de l'ouverture du musée, puisque celui-ci était accessible aux visiteurs tous les lundis. Le hasard fit qu'il en alla autrement. Le hasard, mais aussi l'imprudence des voleurs. Ceux-ci voulaient achever la besogne et échanger les rôles. Ceux qui avaient composé la fausse escouade de surveillance entendaient bien s'introduire à leur tour dans le palais d'Ali Baba et s'y servir eux-mêmes. Aussi étaient-ils revenus presque chaque nuit, toujours plus nombreux, toujours plus audacieux : ils avaient bientôt apporté de la mangeaille et du vin pour se restaurer sur place. Mais le vin échauffe. La dernière nuit, à l'instant de la dispersion, une dispute éclate devant le Garde-Meuble, au pied de la lanterne. Elle est assez bruyante pour attirer l'attention d'un détachement de gardes nationaux du poste des Feuillants qui longe la rue Saint-Honoré. Son commandant s'appelle Camus. Il a siégé à la Constituante et exercé les fonctions de conservateur des Archives nationales. Il scinde sa patrouille en deux groupes, dont il dépêche le premier vers la place Louis-XV par la rue Royale, lui-même y conduisant l'autre par la rue Saint-Florentin. Il arrive à point sous la colonnade pour surprendre un homme accroché à la corde de la lanterne. Il l'appréhende, ainsi qu'un autre individu qui s'apprêtait à fuir par le même chemin. Ce sont Jean-Jacques Chambon, un ancien valet de chambre des Rohan, et Joseph Douligny, un Italien de Brescia déjà marqué au fer. Le reste de la compagnie s'est envolé, mais ces deux perdreaux vont en donner d'autres. De proche en proche, les dénonciations des captifs entraînent des dizaines d'arrestations. On jugera dix-sept personnes dont douze seront condamnées à mort, et cinq guillotinées sur la place Louis-XV, à quelques mètres du théâtre de leur forfait.

Pour leur part, Douligny et Chambon furent jugés et condamnés à mort avec une stupéfiante célérité, le 21 septembre, soit quatre jours après leur arrestation. C'était pour la galerie. Afin de survivre à ce scandale énorme en montrant une main de fer, le ministre de l'Intérieur avait expédié les deux voleurs devant un Tribunal criminel créé après les événements du mois d'août pour réprimer tout complot contre le régime. Les premiers pincés se virent attribuer un rôle prépondérant dans le cambriolage, alors qu'ils n'avaient été que des comparses. Ils y gagnèrent malgré tout de sauver leur peau. Roland espérait des aveux compromettants pour ses adversaires politiques montagnards, lesquels ne se privaient pas de l'accabler et de crier à la collusion de la Gironde et des royalistes dans ce complot. Douligny et Chambon ne furent jamais exécutés.

Le jour où s'ouvrit leur procès bâclé, et alors que cette justice bien peu circonspecte faisait les frais de toutes les conversations, dans une salle commune de l'Hôtel-Dieu un homme luttait contre la mort. On l'avait transporté là en pleine nuit, une douzaine de jours auparavant, la moitié du nez tranchée et deux coups de couteau dans le flanc. Non contents de l'avoir poignardé, ses agresseurs l'avaient précipité dans la Seine.

Tout s'était déroulé très vite, sur le quai des Galeries du Louvre, à la hauteur du pont Royal. Comme M. de Fonçagrive exigeait de Miette la part du butin censée revenir à travers lui à la Couronne, les bandits avaient sorti des coutelas et s'étaient jetés sur lui. Sans doute Miette avait-il donné ses instructions à l'avance. A la même seconde, Gendelette avait failli subir le même sort que le baron. Il n'avait dû son salut qu'au pistolet que celui-ci lui avait confié. Il l'avait déchargé dans la figure de son assaillant le plus proche, gagnant ainsi le répit qui lui permit de plonger indemne dans les eaux où le baron l'avait précédé percé de coups de lame. Miette et ses complices avaient trop hâte de mettre les joyaux en sûreté pour s'attarder. Sur une dernière bordée d'injures, ils s'étaient éloignés en entraînant le blessé.

Un instant après leur départ, Hervé avait jailli de l'ombre et aidé Gendelette à hisser M. de Fonçagrive sur le quai. Le baron n'était pas mort, mais il ne fallait pas songer à le ramener chez lui dans l'immédiat. Les deux hommes l'avaient conduit à l'hôpital. Les mauvaises rencontres n'étaient pas rares le long de la Seine. La police ne s'était guère souciée de deux coups de couteau, d'un bout de nez coupé et d'un bain dans le fleuve. En attendant que M. de Fonçagrive pût quitter l'Hôtel-Dieu, Gendelette et Hervé ne laissaient pas passer un jour sans le visiter. Ils s'étaient installés chez un ami du Breton, un mulâtre du nom de Cocobolo qui habitait derrière Saint-Merri. Ancien marin, Cocobolo avait fait le tour du monde de 1766 à 1769 à bord de l'*Etoile*, conserve de la *Boudeuse* de M. de Bougainville. Il en avait rapporté des souvenirs gravés dans sa chair sous la forme de nombreux dessins géométriques et entrelacs décoratifs que lui avaient tatoués les indigènes de Tahiti, de Samoa et des Nouvelles-Hébrides.

Il sembla d'abord que M. de Fonçagrive allait surmonter l'épreuve. Cinq jours après son hospitalisation, il parvenait à se redresser sur son lit pour consommer le bouillon ou les fruits que ses compagnons lui apportaient dans le but d'améliorer l'ordinaire de l'hôpital. Mais au soir du sixième jour une brutale montée de fièvre l'abattit au fond de son lit, et il ne toucha pas au raisin de Gendelette. Le lendemain, Hervé accompagna Gendelette. Le baron était encore plus mal. Le Breton souleva ses pansements et examina ses blessures. Il ne put réprimer une grimace de mauvais augure qui échappa au blessé, mais non à Gendelette. Comme ils rentraient au bercail après la visite, le dos rond sous la pluie, Hervé ne s'encombra pas de précautions oratoires.

— Il va claquer, dit-il tout à trac. J'ai navigué sous M. de Suffren. J'étais avec lui quand il étrilla les Anglais à Porto Praya, aux îles du Cap-Vert... Quand un blessé sentait comme ça, on savait qu'il était fichu. C'est la gangrène : il va pourrir tout vivant !

— Et on ne peut rien ?

— On peut lui flanquer un coup de pistolet, si on lui veut du bien... Ce serait un bras, encore, ou une jambe, on l'amputerait. Mais à la poitrine...

Gendelette se souvint que M. de Fonçagrive lui avait dit qu'Hervé l'avait toujours servi... Le baron était-il allé au Cap-Vert, lui aussi ?... En tout cas Hervé avait vu, ou plutôt il avait senti juste. Le lendemain, déjà, les plaies de M. de Fonçagrive exhalaient une telle pestilence que Gendelette ne se tenait auprès de lui qu'en s'exhortant à la charité chrétienne. Dans les instants de lucidité de plus en plus fugitifs que lui accordait la fièvre, le moribond ne se leurrait pas sur ses chances de guérison.

— Mon ami, c'est fini, je crois bien, dit-il à Gendelette au cours d'une de ses dernières visites.

Il écarta d'une main impatiente les protestations de principe de son interlocuteur.

— C'est fini, je le sais ! Puisque vous paraissez disposé à m'accompagner jusqu'au bout, je vais vous demander une faveur. Quand je serai mort, portez cette médaille que j'ai au cou à la baronne, et dites-lui que j'aimerais qu'elle la portât en souvenir de moi.

Gendelette promit. Bien qu'il ne connût le baron que depuis peu, il pleurait à chaudes larmes, comme on s'y complaisait en ce siècle aussi larmoyant que féroce.

— Si les médecins ne peuvent rien pour vous, pourquoi demeurer ici ? Vous seriez mieux chez vous, et vous passeriez vos derniers jours auprès d'elle.

Un rictus tordit les traits émaciés de M. de Fonçagrive.

— Vous ne sentez pas comme je pue ? Elle ne souffre pas les odeurs. Alors vous me jurez que vous lui apporterez ma médaille ? Prenez-la maintenant. Si je mourais cette nuit elle pourrait disparaître.

— Mais pourquoi me charger de cette mission ? Hervé s'en acquitterait aussi bien que moi. Quel devoir plus sacré, pour un vieux serviteur...

Un éclat de rire qui dégénéra bientôt en quinte douloureuse souleva la poitrine de M. de Fonçagrive.

— Alphonse, vous êtes impayable ! « Devoir sacré »... « Vieux serviteur »... Si vous connaissiez Hervé comme je le connais, vous sauriez que rien n'est sacré pour lui, sinon peut-être le tafia et la chique.

— Je croyais qu'il vous servait depuis toujours.

— Comment aurait-il fait pour me servir sur l'eau ? Le mot d'écume humaine a été inventé pour lui. Je l'ai ramassé en 84 dans un bouge de Toulon, peu de temps après la paix de Versailles qui désarma nombre de nos vaisseaux. J'avais besoin d'un homme comme lui pour mes affaires.

— Pour vos affaires ?

— J'avais déjà des affaires en ce temps-là... Elles étaient déjà compliquées et dangereuses.

M. de Fonçagrive n'en dit pas plus long. Sa fièvre montait. Gendelette le laissa se reposer. Il rentra à la nuit tombée, troublé par les confidences du baron. Celui-ci lui avait donc menti au départ sur ses relations avec Hervé. Le Breton n'était pas son vieux serviteur, mais son homme de main. Gendelette jugea qu'il avait été bien crédule et bien niais. Ainsi, comment avait-il pu se laisser persuader qu'Hervé n'était pour rien dans la mort de Beausseret ? Les tueurs de l'Abbaye lui auraient-ils abandonné les souliers à boucles d'or du banquier, s'il n'avait pas au moins aidé à l'écharper ? Et s'il avait donné la main à l'assassinat de Beausseret et d'autres avec l'assentiment de M. de Fonçagrive, comment croire à la pureté des intentions de celui-ci lors de l'expédition contre le Garde-Meuble ? Gendelette frémit de dégoût. Chez Cocobolo, il dormait sur la même paillasse qu'Hervé ! Il fut tenté de tout planter là, de ne plus reparaître rue Brisemiche, ni à l'Hôtel-Dieu, de quitter Paris dès ce soir pour rallier Bayonne à marche forcée. Mais la France entière était hérissée de baïonnettes et de fourches, routes et chemins étaient gardés. Gendelette devait être recherché. C'était encore dans la foule grouillante de Paris qu'il avait le plus de chances de passer inaperçu. Il se fit violence et regagna le grenier de Cocobolo. Il se félicita de n'y trouver que le maître de maison. Hervé était absent. Peut-être était-il allé informer la baronne de l'état de M. de Fonçagrive, et de l'issue à laquelle il fallait s'attendre ? Cocobolo avait préparé un plat de riz abominablement gras, où nageaient des abats de mouton. A l'invitation du mulâtre, Gendelette s'en servit une assiettée qu'il pignocha sans joie.

— C'est pas bon ? T'aimes pas ça ? demanda Cocobolo.

— Si, si... Mais c'est gras. J'ai pas l'habitude.

Le mulâtre s'excusa d'une grimace. Dans l'ensemble il était bon zig. Mais Gendelette nourrissait désormais une solide méfiance vis-à-vis de tout ami d'Hervé. Il ne se souvenait pas d'avoir aperçu Cocobolo parmi les égorgeurs de l'Abbaye, cependant le mulâtre tatoué pouvait avoir officié aux Carmes ou à la Conciergerie...

— Ça ne fait rien, dit Gendelette, je mangerai du fromage.

Cocobolo acquiesça, et poussa vers lui une demi-roue de brie dans sa paille.

— J'ai vu la chose dans la bouteille, dit-il soudain.

Une sueur froide inonda Gendelette. Ce que l'autre appelait bouteille, ce ne pouvait être que l'ampoule. Gendelette l'avait cachée sous la paillasse qu'il partageait avec Hervé, faute de mieux. Mais ces gens, les Hervé, les Cocobolo, les Miette, les Petit Cardinal, supposaient toujours qu'on dissimulait quelque chose. Cocobolo avait cherché et il avait trouvé... Que répondre ? Le tatoué le fixait et exigeait une réponse.

— C'est une chose conservée dans de l'alcool.

— Je sais. Je suis pas aveugle ! Mais cette chose, c'est quoi ?

Gendelette secoua la tête avec embarras. Comment le dire ? Il avait eu beau scruter l'ampoule à s'en crever les yeux, lui-même n'était sûr de rien. L'opacité de la paroi interdisait de distinguer clairement l'objet baignant dans un liquide qui empruntait au verre lui-même son aspect glauque et limoneux.

— Si tu ne me dis pas ce que c'est, il faudra que je l'ouvre pour le savoir ! dit Cocobolo à mi-voix, sur le ton du constat désolé.

— Il ne faut pas ! s'écria Gendelette. Ce serait un péché, un sacrilège !

— Alors c'est ce que je crois.

— Que crois-tu ?

— Je n'en ai jamais vu avant, bien sûr ! Mais ça ressemble... Ça ressemble foutrement à un ange !

— Oui, hein ? Toi aussi, tu penses... On dirait bien que c'est un ange !

Gendelette avait crié. Barthélemy n'avait jamais prononcé le mot, et lui non plus n'avait pas osé, quand le vieux commis lui avait montré l'ampoule. Mais c'en était un, c'était un ange, un petit d'ange, un fœtus d'ange avec ses ailes repliées mais bien visibles, mon Dieu, une fois qu'on avait admis l'incroyable évidence !

Sous la lampe à huile, les yeux de Cocobolo brillaient.

— C'en est un, je crois. Oui, j'en ai l'impression... De l'autre côté de la mer, dans les îles et dans le Nouveau Monde, j'ai vu beaucoup de choses, beaucoup de créatures. Des foutues drôles de bêtes que le Seigneur s'est amusé à inventer pour se désennuyer de ses travaux, des bestiaux à ne pas croire, des tatous et des pangolins pareils à des cochons cuirassés, des lamantins qui sont comme des sortes de femmes blanches et grasses broutant le lit des fleuves à l'embouchure, et des araignées grosses comme des lapereaux et des lapins gros comme des moutons, des rainettes dont la bave tue un homme en quelques instants, des unaus qui dorment dans les arbres, et qui mangent et couvrent leur femelle sans s'éveiller... J'ai vu des choses et des bêtes fabriquées par des sauvages, ou par des malins qui les vendent à des naïfs. J'ai vu accroché au plafond d'une boutique un torse de fillette cousu à la queue d'un petit requin pour contrefaire une sirène... J'ai vu de vrais vits d'éléphants et de fausses couilles de géant, des cornes de licornes, des têtes humaines réduites à la taille d'un citron, des vampires séchés comme des morues, des yeux d'homme en saumure, des couffins d'oreilles confites... Mais je n'ai jamais rien vu de semblable à cette créature dans la bouteille. Ça vient de là-bas ?

— Là-bas ?

— Ne fais pas l'innocent, va ! Le Garde-Meuble a été cambriolé, on ne parle que de ça. La police arrête à tour de bras... Tout ce que je gagnerais à vous dénoncer, c'est qu'on m'arrêterait moi aussi. Alors, c'était au roi ?

— C'était dans ses affaires.

Cocobolo hocha gravement la tête.

— Le roi de France ne se serait pas laissé refiler un faux ange, comme un blanc-bec d'aspirant de marine achète à l'escale une sirène momifiée qui va bientôt pourrir au fond de son coffre et empuantir sa cabine... Tu vas le vendre ?

— Non. C'est sacré. Je dois le rendre au roi.

La voix de Gendelette s'était raffermie. Il s'agissait de montrer que sa décision était irrévocable. A sa surprise, Cocobolo abonda dans son sens.

— Si c'est bien un ange, le roi seul peut le posséder...

— Mais il est enfermé au Temple. Lui rendre la relique, c'est la livrer à ses ennemis. Il faut attendre. Les Prussiens de Brunswick sont en Argonne. Devant ce grand soldat, notre armée qui n'obéit plus à personne ne saurait tenir longtemps, et ce n'est pas la lie des fédérés qu'on prétend lui adjoindre qui y changera grand-chose. Ah ! si Dieu le voulait, dans deux semaines toute la clique montagnarde serait en prison !...

Dans les jours qui suivirent, l'état du baron ne fit qu'empirer. On l'avait relégué dans une des stalles individuelles destinées aux agonisants, à la fois parce que telle était sa condition désormais, et parce que l'infection de ses blessures était devenue intolérable à ses voisins. Hervé n'avait pas reparu. Peut-être l'avait-on arrêté ? Cocobolo ne manifestait aucune inquiétude. L'éventualité qu'Hervé les dénonçât à la police ne l'effleurait pas un instant. Gendelette n'était pas aussi confiant, mais il ne pouvait se résoudre à laisser M. de Fonçagrive mourir seul. Or, la tanière de Cocobolo était assez proche de l'Hôtel-Dieu pour lui permettre de s'y rendre deux fois par jour. Le temps passant, d'ailleurs, il n'y allait pas sans appréhension. Le baron délirait. Il lui arrivait de tenir des propos susceptibles d'exciter les soupçons, tant les bijoux du Garde-Meuble y tenaient de place. Dieu sait pourquoi, il avait fait sa tête de Turc de Sergent-Marceau. Administrateur du Département de Police et membre du Comité de surveillance de la Commune, le beau-frère du lieutenant-colonel Marceau, celui-là même qui avait apporté la capitulation de Verdun au roi de Prusse, venait d'être élu à la Convention par le raz de marée jacobin synchronisé avec les massacres du 2 septembre... En tout cas Gendelette s'attendait de plus en plus à être accueilli par deux argousins lors de sa prochaine visite. Il ralentissait le pas en arrivant dans la galerie sur laquelle s'ouvraient les stalles.

Le 22, le lendemain de l'ouverture du procès éclair de Chambon et Douligny, le surlendemain de la canonnade de Valmy qui avait réduit à néant dans l'immédiat les espérances royalistes, Gendelette voulut se rendre comme chaque jour au chevet du baron. A l'agitation qui régnait à l'entrée de la galerie, il devina qu'il s'était produit quelque chose. Des sœurs, des garçons de salle, des malades s'entretenaient avec fièvre d'un événement dont il ne comprit pas sur-le-champ la nature. Avant d'aller plus loin, il prit la précaution d'interroger un adolescent poitrinaire qu'il avait déjà croisé dans l'hôpital. Entre deux quintes de toux, le gosse lui apprit qu'on avait retrouvé un homme mort, la gorge tranchée.

— Fallait-il qu'on ait hâte de le voir partir ! gouailla-t-il. La sœur qui s'occupait de lui a dit qu'il n'en avait plus que pour deux jours. Mais il puait tellement que ça a dû paraître encore trop long à quelqu'un !

— Tu parles d'un homme d'une quarantaine d'années, avec des blessures à la poitrine où la gangrène s'était mise ?

— C'est ça tout juste. Vous le connaissiez ?

— Non, non, je savais seulement qu'il sentait fort...

Gendelette échangea encore quelques commentaires avec le jeune homme, puis il rebroussa chemin et se dirigea vers la sortie d'un pas et d'un air aussi naturels que possible.

Le soir même, l'ampoule sous le bras et flanqué de Cocobolo qui ne voulait plus quitter l'ange, comme il disait, Gendelette reprenait le chemin de la propriété banlieusarde de feu M. de Fonçagrive.

Tous les ans, à l'occasion de la fête du CE, Berthilde de Grassi arborait une nouvelle toilette. C'était une des attractions de la soirée. Grande comme elle était, avec des formes que trois femmes ordinaires se seraient partagées sans dispute, elle se savait difficile à habiller. Elle tenait pourtant sa gageure chaque année : éclipser toutes ses rivales, bien qu'elle en eût de sérieuses. On comptait parmi le personnel nombre de femmes plus jeunes, et plusieurs aussi belles. Cétoine avec son type de beauté orientale et Sable avec sa chair d'ivoire n'avaient rien à lui envier. Le rôle d'organisatrice et d'animatrice des réjouissances, en la mettant en avant, conférait cependant à Berthilde un avantage qu'elle soulignait d'un trait d'excentricité. Elle s'efforçait de produire une telle sensation que son image s'associât de façon indissoluble au souvenir de la soirée dans l'esprit des participants. Il y avait eu l'année où elle était apparue en smoking, l'année tailleur Chanel, l'année robe fuseau noir de James Bond girl décolletée très bas dans le dos, l'année djellaba...

Les membres du conseil d'administration, et parmi eux quelques Horribles Vieillards, honoraient volontiers la réunion de leur présence. Le bruit du malaise dont Lordurin avait été victime dans le hall s'était répandu très vite. On savait qu'il n'assisterait pas cette fois à la fête. Depuis son admission à l'hôpital, le poète n'avait plus repris connaissance. Les médecins réservaient leur pronostic. Président soucieux de caresser ses administrateurs dans le sens du poil, Des Embruns avait le don du geste. Dans le hall, à quelques pas de l'endroit où Lordurin s'était effondré, une vitrine abritait en permanence une douzaine d'œuvres littéraires récentes, de façon à signaler la spécificité de la mutuelle. Le lendemain de l'hospitalisation de Lordurin, Des Embruns avait ordonné que ses œuvres principales y fussent exposées. On s'était alors aperçu qu'un seul titre de sa copieuse bibliographie était disponible en librairie. Il s'agissait d'un petit bouquin de commande, vieux d'une quinzaine d'années et intitulé *La Cuisine provençale de nos mères-grands*. Des Embruns avait grincé des dents. Il tenait à l'image littéraire de l'établissement, dans l'exacte mesure où son conseil d'administration était composé d'hommes de lettres. Il avait chargé Milo de se procurer dans les librairies d'occasion les recueils les plus marquants de Lordurin. Milo ne se faisait guère d'illusions sur la cote des livres de Lordurin sur le marché de l'édition originale, ni sur ses chances d'en dénicher à bref délai. Il avait donc prêté les siens. S'il connaissait trop bien l'homme pour l'estimer beaucoup, il appréciait le poète qui était comme son ombre innocente, tirée, traînée à travers les champs de boue du quotidien par un mauvais compagnon amer et tyrannique.

Les protestations de Milo à propos du nouveau règlement des prix du CE n'avaient trouvé aucun écho auprès du Président. Berthilde était une puissance à l'intérieur de l'établissement. Des Embruns n'avait pas l'intention de se l'aliéner en s'opposant à elle. Milo n'avait pas insisté. Il s'était contenté de déclarer qu'il n'assisterait pas plus à la remise des prix que les années précédentes. Il eût aimé voir le Contentieux au complet boycotter la cérémonie, mais la dégradation de l'ambiance au sein du service n'était guère propice à une mobilisation des esprits en ce sens. D'ailleurs, en ce qui regardait Ari, sa passion de la photographie trouvait si bien à s'exprimer lors des manifestations du CE qu'il en était devenu le photographe attitré. Il mitraillait tout au long de la soirée. Quelques jours plus tard, il exposait ses photographies sur des panneaux devant lesquels on s'agglutinait pour retrouver Berthilde en train de plastronner et de pérorer au micro, Lémure et Débrua la bouche grasse devant le buffet, Des Embruns levant sa flûte de champagne avec un sourire distingué, Morsins dansant le tango, Draghixa faisant tapisserie avec son air de chienne battue...

La fête du CE avait lieu un vendredi soir. Vers neuf heures, Berthilde de Grassi procéderait à la proclamation des prix, puis on ferait honneur à un buffet commandé par ses soins. Elle raffolait de l'expression « collation dînatoire », et elle en fourrait partout, sur les documents internes au CE comme sur les affiches et les invitations. On s'en gaussait un peu, tout en reconnaissant qu'elle faisait très bien les choses. Après la collation chère à Berthilde, on danserait au son d'un orchestre. La soirée prendrait fin vers une heure du matin sur une ovation à l'adresse de l'organisatrice rose de plaisir. Il était convenu de louer le caractère désintéressé de son activité alors même qu'il était évident pour tout le monde qu'elle en retirait des satisfactions aiguës.

Ce vendredi-là, Milo consacra la matinée au traitement de quelques dossiers. Il déjeuna dans sa brasserie favorite avant de regagner son bureau pour reprendre le fil des mémoires du sieur Gendelette. Il signa un peu de courrier puis recommanda à Cétoine de filtrer ses appels téléphoniques, afin de poursuivre sa lecture en paix.

— Vous... Vous comptez assister aux festivités de ce soir ? lui demanda-t-il comme elle s'apprêtait à quitter son bureau.

Elle se retourna et fixa sur lui ses yeux noirs.

— Pourquoi pas, si on ne me l'interdit pas formellement ?

Il eut un haut-le-corps devant l'insolence de cette réponse. Il avait espéré que le trouble provoqué par son intrusion avenue Victoria s'apaiserait peu à peu. Il devait constater qu'il n'en était rien. Quelques jours auparavant, jamais Cétoine n'aurait osé lui parler sur ce ton.

— On n'a rien à vous interdire, bien sûr. De quel droit ?... Mais ces prix de bonne et de mauvaise camaraderie, c'est tellement puéril, je trouve ! Pour qui avez-vous voté, si ce n'est pas indiscret ?

— Je me suis abstenue, dit la jeune femme. Le prix Phénix, a priori je n'ai rien contre. Mais le prix Ringard, je n'aime pas ça. Alors je n'ai voté pour aucun des deux. La fête, c'est autre chose. Il n'y a pas de mal à boire un verre et à danser. On peut bien s'amuser, non ? La vie est si courte... Même si des fois on se dit qu'elle est désespérément longue...

Il ouvrit la bouche pour dire, dans une débâcle de l'être, que, courte ou longue, il était sûr de détester la sienne, parce qu'elle ne le mènerait plus qu'à un lit d'hôpital et à un trou dans la terre, et qu'elle, Cétoine, aurait été la seule femme capable de lui faire oublier cette perspective, si elle avait voulu... Le téléphone sonna sur sa ligne privée. Il aurait dû laisser sonner, ou décrocher et envoyer l'importun au diable, ne permettre à personne de s'interposer entre Cétoine et lui, en cet instant. Mais Milo était un homme très maladroit et aussi très peureux en amour. Il décrocha et dit allô. L'appel avait été passé sur la ligne privée. La discrétion naturelle de Cétoine la fit se retirer.

La communication ne dura que quelques minutes. Un Italien du nom de Guido Guardicci avait découvert par hasard le site Internet voué à Agrippa de Coscas. Il savait certaines choses. Il cherchait depuis cinquante-cinq ans à qui les dire. Il était de passage à Paris et reprendrait demain matin un avion pour Milan. Il se ferait un plaisir d'inviter Milo à dîner si la chance voulait que celui-ci fût libre ce soir. Peu soucieux de passer une soirée en compagnie d'un fabulateur, Milo chercha à en savoir plus. Son interlocuteur devina ses réticences et trouva les mots propres à les dissiper.

— Ne vous inquiétez pas, vous ne serez pas déçu. *A. de Coscas, anno dei 1574*... Nous parlons bien du même homme et du même objet. Cet objet, je l'ai *vu* !

Rendez-vous fut pris à vingt et une heures, au Dôme. Les deux hommes iraient dîner dans le coin.

Après avoir raccroché, Milo resta un instant songeur, assis à son bureau, la main encore posée sur le téléphone. Coscas. Toujours Coscas. Tout ramenait sans cesse à lui ! Autour du nom tabou de Coscas, autour de sa mémoire interdite, quelque chose tourbillonnait. Et lui, Milo, était pris dans ce tourbillon comme le narrateur d'*Une descente dans le Maelström* lié à sa barrique. En passant, il estima exemplaire qu'un héros de l'alcoolique Edgar Poe, précipité au fond d'un gouffre de toute évidence métaphysique, trouvât son salut dans une *barrique*... Mais l'heure n'était pas à la critique littéraire, et l'image de Cétoine, dont il s'était senti un instant plus tôt si miraculeusement proche, chassa ces considérations de son esprit. Il se leva, se dirigea vers la porte capitonnée de cuir et de crin qui scellait depuis tant d'années sa solitude.

— Cétoine...

Il chancela, comme s'il s'était figé de justesse au bord d'une falaise. Cétoine n'était pas seule. Abel se tenait devant son poste de travail.

A Rueil, Gendelette et Cocobolo retrouvèrent Hervé et Mme de Fonçagrive. Ils y séjournèrent jusqu'au printemps. Hervé ne s'y attarda pas aussi longtemps. La république proclamée le 25 septembre enrôlait des volontaires à tout-va. Le Breton n'était pas très jeune, mais les recruteurs prenaient tout ce qui se présentait sur deux jambes et tendait deux bras vers la gamelle et le fusil. Hervé exhuma les souliers de Beausseret du placard où le baron les avait remisés. Ils étaient beaucoup trop grands pour lui. Il en arracha les boucles d'or. Elles payeraient son tabac et sa gnôle.

Mme de Fonçagrive était de ces femmes qui

délèguent leur beauté au-devant d'elle, et mènent en retrait leur vraie vie. Elles brodent, elles lisent, elles jardinent à l'abri de cet écran. Mme de Fonçagrive était une femme de jardin. Un sécateur et un panier lui remplaçaient le monde. Quand le baron, qui s'y jetait pour sa part à corps perdu, lui en revenait tout barbouillé, elle le humait sur sa peau et se contentait de ce fumet un peu âcre, qu'elle aurait détesté respirer comme lui à pleine poitrine.

Sans doute avait-elle aimé son époux, mais comme une sorte de grand chenapan intenable, toujours engagé dans des manigances et des acrobaties vouées à finir mal un jour. Ce jour était venu. Le chenapan avait mis la main dans une manigance de trop, l'acrobate s'était cassé le cou. Elle accueillit la nouvelle de sa mort avec résignation. Au fond elle s'y attendait depuis longtemps. Elle le lui avait dit plusieurs fois, après l'amour, dans les instants de complicité où l'on essaie de se parler vraiment. Il riait, lui déposait un baiser sur le nez, sautait dans sa culotte et repartait à ses intrigues. Maintenant il était mort. Elle continuerait à soigner ses rosiers en pensant à lui parfois.

Elle se donna à Gendelette d'un mouvement tout naturel, parce qu'il était là tandis que le baron n'y était plus. Il la prit, ou plutôt il la reçut, avec reconnaissance. Elle était l'antidote dont il avait besoin contre les poisons violents que le sort lui versait par grands verres depuis des semaines.

Elle lui révéla ce qu'elle savait de l'affaire qui avait coûté la vie à M. de Fonçagrive. Derrière lui, des hommes autrement puissants, à l'âme autrement noire que la sienne, avaient tiré les ficelles. C'étaient eux, sans doute, qui l'avaient fait égorger dans sa stalle de l'Hôtel-Dieu. Au milieu de son délire, il avait dû prononcer un nom de trop. La ville grouillait d'espions du Comité de surveillance de la Commune.

Gendelette se souvint des tirades confuses de M. de Fonçagrive.

— Sergent-Marceau ? Mais pourquoi Sergent-Marceau aurait-il voulu qu'il meure ? On dit qu'il passe Paris au crible pour retrouver les diamants. Il aurait arrêté M. de Fonçagrive au contraire, il aurait essayé de tirer au clair son rôle dans le sac du Garde-Meuble...

Mme de Fonçagrive eut un sourire indulgent.

— Alphonse, comme vous êtes différent de lui ! Il soupçonnait toujours tout, vous ne soupçonnez jamais rien... C'est pour ça qu'il vous a entraîné dans cette aventure, à cause de votre candeur. Il ressentait la nécessité d'une présence telle que la vôtre à ses côtés, dans le dédale de trahisons où il savait qu'il s'engageait. Il n'avait plus confiance qu'en vous. Il se souciait comme d'une guigne de restituer les diamants au roi. Il croyait travailler pour lui-même, au moins en partie. Son plan était de gagner l'Amérique, d'acheter là-bas un domaine avec ce qu'il lui serait resté quand il aurait eu dédommagé ses commanditaires tapis dans l'ombre. Sans eux rien n'était possible. Pourquoi croyez-vous qu'on a destitué Lemoine de Crécy, votre ancien patron ?

— C'était un royaliste !

— Sans doute, mais surtout il criait au loup, il risquait de gâcher l'affaire. Pourquoi Santerre, le commandant de la Garde nationale, si lié à la Commune, a-t-il fait la sourde oreille aux réclamations insistantes de Restout, le successeur de Lemoine de Crécy, touchant à la sécurité de l'exposition ? Restout n'est pas un royaliste, lui, c'est un homme du ministre Roland... Pourquoi a-t-on fait fond sur la vigilance d'une demi-douzaine d'ivrognes, calfeutrés à boire du vin chaud à bonne distance d'un magot sous scellés, mais aisément accessible par la fenêtre ? Ce qu'on entend et ce qu'on lit aujourd'hui sur le cambriolage n'est que bouillie pour les chats. Marat aboie contre un complot aristocrate, Roland et Pétion contre Danton et Fabre d'Eglantine, Danton contre la Gironde et Fabre contre l'Etranger. On ne songe pas que le Garde-Meuble est attaqué à l'instant précis où la Convention dispute à la Commune la responsabilité, en fait la propriété, de tous les biens et immeubles publics de la région. Des vols ont eu lieu partout en même temps : aux Tuileries, à Saint-Cloud... Nul ne semble s'intéresser aux hommes les mieux placés pour avoir organisé le coup. Ce sont les mêmes qui ont préparé l'insurrection du 10 août et les massacres auxquels vous avez échappé début septembre : les administrateurs de police Sergent-Marceau et Panis, et le beau-frère de Panis, Santerre, dont la Garde nationale n'a pas plus assuré la sécurité du Garde-Meuble qu'elle ne s'était opposée au coup de force jacobin ou aux tueries des prisons.

Gendelette se rappela que c'était pour le conduire à Panis que Cheminal l'avait extrait de la prison de l'Abbaye. Le fait était-il déjà en rapport avec l'imminence du cambriolage ? Il ne le saurait sans doute jamais...

Mme de Fonçagrive s'était tue, comme étonnée d'avoir parlé si longtemps et avec autant de feu d'autre chose que de bulbes ou de boutures. C'était ce qu'elle avait entendu le baron lui raconter soir après soir, qui lui jaillissait des lèvres. Combien de fois avait-il monté, démonté, remonté devant elle le puzzle du projet ? Il avait analysé les complicités innombrables et pour la plupart inconscientes qu'il avait fallu s'assurer, le double objectif financier et politique qu'on attendait de l'opération, enrichissement personnel d'une part, et chute du ministre Roland d'autre part. L'adversaire girondin qui tenait l'Intérieur et barrait l'accès du pouvoir total à la faction parisienne était la bête noire de la Commune... Fonçagrive avait admiré le dispositif à quatre étages qui isolerait les instigateurs des exécutants. La pègre recrutée par un aristocrate réalisant le plan établi par des policiers commandités par des politiques... Quoi qu'il arrivât, qui parviendrait à établir un lien des uns aux autres ?

— Il n'était sans doute pas prévu que les voleurs retournent sur les lieux et que deux d'entre eux finissent par s'y faire prendre, poursuivit la baronne sur un ton plus détaché. Maintenant, ils se dénoncent les uns les autres. Et Roland se défend ;

la Gironde malmène le Comité de surveillance, sur les comptes, sur les massacres, sur la protection apportée par Panis à Vilain d'Aubigny, membre du Conseil général de la Commune accusé d'un vol d'assignats aux Tuileries... Mais tout cela n'importe plus guère, n'est-ce pas ? Il me reste du baron assez d'argent pour entretenir cette maison pendant un an encore, je crois. Prenons le thé, voulez-vous ? Et puisqu'il pleut nous jouerons aux jonchets ou au jeu de Lindon avec votre ami, s'il y consent ; ou alors nous ferons venir un des enfants d'à côté pour jouer à sa place.

Elle aimait jouer. Lui s'y pliait pour lui complaire, même si, enflammé par ses charmes, il préférait des jeux moins innocents. A ceux-là elle ne se prêtait qu'à ses heures. Gendelette découvrait l'oisiveté, la saveur du temps quand rien ne vient la dénaturer. Il la trouva d'abord fade, avant d'en découvrir peu à peu les nuances.

La bibliothèque du salon renfermait des livres de piété, et celles des chambres des ouvrages licencieux. Gendelette explora les uns et les autres. Dans les premiers, il se désola de ne rien trouver qui l'aidât à régler sa conduite à propos de l'ampoule, dont il n'avait soufflé mot à Mme de Fonçagrive. Les seconds, en revanche, lui furent d'un secours appréciable dans ses tête-à-tête avec elle.

Le 11 décembre s'ouvrit le procès du roi. Il fut condamné à mort par 361 voix contre 360 le 17 janvier, et guillotiné le 21 sur la place Louis-XV rebaptisée place de la Révolution, à quelques pas, lui aussi, du Garde-Meuble où s'était installé entre-temps le ministère de la Marine. En mars, à l'annonce de la levée de trois cent mille hommes décrétée par la Convention pour mener les guerres qu'elle déclarait à la volée à l'Europe entière, la rébellion éclatait en Vendée. Gendelette suivait avec passion le déroulement des événements dans les gazettes. Les victoires royalistes l'enthousiasmèrent. Des bruits couraient à propos de l'aide que pourraient apporter l'Angleterre et la Russie à la cause royaliste. La rumeur d'un prochain débarquement du comte d'Artois sur les côtes du Poitou le persuada que son devoir était tracé. Il consistait à rejoindre les rebelles pour remettre la relique au frère du roi. En mai, il ressortit du placard les souliers de Beausseret, dont il s'était aperçu qu'ils étaient à sa taille et qu'ils lui tenaient aux pieds, même privés de boucles. Il fit ses adieux à Mme de Fonçagrive et partit vers l'ouest en compagnie de Cocobolo. Elle le laissa s'éloigner sans plaintes. Il lui resterait ses rosiers et ses parties de jonchets. A la fin de l'année, si la victoire des Princes et le rétablissement de la royauté ne lui rendaient pas ses biens confisqués, elle boirait le contenu d'un petit flacon que M. de Fonçagrive lui avait glissé dans la main le 10 septembre au matin, en la quittant.

Un négociant de Rueil qui avait des bureaux à Nantes avait consenti sur la prière de Mme de Fonçagrive à confier à Gendelette et à son compagnon le soin de convoyer un chargement de godillots destinés aux soldats de Canclaux. Sous le couvert de cette livraison, et grâce aux sauf-conduits qu'elle impliquait, les deux hommes voyagèrent sans encombre. Ils furent à Saumur le 7 juin, juste à temps pour se donner avec leurs godillots aux Vendéens qui prirent la ville le 9. Deux mille paires de godillots valaient bien deux fusils. On venait d'en enlever douze mille, et soixante canons, dans les magasins militaires. La chute de Saumur livrait trente lieues de pays aux Vendéens. Une colonne s'empara de Chinon. Le 18 juin, l'armée royaliste entrait à Angers. C'était au tour de Nantes de se voir menacée. Nantes investie, la victoire se serait peut-être installée à demeure dans le camp des rebelles... Un simple officier du nom de Meuris résiste quatorze heures aux troupes de Cathelineau qui attaquent au nord de la Loire. Ce faisant, il empêche leur jonction en temps voulu avec celles de Charette venant du sud pour prendre Nantes en tenaille. Meuris sauve ainsi la ville, et peut-être la république.

Gendelette et Cocobolo marchent avec Cathelineau. Quand il est tué, ses hommes se débandent. De l'autre côté de la Loire, Charette, arrivé un jour trop tôt, a rebroussé chemin. La pagaille vendéenne est à son comble. L'été va se passer en tueries. Gendelette tremble qu'une balle ne brise l'ampoule. D'autres fois, il songe qu'avec un tel porte-bonheur lui battant les reins au fond de sa musette, il n'a rien à craindre des hommes.

En septembre, les républicains reçoivent le renfort de l'armée retirée des frontières aux termes de la capitulation de Mayence. Après quelques succès d'ouverture, la réputation de cette troupe d'élite, commandée par Kléber, par Haxo, par le Marceau de Verdun bientôt promu général, ne l'empêche pas d'essuyer des revers. Mais en octobre les Mayençais prennent leur revanche à Cholet. Le décret du 1er août les envoyant en Vendée prescrivait l'incendie des villes, des villages et des fermes. On y procède avec zèle à l'aide de mèches incendiaires en roseau ou en papier pleines de soufre. La férocité s'est exacerbée dans les deux camps. On brûle Châtillon, Tiffauges, Montaigu... Le pillage, le meurtre et le viol sont la règle. Les Vendéens ont égorgé quatre cents blessés républicains à Clisson, Kléber massacre autant de grabataires royalistes à Beaupréau.

La veille de Cholet, Louis de La Haye de Saint-Hilaire est arrivé de Jersey. Après le désastre, on l'écoute. Il dit qu'il faut s'emparer d'un port breton pour accueillir le comte d'Artois et les secours que vont envoyer les Anglais. Quatre-vingt mille hommes, femmes et enfants passent la Loire à Saint-Florent-le-Vieil. Soixante petits bâtiments aidés de futailles réunies en radeaux font la navette entre la rive gauche et les îles Batailleuse et Mocquart, puis entre les îles et la rive droite. C'est de là, de Varades, que part la randonnée mortelle des quatre-vingt mille. D'octobre à décembre, ils vont tournoyer entre la Manche et la Loire comme une guêpe enfermée dans une bouteille. Talonnés par Kléber et par le diable des bleus, le sabreur Westermann qui ne sait pas signer son nom, ils laissent sur le trajet qui les ramène trois fois à la Loire une traînée de sang et de merde. La dysenterie fait des ravages. Ils chargent avec la peur et la colique au ventre. Parmi eux, à présent hébétés, tendus vers leur chimère, rencontrer le comte d'Artois à Granville et se décharger auprès de lui de l'ampoule, Gendelette et Cocobolo. Depuis longtemps les élégants souliers de Beausseret que Gendelette n'a pas songé à remplacer à temps par une des paires de croquenots convoyés à Saumur, sont partis en lambeaux. Il marche et combat les pieds enveloppés de linges ensanglantés. Les 3 et 4 décembre, Angers, qui s'était rendue aisément en juin, résiste cette fois avec fureur aux assauts d'une armée de fantômes. La marée royaliste reflue. Gendelette est désespéré. Cocobolo a disparu entre Durtal et Beaugé, avec l'ampoule. Gendelette lui a confié sa musette pour poursuivre une oie. Il va saisir l'animal quand les chasseurs à cheval de Marigny déboulent en hurlant, sabre au clair, debout sur leurs étriers. Gendelette prend ses jambes à son cou. Dans le feu de l'action, Gendelette et Cocobolo se sont perdus. Anéanti, Gendelette se laisse emporter par le flot. Le 10 il entre au Mans avec un cortège pitoyable qui piétine sur plus de trois lieues. On s'entasse à cent par maison, on pille un peu de nourriture, on est trop épuisé pour tuer beaucoup, on dort. La ville est indéfendable. Le 11, Westermann et Marceau s'y jettent, Kléber les rejoint. Les bleus vainqueurs renouent ingénument avec les plaisirs de Duras et de Monluc deux siècles auparavant. Comme on avait fait jadis une compote de 597 catholiques à Lauzerte, on effectue aujourd'hui des feux de peloton sur des femmes et des enfants jetés par terre en tas. Comme aux femmes d'Agen en leur temps, on introduit dans le corps des Vendéennes des cartouches auxquelles on met le feu. Tout ce qui porte sur soi quelques richesses en or, en assignats ou en bijoux, est dépouillé et tué.

Gendelette a survécu au désastre du Mans. Allégé de ses vieillards et de nombre de femmes et d'enfants, le gros de l'armée royaliste couvre trente-six lieues en vingt-quatre heures. La Rochejaquelein et Stofflet reviennent avec obstination sur la Loire, qu'ils veulent franchir à Ancenis. Il pleut à torrents. On abandonne les morts le long des chemins. Les bleus lâchés aux basques des fuyards achèvent les blessés, égorgent les prisonniers. Quand on touche Ancenis, c'est pour reconnaître l'impossibilité de franchir les eaux du fleuve grossies par les pluies, faute d'embarcations en nombre suffisant. Les chefs, La Rochejaquelein et Stofflet, sont passés. Fleuriot de la Fleuriais est élu général. Il entraîne ses troupes vers Savenay, vers la Loire toujours, où le destin doit s'accomplir.

Au lendemain de Savenay, quinze mille cadavres, déchiquetés par les chiens, lacérés par les corbeaux, attendront des semaines qu'on les ensevelisse. Mais bien d'autres vont mourir : des dizaines de milliers, par petits et par gros paquets d'hommes, de femmes et d'enfants, cinq ici, deux cents là, sabrés ou fusillés derrière une haie, guillotinés, noyés, dysentériques ou typhiques... Sur les quatre-vingt mille de Varades augmentés d'on ne sait combien de milliers de Bretons, quatre mille repassent la Loire. A Savenay, les bleus ont perdu trente hommes.

A Nantes, la prison du Bouffay était bondée. On en avait créé d'autres : les Saintes-Claires, le Bon-Pasteur, les prisons flottantes, l'Entrepôt des cafés... C'est là, à l'Entrepôt, que vint échouer Gendelette après un bref séjour au Bouffay. Lors de son passage dans la vieille prison, où les procédures carcérales étaient encore observées, son nom et sa destination lors de son transfert avaient été dûment notés sur le registre d'écrou, ce qui n'allait pas rester sans conséquences... Fait prisonnier à Savenay, Gendelette avait échappé de peu à une exécution sommaire. Il en vint bientôt à le regretter. Au bout du port de Nantes, à égale distance des carrières de Gigant où l'on fusillait en masse et de la Loire où l'on noyait par gabarres entières, s'étendait un bâtiment énorme. Six mille captifs y étaient entassés. Il en arrivait sans cesse. Les nouveaux remplaçaient ceux qu'on emmenait pour alimenter Gigant ou la Loire. Mais on tuait aussi sur place, et plus encore on laissait mourir. Les risques d'extension à la ville de l'épidémie de typhus qui ravageait les prisons servaient à Carrier à justifier la dépopulation, comme on disait alors. A l'Entrepôt, il y avait partout des moribonds squelettiques, grelottant sur des litières de paille qui n'étaient plus que du fumier, des morts entassés comme des bûches, des cadavres d'enfants dans des flaques où flottaient des excréments.

Le 16 janvier, Gendelette fut conduit sur une des galiotes hollandaises restées à Nantes en raison du blocus et amenées à la hauteur de l'Entrepôt. Le 18, sur le coup de cinq heures du soir, plusieurs roannaises vinrent s'amarrer le long des galiotes. Ces embarcations rustiques, sapinières à fond plat employées au transport des marchandises de Roanne à Angers ou à Nantes, ne remontaient jamais le fleuve vers leur point de départ. Une fois déchargées, elles étaient « déchirées », c'est-à-dire démembrées, et on revendait leurs débris. Carrier leur avait trouvé un autre usage, adapté à leur nature éphémère. Avec trois cents autres, hommes, femmes et enfants en chemise dans le meilleur des cas, nus comme des vers pour la plupart, Gendelette reçut l'ordre de descendre dans les sapinières. Là, on les attacha deux à deux. Les hommes de main de Carrier menaient le bal : Lamberty, Fouquet, secondés par des crapules de la compagnie révolutionnaire Marat. A bord des gabarres de Roanne, nul n'avait plus d'espoir. Cela durait depuis bientôt deux mois ; le secret ne pouvait tenir si longtemps. On savait qu'on allait mourir en aval, un peu plus loin que Trentemoult, au bout de l'île Cheviré. Les bourreaux disaient plaisamment « aller à Chaviré ». On pleurait peu, on ne suppliait guère. La mort était partout. Ceux qui avaient vu les mortes du Mans alignées « en batterie », sur le dos, les cuisses relevées, le ventre déchiré et brûlé par les cartouches, ne pouvaient s'étonner qu'on les noie comme des chiots jetés à la rivière dans un sac. Gendelette fut attaché dos à dos avec un autre homme. On procédait ainsi pour éviter que les suppliciés ne rongent mutuellement leurs liens, comme cela s'était déjà produit... L'homme, plus âgé que Gendelette, était un prêtre. Il priait et il grelottait. Gendelette ne pouvait détacher sa pensée de l'ampoule. Avait-elle éclaté sous l'effet d'une balle ? La créature qu'elle renfermait avait-elle pourri dans un fossé ? Un chien errant en avait-il fait sa pâture ? Ou bien, rebuté par l'odeur d'alcool qui s'en dégageait, l'avait-il dédaignée pour la chair plus appétissante d'un honnête cadavre d'homme ou d'enfant sans ailes dans le dos ?... Derrière Gendelette, le prêtre commençait à gigoter un peu trop. Le jeune homme faillit le lui reprocher. Il se contint. Ce voisinage incommode n'allait pas durer.

L'embarquement avait pris du temps. On appareilla dans une obscurité profonde. Les batelets qui permettraient aux exécuteurs de regagner le port étaient attachés au flanc des gabarres. La nuit était noire, et froide était la Loire. Les marins bavardaient entre eux, insensibles aux sanglots étouffés qui montaient de la cale.

Passé Cheviré, à la hauteur de Chantenay, Fouquet ordonna à ses aides d'ouvrir les sabords. Quand ils entendirent les coups de hache sur les cales de bois, l'abattement des condamnés fit place chez le plus grand nombre à la simple terreur de la mort. Gendelette gigotait maintenant beaucoup plus que le prêtre auquel il était attaché. Celui-ci se serait sans doute contenté de trembler et de répéter son *Pater* jusqu'au bout, mais Gendelette hors de lui à l'approche de la noyade l'avait obligé à se lever dans l'obscurité, et les deux hommes se cognaient la tête contre le plafond, très bas à l'endroit où ils se tenaient. Soudain, les coups de hache cessèrent, le panneau d'écoutille qui s'était fermé un instant plus tôt se rouvrit. Une lanterne au poing, un pistolet braqué sur la masse humaine indistincte à ses pieds, un des *Marat* du nom de Robin apparut en haut des marches. Il hurlait qu'on se taise. Un espoir insensé courut d'un bout à l'autre de la cale. Allait-on faire grâce ? Les plaintes et les supplications cessèrent.

— Gendelette ! Alphonse Gendelette ! Y a-t-il un Gendelette là-dedans ? S'il est là qu'il se montre, nom de Dieu !

Entraînant le prêtre avec lui, Gendelette se fraya un chemin à coups d'épaule à travers les Janus grimaçants qui le séparaient de l'écoutille.

— C'est moi ! C'est moi, Gendelette ! criait-il de toutes ses forces.

Robin descendit trois marches et appuya la gueule de son pistolet sur la pomme d'Adam du jeune homme.

— C'est toi, Gendelette ?

— Oui ! Oui ! C'est moi !

— Pressons, foutre-Dieu, la marée baisse ! cria une voix depuis le pont.

Le Marat se retourna vers le haut des marches.

— C'est bien lui ? demanda-t-il à un homme dont Gendelette, ébloui par la lampe, ne pouvait distinguer les traits.

— C'est lui.

— A la bonne heure !

Robin tendit son pistolet à un de ses compères, prit un couteau passé dans sa ceinture et trancha la corde qui liait Gendelette au prêtre. Il renvoya ce dernier d'une bourrade vers le fond de la cale.

— Allez, toi, là-haut, avant qu'on ne change d'avis !

Gendelette grimpa les marches en courant. On le poussa dans un des batelets. Déjà le panneau d'écoutille était retombé, les haches et les marteaux reprenaient leur besogne. Des cris retentirent dans les profondeurs de la sapinière quand l'eau glacée jaillit par les sabords ouverts.

Le serveur posa entre eux le plateau d'huîtres. Milo surprit dans le regard las de l'Italien une lueur de gourmandise.

— Vous aimez beaucoup les huîtres ?

Guido Guardicci émit un petit rire d'enfant pris en faute, plaisant chez un homme de son âge. Grand et mince, il se tenait encore très droit, mais on le sentait à certains moments comme ennuyé par la vie, presque impatient d'en avoir fini avec elle. Il s'exprimait en un français excellent, avec une volubilité supportable et un accent d'aristocrate rastaquouère.

— Passé quatre-vingts ans, dit-il, on n'aime plus grand-chose. J'aime encore les huîtres. Il y a je ne sais quoi en elles qui me ravit. C'est si vilain ! Une caillasse délicieuse... Alors de temps à autre, un plateau d'huîtres me console d'avoir renoncé à presque tout le reste : la pêche au gros, la cocaïne, le cheval, les femmes. Mais bon, je n'ai pas de regrets trop cuisants, j'ai bien profité de tout ça en mon temps. Vivent les huîtres !

Il tendit la main vers le plateau et saisit un coquillage avec délicatesse.

— Servez-vous, voyons ! Je vous préviens, j'abandonne toute courtoisie quand il s'agit d'huîtres. J'en mange tant qu'il en reste devant moi, sans compter mes coquilles ni celles de mes commensaux.

Milo prit une huître à son tour.

— C'est de bonne guerre, dit-il.

— La guerre, justement...

Guardicci s'interrompit pour pousser à sa bouche, de la pointe de sa fourchette, le corps de l'huître dont il venait de sectionner le ligament. Il aspira l'eau de mer citronnée qui restait dans la coquille, et mâcha l'animal avec soin avant de l'avaler et de le faire descendre d'une gorgée de meursault.

— Parfaites ! Elles sont parfaites ! Donc, la guerre... Je suppose, étant donné votre âge, que vous avez fait l'une ou l'autre des guerres de décolonisation françaises, peut-être les deux ?

— J'étais trop jeune pour les rizières, dit Milo,

mais déjà assez grand pour les sables. J'ai servi deux ans en Algérie.

— Je m'en doutais. Moi, j'ai eu droit à plusieurs guerres, dont la mondiale, la seconde, bien sûr. Enfin, je les ai vues plus que je ne les ai faites, mais des premières loges. J'étais reporter. Pour le *Corriere della sera*, j'ai couvert l'Ethiopie, l'Espagne, la Grèce... Grâce à Dieu, j'ai coupé à la Russie. Tout ça pour dire que j'ai vu beaucoup de choses... Mais les péripéties de la guerre et de l'occupation dans les Balkans ne sont pas forcément familières à un Français. Puisque les événements que je me propose de vous rapporter se sont déroulés dans ce contexte, peut-être vaudrait-il mieux que je vous le précise en quelques mots ?

— Je sais que l'Italie a envahi la Grèce à l'automne 1940 et que l'Allemagne s'en est mêlée un peu plus tard, mais sorti de là...

— C'est très simple. Nos troupes stationnées en Albanie ont attaqué la Grèce le 28 octobre 1940. L'armée grecque a commencé par les repousser en territoire albanais, jusqu'à 80 kilomètres de leurs lignes de départ. Au mois d'avril 1941, l'Allemagne s'en est mêlée, comme vous dites. Les Grecs ont dû s'incliner devant la ruée des panzers. Le pays a été dépecé, la plus grande partie étant placée sous administration italienne, tandis que la Macédoine et la Thrace orientale tombaient sous le contrôle du commandement militaire allemand pour la zone Salonique-mer Egée et que le Nord-Est allait à la Bulgarie. Connaissez-vous Salonique ? Non ? C'est une ville très particulière. Elle l'était déjà avant la guerre, elle l'est devenue plus encore après. J'y suis retourné voilà peu. Les rues, les places, les squares, les maisons de Salonique sont pleines de fantômes, mais les Grecs s'en foutent. Ils veulent vivre, et s'ils leur prêtaient la moindre attention les fantômes les en empêcheraient. Alors ils ont décidé de ne pas les voir. Comme ça ils peuvent faire la fête dans les auberges, ou sur les terrasses des nouveaux immeubles qui bordent les longues avenues parallèles au front de mer, en parlant fort et en buvant de l'ouzo. Il n'y a que ça qui les intéresse. La vie, c'est ça : de l'ouzo, des olives, des rires, des conversations bruyantes à la tombée de la nuit, dans l'odeur de fange qui monte du port. Le passé ne pèse pas lourd pour un Grec de Salonique ; les peuples s'abattent sur la ville comme des averses de grêlons qui fondent et disparaissent. Un air de bouzouki, et hop, il n'y a jamais eu de Turcs à Salonique, ni de Juifs, ni d'Allemands... Les seuls étrangers dont on consente à se souvenir, là-bas, ce sont les soldats du corps expéditionnaire allié de la Première Guerre. Ils n'ont passé là que trois ans. Les Turcs dépossédés et chassés, les Juifs spoliés et livrés aux Allemands étaient là depuis des siècles. Ils étaient Salonique. En 1917, le cœur de la ville a brûlé. Elle a choisi de perpétuer la mémoire de cette blessure-là, pourtant sans surlendemains, pour mieux oublier l'autre, celle de 43, qui ne cessera jamais de suppurer en secret.

Guido Guardicci observa une pause, le temps de rattraper un éventuel retard en huîtres. Tout en se disant que l'Italien faisait peut-être partir d'un peu loin sa marche d'approche, Milo attendait avec curiosité qu'il en vînt à ce qui reliait la Salonique de la Seconde Guerre mondiale à Agrippa de Coscas. Guardicci engloutit coup sur coup trois huîtres et une lampée de vin, puis reprit le cours de son récit.

— Les premières colonnes motorisées allemandes sont entrées dans Salonique le 9 avril 1941 au matin. Pour ma part, je n'y ai été nommé qu'à l'été 42. Début juillet, pour être précis... Pendant plus d'un an j'avais été en poste à Athènes, journaliste accrédité auprès des gouvernements fantoches de Tsolacoglou puis de Rhallis. J'en avais assez, il ne se passait rien de bien passionnant à Athènes. Je ne dis pas ça parce que je suis italien, mais les Grecs ont conservé de notre occupation des souvenirs presque attendris... Du moins s'ils les comparent à ceux de l'occupation allemande qui suivit ! Bref, j'avais pour intention de me changer les idées en demandant l'affectation Salonique-mer Egée laissée libre par le départ d'un de mes confrères du *Corriere*. J'ai été servi. A mon arrivée, je me suis présenté au *Generalleutnant* von Krenzki. Il m'a accueilli avec amabilité, et m'a engagé à me rendre le 11 juillet à huit heures du matin sur la place de la Liberté, accompagné d'un photographe. Cette place est une des plus belles de la ville. Elle s'ouvre sur le port et sur le panorama du golfe Thermaïque. L'architecte français Hébrard, membre de la commission alliée ad hoc, l'a redessinée et reconstruite après l'incendie de 1917. Elle est bordée de beaux immeubles. Voilà quelques années, les Grecs en ont fait un parking. Quand je l'ai découverte ce matin-là, elle était noire de monde. Un communiqué allemand avait convoqué là tous les Juifs âgés de dix-huit à quarante-huit ans pour les inscrire au travail forcé. Etaient-ils six, sept, huit ou neuf mille ? Je ne saurais le dire. Mes collègues allemands, bulgares et albanais du bureau de presse m'avaient expliqué que les Juifs de Salonique avaient bénéficié d'un répit de quinze mois. Les Allemands avaient suspendu les quotidiens juifs de langue française et judéo-espagnole, ils en avaient créé ou encouragé de furieusement antisémites comme la *Néa Europi*, ils avaient réquisitionné des immeubles, ils avaient occupé l'hôpital de Hirsch, fermé des magasins, des entreprises, des cabinets de médecin ou d'avocat, imposé à la tête des institutions communautaires des hommes à leur botte, saisi des archives, des valeurs, des œuvres d'art, des livres et des rouleaux, trésors d'érudition hébraïque accumulés au fil des siècles dans les bibliothèques publiques et privées de la ville. Ils avaient institué le port de l'étoile jaune, ils avaient réduit la population à la famine lors du terrible hiver 41-42, ils avaient procédé à un nombre somme toute restreint d'arrestations et d'exécutions capitales... Le temps de ces procédés mesurés touchait à son terme. En cette journée radieuse de juillet, on fit comprendre à sept ou huit mille personnes, et à travers elles à trente-cinq mille autres, qu'on ne voyait en elles, au mieux, que de la force de travail. On leur dit : « Vous n'êtes que des dos, des bras et des jambes : juste des esclaves. » Pour qu'elles le comprennent bien, on les obligea à mariner toute la journée, debout, en rangs serrés, figées en plein soleil. Je vous passe les syncopes, les insolations, les crises de nerfs, les crises cardiaques, et aussi les brimades, les crachats, les injures, les coups. Sur le moment, j'ai dit à Ercole, mon photographe : « Mitraille, mitraille !... » Il me regardait de travers. Nous autres Italiens, nous n'étions pas d'accord avec les Allemands sur ces choses-là. Ercole croyait que je faisais du zèle. Je savais aussi bien que lui que notre journal ne publierait pas ses photos, parce que la censure ne le permettrait pas. Je voulais seulement qu'elles existent. Je n'étais pas « ému », ni « scandalisé », ça n'était pas le problème, j'avais vu bien des saloperies en Ethiopie, et en Espagne, donc ! On n'a tué personne, ce jour-là, à Salonique. Quelques cardiaques sont morts, peut-être... Mais il s'est passé quelque chose d'autre, comme si une ironie énorme se donnait libre cours aux dépens de cette foule. Ce fantastique bizutage de huit mille adultes avait lieu sur la place de la Liberté, face à la mer étincelante, sous le regard des dieux. Je ne pouvais m'empêcher de les imaginer, penchés au balcon de l'Olympe et observant les agissements des mortels... Eh oui, l'Olympe, le mont Olympe, c'est en face, de l'autre côté du golfe, et ce jour-là on le voyait très bien de la place elle-même, une masse d'un bleu vaporeux, transparent, couronnée de neiges éternelles. Et les Allemands devaient le voir encore mieux du haut des toits des immeubles bordant la place, d'où ils surveillaient ce troupeau docile, derrière leurs mitrailleuses... Mais je suppose qu'on n'était pas nombreux à y penser, aux dieux de l'Olympe. Moi, c'était plus fort que moi, mon regard glissait des rangs d'hommes en sueur, éblouis et grimaçant sous le soleil, à la silhouette éthérée de la montagne, et je pensais aux divinités antiques.

— Et qu'a-t-on fait de ces gens ? On les a tués ?

— Non, non... Enfin si, plus tard, à peu près tous, et les autres aussi, leurs femmes, leurs parents plus âgés que quarante-huit ans et leurs enfants plus jeunes que dix-huit. Mais dans l'immédiat, pour continuer à les enregistrer, on les a fait revenir le lundi, le 13, et plusieurs jours encore. A la sortie de la Banque Ionienne où s'effectuaient les formalités, on les obligeait à se coucher par terre et à rouler comme des tonneaux jusqu'au bas de la rue, sous les rires des Grecs. Après ça on en a envoyé quelques milliers travailler sur les routes, sur les chantiers, dans les mines de chrome, dans les carrières, dans les marais. Il en est mort beaucoup en quelques mois : malnutrition, typhus, paludisme, typhoïde... Rien que de très banal en Europe, à cette époque. Le pire restait à venir. Le représentant du commandement militaire, le Dr Merten, était déjà sur place. Le *Kriminalkommissar* Paschleben aussi. Les intellectuels du Kommando Rosenberg chargés de piller les bibliothèques rabbiniques, le Dr Pohl de Francfort, Mertsch, le secrétaire du Kommando pour l'ensemble des Balkans, un éblouissant polyglotte, allaient bientôt laisser la place à la commission du RSHA : le *Haupsturmführer* Dieter Wisliceny, le *Haupsturmführer* Brunner... Oui, le Brunner des Juifs français, Aloïs Brunner, celui de Drancy, c'est le même. Avant Salonique il avait déployé ses talents à Vienne et à Berlin, et après Salonique il les a exercés à Paris et à Bratislava. Je l'ai assez bien connu. En fait j'ai connu la plupart d'entre eux : Brunner, Wisliceny, Takash, Zita, Brukler... Et l'autre, encore... Ah oui, Gerbing ! Je les ai fréquentés. Les choses n'étaient pas claires comme elles le sont devenues, ils ne m'expliquaient pas en long et en large en quoi consistait leur mission à Salonique. J'avais conscience d'être le témoin d'une gigantesque spoliation, non des préparatifs d'une extermination... Et d'ailleurs, j'étais journaliste. Si j'avais su de quoi il retournait, je serais resté. J'ai connu aussi certains de leurs auxiliaires et hommes de main. La lie de la terre : le rabatteur Vital Hasson, Amster, le traducteur Agop Boudourian, Dario Hadayo, les frères Récanati, Léon Sion dit Topouz, et leurs putains... J'étais devenu un familier du 42 rue Vélissariou. Wisliceny m'y avait introduit. J'avais fait sa connaissance par l'intermédiaire d'Ercole. Nous parlions photo. C'était sa passion. J'en avais fait, moi aussi, avant d'écrire des articles. Il avait installé un laboratoire photographique sous les combles du 42. Le 42, c'était une belle villa confisquée. Elle existe encore. Je l'ai retrouvée. Elle est à l'abandon. Qui accepterait d'y vivre ? En tout cas elle est là, inhabitée, debout au cœur de la ville comme un bateau coulé au fond de la mer, visible et inaccessible. J'y ai passé quelques soirées avec Wisliceny, Brunner et les autres... C'était un autre monde, vraiment, un autre monde. Tout ce que les Juifs de Salonique avaient possédé de plus précieux était réuni là : meubles, tapis, argenterie, cristaux, tableaux, bijoux... Tout ça volé. Là-dessus, je ne me leurrais pas. Mais volé à des gens qu'on avait peut-être déjà tués, ou qu'on allait tuer bientôt, et ça je le savais et je ne le savais pas, je le devinais et je l'oubliais aussitôt, parce que Wisliceny me tendait une coupe ou me présentait une femme. Car il y avait des poules, bien entendu, des poules et du champagne, du cognac, des vins fins, des cigares, de la cocaïne, du caviar, de tout ! A la cave, on torturait. C'est là, rue Vélissariou, que j'ai vu l'objet, en mars 43. La machine à déporter tournait à plein régime. Wisliceny était un intellectuel, ancien journaliste, un dilettante à prétentions esthétiques. On n'avait pas trop confiance en lui en haut lieu, semble-t-il. Tandis que Brunner était un vrai policier, un spécialiste du traitement des masses humaines. L'expérience accumulée à Vienne et à Berlin lui avait appris qu'il fallait les segmenter pour les canaliser et en disposer plus facilement. Il avait donc compartimenté la ville en plusieurs ghettos correspondant pour l'essentiel aux quartiers juifs traditionnels, mais qu'il avait rendus hermétiquement clos : les Campagnes, Pavlos Melas, Epta Piron, Aghia Paraskevi, et le faubourg du Baron-de-Hirsch, près de la gare. De cet îlot de petites maisons et de baraques bâties pour accueillir un demi-siècle plus tôt les survivants des pogromes russes, on fit un camp de concentration où l'on entassa d'abord trois mille Juifs, les plus misérables, les brebis déjà tondues. Il ne restait rien à leur prendre : ils allaient être les premiers à partir. Par la suite, toute la population des divers ghettos, méthodiquement déplacée de case en case, a transité par le Baron-de-Hirsch avant de gagner la gare en cortèges. J'ai vu passer plusieurs de ces cortèges. A cette époque-là on ne pouvait pas y échapper, on les rencontrait forcément. A chaque fois, mille, deux mille, trois mille, qui allaient sous bonne garde de Pavlos Melas ou d'Aghia Paraskevi au Baron-de-Hirsch, et quelques jours plus tard de Hirsch à la gare, en traînant leurs balluchons, leurs valises, leurs enfants, leurs infirmières et leurs vieillards. En tout dix-neuf convois partirent de Salonique de mars à mai 43, emportant quarante-six mille personnes, vous savez où. L'objet avait appartenu à l'une d'entre elles. J'ignore son nom. J'ignore bien entendu d'où elle le tenait et depuis combien de temps elle le possédait. Etait-ce un riche collectionneur, un passionné d'occultisme ? Avait-il acheté l'ampoule à l'étranger, ou à un notable ottoman du temps de la domination turque sur la ville ? Je présume que ces questions demeureront à jamais sans réponse. Tout ce que je sais, c'est qu'elle était là, dans le butin réuni rue Vélissariou par la commission. Wisliceny me l'a montrée à titre de curiosité. C'était elle, j'en ai la certitude absolue. C'était bien l'ampoule de verre renfermant un fœtus d'ange décrite par Agrippa de Coscas dans la Confession diffusée sur Internet. J'ai lu le nom de Coscas et le millésime 1574 inscrit de sa main sur l'étiquette collée par lui à la base du cylindre...

Les deux hommes avaient terminé les huîtres. Guido Guardicci demeura silencieux tandis que le serveur enlevait les assiettes et changeait les couverts. A peine eut-il tourné le dos que Milo questionna l'Italien sur le sort de l'ampoule.

— J'y viens, bien sûr ! dit Guardicci. Le Dr Merten était présent ce soir-là, au 42. Comme moi, il s'intéressa beaucoup à l'objet. Je me souviens que Wisliceny plastronnait. Il était heureux d'exhiber sa trouvaille, ou plutôt celle de Vital Hasson. C'est lui qui l'avait dénichée Dieu sait où et qui la lui avait apportée pour se faire bien voir... Aloïs Brunner était occupé ailleurs. Les transports, les horaires, les priorités, les sursis accordés à telle ou telle catégorie, les rythmes, toute la planification du grand voyage était de son ressort... Donc, je ne l'ai pas vu ce soir-là, mais cela ne signifie pas qu'il n'ait pas eu connaissance de l'existence de l'objet. On ne peut donc l'exclure de la liste des membres de la commission susceptibles d'avoir eu l'idée d'imiter Vital Hasson en offrant l'ampoule à tel ou tel de leurs supérieurs dans la hiérarchie du RSHA, pour se faire bien voir à leur tour. Car c'est ce qui s'est produit. Après la guerre, toujours pour le compte du *Corriere*, j'ai suivi à Athènes le procès de Merten. Il n'avait rien trouvé de mieux que de venir régler des affaires et témoigner à décharge au procès d'un de ses complices en Macédoine. Il fut arrêté en pleine audience. Je l'ai rencontré dans sa cellule, en 1958. Je n'avais pas oublié cet objet si insolite, et je lui ai demandé s'il savait ce qu'il était devenu. Il m'a dit l'avoir aperçu dans le courant de l'année 1944, dans une vitrine ornant le bureau d'Heinrich Himmler, Prinz Albrechtstrasse... Un objet tel que l'ampoule ne pouvait manquer de fasciner le *Reichsführer* SS, féru qu'il était de réalités secrètes et de toutes sortes de doctrines ésotériques... N'avait-il pas envoyé le Kommando Rosenberg chercher les clés de la Kabbale à travers l'Europe entière ?

— Merten a-t-il été exécuté ?

— Pensez-vous ! Ni exécuté, ni même condamné à mort. Il a pris vingt-cinq ans, mais la bourgeoisie grecque s'était sucrée lors de l'aryanisation des biens juifs, et il devait tenir du monde par la barbichette. Après la sentence il est resté moins d'un an en prison. Une commission législative a pris une décision d'amnistie taillée pour lui sur mesure. Il est retourné en Allemagne, « vivre entre ses parents le reste de son âge » ! Wisliceny s'en est moins bien tiré ; il a été pendu à Prague en 48. Quant à Brunner, il court encore du côté de Damas, paraît-il.

— Donc, vers la fin de la guerre, l'ampoule se trouvait à Berlin, reprit Milo. La ville ayant été en bonne partie détruite par les bombardements alliés et par les combats de rue lors de l'assaut donné par les Soviétiques, on peut craindre que la relique de Coscas n'ait disparu dans le cataclysme...

— Sait-on jamais ? Elle est peut-être intacte, enfouie dans le sol, encastrée entre deux parpaings coulés à la hâte dans les fondations d'un immeuble reconstruit après la guerre... Ou bien Himmler ou un de ses aides de camp l'a-t-il emportée en quittant Berlin ? Elle dort peut-être au fond d'un coffre en Suisse, ou dans une collection secrète, ou au fond d'une brocante minable, avec la drouille et les rogatons ?

— Elle réapparaîtra peut-être demain ou dans un siècle, ou dans un millénaire, enchaîna Milo. Je crois au destin des objets. Pas vous ? Au destin de certains objets... Ils sont comme des balises. On les perd et on les retrouve, et tout à coup on sait mieux où l'on est, où l'on en est. C'est vrai pour les individus, ça l'est pour les peuples, et sûrement aussi pour les civilisations... Pour un être humain, c'est une photo, une lettre, un bijou ou un jouet... Pour un peuple ou une culture, une statue, un monument, un bateau ou une cité perdue peuvent jouer ce rôle : la pierre de Rosette, la stèle d'Hammourabi, le *Titanic*, Mycènes ou Machu Picchu...

Milo sentit sur lui le regard amicalement ironique de l'Italien. Il rougit et se tut. Le serveur apportait une selle d'agneau et un ris de veau. Milo décida de garder pour lui l'existence des mémoires du sieur Gendelette, dont il n'avait d'ailleurs pas fini de prendre connaissance. Ils épiloguèrent un moment sur l'ampoule, puis la conversation dériva vers le suaire de Turin... Au dessert ils parlaient cinéma.

Le comte d'Artois, l'homme qui n'avait pu débarquer à Granville à l'été 1793, fut appelé à succéder à son frère Louis XVIII en 1825. On le sacra roi de France à Reims le 25 mai sous le nom de Charles X. Dans les mois qui suivirent, une des attractions les plus courues de Paris fut sans doute la girafe que lui avait offerte le pacha d'Egypte, Méhémet Ali, pour saluer son accession au trône. L'animal avait survécu, contre toute attente, à la traversée qu'il avait effectuée ligoté sur le pont d'un navire, puis au long trajet en charrette de Toulon à Paris. Installée au Jardin des Plantes, la girafe devint la coqueluche du moment. On accourait pour la voir de tous les quartiers de Paris, mais aussi de la banlieue et des départements voisins. La saison fut girafe. On en mit partout : dans la toilette, dans les chansons et les journaux, au théâtre et au cabaret. Les femmes portaient des hauts talons et des tissus tachetés ; elles se coiffaient en boucles serrées et tendaient le cou autant qu'elles pouvaient pour ressembler à « la girafe qui broute en regardant les cieux ». Un soir de septembre, parmi les badauds agglutinés devant la cage de l'animal, deux hommes âgés d'une soixantaine d'années tombèrent en arrêt face à face, hésitant à se reconnaître. Ils ne s'étaient rencontrés qu'à deux reprises, plus de trente ans auparavant. Mais les circonstances dans lesquelles cela s'était produit n'étaient pas de celles qu'on oublie.

Le plus petit des deux était aussi resté le plus jeune d'apparence, son vis-à-vis accusant une calvitie et un embonpoint accordés à son âge. Il se lança le premier.

— Monsieur, pardonnez-moi, seriez-vous...

Le visage de l'autre était blême, mais il n'y avait guère de doute que cette pâleur fût à mettre au compte de l'émotion, et non d'ennuis de santé.

— Mon Dieu !... Oui, oui, je suis Gendelette, et vous..

— Et moi Cheminal !

Ils tombèrent dans les bras l'un de l'autre.

— J'ai souvent pensé à vous ! s'exclama Gendelette.

— Et moi donc ! Vous êtes tout de même le seul client qui m'ait filé deux fois entre les doigts, après que je lui eus sauvé deux fois la vie.

Gendelette serra avec chaleur les mains de Cheminal.

— C'est vrai. Pour vous en remercier, la première fois je vous ai assommé avec le battoir à linge de votre sœur...

— Et la seconde, vous vous êtes évadé de l'hôpital militaire où je vous avais fait admettre, en principe sous haute surveillance !

— Cet ancien séminaire était réservé aux « fiévreux ». On y mourait du typhus, presque autant qu'à l'Entrepôt des cafés... Mais quel choc de vous revoir après tout ce temps ! Puis-je vous offrir un verre ?

— Très volontiers, dit Cheminal. Je pourvoirai à la consommation suivante, car, si vous avez un moment, je crois avoir des choses à vous apprendre...

Plantant là la girafe, les deux hommes prirent bras dessus, bras dessous le chemin du café le plus proche.

— A l'hiver 1793, commença Cheminal quand les deux hommes furent attablés devant un vermouth et un baume de Curaçao, plusieurs pièces majeures dérobées lors du cambriolage du Garde-Meuble manquaient encore à l'inventaire. Sergent-Marceau avait récupéré le Régent, au fond d'une niche creusée dans la charpente d'une maison abandonnée, prétendait-il.

— Pardi ! intervint Gendelette, il n'avait pas eu à chercher loin, pas plus que pour le Sancy et le Diamant de Guise, retrouvés en mai 94 chez un certain Tavenel qui ne fut jamais inquiété. C'est lui, Sergent, qui avait tout monté dès le début, avec M. de Fonçagrive !

— Peut-être... Savez-vous que Sergent est vivant ? Il vient de rentrer d'exil. Il s'est fixé à Nice, m'a-t-on dit. Toujours est-il qu'on m'avait chargé d'enquêter sur cette affaire, moi aussi. C'est comme ça que je suis retombé sur vos traces à Rueil, en novembre.

— Chez Mme de Fonçagrive...

Cheminal acquiesça.

— Ne croyez pas qu'elle vous ait trahi. Il y avait des domestiques. Ils connaissaient votre nom et celui du mulâtre tatoué, Cocobolo. Moi, je vous gardais un chien de ma chienne depuis le coup de battoir. Imaginez ma joie, quand la cuisinière de Mme de Fonçagrive prononça votre nom devant moi : vous aviez travaillé au Garde-Meuble, vous aviez retrouvé la liberté une dizaine de jours avant les premiers vols, tout comme plusieurs protagonistes de l'affaire libérés de la Force juste avant les massacres, et enfin vous étiez parti rejoindre les brigands vendéens... Vous faisiez un parfait coupable. En m'élançant à votre poursuite, j'espérais retrouver tout ou partie des joyaux manquants.

— Ils n'ont sûrement jamais quitté Paris... Qu'est devenue Mme de Fonçagrive ?

— Elle était lasse, elle n'avait plus d'argent. Elle s'est empoisonnée. Ainsi elle n'a pas connu la charrette et l'échafaud. C'était une femme...

— Une femme de jardin.

— C'est cela. Elle n'avait rien à faire dans nos tueries. Donc, j'ai rendu un rapport concluant à la nécessité de poursuivre l'enquête dans l'Ouest. Mes supérieurs étaient ravis : enfin, une piste semblait désigner l'ennemi royaliste. On me donna l'ordre de mission que j'attendais. J'arrivai à Angers pour participer à la défense de la ville. Le 5, après la retraite des Vendéens, je vous ai cherché au pied du rempart, parmi les cadavres, j'ai interrogé les prisonniers, en vain. Mon embarras était grand, je le confesse. Etais-je en train de traquer un fantôme ? Vous étiez peut-être tombé à Entrammes, à Granville, ou même à Angers, mais en juin, n'importe où, n'importe quand, dans cette province où l'on s'entre-égorgeait depuis dix mois... Je vous ai encore cherché au Mans. Je suspendais le feu des pelotons pour dévisager ceux qu'on allait fusiller. Ne vous trouvant pas parmi eux, je m'écartais, et la décharge les couchait sur la terre gelée. J'ai manqué Savenay : la fièvre m'avait pris, à force de visiter des charniers et de me pencher sur des morts ! J'ai déliré huit jours dans une ambulance, à Châteaubriant. Enfin me voilà sur pied. Je me précipite à Nantes où les prisons sont pleines... Miracle : votre nom figure sur le registre d'écrou du Bouffay. Vous y êtes entré le lendemain de Noël, pour être transféré le 28 à l'Entrepôt. Je sais qu'on n'y fait pas de vieux os. On est le 18 janvier, vous avez eu cent fois le temps de mourir... Mon ordre de mission émanant de la Commune me vaut l'entière collaboration des membres de la compagnie révolutionnaire Marat. A l'Entrepôt, l'un d'eux m'apprend que vous êtes du lot qu'on noie cette nuit-là. Les gabarres ont déjà appareillé. Je réquisitionne une barque et des rameurs, vous savez ce qu'il en résulte... Lors de votre interrogatoire, malgré tous mes efforts, vous ne soufflez mot des joyaux...

— Et pour cause, je ne savais rien ! A propos de cet interrogatoire, je dois vous dire que je garde des séquelles des coups de pied que vous m'avez donnés dans les reins à cette époque...

Cheminal baissa les yeux.

— Nous n'étions plus des hommes ! murmura-t-il. J'aurais fait pire encore, si vous ne m'aviez pas lancé sur la piste de Cocobolo...

— Je le croyais mort. Je me disais que je pouvais détourner votre fureur sur lui... L'avez-vous retrouvé ?

— Oui, dit Cheminal.

L'émotion étreignit Gendelette. Cet homme à la peau noire avait été comme son frère. Un frère plus aguerri, plus courageux, plus généreux que lui.

— Vous l'avez retrouvé vivant ?

Cheminal secoua la tête.

— Il était mort. Mais ce n'est pas vraiment lui que j'ai retrouvé...

— Que voulez-vous dire ?

Cheminal poussa un profond soupir, et porta ses

mains à ses yeux pour les masser, comme afin d'en chasser les images du passé.

— Gendelette, ce que je vais vous dire... Si je ne l'avais pas vu, je ne le croirais pas. Alors ne me croyez pas si vous voulez, mais moi je sais que c'est vrai.

Gendelette réprima par courtoisie un haussement d'épaules. Après Le Mans, Savenay, les stères de cadavres de l'Entrepôt des cafés et les noyades dans la Loire, il estimait avoir fait le tour des horreurs dont l'humanité est capable.

— Vous m'intriguez, mon cher, dit-il avec un demi-sourire.

Cheminal ne perçut pas l'ironie de son interlocuteur. Il regardait ses mains, à présent, et il n'en détacha pas les yeux en parlant.

— Je vous ai fait interner à l'ancien séminaire. Vous étiez mal en point, après l'Entrepôt et nos... conversations.

— Celle d'aujourd'hui est plus civile.

— Je suis reparti pour Angers, dans l'espoir que le miracle se reproduirait, et que la providence me livrerait Cocobolo.

— Cocobolo n'a jamais mis les pieds au Garde-Meuble.

— Qu'en savais-je ? Pour moi vous étiez l'un et l'autre les complices du ci-devant baron de Fonçagrive... Cocobolo avait le mérite d'être plus voyant que vous. Carrier avait ses hussards américains, qui terrorisaient Nantes, mais on n'a pas dû compter beaucoup de mulâtres tatoués dans les rangs vendéens. J'ai repris mes investigations du côté de Beaugé et de Durtal, où vous m'aviez dit que vous aviez perdu Cocobolo. Et la chance a voulu que je retrouve un des chasseurs à cheval qui avaient chargé ce jour-là. Il soignait une jambe brisée quelques jours après l'engagement de Durtal. Il m'apprit qu'avant d'attraper sa fracture, il avait vu un nègre dans un groupe de prisonniers qu'on ramenait vers Angers et la Loire. Il ajouta une précision essentielle : c'étaient des hommes du 4e bataillon des

Ardennes qui composaient l'escorte. Je pus rencontrer quelques jours plus tard des officiers de cette unité. J'eus bientôt le sentiment que mes questions les ennuyaient. Pourtant, nulle part en Vendée militaire on ne faisait mystère du sort réservé aux vaincus. Dès cette époque les colonnes infernales de Turreau ravageaient le pays désarmé. Les férocités de la campagne allaient être surpassées par celles de la pacification... Quand je leur demandai si on avait fusillé les brigands capturés ce jour-là, les officiers acquiescèrent avec empressement. Oui, oui, on avait expédié ceux-là comme tous les autres... Et on me fit comprendre qu'on avait du pain de munition sur la planche et des problèmes de service à résoudre. Je m'enquis tout de même de l'officier qui avait commandé le feu. On me dit qu'il était mort à Savenay. Je pris congé. Un très jeune officier m'accompagna à l'écurie où j'avais laissé mon cheval.

— Vous parlez bien du 5 décembre, n'est-ce pas ? demanda-t-il en me tenant l'étrier.

Je lui confirmai cette date.

— Si vous tenez vraiment à tout savoir sur le destin de ce groupe de prisonniers, voyez Péquel, le chirurgien du régiment.

— Qu'a-t-il à voir avec des prisonniers fusillés ?

Le jeune homme hésita un instant à répondre, puis il s'y décida :

— On vous a menti. On ne les a pas fusillés. On ne les aurait pas conduits à Nantes pour ça. On les aurait alignés contre une haie ou contre un mur, et le tour aurait été joué. Ceux-là, on les a guillotinés. Pour ce transfert à Nantes l'officier qui conduisait l'escorte n'était pas seul. Péquel l'accompagnait.

— Mais on guillotine très bien sans le secours d'un chirurgien.

— Là, on voulait les peaux. C'est pour ça qu'on a fait appel à Péquel. C'est lui qui a écorché. Il fallait que ce soit fait proprement.

Mon informateur m'indiqua où trouver Péquel, détaché avec son fourgon dans un cantonnement voisin.

Avec le chirurgien-major du 4e Ardennais, je tombai sur un homme barricadé en lui-même, et défiant le monde du haut de ses murailles. Il m'arrêta dès les premiers mots.

— Citoyen, tout ce que j'ai fait, je l'ai fait sur ordre écrit du citoyen Francastel, député en mission auprès de l'armée de l'Ouest et organisateur du gouvernement révolutionnaire pour l'Indre-et-Loire et le Maine-et-Loire...

Je jouai mon va-tout en lui disant que c'était Francastel qui m'adressait à lui. J'ajoutai que sa rectitude et son loyalisme étaient connus de moi et de mes supérieurs. Je n'en avais qu'après un individu du nom de Cocobolo, un mulâtre d'une quarantaine d'années, au corps recouvert de dessins gravés dans sa chair à la mode des sauvages des îles. Tout ce qui concernait cet homme revêtait une grande importance dans la poursuite d'une enquête dont j'étais chargé. S'il avait eu à en connaître dans l'accomplissement de la mission à lui confiée par le citoyen-député Francastel, il était de son devoir de m'apprendre tout ce qu'il savait sur lui.

— Foutre oui, citoyen, j'ai eu à en connaître ! Je l'ai écorché comme les autres, ainsi qu'on m'avait ordonné de le faire. Il y en avait trente-deux, et croyez-moi, c'est du travail que d'écorcher trente-deux hommes d'affilée. Je ne sais s'il s'appelait Cocobolo, mais j'avais bien un mulâtre tatoué dans le tas. On voulait tanner les peaux, et en faire des pantalons pour l'armée. Des essais ont déjà eu lieu à Meudon, paraît-il. La peau humaine est supérieure à celle du chamois. Celle des femmes serait plus souple, mais moins solide... Moi, je n'ai opéré que sur des hommes, et le tannage n'était pas de mon ressort, de toute façon...

Face à Cheminal, Gendelette était horrifié. Après la Restauration, on avait parlé de choses de ce genre, en effet, tannage de peaux humaines et récolte de graisse de femmes sous les bûchers pour alimenter les hôpitaux républicains. Malgré sa propre expérience des excès de la guerre de Vendée, il n'avait pas ajouté foi à ces rumeurs. Mais aujourd'hui il n'avait aucune raison de mettre en doute la parole de l'ancien policier.

— J'eus soin de ne rien manifester qui pût indisposer Péquel et je le laissai aller au bout de ce qu'il avait à dire, reprit Cheminal. Il ne me dissimula rien. Il avait reçu pour instructions de faire enterrer les corps et de livrer les dépouilles chez un tanneur des Ponts-de-Cé, alors les Ponts-Libres. L'homme, un certain Lemonnier, s'était récusé devant la besogne qu'on lui proposait. Un nommé Langlais l'avait acceptée à sa place et avait embauché des soldats pour l'exécuter sous sa direction. J'ai retrouvé Langlais, j'ai retrouvé le manchonnier Prudhomme, chez qui les peaux tannées et prêtes à l'emploi étaient entreposées.

— Vous les avez vues ?

— Oui, soupira Cheminal. Elles ont dû pourrir, ou on les a détruites au bout d'un temps, car je ne pense pas qu'on ait finalement taillé des pantalons dedans. J'ai été pris de nausée, dans la réserve de Prudhomme, en dépliant la plus sombre de ces peaux... Elle était couverte de dessins géométriques bleus et noirs. Le manchonnier m'a pris à témoin de l'idiotie des hommes qui avaient fait tanner ce cuir inutilisable. Il me l'a proposé à bas prix, à titre de curiosité. J'ai décliné son offre. Mon idée, mon obsession, c'était les diamants. On n'avait pas encore retrouvé le Sancy. Je me disais que si je revenais avec, ma carrière était faite. Dans mes rêveries, je m'inventais un avenir, de hautes fonctions... On est comme ça, quand on est jeune. Malheureusement, la piste Cocobolo s'achevait en précipice, à ce qu'il semblait. Il ne me restait qu'à regagner Nantes et à vous interroger à fond. Vous avez bien fait de vous évader... Par acquit de conscience, je suis retourné voir Péquel. Je voulais savoir ce qu'il était advenu des effets des trente-deux écorchés. Il m'a ri au nez. Les affaires des morts, je devais bien me douter que les vivants se les appropriaient, non ? J'ai insisté. J'ai tenu à voir les hommes de l'escorte. J'étais sûr qu'ils n'avaient pas livré leurs prisonniers au bourreau avant de les avoir détroussés. S'ils avaient trouvé des pierres précieuses sur Cocobolo, il y avait une chance pour qu'une dispute ait éclaté lors du partage. Je tomberais bien sur un insatisfait qui mangerait le morceau. Je les vis un à un. Vous alliez en guenilles, vous autres, vous mangiez des racines et des pommes à cidre, mais certains d'entre vous portaient des fortunes sous leur veste puante. Il y avait les fortunes royalistes, et puis vous avez pillé le pays, vous aussi... Il y avait eu du butin, donc, mais bien maigre, pas de diamants ni de hochets de prince, m'avouèrent les chasseurs du 4e Ardennais. Pourtant, un des derniers que j'entendis me parut embarrassé, et même effrayé. Je m'employai à accentuer son inquiétude, tout en lui ménageant un moyen de la conjurer. Je lui parlai du vol des joyaux, de récompense, de promotion pour qui faciliterait mon enquête, et de condamnation à mort pour qui l'entraverait... Il protesta de son innocence. Il avait effectivement enlevé quelque chose à un nègre, mais il ne s'agissait pas de diamants ni de bijoux. J'étais sur des charbons ardents, vous pensez ! Je lui demandai ce que c'était... Il ne sut me répondre. Je lui représentai que cet objet, quel qu'il fût, était propriété de la république. Il devait me le remettre ou s'attendre à être fusillé. Il me conduisit sous la tente de son escouade. Là, il ouvrit son sac et me tendit...

— L'ampoule ! souffla Gendelette.

— Un récipient de verre épais, verdâtre, emmanché dans deux coussinets de cuir, et qui renfermait un spécimen anatomique baignant dans un liquide. A sa partie inférieure, si l'on se réfère à la tête du fœtus, se trouvait une toute petite étiquette mentionnant un nom et une date...

— *A. de Coscas, anno dei 1574*, dit Gendelette.

— Cet objet n'a jamais figuré à l'inventaire du Garde-Meuble royal, reprit Cheminal. Il en provenait pourtant ?

Gendelette acquiesça.

— C'est moi qui l'y ai dérobé dans la nuit du 11

au 12 septembre 92, tandis que les bandits de Fonçagrive et de Miette fracassaient les vitrines de la salle d'exposition. Je n'étais là que pour ça, et je n'ai emporté que cela, je le jure !... Qu'en avez-vous fait ?

— Je l'ai rapporté à Paris. Je comptais vous interroger à son propos, mais j'ai appris en arrivant à Nantes que vous aviez levé le pied. Je n'avais plus rien à faire sur la Loire. Au printemps, j'avais quitté le service du Comité de surveillance de la Commune pour celui du Comité de sûreté générale. Ce sont Le Bas et David qui m'ont envoyé en Vendée. Sergent et Panis avaient été élus à la Convention, et Panis lui-même était entré au Comité de sûreté. Il y resta de septembre à janvier. Il était plus de la faction de Danton que de celle de Robespierre. On lui avait cherché des poux dans la tête, de même qu'à Sergent, et Dieu sait s'ils en avaient ! Tout ce monde-là se poussait dans l'ombre vers l'échafaud. On m'avait fait comprendre en m'enrôlant que je ne devais de comptes qu'à Le Bas et à David, robespierristes notoires. Le Bas lui est resté fidèle ; David l'a trahi comme il a trahi tout le monde... J'ai remis l'ampoule à Le Bas. L'avez-vous connu ?

— Certes non ! se récria Gendelette. Après la Vendée, j'ai pu gagner Bayonne sain et sauf, et je n'en ai plus bougé jusqu'à l'Empire.

— Le Bas était un homme froid. Il considéra la créature immergée sans émettre aucun commentaire. Il me recommanda une absolue discrétion sur tout cela, ouvrit un tiroir de son bureau, et y rangea l'objet avec mon mémoire s'y rapportant. Celui-ci ne fut jamais classé aux archives. J'ai su par la suite que l'ampoule avait abouti entre les mains de Robespierre. Un des hommes chargés de sa sécurité, un dénommé Mauveron, m'a assuré qu'il s'en servait comme presse-papiers dans les temps où il rédigeait son rapport du 7 mai 1794 appelant à l'instauration d'une nouvelle religion d'Etat appelée à se substituer au catholicisme. David fut l'ordonnateur de la fête de l'Etre suprême. J'ai assisté à cette mômerie grandiose, le 8 juin. On escamota la guillotine pour deux jours et on couvrit Paris de roses, de feuilles de chêne et de pampres verts. Aux Tuileries, du haut d'une tribune trop haute, devant un amphithéâtre trop vaste, Robespierre prononça un discours inaudible. On brûla des monstres de carton-pâte, l'Egoïsme, l'Athéisme, le Néant... Puis, un gros bouquet de fleurs à la main, le dictateur conduisit la procession jusqu'au Champ-de-Mars. On avait érigé là une montagne artificielle. On y monta à trois mille pour chanter l'hymne à l'Etre suprême. Dans les rangs de la Convention, les déchristianisateurs, les pilleurs d'églises, les proscripteurs, guillotineurs et noyeurs de prêtres grinçaient des dents et crachaient par terre. Cinquante jours plus tard Robespierre était mort. On perquisitionna chez Duplay. On saisit l'ampoule en même temps que divers papiers. Vadier, un des tombeurs de l'Incorruptible au sein du Comité de sûreté générale, l'examina avec dégoût et ordonna à Mauveron de la détruire... Mauveron avait su prendre le virage de Thermidor. Il préféra se faire un peu d'argent en vendant l'ampoule à un amateur de curiosités.

Milo accompagna Guardicci jusqu'à la station de taxis. Le feu qui avait habité l'Italien durant la plus grande partie du repas s'était éteint. A la faveur de son récit, le Guido Guardicci de 1943, le jeune reporter curieux de tout qui avait fait ami-ami avec les démons, était remonté à la surface de son visage. Milo l'avait vu apparaître devant lui, dégustant ses huîtres et son meursault glacé. Il avait dû banqueter ainsi, là-bas, attablé avec ses amis Brunner et Wisliceny et échangeant des grâces avec leurs invitées à l'étage noble tandis qu'à la cave Topouz brisait des mâchoires et pissait dans des bouches. Maintenant le fringant jeune homme un instant ressuscité réintégrait le corps fragile d'un vieux monsieur bien fatigué par sa trop longue journée à Paris, pressé d'aller se coucher dans le caveau provisoire d'un *king-size bed* au Hilton, en attendant l'autre, la vraie tombe, point si éloignée à présent.

Milo claqua la portière du taxi sur cette ombre. Il pleuvait. Les gouttes d'eau brillaient une fraction de seconde en traversant le pinceau de lumière des phares. Nuit en couleurs, nuit maquillée du cœur des villes. Milo pensa au visage nu de la nuit à Salonique en 43, au silence de la nuit crevé par le vrombissement de la motocyclette de Vital Hasson, son lieutenant Amster dans le side-car, les deux hommes sillonnant la ville en tous sens, d'un ghetto l'autre, cherchant qui dévorer, et quarante-cinq mille personnes retenant leur souffle au passage de la mort pétaradante. Puis une auto qui rasait de trop près le trottoir éclaboussa les chaussures de Milo d'une gerbe d'eau multicolore, et il oublia Salonique.

En s'éveillant le lendemain il ne se sentait pas trop dans son assiette. Etait-ce le volnay de la selle d'agneau sur le meursault des huîtres qui passait mal ? Bah, au-delà de cinquante ans, se lever, c'est se glisser chaque matin dans la peau de Lazare.

Dans sa studette minuscule, boîte à vivre vide et blanche, Milo jouissait de ne plus rien posséder. La niche-bibliothèque aménagée près de son lit n'abritait guère qu'une quinzaine de livres de poche, en les serrant bien.

Il se prépara un café, alluma la radio, et dès les premiers mots du speaker sursauta si fort qu'il en lâcha sa tasse. L'immeuble de la Providence avait brûlé durant la nuit, tandis qu'il achevait la lecture de l'addendum de Cheminal aux mémoires de Gendelette. Ce matin, il n'en restait que des murs noircis, des fenêtres béantes, des monceaux de débris calcinés encombrant les trottoirs. Le quartier était ouvert à nouveau à la circulation, qui demeurait difficile sur les deux boulevards dont l'édifice occupait la jonction. L'incendie avait éclaté vers minuit, alors que la fête du comité d'établissement de la Providence Générale des Poètes approchait de son terme. Devant l'ampleur du sinistre, quatre casernes de pompiers étaient intervenues. Les efforts pour éteindre l'incendie lui-même étaient restés vains pendant de longues heures. On avait dû se borner à l'empêcher de s'étendre aux immeubles voisins. Outre plusieurs blessés et intoxiqués, on déplorait parmi le personnel de la mutuelle des morts en nombre encore indéterminé : trois au moins, peut-être jusqu'à six ou sept, car certaines parties de l'édifice ravagé par les flammes étaient encore inaccessibles...

Milo enjamba la flaque de café et les débris de grès qui jonchaient le sol de la kitchenette. Il courut vers le téléphone. Qui appeler ? Qui appeler d'abord ? Cétoine, bien sûr... Le sort des autres l'intéressait ; seul le sien lui importait. Il l'imagina au milieu des flammes, il entendit grésiller ses cheveux, il vit sa bouche s'ouvrir, ses lèvres gonfler, sa peau mate se couvrir de cloques, ses yeux bouillir et éclater, laissant échapper des humeurs à demi cuites... Il vomit en fusée un jet de bile noire et mousseuse sur le tapis qu'il avait acheté exprès pour dissimuler la moquette dont la teinte ne lui plaisait pas trop. L'écume aux lèvres, il alla chercher une éponge dans la salle de bains et entreprit d'essuyer ses déjections. Tout en frottant la laine, il essayait de se rappeler s'il avait pris son carnet d'adresses, hier soir en quittant le Contentieux. S'il l'avait oublié, le carnet avait brûlé avec le bureau et le Contentieux tout entier, or Milo ne connaissait par cœur aucun numéro, sauf le sien, et encore, il se trompait une fois sur deux en l'énonçant... Il abandonna le tapis à moitié nettoyé pour fouiller les poches de son manteau accroché dans l'entrée. Le carnet d'adresses ne s'y trouvait pas. Il tendit la main vers sa sacoche de cuir posée par terre au pied du portemanteau. A cet instant la sonnerie de la porte lui fit l'effet d'une décharge électrique. Il courut ouvrir. C'était Ari. Milo le saisit par l'épaule et l'attira à l'intérieur.

— Ari ! Je viens d'apprendre... Entrez vite ! Vous au moins vous êtes vivant ! Qui est...

— Morsins, Draghixa, et une petite du pool dactylo, Hélène Chanfrein, voilà ce dont on est sûr pour l'instant, dit Ari à voix basse.

— Cétoine et Sable ?

— Elles n'étaient pas là. Cétoine avait renoncé à assister à la fête au dernier moment, et Sable était retenue par un repas de famille. Elles ont pris un taxi ensemble, tout de suite après votre départ.

— Vous êtes sûr ? J'allais appeler chez Cétoine, mais mon carnet est resté là-bas...

Ari lança un numéro à la volée.

— Attendez, j'appelle, allez-y lentement...

Milo composa le numéro sous la dictée d'Ari. On décrocha presque tout de suite. Milo reconnut la voix de Justin Albani, le mari de Cétoine. Milo lui avait parlé quelquefois au téléphone, quand Cétoine avait la grippe. Il confirma les informations d'Ari. Cétoine avait préféré rentrer. Quelle chance ! Elle serait peut-être morte, à l'heure qu'il était. Pour le moment elle était chez son médecin. Le drame l'avait secouée, elle voulait lui demander des calmants. Il fallait qu'elle se reposât, bien sûr. De toute façon la Providence n'était plus qu'un tas de pierres...

Milo raccrocha. Il se retourna vers Ari.

— Les autres... Qui manque ?

— On ne sait pas au juste. Il semblerait que Berthilde... Berthilde, les Troglodytes, et peut-être Kevin et Cornélie...

— Mon Dieu !

— Mais certains disent qu'ils ont vu Kevin entraîner Cornélie vers la sortie.

Tout en conversant, les deux hommes contemplaient le café répandu sur le carrelage de la kitchenette. Sans doute eurent-ils la même idée en même temps. Milo hocha la tête.

— Oui, je vais en refaire. Mais je n'avais qu'une tasse, et vous voyez... Nous prendrons des flûtes à champagne, je n'ai rien d'autre.

— Pas de problème, dit Ari.

Milo remit de l'eau à chauffer, puis il nettoya la flaque à l'aide d'une serpillière et jeta les morceaux de grès à la poubelle.

— Un sucre ? demanda Milo... Alors, qu'est-ce qui s'est passé ? Un immeuble ne brûle pas comme un cageot bien sec, tout de même ! Ou bien si ?

— On n'imagine pas comme ça peut aller vite, dit Ari. On a eu de la veine d'être aussi nombreux à sortir, en réalité ! Mais quant à ce qui s'est passé, à ce qui s'est vraiment passé, ce n'est pas à proprement parler incompréhensible, c'est *impossible*.

Milo dévisagea Ari avec curiosité.

— Impossible ? C'était possible, voyons, puisque c'est arrivé !

Ari sirotait son café à toutes petites gorgées, en regardant dans le vide.

— L'incendie, je sais qui l'a allumé. Ils étaient plusieurs. Des Embruns, Langley, le comptable, Mme Salvy du service des Reconstitutions de carrière, la petite Violaine de l'accueil...

— Mais qu'est-ce que vous me chantez là ? Vous êtes fou, ma parole ! s'exclama Milo.

— Je m'attendais à votre réaction, dit Ari avec un mélange de patience et d'agacement. Je ne perds pas la tête. Je l'ai cru un instant, en examinant les planches, mais non, c'est bien comme ça que ça s'est passé. Des Embruns, Langley, Salvy et Violaine ont bien foutu le feu, dans le petit salon en tout cas parce qu'ailleurs c'en sont d'autres, je ne sais pas qui, je n'ai pas le don d'ubiquité. Or on a allumé plusieurs incendies simultanément. On a même dû en allumer un peu partout, sinon ça ne serait pas allé aussi vite.

Milo posa la main sur l'avant-bras d'Ari avec une vraie sollicitude.

— Ari, cher vieil Ari, je ne comprends rien de ce que vous dites, vous avez parlé de planches... De quelles planches s'agit-il ?

Ari se tapota la poitrine.

— Les planches-contacts des photos de la fête. Je

les ai là. Vous savez que je photographie toutes les fêtes du CE... J'ai fait comme chaque année, je suis venu avec ma sacoche et j'ai joué au reporter... Tout est là ! conclut-il en exhibant une grande enveloppe en papier kraft.

Milo tendit la main. Ari garda l'enveloppe hors de sa portée.

— Je vous montrerai les planches tout à l'heure, je vous le promets. Je suis venu pour ça, j'ai même apporté une loupe tout exprès, parce que j'ai pensé que vous n'en auriez peut-être pas. Mais je veux d'abord vous raconter ce dont je me souviens... Car il y a une partie de la soirée que je me rappelle très bien, et une autre dont je n'ai aucun souvenir, mais que j'ai photographiée aussi, puisque les contacts sont là. J'ai tiré ces planches il n'y a pas une heure. Je n'avais pas le temps d'agrandir les clichés un à un. Alors c'est entendu ? Vous m'écoutez d'abord, vous regardez ensuite ?

— Je ne vois pas où vous voulez en venir, mais je vous écoute, dit Milo en guignant l'enveloppe qu'Ari tenait serrée contre son cœur.

— Alors d'accord ! J'ai quitté la Providence un peu après vous, comme beaucoup d'employés et de cadres qui rentraient prendre une douche ou se changer... Je suis revenu avec mon matériel vers 20 h 35. Dans les fêtes du CE, j'aime bien photographier un peu aussi l'avant et l'après, les derniers préparatifs avant l'arrivée de la foule, et à l'autre bout la femme de ménage devant le buffet dévasté. Des ambiances, des machins d'artiste, pas seulement la bête photo où tout le monde sourit, quoi ! Bon, me voilà, je rôdaille, je serre des mains, je pique un profil, une silhouette... La salle commence à se remplir, Berthilde est là, magnifique en tailleur prince-de-galles à revers de velours, talons aiguilles Martine Carol 55, chignon très serré dans la nuque, broche en jais sur un corsage en soie d'une blancheur de neige. Ce corsage, Milo, c'était une merveille. A vous crever les yeux !... Elle virevolte, elle veille à tout, elle fait sa grande tragédienne angoissée avant d'entrer en scène, le cabotinage habituel, mais elle est si photogénique ! Pendant ce temps, dans une petite pièce voisine, on procède au dépouillement des votes. Les gens continuent à arriver, on compare les toilettes, on admire Berthilde, les femmes jugent son tailleur vieux jeu : « Oui, mais son corsage a quelque chose d'intemporel ! » observe un homme en riant du coin des yeux. On donne son pronostic sur les prix. Les avis sont partagés sur l'idée de les décerner à des couples. Certains trouvent ça choquant, et quelque part pervers. « Justement, disent les autres, pervers, piquant, c'est tout ce qu'on aime... » Vers neuf heures presque tout le monde est là. J'aperçois Kevin qui poursuit sa métamorphose. Lui qui était venu en jean et en polo l'année dernière, il est vêtu comme un lord... Enfin, comme on imagine les lords dans les boutiques de prêt-à-porter du boulevard de Strasbourg. Chemise à jabot, veste cintrée, c'est tout juste s'il ne porte pas des sous-pieds. A côté de lui, Cornélie Lambert, pâle comme une morte dans une robe de dentelle violine très ajourée, très audacieuse, trop, même, pour l'occasion. On lui voyait beaucoup de choses entre les motifs de dentelle surpiqués de sa robe... Lémure et Débrua n'en perdaient pas une miette. Emoustillés et déjà faits, ils se poussaient du coude en regardant de son côté. Un peu plus loin, Bobby De Clerk, sur son trente-et-un lui aussi, une jeune stagiaire à chaque bras, se penchant pour les faire rire en leur disant des bêtises à l'oreille, riant lui-même aussi fort que possible pour montrer à Cornélie qu'il s'amusait comme un fou. Enfin, voilà le roi Des Embruns, l'élégant suprême, *Vogom*, comme l'appellent les petites du pool. Bronzage et dents, coupe de cheveux, tempes argentées, tout parfait, la veste en laine chinée beige, la cravate de l'exacte nuance de bleu de ses yeux. Il est flanqué de Feunilieu et Foiniloy, les jeunes turcs septuagénaires du conseil d'administration, tous deux candidats à la succession de Lordurin. On ne lui donne pas vingt-quatre heures, aux dernières nouvelles. Derrière eux, un cortège pharaonique de chefs de service et d'Horribles Vieillards. Des Embruns s'est approché du micro, il a prononcé quelques fadaises avec sa grâce inimitable, on l'a applaudi à tout rompre, et il a passé la parole à Berthilde. La Jument y est d'abord allée de son speech institutionnel, le bilan du CE, les perspectives, les approches nouvelles, la vocation sociale et culturelle, la citoyenneté d'entreprise, toutes ces formules conformes à la conformité du conformisme. On sait gré à l'orateur d'aller vite. Mais aller vite quand elle tient le micro, ce n'est pas son genre, à la Jument. Elle s'écoute et elle se voit vue : tout ça prend du temps. Heureusement elle est belle, alors je la photographie... On lui fait signe que le dépouillement est terminé, on lui tend une feuille de papier qu'elle brandit au-dessus de sa tête sans y avoir jeté les yeux. Elle attise un instant encore la curiosité du public par des mimiques et des ouh-làlà-làlà qu'est-ce qui va sortir des urnes ? Pour finir tout de même, elle baisse les yeux sur son papier et elle blêmit. Les sourcils froncés, elle se tourne vers ses prétoriennes du pool, responsables du dépouillement et du comptage, elle montre le papier d'un air d'incompréhension. On lui répond les mains ouvertes et l'œil rond, on secoue la tête, on hausse des épaules impuissantes... Et la Jument prend le mors aux dents, elle perd son sang-froid, elle craque d'un coup, net ! Elle chiffonne la feuille de papier, la jette par terre, tourne le dos à son public, s'éloigne à grands pas vers la porte du fond, vers les coulisses. Je me glisse entre les groupes stupéfaits pour la rattraper, la dépasser et la photographier encore. Elle marche vite, elle respire fort, sa poitrine soulève la soie de son corsage, sa bouche n'est plus qu'un trait, dans ses yeux grands ouverts brillent des larmes de rage. Pendant ce temps, quelqu'un se baisse et ramasse le message chiffonné, le déplie, le déchiffre. C'est Aude Lorgeat, la secrétaire de Des Embruns, l'anti-Berthilde, la féminité discrète, les fines attaches, le bon goût, le murmure. A côté de cette biche, la Jument est une percheronne. Elles se détestent. Aude Lorgeat réprime un sourire. Elle lit au micro le palmarès qui a suffoqué sa rivale. Le prix Ringard va à Berthilde et à Kevin, le prix Phénix à... A vous-même, Milo, et à Cétoine.

Cette fois, c'est sa flûte de café que Milo faillit renverser.

— Cétoine ?... Moi ?... Mais c'est impossible !

— Inattendu, disons. Bien sûr, cette annonce a causé une forte impression. Et voyez comme sont les foules, le couple Phénix a été ovationné, comme si, dans le flou des consciences, il correspondait à quelque chose, comme s'il faisait image... Et le couple Ringard a déchaîné les quolibets : Kevin et Berthilde appariés, c'était le mariage de la carpe et du lapin, un couple à la Dubout ! On a beaucoup ri. Je peux vous dire que Kevin n'était pas à la fête, lui. Il est resté immobile, raide sous les rafales de rires dans ses habits de garçon coiffeur endimanché comme une sentinelle sous la pluie. Dans ses yeux, quelque chose que je n'ai pas su lire. Au-delà de la colère, de la peine, de l'humiliation... Autre chose.

— Pauvre garçon ! Je l'ai toujours dit, ces prix sont une pure et simple obscénité !

— Oh, en fait d'obscénité, on ne s'en est pas tenu là... Berthilde était invisible, retranchée dans une pièce voisine. Mais il est certain qu'elle a tout entendu. Elle a vécu son humiliation en direct. Qu'a-t-elle pensé, en s'entendant accoupler à celui dont elle avait fait son souffre-douleur ? Tout de même, devant le verdict surprenant des urnes, des voix se sont élevées pour crier au coup monté, au canular. Mais les jeunes filles chargées du dépouillement ont apporté les liasses de bulletins et ont mis les contestataires au défi de les recompter. Tout le monde parlait en même temps, Des Embruns semblait contrarié de voir deux des principaux cadres de l'établissement mêlés à ce qui lui apparaissait à présent comme un divertissement de mauvais goût... Il a repris le micro pour déclarer que l'incident était clos. Il a invité l'assistance à se tourner vers les buffets, il a payé de sa personne en servant lui-même le champagne à la ronde, et le malaise s'est dissipé.

Milo loucha avec ostentation vers l'enveloppe qu'Ari n'avait pas lâchée en parlant.

— Vous m'avez promis monts et merveilles, dit Milo, et pour l'instant je reste sur ma faim. La Jument a subi un camouflet, on a mêlé mon nom et celui de Cétoine à ces bêtises, c'est regrettable, mais enfin...

— Attendez ! Je n'ai plus que quelques mots à dire. Après, les planches parleront... Les gens se sont agglutinés autour des tables, on s'est mis à boire et à manger. C'était délicieux, comme toujours. Cuisine antillaise, cette fois. J'ai remisé un moment mon appareil et me suis offert une assiette composée, moi aussi. C'est alors que ça s'est produit, je crois...

Ari se tut. Le front plissé, il cherchait dans sa mémoire comme on cherche dans un porte-monnaie vide la pièce ou le billet qu'on est sûr d'y avoir mis un instant plus tôt.

— Eh bien ? Que s'est-il donc passé ? demanda Milo.

— Il s'est passé... Je ne sais pas, nom de Dieu ! Je tenais d'une main une assiette déjà copieusement garnie, et je tendais mon autre main vers une pyramide d'acras dont ma voisine m'avait dit grand bien, quand, dans les haut-parleurs qui sonorisaient tout le rez-de-chaussée, j'ai entendu...

Ari interrompit à nouveau son récit. Milo s'impatienta.

— Quoi donc, à la fin ?

— Une crécelle. Le bruit d'une crécelle. Ça ne pouvait être rien d'autre. Mon petit-neveu en a trouvé une au grenier, l'été dernier. J'ai dû la lui confisquer. Je suis formel, ce bruit déplaisant, sur la sono, c'était une crécelle. Je l'ai entendue, je l'ai nommée en pensée, et j'ai repris conscience, à la fois instantanément et quatre heures plus tard, sur le trottoir, devant la Providence en flammes, dans la lumière des gyrophares qui se reflétait sur la carrosserie rouge sang des camions de pompiers. On m'a poussé vers une antenne médicale. Le médecin qui m'a examiné m'a jugé si confus qu'il a décidé de me garder en observation. Nous étions tous plus ou moins dans un état confusionnel. Les toubibs ne savaient plus où nous caser. J'étais sonné, mais je sentais que je n'avais rien de grave. J'avais ma sacoche avec moi. Je l'ai ouverte, j'ai vu que j'avais utilisé sept rouleaux de pellicule... Il y en avait six en vrac, même pas rangés dans leurs petites boîtes cylindriques, et le septième encore chargé dans l'appareil. J'ai regardé ma montre, il n'était pas loin d'une heure du matin. J'avais mitraillé toute la soirée. J'avais mitraillé quoi ? Il fallait que je sache. J'ai arraché l'étiquette qu'on m'avait accrochée au poignet, et j'ai foutu le camp. Je suis rentré chez moi, je me suis enfermé au labo, j'ai travaillé jusqu'à l'aube... Voilà !

Ari tendit enfin l'enveloppe à Milo.

S'aidant de la loupe qu'Ari avait apportée, Milo examina un à un les quelque deux cent cinquante minuscules clichés alignés sur sept planches de contacts photographiques. Les quinze premiers étaient anodins. Ari les avait pris hier soir, mais à quelques détails près, comme la toilette d'Unetelle ou la coupe de cheveux d'Untel, ils auraient très bien pu dater de la précédente fête du CE. Après quelques « ambiances et autres machins d'artiste » venaient les scènes mêmes qu'il avait décrites à Milo : Des Embruns souriant de toutes ses dents hors de prix, Berthilde en train de pérorer au micro dans son tailleur prince-de-galles, puis l'incident du palmarès, Berthilde ulcérée, Aude Lorgeat vue de trois quarts donnant lecture du papier défroissé, Des Embruns dans ses œuvres de noyeur de poisson, quelques aperçus des buffets, montagnes noires de boudins créoles, montagnes brunes d'acras de morue et de crabe, buissons roses de langoustines, le camaïeu de vert des avocats, le rouge et le blanc des demi-langoustes, pétillements de champagne, une corbeille de fleurs à côté d'un cendrier où fumait une cigarette au bout taché de rouge à lèvres... Une fête, une simple fête d'entreprise à son commencement. On allait danser entre collègues, flirter un peu sans doute, peut-être amorcer une aventure, voire une vraie liaison, qui sait ? Que s'était-il passé ? A partir d'une certaine photo, juste après la corbeille de fleurs, tout basculait. Une flamme embrasait le regard d'Aude Lorgeat, sur le cliché n° 16. Elle avait été la secrétaire de Milo avant de devenir celle de Des Embruns. Peut-être le Président avait-il déjà vu les yeux d'Aude Lorgeat briller ainsi ? Le bruit courait qu'elle avait été sa maîtresse... Milo se souvint d'avoir été sexuellement provoqué dans la pénombre d'un couloir par une petite fille perturbée, une trentaine d'années plus tôt. Elle tortillait son bassin et irradiait des yeux, tout en dardant entre ses lèvres retroussées une petite langue de vipère, ce qu'elle était déjà au naturel, à ce que se rappelait Milo... Il n'était pas attiré par les lolitas. Il avait passé son chemin en bougonnant. Il fut frappé de reconnaître dans le regard de la si discrète et distinguée assistante de Des Embruns le même éclat sauvage que dans celui de la fillette d'autrefois.

— Vous souvenez-vous d'avoir photographié Aude Lorgeat, après les fleurs ? demanda Milo.

Ari avait chaussé ses lunettes pour suivre la progression de Milo de cliché en cliché, pour revoir avec lui, par-dessus son épaule, l'incroyable photo-reportage dont il s'était découvert l'auteur.

— Vue n° 16 ? Non, je n'en ai pas souvenir. Je ne me revois pas en train de le faire... C'est là que commence mon amnésie. Il a pu s'écouler un certain temps entre le grincement de la crécelle et le début de l'orgie. Je suppose que j'ai repris mon appareil exprès pour photographier Aude Lorgeat, à cause de ses yeux. C'est ça qui est affolant : je ne sais rien ! J'étais là, j'ai pris ces photos et pourtant, la tête sur le billot, je les ai découvertes au labo. Je n'ai pas vu Des Embruns et Langley mettre le feu aux tentures du petit salon pendant que l'austère Mme Salvy et la petite Violaine de l'accueil leur font des gâteries, et pourtant je les ai photographiés... Pour Lorgeat, elle semble bien donner le signal, vues n° 16 et suivantes, puis elle disparaît pour ne revenir au premier plan que sur la planche n° 2, et aussi sur la 4, je crois. Mais allez-y, regardez-les dans l'ordre que j'ai cru pouvoir reconstituer en me fondant sur le relâchement de la tenue des uns et des autres et sur le crescendo de leurs débordements...

Il y avait certes un crescendo. D'image en image, à compter du premier portrait d'Aude Lorgeat, l'atmosphère de la fête se dégradait. L'attitude de chacun des participants passait de la décence à l'équivoque, et, avec une rapidité foudroyante, de l'équivoque à l'obscénité. Alors qu'il avait les planches entre les mains depuis déjà plusieurs minutes, Milo hésitait encore à en croire ses yeux. Il n'était pourtant pas plus prude qu'un autre. Plusieurs des scènes saisies par l'objectif d'Ari le troublaient. Il avait côtoyé Aude Lorgeat durant des années. La métamorphose de cette princesse sur un pois en *morceau de cochon* l'excitait autant qu'elle le stupéfiait. Comment imaginer qu'une femme aussi pudique fût tout à coup capable de se jucher sur un des buffets pour y danser à demi nue un cancan burlesque, en piétinant les plats de boudin créole et les saladiers de caviar d'aubergine ? Comment avait-elle pu ôter son panty et s'agenouiller au bord de son estrade improvisée pour en coiffer Feunilieu ? Celui-ci, administrateur de la Providence et poète chrétien dans la lignée de Patrice de La Tour du Pin, haussait vers ce bonnet un front souvent lauré par des muses moins libertines. Son confrère et rival Foiniloy n'appartenait pas à la même paroisse ; un cliché le montrait s'efforçant d'apprivoiser un petit extra... Aude n'était pas la seule à payer de sa personne. A son exemple, les autres femmes avaient abandonné toute retenue. Elles se troussaient et sollicitaient les hommes, s'offrant à eux de la façon la plus directe et les recevant de la plus éhontée. Des couples se formaient, mais aussi des trios, des quatuors, des quintettes, des grappes, des faisceaux, des gerbes, des meules de corps. Milo laissait échapper de temps à autre une exclamation de surprise en reconnaissant un visage dans un de ces enchevêtrements.

— Mais c'est Berthilde, ma parole, là, entre Morsins, Bobby De Clerk et Draghixa !

— Oui, dit Ari. Comme Achille, elle est sortie de sous sa tente et elle s'est jetée dans la mêlée... On la voit mal, sur ce cliché, mais il y en a d'autres plus loin qui lui rendent mieux justice. Bon sang, Milo, cette femme était une véritable statue !

— Etait ? Vous dites « était » ?

— Regardez la planche n° 5, vers la fin. Elle s'est laissé entraîner dans l'antre des Troglodytes. J'ai dû les suivre, puisque plusieurs photos sont prises là, à l'évidence. Il était logique que je m'attache à immortaliser la plus belle bacchante de la bacchanale...

Milo scruta la planche que lui indiquait Ari. Sous le verre de la loupe, le contraste était saisissant entre la chair radieuse de Berthilde et l'anatomie pitoyable des faunes qui la saillaient. Bedonnants, le dos rond, la cuisse maigrichonne, la fesse molle et velue, Lémure et Débrua frottaient leur vieux cuir au marbre vivant de sa peau. Pourtant elle s'abandonnait à leurs assauts dans une extase ensommeillée. Les yeux mi-clos, le front levé, les Troglodytes avaient aux lèvres un sourire mystérieux d'habitants du vitrail, comme si ce contact avait suffi à les transfigurer.

— Vous craignez qu'ils n'aient été bloqués dans les sous-sols quand l'incendie a éclaté ?

Ari acquiesça.

— Ils ne figurent sur aucune photo ultérieure à la cinquième bobine. J'en déduis qu'ils ne sont pas remontés avec moi, ni après moi. Or j'ai eu le temps d'user encore deux pellicules avant la catastrophe finale.

Milo revint en arrière dans la chronologie établie par Ari. Selon toutes apparences, en regagnant le rez-de-chaussée, il avait trouvé une ambiance de plus en plus folle, de plus en plus crapuleuse aussi. Certaines images étaient pénibles. Ari éprouva le besoin de s'en excuser.

— Quelques-uns sont allés jusqu'au bout de... je ne sais même pas au bout de quoi !

— N'importe quel curé vous dirait qu'au bout du plaisir il y a l'enfer, dit Milo en montrant les dernières photos de la septième planche.

Dans la fumée de l'incendie qui venait de se déclarer, on entrevoyait des visages déformés par la terreur, des silhouettes indistinctes courant en tous sens entre les tables et les chaises renversées.

— Ils n'ont pas voulu détruire l'immeuble, reprit Milo. Ils ne l'ont pas fait exprès. Ils ont seulement joué avec le feu, comme ils ont joué avec le reste, leur corps, le corps des autres, l'alcool, la nourriture. Le plus excité a dû dire : « Foutons le feu, on va se marrer ! » et ils ont tous suivi. Il aurait dit : « Trucidons Machin, ça sera drôle », ça aurait tourné au sacrifice humain... Morsins est mort, dites-vous ?

— Oui, Morsins, Draghixa... J'ai pu joindre Des Embruns au téléphone ce matin. Je ne lui ai pas soufflé mot des photos. Je voulais me rendre compte... Il est comme je serais si je n'avais pas retrouvé et développé ces rouleaux : il ne sait rien. Il ne sait pas qu'il a successivement honoré cette nuit cinq ou six de ses employées, par divers accès et avec plus ou moins de succès selon les cas, mais toujours avec l'urbanité et la complaisance qui le caractérisent. Il ignore qu'il a contribué à la destruction par le feu du siège de la mutuelle dont il est le président-directeur général et à la mort d'au moins trois de ses subordonnés. Il est horrifié par ce drame. Il se fait un sang d'encre pour ceux dont le sort est encore incertain. La police va enquêter, bien sûr. En arrivant sur place, les pompiers ont compris tout de suite que plusieurs foyers avaient été allumés et qu'ils avaient affaire à un incendie criminel. Mes photos sont des pièces à conviction. J'ai conscience que je dois les livrer à la justice, mais j'ai aussi le sentiment que tous ces gens n'étaient plus eux-mêmes... Quelque chose s'était emparé d'eux et les faisait agir. Comment réagiraient-ils, s'ils se voyaient dans les postures où les montrent ces clichés ? Si je communique ces photos à la police, je brise leur existence. Ils n'ont déjà plus d'emploi, ils perdront leur honneur, leur vie de famille, leur propre estime... Je suis venu vous demander conseil. Vous vous intéressez depuis longtemps aux phénomènes étranges, au surnaturel, au supranormal, à ces trucs-là, quoi, à l'envers des choses... Pour ma part, j'ai toujours considéré que ça n'existait pas, que les choses n'avaient qu'un endroit, pas d'envers. Ces photos me prouvent le contraire. Pensez-vous que... Je ne sais pas, moi, que le Diable ait quelque chose à voir là-dedans ?

— Le Diable, ou quelqu'un comme ça, dit Milo.

Les yeux d'Ari s'agrandirent.

— Vous croyez vraiment ?

— Mon vieux, s'il vous semble reconnaître des traces de sabot sur le sable, vous n'en déduisez pas qu'un écureuil est passé là. Oui, le Diable est derrière tout ça, d'une façon ou d'une autre. Mais ni la police ni la justice ne peuvent rien contre lui. Si vous leur en fournissez le prétexte, elles s'en prendront aux pauvres hommes et aux pauvres femmes qui sont à leur portée. Elles s'acharneront sur eux sans comprendre qu'ils étaient possédés, elles les détruiront. Vous avez confiance en moi, Ari ?

— Oui, oui... Pour autant que je puisse encore avoir confiance en quelqu'un ou quelque chose, j'ai confiance en vous.

— Alors brûlez les négatifs, et confiez-moi les planches. Je me charge de les détruire à leur tour, très bientôt.

— Que comptez-vous en faire ?

— Je crois savoir qui a provoqué ce désastre... Le petit commissionnaire du Diable, le grouillot de Satan... Je veux les lui montrer à la première occasion, le confronter aux conséquences de ses actes. Vous, détruisez les négatifs, les planches d'essai mal sorties, s'il en traîne au fond d'un bac ou dans la corbeille de votre labo. Ne gardez pas la moindre image. Si vous agissez ainsi, d'ici quelques jours toute la partie secrète de cette histoire vous apparaîtra comme un rêve de plus en plus nébuleux à mesure que le temps passera, et vous serez sauvé. Les rêves ont bon dos. Ils forment une zone tampon idéale entre l'endroit et l'envers des choses. Quant à moi, si vous me reparlez de ces photos, je vous conseillerai de partir vous reposer à la campagne ou de consulter un psychiatre.

Milo replaça les planches dans l'enveloppe. A l'instant de partir, Ari éprouva le besoin de la toucher une dernière fois, du bout des doigts.

— Ces photos, elles existent quand même.

— Elles ont existé, corrigea Milo. Allez, rentrez chez vous...

Un peu plus tard dans la matinée, un commissionnaire sonna chez Milo pour lui remettre un petit paquet. Il ne contenait qu'une lettre et une clé moderne au dessin compliqué, plus semblable à un bijou ou à un talisman qu'à un objet utilitaire. La lettre, émaillée de fautes diverses, couvrait deux feuillets détachés d'un bloc de correspondance prélignė. Milo reconnut l'écriture désordonnée et la signature en gribouillis enfantin de Kevin.

« Cher Charles-Honoré, disait la lettre, çà faisait déjà quelques temps que je voulais vous inviter dans mon nouveau chez-moi, pour s'entretenir de certaines choses que vous seul aurait put comprendre. C'est trop tard. Je viens d'entendre à la radio que la Providence a brûlée et qu'il y a des morts, je ne sais pas combien. J'ai tant haï cette boite et ces gens, et maintenant je me sens à nouveau orphelin, comme la première fois, je ressens la même chose que le jour où on m'a dit pour l'accident de mes parents, et c'est affreux parce que je sais que cette fois-ci c'est vraiement ma faute. Cher Charles-Honoré je ne peux rien vous expliquer, il faudra deviner, imaginer. Vous en êtes le seul capable. Vous aviez raison, il existe, çà existe, ce que vous disiez. Le contenu du coffre sur le balcon est pour vous. Ce qu'il y a sur le dessus vous aidera peut-être à comprendre, ce qu'il y a en dessous, un cadeau. Il y a un grand sac de sport dans le placart de l'entrée qui sera bien comode. Pour Cornélie et moi, soyez gentil de prévenir la police, mais après avoir vidé le coffre !

Votre ami, Kevin Langlois. »

Suivait une adresse rue des Envierges, un code de porte et un numéro d'étage. Milo terminait sa toilette à l'arrivée de la lettre. Il s'habilla à la hâte.

Il s'attendait au pire, mais il ne s'était pas préparé à la réalité, à la matérialité des choses et des corps, à leur couleur et à leur grain, à leur poids. Kevin et Cornélie étaient étendus côte à côte, les yeux clos, entièrement nus, sur un grand lit recouvert d'un édredon bleu roi. Ils étaient morts. Une seringue et quelques petits flacons de verre décapsulés sur la table de nuit en disaient assez. Milo s'en détourna pour se pencher sur les corps. Les deux mains de Cornélie étaient réunies sur son pubis. La main droite de Kevin était refermée sur l'avant-bras gauche de la jeune fille, tandis que la droite reposait en coquille sur son propre sexe. Milo se fit la réflexion qu'ils n'étaient pas très grands ni l'un ni l'autre, et plutôt frêles, surtout Kevin avec sa poitrine creuse et ses côtes bien visibles. Des enfants, presque des enfants ! Parce qu'un homme ne peut s'empêcher de détailler une femme nue, même morte, il remarqua que Cornélie avait des seins menus, attachés très haut, un nombril proéminent, et d'assez gros genoux.

Il se recueillit quelques instants. Sans doute n'avait-il pas fait tout ce qu'il aurait dû. Les corps qu'il avait sous les yeux en apportaient la preuve. Par timidité, il n'avait jamais vraiment essayé de se poser en père auprès de Kevin. Il avait joué au grand frère, mais un grand frère de quarante ans votre aîné ne peut vous accompagner dans les rave-parties, ni au stade de France, ni chez les filles ; ça ne sert à rien. Milo poussa un soupir. Kevin mort, Cornélie morte, et Morsins et les autres, Berthilde et les Troglodytes peut-être... Toutes ces morts en si peu de temps ! Il songea à ses parents, à Flavia, aux Langlois, à d'autres encore, des collègues partis en retraite et dont il avait appris un jour le décès, un rappelé, camarade de régiment qui s'était tué en jeep sur la route de Blida, un sergent-chef qui s'était fait sauter le caisson une nuit de bringue dans des conditions que personne ne s'était vraiment soucié d'éclaircir. Un gosse de sa classe en 6e, un petit joufflu à lunettes, et un autre en 5e blême, celui-là : leucémie tous les deux, en ce temps-là ça ne se soignait guère, on leur donnait à boire des bols de sang de bœuf, ça n'avait pas suffi. Et tant d'autres ! Où étaient-ils ? Où l'attendaient-ils ? Sur une île ensoleillée, dans un village de vacances de l'au-delà, dans un complexe d'éternels loisirs comme il se souvenait confusément d'en avoir rêvé ? Etaient-ils tapis en lui, ou accrochés à lui comme des parasites, pucerons voletant autour de lui, chauves-souris suspendues sous la voûte de son crâne, poux et puces grouillant sur sa mémoire ? Et s'il venait à mourir tout à l'heure ou demain, à quelle âme-bouée s'accrocherait-il à son tour, porteur de toute sa vermine immatérielle ?... Un bruit de pas dans le salon voisin le tira de sa méditation.

— N'ayez pas peur, mon vieux, ce n'est que le Diable ! lança une voix joviale. On peut faire des rencontres bien pires, de nos jours !

La silhouette d'Isacaron apparut dans l'encadrement de la porte.

— Crotte de bique ! s'écria-t-il à la vue des corps.

S'approchant du lit, il pinça et griffa les gisants de ses ongles trop longs et malpropres, sous les yeux scandalisés de Milo.

— Tu as tout gâché, bougre de petit imbécile ! grinça-t-il à l'adresse du cadavre de Kevin. A-t-on idée de se tuer ? J'aurais fait de lui un des puissants de la terre, poursuivit-il en prenant Milo à témoin. Tout aurait cédé devant lui, femmes, banquiers, ministres... Et comme il n'était que frustrations, peurs et rancunes, il aurait semé partout chaos et souffrance. Je croyais en lui ! Et voilà qu'il me claque entre les doigts, le salopard !

Isacaron s'énervait en parlant. Il saisit la seringue que Kevin avait reposée sur la table de nuit avant de mourir et lui larda les jambes de coups d'aiguille, sans qu'une goutte de sang coulât.

— Tiens ! Tiens ! Tiens et tiens ! Charogne, va ! Voilà pour t'être amouraché d'une pétasse ordinaire, voilà pour ce suicide ridicule... je t'en foutrai, moi, de la Mort des Amants !

Il fit tant et si bien que l'aiguille cassa et que la pointe en resta fichée dans le mollet gauche de Kevin.

— Elle ne l'aimait pas ! dit-il à Milo en désignant Cornélie. Quand il l'autorisait à se rendre à la salle de bains, après leurs étreintes, elle recrachait la salive de ses baisers et elle se lavait la bouche à l'eau de Botho. Regardez comme ils sont, jusque dans la mort : il la tient de peur qu'elle ne s'échappe. Elle était éprise de Bobby De Clerk. Un vrai amour à l'ancienne, niais, lumineux. Elle serait entrée dans le feu, pour Bobby. Bah ! C'est fini, n'en parlons plus. Comment ça va, vous ?... Dites donc, vous êtes diabolique ! Vous m'avez eu, avec votre Internet... Si, si, je dois l'admettre, j'ai été cueilli, c'était bien joué, chapeau ! Bien entendu, ça revient au même. Aucun document historique n'attestant l'existence du chevalier de Coscas avant son apparition sur le Net en 1998, il acquiert dès sa naissance le statut de personnage de fiction aux yeux de tous les visiteurs de son site... Et si par hasard il s'en révélait dans l'avenir, tout texte mentionnant son nom se trouverait déréalisé de la même façon. De notre point de vue, c'est parfait : tout est mal qui finit mal ! Mes félicitations, Charles-Honoré, vous avez ajouté un titre à la bibliographie de la littérature de bas étage, un nom à l'index des héros de mauvais romans fantastiques, ah-ah !

Isacaron jeta un dernier regard rancunier en direction du couple allongé sur le couvre-lit bleu roi et quitta la pièce. Milo lui emboîta le pas. La présence et les paroles d'Isacaron lui avaient rendu compréhensible, pour l'essentiel, le sort de Kevin et de Cornélie. Cependant sa curiosité était vive quant au coffre auquel la lettre du jeune homme faisait allusion.

Isacaron se dirigea droit vers le balcon.

— Venez, dit-il. Je veux que vous constatiez par vous-même la légèreté de ce garçon. Il se constitue un magot respectable, en tout cas pour un moins que rien de son acabit, et qu'est-ce qu'il en fait ? Il l'entrepose sur son balcon, dans un coffre-fort qu'il ne prend pas la peine de fermer à clé.

Milo était passé sur le balcon à la suite d'Isacaron. Le démon ouvrit la porte du coffre et s'écarta pour lui permettre d'en découvrir le contenu. Sur un matelas de billets de banque entassés en vrac, Milo aperçut une liasse de feuillets recouverts d'une écriture qui n'était pas celle de Kevin, une grosse enveloppe, et un instrument dans lequel il reconnut une crécelle en bois, vert et rouge. Isacaron rafla la crécelle.

— Hop ! Voilà le genre de chose qu'il ne faudrait pas laisser traîner !

— La Providence a brûlé cette nuit, dit Milo. J'ai lieu de croire que cet objet n'est pas étranger au sinistre...

— Vous avez raison ! jubila Isacaron. C'est la crécelle qui en est responsable, enfin, c'est Kevin à travers elle. Ce gosse avait de l'imagination, on ne peut pas lui retirer ça. Quel dommage, encore une fois, quel gâchis !... Boufre ! Je trouverai quelqu'un d'autre. Frustré, malheureux, humilié comme lui, comme lui bourré jusqu'à la gueule de fiel et de haine, mais plus froid, plus solide... C'était un tendre, au fond, notre Kevin. Ah, la tendresse, quelle saloperie !

Isacaron se redressa et brandit la crécelle sous le nez de Milo.

— Vous, je ne vous la propose pas. Je sais que ça ne vous intéresse pas, le pouvoir, la richesse, la jouissance, ces machins-là. Vous êtes une grande âme et une pauvre truffe, Milo ! Tiens, je me demande ce que vous allez faire du petit bout de vie qu'il vous reste... Ce quignon, dans quelle sauce vous allez le tremper !

Isacaron fixa sur Milo ses yeux perçants, d'un jaune mordoré, et il le dévisagea avec l'attention d'un médecin jaugeant un malade.

— Si j'étais vous je me donnerais un peu de bon temps, parce que, sans vouloir vous effrayer, cher ami, il me semble qu'il se fait tard à votre horloge !

— Vous ne m'effrayez pas, dit Milo. Les gens curieux ne s'ennuient jamais. Je suis sûr que la mort va me passionner.

— Bravo ! s'exclama Isacaron. C'est comme ça qu'il convient de le prendre ! Allez, il faut m'excuser, j'ai d'autres âmes à fouetter. A la revoyure, qui sait ?

Les traits d'Isacaron s'éclairèrent d'une grimace burlesque, puis il s'évapora en une fraction de seconde, ne laissant dans l'air que quelques fumerolles nauséabondes qui se dissipèrent bientôt. Milo s'agenouilla devant le coffre. La liasse, composée d'une centaine de feuillets, répétait indéfiniment une seule phrase. Nul besoin d'être grand clerc pour deviner qui, et sous quelle contrainte, avait recopié plusieurs milliers de fois : *Je ne ferai plus jamais l'amour avec Bobby De Clerk, je ne ferai plus jamais...*

L'enveloppe renfermait le journal intime de Kevin, ainsi qu'une collection de photos pornographiques en noir et blanc, de différents formats. Milo estima que les photos s'échelonnaient des années 30 aux années 50, du temps des guêpières et des fixe-chaussettes à celui des coiffures en choucroute et des bas nylon. Il jugea les situations et les poses plutôt banales, presque naïves, à côté de certaines extravagances dont la Providence avait été le théâtre quelques heures plus tôt. Après s'être assuré que le journal ne renfermait aucune information concernant les événements qui venaient de se dérouler, Milo se promit de le lire plus tard en entier, en souvenir de Kevin.

Il alla chercher au bas du placard de l'entrée le sac de sport dont parlait la lettre de Kevin, et y transféra le magot et le pensum de Cornélie, ainsi que le journal, les archives du désir et les planches-contacts d'Ari. A tout hasard, il prit encore le temps de nettoyer à l'aide d'un mouchoir en papier imbibé d'alcool le bouton de porte du placard. Il ne se souvenait pas d'avoir rien touché d'autre. Il n'éprouva pas le besoin de revenir contempler les gisants. Il ne risquait pas de les oublier. Ils étaient gravés dans sa mémoire, Kevin avec ses mollets percés de coups d'aiguille, et Cornélie avec ses petits seins et ses gros genoux. Il quitta l'appartement et regagna la rue sans rencontrer personne.

Mme Lordurin était un kumquat humain, une petite femme confite dans le culte de son grand homme. Ceux qui connaissaient Lordurin le savaient aigre et méchant, égocentrique, envieux de la moindre paillette de gloire s'égarant sur le front d'un confrère... Aux yeux de son épouse seule, il incarnait toutes les qualités, toutes les vertus. Elle avait trouvé très jeune son dieu sur la terre. Elle s'était offerte à lui au premier regard et pour la vie entière. Mystère des syntonisations humaines : celui en qui on s'accordait à voir un des plus sales bonshommes de Paris lui avait donné un demi-siècle de bonheur sans nuages. Aujourd'hui le dieu était mort et la servante errait dans le sanctuaire orné de ses effigies en se tordant les mains. Elle courut ouvrir au coup de sonnette. Des Embruns et Milo s'étaient fixé rendez-vous en bas de l'immeuble. Des Embruns avait presque supplié Milo au téléphone. « Accompagnez-moi chez Lordurin, au nom du ciel ! Je ne peux me dispenser d'aller lui rendre un dernier hommage, mais je n'ai pas envie d'affronter sa veuve tout seul. Vous ne pouvez pas savoir, je traverse un enfer ! Tout le monde me tombe dessus en même temps, les assureurs, la police, les actionnaires, les sociétaires, les familles... Et *last but not least*, les survivants ! Ils me persécutent. Que vais-je faire d'eux ? Quand vais-je leur rendre leur emploi et tout ce qui va avec, le toit, le bureau, la chaise, le vestiaire métallique, le distributeur de boissons froides et chaudes, la cantine ?... » Milo avait capitulé. D'ailleurs, il était curieux de l'intérieur de Lordurin. Il était loin de mépriser le poète. Il l'avait lu jadis et il lui conservait la vague déférence qu'on voue aux noms ayant peu ou prou contribué à organiser le chaos de notre adolescence en paysage mental.

Mme Lordurin s'effaça pour laisser entrer les deux hommes. Ils lui prodiguèrent sans marchander les bonnes paroles qu'elle attendait. On n'a que les amis qu'on aime, or Lordurin n'aimait pas grand monde. Des Embruns et Milo étaient les deux plus jeunes visiteurs à s'être présentés depuis l'annonce du décès. N'étaient venus pour l'instant, en dehors d'eux, que des gens de la génération de Lordurin, autant dire des spectres, témoins d'un autre temps et d'un autre monde. Leur jeunesse commune s'était payée de mots dont celle d'aujourd'hui se foutait éperdument.

Mme Lordurin introduisit Des Embruns et Milo dans le salon où le corps reposait.

— Le voici, messieurs, dit-elle d'une voix brisée. Je l'ai vêtu de son uniforme. C'est ce qu'il voulait. Je vous laisse avec lui. Appelez-moi quand vous voudrez partir...

Elle se retira. Milo et Des Embruns observèrent un moment de silence face au corps.

— Vous saviez, vous, qu'il avait fait une aussi belle guerre ? demanda enfin Des Embruns en inclinant le front vers les barrettes qui ornaient la vareuse d'officier de Lordurin.

— Oui, enfin, je savais qu'il avait servi dans la 2e DB. Cela n'a pas nui à sa carrière dans les années qui ont suivi la Libération. Le jeune poète, lieutenant chez Leclerc, sortant indemne et décoré de la bigorne, vous pensez...

Des Embruns se détourna du cadavre et passa en revue les nombreux sous-verres accrochés aux murs ou disposés sur les meubles. Si la plupart évoquaient la vie littéraire du défunt, celui-ci apparaissait sur plusieurs d'entre eux en tenue de combat ou en uniforme de parade.

— C'est une bonne idée qu'elle a eue là, de sortir toutes ces photos ; ça égaye un peu la pièce !

Milo prit entre ses mains un cadre de cuir bordeaux. Sur le cliché qu'il protégeait, un Lordurin en battle-dress grimaçait en compagnie de deux autres guerriers accoudés à la chenille d'un engin blindé. De la présence d'un dromadaire à l'arrière-plan, on inférait que le cliché avait été pris en Afrique. D'autres montraient Lordurin dans des paysages moins exotiques : la Normandie, l'Alsace... Il avait fière allure, la joue maigre et l'œil aigu, la Lucky aux lèvres. Il avait dû se la jouer héroïque à cette époque, sans avoir à forcer beaucoup sur le clairon, se dit Milo en songeant, non sans dépit, à sa guerre à lui. Deux ans de caserne, tiraillé entre sa solidarité de principe avec son camp et une sympathie inavouée pour l'autre, il était difficile de s'exalter là-dessus et de se persuader comme les soldats de Leclerc et de Juin qu'on vivait une épopée.

— Je me demande s'il est allé jusqu'à Berchtesgaden. Vous savez, le village où Hitler avait sa résidence, sur l'Obersalzberg, dans les Alpes bavaroises...

— Le Berghof, c'est ça ?

— Des Français de la 2e DB sont entrés les premiers. Il était peut-être de ce détachement, notre poète casqué. Regardez ces photos : ça pourrait être ça, des chalets sur fond de sommets neigeux. Plusieurs pontes du régime nazi avaient leur villa là-bas, dans l'ombre de celle du caïd. Goering, Bormann, je crois... Speer louait à Berchtesgaden une maison et un atelier d'architecte, une centaine de mètres en contrebas...

Milo se tut. D'un doigt tremblant, il effleura un des sous-verres de la série montagnarde. Lordurin y posait en compagnie d'un adjudant moustachu. Hilare, l'adjudant faisait mine de bercer comme un poupon un jéroboam de Château-Pétrus 1942 capsulé au chiffre d'Hermann Goering et frappé de l'aigle germanique. A côté de lui, dans la même attitude, Lordurin tenait contre sa poitrine une grosse ampoule de verre. A l'intérieur baignait quelque chose qu'un regard non prévenu n'aurait pu identifier, mais qui, aux yeux de Milo, ressemblait de façon saisissante aux descriptions successives de Coscas, de Gendelette et Cheminal, de Guardicci.

Milo se garda d'attirer l'attention de Des Embruns sur ce cliché-là. De toute façon Des Embruns n'avait qu'une idée : expédier la corvée et repartir se colleter avec les innombrables problèmes liés à l'incendie. A ce sujet, Milo avait pu vérifier la conviction d'Ari. Des Embruns paraissait ignorer le tour scabreux pris par la fête du CE, comme le rôle qu'il y avait joué lui-même. Il estimait injurieuses les questions et les insinuations des enquêteurs qui l'avaient entendu. Il était outré de leurs allégations selon lesquelles il aurait été nécessaire de nettoyer à la lance plusieurs des rescapés avant de les laisser monter dans les cars de police ou les ambulances. Rendue prudente par ses relations avec le gratin du monde politique et financier, la police y allait sur la pointe des pieds mais ne lâchait pas. La découverte des corps de Berthilde de Grassi, de Lémure et de Débrua, cuits à l'étouffée au sous-sol, portait à six le nombre des victimes.

La seconde fois que Des Embruns regarda sa montre, Milo l'assura qu'étant donné les circonstances, Mme Lordurin comprendrait qu'il prît congé un peu vite. D'ailleurs, Milo voulait s'entretenir un moment avec elle. Des Embruns saisit cette perche sans hésiter. On appela Mme Lordurin, et Des Embruns s'excusa de devoir écourter sa visite.

Demeuré seul avec la veuve, Milo embrassa du regard les portraits de Lordurin rassemblés autour de sa dépouille.

— Quelle destinée aura été la sienne ! L'histoire reprend et combine ses thèmes comme un musicien... Lordurin combattant de la France libre, c'est Socrate à Potidée, Cervantès à Lépante, la pensée et l'action réconciliées...

Ce début quelque peu emphatique ne parut pas excessif à la petite dame persuadée d'avoir en effet partagé la vie d'un géant de l'esprit. Les yeux brillants, elle buvait les phrases de Milo. Quand il ajouta à sa liste Malraux devant Strasbourg, elle se rebiffa :

— Oh, Malraux, il ne l'aimait pas ! Il le trouvait surfait, brouillon, confus, et poseur, avec ça. Et puis hein, c'était tout de même un drogué !

Elle s'interrompit un instant pour téter une pipe d'opium imaginaire avant de poursuivre :

— C'est formidable, me disait-il à propos de Malraux, ces gens qui tirent toute la couverture à eux... Lordurin a libéré la France lui aussi, et il est parti de plus loin que Malraux, il est parti d'Afrique noire, lui ! On ne l'a pas nommé ministre pour autant. On aurait dû ! Il avait des idées. Il voulait instituer une épreuve de versification au baccalauréat. La poésie ne serait pas devenue la parente pauvre qu'elle est aujourd'hui, si on l'avait écouté.

— Quel dommage ! C'est toujours pareil, notre pays gâche ses chances à plaisir. Mais Lordurin laisse une trace, son œuvre...

— Précisément ! s'écria la petite dame. Je vais constituer une Société des Amis du Poète. Les statuts sont prêts. Il les a rédigés lui-même il y a déjà des années. Il m'a confié la mission sacrée de présider cette association. Elle aura pour but de défendre et de promouvoir son œuvre et sa pensée. J'y emploierai mes dernières forces !

— Bien entendu, vous pouvez d'ores et déjà me compter parmi vos membres, dit Milo.

— Comme c'est bien de vous joindre à nous ! Nous aurons beaucoup de monde, j'en suis sûre, nous aurons les plus grands noms. L'humanité a besoin du message de mon mari !

— C'est une évidence... Dites-moi, en regardant ces photographies si émouvantes avec le président Des Embruns, tout à l'heure, je me demandais... Cette photo, là, oui, celle-là, sauriez-vous où elle a été prise ? Ces sommets couverts de neige, on dirait...

— C'est l'Obersalzberg, bien sûr. Elle a été prise dans les premiers jours de mai 45 au Platterhof, non loin de la villa de Goering. La bouteille provient de la cave du maréchal du Reich... Mon mari était lieutenant au 3e RMT. Il m'a raconté ça cent fois. Le camarade photographié avec lui s'appelait Dandelion. Adjudant Pierre Dandelion, c'est ça... On ne le voit pas sur la photo, mais ils étaient au bord d'une piscine. La villa d'Hitler était assez loin sur la gauche, de l'autre côté de la route, derrière celle de Bormann et le corps de garde. Le nid d'aigle proprement dit était un kilomètre plus haut, sur le Kehlstein. Il y est allé aussi, sous les ordres du capitaine Touyeras, avec Delamare-Deboutteville et les autres. Ça a été dur : l'ascenseur du nid d'aigle était en panne...

— Et ce drôle d'objet, qu'est-ce que c'est ?

Milo tapota du bout de l'ongle sur l'ampoule que Lordurin serrait contre lui.

— Cette horreur-là ? C'est un fœtus humain, mais un fœtus qui aurait des ailes. Il s'agit d'un faux, bien sûr, d'un attrape-nigaud comme on en a fabriqué des quantités au long des âges. Songez aux fausses sirènes, aux yétis des bazars orientaux... Songez au saint suaire ! Un petit malin a imaginé de contrefaire un angelot en affublant un fœtus des ailes d'un merle ou de je ne sais quel oiseau, dans le but de duper quelque riche naïf.

— Et votre mari l'a trouvé là-bas, à Berchtesgaden ?

— Oui, plus exactement au Platterhof, dans la villa de Bormann. Ce que ça faisait là, mystère !...

Milo hocha la tête. De Salonique à Berlin, l'ampoule était passée de main en main avant d'arriver entre celles du secrétaire particulier du Führer.

— En tout cas, reprit Mme Lordurin, pour ramener ça, il fallait bien que mon mari soit un poète !

Milo crut défaillir.

— Hein ? Il l'a rapporté !

Mme Lordurin se méprit sur le sens de cette exclamation.

— Eh oui, qu'est-ce que vous voulez ! Il a pris ce vilain bibelot, et il a laissé les belles choses à ses camarades. Les autres ont fait main basse sur des objets de prix, des livres uniques, dans des coffrets en or ou en ivoire, de la vaisselle, du linge de table brodé aux initiales des chefs nazis... Il n'y avait pas de mal, remarquez, c'était des prises de guerre, ils avaient vingt ans, ils risquaient leur vie tous les jours, ils méritaient bien des petites compensations, vous ne croyez pas ? Ils ont aussi raflé les vins et la fine Napoléon des chefs nazis. Un peu plus tard ils en ont offert aux survivants de Dachau ; ça n'était que justice... Mais bon, Lordurin, lui, c'est ce machin-là qui lui a tapé dans l'œil, et c'est ça qu'il a rapporté de là-bas.

— Et qu'en a-t-il fait ?

— Qu'est-ce qu'on peut faire d'un pareil nanard ? Il est à la cave. Il n'en a pas bougé depuis septembre 1947. J'en ai eu assez de le voir prendre la poussière sur un meuble. Bien sûr, ça amusait les amis, mais ça faisait tout de même un peu morbide de garder chez soi un objet d'aussi mauvais goût. Alors j'ai dit à Lordurin : « Ouste, à la cave, ta prise de guerre, je ne veux plus voir ça ici ! » Et comme c'était un excellent mari, qui ne m'aurait contrariée pour rien au monde, il a descendu le truc à la cave.

Au souvenir des attentions que Lordurin avait pour elle, la petite dame retrouva intact le chagrin que la conversation lui avait fait oublier un instant. Les larmes lui montèrent aux yeux.

ÉPILOGUE

« Chère, chère Cétoine, il n'y a plus de Providence ici. Je pars pour la Polynésie. Si vous étiez assez lasse de votre vie présente et de l'Europe pour tout abandonner, et en même temps assez courageuse et confiante pour envisager de tout recommencer ailleurs, vous pourriez m'y rejoindre. Voici le numéro du portable que je viens d'acheter et de faire mettre en service. Il conviendrait de l'appeler pour m'annoncer le jour et l'heure de votre arrivée à Papeete. Je viendrais vous chercher à l'aéroport pour vous conduire à notre paillote sous les palmes. Ce numéro, je ne le donne qu'à vous. Si mon portable ne sonne pas d'ici un mois, je le jetterai à la mer, et moi avec, peut-être.

Votre Charles-Honoré. »

Milo relut la lettre, puis la mit dans une enveloppe déjà libellée qu'il cacheta et glissa dans la boîte aux lettres de l'aéroport. Il retourna s'asseoir devant son terminal. Le vol pour Papeete partait dans un peu moins d'une heure. On n'allait plus tarder à appeler les passagers. Il se sentait serein, lui qui avait toujours détesté l'avion. Ce moyen de transport lui semblait aujourd'hui idéal. Décoller, s'élever, s'affranchir enfin des pesanteurs d'un monde oiseux, obtus, inutilement compliqué à certains moments, et si bêtement simple à d'autres... Il n'avait pas choisi sa destination. Il s'était plutôt laissé guider par le hasard. La Polynésie s'était imposée à un détour de sa conversation avec la jeune femme de l'agence de voyages. Il avait parlé soleil, rivages, lumière... Elle devait prononcer le nom de Tahiti tôt ou tard. Quand elle l'avait fait, il avait demandé s'ils avaient des paillotes, là-bas. Elle avait ri. Oui, bien sûr, Tahiti, c'était le pays des paillotes. On pouvait en louer, en acheter, en faire bâtir sur mesure... On pouvait aussi habiter un immeuble en pierre de taille d'une solidité à toute épreuve si on préférait, ils avaient tout, là-bas. Mais si on était attiré par les paillotes, alors c'était là qu'il fallait aller, parce que de ce point de vue-là aussi c'était le paradis, là-bas.

Milo avait pris un aller simple. Le retour, si jamais il revenait, il l'achèterait sur place. Ce serait juste un peu plus cher, et il aimait l'idée d'un départ sans retour. Son billet en poche, très vite, il avait confié la vente de son appartement à une agence immobilière, il avait résilié la location de sa studette-kitchenette, acheté un téléphone portable... Il avait songé à envoyer sa démission à Des Embruns, mais pourquoi renoncer à ses indemnités de chômage technique ? Il serait toujours temps d'avertir Des Embruns qu'il lui faudrait embaucher un nouveau directeur du Contentieux quand il remonterait la boîte. La résurrection de la mutuelle ne poserait sans doute aucun problème. La Providence avait les reins solides : des avoirs bancaires et immobiliers considérables, souterrains, ramifiés... Quant à Milo, entre le magot que lui avait laissé Kevin, ses propres économies et le produit à venir de la vente de son appartement, il s'estimait bien assez riche pour ce qu'il lui restait de temps à vivre, même si Cétoine choisissait de le rejoindre. Viendrait-elle ? Rien n'était moins sûr. Mais si elle sautait le pas, la vie redeviendrait une fête, une aventure. Ils ne resteraient pas à Papeete. Milo ne se faisait guère d'illusions au sujet de Papeete. Ça devait être tarte : des rues, des magasins, des voitures, des feux rouges, une ville, quoi ! Ils iraient plus loin. Ils chercheraient le paradis à l'oreille. Où l'on n'entend plus un moteur, plus une radio, plus un percolateur ni un réfrigérateur ni un ventilateur, seulement les vagues et le vent, un cri d'oiseau, l'aboiement d'un chien, une voix de femme qui chante ou qui appelle des enfants à table, c'est là que le vrai monde commence. C'était là qu'il voulait aller, avec ou sans Cétoine. Avec elle de préférence. Il en avait pris conscience dans la cave de Lordurin, quand la petite dame, après avoir fourragé un moment dans des malles en osier et des cantines en fer rouillées, s'était retournée vers lui avec un sourire de triomphe et lui avait mis l'ampoule de Coscas entre les bras. Soufflant dessus pour en ôter la poussière, il l'avait levée vers la lumière, et il avait vu la créature à travers l'épaisseur glauque du verre. Saisi de vertige, il s'était adossé au mur du couloir. Seul devant cette cave avec la vieille Mme Lordurin, il lui semblait tout à coup qu'ils étaient là autour d'eux, Coscas l'égorgeur, Barthélemy, Gendelette, Cocobolo, Cheminal, Le Bas, Maximilien Robespierre, Vadier, Mauveron, son client anonyme, le riche négociant de Salonique, anonyme lui aussi, à qui Vital Hasson l'avait volée, Dieter Wisliceny, Guido Guardicci, Himmler, Bormann, Lordurin, et aussi tous ceux dont Milo ignorait le nom, mais qui, au fil des siècles, avaient tenu l'ampoule entre leurs mains comme lui aujourd'hui... La certitude l'avait envahi que d'autres mains succéderaient aux siennes, mains pures et impures, il semblait qu'au bout du compte cela ne changeât pas grand-chose à l'affaire. Il se trouvait un Juste après chaque Méchant, et le Diable floué n'y voyait que du feu.

— N'est-ce pas laid ? avait demandé Mme Lordurin.

— Que comptez-vous en faire ?

— Que voulez-vous que j'en fasse ? Nos enfants le trouveront dans leur héritage, et ils verront bien...

Milo avait acquiescé.

— C'est vrai, à eux de voir.

Il avait contemplé l'ampoule une dernière fois

avant de la rendre à la petite dame. Il regrettait un peu de l'avoir époussetée. C'était encore ce qui la protégeait le mieux, la poussière.

Mme Lordurin avait replacé l'ampoule au fond de la cantine d'où elle l'avait extraite. Elle avait repoussé la porte de la cave et refermé le vieux cadenas de bazar qui défendait la relique. Ils étaient remontés à l'air libre. Milo avait pris congé de la veuve du poète en lui renouvelant ses remerciements et ses condoléances...

Une voix d'ange appela les passagers du vol pour Papeete. Milo empoigna son bagage réduit au minimum et se dirigea vers la zone d'embarquement.

Lozère, Salonique-Athènes, Palaiseau,
1990-1998.

Du même auteur :

Romans :

LES MESSAGERS, Babel.
MATHIEU CHAIN, Grasset et Pocket.
LA FACULTÉ DES SONGES (prix Renaudot 1982), Grasset et Pocket.
LE CONGRÈS DE FANTOMOLOGIE, Grasset et Pocket.
LE CHÂTEAU DE VERRE, Julliard et Pocket.

Nouvelles :

NOUVELLES 1972-1988, Julliard.
LE HÉROS BLESSÉ AU BRAS, Grasset.
LE JARDIN DANS L'ÎLE, Librio.
LE KIOSQUE ET LE TILLEUL, Julliard et Babel.
LES ORMEAUX, Ed. du Rocher.
LE GOÛT DE L'OMBRE, Actes Sud.

Autres :

LA FORTUNE, Castor Astral.
UNE PETITE HISTOIRE DE LA SGDL, SGDL.

Composition réalisée par JOUVE

IMPRIMÉ EN ESPAGNE PAR LIBERDUPLEX
Dépôt légal Editeur : 27665-12/2002
Librairie Générale Française - 43, quai de Grenelle - 75015 Paris.
ISBN : 2 - 253 - 15129 - 7

31/5129/7

Bolivie

TERRE DE CONTRASTES

La Bolivie offre au voyageur un large éventail de paysages et de climats. Si le pays évoque d'emblée les sommets de la Cordillère des Andes et la blancheur immaculée du Salar d'Uyuni, il possède bien d'autres contrées magnifiques, des luxuriantes jungles amazoniennes au mythique lac Titicaca, en passant par la vallée de Tupiza et ses décors de Far West. La Bolivie jouit également d'une biodiversité exceptionnelle avec de nombreux parcs nationaux qui recèlent une faune et une flore variées. Le pays possède également un riche héritage historique et culturel. L'architecture coloniale espagnole de villes comme Sucre ou Potosí subjugue le visiteur. Le pays possède également un riche héritage précolombien, comme en témoignent les mystérieuses ruines de l'Empire de Tiwanaku et les antiques chemins inc... oublier le caractère unique d'une ville com... capitale administrative du pays perch... ...tude, qu'on découvrira à bord ... ...ue. Cependant, la Boliv... qui constitue l'... naire kal... ...et aux ... ...Bolivie est ... ...ination très abord... ...nes de Potosí se sont de... ...eté de ses paysages, son sens ... ...e spiritualité et ses monuments baro... ...n les nouvelles richesses de la Bolivie, pays s... ...ste par excellence.

Retrouvez cette offre en page 109

SOMMAIRE

Vue de Sucre depuis le convent San Felipe, Sucre. © DC_COLOMBIA - ISTOCKPHOTO

Lac salé d'Uyuni. © OLGA KOT PHOTO - SHUTTERSTOCK.COM

6 INSPIRER

Pour ne rien manquer lors de votre voyage : les endroits incontournables du pays, des infos pratiques, les écueils à éviter... Bref, pour penser futé !

45 DÉCOUVRIR

Tout ce que vous avez voulu savoir sur la Bolivie : la géographie du pays, sa faune et sa flore, son histoire, ses habitants, ses religions, sa culture...

113 LA PAZ

Située dans un canyon et entourée par les sommets de la Cordillère des Andes, La Paz surprend le voyageur, d'abord par son altitude, ensuite par sa diversité culturelle et sociale.

© PCALAPRE - STOCK.ADOBE.COM

Parc national de Madidi. © ALEXANDRE - STOCK.ADOBE.COM

© HADYNYAH

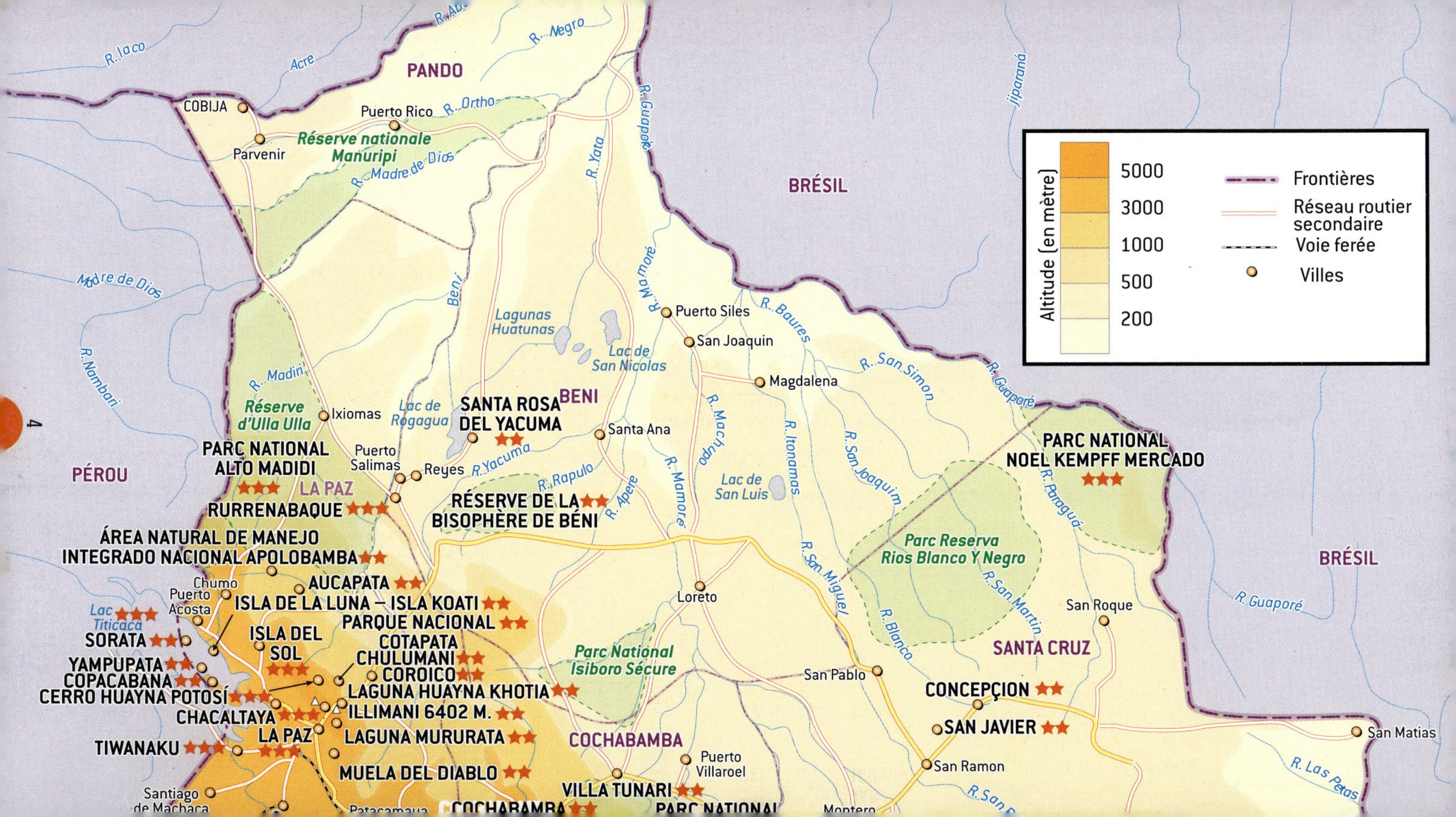
PANDO
BENI
LA PAZ
COCHABAMBA
SANTA CRUZ
BRÉSIL
PÉROU
COBIJA
Parvenir
Puerto Rico
Réserve nationale Manuripi
Réserve d'Ulla Ulla
Ixiomas
Puerto Salimas
Reyes
Puerto Siles
San Joaquin
Magdalena
Santa Ana
Loreto
San Pablo
San Ramon
San Roque
San Matias
Puerto Villaroel
Santiago de Machaca
Chumo
Puerto Acosta
Lagunas Huatunas
Lac de San Nicolas
Lac de Rogagua
Lac de San Luis
Lac Titicaca
R. Iaco
Acre
R. Ortho
R. Negro
R. Madre de Dios
Madre de Dios
R. Nambari
R. Madiri
Beni
R. Yata
R. Guaporé
R. Mamoré
R. Baures
R. San Simon
R. Machupo
R. Itonamas
R. San Joaquim
R. Yacuma
R. Rapulo
R. Apere
R. San Miguel
R. Blanco
R. San Martin
R. Paraguá
R. Las Petas
Jiparaná
Parc Reserva Rios Blanco Y Negro
Parc National Isiboro Sécure
PARC NATIONAL NOEL KEMPFF MERCADO
SANTA ROSA DEL YACUMA
PARC NATIONAL ALTO MADIDI
RURRENABAQUE
RÉSERVE DE LA BISOPHÈRE DE BÉNI
ÁREA NATURAL DE MANEJO INTEGRADO NACIONAL APOLOBAMBA
AUCAPATA
ISLA DE LA LUNA – ISLA KOATI
PARQUE NACIONAL
COTAPATA
CHULUMANI
COROICO
ISLA DEL SOL
SORATA
YAMPUPATA
COPACABANA
CERRO HUAYNA POTOSÍ
LAGUNA HUAYNA KHOTIA
CHACALTAYA
ILLIMANI 6402 M.
LA PAZ
LAGUNA MURURATA
TIWANAKU
MUELA DEL DIABLO
VILLA TUNARI
CONCEPÇION
SAN JAVIER
Altitude (en mètre)
5000
3000
1000
500
200
Frontières
Réseau routier secondaire
Voie ferée
Villes

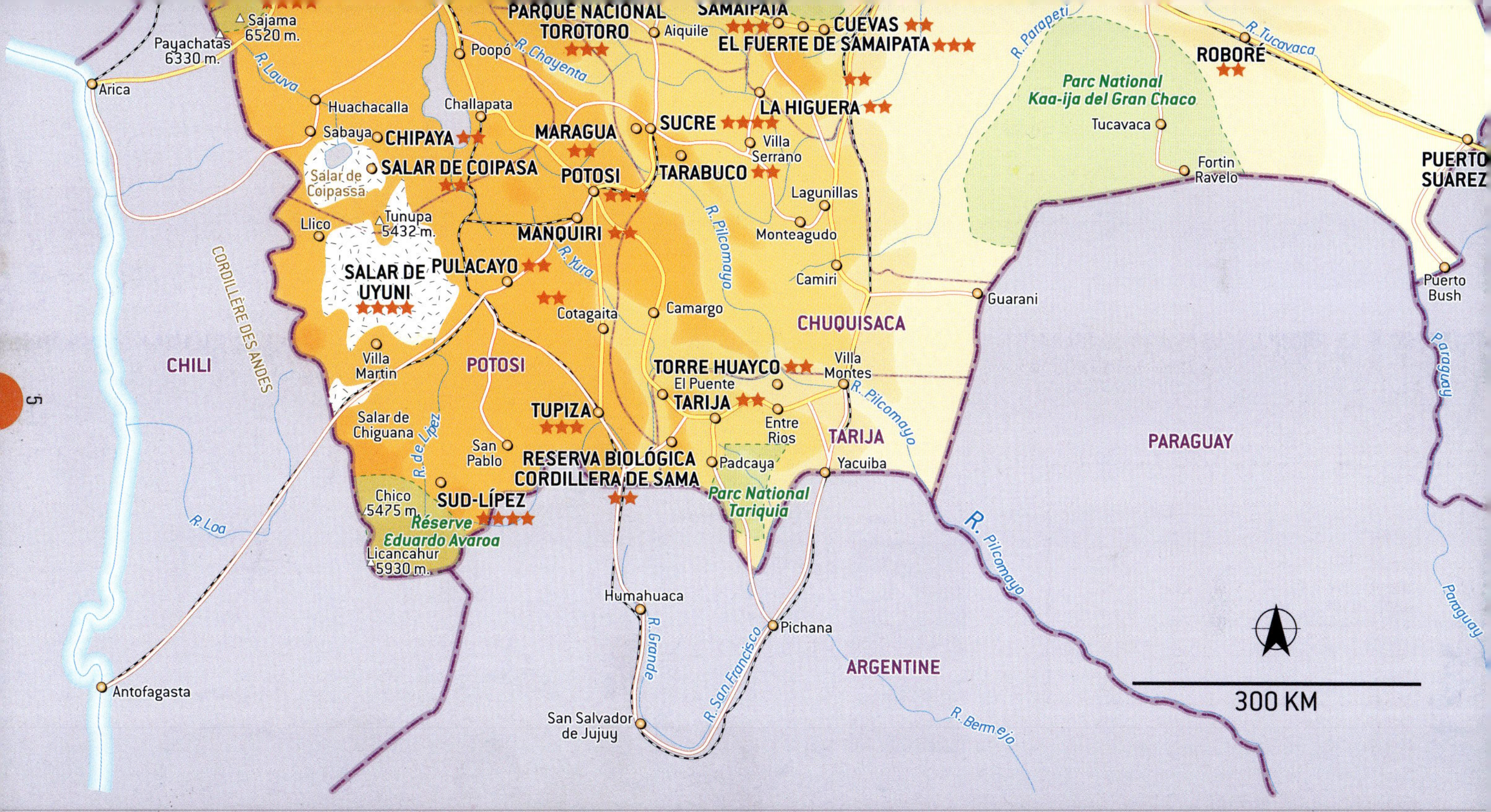

PARQUE NACIONAL
TOROTORO
SAMAIPATA
CUEVAS
EL FUERTE DE SAMAIPATA
Aiquile
Sajama
6520 m.
Payachatas
6330 m.
Arica
R. Lauva
Poopó
R. Chayenta
R. Parapeti
R. Tucavaca
ROBORÉ
Parc National
Kaa-ija del Gran Chaco
Tucavaca
Fortin
Ravelo
PUERTO
SUÁREZ
Puerto
Bush
Huachacalla
Challapata
LA HIGUERA
Sabaya
CHIPAYA
MARAGUA
SUCRE
Villa
Serrano
SALAR DE COIPASA
Salar de
Coipassa
POTOSI
TARABUCO
Lagunillas
Tunupa
5432 m.
Llico
MANQUIRI
R. Pilcomayo
Monteagudo
SALAR DE
UYUNI
PULACAYO
R. Yura
Camiri
Guarani
CORDILLÈRE DES ANDES
Cotagaita
Camargo
CHUQUISACA
Villa
Martin
CHILI
POTOSI
TORRE HUAYCO
Villa
Montes
El Puente
TARIJA
Salar de
Chiguana
TUPIZA
R. de Lipez
Entre
Rios
TARIJA
PARAGUAY
San
Pablo
RESERVA BIOLÓGICA
CORDILLERA DE SAMA
Padcaya
Yacuiba
Chico
5475 m.
SUD-LÍPEZ
Réserve
Eduardo Avaroa
Parc National
Tariquia
R. Loa
Licancahur
5930 m.
R. Pilcomayo
Paraguay
Humahuaca
R. Grande
Pichana
R. San Francisco
ARGENTINE
Antofagasta
300 KM
San Salvador
de Jujuy
R. Bermejo

QUAND Y ALLER

JANVIER

6° / 17°

FIESTA DE LAS ALASITAS
(LA PAZ)

© EKEKO - SHUTTERSTOCK.COM

Les *Paceños* viennent acheter des miniatures de biens matériels, et prient pour que ceux-ci leurs soient donnés dans la réalité.

$

FÉVRIER

6° / 17°

CARNAVAL CHAPACO DE TARIJA
(TARIJA)
Aux antipodes de la culture andine de l'Altiplano, ce carnaval met en valeur la culture de Tarija, « la petite Andalousie ».

CARNAVAL DE ORURO
(ORURO)
Après celui de Rio de Janeiro, le carnaval d'Oruro est le deuxième plus important d'Amérique du Sud en terme de fréquentation.

$

MARS

6° / 18°

FESTIVAL PUJLLAY DE TARABUCO
(TARABUCO)
Un festival qui permet d'apprécier la culture yampara, avec ses coutumes, ses vêtements chamarrés et ses musiques traditionnelles.

$

JUILLET

1° / 17°

ICHAPEKENE PIESTA
(SAN IGNACIO DE MOXOS)
Le festival de San Ignacio de Moxos, une mission jésuite du Beni, permet de découvrir une facette peu connue de la Bolivie.

$ $ $

AOÛT

2° / 17°

FIESTA DE LOS CH'UTILLOS
(POTOSÍ)
La fête la plus importante de l'ancienne Ville Impériale met en scène le métal précieux qui a forgé sa gloire : l'argent.

$ $ $

SEPTEMBRE

3° / 18°

FESTIVAL INTERNACIONAL DE LA CULTURA EN SUCRE
(SUCRE)
Un important festival culturel contemporain de Bolivie : Arts du spectacle, musique, pensée, littérature, et arts audiovisuels.

$ $

On peut voyager en Bolivie toute l'année. Il pleut un peu partout de novembre à mars, en revanche, il fait aussi plus chaud… D'avril à octobre, le ciel est le plus souvent bleu (sur l'Altiplano au moins) mais il fait plus frais. Les deux très hautes saisons touristiques correspondent aux mois de janvier/février et aux mois de juillet/août/septembre. Attention également aux pics d'affluence lors des manifestations religieuses et festivités locales !

AVRIL

4° / 18°

FESTIVAL MISIONES DE CHIQUITOS
(SAN JOSÉ DE CHIQUITOS)
Cet évènement international met en lumière la musique baroque qui était jouée dans les églises des Missions Jésuites à l'époque.

MAI

3° / 18°

FIESTA DE JESÚS DEL GRAN PODER
(LA PAZ)
La plus grande fête religieuse de La Paz est l'occasion d'admirer une multitude de défilés de danses traditionnelles boliviennes.

JUIN

1° / 17°

SOLSTICIO DE INVIERNO
(TIWANAKU)
Célébré au cœur du complexe archéologique, cet évènement marque le passage au solstice d'hiver et célèbre le nouvel an aymara.

OCTOBRE

4° / 19°

NOVEMBRE

6° / 19°

FIESTAS DE LAS ÑATITAS
Ce rituel en hommage aux défunts est un bon exemple du syncrétisme religieux qui règne encore de nos jours dans le pays.

DÉCEMBRE

6° / 18°

LES BONNES RAISONS D'Y ALLER

© SARA_WINTER - ISTOCKPHOTO.COM

L'INCROYABLE SALAR D'UYUNI

Le plus grand désert de sel du monde, une immense étendue d'une blancheur immaculée.

MYTHIQUE LAC TITICACA

Admirer le lac Titicaca et ses îles, avec les sommets andins enneigés en toile de fond.

© GALYNA ANDRUSHKO - SHUTTERSTOCK.COM

© GONZALO BUZONNI - SHUTTERSTOCK.COM

LES PAYSAGES ARIDES DU SUD-LÍPEZ

Une excursion dans cette région envoûtante sera sûrement le point d'orgue de votre voyage.

© LU_SEA - SHUTTERSTOCK.COM

UNE NATURE INTACTE ET VARIÉE

Les nombreux parcs nationaux du pays offrent au voyageur des expériences inoubliables.

© STREETFLASH - SHUTTERSTOCK.COM

SUCRE, MAGNIFIQUE VILLE BLANCHE

Classée au patrimoine de l'UNESCO, Sucre brille par son héritage architectural colonial.

© SAIKO3P - ISTOCKPHOTO.COM

ÉTONNANTE LA PAZ

Perchée à plus de 3 500 m d'altitude, La Paz est une ville atypique et surprenante.

© CEZARY WOJTKOWSKI - ISTOCKPHOTO.COM

DES SITES HISTORIQUES NOMBREUX

Découvrez les ruines de Tiwanaku et El Fuerte de Samaipata, des vestiges pré-Incas.

LES BONNES RAISONS D'Y ALLER

UN FOLKLORE PRÉSERVÉ

La Bolivie a su conserver intactes ses traditions et ses coutumes, toujours bien vivantes.

© CURIOSO - SHUTTERSTOCK.COM

© BARTOSZ HADYNIAK - ISTOCKPHOTO.COM

UNE POPULATION DIVERSE

Un kaléidoscope de différentes ethnies autochtones et de descendants de colons espagnols.

© AOSTOJSKA - SHUTTERSTOCK.COM

DES MARCHÉS COLORÉS

Les *mercados*, des lieux de rencontres et d'échanges, constituent l'âme du pays.

LES 12 MOTS-CLÉS

#ALTIPLANO

Au sud du Pérou, la cordillère se divise en deux pour donner naissance à la Cordillère royale et à la Cordillère occidentale. Entre ces deux cordillères émerge un immense espace, à plus de 3 600 m d'altitude, l'Altiplano, mystère géologique peuplé de légendes. Terres des Aymaras et des Quechuas, l'Altiplano est le véritable cœur de la Bolivie...

© STREETFLASH - ISTOCKPHOTO.COM

#AMAZONIE

On ne sait pas forcément que près des deux tiers de la Bolivie se trouvent en Amazonie. Le parc national Madidi possède l'écosystème le plus riche au monde, tandis que les Pampas del Yacuma offrent une opportunité unique pour l'observation de la faune : dauphins d'eau douce, crocodiles, nandous, anacondas, singes, tortues, oiseaux multicolores...

#CHOLITA

Terme familier affectueux désignant une petite *chola*, une femme issue de la population aymara conservant les attraits vestimentaires traditionnels : le chapeau melon *(el bombín)*, de longues nattes et une robe proéminente à trois volants *(la pollera)*, souvent agrémentés de bijoux bariolés. On rencontre majoritairement les *cholitas* dans l'Altiplano.

© JEAN-BAPTISTE THIBAUT

#COCA

De tout temps, mineurs et paysans de l'Altiplano ont tiré profit des propriétés anesthésiantes et nutritives de la feuille de coca, afin de pouvoir supporter leur labeur, la rudesse du climat et l'altitude. Élément important des cultes traditionnels andins, elle aide, en la mastiquant ou en la buvant en infusion, à s'acclimater à l'altitude.

#CONDOR

Tout le monde connaît l'air de la fameuse chanson andine reprise par Simon et Garfunkel, *El condor pasa* ! Il n'est pas rare d'apercevoir le plus grand oiseau du monde (jusqu'à 4 m d'envergure) quand on parcourt la Cordillère des Andes ou quand on marche le long d'un canyon. Une expérience incroyable et possible à de nombreux endroits dans le pays.

© PASCALE GUERET - ISTOCKPHOTO.COM

#INCAS

Cette civilisation considérait le lac Titicaca et l'île du Soleil comme sa terre d'origine dans sa mythologie. L'influence de l'Empire inca sur la culture du pays est importante, et si le pays ne propose pas autant de ruines archéologiques que le Pérou, elle fait au moins jeu égal pour l'ambiance andine et se pare de paysages absolument grandioses.

#LAMA

Symbole de la cordillère des Andes, c'est le seul animal domestique à pouvoir vivre dans les altitudes élevées de l'Altiplano. Prisés pour leur fourrure et leur viande, ils servent encore de nos jours au transport de biens. On distingue quatre espèces de camélidés : le lama, le guanaco, l'alpaga, et la vigogne, la seule à vivre à l'état sauvage.

LES 12 MOTS-CLÉS

#MERCADOS

Véritable cœur de la vie sociale du pays, les marchés boliviens rivalisent de couleurs, d'animation, d'originalité et de beauté. C'est avant tout un lieu de rencontre et d'échanges. On en trouve dans chaque commune, chacun avec ses spécificités. La plupart des marchés dispose d'un *comedor* où on peut se délecter de spécialités locales à petits prix.

#PACIFIQUE

La Bolivie est le seul pays d'Amérique latine, avec le Paraguay, à ne pas disposer d'accès à la mer. Pourtant, la Bolivie en possédait un jusqu'à ce qu'elle perde, en 1883, une guerre de quatre ans contre le Chili. En 2018, la Cour internationale de Justice a statué : le Chili n'a pas à négocier avec son voisin pour l'accès à l'océan Pacifique.

#PLURINATIONAL

Depuis la constitution de 2009, entérinée par voie de référendum populaire, la Bolivie est devenue « El Estado Plurinacional de Bolivia ». L'espagnol (*castellano*), ainsi que 37 autres langues indigènes, sont désormais officielles. Ces 37 langues représentent autant de peuples autochtones, qui siègent à l'Assemblée législative plurinationale.

#SALTEÑA

Ce délicieux chausson, une *empanada* originaire de Salta en Argentine, a donné son nom à la pause que le pays s'accorde entre 10h et midi. Cuit au four, il est fourré de viande (poulet, bœuf), de pommes de terre, d'œufs, et de différents légumes, le tout agrémenté d'une sauce piquante plus ou moins relevée. Vous en trouverez dans tout le pays.

© HLPHOTO - SHUTTERSTOCK.COM

#SOROJCHE

Le mal aigu des montagnes, ou mal de l'altitude, est appelé ici *Sorojche*. Les symptômes habituels sont la migraine, le manque d'appétit et la fatigue. En général, ces effets s'estompent rapidement à condition de respecter un certain calme et une dose d'efforts raisonnable. N'hésitez pas à vous hydrater avec des tisanes de coca (*mate de coca*).

VOUS ÊTES D'ICI, SI...

- **Si vous appelez votre interlocuteur *mamita* ou *papito*.** C'est ainsi que les gens s'appellent en signe d'affection, même lors d'une première rencontre, ce qui témoigne de la proximité naturelle des habitants de ce pays.
- **Si vous participez aux rites d'offrandes à la Pachamama.** Vous en aurez la possibilité au départ d'un trek ou dans certains villages.
- **Si vous goûtez aux spécialités locales,** que ce soit dans un *mercado* ou dans un étal de rue.
- **Si vous marchandez** le prix de vos achats, en offrant néanmoins un prix correct.
- **Si vous allez dans une *peña*** pour apprécier un spectacle de musiques et de danses traditionnelles, un lieu où on dîne et où, surtout, on boit et on danse !
- **Si vous prenez votre temps.** Pour la majorité des Boliviens, la ponctualité n'est nullement un impératif. Lorsque vous prenez un rendez-vous avec quelqu'un, précisez toujours s'il s'agit de la *hora boliviana* (compter 30 minutes de retard), ou pas. La patience est de rigueur !

MA BOLIVIE

Par Mathilde Godbout, auteure du guide

© DR

Interview

En tant qu'alpiniste et amatrice de voyages culturels, la Bolivie a complètement ensorcelé Mathilde. Ce pays, qui abritait autrefois la ville la plus prospère de la planète, où l'on peut, en quelques semaines, parcourir le plus grand désert de sel, gravir d'immenses sommets, sillonner la forêt amazonienne et voguer sur la plus haute surface navigable du monde… est rapidement devenu sa destination préférée.

DISTANCES

TEMPS DE TRAJET

	COCHA-BAMBA	COPACABANA	COROICO	LA PAZ	ORURO
COCHABAMBA		511 KM 9h	485 KM 9h	379 KM 6h30 45 mn	214 KM 4h 30 mn
COPACABANA	511 KM 9h		244 KM 5h30	154 KM 3h30	358 KM 5h45
COROICO	485 KM 9h	244 KM 5h30		101 KM 2h30	332 KM 6h
LA PAZ	379 KM 6h30 45 mn	154 KM 3h30	101 KM 2h30		233 KM 3h 2h20
ORURO	214 KM 4h 30 mn	358 KM 5h45	332 KM 6h	233 KM 3h 2h20	
POTOSÍ	521 KM 8h45	669 KM 10h45	643 KM 10h45	544 KM 7h45 2h10	311 KM 4h30
RURRENABAQUE	807 KM 16h	566 KM 12h30	335 KM 7h45	422 KM 9h30 30 mn	655 KM 13h
SANTA CRUZ	500 KM 11h 45 mn	998 KM 19h30	972 KM 19h30	873 KM 16h45 1h	701 KM 14h45 50 mn
SUCRE	330 KM 6h	689 KM 12h	663 KM 12h	565 KM 9h 1h	331 KM 6h
TARIJA	864 KM 14h30	1013 KM 16h30 1h	987 KM 16h30	889 KM 13h45 1h10	656 KM 10h30
TUPIZA	721 KM 11h	869 KM 13h	843 KM 13h	744 KM 10h	511 KM 6h45
UYUNI	524 KM 7h45 45 mn	672 KM 10h	646 KM 10h	547 KM 7h 2h10	314 KM 3h45

Le pays est assez étendu, cependant les villes principales sont relativement proches les unes des autres… à vol d'oiseau ! Le relief singulier du pays modifie la perception des distances, on parlera donc davantage de temps de trajet. Ainsi, Sucre n'est distante de Santa Cruz « que » d'environ 270 km, mais le trajet en bus couvre près de 490 km pour une durée de 13 h… tandis qu'un vol entre les deux villes dure 40 minutes. Vous l'aurez compris, pour vos déplacements, le bon sens prévaut.

POTOSÍ	RURRENA-BAQUE	SANTA CRUZ	SUCRE	TARIJA	TUPIZA	UYUNI
521 KM 8h45	807 KM 16h	500 KM 11h 45 mn	330 KM 6h	864 KM 14h30	721 KM 11h	524 KM 7h45 45 mn
669 KM 10h45	566 KM 12h30	998 KM 19h30	689 KM 12h	1013 KM 16h30 1h	869 KM 13h	672 KM 10h
643 KM 10h45	335 KM 7h45	972 KM 19h30	663 KM 12h	987 KM 16h30	843 KM 13h	646 KM 10h
544 KM 7h45 2h10	422 KM 9h30 30 mn	873 KM 16h45 1h	565 KM 9h 1h	889 KM 13h45 1h10	744 KM 10h	547 KM 7h 2h10
311 KM 4h30	655 KM 13h	701 KM 14h45 50 mn	331 KM 6h	656 KM 10h30	511 KM 6h45	314 KM 3h45
	966 KM 17h45	639 KM 13h15	155 KM 2h30	346 KM 6h	254 KM 4h	204 KM 3h15
966 KM 17h45		942 KM 16h45 2h05	985 KM 19h	1309 KM 23h45	1165 KM 20h	968 KM 17h
639 KM 13h15	942 KM 16h45 2h05		484 KM 10h30 45 mn	666 KM 10h30 1h	877 KM 14h45	843 KM 16h30 1h
155 KM 2h30	985 KM 19h	484 KM 10h30 45 mn		468 KM 8h	407 KM 6h30	359 KM 6h
346 KM 6h	1309 KM 23h45	666 KM 10h30 1h	468 KM 8h		210 KM 4h15	401 KM 7h15
254 KM 4h	1165 KM 20h	877 KM 14h45	407 KM 6h30	210 KM 4h15		196 KM 3h15
204 KM 3h15	968 KM 17h	843 KM 16h30 1h	359 KM 6h	401 KM 7h15	196 KM 3h15	

IDÉES DE SÉJOUR

La Bolivie est vaste et offre une multitude de paysages différents : des sommets enneigés de la Cordillère des Andes aux jungles luxuriantes de la forêt amazonienne, en passant par les plaines arides de l'Oriente. Elle possède également des parcs nationaux stupéfiants, et plusieurs sites classés au patrimoine de l'UNESCO, comme les villes de Sucre et Potosí, les ruines de Tiwanaku, ou encore les Missions Jésuites de Chiquitos. Il faudra du temps pour parcourir le pays et découvrir toutes ses merveilles. Commencer par Santa Cruz permet une acclimatation graduelle à l'altitude et évite ainsi les désagréments fréquemment vécus par une arrivée à La Paz à plus de 4 000 m : mal aigu des montagnes et jours « perdus » à se reposer afin de s'acclimater. Si vous arrivez d'un pays voisin, vous pouvez inverser ces circuits. Prévoyez un ou deux jours supplémentaires pour les impondérables (transports retardés, trains annulés, mouvements sociaux...).

DEUX SEMAINES POUR DÉCOUVRIR LA BOLIVIE

Un circuit de deux semaines est le minimum pour découvrir le pays. Ce parcours vous entraîne à travers les plus beaux sites que possède la Bolivie. Commencer par Santa Cruz et l'Oriente permet une acclimatation graduelle à l'altitude et évite ainsi les désagréments fréquemment vécus par une arrivée à La Paz (El Alto) à plus de 4 000 m d'altitude : mal aigu des montagnes et jours « perdus » à s'acclimater.

› Jour 1 - Un doux début

Santa Cruz – El Fuerte – Samaipata. Arrivée à **Santa Cruz** ★ (p.316). Départ vers **Samaipata** ★★★ (p.327), paisible village situé à 1 650 m d'altitude. Visite du site précolombien d'**El Fuerte** ★★★ (p.332), la forteresse à l'origine inconnue. Endroit superbe dans une région tampon entre l'Amazonie et les Andes.

› Jour 2 - Parc national Amboró

Samaipata – Amboró – Bermejo – Cuevas – Samaipata. Prenez un taxi et un guide pour une excursion dans la forêt du **parc national Amboró** ★★★ (p.334), à une demi-heure du village. Depuis El Sillar, vue panoramique sur le parc. Excursion à pied vers le refuge des volcans, puis transfert en véhicule vers **Bermejo** ★ (p.333) et la lagune des volcans. Courte excursion à pied avant de rejoindre les cascades de **Cuevas** ★★ (p.333). Baignade possible dans un décor de rêve. Retour à **Samaipata** ★★★ (p.327) en fin de journée.

› Jour 3 - Fougères et arbres géants

Samaipata – Amboró – Santa Cruz. Départ le matin vers 8h30 pour la forêt du **parc Amboró** ★★★ (p.334) où vous découvrirez quelques espèces d'arbres géants uniques au monde et plusieurs variétés d'orchidées sauvages. Excur-

Parc Amboró.

sion à pied entourée de fougères géantes atteignant jusqu'à 13 m de hauteur. Retour à **Santa Cruz** ★ (p.316) dans la soirée.

› Jour 4 - Sucre, la capitale historique

Santa Cruz - Sucre. Vol depuis Santa Cruz vers la capitale historique de la Bolivie (2 780 m), **Sucre** ★★★★ (p.271), inscrite au patrimoine mondial de l'humanité, et laissez-vous envoûter par une des plus belles cités d'Amérique latine. Dîner dans l'un des excellents restaurants de la ville blanche.

› Jour 5 - Aux alentours de Sucre, volcans et petits villages

Sucre-Maragua (ou Tarabuco)-Sucre. Deux possibilités : trek d'une journée vers le cratère de **Maragua** ★★ (p.295) le long d'un ancien chemin inca et découverte des paysages somptueux de la région, ou possibilité de se rendre au marché coloré de **Tarabuco** ★★ (p.292), proche de Sucre, le dimanche. Retour à Sucre en fin d'après-midi.

› Jour 6 - Potosi, la belle blanche

Sucre-Potosí. Départ tôt le matin pour la ville impériale de **Potosí** ★★★ (p.214), inscrite elle aussi au patrimoine mondial de l'Unesco. Acclimatation à l'altitude (plus de 4 000 m), visite de la ville coloniale, de l'**église San Francisco** (p.220) et de La **Casa de la Moneda** (p.217).

› Jour 7 - Visite des mines de Potosi

Potosí - Uyuni. Visite des **mines du Cerro Rico** (p.221) le matin, puis départ vers **Uyuni** ★★ (p.229), à 3 650 m. Repos le soir avant d'entamer un circuit de 3 jours vous menant aux merveilles de l'Altiplano : le **Salar d'Uyuni** ★★★★ (p.238) et le **Sud-Lípez** (p.245).

› Jour 8 - Traversée du désert de sel d'Uyuni

Uyuni. Début du circuit. La matinée est consacrée à la visite du **cimetière de trains** (p.232) et de **Colchani** (p.240), une petite ville vivant de l'exploitation du sel. Puis on pénètre dans le plus grand désert de sel du monde, le **Salar d'Uyuni** ★★★★ (p.238). Visite de l'**île Incahuasi** (p.242) et de ses cactus géants. Nuit à San Juan ou dans un hôtel de sel au pied du volcan Tunupa.

› Jour 9 - Lagunes colorées et flamants roses

Sud-Lípez. Départ le plus tôt possible pour arriver à la **Laguna Colorada** (p.246) en fin d'après-midi. L'entrée dans le **Sud-Lípez** (p.245) constitue une apothéose. Vous passerez par le **Salar de Chiguana** (p.247), et sa voie ferrée menant au volcan Ollagüe, et différentes lagunes, aussi belles les unes que les autres : les lagunas Cañapa, Hedionda, Tiercota et Honda, peuplées par des dizaines de flamants roses. Découverte du **désert de Siloli** (p.243) puis, enfin, de la **Laguna Colorada** (p.246). Nuit dans un refuge.

› Jour 10 - Geysers et désert de Dali

Sud-Lípez - Uyuni. Il faut se lever très tôt (4h du matin) pour découvrir les **geysers** (p.203) Sol de Mañana (4 850 m). Vous pourrez ensuite vous baigner dans les eaux thermales. Après Challviri s'étend le **désert de Dalí** (p.243), appelé ainsi en raison de son évidente ressemblance avec certains tableaux du maître espagnol. Pour clore le parcours en beauté, voici la Laguna Verde ★★★, le diamant vert de la Bolivie, et, derrière vous, se dresse le **volcan Licancabur** (p.247) (5 920 m). Du haut de cette montagne, qui sépare la Bolivie et le Chili, se déploie la plus belle vue de toutes les Amériques. Retour à Uyuni et bus de nuit pour La Paz (ou train de nuit vers Oruro, puis bus vers La Paz).

› Jour 11 - La plus haute capitale au monde

La Paz. La matinée est consacrée au repos après un circuit éprouvant. Cependant, vous êtes d'ores et déjà acclimaté à l'altitude et pourrez profiter de l'après-midi pour visiter le Casco Viejo ★★★ de la capitale, la **Plaza Murillo** (p.128) et les musées de la **Calle Jaén** (p.123). Dîner dans un restaurant chic du quartier de Sopocachi ★★.

› Jour 12 - Sur le lac Titicaca

La Paz - Tiwanaku - Copacabana. Départ tôt le matin pour rejoindre le **site archéologique de Tiwanaku** (p.160). Visite des vestiges précolombiens, qui comptent parmi les plus importants du continent. Fin de journée à **Copacabana** ★★ (p.163), au bord du lac Titicaca ★★★, et sa magnifique **basilique de la Virgen de la Candelaria.** (p.167)

› Jour 13 - L'île du Soleil

Copacabana - Isla del Sol - Yumani - Challapampa. Départ tôt le matin pour l'île la plus importante du lac Titicaca, l'**Isla del Sol** ★★★ (p.171). Randonnée d'une demi-journée à travers cette île mythique pour se rendre au village de **Challapampa** (p.172) et découverte du temple inca de **Chinkana** (p.172). Retour en bateau vers Copacabana, puis vers La Paz.

› Jour 14 - Retour à la capitale

La Paz ★★★ (p.113). Journée consacrée à l'exploration de la ville et de son étonnant téléphérique, et au shopping. Vol depuis l'aéroport international d'El Alto vers votre prochaine destination.

Vue de Sucre.

UN MOIS POUR DÉCOUVRIR TOUTE LA DIVERSITÉ DE LA BOLIVIE

Cet itinéraire de 4 semaines permet de prendre conscience de la diversité et de la richesse de la Bolivie, avec ses paysages grandioses, des sommets des Andes à la forêt amazonienne, des vestiges précolombiens aux villes classées au patrimoine mondial de l'humanité. Ce n'est pas de trop pour sillonner l'Oriente, l'immense Altiplano du sud au nord et d'est en ouest, ainsi que l'Amazonie.

› Jour 1 - Santa Cruz, la capitale économique

Santa Cruz - El Fuerte – Samaipata. Arrivée à **Santa Cruz** ★ (p.316). Départ vers **Samaipata** ★★★ (p.327), paisible village situé à 1 650 m d'altitude. Visite des ruines d'**El Fuerte** ★★★ (p.332), la forteresse à l'origine inconnue. Endroit superbe dans une région tampon entre l'Amazonie et les Andes.

› Jour 2 - Dans le parc national d'Amboró

Samaipata – Amboró – Bermejo – Cuevas – Samaipata. Prenez un taxi et un guide pour une excursion dans la forêt du **parc Amboró** ★★★ (p.334), à une demi-heure du village. Depuis El Sillar, vue panoramique sur le parc Amboró. Excursion à pied vers le refuge des volcans, puis transfert en véhicule vers **Bermejo** ★ (p.333) et la lagune des volcans. Courte excursion à pied avant de rejoindre les cascades de **Cuevas** ★★ (p.333). Baignade possible dans un décor de rêve. Retour à Samaipata en fin de journée.

› Jour 3 - Arbres et fougères géantes

Samaipata – Amboró – Santa Cruz. Départ le matin vers 8h30 pour la forêt du **parc Amboró** ★★★ (p.334) où vous découvrirez quelques espèces d'arbres géants uniques au monde et plusieurs variétés d'orchidées sauvages. Excursion à pied entourée de fougères géantes atteignant jusqu'à 13 m de hauteur. Retour à Santa Cruz dans la soirée.

› Jour 4 - Sucre, la capitale historique

Santa Cruz - Sucre. Vol depuis **Santa Cruz** ★ (p.316) vers la capitale historique de la Bolivie (2 780 m), **Sucre** ★★★★ (p.271). Visitez la ville coloniale inscrite au patrimoine de l'humanité et laissez-vous envoûter par une des plus belles cités d'Amérique latine. Dîner dans l'un des excellents restaurants de la ville blanche.

› Jour 5 - Aux alentours de Sucre

Sucre - Maragua (ou Tarabuco) - Sucre. Deux possibilités : trek d'une journée vers le cratère de **Maragua** ★★ (p.295) le long d'un ancien chemin inca et découverte des paysages somptueux de la région, ou possibilité de se rendre au marché coloré de **Tarabuco** ★★ (p.292), proche de Sucre, le dimanche. Retour à Sucre en fin d'après-midi.

› Jour 6 - Potosi, villa patrimoine de l'UNESCO

Sucre - Potosí. Départ tôt le matin pour la ville impériale de **Potosí** ★★★ (p.214), inscrite elle aussi au patrimoine mondial. Acclimatation à l'altitude (plus de 4 000 m), visite de la ville coloniale, de l'**église San Francisco** (p.220) et de La **Casa de la Moneda** (p.217).

› Jour 7 - Visite des mines

Potosí - Tupiza. Visite des **mines du Cerro Rico** (p.221) le matin, puis cap vers le sud et **Tupiza** ★★★ (p.249) (2 850 m).

› Jour 8 - Le Far West bolivien

Tupiza. Le matin, promenade en cheval dans la **Quebrada Palmira** (p.251), dans des paysages dignes du Far West américain. Après-midi détente avant d'entamer le circuit, éprouvant, du Sud-Lípez.

› Jour 9 - Sur les flancs d'un volcan

Tupiza - Sud-Lípez. Cap à l'ouest vers El Sillar, San Pablo de Lípez et la Laguna Morejon. Cette route vous fournit l'occasion de vivre le **Sud-Lípez** (p.245) loin des pistes trop touristiques. Vous passez par des villages traditionnels, passez un col élevé (à près de 5 000 m) sur les flancs du volcan Uturuncu (6 008 m), riches en condors et en aigles. Nuit à Quetena Grande (4 200 m) avant de rejoindre le circuit classique.

› Jour 10 - Désert de Dali et geysers

Quetana - Huayllas. Direction le **désert de Dalí** (p.243)puis le **volcan Licancabur** (p.247) (5 920 m), la Laguna Verde ★★★ en remontant ensuite vers les thermes et les **geysers** (p.203) Sol de Mañana. On rejoint ensuite la **Laguna Colorada** (p.246) et sa colonie de flamants. Nuit et coucher de soleil à Huayllas (4 320 m).

› Jour 11 - Lagune colorée et flamants roses

Huayllas-Atullcha. Lever de soleil sur la **Laguna Colorada** (p.246), puis direction le **désert de Siloli** (p.243) et l'arbre de pierre. Vous verrez ensuite 4 lagunes magnifiques lovées au pied du volcan Ollagüe (5 868 m) : les Lagunas Hedionda, Chiarkota, Cañapa et Negra. On prend le temps d'admirer le **Salar de Chiguana** (p.247) et l'ancienne voie ferrée reliant la Bolivie au Chili, puis on se dirige vers le mirador du volcan Ollagüe. Nuit à Atullcha.

› Jour 12 - Désert de sel d'Uyuni

Atullcha - Uyuni. On termine le parcours par l'apothéose du **Salar d'Uyuni** (p.240) et de la **Isla Incahuasi** (p.242). Nuit à **Uyuni** ★★ (p.229).

› Jour 13 - Un cimetière de trains

Uyuni - Pulacayo - Uyuni. Le matin, direction la ville fantôme de **Pulacayo** ★★ (p.229) où on peut voir une locomotive attaquée par Butch Cassidy et Sundance Kid ! L'après-midi est consacré à la visite du **cimetière de trains** (p.232)de Colchani. Retour à Uyuni et bus de nuit pour La Paz (ou train de nuit vers Oruro, puis bus vers La Paz).

› Jour 14 - La plus haute capitale du monde

La Paz ★★★ (p.113). Découverte de la capitale bolivienne située à environ 3 700 m d'altitude : le Casco Viejo ★★★, la **Plaza Murillo** (p.128) et les musées de la **Calle Jaén** (p.123), l'**église San Francisco** (p.220) et le **marché des sorcières** (p.125) des rues Illampu et Sagárnaga. Dîner dans un restaurant chic de Sopocachi ★★.

› Jour 15 - Cap vers le lac Titicaca

La Paz - Tiwanaku - Copacabana. Départ tôt le matin pour rejoindre le site archéologique de **Tiwanaku** ★★★ (p.158). Visite des vestiges précolombiens, qui comptent parmi les plus importants du continent. Fin de journée à **Copacabana** ★★ (p.163), au bord du lac Titicaca ★★★, et sa magnifique **basilique de la Virgen de la Candelaria** (p.167).

› Jour 16 - L'île du Soleil

Copacabana - Isla del Sol. Départ tôt le matin pour l'île la plus importante du lac Titicaca, l'**Isla del Sol** ★★★ (p.171). Flânez dans le village de **Yumani** (p.173) et profitez des panoramas fantastiques sur le lac et les sommets de la cordillère des Andes. Nuit à Yumani.

› Jour 17 - L'île du Soleil, la suite

Yumani - Challapampa. Randonnée à travers cette île mythique pour se rendre au village de **Challapampa** (p.172) et découverte du temple inca de **Chinkana** (p.172). Retour en bateau vers Copacabana, puis vers La Paz.

› Jour 18 - La route de la Mort en vélo

La Paz-**Coroico** ★★ (p.186). Départ tôt le matin pour La Cumbre (4 670 m), à environ 45 km au-dessus de La Paz, pour entamer le circuit de la route de la Mort en VTT. Descente vers Yolosa, situé à 1 300 m d'altitude. Vous passez des sommets andins à la végétation luxuriante des Yungas en quelques heures ! Déjeuner à Yolosa et retour vers La Paz.

› Jour 19 - Aux alentours de La Paz

Plusieurs options sont possibles : la visite d'El **Valle de la Luna** ★★ (p.158) et de ses formations géologiques surprenantes, une randonnée vers la **Muela del Diablo** ★★ (p.158) pour bénéficier de la vue la plus spectaculaire sur La Paz, ou, pour les plus courageux, un trek à partir de **Chacaltayo** ★★★ (p.182), l'ancienne station de ski, vous menant à 5 470 m d'altitude ! Vues somptueuses sur le Huayna Potosí et les environs. Dîner-spectacle dans l'une des *peñas* de la capitale.

© MATYAS REHAK - SHUTTERSTOCK.COM

Parc national Madidi.

› Jour 20 - En Amazonie

La Paz - Rurrenabaque. Vol le matin dans un petit avion pour Rurrenabaque ★★★ (p.354), petite ville amazonienne située sur les bords du *río* Beni, aux portes du Parc national Madidi ★★★ (p.360). Journée dédiée à la découverte de la culture et des habitants de cette ville typique de l'Amazonie, aux antipodes de la Bolivie andine.

› Jour 21 - Parc national Madidi

Parc national Madidi. Excursion de 2 jours dans la forêt tropicale avec l'une des nombreuses agences de Rurrenabaque. Randonnée dans la forêt tropicale et nuit dans un refuge communautaire au cœur du parc. Retour le lendemain à « Rurre ».

› Jour 22 - Parc national Madidi, la suite

Continuez l'exploration du Parc national Madidi ★★★ (p.360).

› Jour 23 - Biodiversité de la réserve de Yacuma

Rurrenabaque – Las Pampas del Yacuma (p.362). Excursion de 2 jours dans la réserve de Yacuma, à Santa Rosa ★★ (p.361). Au programme : balades en barque pour apercevoir les nombreux animaux présents (dauphins roses, caïmans, tortues, singes, émeus, oiseaux de paradis, hérons…), partir sur la piste de l'anaconda dans les marécages environnants, ou encore s'essayer à la pêche au piranha. Nuit sur place dans un refuge et retour vers Rurrenabaque le lendemain.

› Jour 24 - Réserve de Yacuma, la suite

Continuez l'exploration dans la réserve de Yacuma.

› Jour 25 - Téléphérique de La Paz

Rurrenabaque - La Paz. Vol pour la capitale la plus haute du monde. Journée consacrée à l'exploration de la ville et de son étonnant téléphérique, et au shopping.

› Jour 26 - Retour à Santa Cruz

La Paz - Santa Cruz - Vol retour. Vol vers Santa Cruz ★ (p.316). Si vous avez un peu de temps avant votre avion, possibilité de se détendre dans le complexe du Biocentro Güembé (p.317) avec ses nombreuses piscines.

LA ROUTE DES MISSIONS JÉSUITES

Les missions jésuites furent fondées à la fin du XVIIe siècle pour évangéliser la région. Celles de Chiquitos ont été déclarées patrimoine de l'humanité par l'Unesco en 1990. Des fêtes extraordinaires y ont lieu à Pâques et à Noël, ainsi que durant le Festival international de musique baroque (qui se tient tous les deux ans de fin avril à début mai). Itinéraire de 4 jours au départ de Santa Cruz.

› Jour 1 - Arrivée à Santa Cruz

Arrivée en avion à Santa Cruz ★ (p.316). La capitale économique du pays est située dans les plaines orientales du pays, à moins de 500 mètres d'altitude. C'est aussi la ville la plus peuplée du pays avec un peu plus de 1,5 million d'habitants.

› Jour 2 - Eglise de San Javier sur le chemin pour Concepción

Santa Cruz - San Javier - Concepción (route goudronnée en quasi-totalité, quelques parties encore en mauvais état cependant). Départ en voiture pour San Javier ★★ (p.340), par la route qui mène à l'Oriente (4 heures de trajet et 230 km). Visite de l'église de San Javier (p.340), construite en 1752, célèbre pour ses sculptures sur bois. L'église est toujours active et fut restaurée par l'Unesco. Puis poursuivre jusqu'à Concepción ★★ (p.342) (1 heure de trajet et 60 km) où vous passerez la nuit. Le parcours traverse des paysages admirables où d'innombrables verts éclatent dans une nature sauvage et exubérante, particulièrement belle entre novembre et juillet. Le moment fort du trajet est la traversée de la rivière Pirai par un pont interminable.

› Jour 3 - Eglise de la Concepción et cap vers San Ignacio

Concepción – San Ignacio de Velasco (160 km, de la piste sauf au début). Visite de la mission de Concepción. Fondée en 1708 par le jésuite Lucas Caballero, elle passa à l'administration civile soixante ans plus tard. Son église (p.342) est considérée comme le bijou de la région, prenez le temps de l'admirer. Puis faites route pour San Ignacio de Velasco ★ (p.344), le plus grand des villages de la Route des missions jésuites avec ses 35 000 habitants. Vous êtes ici très proche du Brésil dont on ressent fortement l'influence culturelle. Comptez 4 heures de trajet. Visitez la mission et passez-y la nuit.

› Jour 4 - Direction San José de Chiquitos

San Ignacio – San Miguel (37 km) - San Rafael (35 km) - Santa Ana (24 km) – San Miguel (24 km) – San José de Chiquitos (130 km). Soit un total de 250 km. Partez tôt le matin et passez la nuit à San José. San Miguel ★ (p.346), San Rafael ★ (p.346) et Santa Ana ★ (p.345) sont des petites villes tranquilles où le temps semble s'être arrêté. Baladez-vous dans leurs rues, visitez l'église, laissez-vous imprégner par l'ambiance toute particulière de ce recoin de la Bolivie.

› Jour 5 - Retour à Santa Cruz

San José de Chiquitos - Santa Cruz. Visite de la mission de San José ★★ (p.346) le matin. San José est la troisième des plus anciennes missions du Chiquitos, elle fut fondée en 1696. Elle est l'une des quatre missions qui ont gardé l'emplacement original de leur première fondation. La ville est assez calme, semblable à la Santa Cruz d'il y a quelques années : larges et poussiéreuses rues, comme sorties d'un western, avec ses cow-boys, ses éleveurs, et une place principale tout aussi poussiéreuse mais au charme certain. Retournez ensuite à Santa Cruz qui se trouve à 290 km de là. La nouvelle route qui relie les deux villes est presque entièrement goudronnée, comptez environ 4 heures de route.

LA ROUTE DU CHE

Suivez les traces du Comandante Che Guevara, au départ de Samaipata ou de Santa Cruz, dans la région de l'Oriente. Retrouvez l'homme qui se cache derrière l'un des plus grands mythes du XXe siècle. Ce court circuit, qui s'intègrera facilement dans un séjour plus long, retrace l'essentiel des villes et villages traversés par le Che avant sa mort.

› Jour 1 - Musée du Che à Vallegrande

Samaipata (ou Santa Cruz) - Vallegrande. Après le déjeuner, visite du petit musée de Vallegrande ★★ (p.336) consacré au Comandante exposant notamment quelques photos inédites, et de la Lavandería (p.336), le lavoir de l'hôpital, où le corps sans vie du célèbre révolutionnaire fut exposé aux journalistes. Ensuite direction la piste d'atterrissage de l'aérodrome, où, malgré l'animosité des habitants qui le considéraient comme une relique religieuse, le corps d'Ernesto Guevara fut retrouvé en 1999, déterré et rapatrié à Cuba.

› Jour 2 - Lieu de capture du Che

Vallegrande - La Higuera - Vallegrande. Départ tôt le matin pour le petit village de La Higuera ★★ (p.338). Petite randonnée (4 heures de marche aller-retour) qui nous conduit au ravin du Churo, à travers un paysage de conquête de l'Ouest. C'est ici que l'armée bolivienne a tendu une embuscade et capturé le Che, le 8 octobre 1967. Visite de l'école (p.338) où le Comandante fut exécuté ainsi que la maison du télégraphiste, théâtre d'échanges de coups de feu avec l'armée. Retour et nuit à Vallegrande ★★ (p.336).

› Jour 3 - Continuez votre voyage

Valle Grande - Samaipata (ou retour vers Santa Cruz). Suite de votre voyage.

© JEZDICEK

Statue de Che Guevara.

IDÉES DE SÉJOUR

SE REPÉRER / SE DÉPLACER

DE L'AÉROPORT AU CENTRE-VILLE

Aéroport de La Paz. Il est situé en plein cœur de la ville d'El Alto à 4 060 m d'altitude, c'est l'aéroport international le plus haut du monde. Il est moderne puisqu'il a bénéficié de travaux de rénovation en 2016. On peut s'y restaurer, retirer (ou changer) de l'argent et se connecter gratuitement à Internet, notamment dans les salles d'attente pour les vols intérieurs ou internationaux. Un petit hôtel est installé à l'intérieur, pratique pour les arrivées au milieu de la nuit. Un bureau des objets perdus est également présent au sein de l'aéroport.
Des radio-taxis proposent leurs services à la sortie. Une course jusqu'au centre-ville coûte entre 70 et 100 Bs jusqu'à 4 personnes. Il est possible de payer en dollars américains. Ne prenez que les radio-taxis officiels (ils se ressemblent tous, avec leur panneau sur le toit du véhicule flanqué d'un numéro de téléphone). Ils sont non seulement plus sécurisés car plus surveillés, mais si un problème intervient avec votre taxi (objet perdu, accident, etc.), il sera beaucoup plus facile de retrouver le conducteur et son taxi (notamment avec les caméras de sécurité qui filment l'entrée de l'aéroport). Il faut compter entre 25 et 45 minutes selon la circulation pour rejoindre La Paz qui se trouve beaucoup plus bas, à environ 3 700 m d'altitude. Un minibus de la compagnie Cotranstur avec un panneau *Aeropuerto*, à la sortie du hall, part pour le centre en journée, toutes les 15 minutes pour environ 4 Bs par personne. Il s'arrête sur demande à la Plaza San Francisco (près de la Calle Sagarnaga), très pratique et pas cher du tout.
Téléphérique : il vous faudra d'abord prendre un taxi (35 Bs) puis une fois arrivé à El Alto, prendre le téléphérique pour redescendre vers le centre-ville (fonctionne aussi dans le sens inverse). Cette solution est souvent la plus rapide et s'avère également être la meilleure façon d'éviter les *bloqueos* du centre de la ville (pas de bus ni de taxi dans le centre de La Paz lors de certaines grèves).

Aéroport de Santa Cruz de la Sierra, Viru Viru. Il s'agit du point d'entrée principal en Bolivie. Situé à moins de 400 m d'altitude, il permet de découvrir le pays en montant graduellement en altitude. Vols directs internationaux depuis et vers Madrid, Miami, Buenos Aires, Cordoba, Salta, Montevideo, São Paulo, Santiago de Chile, Lima... Et bien sûr de nombreux vols nationaux.

ARRIVÉE EN TRAIN

Attention : il est important de noter que la circulation des trains avec des passagers à bord a été suspendue depuis le début de la crise sanitaire. La plupart des systèmes de réservation en ligne vous diront qu'ils sont disponibles, et vous proposeront même des sièges, mais vous enverront ensuite des billets de bus. En novembre 2022, la compagnie Ferroviaria Andina, qui dispose normalement de deux trains (l'Expreso del Sur et le Wara Wara), s'attend à une reprise partielle de ses services, mais n'est pas en mesure de communiquer de date exacte.

TRANSPORTS EN COMMUN

Bus interurbains. Les grandes lignes de bus en Bolivie sont parmi les choses qui fonctionnent le mieux dans le pays, même si des départs tardifs ne sont pas à exclure. Les bus sont confortables, rapides et les chauffeurs relativement prudents. La plupart des trajets se font de nuit. Il est recommandé d'avoir à portée de main une couverture ou un sac de couchage. Les boules Quiès sont indispensables pour dormir, car le chauffeur met souvent de la musique, et pas précisément du Mozart. La plupart des voyages dans l'Altiplano et l'Amazonie s'effectuent sur des routes dont l'état est variable, voire impraticable durant la saison des pluies excepté entre quelques grandes destinations (La Paz-Oruro, La Paz-Uyuni, Sucre-Potosí, Potosí-Tupiza). Mais le bus est un moyen de transport pratique et bon marché et offre sans doute l'occasion d'avoir une idée plus complète des réalités du pays et des difficultés quotidiennes des Boliviens. Les bus partent des « terminal de bus » de chaque ville. Ces gares routières sont en général plutôt bien organisées. Les compagnies les plus fiables sont Flota Trans Copacabana, Flota Bolivia, Flota Bolívar. L'inconvénient des compagnies nationales est qu'elles ne desservent pas les villages. Pour ce faire, il faudra se tourner vers les compagnies régionales qui disposent de bus moins modernes. Le trajet s'évalue en heures de route, dans ce très grand pays où les distances ne se mesurent pas en kilomètres.

Transports urbains. Les réseaux de transports en commun sont privés. Gardez toujours sur vous des coupures de 10 ou 20 Bs et des pièces de monnaie pour pouvoir vous déplacer en ville. Il est possible de faire de la monnaie aux étals de sucreries dans les rues. Si vous vous sentez perdu, il suffit de prononcer la phrase magique : « *Qué micro va a... ?* », plus le nom de votre destination. On pourra aussi faire signe à un bus quelconque et demander au *maestro* de vous renseigner sur leurs itinéraires. Pour être bien sûr, demander deux fois plutôt qu'une.

Bus de style *jeepney* (ce sont les vieux bus nord-américains jadis dédiés au transport scolaire) ou minibus, tous nombreux et bon marché. Il vous suffit de lever la main pour que le chauffeur s'arrête et vous demande votre route.

Minibus. Très populaires, surabondants. Leurs itinéraires sont fixes mais non pas leur fréquence. En général, le service ne s'arrête pas les week-ends ni les jours fériés. Vous serez sans doute étonnés par la présence d'enfants ou d'adolescents dont le travail consiste à annoncer à toute vitesse la route suivie par les minibus ainsi qu'à encaisser les quelques *bolivianos* nécessaires pour le trajet. Ils ont tous un numéro correspondant à la route qu'ils desservent, ainsi qu'un panneau indiquant le terminus.

Micro. Très nombreux aussi et peut-être un peu plus confortables que les minibus, ils sont plus faciles à identifier car chaque ligne possède une couleur distincte, une lettre de l'alphabet et l'indication du terminus.

À La Paz, le téléphérique a été inauguré par le président Evo Morales le 30 mai 2014. Ce nouveau mode de transport est une petite révolution pour les habitants habitués aux transports collectifs chaotiques et aux embouteillages monstres. *Mi Teleférico* comptait jusqu'en 2016 trois lignes différentes (et autant de couleurs pour les cabines) : la rouge *(línea roja)*, la jaune *(línea amarilla)* et la verte *(línea verde)*. Les lignes bleue *(línea azul)*, et orange *(línea naranja)*, ont ouvert leurs portes en 2017, la ligne blanche *(línea blanca)* en mars 2018, la ligne bleu ciel *(línea celeste)* en juillet 2018, la ligne violette *(línea morada)* en septembre 2018, la ligne café *(línea café)* en décembre 2018 et enfin la ligne argent *(línea plateada)* en mars 2019. Désormais on peut faire le tour complet en téléphérique ! Le but est de rapprocher toujours plus les populations éloignées du centre de La Paz. Il faut savoir qu'il fallait jusque-là parfois 1h30, depuis le sud de la ville, pour rejoindre le centre de La Paz. Les petites cabines de la ligne rouge s'élancent du bas de la ville pour relier la Feria d'El Alto en à peine 10 minutes ; elles offrent un panorama grandiose sur la ville avec en toile de fond les cimes enneigées de l'Illimani.

Téléphérique de La Paz.

VÉLO, TROTTINETTE & CO

Moto. Voyager à moto ne pose pas de problème particulier si on se restreint aux grands axes routiers. Il vous faudra en revanche beaucoup d'expérience (et de patience !) pour traverser les zones plus difficiles telles que l'Altiplano ou l'Amazonie. Les routes sont souvent dangereuses et vous serez alors complètement isolé en cas de pépin. Mieux vaut faire appel à un organisme compétent (comme l'agence Moto-Andina qui propose des circuits accompagnés et suivis par une équipe logistique technique).

Scooter. Scooters et mobylettes sont peu utilisés en Bolivie, mais peuvent être pratiques si vous restez plusieurs jours dans une ville (Samaipata, Sucre...). Casque, assurance, et permis international sont obligatoires.

Vélo. Quelques circuits et visites à V.T.T. sont proposés par les agences, la plus fameuse est la descente de la Route de la Mort, partant de 4 800 m d'altitude de la *cumbre* de La Paz pour descendre à 1 200 m près de Coroico dans les Yungas.

AVEC UN CHAUFFEUR

Le compteur n'existe pas en Bolivie. Il existe deux types de taxis : les collectifs et les privés. Les taxis collectifs *(trufis)* ont un parcours et une destination fixes et peuvent accueillir jusqu'à 5 personnes en général, qui descendent et montent où ils veulent sur ce même parcours. Compter entre 3 Bs et 5 Bs par personne en général. Pour le taxi privé, la règle dépend de la ville bolivienne : parfois, on paie pour une course, parfois, on paie par personne. La course revient en général entre 10 Bs et 15 Bs selon la distance et la ville, par personne cela commence à 5 Bs.

Radio-taxi. Efficace et bon marché. Très rentable à plusieurs. Possibilité de négocier des forfaits à la journée si vous voulez vous rendre dans les environs ou si vous êtes pressé. Le délai entre l'appel et le moment où il arrive chez vous varie de 5 à 10 minutes. Le radio-taxi est aussi beaucoup plus sûr, notamment dans les grandes villes et pour vous rendre aux aéroports internationaux. Le soir, si vous sortez, appelez un radio-taxi pour qu'il vous ramène à votre hôtel. C'est un service privé et sûr, le nombre de passagers est limité (4 au maximum), et le tarif est fixe et indépendant du nombre de passagers (de 10 Bs à 15 Bs pour une course classique au centre-ville et jusqu'à 25 Bs la nuit). En général, les chauffeurs sont agréables et bavards, n'hésitez pas à engager la conversation. Ils pourront également vous donner des informations et vous rendre d'éventuels services, ils connaissent évidemment bien leur ville. Le soir, par précaution, demandez à votre hôtel ou restaurant de vous en appeler un. Confirmer toujours le tarif avant de démarrer. Cela vous évitera toute mauvaise surprise. Ne les hélez pas dans la rue, il existe quelques risques de kidnapping ou braquage (limités certes, mais existant).

Trufis. Ce sont des taxis collectifs. Ils réalisent le même trajet toute la journée. Très pratique en ville ou pour de courtes distances (Santa Cruz - Samaipata par exemple).

L'auto-stop est possible en Bolivie, vous aurez sans doute le plus de chances de voyager dans un camion si le *maestro* vous laisse monter. Sans doute le moyen le plus économique, mais très inconfortable. La Bolivie est reconnaissante envers ses routiers et conducteurs. Le *maestro* est un personnage à part, avec ses traditions (verser de l'alcool en passant les cols des montagnes), ses croyances (il aura toujours une figurine de la Virgen de Copacabana et de saint Antoine, patron des chauffeurs), ses humeurs. Et, selon ses humeurs, vous irez en cabine à côté de lui ou derrière, avec les poules et les canettes de bière. Une majorité de Boliviens se déplace de la sorte. Et parfois, même si l'on n'a pas de soucis financiers, c'est un moyen original et enrichissant de découvrir le pays. Attention cependant à ne pas suivre n'importe qui.

EN VOITURE

Louer une voiture à plusieurs peut être intéressant pour certaines excursions dans les alentours des grandes villes. En général, les compagnies proposent des 4x4 (80 US$ par jour/100 km, pour un forfait à la semaine). Très agréable pour aller où l'on veut, il faut avoir au moins 25 ans, être en possession d'un permis de conduire international, posséder une carte bleue (Visa ou MasterCard) qui permettra de laisser un formulaire signé en guise de garantie (ne pas laisser en blanc la souche en dépôt comme ils vous le demandent...). Attention ! La nuit, garez-vous dans un parking (environ 1 US$ la nuit à La Paz) car, en cas de vol, vous devrez payer 30 % de la valeur du véhicule. L'essence est subventionnée et donc pas chère du tout. Cependant, pour les voyageurs qui arrivent en voiture par voie terrestre avec une plaque immatriculée ailleurs qu'en Bolivie, il vous faudra passer par des stations d'essence qui acceptent les étrangers. Celles-ci sont rarissimes et la plupart du temps, il faudra verser le double du prix au commis pour que celui-ci accepte de vous vendre du carburant. Pour des trajets vers le Salar d'Uyuni ou les Yungas, les services d'un chauffeur sont conseillés (vous devrez le loger et le nourrir). Vous payez en fonction d'un barème « temps-distance parcourue ». Bien évidemment, l'essence est à vos frais. D'une part, les panneaux indicatifs sur les routes tout comme les axes asphaltés sont rares en Bolivie, d'autre part les pistes sont mauvaises et nécessitent réellement de l'expérience en conduite et en… mécanique. Cependant, si votre itinéraire ne passe que par des grands axes (La Paz - Cochabamba - Santa Cruz), les services d'un chauffeur peuvent ne pas être nécessaires. Si vous n'avez pas l'habitude de conduire en montagne, méfiez-vous des routes sinueuses des Andes, qui peuvent constituer une épreuve même pour les automobilistes les plus aguerris…

ACCESSIBI3LITÉ

Hormis les aéroports, la Bolivie ne possède pas d'infrastructures de transport accessibles aux personnes en fauteuil roulant et aux poussettes. Les bus sont souvent bondés.

LES ATTRAPE-TOURISTES

- **« El tío »** (l'oncle) : un faux policier (ou un vrai corrompu) vous aborde et vous demande vos papiers. Il ne vous les rendra pas… Il faut donc refuser de donner ses papiers (passeports) s'il n'y a pas une bonne raison. Le mieux est de plaisanter avec le policier ou de refuser fermement et de vous en aller. Assez fréquent près des gares routières notamment à La Paz.
- **Ne prenez que des taxis officiels,** les taxis clandestins (des voitures banalisées avec un autocollant taxi) sont à l'origine de plusieurs kidnapping express surtout à La Paz, Cochabamba et Santa Cruz.

LES PHRASES CLÉS

Bonjour, comment puis-je me rendre à…
Hola, ¿cómo puedo llegar a….?

Est-ce loin à pied ? Y a-t-il le métro ou un bus… pour y aller ?
¿Está lejos a pie? ¿Hay metro o autobús… para llegar allí?

Pouvez-vous me montrer cet endroit sur la carte s'il vous plait ?
¿Puede mostrarme el lugar en el mapa, por favor?

Où puis-je acheter les tickets de transport ? Est-ce que je peux payer en carte de crédit ?
¿Dónde puedo comprar los billetes de transporte? ¿Puedo pagar con tarjeta de crédito?

Où est la sortie ? A gauche, à droite ou tout droit ?
¿Dónde está la salida? ¿A la Izquierda, derecha o todo recto?

Je suis perdu et je suis en retard, s'il vous plait, aidez-moi ! Merci beaucoup !
Estoy perdido y llego tarde; ¡ayúdeme, por favor! Muchísimas gracias.

PRATIQUE

A VOIR / A FAIRE

HORAIRES

Les musées nationaux ouvrent généralement du mardi au vendredi de 9h30 à 12h30 et de 15h à 19h, et le samedi et le dimanche de 9h à 13h. Les musées privés peuvent avoir des horaires légèrement différents. Les églises sont ouvertes du matin au soir.

A RÉSERVER

Les réservations sont rarement nécessaires, hormis pour les circuits encadrés et certaines activités (Salar d'Uyuni, descente en VTT de la Route de la Mort, etc.), les treks qui nécessitent une bonne préparation, quelques spectacles, les ateliers et différents cours. Nous le renseignons systématiquement si tel est le cas. Généralement une réservation faite la veille suffit.

LES ÉVÉNEMENTS

La Bolivie compte 11 jours fériés, où la plupart des commerces sont fermés. En plus de ceux-ci, plusieurs festivités religieuses, festivals et autres évènements au niveau national, régional ou local jalonnent le calendrier.

VISITES GUIDÉES

Les visites guidées sont obligatoires dans quelques sites (comme au Parque Cretácico de Sucre par exemple), où la présence d'un guide est indispensable. Certains musées et sites proposent des visites guidées, le plus souvent en espagnol et en anglais, plus rarement en français. Le reste du temps, vous pourrez visiter à votre guise les villes ou sites, mais les explications d'un guide qualifié vous aideront souvent

Église San Felipe de Neri à Sucre.

à appréhender la culture et les subtilités d'un endroit (ville, musée, monument, ou site historique). De plus, les tarifs pratiqués par ceux-ci sont très abordables.

FUMEURS

Depuis février 2020 il est formellement interdit de fumer à l'intérieur de tous les lieux publics.

LES ATTRAPE-TOURISTES

▸ **Lors de vos visites, méfiez-vous des guides non-officiels** qui, en plus de demander le plus souvent une somme plus élevée que les guides officiels, ne sont pas formés et ne connaissent leur sujet qu'en surface.

▸ **Une des astuces des *pickpockets* est de détourner votre attention :** si on vous jette du ketchup, de la crème à raser ou autre sur les vêtements ou sur votre sac à dos, éloignez-vous rapidement en courant. Les voleurs n'insisteront pas.

C'EST TRÈS LOCAL

Il est indispensable de demander l'autorisation des habitants avant de les prendre en photo, sinon de sérieux problèmes pourraient surgir ! La croyance selon laquelle on vole l'âme d'une personne en la photographiant est toujours très ancrée en Bolivie... Dans certaines parties du pays, vous vous apercevrez que c'est même très compliqué d'obtenir un portrait. Soyez respectueux.

LES PHRASES CLÉS

Bonjour, puis-je avoir deux entrées adultes et un enfant s'il vous plait ?
Hola, ¿me da dos entradas de adulto y una para niño, por favor?

Le tarif enfant est jusqu'à quel âge ? Et pour les seniors, est-ce qu'il y a une réduction ?
¿Hasta qué edad comprende la tarifa infantil? Y ¿hay descuento para los mayores?

Est-ce qu'il y a des visites guidées en français ou un audioguide ?
¿Hay visitas guiadas en francés o una audioguía?

Combien de temps faut-il pour faire la visite ?
¿Cuánto tiempo se tarda en visitarlo?

J'ai du mal à monter les escaliers, avez-vous un ascenseur ?
Tengo problemas para subir las escaleras, ¿hay ascensor?

Excusez-moi, pouvez-vous me dire où sont les toilettes ? Merci beaucoup.
Disculpe, ¿puede decirme dónde está el baño? Muchísimas gracias.

SE RÉGALER

HORAIRES

Les horaires des restaurants sont très variés. Les restaurants traditionnels, sont ouverts comme en France, au déjeuner et au dîner, avec souvent un jour (ou deux) de fermeture hebdomadaire, généralement le dimanche (les restaurants ouverts le dimanche soir à La Paz sont rares). Les petits restaurants locaux sont ouverts pour un service unique huit heures par jour. Si les restaurants ouvrent tôt le matin, ils ferment aux alentours de 14h. Ceux qui ouvrent en fin de matinée assurent le service jusque vers 19h. Et il y a ceux qui ouvrent vers 17h et qui ferment tard en soirée. Les restaurants destinés à une clientèle de touristes sont en principe ouverts tous les jours, du matin au soir sans interruption. À Uyuni, ville du Salar, la plupart des restaurants ne sont ouverts que le soir, car la journée les voyageurs sont en excursion... Les *comedors* des marchés sont généralement ouvert du matin jusqu'à 14 ou 15 heures.

BUDGET / BONS PLANS

- **Se restaurer dans les marchés**. Dans tout le pays, les *mercados* possèdent le plus souvent un *comedor* où on peut se délecter de menus locaux pour trois fois rien ! On y propose souvent pour le déjeuner une formule *almuerzo* composée d'une soupe et d'un plat principal pour une poignée de bolivianos (entre 10 et 20 Bs le menu).
- **Les restaurants.** Quasiment tous les restaurants proposent des formules *almuerzos* le midi à des tarifs avantageux, avec soupe et plat principal pour les petits restaurants (environ 40 Bs), auxquels s'ajoutent bar à salade, desserts et boissons pour ceux de meilleure qualité (jusqu'à 70 Bs). Les prix des plats à la carte varient énormément en fonction du choix du restaurant. Le coût d'un diner est généralement plus élevé que celui du déjeuner. Et, à quelques exceptions près, les tarifs pratiqués par les bons restaurants ne sont pas prohibitifs.

EN SUPPLÉMENT

Le pourboire est normalement déjà inclus dans l'addition, mais rien ne vous empêche de remercier un bon service ou une attention particulière... C'est une habitude que l'on a peu à peu perdue mais qui recouvre tout son sens pour remercier ceux qui s'efforcent et le méritent.

C'EST TRÈS LOCAL

La Bolivie est un pays possédant une grande variété climatique, géographique et culturelle : sa gastronomie est à l'image de cette diversité. Si chaque région possède ses plats typiques, ils sont pour la plupart agrémentés de *sopa* (soupe) en entrée, et de pain, de pomme de terre sous toutes ses formes et de sauce (très) piquante à base d'*aji* (piment). Dans les quartiers populaires ou dans les campagnes, la *sopa* est parfois le seul repas de la journée. Elle constitue également une façon intelligente de se nourrir en altitude. Il existe un grand nombre de recettes, qui diffèrent selon les régions. Les plats principaux sont généralement servis généreusement et satisferont les plus gros appétits. En ce qui concerne la cuisine internationale, les villes de La Paz, Sucre et Santa Cruz ont tout pour satisfaire les palais les plus exigeants.
Voici quelques mots bons à connaitre lorsqu'il s'agit des arts de la table en Bolivie :

- ***Ají*** : condiment très utilisé dans la cuisine de l'Altiplano ; attention, ça pique ! Si vous n'êtes pas habitué, mieux vaut vous abstenir. Ou alors essayez... mais juste un tout petit peu ! Au restaurant, dites seulement « *sin ají* » et on comprendra bien.
- ***Charquí*** : viande sèche et salée, que l'on peut conserver très longtemps.
- ***Choclo*** : maïs dur, sucré, très apprécié en Bolivie (on arrache les grains avec les dents directement sur l'épi et on peut le servir avec un fromage blanc).
- ***Chuño*** : pommes de terre déshydratées. On les laisse se durcir la nuit à des températures inférieures à 0 °C ; le lendemain, on les compresse jusqu'à ce qu'en coule de l'eau. On répète cette opération plusieurs jours durant, jusqu'à ce qu'il ne reste absolument plus d'eau. La pomme de terre a alors une couleur noire.
- ***Locoto*** : piment de couleur rouge, vert et parfois jaune, qui ressemble à notre poivron mais s'avère plus petit et surtout beaucoup plus piquant !
- ***Llajua*** : sauce piquante élaborée à base de *locoto*, de tomate et d'un peu d'oignons, elle est condimentée avec des herbes aromatiques différentes dans chaque région. C'est la sauce nationale. Attention, elle est souvent très relevée !
- ***Humita*** : dessert de *choclo*, sucré et salé.
- ***Salteña*** : Il s'agit d'une *empanada*, originaire de Salta en Argentine. Ce délicieux chausson

cuit au four est fourré de viande (viande de bœuf, poulet ou autre), d'œuf et de différents légumes. La *salteña boliviana*, très juteuse, est consommée généralement le matin entre 10h et midi. Vous en trouverez dans tout le pays.

- ***Tucumana*** : chausson qui ressemble à la *salteña*, mais sans jus ; en outre, il est frit et la pâte est différente.
- ***Yuca*** : tubercule qui remplace la pomme de terre, très courant dans l'Orient bolivien. On aura reconnu le manioc.

A ÉVITER

- **Ne buvez pas l'eau du robinet**, préférez les eaux minérales : La Cabaña, Vital ou Cristal ou la très bonne Viscachani gazeuse. Toujours parmi les boissons gazeuses, essayez la Papaya Salvietti.
- **Évitez de consommer des boissons avec des glaçons** (surtout celles vendues dans la rue), ainsi que les fruits et les légumes pré-coupés.

ENFANTS

Dans toutes les villes touristiques, les restaurants, et en particulier ceux des hôtels, proposent des menus ou des spécialités pour les enfants. Le lait pour bébé se trouve sans difficulté dans les grandes villes, par contre les petits pots sont très rares. Les boliviens donnent souvent des soupes et du riz aux plus petits.

FUMEURS

Il est interdit de fumer dans les endroits publics clos. Dans la pratique, la loi est parfois contournée dans les petits établissements des villages et des zones rurales.

LES ATTRAPE-TOURISTES

Faites attention où vous mangez. Ne croyez surtout pas que vous allez mourir parce que vous dégustez une soupe de pattes de poule dans un marché local, mais toutefois, prenez vos précautions et, si vous avez l'estomac fragile, évitez les étals de rue : c'est assez rudimentaire. Sur l'Altiplano, on utilise à outrance les condiments (*aji* notamment, du piment), ce qui n'est pas le cas dans l'Oriente. La plupart du temps, les voyageurs n'apprécient pas beaucoup l'*aji*, et la plupart des restaurants proposent aujourd'hui des plats internationaux, ou locaux, mais sans saveur particulière.

LES PHRASES CLÉS

Bonjour, je voudrais réserver une table pour deux personnes pour ce midi ou ce soir.
Hola, me gustaría reservar una mesa para dos personas para este mediodía o esta noche.

Avez-vous un menu en français ou en anglais ?
¿Tiene una carta en francés o en inglés?

Je suis végétarien, y a t-il des plats sans viande ?
Soy vegetariano, ¿hay platos sin carne?

Je n'ai vraiment plus faim mais avez-vous une carte des desserts ?
No tengo más hambre, pero ¿tienen carta de postres?

Puis-je avoir l'addition s'il vous plait ? Je peux payer par carte ou en espèces ?
¿Me pasa la cuenta, por favor? ¿Puedo pagar con tarjeta o en efectivo?

C'était très bon, nous reviendrons. Merci et à bientôt.
Estaba todo muy bueno, volveremos. Gracias y hasta pronto.

FAIRE UNE PAUSE

HORAIRES

Les cafés sont ouverts en journée et ferment en fin d'après-midi, ou en début de soirée dans les grandes villes. Les bars n'ouvrent généralement qu'en fin d'après-midi jusque tard dans la nuit.

BUDGET / BONS PLANS

Les prix pour un café type expresso ou cappuccino dans les grandes enseignes des grandes villes sont légèrement moins chers qu'en France. Les tarifs sont nettement moins élevés dans les stands de rue ou certaines petites échoppes.

A PARTIR DE QUEL ÂGE

En Bolivie, l'âge légal pour la consommation d'alcool est 18 ans.

C'EST TRÈS LOCAL

- ***Maté de coca.*** Infusion de feuilles de coca. Vous trouverez cette boisson typiquement andine, consommée pour atténuer le mal d'altitude, dans tous les hôtels et restaurants, souvent en libre-service.. Boire du maté de coca ou mastiquer la feuille de coca favorise l'absorption d'oxygène dans le sang et facilite la digestion. Le taux de cocaïne contenu dans cette feuille est infime, il n'y a donc aucun risque de toxicité ou de dépendance.
- **La *chicha*.** Boisson alcoolisée obtenue par la fermentation du maïs, consommée principalement dans le Sud du pays (Cochabamba, Tupiza, Tarija, Chuquisaca...). C'est la boisson des Incas par excellence. Elle est utilisée pour les cérémonies religieuses et le culte de la Pachamama bien avant l'arrivée des conquistadors.

Maté de coca.

Dans l'Oriente, on trouve également la *chicha de maní*, boisson rafraîchissante sans alcool à base de cacahuètes.

- ***L'api morado.*** C'est la boisson typique de l'Altiplano. Essayez cette boisson chaude confectionnée avec du maïs pourpre, du sucre et de la cannelle. À accompagner d'un *buñuelo* (beignet) ou d'une *salteña*.

- ***Café boliviano.*** Le café des Yungas (arabica produit de façon artisanale par les communautés afro-boliviennes des Yungas) est vraiment délicieux, probablement le meilleur café du monde, comme le dit, de façon exagérée, la publicité du « gringo ». Le département de La Paz produit 95 % du café en Bolivie.

- **Les jus de fruits frais.** Vous en trouverez dans tous les marchés de Bolivie. Essayez le jus de carambole (un délice), d'*achachairú* (fruit du bois-l'onguent ou abricotier bâtard, comme on l'appelle aux Antilles) ou encore de mangue, de pomme... Le plein de vitamines garanti !

- **La *cerveza* (bière).** Importée par les immigrants allemands du XXe. Chaque ville produit sa propre bière : Paceña à La Paz, Ducal à Santa Cruz, Taquiña à Cocha, Potosína à Potosí, Astra à Tarija, Sureña à Sucre et Huari à Oruro. Le trio de tête : la Huari, la Potosína et la Paceña.

FUMEURS

Il n'est pas inutile de préciser qu'il est interdit de fumer dans les endroits publics clos (c'est donc toléré en terrasse dans certains établissements).

LES PHRASES CLÉS

Bonjour, quelle est la spécialité de la maison ? Nous voulons découvrir.
Hola, ¿cuál es la especialidad de la casa? Nos gustaría probarla.

Avez-vous de la place en terrasse ?
¿Tiene sitio en la terraza?

Quel est votre nom ? Je m'appelle… Ravi de vous rencontrer !
¿Cómo se llama? Mi nombre es.... ¡Encantado de conocerle!

A votre santé ! Zut, j'ai renversé mon verre… pouvez-vous m'aider ?
¡A su salud! ¡Maldita sea!, se me ha derramado la bebida.... ¿puede ayudarme?

C'était très bon. Nous allons reprendre la même chose s'il vous plait.
Estaba muy bueno. Tomaremos lo mismo otra vez, por favor.

(SE) FAIRE PLAISIR

HORAIRES

En général, les commerces ouvrent du lundi au samedi de 9h à midi et de 14h à 18h30. Dans l'Oriente, les commerces sont ouverts le matin mais ferment parfois vers midi à cause de la chaleur, et ne rouvrent que vers 16h. Les commerces autour des sites touristiques sont généralement ouverts sans interruption.

BUDGET / BONS PLANS

Le pays n'est pas vraiment un paradis du shopping, cependant vous trouverez quelques centres commerciaux modernes à La Paz et à Santa Cruz. Les marchés boliviens sont parmi les plus fascinants d'Amérique du Sud et l'artisanat local (textiles, vêtements en alpaga, tannerie, bijoux, etc.) mérite qu'on s'y intéresse de près.

C'EST TRÈS LOCAL

N'hésitez pas à marchander pour toutes choses, dans une limite raisonnable. Le marchandage fait partie des mœurs boliviennes, mais les réductions consenties ne dépassent que très rarement 25 % du prix initialement annoncé. Cependant, ne cherchez pas à dévaluer le prix de l'artisanat local puisque sa survie en dépend. Si dans d'autres pays d'Amérique latine, le marchandage fait partie du mode de vie, il s'utilise avec beaucoup plus de modération en Bolivie. S'il peut apparaître comme un jeu, il faut rappeler que payer un prix juste (certes difficile à définir) est une question de survie pour l'autochtone et de respect pour le visiteur envers ses hôtes.

Pour les incontournables achats de vêtements en alpaga, on ne doit en aucun cas manquer de faire un tour dans le quartier de Sagarnaga à La Paz, arpenté par les touristes du monde entier. Ces ruelles regorgent probablement du plus bel artisanat du pays, à des tarifs intéressants (moins cher que dans les autres villes boliviennes). La négociation, en général, tourne autour de 20 %. Il suffit pour cela d'obtenir un sourire de la *cholita*, en lui adressant, par exemple, quelques mots d'aymara (Kamisaki : « bonjour, comment va ? » ; Waliki : « je vais bien »).

LES ATTRAPE-TOURISTES

Attention, les marchés regorgent de contrefaçons de grandes marques occidentales (T shirts, vêtements...), il est formellement interdit de les rapporter en France (gare à votre passage à la douane !).

LES PHRASES CLÉS

Bonjour, c'est superbe, mais combien ça coûte ?
Hola, es genial, pero ¿cuánto cuesta?

Vous auriez ma taille ? Où se trouvent les cabines d'essayage ?
¿Tiene uno de mi talla? ¿Dónde están los probadores?

Est ce que je pourrai vous le rapporter et l'échanger si ça ne va pas ?
¿Puedo devolverlo y cambiarlo si no está bien?

J'ai trop dépensé aujourd'hui, pouvez-vous me faire une réduction sympa ?
Hoy he gastado demasiado, ¿puede hacerme un buen descuento?

Je prendrai celui-ci. Pouvez-vous me faire un paquet cadeau ?
Yo me quedo con este. ¿Puede envolvérmelo en papel de regalo?

Vous prenez la carte de crédit ? Où puis-je trouver un distributeur de billets ?
¿Aceptan tarjeta de crédito? ¿Dónde puedo encontrar un cajero automático?

BUDGET / BONS PLANS

La plupart des treks sont réalisables sans guide cependant nous recommandons fortement de s'adjoindre les services d'un accompagnateur qualifié. Ce serait dommage de se perdre dans la montagne à quelques 4 500 m d'altitude... Les nuits sont d'un froid polaire !

- **Quelques exemples de tarifs :** un guide local vous demandera environ 200 Bs la journée, compter environ 400 Bs tout compris pour une descente en VTT de la Route de la Mort, 40 US$ pour les descentes en tyrolienne, 250 US$ pour 3 jours de trek tout compris (guide, repas, nuitées, etc.), environ 200 US$ pour un circuit 4 jours et 3 nuits dans le Sud-Lípez et 700 US$ pour gravir l'Illimani aux cotés de guides certifiés par l'IVBV-UIAGM-IFMGA.

C'EST TRÈS LOCAL

- **Le jeu national est le *cacho*,** un jeu de dés. Dans la plupart des bars du pays, vous verrez les gens attablés avec des bières et des dés, lancés dans un verre en cuir.
- **Les *cholitas escaladoras*.** Ces dernières années, un groupe de femmes aymaras, des *cholitas*, ont gravi les principaux sommets boliviens, avant de surmonter leur ultime défi début 2019, l'ascension de l'Aconcagua, le plus haut sommet du continent américain. Depuis plus de 25 ans, ces femmes étaient cantonnées à un rôle de soutien logistique lors d'ascensions du Huayna Potosí, l'un des sommets les plus touristiques et les plus accessibles, malgré ses 6 088 m. Elles accompagnaient les trekkeurs jusqu'au campement situé à 5 100 m, le Campo Alto. De là, elles attendaient le retour des andinistes et leur préparaient repas et *maté de coca*. La curiosité d'aller plus loin les a gagnées peu à peu et en 2017, elles ont formé un groupe de *cholitas escaladoras*, et ont entrepris les ascensions de divers sommets boliviens. Âgées de 24 à 50 ans, ces femmes sont peu à peu devenues le symbole de la lutte pour l'égalité des sexes et la visibilité des indigènes. Leur action met en lumière le rôle prépondérant des femmes dans les activités de montagne et encourage les plus jeunes à s'investir dans des formations de guides qualifiées.

VOS PAPIERS SVP

Aucun papier demandé pour les activités en montagne, cependant vous devez être en bonne santé et avoir de conscience de vos limites, les efforts requis en altitude surprennent plus d'un randonneur chevronné...

© SUBBOTSKY - ISTOCKPHOTO.COM

Trek dans les montagnes boliviennes.

À RÉSERVER

Pour toute activité sportive (andinisme, escalade, randonnée, kayak, rafting, VTT, etc.), la réservation doit se faire au maximum la veille, à l'exception des activités nocturnes (match de football, catch de *cholitas*...). Mieux vaut s'adjoindre les services d'une agence sérieuse et d'un guide qualifié, en particulier pour les sorties en montagnes et la descente de la Route de la Mort en VTT.
Le site www.eventrid.bo permet de réserver ses entrées pour différents évènements sportifs nationaux (marathons, courses de vélos, etc.).

L'AGMTB, association des guides de montagne professionnels en Bolivie, est composée de membres officiels de l'Union Internationale des Associations de Guides de Montagne IFMGA / UIAGM / IVBV, organisation internationale née en 1960 dans les Alpes européennes, réunissant tous les guides de montagne professionnels qui répondent à des normes techniques exigeantes. Avant de partir en haute montagne, contactez l'agence de voyage de votre choix et de demander un guide professionnel certifié UIAGM (www.agmtb.org), ayant reçu une formation de sauvetage en haute montagne par l'organisme Socorro Andino Boliviano (www.socorroandinoboliviano.org).

LES ÉVÉNEMENTS

Chaque année, le jour du sport national *(Día del Deporte Nacional)* est célébré le 7 juillet, afin d'encourager les citoyens du pays à pratiquer une activité physique.

LES ATTRAPE-TOURISTES

Attention, de nombreux opérateurs de La Paz proposent la descente de la Route de la Mort en VTT ; certains proposent des tarifs défiant toute concurrence mais sachez que les agences les plus chères sont généralement celles qui proposent un équipement et un encadrement de qualité, deux éléments indispensables à votre sécurité.

LES PHRASES CLÉS

Bonjour, comment puis-je me rendre à... ? Est-ce loin ?
Hola, ¿cómo puedo llegar a...? ¿Está muy lejos?

J'aimerais aller courir. Il y a un coin sympa pour cela dans la ville ?
Me gustaría salir a correr. ¿Hay algún buen lugar en la ciudad para hacerlo?

J'adore cuisiner. Savez-vous où je peux trouver des cours de cuisine ?
Me encanta cocinar. ¿Sabe dónde imparten clases de cocina?

Vous pourriez m'indiquer une salle de sport pas très loin ?
¿Podría indicarme un gimnasio que no esté muy lejos?

Quel est le sport national ?
¿Cuál es el deporte nacional?

Pensez-vous que nous pourrions voir cela ou même participer ?
¿Cree que podríamos verlo o incluso participar?

PRATIQUE

SORTIR

HORAIRES

Les bars ouvrent généralement leurs portes vers 17 ou 18h pour fermer entre 1h et 2h du matin. Les *peñas*, les lieux où se produisent des musiciens andins, ouvrent vers 19 ou 20h pour le dîner-spectacle. Les clubs ouvrent vers 21 ou 22h pour fermer à 4h (même si certains prolongent le plaisir)...
Et attention, légalement tous les établissements ont l'interdiction de vendre de l'alcool après 4h du matin.

BUDGET / BONS PLANS

Les spectacles locaux (spectacles de danse, théâtre, concerts, *peñas*...) pratiquent généralement des tarifs très accessibles. Attention : très peu d'établissements (bars, clubs, *peñas*) acceptent les cartes de paiement.

A RÉSERVER

Les tickets pour les représentations de spectacles (théâtre, danse, musique) nécessitent souvent d'être achetés à l'avance.
Le site www.eventrid.bo permet de réserver des billets pour différents évènements culturels.

TRANSPORTS NOCTURNES

Le soir, le radio-taxi est l'option la plus sûre et la plus pratique pour se déplacer en toute sécurité.

A PARTIR DE QUEL ÂGE

L'âge légal pour la consommation d'alcool est 18 ans.

C'EST TRÈS LOCAL

Impossible de se rendre en Bolivie sans se rendre au moins une fois dans une *peña* ! Ce sont des espaces culturels, similaires aux cafés-concerts et aux cabarets, où se produisent un ou plusieurs groupes folkloriques locaux. On écoute les musiciens, on admire les costumes des danseurs et des danseuses, on chante, on danse, et bien sûr... on boit ! Les *peñas* les plus célèbres du pays se trouvent à La Paz, mais vous en trouverez de plus modestes dans de nombreuses villes. Et si vous sortez le soir, vous serez sans doute amenés à goûter aux boissons locales. Dans toutes les villes moyennes vous trouverez également des établissements occidentalisés, comme des pubs irlandais, des bars à bières, etc...

Danseuses boliviennes en représentation à La Paz.

Singani. Il s'agit de l'eau-de-vie traditionnelle bolivienne élaborée à partir de la distillation du muscat. Originaire du Sud du pays, elle est aujourd'hui une appellation d'origine contrôlée (AOC). Cette liqueur flirtant avec les 70° est utilisée pour l'élaboration de nombreux cocktails : le célèbre Chuflay (glaçons, Singani, *ginger ale* et une tranche de citron), le Poncho Negro (même préparation que le Chuflay mais avec une boisson gazeuse au cola), le Yungueñito (avec du jus d'orange) ou encore le Singani Sour.

Vin. Cela peut paraître étonnant, mais la Bolivie, qui possède les plus hauts vignobles du monde, produit d'excellents vins. De nos jours, la majeure partie de la production viticole bolivienne (plus de 80 %) se trouve dans la région de Tarija. Les principaux cépages utilisés sont le cabernet sauvignon, la syrah, le tannat, le merlot, le malbec, le torontés, le muscat (qui sert principalement à l'élaboration du Singani), le riesling et le chardonnay. Le vin bolivien, expressif et fruité, tire ses caractéristiques de son mode de production quasi artisanal et de l'altitude à laquelle il est cultivé : l'intense exposition au soleil et la grande variation climatique entre le jour et la nuit confère au raisin un arôme riche et une maturation rapide.

FUMEURS

Il est interdit de fumer dans les lieux publics clos, mais certains établissements disposent de salons ou de terrasses pour les fumeurs.

LES ATTRAPE-TOURISTES

Billets de spectacles. Toujours passer par les billetteries officielles pour éviter toute déconvenue.

Bars à cocaïne. Attention, à La Paz, certains locaux ciblent les jeunes touristes *backpackers* et les invitent dans ces bars clandestins, nous vous recommandons formellement d'éviter ! Non seulement la consommation de drogues et ces établissements sont totalement illégaux, et vous risquez (très très) gros, mais en plus ces lieux sont mal fréquentés, comme on peut s'en douter.

LES PHRASES CLÉS

Bonsoir, comment puis-je me rendre à…
Buenas noches, ¿cómo puedo llegar a....?

Est ce que cet endroit est tranquille ? Il n'y a pas de problème de sécurité ?
¿Es un lugar tranquilo? ¿Hay problemas de seguridad?

J'aimerais voir un spectacle typique ! Qu'est-ce qu'il y a en ce moment ?
Me gustaría ver un espectáculo típico del lugar. ¿Hay alguno programado para hoy?

Je ne comprends pas… pouvez-vous répéter s'il vous plait ? Merci.
No entiendo... ¿puede repetirlo, por favor? Gracias.

Est-ce que je peux vous offrir un verre ? Quel est le meilleur cocktail de la maison ?
¿Puedo invitarle a una copa? ¿Cuál es el cóctel especialidad de la casa?

J'ai la gueule de bois, auriez-vous quelque chose pour que j'aille mieux ?
Tengo resaca, ¿tiene algo que me haga sentir mejor?

SE LOGER

BUDGET / BONS PLANS

Le parc hôtelier de Bolivie n'est pas le plus glorieux du monde (la plupart des salles de bains, même d'hôtels dit « 5-étoiles » – correspondant bien souvent à des hôtels internationaux 2 ou 3 étoiles – sont vieillissantes), mais va en s'améliorant peu à peu. À partir de 25 US$ la chambre double, on accède à des hôtels corrects (principalement à Sucre mais aussi à La Paz, Cochabamba, Potosí et Tarija). Les « hostales », petits hôtels familiaux et assez chaleureux, offrent en général le meilleur rapport qualité/prix, avec des dortoirs à partir de 10 US$. Même les hôtels de luxe ne sont pas très chers par rapport aux prix internationaux (entre 50 US$ et 100 US$ la chambre double), ce n'est donc pas une mauvaise idée de se faire plaisir 1 ou 2 nuits après un long périple dans le Salar d'Uyuni et le Sud-Lípez.

La Bolivie dispose de toute la gamme d'hôtels habituelle aux grandes villes. À la campagne, il est plus difficile de trouver des établissements de catégorie moyenne, bien que des endroits comme les Yungas, le lac Titicaca, Uyuni et les missions jésuites de Chiquitos aient une certaine infrastructure touristique… Ces progrès datent des quinze dernières années. Du reste, la situation tend à s'améliorer avec le développement de certaines régions et la construction, lente mais certaine, de routes asphaltées (un des principaux problèmes du pays).

Hors des villes, au cours d'une excursion en 4x4 dans le Sud-Lípez ou dans le parc de Sajama, vous trouverez sans problème dans les villages un lit pour la nuit dans un refuge. Prix modiques (à partir de 5 US$ par personne dans les endroits non touristiques, 5 à 10 US$ dans les endroits plus touristiques) mais, évidemment, attendez-vous à un confort sommaire (douche chaude assez rare, toilettes en commun, parfois dortoirs de 6 lits à partager).

A RÉSERVER

Vous n'aurez aucun problème pour trouver une chambre d'hôtel dans les grandes villes, même si il vaut mieux réserver au moins une nuit avant votre arrivée, afin d'éviter toute fatigue supplémentaire au voyage, très long, et au choc de l'altitude si vous arrivez à La Paz… Il est indispensable de réserver ses hébergements lors des grandes manifestations culturelles, festivals, et fêtes religieuses… Bien sûr, pour les plus importantes, comme le carnaval d'Oruro, la réservation doit se faire plusieurs mois avant l'évènement.

Salteñas, servies au petit-déjeuner.

POUR LES GOURMANDS

Dans les grandes villes et les hôtels de charme, le petit déjeuner est le plus souvent constitué d'un buffet où se combinent le petit déjeuner occidental (américain, anglais, œufs, jus d'orange...) au petit déjeuner bolivien (*cuñapés*, pains au fromage, maté de coca...). Les hôtels-boutiques proposent des spécialités locales, comme par exemple des fruits exotiques en Amazonie et dans l'Oriente. Les *hostales* et les auberges de jeunesse n'offrent souvent qu'un petit déjeuner frugal. Mieux vaut faire comme les locaux et se sustenter dans la rue de délicieuses *salteñas*, des chaussons cuits au four est fourrés de viande (viande de bœuf, poulet ou autre), d'œuf et de différents légumes.

FUMEURS

En février 2020, Eva Copa, alors présidente du sénat bolivien, a introduit une loi qui interdit formellement de fumer dans tous les lieux intérieurs publics.

LES ATTRAPE-TOURISTES

Attention, la taxe IVA (équivalent de la TVA) de 13 % dans les hôtels n'est applicable qu'aux résidents du pays (Boliviens ou non), et non aux voyageurs étrangers qui restent moins de 58 jours dans le pays. Si un problème survient, n'hésitez pas à appeler la police ou la police touristique.

LES PHRASES CLÉS

Bonjour, avez-vous de la disponibilité pour une chambre double pour ce soir ou demain soir ?
Hola, ¿dispone de una habitación doble para esta noche o para mañana por la noche?

Avez-vous un code wifi... les enfants ne tiendront pas sans !
¿Tiene wifi? ¡Los niños no pueden estar sin él!

C'est bruyant, est ce que je peux changer de chambre ?
Hay mucho ruido, ¿puedo cambiar de habitación?

Jusqu'à quelle heure est-ce que nous pouvons aller à la salle de sport et à la piscine ?
¿Hasta qué hora podemos ir al gimnasio y a la piscina?

Est-ce que je peux laisser mon bagage et revenir plus tard le récupérer ?
¿Puedo dejar mi equipaje y volver más tarde a recogerlo?

Est-ce que vous pouvez nous appeler un taxi ? Merci beaucoup.
¿Puede llamarnos un taxi? Muchísimas gracias.

ALLO ?

Appeler l'étranger : 00 + code du pays (France : 33) puis enfin le n° du correspondant (pour la France, supprimer le 0). Le coût d'un appel de trois minutes de la Bolivie d'un poste fixe vers l'Europe est d'environ 50 Bs.

Appeler la Bolivie depuis la France : 00 + 591 + code de la ville + n° du correspondant.

Appels locaux. Le marché des télécommunications a été ouvert depuis quelques en Bolivie et la numérotation est compliquée. Les numéros de ce guide sont donc valables quand vous effectuez un appel localement (on a laissé les codes de ville). Dès que vous appelez en dehors de la ville où vous vous trouvez, il vous faudra tout d'abord ajouter un 0 puis le code de la ville et enfin, ajouter, bien sûr, le numéro de votre correspondant.

Téléphone portable. Pour alléger votre facture, nous vous conseillons vivement d'acheter une carte SIM locale de n'importe quel opérateur (Entel offre de bonnes prestations), à votre arrivée, ce qui vous donnera accès à internet via la 4G dans tout le pays, et de télécharger des applications telles que Skype, Messenger, Line, Telegram, WhatsApp…
Si vous souhaitez garder votre forfait français, il faudra avant de partir activer l'option internationale (généralement gratuite) en appelant le service clients de votre opérateur. Qui paie quoi ? La règle est la même chez tous les opérateurs. Lorsque vous utilisez votre téléphone français à l'étranger, vous payez la communication, que vous émettiez l'appel ou que vous le receviez. Dans le cas d'un appel reçu, votre correspondant paie lui aussi, mais seulement le prix d'une communication locale. Tous les appels passés depuis ou vers l'étranger sont hors forfait, y compris ceux vers la boîte vocale.

ACCESSIBILITÉ

La Bolivie est peu pratique pour les personnes en fauteuil roulant et pour les poussettes. Les trottoirs sont souvent petits et encombrés (vendeurs ambulants, etc.), à part dans les parcs, et sur les promenades du Prado de La Paz et de Cochabamba. D'une manière générale, très peu d'hôtels, de restaurants et de sites touristiques sont adaptés aux personnes à mobilité réduite en Bolivie. En raison aussi de l'altitude, ceux-ci seront aussi confrontés à bon nombre de problèmes. Il n'est pas vraiment recommandé de quitter les grandes villes ou les axes principaux, et même de ne pas voyager en Bolivie si le handicap est sérieux, sauf si on est déjà habitué à barouder dans des pays en développement. Sachez tout de même que les Boliviens sont très accueillants et se plieront en quatre pour vous aider. Toutefois, les conditions sont vraiment sommaires et il faut avoir une bonne humeur à toute épreuve !

SANTÉ

Il convient d'être vigilant sur quelques points afin de ne pas subir des désagréments de santé au cours de son voyage. Voyager en Bolivie oblige à prendre quelques précautions.

Altitude. En Bolivie, le problème majeur reste le mal aigu des montagnes (MAM), ou Accute Mountain Sickness (AMS). Le fameux *sorojche* est dû aux difficultés pour une personne à s'adapter à la raréfaction de l'oxygène, conséquence directe de l'altitude. Il n'y a pas d'inquiétude à avoir si certaines précautions sont respectées. Il faut ainsi prendre du repos et ne surtout pas chercher à gagner en altitude. Après quelques jours, le corps humain finit par s'acclimater et l'on peut reprendre normalement le cours de son voyage. Les premiers symptômes apparaissent lorsque le corps n'arrive pas à s'adapter assez rapidement à l'altitude. Grande fatigue, mal de tête, nausée, perte d'appétit, sensation de vertige ou insomnie : autant de signes avant-coureurs qui doivent vous alerter. Ignorer ces symptômes peut conduire à de graves accidents, cette maladie pouvant dégénérer en une forme plus sévère et entraîner un œdème cérébral et/ou pulmonaire à l'origine de nombreux décès. La mastication de feuilles de coca, le maté de coca ou les bonbons *(caramelitos)* d'essence de coca concentrée aident à l'acclimatation à l'altitude.
Avant votre départ, consultez votre médecin habituel, surtout si vous avez plus de 60 ans et que vous comptez vous rendre dans la partie andine de la Bolivie. Sur place, les problèmes seront différents selon que vous vous trouverez dans les Andes, dans les vallées ou dans l'Oriente. En cas de complication, se rendre immédiatement dans une clinique *(clinica)*.
Si vous arrivez en avion directement de France ou d'un pays situé à basse altitude, il est préférable de planifier une arrivée à Santa Cruz de la Sierra plutôt qu'à La Paz. Vous monterez ainsi graduellement en altitude lors de votre séjour et votre organisme s'y acclimatera d'autant mieux. Ne sous-estimez pas cette donnée, en effet plusieurs voyageurs arrivant directement à La Paz « perdent » quelques jours de leur voyage à s'acclimater. En revanche si vous venez du Pérou ou du Chili, une arrivée à La Paz ne vous posera pas de problème.

Eau. Pas toujours potable dans les grandes villes, il est nécessaire de se méfier des lieux de stockage qui peuvent réserver quelques surprises. En milieu rural, l'eau n'est pas potable. Il est fortement recommandé de n'utiliser que les bouteilles d'eau du commerce (eau traitée et purifiée) après avoir vérifié qu'elles sont bien scellées. Évitez de consommer des glaçons, ainsi que les glaces et sorbets achetés dans la rue. Il n'est pas toujours facile de savoir si l'eau a été purifiée ou non. Vous pouvez ainsi purifier votre eau avec des comprimés désinfectants (Aquatabs®, Drinkwell Chlore®, Micropur®) que vous aurez eu soin d'emporter. Mais attention, les différents désinfectants ne protègent pas contre tous les microbes transmis par l'eau à moins que celle-ci ait été filtrée au préalable. Il vous faudra dans tous les cas faire preuve de la plus grande vigilance. Dans de très nombreux pays, et en particulier en Bolivie, l'eau est le principal ennemi du voyageur. Statistiquement, un voyageur sur deux est touché par la *turista* au cours des quarante-huit premières heures et 80 % des maladies contractées en voyage sont directement imputables à une eau contaminée. Certes, une *turista* est heureusement souvent bénigne mais une diarrhée contractée en zone à risques peut aussi dissimuler des amibes, la *giardia*, des bactéries ou des virus, qui peuvent être vecteurs de maladies graves (typhoïde, choléra, par exemple). La plus grande prudence s'impose donc. Il ne suffit pas d'éviter de boire de l'eau du robinet : les glaçons, les aliments lavés avec de l'eau impure ou le brossage des dents avec l'eau du robinet – même dans un hôtel 4-étoiles – sont des vecteurs de contamination. Mieux vaut donc prévenir que guérir : acheter si possible des bouteilles d'eau capsulées. Mais attention il ne faut pas qu'elles arrivent décapsulées sur la table car certains petits malins n'hésitent pas à remplir la bouteille avec l'eau du robinet ! Faites bouillir l'eau (le café et le thé sont des boissons « sûres »), évitez de manger des crudités ou des fruits pelés, bannissez les glaçons.

Hygiène alimentaire. D'une façon générale, il est vivement conseillé de ne pas abuser de la cuisine bolivienne à votre arrivée dans les Andes. Le mal des montagnes est déjà assez problématique comme cela. Pour ceux qui n'y résisteraient pas, marchez lentement et buvez beaucoup d'eau. Au bout de quelques jours, la forme revient et l'organisme finit par s'acclimater, vous pourrez alors déguster sans retenue, ou presque, les spécialités locales. Les maux les plus courants restent les troubles intestinaux. Le fait de changer de régime alimentaire est déjà source de perturbations, mais lorsque s'ajoute à cela une nourriture épicée parfois préparée dans des conditions d'hygiène peu en rapport avec celles auxquelles nous sommes habitués, cela se traduit la plupart du temps par de fortes diarrhées, également connues sous le nom de *turista*. Pour l'éviter, attention aux fruits déjà pelés (pas de problème pour ceux que vous pelez vous-même) et aux mets crus. Aussi, évitez de manger des fruits ou légumes qui auraient été lavés avec de l'eau non bouillie. Et lavez-vous les mains régulièrement. Si les diarrhées sont plus désagréables que dangereuses, il faut savoir qu'elles ont pour effet de déshydrater. C'est pourquoi il faut penser à boire beaucoup d'eau purifiée lorsqu'on est atteint par ce type de désagrément. La viande de porc est également à proscrire sauf si elle est consommée très cuite. La Bolivie fait face en effet à des maladies porcines parasitaires comme les trichines ou la cysticercose équivalentes à la maladie de la vache folle en Europe.

Piqûres et morsures. Le paludisme, ou malaria, étant une maladie courante en Bolivie, il est important de se protéger convenablement contre les piqûres de moustiques. La prévention nécessite un traitement antérieur au départ. Si vous ne craignez rien à partir de 2 000 m d'altitude, en dessous, il est impératif de vous protéger, surtout si vous comptez vous rendre dans la forêt amazonienne. Sur place, utilisez de puissants répulsifs et portez des vêtements adaptés (pantalon, sweat à manches longues, chaussettes). La nuit, la moustiquaire est de mise, complétée pour plus de sécurité par l'utilisation de sprays anti-moustiques. Ces précautions permettent également de se prémunir contre la dengue, la fièvre jaune, le virus Zika ou la leishmaniose, maladies véhiculées aussi par des espèces de moustiques présentes en Bolivie. Pour ce qui est des morsures, de chiens notamment, la rage étant toujours active en Bolivie, désinfectez immédiatement la plaie, consultez rapidement un médecin et surtout vaccinez-vous avant de partir. N'oubliez pas que les plaies dans les climats chauds et humides mettent longtemps à cicatriser et peuvent même s'infecter. Il convient donc de les traiter le plus rapidement possible avec un antiseptique et de les laisser le plus souvent possible à l'air libre plutôt que de les couvrir d'un pansement.

En cas de maladie ou de problème grave durant votre voyage, un réflexe : consultez rapidement un pharmacien puis un médecin. ensuite contactez le consulat de France, il se chargera de vous aider, de vous accompagner et vous fournira la liste des médecins francophones. En cas de problème grave, c'est aussi lui qui prévient la famille et qui décide du rapatriement.

URGENCES SUR PLACE

- **Le numéro de téléphone du secours médical** est le ✆ 118, celui des pompiers *(bomboneros)* est le ✆ 119.
- **Le numéro de la police** est le ✆ 110, celui de la police touristique est le ✆ +591 2222 5016.
- **Le numéro des services ambulanciers à La Paz** est le 165.
- **Les médicaments communs** sont accessibles dans les pharmacies locales (évitez impérativement les médicaments vendus en dehors des officines, par exemple sur les marchés) mais il vaut mieux préparer sa pharmacie avant le départ.

SÉCURITÉ

La Bolivie est un des pays les plus sûrs d'Amérique du Sud. On peut s'y promener presque aussi sûrement que dans une ville de province française. Mais évidemment, le look banane à la ceinture, laine polaire, appareil photo au cou ou smartphone au bout de la perche à selfie fait de vous une cible idéale pour les éventuels voleurs. Premier conseil : évitez de ressembler à un touriste, gardez votre argent dans la poche et évitez de transporter votre billet d'avion, votre passeport et la totalité de vos économies dans votre sac à dos. Le bon sens doit guider votre manière d'être. En cas de vol, faites une déclaration à la police de la ville la plus proche. Même si une enquête est illusoire, la déclaration vous sera utile auprès de votre assurance. De nombreux mouvements sociaux ont lieu en Bolivie, qui souvent se traduisent par des routes bloquées ou coupées *(bloqueos)*, un conseil, ne cherchez pas à forcer les barrages !

- **Drogue.** En Bolivie, si l'usage ancestral de feuilles de coca est autorisé et largement répandu, la consommation de stupéfiants est strictement prohibée. Et les risques encourus dépassent largement les effets escomptés. La cocaïne notamment, souvent vendue comme pâte base non traitée, contient de nombreux produits neurotoxiques quand elle n'est pas coupée avec tout et n'importe quoi. Placée parmi le trio de tête des pays producteurs, la Bolivie mène une politique répressive faite de coups d'éclats ponctuels contre les narcotrafiquants, souvent aussi contre les étrangers. La Loi 1008, très connue en Bolivie, traitait de la coca et des substances contrôlées. Elle était encore en place jusqu'au début 2017 avant d'être légèrement modifiée. L'article 2 dit clairement que « la culture de la coca est une activité agricole et culturelle orientée traditionnellement et de manière licite vers la consommation, l'usage de la médecine et les rituels des peuples andins ». L'article 3 établit toutefois une claire différence entre la feuille de coca dans son état naturel et la coca travaillée chimiquement, à savoir la cocaïne (déclarée illicite dans l'article 7). L'article 48 établit que tout trafic de substances contrôlées (comme la marijuana) fera l'objet d'une peine de 10 à 25 ans de prison. L'article 49 dispose que les étrangers sans résidence permanente et impliqués dans la simple consommation de ces substances seront sanctionnés par une peine de résidence obligatoire (plus une contravention) de 500 à 1 000 jours. Dans tous les cas, tenter de se procurer des stupéfiants vous expose à des risques certains (braquage, dénonciation…). Et les étrangers ne bénéficient d'aucun traitement de faveur, les peines étant appliquées, parfois pour l'exemple, sans retenue. Autant faire attention !
- **Femme voyageant seule.** L'Amérique du Sud est un continent macho, mais la plupart des gens vous témoigneront du respect. Soyez méfiante dans les villages perdus ou dans les alentours des terminaux de bus des grandes villes. Dans tous les cas, les femmes sont de plus en plus nombreuses à voyager en Amérique du Sud, armées de leur sac à dos, et les Français sont légion en Bolivie. La vigilance sera comme toujours votre meilleure arme, sans forcément tomber dans la paranoïa.
- **Voyager avec des enfants.** La Bolivie se prête sans problème à un voyage avec des enfants, à partir de 4/5 ans de préférence, même avec un sac à dos (nous avons croisé plusieurs familles un peu partout, toutes étaient enchantées). Les Boliviens adorent les enfants et la Bolivie est remplie d'enfants : ce sont des sésames pour ouvrir les portes de belles rencontres. Ils s'extasieront devant tant de couleurs, de différences, de nouvelles odeurs exotiques. Question santé, il y a de très nombreuses pharmacies un peu partout et les plus grandes villes comptent de très bons hôpitaux, avec des médecins qualifiés (souvent en provenance de Cuba, réputée pour la qualité de ses soins).

Le seul problème majeur est posé par l'altitude : avant de vous lancer corps perdu dans la conquête du Salar d'Uyuni avec eux, visitez l'Amazonie, Santa Cruz et les missions, Samaipata, Tarija et tentez ensuite Sucre, Potosí et/ou Cochabamba... Ensuite, en fonction de la réaction de votre enfant, vous aurez peut-être la possibilité de monter encore plus haut !

LGBTQ

On ne peut pas dire que les voyageurs gay ou lesbien soient particulièrement bien accueillis en Bolivie, un pays très conservateur sur certaines pratiques et tendances, et où l'Église (ou plutôt devrait-on dire, les Églises) joue encore un rôle très important. Il ne fait pas bon s'exhiber en public, les gens ne sont pas très habitués. En 2010, Evo Morales a dit un jour que les homosexuels étaient ainsi parce qu'ils mangeaient trop de poulet aux hormones féminines ! Il s'est excusé peu après mais, bon… on a compris que l'homosexualité n'est pas en odeur de sainteté en Bolivie. Cependant les meurs évoluent peu à peu dans les grandes villes...

AMBASSADE ET CONSULATS

Les ambassades et les consulats se trouvent tous à La Paz. Certains consulats sont également présents à Santa Cruz de la Sierra et à Sucre.

- **L'Ambassade de France** (✆ +591 2214 9900) se situe, au 5390 Calle 8 dans le quartier Obrajes. Elle dispose d'un site internet (bo.ambafrance.org) où vous trouverez toutes les informations relatives aux activités consulaires.
- **L'Ambassade de Suisse** (✆ +591 2275 1001) se situe également à Obrajes, au 455 Calle 13.
- **L'Ambassade du Canada** (✆ +591 2241 5141) se trouve au 2678 Calle Víctor Sanjinés, dans l'Edificio Barcelona, sur la Plaza España, dans le quartier de Sopocachi.
- **Le Consulat honoraire de Belgique** (✆ +591 2279 2877) se trouve en zone sud dans la Calle 15, à Calacoto (Édifice Estudio de Abogados Lopez del Solar).
- **Le Bureau de l'immigration** (✆ +591 2211 0960) est situé au 1480 avenida Camacho, une rue parallèle au Prado. Site internet : www.migracion.gob.bo. Le département pour étrangers s'appelle « Extranjería ». Ouvert de 16h à 18h30 du lundi au vendredi et le samedi de 8h30 à 12h30 pour les services aux étrangers.
- **Consulat de la République d'Argentine** (✆ +591 2242 2175), au 475 Aspiazu à Sopocachi.
- **Consulat général du Chili** (✆ +591 2244 0980), dans l'Edificio Plaza 15, 8024 Calle 15, Calacoto.
- **Consulat général du Pérou** (✆ +591 2275 0332), Edificio Mario Mercado, au 300 Avenida 14 de Septiembre Calle 17, Obrajes.
- **Ambassade du Brésil** (✆ +591 2216 6400), Edificio Multicentro, Avenida Arce.

POSTE

ECOBOL (Empresa de Correos de Bolivia) assurait le service du courrier avant que celle-ci ne ferme début 2018 pour cause de dette faramineuse. Le gouvernement a créé la Agencia Boliviana de Correos (www.correos.gob.bo) pour prendre la suite d'ECOBOL.

MÉDIAS LOCAUX

- **Presse.** Avec à peine 100 000 lecteurs potentiels, la Bolivie possède une presse écrite sérieuse – d'un style proche de son voisin, le Chili –, très peu de presse à sensation et des journaux « politiquement corrects ».
Pour ceux qu'un voyage d'affaires amène en Bolivie, nous recommandons vivement *Nueva Economia* (www.nuevaeconomia.com.bo), un hebdomadaire d'économie et de management, dans la lignée du magazine français *L'Expansion*. Le journal *Presencia*, de La Paz, garde lui une ligne catholique de gauche, un peu à l'image du *Monde*.
La Razón (www.la-razon.com) est un grand quotidien national édité à La Paz. Il est identifiée au milieu d'affaires boliviennes et produit tous les jours le supplément *Economia y Negocios*, assez complet. Ses équivalents sont *El Deber* (www.eldeber.com.bo), à Santa Cruz, et *Los Tiempos* (www.lostiempos.com), à Cochabamba. À Potosí, l'institution journalistique est *El Siglo*.
- **Télévision.** Plusieurs chaînes de télévision à l'échelle du pays, que l'on peut aussi suivre sur le net : ATB Red Nacional (www.atb.com.bo), Bolivisión (www.bolivision.net), Red P.A.T, Red Uno, Bolivia TV, Unitel et RTB. Les informations sur la plupart des chaînes ne sont pas forcément très impartiales, les publicités abondent et certains scoops pas vraiment vérifiés. L'accès à la TV câblée ou retransmission par satellite se généralise comme partout dans le monde.

Radio. Pour connaître la plupart des radios boliviennes (il est souvent possible d'écouter leurs programmes en ligne), voyez le site radiostationworld.com/locations/bolivia/radio_websites.asp

Sites internet. Le Web fournit la possibilité de suivre les nouvelles de la Bolivie en direct et de s'informer. Internet peut pallier le manque d'un vrai office du tourisme en France. Le site internet officiel du ministère du tourisme bolivien n'est disponible qu'en espagnol (www.turismo.produccion.gob.bo) et présente les sites majeurs du pays ainsi que des infos pratiques. Parmi les autres sites intéressants, Bolivia Turismo (www.boliviaturismo.com.bo) est un site en espagnol qui fournit des informations pertinentes sur les sites touristiques importants mais aussi sur des destinations moins connues. Bolivia Online (www.bolivia-online.net), est en fait une revue touristique présentant la petite vingtaine d'hôtels-boutiques s'étant associés pour offrir aux voyageurs des conditions de confort plus ou moins similaires dans un environnement de charme, un peu partout dans le pays. En outre, les principales régions touristiques sont présentées. On peut télécharger la revue gratuitement sur le site. vous aurez ainsi du matériel pour organiser votre séjour du mieux possible ! Site en espagnol, anglais et allemand. Soy Sucre (www.soysucre.info/fr) est rempli d'informations touristiques et pratiques, en français, sur la ville blanche et ses environs. Principal éditeur en langue anglaise, le superbe magazine Bolivian Express (www.bolivianexpress.org) est distribué gratuitement en version imprimée dans tout le pays, mais aussi en ligne pour le reste du monde. Il publie chaque mois une série d'articles abordant des thèmes passionnants avec la Bolivie en toile de fond.

LES PHRASES CLÉS

Bonjour, mon téléphone ne fonctionne pas, pouvez-vous m'aider s'il vous plait ?
Hola, mi teléfono no funciona, ¿puede ayudarme, por favor?

Je ne me sens pas bien, pouvez-vous m'amener à l'hôpital le plus proche ?
No me siento bien, ¿puede llevarme al hospital más cercano?

Est-ce que vous avez un médecin qui parle français ?
¿Hay un médico que hable francés?

Je viens de me faire voler mes papiers, où est le poste de Police le plus proche ?
Me acaban de robar la documentación, ¿dónde está la comisaría más cercana?

Est-ce un quartier dangereux ou je peux y aller sans crainte ?
¿Es un barrio peligroso o puedo ir allí sin problema?

Avez-vous des timbres pour une carte postale à envoyer en France ? C'est combien ?
¿Tienen sellos para enviar una postal a Francia? ¿Cuánto cuesta?

PASSPORT
N
W E
S

DÉCOUVRIR

La Bolivie évoque d'emblée les sommets enneigés de la Cordillère des Andes, la blancheur et l'immensité du Salar d'Uyuni et les *cholitas*, ces femmes aymaras coiffées du *bombín*, le chapeau melon traditionnel. Ce pays andin recèle pourtant bien d'autres horizons, des denses jungles amazoniennes aux formations géologiques uniques de Torotoro, en passant par les grands espaces du mythique lac Titicaca. Ses attraits ne se résument pas seulement à ses merveilleux paysages, la Bolivie possède également un riche héritage historique et culturel. Les mystérieuses ruines de la civilisation de Tiwanaku, les antiques chemins incas, ou encore l'héritage architectural colonial des villes comme Sucre ou Potosí, envoûtent le visiteur. Cependant, la Bolivie ne serait pas ce qu'elle est sans ce qui constitue l'âme du pays : ses habitants ! Un extraordinaire kaléidoscope d'ethnies aux vêtements chamarrés et aux fêtes hautes en couleur.

LA FRÉNÉSIE DU CARNAVAL D'ORURO

Dédiée à la *Virgen del Socavón*, la plus dionysiaque des fêtes boliviennes dure 4 jours pendant lesquels Oruro, la capitale folklorique, devient le centre d'attention de tout le pays. Caractéristique du syncrétisme bolivien, ce carnaval trouve ses racines dans la rencontre des croyances andines et de la religion chrétienne. Avec ses 400 000 visiteurs chaque année, il est le deuxième carnaval le plus important d'Amérique du Sud en termes de fréquentation, après celui de Rio de Janeiro. Resté fidèle à ses origines, il a été classé au Patrimoine culturel immatériel de l'Humanité par l'UNESCO en 2008. Les festivités débutent le samedi qui précède le Mardi gras avec un défilé de danseurs venus des quatre coins du pays. Le moment fort est l'entrée de la Diablada, la danse des diables et des anges qui s'affrontent, au milieu d'un tourbillon de musique et de couleurs, sous les plus beaux masques du pays. Un évènement culturel incontournable.

Une histoire de syncrétisme et de mélange culturel

Oruro est situé sur un ancien site de cérémonies andines, au premier rang desquelles la grande fête d'Ito, qui permettait aux Urus, un peuple ancien de l'empire de Tiwanaku, d'accomplir leurs rituels sacrés en l'honneur de la Pachamama et du Tío Supay (dieu de la montagne). La ville a été prise par les conquistadors au début du XVIIe siècle et, malgré l'interdiction faite par les Espagnols de perpétuer ces cérémonies, elle est demeurée un site sacré pour les Urus. Pour contourner cet interdit, les Urus ont assimilé la figure de la Pachamama à celle de la Vierge, et le Tío Supay a revêtu l'habit du Diable, afin de continuer à célébrer leurs Dieux sous couvert de christianisme. À la fin du XVIIIe siècle, une étrange image de la Vierge serait apparue dans une des plus riches mines d'argent de la ville. Depuis, le carnaval a lieu en l'honneur de la *Virgen del Socavón* (Vierge de la mine), assimilée alors à la *Virgen de la Candelaria* (Vierge de la Chandeleur). L'imposante statue de 45 mètres de la *Virgen del Socavón*, érigée en 2013 sur les hauteurs de la ville, veille sur les festivités auxquelles viennent participer des centaines de milliers de spectateurs venus de toute la Bolivie…

© KATARZYNA CITKO / SHUTTERSTOCK.COM

Carnaval d'Oruro.

Les origines du carnaval

Vers la fin du XVIIIe siècle, on commence à parler de la Diablada, la danse des diables, qui était auparavant la *llama llama* pour les Urus, et qui symbolise la lutte du bien contre le mal. Les vêtements des anges et des archanges étaient faits alors d'argent et non pas de laiton, comme c'est le cas aujourd'hui. Les masques incroyables de la Diablada apparaissent vers le début du XXe siècle, ils dépeignent le Tío Supay sous la forme de l'image du diable rouge à cornes du christianisme, mais également des animaux que les Urus considèrent comme sacrés. La Diablada, avec tous ses symboles et ses références, est considérée pour beaucoup comme la danse incarnant le carnaval d'Oruro. Au fil des années le carnaval va attirer d'autres danseurs venus de la Bolivie tout entière et en particulier des régions urbaines.

Que la fête commence !

Dès 7h le samedi matin précédant le Mardi gras, une procession d'environ 28 000 danseurs et 10 000 musiciens, fiers représentants de la jeunesse bolivienne, défile dans les rues en

© CURIOSO.PHOTOGRAPHY - SHUTTERSTOCK.COM

direction du Santuario de la Virgen del Socavón (p.199) (un temple sur la Plaza del Folklore, à ne pas confondre avec la statue de la Virgen del Socavón). La procession, qui dure environ 20 heures, s'effectue sur un parcours d'un peu plus de 3 km qui débute avenida Aroma et qui passe par les grands axes du centre-ville (avenida Bolívar, plaza 10 de Febrero, avenida Rodolfo Meier…), pour enfin arriver au Santuario del Socavón. Pendant ce temps, dans un face-à-face acharné, s'affrontent les spectateurs des tribunes. Des deux côtés, les plus audacieux lancent sur leurs vis-à-vis bombes à eau et pétards. Les plus exposés, quant à eux, en sont réduits à se défendre avec leur parapluie contre les raids de mousse à raser.

Chaque groupe représente une région ou une ethnie de Bolivie et se compose de plusieurs centaines de danseurs, qui sont la vitrine de leur région. Les danseurs sont parés de costumes complexes (et souvent très lourds à porter !), ainsi que de masques sublimes qui font la réputation du carnaval. Les « anciens », quant à eux, composent la fanfare à l'arrière de chaque cortège. Ils donnent l'impression d'être les plus heureux de la troupe, tant leur joie de vivre est communicative. Vêtus du même costume et portant un *sombrero* identique, ils enchaînent inlassablement les rythmes de l'Altiplano, au son des cuivres et des percussions. Les groupes les plus attendus sont ceux de l'Altiplano et de ses villes principales : Oruro, La Paz, et Potosí.

La Diablada, la danse symbolisant le carnaval, est la plus attendue. Elle est notamment exécutée en ouverture par la troupe Gran Tradicional Auténtica Diablada d'Oruro. Les costumes et les masques sont parmi les plus spectaculaires de la procession. En tête de peloton, on retrouve les diables Lucifer et Satan (parfois représentés sous les traits du *Tío Supay*), arborant des masques à cornes et des costumes dont les couleurs principales sont le rouge et le noir, accompagnés de plusieurs *China Supay*, des diablesses. Ils sont suivis par des danseurs représentant les 7 péchés capitaux, puis par les légions d'anges menés par saint Michel, tout de bleu vêtu. Durant toute la danse, les anges et les démons tournoient et exécutent une chorégraphie réglée au millimètre, dans une frénésie de mouvements et de couleurs.

La danse des Caporales est la spécialité d'Oruro et de La Paz. Le costume des hommes fait référence à celui des capos, qui dirigeaient les esclaves dans les mines de Potosí. L'objectif est de caricaturer, voire de ridiculiser les conquistadores espagnols tout en démontrant la richesse des traditions andines. C'est une danse sensuelle où se séduisent danseurs et danseuses.

La Morenada reprend également le thème des esclaves contre les Espagnols, elle est notamment dansée par les communautés afro-boliviennes des Yungas. Les danseuses portent sur la tête le traditionnel *bombín* des *cholitas* et des jupes très courtes.

La danse des Tobas. Les Tobas représentent le Beni, la partie tropicale de la Bolivie. Ils contrastent fortement avec les précédentes Caporales. Le physique des danseurs, déjà, est différent : ce sont des Indiens des régions amazoniennes. Petits et agiles, ils présentent au public une danse symbolisant l'énergie, faite de sauts successifs et de grands mouvements des bras et du corps. Très souvent, ils sont torse nu, simplement parés de plumes d'oiseaux et de grandes ceintures à franges.

LA FRÉNÉSIE DU CARNAVAL D'ORURO

© ALEXANDRE LAPRISE - SHUTTERSTOCK.COM

▶ **La Llamerada** est une danse qui rend hommage à l'animal incontournable de la culture aymara : le lama. Tous les danseurs sont munis d'un objet propre aux bergers : la fronde servant à mener le troupeau, qui est ici employée comme accessoire rythmique.

▶ **Les groupes chapaqueñas** de la province du sud de Tarija constituent un ingrédient indispensable du carnaval. Rien à voir avec l'orgueil affiché des Caporales. Là, priment la bonne humeur, les chants mélodieux et surtout les danses déroulées et non plus saccadées. Le costume des danseurs est très typique : beaucoup de bandeaux et de lanières accrochées à la ceinture de toutes les teintes.

▶ **Le groupe des Wistus** danse le Tinku, simulacre du rite traditionnel de l'Altiplano où les hommes s'affrontent à mains nues afin de faire couler le sang et ainsi nourrir la terre mère, la Pachamama. La danse met en scène ces combats, mêlant les danseurs dans d'amples mouvements.

▶ **On verra également** d'autres danses folkloriques : la Kullawada où les danseurs sont munis d'un rouet en honneur aux fileurs de laine de La Paz, la Potolo, dansée par des groupes originaires de Potosí et de Sucre, ou encore la Waca Waca de La Paz.

Un carnaval fédérateur

Tout le monde s'amuse ici : au carnaval d'Oruro se côtoient Boliviens de l'Altiplano, Guaranis du Sud-Est, Boliviens de l'Oriente et des Yungas, autant de communautés qui constituent le riche patrimoine culturel du pays. Les grands, les plus grands et les tout-petits ; tous ont leur place, riches ou pauvres.

Le public est ravi, lui aussi fait partie du spectacle, il applaudit, il frappe dans ses mains en rythme avec l'orchestre, il chante, mais surtout il motive tous ces danseurs qui en ont besoin tant leur parcours est long. Malgré les courbatures et la nuit tombée, les festivités continuent au cours de la nuit jusqu'à 3h du matin. Vers 7h le dimanche matin, le carnaval reprend ses droits, et c'est un nouveau jour de célébrations, de musiques, de danses, d'explosions de joie et de couleurs.

Assister au carnaval

Les voyageurs souhaitant assister à cet évènement majeur du pays doivent évidemment s'y prendre longtemps en avance. Le plus simple est de s'adjoindre les services d'une agence de voyages qui se chargera de tout (réservations, hébergement, transport). Si vous désirez y aller par vos propres moyens il y a plusieurs facteurs à prendre en compte. L'hébergement tout d'abord ; il faut savoir que les tarifs des chambres d'hôtel à Oruro triplent et même quadruplent lors du carnaval. De plus, il faut souvent réserver pour 3 nuits minimum, ce qui fait rapidement grimper le coût. Les hôtels font le plein durant cette période, aussi vaut-il mieux s'occuper des réservations plusieurs mois à l'avance. Il est plus facile de trouver un moyen de transport, les bus affluent de toutes les villes, mais leurs prix peuvent également subir une légère inflation.

Ensuite il faut prendre un billet pour pouvoir avoir accès aux gradins. Les tarifs varient selon l'emplacement et les services (certains tickets comprennent de la nourriture et des boissons), ils s'étalent de 100 à 900 Bolivianos par personne. Une fois toutes ces conditions réunies, c'est le moment d'admirer le défilé ! Le climat est généralement assez clément, mais il peut rapidement faire très frais surtout si vous êtes statique. Les températures oscillent généralement entre 5 °C le matin et le soir, et jusqu'à 18 °C l'après-midi. Le soleil tape fort à cette altitude, pensez à protéger votre tête. Des précautions de base sont à prendre, car il est fréquent que les foules s'aspergent d'eau, de mousse à raser, etc. Portez des vêtements imperméables et protégez vos affaires (sac, appareil photo). Pensez également à recharger les batteries de vos appareils électroniques pour ne manquer aucune photo ! Côté sécurité, tout est prévu, car le carnaval est encadré par environ 3 000 policiers, et 300 caméras de sécurité sont installées à cette occasion. Quelques numéros d'urgence sont à connaître : la police (✆ 110), l'hôpital général (✆ +66 52 77408), la Croix Rouge (✆ +66 52 74958), et l'aide au public (✆ +66 52 51404). Pour se restaurer pas d'inquiétude, il y a une myriade d'options disponibles dans toute la ville (restaurants, vendeurs ambulants...). Vous voilà fins prêts pour admirer l'un des carnavals les plus colorés et les plus enjoués du continent !

GÉOGRAPHIE

Dans l'imaginaire collectif, la Bolivie est souvent représentée par les montagnes de la cordillère des Andes, et pourtant les deux tiers de son territoire sont constitués de plaines ! Enclavé au cœur du continent, c'est le seul pays d'Amérique du Sud, avec le Paraguay, qui n'a pas accès à la mer. Le Nevado Sajama, dans le département d'Oruro, est le plus grand sommet du pays et culmine à 6 542 mètres d'altitude. Entre la moiteur des jungles amazoniennes, les sommets enneigés des cordillères, les plaines arides de la Chiquitania, les déserts de sel en passant par le mythique lac Titicaca, la Bolivie offre au voyageur une multitude de paysages et de climats différents. D'une superficie de presque deux fois celle de la France, le pays peut se diviser en trois grandes régions géographiques : la cordillère des Andes et l'Altiplano, les vallées centrales et les Yungas, et les plaines orientales, situées au nord de la cordillère.

Cordillère des Andes et Altiplano

La cordillère des Andes en Bolivie est scindée en deux grandes parties : la cordillère Occidentale et la cordillère Orientale avec en son centre le haut plateau de l'Altiplano. Cette région, située à plus de 3 500 mètres d'altitude, constitue la carte postale du pays avec ses hauts sommets, ses volcans, le Salar d'Uyuni, le lac Titicaca, et les lamas…

Cordillère Occidentale. D'origine volcanique, elle s'étend sur 2 200 km du Pérou jusqu'au nord du Chili, et sur 620 km à l'ouest de la Bolivie. Ces montagnes sont faiblement peuplées en raison d'un climat assez rude et venteux et d'une végétation quasi non existante. C'est le territoire des alpagas, des lamas, et des vigognes qui gambadent entre les volcans, les geysers et les sources d'eau chaude. C'est dans le parc national Sajama, à la frontière chilienne à l'ouest du territoire, que se trouve le point culminant du pays, le Nevado Sajama (6 542 m). Il fait face aux Nevados de Payachatas, une chaîne formée de deux volcans endormis très prisés des andinistes : le majestueux Parinacota (6 348 m) et le Pomerape (6 222 m). Au sud de la cordillère, qui marque également la frontière sud du pays, on trouve la magnifique région désertique du Sud-Lípez, dont le plus haut sommet est le volcan Licancabur (5 980 m).

Altiplano. La visite de cette région constitue le plus souvent le temps fort d'un voyage en Bolivie pour les voyageurs. D'une longueur de 1 500 km, ce haut plateau, situé entre la cordillère Occidentale et la cordillère Orientale, était auparavant un bassin qui s'est rempli de sédiments au fil des siècles.
Au nord de l'Altiplano se trouvent La Paz et le lac Titicaca, considéré comme le plus haut lac navigable du monde (3 812 m). Le lac sacré, à cheval sur le Pérou et la Bolivie, constitue également le plus grand volume d'eau douce d'Amérique du Sud et couvre une superficie de 8 562 km² (dont presque la moitié du côté bolivien). La plus grande île du lac est l'Isla del Sol avec plus de 14 km² de superficie, située en face de Copacabana en Bolivie.

DÉCOUVRIR

© INSIDEOUT78 - SHUTTERSTOCK.COM

Isla del Sol sur le lac Titicaca.

Descente à vélo de la route de la mort, qui relie La Paz aux Yungas.

Les lacs présents dans le passé sont devenus des déserts de sel, et aujourd'hui les touristes se pressent pour visiter les *salars* d'Uyuni (à 3 658 m d'altitude) et de Coipasa (3 657 m). Le *salar* d'Uyuni, avec ses 10 582 km², est le plus vaste et le plus accessible. Il constitue une réserve importante de minéraux, véritable enjeu économique pour le pays et pour diverses multinationales. Il contiendrait ainsi plus de 5 millions de tonnes de lithium ! Entre janvier et mars, les précipitations sont importantes sur le *salar* d'Uyuni, et la fine couche d'eau qui le recouvre forme alors un gigantesque miroir d'eau et les photographes du monde entier affluent pour immortaliser ce spectacle fascinant.

La région du Sud-Lípez occupe le sud de l'Altiplano. C'est une région aride et très peu habitée, mais qui réserve des paysages surréalistes ! Un séjour en Bolivie serait d'ailleurs incomplet sans une visite du Sud-Lípez. C'est ici, dans la réserve naturelle Eduardo Avaroa, qu'on trouve les lagunes les plus spectaculaires du pays, entourées de volcans et de montagnes. Les deux plus visitées étant la Laguna Colorada et la Laguna Verde. Les couleurs vives de ces lagunes sont dues à la forte présence de minéraux, d'algues et de planctons.

▶ **Cordillère Orientale.** Cette chaîne, plus ancienne que la cordillère Occidentale, arrive dans le pays aux abords du lac Titicaca pour terminer au sud du pays, à la frontière avec l'Argentine. Ses sommets les plus hauts sont recouverts de glaciers et de neiges éternelles.

La cordillère d'Apolobamba, la partie la plus au nord, s'étend de la Bolivie au Pérou. Elle établit la frontière entre les Andes et l'Amazonie. Ses points culminants sont le Chaupi Orco (6 044 m) et le Cololo (5 915 m). C'est dans cette cordillère que vivent les Kallawayas, le peuple de guérisseurs au savoir médicinal ancestral. Cette zone, classée réserve naturelle par le gouvernement, abrite de nombreux animaux andins : alpagas, vigognes, lamas, mais aussi viscaches, condors, pumas…

La cordillère Royale est la partie centrale de la cordillère Orientale en Bolivie. Le nord de la cordillère Royale est limité par la montagne sacrée qui veille sur La Paz du haut de ses 6 438 m : le Nevado Illimani. Plusieurs cimes de la cordillère dépassent d'ailleurs les 6 000 m : l'Ancohuma (6 427 m), l'Illampu (6 368 m), ou encore le Huayna Potosí (6 088 m), qui se trouve à seulement 25 km de La Paz. L'ancienne station de ski du Cerro Chacaltaya (5 395 m), également à proximité de La Paz, fait partie de cette cordillère.

La cordillère Quimsa Cruz, « les trois croix », est située au sud-est du lac Titicaca et ses points culminants sont le Jacha Collo (5 800 m), et le Huayna Khunu Qullu (5 640 m). C'est une formation principalement granitique, avec des pics et des falaises qui font le bonheur des férus d'escalade.

La cordillère de Potosí, plus au sud, comprend le fameux Cerro Rico (4 782 m), la montagne qui recelait de la plus grande réserve d'argent de l'histoire et qui fit la richesse de la couronne espagnole (et le malheur des populations indigènes).

Vallées centrales et Yungas

Ces vallées subandines font la transition entre la cordillère des Andes et la forêt amazonienne.

▶ **Yungas.** Situées sur le flanc de la cordillère et à seulement quelques heures de La Paz, les Yungas sont une région de forêt humide tropicale et subtropicale qui s'étale de 400 à 3 500 mètres d'altitude. La ville principale de cette région est Coroico. Les précipitations sont abondantes et les terres très fertiles. Oranges et café sont cultivés puis exportés vers La Paz, mais la culture la plus importante reste celle de la coca, dont les feuilles sont destinées à être mâchées ou infusées (et non pas pour produire de la cocaïne !). Les Yungas sont prisées des voyageurs, car elles abritent l'un des sites les plus prisés des aventuriers : la *carretera de la muerte*, la fameuse « route de la mort » qui relie La Paz aux Yungas. Plusieurs agences proposent de descendre ce dénivelé de 3 500 mètres en vélo, sur la petite route longeant des ravins vertigineux ! Une route alternative beaucoup plus sûre, de l'autre côté de la vallée, a été inaugurée en 2006. Ces « vallées chaudes », la signification de Yungas en Aymara, offrent des paysages à couper le souffle, entre falaises et végétation luxuriante.

▶ **Vallées centrales.** Le versant est de la cordillère, dans la continuité des Yungas, descend ensuite pour former des collines et des vallées tempérées se trouvant entre 2 000 et 3 000 mètres d'altitude. Elles sont traversées par des rivières venant de la cordillère qui rendent les sols fertiles et favorisent l'agriculture. Les températures sont moins extrêmes que sur l'Altiplano. La première vallée est celle du Chapare, qui longe le fleuve éponyme et dont la ville principale est Cochabamba. On trouve ensuite la vallée de Sucre, la ville blanche, puis tout au sud, celle de Tarija. Le climat de ces trois villes est doux, agréable, et relativement similaire au climat méditerranéen.

Plaines orientales

La région orientale du pays, appelée logiquement *El Oriente*, représente près de 60 % du territoire national et abrite près de la moitié de la population du pays. Trois grands départements composent cette région : Santa Cruz, le Beni et le Pando. D'une altitude inférieure à 400 mètres, ces terres basses peuvent être divisées en trois zones : l'Amazonie, les plaines de Chiquitania et les plaines du Gran Chaco.

Amazonie. Le Beni et le Pando constituent la partie amazonienne du pays. Ces deux départements sont difficiles d'accès, les infrastructures routières sont peu développées, la végétation est dense, et les inondations fréquentes rendent les déplacements aléatoires. De nombreuses rivières permettent de naviguer et les trois fleuves les plus importants sont le Mamoré, le Beni et l'Iténez, qui finissent tous leur course en se jetant dans le fleuve Amazone. Cette région est le royaume d'une flore luxuriante et d'une faune abondante : oiseaux, caïmans, serpents, singes, dauphins, capybaras… Le café et le cacao sont cultivés sur ces terres fertiles, mais l'activité économique a fortement diminué depuis la fin de l'exploitation du caoutchouc.

Plaines de Chiquitania. À l'est du département de Santa Cruz, ces plaines arides doivent leur nom à ses habitants, les Chiquitos. De nos jours ils seraient un peu moins de 200 000 et vivent principalement dans les villes autour des anciennes missions Jésuites. À l'est de la Gran Chiquitania, c'est le Pantanal. Cet écosystème naturel composé de plaines inondées, de lacs, et de rivières couvre près de 32 000 km² du territoire. Le Pantanal bolivien, grâce à sa grande biodiversité, aide à réguler le climat du département. Outre la ville la plus peuplée du pays et capitale économique, Santa Cruz de la Sierra, le département abrite également des parcs nationaux splendides, notamment celui de Noël Kempff Mercado, hélas assez difficile d'accès. À l'ouest de Santa Cruz de la Sierra se trouvent les vallées *cruceñas*, dont la végétation, le relief et le climat évoquent un peu le Mexique. Les principales attractions sont le superbe parc national Amboró et le village de Samaipata, avec son mystérieux *Fuerte* (fort) antique.

Gran Chaco. Cette grande région est partagée entre la Bolivie, le Paraguay, l'Argentine et une petite partie du Brésil. La Bolivie a perdu une grande partie de cette région au profit du Paraguay lors de la guerre du Chaco dans les années 1930. Faiblement peuplée, c'est une région assez sèche avec un climat chaud en été et froid en hiver, quand soufflent les *surazos*, ces vents venant de la Patagonie. La végétation est diverse avec des forêts de bois dur et des plaines semi-arides.

La saison des pluies dure environ trois mois et inonde alors les plaines. Les villes principales sont Yacuiba, Camiri et Villamontes. La majeure partie de la population rurale est constituée d'éleveurs de bétail (les *ganaderos*), et d'agriculteurs.

Parc national Amboró.

NATURE

Véritable terre d'explorateurs, la Bolivie enchante par sa biodiversité d'une richesse exceptionnelle. Elle présente une variété immense de climats, de paysages, floristique et faunistique qui résulte non seulement de l'importante variation des altitudes, mais également d'une configuration géographique originale : des versants secs, côté Pacifique, et des versants humides, côté Amazonie (un énorme bassin sédimentaire coincé entre deux chaînes de montagnes). Une biodiversité qui continue son expansion : un rapport paru en décembre 2020 nous apprend que des scientifiques, partis deux semaines en expédition en mars 2017 dans la vallée de Zongo, près de La Paz, ont découvert pas moins de 20 nouvelles espèces de serpents, grenouilles, papillons et orchidées ! C'est un véritable paradis pour les amoureux de la nature, observateurs de la faune, ornithologues, et photographes, à qui de nombreuses options de tourisme vert et responsable sont proposées.

La faune de l'Altiplano

Cette région abrite les 4 camélidés andins : le lama, l'alpaga, le guanaco et la vigogne. Les lamas et les alpagas, contrairement aux idées reçues, sont domestiqués et ne se retrouvent pas à l'état sauvage. Ces deux animaux étaient vénérés par les ethnies aymaras et quechuas. Les guanacos et les vigognes sont des espèces sauvages protégées vivant dans leur milieu naturel.

▶ **Le lama** *(llama)* est sans aucun doute l'un des animaux boliviens les plus emblématiques ! On peut l'observer sur l'ensemble de l'Altiplano. Le lama est assez fin, élancé et il peut atteindre jusqu'à 1,20 m de hauteur. Le lama blanc est fréquemment observé, mais on en trouve également dans toute une gamme de couleurs s'étendant du blanc au gris, du beige au marron foncé, voire même noir. Sa résistance étant réputée, il était utilisé jadis comme bête de charge et sa laine sert encore de nos jours à confectionner des vêtements pour les populations de l'Altiplano. Et n'ayez aucune crainte, il est très rare d'en voir un s'énerver au point de cracher sur un touriste ! Il est fréquent d'apercevoir des fœtus de bébé lama sur certains étals, au marché des sorcières à La Paz notamment. Ces fœtus sont encore utilisés de nos jours en tant qu'offrandes à la Pachamama et pour certains rituels par les communautés aymaras et quechuas.

▶ **L'alpaga** *(alpaca)* ressemble à s'y méprendre à une énorme peluche. Les alpagas se différencient des lamas par leur petite taille - c'est le plus petit des camélidés andins -, leur museau plus écrasé et par leurs poils plus longs. Leur couleur varie : ils sont le plus souvent blancs, mais on trouve également des spécimens avec un manteau beige, marron ou noir. Cette espèce a été domestiquée depuis plusieurs siècles, notamment pour sa laine, très recherchée, qui sert à produire gilets, chandails, couvre-lits,

Petit viscache.

DÉCOUVRIR

etc. L'alpaga hucaya qui représente plus de 90 % des espèces d'alpagas en Bolivie, ressemble un peu à un mouton, mais avec un cou plus élancé. L'alpaga suri, aux poils plus longs et tombants, est plus rare. Les alpagas sont concentrés dans la région du Sajama.

▶ **Le guanaco** est un animal sauvage vif, élusif, et difficile à approcher. Il peut mesurer jusqu'à 1,20 m, possède de longues pattes, des oreilles pointues et a le plus souvent un museau noir ou foncé. Espèce protégée, le guanaco vit en petits groupes, se déplaçant continuellement pour trouver de la nourriture.

▶ **La vigogne** *(vicuña)* est une espèce sauvage protégée qui peut vivre jusqu'à 5 000 m d'altitude. Il s'agit du camélidé andin le plus petit (entre 75 et 85 cm en général). Sa laine réputée est extrêmement onéreuse (davantage que le cachemire !), et seules certaines communautés approuvées par le gouvernement ont le droit de la travailler. Les vigognes ne se laissent pas approcher, mais vous pourrez les observer en gardant une distance raisonnable. On peut en apercevoir aisément dans le Parque nacional Sajama (et dans le Parque nacional Lauca chilien, contigu), dans le Sud-Lípez et dans la cordillère d'Apolobamba (Área Natural de Manejo Integrado Apolobamba).

▶ **Le condor**, l'oiseau emblématique des Andes, est le rapace le plus grand au monde, d'une envergure de parfois 3 m. Il peut transporter 20 kg avec ses serres ! Pour observer cet animal sacré, il faut un peu de chance. On en voit habituellement, par ordre de probabilité, dans le Sud-Lípez (vers le volcan Uturuncu), dans la cordillère d'Apolobamba, sur les flancs de l'Illampu (Sorata – Cordillère royale), sur les flancs du volcan Sajama, sur les îles du lac Titicaca et aussi dans la Vallée des Condors, dans le sud du pays, proche de Tarija.

▶ **Flamants roses.** L'une des particularités de l'Altiplano est la possibilité d'observer simultanément trois espèces de flamants : le flamant chilien, le flamant andin et le flamant James. Le flamant chilien *(Phoenicopterus chilensis)* est ici appelé *Tokoko*. Il mesure environ 1,05 m et il exhibe un plumage saumon virant au rouge, ainsi que des plumes noires. Son bec est blanc rosé avec la pointe noire. Ses pattes sont entre bleu céleste et gris (ou bleu pâle). Le flamant andin *(Phoenicoparrus andinus)*, appelé aussi *Parina Grande* et localement *Chururu*, est le plus grand (1,10 m). Il présente un plumage d'un rose vif, mais le tiers postérieur de son corps est recouvert d'un plumage noir, tandis que la partie supérieure de son thorax dévoile des nuances violettes. Son bec est noir, mâtiné de colorations jaunes. Ses pattes sont jaunes. Le flamant James ou *Parina Chica (Phoenicoparrus jamesi)* est appelé ici *Jututu*. C'est le plus petit, il ne mesure que 0,90 m environ. La couleur de son plumage est rose, mais le tiers postérieur

© WEBGUZS - ISTOCKPHOTO.COM

L'hoazin.

de son corps exhibe un plumage noir, moins vif cependant que celui du flamant andin ; le bec est moins courbé que chez les autres espèces et révèle des teintes jaunes virant à l'orange, avec une petite tache noire sur la pointe. Ses pattes sont de couleur rouge.
On pourra observer les trois espèces ensemble, principalement à la Laguna Colorada (p.246), au Sud-Lípez. Un spectacle unique à ne pas manquer, surtout entre septembre et avril (plus forte concentration de populations entre décembre et janvier, mais le meilleur mois s'avère novembre, les conditions climatiques étant excellentes).

▶ **Viscaches.** Durant votre excursion sur l'Altiplano, vous observerez aussi très certainement ces gros rongeurs à longue queue s'apparentant aux lapins, mais avec une fourrure plus dense, et dont la présence est garantie sur les îles du Salar d'Uyuni et dans le Parque nacional Lauca.

▶ **Le nandou** *(rhea americana)* est le plus grand oiseau d'Amérique du Sud, sa taille pouvant avoisiner une hauteur de 1,50 m. Sensiblement similaire à une petite autruche sauvage, il possède de longues ailes qui lui servent à se balancer, car il ne vole pas. Cet oiseau coureur, dont la vitesse maximale peut atteindre les 60 km/h, pratique une course en zig-zag pour fuir les prédateurs. Observable dans la région de Sajama, plus rarement dans le Sud-Lípez, mais également dans les Pampas del Yacuma dans le Beni, près de Rurrenabaque et autour de Santa Cruz.

▶ **Il n'est plus rare d'observer des renards** sur l'Altiplano, et paradoxalement c'est fort dommage. En effet, les touristes les ont habitués à venir chercher de la nourriture lorsque les véhicules s'arrêtent, et déséquilibrent ainsi l'écosystème. L'espèce présente dans la région est le renard de Magellan, la plus grande espèce de renard d'Amérique du Sud.

Il est plus rare d'apercevoir le tatou, une espèce devenue endémique. Sa carcasse servait autrefois aux communautés aymaras et quechuas pour fabriquer des charangos, de petits instruments à cordes traditionnels inspirés des guitares espagnoles.

L'ours andin *(oso andino)*, aussi appelé *ucumari*, ours à lunettes ou plus scientifiquement *Tremarctos ornatus*, plus méconnu et figurant au tableau des espèces menacées, est un mammifère carnivore de la famille des ursidés, tout comme l'ours ou le panda. Le seul ursidé d'Amérique du Sud peuple faiblement les Andes, depuis le Venezuela jusqu'au nord de l'Argentine.

Encore plus rare, le puma des Andes, vit lui loin des populations humaines, dans des zones reculées.

Le bassin amazonien et les plaines centrales

Le bassin amazonien abrite la plus grande diversité et densité de faune du globe. À partir de Rurrenabaque et de Trinidad, de nombreuses excursions vous permettront d'apprécier cette fabuleuse richesse. La Bolivie compte un nombre d'espèces d'oiseaux tout à fait prodigieux. Le seul Parque nacional Madidi en recense plus de 1 000, soit environ 11 % de toute la population mondiale ! D'autres très bons spots pour l'observation des oiseaux sont les Pampas del Yacuma autour de Rurrenabaque, le Parque nacional Amboró près de Samaipata, le Pantanal, toute la région du Beni et les environs de Cochabamba. Hormis le fameux condor et les flamants roses, évoqués ci-dessus, d'autres espèces attirent immanquablement l'attention des visiteurs.

Le capybara ou cabiaï *(Hydrochoerus hydrochaeris)* est le plus gros des rongeurs avec une longueur de plus d'un mètre et un poids pouvant atteindre 90 kg. Ce mammifère terrestre est un excellent nageur et il se réfugie dans l'eau à l'approche de prédateurs. Vous l'apercevrez dans le Parque Nacional Madidi, les Pampas del Yacuma, dans le Pantanal et dans les environs des Missions jésuites.

Le boto ou dauphin rose de l'Amazone *(Inia geoffrensis)* est une espèce endémique vivant dans les rivières. Sa couleur est plutôt grise avec des teintes de rose sur l'abdomen, il peut mesurer jusqu'à 2,80 m pour un poids de 150 kg ! Avec son long bec et ses dents, il peut se nourrir de gros poissons qu'il repère avec précision dans la vase grâce à l'écholocalisation. Ce mammifère est observable dans les départements du Beni, du Pando et de Santa Cruz.

L'anaconda : ce magnifique serpent constricteur est non venimeux, mais il peut enserrer et étouffer ses proies, telles que des gros rongeurs (même des capybaras !), des petits caïmans, des poissons, des tortues… Il peut mesurer jusqu'à 9 mètres de long ! Il vit généralement le long des rivières et dans les marécages, où il se camoufle pour attendre sa proie. Des expéditions dans les Pampas del Yacuma permettent d'approcher ce mythique reptile.

Le paresseux à trois doigts *(Bradypus tridactylus)* est un animal fascinant à observer. Connu pour sa lenteur, il vit quasi exclusivement dans les arbres et est incapable de marcher.

Le coati roux *(Nasua nasua)* est un petit animal peu connu des touristes, mais qui ne manque jamais de les émerveiller ! Ce petit mammifère facétieux, de la grosseur d'un chat, possède un museau avec une trompe mobile et

© HIPOKRAT - ISTOCKPHOTO.COM

La surprenante yareta, plante grasse typique de l'Altiplano.

DÉCOUVRIR

une longue queue annelée. C'est un excellent grimpeur, notamment grâce à ses griffes acérées. Méfiance !

Le fourmilier géant ou tamanoir *(Myrmecophaga tridactyla)* est un grand mammifère insectivore doté d'un corps surprenant. Il peut mesurer jusqu'à 2,20 m de long pour un poids compris entre 30 et 40 kg. Sa longue langue lui permet d'attraper les insectes dont il raffole.

Plusieurs espèces de singes peuplent le bassin amazonien dont les plus fréquemment observés sont le singe araignée aux mains noires *(Ateles geoffroyi)*, un petit singe noir muni de long bras, et le petit capucin à houppe noire *(Sapajus apella)*, un primate diurne qui vit dans les arbres.

Les félins tels que le puma ou le jaguar sont difficiles à apercevoir, mais qui sait... Ouvrez bien les yeux lors de vos excursions !

L'ours à lunettes *(Tremarctos ornatus)* vit dans les forêts humides des Andes. Le seul ursidé d'Amérique du Sud est un animal nocturne dont l'habitat naturel disparaît au profit de terres agricoles.

Citons aussi de nombreuses espèces de caïmans, de tortues, d'iguanes, de serpents, de pécaris et de papillons multicolores.

Enfin, n'oublions pas les dinosaures ! S'ils sont éteints depuis des millénaires, il est possible de contempler des empreintes géantes très bien conservées au Parque nacional Torotoro et au Parque Cretacico (p.279) près de Sucre.

Plusieurs espèces de toucans sont présentes sur le territoire bolivien, mais la plus connue et la plus répandue est le toucan toco *(Ramphastos toco)*, qui envoûte les touristes avec son long bec et ses couleurs chamarrées. Malheureusement quelques établissements choisissent de garder un spécimen dans leur jardin pour l'exposer à leurs visiteurs... mais en leur coupant les ailes pour les garder captifs...

Les perroquets ne sont pas en reste ! Ainsi le pays en compte plusieurs espèces différentes d'aras : l'ara chloptère *(Ara chloropterus)* avec une grande tête rouge et des ailes de couleurs bleues, vertes et jaune, l'ara à gorge bleue *(Ara glaucogularis)*, au corps jaune avec des ailes et une tête bleues, l'ara rouge *(Ara macao)*, aux couleurs vives... Les voir s'envoler constitue une expérience unique ! De plus petits perroquets sont présents également, comme ceux du genre Amazone.

L'hoazin *(Opisthocomus hoazin)* est un oiseau étonnant : il possède une tête bleutée avec des yeux rouges et une crête hérissée. Il évoque un peu les oiseaux du temps des dinosaures et pour cause, il serait l'un des oiseaux les plus anciens existant encore de nos jours.

Empreintes de dinosaures, parc national de Torotoro.

Il est facilement observable le long des rivières des Pampas del Yacuma.

Vous l'aurez compris, la Bolivie constitue un véritable paradis pour les ornithologues !

La flore

Sur les hauts plateaux arides, aux températures extrêmement basses, on trouve principalement des arbustes secs. L'arbuste « le plus haut de la planète », le *quenua* (à ne pas confondre avec le quinoa !), pousse à plus de 4 500 m sur les flancs du Nevado Sajama (p.205). On observera aussi la *yareta* (ou *llareta*), plante grasse de l'Altiplano qui ressemble à de la mousse collée sur de grosses pierres. En réalité, la plante est dure comme de la roche et pousse de manière concentrique pendant plusieurs siècles. Très bon combustible, elle sert à chauffer les foyers dans les villages isolés de l'Altiplano. Sur les îles du Salar d'Uyuni, la présence de cactus contraste avec l'étendue de blanc à perte de vue, le sel ressemblant à s'y méprendre à un manteau neigeux.

En descendant des hauts plateaux, les forêts sont toujours rares, mais on observe l'apparition d'espèces de cactus, comme le *Puya Raimondi*, d'arbustes épineux et des rassemblements d'eucalyptus.

La végétation des vallées tempérées évoque les paysages du bassin méditerranéen, comme à Samaipata par exemple.

Encore plus bas, ce sont les Yungas, versant humide de l'Amazonie, puis les basses vallées et, enfin, la forêt primaire. La forêt amazonienne abrite une flore d'une richesse unique : une végétation dense, des arbres géants, des plantes carnivores, des fleurs aux couleurs étonnantes... Il faudrait un ouvrage entier pour en dresser un tableau exhaustif !

TOP 10

FAUNE

La diversité du climat et de la topographie du pays offre une biodiversité riche et extrêmement variée. Des cimes des Andes à la dense forêt amazonienne, en passant par les vallées centrales, la Bolivie abrite la majorité des espèces animales que compte l'Amérique du Sud, dont une grande partie est observable dans son habitat naturel.

FLAMANT ROSE

Que ce soit le flamant chilien, andin ou James, chaque espèce possède une grâce qui envoûte le visiteur.

© FBXX - ISTOCKPHOTO.COM

ALPAGA

Si sa laine est souvent hors de prix, observer cette grosse peluche est en revanche chose commune.

© ELISA LOCCI - SHUTTERSTOCK.COM

CAPYBARA

Le plus gros rongeur de la planète est présent dans de multiples régions du territoire bolivien.

© SCOTT BIALES - ISTOCKPHOTO.COM

LAMA

L'animal emblématique des Andes n'existe pas à l'état sauvage, c'est une espèce domestiquée depuis des millénaires.

© POCHOLOCALAPRE - ISTOCKPHOTO.COM

ANACONDA

L'un des plus impressionnants serpents du monde vit dans les marécages de la jungle amazonienne.

© MARK_KOSTICH- ISTOCKPHOTO.COM

CONDOR

Cet oiseau mythique est à l'origine de l'incontournable thème traditionnel andin *El Condor Pasa*.

© REISEGRAF - ISTOCKPHOTO.COM

TOUCAN

Contempler cet oiseau majestueux au long bec coloré en plein vol est une source d'émerveillement.

© DAVE PRIMOV - SHUTTERSTOCK.COM

CAPUCIN

Ce petit primate arboricole viendra sûrement vous saluer lors de vos excursions en bateau dans l'Amazonie.

© STRUCTURED VISION - SHUTTERSTOCK.COM

DAUPHIN ROSE DE L'AMAZONE

Ce dauphin d'eau douce est endémique, l'observer dans son milieu naturel est un spectacle inoubliable.

© ERICATARINA - ISTOCKPHOTO.COM

VIGOGNE

Espèce sauvage et élusive, ce petit camélidé vit sur l'Altiplano entre 3 500 et 5 000 m d'altitude.

© JEREMYRICHARDS - ISTOCKPHOTO.COM

CLIMAT

La Bolivie est située dans l'hémisphère Sud, juste en dessous de l'Équateur, et de ce fait les saisons sont inversées par rapport à l'Europe : l'hiver commence en juin et l'été en décembre. On distingue cependant deux grandes saisons : la saison sèche d'avril à octobre et la saison humide de novembre à mars. De plus, le climat varie considérablement en fonction de l'altitude et des régions. En gros on peut distinguer trois zones climatiques principales : l'Altiplano et les Andes (au-delà de 3 000 m d'altitude), les régions tempérées (de 1 500 m à 3 000 m d'altitude) et les plaines du centre (l'Amazonie et l'Oriente). Pourtant cela ne constitue pas un casse-tête pour organiser son voyage, on peut voyager en Bolivie toute l'année. Mais, d'une manière générale, il pleut un peu partout de décembre à mars, aussi bien en Amazonie que sur l'Altiplano. D'avril à octobre, le ciel est le plus souvent bleu, mais il fait plus frais.

Altiplano

Situé entre 3 000 m et 6 540 m d'altitude, il possède un climat frais et sec. La journée le soleil réchauffe le visiteur et le thermomètre peut atteindre plus de 20 °C, mais les températures chutent drastiquement une fois la nuit tombée, souvent en dessous de 0 °C. Plus l'altitude est élevée, plus les températures baissent. De forts vents froids et puissants soufflent régulièrement, il est donc indispensable de prévoir des vêtements en conséquence. L'été (de décembre à mars) connaît des précipitations plus importantes, rendant parfois difficiles les conditions de transports par la route. Il est préférable de visiter cette région pendant la saison sèche (de mai à fin novembre).

- **La région de La Paz et du lac Titicaca** est davantage protégée, notamment en raison de l'influence du lac qui tempère le climat. De manière générale, les températures sont plus douces et les précipitations modérées en hiver, mais des chutes de neige sont toujours possibles ! Ainsi il n'est pas rare de voir les rives du lac Titicaca gelées au petit matin.
- **Au Salar d'Uyuni et dans le Sud Lípez,** les journées sont souvent ensoleillées, mais il règne une nuit polaire (parfois jusqu'à -20 °C dans le Sud Lípez). D'avril à novembre les pluies sont rares, en revanche de janvier à fin mars, les voyages au Salar se font dans des conditions extrêmes : une couche d'eau recouvre le Salar et non seulement il est difficile d'éviter d'éventuels trous, mais le sel et l'eau endommagent aussi considérablement les véhicules. Les excursions sont donc plus limitées.
- **Dans la Cordillère des Andes,** les températures sont plus froides en raison de l'altitude et les neiges sont fréquentes. Il faut savoir que le village de Sajama, le point de départ des randonnées au Parc national de Sajama, est situé à 4 800 m d'altitude. De plus, l'heure de départ des ascensions est souvent en pleine nuit, autant vous dire qu'un équipement adéquat est de rigueur !
- **Pensez au mal de l'altitude *(sorojche)* !** En altitude, l'oxygène se fait plus rare et alimente donc moins le sang, qui coagule, s'épaissit… Il faut alors éviter les mouvements brusques, ou les efforts, et surtout ne pas s'affoler si le cœur bat plus vite que de coutume. Le maté de coca, la mastication de feuilles de coca et les bonbons au coca (surtout ceux du Museo de la Coca (p.126) de La Paz) sont efficaces. Petit à petit, vous vous habituerez à l'altitude… N'oubliez pas non plus que le soleil tape très fort ! Protégez-vous en conséquence : crème solaire indispensable et pensez à emporter un baume pour les lèvres.

Les régions centrales

Les vallées tempérées, situées entre 3 000 m et 1 500 m d'altitude, présentent un climat sec agréable, avec des hivers relativement doux et des étés chauds. Il s'apparente davantage à un climat méditerranéen. Sucre, située à 2 800 m d'altitude, jouit d'un climat printanier presque toute l'année. Ces régions sont plaisantes à visiter toute l'année, mais on se méfiera quand même des précipitations en hiver pouvant rendre certains déplacements périlleux.

L'Amazonie et l'Oriente

Cette zone climatique regroupe des régions tropicales où les températures peuvent monter jusqu'à 40 °C en été. Santa Cruz de la Sierra présente un climat plus sec, avec parfois des vents violents balayant la poussière dans les rues (et sur ses habitants !). Certains vents venant du sud, les *Surazos*, soufflent parfois en hiver et font descendre le thermomètre pour quelques jours. La région du Chaco, à mi-chemin entre l'Oriente et aux portes de l'Amazonie, offre un climat moitié tropical et moitié aride. La région de Yungas, sur le versant oriental de la Cordillère, possède également un climat intermédiaire. Les pluies peuvent être abondantes et la chaleur est souvent présente, avec une certaine moiteur. L'Amazonie bolivienne (Beni, Pando et même le Pantanal) présente un climat plus humide que les plaines et les alizés soufflant sur le bassin amazonien apportent des pluies abondantes, mais le plus souvent sporadiques, créant régulièrement des inondations. Le meilleur moment pour visiter l'Amazonie s'étale de mai à la fin août, période la plus sèche et la moins chaude.

ENVIRONNEMENT

La Bolivie est un pays qui fait face à de nombreux enjeux écologiques. La diversité de ses milieux naturels est l'une des plus vastes des Amériques et elle abrite un grand nombre d'espèces endémiques. A l'heure qu'il est, l'ensemble de cette biodiversité est menacée par des activités anthropiques telles que le changement d'affectation des sols, la déforestation, la monoculture agricole et l'activité minière. Le lac Titica, importante ressource pour le pays, est contaminé par les déversements d'eaux usées domestiques et industrielles. Le réchauffement climatique engendre une fonte accélérée des glaciers andins et fait poindre le risque de pénuries d'eau et d'insécurité alimentaire. Face à ces enjeux, le pays n'est pas dénué d'ambivalences. Si la Bolivie a développé des initiatives pour protéger la « Terre-Mère », elle fonde cependant son développement économique sur des activités extractives et énergétiques (minerais, pétrole).

Parcs nationaux

La Bolivie possède des réserves naturelles et des parcs nationaux, dont la superficie totale représente environ 18 % de son territoire. Ces aires protégées ont pour vocation la préservation d'écosystèmes extrêmement variés, mais elles manquent souvent de moyens et sont pour certaines menacées par des projets d'exploitation minière, hydrographique ou pétrolière. On trouve aujourd'hui plusieurs projets collaboratifs réalisés par les populations locales, visant le développement d'activités respectueuses de la biodiversité et des cultures autochtones (écotourisme). En planifiant votre voyage, tentez de faire appel à ces associations touristiques qui visent souvent à assurer l'autofinancement des parcs naturels.

- **Parc national Noel Kempff Mercado :** situé dans le département de Santa Cruz, inscrit au patrimoine mondial de l'UNESCO, il protège une mosaïque de milieux naturels, dont savanes, zones humides, forêts sèches et humides, associée à une exceptionnelle biodiversité.

- **Parc national Otuquis :** situé dans le département de Santa Cruz, aux confins du Brésil et du Paraguay, il protège les écosystèmes du Pantanal, un ensemble exceptionnel de zones humides, véritable réservoir de biodiversité et élément régulateur des cycles liés à l'eau.

- **Territoire indigène et Parc national Isiboro-Sécure (TIPNIS) :** situé dans les départements de Beni et de Cochabamba, le TIPNIS abrite une grande diversité de milieux, des Andes jusqu'en bordure de la forêt amazonienne, et des populations autochtones. En 2011, sous l'impulsion du président Evo Morales, un projet d'infrastructure routière devant traverser ce territoire fut présenté. Bien sûr, il rencontra une très vive opposition des populations autochtones et des écologistes, du fait qu'il diviserait la jungle en deux et qu'il délogerait plusieurs ethnies, majoritairement les Yuracarés et les Chimanes. Alvaro Marcelo García Linera, alors vice-président de l'Etat plurinational de Bolivie, tenta maladroitement de calmer les tensions en soulignant que cette route ne ferait qu'améliorer les conditions de vie des habitants de la région en leur assurant un meilleur accès aux soins de santé, à l'éducation et à l'emploi. Plusieurs mois de protestation dont une marche jusqu'à La Paz initiée en 2011 par des communautés autochtones avait clos une première fois le projet et abouti sur une loi d'intangibilité du TIPNIS. En 2017, une nouvelle loi revient sur ce caractère d'intangibilité et le projet est relancé. Saisi en 2017, le Tribunal international des droits de la nature a rendu un verdict en 2019 demandant l'arrêt des travaux qui ont tout de même débuté. Derrière ce discours se cachait une intention évidente, celle de décupler les exportations de matières premières vers l'Asie tout en donnant à l'Orient, un accès aux Andes puis au Pacifique. A noter que ce chemin justifierait parallèlement l'exploitation effrénée d'hydrocarbures pour le Brésil tout en permettant aux producteurs de coca d'accéder à de nouveaux territoires de production, ce qui engendrerait une déforestation massive qui diminuerait l'infiltration de l'eau tout en augmentant l'érosion du sol. Ce discours contradictoire démontre sans conteste l'existence simultanée de deux modèles contraires : un ensemble d'idées alternatives au « développement », et le néo-extractivisme.

Les défis de l'agriculture

Le changement d'usage des sols est une préoccupation majeure en Bolivie puisqu'il représente près de 80 % des émissions globales du pays. En 2021, la Bolivie était le troisième pays ayant perdu le plus de forêts après le Brésil et la République démocratique du Congo. L'une des causes principales de ce phénomène est la pratique intensive de monocultures d'exportation (notamment de soja et de quinoa). En plus d'induire une déforestation massive (la Bolivie a perdu 32 000 km² – une superficie plus grande que la Belgique – de forêt primaire humide entre 2002 et 2020, selon les estimations de Global Forest Watch), cette méthode entraîne simultanément la construction de barrages pour l'irrigation et l'usage abusif de pesticides, qui sont à l'origine de la dégradation des milieux naturels et de l'érosion de la biodiversité. Ces monocultures se développent d'ailleurs au détriment des cultures vivrières, et les Boliviens en arrivent parfois à devoir importer le quinoa nécessaire à leur propre alimentation. La culture de soja, initiée par les colonies mennonites dans les années 1950, représente aujourd'hui la principale ressource agricole exportable du pays (80 % de son soja est exporté). Pour vous donner une idée de sa croissance fulgurante, depuis les années 2000, les profits engendrés par ses ventes sont passés de 300 millions à plus de 1 100 millions de dollars. Les conséquences environnementales causées par cette monoculture intensive se traduisent par une déforestation et une dégradation des forêts, par un appauvrissement des sols, par une diminution des rendements agricoles et, évidemment, par la disparition d'écosystèmes et de leur biodiversité.

Pollution des eaux et fonte des glaciers

Les activités industrielles (activités minières et métallurgiques) ont pour conséquence la contamination de l'air, des eaux et des sols. La présence de stockage à l'air libre de déchets miniers, sous forme de terrils, contribue à disséminer les pollutions métalliques jusque dans les cours d'eau et les lacs. La situation du lac Titicaca, plus grand réservoir d'eau douce du continent sud-américain, est également préoccupante, puisque celui-ci est aujourd'hui contaminé à la fois par les rejets d'eau industriels et domestiques. Qui plus est, vers la fin de l'année 2015, le deuxième plus grand lac de Bolivie, le lac Poopó, qui s'étendait sur environ 3 000 km², qui accueillait plus de 200 espèces d'animaux et qui servait de foyer à des communautés depuis des milliers d'années, s'évapora complètement. Cette grande nappe d'eau douce qui couvrait autrefois une superficie supérieure à celle du Luxembourg, se rapproche aujourd'hui davantage à un désert qu'à un lac.

De plus, le niveau d'eau dans les barrages baisse de manière préoccupante. Les réserves d'eau renouvelables par habitant ont diminué de 65 % environ au courant des cinquante dernières années, selon la plateforme de statistiques Worldometers. Le réchauffement en cours a également pour conséquence la fonte des glaciers andins et l'aggravation des périodes de sécheresse, qui font planer le spectre de la pénurie d'eau et de l'insécurité alimentaire. En novembre 2016, La Paz se retrouva privée de services d'eau potable pendant plusieurs semaines suite à une mauvaise communication entre institutions. Du jour au lendemain, ses habitants furent contraints de rationner leurs réserves d'eau potable. Bien sûr, la fonte des glaciers était l'une des causes principales de cette crise (il faut savoir qu'il y a seulement quelques années, les Paceños skiaient encore sur le glacier du Chacaltaya, aux portes de La Paz…).

Des ambivalences face aux questions écologiques

Face aux défis écologiques du pays, la Bolivie a répondu par des actions ambivalentes, notamment pendant la présidence du président Evo Morales (2006-2019). En 2010, à la suite de l'échec partiel de la conférence de Copenhague sur le climat, le président bolivien prend l'initiative d'un mouvement alternatif et initie la Conférence mondiale des peuples contre le changement climatique, dans la ville de Cochabamba, célèbre pour avoir gagné le combat contre la privation de son eau en 2000. La Constitution bolivienne reconnaît le concept de « Pachamama » ou Terre-Mère, considéré comme l'ensemble du vivant interrelié et dynamique (dont nous faisons partie). La loi sur les droits de la Terre-Mère de 2010 consacre la protection de la « Pachamama », et impose des droits et obligations à l'État. Or, l'État, sous la même présidence, a aussi encouragé le développement de monocultures de coca associées à des projets hydroélectriques dans des zones protégées, au mépris de la forêt et des peuples autochtones. Ainsi une loi de 2016 autorise-t-elle une plus grande surface de déboisement pour les activités agricoles, et la loi sur la coca de 2017 agrandit quant à elle la superficie autorisée pour la culture de coca. Cette culture génère l'utilisation de pesticides et contribue à l'épuisement des sols et à l'érosion de la biodiversité (baisse importante des populations d'abeille constatée), sans compter les besoins en eau, et les usages illicites lorsque la coca est transformée en drogue, un processus qui nécessite l'utilisation de produits chimiques, avec des impacts sanitaires et sociaux tout au long de la filière. La gestion de la crise liée aux incendies de l'été 2019 qui ont ravagé près d'un million d'hectares de forêt dans le Pantanal bolivien fut elle aussi vivement critiquée par toute une partie de la population.

L'une des questions actuelles en matière d'environnement est celle de l'exploitation du lithium du Salar d'Uyuni, vaste désert de sel, habitat pour certaines espèces d'oiseaux et haut lieu touristique du pays. Le lithium bolivien, qui représenterait aujourd'hui 65 % des gisements mondiaux, est un métal que l'on utilise notamment pour la fabrication des smartphones, ordinateurs portables, batteries de vélo ou de voitures électriques. L'exploitation du lithium du Salar d'Uyuni, qui a débuté, pourrait avoir pour conséquence un épuisement de la ressource en eau nécessaire aux communautés locales et autres espèces vivantes, par le pompage des nappes phréatiques. Parallèlement l'insuffisance des sensibilisations de la population à l'environnement n'aide pas à l'action en matière de gestion de l'eau et de lutte contre le changement climatique, dans un pays où l'eau vient de plus en plus à manquer, tant en milieu rural qu'urbain. Des pénuries d'eau à La Paz ont notamment conduit à des rationnements ces dernières années.

HISTOIRE

L'histoire tourmentée de la Bolivie est jalonnée de luttes entre différents empires et de chocs entre différentes cultures. Avant l'arrivée des colons espagnols, ce territoire possédait déjà une longue histoire avec l'empire de Tiwanaku, la première grande civilisation née sur les rives du mythique lac Titicaca, puis le puissant Empire inca. Le conquistador espagnol Francisco Pizarro débarque en 1538 et change le destin de tout un peuple. Le territoire de la Bolivie actuelle devient le Haut-Pérou, et est soumis au pouvoir de la couronne espagnole. La découverte du *cerro rico* de Potosí, la « montagne d'argent », scellera le sort de nombreux indigènes. La lutte pour l'indépendance sera longue et difficile, avec de nombreuses révoltes et batailles. La république bolivienne naît en 1825, mais elle sera ensuite soumise à plusieurs guerres et coups d'État, avant de retrouver la démocratie à la fin du XXe siècle. Retour sur ces chapitres.

ENTRE 10 000 À 30 000 ANS AV. J.-C

Les datations des pointes de flèches et autres outils trouvés dans les Andes sont encore le sujet de nombreux débats. Une première occupation humaine serait située à cette période, comme en témoignent les peintures rupestres polychromes aux motifs zoomorphes et géométriques des grottes de Toro Toro.

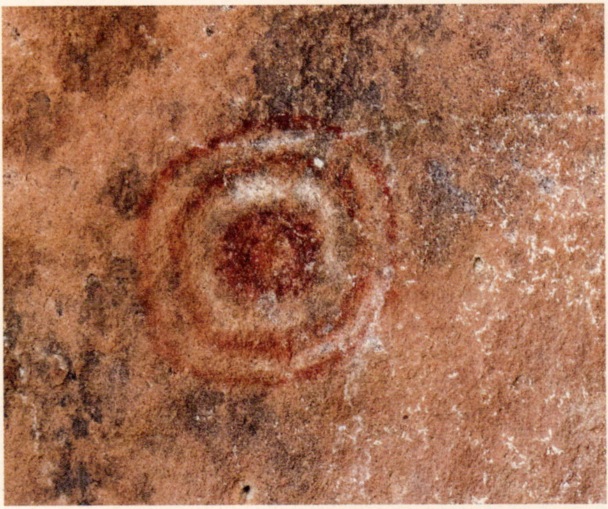

© JEF WODNIACK - ISTOCKPHOTO.COM

Peinture rupestre dans les grottes de Toro Toro.

1500 AV. J.-C

Apparition de la culture Warankani dans l'Altiplano, première communauté sédentaire du pays, et de la culture Chiripa au sud du lac Titicaca. La culture Chiripa s'éteindra au IIe siècle tandis que la culture Warankani disparaîtra au début du Ve siècle.

DU Ve AU XIIe SIÈCLE

L'empire de Tiwanaku

La construction de la ville de Tiwanaku, Tiahuanaco en espagnol moderne, remonterait à l'an 400 de notre ère. Proche des rives du lac Titicaca, elle était le centre spirituel et politique de la civilisation tiahuanacota, qui pratiquait une agriculture intensive grâce notamment à des techniques d'irrigation développées. La situation géographique de la ville de Tiwanaku, entre le lac Titicaca et les hautes terres arides, facilite l'approvisionnement en ressources essentielles (poissons, plantes), ainsi que des terres pour faire brouter les lamas. Des céramiques trouvées par les archéologues laissent penser que l'empire de Tiwanaku s'étendait jusqu'aux côtes du Pérou et au nord du Chili de 550 à 1 000 de notre ère. La raison de l'effondrement de l'empire de Tiwanaku reste une énigme. De cette période, il nous reste seulement les mystérieuses ruines de Tiwanaku, un site classé au Patrimoine mondial. Les Tiahuanacotas avaient développé des techniques de construction absolument stupéfiantes, assemblant d'énormes blocs de pierre avec une précision incroyable.

© TACIO PHILIP - FOTOLIA

Têtes sculptées dans le mur, site archéologique de Tiwanaku.

DÉCOUVRIR

DU XIe AU XVe SIÈCLE

Domination des Aymaras

La disparition de la civilisation Tiwanaku a donné lieu à des luttes entre différentes communautés de la région, notamment entre les Aymaras et les Lupakas. Les Aymaras prirent le contrôle d'un territoire englobant La Paz, Oruro, Cochabamba, mais aussi Arequipa et Puno (Pérou). Cette domination aymara durera jusqu'à l'arrivée des Incas en 1438.

1532 Arrivée en Bolivie de Francisco Pizarro et d'une poignée de conquistadors espagnols (estimés entre 130 et 180 selon les sources).

29 AOÛT 1533 Atahualpa, fils de Huayna Cápac et dernier *sapa inca* (souverain de l'Empire inca), est exécuté par les Espagnols. On estime alors que la population des autochtones est passée de 12 ou 15 millions d'individus à guère plus de 600 000.

1536 Première d'une longue série de révoltes incas, sous la houlette de Manco Inca. Les révoltes continuent jusqu'en 1572.

20 NOVEMBRE 1542

Création de la vice-royauté du Pérou

Charles Quint crée la vice-royauté du Pérou, qui englobe le Haut-Pérou, la Bolivie d'aujourd'hui. Le fonctionnement de tout le système colonial dans le Haut-Pérou est axé sur le *repartimiento*, qui fait suite aux *encomiendas*. Tout comme ce dernier, ce système consiste à imposer aux indigènes le travail forcé, mais avec le *repartimiento* le colon espagnol doit respecter les lois interdisant de punir les indigènes et de leur donner une rétribution, des heures de travail et des soins. Bien sûr les indigènes sont soumis à une conversion forcée au christianisme.

1546

La ville de Potosí est fondée par les Espagnols et déclarée ville impériale par Charles Quint. C'est la première ville fondée par les Espagnols, d'autres vont suivre rapidement. L'économie espagnole se développe grandement et Potosí devient le coffre-fort de l'Espagne. Ses trésors financent les guerres de conquête que l'empereur conduit en Europe et au-delà. Environ 6 millions d'Indigènes meurent dans les mines d'argent de Potosí de 1546 au début du XIXe siècle. On sait aujourd'hui que le capitalisme moderne prit véritablement son ampleur dans l'enfer noir de ces mines suffocantes.

XVIE SIÈCLE

Les Espagnols fondent de nombreuses autres villes : La Paz par Juan de Villarroel et Diego Centeno en 1548, Santa Cruz de la Sierra en 1561, et Cochabamba en 1574.

1776

La vice-royauté du Río de la Plata est créée par Charles III d'Espagne afin de mieux défendre les colonies espagnoles. Le Haut-Pérou, la Bolivie d'alors, rejoint cette vice-royauté en 1779.

15 JANVIER 1781

La révolte de Túpac Katari

Après l'exécution de son frère par les Espagnols, Túpac Katari, un chef rebelle aymara, mène un soulèvement terrible, assiégeant La Paz en bloquant tous les accès pendant plus d'une centaine de jours, obligeant les habitants à compter sur un nombre restreint de vivres. Cette révolte prend fin en novembre 1781 lorsque les Espagnols tuent les meneurs de ces révoltes.

1809

Révolte menée par Pedro Domingo Murillo, un indépendantiste membre d'un groupe révolutionnaire de La Paz, qui se termine par un bain de sang.

9 DÉCEMBRE 1824

Bataille d'Ayacucho

C'est au Pérou, dans le département d'Ayacucho, qu'a lieu le dernier grand affrontement des guerres d'indépendance d'Amérique du Sud. Les indépendantistes, menés par Antonio José de Sucre, remportent une grande victoire contre l'armée royaliste. José de la Serna, le vice-roi du Haut-Pérou, capitule mettant ainsi un terme à la domination espagnole.

AOÛT 1825

La naissance d'une nation

Simón Bolívar rédige la constitution de cette nouvelle République indépendante le 6 août 1825 à Charcas (aujourd'hui Sucre). Le 11 août, le pays prend le nom de Bolivie en l'honneur du *libertador*.

L'EMPIRE INCA

LA DOMINATION DE L'EMPIRE INCA JUSQU'À L'ARRIVÉE DES COLONS ESPAGNOLS

La naissance d'un empire

C'est en 1200 que naît Manco Cápac, le fondateur de la civilisation inca, dans la région de Cusco. Selon la légende, la capitale inca, Cusco ou « nombril du monde », fut fondée par les enfants du Soleil : Manco Cápac et sa sœur et femme Mama Ocllo. Ce sont les 18 descendants de la dynastie Cápac qui se succéderont à la tête de l'empire du Soleil. L'Empire inca devrait plus justement s'appeler l'empire du Tawantin Suyu (les quatre « suyus », ou régions administratives). En effet, à proprement parler, le sapa inca était le souverain du Tawantin Suyu depuis le règne de Sinchi Roca, fils de Manco Cápac. Au début du XVe siècle, Viracocha Inca pousse la conquête de l'Empire jusqu'à l'actuel Tucuman (Argentine). En 1438, Pachacutec, son fils, remporte la bataille contre les Chancas, étend l'empire au Grand Chimú et ordonne la construction de la forteresse de Sacsayhuaman (Cusco). Le calendrier inca date de son gouvernement. À la fin du XVe siècle, son fils Tupac Yupanqui fait construire le temple Pilkokaïne sur l'île du Soleil, le temple des vestales sur l'île de la Lune et Copacabana au bord du lac Titicaca.

La société inca

Le dieu suprême de la religion inca était Inti le Soleil, et l'on adorait également la Terre, la Pachamama et la Lune, en plus des phénomènes naturels tels que l'éclair, l'eau, les collines… auxquels il fallait faire des offrandes sous peine de châtiment. Les Incas bâtirent ainsi de nombreux temples dédiés au soleil. Cependant, les croyances animistes de certains peuples des Andes demeurent tolérées. L'originalité de cet empire est d'avoir intégré dans sa société différentes ethnies aux cultures disparates. La langue commune de l'Empire est le quechua, même si plusieurs communautés parlent encore l'aymara. La société de l'Empire est strictement hiérarchisée. Au sommet de la pyramide, le chef suprême, le Sapa Inca, suivi par des dirigeants d'origine inca, des gouvernants locaux, de la classe populaire constituée principalement de paysans et d'artisans, et enfin, des esclaves. Le système judiciaire était également très codifié. Selon une justice rigoureuse, voire cruelle, à chaque crime ou délit correspondait un châtiment : peine capitale, pendaison, torture, exil.

La chute de l'Empire

L'expansion s'interrompit avec Huayna Cápac, qui ajouta l'Équateur à l'Empire. Il conquiert Quito et se marie avec la fille du souverain vaincu, Cachas. La domination inca s'étendait du sud de l'actuelle Colombie, en passant par l'Équateur, le Pérou et la Bolivie, jusqu'au nord du Chili et de l'Argentine. Huayna Cápac est averti de la présence des Espagnols sur les côtes du Nord, en même temps qu'épidémie et tremblement de terre s'abattent sur le royaume. Au début du XVIe siècle, de mauvais augures commencèrent à agiter l'Empire. Déjà, un oracle ancien mentionnait que « passés douze rois, des gens étranges et jamais vus viendraient pour soumettre l'Empire et détruire sa république et son idolâtrie ». Túpac Amaru Ier, alors souverain de l'empire déchu, fait subir de nombreuses défaites aux troupes d'occupation. Pris par les Espagnols, il sera décapité par ordre du vice-roi Francisco de Toledo, le 24 septembre 1572, sur la grande place de Cusco.

Grands bâtisseurs, les Incas ont légué à l'humanité une des merveilles du monde, le Machu Picchu, ainsi que de nombreuses constructions de blocs énormes, merveilleusement assemblés. L'une d'elles est « l'Ajllawasi », la maison des élues, sur l'île de la Lune (Koati), qui se trouve en face de l'île du Soleil, et où vivaient les filles de la noblesse à partir de l'âge de 8 ans. À l'apogée de l'Empire, le réseau de routes et chemins atteignit entre 30 000 et 50 000 km selon des estimations de Hyslop en 1984. Ainsi étaient reliés tous les centres religieux, militaires, les magasins de vivres et les cités. Conçus pour les piétons et les lamas de trait, les chemins étaient larges de 5 à 10 m et empruntaient les hauteurs et les vallées andines : un extraordinaire réseau qui témoigne d'une parfaite organisation sociale et économique. Ce vaste réseau routier inca, le Qhapaq Ñan, est inscrit sur la liste du patrimoine mondial de l'UNESCO en juin 2014. Enfin, les Incas avaient une grande connaissance de l'astronomie et de l'observation du ciel. Ils utilisaient les étoiles pour déterminer les moments propices pour semer et récolter, pour planifier les cérémonies religieuses et pour créer leur calendrier solaire.

DÉCEMBRE 1825

Antonio José de Sucre prend la succession de Bolívar à la présidence.

1829

Le maréchal Andrés de Santa Cruz, après avoir été président du Pérou, arrive à La Paz et prend le pouvoir pour 10 années.

1879-1883

Guerre du Pacifique

La guerre est menée conjointement avec le Pérou contre le Chili, qui remporte la victoire ; la Bolivie perd son accès à la mer. Cette invasion provoqua une vague de ressentiment envers le Chili, sentiment exploité par les gouvernements futurs pour cimenter une cohésion nationale dans les moments de crise.

1904

Guerre de l'Acre avec le Brésil ; la Bolivie perd une autre grande partie de son territoire.

1932-1935

Guerre du Chaco avec le Paraguay ; la Bolivie perd encore environ 200 000 km² de son territoire.

© OLIVER FOERSTNER - SHUTTERSTOCK.COM

Monument pour les héros de la guerre du Chaco à Uyuni.

1940

Le gouvernement militaire s'installe et des élections placent le général Peñaranda à la tête de l'État. Il est renversé en 1943 par une insurrection civico-militaire avec à sa tête Gualberto Villaroel. Ce dernier, membre du Mouvement nationaliste révolutionnaire (MNR) devient président en 1944.

1947

Les conservateurs reprennent le pouvoir.

1952

Grande révolution ouvrière et paysanne organisée par le MNR. Instauration du suffrage universel et nationalisation des compagnies minières.

1964 - 1982

Après 12 ans au pouvoir, le MNR est renversé par la junte militaire en 1964. Les gouvernements militaires vont se succéder.

Assassinat d'Ernesto Che Guevara

1967 Le Che arrive en Bolivie en 1966 afin de propager son action révolutionnaire marxiste. Il y crée l'Armée de libération nationale bolivienne (ELN) avec les forces de l'opposition afin de lutter contre la dictature militaire du général Barrientos, alors président du pays. Il est exécuté le 9 août 1967 par l'armée bolivienne, épaulée par la CIA. En juillet 1997 on trouve enfin les restes d'Ernesto Che Guevara dans une fosse commune à Vallegrande, et ils sont transportés à La Havane.

AOÛT 1971 Coup d'État du général Banzer.

Hugo Banzer Suárez

Certainement l'enfant du pays à l'histoire la plus sombre et qui marquera à jamais la Bolivie. Né le 10 mai 1926, ce général bolivien dirigea la dictature militaire d'août 1971 à juillet 1978. Il s'installe au pouvoir avec le soutien de Klaus Barbie, alors réfugié en Bolivie. Son gouvernement s'associe aux autres dictatures militaires (Argentine, Chili, Brésil, Paraguay, Uruguay) dans la répression des opposants, traqués jusqu'en Europe ou aux États-Unis par les services secrets : c'est l'opération Condor. Des milliers d'opposants sont arrêtés, des centaines sont torturés ou tués dans les caves du ministère de l'Intérieur. Cette période est également marquée par une forte recrudescence de la corruption et du trafic de drogue. Hugo Banzer Suárez sera par la suite élu président de la Bolivie en 1997, à l'âge de 71 ans. Afin de lutter contre le trafic de drogue, il lance avec l'appui des États-Unis le controversé plan d'éradication de la coca. Des ennuis de santé l'empêchent de terminer son mandat et il s'éteint le 5 mai 2002 à Santa Cruz de la Sierra.

1979 Une femme, Lidia Gueiler, accède à la présidence… mais est écartée par le coup d'État sanglant du général García Meza (condamné à 30 ans de réclusion criminelle dans le milieu des années 1990 et incarcéré depuis à la prison de haute sécurité de Chochocoro, proche de La Paz).

Retour à la démocratie

1982 La junte militaire dirigeante est renversée. Le gouvernement de gauche de Hernán Siles Suazo, fraîchement élu, essaie de diminuer la production de coca et de cocaïne avec l'appui des États-Unis, cependant ces mesures, très impopulaires, n'ont qu'un succès relatif.

1985 Victor Paz Estenssoro, dirigeant du MNR, revient au pouvoir.

1989 Élection de Jaime Paz Zamora, neveu de Victor Paz Estenssoro, grâce à l'appui de Acción Democrática Nacionalista (ADN) un groupe de droite, et du général Banzer, qu'il avait lui-même combattu pendant le septennat. La politique néo-libérale fut poursuivie, accompagnée de scandales financiers et d'une corruption accrue. L'implication de ce gouvernement dans le trafic de drogue fut également prouvée.

1993 Élection de Gonzalo Sánchez de Lozada. Entré au gouvernement avec le premier vice-président indien de l'histoire latino-américaine, Victor Hugo Cardenas, il proposa un « *Plan de Todos* », le plan pour tous, qui consiste en une réforme de l'éducation, une décentralisation de l'administration, et la privatisation des actifs de l'État.

1997 Élection du général Hugo Banzer Suárez. Sa gestion du pays fut marquée par une recrudescence de la corruption, une aggravation de la crise et de violents conflits avec les *cocaleros* et les *campesinos* de l'Altiplano.

JUIN 2002 Retour au pouvoir de Gonzalo Sánchez de Lozada qui remporte de peu les élections face à un certain Evo Morales.

OCTOBRE 2003 Fuite du président aux États-Unis sous la pression de mouvements sociaux incessants (guerre du gaz) ; intérim de Carlos Mesa.

JUIN 2005 Nouveaux mouvements sociaux qui amènent la démission du président Mesa ; formation d'un gouvernement provisoire mené par Eduardo Rodriguez Veltzé, président de la Cour suprême.

22 JANVIER 2006

Evo Morales au pouvoir

Après sa victoire aux élections de décembre 2005, Evo Morales du parti *Movimiento al Socialismo* (MAS) prête serment devant le Congrès et devient le premier président d'origine aymara en Bolivie. Ses prises de position radicales se heurtent souvent à l'incompréhension des classes moyennes et des Cambas (le terme Cambas désigne les habitants, souvent métis, des basses-terres, par opposition aux Kolas (ou Collas), Indiens des hauts plateaux. Cette dualité symbolise toujours la fracture de la société bolivienne). Il fallait pourtant agir vite et fort pour réformer une société inégalitaire depuis la colonisation espagnole.

OCTOBRE 2006 Accord entre le gouvernement et une vingtaine de compagnies pétrolières étrangères dans le cadre du grand plan de nationalisation des hydrocarbures du pays annoncé le 1er mai 2006 par le président.

MAI 2008 La crise constitutionnelle que traverse le pays depuis l'élection d'Evo Morales n'est toujours pas réglée. Un référendum en vue de l'adoption d'une réforme constitutionnelle est organisé le 4 mai, mais celui-ci est boycotté par l'opposition. La région de Santa Cruz, menée par Ruben Costas, garde cette même date pour organiser une consultation populaire portant sur l'autonomie de la région. Largement plébiscité, ce référendum est considéré comme illégal par les autorités nationales. En juin, c'est au tour des régions du Pando et du Beni de voter leur autonomie.

AOÛT 2008 Evo Morales organise un référendum révocatoire qui conforte sa position avec 63 % des votes en sa faveur. Un changement de trajectoire politique est observé avec l'annonce de l'ouverture d'un dialogue avec l'opposition autonomiste.

JANVIER 2009 Approbation par référendum de la nouvelle Constitution.

DÉCEMBRE 2009 Evo Morales est réélu aux élections présidentielles en récoltant 64,22 % des suffrages et le MAS remporte les deux tiers des sièges du Congrès.

AVRIL 2010 Élections municipales qui ne sont pas très favorables au MAS.

À PARTIR DE MI-2010	Manifestations et grèves incessantes un peu partout dans le pays.
AOÛT-SEPTEMBRE 2011	Marche des Indigènes du Beni contre le projet de route traversant un parc national, entraînant une violente répression policière médiatisée dans le monde entier.
MARS 2013	Le président Morales décide de porter devant la Cour internationale de justice le différend territorial (littoral maritime) avec le Chili.
JUIN 2014	La Bolivie accueille le sommet G77 des pays non-alignés + Chine à Santa Cruz.
OCTOBRE 2014	Evo Morales est réélu président pour un mandat de 5 ans. Afin de calmer un peu la situation sociale, une hausse de 10 % des salaires du secteur public est accordée. Evo Morales entend également protéger la culture de la feuille de coca tout en luttant intensivement contre la production de cocaïne dans le pays. Il reçoit l'appui de l'Office des Nations Unies contre la drogue et le crime (ONUDC) qui constate le bien-fondé de sa politique.
21 FÉVRIER 2016	La Bolivie vote « non » au référendum qui aurait permis à Evo Morales de briguer un 4e mandat aux élections de 2019.
DÉCEMBRE 2016	La Bolivie, sous l'impulsion d'un Evo Morales super-actif, détient le taux de chômage le plus bas d'Amérique du Sud (4,1 %).
JUIN 2017	Evo Morales refroidit les relations avec les États-Unis en dénonçant les sanctions unilatérales voulues par le président Trump contre le Venezuela et la Russie. Des sanctions contre des fonctionnaires de ces pays qui, selon lui, vont à l'encontre du droit international en place et court-circuitent son autorité.
1ER OCTOBRE 2018	Après cinq années de procédure, la Cour internationale de Justice a statué : le Chili n'a pas à négocier avec son voisin bolivien pour l'accès à l'océan Pacifique, il a déjà accordé des facilités douanières à la Bolivie dans ses anciens ports et ne compte pas céder davantage.
JUILLET 2019	Les incendies dans la forêt amazonienne gagnent la Bolivie, notamment l'est de la province de Santa Cruz.
20 OCTOBRE 2019	Le premier tour des élections présidentielles plonge le pays dans une crise sans précédent. Evo Morales est donné vainqueur, mais son gouvernement est accusé par l'opposition d'avoir truqué les résultats. On lui reproche aussi de n'avoir pas respecté les résultats du référendum de février 2016.
10 NOVEMBRE 2019	Les voix électorales ont été recomptées par l'Organisation des États Américains et la fraude semble avérée. Après de violentes manifestations pendant une vingtaine de jours et une trentaine de morts, suite à la défection de l'armée et la police, Morales annonce sa démission et se réfugie au Mexique. Les partisans d'Evo crient au coup d'État, tandis que la sénatrice Jeanine Añez est désignée présidente par intérim et promet la tenue prochaine de nouvelles élections, sans Evo Morales.

12 DÉCEMBRE 2019

Evo Morales quitte son exil au Mexique pour se rendre en Argentine, où il bénéficie d'un statut de réfugié.

19 OCTOBRE 2020

Après avoir été repoussées à cause de la crise sanitaire du Covid 19, les élections présidentielles se déroulent pacifiquement malgré une ambiance parfois électrique. Luis Arce, membre du MAS et ancien dauphin d'Evo Morales, est donné vainqueur avec 52 % des voix, contre seulement 31 % des voix pour son opposant, le centriste Carlos Mesa. Dès les résultats publiés, Evo Morales, mentor d'Arce et alors en exil en Argentine, annonce qu'il rentrera bientôt au pays. Luis Arce est conscient qu'il aura la lourde tâche de réconcilier le peuple bolivien, fortement divisé par de nombreuses tensions : entre opposants politiques, entre les plaines et l'Altiplano, entre les villes et les régions rurales… Son discours d'investiture en est la preuve : « Nous commençons une nouvelle étape de notre histoire et nous voulons le faire avec un gouvernement pour tous, sans discriminations d'aucune sorte : notre gouvernement a pour but de reconstruire une patrie unie où l'on puisse vivre en paix ».

© RADOSLAW CZAJKOWSKI - SHUTTERSTOCK.COM

Luis Arce le 03 février 2020 après avoir enregistré sa candidature aux élections présidentielles

AVRIL 2021

Luis Arce annonce son plan d'industrialiser le lithium bolivien en lançant un centre de recherche et un programme pilote. Un appel à l'expertise des entreprises étrangères et à leur capital a été lancé pour qu'elles testent leurs technologies d'extraction. Disposant de près de 40 millions de tonnes, la Bolivie est détentrice du plus important gisement mondial de lithium, métal essentiel pour la transition énergétique. M. Arce souhaite que la Bolivie produise jusqu'à 40 % de l'offre mondiale d'ici 2030. Le lithium pourrait ainsi transformer la Bolivie en un pays à revenu moyen.

11 JUIN 2022

L'ancienne présidente transitoire Jeanine Áñez est condamnée à 10 ans de prison pour « décisions contraires à la constitution ». Reconnue coupable d'avoir organisé un coup d'État contre Morales en 2019, elle purgera sa peine dans une prison pour femmes de La Paz. Elle déclara cependant qu'elle ferait appel aux organisations internationales pour obtenir justice.

28 DÉCEMBRE 2022

Luis Fernando Camacho, gouverneur de la région de Santa Cruz et principal opposant au MAS se fait arrêter, accusé de « terrorisme ».

TOP 10

PERSONNAGES HISTORIQUES

L'histoire mouvementée du pays, constituée de nombreuses guerres et soulèvements, est marquée par les souverains de l'Empire inca, les conquistadors espagnols, les héros de l'indépendance, les militaires de haut rang de la dictature, et les personnalités politiques qui se sont succédé au XXe siècle.

GONZALO SÁNCHEZ DE LOZADA

Ce *paceño* surnommé « Goni » a été président de la République en 1993 puis en 2002.

MANCO CÁPAC

« Fondateur royal » en quechua, père de la civilisation et de l'Empire inca, et gouverneur de Cuzco jusqu'à sa mort en 1231.

© PABLOBORCA - ISTOCKPHOTO.COM

PEDRO DOMINGO MURILLO

Né en 1757, il combattit les troupes rebelles de Túpac Katari, mais ensuite milita pour l'indépendance du Haut-Pérou.

© JORDISTOCK - ISTOCKPHOTO.COM

ERNESTO CHE GUEVARA

Le révolutionnaire argentin a livré sa dernière bataille en 1967 à Vallegrande, dans la région de Santa Cruz.

© PRACHAYA ROEKDEETHAWEESAB - SHUTTERSTOCK.COM

FRANCISCO PIZARRO

Arrivé en Bolivie en 1532, cet explorateur et conquistador espagnol vainquit les Incas et conquit le Pérou.

© GRAFISSIMO - ISTOCKPHOTO.COM

SIMÓN BOLÍVAR

Vénézuélien de naissance, « *El Libertador* » a participé en 1824 à l'indépendance du pays, nommé en son honneur.

© SOURABHJ - ISTOCKPHOTO.COM

EVO MORALES

Issu d'une famille modeste, il devient en 2005 le premier président d'origine amérindienne du pays.

© GOLDEN BROWN - SHUTTERSTOCK.COM

TÚPAC KATARI

Leader aymara de l'insurrection indigène contre les colons espagnols, instigateur du siège de La Paz de 1781.

© JOHAN10 - ISTOCKPHOTO.COM

ANTONIO JOSÉ DE SUCRE

Le « Grand Maréchal d'Ayacucho », ami de Bolívar, proclame l'indépendance du Haut-Pérou en 1825.

© JOHAN10 - ISTOCKPHOTO.COM

LUIS ARCE

Leader du parti politique MAS suite à l'exil d'Evo, il devient président de Bolivie le 8 novembre 2020.

© MATIAS BAGLIETTO - SHUTTERSTOCK.COM

LES ENJEUX ACTUELS

La Bolivie est membre de plusieurs organisations internationales, dont l'ONU et l'OEA (Organisation des États américains) ; au niveau régional, le pays est membre de la Communauté andine des nations, du Groupe de Rio, de la Communauté sud-américaine des Nations, et membre associé du Mercosur depuis 1996. Les relations actuelles avec ses voisins sont variables. Si elles sont bonnes avec le Pérou et l'Argentine, elles se sont un peu détériorées avec le Brésil depuis 2012 en raison de différends politiques et commerciaux. Mais c'est avec le Chili que le bât blesse, avec comme serpent de mer l'accès à l'océan Pacifique. Depuis sa création, la Bolivie est en proie à une instabilité politique chronique qui met en péril son développement. Le nouveau président élu devra faire face à un défi de taille : diminuer le fossé qui se creuse de plus en plus entre les habitants de l'Altiplano, à majorité indigène, et les *cambas*, les habitants des plaines.

L'accès à l'océan Pacifique

Les relations diplomatiques avec le Chili ont été rompues en 1978, et même s'il subsiste des accords commerciaux et consulaires, les rapports sont des plus tendus. Le Chili a, en effet, privé la Bolivie d'un accès à la mer lors de la guerre du Pacifique qu'il remporta (1879-1883). Depuis, les Boliviens ne cessent de réclamer un territoire côtier et le dossier est toujours brûlant entre les deux pays. En 2013, la Bolivie a cherché à internationaliser le débat en portant le différent devant la Cour internationale de Justice de La Haye. En mars 2016, le président bolivien décide cette fois de porter plainte devant la CIJ contre le Chili à propos de l'exploitation du fleuve transfrontalier Silala, puis de fortes tensions s'ensuivent en mai 2016 suite à la présence militaire chilienne à 15 km de la frontière commune. En mars 2017 le gouvernement lance la campagne nationale « El Mar Nos Une » (« la mer nous unit ») et « Mar Para Bolivia » (« la mer pour la Bolivie »). Cette stratégie de communication a pour but de sensibiliser la population à cette cause nationale. À cette occasion un drapeau bolivien de 200 km de long a été déployé entre La Paz et Oruro en mars 2018. Il s'agit du plus long drapeau du monde.

En réalité, cette opération de communication semblait être avant tout un outil électoral pour la campagne d'Evo Morales. Le 1er octobre 2018, la décision de la Cour internationale de Justice dispense le Chili de négocier avec son voisin bolivien pour l'accès à l'océan Pacifique. Le Chili a déjà accordé des facilités douanières à la Bolivie dans ses anciens ports et ne compte pas céder davantage. Les relations entre les deux pays restent conflictuelles à ce jour, et il semble que la situation ne penche pas vers un apaisement.

Les défis de Luis Arce

Les élections présidentielles du 18 octobre 2020 marquent le retour au pouvoir du Mouvement vers le Socialisme (MAS). Investi président le 8 novembre 2020, Luis Arce, surnommé « Lucho » par ses partisans, va devoir présider dans l'ombre de son encombrant mentor, l'ancien président Evo Morales. Accusé de fraude électorale par l'opposition lors des élections de mars 2019, celui-ci avait démissionné de son poste après avoir perdu le soutien de l'armée et de la police. Jeanine Áñez, une sénatrice conservatrice résolument opposée au MAS, s'était alors proclamée présidente par intérim de 2019 à 2020. En exil forcé dans des pays voisins depuis sa démission, Evo a annoncé son retour en Bolivie sitôt après avoir pris connaissance de la victoire du MAS aux élections. En mars 2021, un mandat d'arrêt a été lancé par le parquet bolivien contre Jeanine Áñez et les membres de son cabinet, pour « sédition, terrorisme, et conspiration ». La principale intéressée clame qu'elle est victime de persécution politique.

Lors de son discours d'investiture, Luis Arce a ainsi énoncé le défi qui l'attendait : « Nous commençons un nouveau chapitre de notre histoire et nous souhaitons le faire avec un gouvernement pour tous, sans discrimination d'aucune sorte. Notre gouvernement cherchera à rebâtir une patrie unie où l'on puisse vivre en paix ». Depuis sa prise de fonction, le bilan de sa présidence révèle que malgré la crise politique de 2019, la pandémie de Covid-19 et la forte inflation qui affecte actuellement l'économie mondiale, la Bolivie a tout de même su maintenir une croissance économique importante et constante, tout en conservant l'un des taux d'inflation les plus bas de la région. Par conséquent, des investissements publics visant à stimuler l'économie et à accélérer la création

Luis Arce en janvier 2020.

d'emploi ont été mis en place, tout comme la création de politiques visant à garantir l'accès à la santé et à l'éducation. Le gouvernement d'Arce a adopté une approche inclusive pour renforcer les filets de sécurité sociale, en élargissant l'accès à des programmes tels que les transferts de revenus, l'aide alimentaire et le soutien aux petits agriculteurs. Au cours de sa présidence, il a également adopté une loi sur la transition énergétique visant à atteindre une part importante d'énergies renouvelables dans le mix énergétique national. Dans ces circonstances, les sondages d'opinion indiquent une popularité relativement élevée pour le président Arce. D'après une étude menée en janvier 2022 par la société de recherche Mori, il bénéficiait d'une cote d'approbation de 51 %, alors que 35 % des personnes interrogées ont déclaré désapprouver son travail en tant que président.

Eva Copa : un souffle nouveau dans la vie politique

Le 7 mars 2021, Eva Copa est élue maire d'El Alto, la ville d'environ un million d'habitants située sur les hauteurs de La Paz, dont la population est composée presque intégralement d'indigènes. Fille d'artisans aymaras, Eva Copa est née à El Alto en 1987. Après avoir été une farouche activiste de la défense de la jeunesse et des femmes *Alteñas*, elle se lance en politique en 2014 en tant que membre du MAS, et devient sénatrice du département de La Paz en 2015. En novembre 2019, elle est élue présidente de la Chambre des sénateurs au parlement bolivien. Malgré sa position au Sénat et l'important soutien populaire dont elle bénéficie, le MAS ne la présente pas comme candidate officielle du parti à la mairie d'El Alto, ville dont les nombreux mouvements sociaux de ses habitants ont grandement facilité l'arrivée au pouvoir du premier président indigène du pays en 2005, un certain Evo Morales. Décidée à briguer le poste, Eva Copa se présente finalement contre la volonté du parti. Evo l'accuse alors de trahison et de complicité avec le « coup d'État » dont il a été victime en 2019, puis elle est congédiée du MAS. Pendant la campagne, qu'elle effectue sous l'égide du parti Jallalla La Paz, elle affiche sa fierté d'appartenir à la communauté aymara et milite pour une participation plus active des femmes dans la vie politique, sans pour autant renier ses combats politiques antérieurs avec le MAS. Les médias évoquent ce combat politique comme celui d'« Eva » contre « Evo ». Le résultat des élections est un coup brutal porté à l'influence du parti de Morales sur la politique d'El Alto, fief historique du MAS : Eva remporte près de 68 % des suffrages, très loin devant le parti d'Evo et ses 19 % de votes. C'est la première fois qu'un maire d'une des villes majeures du pays remporte des élections avec un tel écart. Ce vote traduit le désir de la population d'El Alto de mettre fin aux politiques de privilèges et à l'omniprésence d'Evo Morales dans les choix du parti. Eva Copa représente la nouvelle génération du paysage politique bolivien indigène, une figure importante sur laquelle il faudra compter à l'avenir.

ARCHITECTURE

Rivalisant de savoir-faire et d'audace, les bâtisseurs boliviens tutoient les sommets depuis des millénaires. Le pays possède ainsi de superbes trésors précolombiens témoignant d'une maîtrise architecturale spectaculaire. L'héritage colonial, lui, se lit dans les belles places à arcades, les maisons colorées et les églises qui adoptèrent les styles en vogue en Europe, le baroque en tête, mais sans pour autant renier les traditions locales, donnant naissance à un baroque métis dont les Missions Jésuites de Chiquitos sont les fières représentantes. D'un néoclassique très sobre aux ultra bariolés « Cholets » néo-andins d'El Alto, les réalisations modernes et contemporaines vont, elles, vous faire faire un véritable grand écart stylistique ! L'architecture vernaculaire est bien plus sobre, mais pas moins ingénieuse, ses structures naturelles inspirant l'écotourisme d'aujourd'hui. Alors, venez découvrir un patrimoine haut en couleur… et en hauteur !

Trésors précolombiens

Bien avant les Incas, d'autres peuples précolombiens laissèrent leur empreinte sur le sol bolivien. C'est le cas des Moxos d'Amazonie, inventeurs d'une étonnante architecture de l'eau. Canaux d'irrigation et de navigation, digues et réservoirs comptent parmi leurs créations, mais les plus impressionnantes restent leurs îles artificielles aux allures de collines du fait de leur structure surélevée permettant de maintenir villages et cultures au sec. Les localités de Loma Alta et Loma Suarez en sont les directes héritières. La civilisation de Tiwanaku s'est, quant à elle, fait connaître par son incroyable maîtrise de la pierre, tant en matière de construction que de décoration, ainsi que par son organisation spatiale définie par la fonction des édifices. Le site archéologique de Tiwanaku recèle de véritables trésors, à commencer par le Temple d'Akapana. Si aujourd'hui, seuls l'étage inférieur et une partie des murs ont été conservés, il faut imaginer qu'à l'origine, il s'agissait d'une pyramide composée de sept plateformes avec des murs de soutènement de près de 18 mètres. Cette puissante structure de grès et d'andésite était surmontée d'un temple et entourée de canaux de drainage pour la protéger. L'autre joyau du site est le Kalasassaya, grand temple rectangulaire, dont le nom signifie « pierres dressées » en langue aymara. Un nom qui fait référence aux superbes monolithes sculptés abrités par le temple. La porte sud du temple a ainsi été taillée dans un seul bloc d'andésite. Ses côtés ont été percés de niches pouvant accueillir des statues, tandis que son fronton est orné d'une frise magistralement sculptée représentant sans doute un calendrier agricole.

Les Aymaras, eux, ont laissé d'étonnantes tours d'*adobe* (mélange de terre et de paille), de plan carré le plus souvent, parfois circulaire, percées d'une unique porte et pouvant atteindre 8 m. Elles sont baptisées « chullpas » et se révèlent

DÉCOUVRIR

Les vestiges du site d'El Fuerte.

© ALEXMILLOS - SHUTTERSTOCK.COM

Architecture coloniale dans la calle Jaén à La Paz.

être des monuments funéraires. Vous pourrez notamment en voir près du village de Condor Amaya. Autant d'éléments qui inspirèrent les Incas. Si les témoins de ce peuple légendaire sont moins nombreux qu'au Pérou, ils n'en sont pas moins spectaculaires. La Bolivie est ainsi traversée par le Qhapaq Nan, grand réseau routier qui parcourait des milliers de kilomètres à travers les Andes. Basé sur quatre routes principales, il rejoignait les réseaux secondaires des différents pays traversés. Routes pavées de pierre, ponts suspendus à flanc de canyon, escaliers escarpés épousant les reliefs, mais aussi postes de relais, forts et auberges ponctuent ces routes de légende. Le Fuerte de Samaipata témoigne, lui, d'une architecture basée sur la précision, la solidité, la symétrie et l'harmonie. Le site illustre très bien l'urbanisme inca séparant centre culturel et centre administratif et résidentiel, les bâtiments publics étant organisés autour d'une grande place centrale. Ces bâtiments – notamment l'Acllahuasi ou Maisons des Elues, la Kallanka ou forteresse militaire, la Cour ou l'espace de commerce et le Tambo, sorte de caravansérail – sont placés sur différentes plateformes. Le centre cérémoniel s'organise, lui, autour d'un rocher monolithique de grès rougeâtre aux dimensions impressionnantes (220 m de long sur 60 m de large !) et aux surfaces entièrement gravées. Les Incas ont également laissé de véritables citadelles protégées par d'imposantes murailles, comme le montrent les sites d'Incallajta et Incarracay.

Héritage colonial

Les cœurs historiques des grandes cités boliviennes se dessinent selon un plan en damier, typiquement européen, organisé autour d'une grande place, la Plaza Major. Cette dernière, bordée d'arcades, concentre tous les pouvoirs : la cathédrale, le palais du gouvernement et les instances commerciales. Les rues parfaitement rectilignes et pavées qui y mènent sont, elles, bordées de maisons basses aux façades colorées. La maison coloniale s'organise autour d'un ou plusieurs patios à arcades dont les colonnes de bois sont souvent travaillées de manière très stylisée, l'ensemble des pièces s'ouvrant sur cet espace d'intimité et de fraîcheur. Les murs sont le plus souvent en pisé (mélange de boue et de paille) et recouverts de plâtre, mais peuvent aussi être en pierre. Les toits, quant à eux, sont le plus souvent ornés de tuiles de céramique. Certaines maisons se dotent également de balcons et bow-windows de bois ainsi que de galeries extérieures couvertes. Parmi les plus beaux témoins de cet urbanisme colonial, ne manquez pas : la **Calle Jaén** (p.123) à La Paz ; la très belle place de Santa Cruz de la Sierra ; les rues de Trinidad bordées d'un ingénieux système de fossés pour évacuer les eaux de pluie ; les superbes demeures de Sucre ; et la Place du 10 Novembre à Potosí… dont la **Casa de la Moneda** (p.217)est l'un des plus grands édifices civils coloniaux de toutes les Amériques. Beaucoup de belles demeures coloniales ont été converties en musée, notamment à La Paz. Eglises, couvents et monastères se parent d'abord aux couleurs des styles en vogue en Europe. **L'Iglesia de la Merced** (p.216) à Potosí possède ainsi un très beau plafond typiquement mudéjar, tout comme l'église Saint-François d'Assise de Sucre. L'église de Curahuara de Carangas, elle, a été surnommée « la chapelle Sixtine de l'Altiplano » tant ses fresques incroyables et sa silhouette sobre et simple rappellent les lignes Renaissance de la célèbre chapelle romaine ! Mais c'est surtout le baroque qui aura la faveur des colons espagnols. Il faut impressionner les futurs fidèles. Colonnes torses, motifs en courbes et en spirales, couleurs, dorures et décors sculptés comptent parmi ses attributs phares.

Parmi les chefs-d'œuvre de ce style, notons : la Tour de la Compagnie de Jésus et son superbe portail en pierre sculpté, et l'Iglesia y convento San Francisco (p.220) avec ses colonnes torses sculptées de vignes et les tuiles colorées de son toit, tous deux à Potosí ; l'église du Museo y convento de Santa Clara (p.278) à Sucre, avec sa belle polychromie de blanc, bleu et or et son superbe orgue baroque ; ou bien encore le Convento-Museo Santa Teresa (p.298) de Cochabamba aves ses fresques d'inspiration végétale et son étonnant escalier en colimaçon menant à sa coupole. Mais en regardant attentivement les façades de certains de ces édifices baroques, vous remarquerez qu'à l'imagerie chrétienne traditionnelle s'ajoutent des références clairement païennes, en lien avec les traditions locales. C'est ce qu'on appelle le baroque métis, étonnant syncrétisme que l'on retrouve dans la Basilica de la Virgen de la Candelaria (p.167) de Copacabana dont le blanc immaculé rehaussé par ses riches coupoles couvertes d'azulejos très baroques se pare de représentation de la Vierge aux traits de princesse inca. Même superbe mélange dans la Basilica de San Francisco (p.127) de La Paz. Voyez comment anges et saint côtoient la Pachamama, grande déesse de la terre, et les mâcheurs de coca sur sa façade richement décorée. Ce syncrétisme va trouver son apogée dans les Missions Jésuites de Chiquitos. Entre les XVIIe et XVIIIe siècles, ce sont six « réductions d'Indiens », comprenez des installations destinées aux Indiens christianisés, qui ont été construites par des pères Jésuites, désireux d'instaurer des « républiques de Dieu », cités idéales fondées sur l'égalité et l'entraide. Voilà pourquoi les Jésuites ont travaillé en étroite collaboration avec les Chiquitos. Ces derniers y ont notamment développé un superbe artisanat du bois. La mission s'organise autour d'une grande place rectangulaire bordée sur trois côtés par les bâtiments dédiés aux Indiens, le quatrième côté étant réservé aux ateliers, à l'école et surtout à l'église. Ces églises, pour la plupart construites par le Suisse Martin Schmid, suivent presque toutes le même modèle : une charpente de bois soutenant un toit à deux pans, une structure intérieure à trois nefs délimitées par des colonnes en bois et deux galeries extérieures entourant l'édifice et elles-mêmes soutenues par des colonnes. Ces dernières, de même que les balustrades, les autels et les sculptures, témoignent du savoir-faire des Chiquitos en matière de taille du bois. Parmi les plus belles, ne manquez pas celles de San Rafael, San Miguel et San Javier.

Architecture moderne et contemporaine

Après le foisonnant baroque indissociable de l'époque coloniale, la jeune République a fait le choix du style néoclassique aux lignes sobres. Frises et corniches font ainsi leur apparition sur les façades des théâtres notamment, à commencer par le Teatro Municipal Alberto Saavedra Pérez (p.151) de La Paz et le Teatro Gran Mariscal de Ayacucho (p.280) de Sucre. Puis progressivement, cette sobriété va laisser place à un étonnant éclectisme, mêlant tous les styles possibles. Les plus insolites représentants de cet éclectisme sont le Castillo de la Glorieta (p.292), (p.292) où se mêlent une demeure aux allures de palais florentin teinté d'influences byzantines, un portique aux arcs polylobés typiquement arabes, une chapelle gothique, un haut minaret à bulbe et une tour aux allures de ruine romantique… tout un

Basilica de la Virgen de la Candelaria, à Copacabana.

programme ! Autre édifice étonnant à ne pas manquer, le **Palacio Portales** (p.299) à Cochabamba réalisé par Eugène Bliault, un architecte originaire… du Havre ! Même mélange détonant à la Casa de Dora et au Castillo Azul, qui ont la particularité de posséder également des éléments Art nouveau. En façade des maisons, on voit également apparaître des bow-windows métalliques, tandis que certains intérieurs se couvrent de belles verrières, à l'image de celle du **Museo del Tesoro** (p.279) de Sucre dont on raconte qu'elle fut dessinée par un certain… Gustave Eiffel.

Les années 1950-60 voient l'avènement d'une architecture rationaliste qui se traduit par des édifices aux volumes simples de béton. Ces années s'accompagnent aussi d'un renouveau de la pensée urbanistique. A la différence de nombreuses villes qui ont grandi sans véritable plan, Santa Cruz de la Sierra a fait l'objet d'une planification rationnelle. La ville moderne est ainsi découpée en huit anneaux successifs autour de la ville ancienne. Le premier anneau regroupe les fonctions économiques et administratives, les suivants abritent, eux, les zones résidentielles. Le tout est ponctué de nombreux espaces verts. Un modèle étonnant à une telle altitude ! Dans les années 1970, l'architecte Hans Roth lance une grande campagne de restauration des Missions Jésuites de Chiquitos, tout en perpétuant la tradition de cette architecture métissée via des structures modernes, telle la très belle chapelle de Chochis où les bois tropicaux dominent. Plus récemment, ce sont les réalisations de l'architecte Freddy Mamani Silvestre qui ont mis un coup de projecteur sur la Bolivie, et sur El Alto en particulier. D'origine aymara, l'architecte a développé un style néo-andin inspiré des textiles traditionnels, des formes géométriques des sites précolombiens et des motifs empruntés aux cultes païens (papillons, serpents, condors…). El Alto brille désormais des couleurs chatoyantes de ses « **Cholets** (p.131) ». Contraction de chalet et *cholo* (terme péjoratif pour désigner les Boliviens d'origine indigène), ces immeubles célèbrent la richesse culturelle (et monétaire !) des commerçants aymaras. Au rez-de-chaussée, ces bâtiments abritent des boutiques. Aux 1er et 2e étages se trouve une grande salle de bal, destinée à accueillir les activités folkloriques et culturelles. Les niveaux supérieurs accueillent les logements, dont le plus élevé, le « cholet », est réservé au propriétaire. Certains des « Cholets » réalisés par Freddy Mamani Silvestre peuvent atteindre un million de dollars… mais les différents espaces pouvant être loués, le propriétaire a vite rentabilisé son investissement !

Richesses vernaculaires

Sur le lac Titicaca, le peuple Uros a conçu d'étonnantes îles de roseaux, notamment de roseau *totora* qui pousse en abondance sur les rives du lac. Pour obtenir un sol sec sur lequel bâtir leurs maisons (de roseaux également !), les Uros en superposent une multitude de couches. L'île ainsi formée est « arrimée » via de longues perches enfoncées dans le sol du lac. Les Chipayas, eux, sont célèbres pour leurs maisons rondes. La structure circulaire initiale est réalisée à l'aide de cerceaux de *tepe* (un mélange de boue et de racines) attachés avec de la corde et renforcés par une charpente de bois. Le toit de chaume et de forme conique est sécurisé par des cordes de paille afin de résister aux vents forts de l'Altiplano. De même, les maisons ne possèdent qu'une porte tournée vers l'Est afin d'éviter que le vent ne s'y engouffre. Dans les zones agricoles, les Chipayas optent pour des maisons aux allures de ruche, car érigées à l'aide de blocs de tourbe apparents. Dans les zones montagneuses, les Quechuas protègent leurs maisons par un mur pouvant atteindre 2,5 m de haut. Ces maisons sont construites en *adobe* ou en pierres brutes assemblées à l'aide de mortier, certaines sont ensuite recouvertes de plâtre, tandis que les autres laissent les matériaux bruts apparents. Le toit de chaume est posé sur un cadre de jonc. Le sol, quant à lui, est le plus souvent en terre battue. Les Indiens Guaranis, de même que beaucoup de peuples amérindiens des zones tropicales, optent pour des structures simples réalisées à l'aide de bâtons d'un bois local très résistant attachées de façon à obtenir une structure très compacte, dont les interstices sont comblés avec de la boue. Les toits sont le plus souvent réalisés en feuilles de palmier séchées. L'habitat des Ayoreos-Totobiegosode est encore plus simple. Isolés dans des zones très reculées, en pleine forêt, ces derniers établissent de grandes maisons communes, dont un pilier central en bois soutient la structure en forme de dôme, la toiture étant réalisée en boue séchée. Mais cette structure n'est utilisée que par temps de pluie. Parmi les autres richesses vernaculaires, notons les maisons des Indiens Tarabucos, non loin de Sucre, très largement inspirées des modèles espagnols avec leurs murs en pisé et leurs toitures couvertes de bardeaux d'argile rouge, ou bien encore les *pahuichis* de Santa Cruz, habitats éphémères et faciles à réaliser composés de feuilles de palmier tissées posées sur une armature de bois à pignon et possédant une galerie sur la façade avant. Restaurants et clubs de sport occupent souvent ces structures ! Aujourd'hui, cet habitat est au centre d'un écotourisme en plein essor. De nombreux écolodges voient ainsi le jour, faisant la part belle aux matériaux locaux et naturels, dans des bungalows de bois aux toits de palme. Leur particularité ? Ils sont entièrement gérés par les peuples autochtones. Parmi les plus populaires, ne manquez pas : le Chalalan Ecolodge, le Tomarapi Ecolodge et le San Miguel de Bala Ecolodge.

BEAUX-ARTS

La Bolivie aux mille visages est le berceau de l'une des civilisations les plus mystérieuses de l'histoire : les Tiwanaku. Ce site précolombien abrite entre autres splendeurs la première représentation de Viracocha, le dieu Soleil également vénéré par les Incas. Le patrimoine indigène n'a jamais cessé d'inspirer les artistes boliviens, malgré les messages de l'art colonial. La sculpture, sur bois ou sur pierre, continue d'être prisée par les contemporains. À ce titre, la galerie Arte y Cultura de Sucre est une étape incontournable pour qui souhaite prendre le pouls de la création locale. Au fil des siècles, les symboles ancestraux sont repris en peinture, aussi bien sur toile que sur les murs. Car en Bolivie, on aime clairement le street art. Des artistes internationaux sont conviés à diffuser le patrimoine dans les rues, à travers des projets créatifs, pour le plus grand bonheur des habitants et des voyageurs.

Sculpture précolombienne

À presque 4 000 mètres d'altitude, la civilisation Tiwanaku nous entraîne 3 500 ans en arrière. Toutefois, son apogée se situe entre le Ve et le XIe siècle. Les vestiges du site de Tiwanaku attestent de l'influence politique et culturelle que l'Empire pré-inca a exercée durant six siècles. Les Tiwanakus se distinguent par leur maîtrise du travail de la pierre, notamment dans les monolithes, ces personnages austères, parfois munis d'un sceptre ou d'une arme. Leur art révèle des similitudes avec les Huaris, peuple de bâtisseurs qui produisaient aussi une céramique d'exception. Mais le trait commun le plus frappant est la larme creusée au coin des yeux des figures sculptées par ces deux civilisations. Sur le site, au cœur de la Cité du Soleil, la Porte du Soleil, constituée d'un bloc de pierre de dix tonnes, présente un fronton finement ciselé. Une divinité apparaît entourée de dizaines de créatures ailées, certaines à visage humain, d'autres à tête de condor. La légende raconte que la porte garde un secret destiné à guider une future humanité.

Autre chef-d'œuvre, le monolithe Ponce est également orné de gravures. Parmi ses motifs issus de la symbolique aymara, des poissons, des pumas et des aigles. Au musée archéologique de Tiwanaku, trône le célèbre monolithe Bennett, géant de pierre rouge au visage caché par un masque cérémoniel. Daté à 1 700 ans, il mesure plus de 7 mètres de haut.

La spiritualité continue d'être célébrée tous les ans sur ce lieu de culte, lors du solstice d'été.

Émergence de la peinture

Au XIVe siècle, les recherches picturales en cours en Europe atteignent lentement l'Amérique. Les matériaux disponibles en Bolivie contraignent les artistes à s'adapter. Or, la peinture sert avant tout de support d'évangélisation et la mission religieuse ne peut attendre. C'est ainsi que la

La Porte du soleil sur le site de Tiwanaku.

peinture sur toile et la fresque sont favorisées. La sculpture polychrome, la peinture sur métal et sur bois sont, dans une moindre mesure, utilisées elles aussi pour convertir les Indiens.

Dans les Andes, la peinture sur toile est diffusée par des maîtres arrivés d'Italie au XVIe siècle. Trois peintres influencent considérablement la peinture coloniale en apportant le maniérisme, style prépondérant en Amérique latine, même si les gravures flamandes instillaient déjà la tendance par petites touches : le jésuite Bernardo Bitti (1575), Mateo Pérez de Alesio (1588) et Angelino Medoro (1600).

Bitti débarque en Amérique à l'âge de 28 ans. Ses personnages solides, idéalisés, au visage doux, rappellent Michel-Ange. Les indigènes apprécient ses toiles lumineuses et colorées, ce qui explique son influence sur l'art populaire bolivien. Bitti exerce son art dans des villages indiens et les centres urbains tels que Cuzco et Potosí.

À cette époque, les artistes mènent une vie nomade. Leurs déplacements constants contribuent à unifier la vision de l'art dans toute la Vice-Royauté. De leur côté, les artistes indiens s'initient auprès des Européens. L'influence de Bitti sur Cusi Guamán, ou de Diego de Ortiz sur le sculpteur Tito Yupanki est incontestable.

L'École de Potosí

Au XVIIe siècle, les modèles européens donnent lieu à des interprétations originales. Les rares portraits, ceux de donateurs et de bienfaiteurs, restent quant à eux stéréotypés.

Nicolas Chávez de Villafuerte, actif autour de 1600, est considéré comme le dernier maniériste à Potosí. Parmi ses contemporains, on compte Francisco López de Castro et Francisco de Herrera y Velarde. L'art d'Herrera reprend le clair-obscur à la manière du Caravage. Ces artistes constituent l'École de Potosí dont est sorti Melchor Pérez de Holguín. Né vers 1660, ce peintre baroque signe sa première œuvre en 1687 puis ouvre son atelier dans cette ville qu'il n'a jamais quittée. Surnommé le Pinceau d'or, il développe un style reconnaissable à ses personnages curieusement rapetissés. L'immensité des paysages qui l'ont vu grandir n'est sans doute pas étrangère à sa représentation du monde. Son principal disciple est Berrío, né en 1708, qui s'écarte peu à peu de son enseignement pour élaborer un style affirmé recouvert d'or. Le Convento Museo santa Teresa de Potosí (p.298) propose notamment trente salles d'art colonial.

Contemporain de Berrío, l'Indien Luis Niño obtient le titre de peintre et sculpteur sur bois. Ses œuvres reflètent le goût indien conventionnel, une version américanisée du baroque. De ce peintre, citons La Vierge de la Victoire de Málaga et les commandes réalisées pour l'évêque de Charcas. Le Muséo Nacional de Arte de La Paz (p.129) abrite des tableaux de la période

© PRACHAYA ROEKDEETHAWEESAB - SHUTTERSTOCK.COM

Le peintre Melchor Perez de Holguin.

coloniale, de l'école flamande, espagnole et italienne. La deuxième salle réunit Holguin et ses disciples ; les deux suivantes, les peintres de La Paz. *L'Archange Arquebusier* du maître de Calamarca ou *Le Sacre de la Vierge* de Berrio comptent parmi les plus beaux exemples d'un art destiné à propager le christianisme.

Les réformes du roi Charles III marquent un changement radical. Les Académies des Arts remplacent les associations d'artisans. L'art devient savant, et le baroque est banni au profit du néo-classicisme.

Vers le modernisme

Après diverses phases classiques, la peinture contemporaine émergente se concentre sur la réalité bolivienne, le quotidien, les paysages, la vie urbaine. Arturo Borda aborde les premières peintures indigènes avant que Cecilia Guzman ne prenne sa relève (1899-1950).

Cavalier solitaire, Marina Núnez del Prado (1910-1995) déboule très jeune sur la scène artistique. Bien vite, la sensualité des courbes et du traitement du matériau caractérise ses sculptures. La jeune femme se passionne pour le thème des danses indiennes, puis privilégie le thème de la femme. L'Indienne est hissée au rang de déesse. Grande voyageuse, elle fréquente Marc Chagall, Jackson Pollock, Diego Rivera, Frida Kahlo et Picasso. Dès les années 1930, les sculptures de Marina Núnez del Prado sont exposées sur les cinq continents. Récompensée par le Condor des Andes, la plus haute distinction bolivienne, elle se marie à l'âge de 64 ans et finit ses jours à Lima. La sculptrice est parvenue à s'imposer en tant que femme dans un monde masculin. La Bolivienne qui a transgressé les normes fut aussi l'une des premières artistes à évoquer des sujets sociaux en plus de défendre le statut de la femme.

© MATYAS REHAK - SHUTTERSTOCK.COM

Convento Museo santa Teresa de Potosí.

Liberté d'expression

La révolution de 1952 s'accompagne d'une plus grande liberté d'expression. Cette vague est représentée par Walter Solon Romero et Gil Imanà, artiste influent de la deuxième moitié de XXe siècle. Le thème principal d'Imanà, nouveau pour l'époque, est la représentation de la femme créatrice.

Au retour de la démocratie, en 1982, la peinture bénéficie d'une nouvelle impulsion : utilisation de la photographie, matériaux recyclables. C'est le développement de l'art conceptuel, exposé au musée de l'art contemporain à La Paz.

De nos jours, les artistes s'expriment ouvertement sur les murs de La Paz. Le street art, favorisé en Bolivie, est un véritable mode de vie. Sur les murs, les messages politiques côtoient des fresques plus esthétiques. Dans certains quartiers, l'État finance des projets street art dans l'objectif d'embellir le quotidien des riverains, tout en valorisant la culture indigène.

Le quartier artistico-bohème de La Paz, Sopocachi, se remplit d'œuvres à ciel ouvert. Une quarantaine d'artistes de multiples nationalités se sont répartis sur 3 zones. Sur la place Avaroa, des artistes argentins se sont partagé les murs de l'école Carlos de Villegas. Chiliens et Argentins ont concentré leurs fresques dans le passage Gustavo Medinaceli. Enfin, les abords de l'Académie des Beaux-arts ont inspiré quantité de peintures murales. Entre autres, l'Argentin Marcelo Carpita appelle au respect de l'environnement. Sa fresque sensibilise à la relation entre l'homme et la Terre à travers des symboles des quatre éléments.

Essor de l'art bolivien

Plusieurs artistes boliviens nés au début du XXe siècle ont marqué la scène internationale. La plus importante peintre bolivienne est sans doute María Luisa Pacheco. Née en 1919 à La Paz, elle travaille comme illustratrice de presse avant de décrocher une bourse qui lui permet d'étudier Madrid. À son retour, elle s'installe à New York, mais ses peintures, qui allient abstraction et figuration, restent imprégnées par les peuples boliviens Aymara et Quechua, de même que par les paysages de la cordillère des Andes.

Né la même année à La Paz, Jorge Carrasco exprime son talent à travers la sculpture et la peinture. Il se forme à Vienne et Paris puis s'intéresse de près à la civilisation Tiahunacu, dont il contribue à faire redécouvrir la culture. Lors de la Biennale de São Paulo de 1953, il expose aux côtés de Matisse et Picasso. En 1968, il s'installe en France. Sa quête de l'équilibre instable a peut-être trouvé son contrepoint dans l'embellissement de l'église de Le Menoux dans l'Indre.

Graciela Rodo Boulanger naît dans une famille d'artistes en 1935. Elle se destine à une carrière de musicienne, avant de se consacrer à la peinture et à la gravure. En 1979, l'ONU la désigne artiste officiel pour l'enfance. Après plus de 150 expositions à travers le monde, l'artiste est aujourd'hui pleinement reconnue.

Dans le domaine de la photographie, Freddy Alborta (1932-2005) est mondialement connu pour ses portraits posthumes du Che Guevara. Longtemps correspondant pour des agences de presse internationales, il devient à l'âge de 20 ans le photographe officiel du Président Victor Paz Estenssoro. À la fin des années 1980, il met un terme à sa carrière journalistique pour devenir un chef de file de la photographie bolivienne. Il s'intéresse particulièrement au folklore et aux coutumes locales.

Sonia Montéro Falcone, née en 1965 à Santa Cruz, débute en tant que peintre. Élue miss Bolivie, docteure en psychologie, elle entreprend de créer un pont entre son travail de psychologue, l'art et le social. Par ses actions aux États-Unis, elle aide à faire reconnaître les artistes latino-américains à l'étranger.

MUSIQUES ET SCÈNES

Un des éléments qui frappent d'entrée en Bolivie, c'est cet horizon de couleurs et de fêtes qui vous entraîne dès vos premiers pas dans le pays. Une nation riche de la diversité de ses cultures (quechua, aymara ou guarani pour ne citer qu'elles) et où l'absence de tourisme de masse a, d'une certaine manière, été bénéfique. C'est en partie ce qui a permis à la Bolivie de préserver l'authenticité de ses pratiques traditionnelles et de maintenir un folklore extrêmement vivace dans toutes ses régions. Ainsi, les danses et musiques ancestrales sont toujours présentes, intactes, ressurgissant à l'occasion des nombreuses fêtes, religieuses ou civiles, que compte le calendrier. La plus importante d'entre elles est le carnaval d'Oruro, rassemblant tous les ans en février près d'environ 35 000 musiciens et danseurs venus du pays tout entier et 400 000 spectateurs, ce qui en fait le plus grand carnaval autochtone du continent, après celui de Rio de Janeiro. Un pays de couleurs et de fêtes, définitivement.

Musique traditionnelle

Longtemps sous domination espagnole – comme la plupart de ses voisins – l'expression artistique bolivienne a largement été alimentée par l'Europe. Il faut attendre la Révolution de 1952 – ouvrière, mais poussant un regain nationaliste et cherchant à mettre en lumière les cultures indigènes – pour que la musique traditionnelle trouve un réel essor. C'est à cette époque qu'apparaît une vague de groupes néo-folkloriques très importants pour le pays. À commencer par Los Jairas, ensemble emblématique formé en 1965 par Edgar « Yayo » Jofré, Gilbert Favre (clarinettiste jazz genevois), Julio Godoy et surtout Ernesto Cavour. Ce dernier, grand joueur de *charango*, reste inscrit comme le musicien bolivien extravagant par excellence. Outre la fondation de Los Jairas, il est aussi célèbre pour être l'inventeur de différents instruments qui ont enrichi le folklore du pays comme le charango en étoile, la guitare à double bras ainsi qu'une version améliorée de la *zampoña,* popularisée dans tout le pays grâce à Los Kjarkas. Los Kjarkas, justement, c'est l'autre grand groupe du revival folklorique. Composé de 3 frères, il joue principalement du *huayño*, ou plus rarement, des *sayas*, deux des musiques de danse influencées à la fois par les formes indigènes et par la musique africaine importée en Bolivie avec l'esclavage. Sans le savoir, vous connaissez sans doute un des plus grands classiques de Los Kjarkas, *Llorando se fue* car la *Lambada* en est en fait un plagiat.

Incontournable toujours, le groupe Kala Marka a été fondé plus tard en 1984 par Hugo Gutierrez et Rodolfo Choque. Le duo fusionne des instruments folkloriques et modernes pour traverser un large éventail de sonorités traditionnelles comme le *carnavalito*, danse aux origines préhispaniques, le *taquirari*, inspirée par la nature ou encore le *huayño* et le *saya*.

DÉCOUVRIR

© BRASSMONKEYY - SHUTTERSTOCK.COM

Musiciens aymara.

© SERGEY-73 - SHUTTERSTOCK.COM

Teatro Municipal « Alberto Saavedra Pérez », La Paz.

Également connus à l'international, les groupes Savia Andina et Rumillajta sont deux bons noms à garder en mémoire. Le premier, Savia Andina est fondé en 1975 et fut un des premiers à exporter la musique andine hors des frontières boliviennes. Le second, Rumillajta a été actif entre 1980 et 2001, emmenant la musique andine dans de nombreux festivals de par le monde et chantant la nature, la coca, mais aussi les droits des indigènes. N'oublions pas de mentionner la grande voix nationale, Luzmila Carpio, mezzo-soprano emblématique dont le chant enivrant en Quechua a ébloui les scènes du monde, dont celles de France, où elle fût ambassadrice de Bolivie entre 2006 à 2011.

Rares sont les groupes et/ou les styles (précédemment mentionnés) où ne figure pas le charango, l'instrument star de la musique bolivienne. Également très répandu au Pérou, au nord du Chili et en Argentine, le charango a beaucoup voyagé, mais demeure indétrônable dans la musique bolivienne. Son histoire remonte à l'ère espagnole, époque où est introduite la guitare dans le pays. Le *charango* naît alors dans la ville de Potosí, la plus riche et la plus cosmopolite d'Amérique du Sud durant les deux siècles de la colonie. Le charango dispose de trois, quatre ou cinq cordes doubles (voire plus, et même des cordes triples), toutes séparées par une octave. Si on en jouait autrefois seulement en accompagnement musical, l'instrument a acquis ses lettres de noblesse en passant entre les mains de maîtres comme Mauro Nuñez Caceres, Ernesto Cavour ou William Centellas et peut prétendre aujourd'hui à un rôle de soliste original. Omniprésent, le charango n'est pas pour autant le seul instrument traditionnel bolivien. À ses côtés, on entend souvent les *sikus* (flûtes de Pan), la *quena* (une flûte), les *tarkas* (flûte à bec en bois), le *hualaycho* (sorte de luth), le *bombo* (grand tambour), la *huancara* (tambour), le *reco reco* (un idiophone gratté), le *pinquillo* (encore une flûte), le *pututu* (une conque) et les *chajchas* (les hochets).

Si l'on doit conseiller un lieu – ou plutôt des lieux – dans tout le pays pour écouter de la musique bolivienne, c'est bien les *peñas*. C'est dans ces salles, installées dans toutes les villes principales, que se produisent les musiciens andins. On y monte des spectacles de musique et de danses autochtones, parfois médiocres, souvent superbes et festifs. Un incontournable pour véritablement goûter à l'âme artistique de la Bolivie d'autant plus que ces scènes ont tenu et tiennent encore souvent le rôle de pépinière d'artistes de talent. Par le passé, des musiciens illustres (Savia Andina, Los Kjarkas, Rumillajta ou Luis Rico, entre autres) ont fait leurs débuts dans une *peña*. Et d'ailleurs souvent dans la même, la *peña* Naira, créée dans les années 1960 (et malheureusement fermée depuis) par les pionniers de la musique bolivienne : Los Jairas. Outre les *peñas*, le pays propose pas mal d'évènements rythmés par les musiques traditionnelles comme les carnavals d'Oruro (l'un des plus importants d'Amérique du Sud en termes de fréquentations) et de La Paz. Moins connu, le carnaval Chapaco de Tarija se tenant le deuxième week-end de février, est l'un des plus endiablés du pays. On danse, on chante et on joue beaucoup de musique. Citons également le carnaval de Valle Grande, village de la province de Santa Cruz, qui vaut pourtant amplement le détour avec ses quatre jours de musique et de danses hors des sentiers battus. Autrement, quelques célébrations contiennent leur lot de musiques folkloriques comme la Fiesta de Jesús del Gran Poder Barrio Chijini fête religieuse de La Paz ou l'anniversaire de l'indépendance du département de Santa Cruz, très riche en concerts. Hormis ces évènements, quelques adresses réparties dans le pays sont tout à fait recommandées pour un concert folklorique, comme Pan de Oro à La Paz, restaurant rustique-chic qui en accueille de temps en temps, Apekua à Santa Cruz, établissement géré par un couple franco-suisse et à l'ambiance bohème ou encore Lacacharpaya à Tarija, une *peña* tout indiquée pour passer une bonne soirée.

La musique classique

Si la Bolivie est absente de la géographie actuelle de la musique classique, elle possède en revanche un épisode particulièrement intéressant dans son Histoire. Au XVIIIe siècle, des compositeurs jésuites en mission – et plus particulièrement Martin Schmid (1694-1772) – importent avec eux, la musique européenne de la fin de la Renaissance et du baroque (espagnol, italien et européen de l'Est). C'est dans les plaines de l'Amazonie, loin des fastes des églises baroques et des salons mondains de Sucre et de Potosí, que ces missionnaires jésuites accomplirent l'une des réalisations les plus belles et les plus louables de l'Histoire du pays. Installés dans les « réductions » du Paraguay et celles de Moxos et de Chiquitos, les jésuites, musiciens souvent hors pair, enseignèrent la musique baroque aux Moxetenes, Guaranis, Guarayos et Chiquitanos, les tribus de l'Amazonie bolivienne. Les ancêtres des Boliviens de l'Amazonie devinrent eux-mêmes, en l'espace d'un demi-siècle (1691-1767), des musiciens remarquables, capables de composer des vêpres, des sonates et des opéras. L'expulsion des jésuites, en 1767, met un frein au processus, mais ne signifia pas sa fin. Pour une raison encore inexpliquée, la musique baroque bolivienne ne connut ni l'engouement ni la reconnaissance qu'elle méritait, jusque dans les années 1990. Peut-être parce que ces trésors de musique baroque ont été composés par ceux que certains appellent encore « *los indios* ». Conservée par les tribus chiquitos et guarayos pendant 200 ans avec une passion et un amour gardés secrets et dans l'indifférence générale, cette musique de l'Amazonie connaît enfin l'aura qu'elle mérite et se voit consacrée au sein d'un superbe rendez-vous : le Festival Internacional de Música Renacentista y Barroca Americana Misiones de Chiquitos. Depuis 1996, ce festival, qui a lieu une fois tous les deux ans, a pour but de diffuser le patrimoine musical des anciennes missions jésuites de Chiquitos (1691-1767) et de Moxos (1681-1767) – notamment quelque 9 000 feuilles de musique sacrée écrites au cours des XVIIe et XVIIIe siècles par des auteurs européens et autochtones. Devenu l'un des plus grands évènements musicaux d'Amérique du Sud, le festival met en vedette plus de 800 musiciens en provenance d'Europe et d'Amérique latine pendant plus de dix jours et près d'une centaine de concerts. Un incontournable. Hormis ce rendez-vous, les mélomanes trouveront quelques concerts intéressants à La Paz au **Teatro Municipal Alberto Saavedra Pérez** (p.151), le théâtre principal de la ville (voire du pays) où se produisent les grands récitals de musique classique, opéras et ballets.

La danse traditionnelle

Les danses en Bolivie ont préservé cet aspect social et culturel qui fait tant défaut aujourd'hui en Occident. C'est l'occasion pour un village, une communauté, de se rencontrer, de se retrouver, de rire ensemble, de se souvenir... ou d'oublier un quotidien amer et gris. Elles ont également une petite influence sur l'économie locale, car des milliers de personnes transitent alors, favorisant les petits commerçants de trottoirs, du commerce informel.

Parmi les danses les plus courantes, on trouve *auqui auquis* qui parodie les dandys de l'époque coloniale ; *callahuayas* qui mime les guérisseurs du nord du pays et leurs rites pour éloigner le mal ; *cambas* qui singe les Indigènes des régions tropicales, sur l'Altiplano ; *caporales*, des danses des communautés noires des Yungas figurant les esclaves noirs venus d'Afrique ; *catripulis* où les danseurs se parent de couronne et de trois plumes de suri ainsi que d'un costume argenté, évoquant ainsi le vêtement supposé des anges ; *chiriguano*, une danse de guerre précolombienne où les danseurs portent des ponchos en peau de jaguar ; *chutas*, mettant en scène le cholo campagnard, et qui se danse en couple ; *cullahuas*, une danse inca modifiée après l'arrivée des Espagnols, concernant autant les hommes que les femmes, et qui met en scène les *ñustas* ou vierges du Soleil ; *diablada*, la plus fameuse de toutes les danses, qui raconte la bataille entre le bien et le mal ; *kachua*, danse aymara de fertilité et d'abondance, jouée par des adolescents qui miment la séduction ; *kusillos*, où les clowns et les bouffons s'en donnent à cœur joie ; *lecheras*, où les danseurs s'habillent en livreurs de lait ; *morenada*, une danse masquée représentant les *morenos*, les Noirs amenés par les Espagnols dans les Yungas ; *pulipulis*, où l'on imite le chant des oiseaux ; *takeadas*, où, au son de la tarka, l'on consacre une maison quand le toit est enfin terminé ; *tinku*, danses guerrières du sud de la région de Potosí, très violentes (il n'est pas rare qu'il y ait des morts !) ; *tobas*, danse mettant en scène la lutte des ancêtres de la jungle contre l'envahisseur inca Yupanqui ; *Waca* mettant en scène des combats de taureaux et exprimant aussi bien l'amour que la haine des corridas.

LITTÉRATURE

La Bolivie n'est pas de ces pays où pour l'heure se multiplient les Prix Nobel de Littérature. Une histoire politique non exempte de fréquentes turpitudes a fortement influencé les écrivains qui se firent surtout patriotiques. Par ailleurs, ayant d'abord suivi les modèles européens, à l'instar du Romantisme, il fallut attendre la fin du XIXe siècle pour que les auteurs s'autorisent une certaine originalité, en partie certainement grâce à Nataniel Aguirre qui a donné au pays sa première grande œuvre, Juan de la Rosa, roman historique au style hybride. Dans la foulée, avant le retour des guerres et celui des écrits politiques, trois écrivains suivront avec éclat la voie du Modernisme. Pourtant, depuis quelques décennies, une nouvelle génération s'empare d'une plume novatrice et féconde, comme le confirme le nombre de traductions internationales en constante augmentation. La Bolivie, dans les années à venir, réserve sans aucun doute quelques surprises.

Les langues ancestrales

Le continent sud-américain n'a pas attendu la colonisation espagnole pour voir se développer de grandes civilisations. De nombreux peuples ont ainsi habité l'actuelle Bolivie dont le territoire se confondait alors avec celui du Pérou, qu'il s'agisse des Tiwanaku qui arpentaient les rives du lac Titicaca, ou des Huaris qui leur ont succédé, et bien que les plus connus restent les Incas qui subirent de plein fouet l'arrivée des colons qui débarquèrent pour la première fois en 1525 et entamèrent leur conquête en 1539. Ces Indiens pratiquaient plusieurs langues, deux – la familière et l'officielle – sont toujours aujourd'hui utilisées par un grand nombre de locuteurs : le quechua et l'aymara. Celles-ci figurent en tête – avec évidemment l'espagnol – de la quasi-quarantaine d'idiomes reconnus par les autorités de nos jours.

En ces temps anciens à l'écriture se substituaient les *quipus*, une version très élaborée du fameux nœud au mouchoir. Si ce système de cordes nouées a été décrypté pour toutes celles se destinant au recensement (populations, stocks, dettes...), les chercheurs soupçonnent que d'autres recèlent bien plus, qu'elles servaient de chroniques historiques voire de textes de loi. Pour l'heure, le mystère reste entier. La tradition orale était certainement d'importance pour tout ce qui se référait aux mythes, et bien que l'arrivée de Pizarro ait entraîné une douloureuse destruction d'une partie du patrimoine culturel, les légendes fondatrices purent malgré tout être fixées par le témoignage des missionnaires et par la grâce des langues survivantes.

Une de ces légendes avait pour décor le Collasuyo, la plus australe des quatre régions qui composaient l'immense empire inca, et pour personnages le souverain Illampu et son rival Illimani qui combattirent jusqu'à la mort. Leurs descendants, deux fils, continuèrent la lutte, mais c'est sur une demande mutuelle de pardon qu'ils poussèrent leur dernier soupir. Leur tombeau commun vit éclore une fleur symbole de cette réconciliation, la kantuta. Ses couleurs – rouge, or et vert des feuilles – sont devenues celles du drapeau bolivien.

En quechua se chantait également l'amour parfois triste (*yaraví*), il est dit que certains missionnaires succombèrent tellement à cette forme musicale qu'ils n'hésitèrent pas à la reprendre pour y adjoindre des versets et propager leur foi. La période coloniale a bien sûr inspiré des chroniques, la plus fameuse étant certainement celle de Bartolomé Arzáns de Orsúa y Vela (1674-1736) qui dans *Historia de la Villa Imperial de Potosí* raconte la construction de cette cité dédiée aux mines d'argent qui firent la fortune des Espagnols et causèrent la mort de milliers de natifs. Inachevée à l'heure de sa mort, son fils Diego poursuivit la rédaction de l'œuvre, sans réussir pourtant à égaler ni l'acuité ni l'humanisme de son père.

L'Indépendance

Le siècle suivant vit s'engager dès 1809 les luttes pour l'indépendance, celle-ci fut proclamée en 1825 grâce aux hommes de Simón Bolívar, « El Libertador » auquel le nom du pays rend hommage. Il déclinera la présidence qui échoira à Antonio José de Sucre qui avait prouvé sa témérité en prenant Ayacucho aux 9 000 soldats de l'armée royaliste alors que ses troupes étaient minoritaires. De cette longue guerre naîtra un héros et poète national, Juan Wallparrimachi (1793-1814) dont la brève existence s'offre à toutes les légendes, notamment celle qui le voit combattre avec pour seule arme une fronde. Maîtrisant parfaitement l'espagnol, mais lui préférant le quechua, ses poèmes ont pour partie été récoltés par le père Carlos Felipe Beltrán puis publiés sous couvert d'anonymat en 1891, tandis qu'il est dit que d'autres se sont insinués dans la chanson populaire sans qu'ils ne lui soient non plus attribués. Son œuvre, à laquelle est reconnue une grande sensibilité, est toujours sur toutes les lèvres. La langue aymara commence elle aussi à s'écrire grâce à Vicente Pazos Silva (1778-1852), prêtre devenu journaliste nourri au feu de la révolution, qui donna en 1816 traduction de la déclaration d'indépendance de l'Argentine puis, dix ans plus tard, une version de *L'Évangile de Saint-Marc*. Bien qu'exilé à Londres, il publia différents ouvrages sur son pays, en particulier des *Mémoires historiques et politiques* en 1834.

Du côté de la poésie, le nationalisme se fait romantique sous la plume de Ricardo J. Bustamante (1821-1886), « le Prince des poètes », qui sur une fulgurance écrit les paroles de l'Hymne à La Paz une belle après-midi de juillet 1863, et qui débusque dans le patriotisme la source de son inspiration. De lui sont restés des œuvres aussi célèbres que *Vuelta a la patria* (*Retour à la patrie*), *Hispanoamérica libertada* (*L'Amérique hispanique libérée*) et un drame historique en vers : *Más pudo el suelo que la sangre* (*Le Sol plus fort que le sang*). Dans la même veine, bien que moins engagée, María Josefa Mujía (1812-1888) partage sa mélancolie dans les vers qu'elle dicte à son frère, Augusto, puis à son neveu Ricardo après la mort de celui-ci. Ayant perdu la vue à l'âge de 14 ans, c'est un premier poème consacré à son infirmité – *La Ciega* – qui la rend célèbre dès 1850 après sa publication dans le journal *Eco de la Opinión*. Mujía connaîtra de grandes périodes de détresse suite à la disparition de certains de ses proches, elle n'en est pas moins l'auteure de plus de 300 poèmes, d'un roman et de traductions de poésies françaises, qui la hissent au palmarès des écrivains romantiques de son siècle.

La proclamation de l'indépendance n'aura pas rimé avec stabilité politique, les forces en présence – parti conservateur et parti libéral – se disputent le pouvoir, et la guerre du Pacifique (1879-1884) grignote le territoire bolivien en lui faisant perdre son accès à la mer. De cette effervescence naît un écrivain, par ailleurs homme politique comme nombre de ses pairs, Nataniel Aguirre qui dirigera la convention de 1880 et deviendra par la suite ministre des Relations extérieures. Son texte le plus connu est *Juan de la Rosa*, publié initialement sous le titre *Cochabamba : memorias del último soldado de la Independencia* en 1885. Au-delà de la teneur historique de ce roman qui revient sur l'insurrection contre l'Empire espagnol, sa forme qui se situe entre le journal intime et le témoignage lui confère une valeur originale digne du monument littéraire qu'il semble être devenu puisqu'il est régulièrement cité comme étant l'œuvre la plus représentative de la Bolivie.

L'époque semble d'ailleurs s'ouvrir à une certaine expérimentation ; preuve s'il en faut, les poètes qui suivent le courant du Modernisme auquel succombera même Rosendo Villalobos (1859-1940) pourtant très attaché aux Parnassiens. Cette nouvelle liberté, qui n'interdit pas la rigueur, permet à trois talents en particulier de se faire un nom : Ricardo Jaimes Freyre, le théoricien, Gregorio Reynolds, le symboliste, et Franz Tamayo, le solitaire. Le premier cofonde avec son ami Rubén Darío, en 1894 à Buenos Aires, une *Revista de América* qui certes ne comptera pas beaucoup de numéros, mais publiera le manifeste de leur mouvement.

Ce dernier énoncera la volonté d'atteindre la maturité culturelle, vantera l'amour de la langue espagnole et prônera la quête de beauté quitte à faire appel aux mythologies et métriques anciennes. Reynolds, né à Sucre en novembre 1882, se montrera quant à lui sensible à l'univers baudelairien, il excellera dans l'art du sonnet et se démarquera dans le théâtre lyrique. Enfin, Tamayo sera l'une des figures majeures de la littérature bolivienne bien qu'il soit toujours resté à la marge des cercles d'intellectuels, ce qui ne contribua d'ailleurs pas à faire connaître la totalité de son travail. Exigeant et brillant, il impressionne dès 1898 avec ses *Odes*, et va jusqu'à s'adonner à la métaphysique et à la philosophie dans *Los nuevos rubayat* (1927). Augusto Guzman (1903-1994), le premier critique littéraire de Bolivie, saluera son apport aux lettres. Les femmes s'imposent elles aussi, et une tout au moins fait figure de pionnière, Adela Zamudio (1854-1928), fervente féministe progressiste qui fit passer ses messages par le biais de la poésie et du roman (*Nacer hombre*, *Noche de fiesta*, *El velo de la Purísima*). Sa date de naissance – le 11 octobre – est désormais la journée nationale de la femme.

XXe et XXIe siècles

Au début du XXe siècle, la guerre du Chaco contre le Paraguay morcelle une nouvelle fois le territoire bolivien, mais aura longuement inspiré les écrivains, à l'instar d'Augusto Céspedes (1904-1997), envoyé par le journal *El Universal* pour couvrir le front. Ses articles feront l'objet d'un recueil au titre sans ambages en 1975 : *Crónicas heroicas de una guerra estúpida*. C'est grâce à l'écriture de nouvelles qu'il exorcisera également l'absurdité de la guerre comme le prouvera en 1936 le très beau *Sangre de Mestizos* dont est issu son texte le plus célèbre : *El Pozo* (*Le Puits*).

Journaliste, Óscar Cerruto l'était également, ce qui lui valut des soucis avec l'église alors qu'il n'avait que 15 ans et même si ce sont ses poèmes qui l'envoyèrent en prison bien qu'il n'en avait pas 30. Il échappa de peu à l'appel sous les drapeaux, cela ne l'empêcha pas d'écrire certainement le plus grand roman sur la guerre du Chaco : *Aluvión de Fuego* (*Torrent de feu*). Citons encore Roberto Leitón (1903-1999) qui quitta le champ de bataille suite à une blessure en 1933 et ne publia *La Punta de los 4 degollados* qu'une dizaine d'années après l'avoir terminé, sans que l'armée ne confirme la véracité du tragique épisode auquel il faisait référence. Enfin, Jésus Lara, combattant d'origine indienne, se tournera ensuite vers la défense de la culture quechua, en cela il sera représentatif d'une autre tendance de ce siècle, l'indianisme, également portée par Víctor M. Ibañez, grand défenseur du patrimoine aymara ce qu'il prouva dans *Chachapuma* (*L'Homme-lion*), ou encore d'Octavio Campero Echazú qui produira une œuvre pittoresque (*Amancayas*, *Voces*) inspirée de sa ville natale, Tarija, ce qui lui vaudra un Grand Prix national de littérature décerné à titre posthume.

La dictature mettra un sérieux frein aux velléités littéraires. La poétesse Yolanda Bedregal profitera d'un court intermède pour publier le remarqué *Bajo el oscuro* en 1971, tandis que Jaime Sáenz, malgré ses problèmes personnels, n'interrompra pas son incomparable production surréaliste. D'autres, enfin, choisiront l'exil, tel Víctor Montoya réfugié en Suède. Depuis la fin du XXe siècle, une nouvelle effervescence règne comme le prouve le travail d'Homero Carvalho Oliva, d'Edmundo Paz Soldán ou encore de Giovanna Rivero.

TOP 10

LECTURE

Il faut encore se consacrer à quelques recherches minutieuses pour débusquer en traduction les nouveaux talents boliviens, pour autant il est déjà possible de saluer la multiplicité des genres – de la bande dessinée au roman noir – grâce à laquelle il est possible de découvrir ce beau pays.

LE MONDE DU DESSOUS

L'exploitation des mines d'argent a fait la fortune des conquistadors, mais provoqué la mort de millions d'Indiens.
Didier Tronchet et Anne Sibran, *éditions Casterman.*

LES TOURMENTS

© ÉDITIONS BUCHET-CHASTEL

Obsédé par la cité perdue de Païtiti, Hans Erti entraînera sa famille dans sa folie, jusqu'à ce que le pays, lui aussi, se mette à sombrer.
Odrigo Hasbún, *éditions Buchet-Chastel.*

BOLIVIA

© ÉDITIONS FONDATION CARTIER

De ses cinq voyages entre 1997 et 2015, le célèbre photographe a rapporté des noir & blanc sublimes et envoûtants.
Raymond Depardon, *éditions de la Fondation Cartier.*

LE MYSTÈRE DE LA CAGOULE

Entre anthropologie et remise en question de l'ethnologue, une rencontre avec un cireur de chaussures qui s'avère tout sauf anodine.
Colette Milhé, *éditions Anacharsis.*

NOTRE MONDE MORT

© ÉDITIONS BUCHET-CHASTEL

Fantômes, fascination morbide, folie, tout est étrange dans ces huit nouvelles qui n'hésitent pas à flirter avec le fantastique.
Liliana Colanzi, *éditions Buchet-Chastel.*

TANGO

© ÉDITIONS LE LOMBARD

Se réfugier dans un coin perdu de la Cordillère des Andes et tout oublier… Voilà un plan qui paraissait trop beau et trop simple…
Xavier et Matz, *éditions Le Lombard.*

LA LÉGENDE DU LAMA

© ÉEDITIONS CIPANGO

Trois petits contes de Bolivie, qui se montrent tour à tour tendres, cruels et drôles. Dès 8 ans.
Jessica Biermann Grunstein, *éditions Cipango.*

NORTE

© ÉDITIONS GALLIMARD

Trois voix et trois destins hors du commun : tueur en série, paysan devenant fou ou professeur soumis à la déchéance, la réalité se fait implacable.
Edmundo Paz Soldán, *éditions Gallimard.*

BOLIVIE

© ÉDITIONS ÉCOSOCIÉTÉ

L'illusion écologiste. En 2006, Evo Morales affirmait sa volonté de mettre les droits de la planète au cœur des débats, qu'en a-t-il été en réalité ?
Dimitri de Boissieu, *éditions Écosociété.*

CHE

© ÉDITIONS DELCOURT

Débusqué au cœur de la jungle lors de sa dernière mission, Ernesto Guevara reste intimement lié à la Bolivie. Un trait puissant porte son histoire.
Hector Oesterheld, A. et E. Breccia, *éditions Delcourt.*

À L'ÉCRAN

La première projection publique en Bolivie a eu lieu à La Paz le 21 juin 1897 à l'aide d'un Vitascope, appareil de projection de film en continu utilisant des miroirs tournants pour les intermittences entre les photogrammes. Quelques années plus tard, au début des années 1910, les premières images ont été tournées dans le pays, de manière artisanale. La Bolivie bénéficie d'une culture filmique riche et engagée, toutefois, au vu du type et de productions, on ne peut pas qualifier la création cinématographique locale comme une véritable industrie. Les longs métrages qui ont été réalisés en Bolivie sont majoritairement des documentaires ou bien des films ayant une approche documentaire de leur sujet. Ainsi, la défense des cultures indigènes et l'oppression politique sont des thèmes prédominants dans le cinéma bolivien, témoignant d'un art militant, que les films relèvent de la fiction ou du documentaire.

Les indigénistes

Entre 1910 et 1920, naît en Amérique latine le mouvement politique et littéraire dit indigéniste. Ce courant défend les droits des Amérindiens et milite pour leur intégration à la « communauté nationale ». Un cinéma tourné vers les préoccupations sociales se développe. Plusieurs œuvres sont censurées, mais certaines parviennent à être diffusées, comme *Corazon Aymara* (1926), par Pedro Sambarino, premier film de fiction bolivien, ou *La Gloria de la Raza* (1926) dans lequel Luis G. Castillo utilise des effets optiques et des modèles miniatures pour raconter le déclin et la disparition de la culture Tiahuanaco, ou encore *Wara Wara* (1930), par José Velasco Maidana qui traite de l'arrivée des conquistadores espagnols.

La Guerre du Chaco, opposant la Bolivie au Paraguay entre 1933 et 1935, met un terme à cette époque. Les films étrangers sonores font leur apparition, le cinéma local se meurt. *La guerra del Chaco* (1936) réalisé par le Paraguayen Luis Bazoberry, documentaire en noir et blanc, retrace cette période de conflit entre les deux pays. Près de cent ans plus tard, *Chaco* (2020), long métrage de Diego Mondaca, présente, lui, un régiment de soldats indigènes endurant l'insignifiance de ce conflit.

L'Instituto Cinematografico Boliviano et la renaissance d'un cinéma national

Le véritable lancement du 7e art bolivien fait suite à la révolution de 1952 quand fut créé l'Instituto Cinematografico Boliviano (ICB) en 1953, avec pour but de promouvoir le gouvernement de Victor Paz Estenssoro.

En 1956, Jorge Ruiz alors à la direction de l'ICB, sort *Vuelve Sebastiana* à propos des Indiens chipayas, salué par la critique pour sa rigueur esthétique et narrative et le profond respect pour ses protagonistes.

Succédant à Ruiz à la tête de l'ICB, Jorge Sanjinés est l'un des cinéastes incontournables de Bolivie. Parmi ses films : *Ukamau* (1966), *La nación clandestina* (1988), *Para recibir el canto de los pájaros* (1995). Il crée avec le scénariste Oscar Soria le groupe Ukamau pour soutenir le développement du cinéma bolivien, notamment par la création d'une école de cinéma et d'un ciné-club.

Antonio Eguinon suit le sillon de Sanjinés. *Amargo Mar* (Mer amère) en 1984 donne une autre version des événements de la guerre du Pacifique.

Films internationaux sur fond historique

Parmi les films tournés dans les magnifiques décors de la Bolivie, on trouve le western crépusculaire *Blackthorn* (2011), de l'espagnol Mateo Gil qui imagine la vie cachée en Bolivie d'un Butch Cassidy âgé, alors que l'histoire officielle l'avait enterré dans ce même pays 20 ans auparavant. On y voit notamment le Salar d'Uyuni, l'Altiplano, les Yungas avec le fameux Camino de la Muerte, la route de la mort, tristement célèbre pour être l'une des plus périlleuses au monde.

Pablo Agazzi vous fera pareillement rêver en vous présentant deux personnages rocambolesques qui partiront en road trip d'est en ouest de la Bolivie, dans *Mon partenaire* (1982). Quelques années plus tard, Agazzi vous emmènera dans le département de Cochabamba, où son personnage Abelardo, alors animateur de radio, bouleversera le quotidien des habitants de son village, dans *Le jour où le silence est mort* (1998).

Puis, si vous désirez comprendre les raisons qui motivent les Boliviens à trouver du travail dans les mines, il faudra visionner *Les Andes ne croient pas en Dieu* (2007) d'Antonio Eguino.

© JANA TROUPOVA - ISTOCKPHOTO.COM

Le Camino de la Muerte a servi de décor dans le film Blackthorn.

Réalisé par le réalisateur bolivien Tonchy Antezana, *Le cimetière des éléphants* (2008), long métrage plus lugubre, retrace la sombre histoire de Juvenal (Christian Castillo Luna), qui décidera de mettre fin à sa vie dans un lieu prisé par les alcooliques de La Paz. En 2009, le cinéaste Juan Carlos Valdivia met en scène le déclin d'une famille bourgeoise de la Zona Sur, dans son film du même nom. Dans *Zona Sur*, on rentre dans l'intimité confortable d'une famille de la classe supérieure de La Paz, et on examine les relations qu'elle entretient avec ses domestiques aymaras, à une époque où de grands changements sociaux s'opèrent dans le pays. Dans son œuvre *Tu me manques* (2019), le réalisateur bolivien Rodrigo Bellot traite de l'homosexualité en rendant hommage à un père de famille traditionnel qui apprend la mort de son fils, à Santa Cruz. Le public sera alors plongé dans un voyage culturel, humain et touchant. L'œuvre *Même la pluie* (2011) de la réalisatrice madrilène Icíar Bollaín, avec Gael Garcia Bernal, met en scène le tournage chaotique à Cochabamba d'une superproduction sur Christophe Colomb, sur fond d'une guerre de l'eau inspirée de faits réels ayant eu lieu en 1999.

Pour vous donner un avant-goût de la forêt tropicale amazonienne, *Jungle* (2017) raconte l'aventure de trois voyageurs qui tenteront de traverser ce territoire hostile et inexploré. Un éloge à l'immensité de la nature. Egalement tourné en Amazonie, à la frontière brésilienne de la Bolivie *The Lost city of Z* (2016) de James Gray, est inspiré des aventures de Percy Fawcett, un aventurier britannique qui, au début du XXe siècle partit sur les traces d'une ancienne civilisation disparue et d'une cité cachée au cœur de la selva.

Utama, dont la première a eu lieu au Festival du film de Sundance en 2022, expose la menace grandissante des phénomènes climatiques extrêmes reliés aux changements climatiques en Bolivie. Alejandro Loayza Grisi retrace le portrait d'une famille prise dans un dilemme douloureux : rester sur leurs terres et tenter de résister contre les forces de la nature ou partir vivre ailleurs. Regard sur les réalités sordides et injustes qu'affrontent de plus en plus de Boliviens chaque année. Un incontournable.

Enfin, pour ce qui est du genre documentaire, les films *Wildlands* de Rusty Young (2017) et *Cocaine Prison* de Violeta Ayala (2017) explorent les activités reliées au trafic de cocaïne. Côté créatif, *Cholets : The Work of Freddy Mamani* est un excellent film documentaire réalisé par le directeur brésilien Isaac Niemand, qui met en lumière le contexte social, politique et économique des « cholets », immeubles atypiques de la ville El Alto, et qui aborde le thème de la récupération de l'identité au moyen de l'art. Ensuite, *La mine du diable* (2011), réalisé par Jean Queyrat, brosse le portrait des enfants mineurs qui travaillent dans les entrailles du Cerro Rico à Potosí, tout en présentant leurs traditions et leurs croyances. Enfin, dans *Cocalero* d'Alejandro Landes (2007), vous suivrez la campagne électorale d'Evo Morales avant que celui-ci devienne président de la Bolivie.

POPULATION

La Bolivie compte 11,5 millions d'habitants en 2019. La population est constituée de 55 % d'Indiens (essentiellement Quechuas et Aymaras), 25 à 30 % de métis et environ 15 % d'origine européenne. La première grande civilisation à avoir laissé une trace archéologique en Bolivie fut celle de Tiwanaku, fondée aux abords du lac Titicaca. À la suite du déclin de cet empire, des seigneuries aymaras rivales prirent le contrôle de l'Altiplano pendant près de trois siècles, jusqu'à l'arrivée des guerriers incas, venus, on le suppose, des régions de Haute Amazonie. 150 ans après l'avènement de cette civilisation, débarquaient les conquistadors espagnols, vers 1530. Dès 1545, ils commencèrent à exploiter les richesses fabuleuses des mines de Potosí. Le résultat de cette histoire mouvementée est une population métissée, divisée entre *collas* des hauts plateaux andins, à majorité indienne, et *cambas* des régions basses, riches habitants des plaines (Amazonie et Oriente).

Un pays faiblement peuplé

La Bolivie compte peu d'habitants : seulement 9,8 au km², l'une des densités les plus basses de la planète. Mais contrairement à d'autres pays, la Bolivie a échappé aux massacres d'Amérindiens du XIXe siècle. Dès la première constitution de Simon Bolívar, en 1825, la Bolivie admit, du moins en théorie, sa richesse ethnique. En réalité, il fallut attendre la révolution de 1952 pour assister à l'abolition du servage qui avait permis aux propriétaires terriens et aux barons de l'étain de se partager le contrôle du pays. 60 ans après la révolution de 1952, et malgré un ancien président né sur les terres aymara et élevé dans une région quechua, c'est encore cette même « élite » blanche qui préside aux destinées de la Bolivie. Aujourd'hui encore le pays compte plusieurs dizaines d'ethnies différentes, dont la plupart ont conservé des modes de vie ancestraux en vivant en marge du monde moderne. Certaines sont aujourd'hui menacées d'extinction.

Les différentes ethnies

Voici la liste de quelques-uns des principaux groupes ethniques que compte la Bolivie. La trentaine de nations et peuples autochtones du pays sont originaires de trois grandes aires géographiques distinctes : l'Amazonie, les Andes et le Chaco.

▶ **Les Quechuas.** Ce peuple andin amérindien fonda le royaume de Cuzco au XIIe siècle, avant d'être englobé dans l'Empire inca. Les Quechuas sont un peu moins de 2 millions en Bolivie. Ils parlent la langue homonyme. Bien que les descendants des Quechuas aient connu un certain métissage, ils sont encore aujourd'hui les dépositaires de la culture inca.

▶ **Les Aymaras.** Originaires de la région du lac Titicaca, ils sont les descendants de la civilisation de Tiwanaku. Ils comptent près de 1,5 million d'individus sur le territoire. Également appelés peuple *kolla*, les Aymaras tombent sous la coupe de l'Empire inca, avant d'être sous la domination des Espagnols. Ils parlent l'aymara, une langue vernaculaire. Les Aymaras participèrent activement aux combats pour l'indépendance du pays au XIXe siècle, sans pour autant que leurs conditions de vie ne s'améliorent.

▶ **Les Chipayas** sont peut-être la première ethnie à peupler l'Altiplano. Ils vivent à plus de 4 000 mètres dans la région désertique du *salar* de Coipasa. Réputés pour leurs techniques originales d'irrigation, ils se font aussi appeler le « peuple de l'eau ». Décimée par les colons espagnols, cette communauté ne compte pas plus de 2 000 individus de nos jours.

▶ **Les Kallawayas** sont un peuple itinérant de guérisseurs pratiquant encore de nos jours l'une des plus anciennes médecines naturelles au monde. Originaires du nord du lac Titicaca, ils possèdent une grande connaissance des plantes médicinales et des rituels de guérison. Les Kallawayas suscitent crainte et admiration, car ils sont considérés comme des sorciers pouvant également prédire l'avenir. La culture Kallawaya, plus précisément la « cosmovision andine des Kallawaya », fait partie de la liste du Patrimoine culturel immatériel de l'Humanité de l'UNESCO depuis 2008.

▶ **Les Chiquitos.** Ce peuple est en fait un assemblage de plusieurs communautés indigènes regroupées par les missions jésuites au XVIe siècle. Ils habitent en Chiquitania, des vastes plaines de l'est du département de Santa Cruz. L'empreinte du passage des missionnaires jésuites est encore vivace chez les Chiquitos : leur langue commune, le chiquito, est parlée par les différentes ethnies converties au christianisme.

© HADYNYAH - ISTOCKPHOTO.COM

Cholita aymara, Isla del Sol.

Les Moxos sont un peuple amazonien également évangélisé par les missionnaires jésuites au XVIIe siècle, vivant dans les environs du río Mamoré, dans le département du Beni au nord-est du pays. Ils seraient aujourd'hui plus de 30 000, principalement regroupés autour des villes de Trinidad et de San Ignacio de Moxos. Leurs langues sont le mojeño ignaciano et le mojeño trinitario, proches de la langue des Arawaks. La fête colorée d'Ichapekene Piesta, célébrant leur conversion au christianisme, est rentrée au Patrimoine culturel immatériel de l'Humanité en 2012.

Les Guaranis sont un groupe de peuples amérindiens peuplant les zones du Chaco de Bolivie, du Paraguay, et d'Argentine, mais aussi présents au Brésil et en Uruguay. Ils ont un respect profond pour la nature et ne connaissent pas le concept de propriété privée. Ils vivent en groupes dans un Tekoha, qui représente bien plus qu'un territoire où ils vivent et chassent, c'est également là que se transmet et se développe la culture guaranie.

Les Européens sont arrivés dans le pays par vagues d'immigration successives. Leur présence sur le territoire est cependant bien moindre qu'en Argentine, en Uruguay ou au Chili par exemple. La première vague est arrivée au XVIe siècle avec l'arrivée des colons espagnols, attirés par les richesses des mines d'argent du Cerro Rico de Potosí. Une seconde vague, constituée d'Allemands, de Français, de Portugais et d'Italiens, est arrivée au XIXe siècle pendant la révolution industrielle. Les Boliviens issus de l'immigration européenne représenteraient aujourd'hui environ 15 % de la population.

Les Métis. Également appelés péjorativement *cholos* ou *cholas*, ce sont des personnes nées d'un parent indien et d'un parent européen. Ces créoles représenteraient entre 20 et 65 % de la population. Pourquoi un tel écart ? Le sujet des Métis est très sensible dans le pays, où les discours politiques et idéologiques opposent souvent l'Indien au Blanc. Les métis ne peuvent se revendiquer d'aucune culture spécifique. Evo Morales a supprimé le terme Métis du recensement national, les obligeant ainsi à se réclamer d'une population amérindienne ou européenne. Aujourd'hui, les Métis se battent pour que soient reconnus leur statut et leur identité, notamment pour avoir un poids dans la vie politique.

Les Afro-Boliviens. Ce sont les descendants des esclaves africains que les colons espagnols amenèrent pour travailler dans les mines de Potosí. Forte de plus de 20 000 individus, cette communauté indigène est officiellement reconnue par l'État. Vivant principalement dans les Yungas, cette communauté est célèbre pour la Saya, une expression culturelle et politique de leur identité (musique, instruments, danse et habits). La Saya afro-bolivienne des Yungas est interprétée lors des carnavals et des fêtes folkloriques dans tout le pays.

Les autres minorités. Parmi les autres ethnies présentes sur le territoire, il faut évoquer les Mennonites, une communauté vivant en autarcie dans le département de Santa Cruz, descendants de Néerlandais, de Russes, d'Allemands… Enfin, le pays compterait un peu moins de 15 000 habitants issus des vagues d'immigration japonaise du XXe siècle.

SOCIÉTÉ

La vie sociale en Bolivie est très diversifiée en raison des nombreuses ethnies différentes qui la composent. L'histoire du pays, qui est remplie d'injustices, de guerres perdues et de pertes de territoires, a peut-être uni la population autour de l'État. Le Paceño et le Camba, le Guarani et l'Aymara ou encore entre l'Afro-Bolivien de Coroico et le Quechua appartiennent tous à des communautés à très forte identité, toutes très différentes les unes des autres. À travers l'éducation, l'État essaie donc de créer un ciment fort qui fédérera cette population « arc-en-ciel » en lui enseignant l'histoire tourmentée de leur pays. Ainsi, par exemple, chaque Bolivien sait que l'accès à la mer volé par les Chiliens lui appartient et que la récupérer est un devoir. Les grandes fêtes nationales et religieuses, ainsi que les carnavals, rassemblent également toutes ces différences sous un même drapeau, ne serait-ce que pour quelques heures…

Famille

Le taux de natalité est de 20,4 % avec un indice de fécondité de 2,45 enfants par femme. Ce taux est en forte régression depuis les années 1980. La Bolivie a une population jeune : 30,3 % ont moins de 15 ans ou encore 49,5 % moins de 25 ans et à peine 6 % des Boliviens ont plus de 65 ans (estimations 2021).

Il existe de grandes disparités culturelles et économiques entre les différentes communautés du pays. Ainsi, une famille aymara ne fonctionnera pas de la même manière qu'une famille issue d'une tribu d'Amazonie, ou encore qu'une famille d'origine européenne. De même, une famille rurale a différentes préoccupations qu'une famille citadine, au fonctionnement plus moderne.

Dans les familles rurales et indigènes, la cellule familiale est primordiale. Les parents vivent souvent sous le même toit que les grands-parents, les oncles et de leurs quatre ou cinq enfants, qui auront peut-être eux-mêmes, un ou deux enfants. Il n'est donc pas rare de voir quatre générations se partager la même maison. Les parents, et en particulier le père, possèdent une autorité toute puissante. Si une femme ne s'est pas mariée et ne s'est donc pas « libérée » de ses parents, il n'est pas rare qu'après trente ans elle soit encore soumise totalement à leur autorité. En revanche pour un fils, la situation est différente : en Bolivie, avoir un fils est plus valorisant pour la famille, le petit garçon sera plus gâté et aura plus de liberté que sa sœur.

Les personnes âgées occupent une place très importante au sein de la cellule familiale. Les fils aînés s'occuperont de leurs parents, car ici il n'existe aucun système de prise en charge. Si les grands-parents ne sont plus capables de travailler, ils seront hébergés par leurs enfants. Les personnes âgées auront toujours un poids primordial au moment de prendre les décisions qui concernent toute la famille.

Dans les milieux ruraux, les enfants, dès leur plus jeune âge, devront aider leurs parents dans tout travail familial. Les filles s'occuperont des tâches ménagères et de leurs petits frères et sœurs, les garçons du troupeau ou de chercher du bois pour la maison. Dans les familles rurales et indigènes, les parents donneront plus d'importance à l'éducation des fils qu'à celle des filles puisque celles-ci seront surtout formées pour être des mères et épouses.

Éducation

Un peu moins de 6 % de la population est totalement analphabète, ce taux monte jusqu'à 25 % dans les zones rurales. L'éducation est le parent pauvre du budget national, l'État lui consacre à peine plus de 7 % du PIB. Ainsi, on estime à au moins 1 million le nombre de jeunes qui ne vont pas à l'école et, pire, la moitié de la population bolivienne aurait une formation scolaire insuffisante et serait incapable de comprendre le contenu d'un texte. Les enfants des zones rurales sont les plus affectés, car ils doivent fournir de la main-d'œuvre pour leur famille, l'absentéisme est fréquent. De plus, la langue, les différences culturelles constituent une barrière à l'apprentissage pour ces enfants de familles indigènes, les cours étant dispensés en espagnol. On estime que la durée des études est d'un peu plus de 4 ans en zone rurale contre plus de 9 ans dans les zones urbaines.

La Bolivie dispose de trois universités indigènes fondées après la promulgation de la constitution en 2009. L'article 95 stipule que ces universités doivent tout faire pour récupérer, préserver, développer et diffuser les différentes langues des nations et peuples indigènes : les *Universidades Indígenas Bolivianas Comunitarias Interculturales Productivas*. L'une à Warisata (aymara), une autre à Chimoré (quechua), une dernière à Kuruyuki (guaraní). Les matières spécifiques enseignées ne sont pas nombreuses : agronomie, industrie agroalimentaire ou textile, vétérinaire ou pisciculture pour les communautés andines, hydrocarbures, foresterie et vétérinaire pour les Guaraní, mais elles permettent d'obtenir un diplôme de technicien supérieur, de licence ou de maîtrise. L'espagnol et une langue étrangère sont obligatoires.

Toutefois, ne nous leurrons pas : le système actuel ne correspond pas vraiment aux besoins des Indigènes, et les programmes nationaux n'intègrent aucun élément de culture indigène. Il existe des écoles publiques et de nombreuses écoles privées, ces dernières étant de bien meilleure qualité et contribuent à creuser encore et encore la fracture sociale bolivienne.

Mariage

Le mariage dans ce pays devra toujours être religieux et la finalité de l'union sera de « peupler la Bolivie » ! Parmi les communautés amérindiennes, on peut parler de concept moderne du couple : un jeune couple aymara ou quechua pourra vivre un an ensemble sans avoir l'obligation de se marier (concept de « mariage test »). Si le couple est satisfait de sa vie commune, il pourra dès lors choisir de se marier. Dans le cas contraire, il pourra se séparer sans aucune conséquence de la part des parents et de la communauté.

Sexualité

La vie sexuelle des Boliviens est assez paradoxale : les parents sont très regardants sur la sexualité de leurs enfants, mais il n'est pas rare qu'une adolescente soit mère à 16 ans. En effet, l'usage de la pilule et du préservatif est encore fort méconnu et peu accepté par la population.

Dans un pays encore assez machiste, l'homosexualité est toujours mal vue. La Bolivie est un pays très conservateur sur certaines pratiques et orientations, et l'Église joue encore un rôle très important. Mi-2016, le pays s'est pourtant distingué en étant le premier d'Amérique du Sud à permettre officiellement un changement de sexe. Les inégalités subies par la communauté LGBTQI+ sont malgré tout encore présentes. Quelques couples gays s'affichent le soir dans les rues de La Paz ou de Santa Cruz, mais avec beaucoup de précautions.

Place de la femme

La société bolivienne adhère, comme souvent en Amérique latine, à un système patriarcal. L'agressivité masculine n'est pas toujours physique, elle est bien souvent verbale. Toutefois, la Bolivie soutient la Déclaration universelle des droits de la femme et de la citoyenne, et fut le premier pays d'Amérique latine à signer la Convention inter-américaine pour prévenir et éliminer la violence. Des lois protègent les femmes contre les violences intra-familiales. Mais, comme dit le proverbe, « *entre dicho y hecho hay mucho trecho* » (« il y a loin de la coupe aux lèvres »). L'un des principaux obstacles à l'émancipation des femmes en Bolivie reste le manque d'instruction (principalement dans les zones rurales).

En Bolivie, la présence de la femme dans l'histoire sociale et politique du pays a été très importante. Malgré cette participation active dans la vie nationale, les demandes des femmes ont été souvent ignorées par la société. L'entretien du foyer est toujours considéré comme étant la tâche essentielle de la femme, même si elle participe depuis toujours à l'économie familiale. Le problème du féminicide est important dans le pays (117 reportés en 2020) et ce sujet anime un vaste débat national ces dernières années. Le gouvernement a lancé une campagne de sensibilisation sur le sujet en 2019, avec notamment de grandes affiches à La Paz. D'ailleurs une amélioration de l'application de la loi contre la violence de genre est à l'étude depuis novembre 2020.

La société bolivienne est peut-être moins machiste que les clichés qu'on pouvait avoir des pays latino-américains : une femme a un jour obtenu la présidence du pays (Lydia Gueiler Tejada, décédée en mai 2011) et l'on peut voir peu à peu des femmes ayant des postes d'une relative importance au sein de l'administration. C'est la sénatrice Jeanine Añez qui a assuré le pouvoir par intérim dans la période chaotique post-électorale de 2019.

Bien sûr, on est encore loin de l'équité et le pouvoir de la femme s'exerce plutôt de manière discrète dans la famille : c'est elle qui gère le budget familial, le mari n'étant pas considéré suffisamment fiable pour ce genre de tâches.

Pour ce qui est des droits de la femme, avorter est encore interdit dans le pays sauf en cas de viol, d'inceste ou de danger pour la mère. Néanmoins, en mars 2017, l'Assemblée étudiait la possibilité d'élargir les conditions d'application de l'avortement, une réflexion qui a soulevé de grands débats et de vives tensions entre conservateurs et féministes. Le statu quo est toujours de mise, mais pour combien de temps ?

Droits de l'homme

La Constitution approuvée en 2009 par référendum a permis de grandes avancées dans la protection des droits de l'homme notamment pour les peuples indigènes et les paysans. Une Déclaration des Droits de la Terre-Mère (Pachamama) a été établie lors de la Conférence mondiale des peuples contre le changement climatique en 2010, sous l'impulsion d'Evo Morales, déclarant par là même que « le respect des droits de la terre mère est plus important que le respect des droits de l'homme ».

Santé

Plus de 35 % des Boliviens n'ont aucun accès à la santé moderne dans les campagnes et presque 50 % des gens n'ont jamais vu de médecin de leur vie. C'est relativement normal, compte tenu du fait qu'il n'y a que 1,61 médecin (2016) et seulement 1,1 lit d'hôpital pour 1 000 habitants en Bolivie. Le domaine de la santé représente moins de 6,9 % du PIB de l'Etat en 2019. Pour plusieurs raisons, les Boliviens auront plutôt tendance à se faire soigner chez un guérisseur traditionnel que d'aller voir un médecin allopathe. Il y a avant tout une raison économique à ce choix, mais il ne faut pas oublier une raison culturelle : le médecin allopathe sera souvent une personne blanche et ne parlera pas la langue de son patient, qu'il soit d'origine quechua, aymara ou guaraní. Ainsi il sentira généralement de la crainte à se faire soigner chez un *q'ara*, le « Blanc possédant de l'argent ».

RELIGIONS

La Bolivie est officiellement un État laïc depuis la promulgation de la constitution de mars 2009. Le christianisme est la religion principale du pays avec plus de 70 % de catholiques et 17 % de protestants. Environ 9 % de la population est athée, enfin les mennonites et les témoins de Jéhovah représentent presque 2 % de la population, ceci grâce à une présence encore active de missionnaires étrangers. Bien sûr, limiter la religion dans ce pays à ces statistiques serait trompeur, car s'il y a bien un mot qui représente le mieux la foi bolivienne, c'est celui de syncrétisme. Les conquistadors espagnols ont certes imposé la foi chrétienne aux indigènes, mais ceux-ci n'ont pas pour autant renoncé à leurs anciennes croyances animistes et polythéistes, et notamment le concept le plus important pour les peuples quechua et aymara : celui de la Pachamama, la Terre-Mère, déesse de la fertilité dans la cosmogonie andine.

Un christianisme majoritaire

Le christianisme en Bolivie est présent depuis l'époque coloniale, de nombreux prêtres ayant accompagné les conquistadors espagnols au début du XVIe siècle. Plusieurs prêtres jésuites ont également entrepris une mission d'évangélisation des indigènes, notamment auprès des Chiquitanos et des Moxos. Les églises bâties avec l'aide des autochtones sont d'ailleurs des merveilles architecturales qui constituent une véritable attraction touristique et culturelle. Le but de ces évangélistes était d'étouffer les croyances polythéistes et animistes indigènes en les englobant dans des représentations chrétiennes. Ainsi, la Vierge Marie devait assimiler le concept de la Pachamama, comme en atteste le superbe tableau de l'époque coloniale nommé *La Vierge de la Montagne* (*La Virgen del Cerro*, au Museo Nacional de Arte (p.129), La Paz). Dans ce tableau de 1720, la Vierge Marie et le Cerro Rico de Potosí ne font qu'un. L'Église avait à l'époque un poids moral et financier prépondérant dans la gestion du pays, l'État et l'Église étant alors intimement liés. À la fin de l'époque coloniale, l'Église était même la plus grande puissance financière du pays. En 1825 l'indépendance modifia considérablement l'influence politique de l'Église sur la nation, mais elle conservait tout de même son statut de religion unique du pays.

De nos jours le christianisme est encore associé pour beaucoup à l'héritage colonial et aux classes dominantes. De nombreuses fêtes catholiques rythment encore la vie du pays et il convient de mentionner la coutume de nommer un saint protecteur du pays, d'une ville ou d'un village, pour lequel un festival annuel est célébré le jour férié correspondant. La Bolivie a comme saint patron la Virgen del Carmen, elle est fêtée le 16 juillet chaque année, et Sucre a la Vierge de Guadalupe comme patronne, sa fête est le 8 septembre.

Le culte de la Pachamama

La Pachamama, *Madre Tierra* ou Terre-Mère, est l'une des déités les plus importantes des Indigènes andins, au Pérou, en Bolivie, au Chili et en Argentine. Pacha est l'univers, le monde, le temps, le lieu ; Mama est la mère. La Pachamama, Inti (le soleil) et Quilla (la Lune) sont la Trinité sacrée des peuples andins. La Pachamama coexiste assez bien avec la religion catholique. La reconnaissance du catholicisme comme religion d'État par la Constitution n'est qu'un masque derrière lequel sont célébrées les vraies croyances des Boliviens. Le syncrétisme est monnaie courante, le curé doit bien bénir les diables hautains du carnaval avant qu'ils n'aillent honorer de leurs sauts et pirouettes la Vierge Marie ! Ce mélange est l'un des traits dominants de la culture bolivienne. Et ses répercussions ont été notables sur l'art baroque de la Bolivie (et du Pérou).

L'Église a dû accepter et même participer au syncrétisme religieux, en respectant les croyances bien ancrées dans la vie des Indiens. Ainsi la Pachamama est représentée par la *Virgen de Copacabana* à La Paz, par la *Virgen de Urkupiña* à Cochabamba ou encore par la *Virgen del Socavón* à Oruro. On peut ainsi voir le curé de Copacabana baptiser les voitures ou celui de La Paz baptiser les miniatures lors de la fête de Las Alasitas. Le clergé s'est rapproché de la population par des campagnes d'information sur l'égalité hommes-femmes, la violence familiale, la contraception ou encore les droits humains. La dimension sociale de l'Église est une réalité ici, alors qu'elle a souvent contribué au contrôle du peuple par la « société dominante ».

La tradition des offrandes à la Pachamama se perpétue dans le quotidien, plus particulièrement chez les communautés Aymara et Quechua. Ces rituels impliquent d'offrir des dons à la Pachamama afin de s'en attirer les bonnes faveurs.

Célébrations de la Vierge de Guadalupe à Sucre.

Ces offrandes se constituent souvent de feuilles de coca (dont la valeur est hautement symbolique), d'alcool, de cigarettes, de chicha (boisson fermentée à base de maïs), d'aliments divers…

Les rituels les plus importants impliquent le sacrifice d'un animal (lama, alpaga) ou le dépôt d'un fœtus de lama, considérés comme des gages de fertilité et de bonne récolte. Il est fréquent pour le voyageur d'observer ces rituels sur l'Altiplano, ou même d'y participer avec son guide ou son chauffeur avant un voyage ou un trek. Les esprits de la montagne ont une place prépondérante. Ainsi, le Tío Supay, dieu inca de la mort, est respecté et honoré par les mineurs du Cerro Rico de Potosí afin de leur offrir protection et prospérité. Des représentations du Tío, le « diable de la montagne », sont présentes dans plusieurs galeries, pensez à lui apporter des feuilles de coca si vous visitez les mines ! Enfin, vous verrez des petits monticules de pierres ici et là lors de vos treks : il est conseillé de placer une pierre supplémentaire afin d'apaiser les esprits et d'assurer le bon déroulement de votre trajet.

La fête de la Pachamama est célébrée chaque 1er août. Ce jour-là, on enterre près de la maison une casserole en terre cuite remplie de divers aliments que l'on aura pris soin de cuire, et de cadeaux. Les hommes et les femmes se parent d'un cordon de fil blanc et noir, confectionné à partir de laine de lama, que l'on attache sur les tibias, les poignets et autour du cou, afin de se protéger des châtiments possibles de la Pachamama.

Une tolérance religieuse

La constitution du pays établit la liberté de religion et la séparation de l'Église et de l'État. Si le christianisme est la religion officielle de la Bolivie, de nombreuses autres minorités religieuses co-existent pacifiquement. Ainsi les écoles, publiques et privées, ont le droit d'inclure des cours religieux dans leurs programmes, et toutes ont l'obligation d'inclure des cours d'éthique et de morale prônant la tolérance religieuse.

La Bolivie abrite la plus grande communauté de mennonites d'Amérique du Sud, centralisée principalement dans le département de Santa Cruz. Cette communauté compte plus de 150 000 membres et vit à l'écart de la société bolivienne. Leur mode de vie est resté traditionnel avec un recours très restreint à la modernité (électricité, utilisation de machines pour les récoltes). Originaires principalement des Pays-Bas ou de Russie, ils parlent un dialecte allemand, le Plautdietsch. Vous en croiserez sûrement lors de votre séjour à Santa Cruz.

Les autres religions (bouddhisme, hindouisme, islam, judaïsme) sont très minoritaires et ne concernent qu'un peu plus de 1 % de la population.

QUE RAPPORTER ?

Un voyage en Bolivie est une occasion unique de rapporter des souvenirs originaux et exotiques, prévoyez donc un sac supplémentaire pour les coups de cœur ! L'artisanat de cette nation reflète sa grande diversité culturelle. On reste ébahi devant la profusion de couleurs, de vêtements, de textiles, d'objets... Flâner dans les marchés artisanaux est l'une des raisons d'être d'un séjour dans ce pays ! Dans les grandes villes, on trouve aisément de l'artisanat de tout le pays, mais la variété de choix est plus limitée que sur leurs lieux d'origine. Pensez à rapporter des incontournables de la culture bolivienne : instruments de musique, porte-bonheurs... Sans oublier de faire de superbes photos de scènes de marché, mais attention, la grande majorité des habitants n'aime pas beaucoup les portraits, s'en indigne souvent et on a déjà vu des voyageurs à deux doigts de se faire lyncher ! Bref, demandez toujours l'autorisation, par correction.

L'art du textile

Tissus *(tejidos)*. L'art du tissage en Bolivie remonte à l'époque de la civilisation de Tiwanaku. La plus célèbre étoffe est l'*aguayo*, composé de laine d'alpaga ou de lama, utilisée par les femmes pour porter les bébés ou encore comme tapis dans les demeures. Les motifs et les couleurs de l'*aguayo* reflètent les caractéristiques spécifiques de chaque région et population de l'Altiplano. L'étoffe rouge *Amarete* originaire de La Paz est une des plus célèbres. Le *jalq'a* de la région de Potosí, tissu de couleur noire avec des touches de vert, de rouge et des représentations d'animaux, est l'un des plus appréciés par les voyageurs. Le *jalq'a* de Tarabuco, près de Sucre, est confectionné principalement en rouge avec des touches de noir. Une visite du musée du textile (Museo de Arte Indígena (p.277)) à Sucre est indispensable pour comprendre et admirer le travail méticuleux réalisé sur ces *tejidos*. Tous types de produits sont élaborés avec ces tissus pour les voyageurs : des tentures, des porte-monnaie, des ceintures...

Vêtements en laine d'alpaga. Le poncho est LE vêtement coloré indissociable de l'imagerie andine, utilisé par les Indiens depuis l'époque précolombienne, son tissage et ses motifs diffèrent selon les régions ou les tribus. Mais on trouve également une myriade d'articles confectionnés avec cette laine mythique : pulls, gilets, écharpes, bonnets andins, couvertures, gants... Bref, tout ce qui permet d'affronter le froid extrême qui règne en altitude. À vous de choisir entre le vêtement traditionnel, au risque de passer pour un *gringo* lors de votre voyage, ou opter pour un vêtement moderne, qui associe les qualités thermiques de la laine avec un *design* contemporain. On préférera cependant les confections issues du commerce équitable, fournissant un revenu aux artisans, plutôt que les productions industrielles utilisant le plus souvent des mélanges synthétiques.

Accessoires et bijoux

Le *bombín*. Ce chapeau melon en feutre noir est un élément indissociable du costume traditionnel des *cholitas* de La Paz. Autrefois porté par les colons espagnols, il a été adopté par ces femmes métisses à leur départ. C'est à La Paz et à Sucre que vous dénicherez les plus beaux modèles, pouvant davantage servir de décoration pour votre nid douillet que d'apparat vestimentaire, mais ça c'est à vous de voir !

Bijoux en argent. Une myriade de bijoux, d'objets décoratifs, et de vaisselle en argent élaborés artisanalement sont proposés sur les étals des marchés et dans certaines boutiques des grandes villes du pays. Ces objets sont une spécialité de Potosí, célèbre pour ses mines d'argent, mais paradoxalement, vous en trouverez davantage à La Paz.

Bijou avec « *bolivianita* ». Cette pierre précieuse, dont le nom officiel est l'Amétrine, possède deux couleurs distinctes : le violet et le jaune. Cette pierre est une variété de quartz qu'on trouve presque exclusivement en Bolivie, et plus particulièrement dans les environs de Sucre.

Produits en cuir. Le cuir est bon marché et de bonne qualité en Bolivie. C'est l'occasion de se procurer un joli sac en cuir, pour madame ou monsieur. Il est facile de dénicher de belles vestes ou des ceintures à des prix défiant toute concurrence aux marchés d'El Alto (La Paz) ou de Cochabamba.

Un artisanat très décoratif

Objets en bois sculpté. Le bois exotique d'Amazonie est utilisé pour la confection de nombreux objets : de la flûte de pan au jeu d'échecs, en passant par des objets décoratifs aux motifs issus de la culture indigène (Ah, le petit toucan en bois...). À Santa Cruz, vous trouverez des répliques d'objets en bois provenant ou s'inspirant du savoir-faire des Missions jésuites.

© TONIFLAP - ISTOCKPHOTO.COM

Vêtements en laine d'alpaga.

Poterie. De petits artisans perpétuent le savoir-faire hérité des civilisations précolombiennes. Réalisées à base d'argile, les poteries modernes reprennent les motifs de l'époque tiwanaka (comme des oiseaux, des serpents, etc.), ou ceux plus complexes de l'époque inca (divinités).

Vannerie. Il s'agit de l'art de tresser la *totora*, une plante similaire au roseau, pour confectionner des objets divers : barques, chaises, paniers, nattes... Les îles flottantes sur le lac Titicaca étaient fabriquées par les Indiens Uros à l'aide de ce savoir-faire. Aujourd'hui, ce sont les Indiens Aymaras qui perpétuent cette tradition. De nombreux souvenirs, de toutes tailles, sont fabriqués avec cette technique à l'attention des touristes.

Des cadeaux typiques et originaux

Porte-bonheurs, talismans et totems en tout genre. Le marché aux sorcières de La Paz propose toutes sortes de produits censés améliorer votre vie : de l'amulette porte-bonheur à la bougie parfumée, en passant par toute une gamme d'articles répondant à un besoin spécifique : famille, amour, prospérité, protection contre le mauvais œil, fertilité, aphrodisiaques en tout genre… C'est une idée-cadeau assez originale qui ne manquera pas de surprendre votre famille ou vos amis !

Instruments de musique traditionnels. De petite taille, ces deux instruments sont faciles à mettre dans la valise ! Le *charango*, petite guitare quechua et aymara construite avec une carapace de tatou, est un bel objet. Il y a également la *quena*, cette petite flûte de pan andine que vous avez entendu partout siffler *El Condor Pasa*…

Masques de carnaval. Ces masques, et plus particulièrement ceux du carnaval d'Oruro, sont magnifiques : un assemblage surprenant de matières, de formes et de couleurs. Une bonne idée déco.

Panier gourmand

Spécialités boliviennes. Pensez à rapporter de quoi égayer vos dîners à votre retour ! La viande séchée de lama (*charque de llama*) ne manquera pas d'en étonner plus d'un ! D'autres spécialités peuvent être transportées sans crainte : le délicieux café des Yungas, trouvable à peu près partout car consommé dans tout le pays, le miel d'Amazonie, le quinoa de l'Altiplano ou encore les chocolats de Sucre… Enfin un repas ne serait pas complet sans une bonne bouteille de vin d'altitude, ceux produits à Tarija sont sans doute les meilleurs du pays. Créé par des moines espagnols, le Singani est un produit exclusivement bolivien. Cet alcool fort est issu de la distillation de Muscat, il sert principalement à concocter le cocktail national : le *chuflay*.

Attention ! Ne rapportez pas de feuille de coca, ni de maté de coca ou d'autres produits à base de coca, ces produits sont strictement prohibés en France et la législation à l'encontre des stupéfiants est très stricte. À consommer sur place uniquement.

SPORTS ET LOISIRS

Amérique du Sud oblige, en Bolivie le ballon rond est roi ! Les matchs de football locaux sont très suivis et les maillots sont portés dans tout le pays. Entre deux parties de « cacho », sorte de Yams local, on refait donc les matchs ou on parle sports mécaniques. Côté activités, c'est évidemment l'époustouflante nature bolivienne qui attire les touristes du monde entier, pour des randonnées de quelques heures à plusieurs jours. Les visiteurs partent à l'assaut des 13 sommets qui culminent à plus de 6 000 mètres d'altitude ou s'enfoncent dans la jungle. Car on oublie souvent que près des deux tiers de la Bolivie se trouvent en Amazonie. Reste que les amateurs de sensations fortes seront comblés ici : haut lieu de l'alpinisme et de l'andinisme, la Bolivie fait rêver les amateurs d'escalade, de VTT, de rafting ou de pêche sportive. Des vacances (très) actives en perspective au cœur de paysages inoubliables.

Le football, le grand sport populaire

Comme dans toute l'Amérique du Sud, le football déchaîne les passions. Surtout depuis que l'équipe nationale du Diable Etcheverry et des Platini Sanchez, Cristaldo, Moreno et autres jeunes étudiants issus de l'académie Tahuichi Aguilera de Santa Cruz, ont conduit le pays à la Coupe du monde USA 94. Le rendez-vous qui suivit en Bolivie fut celui de juillet 1997, lors de la Copa América, une belle occasion de voir le pays offrir l'un des plus beaux matchs de son histoire… et perdre la finale contre le Brésil. Mais il faut bien avouer que « La Verde », comme on surnomme l'équipe nationale, ne brille pas particulièrement lors des grands rendez-vous mondiaux et sud-américains (seulement trois participations à la Coupe du monde en 1930, 1950 et 1994 et une victoire en Copa América en 1963). Mais, grâce à certains coups de génie (et surtout à l'altitude), elle a parfois réussi à vaincre certaines grandes équipes comme l'Argentine, notamment lors du fameux 6-1 infligé à l'Albiceleste du sélectionneur Diego Maradona, à La Paz, en 2009 ou plus récemment le 2-0, toujours à La Paz, en mars 2017. Il faut dire que le stade Hernando Siles de La Paz (3 637 m d'altitude) est le deuxième plus haut du monde et le plus haut perché homologué par la FIFA. Et devient donc souvent un traquenard pour des visiteurs qui n'ont en général pas eu le temps de s'acclimater à l'altitude !

S'ils regardent les grands matchs internationaux, les Boliviens se passionnent aussi et surtout pour leur championnat national. Et dans tout cœur du pays, il y a soit un supporter des Tigrés du Strongest de La Paz (12 titres de champion de Bolivie en 2021) soit des Celestes du Bolivar (23 titres de champion), également domiciliés à La Paz. Et attention, c'est un choix pour toute la vie ! Le football prend tellement d'importance qu'il ne laisse que très peu de place pour le reste. Si les milieux aisés s'adonnent au tennis ou au « raquet-ball », une sorte de squash, cela reste plutôt anecdotique.

De nombreux fans de sports mécaniques

Les Boliviens sont fous de sports mécaniques et des compétitions de voitures de course et autres rallyes sont organisés régulièrement dans tout le pays. On est souvent surpris par autant de ferveur sur le bord des routes et des circuits. La Bolivie a d'ailleurs déroulé le tapis rouge pour accueillir la caravane du Dakar entre 2014 et 2018. Et rarement un pays a montré autant d'enthousiasme dans l'accueil de cette compétition, avec souvent des centaines de milliers de personnes à l'arrivée des étapes !

Un paradis du trekking

Pour certains, la Bolivie est le Népal des Amériques. Les perspectives pour les randonneurs sont aussi nombreuses que somptueuses. Si vous avez le temps et l'énergie, n'hésitez pas à partir pour 2 ou 3 jours, voire plus. Les paysages traversés vous récompenseront largement des efforts consentis : glaciers, neiges éternelles, forêts sèches, forêts humides, savane ou jungle, etc. Réjouissant ! Il existe plusieurs parcs nationaux qui disposent de sentiers définis ; sinon, certains treks sont suffisamment populaires pour qu'un véritable tracé se dessine. Il est intéressant de coupler le plaisir de la marche avec le bonheur de découvrir de superbes sites archéologiques.

▶ **Promenades dans la jungle.** Ces deux termes paraissent antinomiques : au vrai, comment « se promener » au milieu des lianes et des animaux sauvages ; l'Amazonie n'est pas la forêt de Fontainebleau. En Bolivie, cependant, de tels circuits sont bien maîtrisés maintenant, et les possibilités nombreuses.

La biodiversité de la jungle est stupéfiante, et cette aventure vous marquera à tout jamais… à moins que vous ayez vraiment peur de la chaleur et des petites bestioles qui, à tout moment, peuvent surgir de l'exubérante végétation. Nous vous suggérons le parc national Kempff Mercado, le parc national Amboró, Buena Vista (Amboró Norte), Sendas del Chaco et le Pantanal près de Santa Cruz. Dans le Beni, faites un tour du côté de la station biologique du même nom, de Guayaramerín, de Cachuela Esperanza, de la laguna Ginebra, de La Horquila, de la laguna Anteojos, de Loma Chuchini. Près de Cochabamba, le Parc national Carrasco est un lieu magique pour vos excursions. La meilleure époque pour arpenter la jungle s'étend pendant la saison sèche, de mars à septembre.

Un haut lieu de l'alpinisme

Les amateurs d'alpinisme sont formels : la Cordillère des Andes bolivienne est souvent comparable aux mythiques sommets himalayens. Après une bonne semaine d'acclimatation sur l'Altiplano, on trouvera un grand nombre de possibilités enneigées, avec 50 sommets de plus de 5 000 m d'altitude et 13 de plus de 6 000 m. Des options de choix qui font le bonheur des alpinistes et des randonneurs. Quel que soit leur niveau.

Le massif le plus connu du pays est la Cordillère Royale, dont l'exigeante traversée dure une quinzaine de jours. Ce massif légendaire offre des vues spectaculaires sur les nombreux glaciers et leurs parois abruptes, mais aussi des corniches, des pics, des arêtes et d'immenses plateaux glaciaires. Une traversée de 125 km qui fait régulièrement le bonheur des andinistes !

Au sud de la Cordillère Royale, le célèbre Huayna Potosí et ses 6 088 m permet aux non-initiés (néanmoins très sportifs) de réaliser un « premier 6 000 » à quelques kilomètres de La Paz, alors qu'au nord la Laguna Chiarkhota, est un camp de base qui permet d'envisager plusieurs ascensions (Pequeño Alpamayo, 5 370 m ; Tête du Condor, 5 648 m ; mais aussi l'Aile du Condor, la Pyramide Blanche, le Pic Illusion, etc.). Il faut aussi citer le Chachacomani (6 074 m), qui domine l'Altiplano, le Lac Titicaca et les vallées tropicales, et le Chearoco (6 127 m), un sommet plus technique et engagé.

Au sud-est de la capitale, le légendaire massif de l'Illimani, sommet « protecteur » de La Paz, offre encore des vues uniques et attire les alpinistes chevronnés. Non loin, la cordillère Quimsa Cruz offre elle des itinéraires moins balisés.

Enfin, le nord de la Cordillère propose la difficile ascension de l'Illampu (6 368 m) et de l'Ancohuma (6 427 m). Mais ce ne sont évidemment que quelques exemples, tant la Bolivie offre une foule de possibilités aux alpinistes de tous niveaux, qui peuvent également s'attaquer à de nombreux volcans (peu techniques, mais très exigeants sur le plan physique), comme le Parinacota (6 330 m), le Pomerape (6 280 m) ou l'Acotango (6 032 m).

Escalade. Il est bien évident qu'avec de tels sommets, la Bolivie est un petit paradis pour les amoureux de l'escalade. Inutile de se perdre au fin fond du pays : des voies magnifiques se situent à quelques heures à peine de La Paz. Les débutants ou grimpeurs du dimanche peuvent se rendre à Zongo Uma – Palca Botijlaca (2 jours), ou vers le chemin précolombien Los Lagos (3 jours de marche ardue) pour gagner la vallée de Zongo, dans la province de Murillo. Avec un peu plus d'expérience, tentez le Macizo (massif) Condoriri (le Monte Ilusión à 5 350 m

Trek sur la montagne Huayna Potosí.

© STEFANO BUTTAFOCO - SHUTTERSTOCK.COM

Découverte du Salar d'Uyuni à vélo.

ou le Monte Alpamayo Chico à 5 400 m]. Dans l'Illimani, on trouve cinq sommets, les trois plus importants étant le Sur [6 462 m], le Central [6 287 m] et le Laika Khollu [6 159 m]. Enfin, on peut citer le Nevado Sajama [6 548 m, le plus haut sommet de Bolivie], à la frontière avec le Chili.

Cyclisme, VTT : routes et sentiers de rêve

Le trafic n'est pas intense sur les pistes boliviennes ; pédaler à plus de 3 000 ou 4 000 m d'altitude n'est pas chose commune ni facile. Autant le savoir. Au demeurant, ceux qui ont passé des mois à sillonner le pays à vélo nous ont parlé avec un enthousiasme rare de leur bonheur partagé. Et les amateurs de sensations fortes pourront se faire plaisir en dévalant sur un VTT les milliers de pentes boliviennes, parmi les plus spectaculaires au monde.

Les meilleurs endroits sont peut-être le Salar d'Uyuni et le secteur des lagunes ; les Yungas [Coroico, éventuellement jusqu'à Caranavi... avec la fameuse et dangereuse « route de la mort », aujourd'hui véritable institution touristique], la Cordillère Royale [Urmiri, Chacaltaya, Sorata] ; Quillacollo et Pairumani près de Cochabamba ; le parcours de Achacachi à Sorata ; de Ancoma à Sorata [plus exigeant encore] ; le secteur de la Represa Zongo, un circuit exigeant procurant de superbes vues sur les glaciers du Huayna Potosi et du Tikimani ; de Milluni à la Represa Tuni Condoriri [un classique].

Sur l'eau aussi, sensations garanties

Rafting et kayak. Un grand réseau fluvial assure un avenir touristique de première classe pour ces deux activités de plus en plus appréciées des voyageurs. Certains considèrent que la Bolivie est l'un des vrais paradis du rafting. Les rivières sont puissantes et variées et les paysages traversés sont vraiment impressionnants. Nous vous conseillons les Yungas Paceños : les ríos Coroico, Unduavi, Takesi, Zongo, Huarinilla ; ou encore les environs de Sorata : le río San Cristóbal, par exemple ; ou le río Beni, le río Tuichi ; ou encore le Cañón del Diablo, le Chapare près de Cochabamba. Contrairement aux autres sports, la meilleure saison s'étend de novembre à mars, car les débits des cours d'eau sont plus importants.

Pêche sportive. Amazonie oblige, La Bolivie offre un formidable terrain pour la pêche sportive ; on y taquinera la truite, le pejerrey, le carachi, le suche, la carpe, le dorado, le pacú, le mauri, la piraña, le surubí, etc. De belles bêtes qui devraient vous donner du fil à retordre ! On peut pratiquer cette activité toute l'année, selon le type de poissons que l'on choisit de pêcher.

Après l'effort, le réconfort !

Cures thermales. Peur de se mettre à l'eau pour une folle descente en rafting ? Pas de paires de jumelles pour observer les oiseaux ? Qu'importe ! Si vous avez besoin d'une remise en forme, si vous êtes au bout du rouleau, il existe des endroits où se reposer un temps des poussières de la route. Le cordon volcanique de la Cordillera Occidental [depuis Jucuri jusqu'au río Sabaya], appelé Cordillera de Lípez et Cordillera de Chocaya, abonde en eaux thermales riches en minéraux. Un bon bain vous remettra d'aplomb ! Une activité idéale pour se remettre d'une longue randonnée ou de l'ascension d'un 6 000 m !

GASTRONOMIE

Considéré comme l'un des pays les plus divers du continent américain tant sur le plan ethnique que naturel, la Bolivie peut se targuer de 37 langues officielles qui font écho aux nombreuses cultures qui ont influencé la cuisine locale. Le pays possède une des plus grandes proportions d'Amérindiens du continent – Aymaras, Guaranis, Quechuas, etc. – auxquels s'ajoutent de nombreux Mestizos, des Européens, notamment d'origine espagnole, des Africains, des Asiatiques ou des Arabes. On cultive de nombreuses plantes potagères dans la région depuis des millénaires comme la pomme de terre ou le quinoa, qui viennent s'ajouter à une multitude d'autres ingrédients qui font de la cuisine bolivienne une gastronomie goûteuse, riche, finement épicée, mais pas trop piquante. On complète le tableau avec des desserts qui ne sont pas sans rappeler la pâtisserie espagnole, des vins de qualité méconnus et bien sûr le sigani, l'eau-de-vie nationale.

Produits caractéristiques

Les Incas ainsi que d'autres civilisations andines ont domestiqué de nombreuses espèces de plantes il y a des milliers d'années. Le travail des archéologues a permis de situer le berceau de la culture de la pomme de terre aux abords du Lac Titicaca entre la Bolivie et le Pérou. À partir du XVIe siècle, les Espagnols rapportent ce légume-racine en Europe où la plante est boudée assez longtemps. En effet sa chair jaune tend à bleuir en s'oxydant et on la pense toxique jusqu'au XVIIIe siècle. À l'inverse dans les Andes on la consomme depuis plus de 8 000 ans. Si en Occident nous avons généralement droit à des pommes de terre jaunes, tout ce qu'il y a de plus lisse et de calibré, les Boliviens n'ont que l'embarras du choix. Selon l'Institut bolivien pour l'innovation agricole et forestière (INIAF), il existerait pas moins de 1 555 espèces de pommes de terre dans le pays. Longue, ronde, cylindrique, lisse, bosselée, jaune, rouge, brune, rose, noire, pourpre, avec une chair tout aussi colorée.

En plus des pommes de terre, on consomme d'autres légumes-racines, comme l'oca (le tubercule blanc, rose ou noir de l'oxalis du Pérou), la papalisa ou ullucus (un tubercule bosselé jaune ou rosé dont les feuilles sont aussi comestibles), le manioc (originaire d'Amazonie), l'isaño (les tubercules de la capucine tubéreuse) ou encore l'arracacha (une sorte d'énorme carotte brune dont le goût oscille entre le céleri et la châtaigne). Sans oublier le maïs qui arriva depuis le Mexique il y a environ 3 000 ans et bien sûr le quinoa. Cette céréale est consommée depuis plus de 4 000 ans aux environs du Lac Titicaca. À noter toutefois que la popularité du quinoa – dont la consommation mondiale a quasiment quadruplé depuis une quinzaine d'années – a fait exploser les prix de cet aliment de base des Boliviens qui ont de plus en plus de mal à s'en procurer.

Tamales.

© FERNANDO ALIAGA - ISTOCKPHOTO.COM

Silpancho.

S'y ajoute une grande variété d'aliments variés comme le blé, le riz, la tomate, la courge, le chou, de nombreuses légumineuses (haricots secs, pois, lentilles, fèves), etc. Côté viande, les Boliviens consomment généralement du poulet, du porc, du bœuf et du mouton. Bien que le pays n'ait pas accès à la mer, les lacs et les cours d'eau – dont le puissant fleuve Amazone – sont le paradis des poissons d'eau douce. On retrouve aussi quelques curiosités locales. La viande de lama est consommée par les populations des montagnes depuis des millénaires. Si on pense surtout au cochon d'Inde comme animal de compagnie en Occident, ce rongeur appelé « cuye » en espagnol, se retrouve souvent grillé sur les marchés du pays.

La cuisine bolivienne se divise en trois régions : les Andes, les Vallées et l'Est. La cuisine andine est celle des hauts plateaux (Altiplano), à base d'ingrédients roboratifs, notamment de la viande (poulet, agneau, bœuf, porc) et des pommes de terre ou encore du maïs. On y prépare le *chuño* ou *tunta*, produit par la déshydratation de pommes de terre par un cycle d'expositions au soleil et au gel, permettant de conserver les tubercules plusieurs années. Plus variée, la cuisine des Vallées de moyenne altitude se compose de nombreuses variétés de légumes, de fruits, de céréales, aussi bien tropicale que tempérée. La cuisine de l'Est présente de nombreux produits tropicaux cultivés dans les plaines humides du Bassin amazonien comme le manioc, la banane plantain ou encore le riz.

Les classiques de la cuisine bolivienne

La gastronomie locale est riche de nombreux plats en commençant par des en-cas savoureux comme les *salteñas*, des chaussons copieux contenant une farce de viande juteuse ou de légumes cuits au bouillon. On retrouve aussi les *humitas*, à base de pâte de maïs, enveloppée dans des feuilles de maïs et cuite à la vapeur. On y ajoute parfois du fromage de chèvre. En Bolivie on les appelle *tamales* si elles contiennent aussi de la viande. Autre entrée au maïs, le *queso humacha* est une spécialité de La Paz, sous forme d'épi de maïs cuit dans une sauce au fromage fondu et au piment jaune. Plus léger, le *solterito* est une salade de tomate, oignon et fèves avec du fromage émietté. Autre classique de La Paz, le *plato paceño* contient maïs, fèves, fromage fondu et pomme de terre, souvent servi avec de la viande rôtie.

Dans l'est du pays, on prépare le *masaco* (purée de banane plantain ou de manioc avec du porc séché), le *majadito* (riz grillé avec viande séchée, tomate, œufs frits et banane plantain frite) ou la *sopa tabada* (timbale de riz, viande séchée, banane, œufs durs, pommes de terre moulée sous la forme d'un gâteau). Le *silpancho* est une spécialité de Cochabamba composé de riz, couvert de pomme de terre, d'un steak haché, de tomate et d'oignon avec un œuf au plat. Si on remplace le riz par du pain pour en faire un sandwich, on obtient un *trancapecho*. Autre basique, le *cuñapé* est un petit pain au manioc fourré au fromage.

Les soupes sont des plats communs en Bolivie car souvent nourrissantes et peu onéreuses. La plus originale serait probablement la *kalapurka*, un épais potage de maïs, traditionnel de la ville de Potosí, que l'on verse dans un grand bol en pierre chauffé sur la braise et que l'on sert littéralement bouillonnant. Le *ch'aqi de quinua* (soupe épaisse de quinoa et pomme de terre), le *jak'alawa* (potage de maïs avec du porc et de pommes de terre), la *sopa de maní* (soupe de cacahuètes moulues avec du bœuf, des tomates, des pommes de terre et des nouilles) et le *locro* (soupe de poulet avec banane plantain et riz) complètent le tableau.

On notera également de nombreux plats complets à base de viande, comme le *picante surtido*, une assiette garnie de grillades (poulet, langue de bœuf, agneau, etc.), la *sajta de gallina* (poulet épicé avec pommes de terre et tomate) et le *thimpu* (bœuf, agneau, riz et pommes de terre cuits avec une sauce au piment). Sans oublier le *pique macho* (cubes de viande frits avec dés de tomate et piment), l'*uchuku mizqueño* (trio canard, poulet, bœuf au BBQ) ou le *saice* (ragoût pimenté de bœuf haché avec pommes de terre et petits pois). S'y ajoutent le *ch'ajchu* (bœuf effiloché, pommes de terre, œuf dur, tomate et sauce au piment) et le *p'ampaku* (grillade de canard, cochon de lait, agneau, poulet et lapin), deux spécialités de Cochachamba. Plus original, le *conejo* (« lapin ») *lampreado* est en réalité une recette de cochon d'Inde grillé. Pour finir, on retrouve quelques recettes d'abats à base de tripes ou de rognons, comme le *jolke*. Sans oublier la *morcilla*, une variété de boudin noir, d'origine espagnole.

Parmi les recettes de poissons citons le *caldo de carachi*, une soupe de poisson indigène du lac Titicaca ou encore le *pejerrey relleno*, des filets d'un poisson local roulés avec une farce de viande. Enfin, le fleuve Amazone offre un habitat propice pour plus de 3 000 espèces de poissons comme le surubí, le pacú, l'arapaima ou le piranha, que l'on sert généralement grillés en toute simplicité.

Desserts et boissons

Les recettes de *postres* (desserts) font la part belle au lait : *arroz con leche* (riz au lait), *leche asada* (sorte de flan aux œufs), *budín de pan* (pudding au pain), *budín de coco* (flan de coco), de *chocolate*, de *manzanas* (aux pommes), de *quinua* (quinoa) ou de *naranja* (aux oranges). S'y ajoute l'*arrope*, une gelée au jus de raisin caramélisé, le *cuajadilla*, un entremets au lait caillé et miel de canne ou la *gelatina de pata*, une sorte de panna cotta au lait parfumée à la cannelle et à la vanille. On n'oubliera pas le *rosquete*, de gros beignets en anneau nappés d'un glaçage blanc, typiques de la vallée de Tarije ou les *empanadas blanqueadas*, des chaussons fourrés de pâte de lacayote (pastèque) décorés de glaçage également.

Leche asada.

Le maté de coca est une infusion de feuilles de coca, typiquement andine, consommée pour atténuer le mal d'altitude. La feuille de coca favorise l'absorption d'oxygène dans le sang et facilite la digestion. Le taux de cocaïne contenu dans cette feuille est infime, il n'y a donc aucun risque de toxicité ou de dépendance. L'*api morado* est la boisson chaude typique de l'Altiplano à base de maïs pourpre, du sucre et de la cannelle. Le café des Yungas (un arabica produit dans cette région de montagnes humides et abruptes située entre les Andes et le Bassin amazonien) est extrêmement réputé. Le département de La Paz produit 95 % du café en Bolivie.

Alcools

La Bolivie produit de nombreux alcools à commencer par le *sigani*. Cette eau-de-vie élaborée à partir de la distillation du muscat bénéficie d'une appellation d'origine contrôlée (AOC). Cet alcool flirtant avec les 70° est utilisé pour l'élaboration de nombreux cocktails comme le célèbre Chuflay (glaçons, Singani, Sprite ou ginger ale et une tranche de citron), le Poncho Negro (même préparation que le Chuflay, mais avec du Coca-Cola), le Yungueñito (avec du jus d'orange) ou encore le Singani Sour.

Sinon on peut aussi déguster la *chicha* (boisson fermentée au maïs), le *guarapo* (boisson fermentée de raisin et de pomme), *guindol* (liqueur de cerise) et l'*ajenjo* (absinthe). La cerveza (bière) fut importée par les immigrants allemands du XXe siècle. Chaque ville produit sa propre bière : Paceña à La Paz, Ducal à Santa Cruz, Taquiña à Cocha, Potosína à Potosí, Astra à Tarija, Sureña à Sucre et Huari à Oruro. Le trio de tête : la Huari, la Potosína et la Paceña.

Cela peut paraître étonnant, mais la Bolivie, qui possède les plus hauts vignobles du monde, produit d'excellents vins. L'histoire viticole de la Bolivie débute au XVIe siècle avec l'arrivée des Espagnols. De nos jours, la majeure partie de la production viticole bolivienne (plus de 80 %) se trouve dans la région de Tarija, connue pour son climat doux et ensoleillé. L'intense exposition au soleil et la grande variation climatique entre le jour et la nuit confèrent au raisin un arôme riche et une maturation rapide. Les principaux cépages utilisés sont le Cabernet Sauvignon, le Syrah, le Tannat, le Merlot, le Malbec, le Torontés, le Muscat (qui sert principalement à l'élaboration du Singani), le Riesling et le Chardonnay.

AGENDA

La majorité de grandes fêtes boliviennes sont des évènements religieux, mais attention, ne vous attendez pas à une ambiance de messe du dimanche matin ! Ici tout se vit avec une ferveur intense, et l'histoire du pays a créé un syncrétisme religieux unique, où les coutumes et croyances des peuples andins ont fusionné avec le catholicisme importé et imposé par les colons espagnols. Ainsi les Boliviens célèbrent leurs saints en leur offrant des carnavals endiablés, des processions hautes en couleur, ou encore des pèlerinages pittoresques. Défilés de danseurs en costumes traditionnels chamarrés, masques de carnaval reflétant la culture d'une communauté, musiques traditionnelles andines… Une multitude de cultures différentes s'exprime par ce prisme, et c'est pour cette raison que ces grands évènements sont souvent une occasion de rassembler toutes les différentes ethnies du pays sous une seule et même bannière, celle de la Bolivie.

FIESTA DE LOS REYES MAGOS

TRINIDAD

2e dimanche de l'année.

Dans l'intérieur du pays et dans les zones rurales se perpétue la fête en l'honneur de la visite des Rois Mages, Melchior, Gaspard et Balthazar, à l'Enfant Jésus. De grandes manifestations ont lieu à Potosí et à Oruro, mais c'est à Trinidad, dans le Beni, que la fête est la plus impressionnante. Ici, les Rois Mages et une troupe d'enfants danseurs indigènes parcourent les églises et les paroisses pour prier et livrer leurs offrandes à l'Enfant Jésus.

FIESTA DE LAS ALASITAS

LA PAZ

À partir du 24 janvier.

Ce festival traditionnel *paceño* est dévoué à l'Ekeko, le dieu aymara de l'abondance et de la fertilité. Il remonte à 1781, lorsque le gouverneur de La Paz voulut créer une fête en honneur d'Ekeko, pour le remercier d'avoir délivré la ville des troupes de Túpac Katari. Pour s'attirer les faveurs de la déité, les *Paceños* viennent acheter des miniatures de biens matériels (voitures, maisons, machines à laver...), en priant que ceux-ci leurs soient donnés dans la réalité. À cette occasion, plus de 5 000 artisans se regroupent au Campo Ferial del Bicentenario.

CARNAVAL CHAPACO DE TARIJA

TARIJA

Le deuxième week-end de février.

C'est l'un des carnavals les plus endiablés du pays, qui commence en fait un mois avant : on danse, on chante, on joue de la musique, dans un grand panache de fleurs, de fruits et d'autres présents. Deux semaines avant le jour d'ouverture, on sélectionne les prétendantes au titre de reine du carnaval. Celle-ci doit faire honneur à sa région, savoir chanter des thèmes traditionnels, et maîtriser les danses régionales. La veille de l'ouverture du carnaval, une foule joviale se balade dans les rues, portant de grands gâteaux garnis de fruits de saison, des douceurs, des fleurs, des fromages, le tout dans une grande corbeille flanquée de ballons et de serpentins : c'est la fête des *Comadres y Compadres* (« marraines et parrains »). Celui qui reçoit le présent devient la marraine ou le parrain et s'engage à accompagner son nouveau parent spirituel, pour le mieux et pour le pire. Ensuite, les femmes dansent dans les rues. Pour le « Lunes de Barras », les locaux se donnent rendez-vous sur la place principale de la ville pour s'asperger avec des ballons remplis d'eau ! Prévoyez des vêtements de rechange ! Ensuite vient le « Martes de Albahaca » (le mardi du basilic), le basilic étant censé aider à soigner les maux de tête causés par la forte consommation d'alcool de la veille… Puis vient le dernier jour du carnaval avec un grand défilé de danses régionales qui se termine par l'enterrement symbolique du diable. Tarija mérite définitivement son surnom de « ville des sourires » !

DÉCOUVRIR

FIESTA DE LA VIRGEN DE CANDELARIA

Du 2 au 5 février.

Notre-Dame de Candelaria est le nom donné à la Vierge Marie lors de son apparition en 1390 à Tenerife (Espagne). Le carnaval d'Oruro est la plus grosse manifestation en son honneur *(Virgen de Socavón)*, mais elle est également fêtée dans tout le pays avec une forte ferveur religieuse : pèlerinages, messes, prières, bénédiction de voitures, festivités folkloriques… La fête bat son plein à Copacabana, mais aussi à Aiquile, une ville de la province de Cochabamba.

FESTIVAL MISIONES DE CHIQUITOS

Dans toutes les missions de Chiquitos
SAN JOSÉ DE CHIQUITOS ✆ +591 3 333 2287
www.festivalmisionesdechiquitos.com
Tous les deux ans, il a lieu entre fin avril et début mai pendant une dizaine de jours.

Lors de la restauration des églises des Missions Jésuites, ont été retrouvées plus de 13 000 partitions de musique sacrée écrites au cours des XVIIe et XVIIIe siècles par des auteurs européens et autochtones, et qui étaient interprétées quotidiennement jusqu'au milieu du XIXe siècle dans les Missions Jésuites. Il est bon de souligner que cette musique fut conservée par les tribus chiquitanos et moxos pendant 200 ans avec une passion et un respect gardés secrets, et dans l'indifférence générale. Pour eux, les partitions des « aïeux » étaient un trésor sacré qu'il fallait préserver de l'humidité et de la chaleur. Créé en 1996, Le Festival Internacional de Música Renacentista y Barroca Americana « Misiones de Chiquitos » a pour but de diffuser le patrimoine musical des anciennes missions jésuites de Chiquitos (1691-1767) et de Moxos (1681-1767). Ce festival est devenu l'un des plus grands événements musicaux d'Amérique du Sud. Il met en vedette plus de 800 musiciens en provenance du monde entier pendant plus de dix jours et près d'une centaine de concerts dans toutes les villes des Missions Jésuites ainsi qu'à Santa Cruz, Porongo, Buena Vista, Cotoca, Roboré, Santa Rosa…

Plusieurs circuits sont proposés par les agences qui surfent sur la popularité grandissante du festival. Il faut dire que l'atmosphère presque mystique qui règne lors d'un récital dans une mission jésuite ou dans une des églises baroques de la région est particulièrement envoûtante.

FESTIVAL PUJLLAY DE TARABUCO

TARABUCO
Le 3e dimanche de mars.

Le Pujllay, qui veut dire « danse » ou « jeu » en quechua, est une fête différente du carnaval d'Oruro et typiquement paysanne, qui mêle des éléments païens et chrétiens. Le 12 mars 1816 eut lieu la bataille de Jumbate, dans la province du Yamparáez, où fut battue l'armée espagnole. Tous les effectifs ennemis furent tués, à l'exception d'un enfant, le tambour. Cette victoire sur les forces espagnoles est célébrée tous les ans.

La célébration du Pujllay commence par une grande procession. À cette occasion les rues pavées de Tarabuco accueillent plus de 60 communautés de la province, vêtues de costumes

Fiesta de la Virgen de Candelaria.

traditionnels ou d'habits cérémoniels. Une fois réunis sur la place principale, les Yamparas prennent le chemin du lieu où se déroula la bataille, à 2 km environ de Tarabuco. Là, après les danses au son des instruments traditionnels, notamment le *cherque* et la *senka tenkana*, deux grandes flûtes droites andines, la messe en quechua connue sous le nom de *Misa de las Almas de Jumbate*, à la mémoire des victimes de la bataille, peut débuter. Bizarrement, à la fin de la cérémonie, hommes et femmes s'en retournent à Tarabuco en courant.

En 2011 ce festival a été reconnu Patrimoine culturel immatériel de l'Humanité par l'UNESCO. Le Pujllay est apprécié aussi bien par les locaux que par les touristes, qui peuvent à cette occasion déambuler dans les différents stands, acheter des tissus et des souvenirs, et goûter aux spécialités de la région.

SEÑOR DE MALTA - CARNAVAL DE VALLEGRANDE

VALLEGRANDE

Début février, la date est fluctuante selon les années.

Ce village de la province de Santa Cruz perpétue la tradition avec l'un des carnavals les moins connus de la Bolivie, mais qui attire pourtant près de 40 000 personnes ! La procession part de la chapelle du Señor de Malta, le saint patron de Vallegrande. Pendant quatre jours, la musique, les danses et la gastronomie de la région sont mises à l'honneur. Il fera la joie de ceux qui veulent bien s'aventurer au-delà des sentiers battus.

FIESTA DE JESÚS DEL GRAN PODER

Calle Antonio Gallardo

LA PAZ

Fête à date variable vers les mois de mai ou juin (Corpus Christi).

Cette fête religieuse remonte au 8 décembre 1663, date de la fondation du *Convento de las Madres Concepcionistas*. On y adore une représentation triptyque de Jésus avec trois bustes, représentant ainsi la trinité. Cette statue parcourait les rues de la ville jusqu'en 1928 où on bâtit un temple pour l'abriter rue Gallardo, dans le quartier Chijini de La Paz.

Le *Gran Poder* est un parfait exemple du syncrétisme religieux bolivien : on y retrouve évidemment des messes catholiques et l'adoration de l'image du *Señor Jesús del Gran Poder*, mais aussi des rites aymaras comme le Ch'alla, qui consiste à verser du liquide sur le sol (le plus souvent de l'alcool...) pour recevoir la bénédiction de la Pachamama et la remercier. Autant dire que la Paceña, une bière produite à La Paz, coule à flots durant les festivités ! La musique des fanfares du défilé rythme cette journée et les danseurs de Kullawada, Morenada, Caporales, Tinkus, et Diablada, vêtus de leurs habits de lumière, se succèdent tout au long de la fête. Le festival ne réuni pas moins de 72 fraternités, soit 40 000 danseurs et 7 000 musiciens ! La meilleure fraternité est honorée chaque année : en 2018 c'était la Morenada Juventud Rosas Residentes de Viacha, « Los Legitimos », qui fit la meilleure impression. En décembre 2019, le festival est déclaré Patrimoine culturel immatériel de l'Humanité par l'UNESCO. Une manifestation folklorique haute en couleur et sûrement la plus spectaculaire ayant lieu à La Paz.

FIESTA DE SAN JUAN DE DIOS

POTOSÍ

8 mars.

Des défilés et des processions rendent hommage à San Juan de Dios, saint portugais fondateur de l'ordre des Frères Hospitaliers de Saint-Jean-de-Dieu, qui a la particularité d'être né et mort à cette date. Lors de cette fête religieuse, l'argent de la ville, provenant des mines du Cerro Rico, est mis en valeur à travers les chars, mais aussi sur les bijoux et les vêtements des danseurs et danseuses. La fête se prolonge jusqu'à la fin du mois dans la Ville Impériale.

CARNAVAL DE ORURO

ORURO

Deuxième week-end de février.

C'est LE carnaval bolivien par excellence, le second en termes de fréquentation en Amérique du Sud après celui de Rio de Janeiro. Toute l'histoire de la Bolivie et de son syncrétisme religieux et culturel, représentée par une myriade de danseurs et de musiciens venus de tout le pays, défile sous vos yeux. C'est un jour où tous les Boliviens font la fête : indigènes de l'Altiplano, Guaranis du Chaco, métis de l'Oriente, Afro-Boliviens des Yungas… autant de communautés qui constituent le riche patrimoine culturel du pays. Incontournable.

© KEVIN SLINGERLAND - SHUTTERSTOCK.COM

Carnaval d'Oruro.

SANTA VERA CRUZ TATALA

Dans le sud de la vallée de Cochabamba
COCHABAMBA
Du 1er au 4 mai.

Cette fête, qui attire tous les ans 40 000 personnes, est un bon exemple de syncrétisme entre les traditions indigènes et la religion catholique. Elle est dédiée à la fertilité : les femmes prient pour avoir des enfants en déposant des petites poupées au pied du Christ Santa Vera Cruz, les agriculteurs prient pour que leurs bêtes soient fécondes, et enfin, on prie également la Pachamama pour avoir de bonnes récoltes. Pas de grandes danses ici, mais plutôt une ferveur religieuse intense avec pèlerinages, messes et processions.

VENDIMA CHAPACA

Valle de la Concepción
TARIJA
À la mi-mars.

La *Fiesta de la Uva y del Vino* (fête du raisin et du vin) a lieu dans la vallée de la Concepción, à quelques kilomètres de Tarija. Les vignerons de la région présentent leurs nouveaux crus à déguster en profitant du meilleur de la culture traditionnelle *tarijeña* lors de cette soirée de gala : gastronomie, musique, danses, et expositions artistiques. Estomac solide recommandé ! L'édition 2021 s'est tenue à Uriondo, à une trentaine de kilomètres au sud de Tarija.

NOCHE DE SAN JUAN

24 juin.

La *víspera* de San Juan, ou nuit de la Saint-Jean, est une fête chrétienne célébrée dans tout le pays. Jadis on célébrait ce jour en faisant des feux de joie, mettant au feu de vieux meubles et autres objets afin de se débarrasser symboliquement du passé pour mieux accueillir le futur, en lisant le lendemain l'oracle dans les cendres. Ces feux de joie sont aujourd'hui remplacés par des feux d'artifice et des *parrillas* (barbecues), pour éviter les incendies et l'émanation de fumées toxiques. Malgré tout, cette pratique subsiste encore dans certains petits villages…

DÉCOUVRIR

PÈLERINAGE DE MANQUIRI

MANQUIRI
À la Pentecôte.

C'est le mois du Señor de Manquiri, le saint patron local. La statue du sanctuaire de Manquiri est amenée à Potosí. Les fidèles parcourent ensuite à pied les 25 km qui séparent la Ville Impériale de Manquiri pour rapatrier la statue dans son sanctuaire. Cette manifestation de foi rassemble aussi bien les nouvelles que les anciennes générations. Des membres de la Croix-Rouge implantés ici et là au long du parcours soignent les ampoules des pèlerins.

SOLSTICIO DE INVIERNO

Templo de Kalasasaya
TIWANAKU
La veille du 21 juin.

Le Nouvel An aymara est célébré depuis peu en grande pompe au sein du site archéologique de Tiwanaku. C'est un hommage à l'une de ses divinités principales, Inti-Wiracocha, le dieu Soleil. Le calendrier aymara compte 3 508 années de plus que le nôtre, ainsi en 2021, les Aymaras fêtaient le Nouvel An 5 529 ! La cérémonie débute quelques minutes avant le lever du soleil dans le temple souterrain de Tiwanaku. Le moment où les premiers rayons du soleil passent par la Puerta Del Sol, vers 7h du matin, est réputé opportun pour recevoir les énergies solaires.

FIESTA DE SANTIAGO APÓSTOL

LA PAZ

25 juillet.

Cette date est célébrée dans tout le pays. Appelé aussi Santiago Mayor, Jacques de Zébédée est l'un des 12 apôtres du Christ. Il est le premier saint catholique à arriver avec les conquistadors, étant le saint patron de l'Espagne. Au départ ce saint représentait les colons, puis, petit à petit, il s'est mué en défenseur des peuples et cette foi s'est enracinée dans la culture bolivienne. Danses populaires et cortèges colorés, notamment dans les rues de La Paz.

ICHAPEKENE PIESTA

SAN IGNACIO DE MOXOS

Débute en mai et se poursuit jusqu'à fin juillet.

Inscrit en 2012 au patrimoine culturel immatériel de l'humanité de l'UNESCO. Il s'agit d'une fête qui réinterprète le mythe fondateur *moxeño* de la victoire jésuite d'Ignace de Loyola en l'associant aux croyances autochtones. Le festival débute en mai avec des prières, mais c'est vers la fin juillet qu'il atteint son paroxysme. Ce sera l'occasion d'assister à la danse des *Macheteros*, des pénitents masqués, mais surtout d'admirer les *bajones*, ces flûtes de Pan gigantesques qui remplaçaient l'orgue à l'époque où des opéras baroques étaient joués à San Ignacio.

DÍA DE LA INDEPENDENCIA DE BOLIVIA

6 août.

Jour férié national : anniversaire de la fondation officielle de la République de Bolivie proclamée le 6 août 1825. Bien qu'auparavant le pays n'était déjà plus sous le joug de la couronne espagnole, il a été décidé de fixer la date de fondation du pays le jour de la bataille d'Ayacucho. Ce jour-là, le maréchal Sucre acheva les Espagnols dans ce qui fut la dernière bataille pour l'indépendance. Des commémorations officielles et des défilés militaires ont lieu dans tout le pays.

FIESTA DE LOS CH'UTILLOS

POTOSÍ

Du 24 au 31 août.

Tous les ans, se déroule à Potosí l'une des plus belles fêtes de Bolivie. Il s'agit d'une ancienne tradition espagnole qui célèbre le triomphe du bien sur le mal. Si à l'origine cette date célèbre une fête religieuse, cette fête est devenue au fil des ans une occasion de montrer toute la richesse du folklore de la culture autochtone.

Pendant le Ier siècle d'argent de Potosí (le XVIe), le diable aurait quitté la mine pour la partie basse de la ville, afin de goûter un peu au mode de vie à la française des libertins *potosínos*. Les curés, déjà effarés de ce que les trente-trois églises n'aient pas suffi à maintenir solidaire le cheptel catholique, et dépassés par des centaines de maisons de jeux, de bordels et de sites de combats de coqs, organisèrent une procession monstre pour chasser Satan. La procession fut placée sous le patronage de saint Barthélemy (San Bartolomé), seul saint disponible à ce moment, les autres étant déjà fort occupés à alléger les souffrances des mineurs... Saint Barthélemy réussit à faire écrabouiller (*ch'utar* en quechua) le diable dans une des collines du sud de la ville, où une tache verdâtre en témoigne encore aujourd'hui, mais certains historiens affirment que ce culte du « diable dans le canyon » était déjà présent bien avant l'arrivée des Espagnols... Notre conseil pour profiter pleinement de cette fête extraordinaire est de s'y rendre la veille, lorsque l'ambiance de la ville commence à se réchauffer.

La veille du grand jour arrivent par camions entiers les paysans du Norte Potosí, ceux qui pratiquent parfois la tradition du Tinku, un sport de combat que pratiquaient jadis les Aymaras, qu'on peut assimiler à une forme de boxe ou de judo. Le premier jour (le 24), les *ch'utillos* (les danseurs) investissent la ville avec des performances parmi les plus colorées du pays. M'acha, Manquiri, Llallagua, toutes les communautés de la région affluent, vêtues de leurs plus riches atours et coiffées de leurs chapeaux, si pleins de grâce. Pourtant, tout ce faste ne doit pas vous faire oublier que leurs revenus moyens sont modiques. Les Potosínos, comme la grande majorité des Boliviens, ont appris à perpétuer leur fastueuse culture avec bien peu de moyens. Avec un peu de chance, vous verrez ce musicien du Norte Potosí qui danse tout en jouant de la harpe... Les deuxième et troisième jours sont plus classiques. Diabladas, Pujllay, Caporales, Saya, Tobas, Cuecas, et bien d'autres danses avec lesquelles vous commencerez bientôt à vous familiariser. *Salud ! Cerveza potosín*a dans la main et que la fête commence !

FIESTA DE LA VIRGEN DE URKUPIÑA

COCHABAMBA

Du 14 au 16 août.

Les festivités commencent à Cochabamba par un défilé folklorique, tandis que le second jour est consacré à la fête. Le troisième jour à l'aube, les fidèles entament le pèlerinage vers le calvaire sur la montagne du village de Quillacollo, à quelques kilomètres à l'ouest de Cochabamba. La tradition est, une fois le sommet atteint, de prélever une pierre, et si les prières et la dévotion du fidèle sont sincères, alors la Vierge de Urkupiña lui octroiera la richesse par ce procédé.

PÈLERINAGE DE LA VIRGEN DE CHAGUAYA

TARIJA

Du 15 août au 14 septembre.

Pèlerinage jusqu'au sanctuaire de la Virgen de Chaguaya, à 67 km au sud-ouest de Tarija. La légende rapporte qu'en 1750, des pasteurs de retour de leurs champs, épuisés par des mois de sécheresse, virent une lumière éclatante qui se transforma en Vierge Marie. Le lendemain, sur le lieu de l'apparition, on trouva une icône de la Vierge, et on décida d'ériger une chapelle à sa gloire. Le sanctuaire actuel, déclaré basilique depuis quelques années déjà, fut construit dans les années 1980.

FIESTA DE SAN LORENZO

TARIJA

10 août.

Le petit village colonial de San Lorenzo, situé à une quinzaine de kilomètres au nord de Tarija, était auparavant appelé « Tarija la Vieja ». Assistez ici à l'une des fêtes les plus authentiques et les plus exubérantes du sud de la Bolivie. Cette fête, qui attire chaque année plusieurs milliers de personnes, est célébrée depuis 1578, soit seulement 4 ans après la fondation du village. Danses traditionnelles et dégustations de *licor de leche* (liqueur de lait) sont au programme. Vous comprendrez pourquoi cette région a été surnommée la « Petite Andalousie ».

ANIVERSARIO DE SANTA CRUZ

SANTA CRUZ

24 septembre.

Anniversaire de l'indépendance du département de Santa Cruz. En Effet, c'est le 24 septembre 1810 qu'a résonné le premier *grito libertario* à Santa Cruz de la Sierra. Les festivités célébrant le drapeau vert et blanc commencent généralement la veille au soir. Et si toute la région est en fête, c'est dans la capitale *cruceña* que les festivités sont les plus grandes : célébrations officielles de la *bandera* (drapeau), défilés de danseurs, concerts de musique folklorique...

FIESTA GRANDE DE SAN ROQUE

Gral Trigo

TARIJA

Le 16 août jusqu'à début/mi-septembre (et surtout début septembre).

On célèbre le saint patron des pèlerins, des malades, et des chiens, qui sont alors bichonnés (colliers bariolés, etc.). On assiste à un grand défilé de *chunchos*, une danse en couple colorée exécutée par des hommes. C'est l'occasion de déguster des boissons sucrées non alcoolisées à base d'arachides ou de maïs. Saint Roch était un Français qui a passé sa vie à s'occuper et à soigner des malades de la peste. Il est souvent accompagné d'un chien dans les représentations picturales.

FESTIVAL INTERNACIONAL DE LA CULTURA EN SUCRE

SUCRE

Du 19 au 29 septembre.

L'un des festivals culturels contemporains les plus importants du pays. Il couvre un large éventail : arts du spectacle (danse et théâtre), littérature et pensée, musique, arts audiovisuels et plastiques. Les rues de Sucre sont envahies par des danseurs et des musiciens de tout horizon ainsi que par des troupes théâtrales d'un excellent niveau. Les salles de concert accueillent les plus grands groupes d'Amérique latine. La ville, normalement assoupie, se remplit de vie.

FESTIVIDAD DEL SEÑOR DE MILAGROS

PUNATA

Fin septembre, date variable.

Cette fête religieuse ayant lieu à Punata, à 45 km de Cochabamba, a été reconnue comme patrimoine culturel et immatériel de la Bolivie. Elle réunit des milliers de fidèles. On y vient pour adorer une statue de la déité du « Seigneur des Miracles », le Christ crucifié, apportée en 1943 de Burgos, en Espagne. La particularité de cette statue, d'une hauteur de seulement 50 cm, est une ouverture en verre de 3 cm dans le dos, au niveau de la ceinture.

FIESTAS DE LAS ÑATITAS

8 novembre.

Ce jour est célébré une semaine après le 1er novembre et la fête des Morts. C'est un bon exemple du syncrétisme religieux résultant d'une fusion des traditions catholiques espagnoles (Toussaint) et des cultures pré-hispaniques (fête des Morts). C'est un rituel en l'honneur des morts oubliés, généralement des personnes qui ont perdu la vie d'une manière violente. Traditionnellement, la famille ou la communauté se réunit à la maison ou dans une salle, et prie, boit, et danse.

FESTIVIDAD RELIGIOSA DEL SEÑOR DE MAICA

YOTALA

6 octobre.

Lors de cette fête religieuse, des milliers de personnes se pressent pour prier le « Señor de Maica », une statue de Jésus crucifié présente dans l'église de La Calera, une commune de Yotala dans le département de Chuquisaca. De nombreux malades font notamment ce pèlerinage pour trouver la guérison. Des groupes de folklore, incluant souvent le Ballet Folklorique Municipal de Sucre et la Diablada de Tarabuco, se produisent la veille pour préparer l'événement.

FIESTA DE SAN JAVIER

SAN JAVIER

3 décembre.

Fête patronale de la Saint-Xavier, célébrée avec faste à San Javier de Chiquitos, la mission jésuite dans la région de Santa Cruz. Le festival débute par une messe et une soirée culturelle avec des danseurs autochtones. Puis lors de la veillée de minuit, on couronne la reine du village. Le second jour une autre messe est célébrée, suivie d'une procession. Un marché de produits alimentaires et artisanaux de la région se tient ensuite sur la place principale. En soirée, des musiciens prennent place et la fête pour le grand public peut commencer !

FIESTA DE LA VIRGEN DEL ROSARIO

TARIJA

Le second dimanche d'octobre.

Également appelée *Fiesta de las rosas* (Fête des roses). On célèbre ici la *Virgen Rosario* : le cortège part de la chapelle San Juan et continue dans les rues du quartier d'El Molino, le premier quartier colonial de la ville, sous les lancers de fleurs. Les activités en l'honneur de la vierge s'étendent sur deux semaines dans la capitale *tarijeña* : messes, défilés, musique, expositions... Le couronnement de la « Reine des Roses » clôt les festivités.

FIESTAS PATRONALES EN LAS MISIONES JESUÍTICAS DE CHIQUITOS Y DE MOXOS

Dans les Missions Jésuites des provinces de Santa Cruz et du Beni : à Concepción, San Javier, San Rafael, San Ignacio de Moxos, etc... Les fêtes religieuses du calendrier chrétien (Noël, Pentecôte, Pâques, ainsi que les fêtes patronales des villages) témoignent de la profonde dévotion des Chiquitanos et des Moxos, alors vêtus de costumes traditionnels, qui s'exprime en musique, en danse et en processions diverses. Ici le temps semble s'être arrêté.

LA PAZ

Altitude moyenne : 3 625 m. 910 000 habitants environ, soit 2 millions avec la population d'El Alto. La Paz est sans aucun doute l'une des villes les plus intrigantes et colorées de la planète. Les tons bariolés des *aguayos* des *cholas* citadines orgueilleuses, l'éclat vif des dizaines de variétés de piments, le vert de la feuille de coca contrastent avec le blanc immaculé du mont Illimani, véritable silhouette emblématique de la ville (6 465 m d'altitude). La Paz offre un séjour aux intérêts multiples, les possibilités de visite et d'excursion sont innombrables. La Paz est une ville pour tous les goûts, proposant de nombreux restaurants dans le centre et à Socopachi ; les marchés indigènes du centre sont d'inépuisables lieux d'emplettes. Les bars modernes ou les *peñas* traditionnelles de musique bolivienne, les musées, les églises sont autant d'opportunités de s'imprégner de la vie culturelle et nocturne *paceña*.

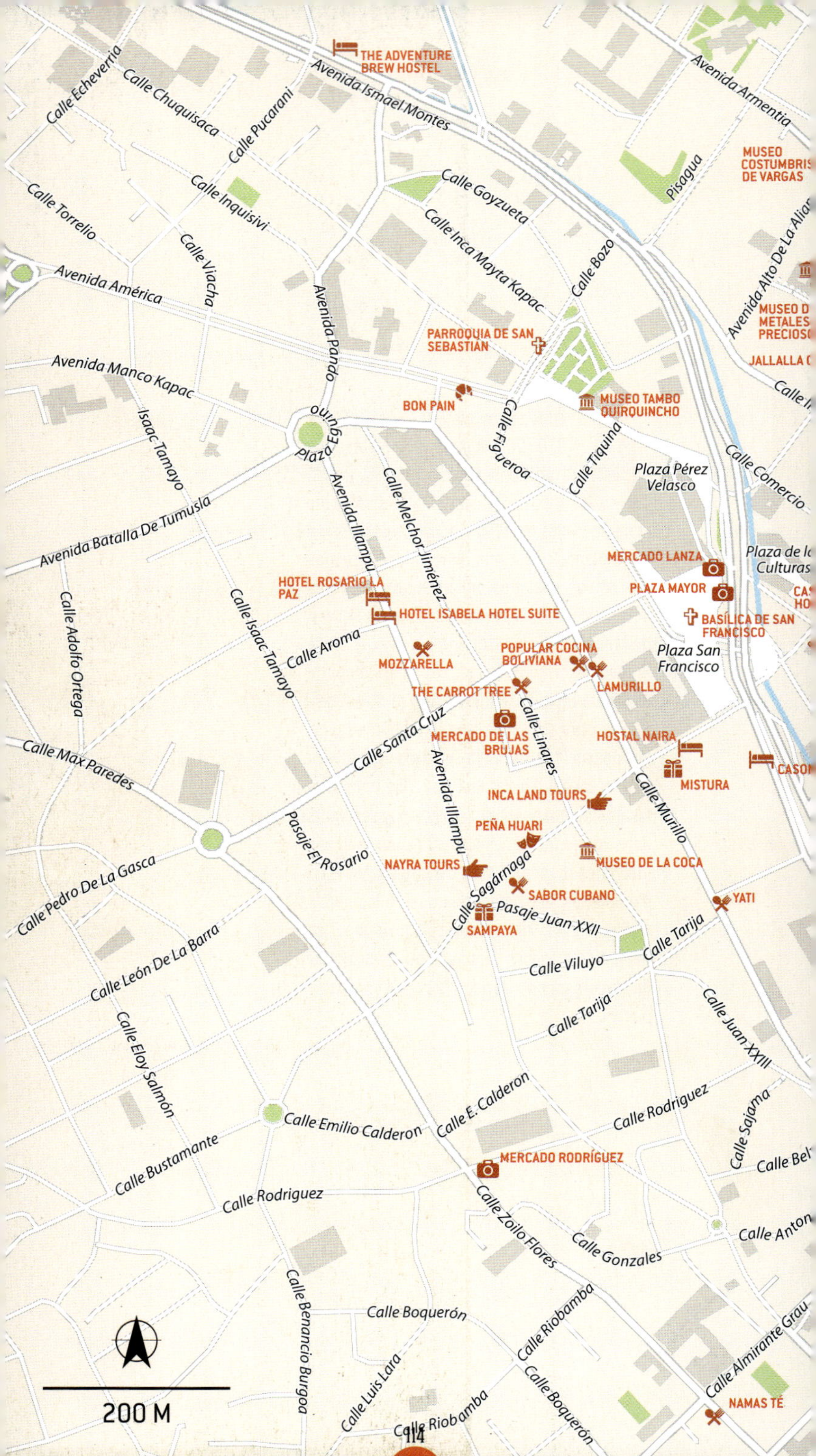
THE ADVENTURE BREW HOSTEL
MUSEO COSTUMBRIS DE VARGAS
MUSEO D METALES PRECIOS
JALLALLA C
PARROQUIA DE SAN SEBASTIÁN
BON PAIN
MUSEO TAMBO QUIRQUINCHO
Plaza Pérez Velasco
MERCADO LANZA
PLAZA MAYOR
Plaza de la Culturas
BASÍLICA DE SAN FRANCISCO
Plaza San Francisco
HOTEL ROSARIO LA PAZ
HOTEL ISABELA HOTEL SUITE
MOZZARELLA
POPULAR COCINA BOLIVIANA
LAMURILLO
THE CARROT TREE
MERCADO DE LAS BRUJAS
HOSTAL NAIRA
MISTURA
CASON
INCA LAND TOURS
PEÑA HUARI
MUSEO DE LA COCA
NAYRA TOURS
SABOR CUBANO
YATI
SAMPAYA
MERCADO RODRÍGUEZ
NAMAS TÉ
Calle Echeverría
Calle Chuquisaca
Calle Pucarani
Avenida Ismael Montes
Avenida Armentia
Pisagua
Calle Torrelio
Calle Inquisivi
Calle Goyzueta
Calle Inca Mayta Kapac
Calle Bozo
Avenida Alto De La Alianza
Calle Viacha
Avenida América
Avenida Pando
Avenida Manco Kapac
Plaza Eguino
Isaac Tamayo
Calle Figueroa
Calle Tiquina
Calle Comercio
Avenida Illampu
Calle Melchor Jiménez
Avenida Batalla De Tumusla
Calle Adolfo Ortega
Calle Isaac Tamayo
Calle Aroma
Calle Santa Cruz
Calle Linares
Calle Max Paredes
Calle Murillo
Pasaje El Rosario
Calle Sagárnaga
Pasaje Juan XXII
Calle Pedro De La Gasca
Calle León De La Barra
Calle Viluyo
Calle Tarija
Calle Juan XXIII
Calle Eloy Salmón
Calle Emilio Calderon
Calle E. Calderon
Calle Rodriguez
Calle Sajama
Calle Bustamante
Calle Zoilo Flores
Calle Gonzales
Calle Benancio Burgoa
Calle Boquerón
Calle Riobamba
Calle Luis Lara
Calle Almirante Grau
200 M

Casco Viejo et San Pedro

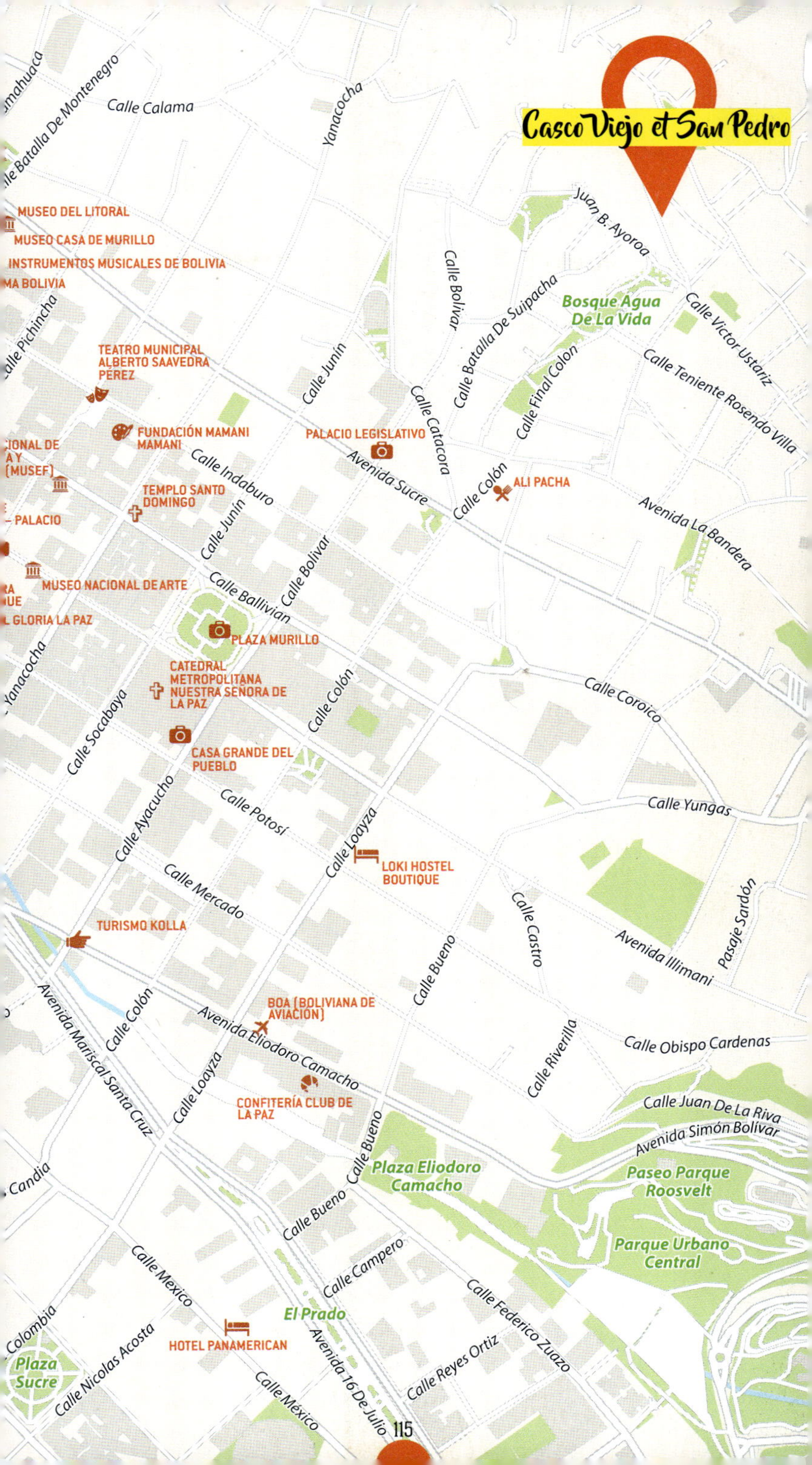

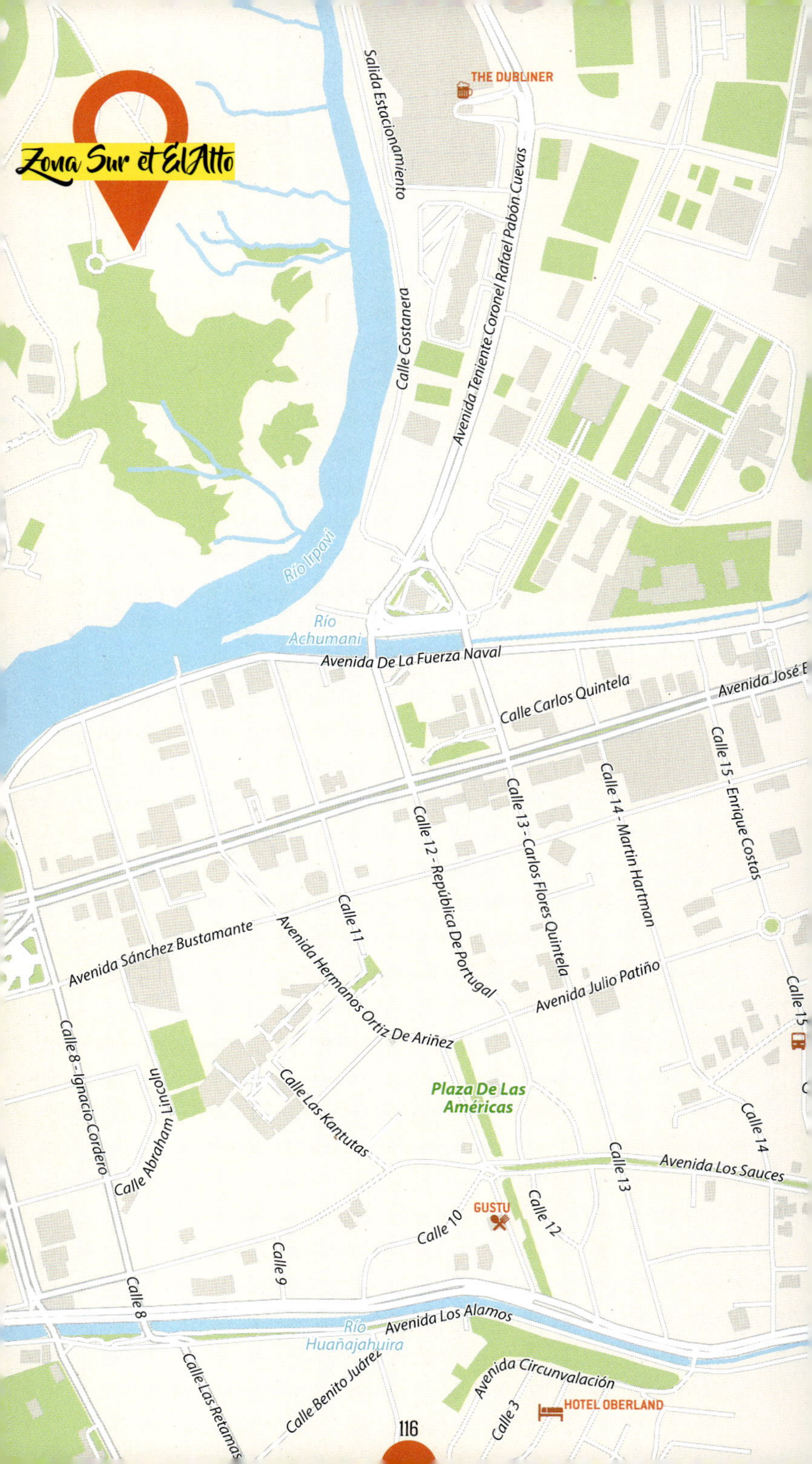
Zona Sur et El Alto
THE DUBLINER
Salida Estacionamiento
Avenida Teniente Coronel Rafael Pabón Cuevas
Calle Costanera
Río Irpavi
Río Achumani
Avenida De La Fuerza Naval
Calle Carlos Quintela
Avenida José B
Calle 15 - Enrique Costas
Calle 14 - Martin Hartman
Calle 13 - Carlos Flores Quintela
Calle 12 - República De Portugal
Calle 11
Avenida Sánchez Bustamante
Avenida Hermanos Ortiz De Ariñez
Avenida Julio Patiño
Calle 15
Calle 8 - Ignacio Cordero
Calle Abraham Lincoln
Calle Las Kantutas
Plaza De Las Américas
Calle 14
Avenida Los Sauces
Calle 13
GUSTU
Calle 12
Calle 10
Calle 9
Calle 8
Río Huañajahuira
Avenida Los Alamos
Calle Benito Juárez
Calle Las Retamas
Avenida Circunvalación
Calle 3
HOTEL OBERLAND

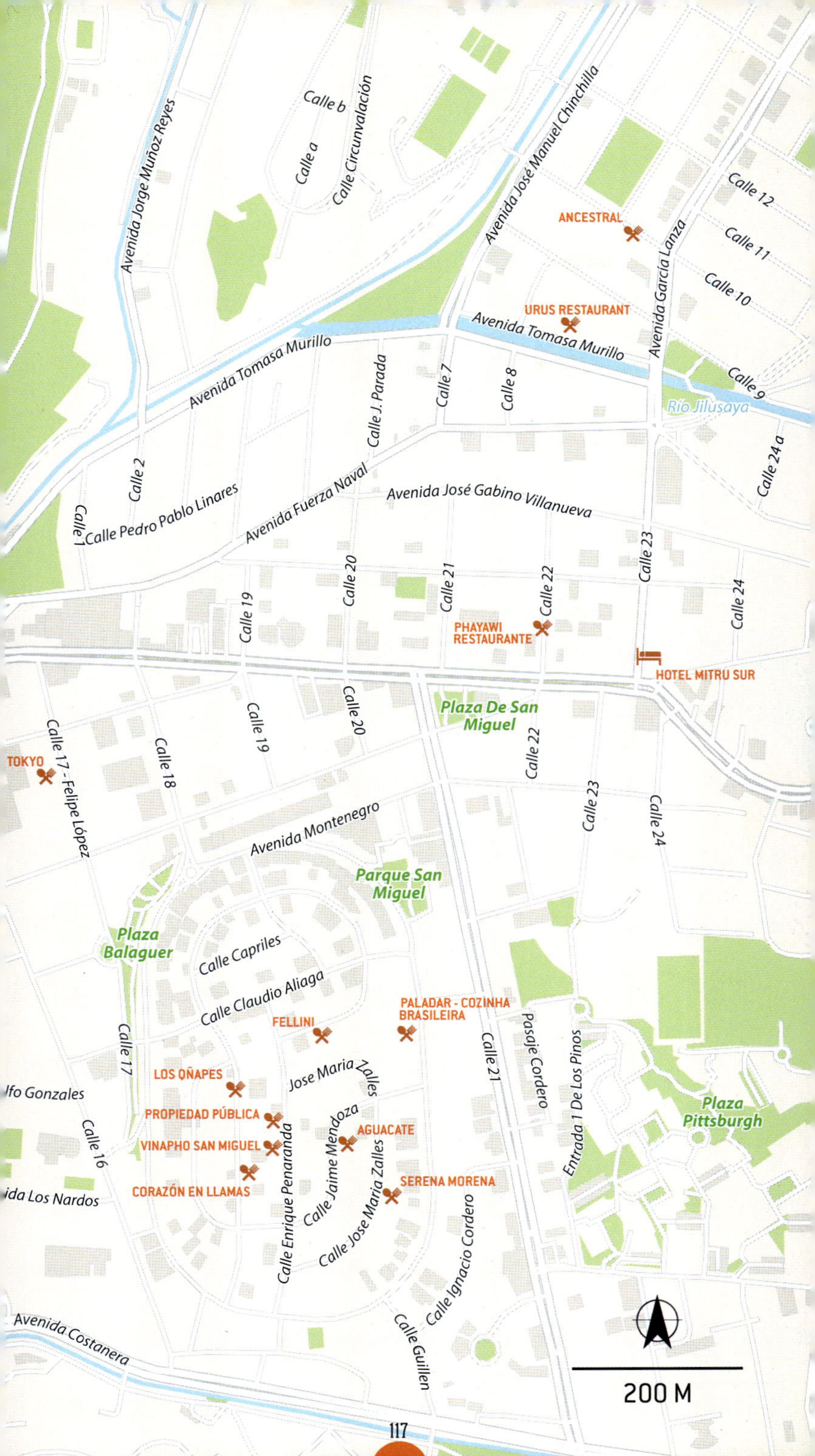
Calle b
Calle a
Calle Circunvalación
Avenida Jorge Muñoz Reyes
Avenida José Manuel Chinchilla
Calle 12
Calle 11
Calle 10
Calle 9
ANCESTRAL
URUS RESTAURANT
Avenida García Lanza
Avenida Tomasa Murillo
Avenida Tomasa Murillo
Río Jilusaya
Calle J. Parada
Calle 7
Calle 8
Calle 24 a
Calle 2
Calle 1
Calle Pedro Pablo Linares
Avenida Fuerza Naval
Avenida José Gabino Villanueva
Calle 19
Calle 20
Calle 21
Calle 22
Calle 23
Calle 24
PHAYAWI RESTAURANTE
HOTEL MITRU SUR
Plaza De San Miguel
TOKYO
Calle 17 - Felipe López
Calle 18
Calle 19
Calle 20
Calle 22
Calle 23
Calle 24
Avenida Montenegro
Parque San Miguel
Plaza Balaguer
Calle Capriles
Calle Claudio Aliaga
FELLINI
PALADAR - COZINHA BRASILEIRA
Pasaje Cordero
Entrada 1 De Los Pinos
Calle 21
Calle 17
LOS QÑAPES
Jose Maria Zalles
lfo Gonzales
PROPIEDAD PÚBLICA
VINAPHO SAN MIGUEL
AGUACATE
Calle 16
CORAZÓN EN LLAMAS
SERENA MORENA
ida Los Nardos
Calle Enrique Penaranda
Calle Jaime Mendoza
Calle Jose Maria Zalles
Calle Ignacio Cordero
Plaza Pittsburgh
Avenida Costanera
Calle Guillen
200 M

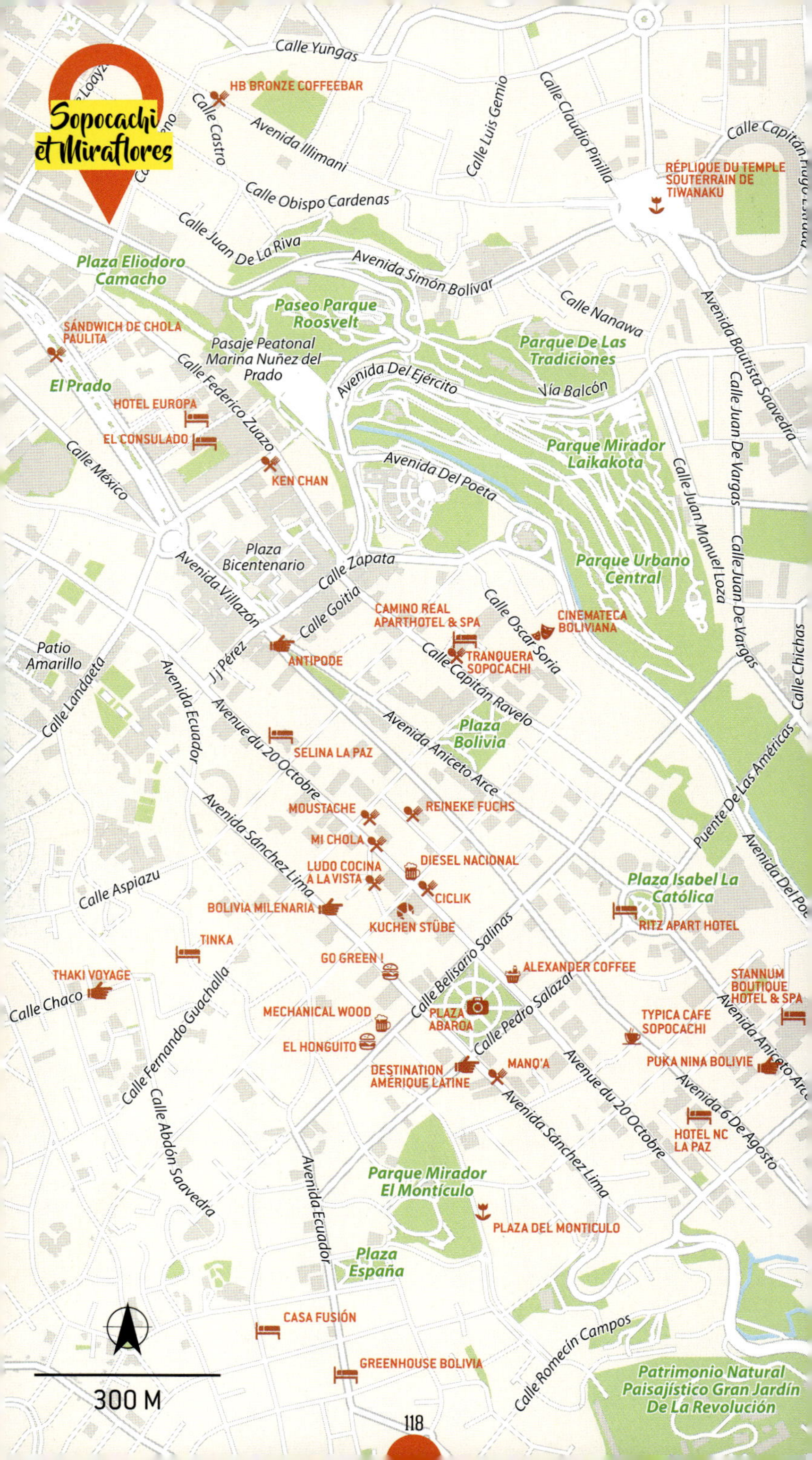

Sopocachi et Miraflores
Calle Yungas
HB BRONZE COFFEEBAR
Calle Castro
Avenida Illimani
Calle Luis Gemio
Calle Claudio Pinilla
Calle Capitán
RÉPLIQUE DU TEMPLE SOUTERRAIN DE TIWANAKU
Calle Obispo Cardenas
Calle Juan De La Riva
Plaza Eliodoro Camacho
Avenida Simón Bolívar
Calle Nanawa
Paseo Parque Roosvelt
SÁNDWICH DE CHOLA PAULITA
Pasaje Peatonal Marina Nuñez del Prado
Parque De Las Tradiciones
El Prado
Calle Federico Zuazo
Avenida Del Ejército
Vía Balcón
Avenida Bautista Saavedra
HOTEL EUROPA
EL CONSULADO
Parque Mirador Laikakota
Calle Juan De Vargas
Calle México
KEN CHAN
Avenida Del Poeta
Calle Juan Manuel Loza
Plaza Bicentenario
Avenida Villazón
Calle Zapata
Parque Urbano Central
Calle Goitia
CAMINO REAL APARTHOTEL & SPA
Calle Oscar Soria
CINEMATECA BOLIVIANA
Patio Amarillo
J.j Pérez
ANTIPODE
TRANQUERA SOPOCACHI
Calle Landaeta
Avenida Ecuador
Calle Capitán Ravelo
Calle Chichas
Avenue du 20 Octobre
Plaza Bolivia
Avenida Aniceto Arce
SELINA LA PAZ
Puente De Las Américas
MOUSTACHE
REINEKE FUCHS
Avenida Sánchez Lima
MI CHOLA
DIESEL NACIONAL
LUDO COCINA A LA VISTA
CICLIK
Plaza Isabel La Católica
Avenida Del Poe
Calle Aspiazu
BOLIVIA MILENARIA
KUCHEN STÜBE
RITZ APART HOTEL
Calle Belisario Salinas
TINKA
GO GREEN !
ALEXANDER COFFEE
STANNUM BOUTIQUE HOTEL & SPA
THAKI VOYAGE
Calle Chaco
MECHANICAL WOOD
PLAZA ABAROA
Calle Pedro Salazar
TYPICA CAFE SOPOCACHI
EL HONGUITO
Calle Fernando Guachalla
DESTINATION AMÉRIQUE LATINE
MANQ'A
PUKA NINA BOLIVIE
Avenida 6 De Agosto
HOTEL NC LA PAZ
Calle Abdón Saavedra
Parque Mirador El Montículo
PLAZA DEL MONTICULO
Avenida Ecuador
Plaza España
CASA FUSIÓN
Calle Romecín Campos
GREENHOUSE BOLIVIA
Patrimonio Natural Paisajístico Gran Jardín De La Revolución
300 M

SE REPÉRER SE DÉPLACER

Il existe plusieurs moyens de se déplacer dans la ville. Les bus électriques de la compagnie Puma Katari respectent des horaires et des arrêts fixes. Vous les reconnaitrez grâce à leur couleur brune et à leurs dessins d'animaux plutôt originaux. Ensuite, les minibus collectifs, relativement confortables, sont nombreux et bon marché (comptez environ 3 Bs par trajet). Leur destination finale est affichée sur leur pare-brise. Il vous suffit de lever la main pour que le chauffeur s'arrête. Pour qu'il vous laisse à un arrêt, il faudra crier : « A la esquina por favor ! ». Le *trufi,* sorte de taxi collectif, suit également un itinéraire prédéterminé, et est plus agréable. Les radio-taxis sont sécuritaires et bien réglementés et l'application Uber est disponible. L'heure de pointe est de 7h30 à 9h30, puis de 16h30 à 19h. Enfin, depuis 2014, le téléphérique est devenu le moyen le plus rapide et le plus original pour se déplacer à La Paz !

AEROPUERTO INTERNACIONAL EL ALTO

À 13 km de La Paz
✆ +591 2215 7300
Code AITA de l'aéroport : LPB.

L'aéroport se situe dans la ville d'El Alto, au cœur de la cordillère des Andes. Situé à 4 060 m d'altitude, c'est l'aéroport international le plus haut du monde, à la portance de l'air plus faible. Il a donc fallu construire une piste de plusieurs kilomètres pour permettre aux gros-porteurs de décoller. L'arrivée est impressionnante. De nombreux taxis vous attendent pour vous rendre à La Paz (comptez 45 min, 50 Bs) ou vers la station de téléphérique la plus proche (« El Alto »).

BOA (BOLIVIANA DE AVIACIÓN)

1413 Av. Camacho
✆ +591 2211 7993
www.boa.bo
Ouvert du lundi au vendredi de 8h30 à 18h30 et le samedi de 9h à 12h.

Cette compagnie low cost récente, qui appartient à l'État bolivien, est une des plus actives sur le marché domestique. Elle vole un peu partout : La Paz, Cochabamba, Santa Cruz, Oruro, Potosi, Tarija, Trinidad, Cobija, Yacuiba, mais pas à Rurrenabaque cependant. On peut réserver très rapidement sur le site web (avec carte bancaire), c'est pratique. BOA vole aussi vers Buenos Aires et Salta (Argentine), São Paulo, Lima, Miami, Madrid et à Barcelone.

AMASZONAS

1649 Avenida Saavedra
✆ +591 2222 0848
www.amaszonas.com

La compagnie aérienne Amaszonas propose des vols journaliers vers Cochabamba, Sucre et Santa Cruz. Il y a quelques années, elle proposait des vols directs pour Rurrenabaque, mais ce n'est plus le cas (Rurrenabaque est aujourd'hui desservie par la compagnie Ecojet). Amaszonas offre également des vols internationaux à destination d'Asuncion au Paraguay et d'Iquique au Chili. Elle possède plusieurs succursales à La Paz, à Cochabamba, à Sucre et à Santa Cruz. Les tarifs aller-retour sont abordables. Possibilité de réserver sur internet.

FERROVIARIA ANDINA

156 Calle 1 - Juan de Dios Delgado
✆ +591 2218 4555
www.fca.com.bo

La gare ferroviaire de La Paz est désormais hors de fonctionnement. Cependant, dans sa billetterie, on peut se procurer des billets pour l'*Expreso del Sur* ou pour le *Wara Wara* (trains desservant les gares d'Oruro, Tupiza, Villazón). Renseignez-vous au préalable, car les trains ne circulent pas régulièrement en raison d'avaries sur les voies ou d'incidents techniques. Attention : il n'y a pas de trains qui desservent Uyuni. Quelques entreprises offrent tout de même cette option, mais elles vous feront prendre un bus et non un train.

BOLIVIA HOP

940 Linares
✆ +591 7152 1166
www.boliviahop.com
La Paz - Copacabana - Puno : 30 US$, La Paz - Copacabana - Cusco : 39 US$, La Paz - Copacabana - Puno - Cusco : 49 US$.

Nouvelle compagnie de bus qui propose différents trajets où le voyageur peut s'arrêter le temps qu'il souhaite (une journée, une semaine, un mois...), et reprendre le prochain bus pour arriver à destination. Bus neufs et très bien équipés (toilettes, écrans LDC diffusant des films, couverture) et les chauffeurs alternent toutes les 4 heures. Parmi les destinations proposées : Copacabana, Puno, Cuzco et Lima (Pérou), Arequipa (Chili). Des stewards sont présents pour aider avec les démarches administratives aux frontières. Départs de votre hôtel.

TODO TURISMO

102 Av. Uruguay
www.todoturismosrl.com
Le prix du lit VIP à 3 rangées est de 250 Bs et l'option de la suite du lit principal à 4 rangées est de 220 Bs.

Depuis 2005, cette agence de transport touristique assure la liaison La Paz - Uyuni et inversement. Les bus de nuit pour le Salar d'Uyuni partent à 21h et arrivent à 7h30. Pour le trajet inverse, les bus partent à 20h et arrivent vers 6h. A bord, vous aurez le droit à une bouteille d'eau, un dîner chaud et un petit déjeuner. Il y a aussi des ports USB pour que vous puissiez charger vos appareils mobiles. Le trajet dure de 11 à 12 heures. L'agence offre également des excursions privées de un à quatre jours dans le Salar, en anglais ou en espagnol.

ROAD RUNNER TOURIST BUS

124 Goitia
✆ +591 7675 3137
www.roadrunnertouristbus.net
Départ à 21h de La Paz et Uyuni et arrivée à 6h30 le lendemain matin. Compter près de 220 Bs (32 US$) le billet.

Des bus modernes tout confort (sièges semi-cama, wi-fi à bord, couvertures, coussin pour le cou, bouteille d'eau, boissons chaudes, etc.) pour rallier Uyuni depuis La Paz (et vice-versa) de nuit et à prix correct. Le bus peut venir vous chercher à l'hôtel et propose un service de dîner et de petit déjeuner. Ce long voyage se fait ainsi dans des conditions de confort optimales (avec assez de places pour les jambes). Projection de films pour divertir les voyageurs. Un bon moyen pour économiser une nuit d'hôtel et gagner du temps.

IMBEX

7812 Calle 15
✆ +591 2212 1010
www.imbex.com
Location d'une voiture à partir de 53 US$ par jour. Pour un 4x4, à partir de 75 US$.

Agence de location de voitures jouissant d'une bonne réputation. Possibilité de louer une voiture à La Paz ou à Santa Cruz, ou encore faire un circuit et la déposer où vous voulez dans le pays. Une superbe option pour découvrir la Bolivie en toute liberté. Les véhicules (fourgons Toyota Hilux 4X4, Nissan X trail et Toyota Rav 4) sont généralement presque neufs et minutieusement vérifiés. On vient vous le remplacer immédiatement en cas de pépin mécanique. Vous pouvez aussi demander un chauffeur. Passeport, permis de conduire et carte de crédit requis.

TERMINAL DE BUS

Av. Perú
✆ +591 2228 5858
Cochabamba entre 50 Bs et 90 Bs, Sucre entre 90 Bs et 130 Bs, Santa Cruz entre 180 Bs et 220 Bs.

Depuis le terminal de bus, il existe des connexions vers toutes les grandes villes du pays (à l'exception de la région du Beni et des Yungas) ainsi que vers Lima, Arequipa, Caracas, Buenos Aires, etc. En entrant dans le terminal, vous trouverez les kiosques de chaque compagnie de bus. Il est conseillé d'acheter votre billet la veille de votre départ, en particulier si c'est le week-end ou un jour de fête. Prévoyez une petite laine dans le bus, car il peut faire froid. Vous verrez souvent les Boliviens se balader avec des couvertures avant d'entrer dans le bus.

MI TELEFÉRICO

✆ +591 2179 300
www.miteleferico.bo
Du lundi au samedi de 6h à 22h et le dimanche de 7h à 21h. Le trajet coûte seulement 3 Bs par ligne.

Inauguré par le président Evo Morales le 30 mai 2014, le téléphérique reliant La Paz à El Alto (de 3 600 à 4 095 m d'altitude) est la ligne urbaine la plus haute du monde. Ce nouveau mode de transport est une petite révolution pour les habitants habitués aux transports collectifs chaotiques et aux embouteillages monstres. Désormais on peut faire le tour complet de la ville en téléphérique ! Les petites cabines de la ligne rouge s'élancent du bas de la ville pour relier la *feria* d'El Alto en à peine 10 minutes ; elles offrent un panorama grandiose sur la ville.

LES QUARTIERS DE LA PAZ

En descendant de l'Altiplano, on découvre brusquement l'énorme cuvette abritant cette métropole grouillante de plus d'un million et demi d'âmes, au pied des sommets des Andes dont les cimes enneigées culminent à plus de 6 000 m. Fondée par l'Espagnol Alonzo de Mendoza en 1548, pour servir de relais entre les riches villes de Cuzco et de Potosí, La Paz quitta peu à peu ce rôle pour supplanter Sucre, la capitale constitutionnelle, et s'imposer vers 1890 comme le centre politique de la jeune nation.

Elle est aujourd'hui une ville intrigante où s'entremêlent, quelquefois violemment, le moderne et l'ancien, l'hispanique et l'indigène. Deux mondes différents coexistent à 200 m de distance, reliés par le téléphérique.

En juillet 2019, La Paz est élue meilleure destination touristique émergente d'Amérique du Sud aux World Travel Awards, une distinction qui pourrait booster davantage l'attrait de la « ville des nuages ».

Casco Viejo et San Pedro

La vieille ville de La Paz se concentre autour de deux pôles touristiques bien définis : les rues Sagárnaga et Linares, où grouillent tous les routards du monde entier, où l'on peut se loger pas cher, acheter de l'artisanat à foison et trouver des circuits partout en Bolivie, avec le marché pas loin. Et la Calle Jaén, avec la Plaza Murillo, où se situent les édifices les plus historiques et pittoresques.

Dans tous les cas, le terminal de bus n'est pas loin. L'église San Francisco constitue un excellent point de repère, entre ces deux zones. Ces quartiers ne sont pas des plus sûrs la nuit, veillez toujours à prendre garde et optez pour le taxi, pas cher (radio taxi sans hésiter).

Sopocachi et Miraflores

Le quartier de Sopocachi est le poumon de la ville en quelque sorte. On y trouve : hôtels de bon standing, restaurants internationaux ou locaux, bars en veux-tu en voilà, agences de voyage, magasins, résidences particulières, etc. Il y est très agréable de s'y promener, notamment dans le *pasaje Medinacelli*, une petite ruelle devenue piétonne début 2021 et qui compte plusieurs établissements de premier choix (restaurants, bars, café). Il n'y a pas vraiment de curiosités touristiques, en dehors des miradors qui délivrent de beaux points de vue sur la ville. Le quartier contigu de Miraflores est davantage résidentiel.

Zona Sur et El Alto

C'est à El Alto que débarquent tous les voyageurs venus en avion, puisque l'aéroport international y est situé. El Alto ne donne pas vraiment envie de s'y attarder : mégalopole tentaculaire en devenir, elle abrite plus de monde que La Paz puisqu'elle est devenue la ville la plus peuplée du pays ! Chantiers en perpétuelle construction, artères chaotiques et bondées, klaxons à outrance et air à peine respirable (on est à 4 060 m d'altitude !) : c'est une expérience assez étonnante de prime abord !

El Alto accueille plus de 80 familles indigènes par jour et concentre toute la population andine, venue chercher un peu de paradis en pensant finir à La Paz… bien que cela n'arrive pas souvent. Pour les amateurs de surréalisme urbain, El Alto est une destination de choix : les *mercados* du jeudi et du dimanche figurent parmi les plus grands marchés au monde. El Alto accueille chaque semaine des représentations de catch avec des cholitas affûtées et déterminées... C'est aussi une ville dangereuse, à éviter absolument la nuit tombée ; en journée, prenez toujours vos précautions et dans la mesure du possible faites-vous accompagner.

Raccordé par un téléphérique depuis 2014, El Alto est séparée de La Paz par une autoroute, à laquelle on accède par le péage dit de « La Ceja ». La plupart des bus et trufis qui circulent entre les deux villes y passent. On peut aussi atteindre La Paz par la route des antennes (*Antenas*, certains minibus y passent aussi), très pittoresque.

La « zone sud » de La Paz, située bien en contrebas du centre (il fait donc plus chaud et l'air y est plus respirable), se concentre autour des quartiers d'Obrajes, San Andrés, Calacoto et Mallasa. Ce sont les quartiers les plus huppés, jadis purement résidentiels, et qui se transforment aujourd'hui en accueillant restaurants, bars, discothèques, magasins, supermarchés et quelques hôtels de grand standing (surtout à Calacoto). Pour s'y rendre depuis le centre ou Sopocachi, prendre un trufi (le numéro 1 vert) qui vous y emmène pour 3 Bs par personne (descendre dans la rue Ballivián, artère principale de Calacoto, au niveau de la rue 15 ou 17 par exemple). Un taxi privé demande souvent à un étranger 50 Bs, mais le tarif local est de 20 Bs à 25 Bs tout au plus.

VOIR / À FAIRE

Le patrimoine de la ville de La Paz a été très négligé par les autorités. Des couvents magnifiques, des églises et des maisons anciennes ont été abattus pour céder la place à des immeubles souvent monstrueux. La Calle Jaén est le seul vestige de la ville coloniale, c'est dans cette rue que se trouvent les musées les plus intéressants de La Paz. Le Casco Viejo, ou centre historique, réserve de belles surprises architecturales, notamment autour de la Plaza Murillo. La rue Sagarnaga, très touristique, vaut le détour pour son marché aux sorcières et ses petites boutiques d'artisanat. Notez également que plusieurs miradors permettent d'avoir une vue imprenable sur la cuvette de La Paz. Bien sûr, on complètera ce panorama avec un tour complet dans le téléphérique. Depuis son inauguration en 2014, il ne désemplit pas et chaque année voit la création d'une nouvelle ligne. Il permet à tous de profiter des vue panoramiques sur La Paz

ALTITUDE TRAVEL

265 Calle Santa Cruz
✆ +591 2245 2874
www.altitudealliance.travel

Voici une agence qui ravira aussi bien le public en général que les sportifs amateurs de sensations fortes. Elle opère autour de La Paz comme dans le reste de la Bolivie. Sont proposées des activités comme la descente en VTT de la route de la Mort, la location de quads, du trekking, de l'escalade… Un des produits phares est le tour qui offre la traversée du Salar d'Uyuni. Excellent service dans un environnement magnifique. Le groupe Altitude gère aussi le bus Road Runner qui assure un service tout confort entre La Paz et Uyuni.

LA PAZ ON FOOT

2269 Aspiazu
✆ +519 7154 3918
www.lapazonfoot.com

Visite du téléphérique : 65 US$ par personne. Randonnée Vallée de la Lune : 45 US$ par personne. Minimum 2 personnes.

Que vous souhaitiez découvrir la ville depuis le téléphérique, explorer les environs lors d'une randonnée pédestre, ou visiter les quartiers animés de La Paz avec un guide, l'équipe de La Paz on Foot dispose de toutes les options pour vous satisfaire ! L'agence de tourisme offre dix circuits thématiques dans la ville, ainsi que des excursions vers des destinations telles que Tiwanaku, la montagne Chacaltaya, le Pico Austria et bien d'autres encore. Pour les amoureux d'art et de culture, leur visite guidée sur les tissages andins est un incontournable.

GEO TREK

189 Calle Sagarnaga
✆ +591 7880 7257
www.geotrek.tours

Agence ouverte du lundi au samedi de 9h à 12h et de 15h à 19h30.

Établie en 1995, cette agence propose plusieurs activités : andinisme, VTT, trekking, parcs nationaux, tours culturels et tours privés. Les circuits proposés sont nombreux et bénéficient d'un encadrement qualifié. En plus de proposer toute la destination Bolivie, cette agence propose aussi de louer des équipements pour les ascensions, des vélos pour notamment la route de la mort et aussi tout l´équipement nécessaire pour le camping. N'hésitez pas à passer les voir dans leur boutique Calle Sagarnaga ! Une bonne option pour votre voyage.

RED CAP WALKING TOURS

940 Calle Linares
✆ +591 7628 5738
www.redcapwalkingtours.com/fr

Visite guidée de La Paz (à partir de 3 US$), circuit privé (à partir de 25 US$), tour gourmand (à partir de 30 US$)…

Cette agence, dont le site internet est en français, propose des visites guidées dynamiques de la ville déclinées en plusieurs thèmes : classique, privé, tour gourmand, tour de téléphérique, combats de *cholitas* et visite des cholets de Freddy Mamani à El Alto… Les visites se font généralement en groupe, mais il est également possible de réserver des visites privées. Les guides sont jeunes et sympathiques. Le point de rendez-vous est généralement le parvis de la cathédrale San Francisco. Possibilité de réserver sur le site internet.

CALLE JAÉN ★★

La calle Apolinar Jaén, son nom officiel, est la plus fameuse de La Paz et la plus chargée d'histoire. On se croirait dans une ruelle de Cordoue ou de Séville, en Espagne ! La calle Jaén fait partie intégrante du patrimoine culturel et architectural de la ville et elle est préservée par La Casa de la Cultura. Ruelle étroite pavée, longue d'une centaine de mètres, elle serpente parmi des maisons coloniales colorées aux balcons saillants dont certaines abritent des musées, des boutiques, des galeries d'art, ou encore des cafés. C'est ici que se trouvait la résidence de Pedro Domingo Murillo, fervent indépendantiste et auteur du *primer grito* (premier cri) pour la liberté du pays. C'est dans cette maison que se sont tenues les premières réunions secrètes de conspirateurs contre le gouvernement espagnol, et que sont nées les premières idées libertaires d'Amérique du Sud.

Au XVIe siècle, cette rue qui s'appelait alors Cabra-Cancha, abritait un marché pour vendre et acheter les paisibles camélidés andins. À noter qu'elle est aussi réputée pour ses histoires de fantômes, de lutins et d'âmes errantes… On ne compte plus les contes à dormir debout à son propos, dont l'un des plus connus est celui de la Viuda Negra, une veuve condamnée qui séduisait les ivrognes à l'aube et les laissait pour morts (au XVIIIe siècle, les habitants installèrent une croix verte pour bénir les lieux et égarer les mauvais esprits). C'est aujourd'hui un endroit bohème par excellence : on y joue de la musique, on expose, on récite des poèmes…

© PHILIPPE ZUCCARELLI @ PICTUREFROM.COM

MUSEO CASA DE MURILLO ★

790 Calle Jáen
✆ +591 2265 0000
Ouvert du mardi au vendredi 9h30-12h30 et 15h-19h, samedi et dimanche 9h-13h. Entrée : 10 Bs. Photos interdites.

Don Pedro Domingo Murillo est le plus important personnage de la guerre de libération. Leader du mouvement d'émancipation, il lança le premier cri révolutionnaire (*el primer grito*), le 16 juillet 1809. Fait prisonnier par les Espagnols, il fut condamné à la pendaison.

Avant de mourir, il prononça la phrase célèbre : « Je meurs, mais la torche que j'ai allumée, personne ne pourra l'éteindre. » Seize ans plus tard, la Bolivie devint une nation libre et indépendante de la couronne espagnole. En 1944, la mairie décida d'exproprier la maison qui avait été celle de Murillo. Le bâtiment en ruine datant du début du XIXe siècle fut alors restauré par l'architecte Mier Revilla, qui prit le soin de reconstituer l'ambiance d'origine. La superbe demeure de deux étages, aujourd'hui déclarée monument national, fut convertie en musée en 1953. Toutes les pièces sont ouvertes au public. Au rez-de-chaussée, sont exposés des objets du folklore bolivien, des instruments de musique, des masques aborigènes et des costumes typiques. Une salle est consacrée au folklore médicinal de Charazani, région quechua de la zone du lac Titicaca, connue pour ses médecins sorciers, les Kallawayas. Une autre salle exhibe des objets en provenance d'Europe. À côté, la salle de la conspiration, nommée sans doute ainsi parce qu'on y voit le bureau où Murillo passa de longues heures en méditation. Ensuite, trois salles se succèdent : la salle coloniale, le salon iconographique et la pinacothèque. La Casa de Murillo constitue une visite incontournable.

MUSEO DE INSTRUMENTOS MUSICALES DE BOLIVIA ★

711 Calle Jaén
✆ +591 2240 8177
Musées ouverts du mardi au vendredi 9h30-12h et 15h-19h, les samedis et dimanches 9h-13h. Entrée commune : 20 Bs.

Une muséographie un peu désuète mais une multitude d'instruments andins et internationaux à admirer, au premier rang desquels de nombreux *charangos*, tambours et autres *quenas*. Les pièces datent de l'époque préhispanique jusqu'à nos jours et plusieurs œuvres du grand musicien bolivien Ernesto Cavour, qui est à l'origine de ce projet, sont présentées ici. Un musée à visiter absolument pour comprendre l'importance capitale de la musique dans la culture bolivienne.

LA PAZ

MUSEO COSTUMBRISTA JUAN DE VARGAS ★★

Parque Riosinho

✆ +591 2228 0758

Ouvert du lundi au vendredi de 9h à 17h et le samedi de de 9h à 13h. Entrée : 20 Bs.

Ce musée, qui porte le nom de Juan de Vargas en l'honneur du premier maire de la ville, a été inauguré en 1979 afin de mettre en valeur l'histoire et les traditions *paceñas*. La ville de La Paz est ici à l'honneur, avec les moments importants de son histoire, avec les personnages, grands ou petits, passés ou présents, qui y ont joué un rôle déterminant, avec ses traditions et ses costumes. À l'entrée, une jolie peinture sur tissu de Carmen Albares en hommage au carnaval de La Paz attire l'attention du visiteur. Puis une bonne lecture du passé de la ville nous est offerte par les 2 500 miniatures en argile, dues au sculpteur Walter Pinto Gironda qui représentent des scènes de la vie quotidienne de La Paz, dont la cérémonie de sa fondation. On y voit, au fond, la maison du cacique connue sous le nom de Quirquincha où furent reçus les fondateurs. D'autres scènes représentent Pedro Domingo Murillo, avant sa mort par pendaison, ou encore l'exécution de Tupak Katari par écartèlement. Des personnages plus humbles sont également présents, tels que ce « rondin » chargé d'illuminer les rues de la ville. On peut également admirer un costume inca d'un *chasqui*, qui était chargé de porter les messages du roi, traversant de grandes distances avec rapidité et sans repos. Sur les murs, de vieilles photos de La Paz nous montrent combien la ville a changé, elle qui était si belle, La Paz d'antan ! Le musée possède également quelques peintures de l'ancien tramway.

MUSEO DEL LITORAL ★

789 Calle Jaén

✆ +591 2228 0758

Du mardi au vendredi de 9h30 à 12h30 et de 15h à 19h et le samedi de 9h à 13h. Photos interdites. Entrée : 20 Bs.

Ce musée a été inauguré en juillet 1978 pour commémorer le premier centenaire de la guerre du Pacifique. L'exposition est entièrement consacrée à cet événement de 1879 dans lequel la Bolivie perdit son accès à la mer. L'espace d'exposition est divisé en quatre salles présentant des images du département du Littoral occupé par les troupes chiliennes et les acteurs qui ont participé à ce conflit armé. On retrouve aussi des peintures, cartes, drapeaux, armes, uniformes militaires et autres pièces historiques remémorant ce moment douloureux de l'histoire bolivienne.

CASA GRANDE DEL PUEBLO ★

438 Bolivar

✆ +591 7600 8830

Fermé au public.

Inaugurée le 8 août 2018 par Evo Morales, la Casa Grande del Pueblo est un édifice ultramoderne de 29 étages et d'une hauteur de 120 mètres qui domine la *skyline* de La Paz. Il s'agit du nouveau palais présidentiel, remplaçant de fait l'ancien Palacio Quemado. L'immeuble abrite divers bureaux comme ceux du ministère du Tourisme et de la Culture. Une fresque monumentale de Mamani Mamani décore le hall d'accueil. Si l'édifice est malheureusement fermé au public, il demeure une curiosité de la ville, représentant bien les idées de grandeur du président Morales.

MUSEO DE METALES PRECIOSOS ★★

777 Calle Jaén

✆ +591 2228 0329

Ouvert du mardi au vendredi de 9h30 à 12h30 et de 15h à 17h, samedi et dimanche de 9h à 13h. Entrée : 20 Bs.

Ce musée expose des pièces en or et argent de la période précolombienne, merveilleusement présentées dans quatre salles. Les deux premières salles sont les moins intéressantes. La troisième salle est une pièce tendue de velours rouge, doucement illuminée pour mieux mettre en valeur les objets exposés : diadèmes, colliers, plaques décoratives, etc. En traversant un patio, on accède à la quatrième salle où sont exposées des poteries de différentes cultures précolombiennes.

FUNDACIÓN MAMANI MAMANI ★

710 Calle Indaburo

✆ +591 2290 6294

fundacionmamanimamani.com

Ouvert du lundi au vendredi de 15h à 21h, le samedi de 9h30 à 18h30.

La fondation pour le développement artistique et culturel Mamani Mamani a pour but d'apporter du soutien aux artistes *paceños* en devenir, par le biais de cours et de formations. Au programme : danse, chant, piano, guitare, peinture, dessin, et même du karaté ! Les quatre valeurs primordiales de la fondation sont l'amour, la persévérance, le compromis et la transparence. Le lieu abrite également une galerie d'art consacrée à son célèbre fondateur, l'artiste bolivien Roberto Mamani Mamani. Tableaux, lithographies, cartes postales et breloques...

CEMENTERIO GENERAL ★

Avenida Baptista
✆ +591 7899 1020
Ouvert tous les jours de 8h30 à 17h.

Inauguré en 1831 sous la présidence du maréchal Andrés de Santa Cruz, ce lieu de sépulture insolite amène les voyageurs à reconsidérer les idées parfois mélancoliques qu'ils s'étaient faites des cimetières. En effet, en cet endroit, les conventions funéraires n'ont rien à avoir avec celles que l'on retrouve en Europe. Ici, venir se recueillir dans le silence n'existe pas. On vient plutôt danser, chanter et boire en l'honneur des défunts. Les tombes accueillent les « locataires » dans des structures de plus de quatre étages, parfois recouvertes de peintures murales colorées. Des autels et des tables de cérémonie (les *apxatas*) parsemés de fleurs, de pain, de Singani, cigarettes, encens, feuilles de coca et autres plantes rituelles bénies par les maîtres de cérémonie (les *yatiris*), décorent les allées. Selon la tradition, les âmes arrivent chaque 1er novembre à midi, et repartent le lendemain à la même heure. Si vous êtes de passage à La Paz ce jour-là, sachez que le fameux « jour des Morts » est une commémoration à ne pas manquer ! Le site s'étend sur plus de 1,5 km, sur une superficie de 92 000 mètres carrés, et il est très facile de s'y fourvoyer. Qui plus est, le cimetière est tellement plein que les cryptes ne sont réservées que pour une durée maximale de 10 ans. Les urnes devront en effet être restituées aux familles qui ne pourront plus continuer de payer les frais de location. Il arrive même qu'elles se perdent par faute de moyens. Le prix d'un enterrement dans ce cimetière notoire varie entre 214 US$ et 12 500 US$ selon le lieu et le déroulement de la cérémonie. Enfin, le site accueille des acteurs majeurs de l'histoire bolivienne. On peut par exemple observer le mausolée militaire abritant les restes des héros de la guerre du Pacifique de 1879 contre le Chili et la tombe du prêtre jésuite espagnol Luis Espinal, assassiné en 1981, qui porte l'inscription « martyr de la démocratie ».

S'y rendre

Situé entre le centre historique de La Paz et la ville d'El Alto, le meilleur moyen de se rendre au cimetière général est de prendre le téléférique en empruntant la ligne rouge jusqu'à la station *Ajayuni* (*Cementerio*). C'est aussi d'ici que partent les bus et fourgonnettes pour Copacabana, Tiwanaku et Coroico. Les arrêts se trouvent derrière les magasins de fleurs. Attention à vos effets personnels durant la visite : le quartier n'est pas très accueillant et il arrive par moments que des touristes se font interpeller par de faux agents de police qui leur extorquent de l'argent. Nous recommandons d'utiliser les services d'un guide.

MERCADO DE LAS BRUJAS ★★

Calle Melchor Jimenez
Ouvert tous les jours du matin au soir.

Le fameux marché des sorcières est situé dans l'un des plus anciens quartiers indigènes de La Paz. On y vend un peu de tout : plantes médicinales, talismans, amulettes, crèmes bienfaitrices, alcool de coca, fœtus de lama et autres joyeuseries. Les amateurs y deviseront bonne fortune et perspectives de la fin du monde avec les shamans du cru (appelés ici *kallawayas, amautas, chifleras* et *yatiris*). Bien sûr, le touriste plus classique peut y dénicher de l'artisanat, des textiles et des bijoux. Environ 70 % des consommateurs sont des habitants de La Paz et des *yatiris* qui se procurent des produits en gros, tandis que les 30 % restants sont des visiteurs étrangers. C'est en août, durant le mois où on célèbre la Pachamama, que vous pourrez observer les interminables files d'attente de *paceños* qui attendront leur tour pour discuter avec un sorcier et acquérir une *Q'uwa Misa,* une offrande rituelle.

Histoire

Durant les années 60, il était interdit pour les Boliviens de pratiquer la médecine traditionnelle. Les kallawayas (groupe ethnique du nord de La Paz, considéré comme les maîtres de la médecine traditionnelle), les amautas (philosophes et astrologues de Tiwanaku, liseurs d'avenir dans les feuilles de coca), les chifleras (femmes d'origine aymara qui se dédient à la vente de remèdes naturels) et les yatiris (shamans qui préparent les offrandes et les cérémonies pour la Pachamama) se reconvertirent alors en marchands. Pouvez-vous deviner où ils s'installèrent ? En effet, ces nouveaux vendeurs aménagèrent leurs commerces aux alentours de l'église San Francisco ! Puis, en 2009, la Constitution politique de l'Etat plurinational de Bolivie reconnut finalement les droits à l'autodétermination culturelle, linguistique, politique, territoriale et religieuse des peuples autochtones. Sous la protection de cette reconnaissance, la loi 459 sur la médecine traditionnelle ancestrale bolivienne fut par conséquent promulguée en 2013. Cette dernière garantit l'exercice libre et légal de pratiques thérapeutiques autochtones en les incorporant dans le système national de santé. Dès lors, les « sorciers » purent dorénavant promouvoir leurs vertus divinatoires dans tout le pays.

Origine du nom

Son nom est né d'une stratégie de marketing touristique des années 1960 visant à offrir une image exotique des femmes vendant des amulettes, des herbes médicinales et des produits de sorcellerie. On dit que ce serait Darius Morgan Ora-Mayo, fondateur de la première agence touristique de Bolivie, en 1958, qui lui aurait donné cette appellation.

MERCADO RODRÍGUEZ ★

Calle Rodriguez

Ouvert tous les jours de 6h à 20h.

Très animé pendant les week-ends, quand il s'empare des rues alentour. Les produits sont divisés en secteurs. S'y mêlent en un ballet agité les *cholas*, qui tentent de vendre leur camelote, femmes de ménage de familles aisées, portefaix qui poussent pour quelques *bolivianos* par jour des fardeaux aux poids et aux volumes impressionnants. C'est un bal de couleurs et de saveurs, bercé par les idiomes aymaras et espagnols. D'ailleurs, c'est le moment idéal pour découvrir des fruits exotiques tels que le *chirimoyas* (anone), le tumbo, le pacay et même la banane rose.

MUSEO DE LA COCA ★★

906 Calle Linares

✆ +591 2231 1998

www.cocamuseum.com

Ouvert du lundi au samedi de 10h à 12h30 et de 13h30 à 19h. Entrée : 15 Bs.

Ce tout petit musée démontre le rôle important que joue la feuille de coca dans les sociétés traditionnelles de l'Altiplano depuis l'époque des Incas. Son usage, de l'infusion (maté de coca) à la cocaïne, en passant par la médecine traditionnelle des Kallawayas, ou encore son utilisation dans une célèbre boisson américaine, est détaillé à travers des panneaux explicatifs. Un minuscule café propose quelques articles à base de coca, notamment les fameux *caramelitos* d'essence concentrée de coca, l'idéal pour s'acclimater à l'altitude sans avoir à *coquear*. Original !

MUSEO NACIONAL DE ETNOGRAFÍA Y FOLKLORE (MUSEF) ★★★

916 Calle Ingavi ✆ +591 2240 8640

www.musef.org.bo

Ouvert du lundi au samedi de 8h30 à 16h, le dimanche de 8h30 à 13h30. Entrée : 20 Bs. Photos : 20 Bs.

Le musée a été installé dans le palais des marquis de Villaverde, construit en 1720. On y accède par un porche en bois menant vers un hall qui précède le patio intérieur. Admirez le portique et l'escalier de pierre majestueux qui se compose d'un arc en plein cintre couronné d'un écusson richement sculpté. On peut y lire : « Esta espada quebrara mas mi fe no faltará. » (Cette épée se brisera, mais ma foi ne manquera point.) La frise de l'arc et les piédroits sont originalement taillés. Le portique est encadré de deux colonnes corinthiennes au milieu desquelles est placé un aigle en relief. Au-dessus de celles-ci, on observe deux masques semblables à ceux de la façade principale de l'église San Francisco.

Le musée propose plusieurs salles d'exposition, dont l'une, passionnante, exhibant 59 masques abracadabrants issus des différentes régions du pays. Une salle numismatique présente les monnaies des époques coloniales et républicaines. Une autre pièce fait honneur aux plumes et à leur importance vestimentaire chez les autochtones. Vous retrouverez aussi des textiles, des céramiques, des costumes traditionnels et autres artéfacts précolombiens des cultures inca, aymara et quechua. Le rez-de-chaussée accueille une exposition sur le patrimoine gastronomique du pays. Les textes informatifs sont en espagnol, mais vous pouvez demander de faire la visite avec un guide, en français ou en anglais. La boutique du musée vend de magnifiques textiles des régions de Jalq'a et Tarabuco.

Plaza Mayor.

MUSEO TAMBO QUIRQUINCHO ★★

Calle Evaristo Valle
✆ +591 2239 0969
Ouvert du mardi au vendredi de 9h30 à 12h30 et de 15h à 19h, le week-end de 9h à 13h. Entrée : 8 Bs.

Un musée souvent injustement ignoré des visiteurs et des guides. Cependant, cette maison coloniale a été très bien restaurée. Les 10 salles du musée hébergent d'intéressantes expositions temporaires. La maison était un *tambo*, une auberge avec une grand patio de forme rectangulaire. Les paysans qui y logeaient tenaient dans la cour un marché où ils vendaient leurs produits. Un petit escalier en bois, construit en partant d'un arc rampant, débouche, au premier étage, sur une galerie en bois au plafond traversé de poutres, et donne accès à d'autres chambres.

PARROQUIA DE SAN SEBASTIÁN ★★

Plaza Alonso de Mendoza
Ouverte du lundi au vendredi de 9h à 12h30, puis de 16h à 18h. Entrée libre.

Fondée en 1548 par le capitaine Alonso de Mendoza, fondateur de La Paz, elle est l'une des premières églises d'Amérique latine. La statue de Nuestra Señora del Pilar de Zaragoza a été placée dans l'autel en 1552. La paroisse possède une histoire tumultueuse : détruite pendant le siège de La Paz de 1781 par Tupac Katari, puis reconstruite, puis incendiée en 1885... Elle a été restaurée à plusieurs reprises par la suite, mais elle a malheureusement perdu son aspect colonial aujourd'hui.

PLAZA MAYOR ★★★

Plaza Mayor

La Plaza Mayor a été le théâtre des plus grandes manifestations et rassemblements politiques de Bolivie. En période d'élections, c'est ici que se sont closes les campagnes des différents partis. En temps normal, la place est l'un des endroits de la ville où l'on se donne volontiers rendez-vous : touristes, Paceños et charlatans de foire tenteront peut-être de vous vendre une pièce prétendument originale de Tiwanaku... La place est entourée par la basilique San Francisco et par le marché couvert Lanza. De là part également la très touristique Calle Sagarnaga.

BASÍLICA DE SAN FRANCISCO ★★★

Plaza Mayor
✆ +591 6986 3749
Entrée libre. Musée de la Cathédrale ouvert du lundi au samedi de 9h et 18h. Entrée : 20 Bs.

Les missionnaires franciscains, pionniers de l'œuvre d'évangélisation pendant la période de la conquête, furent également les premiers arrivés à Charcas, en compagnie de l'expédition d'Almagro. Une fois à Chuquiago Marka (nom en aymara de La Paz), les Franciscains fondèrent le couvent de San Francisco, entre 1548 et 1549. L'église et le couvent que l'on peut voir aujourd'hui n'ont rien conservé de leur structure d'origine. La construction de ces deux édifices date du milieu du XVIIIe siècle. Avec ses colonnes enroulées de vignes et de fruits tropicaux, le portail de San Francisco, de style baroque métis, est sans aucun doute le plus beau monument de La Paz. La basilique fut édifiée avec des pierres ou parfois des monuments provenant du pillage du site de Tiwanaku. À l'intérieur de la basilique, l'autel, surchargé, en *pan de oro* (bois ou plâtre peint avec de l'or) attire l'attention du visiteur. L'ambiance de ferveur et de recueillement est encore accentuée par la lumière des cierges qui brûlent nuit et jour. Comme dans la plupart des églises boliviennes, des plaques en métal commémorent les faveurs et les miracles obtenus par des familles anonymes, signalées seulement par leurs initiales.

▸ **Notre conseil** : visitez l'église tôt le matin, dès l'ouverture, ou encore les samedis pendant la matinée. Dans ce dernier cas, vous assisterez à des mariages aymaras qui débutent ici et finissent quelque part entre le *cementerio general* (où les quartiers populaires commencent) et El Alto.

LA PAZ

© SAIKO3P - SHUTTERSTOCK.COM

Palacio De Gobierno – Palacio Quemado.

MERCADO LANZA ★

Plaza Mayor

Situé sur la plaza Mayor, ce marché a été inauguré en 1937 et modernisé en 2010. Plus de 1 000 commerçants sont répartis sur les 4 étages. On y trouve de nombreux étals de viandes, poissons, fruits, légumes... Mais aussi des bijoux, des jouets, de la vaisselle et des fleurs. On y vient surtout pour le *comedor qui* propose des plats traditionnels *paceños* à prix dérisoires, et à toute heure, pour les estomacs déjà habitués à la cuisine bolivienne. L'un des murs du marché a été illustré par le célèbre artiste Mamani Mamani. Endroit à éviter en soirée.

CATEDRAL METROPOLITANA NUESTRA SEÑORA DE LA PAZ ★

Calle Junín

Mis à part son très beau musée d'art religieux et les commerces qui se trouvent en dessous de celle-ci (ces derniers versent leur loyer directement à l'Eglise), la cathédrale ne possède rien d'extraordinaire. La première église à cet emplacement a été bâtie en 1692, puis entièrement démolie en 1832. La cathédrale de style néoclassique et baroque que l'on admire aujourd'hui date de 1835. Les deux tours latérales ont été inaugurées en 1989, à l'occasion de la visite du pape Jean-Paul II.

PLAZA MURILLO ★★

Conçue en 1548, la Plaza Murillo est le centre du pouvoir politique du pays. Si la capitale de la Bolivie se situe officiellement à Sucre, c'est bien ici, autour de cette place, que l'on trouve le palais présidentiel – surnommé Palacio Quemado (palais brûlé) – et le Congrès (Palacio Legislativo), où siègent les deux assemblées législatives du pays. Un détail original : les aiguilles de l'horloge du Congrès tournent à l'inverse des nôtres, avec une numérotation inversée. La cathédrale de La Paz complète le décor et jouxte le palais présidentiel.

PALACIO DE GOBIERNO - PALACIO QUEMADO ★★

Calle Comércio

Fermé au public.

C'est le siège du pouvoir exécutif et il abrite les bureaux du président de la République de Bolivie. On le connaît sous le nom de Palacio Quemado (palais brûlé) suite à une attaque incendiaire en 1875. Les travaux de la construction ont commencé en 1559 afin de recevoir la mair de La Paz. L'édifice fut agrandi jusqu'à ce que le président José Ballivián ordonne sa démolition en 1846. Ce dernier chargea l'architecte Jose Nuñez del Prado d'en édifier un nouveau, achevé en 1853.

MUSEO NACIONAL DE ARTE ★★

485 Calle Comercio
✆ +591 2240 8600
www.museonacionaldearte.gob.bo
Ouvert du lundi au samedi de 8h30 à 16h30. Fermé le dimanche. Entrée : 20 Bs.

Le Musée National d'Art (MNA) a été installé dans le palais Diez de Medina, construit en 1775. Sa façade correspond à la dernière période du baroque andin.

Au premier étage, une galerie extérieure exhibe des piliers et des arcs richement décorés. La toiture, couverte de tuiles, est typiquement coloniale. Le coin de l'édifice est orné d'une loggia (galerie ouverte), où une fontaine est installée au centre. On accède au musée par un patio pavé de pierres noires et blanches, où un majestueux portique intérieur en pierre déploie un grand arc en plein cintre entre deux piliers. L'ensemble est somptueusement sculpté de coquilles, de fleurs et de plumes.

L'exposition permanente du musée est consacrée à l'indigénisme et au métissage en Bolivie. Elle rassemble plus de 70 créations artistiques des périodes préhispanique, coloniale, républicaine et contemporaine, réalisées par des artistes à la fois indigènes et non indigènes. Dans la première salle, vous pourrez observer des reproductions d'art rupestre, des photos du Chullpares de Macaya à Oruro et des peintures de Tiwanaku de Fernando Peñaranda (1919) et de Jorge de la Reza (1929). Enfin, vous retrouverez l'un des chefs-d'œuvre du peintre Cecilio Guzmán de Rojas, le fondateur de l'école des beaux-arts de La Paz, qui s'intitule *El triunfo de la naturaleza* (1928). La deuxième salle expose la légendaire *Virgen del Cerro* (1720) qui aurait été réalisée par un peintre anonyme. Cette dernière révèle l'influence du baroque hispano-américain et des techniques artistiques espagnoles lors de la conquête. Elle évoque la cosmovision andine, la religiosité, les conquérants du Nouveau Monde, et surtout, le Cerro Rico représenté par la Vierge Marie. La troisième et quatrième salle abrite des toiles de Joseph López de los Ríos et quelques aquarelles de Melchor María Mercado qui dépeignent les coutumes des villages du département du Beni, au nord de la Bolivie. La salle suivante est consacrée à la femme andine. Les tableaux colorés de Miguel Ángel Pantoja, de María Luisa Pacheco, de David Crespo Gastelú et de Genaro Ibañez représentent des scènes de la vie quotidienne, du marché et du village. Enfin, la cinquième salle expose des reproductions de Miguel Alandia Pantoja, de Walter Solón Romero et, dans le plus contemporain, des œuvres de Raúl Lara, Gíldaro Antezana, Mario Conde ou du célèbre Mamani Mamani.

Les expositions temporaires du musée se renouvellent plusieurs fois par année. Vers le milieu de l'année 2023, une exposition dédiée à la création féminine sera mise sur pied.

PALACIO LEGISLATIVO ★★

Calle Bolivar
Fermé au public.

© GRÉGORY ANDRE

Inauguré en 1905, le palais législatif a été construit selon les standards du classicisme. Il est composé de deux salons occupés par la chambre des députés et des sénateurs. Le hall principal comporte un escalier majestueux de marbre blanc. Jetez un coup d'œil à l'horloge sur la devanture du bâtiment. Non, vous ne vous trompez pas : les aiguilles tournent bien dans le sens contraire ! Modifiées en 2014, elles représentent aujourd'hui la possibilité pour les citoyens boliviens de remettre en question les normes établies et de réévaluer leur propre culture.

TEMPLO SANTO DOMINGO ★★

Calle Ingavi

Cette église de style baroque-métisse a été fondée en 1590 et projetée en 1609 par Francisco Jiménez de Sigüenza. Elle faisait partie d'un couvent de culte catholique romain, sous le patronage de Santa Domingo. C'est l'un des plus anciens temples de la ville. Sa façade date de 1760 et on la reconnaît notamment grâce à ses décorations représentant la faune et la flore des régions subtropicales (papaye, perroquets, fleurs). La bâtisse comporte trois nefs et une chapelle privée avec un plafond à caissons qui a été remodelé au XIXe siècle dans un style néoclassique.

CINEMATECA BOLIVIANA

Calle Oscar Soria
✆ +591 2244 4090
www.cinematecaboliviana.net
Du lundi au vendredi de 15h à minuit et les week-ends de 10h30 à minuit. Prix du billet : 20 Bs.

Bien que le fait de sortir au cinéma lors d'un voyage ne soit pas fortement suggéré, il arrive malgré tout que cette activité s'avère judicieuse lors d'un dimanche, d'un jour férié ou d'un jour de pluie, surtout avec les enfants. La Cinemateca projette depuis 1976 des longs métrages boliviens et étrangers tantôt grand public, tantôt amateurs. Lieu par excellence pour soutenir et encourager la filmographie de cinéastes boliviens dans des salles confortables et modernes. Leur programmation est disponible à la fois sur leur site web et sur leur page Facebook.

MIRADORS

- **Mirador Jacch'a Kollo.** Superbe panorama sur la ville. *Jacha Kullu* signifie « grande colline » en aymara. C'est l'un des *wakas* (centre rituel de la culture andine). En 1781, c'était le centre stratégique de l'armée de Tupac Katari durant la défense de La Paz. Soyez très vigilant, l'endroit n'est pas très sûr.
- **Mirador de Alto Pampahasi.** Belvédère idéal pour observer le coucher du soleil, facilement accessible avec la ligne jaune du téléphérique.
- **Mirador Killi Killi.** Occupé par les révolutionnaires de 1952. D'ici, ils pouvaient surveiller la capitale. Bien sécurisé.

MUSEO DE LA REVOLUCIÓN NACIONAL ★

Plaza Villarroel
✆ +591 2228 0758
Ouvert du mardi au vendredi de 9h30 à 12h30 et de 15h à 19h. Samedi et dimanche de 9h à 13h. Entrée : 5 Bs.

Une promenade sur la plaza Villarroel vous mènera au musée, qui a été dédié à la révolution bolivienne du 9 avril 1952, moment où se produisit la nationalisation des mines, la réforme agraire, la guerre du Chaco en plus d'autres dictatures militaires. L'établissement conserve des murales que l'Unesco a prises sous sa protection suite au coup d'Etat de 1980. Ne manquez pas l'œuvre de Miguel Alandia Pantoja, fervent opposant à la dictature, intitulée *El Triunfo de la Revolución*.

PLAZA ABAROA

Plaza Abaroa

Il s'agit de la place centrale de Sopocachi, nommée ainsi en l'honneur d'Eduardo Abaroa, le héros bolivien de la Guerre du Pacifique. Une grande statue de ce dernier, réalisée par Emiliano Lujan Sandoval, se trouve d'ailleurs au centre de ce bel espace fleuri. Tout autour se trouve une myriade de restaurants, de bars, de commerces, de banques... La place est un lieu de vie et de rencontre pour les habitants du quartier : on s'y promène librement, les plus jeunes font du vélo, les familles, des piqueniques, et on y trouve kiosques et autres marchands ambulants.

PLAZA DEL MONTICULO ★★

Presbítero Medina

A Sopocachi, ce parc attire de nombreux amoureux et des jeunes mariés qui viennent se faire photographier au-dessus des toits de La Paz, face aux montagnes environnantes. On contemple le va-et-vient des cabines du téléphérique avec les sommets enneigés de l'Illimani en toile de fond. Joli belvédère pour ceux qui ne souhaitent pas trop s'éloigner du centre-ville. Juste au-dessus du parc se trouve une petite place avec des commerces. La plaza accueille généralement les événements socioculturels, musicaux et artistiques du quartier.

RÉPLIQUE DU TEMPLE SOUTERRAIN DE TIWANAKU ★

Plaza Tejada Sorzano
Entrée libre.

Inaugurée en 1943, cette reproduction du temple souterrain de Tiwanaku abrite une copie du colossal monolithe Bennet et des têtes incrustées. Ce musée à l'air libre abritait initialement le véritable monolithe Bennet, mais en 2002, celui-ci dut être restitué au musée Lítico de Tiwanaku, en raison de nombreuses détériorations dues à la pollution de la ville et aux saccages de manifestants. Des panneaux explicatifs sont disposés autour de la Plaza.

LA PAZ

CHOLETS DE FREDDY MAMANI ★★

C'est à El Alto, berceau de la bourgeoisie émergeante de Bolivie, que l'on peut observer les *cholets* (contraction de « chalet » et « *cholo* », terme péjoratif pour désigner les Boliviens d'origine indigène) de l'architecte déjanté Freddy Mamani Silvestre. Ce dernier ne pouvant supporter les constructions fades et identiques de sa ville, il décida alors de dessiner des immeubles aux couleurs chatoyantes et aux motifs géométriques inspirés de ses racines aymaras. Le résultat fait penser à des tableaux peints sous l'emprise d'hallucinogènes, dans un style très proche des toiles multicolores de Roberto Mamani Mamani. Plus de soixante-dix de ses créations psychédéliques et, avouons-le, plutôt kitsch, sont aujourd'hui disséminées à travers El Alto. Elles reflètent une identité aymara fière et affirmée, caractérisée par l'émergence progressive de nouvelles classes moyennes sensibles à leur patrimoine artistique et culturel. Les bâtiments partagent tous un aménagement similaire : le rez-de-chaussée abrite un espace commercial tandis que le premier étage accueille une salle de bal ou salle de fêtes. Les niveaux supérieurs sont occupés par des appartements. Généralement, l'entrepreneur habite dans la maison sommitale et loue les étages inférieurs. Et si l'œuvre de l'artiste *alteño* est célébrée partout en Europe, elle passe cependant inaperçue en Bolivie. Nul n'est prophète en son pays... Tous ces édifices ont une identité unique, une architecture néo-andine qui n'a pas échappé à la Fondation Cartier qui en avait fait l'affiche d'une de ses expositions en 2018. Par ailleurs, nous vous recommandons de visionner *Cholet : The Work of Freddy Mamani* (sous-titré en français), un excellent film documentaire réalisé par le réalisateur brésilien Isaac Niemand, qui met en lumière le contexte social, politique et économique de ces immeubles atypiques, et qui aborde le thème de la récupération de l'identité au moyen de l'art.

S'y rendre. El Alto n'étant pas une ville très sûre pour les touristes, il vaut mieux s'adjoindre les services d'un guide pour aller admirer les *cholets*. Quelques agences de La Paz peuvent vous proposer ce circuit sur demande, et il peut s'avérer intéressant de le jumeler avec une visite sur le *street art*. Les agences HanaqPacha et Red Cap Walking Tour organisent toutes les deux cette visite d'une demi-journée, offerte en anglais ou en espagnol. Attention : El Alto se situe à plus de 4 150 mètres d'altitude, soyez donc certain d'avoir pris le temps de vous acclimater avant d'entamer une telle balade.

FERIA 16 DE JULIO ★★

Av. 16 de Julio

Tous les matins.

Toute la semaine, mais plus particulièrement les jeudis et les dimanches matin, se tient à El Alto, le plus grand marché de Bolivie : la Feria 16 de Julio. Ce marché est né dans les années 60 avec la migration rurale et minière qui s'implantait à El Alto. A peine sorti du téléphérique et vous voilà dans un autre monde. Ambiance surréaliste, on y vend absolument tout et n'importe quoi ! Des objets volés, des produits de beauté, des fœtus de lama ou des ossements humains pour les étudiants en médecine, en passant par les jeans de contrefaçon, les cuirs, les tournevis, les phares de voiture, les meubles ou les produits typiques... Au détour d'une rue, plusieurs personnes se rassemblent pour voir deux personnes s'affronter dans un jeu de cartes. On sourit, parfois. On y joue de l'argent, souvent. Plus loin, les *cholitas* se faufilent dans les allées en poussant leurs chariots ou tout autre objet roulant. Elles y vendent, par lots, tout ce qu'elles ont pu négocier auprès d'autres grossistes. Fascinant et fatigant, c'est un défi pour tous ceux qui aiment le chaos des capitales du Sud. C'est aussi là que vous irez à la rencontre de la vraie population de La Paz. Les prix y sont généralement très intéressants. Attention toutefois à bien surveiller les prix pour ne pas vous retrouver à payer deux fois le tarif normal. Il est recommandé de se faire accompagner d'un guide ou d'un local si vous souhaitez le visiter, le *gringo* représente une cible particulièrement attirante dans ces quartiers pauvres...

© GRÉGORY ANDRE

SE LOGER

La Paz est à la fois une plaque tournante du tourisme et des affaires. L'offre d'hébergement est diverse et répond en général à l'exigence de toutes les bourses. Les rues Sagarnagá et Illampu possèdent le plus grand nombre d'hébergements pour les petits budgets, voire budgets moyens. N'y allez surtout pas pour chercher l'intimité. La plupart des voyageurs européens préfèrent souvent dormir au centre-ville de La Paz pour être plus près des musées, des églises coloniales, des quartiers indigènes et des boutiques. Toutefois, Sopocachi est de loin le meilleur quartier où séjourner : bons hôtels, excellentes tables, une myriade de bars branchés, une foule de services… La zone sud présente de nombreuses possibilités d'hébergement haut de gamme. Si le quartier est assez excentré du centre de la ville, il conviendra davantage aux personnes souffrant de l'altitude du fait de sa localisation plus basse ainsi qu'aux voyageurs d'affaires.

GREENHOUSE BOLIVIA €

2866 Calle Victor Sanjinez
✆ +591 7962 7775
Lit en dortoir à partir de 60 Bs, chambre double à partir de 120 Bs.

Proche de la Plaza España, voici une option idéale pour les *backpackers* : cette auberge de jeunesse est très bien tenue et propose une myriade de services. À disposition des voyageurs : grande cuisine ouverte équipée, barbecue, terrasse, bar, restaurant, salle de jeux… Espaces communs avec sofas et hamacs pour se détendre, lire, prévoir son voyage… Equipe sympathique, ambiance chaleureuse et conviviale. Un bon endroit pour rencontrer des compagnons de route. L'un des meilleurs plans de Sopocachi dans cette gamme de prix.

SELINA LA PAZ €

2080 Av.20 de Octubre
✆ +591 7722 1244
www.selina.com/bolivia/la-paz
Lit en dortoir à partir de 60 Bs, chambre double à partir de 240 Bs. Compter 40 Bs de plus avec le petit déjeuner.

Un auberge de jeunesse dans la veine bohème-chic et nomade digital. Déco soignée, équipe jeune et sympa, le Selina décline son concept dans toute l'Amérique du Sud. Les chambres sont très confortables, excellent café-restaurant à demeure et de nombreuses activités et visites sont proposées. Cuisine à disposition. Espace de *co-working* pour les nomades digitaux, bibliothèque, projection de films, cours de yoga, concerts… Une arrivée tonitruante pour ce nouvel établissement, dont les tarifs le destinent aux *backpackers* « haut de gamme ».

QANTU HOTEL €€

740 Illampu
✆ +591 2245 1694
www.myqantuhotel.com
Chambre simple à 278 Bs ; double à 313 Bs ; triple à 390 Bs. Buffet petit déjeuner inclus.

Avec ses chambres harmonieusement décorées et tout équipées (coffre-fort, télévision, produits d'accueil de salle de bains, séchoir à cheveux, calorifère et bureau), le Qantu se place en général sur la liste des établissements d'hébergement abordables par excellence. Recommandé par les meilleures agences de voyages, l'hôtel se distingue par sa vue splendide sur la vallée, par son service de conciergerie efficace (24h) et par sa localisation idéale. Service de laverie et de navette pour l'aéroport. Petit déjeuner servi au 8e étage du bâtiment.

THE ADVENTURE BREW HOSTEL €

503 Avenida Ismael Montes ✆ +591 2 291 5896
www.theadventurebrewhostel.com
De 45 à 50 Bs par personne en dortoir de 8, 10 ou 20 lits, 55 Bs en dortoir de 4 lits, 200 Bs pour la chambre double.

Situé au-dessus de la plaza Mayor, ce grand établissement propose pas moins de 140 lits pour les *mochileros* du monde entier. Destiné en priorité à la jeunesse voyageuse disposant d'un budget limité. Nombreux services : bars, billards, DVD lounge, patio avec ping-pong, échange de livres, terrasse panoramique jouissant d'une superbe vue sur La Paz, wifi gratuit, sorties nocturne et bière maison gratuite pour chaque nuitée. Pas de quoi s'ennuyer ! Accueil sympa.

ATIX HOTEL €€

Calle 16 N°8052 Calacoto entre Julio Patiño y Sanchez Bustamante ✆ +591 7 8961200
www.atixhotel.com
Chambre double à partir de 970 Bs. Piscine intérieure. Spa. Salle de sport.

Un hôtel qui rend hommage à la culture et art de vivre à la bolivienne. Les œuvres de l'artiste contemporain Gastón Ugalde, né ici, côtoient des éléments de la plus pure tradition bolivienne. La façade de l'hôtel est faite des mêmes pierres que celles utilisées pour paver les rues de La Paz dans les années 1920-30. Les chambres sont modernes et sophistiquées. L'hôtel, situé en dehors du centre historique (comptez une vingtaine de minutes en voiture pour le rejoindre), se trouve néanmoins dans un quartier très agréable, dans lequel on se sent en sécurité.

CASA DE PIEDRA HOTEL-BOUTIQUE €€

451 Calle Genaro Sanjinez
✆ +591 2290 6674
Chambre simple à 385 Bs, double à 455 Bs et triple à 525 Bs. Petit déjeuner compris.

Ce magnifique hôtel-boutique, en plein cœur du centre historique (à 200 m de l'église de San Francisco), est installé dans une maison coloniale de caractère qui était auparavant un couvent. Le bois est omniprésent dans les chambres, qui sont spacieuses, lumineuses, chaleureuses et bien équipées (chauffage, TV, frigo-bar). Elles sont disposées autour d'un joli patio, au-dessus du bon restaurant Pan de Oro. Accueil et service professionnel. Un hôtel prisé des agences.

CASA FUSIÓN €€

2725 Calle Miguel de Cervantes
✆ +591 2214 1372
www.casafusion.com.bo
Chambres simples à 270 Bs, chambres doubles à 340 Bs et triples à 460 Bs. Petit déjeuner compris.

Ce bel hôtel-boutique est situé en plein cœur de Sopocachi et juste à côté de la station de téléphérique, ce qui le rend à la fois proche de tout et dans une zone calme. Maison très bien rénovée, beaucoup de luminosité. L'hôtel dispose d'une terrasse agréable ou vous prendrez votre petit déjeuner buffet. Les 13 chambres sont toutes équipées du confort moderne et avec des services additionnels comme le *room service*, laverie, transferts à l'aéroport... Chauffage est centralisé. Vous pourrez aussi profiter de la boulangerie-pâtisserie et déjeuner sur place.

HOSTAL NAIRA €€

161 Calle Sagárnaga
✆ +591 2235 5645
www.hostalnaira.com
Chambre simple à 260 Bs et 180 avec ou sans le petit déjeuner, chambre double à 385 Bs et triple à 525 Bs.

L'hôtel Naira est idéalement situé dans la rue Sagárnaga. Bien que l'entrée ne soit pas particulièrement accueillante, vous arrivez là dans l'un des hôtels les plus charmants de La Paz avec une jolie architecture coloniale. Les tableaux et les briques apparentes apportent un charme certain. Les chambres, disposées autour de deux grands patios couverts, sont confortables et impeccablement tenues. À l'entrée de l'hôtel, on prend plaisir à s'attarder dans le café Banais. Plébiscité par les agences de voyages, l'hôtel affiche souvent complet.

© HOSTAL NAIRA

© HOSTAL NAIRA

LA PAZ

CASA GRANDE HOTEL €€€

8009 Calle 16, Calacoto
✆ +591 2277 4000
www.casa-grande-hotel.com
Chambre avec très grand lit à partir de 148 US$; chambre double 151 US$; avec balcon 188 US$. Petit déjeuner et spa.

© CASA GRANDE

L'hôtel dispose de 65 chambres de luxe, réparties en chambres simples, doubles, jumelles et familiales, chacune avec une vue imprenable sur la ville. Son restaurant, le Yerba Buena, propose un menu où les produits naturels, saisonniers et locaux jouent un rôle fondamental. Son petit déjeuner est divin. Le Casabar, situé au dernier étage du bâtiment, offre un panorama spectaculaire et une carte variée. Piscine intérieure chauffée, bain à remous, salle de fitness, sauna. Service chaleureux et personnalisé. L'une des meilleures options pour votre séjour.

EL CONSULADO €€

299 Calle Carlos Bravo
✆ +591 2211 7706
Chambre double à partir de 345 Bs. Petit déjeuner compris.

Cette ancienne maison coloniale qui abritait le consulat du Panama a été transformée en un hôtel-boutique plein de charme. Les chambres sont spacieuses, confortables et décorées avec élégance et caractère, mais un peu froides. Jolies salles de bains rétro. Très bon petit déjeuner, café et thé à disposition des clients toute la journée. Petit jardin agréable à l'arrière. Accueil sympathique. Si l'établissement est idéalement placé proche du Prado, il est malheureusement entouré de tours modernes et les rues environnantes peuvent être assez bruyantes certains soirs.

HOTEL GLORIA LA PAZ €€

909 Calle Potosí
✆ +591 2240 7070
www.hotelglorialapaz.com
A partir de 350 Bs pour 1 personne, 390 Bs pour 2 et 460 Bs pour 3. Suite à partir de 600 Bs. Petit déjeuner inclus.

Établissement un peu vieillissant de 83 chambres, disposant malgré tout de tout le confort nécessaire (télévision, restaurant, laverie, chauffage, bureau de change...) pour passer un agréable moment dans la ville andine. Préférez les chambres des étages supérieurs pour bénéficier d'une jolie vue. Sa localisation, en face de la Plaza San Francisco, vous permet de rejoindre rapidement les différents lieux touristiques de la ville. La salle du petit déjeuner offre un magnifique panorama sur la ville. Différents services sont proposés comme des livres audio.

HOTEL ISABELA HOTEL SUITE €€

716 Av. Illampu
✆ +591 7059 6468
isabela-hotel-suite.negocio.site
Chambre simple à 39 US$, double à 44 US$ et triple à 65 US$. Petit déjeuner compris.

Hôtel sympathique, au service agréable. Très vieillottes, les décorations murales des couloirs et des chambres, peintes à la main, représentent des paysages boliviens. Propres et bien tenues, les chambres sont confortables et équipées de TV câblée. Le buffet du petit déjeuner est bon et varié. Il est servi dans une salle agréable qui bénéficie d'une superbe vue sur La Paz. Patio ouvert à l'étage et terrasse sur le toit avec billard. Une bonne option en plein centre-ville.

HOTEL MITRU SUR €€

948 Av. Fuerza Naval Calle 23
✆ +591 2279 0765
www.hotelmitrusur.com
Chambre simple à 120 US$, double à 130 US$, exécutive supérieure à 150 US$, et suite à 210 US$. Petit déjeuner inclus.

Hôtel flambant neuf de la zone sud de La Paz. Ce quartier a l'avantage d'être moins marqué par l'altitude et pour cette raison, plusieurs voyageurs choisissent d'y séjourner lorsqu'ils arrivent en ville. Les chambres sont modernes et très bien équipées (smart TV, mini bar, robe de chambre, air conditionné, chauffage...). Possibilité de prendre le petit déjeuner dans celles-ci. Salle de cinéma (avec popcorn !) et de billard, salle de sport, spa (piscine, bain à remous, sauna, massage) et sky bar. Ce dernier offre une cuisine fusion raffinée. Une excellente option.

HOTEL NC LA PAZ €€

2628 Av. 6 de Agosto
✆ +591 22432242
hotelnclapaz.com/
Chambre simple à 70 US$, double et matrimoniale à 90 US$, suite à 100 US$. Petit déjeuner compris.

Cet hôtel était auparavant l'Hotel Mitru La Paz. Il dispose de tout le confort et surtout il est très bien situé au cœur de Sopocachi, à deux *cuadras* de la station de téléphérique. Les chambres sont spacieuses et bien équipées. Le buffet du petit déjeuner est l'un des meilleurs de la ville. Restaurant à demeure. Service attentionné. Tout y est mod[illegible]t le prix reste très abordable par rapport [illegible]restation dans une ville comme La P[illegible]-distance des points principaux de la ville, c'est un établissement intéressant à découvrir.

LOKI HOSTEL BOUTIQUE €€

420 Loayza
✆ +591 2220 2827
www.lokihostel.com
Chambre double à partir de 210 Bs.

Dans le Casco Viejo, voici un excellent hôtel au rapport qualité-prix inégalé dans le quartier. Situé dans un vieil édifice rénové, l'endroit ne manque pas de charme. Le Loki est une chaîne d'auberges de jeunesse présente dans toute l'Amérique du Sud, mais cette adresse se démarque par son calme et la qualité des installations. Les chambres sont confortables et cosy, une grande salle accueille le restaurant et le bar, et de nombreuses activités sont proposées. Un mirador permet de profiter de la vue sur toute la ville. Recommandé.

HOTEL OBERLAND €€

3118 Av. Florida
✆ +591 2274 5040
www.h-oberland.com
Chambre simple à 40 US$, double à 50 US$, suite à 90 US$. Petit déjeuner inclus.

Situé à proximité de la vallée de la Lune, qui est accessible à pied, cet hôtel suisse pratique résolument l'art de vivre helvète. Il possède 24 belles chambres, spacieuses, élégantes, et dotées de tout le confort moderne. Buffet petit déjeuner complet. Le complexe abrite également une piscine couverte, un sauna, une salle de sport, une aire de jeux pour enfants et, évidemment, un restaurant suisse. Un établissement idéal pour les golfeurs, car le La Paz Golf Club de Mallasilla et son green le plus haut du monde (3 342 mètres !) est tout proche.

HOTEL PANAMERICAN €€

1555 Mexico
✆ +591 2231 7829
www.hotel-panamerican.com
À partir de 260 Bs la chambre simple, de 340 Bs la double et de 575 Bs la triple, buffet petit déjeuner inclus.

Hôtel à double entrée situé dans le centre, près des stations de téléphérique, avec un accès direct sur le Prado. Les 43 chambres sont confortables et bien équipées (wifi, télévision, salle de bains privée). Buffet petit déjeuner correct. L'établissement possède un restaurant, un bar-karaoké et un pub. Vous pouvez aussi réserver vos excursions depuis l'hôtel. Le restaurant Pasión Criolla offre une vue panoramique sur la ville et propose des plats nationaux et internationaux savoureux. Promotions sur le site internet de l'hôtel. Un très bon rapport qualité-prix !

HOTEL ROSARIO LA PAZ €€€

704 Av. Illampu ✆ +591 2245 1658
hotelrosario.com/la-paz/
A partir de 99 US$ la chambre simple ou la double, 115 US$ la triple, et de 158 US$ la suite, petit déjeuner inclus.

© HOTEL ROSARIO LA PAZ

Outre la qualité de son service et de son restaurant, cet hôtel de caractère, depuis la salle à manger jusqu'à sa cour coloniale ornée d'une belle fontaine, est un des plus beaux du centre historique. Les 41 chambres sont très confortables, spacieuses et magnifiquement décorées. Outre sa propreté irréprochable, l'établissement s'est engagé depuis de nombreuses années dans une politique de préservation de l'environnement et de développement social et communautaire, avec une superbe boutique d'artisanat provenant de communautés indigènes. Excellent accueil.

HOTEL BOUTIQUE ROSARIO SUR €€€

Calle 16
✆ +591 7625 4988
https://hotelrosario.com

© HOTEL BOUTIQUE ROSARIO SUR

D'une qualité irréprochable, cet hôtel flambant neuf situé dans la Zone Sud dispose sans doute des plus ravissantes chambres de la ville. Ces dernières sont dotées de tout le nécessaire pour votre séjour en plus d'être magnifiquement décorées et d'offrir une vue spectaculaire sur les montagnes avoisinantes. Réception 24h/24, jardins, restaurant, billard, piano, service de blanchisserie et distributeur automatique à disposition. Sophistication garantie.

QANTU HOTEL €€

740 Illampu
✆ +591 2245 1694
www.myqantuhotel.com
Chambre simple à 278 Bs ; double à 313 Bs ; triple à 390 Bs. Buffet petit déjeuner inclus.

Avec ses chambres harmonieusement décorées et tout équipées (coffre-fort, télévision, produits d'accueil de salle de bains, séchoir à cheveux, calorifère et bureau), le Qantu se place en général sur la liste des établissements d'hébergement abordables par excellence. Recommandé par les meilleures agences de voyages, l'hôtel se distingue par sa vue splendide sur la vallée, par son service de conciergerie efficace (24h) et par sa localisation idéale. Service de laverie et de navette pour l'aéroport. Petit déjeuner servi au 8e étage du bâtiment.

TINKA €€

250 Jacinto Benavente
✆ +591 2242 2786
Chambre simple à 200 Bs, double à 340 Bs et triple à 550 Bs, petit déjeuner inclus.

Situé dans une rue calme, cette maison est un Bed & Breakfast au rapport qualité-prix très intéressant. Les 11 chambres sont toutes aménagées sobrement et avec goût. Elles sont lumineuses, bien équipées et très confortables. Une salle commune, avec la TV câblée, permet de prendre une boisson chaude toute la journée et un agréable patio pour petit déjeuner quand la météo le permet. Les animaux domestiques sont acceptés. Garage sécurisé à disposition. Très bonnes prestations et service professionnel et souriant. Une belle adresse à découvrir.

MADERO HOTEL & SUITES €€

1822 Mexico
✆ +591 7722 0181
A partir de 35 US$ la chambre simple et 50 $ la chambre double. Petit déjeuner inclus.

Situé à proximité de la station de téléphérique Sopocachi, cet hôtel récemment rénové est doté de belles chambres spacieuses entièrement équipées pour vous offrir un confort optimal lors de votre séjour (coffre-fort, chauffage, télévision, bureau et salle de bain privative). Les chambres sont adaptées à tous les besoins, que vous souhaitiez vous reposer après une longue randonnée ou préparer votre équipement pour votre prochaine expédition en haute montagne. Certaines d'entre elles sont munies d'une kitchenette et d'un salon. Service impeccable.

CAMINO REAL APARTHOTEL & SPA €€€

2123 Calle Capitán Ravelo ✆ +591 2244 1515
www.caminorealaparthotel-spa.com
Appartements simples (1 à 2 personnes) à partir de 81 US$, doubles à partir de 98 US$. Petit déjeuner inclus.

Les 46 appartements, tous avec salon, cuisine et chambre, sont confortables et très bien équipés (cuisine, réfrigérateur, plaques chauffantes, TV câblée, chauffage). Vous aurez une vue imprenable sur l'Illimani, et possibilité de demander avec terrasse. À noter que les chambres sont équipées de double vitrage. L'établissement dispose d'un spa avec accès libre au sauna et à la salle de sport. On vous en recommandera un guide de qualifié et sûr pour visiter la ville ou les environs.

LA CASONA €€€

938 Av. Mariscal Santa Cruz
✆ +591 2290 0505
www.lacasonahotelboutique.com
Compter 56 US$ pour une chambre simple, 74 US$ pour une double, 84 US$ pour une triple et 105 US$ pour une suite.

On est assez surpris de découvrir cette belle bâtisse coloniale du XVIIIe siècle magnifiquement restaurée sur l'une des principales avenues de la capitale. À deux pas de la plaza San Francisco, cette adresse de charme offre un grand confort. Ses chambres sont spacieuses, toutes bien équipées (TV LCD, chauffage, frigo-bar), joliment décorées et parfaitement bien tenues. Service attentionné et petit déjeuner bien garni. L'hôtel possède aussi un très bon restaurant, ainsi qu'un *jazz bar* pour vous relaxer après une rude journée d'excursion.

HOTEL EUROPA €€€

64 Calle Tiahuanacu ✆ +591 2231 5656
www.hoteleuropa.com.bo
Chambre double à partir de 120 US$. Petit déjeuner compris (buffet continental de 4h à 6h, américain de 6h à 10h30).

En plein cœur du centre-ville, derrière l'hôtel Plaza, cet établissement 5 étoiles, très fréquenté par les hommes d'affaires, est un des plus beaux de la catégorie. Chambres très confortables (notamment les lits extra larges), élégantes et lumineuses. Deux restaurants, un bar lounge, un centre de remise en forme (sauna, spa, massage, piscine) de première qualité, et tous les services propres à ce type d'hôtel. Quelques expositions viennent compléter le tableau. Bien que la bâtisse paraisse un peu froide, le service est de qualité et le personnel souriant.

MET HOTEL €€€

1626 Avenida Fuerza Naval ✆ +591 7778 6600
www.metlapaz.com
Chambre standard à partir de 89 US$, chambre double à 97 US$, suite à partir de 106 US$. Spa et petit déjeuner inclus.

Ce ravissant hôtel-boutique du quartier cosmopolite de Calacoto, dans la Zona Sur, attire une clientèle branchée et haut de gamme, dans un univers furieusement tendance. Il suffit d'y mettre les pieds pour reconnaître la qualité hors du commun de ses installations et de son design épuré, inspiré des ruines Tiwanaku. Avec sa piscine, son bain à remous, son sauna, sa salle de sport, son plus que somptueux restaurant (qui offre plus de 100 variétés de Singani) et ses 76 chambres et suites luxueuses, le MET mérite largement de retenir l'attention des voyageurs.

RITZ APART HOTEL €€€

2478 Plaza Isabel La Católica
✆ +591 2243 3131
www.ritzbolivia.com
Suites de 75 à 250 US$. Petit déjeuner (buffet et à emporter) inclus.

Le Ritz propose de très belles chambres confortables, des suites exécutives aux suites présidentielles à la déco moderne. Toutes disposent d'une kitchenette ou d'une cuisine équipée. S'il s'oriente clairement vers les voyageurs d'affaires, le voyageur désirant du confort après des circuits éprouvants peut aussi y trouver son compte. Le restaurant The Duke's sert une bonne cuisine internationale. Les commodités sont luxueuses. Au niveau de la Plaza Isabel la Católica, c'est un bon point de référence. Excellent service. Vue imprenable sur la ville.

STANNUM BOUTIQUE HOTEL & SPA €€€

2631 Av. Arce
✆ +591 2214 8393
stannumhotels.com
Chambre double à partir de 120 US$, petit déjeuner compris.

© STANNUM BOUTIQUE HOTEL ET SPA

Les 40 chambres du Stannum, lumineuses et élégantes, disposent d'une salle de bains privative avec douche à effet pluie, de chauffage et climatisation, et surtout, d'une vue imprenable sur la ville et ses environs. L'hôtel propose également un spa, une salle de sport, un bar et un restaurant, le Terra, qui sert une bonne cuisine internationale. Il attire davantage une clientèle d'affaires, mais sa localisation et son confort peuvent aguicher le voyageur exigeant.

SE RÉGALER

La Paz compte une variété de restaurants digne d'une capitale. Même les inévitables fast-foods américains sont présents en zone sud (Calacoto) et dans le centre-ville (sur le Prado) et les *salteñerías* ne désemplissent pas. Nous avons misé autant sur les valeurs sûres que sur la variété (végétarien, asiatique, pasta ou fast-food). À La Paz, vous trouverez les cuisines les plus variées, à des tarifs qui sont généralement très accessibles. Autant en profiter. Les *salteñas* sont servies près des artères populaires du centre. On peut également manger sur le pouce, dans de petits restaurants boliviens, dans et autour du *mercado* Lanza. Attention, la plupart des restaurants ferment le dimanche soir, à l'exception des restaurants des hôtels 5-étoiles. Pour les autres, téléphonez pour vous renseigner. Actuellement les meilleurs restaurants se trouvent tous dans le quartier de Sopocachi et ses environs, à quelques kilomètres du centre-ville.

Ville de La Paz.

ALI PACHA €€€

1306 Calle Colón
✆ +591 7720 1433
www.alipacha.com
Cuisine végane moderne. Ouvert du lundi au samedi de 12h à 15h et de 18h à 22h.

A deux pas de la plaza Murillo, ce restaurant d'auteur propose une cuisine végane moderne de haute facture, élaborée avec des produits végétaux locaux et confectionnée par une équipe de jeunes chefs boliviens. Ne manquez pas la toute petite entrée : la salle se trouve en contrebas. L'atmosphère enveloppante et tamisée de l'endroit, avec de nombreuses boiseries, est plaisante et élégante. Les assiettes sont ravissantes : l'on se croirait dans un musée d'art contemporain. Chaque convive devra commander la même expérience, soit 3, 5 ou 7 plats.

LA CASONA €€

938 Av. Mariscal Santa Cruz
✆ +591 2290 0505
www.lacasonahotelboutique.com
Cuisine traditionnelle & internationale. Ouvert tous les jours.

Dans un magnifique cadre cosy et raffiné, ce restaurant installé sous une voûte de briques rouges et blanches de fait partie del'hôtel boutique La Casona. Une cuisine de qualité est proposée autour de bonnes grillades de viandes de lama, de bœuf et de cochon, de truite du lac Titicaca, ainsi que des pâtes et des salades. Carte des vins bien fournie. On peut aussi y venir prendre la *merienda* l'après-midi, avec des gâteaux, des boissons chaudes (très bon café notamment). Service très attentionné. Possibilité de payer par carte bancaire.

CURRY HOUSE €€

189 Calle Tarija
✆ + 591 6101 4406
Ouvert tous les jours de midi à 22h ; le dimanche, de 16h à 22h. Plats aux alentours de 50 Bs. Pains naan 12 Bs.

Les habitants de La Paz ont eu beaucoup de chance que monsieur Hamid rencontre, il y a quelques années, sa femme en Espagne. Fier (et probablement unique) pakistano-bolivien, ce dernier prépare depuis 2020, les meilleurs chana masala, poulets tandoori et parathas du pays, dans son agréable restaurant situé sur une rue en pente du Casco Viejo. Prenez garde à ce que vous commanderez, car ici, on a généralement les yeux plus grands que le ventre, et il arrive souvent qu'il faille prendre les plats à emporter. Assurez-vous alors d'avoir un frigo à l'hôtel.

LAMURILLO €€

826 Murillo
✆ + 591 6403 0864
Du lundi au samedi de 12h30 à 22h. Plats aux alentours de 60 Bs.

A l'entrée du restaurant, on peut lire sur l'écriteau : « We do quinoa. » En effet, ce superaliment venu tout droit de l'Altiplano est sans conteste l'ingrédient vedette de ce tout nouveau restaurant inauguré par nul autre que le chef Marko Bonifaz qui soit dit en passant est aussi le juge de MasterChef Bolivia. Parmi les plats proposés, on retrouve de délicieux hamburgers juteux, des burritos végés, des pokes, mais surtout des pancakes, croquettes et cheesecakes au quinoa. Bières locales et importées et vins boliviens. Les tarifs y sont tout à fait raisonnables.

LOS SÚPER RELLENOS DE DOÑA EMI €

4 kiosques : Av. Mariscal Santa Cruz devant l'arrêt de minibus ; Devant l'église San Francisco ; Av. Mariscal Santa Cruz au coin de Potosí ; Calle Genaro Sanjinez au coin de Potosí.
✆ +591 7122 9938
Sandwich de chola et café : 18 Bs.

Depuis plus de 30 ans, Emiliana Condori se lève tous les matins à 3h pour préparer une farce à base de pommes de terre, de riz et de plantains. Sa recette maison est si célèbre que même le géant Netflix lui a consacré un chapitre dans sa série documentaire *Cuisine de rue : L'Amérique latine*. Originaire de la ville de Guaqui, dans la province Ingavi de La Paz, cette dernière accueille chaque jour, vers 9h, ses fidèles clients venus se délecter d'un petit déjeuner unique et savoureux.

MOZZARELLA €

757 Illampu
✆ +591 2245 9146
Pizzeria. Ouvert tous les jours de 10h30 à 23h30.

Pizzeria située tout près du marché du Mercado de la Brujas. La salle est plutôt simple et sans charme, mais ce n'est pas ce qui attire en nombre les locaux… On comprend rapidement l'engouement autour des pizzas servies. Une pâte moelleuse et croustillante sur les bords, une garniture copieuse et surtout des tarifs justes et raisonnables. Et pourquoi ne pas opter pour une visite du quartier Miraflores puisqu'un deuxième local se situe dans la nouvelle galerie marchande Las Torres ? Pas de doute, on est ici à l'une des meilleures adresses de la ville côté pizzas.

NAMAS TÉ €

1334 Zoilo Flores
✆ +591 2248 1401
www.namastebolivia.com
Du lundi au samedi de 8h30 à 16h. Plats aux alentours de 20 Bs.

Ce charmant restaurant végétarien de deux étages vous accueille dans une ambiance bohème, chaleureuse et décontractée. Les cuisiniers vous concocteront de splendides festins colorés d'une fraîcheur irréprochable, qui vous feront penser aux classiques de l'Asie du Sud-Est, de la Méditerranée, de l'Inde et même du Mexique. Parmi le *pad thai*, les falafels, le curry ou le guacamole ; entre les jus naturels, les cafés, les thés et les cocktails, vous serez amené à découvrir un menu hebdomadaire sain et savoureux. On s'y attable à tous les coups en bonne compagnie.

PACEÑA LA SALTEÑA €

Calle 19 de Calacoto
✆ +591 2277 2937
www.pacenalasaltena.com
Du lundi au vendredi de 8h30 à 14h et le week-end de 8h30 à 15h. Salteña : 7 Bs.

Ce serait un crime de visiter La Paz sans s'arrêter au Paceña afin d'essayer quelques *salteñas*. Ces derniers sont des empanadas de viande et de légumes qui seraient apparus au pays lorsque la *señora* Juana Manuela Gorriti, originaire de Salta en Argentine, se serait exilée dans la ville de Tarija au début du XXe siècle. On raconte qu'elle aurait été la première à fabriquer ces petits chaussons farcis en Bolivie. Depuis lors, le produit a adopté son nom qu'il porte encore aujourd'hui. Probablement les meilleurs *salteñas de res, de pollo* ou de *fricasé* en ville.

POPULAR COCINA BOLIVIANA €€

826 Calle Murillo
✆ +591 6561 3649
Cuisine bolivienne moderne. Ouvert du lundi au samedi de 12h30 à 14h30.

Dans ce petit patio de la calle Murillo, se cache à l'étage l'un des secrets les mieux gardés de La Paz. Le Popular propose une cuisine gastronomique à prix plancher. Le menu varie chaque semaine, et comprend deux ou trois choix pour chaque plat : entrée, plat principal et dessert. Un jus de fruits frais est inclus. La jeune équipe opère dans une cuisine ouverte et revisite les classiques nationaux avec un savoir-faire surprenant. Tout est fait maison, même les boissons. Un conseil : arrivez en avance (vers 11h30). L'un des meilleurs restaurants de Bolivie !

SABOR CUBANO €€

357 Calle Sagarnaga
✆ + 591 7772 1566
Du lundi au samedi de 11h30 à 23h. Plats entre 30 et 75 Bs.

On ne peut rester indifférent à l'ambiance festive et conviviale de ce restaurant de cuisine cubaine. Chaque jeudi, un groupe de musiciens vient rendre un vibrant hommage aux grands artistes havanais tels que Buena Vista Social Club, Celia Cruz et Silvio Rodríguez. Les cuisiniers, eux, rendent gloire à la gastronomie du pays du cigare en concoctant de succulents plats de *frijoles*, de *fricase de pollo* et de porc à *la criolla*. Une expérience antillaise inoubliable, et ce, même si la plupart des clients s'accordent sur le fait qu'on devrait améliorer les cocktails.

THE CARROT TREE €€

809 Linares
✆ +591 7670 6660
Du lundi au samedi de 8h à 22h15 ; dimanche de 10h à 18h. Plats autour de 40 Bs. Options végétaliennes et sans gluten.

Avec sa vue spectaculaire sur la vallée, ce joli restaurant irlandais semble être devenu le quartier général des voyageurs séjournant dans le Casco Viejo. Situé en plein cœur du *Mercado de la Bruja*, au quatrième étage d'un édifice commercial, son personnel, compétent et dévoué, y sert un menu équilibré et on ne peut plus varié. Tout le monde raffole de leurs petits déjeuners ultra-copieux, servis avec jus et café, dont le fameux *desayuno dulce*. À noter que leurs pommes de terre au four sont tout simplement exquises. Un deuxième local se trouve à Sopocachi.

YATI €€

229 Calle Tarija
✆ + 591 6706 7530
Du lundi au samedi de 9h30 à 22h ; le vendredi de midi à 22h ; fermé le dimanche. Plats aux alentours de 50 Bs.

En montant (bonne chance) ou en descendant (bien joué) les escaliers de l'allée Tarija, vous tomberez sur ce charmant café-bar qui inspire le voyageur par sa décoration éclectique, ses convives rocambolesques et sa carte variée. Au menu, des gaufres et crêpes au Nutella, des hamburgers, brochettes de poulet, tacos et autres plats typiques du pays. On sert aussi de délicieux cafés de spécialités, jus de fruits et boissons alcoolisées. Qui plus est, l'endroit permet parfois aux artistes de se rassembler pour une séance d'improvisation musicale. Excellente adresse.

CICLIK €€

343 Calle Rosendo Gutiérrez
✆ +591 2212 4557
Cuisine internationale. Ouvert du lundi au samedi de 8h à 23h.

Au cœur d'un cadre moderne à la déco soigné, vous pourrez savourer une cuisine aux inspirations internationales. Classés par nationalité sur le menu, plats, soupes, quiches, pâte, sushis ou encore nachos sont de très bonne facture. Également des sandwiches, des paninis, des wraps, des burgers... Plusieurs options végétariennes sont présentes. Les produits employés, souvent bio, sont de qualité. C'est également un excellent endroit pour faire une pause gourmande avec d'excellentes pâtisseries. Le service est attentif et souriant.

HB BRONZE COFFEEBAR €

1570 Plaza Tomas Frias
✆ +591 2220 2323
www.hb-bronze.com
Café-bar, petite restauration. Du lundi au samedi de 9h à 23h, le dimanche de 9h à 21h. Environ 60 Bs pour un déjeuner.

L'un des plus beaux cafés de la ville. Atmosphère new-yorkaise, où le bois se mêle à des matériaux modernes. Bar, café, traiteur... Un excellent endroit pour faire une pause gourmande, boire un verre et manger un petit morceau (plusieurs plats végétariens sont également au menu). Les cocktails proposés sont tout simplement délicieux. L'endroit est parfaitement adapté aux *digital nomads* qui peuvent venir travailler dans une ambiance sereine et moderne, et profiter d'une excellente connexion internet. Le service peut être assez lent. À découvrir.

EL HONGUITO €

Calle Belisario Salinas
✆ +591 7300 9460
Churrasquería. Ouvert le soir uniquement.

Ce boui-boui blanc et orange de quelques mètres carrés est typique de Sopocachi, de son calme résidentiel mêlé à une agitation nocturne. À la sortie des discothèques, ou bien, tôt dans la soirée, des groupes d'amis viennent pour y manger un *vacío*, un *peseto* ou un *chorizo*, petits plats de viandes grillées accompagnées de sauces piquantes. Délicieux. Les carnivores y seront heureux. Il est vraiment aisé d'engager la conversation avec son voisin de comptoir. Plusieurs établissements similaires sont parsemés dans les rues voisines.

KEN CHAN €€

98 Batallon Colorados
✆ +591 2244 2292
Cuisine japonaise. Ouvert tous les jours de 11h30 à 22h. Compter environ 80 Bs pour un repas.

Si l'entrée évoque plutôt un bâtiment communiste des années 70, en fait le centre de culture japonaise à La Paz, le restaurant, au second étage a une ambiance nipponne très agréable. Une salle avec tables et chaises et une autre « à la japonaise ». Les plats sont authentiques et délicieux : essayez le *trucha chirashi don* (sashimis de truite du lac Titicaca), les *gyozas* (raviolis frits), les *ramen* ou encore le poulet *teriyaki*. Sert également des sushis, des makis, des rolls... Une excellente adresse assidûment fréquentée par la communauté japonaise de La Paz !

GO GREEN ! €

497 Sanchez Lima
✆ +591 6980 1274
Du lundi au samedi de midi à 15h et de 17h à 21h ; le dimanche de midi à 16h. Compter environ 35 Bs pour un repas.

Un fast-food végétarien et végétalien, juste à côté du restaurant Vinapho. Plusieurs burgers sont proposés (avec un choix dans le steak : de soja, de pois chiche, de lentilles...), des paninis, des salades, etc. Propose également des variations de plats connus comme le coq au vin, avec en guise de coq du seitan et des champignons. Si l'établissement met en avant des « aliments bons pour la santé », les burgers sont proposés avec du pain blanc et des frites bien huileuses... Malgré cette contradiction, l'endroit est sympathique.

LUDO COCINA A LA VISTA €€

2268 Pasaje Gustavo Medinacelli
✆ +591 2242 3513
Cuisine française fusion. Ouvert du lundi au vendredi de 12h à 15h et de 19h à tard.

Ludovic, qui a travaillé avec des chefs étoilés en France, vous accueille dans un cadre moderne et chaleureux. Il propose une carte qui varie au gré de ses trouvailles, et qui fait la part belle aux produits locaux. Des plats originaux aux influences variées élaborés avec un savoir-faire évident. C'est l'endroit de prédilection des amoureux de la culture française. Cuisine ouverte, belle carte d'alcools, bar. Cette ruelle est devenue piétonne début 2021 ce qui a permis au sympathique Ludo d'installer plusieurs tables en terrasse. Ici c'est Sopocachi !

MANQ'A €

2455 Sanchez Lima
✆ +591 6257 0000
www.manqa.org
Ouvert du lundi au vendredi de 12h à 21h, le samedi de 9h à 21h et le dimanche de 9h à 15h. Environ 35 Bs par plat.

Cet établissement est en fait le restaurant d'une école de cuisine ! Le Manq'a n'est ouvert que le midi et propose une formule très intéressante : 2 choix pour l'entrée, le plat, le dessert (en option) et la boisson, avec un accès au petit bar à salade. On y déguste des plats élaborés avec finesse, qui sont souvent une interprétation contemporaine de recettes typiques du pays. Le cadre est accueillant, avec du mobilier en bois et une déco chaleureuse. On n'y sert pas d'alcool. L'un des meilleurs plans à l'heure du déjeuner à Sopocachi. Pensez à réserver !

RESTAURANTE TERRA €€

2631 Av. Arce
✆ +591 2214 8393
stannumhotels.com
Ouvert de 7h à 22h.

Le Restaurant Terra de l'hôtel Stannum est une proposition gastronomique agréable et unique, ouverte au grand public dans la ville de La Paz. Le Chef Fernando Gandarillas propose une cuisine décontractée avec des ingrédients boliviens dans son menu principal. Vous trouverez également un petit-déjeuner buffet le matin et un menu de café et de pâtisseries l'après-midi. Sans oublier l'Ignis Bar qui propose une atmosphère exclusive et une variété de boissons à déguster le week-end.

MI CHOLA €€

591 Pasaje Medinacelli
✆ +591 7772 8323
Cuisine bolivienne moderne. Du lundi au samedi de 12h à 15h, puis de 19h à 22h. Compter environ 85 Bs pour un dîner.

Ce tout petit établissement propose un menu dégustation de 3 ou 5 plats pour le dîner. Le cadre, agréable et intimiste, est décoré d'artisanat local. Le menu revisite des classiques de la gastronomie bolivienne ou met à l'honneur des ingrédients locaux dans des plats modernes à la présentation originale et créative. Les plats sont soignés et visuellement très réussis. C'est une expérience intéressante pour les curieux, on sent un effort de la part des propriétaires pour proposer une cuisine atypique. Prêts à franchir le pas ?

SÁNDWICH DE CHOLA PAULITA €

Edificio 16 de Julio
✆ +591 7202 9527
Du lundi au samedi de 9h30 à 18h.

Envie de manger un morceau dans un lieu emblématique de La Paz ? Depuis 1963, les sandwichs de cette échoppe séduisent les Paceniens, qui, chaque jour, attendent patiemment devant une longue file de clients affamés pour se procurer l'un de ces petits délices. Patricia, la fille de Doña Paulina, vous les servira avec un café ou, comme la plupart le préfèrent, avec une tasse de *sultana* : un thé de parche (enveloppe du grain de café), de cannelle, de clous de girofle et de sucre de canne.

CHEZ MOUSTACHE €€€

399 Calle Fernando Guachalla
✆ +591 6052 4872
Cuisine française. Ouvert du lundi au samedi de 9h à 15h, puis de 19h à 23h30. Compter environ 100 Bs pour un repas.

Chez Moustache propose de délicieux plats français. La cuisine est riche et savoureuse et la carte évolue en fonction de l'humeur du chef. On y retrouve souvent du filet de bœuf sauce roquefort, du faux-filet au poivre, du magret de canard à l'orange, du confit de canard, du cordon bleu ou des spécialités de fromages (tartiflette, camembert frit). Le tout à accompagner d'une bonne bouteille de rouge. Jolie décoration rappelant avec nostalgie la maison de papi et mamie. Excellent service. La journée, une section boulangerie est ouverte à proximité.

LA TRANQUERA SOPOCACHI €€

2123 Capitán Ravelo
✆ +591 2244 1103
caminorealaparthotel-spa.com/en/
Du mardi au dimanche de midi à 15h, puis de 18h à 22h. Compter environ 100 Bs pour un repas complet.

Le restaurant du Camino Real de Sopocachi jouit d'une bonne popularité, notamment avec les locaux. On choisit l'un des nombreux plats à la carte : plats traditionnels boliviens, *parrilla*, viandes grillées, poulet, truite du lac Titicaca, pâtes, plats végétariens... Accès au *salad bar*, qui propose un grand choix de crudités, mais aussi du riz, du pain et plusieurs desserts. Les portions sont généreuses, les gros appétits seront comblés ! Carte des vins également à tarifs très raisonnables. Une offre variée et un excellent rapport qualité-prix dans le quartier.

AGUACATE €

Calle Jaime Mendoza
✆ +591 7626 0106
Du mercredi au vendredi de midi à 15h et de 18h30 à 21h30, puis le week-end de midi à 15h. Compter 30 Bs pour un repas.

L'offre végétarienne se poursuit de plus belle avec l'Aguacate, qui se situe à quelques minutes seulement du Serena Morena. Venez encourager cette initiative ambitieuse en vous installant confortablement à l'une des tables de ce plaisant restaurant, qui propose de très bons *anticuchos* (brochettes) de pommes de terre et seitan, *poke bowls, choripan* (hot-dog) de chorizo de quinoa et sandwichs. Un menu simple et efficace. L'établissement organise de temps en temps des ateliers de broderie, de confection de produits fermentés et parfois même des karaokés !

ANCESTRAL €€€

135 Calle 10 de Achumani Maria F. Goya
✆ +591 6247 3383
Du mercredi au vendredi de 19h à 22h et le week-end de midi à 15h30, puis de 19h à 22h.

Ayant récemment reçu une ovation triomphale après avoir obtenu le titre de l'un des 50 meilleurs restaurants d'Amérique latine, les chefs Sebastián Giménez et Mauricio Lopez ont bien le vent en poupe ! Leur concept ? Utiliser le feu comme élément central de leur cuisine. Des ingrédients boliviens sont alors cuits sur le gril au feu de bois ou dans le four en argile : côtes de bœuf, cœurs d'artichauts, truites et cèpes rôtissent à point sur la braise rouge. L'on se croirait dîner dans la capitale argentine, dans une salle à manger revêtue de boiseries et d'audace.

CORAZÓN EN LLAMAS €

1026 Calle Gabriel René Moreno
✆ +591 7886 6583
Du lundi au samedi de 17h à 22h. Anticucho à 13 Bs.

Si vous ne connaissez pas encore les *anticuchos* (« coupe des Andes » en langue Quecha), voici le moment idéal de les découvrir ! Spécialité culinaire andine et plat typique de Bolivie, l'*anticucho* est composé de petits morceaux de viande (généralement du cœur de bœuf, et non de lama) emboîtés et rôtis sur des brochettes. Chez Corazón en Llamas, on les sert avec des pommes de terre cuites au four et une sauce aux cacahuètes. Un délice ! A noter qu'une deuxième succursale se trouve sur la *calle Pedro Salazar* dans le quartier de Sopocachi.

GUSTU €€€

300 Calle 10
✆ +591 6983 0327
www.gustu.bo
Cuisine fusion. Ouvert du mardi au samedi de 12h à 15h, puis de 18h à 20h30. Compter 200 Bs le repas.

Gustu, « saveur » en quechua, est l'un des meilleurs restaurants d'Amérique du Sud. Le cadre est superbe, avec notamment une cuisine ouverte où on peut voir les artistes concocter leurs recettes comme autant d'œuvres d'art. Tous les plats sont élaborés exclusivement avec des produits boliviens issus de l'agriculture locale. Superbe carte de vins et de cocktails. Certains adorent, d'autres fustigent une cuisine plus arrogante que gastronomique. Quoi qu'il en soit, c'est une expérience unique à La Paz. On vous laisse vous faire votre opinion !

LOS QÑAPES €

Calle Gabriel René Moreno
✆ +591 7201 1122
Ouvert du lundi au samedi de 15h30 à 21h. Cuñape à 7 Bs ; Empanada à 8.50 Bs ; huminta à 15 Bs.

Véritable point de rassemblement pour les Paceños qui désirent prendre tranquillement le goûter, cette cafétéria traditionnelle offre depuis 2016, d'excellents casse-croûtes. Au menu, des *cuñapes* (pain à base de farine de manioc et de fromage), des empanadas au bœuf, au poulet, au fromage ou à lacayote (fruit comestible de la famille des cucurbitacées), des *sonzos* (pâtisserie sucrée à base de manioc et de fromage, typique de Santa Cruz) et des *humintas* (gâteaux de maïs). En 2016, son équipe se félicitait d'avoir vendu plus de 100 000 cuñapés en moins d'un an !

NEW TOKYO €€

8048 Calle 17
✆ +591 2279 2892
www.newtokyojapaneserestaurant.com
Cuisine japonaise. Ouvert du mardi au dimanche de midi à 15h30 et de 18h30 à 22h. Compter environ 130 Bs pour un repas.

Le meilleur restaurant nippon de la ville se cache en Zone Sud. Ce grand édifice moderne cache une salle au cadre élégant. On y sert les classiques sushis, sashimis, makis, gyozas, udon, bento... mais aussi de la truite du lac Titicaca et des sushis saveur *ceviche*. La fusion des saveurs du Japon et de l'Amérique du Sud ! Les chefs sont japonais, ce qui est souvent un gage de qualité. L'établissement possède une terrasse plaisante quand le climat permet de dîner dehors et une aire de jeux pour les enfants. Service courtois et professionnel. Une valeur sûre.

PALADAR - COZINHA BRASILEIRA €€

858 Avenida Montenegro
✆ +591 2277 4337
Cuisine brésilienne. Ouvert du mardi au dimanche de 12h à 15h30. Compter environ 100 Bs pour un repas.

Un restaurant de spécialités brésiliennes qui dispose d'une carte très variée ! On y propose le plat national, la *feijoada*, mais aussi la *moqueça*, viandes, poissons... Les plats sont bien présentés et les portions très généreuses. Pour se mettre en appétit, goûtez l'un de leurs excellents cocktails : caïpirinha bien sûr, mais bien d'autres à essayer... Le midi des formules déjeuner sont proposées. La grande salle est chaleureuse, et le service est professionnel et agréable. *Muito bom !*

PHAYAWI RESTAURANTE €€

Calle 22
✆ +591 7202 7433
Du mercredi au dimanche de midi à 15h30. Plats aux alentours de 70 Bs.

Ce restaurant de nourriture bolivienne propose une carte pleine de saveurs aux assaisonnements traditionnels authentiques. L'*ají panca* (piment séché du Pérou), que leur équipe a baptisé « l'or rouge bolivien », est la superstar de leurs assiettes, tout comme le *locoto* (piment andin), la cacahuète et le *chuño* (pomme de terre amère déshydratée). A partir de 17h jusqu'à minuit, leur bar sert des cocktails originaux et élégants. Enfin, une petite boutique, l'Añemu, vend de magnifiques objets artisanaux prêts à être emportés chez vous.

PROPIEDAD PÚBLICA €€

Calle Enrique Peñaranda
✆ +591 2277 6312
Tous les jours de midi à 15h, puis de 17h à 22h. Comptez près de 80 Bs pour un repas.

Véritable joyaux de la Zona Sur, ce restaurant invite les amoureux de spaghettis *alla carbonara*, de pappardelles au ragoût d'agneau, de gnocchis, de lasagnes et de pizzas à venir savourer le meilleur de la cuisine italienne à La Paz. Gabriela Prudencio, la cheffe et propriétaire du restaurant, propose un déjeuner à un bon rapport qualité-prix pour une entrée, les pâtes de votre choix, un jus de fruits et un dessert. Le dîner est à la carte. Les pâtes sont, bien sûr, faites maison et un large éventail de sauces est préparé sur commande. *Buon appetito* !

SERENA MORENA €€

Calle Jose Maria Zalles
✆ +591 7585 1152
Mardi, mercredi, samedi et dimanche de midi à 16h, puis jeudi et vendredi de midi à 22h. Cuisine végétalienne.

Le Serena Morena est considéré comme une référence en tant que réseau de restaurants végétaliens intelligents fonctionnant à partir d'un juste équilibre économique, social et environnemental. Travaillant depuis plusieurs années avec la ferme biologique *Organicos Los Almendras,* cette jeune équipe s'assure d'offrir à leurs clients des aliments sains et nutritifs, tout en veillant à leur inculquer les rudiments du végétalisme. Et en outre de la qualité de leurs ingrédients, l'intégralité des meubles et de la décoration a été faite à partir de matériaux recyclés.

VINAPHO SAN MIGUEL €€

Calle Enrique Peñaranda
✆ +591 2279 0793
Ouvert tous les jours de midi à 22h ; le dimanche jusqu'à 16h. Prévoir environ 60 Bs pour un repas.

Envie de varier les plaisirs ? Le Vinapho propose un éventail de mets traditionnels d'Asie du Sud-Est : *phô, tom yum*, rouleaux de printemps, pad thai, banh mi, bún chà... Ils servent même des cafés vietnamiens, ce qui est rarissime en Amérique du Sud ! La qualité des plats reste tout à fait satisfaisante pour un restaurant asiatique en Bolivie. Les enjolivures de la salle à manger lui donnent un charme exotique : l'on se croirait manger dans un resto branché de Saïgon. Enfin, vous verrez que de manger avec des baguettes chinoises n'est pas donné à tout le monde !

YERBA BUENA €€€

8009 Calle 16
✆ + 591 2277 4000
www.casa-grande-hotel.com
Cuisine fusion. Ouvert tous les jours de 7h à 23h. Compter entre 150 et 200 Bs par personne.

L'un des meilleurs restaurants de La Paz se trouve au 1er et au 8e étage de l'hôtel de luxe Casa Grande, sous une toiture en verre. Une cuisine moderne et inventive élaborée avec minutie par le chef Luis Fernando Ayala, qui a fait ses gammes à Lyon. Poissons, fruits de mer, viandes, le tout concocté avec produits locaux et de saisons. Excellents desserts maison. Service de qualité. Cerise sur le gâteau : la vue sur le sud de la ville est somptueuse. Et si vous venez en famille, l'établissement possède aussi un petit parc de jeux pour enfants.

FAIRE UNE PAUSE

L'altitude, les rues en pente et... la pollution des véhicules essoufflent souvent le voyageur lors des visites. La Paz compte plusieurs cafés où il est agréable de flâner, de consulter son guide ou ses réseaux sociaux, et de recharger les batteries avant repartir sillonner les rues de la ville. Autour de la Plaza Mayor et dans les rues Sagarnaga et Illampu, plusieurs restaurants gardent leurs portes ouvertes le matin et l'après-midi pour accueillir les clients. Le Casco Viejo compte également quelques établissements pour faire une pause entre les visites des différents musées. Nombreux cafés et glaciers, fréquentés principalement par les locaux, se trouvent le long du Prado. Dans les quartiers de Sopocachi et de la zone sud vous trouverez davantage d'établissements modernes où se mélangent population aisée et expatriés. À La Paz, les bars ouvrent plutôt en début de soirée pour fermer tard dans la nuit...

ALEXANDER COFFEE

2463 Av. 20 de Octubre
✆ +591 2243 1006
www.alexander-coffee.com
Café-restaurant. Ouvert tous les jours de 7h45 à 23h. Café, pâtisseries, sandwichs, cocktails.

Une sorte de Starbucks à la bolivienne, sans véritable charme ni grand intérêt, à part pour boire un expresso rapidement, faire une pause gourmande, ou pour venir profiter du wifi pour travailler ou surfer sur internet. On y sert également des petits déjeuners, des snacks, et bien entendu des plats internationaux. Cet établissement sur la place principale de Sopocachi bénéficie d'un emplacement agréable et d'une terrasse permettant d'observer le quotidien de ce quartier. Cette chaîne de cafés possède de nombreuses adresses à La Paz.

AU BON PAIN

364 Av. América
✆ +591 7354 4643
Boulangerie. Ouvert du lundi au samedi de 7h à 20h, le dimanche de 7h à 10h.

Vous cherchez une boulangerie française en Bolivie ? Ne cherchez plus. Miguel, le plus français des Boliviens (40 ans en France), fait sans doute le meilleur pain et les plus savoureuses viennoiseries de l´Altiplano. Large variété de pains : baguette, pain complet, pain de campagne, pain sans gluten... Excellents sandwiches et snacks salés. Tartes, croissants, pains au chocolat, aux raisins... L'établissement propose également à la vente une gamme de différents produits. Une très bonne option pour une pause gourmande ou si vous logez dans les environs.

CAFÉ CON PAN

826 Murillo
✆ +591 6990 8650
Du lundi au vendredi de 9h à 21h. Cafés de spécialité entre 12 et 18 Bs. Viennoiseries à 13 Bs.

Depuis 2021, la fabuleuse équipe du Café con Pan réalise des exploits en ce qui concerne le café de spécialité. Commander vos *lattes,* cappuccinos, *flat white, cortados* et espressos selon votre méthode d'extraction préférée : Chemex, Aeropress, Frenchpress... En dehors du café, les baristas préparent des *chai latte, des golden milk, des* smoothies et de délicieux petits plats : quiche lorraine, empanadas, roulés à la cannelle et pancakes (pour n'en nommer que quelques-uns). Une formation barista est aussi offerte afin que vous puissiez enfin maîtriser le *latte art !*

CAFÉ RETRATO

2633 Calle Victor Sanjinez
✆ +591 7893 0059
Du lundi au samedi de 8h à 22h ; dimanche de 15 à 21h. Plats aux alentours de 20 Bs.

Les hipsters huppés, les étudiants fauchés et les amoureux d'art latte se retrouvent dans ce joli café pour partager un moment agréable, aux côtés d'œuvres d'artistes boliviens, de bouquins traduits dans toutes les langues, d'un tourne-disque et de vieux canapés moelleux. Le menu se compose d'une variété de sandwichs, de crêpes, de boissons fraîches et de cafés gourmets. Le service est attentif et la connexion internet, rapide et fiable, permet aux *digital nomads* de s'affairer à leur besogne sans devoir esquisser un rictus amer.

DIESEL NACIONAL

2771 Calle 20 de Octubre
✆ +591 2242 3477
www.dieselnacional.com
Bar-restaurant. Ouvert du lundi au samedi de 18h à 2h. Plats aux alentours de 55 Bs. Wifi.

Une institution à La Paz qui fait salle comble tous les week-ends. L'entrée de l'établissement donne le ton : une atmosphère postindustrielle qui détonne, on se croirait dans la salle des machines d'un bateau. Cargo de nuit ! Un bon endroit pour passer la soirée et même pour manger un morceau. Décor vraiment branché avec trompettes au plafond et une grande cheminée centrale en métal, musique rock 80's. Les plats proposés sont de qualité et l'*Happy hour* donne l'occasion de tester le chuflay, réalisé ici dans les règles de l'art !

KUCHEN STÜBE

461 Calle Rosendo Gutiérrez
✆ +591 2242 4089
Salon de thé. Ouvert du lundi au vendredi de 9h30 à 21h30 et le samedi et dimanche de 8h à 21h.

Dans ce salon de thé, vous trouverez des gâteaux et des viennoiseries de bonne facture. Si vous désirez une bonne *merienda* (le goûter), le Kuchen Stübe propose un choix intéressant. Au menu des pâtisseries, des tartes (*apple strudel* évidemment), des petits déjeuners, des *almuerzos*... Les prix sont assez élevés, la clientèle n'est pas très animée, mais... on succombe quand même à la forêt-noire et à la tarte aux fruits. Le service est attentif et sympathique. L'atmosphère rétro donne un certain cachet à cet ancien établissement.

ETNÖ CAFÉ CULTURAL

722 Calle Jaén
✆ +591 6110 3889
Bar, petite restauration. Ouvert du mardi au samedi de 11h30 à 2h. Wifi.

Un petit café bohème dans la jolie Calle Jaén. L'endroit est élégant et possède un charme certain. On peut y boire un bon café, un thé, une bière ou encore un verre de vin rouge. Côté cuisine l'endroit propose des pizzas, des lasagnes, des tartines, ou encore des planches de fromages et de charcuteries. Côté culturel : soirées « open mic », performances de danses, concerts de jazz, lectures, tirages de tarot... N'hésitez pas à consulter leur page Facebook pour connaître la programmation. Idéal pour boire un verre entre deux musées.

THE WRITER'S COFFEE

1270 Comercio
✆ +591 2220 0122
www.thewriterscoffee.com
Du lundi au vendredi 9h à 19h30.

Localisé à l'intérieur de la plus ancienne librairie de la ville, ce joli café permet aux voyageurs de se ragaillardir avant de reprendre de plus belle leur longue journée d'exploration. Le Writer's se spécialise dans la production de café national de qualité. On s'y attable dans une atmosphère de vieille bibliothèque londonienne du XIXe siècle devant un menu qui propose un choix audacieux de cafés de spécialité et de gâteaux. Et si vous n'aviez pas encore découvert les différents types de machines à café, c'est le moment de poser vos questions ! Irréprochable.

LA PAZ

JALLALLA COCKTAIL BAR

710 Calle Indaburo
✆ +591 7729 0289
Bar à cocktails, restaurant. Ouvert du mardi au samedi de 20h à 2h.

Ce bar atypique décoré par l'artiste Mamani Mamani est la nouvelle fureur de La Paz. Mettez dans un shaker une rivière de cocktails originaux, beaucoup de couleurs vives, un soupçon d'expositions, une pincée de musiciens, mélangez le tout et vous obtiendrez le Jallalla, un bar étonnant ! La grande spécialité du lieu, comme son nom l'indique, c'est les cocktails, délicieux et visuellement splendides. Expositions de peinture, ciné-club, événements de littérature, de jazz et de salsa. Le Jallalla propose également de bons plats nationaux à la carte.

TYPICA CAFE SOPOCACHI

2584 Av.6 de Agosto
✆ +591 2243 3974
www.typicabolivia.com
Café. Ouvert tous les jours de 8h à 23h.

Cette chaîne de cafés possède une atmosphère absolument charmante, dans un esprit brocante chic. Le lieu est particulièrement apprécié par ceux qui désirent se poser pour lire, travailler sur leur ordinateur, ou discuter à bâtons rompus. Un jardin permet de prendre le frais... ou de lézarder au soleil ! Délicieux cafés, chocolat, gâteaux, et boissons froides sont au menu. Les snacks salés proposés (tartines, *tostados*) peuvent constituer un déjeuner léger. Ambiance jeune et dynamique. Le service est un peu lent, mais ici on a tout le temps !

(SE) FAIRE PLAISIR

Rendez-vous dans la rue Illampu pour trouver le nécessaire pour trekker (sac de couchage, vêtements, réchaud, gourde, etc.). Les marchés font partie intégrante de la vie quotidienne de La Paz, vous pourrez vous y restaurer et déambuler parmi les étals pour trouver votre bonheur. Pensez à ramener de votre voyage de l'artisanat ou des bibelots originaux dénichés au célèbre « marché des sorcières » ! Pour les incontournables achats de vêtements en alpaga, faire un tour dans le quartier de Sagàrnaga, arpentée par les touristes du monde entier. Ces ruelles regorgent probablement du plus bel artisanat du pays, à des tarifs intéressants (moins cher en général que dans les autres villes boliviennes). La négociation, en général, tourne autour de 20 %. Il suffit pour cela d'obtenir un sourire de la cholita (femme indienne vêtue du chapeau melon et de la jupe, qui tient généralement les boutiques d'artisanat).

MISTURA

163 Calle Sagàrnaga
✆ +591 2231 1910
Ouvert du lundi au samedi de 9h30 à 20h.

Une des boutiques d'artisanat les plus « selects » de la ville : pulls et vestes de première qualité créés par des stylistes – les prix sont assez chers, mais les articles sont originaux. Également : des bijoux, du café, des vins, des savons et autres objets design de Bolivie. Au total, ce sont les œuvres de plus d'une centaine de designers, artistes et artisans boliviens qui sont rassemblées ici dans ce *concept store*, du pull en alpaca aux objets déco, du souvenir aux bijoux en passant par des vêtements pour bébés. À découvrir !

WALISUMA

1231 Calle Claudio Aliaga
✆ +591 2214 5704
www.walisuma.org
Du lundi au vendredi de 10h à 19h, et le samedi de 10h à 17h.

Située dans le joli quartier de San Miguel, cette boutique de souvenirs haut de gamme vous permettra de trouver de précieux cadeaux uniques et originaux. Travaillant avec plus de 70 organisations boliviennes (représentant plus de 3 000 producteurs dans le pays), son équipe permet de promouvoir la crème de la crème en matière d'artisanat exclusif. Leurs articles réalisés avec des techniques ancestrales sont disposés sur les présentoirs : bijoux, écharpes en fibres naturelles de bébés alpagas et de vigogne, savons, mitaines, sacs, tapisseries et autres trésors.

LAM BOLIVIA

295 Sagarnaga
✆ +591 2231 6970
www.lambolivia.com
Tous les jours de 10h à 18h.

© LAM BOLIVIA

Ce qu'il faudra avant tout rapporter dans vos bagages, que ce soit pour vous ou pour un proche, est, bien entendu, un pull, un bonnet, des chaussettes ou une écharpe en laine d'alpaga. Toutefois, il s'avère parfois compliqué de trouver une boutique vendant des articles durables et certifiés commerce équitables, dans cette mer de produits contrefaits. LAM Bolivia vous garantit en tout temps ces deux spécificités. Et si jamais vous n'avez toujours pas trouvé votre bonheur, il suffira de visiter une autre succursale, puisqu'il en existe plusieurs à travers la ville.

EL CEIBO

1147 Calle Potosí

✆ +591 7200 4656

www.elceibo.com

Du lundi au vendredi de 9h à 17h30. Fermé le week-end.

Reconnus mondialement, les chocolats d'*El Ceibo* font partie des souvenirs par excellence à rapporter à la maison. Fondée en 1977, la compagnie exporte aujourd'hui dans le monde entier ses tablettes de chocolat, son cacao, ses lapins et ses ours au chocolat au lait. Plus de 46 coopératives (représentant 1 200 familles) se consacrent actuellement à la culture de ce cacao, qui est cultivé selon des méthodes biologiques, sans utilisation de pesticides ou d'engrais chimiques. On retrouve également des succursales à Cochabamba, à Oruro, à Sucre et à Santa Cruz.

KULLAMA BOLIVIA

747 Calle Jaén

✆ +591 7786 5220

Ouvert du lundi au vendredi de 9h à 19h, le samedi de 9h à 13h.

Jolie boutique créée par un collectif d'artisans. Plusieurs matériaux sont travaillés : le cuir (de lama notamment), l'argent, le macramé... À partir de cuir de lama, de vache et de chèvre, cette marque confectionne sacs, portefeuilles, sacs à dos, ceintures, chaussures, sacs à main, sacs banane, et bien d'autres objets... Un des objectifs est d'utiliser tout le cuir, ainsi les chutes sont utilisées pour des bijoux ou pour des éléments de décoration d'autres pièces. Les bijoux sont faits main et sont fortement inspirés par la culture andine.

SAMPAYA

803 Calle Illampu

✆ +591 6776 0676

Du lundi au vendredi de 10h à 13h et de 15h à 20h, et le samedi de 10h à 14h. Fermé le dimanche.

Si vous décidez de partir à l'aventure en haute montagne, ou si vous avez oublié un article de plein air à la maison, cette boutique sera l'endroit idéal pour acquérir de l'équipement sportif. Spécialisée en vente de produits pour la montagne, Sampaya propose vêtements, sacs à dos, chaussures, tentes, sacs de couchage, bâtons de marche et autres nécessités incontournables pour toutes expéditions en Bolivie. Un petit paradis pour les randonneurs qui désirent faire l'ascension des sommets de la Cordillère royale, des Yungas ou de la région de Sajama.

WILLJTA TEJIDOS

868 calle Linares

Ouvert tous les jours de 10h30 à 20h.

Fondée en 2018, Willjia (« aube » en langue aymara) est une petite entreprise qui a pour objectif de promouvoir le travail des artisans boliviens ainsi que la qualité de leurs produits confectionnés avec de la laine d'alpaga. L'avantage de ce magasin est que vous pourrez y passer en début de séjour pour précommander vos pulls, châles, bonnets, chaussettes, ponchos et moufles, selon le design et les couleurs que vous désirez, pour ensuite revenir les chercher une fois de retour à La Paz. Milta, la divine tricoteuse en chef, se fera un plaisir de vous assister.

WALATA EL SONIDO DE LOS ANDES

885 Linares

✆ +591 7321 9624

Ouvert du lundi au samedi de 10h à 20h.

En vous baladant dans les rues pittoresques de Casco Viejo, il est fort probable que vous croisiez cette jolie boutique d'instruments de musique traditionnels. Dès que vous franchirez la porte, les propriétaires vous accueilleront chaleureusement. Ils seront enchantés de vous faire découvrir leur amour pour la culture et les traditions andines, et ce, tout en grattant leurs guitares. Avec un peu de chance, ils pourraient même vous inviter à assister à un spectacle !

SIL CERAMICA

✆ +591 7891 8052

Cours de 3h pour 150 Bs. Réservations sur WhatsApp.

Silvia Araniba, artisane céramiste dans le quartier de Cota Cota, dans la Zone Sud, offre aux *paceños* et aux voyageurs des ateliers de confection de poteries. Une fois par semaine, durant près de 3 heures, en après-midi, vous apprendrez à mouler l'argile à la main, en utilisant diverses techniques, pour ensuite émailler vos pièces jusqu'à la finition souhaitée. Silvia vend également de très jolies pièces de vaisselle et de ravissants pots de fleurs et portes-bougies. Une belle occasion de découvrir l'univers de la poterie tout en s'amusant.

BOUGER & BULLER

Une multitude d'activités sportives sont proposées dans les environs de la ville. La plus célèbre et la plus populaire est bien entendu la descente en VTT de la fameuse « Route de la Mort » *(carretera de la muerte)* qui relie La Paz aux Yungas. Le départ se fait des sommets enneigés de La Cumbre à 4 800 m d'altitude pour se retrouver, 63 km plus loin, dans le climat tropical des Yungas à 1 200 m d'altitude ! Pour rendre cette expérience encore plus mémorable, on peut aussi agrémenter la descente avec un circuit en tyrolienne au dessus des forêts luxuriantes des Yungas... Pour les fans de sensations fortes, il est possible d'effectuer un saut à l'élastique ou une descente en rappel du dernier étage de l'Hôtel Presidente, en plein centre-ville ! Les plus téméraires s'attaqueront à l'ascension des sommets autour de La Paz. Les agences proposent également dans les environs du rafting, du kayak, des circuits en VTT, des randonnées...

LA CUEVA

850 Calle Vincenti
✆ +591 7620 5172
www.cuevaboulder.com
Du lundi au vendredi de 15h à 20h. Entrée d'une journée 30 Bs ; cours d »escalade 350 Bs.

Pour les grimpeurs expérimentés, ou pour les apprentis désireux de découvrir le monde de l'escalade. La Cueva est un gym de bloc dans le quartier de Sopocachi, qui offre des cours d'initiation à l'escalade intérieure et extérieure. Vous apprendrez à utiliser adéquatement le matériel, à maîtriser le nœud en huit, à assurer et bien sûr, à grimper de manière sécuritaire. Pour les pros, le centre propose des cours de *multipitch* (voies à plusieurs longueurs) et de rappel (2 cours théoriques et 2 cours techniques au Peñón de Amor de Dios et à Pomani).

PARAPENTE EN LA PAZ

2962 Francisco Bedregal
✆ + 591 7358 3349
1 personne 500 Bs. De 2 à 3 personnes : 450 Bs par personnes. Vols tous les jours.

Leur équipe propose des vols de parapente en tandem à La Paz, avec du matériel certifié et des pilotes APPI PRO comptant plus de 17 années d'expérience. Vol de 20 à 25 minutes dans la vallée de Yanari qui se situe tout près de l'Illimani. L'activité se déroule le matin et se termine tôt dans l'après-midi (de 8h à 14h). Les passagers n'ont pas besoin d'expérience préalable puisqu'ils sont accompagnés d'un instructeur. Et puis si vous comptez rester plus longtemps en Bolivie, vous pourrez faire partie d'une expédition de 11 à 17 jours à travers le pays.

GRAVITY BOLIVIA

940 Calle Linares
✆ +591 2231 0218
www.gravitybolivia.com
125 US$ par personne pour l'expédition de la route de la mort. Départ tous les jours à 7h30. Retour entre 19h et 22h.

L'une des meilleures agences pour la route de la Mort en VTT. On vous fournit l'équipement (vélo de qualité, casque, combinaison, gants), la nourriture et l'eau, puis c'est parti pour 63 km de descente en quasiment 5 heures depuis la Cumbre. Les guides prennent des photos sur la route pour immortaliser ce moment et vous aurez même le droit à un T-shirt. Possibilité de faire de la tyrolienne (Flying Fox) à la fin du circuit. Frais de 50 Bs par personne à payer au contrôle de police d'Unduavi (non inclus). Il est recommandé d'apporter des vêtements de rechange.

URBAN RUSH BOLIVIA

920 Calle Potosí
✆ +591 6978 6178
www.urbanrushbolivia.com
150 Bs le premier saut, 50 Bs le deuxième. Du lundi au vendredi de 14h30 à 18h et le week-end de 13h à 17h. Réservation.

Une envie d'un *rush* d'adrénaline alors que vous êtes au centre-ville ? C'est possible ! Direction l'Hotel Presidente pour une descente de la façade de 50 m en rappel, de face ou de dos, le tout sous l'œil approbateur de la Basílica de San Francisco ! Des sauts à l'élastique sont également proposés... Tout le matériel est fourni et cette activité est très bien encadrée. Voici une activité unique et originale, de quoi emmagasiner des souvenirs à vie ! De là-haut, la vue sur la basilique San Francisco et La Paz est remarquable. Alors, chiche ?

SORTIR

Les *peñas*, ces lieux traditionnels et festifs où se produisent des musiciens andins, se trouvent principalement dans le centre historique. Quelques bars, orientés vers une clientèle de *backpackers*, se situent dans les rues Sagarnaga et Linares. Mais après la période d'acclimatation, les fêtards se retrouveront plutôt dans le quartier de Sopocachi. Ici, une dizaine de bars, tels que le Diesel Nacional, ou encore La Costilla de Adan, qui ont fait de ce quartier de Sopocachi, auparavant tranquille et résidentiel, le rendez-vous des noctambules. Pour les petites faims de minuit, San Miguel (calle 21) vous réserve ses snacks et ses restos ouverts tard le soir. Ne parlons pas des karaokés qui ont poussé depuis dix ans… Les bars chics se trouvent à Calacoto, dans la zone sud, s'alignent les uns à côté des autres. Ils sont le refuge de la jeunesse dorée de La Paz. Bonne ambiance du jeudi au samedi.

LA COSTILLA DE ADAN

2974 Calle Armaza
✆ +591 2241 2318
Bar. Ouvert du jeudi au samedi de 17h à tard.

Un lieu exclusif et presque secret, mais on hésite presque à diffuser son adresse, tant il paraît un refuge hors de l'agitation des *gringos*. Il faut repérer l'adresse et sonner… on vous ouvrira, peut-être ! Des petites salles cosy dans cette maison, à l'esprit bohème, décorée avec goût par les maîtres des lieux, pour qui la brocante d'El Alto n'a pas de secret. Des notes d'excellent jazz qui s'égrènent, une clientèle triée sur le volet… Et bien sûr un large choix de boissons. Un bon endroit pour faire des rencontres. Excellent…

MALEGRIA

2282 Pasaje Gustavo Medinacelli
✆ +591 6990 1125
www.malegriabar.com
Club. Ouvert du jeudi au samedi de 21h à 3h. Saya afro-bolivienne tous les jeudis soir vers minuit. Cocktail à 35 Bs.

Depuis 2001, ce bar-discothèque à dimension humaine, situé dans une ruelle de Sopocachi, est bondé toute l'année jusqu'à très tard. C'est l'un des lieux les plus fréquentés de la ville, avec une ambiance chaude et bondée. Les tarifs ne sont pas excessifs et le staff est plutôt sympa ! Musique principalement *latina*, et le jeudi c'est soirée de musique saya des Yungas, avec parfois des musiciens qui accompagnent le DJ et qui font monter la température. Sans doute le meilleur endroit de La Paz pour faire des rencontres. *Caliente !* À ne pas manquer.

MECHANICAL WOOD

Calle Belisario Salinas
✆ +591 7252 4452
www.mechanical-wood.com
Bar-restaurant. Ouvert tous les jours de 19h à 3h.

Un bar assez classique sur 2 étages, avec une ambiance chaleureuse, notamment pour les groupes d'amis. Clientèle composée principalement d'étudiants boliviens et internationaux. Décor moderne et vidéo-clips de musique rock des années 80 diffusée sur différents téléviseurs, avec retransmission des matchs de football les plus importants (principalement des championnats boliviens et argentins). Grand choix de boissons : cocktails, bières pression et bouteille, vins… Petite restauration avec notamment de très bons burgers. Tarifs doux.

RCA.

8774 Calle 8
Le vendredi et samedi de 21h à 5h.

Pour aficionados de musique électronique, les assoiffés d'*after hours* et les danseurs mondains, cette boîte de nuit est la nouvelle Mecque des noctambules. Les locaux vont même jusqu'à la nommer « le temple ». On s'y déhanche jusqu'à l'aube, en honorant les disc-jockeys endiablés, dans une atmosphère ténébreuse, le corps à la dérive, ébloui par les néons, les spots lumineux et les flashs stroboscopiques. Sans aucun doute la meilleure scène underground et techno du pays, bien que la qualité du son pourrait être améliorée. Le prix des billets varie selon le *lineup*.

ALIVE ROCKERS MUSIC BAR

893 Montenegro

Du mercredi au samedi de 18h30 à 2h.

Ce bar de musique live est fréquenté par les amoureux de rock, de blues, de jazz ou encore de punk. Les artistes invités reprennent régulièrement les classiques des années 60 à 90 et on se surprend souvent à beugler les paroles (ou du moins à essayer) de groupes légendaires tels que Pink Floyd, Nirvana, Queen, The Beatles et David Bowie. Se produisent aussi sur scène des musiciens émergents, des artistes indépendants et autres petits labels qu'il fait bon d'encourager. Le service des barmen est attentif et on retrouve un choix varié de cocktails et de bières.

PEÑA HUARI

339 Calle Sagarnaga

✆ +591 7326 1811

Peña folklórica. Ouvert tous les jours, show à 20h. Entrée (spectacle et dîner) : 15 US$.

Une peña reconnue où l'on trouvera, en plus de l'ambiance sympathique, la bière Huari, l'une des meilleures du pays. Les tables sont près de la scène. Le dîner est correct avec un bar à salades plaisant et les boissons sont un peu plus chères qu'ailleurs. Chaque soir, 12 danses et 2 groupes différents. Il y aura des touristes, de bons groupes et de moins bons. La piste de danse en damiers lumineux multicolores rappellera à certains les grandes heures de *Saturday Night Fever* ! Consultez leurs réseaux sociaux pour en savoir plus sur leur programmation.

CHOLITAS WRESTLING

Calle 4 Villa Dolores

Le dimanche à 16h et le jeudi à 17h30 pour 3 heures de show environ. Billet au guichet : 95 Bs. Teleferico La Ceja.

Un combat de catch de *cholitas*, ça vous tente ? Non, vous ne rêvez pas, c'est bien de cela qu'il s'agit. Passé l'effet de surprise, le spectacle n'est pas surprenant et multiplie les scènes identiques (la *cholita* finit toujours par gagner malgré l'adversité). Cela fera surtout rire vos enfants qui se régaleront de cette ambiance un peu folle. Les étrangers sont placés au bord du ring et sont même souvent pris à partie pour des scènes un peu cocasses. À la fin, une séance photo vous permettra de poser avec vos stars d'un jour. Vous avez dit original ?

TEATRO MUNICIPAL ALBERTO SAAVEDRA PÉREZ ★★

Calle Indaburo

✆ +591 2240 6133

C'est le théâtre principal de la ville et le lieu où se produisent les grands récitals de musique classique, les opéras et ballets. Inauguré en 1845, c'est donc le plus vieux théâtre d'Amérique du Sud ! S'inspirant des théâtres vénitiens, il a été conçu par l'architecte José Nuñez del Prado. Sa façade a été modifiée à sept reprises, mais sa salle a conservé son architecture originale, hormis quelques changements intervenus en 1861. N'hésitez pas à vous renseigner sur la programmation !

CINEMATECA BOLIVIANA

Calle Oscar Soria

✆ +591 2244 4090

www.cinematecaboliviana.net

Du lundi au vendredi de 15h à minuit et les week-ends de 10h30 à minuit. Prix du billet : 20 Bs.

Bien que le fait de sortir au cinéma lors d'un voyage ne soit pas fortement suggéré, il arrive malgré tout que cette activité s'avère judicieuse lors d'un dimanche, d'un jour férié ou d'un jour de pluie, surtout avec les enfants. La Cinemateca projette depuis 1976 des longs métrages boliviens et étrangers tantôt grand public, tantôt amateurs. Lieu par excellence pour soutenir et encourager la filmographie de cinéastes boliviens dans des salles confortables et modernes. Leur programmation est disponible à la fois sur leur site web et sur leur page Facebook.

THE DUBLINER

Av. Rafael Pabón

✆ +591 7897 9771

www.dubliner.com.bo

Pub. Ouvert du mercredi au samedi de 17h à 3h.

Pub irlandais traditionnel avec un décor typique. C'est l'un des endroits favoris de la jeunesse dorée de La Paz. Côté restauration, des plats traditionnels boliviens, mais aussi steaks, burgers, sandwiches, nachos, et aussi des fish & chips. La qualité des plats n'est pas le point fort de l'établissement, mais plutôt la bière à la pression qui coule à flots ! Musiciens *en vivo* certains soirs et retransmission d'événements sportifs. Les tarifs sont assez élevés comparés à d'autres lieux nocturnes de la ville. Certains week-ends l'ambiance est à son paroxysme !

PASSPORT
N
W
E
S

ALTIPLANO NORD

Cette région concentre quelques-uns des plus beaux sites du pays : le lac Titicaca bien sûr, mythique (les Incas y trouveraient leur origine selon la légende) et qui séduit immanquablement tous les voyageurs ; le splendide site archéologique de Tiwanaku et ses vestiges d'un Empire encore mystérieux; Oruro au mois de février, pour son carnaval considéré comme l'un des plus traditionnels et des plus beaux du continent ; mais aussi de fières et magnifiques cordillères, peuplées de petits villages indigènes perdus dans un autre temps, au milieu de paysages grandiose. Il faut prendre le temps de découvrir, de rencontrer, de comprendre. Pour beaucoup de voyageurs, le Parc National Sajama, reste l'un de leurs meilleurs souvenirs. C'est ici que se concentrent les sommets les plus hauts et les plus beaux du pays. Les voyageurs y sont peu nombreux, et si les structures touristiques restent simples et rustiques, elles sont toujours accueillantes.

Altiplano nord
PELECHUCO
ÁREA NATURAL DE MANEJO INTEGRADO NACIONAL APOLOBAMBA
Aten
Parc National Alto Madidi
SAN BORJ
Réserve de Faune d'Ulla Ulla
Ulla Ulla
CURVA
Yucumo
Rio Beni
BENI
CHARAZANI
Rio Mapiri
Mapiri
GUANAY
Site d'Iskanwaya
AUCAPATA
Santa Ana
Quiquibey
Puerto Acosta
Ananea
Rio Tipuani
Puerto Ballivan
Cordillera Munecas
Escoma
LAC TITICACA
Illampu 6368 m.
SORATA
Ancohuma 6427 m.
Cordillera Real
Rio Zongo
CARANAVI
Covendo
Rio Boopi
San José
ISLA DEL SOL
Humacha
ISLA DE LA LUNA
Santiago de Huata
Achacachi
LAGUNA HUAYNA KHOTIA
PARC NATIONAL COTAPATA
TOCAÑA
YAMPUPATA
HUATAJATA
CHACALTAVA
COROICO
COPACABANA
ISLA TAQUIRI
Batallas
Cotapata
CORIPATA
Rio Cotacajes
ISLA PARIKI
ISLA SURIQUI
NEV. HUAYNA POTOSI 6088 M.
LA PAZ
CHULUMANI
IRUPANA
Laguna Wiñaymarca
Site de Tiwanaku
Golfe de Taroco
PÉROU
LA PAZ
LAGUNA MURURATA
Rio La Paz
Tapena
TIWANAKU
Viacha
NEVADO ILLIMANI 6439 M.
CHACO
Pocohata
CORDILLÈRE DE QUIMSA CRUZ
Inquisvivi
San Andres de Machaca
Comanche
Luribay
Quime
Santiago de Machaca
Corocoro
Patacamaya
Serrania de Sicasica
Puchini
Achiri
108
Belen
Charaña
Rio Desaguadero
Lequepa
Caracollo
CAPACHOS
CURAHUARA DE CARANGAS
ORURO
Site Kala
Vol. Sajama 6542 m.
Toledo
Lac Uru Uru
Machamarqu
PARC NATIONAL SAJAMA
ORURO
Lagunas
CHILI
Ancaravi
LAC POOPÓ
Sabaya
CHIPAYA
Pisiga Bolivar
Lac de Coipasa
Vers PARQUE NACIONAL LAUCA (CHILI)
SALAR DE COIPASA
50 KM
Altitude (en mètres)
5000
4000
3000
2000
1500
1000
500
200
Route majeure
Route importante
Route secondaire
Routes bitumée ou non
Voie ferrée
Villes
Parc et réserve

PAGES

158 ● ● RÉGION DE LA PAZ

De nombreux sites intéressants sont accessibles depuis La Paz, notamment les superbes ruines de l'ancienne capitale de l'Empire Tiwanaku. À ceux cités dans cette rubrique, il convient d'ajouter la Valle de las Ánimas (la vallée des Âmes, constituée de terrains érodés par des centaines d'années, 3 965 m), le Huayna Potosí (6 088 m), situé à 25 km de la ville, Chacaltaya, le Cerro Illimani (6 492 m), et le Parque nacional Cotapata traité plus loin dans ce guide.

TIWANAKU ★★★

 Tiwanaku est sans doute le site archéologique le plus important du pays. Les magnifiques vestiges de l'ancienne capitale de cet empire pré-Inca sont facilement accessibles depuis La Paz et méritent que vous y consacrez une visite d'une journée.

163 ● ● LE LAC TITICACA

Altitude : 3 812 m. Le lac Titicaca, comme le Machu Picchu, demeure, dans notre inconscient collectif, un toponyme teinté de magie. Fruit de la nature et donc des dieux pour les civilisations précolombiennes, on peut aisément comprendre l'émotion qui étreignit les premiers hommes à la vue de ce cadre grandiose, et la genèse magico-religieuse qui en découla. Carrefour des plus anciennes civilisations amérindiennes, le lac Titicaca a depuis toujours exercé une réelle fascination sur les voyageurs et les conquérants. De l'empire de Tiwanaku au clergé catholique, tous ont fait de ce joyau un de leurs hauts lieux religieux. Aujourd'hui encore, des milliers de pèlerins venus de toute la Bolivie se rendent en procession pour se recueillir devant la Vierge noire de Copacabana à Pâques. Avec comme écrin la barrière infranchissable de la Cordillère royale, et ses sommets enneigés de plus de 6 000 mètres d'altitude, les eaux du lac fusionnent avec un ciel au bleu intense, bercées par le ballet des voiles colorées des bateaux de pêche. Sur l'île du Soleil, berceau de la mythologie inca, on découvrira de nombreux vestiges : le temple de Pilkokaina, le temple de l'Inca. Les croyances, ici, se mélangent aux légendes et il n'est pas rare de se faire conter l'une d'elles par l'un des sages du village de Kalahuta ou de Tiquira. Il faut néanmoins anticiper en haute saison ou lors d'événements religieux car la ville de Copacabana est prise d'assaut et tous les hébergements sont complets.

ISLA DEL SOL ★★★

 L'île du Soleil, la plus grande île du lac Titicaca, est selon la légende le lieu de naissance de la civilisation Inca. Aujourd'hui de nombreux hébergements accueillent les touristes qui s'y pressent pour admirer les vestiges pré-colombiens, et profiter de la sérénité de l'île et de ses paysages somptueux.

La Cordillère royale, baptisée ainsi par les Espagnols, regorge de chemins incas. Si l'on porte son regard à l'est de La Paz et du lac Titicaca sur 180° se dresse une gigantesque barrière blanche, sans doute l'une des plus belles merveilles naturelles d'Amérique du Sud. Ces innombrables sommets parfaitement alignés constituent un rempart infranchissable pour les nuages venant des Yungas. Les premières expéditions dans la Cordillère bolivienne remontent à la fin du XIXe siècle, à une époque où l'alpinisme était encore une activité exclusivement européenne. Les Andes ne font pas exception et nombreux sont les refuges où les voies d'ascension qui portent le nom d'un pionnier du vieux monde. Pourtant, les noms des sommets restent aymaras ou quechuas. Illimani, Huayna Potosí, Illampu, Condoriri sont autant de noms qui rappellent la place particulière des montagnes, ces dieux de la neige, dans la cosmogonie des civilisations de l'Altiplano, qui vénérèrent Illampu, dédié au soleil, Illimani, consacré à la Lune ou Huayna Potosí, gardien des secrets des anciens. La Cordillère royale est certainement la plus importante zone de trekking de Bolivie. Son accès depuis La Paz est facile et de plus en plus d'agences proposent des treks de deux à dix jours. Le tourisme andin en Bolivie, quoiqu'en forte croissance, reste encore confidentiel. De fait, les sentiers ne sont pas clairement indiqués et il est fortement conseillé de s'assurer les services d'un guide ou d'un muletier du cru, plus pour sa connaissance du milieu que pour les facilités de portage qu'il fournit. La Cordillère royale est un vaste espace encore préservé. Conséquence la plus immédiate, les structures d'accueil sont quasi inexistantes. Il n'y a pas de refuge, pas de nuit chez l'habitant possible (sauf cas très rares), peu de villages et, bien sûr, aucun commerce le long des sentiers. Les moyens de secours, déjà évoqués, sont rares ou inexistants en cas de problème. Tout cela la rend incroyablement attirante pour le randonneur en quête de grands espaces et d'émotions rares. Que choisir ? La traversée intégrale ? Une descente vers les Yungas, au milieu des cascades et des chants d'oiseaux ?

Le massif montagneux le plus méconnu de Bolivie est certainement la splendide cordillère d'Apolobamba, prolongement de la Cordillère royale au nord-est du lac Titicaca. Pour y accéder, il faut traverser le parc national Ulla Ulla, réserve naturelle de vigognes et d'alpagas. Ce massif se trouve sur le territoire de l'ethnie des Kallawayas. Ces Indiens seraient les derniers descendants des seigneurs de Tiwanaku, dont ils parlent encore la langue, le pukina. Les Kallawayas sont aussi et surtout les derniers détenteurs des secrets des plantes de l'Altiplano. Curva, le village d'où débutent certains treks, est connu pour former les « guérisseurs » autochtones les plus prestigieux.

PAGES

●● LES YUNGAS

La région des Yungas constitue un paradis terrestre que l'on quitte toujours à regret. Espace de transition entre l'Altiplano et les basses terres amazoniennes, tout diffère de La Paz. Lorsque l'on parcourt ces vallées, on a peine à imaginer que les rigueurs de l'Altiplano ne sont distantes que de quelques dizaines de kilomètres. Au fur et à mesure de la vertigineuse descente vers le bassin amazonien depuis La Paz, le paysage minéral fait place, sans que l'on s'en rende compte, à une flore plus colorée, à des parfums nouveaux et à des cascades d'eau qui semblent jaillir des firmaments. La végétation s'épaissit progressivement, jusqu'à prendre des allures de forêt vierge. L'air devient étouffant et les lainages deviennent soudain d'inutiles fardeaux. La terre des vallées y est fertile et généreuse. On y cultive quantité de fruits et légumes qui alimentent les villes de l'Altiplano tout proche : melons, mangues, papayes, bananes et café poussent en abondance au milieu des perroquets et des singes et finiront à coup sûr sur un marché pacénien... La coca est ici une culture millénaire. Depuis des temps immémoriaux, les mineurs et les paysans du haut plateau ont su tirer profit de ses propriétés anesthésiantes et coupe-faim pour supporter leur labeur et la rudesse du climat. Malheureusement, la culture de la coca traditionnelle a été supplantée par celle des variétés destinées à la narcoproduction. Les paysans ont ainsi saisi l'opportunité d'une vie meilleure, en délaissant les cultures vivrières. Au cœur des vallées, les magnifiques villages de Coroico et Chulumani accueillent le voyageur dans leur douceur endormie. Ces bourgs, aux modestes demeures coloniales perdues au milieu de vergers et de jasmins odorants, constituent une étape idéale dans un décor idyllique.

●● ORURO ET SA RÉGION

Oruro constitue le point de départ ou d'arrivée du train qui rejoint Tupiza et Villazón au sud du pays, via Uyuni. Un court passage dans la ville et sa région est donc souvent inscrit sur la feuille de route des voyageurs. Une chose est sûre, ceux qui visitent le pays en temps de carnaval ne peuvent manquer cet extraordinaire événement culturel. Il est bien sûr inutile de préciser que les hébergements sont pris d'assaut et qu'il faut réserver plusieurs mois avant.

La ville peut par ailleurs servir de point de départ à une excursion dans le superbe Parc national Sajama, ou vers le Salar de Coipasa à la rencontre des Chipayas, l'ethnie la plus ancienne des Amériques.

VALLE DE LA LUNA ★★

Cette formation géologique étonnante doit son aspect lunaire à l'érosion, plusieurs fois millénaire, par le vent et la pluie. La promenade au milieu des cheminées de fées est réellement… féerique. Attention en marchant, les pylônes d'argile sont très friables. Il s'agit d'un bon prétexte pour traverser d'autres quartiers moins visités de La Paz. Les différents points de vue sur la vallée sont magnifiques et avec un peu d'imagination, vous verrez à travers les différentes formations rocheuses des personnages plus originaux les uns que les autres. Chemins de promenade bien balisés. Vous pouvez combiner cette activité avec le sommet Muela del Diablo (4h).

Pratique

Le tour complet dure environ 45 minutes. Entrée payante (15 Bs).

Transports

- **Mini bus.** Pour se rendre à la Valle de la Luna depuis le centre de La Paz, deux options : prendre les minibus 11 ou 43 sur l'avenue Santa Cruz ou el Prado en direction du sud. Ou emprunter les minibus 45, 231 ou 273 indiquant « Mallasa » depuis la rue México (parallèle au Prado). Compter 3 Bs par personne. Descendre au niveau du site (en fait, à un embranchement à 100 m de l'entrée). Demandez au chauffeur de vous indiquer l'endroit.
- **Taxi.** Compter entre 70 et 100 Bs pour un aller-retour depuis le Prado.

© PATRICE ALCARAS

Vallée de la Lune.

MUELA DEL DIABLO ★★

Située en bordure de La Paz, la « Molaire du Diable » est une curiosité géologique (en forme de molaire… ou pour être plus exact, de canine) qui offre une intéressante possibilité d'excursion à la demi-journée, en pleine nature. On se promène dans des canyons étonnants jusqu'à atteindre un point de vue unique sur la ville, le meilleur certainement. L'ascension ne représente aucune difficulté particulière. Idéal pour commencer votre séjour à La Paz, entre deux visites de la ville. Malheureusement, la police de La Paz signale quelques cas d'agression à main armée dans la zone. Mieux vaut donc être prudent et se renseigner avant de vous engager.

TIWANAKU ★★★

Située à environ 70 km de La Paz, la culture Tiwanaku s'est développée pendant près de 3 000 ans depuis la région du lac Titicaca, son berceau naturel, avant d'étendre son influence à l'Empire Inca lors de sa phase impériale. « Espace, temps et cultures », c'est par ces termes que l'archéologue bolivien Carlos Ponce Sanginés caractérise cette civilisation, créatrice de l'une des architectures les plus monumentales de l'aire andine. Cette civilisation, qui répandit sur les Andes son savoir-faire dans les domaines de l'agriculture, des mathématiques, de l'astronomie et de l'ingénierie, disparut mystérieusement au cours du XIe siècle. Le site de Tiwanaku est vaste et il y a beaucoup à voir, notamment les ruines monumentales, les temples, les palais et ses musées. Certaines des structures les plus importantes incluent la porte du Soleil, le temple de Kalasasaya et le temple semi-souterrain orné d'une centaine de visages sculptés. Pour mieux comprendre l'histoire et la culture du site, il est recommandé d'engager un guide local. Visitez le site tôt le matin ou en fin d'après-midi pour éviter la chaleur.

Histoire

- **À l'époque préhispanique,** la région entourant le lac Titicaca fut le siège d'une histoire dont le cours joua un rôle déterminant dans les processus de civilisation précolombienne. Non seulement la civilisation de Tiwanaku réussit à rayonner sur un territoire immense, elle parvint aussi à dominer et à transformer son milieu naturel et hostile en véritable terre convoitée. Les sociétés hautement complexes de Tiwanaku se formèrent pour créer une civilisation qui encore à ce jour est imprégnée de mystères et de questions restées sans réponses. Elle exerça une influence prépondérante sur la religion et le commerce au cours du premier millénaire de notre ère en plus de fournir les modèles culturels rafraîchis des siècles plus tard par les conquérants incas.

Les *suka kollos*, ces étonnants systèmes de canaux remplis d'eau qui coupent les terres de l'Altiplano, furent découverts et pris au sérieux par les agronomes que vers la fin des années 1980. Pourtant, les paysans de ces plateaux, où la température annuelle moyenne n'excède guère les 10 °C et où la terre semble être incultivable, réussirent, sans engrais ni fertilisants, à multiplier par vingt les récoltes de pommes de terre ou de quinoa. Lorsque l'archéologue Arthur Ponsansky commença ses recherches dans les années 1910, il pensait trouver à Tiwanaku le berceau de la culture latino-américaine, vieille de 14 000 ans. Les études plus sérieuses de Bennet (1932) et de Ponce Sanginés (1957) démontrèrent cependant des hypothèses plus crédibles quant au développement historique de Tiwanaku. Selon eux, cette civilisation passa par trois phases avant d'entamer son mystérieux déclin.

Phase pré-urbaine. Vers 1500 av. J.-C. jusqu'au début du Ve siècle, Tiwanaku, dans sa phase pré-urbaine, était un petit hameau de pêcheurs du lac Titicaca. Cette époque fut marquée par un acquis considérable : la culture de la pomme de terre. Les cultivateurs développèrent une méthode par essai-erreur en tentant de planter plusieurs variétés, et améliorèrent ainsi petit à petit celles déjà existantes. Connaissaient-ils déjà la génétique ? Dans tous les cas, ils avaient une excellente maîtrise empirique de la question. Ils domestiquèrent également le cochon d'Inde, le lama et l'alpaga. Ces animaux devinrent à la fois source de viande, d'articles en laine et de transport de marchandises.

Phase urbaine. Sa phase urbaine correspond à l'époque du peuplement aux abords des ruines actuelles. Les techniques agricoles se perfectionnèrent avec l'invention des *suka kollos*, les canaux d'irrigation et des *takanas* : ces cultures en terrasses pratiquées dans toutes les îles du lac Titicaca et ses abords et qui, contrairement à l'idée reçue, ne sont pas d'origine inca. La relation privilégiée qu'entretenaient les habitants avec leur environnement leur permit d'obtenir de très hauts rendements agricoles et de maîtriser la culture de la papa (pomme de terre). Tiwanaku, aussi appelé Tiahuanaco, est la première civilisation de la planète à avoir utilisé dans son alimentation, cette denrée originaire du bassin du lac Titicaca. Avec l'appropriation des excédents agricoles, la société Tiwanaku se divisa en classes, les savants et les prêtres constituant l'élite dominante. Un vaste réseau commercial vit le jour, et la ville commença alors à échanger de l'or avec les habitants de la région qui devint plus tard la ville de La Paz ; la coca avec les habitants des Yungas ; le cuivre avec Coro Coro ; le poisson avec les pêcheurs de la côte Pacifique.

Phase classique. Les imposants édifices du site actuel furent en grande partie construits lors de la phase classique. La matière première, l'andésite, fut transportée depuis Copacabana. La poterie et les arts textiles atteignirent leur apogée.

Site archéologique de Tiwanaku.

En même temps qu'on assistait à l'expansion impériale, commença la construction des voies, comme celles connues aujourd'hui sous le nom de l'Inca, en vue de faciliter les échanges entre l'Amazonie et les Andes. S'étalant sur une surface comparable à celle de l'Empire inca, la civilisation de Tiwanaku s'étendait de San Pedro d'Atacama, au Chili, jusqu'aux frontières équatoriennes, et au-delà de la côte Pacifique du Pérou actuel. Sa capitale aurait atteint une population d'environ 30 000 habitants (certains affirment qu'elle aurait pu accueillir jusqu'à 150 000 personnes). Tiwanaku fabriqua le bronze et commença à exploiter l'étain. Le déclin de sa population s'amorce cependant au début du XIIIe siècle. Outre les attaques ennemies que subissait l'empire, les archéologues considèrent qu'un important bouleversement climatique, vers la fin du XIe siècle, serait venu provoquer un recul des eaux du lac sacré, portant un coup fatal à ce qui était la source de vie de la cité. De nos jours, la disparition de cette civilisation reste encore une énigme.

Tiwanaku aujourd'hui. Aujourd'hui, le site archéologique a été, à certains égards, instrumentalisé à des fins politiques, ayant été la scène d'imposantes cérémonies d'intronisation lors de la prise de fonction de l'ancien président Morales et de son vice-président García Linera. Ces derniers, durant trois mandats consécutifs, y vinrent afin de remercier la Pachamama et de demander aux esprits ancestraux la sagesse et l'union du pays.

Transports

Bus. Pas facile à trouver car il n'y a pas d'enseigne. Prenez un minibus à partir du centre et descendez à la Plaza Tomas-Katari, face au *cementerio general*, là où se tient le marché aux fleurs. Les billets (pour l'aller uniquement) s'achètent devant le bus (le plus souvent un mini-van) pour environ 20 Bs. Plusieurs départs quotidiens, surtout en avant midi. Prenez les bus (très) matinaux pour arriver les premiers sur le site.

Au retour, l'arrêt de bus se trouve sur la plaza, à côté de la mairie. En montant dans le bus, demandez s'il s'arrête à El Alto ou près du cimetière. S'il vous dépose à El Alto, prenez alors le minibus « Centro » ou « San Francisco » jusqu'à La Paz, ou descendez par le téléphérique.

De nombreuses agences de la rue Sagarnaga, à La Paz, organisent cette excursion. C'est le plus simple et cela coûte environ 200 Bs la demi-journée (guide, prix d'entrée au site et repas inclus). Ceux qui s'y rendront par l'intermédiaire d'une agence auront moins de temps pour visiter ce village, dont les maisons sont bâties avec des fragments de ruines du site (certains villageois ont même un monolithe dans leur patio !).

SITIO ARQUEOLÓGICO DE TIWANAKU ★★★

✆ +591 2289 6605
tiwanaku.gob.bo
Ouvert tous les jours de 9h à 16h. Entrée au site : 100 Bs (inclut la visite des musées). Guide entre 100 et 150 Bs.

© YU LAN - FOTOLIA

A l'origine, Tiwanaku occupait une surface totale de 400 ha. Le site actuel n'en fait que seize. Important centre administratif et religieux. Ses édifices principaux furent orientés par rapport au nord et l'on y trouve un système de canalisations perfectionné. Les temples étaient bâtis avec la lave des Andes, l'andésite ; les maisons, en briques. Songez à faire appel aux services d'un guide : celui-ci vous fournira des informations précieuses sur l'histoire et les légendes du site.

KANTATALLITA ★

Kantatallita veut dire « la lumière de l'aube ». Cette structure rectangulaire comprend un intéressant linteau en un arc sculpté comportant de fines gravures aux motifs zoomorphes. Appréciez les orifices prévus pour les insertions des plaques d'or. Les plaques ont pris le chemin de la Casa de Contratacion de Séville, comme d'ailleurs la plupart des ouvrages andins en métal noble. Vous y trouverez également une maquette de certains édifices du complexe, réalisée par les architectes tiwanakotas dans un énorme bloc de pierre, démontrant leur savoir-faire avancé.

KALASASAYA ★★★

Cœur religieux et ancienne demeure des empereurs souverains, voici le monument le plus impressionnant du complexe de Tiwanaku. Il s'agit d'un temple ouvert constitué d'une plateforme basse de 120 sur 130 mètres, entouré de murs de pierre comprenant des gargouilles pour drainer l'eau de pluie. Il accueille trois structures importantes : le monolithe Fraile, le monolithe Ponce et la Porte du Soleil. C'est l'occasion pour vous de vivre une expérience assez amusante. Marchez parallèlement au mur intérieur de Kalasasaya. Avant d'arriver à la porte du Soleil, arrêtez-vous aux orifices à 1 m de hauteur. Demandez à votre copain d'aller 20 m au-delà, vers le monolithe Fraile, vers l'autre orifice, et, au signal, demandez-lui de parler doucement. Ô miracle ! Vous entendez parfaitement tout ce qu'il dit. Cet amplificateur en pierre est sans doute un gadget que les Tiwanakotas ont inventé à des fins cérémonielles. Il démontre l'état relativement avancé de cette civilisation dans le domaine technique.

- **Monolithe Fraile.** Cette stèle de 3 mètres sculptée dans le grès représente un personnage portant des *k'erus* (vases cérémoniels). Vous remarquerez que sa main droite a les doigts à l'envers. Sur ses hanches, on aperçoit un bandeau décoré de crabes (plusieurs le considèrent comme le dieu de l'eau).

- **Monolithe Ponce.** Situé en plein centre du temple et déterré par l'archéologue du même nom, ce monolithe qui ressemble à un *moai* de l'île de Pâques est censé représenter un prêtre dans son habit cérémoniel. Admirez la finesse des gravures iconographiques, le bandeau sur sa tête qui servait possiblement à provoquer une déformation crânienne, une tablette dans la main droite et un *k'eru* dans la main gauche.

- **Porte du Soleil.** À l'extrémité nord-ouest se trouve le symbole par excellence de Tiwanaku : La Puerta del Sol. Au-dessus de celle-ci se dessine Viracocha, le dieu suprême des civilisations de Tiwanaku et des Incas, accompagné d'hommes à tête de puma, de poisson et de condor. La porte fut sculptée dans un bloc d'andésite de 10 tonnes, mesurant 3 mètres de hauteur et 4 mètres de largeur. Le conquistador Pedro de Cieza de Léon, lors de son témoignage sur la découverte du site au XVIe siècle, déplora : « L'œuvre est d'une grandeur et d'une magnificence remarquable, lorsqu'on y réfléchit bien. Pour ma part, je ne comprends pas avec quels instruments elle a pu être réalisée. » Encore aujourd'hui, nul ne sait comment les artisans tiwanakotas ont réussi à accomplir un tel travail de précision sans bénéficier des techniques et des outils de notre époque.

MUSEO CERÁMICO ★

Ouvert tous les jours de 9h à 17h.

Ne manquez pas la visite du musée céramique. Sont exposées des pièces trouvées lors des excavations, qui s'étalent de la période des civilisations Wankarani et Chiripa jusqu'aux différentes phases de développement de la civilisation Tiwanaku (de 400 à 900 apr. J.-C.). Vous y verrez les extraordinaires *k'erus*, ces vases cérémoniels anthropomorphes et zoomorphes. Vous saurez tout sur les *suka kollos* et les *takanas*, ces techniques agricoles qui permirent à Tiwanaku de devenir la civilisation de la pomme de terre ! A visiter en premier si possible.

MUSEO LÍTICO ★★

Ouvert tous les jours de 9h à 16h.

Ne manquez sous aucun prétexte ce trésor caché, situé derrière le Museo Cerámico ! Il héberge le fameux monolithe Bennet qui fut découvert le 28 juin 1932 par l'archéologue américain du même nom. Ce dernier mesure 7,30 m et pèse 20 tonnes. Il trônait auparavant au milieu du Templete Semi Subterráneo, à La Paz, mais a été restitué au musée régional de Tiwanaku en 2002 afin de le protéger du vandalisme et de la pollution urbaine. D'autres statues, magnifiques et captivantes, sont exposées dans ce musée, à faire après la visite du site si possible.

PIRÁMIDE DE AKAPANA ★★

Cette imposante pyramide en gradins à sept niveaux, d'un périmètre de 800 m. Au sommet, il y avait un temple semi-souterrain qui aurait eu un plan cruciforme en escalier évoquant la croix andine. Si elle ne ressemble plus à une pyramide, sauf à certains endroits, c'est la faute d'Ollaydeburo, un avide mineur espagnol qui creusa, creusa et creusa dans l'espoir d'y trouver de l'or. L'accès principal à ce monument est situé à l'ouest, où se trouvaient des sculptures en basalte noir de « Chachapuma », l'homme-puma. Très belle vue panoramique du site au sommet.

Kalasasaya au site archéologique de Tiwanaku.

PUERTA DE LA LUNA ★

La Porte de La Lune se trouve à 500 m de Kalasasaya. C'est un arc monolithique de plus de 2 m de haut en andésite, orientée en fonction des points cardinaux, qui comporte des reliefs intéressants. Les motifs sont similaires à celle de la Porte du Soleil, sauf qu'ici les gravures zoomorphes représentent des gueules de puma et des têtes de poissons. Il semblerait qu'elle se trouvait auparavant proche du cimetière et qu'elle ait été déplacée par la suite. Souvent ignorée des visiteurs, à tort, elle est mérite amplement votre attention.

TEMPLETE SEMI-SUBTERRÁNEO ★★★

Ce temple souterrain est un des plus beaux monuments de toute la Bolivie. Sculptés dans la pierre, une centaine de visages représentant des hommes de toutes les races (y compris celles aux traits occidentaux, ce qui est pour le moins mystérieux…) qui symbolisent les victoires remportées sur les peuples étrangers. Au centre se trouvent trois monolithes. Le quatrième et le plus grand (7,30 m de haut), le monolithe Bennett, a été mis à l'abri dans le Museo Lítico depuis 2002.

PUMA PUNKU ★

A 15 minutes à pied du Museo Lítico.

Située à l'écart du site principal, c'est une pyramide avec une base de trois plateformes. Il semblerait que ce monument ait été bâti à la fin de la période classique de Tiwanaku, car les techniques de construction sont plus avancées que celles des autres édifices. Les blocs de 130 tonnes étaient unis par des tenons de métal qui pesaient 15 kg chacun et qui servaient non seulement à consolider le site, mais aussi au drainage des eaux de pluie. La « Porte du Puma » a été pillée massivement par les envahisseurs successifs. Un incontournable.

LA CABAÑA DEL PUMA €

Av. Puma Punku

✆ +591 7125 2408

Almuerzo entre 30 et 40 Bs.

Situé juste avant l'entrée du site, cet établissement rustique propose plusieurs services. Il dispose de chambres rudimentaires, mais convenables pour ceux qui désirent s'héberger et approfondir leur visite du complexe archéologique et du village. Le restaurant offre une cuisine typique, mais aussi des plats végétariens, des sandwiches, des soupes, des boissons chaudes… Une petite boutique vend de l'artisanat local et de livres. Enfin on y propose aussi de réaliser des offrandes à la Pachamama dans le plus pur respect des traditions.

HUATAJATA ★

3 824 m d'altitude. Huatajata est un petit village au bord du lac, à 90 km de La Paz. Vous y trouverez le seul yacht-club de Bolivie ! Au village même de Huatajata, sont installés de nombreux petits restaurants qui proposent des truites à l'ail, à la tomate ou simplement au citron. Les plats sont copieux et savoureux. Préférez ceux qui possèdent un jardin au bord de l'eau. Le plus agréable est certainement Sol y Andes, voisin du grand hôtel Inca Utama, tenu par Doña Virginia et son époux. Ils proposent un service de bateau vers la Isla Suriki. Vous pouvez aussi louer des embarcations aux villageois pour visiter les îles Pariti, Taqueriri et Kalahuta.

INCA UTAMA HOTEL & SPA €€

86 Carretera Asfaltada ✆ +591 2233 7533
incautama.business.site/
Réservations à l'agence Crillon Tours (Avenida Camacho, 1223 - La Paz). Compter environ 100 US$ la chambre double.

L'hôtel Inca Utama & Spa constitue une bonne base pour partir à la découverte du lac Titicaca dans des conditions de confort idéales, bien que l'établissement soit parfois un peu décrépi : demandez à être logé dans les chambres les plus récentes, les plus anciennes sont un peu vieillottes et mériteraient d'être rénovées. On y trouve, entre autres, 67 chambres (dont 4 suites) de bonne facture avec chauffage et sanitaires privés, un observatoire astronomique, le musée Kallawaya de médecine naturelle, un restaurant de bonne catégorie ainsi que d'autres activités.

ISLA SURIKI ★

L'île de Suriqui (Parko de son vrai nom) est située dans le lac mineur Hinay Marca. Cette île est très connue pour ses barques de *totora* (plante de la famille des roseaux poussant aux bords des eaux), qui permettait à l'homme andin de naviguer sur le lac depuis l'Antiquité. Vous pourrez y admirer la technique de leur fabrication, un savoir qui se transmet de génération en génération. Avec un peu de chance, vous entendrez les anecdotes du paysan Paulino Esteban qui participa à la construction de la fameuse barque *RA II*, qui traversa l'océan Atlantique lors d'une expédition organisée par le Norvégien Thor Heyerdahl au début des années 1970.

ISLA PARITI ★

Cette île minuscule est réputée pour les nombreuses poteries incas découvertes en 2004 par une équipe d'archéologues. Un petit musée très intéressant permet de découvrir d'étonnantes poteries et vases de la période inca, mais également de la période Tiwanaku, souvent intacts, dévoilant les prouesses artistiques de cette mystérieuse civilisation. Les Tiwanakotas venaient sur l'île pour exécuter des rituels d'offrandes, bien avant les Incas. On peut y camper. Vous aurez l'occasion d'observer la vie des habitants du lac, et même de partager un peu de leur quotidien si vous décidez de camper sur l'île. Pour ceux qu'y veulent éviter le tourisme de masse.

COPACABANA ★★

6 000 habitants environ. Altitude : 3 850 m. Copacabana doit son nom à son sanctuaire, à la fois précolombien et catholique, qui est tout aussi magique que celui du lac qui l'abrite sur ses berges, au pied d'un promontoire. Le sanctuaire de Copacabana se trouve à 155 kilomètres de La Paz, dans la partie méridionale du lac Titicaca. Cette petite ville se dresse dans une baie, encadrée par deux collines : au nord, le Calvario, et au sud, la colline Seroka. Copacabana assure à merveille une fonction d'étape entre les îles du Soleil et de la Lune, les petits villages et les nombreuses communautés qui accueillent avec plaisir les touristes respectueux.

Argent

Quelques *cambios* (maisons de change) dans la rue principale et sur la Plaza Sucre : pesos boliviens, sols péruviens, dollars, euros.

▶ **Attention !** Il y a une recrudescence des vols à la tire lors des grandes affluences notamment lors de la fête de la Vierge entre le 1er et le 15 août. On ne saurait trop répéter les recommandations habituelles. Ne vous séparez jamais de vos affaires, ne les laissez pas hors de votre champ de vision ! Les transports touristiques assurés par les navettes des agences de La Paz ou ceux des hôtels semblent les plus sûrs (on évoquait autrefois des braquages…).

Histoire

La péninsule de Copacabana, riche de nombreuses sources d'eau douce, était, du temps des anciennes civilisations, un centre agricole. On peut encore y observer les systèmes de terrasses utilisées par les Incas. Les terrains étaient irrigués grâce à des canaux parallèles.

TITICACA
UN LAC MYTHIQUE

La formation du lac Titicaca

Quinze mille ans avant la fin de la période de glaciation, il y avait dans l'Altiplano deux mers intérieures profondes de 60 m, formées par l'accumulation de l'eau de pluie, l'Altiplano étant un bassin fermé. Au nord, incluant la région du Titicaca, se trouvait le lac Ballivian. Le lac Michin occupait la partie sud-ouest de la Bolivie (là où se trouvent aujourd'hui le Salar de Coipasa et le Salar d'Uyuni). Alimentées par les eaux du dégel des neiges des montagnes et des glaciers qui les entouraient, ces deux mers étaient une riche source d'eau pour l'Altiplano. Lors de la période de glaciation, les sources se tarirent et, peu à peu, les deux mers s'asséchèrent et firent place au lac Titicaca, l'un des plus grands de l'Amérique latine. À 3 810 m d'altitude, il détient le titre du plus haut lac navigable du monde

Géographie

Le lac est divisé en deux parties quasi égales entre le Pérou et la Bolivie. Long de 180 kilomètres et large d'une soixantaine en moyenne, il est composé de deux bassins (majeur et mineur) séparés par un fin détroit. À l'est (côté bolivien), la Cordillère royale et ses sommets à plus de 6 000 mètres (Illampu, Ancohuma, Condoriri, Huayna Potosí, etc.). À l'ouest, le Pérou dont on distingue, la nuit, les lueurs des villes côtières. Le lac jouit d'un microclimat permanent grâce à l'évaporation importante de ses eaux qui repousse les nuages sur les berges et au-delà. Le lac varie d'environ 60 cm entre la saison sèche et la saison des pluies.

Histoire

« Du silence cosmique du lac Sacré des Andes, surgirent des dieux conduits par le dieu Wiracocha. Il créa le premier jour le soleil, la lune, les étoiles et des gigantesques créatures difformes. Après de nombreux essais décevants, Wiracocha réussit à modeler dans la boue du lac de véritables êtres humains, et non plus des géants incultes. » La légende veut que les grandes civilisations de l'Altiplano soient nées au Titicaca, connu sous le nom de « lac Sacré ». Une autre légende raconte qu'il y eut un déluge sur la région occupée par le lac. C'était une punition du dieu créateur du monde, connu sous le nom de Pachayachachic (seigneur invisible), parce que les hommes, en adorant les eaux et les montagnes, l'avaient offensé. Le dieu Pachayachachic punit cet affront en lançant des éclairs foudroyants. Sa colère était si grande qu'il envoya aussi des torrents d'eau sur la Terre. Tous les hommes périrent noyés à l'exception de quelques-uns, qui étaient innocents. Pachayachachic leur permit de se sauver en montant dans les arbres les plus hauts, puis de rejoindre les sommets des montagnes pour se réfugier dans des cavernes. Après le déluge, le soleil lança son premier rayon sur le lac Titicaca.

Selon une autre légende, le dieu Soleil eut pitié des mortels qui vivaient comme des animaux. Il envoya un de ses enfants (Manko Kapak) et une de ses filles (Mama Okllo), pour qu'ils donnent aux hommes la connaissance des lois afin qu'ils puissent vivre comme des êtres raisonnables, dans des maisons et dans des endroits où ils jouiraient des fruits de la terre. Le Soleil déposa ses enfants sur une île (connue aujourd'hui sous le nom de l'île du Soleil) et leur donna un bâton en or. Il leur ordonna d'enfoncer ce bâton dans la terre, où qu'ils aillent. À l'endroit où le bâton s'enfonça et disparut (aujourd'hui la région du Cusco), fut fondé un empire. Connu sous le nom d'Empire inca, son étendue était si grande qu'il occupait ce qui est aujourd'hui la Colombie, l'Équateur, le Pérou, la Bolivie, le nord de l'Argentine et la partie nord du Chili.

Dans le passé, on pensait que le lac avait submergé une cité entière. En effet, un explorateur bolivien, Ramon Avellaneda, et un groupe de plongeurs y trouvèrent, à environ 8 m de profondeur, des blocs gigantesques de pierre taillée et découvrirent des murailles régulièrement disposées. Le mythe d'une Atlantide lacustre était né. Quelques années plus tard, l'explorateur Jacques-Yves Cousteau emmena 30 tonnes de matériel et deux sous-marins pour explorer le lac. Son expédition descendit à deux cents mètres de profondeur, mais ne trouva pas trace de cette prétendue ancienne civilisation. L'archéologue bolivien Carlos Ponce Sanginés sonda, lui aussi, les fonds du lac à la recherche de trésors enfouis ainsi que de cette mythique ville engloutie. S'il est vrai que l'on a pu remonter des objets du lac, provenant d'offrandes qui furent faites aux divinités aquatiques depuis les temps préhispaniques, on n'a jamais pu amener la moindre preuve à ces récits fantastiques.

Pendant la période inca, Copacabana était un sanctuaire consacré au dieu Soleil et aux fondateurs de l'Empire inca (Manko Kapak et Mama Okllo). Lors de la colonisation, les Espagnols choisirent la péninsule comme centre politique et religieux. C'était un choix stratégique, car ils étaient conscients de l'influence culturelle de Copacabana sur les cultures précolombiennes et savaient qu'à travers le sanctuaire ils contrôleraient la région.

Une nuit, Francisco Tito Yupanqui, descendant direct de la famille royale inca, fit un songe dans lequel la Vierge lui demandait de tailler sa figure dans du bois. Tito Yupanqui n'avait aucune connaissance du métier. Il partit à Potosí, devenu l'un des plus importants centres artistiques et culturels des colonies, pour apprendre à travailler le bois. Lorsque le buste fut sculpté, il l'emporta à Chuquiago (nom de La Paz en aymara) où il acheva les derniers détails. Il transporta la Vierge jusqu'à San Pedro de Tiquina pour l'emmener ensuite à Copacabana, deux jours avant le 2 février 1583. On refusa le travail de Tito Yupanqui sous prétexte que les deux pièces de bois dont était fait le buste se réunissaient de façon apparente au niveau du visage. Cependant, deux jours plus tard, le 2 février, l'Enfant Jésus apparaissait au côté gauche de la Vierge. Depuis, les miracles n'ont pas cessé de s'y produire. Mais le miracle le plus important de la Vierge de Copacabana, celui qui incita la population indienne à prier la future patronne de Bolivie, fut certainement d'apporter la pluie après une longue période de sécheresse. À l'époque préhispanique, les Indiens montaient au sommet de l'actuel calvaire en adoration de leur dieu du tonnerre et de la pluie, Illapa. Chaque fois que leurs cultures agricoles étaient en danger, ils faisaient appel à cette divinité, espérant ainsi mettre fin à de longues sécheresses. Quand on leur révéla que la Vierge de Copacabana était dotée de pouvoirs similaires, ils adhérèrent beaucoup plus facilement au christianisme...

Se loger

Les hôtels, *hostels* et auberges de jeunesse ont poussé comme des champignons ces dernières années pour satisfaire une demande de plus en plus forte. L'offre est très variée, entre les petits coins rudimentaires et un certain luxe colonial. Trois hôtels, avec tout le confort, sont en tête du peloton à Copacabana : La Cúpula, Las Olas et surtout Rosario Lago Titicaca. Dans les autres, il n'y a en général pas de chauffage dans les chambres (sauf avis contraire) et la nuit vous risquez d'avoir un peu froid sans sac de couchage. Lors des la fête de la Vierge, les hôtels sont littéralement pris d'assaut et les prix vont jusqu'à tripler ! Pensez à réserver au préalable.

Se restaurer

La truite frite est la spécialité de la région. Ce poisson est en général accompagné de riz, de pommes de terre à l'eau ou de frites et d'un peu de salade. Ne manquez pas de goûter aux *pasancayas*, sorte de pop-corn sucré, une grande spécialité de Copacabana. Vous trouverez cette sucrerie à l'entrée du marché où une bonne demi-douzaine d'étals ne vendent que cela. Profitez-en pour parcourir le marché et pour déguster en fin de visite des *empanadas fritas* : pâtisseries fines faites avec une pâte légère qu'on remplit de fromage avant de la passer à la friture ! À savourer avec de l'*api* chaud (boisson sucrée à base de maïs).

ALTIPLANO NORD

© DOROMONIC / SHUTTERSTOCK.COM

Copacabana sur les rives du lac Titicaca.

Le *comedor popular* Santa Martha du marché propose des *almuerzos* à petits prix à l'heure du déjeuner. Le soir près du marché, on vend des *anticuchos* (brochettes de cœur de bœuf) avec patates et sauce aux cacahuètes pour 6-8 Bs, de petits hamburgers pour 3 Bs, et des petits restaurants proposent un menu complet à 10 Bs.

Dans un coin de la Plaza Sucre, là où partent les bus, à côté de l'agence Titicaca, vous trouverez deux petits snacks mitoyens sympas vendant des sandwiches, des *empanadas* argentines et des boissons chaudes et froides, l'idéal pour faire le plein avant un trajet en bus !

Les nombreux restaurants de la Avenida 6 de Agosto proposent plus ou moins les mêmes plats à des tarifs assez élevés. Vers 17h, asseyez-vous au bout de la 6 de Agosto, près de l'embarcadère, sur l'une des nombreuses chaises disposées, vous y verrez le jour décliner petit à petit. Un petit apéro en compagnie du ponant qui n'est pas pour déplaire ! Le soir le vent souffle sur le lac et le froid peut être intense, couvrez-vous bien.

Les îles flottantes. Impossible de comparer les îles flottantes de Bolivie aux îles flottantes du Pérou. Ici, on ne visite pas les communautés locales dans leurs habitations traditionnelles. Ici, on y mange seulement ! En effet, à quelques encablures de Copacabana, en longeant la côte, vous trouverez les fameuses îles flottantes. N'importe quel taxi vous y conduira, pour quelques bolivianos. Demandez à vous faire déposer aux îles les plus éloignées, qui se trouvent Playa Blanca, un peu avant la grotte de la Vierge de Lourdes, c'est une halte qui se révèle plus folklorique que vraiment gustative. Elle a néanmoins le mérite d'exister et vous permet de goûter aux très bonnes truites du lac Titicaca, dans un cadre unique !

Transports

Depuis La Paz, compter 4 heures de trajet en bus local. La route longe la Cordillère royale et après 2 heures on atteint les premières rives du lac. On traverse ensuite les villages côtiers d'où partent les bateaux de pêche, avant de traverser en bac le détroit de Tiquina qui sépare la partie majeure de la partie mineure du lac. Une fois sur la presqu'île, comptez un peu moins d'une heure de route pour Copacabana. A La Paz, il vous suffit de vous rendre au terminal de bus de la capitale. Plusieurs compagnies proposent le trajet (nous vous conseillons les très sérieuses Manco Kapac ou Titicaca Boliviana). Les départs débutent à 8h le matin. Comptez 3 heures environ pour rejoindre Copacabana. Durant le trajet, vous devrez notamment descendre du bus, le temps de traverser le détroit de Tiquina. En effet, des embarcations en bois permettent au bus de traverser. Il vous faudra, pendant ce temps-là, traverser également à bord d'une petite navette (prévoyez 2 Bs en monnaie pour la traversée). De nombreuses agences à La Paz, calle Sagarnagá, proposent des circuits de un à trois jours en groupe, à des prix modiques jusqu'à Copacabana et l'île du Soleil. Ces bus touristiques coûtent 35-40 Bs pour Copacabana, les départs s'effectuent vers 8h, depuis les hôtels centraux de La Paz. Attention, les minibus pour La Paz sont plus rapides mais s'arrêtent généralement à El Alto. Evitez de les prendre la nuit et soyez vigilants avec vos effets personnels. Un conseil, prenez le bus touristique, il est direct et très sûr.

Sorties en bateau vers la Isla del Sol généralement à 8h30 et à 13h30. Compter environ de 25 Bs l'aller simple pour Yumani (au sud), 30 Bs pour Challapampa (au nord), 40 Bs l'aller-retour pour Yumani et 50 Bs pour Challapampa (île du Soleil). En haute saison, il y a des départs supplémentaires. Un arrêt sur l'Isla de la Luna est également possible avant d'arriver sur l'Isla del Sol.

Départs en bus vers le Pérou. Vers Puno à 9h et 13h30 (30 Bs), direct pour Cusco à 18h30 (120 Bs).
Pour Arequipa et Cusco prendre un bus pour Puno puis changer de bus au terminal. Vous bénéficierez d'une autorisation de séjour de 90 jours au Pérou en passant la frontière à Kasani.

La ville aujourd'hui

Copacabana est surtout connue pour la Vierge miraculeuse qu'elle abrite dans sa cathédrale, et que l'on fête avec ferveur le 5 août. C'est la Virgen de Copacabana, patronne de la Bolivie. Ainsi s'y mélangent aujourd'hui ferveur religieuse des pèlerins lors des périodes de procession et celle, plus prosaïque, des milliers d'Occidentaux, les libations et autres offrandes alcoolisées étant, bien entendu, le point commun à tous. Certains ne verront ici, au premier abord, qu'une ville sans charme, tout entière dédiée au tourisme. D'autres y ressentiront la magie du lieu dans son écrin de merveilles, tant naturelles qu'archéologiques. Pourtant, chacun saura apprécier la tranquillité du rivage du lac Titicaca.

BASILICA DE LA VIRGEN DE LA CANDELARIA ✝ ★★★

Av. 6 de Agosto

Ouverte tous les jours de 6h à 20h. Pas de photos à l'intérieur.

C'est l'un des monuments baroques les mieux conservés du pays. Lorsque Francisco Tito Yupanqui déposa sa Vierge dans le sanctuaire, les miracles commencèrent à se succéder. L'écho en parvint jusqu'en Espagne, et le 7 janvier 1588 le roi d'Espagne, Philippe II, ordonna la construction d'une église. Grâce aux efforts du vice-roi du Haut-Pérou, Don Pedro Fernandez de Castro, la cathédrale put être inaugurée en 1670, mais la basilique actuelle date de 1820. De style Renaissance et baroque, l'édifice a la forme d'une croix et possède cinq chapelles, parmi lesquelles une monumentale chapelle *Miserere*, située au centre de l'atrium. Les coupoles de style mudéjar, couronnant les cinq chapelles, sont couvertes de faïences (azulejos). L'élément le plus original de l'ouvrage est la chapelle ouverte, ou *capilla de Indios*, appuyée contre la nef de l'église. Dans les premières années, le nombre de fidèles était si grand qu'il fallait dire la messe hors de l'église, c'est pourquoi fut décidée sa construction. Elle a une base carrée, couverte d'une coupole circulaire qui s'appuie sur quatre pendentifs. Trois arcs et le mur de l'église forment l'ensemble de la structure qui présente la même hauteur que la nef de l'église. La cathédrale a perdu beaucoup de ses richesses anciennes. Elle conserve cependant l'énorme retable XVIIe de son autel majeur, œuvre de Sebastian Acosta Tupak Inka, de même que de nombreuses sculptures parmi lesquelles, évidemment, la célèbre Vierge taillée en bois de maguey (cactus de la région).

La Vierge de Copacabana est aussi connue sous le nom de la Candelaria. C'est la seule Vierge indigène de Bolivie. Son visage, sculpté par Tito Yupanqui, présentait les traits caractéristiques des fils du soleil (les Incas), c'est pourquoi les habitants du pays l'appellent la Virgen Morena (vierge métisse). Mais, au cours du XIXe, certains pères franciscains décidèrent de blanchir les traits de la vierge afin de lui donner une apparence plus espagnole… On lui attribue des centaines de miracles, ce qui fait de Copacabana l'un des principaux centres de pèlerinage de Bolivie. Pour l'admirer, il faut se rendre au « Camarin de la Virgen », sur la gauche dans la cathédrale (suivre les panneaux). Elle est encaissée au-dessus de l'autel, protégée par un globe de cristal et encadrée par des anges en stuc. Tous les fidèles offrent un cadeau à la Vierge. Malheureusement, elle a déjà été l'objet de vols et c'est dorénavant une réplique qu'on peut admirer.

BAPTÊME DES VOITURES ★★

Plaza 2 de Febrero

Tous les jours à 10h, 12h et 14h.

Tous les jours de la semaine, et en particulier le week-end, des dizaines de conducteurs se garent devant la cathédrale afin de faire bénir leur voiture. Enfin, nous dirons plutôt engins puisque ce sont des taxis, des camions, des bus... S'en suit une petite cérémonie de quelques minutes durant laquelle le prêtre envoie de l'eau bénite sur le moteur, la carrosserie, l'intérieur comme l'extérieur. Si vous êtes devant la cathédrale, un jour de fête, c'est un incroyable défilé de plusieurs véhicules motorisés que vous pourrez apprécier !

GRUTA DE LA VIRGEN DE LOURDES ★

Camino a Sampaya

Cette grotte, qui se trouve à environ 15 min de voiture sur la route de Sampaya, abrite la réplique de notre célèbre Vierge de Lourdes, rapportée en 1905 depuis la France par Carmen Palma. C'est aujourd'hui, et depuis sa création, un lieu de culte visité par de nombreuses familles boliviennes. De là commence un chemin précolombien que vous pourrez suivre jusqu'à Sampaya, un petit village pittoresque, et même jusqu'à Yampupata, situé sur les rives du lac.

LA HORCA DEL INCA ★

Kesanani

Entrée : 10 Bs.

A 500 m de Copacabana, sur le *calvario del Niño*, se trouve un observatoire astronomique datant d'environ 1764 av. J.-C., à l'époque des Chiripas. Un énorme bloc de pierre haut de 6 m fut creusé verticalement en son milieu, de façon à donner l'impression de deux blocs distincts. En travers de ces deux blocs, à une hauteur de 4,5 m, fut posée une pierre de forme rectangulaire. Juste en face : deux falaises rocheuses. Le jour du solstice d'hiver (21 juin), les premiers rayons du soleil passent à travers l'orifice et viennent s'aligner sur la pierre rectangulaire.

CERRO CALVARIO ★★

Calle Destacamento

Compter environ 30 min d'ascension pour y accéder.

Voici la colline des rituels de Copacabana. La randonnée débute au pied d'une église blanche qui se trouve au bout de la calle Destacamento. Les chrétiens montent vers le sommet en suivant douze arrêts marqués chacun par des croix qui évoquent le chemin suivi par le Christ. Vous remarquerez des piles de galets au pied des croix qui représentent les péchés des fidèles. En les déposant lors de l'ascension, ils permettent aux pèlerins de faire pardonner leurs transgressions. Puis, au milieu du parcours, il y a une plateforme où sont réunis les Yatiris (les sorciers) qui procèdent à la *ch'alla* d'objets apportés par les croyants. Des kiosques bourrés de maisons et de voitures miniatures, mais aussi de fleurs, de figurines, de chandelles et de faux billets sont vendus aux fidèles afin que ces derniers puissent implorer la bénédiction du Seigneur et de la Vierge. Ce rite populaire est censé garantir, dans l'avenir, la possession de ces objets, mais bien réels cette fois ! A l'époque précolombienne, les Indiens gravissaient cette colline en adoration à leur dieu du tonnerre, Illapa, en lui suppliant d'apporter la précieuse pluie qui assurerait les bonnes récoltes. Enfin, c'est de ce point que l'on peut admirer les couchers du soleil les plus grandioses.

▶ **Lors de votre ascension,** vous verrez un sentier partir sur la droite. Si vous le suivez, direction le Cerro Santa Bárbara, la colline femelle répond à la colline mâle du Calvario. Celle-ci, beaucoup moins élevée, est toutefois le lieu de cérémonies menées en août par d'autres Yatiris.

© THIERRY LAUZUN - ICONOTEC

INTIKALA

Sur le chemin qui mène à Tiquina, face au cimetière

Entrée libre.

A environ 10 min de marche du village, le site archéologique d'Intikala, appelé également le Tribunal de l'Inca, est une plateforme rectangulaire artificielle où d'énormes roches sont habilement taillées en forme de chaises. Intikala veut dire « pierre du soleil » en aymara. On raconte qu'à l'origine, ces ouvrages de pierre portaient sur la partie centrale des figures sculptées dont certaines étaient couvertes d'or et d'argent. Ces riches sculptures furent dépouillées et détruites par les *conquistadores*. Un site à l'intérêt relatif.

ORKOJAWIRA

Entrée libre.

Découvert seulement en 1967, Orkojawira présente les mêmes caractéristiques que le site archéologique voisin d'Intikala, et se trouve à 200 m de ce dernier. On y voit trois blocs de pierre, sur le bord de la rivière Orkojahuira (« rivière forte » en langue aymara), où se trouvaient jadis des céramiques incas consacrées aux cérémonies religieuses. Sur ce site auraient été célébrés des rites dédiés au Dieu Soleil. En continuant vers le sud, on arrive à l'observatoire astronomique de la colline Kesanani, connu sous le nom de Horca del Inka (potence de l'Inca).

ECO HOSTAL 6 DE AGOSTO €

Av. 6 de Agosto

✆ +591 2862 2292

Compter 40 Bs par personne avec sdb commune ; chambre simple à 60 Bs, double à 100 Bs et triple à 140 Bs. Wifi.

Prisé par les *backpackers*, cet *hostal* très central dispose de chambres plutôt simples et propres, mais plutôt froides, donnant sur une grande cour. Pensez à apporter votre sac de couchage si vous êtes frileux ! Les chambres proposées vont de la simple avec sanitaires communs à la quadruple avec sanitaires privés. Salles de bains avec eau chaude. Petit déjeuner satisfaisant pour un établissement de cette catégorie. Garage à disposition des clients. A proximité de tous les commerces. Bon rapport qualité-prix pour les petits budgets.

HOSTAL LAS OLAS €€

Calle Michel Pérez
✆ +591 2862 2112
www.hostallasolas.com
Chambre simple à 37 US$, suite à partir de 58 US$.

Bienvenue dans le monde d'Alice au pays des merveilles ! Voici incontestablement l'hôtel le plus surréaliste et insolite du coin : douze bungalows, tous différents et aux formes arrondies étonnantes, rappelant des coquillages, des œufs ou encore des tipis, sont installés sur le flanc du Cerro Calvario avec vue panoramique sur le lac. Les chambres, où le bois est omniprésent, sont très réussies : mezzanine, cheminées ou chauffage, plantes vertes, kitchenette... Difficile de quitter cette petite oasis que Salvador Dali aurait sans aucun doute adorée !

HOTEL ESTELAR DEL LAGO €€

Av. Costanera
✆ +591 7720 5013
À partir de 175 Bs par personne, petit déjeuner inclus. Wifi.

Cet hôtel est situé directement sur la rive du lac. Les chambres sont lumineuses, spacieuses et confortables. Elles sont bien équipées (TV câblée, chauffage sur demande). Toutes possèdent un balcon faisant face au lac qui permet de profiter de couchers de soleil magnifiques. Décoration moderne et élégante. Bon petit déjeuner offert. Bon restaurant à demeure, doté d'une jolie terrasse extérieure, qui propose une cuisine locale et internationale. Le service est un peu nonchalant. N'accepte pas les paiements par carte bancaire.

HOTEL GLORIA €€

Av. 16 de Julio
✆ +591 2862 2094
www.hotelgloriacopacabana.com
À partir de 460 Bs pour deux personnes, 550 Bs pour trois, et 680 Bs pour quatre. Petit déjeuner inclus. Wifi.

Hôtel immense au charme désuet, au bord du lac Titicaca. On est séduit par la superbe vue qu'il offre sur le lac et les couchers de soleil, grandioses. L'hôtel propose des chambres à la déco un brin rétro, spacieuses et chauffées. La plupart bénéficient d'un panorama sur le lac. Grand jardin pour profiter de la vue sur le lac avec un espace pour faire des barbecues, une salle de jeux, et un minigolf. Buffet petit déjeuner varié et copieux. Bon restaurant dans l'enceinte de l'établissement. Une bonne option pour les familles.

HOTEL LA CÚPULA €€

1-3 Calle Michel Pérez ✆ +591 6708 8464
www.hotelcupula.com
Chambre simple, double, triple ou quadruple de 19 à 58 US$. Suite simple, double ou triple de 30 à 66 US$. Wifi.

Il y a, à Copacabana, sur le flanc du Cerro Calvario, loin du brouhaha de la ville, devant une vue sublime sur le lac, un hôtel de 20 chambres qui rappelle la beauté des bords de mer méditerranéens. Ses ravissantes suites, spacieuses et bien équipées (chauffage central, coin cuisine, bouillottes) accueillent les voyageurs en leur proposant un délicieux petit déjeuner servi dans un restaurant qui s'affirme comme l'un des meilleurs en ville. Carlos, le directeur, avec son français exemplaire et ses 25 années d'expérience dans le tourisme, vous recevra comme un ami.

HOTEL LAGO AZUL €€

13 Av. Costanera
✆ +591 2862 2581
Compter environ 160 Bs par personne. Petit déjeuner compris. Wifi.

Cet hôtel récent propose des chambres claires et confortables qui bénéficient toutes d'un balcon avec une vue spectaculaire sur la baie de Copacabana. Parquet au sol, mobilier moderne, TV câblée, douche spacieuse... Bien sûr le bleu est omniprésent dans les éléments de décoration et le linge de l'hôtel. Le buffet du petit déjeuner est très satisfaisant. Autres services : maison de change, service de laverie, agence de voyages... On peut aussi venir vous chercher en taxi à l'arrêt de bus, gratuitement, sur simple demande. Une bonne option.

HOTEL ROSARIO LAGO TITICACA €€€

Av. Costanera
✆ +591 7625 4988
hotelrosario.com/lago-titicaca/
Compter 750 Bs la double et à partir de 1 105 Bs la suite, petit déjeuner inclus. Wifi.

Comme son homonyme de La Paz, l'hôtel Rosario Lago Titicaca se distingue par le charme des lieux et la qualité du service. Superbe maison coloniale restaurée, avec vue sur le lac Titicaca et les magnifiques couchers de soleil. 26 chambres et 4 suites, toutes avec vue sur le lac. Solarium, TV, délicieux buffet petit déjeuner, très bon restaurant. L'hôtel est le plus confortable, le plus chauffé et le plus écologique de la ville ! Accueil adorable et service attentionné.

CAFÉ EUROPA €

Sur la calle 6 de Agosto près de la plage.
✆ +591 7306 9791
Ouvert tous les jours de 10h à 22h. Repas complet pour environ 50 Bs.

C'est dans un décor mi-amazonien, mi-restaurant, parmi les plantes, les sculptures et les ornements colorés que Rudy, le chef, vous prépare des repas complets de truite, de poulet ou de bœuf servis avec du riz, des frites, une petite salade et la fameuse *Llajua,* la sauce locale ultra fraîche faite de tomates, de piments *locoto*, d'herbes fraîches et d'oignons. D'ailleurs, ayant travaillé plusieurs années en Angleterre (bon, on s'entend, il aurait pu choisir mieux niveau gastronomie...), Rudy aura rapporté de solides compétences niveau cuisine et service.

LA CÚPULA RESTAURANT €€

1-3 Michel Pérez
✆ +591 6708 8464
www.hotelcupula.com
Cuisine internationale. Ouvert tous les jours de 7h à 10h et de 19h à 22h. Compter environ 60 Bs pour un repas.

Un petit restaurant plein de charme, bien dans le style méditerranéen de l'hôtel, avec (pour certaines tables) une superbe vue sur la baie de Copacabana. Salle chauffée et non-fumeurs. L'une des meilleures tables de la ville. Choix à la carte très vaste : les fondues (plusieurs choix) délicieuses et très copieuses pour deux, des plats végétariens et même des moussakas, lasagnes, filets mignons, fondues au chocolat, petits déjeuners complets. Ils servent aussi des vins boliviens, au verre ou en bouteille. Souvent plein, pensez à réserver.

TRATTORIA SAPORI D'ITALIA €

4 Calle Jáuregui
✆ +591 7954 1614
Cuisine italienne. Ouvert tous les soirs de 18 h à 21h30. Plats autour de 45 Bs.

Ce tout petit restaurant en pierre, situé en contrebas de l'hôtel Las Olas, propose quelques délicieuses spécialités italiennes (gnocchis, tagliatelles, pizzas individuelles et même de la polenta) servies par une famille adorable. C'est frais, très bon mais peu copieux. Tout est fait maison, mieux vaut venir tôt. Quatre ou cinq tables en bois uniquement dans la salle. Ambiance musicale sympa pour un dîner en tête à tête à accompagner d'un bon vin rouge de la région de Tarija.

TERRADENTRO RESTO KAFE €€

Av. Costanera ✆ +591 7625 4988
Cuisine traditionnelle & fusion. Ouvert tous les jours 12h-14h30 et 18h30-21h30. Compter environ 100 Bs pour un dîner.

Le restaurant de l'hôtel Rosario s'impose comme « la » table de référence de la ville. Une cuisine de qualité dans le cadre le plus chic de Copacabana. Truite bien sûr, viande de lama au vin rouge, plats nationaux revisités, et quelques recettes occidentales... La carte varie en fonction de la disponibilité des produits frais. Les plats sont élaborés à la commande, ce qui prend parfois un peu de temps, mais le service est professionnel, et l'atmosphère de l'endroit agréable. Également une jolie carte de vins boliviens (une trentaine de références).

CAFÉ BISTROT €€

Av. Busch
✆ +591 7151 8310
Cuisine bolivienne. Ouvert tous les jours de 8h à 21h. Compter environ 50 Bs pour un repas.

Dans un décor très coloré et rempli de bibelots, Fatima, la gérante trilingue de ce petit restaurant original, sert une cuisine traditionnelle et locale. Truite fourrée au fromage et aux épinards, lasagnes de la mer : tous les produits sont frais, ce qui impose un service un peu long. N'hésitez pas à vous installer sur la terrasse pour apprécier la vue sur le port. Un bon spot pour attendre votre embarcation pour l'Ile du Soleil. Sur commande, Fatima vous propose même une lunch box à emporter. Elle partagera avec plaisir ses connaissances sur la région.

YAMPUPATA ★★

Petit village à environ 18 km au nord de Copacabana que l'on peut rejoindre par des sentiers de randonnée à pied ou à vélo. La partie agréable de l'excursion débute à la grotte de Fatima (gruta de Fatima ou de Lourdes) près du Rio Jinchaca. De là, il faut environ 5 à 6 heures pour rejoindre Yampupata (un minibus vers la grotte coûte environ 5 Bs). Sur le chemin, on peut visiter le village de Titicachi, le cimetière inca de Tiwanakuta, les îles flottantes ainsi que le village traditionnel de Sicuani où l'on peut camper. À Yampupata, on peut louer des chambres chez les habitants ou prendre une barque pour rejoindre le sud de l'île du soleil.

ISLA DEL SOL ★★★

Altitude : 4 000 m environ. Point culminant : 4 075 m. Longue d'un peu plus de 9 km, il s'agit de l'île la plus importante du lac Titicaca. La Isla del Sol abrite d'intéressants ouvrages architecturaux de la période précolombienne. C'est ici que, selon la tradition orale, le dieu Soleil s'était réfugié lors du Chamaj Pacha, le temps du déluge et de l'obscurité. Ses enfants, Manko Kapak et Mama Okllo, commencèrent ici le périple qui les amena plus tard à fonder Cuzco. Certains hôtels ou agences de La Paz proposent des excursions pour les îles du Soleil et de la Lune. Tout au nord, Challapampa, et Yumani, au sud, sont les principaux villages de l'île.

Balade

Plusieurs sentiers de randonnée parcourent l'île. À noter qu'au cours du trek sur la route des crêtes, vous devrez payer deux fois 10 Bs, aux différents bureaux de contrôle, pour les communautés traversées. À cela s'ajoute l'entrée au site de Chinkana (15 Bs). Pour visiter l'île en une journée, voici les différentes options possibles.

- **Généralement, on visite l'Ile du Soleil** en prenant le bateau pour Challapampa le matin afin de visiter Chinkana et faire une randonnée le long des crêtes jusqu'à Yumani. La randonnée est très agréable et offre des points de vue sublimes sur le lac et la cordillère Royale. Les plus pressés peuvent reprendre la bateau pour Copacabana à 16h mais il serait dommage de ne pas passer une nuit sur l'île.
- **Un autre parcours classique** mène du village de Yumani aux ruines de Chinkana : compter environ 4 heures de balade. On revient ensuite de Challapampa à Yumani, soit à pied (mais alors c'est une longue journée de trek), soit en bateau (un bateau public part tous les jours de Challapampa à 13h30 pour 20 Bs par personne, ou alors il faut en louer un, compter 350 Bs pour l'embarcation complète).
- **Depuis Yumani** vous pouvez effectuer un aller en bateau jusqu'à la baie de Chinkana, visiter le site puis marcher jusqu'à Challapampa (40 minutes à 1 heure au maximum), et revenir en bateau (dans ce cas, compter 350 Bs environ la location du bateau, arrangez-vous avec le pilote pour qu'il vous dépose à Chinkana et vous reprenne à Challapampa).

Pratique

L'île peut se diviser en trois zones distinctes.

- **Yumani.** Généralement, pour débarquer sur l'Isla del Sol, vous arriverez au petit village de Yumani, souvent bondé, noyé par le flot de touristes incessant. C'est ensuite une longue montée qui vous attend afin de rejoindre la crête de l'île.
- **Le chemin des crêtes.** Là-haut, vous pourrez admirer une magnifique vue sur les environs, cordillère Royale comprise. Le chemin est celui qui vous permettra de rejoindre le nord de l'île, plus sauvage, après une marche de plusieurs heures.
- **Le village de Challapampa** jouit d'un confort et d'une tranquillité vraiment agréables. À proximité se trouve la Roca Sagrada et le temple Chinkana. Challapampa est d'ailleurs le 2e point d'entrée de l'île, puisqu'on peut en partir ou y arriver en bateau.

Se loger

- **Tous les ans, dans le village de Yumani,** apparaissent de nouvelles auberges. Il est loin le temps où le voyageur impénitent pouvait planter sa tente un peu n'importe où !

ALTIPLANO NORD

© RAFAL CICHAWA / SHUTTERSTOCK.COM

Isla del Sol.

En janvier-février et au mois d'août, c'est un peu la cohue à Yumani. Les établissements les plus confortables de l'île sont excessivement chers au vu des prestations proposées. Le confort à un prix sur la Isla del Sol !

▶ **Challapampa, l'autre village de l'île du Soleil (au nord)**, offre également la possibilité de se loger. On trouve quelques auberges notamment le long du lac au niveau de l'embarcadère (la plupart donnent l'impression de ne jamais être terminées).

▶ **N'oubliez pas votre sac de couchage,** les couvertures ne sont pas suffisantes pour oublier le froid aux mois de juin-juillet et presqu'aucun établissement, sauf les plus chers, ne dispose de chauffage !

Transports

Achetez, de préférence, vos places la veille de la visite. Les bateaux sont littéralement pris d'assaut par les touristes. Il n'y a aucun véhicule motorisé sur l'île.

▶ **Les départs** ont lieu vers 8h30 et 13h30 de Copacabana. Vous payez un forfait d'un aller simple (25 Bs environ) ou d'un aller-retour (40 Bs pour Yumuni et 60 Bs pour Challapampa). Le trajet dure un peu plus de 2 heures. Le mieux est certainement de passer une nuit à Yumani ou à Challapampa ou, mieux encore, de prendre le temps de faire la randonnée Copacabana-Yampupata.

▶ **Retours de Yumani, au sud de l'île,** vers Copacabana à 9h30, 11h30 et 14h30 (en haute saison, un bateau repart également vers 16h30).

▶ **Retours de Challapampa, au nord de l'île,** vers Yumani à 8h30, 10h30 et 13h30 (20 Bs en transport public). Un bateau de la communauté part le dimanche à 7h30.

ALTIPLANO NORD

CHINKANA, ROCA SAGRADA ET MESA RITUAL ★★

À l'extrémité nord de l'île

Compter 15 Bs le droit d'entrée, à payer au poste de contrôle.

▶ **Le temple de Chinkana,** ou le « labyrinthe » en aymara, serait vieux de 1 000 à 1 500 ans. Il avait deux fonctions principales. La première était d'abriter les vierges de l'Inca, les fameuses *ñustas*. Sa deuxième fonction était d'entreposer les aliments nécessaires aux pèlerins venus de tout l'empire. Les bâtiments de Chinkana sont plus ou moins en ruine, même s'ils ont été restaurés en partie pour donner une idée de ce qu'ils figuraient. En tout cas, vous apprécierez certainement le cadre idyllique rappelant les paysages méditerranéens.

▶ **Roca Sagrada.** Aussi appelé « roche des origines », cet énorme rocher est l'un des lieux les plus emblématiques de l'île. C'est ici que les Incas ont situé la naissance de leur dynastie, tout d'abord avec le Dieu Soleil Viracocha, puis les fondateurs de Cuzco, Manco Cápac et Mama Ocllo. Les pèlerins venaient adorer le rocher sacré, rocher où, selon les croyances incas, s'étaient réfugiés, lors du grand déluge provoqué par Pachayachachic, le Soleil et la Lune. Ce rocher, situé à deux cents mètres du site de Chinkana était, selon certaines chroniques, entièrement recouvert d'or et d'argent, symbolisant respectivement le soleil et la lune. Minerais précieux bien évidemment disparus à l'arrivée des Espagnols.

▶ **Mesa Ritual.** Juste à côté de la Roca Sagrada, cette table rituelle servait lors des cérémonies, pour les sacrifices humains. Les malfaiteurs étaient alors utilisés pour l'accomplissement de pratiques religieuses.

CHALLAPAMPA ★★

Au nord de l'île, le village de Challapampa a gardé son authenticité. Des petites ruelles et des habitants, qui vivent encore un peu isolés du reste du pays, font de ce village un vrai voyage culturel. On est bien loin du faste de Yumani. On vient dans le nord pour admirer le côté plus sauvage de l'île et pour profiter des quelques criques pour se baigner, avec un peu de courage (l'eau étant relativement froide, toute l'année). Parmi les attractions du village, le Museo de Oro qui recueille principalement pièces et objets ayant été retrouvés sous l'eau.

RUINAS DEL PALACIO DE PILKOKAINA ★★

Se situe dans la partie sud de l'île

Entrée : 10 Bs.

Relativement délaissée des touristes, Pilkokaina (« là où l'oiseau s'arrête ») est la ruine d'un ancien palais de deux étages dont seul le premier est encore intact. Également appelé Temple du Soleil, ce palais accueillait l'Inca Yupanqui lors de ses pèlerinages à Chinkana. On remarquera surtout ses portes trapézoïdales typiques. Pour y accéder, deux solutions : y arriver directement en bateau, sinon emprunter le chemin qui longe l'île et qui offre de magnifiques panoramas.

YUMANI ★★

Au sud de l'île

C'est ici que les bateaux arrivent de Copacabana. C'est de là aussi qu'on peut partir vers l'île de la Lune.

Yumani est la porte d'entrée principale de l'île, les bateaux accostent sur ses quais. C'est un petit village souvent bondé, noyé par le flot incessant de touristes. Vous y trouverez de très nombreux hôtels et restaurants puisque c'est l'escale privilégiée des voyagistes. Vous serez accueillis par des rabatteurs vantant les mérites de leur hôtel. Cette partie de l'île abrite plusieurs vestiges incas, preuve de l'importance du village depuis des siècles. Le superbe escalier qui mène du port au village est aussi épuisant ! Attention : en arrivant sur l'île, on vous demandera de payer une entrée de 10 Bs. Vous pourrez garder ce coupon avec vous pour entrer dans plusieurs autres sites sur l'île. De plus, si vous séjournez sur l'île, assurez-vous de demander à votre guide où à des locaux qu'ils vous trouvent des mules ou des ânes en vue d'emporter vos valises à votre chambre. Vous ne retrouverez aucun véhicule sur l'Île du Soleil : il vous faudra user de ces services si vous redoutez l'épreuve physique de la randonnée jusqu'à votre hôtel.

Escalinatas de Yumani. Un escalier de l'époque inca, assez impressionnant, vous conduit à une fontaine avec trois sources d'eau qui symbolisent les trois lois incas : Ama Sua, Ama llulla, Ama Kella (« tu ne voleras pas, tu ne mentiras pas, tu ne seras pas paresseux »). Certains disent aussi qu'il s'agirait de la fontaine de jouvence (*fuente de la eterna juventud*) tant cherchée par les conquistadores. Il y a quelques années, la population de Yumani devait venir chercher l'eau à cette fontaine tous les matins, avec leurs ânes. Imaginez un peu l'effort qu'il fallait accomplir pour alimenter en eau tous les hôtels et restaurants de l'île ! Aujourd'hui encore, il faudra faire très attention à votre consommation d'eau. Tous les habitants de l'île apprécieront votre effort.

Mirador Palla Khasa. En suivant les signaux le long d'un joli sentier, vous arriverez à un belvédère en pierre situé au sommet du Cerro Palla Khasa, à 4 065 mètres d'altitude. C'est de ce point de vue que plusieurs amateurs de couchers du soleil se rassemblent pour contempler la vue à 360 degrés sur le Calzada, l'Ancohuma au nord et sur les rives péruviennes au sud. Un paroxysme de beauté.

Jardín del Inca. A droite, en montant le long de ces escaliers, vous apercevrez un magnifique jardin botanique, propriété de l'agence Transturin. Sa disposition en terrasses le rend tout à fait unique. Des fleurs de toutes les couleurs et des plantations de produits agricoles de grande qualité s'harmoniseront avec le panorama percutant de la Cordillera Real.

HOSTAL INTI KALA €

✆ +591 7197 3878

Chambre simple à 250 Bs, double à 370 Bs, triple à 490 Bs. Petit déjeuner compris. Wifi. Menu à 40 Bs.

Structure toute en pierre sur la crête : elle détonne un peu par rapport aux maisons en adobe qui l'environnent. Elle délivre une vue imprenable. On apprécie la terrasse des chambres du second étage. Chambres correctes et lumineuses. Assurez-vous que tout marche dans votre chambre (eau chaude, lumière, prises, etc.). Le petit déjeuner proposé est supérieur à la moyenne des établissements voisins. Le restaurant, qui sert une bonne cuisine, est bénéficie d'une superbe vue sur le lac. Les tarifs, comme souvent sur l'île, sont un peu exagérés.

HOSTAL PUERTA DEL SOL €

Sur la crête.

✆ +591 7354 2479

Chambre simple à 175 Bs avec salle de bains privée et 300 Bs pour une cabaña indépendante, 50 Bs/pers avec sdb commune.

Derrière un portail en pierre, tout en haut à gauche en venant du port de Yumani, Don Ismael et Doña Maria ont ouvert ces deux bâtiments pleins de charme, sur la crête, tout en haut du village. L'un d'entre eux comporte un restaurant, le Willka Punku. Chambres spacieuses, certaines avec salle de bains privée. Pas de décoration flamboyante mais un grand soin est apporté à la propreté. Préférez celles avec la magnifique vue sur le lac. Une petite terrasse agréable vous permettra de passer la soirée à admirer l'un des ciels les plus étoilés d'Amérique du Sud.

HOSTAL WILLKA WATA €

✆ +591 6813 9118

Chambre de 50 Bs à 100 Bs par personne selon confort (salle de bains) et saison. Petit déjeuner à 20 Bs.

Si vous n'avez pas le courage d'atteindre à pied Yumani ! À mi-chemin entre le port et le village, cette petite auberge peut vous dépanner. La structure de l'établissement est très sommaire. L'endroit est très fréquenté par les *backpackers* pour ses chambres basiques, mais propres et aux petits prix comparés aux autres situés sur la crête. Le petit déjeuner propose le strict minimum. Points positifs, l'*hostal* dispose d'une superbe vue et les propriétaires sont très sympathiques, ce qui n'est pas monnaie courante sur la Isla del Sol.

© MARKUS GEBAUER - SHUTTERSTOCK.COM

Challapampa.

ECOLODGE LA ESTANCIA €€

À environ 20-30 minutes à pied de Yumani en haut de la colline. Prendre le chemin qui longe l'église. ✆ +591 2244 0989
www.ecolodge-laketiticaca.com
Chambre 1 personne 144 US$; chambre double 162 US$; Triple 200 US$; Suite 201 US$. Petit déjeuner et dîner inclus.

Situé à l'écart du village de Yumani, ce *lodge* propose des *cabañas* privées et indépendantes qui sont disposées à flanc de colline (belle montée pour aller jusqu'au restaurant). Leurs cheminées naturelles permettent à la chaleur de s'emmagasiner en journée (quand il y a du soleil) en se maintenant tout au long de la nuit. Très confortable, c'est l'une des meilleures adresses sur l'île du Soleil. Très bon petit déjeuner et dîner. La Estancia reçoit habituellement des groupes. Réservation indispensable au moins 15 jours avant votre arrivée. Réel coup de cœur.

PALLA KHASA ECOLOGICAL HOTEL €€

✆ +591 7350 2117
Compter de 40 à 60 US$ pour une chambre double.

À la sortie de Yumani, plusieurs lodges élégants se situent en bord du chemin des crêtes. Le confort est sommaire mais le charme est certain. Les lodges circulaires sont constitués de pierres, avec un toit de chaume, de magnifiques baies vitrées et une cheminée à bois. Pas de chauffage mais une simple demande d'une bouillotte à l'accueil et le tour est joué. L'accueil y est en plus très chaleureux. Le restaurant Kala Uta, avec son décor rustique, propose une très bonne cuisine locale.

HOSTAL UTASAWA €€

✆ +591 7402 4787
A 20 minutes de marche de Yumani. Chambre double à partir de 500 Bs ; triple à partir de 650 Bs. Petit déjeuner inclus.

En passant par l'auberge Utusawa, les guides touristiques s'enthousiasment souvent : « Este hostal es muy muy bueno ! ». En effet, ses magnifiques chambres spacieuses et lumineuses offrent un confort exceptionnel avec leur douche privée, leur balcon, leur nécessaire de toilette et surtout : leur vue prodigieuse sur l'Ancohuma. Endroit par excellence pour passer la journée à lire et écrire tranquillement tout en contemplant l'un des plus jolis tableaux du pays. Le petit déjeuner, copieux et délicieux, est compris. Le prix du dîner reste très bas. Wifi.

POSADA DEL INCA €€

✆ +591 6996 5565
www.posadadelinca.com
Réservez à La Paz, chez Crillon Tours. Compter environ 120 US$ la chambre double avec petit déjeuner.

Une excellente façon de passer la nuit sur cette île fantastique et pour profiter des grandioses levers et couchers de soleil avec la Cordillère royale des Andes comme toile de fond. Située à Yumani, juste à côté de l'église, la maison est une ancienne *posada* coloniale restaurée. Elle possède toutes les infrastructures pour un beau séjour : 20 chambres rustiques mais douillettes et très bien tenues, avec chauffage et couvertures chauffantes (!), un bon restaurant, des espaces verts garnis de sièges en bois et en totora pour méditer, et un staff attentif et amical.

TACANA LODGE & RESTAURANT €€

A 10 minutes au nord du port de Yumani.
Le restaurant est situé à droite de la plage.
✆ +591 7153 3534

Cabane à 120 US$. Le repas du restaurant du señor Moises coûte 50 Bs.

Un écolodge situé sur une crique sauvage à l'écart du village de Yumani. 4 bungalows (en attendant la construction éventuelle de deux nouveaux lodges voisins) permettent de jouir d'un confort unique sur l'île. Les chambres avec parquet en bois disposent d'une cheminée et de lits douillets. Une petite terrasse privative permet de profiter de la vue donnant sur le lac et la Cordillère royale. Le restaurant de Moises Huacani vaut à lui seul le déplacement.

INTI JALANTA €

Camino Norte-Sur
✆ +591 7120 2306

Tous les jours de 8h à 21h. Cuisine bolivienne. Menu déjeuner à 35 Bs.

Ce restaurant, situé sur la crête de l'île, propose une vue magnifique sur le lac. Venez donc en fin de journée pour profiter d'un coucher de soleil incroyable grâce à la terrasse ou aux baies vitrées s'il fait un peu froid. Côté cuisine, le restaurant propose sûrement l'offre au meilleur rapport qualité-prix du coin. Le menu *almuerzo* est avantageux. Les plats à la carte sont aussi très bons. Nous vous conseillons le très bon poulet accompagné de sa sauce à l'orange. L'accueil est très souriant et chaleureux. Etablissement souvent très chargé.

LAS VELAS €€

Camino Norte-Sur
✆ +591 7123 5616

Tous les jours de 9h à 22h30. Restaurant bio & pizzeria.

Dix tables seulement et mieux vaut venir tôt (entre 17h et 18h) pour ne pas se faire surprendre. La cuisinière, une *cholita* bolivienne, et son mari sont souvent dans la cuisine et le service n'est pas assuré à la perfection. Cependant, la qualité de la cuisine rattrape vite ces quelques erreurs de parcours. Les plats sont délicieux et parfaitement assaisonnés. Eclairé à la bougie, vous vivrez un vrai moment authentique. Nous vous conseillons notamment les truites en papillote. Délicieuses ! Côté tarifs, ils sont légèrement supérieurs aux établissements voisins.

ISLA DE LA LUNA ★★

L'île de la Lune se situe à 7 km de l'île du Soleil (soit environ 30 minutes en bateau rapide). Les distances montrent bien que les premiers Espagnols, émerveillés de contempler le lac Sacré, avaient vu juste en appelant celui-ci « la mer intérieure des Andes ». Pour y accéder, le bateau bien sûr ! Vous pouvez faire un circuit organisé depuis Copacabana, les bateaux s'arrêtent en général d'abord sur l'Isla del Sol, avant de repartir ensuite vers l'Isla de la Luna. Vous pouvez également effectuer une randonnée depuis Copacabana jusqu'au village de Sampaya. De là, vous aurez organisé en amont la traversée en bateau jusqu'à l'Isla de la Luna.

IÑAKUYU - PALACIO DE LAS VÍRGENES ★★

Sur place, on doit s'acquitter d'un droit de passage (10 Bs).

Le temple des *ñustas* (les Vierges du soleil, qu'on sacrifiait ensuite à Chinkana sur l'île du Soleil), est un monument inca restauré en partie. On retrouve les symboles traditionnels des temples avec croix andines et portes trapézoïdales. Il s'agirait d'un temple où les vierges du soleil étaient rassemblées afin d'y apprendre les travaux domestiques. Elles étaient ensuite retenues pour les sacrifices humains ou pour devenir l'une des femmes des Incas, présents sur l'Isla del Sol.

HOSTAL LUNA DEL TITIKAKA €€

✆ +591 7484 7521

Chambre double à partir de 200 Bs, petit déjeuner inclus. Déjeuner et dîner en supplément.

Cet établissement propose des petits bungalows en dur sommaires, mais impeccablement tenus. Bon petit déjeuner. Jolie terrasse avec des tables en bois pour profiter de la superbe vue sur le lac. Prévenez de votre arrivée, Roberto, le propriétaire, pourra venir vous chercher avec sa barque, car l'*hostal* se trouve à l'opposé du débarcadère. Côté nourriture, la truite, fraîche et délicieuse, sera certainement au menu. Une jolie adresse pour une nuit authentique. Vous serez certainement les seuls touristes présents sur l'île, donc profitez-en !

ALTIPLANO NORD

SORATA ★★

3 500 habitants environ. Altitude moyenne : 2 675 m. Aujourd'hui, cette bourgade est quasiment délaissée par les autorités et c'est dommage. Quelques maisons coloniales délabrées, des rues poussiéreuses, peu de commerces mais un petit marché agréable. L'unique intérêt de Sorata est de constituer le point de départ de nombreuses randonnées. La vallée de Sorata, couronnée par les sommets enneigés de l'Illampu (6 362 m) et de l'Ancohuma (6 427 m), est l'un des plus beaux sites de Bolivie, coincé entre les hautes altitudes andines et les basses vallées amazoniennes. Sa situation géographique offre d'excellentes possibilités de randonnées et d'escalade.

Argent

Attention, il n'y a ni banque ni DAB à Sorata. Prévoyez du cash en conséquence pour l'hébergement, la nourriture et les excursions !

Histoire

Créé en 1590 sous le nom de « Corregimiento de Larecaja », ce petit village fut assiégé en 1791 par les troupes d'Andres Tupak Amaru. Pour occuper la ville, les assiégeants imaginèrent une stratégie originale : ils construisirent des digues pour contenir les eaux provenant du dégel des neiges de l'Illampu. Se servant de la force des eaux, ils réussirent à détruire les fortifications et à occuper Sorata. Ils tuèrent tous les adultes qui s'étaient réfugiés dans l'église de la ville, ne laissant en vie que les enfants.

En 2003, les manifestations des villageois eurent une fin tragique, la répression policière démesurée causant la mort de dizaines de personnes. Depuis, tout s'est calmé et Sorata accueille de nouveau les visiteurs.

Tourisme

Outre les treks incontournables comme le Camino del Oro ou la Transcordillera par exemple, il existe d'autres possibilités d'excursions, comme celle qui mène au village de Quiabaya, sur la route de Laripata, à 40 km de Sorata. On peut également visiter, à 50 km de Sorata, le village de Tacacoma, perché en haut d'une crête et d'où l'on a un excellent point de vue.

Les amateurs d'escalade trouveront à Sorata le point de départ de l'ascension de l'Illampu.

Vous pourrez également prendre un guide pour une excellente excursion d'une journée vers la Laguna Chillata, lac sacré connu en aymara sous le nom de « Inka Marka ». La présence d'un guide est préférable car le site est considéré par les gens du pays comme un endroit sacré et un rien peut être considéré comme un acte déplacé.

Mais la plus belle excursion à partir de Sorata est celle de la Laguna Glaciar, concurrencée, il est vrai, par le chemin de l'or (Camino del Oro), plus long.

Pour ces excursions, il est préférable de passer par une agence de La Paz (Terra Bolivia, Thaki Voyage, Colibri ou Andean Summits sont des spécialistes réputés).

Transports

- **Depuis La Paz.** Il est possible de rejoindre Sorata en bus local (4 heures de trajet, départ du *cementerio general* toutes les heures entre 5h et 17h30, environ 20 Bs) ou en 4x4 (location environ 100 US$, 3 heures de trajet). Pour rejoindre la Laguna Tuni Condoriri, louer un 4x4 (pour environ 150 US$, 2 heures de trajet). Pour Pinaya ou Tutural Pampa, louer un 4x4 (pour environ 170 US$, 3 heures 30 de trajet), la piste est en mauvaise état.
- **Quitter Sorata pour La Paz.** À Sorata, les bus partent de la place principale. Départs toutes les heures à partir de 4h du matin jusqu'à 16h.
- **Quitter Sorata pour l'Amazonie (vers Mapir, Guanay).** Cette boucle depuis La Paz est superbe. Les paysages sont très variés, le parcours est très hors sentiers battus (vous ne rencontrerez absolument aucun touriste) et permet de « chatouiller » l'Amazonie sans y pénétrer réellement. Vous serez à la frontière de la forêt primaire dans une ambiance parfois tropicale, parfois carrément africaine. Et les habitants des villages traversés seront aussi étonnés que vous. Idéal pour un regard différent de la Bolivie, à quelques centaines de kilomètres à vol d'oiseau seulement de la capitale. Un très beau parcours en somme, loin des habitudes touristiques. Le mieux est d'effectuer la boucle en 4x4 (4 jours). En bus, cela paraît bien plus long et audacieux. Partez en saison sèche à moins de tenter l'aventure en saison humide. Bonne chance dans ce cas, car les routes sont parfois d'énormes ornières ! Trajet : La Paz – Sorata – Mapiri – Guanay – Caranavi – Coroico – La Paz.

HOSTAL JORDAN III €

✆ +591 7328 8144
www.soratajordan.com
Compter 80 Bs par personne avec petit déjeuner. Tarifs plus élevés en saison haute.

Cet établissement, situé juste au-dessus de la place principale du village, propose des chambres simples et propres bien qu'un peu vieillottes. Quelques détails trahissent un petit manque d'investissement, notamment des rideaux très légers et la présence d'eau chaude un peu aléatoire. Une TV est proposée dans chaque chambre et une salle vidéo est ouverte aux visiteurs. Petit déjeuner correct. Une jolie terrasse avec mirador vous permettra d'en profiter au lever comme au coucher de soleil. Pourrait s'améliorer, mais suffisant pour une nuitée.

© PATRICE ALCARAS
Sorata à 150 km au nord-ouest de La Paz.

HOTEL PANCHITA €

Plaza Enrique Peñaranda
✆ +591 7192 0879
Compter 100 Bs par personne avec sdb privée, 55 Bs par personne avec sdb commune. Petit déjeuner inclus. Wifi.

Hôtel récemment rénové et situé en plein cœur de la ville, sur la place principale. L'architecture du lieu est agréable. Les chambres sont propres et claires. Certaines possèdent des sanitaires privées, d'autres, moins chères, utilisent des sanitaires communs. Eau chaude. Service sympathique et accueil cordial. Possibilité de petit déjeuner sur place à la demande. Petit restaurant attenant qui sert de la cuisine italienne, mais mieux vaut opter pour les spécialités locales. Parfait pour les petits budgets qui veulent se sentir comme à la maison.

ALTAI OASIS ECO-LODGE €€

À 10 minutes de la ville en direction de la grotte San Pedro
✆ +591 7151 9856
Camping 50 Bs ; dortoir 150 Bs ; chambre simple 350 Bs ; double 500 Bs ; 4 personnes 1 000 Bs ; 6 personnes 1 200 Bs.

C'est à la fois un hostal, un camping, un restaurant et une ferme bio. De rustiques petits chalets sont dispersés dans le beau parc de Roxana et Johnny. Les cabanes plus grandes sont totalement équipées, avec un jardin privé. Un petit restaurant charmant, un bar-espace *lounge*, une mini-supérette, une piscine, des hamacs et un coin barbecue complètent les lieux (sans oublier une salle de cinéma pour cinéphiles avertis) : bref, tout est réuni pour passer un excellent séjour dans un cadre magnifique. Petit déjeuner pour campeurs non inclus.

ALTIPLANO NORD

RESIDENCIAL SORATA €

Plaza Enrique Peñaranda
✆ +591 2213 6672
Compter 45 Bs par personne (30 Bs avec salle de bains commune). Petit déjeuner : 20 Bs.

Ancien comptoir commercial de près de 180 ans. On y échangeait café, fruits, coca entre les producteurs des basses vallées et les commerçants de La Paz. L'accueil donne le ton rétro, avec la vieille caisse enregistreuse. On peut encore deviner les étables, les dépôts, une grande activité et la demeure d'une grande famille de colons allemands. Les chambres (spacieuses) sont très différentes, certaines plus modernes que d'autres. À voir. Vous disposez d'un salon de lecture et d'une table de ping-pong. Une bonne adresse à Sorata pour les tout petits budgets.

CAFE ILLAMPU €

✆ +591 7322 7761
Café, boulangerie, petite restauration. Ouvert tous les jours sauf le mardi. Petits plats entre 30 Bs et 45 Bs.

Tenu par un boulanger suisse, ce café, dans un cadre sublime et relaxant, est situé sur la route de la Gruta San Pedro. On y propose de très bons et complets petits déjeuners, un excellent café des Yungas, et des sandwiches avec du pain maison. Les gâteaux et les tartes maison sont délicieux ! Terrasse en bois très plaisante. Idéal pour se sustenter le matin ou pour venir faire une pause gourmande. À quelques encablures du centre-ville, mais on peut s'y rendre à pied et profiter d'une agréable balade. On peut également y camper.

ASOCIACIÓN DE GUÍAS TURISTICAS Y PORTEADORES

302 Calle Sucre
✆ +591 2213 6698
www.guiasorata.com
Guides locaux de randonnées (environ 25 US$ par jour), muletiers (15 US$ par mule), et cuisiniers (20 US$ par jour).

Le bureau de l'association de guides touristiques et de porteurs à contacter pour des excursions dans la Cordillère, en particulier trekking de la Laguna Glaciar (3 ou 4 jours), Lacatiya puis vers Cocooyo, chemins de l'or vers Llipi (de 6 à 7 jours), la grotte de San Pedro (demi-journée). Ce bureau loue également le matériel de base (à vérifier avant le départ) pour la randonnée. Les tarifs ont tendance à augmenter et n'hésitez pas à négocier le prix.

CERRO CONDORIRI

Nombreux treks courts (de 2 à 5 jours) autour de ce massif très esthétique culminant à 5 648 m. Idéal pour combiner avec de petites ascensions (Condoriri – Alpamayo Chico). Peut-être bien la plus belle région de toute la Cordillère royale. Cirque montagneux véritablement magnifique. Pour y accéder, il vous faudra prendre un véhicule privé jusqu'à Tuni, ensuite à peine 3 heures de marche pour atteindre le camp de base du Condoriri et la splendide lagune Chiarkhota. De plus en plus réputée, cette région attire les andinistes du monde entier.

LAGUNA GLACIAR

Compter environ 250 US$ les 3 jours de trek.

Court, pentu, superbe, ce trek offre des vues incroyables sur les massifs andins. Le trek monte jusqu'à la Laguna Chillata, lac sacré entouré de mystères et de légendes andines. Les guérisseurs locaux communiquent avec lui pour guérir ou envoûter. Présence de vestiges incas. Le deuxième jour, vous évoluez sur les flancs de l'imposant Illampu, avant d'atteindre la Laguna Glaciar à 5 038 m, laquelle se jette littéralement dans un glacier.

- **Durée :** 3 jours depuis Sorata.
- **Difficulté :** 5 heures à 6 heures de marche par jour pour les bons marcheurs.

EL CAMINO DEL ORO

Une centaine de kilomètres de marche, des Andes vers l'Amazonie. Là, vous verrez les deux visages de la Bolivie et leurs métamorphoses successives. À ne pas confondre avec le Chemin de l'or de Mapiri, qui est encore beaucoup plus ardu et qui part aussi de Sorata.

- **Difficulté :** élevée. Plusieurs cols à 4 750 m, à franchir dès la montée dans les glaciers de l'Illampu. Les crampons peuvent être un accessoire utile si l'on veut faire des virées dans la région.
- **Durée :** de 6 à 7 jours.
- **Points d'eau :** faire le plein, autant que faire se peut, avant d'arriver en Amazonie et emporter des pilules purificatrices. Pour la partie amazonienne, prévoir le traitement antipaludéen.
- **Destination finale :** Llipi. Vous êtes déjà en Amazonie. À partir de ce hameau, vous pourrez prendre des camions vers Guanay où l'on retrouve la route vers La Paz via Coroico. Sinon, vous pouvez poursuivre vers le Beni, en direction de San Borja, San Ignacio, Trinidad ou encore Riberalta en saison sèche.
- **Jour 1 :** sortir de Sorata vers l'est en prenant la rue qui longe le Residencial Sorata. On passe le cimetière avant de retrouver la rivière Challasuy qui descend les contreforts de la région. On suit le cours de la rivière, 1 heure de marche plus tard, on rejoint le chemin qui mène au col distant encore de 5 heures ou 6 heures de marche. Pour camper, il faut passer le village de Lakatiya. C'est la fin du premier jour, vous n'êtes qu'à 2 heures ou 3 heures du col d'Illampu.
- **Jour 2 :** Passage du col, suivi d'une longue descente vers Ancoma. Pour y arriver, suivez la piste pour les 4x4. Campez dans le village de Tushuala. À partir de là, la descente devient assez spectaculaire avec le changement d'écosystème. 6 heures à 7 heures de marche.
- **Jour 3 :** on retrouve le chemin inca sans grande difficulté. Après 5 heures ou 6 heures, vous atteindrez le lieu-dit d'Okara, où l'on peut camper. 5 heures à 6 heures de marche.
- **Jour 4 :** le chemin repart vers le haut des contreforts et s'éloigne de la rivière Tipuani. On passe par Lambramani et Wainapata, deux villages de chercheurs d'or. C'est là que l'on va franchir le fabuleux tunnel précolombien de 18 m de long. Pampa Quillapituni est à 45 minutes de là.
- **Jour 5 :** le chemin qui remonte sinue à travers la forêt. Cette partie du trajet commence à être affectée par la colonisation des chercheurs d'or. Après 5 heures de marche, on arrive à Chusi, un vrai village du Far West. Gardez profil bas. Si vous pouvez prendre un camion vers Llipi, n'hésitez pas à le faire. Sinon, un jour de marche de plus vous fera toucher au but.

GRUTA DE SAN PEDRO "CHUSSEK UTA"

Ouvert tous les jours de 9h à 17h. Entrée : 15 Bs.

À une dizaine de kilomètres au nord de Sorata, soit à environ 3 heures de marche (la même durée pour le trajet retour). « Chussek Uta » veut dire la « Maison de Hiboux », car jadis la grotte abritait un grand nombre de ces rapaces nocturnes. Emportez de la nourriture et suffisamment d'eau, car il est difficile de s'en procurer pendant le trajet. On part de la place principale et l'on rejoint une route de terre qui mène vers le petit village de San Pedro. Le chemin, sinueux et généralement désert, traverse quelques hameaux blottis dans de petites vallées. À l'approche de San Pedro, vous apercevrez tout d'abord son église. La grotte se trouve à 1 km après le village, à 20 minutes d'ascension à partir de la nouvelle piste pour voitures. Pendant la montée, une petite maison blanche vous servira de repère. À l'arrivée, vous trouverez quelqu'un à l'entrée qui allumera les ampoules à l'intérieur de la grotte. La grotte est intéressante sans être un site extraordinaire, et constitue un très bon prétexte pour une agréable balade à flanc de montagne. Possibilité de louer des bottes à l'entrée du site. Étant une marche de niveau facile, c'est l'idéal avant de se lancer dans une randonnée plus exigeante vers la Laguna Glaciar.

On raconte beaucoup d'histoires sur cette grotte. Selon la légende, un énorme trésor y aurait été caché, quelque part au fond, par les conquistadores. Il se murmure même qu'elle a été volontairement inondée pour empêcher définitivement toute tentative de recherche (dont les rares entreprises se sont soldées par des accidents mortels).

Ce qui reste vrai, c'est qu'au fond de cette caverne coule un lac souterrain. Si jamais une grande envie de baignade et d'aventure vous prenait, n'oubliez pas d'emmener avec vous une serviette et éventuellement une lampe frontale. De plus, faites attention où vous pointez vos torches ou lanternes, car vous risquez de déclencher une avalanche de chauves-souris. Après 20 minutes de brasse (on peut aussi effectuer la traversée en bateau à pédales si vous voulez rester au sec), vous atteignez le bout du tunnel principal (d'environ 400 m). Du moins, c'est l'impression que l'on a. La vérité, c'est qu'en face de vous, sur la droite, existe un passage étroit vers la suite de ces souterrains. Il est possible de se faufiler à travers les stalactites si le niveau de l'eau n'est pas très haut. Ainsi, nous vous conseillons vivement de prendre un guide pour visiter la grotte et de ne jamais vous y aventurer seul.

AUCAPATA ★★

À 300 km de La Paz. Le village d'Aucapata ne représente que peu d'intérêt en lui-même. Hors des circuits classiques, il mérite néanmoins le détour puisque c'est le point de départ de la randonnée vers les ruines de la citadelle d'Iskanwaya, capitale supposée de la culture mollo, une culture régionale aymara. Les ruines, situées à 11 km du village, sont assez conséquentes. D'autres treks sont possibles au départ du village, notamment vers le site Mamakhoru, qui compte des ruines moins impressionnantes. Il faut plusieurs jours pour atteindre Aucapata depuis Sorata, bon prétexte pour une belle excursion. Renseignez-vous au bureau des guides de Sorata.

SITIO DE ISKANWAYA ★★

Situées à 280 km de La Paz, ces ruines méritent à coup sûr le détour. Plusieurs considèrent même que les vestiges d'Iskanwaya sont plus impressionnants que ceux de Tiwanaku. Perchée à 250 mètres au-dessus du Río Llica, cette cité pré-inca appartient à la culture Mollo qui se développa entre 1000 et 1500 apr. J.-C. Sa population fut estimée à environ 3 000 habitants. Au total, 13,5 hectares accueillent plus de 70 édifices où toutes les rues sont orientées est-ouest. Des cultures en terrasses ainsi qu'un système hydraulique performant complètent l'ensemble.

LAGUNA HUAYNA KHOTIA ★★

Cette lagune peut faire l'objet d'une expédition originale, loin des chemins les plus empruntés. En 4x4, prenez la route du lac Titicaca depuis La Paz. Puis dirigez-vous vers le village de Penas (une carte est indispensable) et suivez la piste qui monte vers la Cordillère. Vous passerez de lagunes en lagunes multicolores, dans un des plus stupéfiants paysages de la Cordillère. Cette excursion vous donnera une saveur d'aventure, ainsi qu'une réelle approche de la Grande Cordillère sans avoir à porter votre sac à dos et votre tente. Vous ne pouvez pas être déçus. Pour cette excursion, il est préférable de passer par une agence de La Paz.

TRANSCORDILLERA

Voilà un trek pour les plus exigeants. La traversée intégrale de la Cordillère Royale ! Quel parcours et quelle ambiance ! De nombreux passages de cols à plus de 4 000 m d'altitude, dont certains enneigés, dénivelés considérables, caravane de lamas ou de mules, etc.

Le spectacle est à la hauteur des efforts fournis : vues imprenables sur presque tous les sommets de la Cordillère royale, on chatouille les glaciers pendant 10 jours… et on se balade sur les deux versants de la cordillère : côté lac Titicaca et côté Amazonie… pour les amoureux de la marche en altitude. Les agences qui proposent ce trek fournissent le circuit clé en main et le prix inclut : un guide, les transports, un cuisinier qui prépare tous les repas, les boissons, le matériel de camping (tentes, matériel de cuisine), le logement pour la nuit à Sorata, etc. Vous devrez avoir votre propre équipement de randonnée (chaussures, blousons) et contracter une assurance. Le meilleur moment de l'année pour effectuer ce trek s'étale de mai à septembre, pendant la saison sèche. Le trek débute à Sorata et se termine, 10 jours plus tard, au pied du Huayna Potosí…

- **Durée :** 10-14 jours. La durée varie en fonction de l'itinéraire choisi. Plusieurs itinéraires sont proposés par les agences. Mieux vaut choisir une agence de La Paz spécialisée dans les treks pour bénéficier d'équipements de qualité et de guides expérimentés et qualifiés.
- **Difficulté** : trekking d'altitude. 6 heures à 7 heures de marche par jour, pour bons marcheurs. De plus les conditions climatiques peuvent être éprouvantes, notamment les nuits en tente dans un froid polaire.
- **Acclimatation à l'altitude de quelques jours fortement recommandée** avant de commencer le trek. Compter presque une demi-journée pour se rendre de La Paz à Sorata.

Voici le déroulement, jour après jour, de ce fabuleux trek :

- **Jour 1 :** Sorata – Ancoma – Cocooyo. Départ le matin en 4x4 privé pour le village d'Ancoma où vous rencontrerez votre équipe de muletiers. Début du trek. Passage du col Khorvasini (4 450 m) puis descente pleine de caillasses le long des flancs de l'Illampu (6 368 m), premier sommet de la Cordillère royale que vous chatouillerez avant d'arriver au village de Cocooyo, au fond d'une vallée verdoyante (3 600 m). Bivouac au bord d'un torrent, à quelques centaines de mètres au-dessus du village.
- **Jour 2 :** Cocooyo – Chajolpaya. Passage le matin du col de Sarani (4 500 m) avant de frôler le géant Ancohuma (6 400 m), seconde montagne de la fabuleuse barrière. La descente vous emmène dans une large vallée, près du hameau de Chajolpaya (4 200 m) que l'on atteint dans l'après-midi.
- **Jour 3 :** Chajolpaya – Negruni. Départ tôt le matin pour le col de Negruni, au pied de la montagne du même nom, à 5 030 m d'altitude (passage dans la neige durant 9 mois sur 12 au niveau du col). Bivouac dans la descente, à 4 700 m d'altitude, face au superbe massif du Negruni.
- **Jour 4 :** Negruni – Palca – Putu Putuni. La journée est plus tranquille, sur les flancs du massif Chearoco, principalement en descente. Repas du midi près du hameau de Palca (4 000 m), puis vous remontez sur environ 300 m jusqu'au lieu du bivouac, Putu Putuni, à 330 m d'altitude.
- **Jour 5 :** Putu Putuni – Hankolakaya. Vous contemplez toute la journée le vaste massif du Chachacomani, réputé pour abriter les plus grands condors de la Cordillère royale. Passage du col Huaraco (4 750 m) puis descente dans la vallée. Déjeuner au bord de la laguna Cotapata. La descente se poursuit vers le village d'Hankolakaya (4 200 m) que l'on dépasse avant de remonter le long d'une piste jusqu'au lieu du bivouac, à 4 600 m d'altitude.
- **Jour 6 :** Hankolakaya – Laguna Khotia. Ascension le matin jusqu'au col Mollo (5 000 m) pour couper transversalement la Cordillère. Vous progressez à présent sur son versant sud-ouest.

La descente est parsemée de petites lagunes d'altitude nourries par les arroyos des glaciers tout proches, elle vous conduit dans l'après-midi à la splendide laguna Khotia (4 570 m).

- **Jour 7 :** Laguna Khotia – Laguna Sistaña. Nouvelle montée de col le matin (Contador, 4 750 m) avant de traverser une zone semi-marécageuse, à proximité des lagunas Sorakhota et Ajwani. Puis passage d'un deuxième col (Milluni, 5 030 m), d'où, si le temps est bien dégagé, vous pourrez apercevoir le Sajama, à plus de 250 km ! Enfin, allure tranquille jusqu'au bivouac du jour, au bord de la laguna Sistaña (4 700 m).
- **Jour 8 :** Laguna Sistaña – Laguna Chiarkhota. Passage d'un premier col (Janchallani, 4 910 m) le matin pour rejoindre la laguna Jurikhota. De là, vous montez sur une pente escarpée pour atteindre la petite laguna Glaciar (deux glaciers tombent littéralement dans ses eaux gelées), joyau enchâssé à 5 000 m d'altitude, au pied du Condoriri (5 650 m).

Passage d'un nouveau col (Austria, 5 100 m) avant de redescendre vers le camp de base du Condoriri, au bord de la laguna Chiarkhota (4 700 m).

- **Jour 9 :** Laguna Chiarkhota – Laguna Liviñosa. Deux cols successifs (Jallayko, 5 000 m et Jistaña, 4 950 m) sont au programme avant la longue descente vers la laguna Liviñosa (4 200 m). On aperçoit maintenant l'imposant Huayna Potosí, point final de la randonnée, qui domine de ses 6 088 m la vallée dans laquelle on pénètre.
- **Jour 10 :** Laguna Liviñosa – Botijlaca. La descente se poursuit dans des vallées toujours plus profondes et encaissées. La végétation se fait plus dense et l'air plus chaud jusqu'à Botijlaca (3 600 m), hameau au climat tempéré. Là, un véhicule vous attend pour vous conduire à La Paz (2 heures de route).

Cerro Huayna Potosí.

LAGUNA MURURATA ★★

L'excursion vers la Laguna Murata, hors des sentiers battus, est à réserver aux aventuriers les plus téméraires. Prenez la piste de Ventilla (vers l'Illimani) et passez le col avant Lambate. Le premier village à la descente s'appelle Tutural Pampa. Partez à pied vers les lagunes que vous aurez vues à la descente. Les bons marcheurs atteindront la dernière lagune, au pied du glacier de la montagne Mururata qui culmine à 5 868 m. On a vu des gens pleurer à l'arrivée, éblouis par la fatigue ou par la beauté des lieux traversés qui n'ont rien à envier à la Patagonie. Pour cette excursion aussi, il est préférable de passer par une agence de La Paz.

CERRO HUAYNA POTOSÍ ★★★

6 088 m d'altitude. Pour atterrir à La Paz, l'avion contourne forcément une magnifique et imposante montagne, l'un des sommets de la Cordillère royale. Il s'agit du Huayna Potosí, qui offre ainsi au voyageur sa première émotion forte avant même qu'il ne mette les pieds sur la terre ferme. Le massif du Huayna Potosí est peut-être le 6 000 m le plus accessible des Andes. A moins d'une heure de La Paz, un refuge confortable, le Huayna Potosí Refugio, sert de point de départ. La voie classique ne présente pas de difficultés techniques particulières. Une bonne condition physique et une acclimatation à l'altitude assurent le succès de l'ascension.

Chacaltaya.

CHACALTAYA ★★★

À près de 5 300 m d'altitude, se trouvait, hier encore, la plus haute piste de ski du monde. Malheureusement, le glacier de Chacaltaya a perdu une grande partie de sa surface, illustration in situ de la fonte des glaciers. Avec un recul annuel mesuré d'un mètre par an, la disparition du glacier de Chacaltaya était inéluctable : depuis mars 2009, c'est fait, le glacier a disparu après avoir régné pendant 18 000 ans sur l'Altiplano. Il n'aura suffit que de vingt ans à peine pour le rayer de la surface du globe (sa fonte n'avait commencé qu'au milieu des années 1980)... Aujourd'hui, la station offre une vue imprenable sur la cuvette de La Paz.

Pratique

Droit d'entrée pour emprunter le chemin au-dessus de la station : 15 Bs pour les étrangers.

Tourisme

Cependant, même si l'on ne peut plus skier à Chacaltaya, cette excursion vaut quand même la peine. Il s'agit d'un sommet de 5 450 m le plus facile d'accès qui soit et qui offre une vue d'un rayon de 200 km à la ronde. On peut admirer la cuvette de La Paz, la Cordillère royale et le Huayna Potosí (6 088 m), le début des Yungas et aussi le lac Titicaca (lago minor) ! Il faut y aller par un matin dégagé et être en bonne condition physique. N'oubliez pas l'écran solaire total ainsi que des vêtements pour la neige et le froid. Pour s'y rendre, vous pouvez prendre la navette du club Andino Boliviano, louer un radio-taxi à plusieurs ou encore passer par une agence de La Paz (service privé ou économique en groupe, départs tous les jours). Possibilité d'effectuer un superbe trek de 4-5 heures culminant à 5 470 m ! Les paysages, avec le Huayna Potosí en ligne de mire, sont magnifiques. Niveau débutant confirmé.

Transports

En 4x4, cette route est délicate l'hiver, voire dangereuse pour les non-initiés. Il faut prendre la piste de la vallée de Zongo (vers le Huayna Potosí en passant par El Alto). Au premier embranchement (là où se trouve le contrôle de *transito*), suivez la direction « Chacaltaya » indiquée par le panneau (à droite).

CERRO ILLIMANI ★★

2e plus haut sommet de Bolivie après le Nevado Sajama, l'Illimani est la montagne la plus connue de Bolivie. Du haut de ses 6 438 m, il fait partie du panorama de La Paz. C'est le grimpeur britannique William M. Conway qui le gravit pour la première fois en 1898. Il y trouva d'ailleurs un morceau de corde aymara. L'Illimani compte quatre sommets principaux : le Pico del Indio (6109 m), le Pico Norte (6403 m), le Pico Central (6362 m) et le Pico Sur (6438 m) et la traversée complète des sommets est possible.

Pratique

- **Il vous faudra 3 h** pour atteindre Pinaya de La Paz en 4x4 pour environ 800 Bs. Autrement, un minibus part tous les matins (5h) depuis le Mercado Rodigruez vers le village de Quilihuaya d'où vous devrez reprendre un bus de 3 h vers Pinaya. Assurez-vous de parler avec le chauffeur au moins un jour avant de vous y rendre, car les horaires peuvent varier. Le prix du billet est de 15 Bs.
- **Pour environ 130 Bs**, vous pourrez bénéficier des services d'un porteur ou d'une mule qui apporteront votre sac à dos jusqu'à Puento Roto ou jusqu'au camp Nido de Cóndores à 5400 m d'altitude.
- **Aujourd'hui,** la course jusqu'au point culminant ne se fait plus qu'en 4 jours depuis Pinaya. Si vous n'avez pas d'expérience en alpinisme, prenez un guide de l'AGMTB (assurez-vous que ce dernier fournisse corde, harnais, piolet, crampons, casque et piquets de glace). La prudence est particulièrement de mise sur la section exposée au-dessus de Nido de Condores.

ANDES BROTHERS

Bureau situé à La Paz.
✆ + 591 7127 6435
www.andesbrothers.com
Randonnée de 4 jours sur l'Illimani. 1 150 US$ pour une personne et 720 US$ par personne pour 2 personnes & plus.

Considérée comme l'une des meilleures agences de voyages d'aventure, Andes Brothers organise des expéditions de plusieurs jours sur la plupart des plus hauts sommets de Bolivie. Les excursions incluent le transport privé, un ou deux guides (accrédités par l'IVBV, l'UIAGM et l'IFMGA), les porteurs, les tentes, l'entrée sur le site, une trousse de secours, de l'oxygène supplémentaire et tout l'équipement technique : casque, harnais, piolet, crampons et cordes (il vous faudra apporter votre sac de couchage). Immense rigueur et professionnalisme.

PICO AUSTRIA

Pour les voyageurs qui désirent faire une randonnée sensationnelle sans toutefois devoir se lancer dans un projet trop ambitieux, le Pico Austria (5 320 m, à 45 km de La Paz) est une alternative judicieuse. Vous entamerez l'excursion dans une plaine verdoyante peuplée de lamas et d'alpaguas, à 4 400 mètres d'altitude. Après avoir passé le lac Khauan Khota puis le lac Chair Khota, vous arriverez au refuge Roque où vous pourrez passer la nuit pour 30 Bs. Il vous faudra monter un autre 500 mètres avant d'apercevoir le col de la montagne. C'est à ce moment-là qu'il faudra user de vos dernières réserves d'énergie avant de gravir le sommet.

TUNI

Ah Tuni ! Ce doux *pueblo* où habitent à longueur d'année 5 femmes, 4 hommes, plus de 800 alpagas et 400 lamas, et où la vue sur le Huayna Potosí plonge le visiteur dans une agréable rêverie. Dans cet espace sans connexion satellitaire ni électricité (cette dernière est intermittente : comptez sur votre batterie externe), la famille du *Señor* Jaime Quispe vous invite dans son univers afin de vous partager leur intimité. Quelques agences touristiques organisent des séjours à Tuni, mais le mieux (et le plus abordable) est de contacter directement la famille Quispe, de préférence par WhatsApp (+591 7197 4227), ou sur leur page Facebook. À ne pas manquer.

ALBERGUE TUNI €€

✆ +591 7197 4227
50 $/jour pour gîte, nourriture, transport (depuis le teleferico rojo à El Alto) et guide pour le Pico Austria.

De la fabrication de farine de quinoa au rassemblement de troupeaux d'alpagas devant le lac Tuni lors du coucher du soleil, du défilé des habits traditionnels boliviens (que vous porterez vous-même) à la randonnée sur les immenses sommets du coin, l'auberge Tuni vous permettra de vivre une myriade de nouvelles expériences dont vous garderez des souvenirs indélébiles à tout jamais. Et pour le coup, Jaime Quispe, lui-même guide de montagne, pourra sans aucun doute vous guider vers le Kunturiri, le Pico Austria, le Huayna Potosí et autres sommets sublimes du pays.

CHARAZANI ★

Altitude : 3 250 m. 500 habitants environ.
Le village de Charazani, fondé en 1826 par le président Sucre, est situé sur la rivière Mapiri, entre la cordillère Muñecas au sud et celle d'Apolobamba au nord. L'économie de la région repose sur l'agriculture et l'élevage, et la grande majorité des habitants vivent sous le seuil de pauvreté. Il attire son lots de touristes boliviens en raison de ses eaux thermales, situées à 4 km du village. Tous les 6 août, on y tient une fameuse corrida de taureaux. La culture de Charazani est marquée par la médecine traditionnelle des Kallawayas. On peut trouver des guides et des mules au village pour les treks.

Transports

- **En 4x4.** Trajet difficile, ce qui en fait tout l'attrait. Passez par Puerto Acosta, puis prenez la route de Charazani. Environ 10 heures de trajet depuis La Paz. Faire le trajet La Paz-Charazani de jour pour voir le parc Ulla Ulla. Sur le chemin, arrêtez-vous à Carabuco et Escoma pour visiter les premières églises coloniales de Bolivie.
- **En bus.** Départ normalement quotidien vers 6h avec Trans Provincia del Norte depuis le *cementerio general* de La Paz. Entre 12 heures et 18 heures de trajet !

HOTEL AKHAMANI €

Au sud de la place ✆ +591 7201 0646
À partir de 40 Bs par personne.
Proche de la police, à une *cuadra* au sud de la place principale. Petit logement sans prétention tenu par une famille adorable, la famille Flores. Chambres sans fenêtres, mais donnant sur un petit jardin agréable. Douche commune, propreté des toilettes limite (Charazani connaît de gros problèmes d'eau). On peut également louer un petit appartement avec quatre lits, sanitaires privés et une petite cuisine, si on est plusieurs. Ce n'est pas luxueux, mais cela fait l'affaire pour une nuit si vous venez faire un trek dans les parages.

TREK DES GUÉRISSEURS

De Charazani à Pelechuco
Compter environ 400 € par personne, tout compris (guide, repas, logements).
Le trek des Guérisseurs comblera à coup sûr le randonneur le plus exigeant. Il faut tout d'abord longer de bout à bout le flanc oriental de la chaîne d'Apolobamba, entre 4 000 et 5 000 m d'altitude, dans une région difficile d'accès et donc très peu visitée. On emprunte d'anciens chemins incas. En permanence, le chemin est bordé à gauche par des glaciers et à droite par de profondes vallées qui plongent vers l'Amazonie. Quant à la difficulté physique, il est vrai que certaines montées vers des cols élevés (entre 4 700 et 5 100 m) exigent le meilleur de chacun, mais la beauté des paysages et l'ambiance particulière des terres Kallawayas compenseront largement les efforts fournis.. L'un des plus beaux treks andins de Bolivie.

- **Durée :** entre 6 et 9 jours.
- **Difficulté :** environ 6 heures à 7 heures de marche par jour.
- **Jour 1 :** rejoindre Charazani en 4x4 à 3 200 m. Après plusieurs cols, on aperçoit enfin l'imposante cordillère d'Apolobamba et son imposant sommet, l'Akamani (5 666 m). Pour ceux qui sont en véhicule, possibilité de dormir à la confortable auberge de Lagunillas, quelques centaines de mètres avant le village de Curva (3 780 m).
- **Jour 2 :** début du trek. Le village de Curva reste encore très authentique. Les Kallawayas ont créé récemment « l'hôpital des guérisseurs » où les praticiens soignent toujours avec les plantes de la région. Cet hôpital est ouvert au public. À la sortie de Curva, 5 heures de marche vous emmèneront dans la vallée de Incacancha, endroit parfait pour le premier bivouac.
- **Jour 3 :** départ le matin pour le col des « *mil curvas* », le col aux mille virages (en réalité, à peine 200, mais col abrupt tout de même). On atteint une petite lagune où le silence des montagnes avoisinantes est souverain. Passage d'un deuxième col, le col de Viscachani (4 825 m) ; puis descente vers Sunchulli, région aurifère où travaillent encore des mineurs continuant la folle histoire de la ruée vers l'or de la couronne espagnole. Possibilité de bivouaquer à la sortie du village.
- **Jour 4 :** au programme du matin, le col de Sunchulli, à plus de 5 000 m. Du col, vue sur un imposant glacier qui domine une magnifique lagune. En début d'après-midi, passage d'un second col (col Koppe, 4 930 m) où vous vous délecterez des paysages lunaires de la vallée de Azanjoce. Après 2 heures de descente effrénée, on atteint le campement de Pauchi Cocho à 3 700 m.
- **Jour 5 :** descente dans la vallée de Hilo Hilo et longue montée de 5 heures pour atteindre le col de Pelechuco (4 900 m). Vue sur l'imposant Katantica qui domine de ses 5 560 m la vallée de Pelechuco.

PELECHUCO ★

À 185 km de La Paz. 5 000 habitants environ.
Santiago de Pelechuco (jadis appelé Puyu Cuchu) est un village colonial pittoresque niché dans une vallée. Il a été fondé par les Espagnols (et notamment des missionnaires religieux de l'ordre des Augustins) en 1560. L'entrée dans le village, sous le regard de superbes bosquets de queñuas, invite à un séjour prolongé. Une belle église du XVIe siècle trône sur la place principale, entourée de maisons de pierres. La plupart des familles de la région vivent de l'exploitation minière, notamment celle de l'or. Une destination pour les ceux qui souhaitent découvrir une Bolivie hors des routes touristiques.

HOTEL LLAJTAYMANTA €

Sur la place principale, du côté gauche en arrivant de La Paz
✆ +591 7195 3252
Compter environ 40 Bs par personne sans salle de bains, 60 Bs par personne avec une petite salle de bains privée.
Pas besoin de se creuser la tête, il s'agit du seul logement de Pelechuco ! Relativement propre. Préférez les chambres du fond, plus confortables. Don Reynaldo Vázquez, le propriétaire, propose des services de guide (environ 250 Bs par jour), et loue des mules pour les treks. Véritable référence en la matière au village, il peut assurer des circuits en 4x4 ou des randonnées de 2 à 7 jours (compter 60 US$ par personne et par jour, tout compris). La maison sert des vins chauds à votre retour de randonnée, un détail assez appréciable.

APOLO TRAIL

À partir de Pelechuco, ce trek suit un ancien chemin inca et descend vers le parc national de Madidi, jusqu'au village d'Apolo. Après l'ascension d'un col à 4 700 m, descente graduelle vers les tropiques et l'Amazonie. Les paysages sont fabuleux : traversée de la cordillère Apolobamba, culminant à 6 045 m, jusqu'au rio Tuichi, aux portes du parc Madidi. L'occasion d'apercevoir la riche faune peuplant cette réserve. Guide indispensable.

- **Durée :** 7-8 jours.
- **Difficulté :** 6 heures à 7 heures de marche par jour, pour randonneur confirmé et en bonne condition physique.

ÁREA NATURAL DE MANEJO INTEGRADO APOLOBAMBA ★★

Située au nord du lac Titicaca, la réserve naturelle d'Apolombamba, anciennement appelée Ulla Ulla, a été fondée en 1972 sous le gouvernement de Hugo Bánzer Suárez. Sa mission principale était de protéger les populations de vigognes de l'extinction. La cordillère d'Apolobamba culmine à 6200 m d'altitude. On estime que d'ici 15 à 20 ans, ses glaciers auront complètement disparu. Leur fonte menace aujourd'hui une grande partie de la population bolivienne, puisque ces derniers constituent à eux seuls 37 % des glaciers boliviens.

LES KALLAWAYAS

Installés dans les villages de Charazani et Curva, au pied de la montagne d'Akamani dans la Cordillère d'Apolobamba, les Kallawayas, qui prétendent descendre du peuple disparu de Tiwanaku, sont des médecins herboristes et guérisseurs traditionnels qui officient dans tous les pays andins. Leurs méthodes font appel à la magie, aux sortilèges et à la sorcellerie. Tantôt charlatans, tantôt véritables ensorceleurs, ces derniers transmettent leurs savoir-faire ancestraux de médecine naturelle de génération en génération, généralement de père en fils. Leur langue, le Machaj Juyai (la « langue des gens »), est utilisée exclusivement pour la guérison. On retrouve aujourd'hui moins de 200 locuteurs Kallawayas dans le monde. Les femmes de la communauté ne peuvent pas pratiquer cette discipline, cependant, elles jouent un rôle important dans la collecte des herbes. L'*alforja,* la pochette à médicaments, est l'une des caractéristiques de la tenue vestimentaire des Kallawayas. Durant la Guerre du Chaco (1932-1935) entre le Paraguay et la Bolivie, ce sont eux qui furent chargés de guérir le contingent indigène du pays.

PARQUE NACIONAL COTAPATA ★★

Le parc national et aire naturelle protégée de manière intégrée de Cotapata est situé dans les Yungas, à l'est de La Paz en direction de Coroico, le long de l'ancienne « route de la mort » qui, en l'espace de 4 heures, fait la transition entre les glaciers de la cordillère et l'Amazonie, 3 600 m plus bas. Il offre des paysage andins protégés d'une grande beauté, couronnés de sommets enneigés d'où descendent torrents et chutes d'eau. Plusieurs espèces menacées comme l'ours andin ou le condor vivent dans ce parc et quelques sites archéologiques sont remarquables, comme le chemin préhispanique El Choro, quelques ruines et peintures rupestres.

TREK DEL CHORO

« El Choro » est l'un des chemins préhispaniques (aussi dit *camino del Inca*) les plus connus de Bolivie. Il se trouve entre La Paz et Coroico, au cœur du parc national Cotapata.

- **Durée :** 4 jours pour le Trek du Choro (57 km, d'avril à septembre de préférence).
- **Difficulté :** 6 heures à 7 heures de marche par jour, accessible à tous.
- **Jour 1 :** début du trek depuis La Cumbre (4 650 m ou 4 725 m d'altitude, selon les sources) au-dessus de La Paz, qui est aussi le point de départ des circuits VTT de la carretera de la Muerte.

On rejoint Callapampa (3 200 m d'altitude) via le chemin de l'Inca (El Choro). Altitude maximale : 4 859 m (Abra Chucura, où il convient de faire don d'une pierre à l'apacheta). On peut dormir environ 2 heures après ce plus haut point, à l'Estancia Samaña Panpa (camping et abri), ou au village de Chucura un peu plus loin (il faut payer un péage à cet endroit), ou encore 1 heure après le village (plusieurs sites de camping près d'une rivière), ou encore au village de Challapampa (2 825 m d'altitude) : ce dernier est situé 7 heures après le départ du trek.

- **Jour 2 et jour 3** (selon votre rythme) : poursuite de la descente vers des climats plus tropicaux. Pont suspendu à Choro (2 200 m d'altitude). Cascades en chemin. Compter environ 6 heures de marche depuis Choro pour atteindre Casa Sandillani. Campement dans le jardin d'un ermite japonais.
- **Jour 4 :** arrivée à Chairo le matin (2 heures 30 de descente depuis Sandillani). Poursuite vers Coroico (Yolosa est à 16 km, Coroico 7 km plus loin) ou retour vers La Paz.

COROICO ★★

À 57 km de La Paz. Environ 2 500 habitants. Altitude moyenne : 1 740 m. Le nom de Coroico, contraction de Kory Ojko, est un terme aymara qui désigne « un lieu où il y a de l'or ». Aujourd'hui, les ors sont ceux du soleil jouant avec les nuages et les bananiers luisants sous la rosée. Coroico est le plus grand des villages des Yungas, vallées de transition entre l'Amazonie et les Andes. Cette rencontre du froid et du chaud, de la coca et du café (que l'on cultive ici en terrasses, suivant la méthode inca), a donné naissance au rythme afro-andin, la Saya. Le village compte de nombreuses possibilités d'hébergement et diverses activités sont proposées.

Argent

Seulement deux ATM à Coroico (dont un Banco Union), donc pensez à amener assez de liquide avec vous au cas où. Prodem, sur la place principale, pratique l'avance sur les cartes bancaires (avec commission bien sûr).

Balade

Plusieurs balades peuvent être effectuées dans les environs de Coroico, notamment vers la chapelle du Calvario à une vingtaine de minutes de la place principale, d'où l'on peut jouir d'une vue panoramique sur les montagnes environnantes. On peut également se diriger vers le petit village de Cruz Loma et se promener à travers les plantations de coca et d'agrumes.

Il est possible de gravir le Cerro Uchumachi, à plus de 2 500 m d'altitude. Un guide s'avère indispensable pour les randonnées dans les montagnes, mais n'est pas nécessaire pour aller voir les cascades et les piscines naturelles (cascadas de Cochuna, San Félix et San Jacinto).

Histoire

La route des Yungas, surnommée la « route de la Mort » *(Carretera de la Muerte)*, a longtemps joué un rôle primordial, jusqu'à son dédoublement par une voie plus large et carrossable. Elle reliait l'Amazonie bolivienne à la capitale andine, La Paz, et constituait l'unique voie terrestre pour tous les producteurs des basses vallées qui vendaient leurs produits dans le reste du pays. Aujourd'hui, seuls les vététistes peuvent encore apprécier la véritable et impressionnante aventure que constitue cette voie magique. En effet, le gouvernement a enfin mis en service cette nouvelle route, véritable serpent de mer, qui rend la jonction entre hautes et basses terres beaucoup plus facile, renforçant la cohésion d'une Bolivie déchirée entre hommes des plaines et hommes de l'Altiplano…

© GRÉGORY ANDRE

Coroico.

Tourisme

De nombreuses activités sportives sont proposées dans les environs, renseignez-vous auprès des agences de Coroico et de La Paz, ou auprès du petit office de tourisme (+591 7306 3696), situé sur la place principale, qui saura vous aiguiller vers une agence.

▶ **VTT.** La piste qui relie La Paz aux Yungas offre un parcours tout simplement fantastique pour les amateurs de VTT. Départ de La Cumbre à 4 670 m et arrivée à Yolosa, 3 600 m plus bas ! Riche en émotions, la route de la Mort est bordée de précipices qui ne pardonnent pas les erreurs de conduite. En 2013, un touriste est tombé dans le ravin et lors de notre enquête en 2014, notre guide est mort en percutant une voiture. Soyez donc très très prudent et au risque de se répéter, choisir de s'assurer des prestations de qualité a un prix, mais garantit une bonne sécurité ! De nombreuses agences de La Paz proposent la descente et fournissent tout l'équipement nécessaire. À noter qu'une taxe de 50 Bs par personne doit être acquittée à l'entrée de Coroico pour tous ceux qui effectuent la descente en VTT.

▶ **Randonnée.** On peut atteindre Coroico en suivant le camino del Choro, situé au cœur du parc national de Cotapata, lors d'un trek de 3 ou 4 jours.

▶ **Rafting.** Au nord de Coroico, le río Coroico est le plus populaire en Bolivie pour la pratique du rafting. Il ne compte pas moins de 30 rapides, allant de classe II à IV (voire V en saison des pluies). On peut se mettre à l'eau environ 20 minutes au nord de Yolosa, près du confluent avec le río Santa Bárbara, ou 50 minutes environ au nord de Yolosa. On s'arrête au niveau d'un pont endommagé.

▶ **Canyoning.** Descente en rappel des cascades environnantes.

▶ **Parapente.** Possibilité de survoler Coroico et les environs. Départs du Cerro Uchumachi (compter environ 70 US$).

▶ **Tyrolienne.** Avec Zzip the Flying Fox à Yolosa.

Transports

▶ **Bus vers La Paz :** des minibus partent toutes les 30 minutes pour environ 18 Bs. Compter 3 heures de route environ. Des taxis collectifs (minivans), plus rapides, mettent 2 heures et demandent environ 30 Bs. À noter que, depuis La Paz, les minibus partent de Villa Fátima, près de la station-service, entre 8h et 17h30 environ. Des camions font aussi le voyage (moins cher).
Pour Chulumani, prenez le même bus et descendez à Unduavi.

▶ **Bus vers l'Amazonie (Caranavi, Guanay, Rurrenabaque) :** départ quotidien, en début d'après-midi pour environ une centaine de bolivianos. En période humide, le trajet jusqu'à Rurrenabaque ne garantit aucun horaire. Des rumeurs disent que parfois il faut 3 jours… Prévoyez au moins 14 à 15 heures en saison sèche sans incident technique. À noter que le bus passe à Yolosita, pas exactement à Coroico, mais les compagnies de bus vous emmèneront au point de rendez-vous en minibus.

▶ **La route de moxos et des missions.** L'itinéraire pour visiter le Beni par la route commence… à La Paz. À partir de la capitale, l'incroyable chemin de Coroico descend vers l'Amazonie, vers Rurrenabaque et se poursuit ensuite vers Riberalta, Guayarmerin, Cachuela Esperanza et Cobija.

ALTIPLANO NORD

Nous invitons les voyageurs (préalablement vaccinés contre la fièvre jaune, munis de leur traitement antipaludéen, d'une paire de jumelles, d'un répulsif anti-moustique et de vêtements adaptés à la marche en forêt) à effectuer ce beau périple qui leur dévoilera l'une des facettes les moins connues de la Bolivie.

- **Voiture.** La route La Paz-La Cumbre-Unduavi-Puente Villa-Yolosa-Coroico : pendant la saison des pluies, la route peut être coupée dans les Yungas à la suite d'éboulements ou de coulées de boue. Elle passe, en un peu plus de 3 heures, du col de La Cumbre à la douceur et la chaleur de l'Amazonie, en serpentant à travers des collines et en traversant des cascades. 4x4 : préférable évidemment mais bien plus cher (environ 100 US$ par véhicule). Et vous pourrez vous arrêter quand vous voulez pour… souffler ou prendre des clichés.
- **Bateau.** Une option originale pour gagner Rurrenabaque : du bateau et du trek à partir de Coroico. En réalité, l'agence Deep Forest propose un départ très matinal (5h) depuis La Paz, via Coroico (départ entre 7h30 et 8h).

La ville aujourd'hui

Coroico symbolise la douceur de vivre, dans un village à l'infrastructure hôtelière diversifiée et accueillante. Le climat y est très agréable, sauf entre novembre et mai, quand toute la région, balayée par les pluies, se couvre de nuages, qu'arrêtent les sommets de la cordillère Royale. C'est un lieu presque parfait pour terminer votre séjour en Bolivie : après les difficultés de l'Altiplano, soleil, cascades et douceur de vivre, avant de reprendre la route du travail…

ALTIPLANO NORD

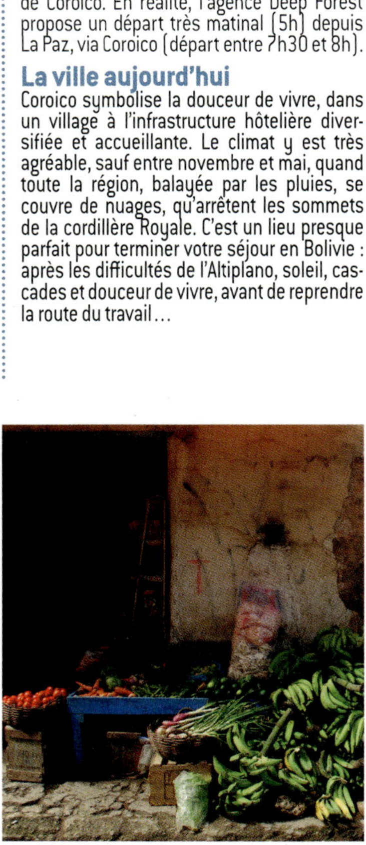

© HARALD TOEPFER / SHUTTERSTOCK.COM

Marché de Coroico.

CAFÉ MUNAIPATA ★★

Km 4, route de Coroico à Carmen Pampa
✆ +591 7374 3121
Plusieurs circuits possibles, de la simple visite (120 Bs) au séjour d'une nuit (200 Bs).

Le café des Yungas est réputé dans le monde entier. Superbe opportunité de connaître tout le processus du café : le vivier, la récolte, la fermentation, le séchage, etc. Plusieurs circuits sont envisagés, entre 3 heures et une journée complète, et l'on peut séjourner sur place. Les avis sont très favorables et cette visite constitue à n'en pas douter un *must* lors de votre séjour à Coroico. Vous pourrez bien entendu repartir avec votre paquet de café sous le bras. Le fameux Condor Café de Sucre propose le café Munaipata dans son établissement.

LA ROUTE DE LA COCA ★★

Ce circuit en 4x4 vous permet d'effectuer une boucle « hors sentiers battus », entre les sommets de la cordillère Royale et l'Amazonie, dans la région des Yungas. Itinéraire mi-montagneux mi-tropical, avec des dénivelés importants. On passe en une journée d'un monde minéral à une végétation luxuriante… en conjuguant les plaisirs de la découverte à pied et en véhicule tout terrain. Et permet de tirer réellement profit d'un séjour dans les Yungas (contactez par exemple une agence de La Paz pour une logistique privée).

- **Jour 1 :** La Paz – Coroico. Départ en matinée de La Paz en 4x4 pour Coroico, la perle des Yungas.
- **Jour 2 :** Coroico – Irupana. La piste en 4x4 effectue une longue traversée des Yungas nord aux Yungas sud à flancs de vallées. Successions de petites montées et de courtes descentes dans les Yungas. Champs de coca, caféiers et vergers peuplent votre parcours. Halte déjeuner à Chulumani. Arrivée en fin d'après-midi dans la charmante bourgade d'Irupana (6 heures).
- **Jour 3 :** Irupana – Tres Rios. Vous repartez de Irupana par une piste qui serpente au fond de vallées verdoyantes. Traversez le bourg perdu de la Plazuela avant d'entamer une lente remontée vers un col situé à près de 4 500 m d'altitude, entre le Mururata et l'Illimani (6 heures). Bivouac sous tente (ou chez l'habitant) près du village de Tres Rios.
- **Jour 4 :** Tres Rios – La Paz. Départ tôt le matin pour un trek andin, d'une grande beauté et quasiment inconnu. Randonnée exigeante jusqu'au pied du glacier Mururata. Puis retour à La Paz.

TERMINAL DE BUS

Passer par la rue P. Linares (celle de l'hôtel Kory).

Le petit terminal de bus se situe à l'ouest du centre, juste en dessous du stade de foot de la ville. Compter 10 Bs par personne en taxi jusqu'à la place centrale, ou 5 minutes à pied. Pour les hôtels situés en dehors du centre, compter une dizaine de bolivianos par personne en taxi.

Compagnies de bus : elles se trouvent toutes sur la petite place principale. En fait, vous avez compris, si vous cherchez quelque chose ou un renseignement, le lieu tout indiqué est cette magnifique petite place au centre de ce village d'irréductibles.

HOTEL ESMERALDA €

Calle Julio Suazo Cuenca
✆ +591 2213 6017

Chambres avec sdb privée entre 180 Bs et 220 Bs. 140 Bs pour une chambre avec sdb partagée. Prix par personne. Wifi.

Un des hôtels préférés des voyageurs et des vététistes. Toutefois, si les chambres sont souvent spacieuses (demandez celles avec balcon vers la cordillère), l'ensemble, qui date des années 1930, n'est pas très bien tenu et de sérieuses critiques se répètent sur le service. Certains accès sont même dangereux ! On appréciera la piscine, le sauna (qui mérite tout de même une sérieuse rénovation), le petit bar pour flâner le soir sous les étoiles, le wifi et surtout la vue absolument fantastique sur la vallée. L'ensemble reste correct pour le prix demandé.

LA FINCA €

À 7 km de Coroico, près de San Pedro en direction de Carmen Pampa.
✆ +591 7325 8754

Chambre à 85 Bs, appartement 110 Bs, cabane 150 Bs. Prix par personne. Petit déjeuner 20 Bs, déjeuner et dîner 45 Bs.

Dans un cadre magnifique au vert, La Finca est un complexe hôtelier de 7 hectares à 1 700 mètres d'altitude qui bénéficie d'un superbe panorama sur la vallée. À votre disposition, des cabanes, des appartements et des chambres pour deux à cinq personnes. Toutes sont propres et confortables. Billard, hamacs, salles de jeu et de lecture, terrain de football et de volleyball, ainsi qu'une petite lagune pour pêcher. On peut aussi camper et partir en randonnée sur le cerro Uchumachi voisin. Un endroit privilégié pour les familles ou groupe d'amis.

VILLA BONITA €

Calle Heroes de Chaco
✆ +591 7059 2799

90 Bs par personne, petit déjeuner compris dans une cabane. Sans wifi. Réservation sur WhatsApp.

Établissement tranquille, jouissant d'un joli panorama sur le coucher du soleil. Les cabanes sont simples comme bonjour. L'hôtel dispose d'un verger biologique (cuisine essentiellement végétarienne) et les gérants, un accueillant couple boliviano-suisse, produisent leur propre glace maison. Le restaurant est ouvert à tous. Un joli jardin avec hamacs. Des cours de kundalini yoga sont proposés. Volontaires bienvenus en échange de cours d'anglais pour les enfants ou encore de jardinage dans le verger. Excellent rapport qualité-prix.

HOTEL DON QUIJOTE €

✆ +591 7623 4965

100 Bs par personne, petit déjeuner compris. Chambre simple, double, triple, pour 4 ou 5 personnes.

Un peu en dehors du village (sur la route d'Arapata et de Rurrenabaque). Les chambres sont sobres, mais relativement confortables, avec salle de bains privée. Petit déjeuner correct. L'ensemble est très bien tenu. Jolie vue opposée à la plupart des autres hôtels, vers l'Amazonie. Certes, les tarifs sont un peu élevés par rapport aux prestations offertes, mais le Don Quijote reste une adresse agréable si vous êtes venus à Coroico pour rester quelques jours, pour flâner devant la belle piscine ou pour réaliser de courtes excursions dans les environs.

CABAÑAS VILLA KIKI €€

✆ +591 6017 3751

Autour de 15 € la nuit en cabane, capacité 6 personnes..

Les bungalows de Villa Kiki se trouvent à 15 minutes du centre de Coroico en voiture et 30 minutes à pied. C´est un lieu chaleureux, familial et parfait pour se reposer. Les chambres sont simples, mais confortables et bien tenues. La piscine est de bonne taille, avec des transats et des hamacs sur site pour se relaxer au son des chants d'oiseaux. Le service est très amical et on fait la promotion du *slow tourism* afin de passer de bons moments. La villa se trouve dans une communauté rurale au cœur des plantations de coca. Un paradis sur terre.

EL JIRI ECOLODGE €€

Charobamba

✆ +591 7067 7115

Selon la saison, compter 380 Bs pour 2 jours et 630 Bs pour 3 jours. Moins cher si vous êtes 8 personnes ou plus.

Situé dans le parc national de Cotapata à proximité de la communauté de Charobamba, ce lodge offre des bungalows nature pour deux à cinq personnes. Le mieux est de choisir un forfait d'au moins trois jours pour profiter pleinement des excellentes excursions offertes (visite des plantations de café, treks, tyrolienne, observation de la faune et de la flore, baignade dans les cascades…). Petite piscine, jardin. Très bon accueil de Mario et Betty. Une adresse somme toute assez confidentielle, dans un superbe environnement. À découvrir.

EL VIEJO MOLINO €€

2588 Calle Macario Pinilla

✆ +591 71521585

www.hotelviejomolino.com

Chambre double : 520 Bs, triple : 780 Bs, quadruple : 880 Bs et suite : 750 Bs, petit déjeuner compris.

Situé en pleine nature à un peu plus d'un kilomètre du centre de Coroico. Cet hôtel, proposant des chambres simples mais confortables, est dans l'ensemble bien tenu ; une grande piscine ensoleillée, et de superbes vues sur les alentours. Pas mal pour se reposer et s'oxygéner pendant deux ou trois jours. Les très grandes baies vitrées rendent l'ensemble élégant, en particulier la nuit. Un très joli cadre pour le restaurant La Vendimia également, ouvert aux non-résidents, qui propose des plats nationaux, internationaux et même végétariens.

HOSTAL KORY €€

3501 Calle P. Linares

✆ +591 7156 4050

Chambre simple à partir de 150 Bs, double de 300 Bs. Petit déjeuner compris. Lit avec sanitaires communs à 80 Bs.

L'une des plus vieilles adresses de Coroico. Certaines chambres sont assez basiques, mais celles avec sanitaires privés sont très correctes (avec TV câblée). C'est ici qu'il faut venir si les autres affichent complets. Les chambres du haut offrent une vision panoramique sur la vallée. Grande piscine souvent bondée. Accueil amical du propriétaire.Attention, certaines personnes ont indiqué qu'un problème de propreté était à relever dernièrement (en particulier concernant les draps). Demandez à visiter la chambre avant toute réservation.

HOTEL GLORIA COROICO €€

909 Calle Potosí

✆ +591 2289 5554

www.hotelgloriacoroico.com

Chambre simple et double à 450 Bs, triple à 530 Bs et quadruple à 650 Bs. Petit déjeuner : 40 Bs. Wifi.

Un superbe emplacement pour ce joli hôtel qui semble venir d'un autre temps. Les chambres sont vieillissantes et le service laisse un peu à désirer, mais vous y trouverez une magnifique piscine, un bar, une salle de jeu avec des tables de billard et un beau jardin. Les chambres sont malgré tout confortables même si un effort pourrait être fait sur la déco. Bon petit déjeuner proposé. L'ensemble dégage un certain charme, notamment en raison de son architecture plaisante. Le restaurant offre une vue spectaculaire sur la vallée. Accueil sympathique.

LA SENDA VERDE ECOLODGE €€

N Yungas Road ✆ +591 7472 2825

www.sendaverde.org

Compter 180 Bs par personne dans la hutte, 240 Bs en cabine supérieure. Visite guidée du refuge et petit déjeuner inclus

Situé proche d'une rivière, un ensemble de 8 structures où les matériaux traditionnels épousent un environnement des plus verdoyants. Restaurant bio, plantation de café, piscine, randonnées, projets de volontariat de deux semaines minimum et visites guidées. On pourra côtoyer près de 700 animaux qui font l'objet de soins particuliers après avoir échappé au marché noir. On peut aussi y rester en logeant dans une des trois huttes, dont une accroché à un arbre. Le confort est souvent un peu sommaire mais cet éco-lodge vous assure un grand bol d'air frais.

SOL Y LUNA ECO-LODGE €€

Apanto Alto

✆ +591 7255 1250

www.solyluna-bolivia.com

Cabine avec s.d.b. privée et cuisine à partir de 220 Bs par personne. Chambre avec s.d.b. privée à partir de 155 Bs.

Une Allemande s'est installée là pour construire son hôtel (plutôt des lodges) type éco-touriste : sept cabanes et deux appartements avec sanitaires privés et cuisine, plus six chambres avec sanitaires communs. Ambiance bohème au milieu d'une végétation exubérante. Des tours organisés sont aussi possibles afin de découvrir la richesse des environs. Piscine. Confortable et joliment décoré, l'endroit est destiné avant tout aux aventuriers amoureux. Une adresse où la nature est reine ! Cours de hatha yoga. Restaurant de bonne facture mais un peu cher.

CAFE ALMENDRA €

Calle Gubolivia
✆ +591 6733 9439
Du samedi au mercredi de 10h à 17h30. Plats principaux entre 10 et 30 Bs.

Proche de la place principale, le Café Almendra propose de délicieuses préparations végétariennes et véganes. La salle est petite mais plaisante et la cuisine ouverte ajoute du charme à l'établissement. Parmi les spécialités : des pancakes au fromage et au yucca, des sandwichs composés à base de bananes frites. Un conseil : ne partez pas avant d'avoir goûté le délicieux café. En résumé, des plats copieux, sains et savoureux pour des petits prix ! Que demander de plus ? Vend également des produits artisanaux (bijoux, savons, sacs de toile...).

BACKSTUBE - CARLA'S GARDEN PUB €€

Pasaje Adalid Linares
✆ +591 6802 1888
Cuisine internationale. Ouvert du lundi au samedi de 11h à 22h30. Plats de 45 Bs à 70 Bs, pâtisseries maison.

La sympathique Carla, d'origine néerlandaise, a fusionné le backstube (pâtisserie allemande) avec son pub. On y sert des spécialités boliviennes et hollandaises, des plats végétariens, des pizzas, des sandwiches... Sans conteste le meilleur endroit où prendre son petit déjeuner ! On peut aussi se délecter d'un excellent *apple crumble* pour une pause gourmande. Le soir, ambiance assez romantique : tables en bois, hamacs, bougies, lounge et musiciens live pratiquement tous les soirs...

COROICO STAR €

Calle P. Linares
✆ +591 7250 5652
coroico-star.negocio.site
Cuisine internationale. Ouvert tous les jours de 11h à 22h. Plats de 25 Bs à 45 Bs, sandwiches entre 10 Bs et 20 Bs.

Un petit local agréable, en face de l'hôtel Kory, tenu par une équipe jeune et dynamique. Vous pourrez y déguster le classique *pique macho* mais aussi du poulet à la plancha, du *lomo*, des sandwiches, des hamburgers... Les jus frais sont élaborés avec les fruits locaux, fraîcheur assurée ! L'endroit est idéal pour rencontrer d'autres voyageurs. Coroico Star est également un opérateur de tourisme et propose des descentes de la Route de la Mort, découverte des cascades ; et plein d'autres activités dans les environs de la petite ville.

EL CAFETAL €€

Calle Miranda
✆ +591 7193 3979
Cuisine internationale. Ouvert tous les jours sauf le mardi. Plats aux alentours de 65 Bs. Wifi.

El Cafetal est situé près de la Plazuela Principal, dans la petite rue qui monte. Un bon petit restaurant dans un cade enchanteur. Au menu : spécialités de truite, de viande de lama, curry d'agneau... À déguster sans modération au bord de la piscine, un verre à la main, face à la cordillère. Il est parfois possible de voir les sommets environnants, comme le Mururata (« le décapité » en aymara, vous comprendrez pourquoi). Propose également quelques chambres confortables et très bien tenues (compter environ 100 Bs par personne).

RISTORANTE PIZZERIA TOTÓ €

Noel Lucero Inda
✆ +591 7151 2707
Restaurant italien & pizzeria. Ouvert tous les jours de 18h à 23h. Compter environ 70 Bs.

Ce petit restaurant est une agréable découverte à Coroico. Christine prépare elle-même sa pâte à pizza et élabore des plats de pâtes fraîches (spaghettis, tagliatelles, raviolis) ainsi que des gnocchis. Tout est fait maison et ça se sent ! On peut accompagner son repas d'un bon verre de vin rouge ou d'une bière fraîche. L'endroit minuscule est convivial et on aime s'y attarder... Les échanges avec la patronne, installée depuis longtemps dans les Yungas, sont très intéressants. Le temps de prendre une dernière glace au *dulce de leche* et on y va !

CERRO UCHUMACHI

Cette montagne se situe à 6 km de Coroico, à 2 500 m d'altitude, et la randonnée est réservée aux plus sportifs avec environ 800 m de dénivelé. Au-dessus de l'hôtel Esmeralda, suivez le sentier, vous arriverez à une petite chapelle, puis continuez… jusqu'au sommet. Vous traverserez des forêts, des champs et un peu de tout. À certaines époques de l'année, la colline est jonchée d'orchidées. Un des chemins mène à des cascades, l'autre au mirador, et de tout en haut, le superbe panorama offert vaut l'effort. Compter environ 6 heures aller-retour.

LOS VAGANTES

À faire seul ou en compagnie d'un guide local (environ 200 Bs la journée).

Au départ de Coroico, on peut faire un tour d'une journée permettant de découvrir la faune et la flore locales. Au milieu des champs de coca et des cascades cristallines, singes, et perroquets apparaissent comme par magie.

Itinéraire : suivre la route après l'hôtel Don Quijote, vers Arapata. Après 20 minutes à pied (ou 5 minutes en 4x4), vous parvenez à une bifurcation. La piste principale, vers la droite, se poursuit vers Arapata. Prenez à gauche la piste qui descend. Continuez environ 30 minutes à pied et vous vous trouverez à une autre bifurcation. À gauche, le chemin mène à l'ancienne route de Coroico ou vers l'hôtel Viejo Molino. À droite, c'est le chemin qui descend vers Los Vagantes qui se trouve à environ 400 m d'altitude : quelle bouffée d'oxygène non ?

Un sentier longe la piste, empruntez-le, vous traverserez des plantations de mandarines, d'oranges, de café, etc. Au bout d'une heure environ, vous serez dans le lit du torrent. Cascades, eau fraîche, le lieu est parfait pour un pique-nique.

Une option est possible, mais pour celle-ci nous vous conseillons de faire appel à un guide de Coroico (l'hôtel Don Quijote organise cette option) : suivez le lit du torrent vers l'aval en progressant dans la rivière. La rivière n'est pas profonde. Vous aurez de bonnes chances d'apercevoir des singes. Au bout du torrent (3 heures de marche environ), vous atteindrez un hôtel, au bord d'un pont. Le plus simple est de descendre à Coroico en taxi et de donner rendez-vous au chauffeur au pont de Santa Barbara en fin d'après-midi.

ZZIP THE FLYING FOX

✆ +591 6715 3839

Prix : 220 Bs.

Situé à Yolosa, à l'arrivée du circuit de VTT de la Carretera de la Muerte. Construits en 2010, le « Renard Volant » propose trois circuits de *zipline* (1 555 mètres de tyrolienne) au-dessus de la vallée pour une durée totale d'environ 30 min ! On atteint la vitesse de 85 km/h, sensations garanties ! Il est possible d'utiliser la tyrolienne avec un guide pour les plus jeunes. Possibilité de coupler avec la descente de la route de la Mort lors de votre réservation avec les agences Gravity Assisted Mountain Biking, Kanoo ou Turisbus (La Paz).

CHACO

Vous rencontrerez très peu de touristes dans la région de Chaco. En effet, très peu d'intérêts culturels nécessitent le déplacement des « gringos » dans les environs. Pour autant, de nombreux étrangers transitent par la région pour des raisons professionnelles, un peu obscures. En effet, Chaco est connue pour être une plaque tournante du trafic de drogue. La coca, produite en grand nombre dans la région, offre de grandes possibilités à certains producteurs de cocaïne. Des petits avions sont régulièrement interceptés dans les environs. Attention donc si vous vous trouvez dans la région, car cette dernière peut s'avérer risquée pour des touristes isolés.

Histoire

Les premiers plants de coca destinés à l'élaboration de la cocaïne remontent aux années 1950, vendus à la bohème de Buenos Aires. En 1971, en Bolivie, le populiste général Barrientos, au pouvoir, meurt dans un étrange accident d'hélicoptère. Puis peu après, un coup d'État place au pouvoir le général Banzer, formé à la tristement célèbre « école des Amériques », où furent formés la plupart des dictateurs sud-américains (tel Pinochet). Derrière ce coup d'État se cachent a priori le MNR, l'armée, la bourgeoisie bolivienne et… le président Nixon, fort préoccupé de l'avancée du socialisme sur le continent (victoire récente du socialiste Allende au Chili) en pleine guerre froide.

Une propagande intelligente présenta le *golpe* comme un bienfait pour le pays chrétien contre le communisme athée. Les années 1970 virent les besoins en cocaïne augmenter avec la guerre du Vietnam. Le général Banzer ne fit rien pour arrêter la stimulation de la production de coca qui générait d'importants bénéfices, que s'appropriaient en partie les hommes qui détenaient le pouvoir.

C'est une évidence pour tous que les militaires et les hommes politiques étaient liés au narcotrafic. En 1980, ce sont les mafias qui financèrent un coup d'État pour asseoir au pouvoir le sanguinaire Garcia Meza. Ce dernier, emprisonné aujourd'hui, gagna, disent les rumeurs, près de 40 millions de dollars au cours de ses années au pouvoir.

Garcia Meza et son bras droit Luis Arce Gomez mirent en place une terrible dictature, armée des escadrons des « fiancés de la mort », composés d'anciens nazis et de fascistes italiens et dirigés par Klaus Barbie lui-même (le boucher de Lyon), lequel travailla pendant 30 ans pour les services secrets boliviens. Il participa à l'arrestation du Che tout en trafiquant armes et drogues. Finalement, suite aux pressions européennes et des États-Unis, Garcia Meza fut destitué.

On lui impute de nombreux assassinats : celui, par exemple, du jésuite Luis Espinal, directeur d'un journal contestataire qui dénonçait sans hypocrisie les liens entre les narcotrafiquants et le pouvoir.
L'éminent biologiste Noel Kempff fut assassiné en 1986, pour avoir découvert, malgré lui, un laboratoire important de cocaïne dans l'Oriente. Les rumeurs disent que ce gigantesque laboratoire était financé par les États-Unis eux-mêmes et approuvé par le MNR, parti révolutionnaire bolivien... Ce laboratoire appartenait au réseau du scandale de l'Irangate, époque où Ronald Reagan était président, pour le financement des Contras au Nicaragua et des opérations contre l'Iran.
Quelques jours plus tard, Edmundo Salazar, membre de la commission d'enquête sur l'assassinat de Kempff, fut assassiné.
Au retour de la démocratie, avec au pouvoir Hernan Siles Zuazo, en 1982, commença le combat officiel contre la production de coca. Jaime Paz Zamora, le président suivant, inventa le concept de « *la coca no es cocaína* », avec comme corollaire la distinction entre les productions traditionnelles et celles destinées à des fins illégales.
Le gouvernement suivant de Goni entama l'éradication des champs de coca en surplus (région du Chapare). Ce fut aussi le début des affrontements entre *cocaleros* et forces de l'ordre, appuyées par le pouvoir américain.
Le résultat est flagrant : très peu de « parrains » ou de hauts responsables arrêtés. Au contraire, arrêt brutal de l'activité de milliers de *campesinos* pour qui la coca demeurait une aubaine tombée du ciel et qui leur permettait de nourrir leur famille. Le président Jaime Paz Zamora reconnut lui-même que pendant ses années au pouvoir, 70 % de la population vivaient directement ou indirectement de la coca. Ainsi, le dollar devint la monnaie de fait en Bolivie. Roberto Suarez, le boss, lançait des billets verts de son avion pendant son anniversaire...
En 1988, Dominguez, un autre baron de la drogue, prêta deux de ses hélicoptères au pape Jean-Paul II lors de sa visite, pour ses services de sécurité. En 2020, la Bolivie demeure le troisième producteurs de cocaïne dans le monde (après la Colombie et le Pérou).
En attendant, à l'ambassade des États-Unis, il est permis de boire son whisky, mais il est formellement interdit de toucher à un inoffensif maté de coca...

CHULUMANI ★★

Altitude : 1 700 m. Autre bourgade charmante des Yungas, moins touristique que Coroico, Chulumani conserve un cachet de début du siècle, avec ses nombreuses plantations (de coca, de café, de bananes, d'oranges et de cacao) dans les alentours du village et environs 350 communautés afro-boliviennes (derniers descendants d'esclaves noirs de Potosí) comme Irupana ou Chicaloma. C'est aussi l'arrivée du trek de l'Inca Takesi, très fréquenté tant par les touristes boliviens qu'occidentaux. Bon, on murmure par ici que la culture de la coca est plus lucrative que le tourisme et qu'on n'a pas forcément besoin de voyageurs envahissants. À bon entendeur...

COUNTRY HOUSE €€

13 Calle Tolopata
✆ +591 7528 2212
Le prix par jour et par personne est de 150 Bs. Wifi inclus.

Une jolie maison d'hôtes en pleine nature installée près du Mirador La Ladera. Les chambres sont rustiques, mais bien décorées et confortables. Elles sont toutes équipées d'une salle de bain privative. Les parties communes sont plaisantes et conviviales. Le restaurant, qui sert des bons plats préparés maison, est ouvert sur l'extérieur et bénéficie d'une jolie vue sur la vallée. Petite piscine au milieu d'un jardin luxuriant. Billard. Parking privé. Au programme : excursions et activités préparées par Javier, le sympathique propriétaire.

HOTEL SAN BARTOLOMÉ PLAZA RESORT €€

2177 Av. Arce
✆ +591 2244 0307
Chambre simple à 350 Bs, double à 500 Bs, bungalow à 580 Bs, Bs pour 2 personnes, 700 Bs pour 4. Petit déjeuner inclus.

Voilà un grand resort plutôt confortable. De très nombreuses chambres bien décorées sont proposées. Pour plus d'intimité, il vous sera possible de louer votre bungalow privé. La déco évoque les années 60, mais ne manque pas de charme. Jolie piscine et hydromassages. Restaurant à demeure. Côté divertissement, un mini golf, et une salle de jeux avec entre autres un billard et une table de ping-pong vous sont également proposés. Une bonne possibilité un peu en dehors de Chulumani.

ALTIPLANO NORD

TOCAÑA ★

Vers début août, les Afro-Boliviens des villages voisins de Mururata, Coripata et Tocaña viennent célébrer une fête patronale. Ce sont les derniers descendants d'esclaves des mines de Potosí, et vivent dans les villages des Yungas (dont Tocaña, à 30 minutes en 4x4 de Coroico, juste sur la colline en face), et subsistent de la culture de la coca. Leur musique, la Saya, est devenue l'une des composantes musicales importantes du pays. Accueil souvent chaleureux au village, du moins, si tout le monde n'est pas aux champs. Don Cesar Aragandoña, propriétaire d'un petit café à l'entrée du village, vous proposera des excursions intéressantes dans les environs.

CARANAVI ★

22 000 habitants. Altitude : 975 m. La ville de Caranavi se situe à mi-chemin entre Coroico et Guanay, ou Rurrenabaque. Une grosse bourgade de transit, principalement habitée par des agriculteurs des environs et qui vit en partie de sa situation géographique. Les routiers s'y arrêtent pour se restaurer et pour éventuellement y passer la nuit. Plusieurs hôtels sur l'artère principale vous logeront pour une somme modique, et des petits restaurants proposant des plats basiques se trouvent sur la place principale. Peu d'intérêt touristique, mais Caranavi n'accueille que de rares touristes et vous pouvez ainsi découvrir les Yungas hors des sentiers battus.

IRUPANA ★

Altitude : 1 740 m. L'un des villages afro-boliviens des Yungas. Accueil sympathique. Le village vit essentiellement de la culture de la coca. Il se trouve sur la route vers les Andes, au col du Mururata-Illimani. Le territoire était auparavant occupé par les Tiwanakotas de la fin du Ve au début du VIIIe siècle, puis par les Incas. Le 25 juillet 1746, la municipalité d'Irupana est fondée par des marquis espagnols, attirés par les ressources minières de la région, et plus particulièrement l'argent. Pendant l'époque coloniale, la région d'Irupana connu un essor économique important grâce à sa production de coca qui était exportée à La Paz.

HOTEL LANDIVAR Y CABAÑAS EMYMAR €€

Av. Mariscal Santa Cruz
✆ +591 2823 2052
A partir de 150 Bs la simple, 250 Bs la double, 300 Bs la triple, avec salle de bains. Petit déjeuner compris. Wifi.

Cet hôtel offre des chambres propres et simples avec ventilateurs, les bungalows bénéficient de la climatisation. Vaste patio couvert de fougères et une piscine accueillante. Le tout est calme et chaleureux. Buffet petit déjeuner complet. Restaurant à demeure. Parking fermé. Le complexe partage son terrain avec un parc aquatique également accessible aux non-résidents. Des sentiers partent de l'établissement pour s'évader dans la nature... Entre calme et divertissement assuré.

POSADA NIRVANA INN €€

Av. Los Seibos
✆ +591 7254 1949
Compter 175 Bs par personne, petit déjeuner compris. Déjeuner ou dîner à 60 Bs.

Un charmant resort familial proposant des cabanes en dur simples et bien tenues, disposées dans un grand jardin bien entretenu. Jolie piscine, un atout non négligeable dans les Yungas ! Sauna et mirador pour apprécier le panorama sur les vallées. La famille peut également préparer des déjeuners et des dîners à la demande. Le salon Le propriétaire est aussi un guide de la région, il peut arranger des sorties en forêt, des treks en suivant le chemin de l'Inca, des visites des ruines pré-colombiennes, ou encore des sorties parapente.

JATATA INN €€

Av. Batallon Ingenieros
✆ +591 7774 4771
Compter environ 150 Bs par personne, petit déjeuner compris. Wifi.

Certainement l'un des meilleurs hôtels de Caranavi. Chambres propres et claires, équipées de la télévision câblée et bénéficiant d'une jolie vue sur les environs. La grande piscine, où il est possible d'accéder sans être client de l'hôtel en payant un droit d'entrée, est un vrai plus. Le restaurant propose une excellente cuisine régionale. Service de laverie disponible. À deux *cuadras* de l'hôtel se trouve le point de confluence des *ríos* Coroico et Yara, magnifique. Le leitmotiv de l'établissement est « *el placer del descanso* » (le plaisir du repos).

TREK DE L'INCA DU TAKESI

C'est le plus facile et le plus accessible des chemins de l'Inca. Des porteurs sont parfois disponibles près de la Mina San Francisco. Si vous louez le matériel et partez à plusieurs, ce trekking ne vous posera aucun problème. Attention, ce n'est pas non plus une simple promenade de plaisir, il faut avoir une bonne condition physique.

- **Difficulté :** modérée. Un col à 4 650 m d'altitude, à franchir après la mine de San Francisco. Ensuite, descente de 2 heures à 3 heures.
- **Durée :** de deux à trois jours. En fait, la durée dépend de votre rythme.
- **Transports :** le meilleur moyen de se rendre à Ventilla, point de départ du trek, est de louer les services d'un radio-taxi (compter 50 US$ pour la location). Certaines agences proposent un service jusqu'à Ventilla, mais il vaut mieux négocier directement avec les compagnies de radio-taxis.
- **Logement :** possible à Takesi (le village) et à Yanacachi, dans les Yungas.
- **Points d'eau :** vous aurez un point d'eau au début du trek, un autre dans le village de Takesi et, enfin, lorsque votre parcours longera les rivières. Faites attention, quand vous prendrez de l'eau de rivière, à ne pas glisser sur des pierres humides.
- **Destination finale :** Yanacachi. Superbe ville aux allures coloniales, à 1 heure de marche à pied de la mine de Chojlla. Ici, vous pourrez prendre un bus ou un camion à la sortie de la ville, à destination de La Paz.
- **Itinéraire :** le chemin du Takesi, comme son surnom de « chemin de l'Inca » ne l'indique pas, date sans doute de la grande époque de Tiwanaku. Les ouvrages d'ingénierie en général, et les pavés du chemin en particulier, sont en bien meilleur état que les routes existant au Pérou.

Le point de départ est la mine San Francisco. Si vous arrivez à Choquekota l'après midi, nous vous conseillons de camper dans l'école du village et de franchir le col tôt le matin le lendemain. S'ensuit une des plus belles facettes du parcours : la descente vers les Yungas. Après environ 4 h, on arrive à Takesi, où l'on peut camper ou dormir chez l'habitant. Ce chemin précolombien est le mieux conservé de toute l'Amérique latine. La descente est très raide jusqu'à une rivière qu'il faut traverser. Puis on arrive à Chima : de là commence un long chemin sinueux qui longe un grand précipice. Après 2 heures environ, commence la descente vers la Sochikachi, où vous pouvez vous restaurer un peu. Il faut traverser le pont Takesi et vous n'avez plus qu'à suivre l'aqueduc qui vous mène vers la mine. Une fois à la Chojlla, vous rejoignez un chemin de terre, qui mène à Yanacachi en 1 heure de marche environ.

GUANAY ★

À l'écart du reste du monde, la modeste bourgade de chercheurs d'or de Guanay est très agréable. Ambiance tropicale dans ce qui reste de la ruée vers l'or des années 1980, décennie pendant laquelle la ville a été gagnée par la fièvre de l'or qui regorgeait dans les alentours. Le président en exil, Goni Sánchez de Lozada, fit fortune ici, dans le río Kaka qui longe le village. De l'autre côté du minuscule port, vous pourrez encore apercevoir les ruines de la drague que « Goni » fit importer depuis les États-Unis et qui devint pendant quelques années la plus rentable du monde. La suite est connue, sa fortune servit son ambition politique.

Transports

- **Bus.** Toutes les compagnies se dirigeant plus en aval vers Mapiri s'arrêtent à Guanay. On peut donc y passer la nuit pour prendre le bus suivant le lendemain.
- **Bateau.** Sur le port, bateaux vers Rurrenabaque (pas de service régulier, mais des agences proposent ce trajet, voir à Coroico et à La Paz) ou Mapiri (service régulier lorsque les conditions météorologiques le permettent, sauf le dimanche, départ entre 7h et 9h du matin, compter 5 heures de paisible et superbe navigation). Complètement hors des sentiers battus.

La ville aujourd'hui

Aujourd'hui encore, de nombreuses mines sont exploitées dans les alentours du village. Tous les matins, les hommes partent en 4x4 vers ces sites pour en revenir le soir, éreintés. Sur la place du village, des échoppes achètent en direct leur production.

Guanay, la porte du Beni, vaut donc le détour pour son ambiance de Far West et d'aventuriers du bout de monde. Et pourtant, le calme règne et la population est très accueillante. Baladez-vous le soir autour de la place, c'est le lieu de rendez-vous de tout le monde, une fois la nuit tombée. Aucun logement destiné au tourisme classique. Restent quelques adresses où le confort est minimum.

Si vous allez visiter les mines (notamment celle de La Herradura), n'oubliez pas d'emmener à manger ou à boire aux mineurs. Ils sont plutôt flattés de recevoir des visites (assez rares). Ils vous laisseront certainement tamiser un peu le sol. Et si vous trouvez une pépite, comment ferez-vous ? Partage équitable ou vous dégainez le pistolet ?

ALTIPLANO NORD

CORDILLÈRE QUIMSA CRUZ

La Cordillera Quimsa Cruz est une chaîne montagneuse d'environ 5 500 m d'altitude, située près de La Paz. Une destination loin des sentiers battus puisqu'elle n'est que très rarement parcourue. Les routes minières donnent accès à des sentiers d'escalade pour atteindre les pics, mais mieux vaut partir avec des guides locaux. La partie nord de cet ensemble montagneux est un terrain de jeu de choix pour les amateurs d'escalade, de belles ascensions techniques et de roche granitique. Environ 80 sommets se situent entre 4 900 et 5 760 mètres d'altitude.

HOTEL BALNEARIO OASIS €

Calle Coroico
✆ +591 6703 0764

Avec ses chambres modestes, mais soignées et confortables, l'hôtel Balneario Oasis est une option intéressante pour les voyageurs en visite dans les Yungas. On vous déclarera sans doute qu'il se révèle être le meilleur choix en matière d'hébergement à Guanay. Vous y trouverez une grande piscine (la seule des environs), un sauna, des oiseaux de paradis et des installations convenables pour la région. On y trouve ainsi tout ce dont on a besoin. Bien sûr, on est loin du prestigieux hôtel 5 étoiles, mais tout y est très professionnel.

HOTEL LOS PINOS €

Av. 6 de Agosto
✆ +591 2213 6219

Entre 70 et 100 Bs la chambre double (sanitaires privés). Pas de petit déjeuner.

Ce petit hôtel sympathique se trouve sur l'Avenida 6 de Agosto, en face du terrain de football du village. Doña Mary vous recevra avec son grand sourire de tous les jours. Les chambres sont spartiates mais confortables, celles du bas donnent sur un jardin très agréable et bien entretenu, abrité par un manguier. Toutes sont propres, et équipées de douches spacieuses et de ventilateurs. Pas de petit déjeuner sur place, mais vous trouverez facilement de quoi vous sustenter dans les environs. Le meilleur rapport qualité-prix du village.

INCAHUARA

Incahuara (« étoile inca » en langue quechua) est un tout petit village situé à 1h30 au nord de Coroico. Bien qu'il ne soit pas spécialement destiné à accueillir des voyageurs ni désigné comme destination touristique prisée (loin de là...), ses environs, eux, abritent une zone naturelle d'un grand intérêt écologique, faunistique et floristique. En effet, Incahuara pourrait attirer les bourlingueurs qui séjourneront uniquement sur l'Altiplano, sans passer par l'Oriente, l'Amazonie ni les vallées centrales du pays, pour la seule raison qu'à quelques kilomètres de son centre se trouve une *écolodge* extraordinaire rappelant la magie de la forêt tropicale.

LA ENCANTADA

A une vingtaine de minutes en voiture d'Incahuara.
✆ +591 7259 9006
www.ecoparquelaencantada.com

Ce parc écologique est l'endroit idéal pour ceux qui désirent en apprendre plus sur la nature et le concept de durabilité. Quelques jours dans ce paradis vierge et immaculé suffisent pour faire de vous un expert de la production de café, des abeilles Melipona et de l'apiculture en général, ainsi que de la récolte de fruits tropicaux. Son équipe francophone organise des excursions vers divers *miradores*, cascades, plantations ainsi que dans une communauté locale. Pas de doute, vous repartirez avec le cœur léger, les bottes pleines de boue et de précieux souvenirs.

INTERVIEW

RENDEZ-VOUS AVEC AMARU FIORILO

REGARD SUR UN PROJET FAMILIAL ÉCO-RESPONSABLE

Bonjour Amaru, pourriez-vous nous parler un peu de vous ?

Je suis franco-bolivien et travaille actuellement sur le projet écologique de La Encantada avec ma famille. Passionné par la nature et les cultures, ma principale préoccupation est de promouvoir un tourisme qui soit à la fois durable et éthique, en éduquant les voyageurs sur l'importance de préserver l'environnement.

En quoi consiste ce magnifique projet qu'est La Encantada ?

C'est un projet éco-responsable et solidaire au sein des montagnes dans la vallée des Yungas. Nous y développons une agriculture biologique créant une harmonie entre nature sauvage et récoltes. La production est notamment celle du café, de la feuille de coca et de produits issus de l'apiculture. Séjourner ici c'est se ressourcer dans un havre de paix loin du monde moderne.

Pouvez-vous nous parler des pratiques agricoles écologiques que vous utilisez ?

Nous avons établi des partenariats entre des chercheurs européens et boliviens afin de préserver la faune et la flore de la région et de lutter contre le trafic d'insectes. En outre, nous évitons l'utilisation de pesticides et d'insecticides chimiques en créant des insecticides naturels à partir de différentes plantes pour la fumigation, qui se sont révélés très efficaces. Enfin, tout est récolté à la main.

Quels sont vos plans pour l'avenir de La Encantada ?

Nous aimerions accueillir davantage de volontaires, mais pour cela, nous devons augmenter notre capacité d'hébergement en construisant des cabanes supplémentaires.

Comment nos lecteurs peuvent-ils vous contacter ?

Nous avons un site internet www.ecoparquelaencantada.com ainsi qu'un numéro Whatsapp +591 6060 1494. Cela peut se faire aussi au travers de l'agence Mundo Quechua !

LA ENCANTADA

✆ +591 7259 9006
www.ecoparquelaencantada.com

© ECOPARQUE LA ENCANTADA

© ECOPARQUE LA ENCANTADA

© ECOPARQUE LA ENCANTADA

ORURO ★

265 000 habitants. Altitude moyenne : 3 735 m. À priori, Oruro, ville minière tombée en disgrâce, ne saurait avoir le charme ou la beauté architecturale de Sucre ou Potosí. La réputation d'Oruro vient bien sûr de son carnaval haut en couleur, second en terme de fréquentation après celui de Rio de Janeiro. Tous les ans, vers février, les anges diaboliques et multicolores investissent la ville, accompagnés de danseurs richement parés. Ils exorcisent toute la violence d'une histoire injuste avec les plus belles danses du continent. Trois jours d'une orgie dionysiaque de couleurs, de musique et de sensations, un véritable concentré de l'âme bolivienne.

Histoire

Entre le Diable et San José, entre la Vierge du Socavon et le métal maudit, Oruro a fourni le scénario des moments les plus forts de l'histoire révolutionnaire de la Bolivie. Sans l'appui des mineurs de la mine San José, le soulèvement de La Paz d'avril 1952 ne serait jamais devenu la deuxième révolution de l'histoire de l'Amérique latine, après celle du Mexique et avant celle de Cuba. Sans les mineurs d'Oruro, reconvertis en planteurs de coca dans le Chapare, la Bolivie n'aurait aucune force de défense face à la volonté politique ambiguë des États-Unis d'éradiquer les cultures de la feuille de coca. Et le président Evo Morales y étudia au *colegio*.

Se loger

Oruro ne possède pas encore beaucoup de structures hôtelières dans la catégorie « bien et pas cher ». Vous aurez droit soit à des hôtels à des prix moyens, soit à des établissements non recommandables. Aussi, si vous le pouvez, optez pour les catégories supérieures. Si vous voulez assister au carnaval d'Oruro dans de bonnes conditions, prenez l'indispensable précaution de réserver. Sachez qu'il faut réserver pour 3 nuits minimum et que les prix peuvent tripler, voire plus. Le reste de l'année, vous trouverez de la place.

Transports

L'aéroport Juan Mendoza (+591 2527 8333), situé à 5 km de la ville, porte le nom du premier pilote aérien bolivien. Vols depuis/vers Cochabamba et Santa Cruz.

BALNEARIO DE OBRAJES ★

✆ +591 7230 6053

Compter 10 Bs l'entrée, incluant une demi-heure de baignade dans les petites cabines privées.

Situés à 25 km d'Oruro, après le village de Paria. Pour s'y rendre, emprunter un minibus à l'angle de Caro et 6 de Agosto. Départ toutes les 30 minutes. Compter 30 minutes de voyage. Les thermes d'Obrajes n'ont rien d'exceptionnel : la source d'eau thermale « curative » se déverse dans un bloc de ciment ressemblant à une grande piscine municipale. Mais il y a aussi de petites cabines avec leur propre piscine naturelle d'eau chaude, beaucoup plus intimiste et les tarifs sont accessibles ! Possibilité de se restaurer et de s'héberger sur place.

CALLE LA PAZ ★★

Calle La Paz

C'est la rue où l'on confectionne les habits des danseurs du carnaval. Les *bordadores* (brodeurs) et les artisans y travaillent d'arrache-pied tout au long de l'année en vue du carnaval suivant. Profusion de masques et maints endroits très caractéristiques. Un silence monacal accompagne la réalisation de ces véritables chefs-d'œuvre d'art populaire. Certains tailleurs ne seront pas ouverts si vous vous y rendez à une période éloignée du carnaval, mais les vitrines et les peintures artistiques sur les murs valent quand même le coup d'œil !

MONUMENTO A LA VIRGEN DEL SOCAVÓN ★★

Camino a la Virgen

Entrée libre.

Située à 3 845 m d'altitude sur la montagne Santa Bárbara, cette statue de 45 m de la Virgen Candelaria, inaugurée en 2013, veille sur la ville. Elle a été bénie par le pape Benoit XVI quelques semaines avant son inauguration. La base de la statue est en fait une petite chapelle pouvant accueillir jusqu'à 80 personnes. Le mirador offre un panorama spectaculaire sur la ville et ses environs. Quelques marchands sur place vendent biscuits et boissons.

MUSEO ANTROPOLÓGICO EDUARDO LÓPEZ RIVAS ★

Av. España
+591 2527 4020
Ouvert du mardi au vendredi de 8h à midi et de 14h à 18h, le week-end de 10h à 18h. Compter 10 Bs l'entrée.

La collection permanente se divise en 6 sections. La première salle expose des restes d'animaux vieux de plus de 60 millions d'années, la deuxième présente la culture Wankarani, la troisième abrite une exposition sur les pratiques funéraires et corporelles, puis la quatrième et cinquième contiennent des artefacts des civilisations Tiwanaku, Aymara, Inca et Chiyapa. Enfin, la sixième salle présente une collection montrant l'évolution des masques du carnaval d'Oruro au fil des années.

MUSEO SACRO, FOLKLÓRICO, ARQUEOLÓGICO Y MINERO ★

Plaza del Folklore
+591 2527 4303
Visites guidées à 9h, 9h45, 10h30, 11h15, 15h15, 16h, 16h45 et 17h30. Compter 10 Bs l'entrée pour les deux musées.

Les visites (en espagnol) vous mènent vers une mine abandonnée convertie en musée exposant des objets et relatant l'importance de certaines croyances et cérémonies des mineurs. Ne passez pas à côté des deux sanctuaires en l'honneur d'El Tío. Il est en général constitué des minéraux présents dans la mine et il incarne le diable qui hante les tunnels. On le vénère en lui déposant des offrandes, colliers de fleurs, alcool, cigarettes... Une salle expose des costumes du carnaval.

SANTUARIO DE LA VIRGEN DEL SOCAVÓN ★★

Av. del Minero
Entrée libre.

Très belle église située dans les hauteurs de la ville. Reconnaissable par sa robe de chaux blanche, cet édifice religieux a été construit en 1781, à l'endroit même où se tenaient les ruines d'une ancienne chapelle. Au cœur de l'église, vous trouverez une magnifique représentation de la Vierge réalisée au XIVe siècle. Celle-ci a été restaurée en 1992. Juste à côté du bâtiment se tenait une ancienne galerie minière, aujourd'hui convertie en petit musée.

NUEVA TERMINAL DE ÓMNIBUSES DE ORURO-ESTE

Calle Gregorio Reynolds
Terminal de bus.

- **Les départs vers La Paz** ont lieu toutes les demi-heures à partir de 5h du matin depuis le terminal de bus. Le trajet dure 3 heures et demie pour environ 25 Bs. Des bus partent également vers Cochabamba et Potosí (trajets à faire de préférence en journée).
- **Cochabamba.** 6 heures de bus.
- **Potosí.** Départs le soir à partir de 17h. 8 heures de trajet.
- **Pour Arica (Chili).** Plusieurs bus par jour via Tambo Quemado et Chungará ou Pisiga. Compter 10 à 12 heures de route pour 100 Bs environ.

Étudiants à Oruro.

HOTEL REPOSTERO €

370 Calle Sucre
+591 2525 8002
hotelrepostero.yolasite.com
Chambre simple à 160 et 180 Bs, double à 250 Bs, triple de 280 à 300 Bs. Petit déjeuner compris. Wifi.

Situé dans une ancienne demeure coloniale, cet hôtel propose des chambres simples, avec moquette, chauffage, eau chaude 24h/24 et TV câblée. Certaines sont un peu sombres et la déco un peu vieillotte, mais l'ensemble est très bien tenu. Petit déjeuner basique, mais satisfaisant. Des salles à manger communes sont à la disposition des voyageurs, mais pas de restaurant à demeure étrangement. Garage. C'est dans cet hôtel que les concurrents du Dakar ont fait halte en 2017. Une adresse qui vaut surtout pour son emplacement en plein centre.

FLORES PLAZA HOTEL €€

735 Calle Adolfo Mier
+591 6835 0145
www.floresplazahotel.com
Chambre simple à 300 Bs, double à 450 Bs, triple à 550 Bs, suites de 450 Bs à 550 Bs. Petit déjeuner compris. Wifi.

Anciennement Nikkei Plaza Hotel, le Flores a été entièrement refait. Décor gentiment kitsch. L'ensemble est très propre et les chambres sont vastes. Demandez une chambre bénéficiant de la vue sur la place et sur la statue de la Virgen de Socavón. En pleine plaza Principal, c'est l'endroit rêvé pour avoir une vue imprenable sur le somptueux carnaval. Vous pouvez réserver directement ou passer par une agence de La Paz à partir de décembre. Mais, en cette période, il y a de grandes chances pour qu'il soit complet. Service attentionné.

GRAN SUCRE HOTEL €€

510 Calle Sucre
+591 7248 5891
Chambre simple à 280 Bs, double à 390 Bs, triple à 450 Bs et quadruple à 470 Bs. Petit déjeuner compris. Wifi.

Hôtel construit dans une magnifique bâtisse coloniale, calme, propre et accueillant. Certaines chambres sont un peu sombres, avec vue sur couloir, d'autres sont très claires. TV câblée, chauffage, Internet… Buffet du petit déjeuner satisfaisant et varié. La grande salle du restaurant possède encore une scène de théâtre de l'époque espagnole… La calle Sucre est parallèle à la Bolívar, où passe le défilé du carnaval. Cette localisation privilégiée rend obligatoires les réservations. Garage à disposition des clients de l'hôtel. Un bon choix.

HOTEL SAMAY WASI €€

232 Av. Rajka Bakovic
+591 7615 5966
Compter 200 Bs pour une chambre simple, 260 Bs pour une double et 340 Bs pour une triple, petit déjeuner compris. Wifi.

Ce grand bâtiment moderne, qui couvre l'angle de deux rues, abrite un hôtel affilié HI qui dispose de 32 chambres confortables, mais un peu désuètes. Toutes les chambres ont une salle de bains et la télévision câblée. Certaines donnent sur le patio. Évitez celles dont la vue plonge sur la rue. Chaque étage possède un petit salon commun. Le petit déjeuner est un peu décevant au regard du standard de l'établissement. Bon restaurant traditionnel à demeure. À proximité du terminal de bus, donc pratique, cet hôtel est souvent complet.

VIRGEN DEL SOCAVÓN HOTEL €€

1179 Calle Junin
+591 2528 2184
Chambre simple à 250 Bs, double à 470 Bs et triple à 550 Bs. Petit déjeuner compris. Wifi.

Cet hôtel brille surtout pour son emplacement près de la Plaza del Folklore, haut lieu du carnaval. Les chambres, modernes, sont correctes et bien équipées (TV, chauffage). L'ensemble est propre. Une grande terrasse ainsi qu'un sauna complètent les très bons services de l'hôtel. Au dernier étage, la cafétéria offre une vue panoramique. Demandez une chambre donnant sur la place, vous serez aux premières loges ! Bien sûr les tarifs sont multipliés par 3 ou 4 pendant la période du carnaval et il faut réserver longtemps en avance…

HOTEL EDEN €€€

777 Calle Bolivar
+591 2521 0671
www.hoteledenbolivia.com
Chambre simple à partir de 625 Bs, double de 1 105 Bs, triple de 1 450 Bs, petit déjeuner compris. Wifi.

Voilà tout simplement l'hôtel le plus luxueux de la ville, situé en pleine place principale. Les chambres sont spacieuses et très bien équipées avec toutes les commodités attendues (chauffage, TV câblée, frigo-bar). Certaines ont une vue spectaculaire sur la ville. Spa, piscine couverte, sauna, salle de sport, café, pub… Le restaurant Solarium au dernier étage sert une cuisine traditionnelle et internationale. Le luxe a malheureusement un prix ! Petit bémol pour la déco des chambres, kitsch à souhait, mais la qualité de service rattrape l'ensemble.

LA CASONA €

5965 Presidente Montes

✆ +591 2525 2057

Ouvert tous les jours de 9h à 20h45. Salteñas, empanadas, pizzas et hamburgers. Petits prix.

Tout près de la Plaza 10 de Febrero, La Casona est un petit restaurant traditionnel, sans doute le meilleur endroit d'Oruro pour déguster d'excellentes *salteñas* au poulet, à la viande de bœuf, ou encore des *empanadas* au jambon le matin. L'endroit est plaisant, bien qu'un peu sombre. Sert également le soir, des hamburgers, et surtout de très bonnes pizzas, avec beaucoup de choix, et si vous ne trouvez pas votre bonheur vous pourrez même créer la vôtre ! On peut même accompagner le tout d'une bière fraîche ou d'un verre de vin rouge.

MERCADO CAMPERO €

Av. Velasco Galvarro

Ouvert tous les jours de 8h à 21h. Petit plats à partir de 10 Bs.

Il faut aller au marché pour le petit déjeuner et le goûter, sans oublier d'essayer les différentes variétés de pains qui vous sont proposées à l'entrée, l'*api con pastel*, et surtout les jus de fruits frais et *batidos* multivitaminés. Vous pourrez également y trouver d'excellents matés. Des plats à déguster sur le pouce, avec plusieurs options pour les végétariens. Et bien sûr un bric-à-brac de vêtements, chaussures, accessoires, téléphones, électronique... Méfiez-vous des imitations ! Dans tous les cas, ne manquez pas de faire ce détour.

BRAVO'S PIZZA €

Calle Bolivar

✆ +591 2525 5551

Pizzeria, cuisine traditionnelle. Ouvert tous les jours de 8h à 23h. Compter environ 60 Bs pour un repas.

Un nouveau local pour cet établissement qui se trouvait auparavant plus bas dans la rue. La salle donne une impression d'être dans un fast-food, ce qui n'est pas loin d'être vrai... Moins de charme, mais toujours la même carte. Pizzas, pâtes, burritos, tacos, hamburgers, sandwiches... Les spécialités sont la pizza « Marca Registrada », au *charque de llama* fait maison, et le « Pique a lo Bravo's », une adaptation du *Pique Macho*. Il est possible d'accompagner son repas de vin, de bière ou d'alcool. Sert également des petits déjeuners.

NAYJAMA €

1880 Calle Aldana

✆ +591 2527 7699

Cuisine régionale traditionnelle. Ouvert tous les jours de 11h à 21h (jusqu'à 15h le dimanche). Plats autour de 50 Bs.

L'un des meilleurs et des plus intéressants restaurants de la ville, à proximité de la gare ferroviaire. Ne faites pas attention à l'immeuble horrible dans lequel il se trouve ! La salle, au décor relativement moderne, est assez agréable et sur deux étages. Vous y trouverez un menu à base de viande de mouton (*colillas de cordero*) ainsi que des spécialités typiques de la région, çà accompagner d'une Huari bien fraîche. C'est copieux et très bon ! Également, des *almuerzos* le midi à tarifs intéressants. Les prix sont un peu plus élevés qu'ailleurs dans la ville.

1221 STEAKHOUSE €€

1221 Bolívar

✆ +591 7541 8900

Du lundi au vendredi de 18h à 21h45, le samedi de midi à 15h30 puis de 18h à 22h, le dimanche de midi à 16h.

Pour les meilleurs *asados* (grillades) et les plus délicieux hamburgers du coin, dirigez-vous vers ce joli restaurant construit sur deux étages, qui propose également de bonnes bières locales, des vins boliviens et quelques whiskies, rhums et Singanis. Leurs burgers, servis avec une boulette de bœuf de 150 grammes, du cheddar, des cornichons, du bacon, des oignons et de la sauce barbecue, sont délectables. Laissez-vous aussi séduire par le *picadito* pour deux personnes, cette succulente assiette de chorizo artisanal, de saucisses, d'onglet de bœuf et de chimichurri.

E & B €€

6135 Calle Potosí

✆ +591 2525 7042

Cuisine traditionnelle. Ouvert du lundi au samedi 12h-14h et 18h30-22h, le dimanche 12h-14h. Almuerzo à 40 Bs.

Un restaurant familial fréquenté par les locaux. Le cadre est agréable et le service professionnel. Pour le déjeuner, en semaine uniquement, on vous propose un *almuerzo* comprenant une crudité en entrée, une soupe, un *segundo* à choisir parmi 3 plats et un dessert ! Qualité honnête et prix doux. Le soir et le week-end, le service est à la carte. C'est un peu plus cher, mais les plats sont goûteux et assez copieux. Essayez un plat de pejerrey, un délicieux poisson vivant aussi bien en eau qu'en eau salée. Ambiance familiale et accueil souriant.

PARQUE NACIONAL SAJAMA ★★★★

Le petit village de Sajama, à 4 350 m d'altitude, est le point de départ de toutes les excursions dans les alentours. L'un des circuits les plus courus est celui menant aux lagunes d'altitude qui se trouve à la frontière entre le Parc National Sajama et celui de Lauca sur le côté chilien. Ce trek dure une journée et ne requiert ni ascension technique ni matériel spécifique. Le sommet Wisalla (5031 m) offre une vue phénoménale sur le Nevado Sajama. L'ascension du stratovolcan Sajama prend de 2 à 3 jours si les conditions météorologiques sont favorables. La meilleure période pour gravir les sommets des environs se situe entre juillet et septembre.

Argent

Il n'y a ni banque ni distributeur à Sajama, prévoyez donc de l'argent liquide en conséquence. Quelques hôteliers pourront vous échanger des dollars américains.

Climat

Même si l'on se rend au Parc National Sajama pour un trek ou une simple visite, il est recommandé de prévoir des vêtements chauds, des chaussures de marche et un bon sac de couchage. Entre avril et octobre, les journées sont belles et ensoleillées, mais la nuit venue les températures tombent rapidement en dessous de zéro.

Faune et Flore

Multitude de lamas, d'alpagas, de vigognes, de nandous, des viscaches et, avec un peu de chance, quelques condors…

On trouve le type d'arbustes le plus haut de la planète, le *queñua* (ou *keñua - Polylepis tarapacana*), sur les flancs du Sajama. Le *queñua*, abondamment utilisé pour la toiture des maisons et des églises, fait aujourd'hui l'objet d'une politique de préservation.

Pratique

▸ **Le village de Sajama constitue un merveilleux camp de base** pour rayonner dans les alentours et pour partir à l'ascension du Sajama, du Parinacota ou du Pomerape. On peut très bien programmer un trek d'acclimatation et 2 à 3 ascensions en une bonne dizaine de jours avec à chaque fois un repos au village ou aux sources d'eaux chaudes. On trouve de très bons porteurs au village (s'adresser au bureau du parc, à l'entrée du village). Les habitants du parc sont très chaleureux.

▸ **Les guides de Sajama** louent tout le matériel nécessaire à l'ascension. En plus de cette dépense, vous devrez louer les services d'un conducteur qui vous mènera aux camps de base. Compter environ 2 500 Bs par personne pour une ascension d'une journée (tout compris). Il existe un guide de montagne de qualité au village de Sajama : demander Marcelo Nina à l'Hostal Oasis (ce dernier parle français).

▸ **Notez bien** que le Parque Nacional Lauca côté chilien se trouve à la lisière du Parque Nacional Sajama, et toutes les expéditions sont possibles au départ de Sajama (notamment l'ascension du volcan Acotango).

▸ **Pour entrer dans le parc,** vous devez payer une taxe de 100 Bs, payable au Servicio Nacional de Areas Protegidas (SERNAP).

Se restaurer

Plusieurs petites épiceries ouvrent le soir (au retour des treks), de quoi se ravitailler en conserves, biscuits, boissons, bières, papier toilette… Les guides vous fourniront généralement une *lunchbox* lors des randonnées (n'oubliez pas de régler ces détails avant de partir en randonnée !). Autrement, les hôtels proposent des petit déjeuners et des dîners, mais ce sera aux cuisiniers de choisir ce que vous vous mettrez sous la dent.

Tourisme

Le Parc National Sajama est une merveille méconnue de la Bolivie. Premier parc national du pays, ouvert en 1945, le Sajama abrite de nombreuses espèces animales et autant de beautés naturelles. Royaume des alpagas, on peut aussi y observer des troupeaux de vigognes, de nombreuses variétés d'oiseaux, des nandous et de rares condors, pour les plus chanceux. C'est aussi la limite occidentale de l'Altiplano. Au-delà, c'est l'interminable descente jusqu'aux plages chiliennes du Pacifique. Situé à l'ouest des Andes, près de la frontière avec le Chili, il était jusque-là fréquenté principalement par des andinistes. L'intérêt de cette région réside dans sa montagne, le Nevado Sajama, la plus haute du pays. Avec ses 6 542 m d'altitude, elle bat l'Illimani (6 450 m). Aussi, cette masse volcanique et glaciale est-elle très prisée des montagnards.

Aux abords de la montagne et tout autour d'elle, on peut voir les premières églises coloniales de Bolivie (fin du XVIe siècle). Celle de Curahuara de Carangas, à ne surtout pas manquer, possède une peinture murale extraordinaire de 1560, qui représente la création du monde. À 1 heure 30 de marche, avant d'arriver au village de Sajama, l'église de Tomarapi offre sans doute la plus belle vue du parc, son clocher et la montagne pyramidale formant un ensemble de grande beauté. D'autres chapelles encore jalonnent le parcours, dans un décor naturel envoûtant.

À noter que toutes les églises de cette région ont été restaurées en 2010.

Transports

Du lundi au samedi, à 6h30, un minibus part de la plaza pour se rendre jusqu'à Patacamaya (30 Bs). Il faudra attendre que ce dernier soit plein avant qu'il se mette en route. Nous vous conseillons d'arriver vers 5h30 pour assurer votre place à bord. Apportez de quoi vous réchauffer, sans quoi le froid glacial de l'aurore vous pénétrera jusqu'à la moelle. Un minibus assure le trajet Patacamaya - Sajama en partant de l'Avenida Principal, près du restaurant Capitol (30 Bs, 3h de trajet). Ce dernier partira lorsqu'il sera plein normalement vers midi, et il vaut mieux arriver vers 10h pour réserver sa place. Patacamaya est aussi accessible depuis La Paz, depuis le terminal de bus du centre de la ville. Prenez le bus direction Oruro et assurez-vous de demander au chauffeur qu'il vous dépose à Patacamaya. Vous trouverez plusieurs trajets de Patacamaya à La Paz et Oruro pour une dizaine de *bolivianos*. Les voyageurs qui voudront se rendre à Tambo Quemado (frontière Bolivie - Chili) pour se rendre à Chungará (Chili) devront emprunter une route de 12km. Le poste frontalier sera ouvert tous les jours de 8h à 19h.

BOSQUES DE QUEÑUAS ★★

Sur les coteaux des montagnes qui entourent le Nevado Sajama, se trouve la plus haute forêt du monde. La Queñua (Polylepis tarapacana), est un genre d'arbre sans écorce qui peut atteindre jusqu'à 3 m de hauteur. Cette plante, à ne pas confondre avec le quinoa, est pollinisée par le vent. Elle pousse de 4 200 à 5 200 mètres dans des sites très spécifiques de la cordilière des Andes. Une demi-journée suffit pour partir à sa découverte depuis le village de Sajama. Les randonnées vers le Nevado Sajama traversent également les *bosques* au retour.

GÉISERES DE JUNTHUMA ★

A 7 km du village de Sajama, tomberez sur de petits geysers qui ne valent certes pas ceux du Lípez ou d'El Tatio au Chili, mais le paysage est joli. On peut s'y rendre à pied (1 à 2h), ou en voiture (20 minutes). Il n'est pas rare que votre guide y fasse cuire des œufs pour les manger en chemin ! La lumière du lever ou du coucher du soleil magnifie la beauté du site avec ses vapeurs d'eau émanant du sol. Les geysers se trouvent sur le sentier de la randonnée menant aux lagunes. Vous y croiserez des centaines de lamas et d'alpagas.

ALTIPLANO NORD

AGUAS TERMALES ★★

Sources d'eau chaude. Mamasaya demande 30 Bs de droit d'entrée, et Tata Sajama 10 Bs.

Prenez la route vers le village de Tomarapi et suivez le panneau « aguas termales ». Il vous faudra près de 20 minutes en 4x4 pour arriver à destination. Occasion unique de vous détendre dans une eau à 35 °C tout en contemplant le Nevado Sajama en journée, ou la Voie lactée en soirée. Un spectacle inoubliable. Pour les courageux qui préfèrent se baigner le soir, nous recommandons d'apporter de quoi vous protéger du froid après être sorti des thermes, car il y a de fortes chances que votre maillot gèle lors du retour à la voiture. N'oubliez pas votre serviette !

IGLESIA VIRGEN DE LA NATIVIDAD ★★

Dans le village de Sajama

Les églises coloniales de la région, esthétiquement très belles, témoignent du processus d'évangélisation des Espagnols après que Pizarro et Almagro eurent entamé la colonisation du Haut-Pérou. Presque toutes ont été restaurées en 2010. Située sur la place principale, l'église du village a elle été bâtie au XVIIIe siècle à l'emplacement d'un ancien temple préhispanique. Son toit de chaume et son allure pittoresque valent le détour. L'endroit est très photogénique au coucher du soleil.

Le volcan Pomerape.

NEVADO SAJAMA ★★★

Le Nevado Sajama (6 542 m), point culminant du pays, se dresse fièrement à l'horizon, recouvert de ses neiges éternelles. Son ascension est longue et périlleuse. Il faut compter entre 2 et 3 jours depuis le village de Sajama pour atteindre le sommet. Une excursion d'une seule journée permet de se rendre au camp de base puis de revenir au village.

Informations pratiques

La meilleure période pour escalader le Nevado Sajama se trouve entre mai et septembre, durant la saison sèche en Bolivie. Des mules seront utilisées pour transporter l'équipement. Contactez l'agence de voyages de votre choix et demandez un guide professionnel certifié UIAGM. L'association des guides de montagne professionnels en Bolivie (AGMTB) vous mettra en contact avec les meilleurs guides de haute montagne, compétents et expérimentés. Assurez-vous d'emporter avec vous une bonne paire de lunettes de soleil (de préférence avec des verres polarisants), de la crème solaire, une veste et un pantalon imperméable, des couches thermiques, des gants chauds, des cannes de marches, de bonnes bottes de randonnée et un sac de couchage. Un sac à dos de 30 à 40 litres est suggéré. L'agence vous fournira les porteurs, une tente, une trousse de premiers soins, un casque, un harnais, un piolet et des crampons. Qui plus est, elle apportera également la nourriture et l'eau. Le prix dépend généralement de la durée du voyage (si celui-ci part de La Paz ou directement de Sajama) et du nombre de personnes dans le groupe. Il se situe autour de 650 US$ par personne pour un groupe 4 à 8 randonneurs, de 850 US$ par personne pour un groupe de 2, et de 1 500 US$ pour un randonneur seulement.

Itinéraire

Tous les circuits empruntent à peu près le même itinéraire pour atteindre le sommet. L'expédition débute dans le village de Sajama, et de là, vous progresserez durant près de 3 heures vers le premier camp de base situé à 4 700 mètres d'altitude, où vous passerez la nuit. Le lendemain matin, vous commencerez l'ascension du côté extérieur de la montagne en traversant une crête vers le nord-ouest, pour rejoindre le deuxième camp, situé à 5 500 mètres. Le troisième et dernier jour, vous débuterez votre ascension vers 2h du matin, encordé à votre guide et chaussé de vos crampons. Il vous faudra environ 6 à 8 heures pour atteindre le sommet. Vous descendez ensuite par le même chemin jusqu'au camp de base. L'altitude rendra l'ascension difficile : n'hésitez donc pas à vous arrêter afin de reprendre votre souffle. En rentrant au village, demandez à votre guide de passer par les thermes.

VOLCÁN PARINACOTA ★★★

Ce majestueux stratovolcan (volcan dont la structure est constituée de l'accumulation de coulées de lave) qui culmine à 6 348 mètres d'altitude forme, avec le Pomerape, les Nevados de Payachatas, anciens dieux pour les habitants de l'Altiplano andin. Depuis le village de Sajama, le Parinacota, avec son beau cratère et son allure de dessert italien, trône à gauche du Pomerape. Son sommet est situé du côté bolivien.

Côté bolivien, rejoindre depuis Sajama le camp de base en 4x4 (40 minutes), à presque 5 000 m d'altitude, puis compter 10 heures d'ascension aller-retour. Le Parinacota est le sommet le plus couru du parc pour sa facilité d'accès et sa facilité technique. À certaines époques, on peut même le gravir sans crampons ni corde. Cône parfait. Cratère impressionnant. Les guides de Sajama proposent son ascension, qui constitue un bon premier « 6 000 » pour les andinistes amateurs. Le départ se fait généralement vers 2-3 heures du matin pour éviter le vent qui souffle le matin mais aussi pour bénéficier d'une vue splendide au lever du soleil.

Côté chilien, le sentier du volcan part du village de Parinacota et monte à 5 000 mètres d'altitude sur le flanc sud-ouest du volcan, dans un paysage à la beauté austère. Compter 35 à 40 kilomètres aller-retour pour la randonnée. Le sommet n'est atteignable que par une ascension d'alpiniste avec crampons et piolets. Attention à ne pas quitter le sentier, car les abords de la frontière bolivienne sont minés côté chilien. Avant de partir se renseigner à la Conaf à Putre.

© RENELO

ALTIPLANO NORD

HOSTAL BUENA VISTA €

✆ +591 7402 5268

Compter 50 Bs par personne avec eau chaude et sanitaires privés. Tarifs dégressifs selon la durée du séjour.

Cette petite maison offre des chambres tout à fait correctes et bien tenues au vu des tarifs pratiqués. Pas de chauffage bien sûr (pensez à amener votre sac de couchage !), mais la chaleur humaine de vos hôtes Francisco et Carmen. Carmen vous concoctera des petits plats qui vous raviront à votre retour de trek. Francisco est également un guide compétent. Pour ceux qui privilégient l'authenticité, la simplicité et l'échange. N'hésitez pas à chercher leur *hospedaje*, demandez à quelqu'un du village, tout le monde connaît son emplacement !

HOSTAL OASIS €

✆ +591 7372 2394

hostal-oasis.com

Chambres avec sanitaires privés de 40 Bs à 100 Bs par personne. Wifi. Restaurant (25 Bs le repas).

Une adresse un peu évidente, tenue par Marcelo et Isabel. Marcelo, guide de montagne reconnu, fourmille de projets. Les nouvelles chambres, qui possèdent toutes parquet et sanitaires privés, sont très confortables (les plus chères bénéficient d'un chauffage d'appoint bienvenu !). L'ensemble est plus que correct. Restaurant et épicerie sur place. Par ailleurs, Marcelo (qui parle très bien français) peut organiser les transferts de/vers La Paz, et vous recommander des guides qualifiés et de confiance. Location d'équipement de montagne. Le meilleur choix à Sajama.

ALBERGUE TOMARAPI €€

✆ +591 7247 2785

Compter 400 Bs la simple, 550 Bs la double, 650 Bs la triple, 800 Bs la quadruple, en pension complète.

Fruit d'un projet qui fait référence, tant en termes de participation communautaire qu'en tant que préservation de l'environnement, cette auberge est tenue en cogestion par les habitants du village de Caripe. C'est assez cher mais les lieux sont confortables : petites chambres bien tenues avec chauffage, sanitaires privés (eau chaude), restaurant. L'endroit est magnifique, la vue sur le Sajama avec la petite église en premier plan fait l'objet de superbes photos. Un endroit où les écrivains pourraient méditer des jours sur leur prochain ouvrage !

PARQUE NACIONAL LAUCA ★★★

Il suffit de traverser la frontière (à 20 minutes du village) pour visiter ce parc chilien, qui jouxte le parc national bolivien. Décors lunaires étonnants, et accueil chaleureux au village de Parinacota (versant chilien du volcan Parinacota). Une fois à Lauca, on peut aussi continuer à l'ouest pour y découvrir les plages d'Arica. Possibilité de pousser jusqu'au Salar de Surire (à 2 heures au sud du parc Lauca), c'est superbe et c'est un itinéraire parfait si vous comptez ensuite rejoindre le Salar d'Uyuni, via la frontière de Pisiga, pour aventuriers uniquement…). Les expéditions vers les sommets du parc se font aisément depuis le village de Sajama.

LAGO CHUNGARÁ ★★

À 4 500 m d'altitude, surplombé par le stratovolcan Parinacota, un magnifique lac de 22 km². Situé à 9 km à l'ouest de la frontière bolivienne, à proximité des lagunes de Cotacotani et d'une série de marécages, il est entouré d'un paysage naturel exceptionnel : les sommets enneigés des Nevados de Payachatas. Il abrite également une faune abondante : alpagas, vigognes, pumas, lamas, renards, condors... Il n'est pas rare d'y apercevoir des flamants roses qui y résident malgré les nuits froides. On trouve 10 aires de pique-nique autour du lac.

VOLCÁN ACOTANGO ★★

Le stratovolcan Acotango (6 052 m), le plus haut sommet du Nevado de Quimsachata, est situé à la frontière entre la Bolivie et le Chili. Sa face nord présente des coulées de lave indiquant que le volcan a pu être actif durant les 10 000 dernières années. Son accès est dangereux du côté chilien, à cause de la présence de mines antipersonnel, mais sécuritaire du côté bolivien. L'ascension, qui nécessite crampons et cordée, se fait d'une traite et le départ se fait généralement vers 5h du matin. Apportez de bons vêtements thermiques : le vent sera glacial !

Lago Chungara.

VOLCÁN POMERAPE ★★

Le stratovolcan Pomerape, moins pittoresque que le Parinacota, fait également partie de la chaîne des Nevados de Payachatas. C'est un sommet peu couru, mais fort intéressant qui culmine entre 6 222 m et 6 248 m (les sources divergent). Il est situé du côté chilien. Il offre une belle voie d'ascension à 35°.

Depuis Sajama en Bolivie, même camp de base que le Parinacota. Arrivé au col, prendre tout simplement à droite (à gauche pour le Parinacota). Le départ se fait vers 2-3 h du matin et l'ascension se fait dans la journée, aller-retour.

CURAHUARA DE CARANGAS ★

Altitude : 3 900 m. Le village Curahuara de Carangas, situé sur la route de Sajama depuis La Paz, mérite une visite pour admirer sa magnifique église du XVIe siècle, véritable trésor architectural et culturel des Andes. Une vallée érodée donne accès au village, entouré de jolies collines. Une caserne basée à Curahuara pourra intéresser les andinistes car le régiment fait souvent des escalades dans le Parc National Sajama et les Nevados de Payachatas. C'est ce régiment qui, en 1995, a dû enlever du Nevado Sajama les corps de deux andinistes belges qui ont eu le malheur de s'aventurer sur le plus haut sommet du pays sans un guide de haute montagne.

IGLESIA CURAHUARA DE CARANGAS ✝ ★★★

Droit d'entrée : 30 Bs.

À côté de la caserne, se dresse l'église de Curahuara, un joyau architectural du XVIe siècle qui possède l'une des plus extraordinaires fresques de la Bolivie. Sa construction débuta en 1587 pour s'achever en 1608. Bâtie avec de l'adobe et de la pierre, un toit en chaume, et blanchie à la chaux, l'église à fière allure. Cette enceinte était autrefois utilisée comme centre de formation de catéchèse. Elle abrite à l'intérieur l'image de l'apôtre Santiago, patron de la ville. Le plafond à caissons date de 1608, et ses fresques, les plus anciennes de toute l'Amérique du Sud, représentent le Christ avec les apôtres. Les peintures murales à l'huile représentent des scènes de l'Ancien Testament. C'est un formidable exemple du syncrétisme religieux qui régnait dans la région à l'époque. Les techniques utilisées indiquent qu'elles ont été exécutées par des indigènes endoctrinés par les missionnaires, mais sans négliger leurs propres croyances, avec notamment la présence de couleurs ocres, des déformations du corps humain et la présence de symboles de la culture originale, tels que le soleil et la lune. C'est le climat si particulier de la région qui a permis la bonne conservation des peintures et des fresques. Cette église, déclarée *monumento national* depuis 1960, a été baptisée « la chapelle Sixtine de l'Altiplano ».

Pour la visiter, il faut s'acquitter d'un droit d'entrée. Demandez aux habitants de la maison à droite de l'église, ou cherchez Doña María Carmen.

LAGO POOPÓ ★

Altitude : 3 685 m. Ce lac intérieur qui nourrit les Uru-Chipayas est en train de mourir. De mort naturelle, officiellement, mais due surtout à la quantité de déchets que les entreprises minières privées et publiques ont déversée dans les rivières de l'Altiplano qui alimentent le Lago Poopó. Le lac est pourtant un sanctuaire des flamants roses (vous les verrez si vous le longez en train) : comme à la Laguna Colorada, on y observe trois espèces, le flamant de James, le flamant des Andes et le flamant du Chili. Par ailleurs, le lac héberge des colonies de nandous, de sarcelles, d'ibis et de pluviers de la puna, de grèbes microptère et de condors.

CHIPAYA ★★

Un millier habitants environ. Le village de Chipaya est situé dans la partie nord du Salar de Coipasa, à plus de 4 000 m d'altitude, au pied de la montagne Sabaya, « seigneur » de cette région. Les Chipayas (ou plutôt les Uru-Chipayas) sont à l'heure actuelle l'ethnie la plus ancienne des Amériques. Ils ont successivement enduré les conquêtes et les tentatives d'acculturation tiwanakota, aymara, quechua, espagnole, républicaine, et subissent à présent l'idéologie des sectes protestantes anglo-saxonnes qui représentent sans doute la menace la plus sérieuse pour leur identité. Une visite nécessite une préparation autant culturelle que mentale.

Pratique

Les Chipayas parlent une langue propre : le Puquina, structurellement différente du Quechua et de l'Aymara. Ils portent des habits marron très élégants et les femmes sont coiffées d'une bonne centaine de petites nattes. Le jour des morts (le 2 novembre), les Chipayas procèdent à l'un des rites les plus étranges des Amériques. Pour commémorer les morts, ils les déterrent et leur offrent de la nourriture, des feuilles de coca et des prières pour que la Pachamama et les Achachilas les protègent dans l'au-delà.
À noter que les Chipayas ont fait l'objet d'un joli reportage dans l'émission *Rendez-vous en terre inconnue*, diffusée en 2010 sur France 2.

SALAR DE COIPASA ★★

Situé à 3 657 m d'altitude, le désert de sel de Coipasa s'étend sur une superficie de 2 218 km² environ. C'est le plus grand de Bolivie, après celui d'Uyuni. On le surnomme localement « le miroir du ciel ». C'est là que vivent les Chipayas, l'un des groupes indigènes les plus authentiques du pays. Cette sublime étendue vous réserve de nombreuses surprises tant au niveau de la faune que de la flore. Les roches qui l'entourent sont avant tout volcaniques pour des photos à couper le souffle.

Tourisme

- **Pour vous y rendre,** nous vous conseillons de prendre contact avec une agence renommée car l'excursion peut se révéler très compliquée voire dangereuse.
- **Attention !** Lors de la saison des pluies, les routes peuvent s'avérer impraticables rapidement et le piège peut vite se refermer sur vous. Il vous est donc conseillé de faire extrêmement attention à l'agence avec laquelle vous partez. Expérience, vigilance et professionnalisme seront nécessaires avant d'engager un tel circuit. D'autant que cette excursion, nettement moins prisée que celle du Salar d'Uyuni, peut vite s'avérer très onéreuse.

© THIERRY LAUZUN - ICONOTEC

Salar de Coipasa.

ALTIPLANO SUD

Le sud de l'Altiplano est le principal foyer touristique de Bolivie. C'est un véritable condensé de culture, d'histoire et de nature. On y découvrira l'un des plus beaux paysages de la planète, le Salar d'Uyuni, le plus grand désert de sel du monde, et la région du Sud-Lípez, où s'éparpillent des volcans endormis, des lagunes aux nuances infinies, des flamants roses, des lamas, et des vigognes ; ainsi que l'une des villes les plus chargées d'Histoire du continent américain, Potosí et ses fameuses mines d'argent, dont l'exploitation serait pour de nombreux chroniqueurs à l'origine du développement économique de l'Europe au XVIe siècle. Plus au sud, vers Tupiza, on ira peu à peu vers d'autres panoramas, qui rappellent le nord-ouest de l'Argentine. Enfin, on pourra jouer aux œnologues dans les vignobles de Tarija, où est produit le vin national qui se laisse découvrir peu à peu… Facétieuse Bolivie qui sans cesse égare nos sens…

Altiplano sud
ORURO
CHILI
POTOSI
CHUQUISACA
COCHABAMBA
SANTA CRUZ
PARAGUAY
ARGENTINE
Sajama
Turco
Huanuni
Poopó
Uncia
Poroma
VALLEGRANDE
Cabezas
Abapó
Bañados del Izozog
Lac Uru Uru
Lauca
Quebrada de Azapa
Huachacalla
Andamarca
Challapata
LAC POOPÓ
Sabaya
Lac Coipasa
SALINES DE COIPASA
Salinas de General Mendoza
Tunupa 5432 m.
Llica
Río Mulatos
Ocurí
SUCRE
Pilcomayo
TARABUCO
TARAPAYA
POTOSÍ
Yocalla
Betanzos
MANQUIRI
CHAQUI
CERROS DE KARI KARI
Porco
Grande
Gutiérrez
Parapeti
Izozog
Padilla
Lagunillas
Monteagudo
Charagua
Azurduy
Cerrillos
Camiri
Boyuibe
Vitichi
PULACAYO
SALINE DE UYUNI
UYUNI
Cotagaita
Huacaya
Machareti
Villa Abecia
Villa Martín
Río Grande
Atocha
Pilaya
Villa Montes
Julaca
TUPIZA
SAN VICENTE
SAN LORENZO
TORRE HUAYCO
Entre Ríos
Ibibobo
TARIJA
Alota
RESERVA BIOLÓGICA CORDILLERA DE SAMA
COIMATA
Caraparí
San Juan del Oro
San Pablo de Lipez
Padcaya
Grande de Lipez
Loa
VILLAZÓN
SUD-LÍPEZ
Bermejo
Saline de Challviri
Chico 5475 m.
Lagune Pozuelos
Lagune de Vilama
150 KM
Altitude en(mètre)
5000
3000
1000
500
200
Frontières
Réseau routier principal
Réseau routier secondaire
Saline
Ville secondaire

PAGES

214 ## ●● POTOSÍ ET SA RÉGION

C'est sous le règne de l'empereur Charles Quint que Potosí reçoit le titre de « Ville Impériale ». À cette époque, avec 160 000 habitants, la ville est l'une des plus importantes agglomérations du monde (plus d'habitants que Paris). L'argent coule à flots de la « montagne riche », le cerro Rico, dont un autre grand empereur, l'Inca Huayna Kapak, connaît déjà la valeur sans pouvoir y toucher. En effet, la légende raconte que, lorsqu'on a décidé d'exploiter les richesses de cette imposante masse pyramidale d'une étonnante couleur rouge, la montagne, d'une terrifiante voix, signifie aux Incas que le produit de ses entrailles est destiné à un autre empire que le leur. Le nom de Potosí (« poto's-jsi » en quechua) vient de ce tremblement, de cette explosion qui préfigure la naissance d'un nouveau système économique.

POTOSÍ ★★★

214 La Ville impériale regorge de trésors. Dotée d'une magnifique architecture coloniale, elle compte plus de trente églises chargées d'histoire. L'histoire justement, omniprésente, avec l'héritage passionnant des mines d'argent du Cerro Rico qui ont jadis fait la richesse de la ville et de la couronne espagnole.

228 ### CERROS DE KARI KARI ★

228 ### MANQUIRI ★★

228 ### TARAPAYA ★

228 ### CHAQUI ★

229 ## ●● LE SALAR D'UYUNI ET LE SUD-LÍPEZ

Les paysages traversés sont parmi les plus fascinants de l'Amérique latine. Quelques siècles plus tôt, les caravanes de lamas parcouraient cette route de l'argent dans ce même désert du Sud-Lípez, en direction du Chili, à l'époque une simple Capitanía de l'Empire espagnol, une province de moindre importance économique par rapport au vice-royaume du Pérou ou à la Royale Audience de Charcas dont Potosí faisait alors partie. Les lamas étaient chargés d'*alforjas* (besaces) et d'escarcelles remplies de *makukinas*, ces pièces d'argent frappées à la casa de la Moneda.

Leur destination était Santiago qui, comme Lima et Buenos Aires, dépendait économiquement de la Ville impériale, ou bien encore les ports de cette côte du Pacifique sud où les galions attendaient les camélidés pour remonter vers Panamá. La précieuse cargaison y était expédiée en Espagne ou échangée contre des produits manufacturés, affluant de l'Europe tout entière. Étrange expédition que celle des lamas, qui doivent chausser des sabots en cuir et porter des visières pour se protéger du sel et de l'extraordinaire réverbération sur la surface immaculée du Salar...

Aujourd'hui, il en existe encore qui effectuent le voyage depuis la région de Tarija ou venant du nord du Salar de Coipasa. Mais pour la plupart de ces nomades, le camion a remplacé l'animal sacré de l'Altiplano.

Sous cette croûte de sel d'Uyuni se trouve un nouveau Potosí. La plus grande réserve de lithium de la planète ! Ce sel, exploité par des hommes qui, depuis longtemps déjà, creusent des trous dans le Salar pour un vrai salaire de la peur. Le sel brûle la peau, le soleil abîme les yeux et le vent affaiblit la volonté, pour quelques bolivianos de plus…

Dans ces contrées, le surréalisme côtoie quotidiennement l'irrationnel le plus absolu. Un cadre idyllique souvent choisi par la course automobile du Dakar, pour y réaliser une, voire plusieurs étapes... À vos appareils photo !

229 ### PULACAYO ★★

229 ### UYUNI ★★

PAGES

238 **SALAR DE UYUNI ★★★★**

Le Salar d'Uyuni est l'un des sites naturels les plus extraordinaires de la planète, le point d'orgue d'un voyage en Bolivie. Traverser ce désert de sel de 10 000 km², à 3 646 m d'altitude, en 4x4, est une expérience incontournable et vous transportera dans un monde lunaire avec sa blancheur immaculée à perte de vue.

243 **SUD-LÍPEZ ★★★★**

Cette région de l'Altiplano propose des paysages somptueux et surréalistes : volcans, lagunes colorées, étendues désertiques, reliefs accidentés, sources d'eau chaude... Sans oublier une faune unique, avec les 3 espèces de flamants roses présentes, mais également des vigognes, des lamas, des viscaches...

249 **●● LE SUD**

Le sud de la Bolivie est beaucoup moins touristique que les régions d'Uyuni, Sucre ou Potosí, mais de nombreux voyageurs y transitent sur la route de l'Argentine et/ou du Chili. Pourtant, cette région magnifique a beaucoup à offrir : des paysages lunaires autour de Tupiza (porte d'entrée de plus en plus populaire pour accéder au Sud-Lípez et au Salar d'Uyuni), les dunes sahariennes de Tajzara dans la cordillère de Sama, les vignobles et la douce vie de Tarija, qui fleure déjà bon le grand pays voisin... Le sud est différent, c'est une autre Bolivie, plus prospère parfois (notamment à Tarija, trop méconnue), aux confins d'un pays qui a décidément plus d'un paysage dans son sac !

249 **TUPIZA ★★★**

Cette petite ville du sud est visitée par les touristes en raison des nombreux sites naturels époustouflants situés dans ses environs. C'est également un point de départ alternatif, et moins emprunté, pour partir découvrir les merveilles du Sud-Lípez et du Salar d'Uyuni.

255 **TORRE HUAYCO ★★**

255 **SAN VICENTE ★**

255 **VILLAZÓN ★**

256 **RESERVA BIOLÓGICA CORDILLERA DE SAMA ★★**

257 **TARIJA ★★**

Bienvenue dans la capitale du sourire ! Bien que dépourvue de musées et d'églises fastueuses, la petite ville de Tarija mérite décidément une visite. Comme on dit ici, c'est la « *chura tierra* » (« la belle terre natale »). Loin des peintures coloniales et des grands déserts, elle présente un aspect de la Bolivie très différent de ce qu'on imagine.

266 **COIMATA ★**

266 **SAN LORENZO ★**

Salar d'Uyuni.

POTOSÍ ★★★

241 000 habitants. Altitude : 3 905 m. Frappée par le blizzard des Andes et son soleil si proche, s'étage la ville impériale de Potosí, la 8e merveille du monde selon le chroniqueur espagnol du XVIIe siècle, Don Diego de Ocana. Après trois siècles de faste, cet ancien centre du Nouveau Monde est aujourd'hui une ville endormie gisant au pied de ce qui fut à l'origine de sa gloire, le Cerro Rico. Les Européens sont loin d'imaginer qu'une partie de leur histoire s'est forgée dans les mines *potosínas*. Les églises et couvents, les maisons coloniales et la Casa de la Moneda sont restés figés, comme un décor de théâtre immuable.

Histoire

C'était l'Eldorado. Pendant quatre siècles, Potosí fut le nombril de l'Espagne coloniale comme Cuzco, l'espace d'un siècle, fut celui de l'Empire inca. Des centaines de caravanes de lamas apportaient les produits les plus extravagants à la Ville impériale, et ces mêmes caravanes repartaient vers les ports de Buenos Aires ou d'Arica, chargées de milliers de lingots d'argent.

L'Europe de la Renaissance et du mercantilisme n'aurait pas connu toutes ses avancées sans l'argent de Potosí, plus grand complexe industriel du Nouveau Monde. Les historiens estiment que l'Europe reçut depuis 1545 et jusqu'à l'indépendance de l'Amérique du Sud, quelque 50 milliards de dollars en lingots et *makukinas* (les pièces frappées à la Casa de la Moneda). Ce butin, qui provenait de la riche colonie, était chargé à bord des galions espagnols.

A son apogée, Potosí était un paradis de plaisirs et de luxes démesurés, où se déroulaient d'éternelles bacchanales. Le sang argenté des mines permit de réaliser les projets les plus prestigieux, entre autres celui de doter la ville de sa propre école d'art. A la tête de celle-ci se trouvait le peintre Melchor Pérez de Holguín, qui apparaît sur les billets de 10 *bolivianos*.

Selon l'explorateur Alexandre von Humboldt, entre 1545 et 1802, la production atteignit mille millions d'onces de métal. Soit 40 000 t d'argent. Cette première estimation donne une idée du flux qui put irriguer l'économie mercantiliste de l'Europe à cette époque. Et nous ne parlons pas seulement de l'Espagne. Il est vrai que les rois espagnols purent édifier le palais de l'Escorial, près de Madrid, grâce à cette manne. Il est vrai aussi que Séville, où se situait la Casa de Contratacion, octroi des comptoirs des Indes, sut tirer profit de cette richesse démesurée. Mais l'Espagne ou le Portugal, comme toute nation vivant d'une rente de matières premières, se sont progressivement appauvris au lieu de s'enrichir. L'effet conjugué de l'Inquisition espagnole, fruit de la Contre-Réforme, et de cette politique économique suicidaire, fut la prolongation artificielle du Moyen Age dans la péninsule Ibérique. Les vrais bénéficiaires de Potosí auront été les nations mercantilistes et marchandes de l'Europe, fournisseurs de la couronne espagnole : l'Angleterre, la Suisse, la France, la Belgique et les Pays-Bas. Tandis que l'Espagne dopait les exportations de ces pays, sa balance commerciale s'effondrait et son endettement ne cessait d'augmenter. Potosí, qui pavait le chemin du capitalisme, faisait sombrer l'Espagne et ses gouvernants insouciants, les Habsbourg et les Bourbons, dans le sous-développement.

Cette succession de phénomènes économiques explique en partie le sous-développement de la Bolivie, qui n'a pu se libérer de son destin de producteur de richesses pour le reste du monde. Sort douloureux qui consistait à regarder s'échapper l'espoir dans le ventre des galions espagnols tout en restant les mains vides.

« La très célèbre, illustre, auguste, magnanime, noble et riche ville de Potosí, le monde en miniature ; honneur et gloire de l'Amérique ; centre du Pérou ; impératrice des peuples et villes du Nouveau Monde ; reine de son opulente province, princesse des terres indigènes, patronne de trésors et fortunes, mère bénigne et accueillante des fils venus d'ailleurs. » (Histoire de la ville impériale de Potosí, Bartolomé Arzans Orsua y Vela, 1705).

Potosí est une bourgade qui paraît aujourd'hui reléguée très loin hors du temps. Les Européens sont loin d'imaginer qu'une partie de leur histoire s'est forgée dans les mines *potosínas*. Sait-on que si Miguel de Cervantès usa de l'expression « Vale un Potosí ! », le summum en langue espagnole pour qualifier un objet de valeur unique, c'est parce qu'il voulait s'y rendre pour faire fortune. Un ami proche avait réussi à le faire nommer maire de la ville de La Paz. En vain ! Comme Don Quichotte se serait indigné de la mort de millions de *mitayos*, ces mineurs de la riche montagne sacrifiés à l'ambition carnassière des conquérants ! Les mineurs mangeaient la montagne et la montagne mangeait les mineurs. Ils n'étaient pas à proprement parler des esclaves, mais les conditions de travail et le coût de la vie (le plus haut de l'histoire de l'humanité) ne leur laissaient qu'une courte espérance de vie. Plusieurs succombaient tôt au tard à la silicose, au cancer des poumons ou à une pneumonie. On estime que plus de

8 millions d'Africains et d'indigènes boliviens perdirent la vie dans ces conditions déplorables.
En 1990, la ville a été déclarée capitale de la dignité nationale, proclamation assurant que plus jamais le peuple de Potosí ne permettra le pillage de ses ressources naturelles. Pourtant, une visite des mines montrera les conditions actuelles de travail et de vie des mineurs, de plus en plus nombreux à reprendre le chemin des galeries obscures. Près d'un siècle et demi après l'écriture de *Germinal*, l'histoire semble s'écrire sur un même parchemin !

Quartiers

Le Cerro Rico domine Potosí de ses 4 800 m d'altitude. La Ville impériale est bâtie sur une pente qui descend brusquement en l'espace de quelques kilomètres. Le quartier de Kantumarka, siège des plus anciennes demeures de la ville, se situe tout en bas, vers l'extrémité de la Ribera des Ingenios, les aqueducs qui servaient à raffiner l'argent. Plus haut et en bas de la vieille ville, on trouve le terminal des bus et la gare. L'avenida Universitaria remonte vers la plaza del Estudiante, face aux églises de San Bernardo et de Jérusalem. C'est le début du périmètre déclaré patrimoine de l'humanité par l'Unesco. Le centre lui-même, situé autour de la plaza Principal, est dominé par la cathédrale et la casa de la Moneda, quelques mètres plus bas. La calle Bolívar, le boulevard des Potosínos, est l'artère commerçante de la ville. En montant vers le Cerro Rico, on arrive au quartier du Calvario. Attention ! Les rues ne sont pas perpendiculaires, et pour cause : si, à Potosí, les ruelles sont étriquées et étrangement tortueuses, c'est pour couper le vent. De ce fait, l'un des aspects les plus charmants de la ville tient à ses promenades sous les balcons en bois, le long des vieilles rues pavées, bordées de murs aux couleurs claires. Et aux rencontres de ses vieilles habitantes coiffées d'un chapeau haut de forme qui leur donne le chic typique de la ville. Classes et lutte des classes : le haut de la ville regroupe les quartiers des mineurs, avec un étonnant monument d'un mineur révolutionnaire et des petites épiceries qui vendent du nitrate d'ammonium et des bâtons de dynamite Nobel à côté de bouteilles de Papaya Salvietti…

Se restaurer

Sur la place San Bernardo, près de l'université publique, plusieurs stands vendent *salteñas* et *tucumanas* en journée. La différence ? Tout d'abord, les premières ont été inventées par une femme originaire de Salta, les deuxièmes, par une femme originaire de Tucumán (deux villes en Argentine). Ensuite, les *salteñas* sont cuites au four et s'accompagnent d'une sauce aigre-douce, tandis que les *tucumanas* sont frites et servies avec une petite salade… Comme la place est agréable avec ses bancs et ses petits libraires pas chers, voici une belle occasion de déjeuner à moindres frais ! Pour les amateurs : plusieurs *baby-foot* (appelés ici *futbolin*) sont installés sur la place. Si vous voulez défier les Boliviens, il vous en coûtera 1 Bs les deux parties.

Depuis 1907, El Hornito, situé au 49 Calle P. Linares, propose les meilleures *salteñas* de Potosí, cuites dans un ancien four à bois ! Mais dépêchez-vous, tout le monde le sait et, après 11h, il n'y en a bien souvent plus…

ALTIPLANO SUD

© SAIKO3P

Ville impériale de Potosi.

Une des spécialités de la ville sont les *confites,* des amandes ou des fruits secs enrobés d'une pâte sucrée aromatisée à l'anis, blancs, bleus ou roses. Une vraie recette de grand-mère pour une confiserie de gourmet.

Tourisme

La plupart des voyageurs et des circuits des tour-opérateurs ne consacrent souvent qu'une journée et demie à Potosí. Mais vous pouvez facilement prévoir 3 jours entiers pour profiter au maximum de la ville et de ses environs. Le premier jour, vous pouvez visiter les mines le matin et consacrer l'après-midi à la Moneda (2 h de visite) et à Santa Teresa (2 h). Le second jour, partez à la découverte des marchés de la ville, de ses nombreuses églises et autres joyaux architecturaux. Le dernier jour, prévoyez de partir tôt pour le sanctuaire de Manquiri, véritable merveille d'art colonial, construit sur une plate-forme au milieu d'une vallée superbe. Il vous restera un après-midi pour prendre un bain relaxant à Chaqui, Don Diego ou Tarapaya. Pour faire le trek du Kari Kari (2 jours), louez les services d'un guide ou d'une agence.

Transports

Avion. L'aéroport Capitán Nicolás Rojas est situé à 6 km de la ville, en direction de Sucre, juste après le péage. Les vols ont tendance à augmenter un peu depuis quelques années. BoA dessert en effet les villes de Cochabamba et La Paz. Cet aéroport a longtemps été un des grands échecs de la Bolivie. Néanmoins de grands efforts sont portés par les politiques nationaux pour sauver ce naufrage. Affaire à suivre.

Bus. Le nouveau terminal de bus est situé à 25 min de la ville. Départs vers :
Betanzos : les bus stationnent dans les alentours du Mercado Chuquimia.
La Paz : les départs ont lieu entre 18h30 et 21h30. Le trajet dure entre 9 et 10 heures, et depuis l'achèvement de la route asphaltée ce trajet est beaucoup moins éprouvant qu'avant. Compter entre 62 Bs et 130 Bs par personne selon le confort. Nous vous conseillons la Flota Transcopacabana qui possède de bons bus et part à 20h30 : c'est un peu plus cher, à 140 Bs (siège inclinable comme dans un lit – *bus cama*).
Sucre : nombreux départs quotidiens depuis le terminal, à 7h, 7h30, 9h, 13h30, 15h, 16h, 17h et 18h. Un peu plus de 3 heures de trajet. Compter environ 20 Bs à 30 Bs le billet.
Uyuni : départs depuis l'ancien terminal à horaires très irréguliers, lors de notre enquête les départs sont à 7h, 10h, 11h, 12h, 17h, 20h et 21h environ (4 à 5 h de trajet). Acheter le billet la veille. Soyez très vigilant, on nous signale beaucoup de vols dans les bus se rendant à Uyuni. Compter 40 Bs le billet.
Cochabamba : par exemple avec Imperial Potosí pour 80 Bs à 19h et 20h. Compter 11 à 12 h de route. Billet entre 80 Bs et 120 Bs.
Tupiza : départs vers 7h30 du matin, parfois vers 7h30 et vers 19h à 20h. Compter 6 heures de route pour des tarifs entre 60 Bs et 100 Bs.

Taxi. Un moyen de transport pratique et relativement économique pour vous rendre à Sucre : les *trufis*, des taxis collectifs pour cinq personnes, en principe. Ils viennent vous chercher et vous déposent à votre hôtel. Compter 60 Bs par personne et 200 Bs en service privé.

CASA DE LAS RECOGIDAS ★

Calle Bolívar

La « maison des rassemblés », un superbe édifice datant de 1772, était autrefois un foyer communautaire pour les sœurs de l'ordre franciscain, dont la plupart étaient autochtones. Ses trois portails s'inspirent des églises coloniales, telle celle de San Lorenzo. Les piliers latéraux sont ornés de figures anthropomorphes. Les piliers du premier étage montrent une influence mudéjar (l'art arabe repris par les Espagnols) très marquée. Ces portails sont une très bonne illustration de l'*horror vacui*, cette peur du vide qui caractérise l'art baroque.

IGLESIA DE LA MERCED ★★★

Calle Hoyos

Visites (en français), du lundi au vendredi de 11h à 12h30 et de 15h à 18h, le samedi de 11h à 12h30. Entrée : 15 Bs.

Un peu plus haut que la place principale, le bijou de Potosí, resté fermé pendant plus de 20 ans et entièrement rénové en 2005. Vous remarquerez l'admirable toit Mudéjar, art arabe adopté par l'Espagne. L'église date de 1629 et abrite dans son chœur les fresques les plus anciennes de la ville (1555). Le premier dimanche d'octobre, lors de la procession, seize hommes sont nécessaires pour transporter la vierge de la Merced vers les principales rues de Potosí. La visite de l'église se termine par le mirador, d'où vous aurez une jolie vue sur l'ensemble de la ville.

ALTIPLANO SUD

CASA DE LA MONEDA ★★★

Calle Ayacucho ✆ +591 2622 2777

Ouvert du lundi au samedi 9h à 15h. Entrée : 40 Bs. Droit pour les photos : 20 Bs. Visite guidée en français à 14h.

C'est le plus grand bâtiment colonial construit par les Espagnols aux Amériques. Ce musée, le plus beau du pays, impressionne dès que l'on voit son portail taillé. Une figure domine la première cour intérieure : *El Mascarón*. Cette pièce a été élaborée par un Français, Eugène Moullon, en 1856. Son identité intrigue les historiens, mais on sait qu'il ne s'agit pas d'une représentation de Bacchus. *El Mascarón* est le symbole de la ville impériale.

La première Casa de la Moneda fut édifiée à peine 30 ans après la fondation de la ville impériale (1575). La frappe de monnaies fut réglementée par les rois catholiques d'Espagne. Un contrôle strict fut imposé étant donné le rôle qu'allait jouer l'argent (métal) comme étalon de la masse monétaire de l'époque. Un petit coup d'économie, juste pour vous rappeler que l'étalon du système monétaire était à la fois base monétaire (réserve de valeur) et masse monétaire (unité de compte, unité de valeur et unité d'échange). Toute production physique d'argent augmentait automatiquement la richesse de l'Espagne. Le contrôle par la couronne stipulait que le quart de la production des lingots devait être destiné à la frappe de monnaies. La Casa de la Moneda actuelle, dont la construction débuta en 1750 pour s'achever 30 ans plus tard, occupe une surface de 12 500 m². Prix de l'investissement : 1 142 000 pesos. Rentabilité de l'investissement : illimitée. C'est entre ses murs que se frappèrent les toutes premières monnaies mondiales.

La Casa de la Moneda fut bâtie sur une ancienne place de marché. Les matériaux furent acheminés des alentours de Potosí, les vitres de Cochabamba et les balcons de Salamanque via Buenos Aires. La porte fut taillée par des artistes indiens anonymes. Imposant, l'ensemble du bâtiment se divise en trois cours intérieures qui correspondent, dans l'ordre, à la partie administrative, les machines de frappe et les salles de fonte des métaux.

▶ **Salle numismatique :** la numismatique, science des monnaies et des anciennes médailles, a évidemment toute sa place ici. Du XVIe au XIXe siècle on y a frappé des Macuquinas, mot d'origine quechua signifiant… « frappé ». Ces pièces ont été réalisées une par une, à coup de marteau, jusqu'en 1773. Ces macuquinas circulaient en Amérique et en Espagne avec la même valeur monétaire.

▶ **Salle des laminoirs :** les machines en bois furent réalisées en Espagne au XVIIIe siècle et apportées à Potosí depuis Buenos Aires. Elles servaient à laminer les lingots d'or et d'argent et fonctionnaient comme des horloges. Les axes et les engrenages sont en chêne vert, l'un des plus résistants des bois d'Europe. On a toujours pensé que, à une certaine époque, ces machines avaient été actionnées par des esclaves noirs, cependant, aucun document ne vient appuyer cette hypothèse.

▶ **Salle Melchor Pérez de Holguín** (celui qui apparaît sur les billets de 50 Bs) : il s'agit ici d'une des plus complètes collections de peinture coloniale. Melchor Pérez, né en 1660 à Cochabamba, est mort à 68 ans à Potosí, où il a vécu presque toute sa vie. Sa peinture exprime le choc culturel de la conquête espagnole et témoigne de l'essor économique et culturel d'une ville qui se paye le luxe d'avoir sa propre école de peinture. L'œuvre de Holguín est peuplée de personnages de l'histoire biblique et chrétienne, d'ascètes et de mystiques pâles et maigres aux traits épurés, de saints, d'anges, de prophètes et de martyrs. Mais derrière cette concentration se cachent les forêts de symboles qui nous observent avec des regards familiers.

ALTIPLANO SUD

Tableau de Melchor Perez de Holguin, exposé à la Casa de la Moneda de Potosí.

Groupe scolaire visitant la Casa National de la Moneda.

D'une façon toute baudelairienne, le peintre établit des correspondances entre les forces de la nature, les dieux andins et les hommes, ces derniers étant souvent sous-dimensionnés par rapport aux autres éléments de l'œuvre.

On dit de Holguín qu'il dessinait comme un Indien, tout en peignant comme un Espagnol. On l'a souvent assimilé au peintre espagnol Miguel de Zurbaran, duquel le rapprochent sa texture, les traits de ses personnages et sa maîtrise du clair-obscur. Alors que Holguin arrive à l'apogée de son art, au même moment, plus au nord, Arze y Ceballos (Equateur), Quispe Tito (Pérou) et Echave Rioja (Mexique) portent la peinture coloniale latino-américaine à son sommet. Entre 1650 et 1750, l'expression picturale de cette partie du globe atteint son apogée à travers des peintres qui auront en commun d'esquisser le portrait d'une nouvelle entité culturelle en train de naître : l'Amérique latine. D'après les spécialistes, le meilleur tableau de Holguín serait *L'entrée du vice-roi Morcillo à Potosí* (1716), qui se trouve au musée des Amériques, à Madrid. Néanmoins, la collection de la Moneda est suffisamment riche pour vous donner une idée de l'œuvre du peintre le plus représentatif de l'école potosina.

Salle Gaspar Miguel de Berrio : curieusement, son tableau le plus significatif ne se trouve pas ici. Exposé au musée universitaire de Sucre, il représente la ville impériale et les lagunes de San Idelfonso, avec le cerro Rico, la montagne d'argent dominant l'ensemble. Créole, descendant d'Espagnols, Miguel de Berrio est né à Potosí, en 1706, et il est mort vers 1765. Ses tableaux les plus beaux (*Le Couronnement de la Vierge*) se trouvent au musée d'art de La Paz, dont il ne faut pas manquer la visite. Son style, une synthèse de la peinture régionale du XVIIIe, se situe entre l'école du Collao et celle du Cuzco. Il se caractérise par l'absence de perspective, l'idéalisation des sujets et l'accumulation de figures et symboles dont la lecture exige une certaine connaissance iconographique.

Salle Luis Nino : peintre et sculpteur de l'école de Potosí, son œuvre la plus belle, *La Vierge de Malaga*, se trouve au musée de Denver, aux Etats-Unis. La Moneda expose deux autres vierges de Nino, la Virgen del Rosario et la Virgen de Sabaya. Ce bohème au talent immense, qui aimait l'alcool, les filles et la fête, fut embauché par l'archevêché pour réaliser des ouvrages religieux pour les églises. Il introduisit parmi ses Vierges La Trinité andine, la Pachamama (vierge de forme triangulaire), le Soleil et la Lune, au côté d'anges et d'archanges jouant du charango. Ses teintes dominantes sont l'or, le rouge et le bleu. Il pourrait avoir réalisé certaines sculptures de San Lorenzo.

La Vierge del Cerro : la visite des collections de peinture s'achève par un tableau anonyme du XVIIIe siècle : *La Vierge de la Montagne de Potosí*. Mettant en scène la montagne d'argent, la Vierge Marie et la Pachamama, il illustre l'extraordinaire histoire de la ville impériale. Dans le bas du tableau figure Huaskar Capác, l'empereur inca qui voulut exploiter l'argent, et à qui la montagne répondit brutalement par une explosion (Potojsi en quechua). À sa droite, se tient Diego Huallpa, détenteur du secret de la montagne d'argent. Diego Centeno, en bas, à gauche du tableau, discute avec Huallpa. Centeno fut le premier Espagnol à exploiter la montagne d'argent. En bas et à droite se tient l'empereur Charles Quint, bâtisseur de l'empire où le soleil ne se couche jamais, symbolisé par une sphère bleue. À sa gauche, le pape et un évêque, autorités religieuses qui, grâce à la dîme de Potosí, pourront achever de bâtir une certaine basilique de Saint-Pierre, à Rome. Tout en haut, l'artiste a placé Dieu, le Fils et le Saint-Esprit, sans oublier le soleil à droite et la lune à gauche de la Pachamama. Ce tableau est en quelque sorte « la synthèse des synthèses » de l'art et de l'histoire de Potosí.

Salle d'argent : elle donne un tout petit aperçu de ce qu'a pu être la grandeur de Potosí. On y voit des ustensiles, des candélabres et même des costumes de fête en argent ainsi que les machines pour frapper la monnaie.

Salle Cecilio Guzman de Rojas (celui qui apparaît sur les billets de 10 Bs) : dans son tableau *Le baiser de l'idole*, Guzman de Rojas exprime à sa façon l'omniprésence des divinités andines dans la société bolivienne.

Une salle de minéralogie fera le bonheur de nos amis les géologues et amoureux de lithothérapie, qui découvriront pas moins de 3 600 pièces, dont la fameuse *bolivianita*, unique au monde.

Une salle archéologique présente des vestiges précolombiens, des textiles, ainsi que des *chullpas* et des momies d'enfants espagnols jadis enterrés devant l'église de San Bernardo.

CATEDRAL BASÍLICA DE NUESTRA SEÑORA DE LA PAZ ✝ ★★

Junin

Entrée : 20 Bs.

C'est la cathédrale la plus imposante de la ville, sur la plaza 10 de Noviembre. La construction en adobe du premier édifice se termina en 1575. Celui-ci s'est effondré et donc il a fallu reconstruire. Les travaux débutèrent en 1808 pour s'achever en 1836. L'architecte catalan Fray Manuel de Sanahuja a également construit la cathédrale de La Paz. Extérieur néoclassique, intérieur de couleur blanche et dorée. Vous pourrez y découvrir des peintures et sculptures d'époque, de l'artiste Gaspar de la Cueva (début XVIIe siècle) et des peintures plus récentes, de l'époque républicaine, de Juan de la Cruz Tapia. Les vitraux ont été offerts par une association de citoyens à l'occasion des 100 ans de l'église. Pour la même occasion, Simón Patiño, le baron de l'étain, a offert l'orgue encore présent aujourd'hui. Il est possible de monter dans les tours pour voir les grandes cloches et pour y admirer la magnifique vue panoramique sur la Ville Impériale. Pour l'anecdote, la plus grosse des cloches a été présentée lors de l'inauguration de la cathédrale. Les autres sont arrivées un peu plus tard et l'on peut remarquer que l'une d'entre elles comporte des écritures inversées. Un des secteurs de la cathédrale abrite un petit musée d'art religieux. Dans un futur proche, des peintures devraient refaire leur apparition dans l'église (après restauration) et l'orgue d'origine devrait à nouveau servir. Des messes ont encore lieu, régulièrement, dans la cathédrale.

IGLESIA DE SAN BENITO ✝ ★

Calle Mejillones

Située tout en bas de la ville, San Benito offre une curieuse vision, mélange d'une vue d'Istanbul et des Andes. Son curé dut se procurer une à une les quatre millions de briques qui la composent. Il s'agit de l'église la plus originale de la ville. Bâtie entre 1711 et 1758, selon le plan d'une croix latine, elle est coiffée de neuf coupoles et rappelle le style byzantin. À l'intérieur, vous pourrez apprécier des tableaux de l'école de Cuzco. Descendez quelques blocs jusqu'à un ancien campement minier, d'où s'étend l'une des plus belles vues de Potosí.

CONVENTO MUSEO SANTA TERESA ★★★

15 Calle Santa Teresa

✆ +591 2622 3847

museosantateresa.blogspot.fr

Ouvert tous les jours de 9h à 12h30, puis de 14h à 18h. Entrée : 25 Bs.

Une vraie merveille de Potosí ouverte au public. Récemment restauré, le musée propose trente salles, soit 2 heures de visite pour admirer l'art colonial et tout apprendre sur le mode de vie des novices de l'époque. Le couvent, qui date de 1692, appartient à l'ordre des Sœurs carmélites déchaussées. Le système de cloître, aboli en 1963 seulement, nécessitait toute une organisation militaire pour que les sœurs puissent subsister en complète autarcie, dans un huis clos bien sartrien, comme vous le verrez… En 1976, la communauté de nonnes qui subsistait a été transférée dans le nouveau couvent bâti juste à côté.

La visite de la chapelle laisse entrevoir une église fastueuse, avec un plafond à caissons doré à la feuille d'or. Celle-ci contient quelques tableaux intéressants, dont celui du XVIIe nommé « *La Creación* » d'un auteur anonyme. Le Chœur de l'église, où venaient prier les sœurs, abrite également des peintures et des sculptures admirables. C'est dans le chœur que le corps du fondateur du couvent est conservé. La salle de la Virgen Niña est de style colonial et possède elle aussi des tableaux de valeur. La salle des Classiques abrite des porcelaines, des opalines en verre de Murano et d'autres sculptures intéressantes. Et il y a bien d'autres salles à visiter... Il faut savoir qu'à l'origine, le couvent comportait 18 patios et qu'il n'en reste plus que 3 ! Toutefois cela reste un petit bijou qu'on se doit de visiter si l'on passe par Potosí.

© SYLVIE LIGON

ALTIPLANO SUD

IGLESIA DE SAN LORENZO DE CARANGAS ✞ ★★

Calle Héroes del Chaco

Horaires aléatoires. Ouverte lors des messes.

Édifiée entre 1723 et 1744, cette église mérite toute votre attention pour son portail, chef-d'œuvre de la sculpture baroque métisse, tant sur le plan esthétique que pour le sujet de ses sculptures. L'ensemble est dominé par un archange, armé d'une épée et d'un bouclier. Le tympan présente un étonnant mélange de tradition gréco-romaine et de syncrétisme religieux. Les sculptures du tympan illustreraient un texte de Platon qui met en scène des sirènes jouant de la musique pour faire danser la voûte céleste où flottent le soleil, les étoiles et la lune.

Mais si vous regardez à nouveau en haut et à gauche, vous trouverez la première divinité andine, le Soleil. Du côté symétriquement opposé par rapport au centre, se trouve Quilla, la Lune. La Pachamama, déesse de la terre et de la fertilité, est figurée à la fois par les deux femmes aux seins nus et par le couple de sirènes qui jouent du charango en haut du portail. Les vignes qui descendent le long des colonnes sont un symbole d'abondance et de l'esprit de fête en Bolivie, qui prenait des aspects particulièrement féroces à Potosí. Mais trêve d'interprétations, admirez plutôt ce bijou absolu d'art universel en pensant au génie des mains indiennes anonymes qui l'ont taillé pour la gloire de Sa Majesté le roi d'Espagne, de Dieu et surtout celle des divinités andines.

Si vous êtes à Potosí aux alentours du 14 septembre, nous vous signalons que la fête de la Santa Vera Cruz se tient ici, à l'église de San Lorenzo de Carangas.

IGLESIA SAN MARTIN ✞ ★

Calle Hoyos

Les horaires fluctuent : en théorie, l'église est ouverte de 10h à midi et de 15h à 18h.

Cette église est située dans la partie haute de la ville, dans la calle Hoyos, la rue qui monte (et qui monte) à partir de la cathédrale. À l'issue de l'effort que vous aura demandé la montée, vous trouverez un des plus beaux autels du pays. Il provient de l'église de Salinas de Yocalla, une petite paroisse des alentours de Potosí. C'est là que se réunissent les Indigènes : d'ailleurs, ils ont peint les fresques du chœur et vêtu la vierge de Copacabana de perles du lac Titicaca. Prenez rendez-vous avec un guide qui vous fera visiter les lieux.

IGLESIA Y MUSEO DEL CONVENTO DE SAN FRANCISCO ✞ ★★

Calle Tarija

✆ +591 2622 2530

Visites guidées à 8h30 et 14h30 du lundi au vendredi ; 9h30 et 11h30 le samedi. Entrée : 20 Bs.

Construite en 1726, elle s'élève sur l'emplacement d'une église bâtie en 1552. Le cloître contient d'admirables et gigantesques tableaux de Melchor Pérez de Holguín ainsi qu'un petit musée d'Art sacré. On visite aussi de petites catacombes. Le point fort de la visite est la montée sur les toits de l'église qui offrent la plus belle vue de la ville impériale. Attention, car les escaliers sont très étroits, mais vous serez récompensé de cette petite « prise de risque ». À ne pas manquer.

MERCADO VICUÑAS ★

Calle Bolivar

Tous les jours de 6h30 à 20h

Ce marché n'est pas très connu des touristes, mais vaut le détour. Il propose diverses babioles, et a un petit air de marché des Sorcières à La Paz : on y vend dans plusieurs boutiques des produits tout à fait incongrus pour les offrandes à la Pachamama (comme les fœtus de lama et les sempiternels aphrodisiaques par exemple). À l'angle de la rue, devant l'épouvantail suspendu à un poteau électrique qui met en garde tous les voleurs de ne pas s'approcher des lieux, une vieille femme vend une très bonne chicha de maïs, que l'on boit dans une corne.

MERCADOS CENTRAL Y GREMIAL ★

Calle Bolivar

Tous les jours de 7h30 à 21h.

Le Mercado Central est couvert, on y vend principalement de l'alimentation et il y a un *comedor* où se sustenter à bas prix. Juste à côté se trouve l'entrée du Mercado Gremial, où on trouve de tout : des chaussures, des habits de tous les jours, des lunettes, etc., et aussi des chapeaux pour avoir l'air d'un vrai cow-boy local. Une vraie caverne d'Ali Baba, qui d'ailleurs fait penser à un souk arabe. Attention à vos sacs dans les méandres de ce marché à l'ambiance bien locale.

MINES DU CERRO RICO ★★

Compter environ 150 Bs environ pour la visite des mines (environ 3 heures), équipement de sécurité fourni par l'agence.

Ce que vous verrez là n'est pas une animation à l'intention des touristes. Les mineurs acceptent les visiteurs, avec les profits qui en découlent pour les agences de voyages, car ils veulent faire connaître leurs conditions de vie et faire comprendre certains des mécanismes qui gèrent l'économie du pays. Leur travail au fin fond des *socavones*, les puits de mine, s'accompagne de souffrance bien sûr, mais aussi de dignité, de solidarité et de ténacité. Des valeurs que cette fin de l'histoire individualiste a reléguées dans le placard des bons sentiments et du politiquement correct. Quelques mots échangés avec les *mineros* vaudront mieux que toutes les explications théoriques sur l'économie, le capital, le sous-développement ou la Révolution.

Pendant près de quatre siècles, ce sont plus de 30 000 tonnes d'argent qui auront été extraites des profondeurs du Cerro Rico. C'est dans ces conditions que se sont créées les fabuleuses richesses de Potosí et de l'Empire espagnol.

Les mines de Potosí sont aujourd'hui aussi proches de l'enfer que les décrivaient déjà les chroniqueurs espagnols il y a 450 ans. La Bolivie, jadis le pays le plus riche de l'Amérique du Sud, est réduite à inventer des mécanismes financiers risqués pour essayer de sortir du sous-développement. Mais grâce à des gens à la volonté dure comme fer qui œuvrent dans ces mines à l'intégration économique mondiale du pays, Rome, Paris ou Londres, bien que loin de Potosí, en sont finalement plus près qu'il ne semble. Voilà l'intérêt de cette visite dont le but n'est pas le voyeurisme, mais plutôt la reconnaissance du rôle des mineurs et du Cerro Rico dans l'histoire.

Nous ne décrirons pas la visite en elle-même. Excepté un détail : vous rencontrerez au fond de la mine le Tío, le dieu tutélaire des entrailles des montagnes et maître des profondeurs. La *diablada*, vous vous souvenez ? Ici, le diable attend de vous une offrande. Ce sera alors le moment de lui déposer les quelques cigarettes et des feuilles de coca achetées au préalable. En ce qui concerne les mineurs, il faut savoir que leurs journées de travail durent 10 heures et qu'ils travaillent 6 jours par semaine. S'ils découvrent un filon, ils toucheront l'équivalent de 150 € par mois. Une misère ! Le système de coopératives, qui a suivi la dénationalisation des mines d'État, est en fait assez pervers. Il oblige les mineurs à devenir leurs propres entrepreneurs en achetant eux-mêmes les matériaux pour travailler. Une fois soustrait le coût de la dynamite, du nitrate d'ammonium, des feuilles de coca et des marteaux, la marge brute est bien faible. Pourquoi est-on alors mineur ? Certains le sont par fierté et par tradition évidemment. Mais la plupart préfèrent rester ici plutôt que d'aller planter la coca dans les vallées du Chapare. Contrairement à certaines idées reçues, on devient mineur pour ne pas mourir. C'est aussi simple que ça... Les mineurs de la montagne d'argent vous auront dévoilé un aspect de l'existence qui vaut un Potosí. Vous aussi pouvez leur apporter quelque chose. En commençant par un sourire, mais aussi en leur laissant de la coca, des cahiers et des stylos pour les *llockallas* (les gosses) ou un pull pour combattre le froid.

Conseils pour la visite des mines.

Habillez-vous avec des vêtements légers et résistants. Il fera probablement froid au début de la visite, mais au fur et à mesure que vous descendrez dans les entrailles de la montagne, la chaleur augmentera ainsi que l'humidité ambiante. Les agences vous prêteront une lampe, un casque, des bottes en caoutchouc et une combinaison de travail. Il est préférable de se munir d'un masque chirurgical pour se protéger contre la poussière, la fumée et les gaz nocifs (entre autres l'arsenic). De plus, nous vous conseillons d'emporter un sac en plastique pour protéger votre appareil photo. Attention à la lampe d'acétylène : elle peut vous brûler ou brûler votre voisin. Prenez garde aussi aux chars de minerais qui sortent de la mine à toute vitesse.

N'oubliez pas d'acheter des cadeaux pour les mineurs : des feuilles de coca et catalyseur (*lejia*), de l'alcool, des cigarettes, des boissons fraîches ou encore de la dynamite (oui oui). Demandez leur permission avant de prendre un cliché. Tentez d'opter pour une agence touristique qui demandera un prix un peu plus dispendieux que celui de ses concurrentes. Bien que cela s'avère contre-intuitif, ce sera toutefois une façon significative de soutenir une coopérative de mineurs, et ce, de manière plus digne et respectable. Assurez-vous que ce tarif inclue un montant versé à la coopérative visitée, des remontants pour les travailleurs et des offrandes.

La visite est formellement déconseillée aux personnes claustrophobes ou en mauvaise condition physique. Il est d'ailleurs indispensable d'être bien acclimaté à l'altitude. Il faudra s'accroupir et parfois marcher à quatre pattes. Les toilettes se font plutôt rares dans le coin. Si vous ne comptez pas descendre dans les mines, vous pouvez toujours rejoindre le sommet du Cerro Rico. Plusieurs miradors vous permettront d'admirer Potosí et ses alentours : au sud le volcan Nuevo Mundo et l'ensemble de Tahua Nuñu, et à l'est les collines de Kari Kari. Vous passerez devant les entrées de plusieurs mines ce qui vous donnera un aperçu du site.

TORRE DE LA COMPAÑÍA DE JESÚS ★★

Calle Ayacucho
✆ +591 2622 7408
Ouvert tous les jours sauf le mardi de 8h à 11h30 et de 14h à 20h.

L'un des monuments qui magnifient l'image impériale de la ville est cette tour qui présente trente-deux colonnes torsadées, au décor de vigne, et cinq apertures qui entourent la principale, semblable à un arc de triomphe. Trois coupoles couronnent les corps de la tour. L'église originelle n'existe plus. La tour abrite aujourd'hui l'office de tourisme : cartes de la ville et des environs et quelques renseignements. Elle est aujourd'hui magnifiquement illuminée la nuit.

BIG DEAL TOURS

1092 Calle Bustillos
✆ +591 2623 0478
bigdealtours.blogspot.fr
Excursion dans la mine à 150 Bs par personne. Agence ouverte tous les jours.

Une agence professionnelle et sérieuse. Tous les guides ont travaillé dans les mines et chacun fait son maximum pour vous expliquer les traditions, les croyances et les pratiques des mineurs. Vous passerez d'abord par quelques échoppes pour acheter de quoi récompenser ces ouvriers que vous rencontrerez sous terre, puis vous voilà plongé dans les ténèbres des tunnels. Une visite bouleversante, mais ô combien révélatrice de l'importance de Potosí. Sachez aussi qu'une partie des fonds récoltés est directement reversée à la communauté et aux syndicats de mineurs.

AM TRAVEL

9 Calle Ayacucho
✆ +591 7786 0030
Ouvert le lundi de 9h à 17h, et du mardi au vendredi de 9h à 20h.

Face à la Casa de la Moneda, une agence plusieurs fois primée pour son sérieux, sans doute une des meilleures de Potosí. L'accent est mis sur le tourisme responsable. Outre les visites classiques, AM Travel propose une visite nocturne de la ville et des mines avec étape gastronomique, des circuits en VTT dans la région de Potosí, notamment vers les eaux thermales et le Kari Kari. L'agence est présente dans tout le pays mais aussi au Pérou, à Cuzco, ce qui peut se révéler très pratique pour organiser vos prochaines excursions.

HIDALGO TOURS

1133 Calle La Paz
✆ +591 7179 0464
www.hidalgotours.com
Ouvert du lundi au vendredi de 9h à midi et de 14h30 à 19h30, le samedi de 9h30 à 13h.

La plus ancienne agence de tourisme de Potosí. Services privés, organisés et à la carte. Organise toutes sortes d'activités dans le pays : des *city tours* à Potosí, à La Paz, à Tupiza et à Sucre, la visite des mines, et autres circuits haut de gamme vers le Sud-Lípez et le lac Titicaca. Prix légèrement plus élevés qu'ailleurs, mais l'agence bénéficie d'une excellente réputation. Gère l'hôtel Palacio de sal sur le Salar d'Uyuni, le Jardines de Uyuni et le Rústico Jardines de Mallku Cueva. Le rapport qualité/prix, compte tenu des prestations, est très intéressant.

ARGENTUR BOLIVIA

25 Calle Cobija
✆ +591 7747 2161
www.argenturbolivia.com.bo
Ouvert tous les jours de 8h30 à 19h30.

Argentur Bolivia est une agence sérieuse et bien implantée à Potosí. Visite des mines et circuits sur le Salar d'Uynuni bien sûr, mais aussi des visites nocturnes de la ville sont au programme. Vous pouvez la consulter pour les différents tours possibles dans la ville, dans la région, voire dans le pays. Elle s'occupe de la réservation de vos circuits et de vos hôtels. Une adresse très pratique si votre prochaine étape est Uyuni ou Sucre. À noter que l'agence est aussi émissive et peut donc vous aider à gérer vos transports terrestres et aériens.

KOALA TOURS

3 Calle Ayacucho
✆ +591 7240 1884
www.koalabolivia.com.bo
Ouvert du lundi au samedi de 7h30 à 20h, le dimanche de 9h à 20h.

Cette agence, située face à la Casa de la Moneda, est tenue par deux frères boliviens très sympathiques. Wilbert parle le français et Eduardo parle l'anglais. De bons services pour la visite des mines en privé ou en groupe. Concernant le circuit du Salar d'Uyuni : l'agence est équipée d'une caravane équipée permettant de passer la nuit au milieu du Salar ! Propose également des sorties en vélo vers Tarapay et divers treks dans la région. L'agence possède également deux *guesthouses* en ville, The Koala Den et l'Eucalyptus Hostel.

NUEVA TERMINAL DE BUSES

Av. Ferroviaria

Ce terminal de bus, sorte de dôme gigantesque, a été inauguré en 2009. Sur place vous trouverez des distributeurs automatiques ainsi que des petites boutiques vendant tout le nécessaire pour votre trajet. Départs quotidiens vers toutes les grandes villes boliviennes. Pour y accéder prenez les minibus D, E et F annonçant « Nueva Terminal ». Les départs pour Uyuni et pour les destinations près de Potosí sont regroupés depuis l'ancienne gare routière Avenida Universitaria. Restez vigilants : de nombreux vols ont été signalés dans ce terminal.

HOSTEL CARLOS V €

42 Calle Linares

✆ +591 2623 1010

Compter 50 Bs le dortoir ; 240 Bs la chambre double ; 80 Bs la simple et 160 Bs la double avec sdb commune.

Cet *hostal* est très bien situé près de la place principale, dans un décor d'époque avec une cour intérieure couverte pleine de charme et du parquet ciré. Petites chambres colorées décorées simplement, mais confortables. L'entretien est un peu aléatoire et gâche un peu le potentiel de l'établissement. Salle de TV, service de laverie, cuisine en accès libre, et surtout une terrasse au dernier étage qui offre une vue spectaculaire sur la ville. Accueil parfois froid avec les touristes étrangers. Bon rapport ambiance-qualité-prix.

LA CASONA HOSTAL €

460 Calle Chuquisaca

✆ +591 2623 0523

www.hotelpotosi.com

À partir de 80 Bs la chambre simple et 120 Bs la double. Dortoirs. Petit déjeuner compris. Wifi.

Encore un hôtel destiné aux *mochileros* (*backpackers* en espagnol), mais pas que ! Situé dans une bâtisse coloniale datant de 1792, l'Hostal La Casona bénéficie d'un bon rapport qualité-prix pour la ville. Les chambres sont simples, relativement confortables et propres. Une grande cour intérieure, protégée par une grand toit de verre, permet de faire une pause lecture ou de surfer sur le net. Le petit déjeuner proposé est par contre nettement insuffisant : pain, confiture, beurre, jus de fruits et café... Petit restaurant sympa à demeure.

THE KOALA DEN €

56 Calle Junin

✆ +591 2622 6467

www.koalabolivia.com.bo

Compter entre 60 et 70 Bs en dortoir, 150 Bs la chambre simple et 200 Bs la double. Petit déjeuner inclus. Wifi.

Dans un des quartiers les plus tranquilles du centre-ville, un endroit fait pour les *backpackers*. Terrasse sur le toit pour laver son linge et où l'on peut même préparer un barbecue. Patio couvert agréable. Chambres chauffées, wifi gratuit, cuisine accessible, salle TV, collection de DVD, échange de livres, etc. Petit déjeuner copieux. Eduardo le patron est ancien guide des mines de Potosí, et vous refilera sans problème toutes les infos nécessaires pour la visite du Cerro Rico. The Koala Den possède une annexe à une centaine de mètres. Top !

EUCALYPTUS HOSTAL €

88A Calle Linares

✆ +591 7240 1884

www.koalabolivia.com.bo

Chambre simple à 150 Bs, double à 228 Bs et triple à 306 Bs. Petit déjeuner compris. Wifi.

Prisé des *backpackers* du monde entier, cet établissement convivial, très central, offre de belles chambres propres et bien chauffées. Superbe terrasse panoramique pour voir les toits de la ville et le Cerro Rico. Le petit déjeuner compris dans le prix est copieux et varié. Cuisine commune, service de blanchisserie. L'accueil et le service sont à améliorer, et l'entretien de l'établissement est un peu négligé. Possibilité d'organiser des visites aux mines, des tours au Salar d'Uyuni et autres circuits via l'agence de voyages Koala Tours à demeure.

LA VICUÑA €

184 Calle Ingaví

✆ +591 2622 2350

Compter 60 Bs en dortoir et à partir de 130 Bs la chambre matrimoniale. Petit déjeuner compris. Wifi.

Chambres simples et assez propres. La déco n'est pas très coloniale par rapport à l'architecture de l'Hostal, mais ce n'est pas très grave. Wifi aléatoire. En plein centre, proche du Mercado Central, avec cuisine à disposition, salon TV commun, c'est un bon point de chute pour les petits budgets, d'autant qu'Antonio, un ancien mineur, propose des tours très intéressants dans les mines. Par contre, il faut souvent attendre pour que le réceptionniste ouvre la porte, et le soir, avec le froid, ça peut être un peu désagréable. Pour dépanner.

APART HOTEL TURQUESA €€

106 Calle Enrique Viaña
✆ +591 2624 7267
www.ahotelturquesa.com
Chambre simple à 180 Bs, double à 220 Bs, matrimoniale à 300 Bs. Appartements de 3 à 8 personnes de 810 à 1 220 Bs.

Cet appart-hôtel est situé à quelques mètres de la station d'autobus de Potosí. Retiré du centre-ville bruyant sans être trop excentré, cet établissement est idéal pour ceux qui veulent se reposer après une longue journée d'excursion. Le personnel est disponible et serviable. Il pourra vous réserver vos tours à la mine ainsi que vos transports. Vous avez deux possibilités de logement, chambre ou appartement, et pourrez utiliser les cuisines équipées, les salons Internet et le chauffage pour votre confort. Parfait pour un séjour express.

HOSTAL TUKOS LA CASA REAL €€

29 Calle Hoyos
✆ +591 2623 0689
Chambre individuelle à 150 Bs, chambre double à 250 Bs, chambre triple à 350 Bs. Petit déjeuner compris.

Ce charmant hôtel dispose de tout le confort nécessaire pour votre séjour à Potosí : un restaurant, des douches chaudes, du wifi, un petit bureau, de l'espace de rangement, du chauffage et une vue splendide sur la cité. Les chambres sont propres et spacieuses, bien qu'elles auraient pu être peintes d'une autre couleur... Réception 24h/24. A noter la présence d'un parking gratuit pour ceux qui se déplacent en voiture dans le pays. Le stationnement est délicat.

HOSTAL COLONIAL €€

8 Calle Hoyos
✆ +591 2622 4265
www.hostalcolonialpotosi.com.bo
Chambre simple à 420 Bs, double à 550 Bs, triple à 660 Bs, quadruple à 760 Bs. Petit déjeuner compris. Chauffage. Wifi.

Très bien situé, à deux pas de la place principale, voici un hôtel fraîchement rénové, doté d'une admirable architecture coloniale, et qui bénéficie d'agréables cours intérieures. Plusieurs types de chambres sont proposées, de la simple à la quadruple, toutefois, elles ne se valent pas pour le moins. Préférez celles sur l'arrière, et demandez si celles-ci avec une grande salle de bain en marbre sont disponibles. Les chambres sont chauffées, un luxe appréciable à Potosí ! Une adresse fréquentée par les voyageurs attirés par le bon goût et l'élégance.

HOTEL CERRO RICO VELASCO €€

123 Calle Ramos
✆ +591 2622 3539
À partir de 400 Bs la chambre double, petit déjeuner compris. Wifi.

Avec cet établissement au sud du Casco Viejo, dans le quartier de San Pedro, on se dirige vers la catégorie supérieure. Les chambres sont très charmantes, confortables et bien équipées (chauffage, TV câblée, bon wifi), par contre la décoration flamboyante est un peu désuète. Celles situées dans les étages supérieurs sont plus lumineuses. Les douches ont une bonne pression et l'eau chaude. Bon petit déjeuner. Le personnel est attentif et plaisant. Parking à disposition. Un lieu forcément agréable pour apprécier la riche Potosí.

HOSTAL SANTA MÓNICA €€

46 Calle Sucre
✆ +591 7244 8803
Chambre simple à 300 Bs, double 435 Bs, triple 535 Bs. Petit déjeuner (buffet) américain complet.

Situé derrière l'église Santa Monica, cet hôtel de type colonial propose des chambres spacieuses, bien équipées (petit réfrigérateur, chauffage, tv câblée, bureau), et bénéficiant d'une décoration agréable (parquet, boiseries omniprésentes). Vérifiez bien si le chauffage fonctionne correctement avant de choisir votre chambre. Joli patio intérieur. Buffet petit déjeuner varié avec des produits de qualité. L'ensemble est très bien tenu. Excellent restaurant à demeure (La Trufa Negra). L'accueil et le service mériteraient cependant d'être améliorés.

HOTEL CIMA ARGENTUM €€

239 Avenida Villazon
✆ +591 2622 9538
www.hca-potosi.com
Compter 330 Bs la chambre simple, 375 Bs la double et 450 Bs la triple. Petit déjeuner. Wifi. Chauffage. Stationnement.

L'un des grands hôtels de Potosí dans un style colonial modernisé... bien que vieillissant et pas toujours des mieux entretenus. Chambres possédant tout le confort (mini bar, wifi), spacieuses et chauffées, mais malheureusement sans grand charme et à la propreté parfois limite. Eau chaude à toute heure, ce qui fait toujours plaisir si vous revenez du circuit du Salar d'Uyuni et de ses nuits glacées... Le buffet du petit déjeuner est convenable. Agréable patio intérieur, protégé des intempéries par une grande verrière. Accueil professionnel.

HOTEL SANTA TERESA €€

43 Calle Ayacucho
✆ +591 2622 5270
www.hotelsantateresa.com.bo
Chambre simple à 310 Bs, double à 500 Bs et triple à 600 Bs, petit déjeuner compris. Wifi.

Emplacement idéal, à deux pas du couvent de Santa Teresa. Les 25 chambres, confortables et spacieuses, sont munies d'une salle de bain privée, d'une télévision câblée, d'un système de chauffage et de wifi gratuit. Certaines ont une jolie vue sur le Cerro Rico. L'accueil est super. C'est une maison datant du XVIe siècle, qui a été rénové de fond en comble en 2001. Petit déjeuner complet pour commencer la journée du bon pied. Maté de coca à disposition des voyageurs à toute heure. Un très bon établissement dans cette gamme de prix.

LA HACIENDA CAYARA €€€

Carretera Potosí
✆ +591 6740 9024
www.hotelmuseocayara.com
Compter 85 US$ la chambre simple, 145 US$ la double, 195 US$ la suite. Petit déjeuner compris. Entrée du musée : 50 Bs.

Située à 23 km à l'ouest de Potosí en direction d'Oruro, la Hacienda Cayara est un bâtiment colonial d'exception datant de 1557. Le lieu est imprégné d'histoire. Les 10 chambres et 5 suites d'époque sont confortables et offrent un voyage dans le temps. Perdu au milieu de nulle part, l'endroit respire la tranquillité et de nombreux voyageurs ne veulent plus en partir ! Musée, salons, bibliothèque, patio, jardin... vous tomberez sous le charme ! Plusieurs activités dans les alentours sont proposées notamment la visite de Caimani, la cité de pierre.

HOTEL COLOSO POTOSÍ €€€

965 Calle Bolivar
✆ +591 2622 2627
www.potosihotel.com
Chambre simple à 500 Bs, double à 630 Bs, triple à 820, suite Coloso à 860 Bs. Petit déjeuner compris. Wifi.

Situé au-dessus de la Calle Sucre. Le sol de la réception et des couloirs de ce 5-étoiles (selon le classement bolivien !) est en marbre d'Uyuni. Chambres blanches et éclairées, moquette au sol et salles de bains spacieuses. Belle vue sur les toits de la vieille ville ou sur le Cerro Rico (dans la suite Coloso). Restaurant opérationnel à partir de 18h (cuisine locale et internationale). Petite piscine, salle de sport, sauna, ascenseur, salon avec piano. L'établissement le plus luxueux de Potosí. Accueil extrêmement serviable.

MERCADO CENTRAL €

Calle Bolívar
Plats à partir de 10 Bs.

Comme la plupart des marchés boliviens, le marché central est propre, coloré, et offre des fruits, des plats et des petits déjeuners pour seulement quelques bolivianos. Au rez-de-chaussée, on déguste l'Api et le Tojorí, les deux boissons sucrées à base de maïs, aromatisées à la cannelle et au clou de girofle. A l'étage, les *caseras* vous attendent pour vous servir de bons déjeuners chauds. On se croirait dans un souk du Moyen-Orient. Juste à côté se trouve l'entrée du Mercado Gremial, où on déniche de tout : vêtements, godasses, tissus et autres produits importés.

SALTEÑERIA EL HORNITO €

48 Linares
✆ +591 7944 3552
Tous les jours de 10h à 12h30. Salteña à 2,5 Bs.

Si les Potosinos avaient bien un endroit à recommander pour une pause déjeuner, ce serait sans aucun doute cette minuscule salle à manger aux murs turquoise, décorés de cadres représentant le Cerro Rico, le Christ, et les monuments de la ville. On y sert depuis 60 ans les meilleurs salteñas de la région, cuits sur place dans un four à bois, qu'on vous sert à l'unité avec une bouteille de boisson gazeuse. C'est un plaisir de se retrouver tous entasser (eh oui !) autour des 4 petites tables du restaurant à se délecter de ces délicieux chaussons farcis. Arrivez tôt !

CAFÉ DE LA PLATA €

Plaza 10 de Noviembre
✆ +591 2623 1606
Cuisine internationale. Ouvert le lundi de 13h30 à 23h et du mardi au samedi de 10h à 23h. Plats entre 15 Bs et 40 Bs.

Le meilleur endroit de Potosí pour boire un vrai expresso. La Plata est devenu le rendez-vous des coopérants installés en ville depuis de nombreuses années et qui apprécient le charme colonial des lieux. Goûtez leurs gâteaux, les plus savoureux de Potosí. Sinon, petits déjeuners, jus frais, sandwiches, tablas, pizzas et plats divers complètent une carte pas très chère de bonne tenue. On peut aussi y venir déguster un verre de vin bolivien ou une bière locale. Un lieu idéal pour faire une pause détente entre différentes visites.

LA CASA DEL CORDERO €

1072 Calle Bustillos
✆ +591 7237 7156
Cuisine bolivienne, spécialités d'agneau. Compter environ 25 Bs le plat.

Un tout petit restaurant prisé par les locaux qui ne sert que des plats à base d'agneau : *tostada, cola, brazuelo, costillar*... Toutes les parties de la bête sont mises à l'honneur. Les plats sont accompagnés de pommes de terre et de *chuño* (pommes de terre déshydratées selon des techniques andines spécifiques). Laissez-vous guider par le propriétaire des lieux qui se fera un plaisir de vous conseiller. Le lieu est typique et a des allures de cantines. De nombreux ouvriers de la ville viennent s'y restaurer à leur pause déjeuner.

CAFÉ PUB 4060 €€

1 Calle Hoyos
✆ +591 6905 6045
Cuisine internationale. Ouvert du lundi au samedi de midi à minuit. Plats de 40 Bs à 90 Bs. Alcool, vin, bière.

Ce restaurant est situé au-dessus de la place principale, dans le prolongement de la calle Ayacucho... à 4 060 mètres d'altitude, d'où son nom ! On peut s'installer à table ou au bar. Déco résolument moderne qui manque un peu de charme en comparaison à d'autres restaurants de la ville. Hamburgers, pizzas, quesadilles, sandwiches, plats typiques, viandes, fondues... Vous trouverez de tout dans cet établissement à l'atmosphère détendue. La qualité des plats est inégale. Service professionnel et rapide. Retransmission d'événements sportifs sur plusieurs écrans.

PHISQA WARMIS €

55 Calle Sucre
✆ +591 2622 5067
Cuisine internationale. Ouvert du lundi au samedi de 9h à minuit. Plat autour de 45 Bs. Wifi.

Le café bohème de Potosí, tenu par quatre femmes d'horizons bien différents. Murs et chaises multicolores pour un endroit multiculturel. Quelques plats pour bien se restaurer : tortilla espagnole, lasagnes italiennes, pizzas, couscous de quinoa ou encore *charquekan de llama* (viande de lama séchée) bien bolivien. Ambiance vraiment décontractée et bonne musique. Éclairé à la bougie, le lieu peut même s'avérer romantique. Service avec le sourire. Musique *en vivo* le vendredi soir. Une belle adresse dans une jolie rue de la ville.

EL EMPEDRADILLO €€

43 Calle Tarija
✆ +591 7388 4423
Cuisine traditionnelle. Ouvert tous les jours 12h-23h sauf le dimanche soir. Almuerzo à 55 Bs, plats autour de 60 Bs.

Situé dans un bâtiment colonial de la ville, avec un cadre rustique et chaleureux, ce restaurant joue la carte du traditionnel pour touristes. Ici, pas de plats trop épicés ! On y sert notamment la célèbre *kalapurca*, une soupe épaisse à base de maïs qui continue de cuire dans son bol grâce à une pierre volcanique incandescente. Établissement prisé par les groupes de touristes qui viennent goûter aux spécialités de la région. À privilégier si la cuisine piquante vous incommode l'estomac ou si vous souhaitez goûter la *kalapurca*.

VEIN OF SILVER €

701 Calle Bolivar
✆ +591 2623 0722
Cuisine traditionnelle. Ouvert tous les jours de 9h à 17h. Almuerzo à 25 Bs.

Il faut le trouver, celui-ci ! En descendant la calle Bolivar, avant le mercado central, on aperçoit une enseigne « Mirador Sky Room »... il faut pénétrer dans la galerie et monter les 4 (!) étages. Ce restaurant n'a rien de sensationnel mais bénéficie d'une splendide vue sur toute la ville. De plus, il satisfera les gros appétits : l'*almuerzo* comprend une entrée (généralement une *empanada* et de la salade), une soupe, un *segundo* à choisir parmi 4 plats et un dessert ! Une bonne option à l'heure du déjeuner. Service professionnel.

EL FOGÓN €€

58 Calle Oruro
✆ +591 6963 9542
Cuisine traditionnelle & internationale. Ouvert tous les jours de midi à 23h. Almuerzo à 45 Bs, plats de 40 Bs à 70 Bs.

Installé dans une belle bâtisse coloniale qui était jadis les locaux de la Banco Mercantil, ce restaurant était pendant longtemps l'une des meilleures tables de Potosí, mais aujourd'hui les plats n'ont rien d'extraordinaire. On y mange plutôt bien mais sans plus. Il propose néanmoins une carte assez complète dans un cadre chaleureux. Spécialités de viande de lama, de *parilladas*, de poissons... et même des burgers de quinoa. C'est assez cher dans l'ensemble, mieux vaut essayer ce restaurant pour sa formule déjeuner que pour le dîner.

RESTAURANTE TUKOS LA CASA REAL €€

29 Calle Hoyos
✆ +591 2623 0689
Cuisine traditionnelle & spectacles. Ouvert à partir de 7h30 le matin avec buffet petit déjeuner.

Situé dans l'hostal Tukos, ce restaurant-peña propose de bons plats nationaux et internationaux. Formules économiques pour l'*almuerzo* tous les midis. Des spectacles folkloriques sont souvent organisés le soir afin d'accompagner les repas. Les plats typiques de la région sont particulièrement bons. On recommande également le filet mignon qui est très bien préparé. L'ambiance y est chaleureuse et conviviale, surtout le soir. Service attentionné. Une bonne adresse de sortie à Potosí.

LA TRUFA NEGRA €€

46 Calle Sucre
✆ +591 2622 5257
Cuisine internationale. Ouvert du lundi au samedi de midi à 23h. Compter environ 120 Bs à la carte. Alcool, vin, bière.

Un établissement récent de la ville, en face du Phisqa Warmis, à l'atmosphère moderne et soignée. Au menu des plats boliviens, des viandes de bonne qualité, des fromages locaux, mais aussi des lasagnes, des burgers, des pizzas... Le midi un buffet varié est dressé pour l'*almuerzo*. Intéressante carte des vins, qu'on peut commander au verre également. Le service, sympathique au demeurant, peut être assez lent. La salle est chauffée et la musique est agréable. Un lieu à découvrir qui tranche avec l'ambiance des autres restaurants de la ville.

LA CASONA 1775

41 Calle Frias
✆ +591 2622 2954
Pub-restaurant. Ouvert du lundi au samedi de 18h30 à minuit. Plat du jour à 25 Bs, plats autour de 40 Bs.

Ce pub, installé dans une demeure coloniale à deux pas de la grande place, est la meilleure adresse de la ville pour ceux qui veulent boire une bière ou un cocktail. On peut également s'y restaurer, la carte est assez limitée, ce qui est un souvent un gage de fraîcheur. Les plats sont de bonne qualité, bien qu'un peu chers. Joli cadre avec lumières tamisées et chandelles. Des artistes locaux viennent régulièrement s'y produire *en vivo*. Sur un des murs, on peut apercevoir un dessin original de Mamani Mamani, le célèbre artiste Aymara. Recommandé.

ARTE NATIVO

30 Sucre
✆ +591 2622 3544
artenativobolivia.com
Ouvert du lundi au vendredi de 9h à 12h30 et de 14h30 à 19h, et le samedi de 14h30 à 19h.

À l'origine de ce magasin, un curé belge qui a fondé un centre de formation intégrant plus de six cents artisans de vingt-six communautés différentes. Aucun intermédiaire entre les artisans et le magasin, qui reverse 80 % des ventes aux communautés. Le reste sert à financer des projets au développement dans le département de Potosí. Un des meilleurs rapports qualité/prix pour vos pulls en laine de lama et d'alpaga ou pour acheter des tissus d'excellente facture. Les couleurs sont réalisées avec des plantes, des racines, des fleurs et des insectes de la région.

BONIFAZ

Calle Sucre
✆ +591 7242 1097
Instruments de musique. Compter 700 Bs pour un superbe charango au marché artisanal, dans sa boutique.

René Bonifaz est un luthier spécialisé dans la fabrication de charangos, mais il réalise aussi des guitares, des mandolines, des harpes et même des « inventions » comme le charango-estrella... Son atelier est situé au Mercado Artesanal. Il a lancé le projet de « Potosí, cuna del charango » (berceau du charango) : on peut d'ailleurs en voir une sculpture sur la place principale, devant la cathédrale. C'est l'un des plus grands artisans (et artistes, car il a une sacrée biographie locale !) de la région. À ne pas manquer pour les mélomanes.

K'ANCHAY

56 Calle Sucre
✆ +591 4443 7505
www.kanchay.org.bo

Cette maison de « lumière » (traduction du nom de la boutique) est un petit local rempli de jolies choses et Felisa saura vous expliquer la différence entre du pur synthétique, du pur alpaga industriel (parfois mélangé à du lama) et du pur alpaga fait main (sur un atelier de tissage traditionnel). Les prix, pour un poncho par exemple, vont de 50 à 350 Bs selon ce principe de qualité. Pareil pour les pulls : ne croyez pas qu'un pull à 100 Bs soit du pur alpaga fait main, ce sera sans doute du pur alpaga industriel et plus sûrement de l'alpaga mélangé à du lama.

CERROS DE KARI KARI ★

Le trek dans le massif de Kari Kari, une caldera faisant partie du système volcanique de Los Frailes, est une balade accessible aux personnes acclimatées à l'altitude. Depuis Potosí en suivant la calle Chuquisaca, du centre vers l'extérieur de la ville, vous arrivez au point de départ de la randonnée. Des cartes peuvent être photocopiées au siège de Info Tur, dans la calle Quijarro. Le trek donne l'occasion d'apprécier le génie civil des Espagnols qui ont construit des lacs artificiels permettant de raffiner l'argent. Pour effectuer ce trek, voyez par exemple avec l'agence South American, juste en face de la Casa de la Moneda à Potosí.

MANQUIRI ★★

À 18 km de Potosí. Le Sanctuaire de Manquiri et son église font partie des trésors méconnus de la Bolivie. De toutes les églises des Andes boliviennes, celle-ci est sans doute l'une des mieux conservées et des plus impressionnantes. Pour s'y rendre, il est possible de louer un taxi pour une excursion de 4 à 5 heures. Un bus effectue le parcours les dimanches matin tôt, à partir du Mercado Uyuni. Si vous avez loué une voiture, prenez la route vers Sucre et, passé le péage, la première déviation vers la gauche. Ensuite, roulez jusqu'au panneau qui indique la direction du sanctuaire, situé sur la gauche. Faites bien attention aux virages en épingle…

SANTUARIO DE MANQUIRI ★★

Cette magnifique église est un pur concentré d'art colonial, situé dans un cadre naturel unique. Le sanctuaire date de la fin du XVIIIe siècle, et témoigne d'une époque pleine de grandeur et de splendeur. Le site était déjà sacré avant l'arrivée des Espagnols, les peuples indigènes y accomplissaient des rites dédiés à leurs divinités. La première particularité de Manquiri est une plate-forme artificielle de 400 m² qui surplombe un ravin, au pied d'une montagne. Le portail est de style baroque métis. Sa façade à trois corps comprend deux tours et une arche centrale en pierre sculptée, le mur d'enceinte est blanchi à la chaux sur tout l'extérieur. Sur l'arc lui-même, une sculpture en haut-relief représente le soleil, la lune et la Pachamama, symbolisée cette fois par l'écu des armes de Castille. A l'intérieur du sanctuaire, on peut admirer des tableaux de Melchor Perez de Holguin et diverses œuvres de l'école de Cuzco. Début 2020, une peinture murale a été découverte sous les travaux de rénovation de 1952.

▸ **Pèlerinage de Manquiri.** Au mois de mai ou juin (fête mobile), les fidèles de Potosí parcourent à pied les 35 km qui séparent la ville impériale de Manquiri. C'est le mois du Señor de Manquiri, le saint patron local. Cette manifestation de foi rassemble aussi bien les nouvelles que les vieilles générations. Des membres de la Croix-Rouge implantés ici et là au long du parcours soignent les ampoules des pèlerins. A l'arrivée, il y aura la fête, toujours la fête, l'âme gaie d'un pays au destin injuste et triste…

TARAPAYA ★

Les bains thermaux de Tarapaya et les haciendas constituent autant d'occasions d'échapper au froid ambiant de la ville impériale. Prenez votre serviette de bain et votre maillot et louez un taxi pour vous rendre soit à Tarapaya, soit nettement plus loin, à Chaqui. Tarapaya se trouve à 30 minutes en taxi du centre de Potosí. La lagune est située dans un endroit agréable, cerné de montagnes de taille moyenne. L'eau doit être à environ 35 °C. Il paraît que l'Inca Mayta Capac (1373) et quelques-uns de ses descendants venaient s'y baigner. De Potosí, on s'y rend en *micro* depuis le marché Chuquimia ou l'Avenida America à proximité de l'ancien terminal de bus

CHAQUI ★

La randonnée depuis Potosí jusqu'à Chaqui est assez facile, et ne compte qu'une seule difficulté, le passage d'un col à 4 850 m, soit 600 m au-dessus de Potosí. Superbes vues sur la cordillère Frailes. Cette marche peut se faire en une seule journée pour un bon marcheur. Sinon, il faudra l'envisager en 2 jours avec l'aide d'une agence de voyages.

À l'arrivée à Chaqui, bain salvateur dans les sources d'eau chaude. Sur place, on pourra peut-être manger de la viscache. Il est ensuite facile de trouver une place dans le bus pour Potosí. Recommandé si vous recherchez un peu d'aventure après le choc probable de la visite des mines du Cerro Rico.

PULACAYO ★★

À une vingt kilomètres d'Uyuni, sur la route de Potosí, Pulacayo est un centre minier fondé en 1833 autour du site de Huanchaca, la seconde plus grande mine d'argent au monde, encore en activité aujourd'hui. Dans ce petit village à l'ambiance de Far West sont exposées plusieurs locomotives d'époque, dont une attaquée… par Butch Cassidy et Sundance Kid ! On peut également jeter un coup d'œil aux ruines de l'ancienne maison de Aniceto Arce Ruiz, 22e président de Bolivie. On peut aussi visiter l'usine métallurgique, toujours en activité, qui contient des machines de plus d'un siècle. L'atmosphère de ville fantôme contribue à rendre ce site envoûtant.

Pratique

Il est aisé de planifier une visite d'une demi-journée à partir d'Uyuni, consulter une agence sur place. Une dame dans un petit bureau à l'entrée du village accueille les visiteurs (compter 10 Bs par personne).

Tourisme

Moins visité que le cimetière de trains d'Uyuni et pourtant nettement plus captivant. Les photographes prendront vraiment beaucoup de plaisir ! Le petit village est atypique, centré autour des activités minières, on peut notamment voir les métallurgistes à l'œuvre et admirer les anciennes machines servant à l'exploitation des mines.

UYUNI ★★

29 000 habitants. Altitude : 3 660 m. Uyuni est devenue le rendez-vous sacré de ceux qu'ont envoûtés le Salar et le désert du Sud-Lípez. Uyuni est une cité étrange, créée en plein milieu de nulle part par le président Aniceto Arce, il y a un peu plus d'un siècle. Actionnaire de la Compania Minera Huanchaca, à capitaux chiliens et boliviens, il avait voulu doter cette partie de la Bolivie d'un carrefour ferroviaire d'où partiraient les trains en direction du Chili et de l'Argentine. Bienvenue dans le Far West glacial de Bolivie…

Histoire

C'est après la guerre du Pacifique (dans laquelle cette compagnie, forte de son autorité sur le pouvoir politique bolivien a laissé faire l'envahisseur chilien), que Arce et ses collègues ont décidé de doter les Andes d'un beau réseau ferroviaire. La finalité était lucrative et non pas le développement de la Bolivie. Ainsi, le village minier de Pulacayo, à 22 km d'Uyuni, sur la route de Potosí, et propriété à l'époque de la Huanchaca Co, est directement lié à la voie ferrée qui conduit au Chili. Triste sort de cette Bolivie à qui la route de l'argent n'a pas ouvert le chemin du paradis. L'objectif était la construction d'une voie de communication entre la Bolivie et le littoral chilien, même si le fait de devoir utiliser le territoire chilien a toujours été douloureux pour les Boliviens.

Dix-huit ans de négociations, de coups du sort, de combines politiques furent nécessaires pour entamer les travaux rendus difficiles par les rudes conditions climatiques de cette région et son isolement. Sans oublier le terrible tremblement de terre de 1877 qui détruisit une partie du matériel. Pendant ce temps-là, Uyuni était née.

© ABDESSLAM BENZITOUNI

Le cimetière des trains à Uyuni rappelle l'importance du rail dans l'histoire de la ville.

Avec ses avenues poussiéreuses, ses rues immenses balayées par les vents de l'Altiplano, elle est le fleuron du surréalisme villageois bolivien. Une caserne sur l'avenue principale, une gare fière comme Artaban qui voit passer trois ou quatre trains par semaine, un bureau de poste tout droit sorti de l'Équipée du Poney Express, deux ou trois fous qui errent dans la rue, des chiens errants faméliques, des couchers de soleil d'apothéose ; quelques aventuriers venus monter leur affaire, soit un bar, ou une agence de voyages, soit un hôtel et, surtout, le plus beau monument de cette route de l'argent, le cimetière des vieux trains. Ceux-là mêmes qui autrefois transportaient le minerai brillant et qui, maintenant, accompagnent les âmes d'Aniceto Arce et d'autres patriarches de l'argent, dans l'enfer… Des années 2014 à 2018, on a pu voir la ville vibrer au rythme du Rallye Dakar, où la caravane s'arrêtait pour quelques jours.

Pratique

Près de 70 agences ont pignon sur rue à Uyuni, dont la moitié a moins de trois années d'existence, et peut-être encore moins d'avenir. Et la demande continue à excéder l'offre. Mais toute personne en possession d'un 4x4 a cru bon monter sa propre agence. Il en résulte une guerre des prix et une dégradation des services. La réalité est que la plupart des agences ont mauvaise réputation. La guerre des prix a entraîné la baisse des salaires tant pour les chauffeurs (environ 800 Bs par mois) que pour les cuisinières (environ 100 Bs pour 4 jours !), et une dégradation des véhicules soumis à rudes épreuves sur les pistes difficiles du Sud-Lípez (sel, poussière, altitude, froid, essence parfois de mauvaise qualité). De plus en plus souvent, le chauffeur fera office de cuisinier (pour le déjeuner, les autres repas étant préparés dans les refuges), ce qui a pour avantage de libérer une place dans le 4x4 pour un touriste et par conséquent de faire baisser le prix global de l'expédition. Certains chauffeurs sans scrupule s'arrangent pour améliorer leurs fins de mois en revendant de l'essence et prétextent à leur patron un détour ou une consommation imprévue du moteur. Les gérants d'agence, à leur tour, n'ont pas eu d'autre choix que de laisser le minimum d'essence à leurs chauffeurs.
Et parfois, le 4x4 tombe en panne et les ennuis commencent. Vérifiez que le chauffeur dispose à son départ d'Uyuni (pour le tour classique de 4 jours) d'un réservoir plein (entre 80 et 90 l d'essence) et d'au moins 80 l de réserve en bidon. S'il en manque, vérifiez avec lui s'il possède de l'argent pour en acheter à San Juan qui est l'un des rares endroits, pour l'instant, à vendre de l'essence dans le Sud-Lípez.
Comment leur en vouloir ? Mais ce n'est pas votre problème. En bref, la qualité dépend autant du sérieux de l'agence que de la qualité du chauffeur et de la cuisinière. Pour ces raisons, il est difficile de faire le tri entre les nombreuses agences. Certaines sont parfois bonnes, parfois mauvaises. La qualité du service dépend souvent plus de ceux qui vous guident que de l'agence contractée. Des commentaires contradictoires sont fréquents sur telle ou telle agence. Les véhicules sont fatigués en fin de saison, et les risques de panne mécanique s'amplifient avec le temps (vers fin septembre), car par besoin de rentabilisation les propriétaires ne peuvent les laisser en révision trop longtemps.

En conclusion, méfiez-vous des prix trop bas pour les excursions de 3 jours (600 Bs/personne), et vérifiez le nombre de passagers (six touristes est le maximum) et les services inclus : douches à San Juan ? Entrée de la réserve Eduardo Avaroa, de l'île Incahuasi ? Si vous choisissez l'agence pour son prix bas, acceptez les risques de mauvais service. À ce prix, ils ne peuvent vous envoyer un véhicule de secours si vous avez des problèmes, ni promettre des repas copieux. Ils arrivent tout juste à amortir le véhicule. N'hésitez pas à demander aux voyageurs à leurs retours…

Certaines agences tentent d'inverser la tendance, et d'augmenter, certes, les tarifs, mais en améliorant le service. Ce qui semble le plus sain pour tous. Le tourisme représente une chance extraordinaire pour cette région historiquement délaissée par le gouvernement et il serait dommage que le marché touristique, en augmentation constante, ne soit repris un jour par de gros investisseurs, ayant les moyens de leur ambition.
Pour l'instant, c'est une réalité, le tourisme profite aux Boliviens qui préfèrent sans aucun doute guider des groupes internationaux que de retourner à la mine ou aux champs.
Nous recensons une liste d'agences locales ayant plutôt bonne réputation mais la situation évolue rapidement… Allez faire un tour à l'office de tourisme proche de la tour de l'Horloge : les agences sont recensées et le classement des meilleures d'entre elles effectué grâce aux retours des clients, fréquemment mis à jour. Les agences de Tupiza, et notamment l'excellente Tupiza Tours, organisent également les excursions dans le Sud-Lípez. Certaines agences de La Paz sont à consi-

ALTIPLANO SUD

dérer, comme Terra Andina, ou encore Thaki Voyage pour un circuit sur mesure haut de gamme.

Se loger

De mai à juillet, il peut faire extrêmement froid à Uyuni. Ne l'oubliez pas au moment de réserver une chambre ! La plupart des établissements fournissent de l'eau chaude, mais parfois de manière sporadique... et parfois pas du tout. C'est valable pour le chauffage également. Si vous arrivez tard, quelques hôtels bas de gamme vous attendent autour de la gare ; le mieux est de réserver votre séjour avant pour éviter toute mauvaise surprise.

Se restaurer

Autant vous prévenir : Uyuni n'est pas une étape gastronomique, loin de là ! Certains restaurants ne sont pas ouverts à midi. En effet à cette heure, la majorité des touristes et une partie des locaux (guides) sont en excursion en dehors de la ville. En général, les restaurants ouvrent leurs portes vers 17h. On peut s'attabler au marché à midi pour manger quelques plats sur le pouce.
De petits restaurants servent de la viande grillée, vous les trouverez sûrement grâce à l'odeur alléchante : petits prix et repas de meilleure qualité que dans la plupart des restaurants pour touristes. De nombreuses baraques sont disséminées dans les rues de la ville, vous y trouverez hamburgers, hot-dogs et autres petites choses à grignoter. Si vous voyez les locaux s'agglutiner autour de l'une d'entre elles, n'hésitez pas ! Un seul obstacle cependant : le froid...

Tourisme

Itinéraire pressé. Si votre temps de séjour est vraiment compté, nous vous conseillons de passer par une agence de La Paz qui vous assurera un service complet. En effet, deux problèmes se posent en ce qui concerne les tours à partir d'Uyuni. Entre juillet et août, il n'est pas sûr que vous ayez un 4x4 le lendemain de votre arrivée. Certains voyageurs ont dû quitter Uyuni sans avoir même pu regarder le Salar... Si vous n'avez pas les moyens financiers qu'exigerait l'organisation par une agence, téléphonez à Uyuni à l'avance pour tenter de réserver. Mais le Salar accueille environ 280 000 touristes chaque année, donc ne vous attendez pas être seuls au monde ! Méfiez-vous de certaines agences de Potosí et de Sucre qui, non contentes de facturer les circuits beaucoup plus chers, n'ont pas leurs propres 4x4 et sous-traitent cet élément indispensable à l'une des agences économiques d'Uyuni.

Itinéraire futé. Il peut être recommandable d'effectuer la visite du Sud-Lípez et du Salar d'Uyuni depuis Tupiza (en 4 jours/3 nuits). En effet, le circuit est moins populaire dans ce sens (vous visitez les différents sites du sud au nord et donc à d'autres horaires que les voyageurs venus d'Uyuni, notamment les bains d'eau chaude plutôt vers 11h, ce qui évite un lever glacial à 4h du matin depuis la Laguna Colorada).
Enfin, on termine le périple par la découverte du Salar... Toutefois, les excursions au départ de Tupiza sont un peu plus chères qu'au départ d'Uyuni, et de plus ou en plus populaires (cf. circuit Salar d'Uyuni et Sud-Lípez dans la rubrique « Tupiza »). Elles restent néanmoins, pour nous, la meilleure solution ! Parcourir des paysages désertiques où les vigognes et les lamas s'en donnent à cœur joie est une expérience unique à vivre...

Le Sud-Lípez hors des sentiers battus. Si vous êtes venu en Bolivie pour ses grands espaces, son Altiplano et recevoir une dose d'authenticité, le Sud-Lípez vous souhaite la bienvenue. C'est bien ici que tous ces termes prennent véritablement tout leur sens. Attention, le prix à payer est lourd : inconfort, froid, vent, conditions de logement précaires (pas forcément depuis quelque temps, des hôtels confortables ayant vu le jour), poussière...
Mais une fois sur place, il est presque dommage de se limiter au circuit de 4 jours tant les possibilités sont variées. Si vous avez du temps à y consacrer et les moyens de vos ambitions, nous vous conseillons de contacter une agence sûre (comme Terra Bolivia et Thaki Voyage à La Paz, ou Tupiza Tours à Tupiza) pour une excursion du Sud-Lípez hors sentiers battus.

Plus loin... Le Salar de Coipasa, le sublime parc national de Sajama et les Chipayas au nord-est du département d'Oruro. On peut revenir ensuite à Uyuni, refaire les provisions et repartir vers le Sud-Lípez. Il faudra compter une semaine en tout. Pour cela, s'adresser aux agences citées plus haut. Encore un itinéraire qui pourra plaire aux voyageurs avides de découverte ! Attention car plusieurs de ces sites sont tout simplement inaccessibles lors de la saison des pluies. Le Salar de Coipasa par exemple est inaccessible et aucun conducteur ne s'y risque.

Voyager au Chili. Les globe-trotteurs peuvent éventuellement passer de la Laguna Verde à San Pedro de Atacama, au Chili (et inversement). Dans ce sens, on évite aussi le plus grand nombre de touristes, qui effectuent la boucle depuis Uyuni.

© ARNAUD BONNEFOY

Fresque à Uyuni.

CEMENTERIO DE TRENES ★★

Entrée libre. Y aller en taxi depuis le centre, pour éviter la zone délabrée où les déchets sont exposés à ciel ouvert.

Uyuni était autrefois un important nœud ferroviaire et continue à l'être aujourd'hui, car il demeure l'unique nœud ferroviaire du pays ! A la sortie de la ville subsiste le cimetière de plusieurs trains du début du siècle. Les antiques locomotives à vapeur et les wagons rouillés trônant au milieu du paysage aride, avec la cordillère en toile de fond, offrent un spectacle unique et inoubliable. Malheureusement, les visites se font principalement en début de circuit du Salar et tous les touristes se retrouvent sur le site au même moment...

PUEBLOS MÁGICOS ★

Av. Panamericana

✆ +591 7201 0197

uyunisaltbolivia.com

Au sud d'Uyuni, quatre communautés ont créé l'association « Pueblos Mágicos de Los Lípez » pour aider à développer le tourisme dans leurs villages respectifs. San Cristóbal, réputé pour sa mine, est un charmant petit village où on admirera son église coloniale ainsi qu'un petit musée. Culpina K, une communauté dont la principale activité est la culture du quinoa. Et enfin les villages de Vila Vila et Río Grande. Histoire minière, tourisme vert, artisanat, textiles, coutumes... les attraits de ces communautés raviront les voyageurs en quête d'authenticité.

ANDES SALT EXPEDITIONS TOUR OPERATOR

56 Av. Ferroviaria ✆ +591 7241 4748

www.andes-salt-uyuni.com.bo

Voyages d'aventure vers le Salar d'Uyuni et le Sud-Lípez d'1, 2, 3 et 4 jours. Circuit à la journée au Salar à 45 US$.

Voyagiste avec agences à Uyuni et Potosí, bilingue espagnol-anglais. Braulio, directeur et pionnier du tourisme dans la région de Potosí, a maintenant plus de 35 ans d'expérience. Choisissez une expédition d'une seule journée jusqu'à 9 jours. Propose différents circuits privés ou partagés dans le Salar, à Potosí, vers la Laguna Verde, la Laguna Colorada, la Laguna Celeste, et ce, à bord d'une Toyota Land Cruiser 4×4. Les excursions partent de leur bureau à Uyuni.

ATACAMA MISTICA

Av. Ferroviaria

✆ +591 6060 1494

Atacama Mistica est une agence spécialiste des circuits au cœur du Salar et dans les excursions près des lagunes de couleur, des volcans ou encore des déserts. Des départs journaliers sont généralement offerts avec la possibilité de transferts vers San Pedro de Atacama (Chili), vers Potosí, La Paz ou encore Sucre. Pour les voyageurs les plus exigeants, il est également possible de créer des circuits personnalisés au cœur du Salar. D'autres parcours sont possibles et proposent des excursions atypiques comme par exemple l'ascension du volcan Tunupa.

ECOANDES TRAVEL BOLIVIA

32 Av. Ferroviaria

✆ +593 98 334 3534

ecoandestravel.com

Une agence créée en 1991 à Quito (Equateur) et spécialisée dans les voyages andins. Leur bureau à Uyuni est placé sur l'avenue Ferroviaria où l'on retrouve plusieurs voyagistes de la ville. Ils développent leur activité aussi bien en Bolivie qu'au Chili, en passant, bien entendu, par l'Equateur. Les réservations pour les tours sur le Salar et ses alentours peuvent se faire en avance par courriel ou directement à l'agence. Une bonne option pour connaître en profondeur la région. N'hésitez pas à les contacter pour votre transfert et circuit à San Pedro de Atacama.

ESMERALDA TOURS

Av Arce

✆ +591 7387 3605

www.esmeraldatoursuyuni.com

Expédition de 3 jours à 800 Bs par personne. N'inclut pas l'entrée pour les thermes, le parc national et Incahuasi.

Cette agence établie depuis 1994 propose des tours classiques au Salar et lagunes, mais aussi d´autres plus spécialisés, par exemple des tours aux volcans Tunupa, Licancabur et Uturuncu. Circuits partagés ou privés allant de un à quatre jours. Une entreprise sérieuse qui réalise ses tours avec des Toyota Land Cruiser 4x4 sécurisés avec un personnel qualifié. Les chauffeurs/guides sont sympathiques et prennent des photos à presque tous les arrêts pour immortaliser votre expédition. Service en espagnol seulement. Location de sacs de couchage.

EXPEDICIONES ALKAYA

Av. Ferroviaria

✆ +591 7242 2140

L'expédition de 3 jours en partagé coûte 799 Bs par personne. L'excursion d'une journée coûte 200 Bs par personne.

Circuits de 1 à 3 journées. Pour celui de trois jours : visite du cimetière des trains, de la foire de Colchani, de l'Ojos del Salar, de l'île d'Incahuasi, des lagons, des déserts de Sioli et de Dali, de l'arbre en pierre, des geysers et des thermes de Polques. Nuitées à l'hôtel de sel. Repas inclus. Ne comprend pas l'entrée de la Réserve nationale Eduardo Avaroa. Prix compétitifs. En réservant, demandez d'être placé avec Elvis, guide et chauffeur bienveillant, qui prendra les clichés les plus inédits et spectaculaires de votre odyssée. En espagnol uniquement.

HIDALGO TOURS

113 Av. Potosí

✆ +591 7179 0464

www.hidalgotours.com

Circuit de 2 jours à 275 US$ (privé) et 219 US$ (partagé) par personne. 3 jours à 349 US$ (privé) et 299 US$ (partagé).

Cette agence établie de longue date propose toutes sortes de circuits à la carte, en voyage privé, avec des guides francophones. On vous fait découvrir le Salar d'Uyuni et le Sud-Lípez, bien sûr, avec le retour à Uyuni, à San Pedro d'Atacama ou encore à La Quiaca. Bénéficiant d'un bureau à Potosí, l'entreprise touristique vous emmène à la fois à la découverte de la ville impériale et de Sucre, la capitale constitutionnelle. Hidalgo Tours possède enfin des établissements hôteliers dans la région d'Uyuni, dont le superbe hôtel Jardins d'Uyuni. Une valeur sûre.

INTI RAYMI EXPEDICIONES

Av. Ferroviaria

✆ +591 7955 2196

www.intiraymiexpediciones.com

Expédition privée d'une journée à 115 US$ par personne pour 2 personnes. Pour 3 jours/4 pers : 230 US$ par personne.

Une bonne agence tenue par la sympathique Soraida, proposant toutes sortes de circuits dans les environs d'Uyuni. Expéditions pour le Salar et le Sud-Lípez allant d'une journée à 4 jours, circuit classique ou dans le sens inverse (pour éviter au maximum les autres touristes). Possibilité de résider à Coquesa (sur le Salar) dans un petit refuge de sel et d'effectuer l'ascension partielle du volcan Tunupa qui offre un panorama spectaculaire sur le plus grand désert de sel du monde. Tarifs accessibles et prestations de qualité.

SALTY DESERT AVENTOURS

Av. Ferroviaria

✆ +591 7237 0444

saltydesert-uyuni.com

Circuit partagé de 3 jours, 2 nuits à 950 Bs par personne. L'entrée du parc national n'est pas incluse.

Principalement opérateurs sur le Salar d'Uyuni et le Sud-Lípez, ils organisent depuis 2006, des tours partagés et privés, de 1 à 4 jours. Si vous séjournez vers Sucre, un circuit du Salar avec retour dans la ville blanche la même journée, est suggéré. L'excursion de 4 jours comprend une visite des grottes des Galaxies, ce que les autres agences ne proposent pas nécessairement. Les guides sont expérimentés et font d'excellentes photos ! Attention : les prix n'incluent pas les entrées des parcs nationaux, des thermes, des douches et de la correspondance à San Pedro.

TURISMO CLAUDIA

Av. Ferroviaria

✆ +591 2622 5000

C´est une agence originaire de Potosí qui a un peu moins d´une vingtaine d'années et qui vient d'ouvrir sa succursale à Uyuni. Bien installée dans la région, elle offre avec professionnalisme tous les tours classiques de un à plusieurs jours sur le Salar d'Uyuni et le Sud-Lípez. Elle organise également des correspondances sur San Pedro de Atacama. Vous pouvez les contacter pour tout autre circuit dans le pays. Leurs spécialités dans les environs de Potosí sont les visites des lagunes de Kari Kari, des mines du Cerro Rico, et le *city tour* de la ville impériale.

UYUNI TOURS

332 Av. Ferroviaria
✆ +591 7241 8032
www.uyuniconnectionbolivia.com

Circuit de 2 jours et une nuit depuis La Paz à 1 800 Bs par personne. Transport, repas et nuitée à l'hôtel inclus.

Uyuni Tours opère depuis 1989, et peut se montrer fière d'être la seule agence qui offre des vols en parapente sur le Salar. Tentez alors l'aventure vue de haut dans le ciel ! Les conducteurs comptent plus de 15 ans d'expérience et n'enregistrent aucun accident depuis la création de l'entreprise. Les départs sont quotidiens, à 10h30. Les expéditions de 1 à 4 jours incluent le transport, les repas et l'hébergement avec salle de bain privée et eau chaude. Les prix peuvent varier en fonction de la saison. Nous recommandons leurs séances d'astrophotographie.

FCA [EMPRESA FERROVIARIA ANDINA]

Av. Ferroviaria
✆ +591 2693 2153
www.ferroviaria-andina.com.bo

Attention : il est important de noter que le train ne circule plus vers Uyuni avec des passagers à bord, et ce, depuis le début de la crise sanitaire. La plupart des systèmes de réservation en ligne vous proposeront des sièges, mais vous enverront plus tard un billet de bus. La F.C.A., qui dispose normalement de deux trains (l'Expreso del Sur et le Wara Wara), s'attend à une reprise partielle de ses services, mais n'est pas en mesure de communiquer de date exacte (octobre 2022).

ROAD RUNNER TOURIST BUS

Av. Arce
✆ +591 7153 4381
www.roadrunnertouristbus.net

Départ à 22h de La Paz et Uyuni et arrivée à 6h30 le lendemain matin. Compter 200 Bs le billet.

Cette compagnie récente possède des bus tout confort (sièges cama, wi-fi à bord, couvertures, coussin pour le cou, bouteille d'eau, boissons chaudes, etc.) pour rallier Uyuni depuis La Paz (et vice-versa) de nuit et à prix correct. On peut venir vous chercher à l'hôtel et propose un bon dîner et un petit déjeuner plus frugal. Un bon moyen pour économiser une nuit d'hôtel et gagner du temps. Cette compagnie propose également des circuits en 4x4 sur le Salar de un à plusieurs jours avec des chauffeurs/guides avec un bon niveau d'Anglais.

TODO TURISMO

158 Calle Cabrera
✆ +591 7697 4976
www.todoturismosrl.com

Lit VIP à 250 Bs. Comprend le dîner et le petit déjeuner. Départ de La Paz vers Uyuni à 21h. Arrivée à 6h30.

Cette agence de transport touristique assure la liaison La Paz - Uyuni et inversement. Leurs bus sont en principe plus modernes (air conditionné, chauffage, toilettes, repas à bord, ports USB et même wifi…) et plus confortables que ceux de ses concurrents. Possibilité d'acheter ses billets en ligne. Départ quotidien pour La Paz à 21h. Le trajet dure de 11 à 12 heures. L'agence offre également des excursions privées de 1 à 4 jours dans le Salar, en anglais ou en espagnol. Souvent prise d'assaut par les *backpackers* cherchant à se rendre rapidement sur La Paz.

HOSTAL EUCALYPTUS UYUNI €

Av. Cabrera
✆ +591 7240 1884
www.koalabolivia.com.bo

Chambre simple à 150 Bs, double à 250 Bs, triple à 310 Bs. Buffet petit déjeuner inclus. Wifi. Garage gratuit.

Un *hostal* un peu en retrait du centre mais qui a l´avantage de la tranquillité. Conçu par Koala Bolivia, qui est un tour-opérateur basé à Potosí où il possède également deux guesthouses. Les hébergements proposés sont pratiques et propres. Le buffet du *desayuno*, inclus dans les tarifs, est satisfaisant. Cuisine à disposition et terrasse permettant d'admirer le coucher de soleil sur la ville. Service courtois et attentif, ce qui est assez rare dans cette catégorie d'établissement à Uyuni pour être souligné. Une bonne adresse pour les budgets serrés.

HOTEL AVENIDA €

11 Av. Ferroviara
✆ +591 2693 2078

Chambre simple à 70 Bs et double à 140 Bs ; simple à 50 Bs, double à 100 Bs et triple à 150 Bs avec sdb communes. Wifi.

Une vague ressemblance avec une colonie de vacances, ce n'est certes pas le grand luxe, mais pour une nuit à Uyuni, ça suffit. Malheureusement les chambres du bas sont un peu bruyantes. Dans chaque lit, plusieurs couvertures (pas de chauffage). Confort spartiate, mais à ce prix, c'est normal. Entretien des chambres convenables. Eau chaude. Deux douches disponibles pour les parties communes, ce qui est peu en comparaison avec le nombre de chambres. Clientèle internationale et jeune, idéal pour se faire des amis de voyage. Propriétaire parfois bougon.

PIEDRA BLANCA BACKPACKERS HOSTEL €

Calle Tomas Frias
✆ +591 7222 3274

Lit en dortoir à 90 Bs, 240 Bs la double avec sanitaires communs et 300 Bs avec sdb privée. Petit déjeuner inclus. Wifi.

Cette auberge située derrière la gare ferroviaire est prisée par les *backpackers*. Le bâtiment est moderne mais les chambres et les dortoirs sont très simples mais confortables. Certaines pièces sont peu sombres. Chauffage la nuit et douche chaude. Parties communes agréables avec DVD mis à disposition et une télévision câblée. Thé, maté de coca, et café toute la journée. Atmosphère jeune et sympathique. Un brin excentré mais bon rapport qualité-prix.

LE CIEL D'UYUNI €€

55 Calle Sucre
✆ +591 7272 8438

Chambre double s.d.b. partagée à 160 Bs, Chambre double s.d.b. privée à 200 Bs. Petit déjeuner inclus. Wifi. Chauffage.

Voici un hôtel avec un excellent rapport qualité-prix dans sa catégorie à Uyuni. L'endroit est chaleureux et éclairé, les draps sont adaptés aux basses températures de la région. Les chambres sont modernes en comparaison à l'offre hôtelière de la ville. Un rabais est généralement disponible pour les groupes et pour les voyageurs du mois de juin et du mois de novembre. Maritza, la propriétaire, se fera un plaisir de vous accueillir et de vous donner des informations pratiques. Serviette de douche incluse. Superbe petit déjeuner.

HOSTAL LA MAGIA DE UYUNI €€

432 Av. Colón ✆ +591 2693 2541
hostalmagiauyuni.com/ES/

A partir de 700 Bs la chambre double et 950 Bs la triple. Petit déjeuner et diner inclus. Wifi. Laverie.

La construction est originale, avec tables et portes en bois de cactus local. Petit patio sympathique et lumineux. Nouvelles chambres plus confortables que les plus anciennes. La décoration est un peu datée mais l'entretien est impeccable. Pour les frileux, n'hésitez pas à demander un chauffage d'appoint. Le restaurant propose des plats boliviens, italiens et végétariens. Au lever, le petit déjeuner proposé en buffet est copieux et il comblera votre faim matinale. Navette aéroport gratuite. Il est nécessaire de réserver en haute saison.

LOS JARDINES DE UYUNI €€

113 Av. Potosí
✆ +591 2693 2989
www.hotelesrusticosjardines.com

Chambre simple à 410 Bs ; double et matrimoniale à 550 Bs ; triple à 740 Bs. Petit déjeuner buffet compris. Wifi. Spa.

Un superbe hôtel entièrement rénové en 2016. Un peu excentré et par conséquent très calme. Les chambres sont joliment décorées et, surtout, bien chauffées ! Grand patio intérieur, parfait pour se relaxer après un circuit éprouvant. Un nouveau restaurant, le Tika, sert une très bonne cuisine bolivienne élaborée avec des produits de la région. Le buffet du petit déjeuner est d'excellente qualité. Spa avec petite piscine intérieure. Café, thé et maté de coca sont mis à la disposition des clients, toute la journée. Pour ne rien gâcher, l'accueil est très souriant.

TAMBO AYMARA €€

Calle Camacho
✆ +591 2693 2227
www.tamboaymara.site

À partir de 525 Bs la chambre double et de 750 Bs la triple. Petit déjeuner compris. Wifi.

Tenu par la Belge Isabelle et Ivar de Andes Travel Office, cet « ethno-hôtel » s'affirme comme l'un des meilleurs de la ville. Il propose de belles chambres ocre, rustiques et confortables, avec radiateur et TV. Wifi près de la réception. Chacune des quatorze chambres porte le nom d'une tribu aymara. Un patio couvert, un autre ouvert, des tables en ardoise, des chaises en fer forgé… La sobriété et le bon goût ! Buffet du petit déjeuner à partir de 5h30 du matin puis un plus copieux avec des produits de qualité disponible de 7h à 10h. Accueil agréable.

TAYKA HOTELES €€

7715 Calle Sucre
✆ +591 7204 4637
www.taykahoteles.com

Tayka est un groupement d'hôtels écologiques et communautaires : les trois hôtels gérés par le groupe (Hotel de Sal, Hotel de Piedra et Hotel del Desierto), outre qu'ils sont idéalement situés près du salar d'Uyuni et dans le Sud-Lípez, sont en partie construits et gérés par les communautés des villages voisins (l'objectif à moyen terme est qu'ils soient entièrement gérés par les villageois). Les trois structures sont confortables et d'excellents lieux de séjour lors de votre voyage dans cette région. Mieux vaut réserver via l'agence s'occupant de votre circuit.

TOÑITO HOTEL €€

60 Av. Ferroviaria
✆ +591 7374 3730
www.tonitouyuni.com
A partir de 58 US$ la chambre double ou la matrimoniale. Petit déjeuner inclus. Wifi.

Si vous avez la chance de rencontrer Sussan & Chris, les propriétaires, il faudra leur demander comment ils en sont arrivés là. Vous resterez bouche bée par leur histoire étonnante. L'hôtel, érigé sur deux étages, propose des chambres convenables, qui comprennent un petit bureau et une douche chauffée à l'énergie solaire (un bonheur, à Uyuni). Le petit déjeuner et le dîner sont préparés par Chris, le plus grand chef de la ville. Les voyageurs se délectent de ses pancakes, de son pain, mais surtout de ses admirables pizzas, probablement les meilleures du pays.

LA MAISON MARTINET €€

16 Av. Potosí
✆ +591 6214 0320
Studio 370 Bs pour 1 pers, 420 Bs pour 2 et 460 Bs pour 3 ; appartement 2 pièces 475 Bs pour 2, 525 Bs pour 3. Wifi.

Située en pleine centre, face au théâtre municipal et au bureau d'Amaszonas, la « maison » propose 8 appartements confortablement aménagés mais sans charme particulier. Parquet au sol, petit living, cuisine équipée, wifi, eau chaude toute la journée et TV. L'établissement est chauffé, ce qui est agréable à Uyuni. Quelques flacons et instruments pharmaceutiques d'époque sont exposés dans les couloirs de l'établissement. L'ensemble est un peu vieillissant mais constitue malgré tout une bonne option pour les familles ou les groupes voyageant à Uyuni.

BOCA GRANDE €

Plaza Arce
✆ +591 2693 3707
Cuisine internationale. Ouvert tous les jours 7h-23h. Plats de 45 Bs à 79 Bs. Petit déjeuner de 15 Bs à 30 Bs. Wifi.

Ce petit restaurant sert la même cuisine que les autres mais se démarque par son cadre chaleureux. Spécialités de viande de lama, *silpancho*, soupes, pizzas, hamburgers... Soyez patients, le service est assez long ! Ce n'est pas de la grande cuisine mais c'est satisfaisant dans l'ensemble. Hélas le personnel ne fait pas trop d'efforts car le restaurant nourrit principalement des touristes qui ne passeront qu'une seule fois à Uyuni... L'endroit est cependant très agréable pour planifier son circuit, bouquiner ou consulter ses e-mails autour de la tour chauffante.

KACTUS RESTAURANT €

65 Av. Bolivar
✆ +591 7862 6055
www.restaurantkactusuyuni.com
Cuisine internationale. Ouvert tous les jours. Petit déjeuner de 20 à 60 Bs. Plats autour de 45 à 60 Bs. Wifi.

Petit restaurant excentré de la zone la plus touristique servant des plats traditionnels boliviens, des pâtes, des lasagnes, des petits déjeuners bien copieux et quelquefois des plats... coréens. Ce sont d'ailleurs les spécialités coréennes qui sont le plus réussies, le Kactus attire d'ailleurs bon nombre de touristes du pays du matin calme ! Les petits déjeuners sont bons et copieux. Alcool disponible. Des jeux sont à la disposition des clients et l'ambiance est conviviale. Petit bémol cependant : les horaires d'ouverture sont très aléatoires...

LITHIUM CLUB RESTAURANT €€

26 Av. Potosí ✆ +591 7305 3366
Cuisine traditionnelle & internationale. Ouvert tous les jours de 12h30 à 22h. Plats de 60 Bs à 120 Bs.

Ce restaurant propose des spécialités boliviennes et classiques de l'Amérique du Sud. Cuisine très inégale, bonne soupe de poulet, filet de lama, *charque de llama* (viande séchée de lama), pâtes, pizzas, sandwichs... Commandez de préférence les spécialités de la région. Des plats végétariens sont également à la carte. Mais parfois, cela sent le réchauffé et surtout c'est très cher pour la Bolivie. Bel effort de déco, mais la musique ne vient pas toujours appuyer la personnalité du restaurant... Service moyen. Bref, une adresse qui dépanne.

MINUTEMAN PIZZA €€

60 Ferroviaria
✆ +591 7309 3024
www.tonitouyuni.com
Tous les jours de 18h à 21h. Compter 110 Bs pour une pizza large et 60 Bs pour une pizza small.

Bienvenue à la mythique pizzéria de Chris Sarage, Américain excentrique ayant ouvert son premier restaurant en 1997, en Bolivie. Ici, vous ne vous trouvez pas dans n'importe quelle pizzéria. Cet endroit est tout simplement légendaire. Son histoire a même été publiée dans plusieurs journaux en raison de son caractère tout à fait particulier. Vous n'aurez qu'à regarder les photos et articles accrochés sur les murs. L'établissement, qui a été visité par Anthony Boudain lui-même, offre de succulentes pizzas, des plats de pâtes ainsi qu'un bon choix de boissons.

RESTAURANTE TIKA €€

113 Av. Potosí
✆ +591 2693 2989
www.jardinesdeuyuni.com
Cuisine internationale. Compter environ 70 Bs pour un repas. Café et dîner entre 16h et 22h avec un menu à la carte.

Enfin un nouveau restaurant pour relever l'offre gastronomique de la ville ! La plupart des aliments utilisés sont des produits de la région et du pays, dans le but de montrer la richesse culinaire bolivienne aux touristes de passage à Uyuni. Une excellente combinaison de plats d'influences andines et tropicales. Quelques plats occidentaux également. Les plats proposés sont soignés. On vous conseille les desserts au chocolat, particulièrement exquis. Les boissons « *de la casa* » sont également excellentes. Service attentionné et décor soigné.

SAL NEGRA €€

Av. Potosí
✆ +591 6793 0663
Cuisine bolivienne & internationale. Ouvert tous les jours de 8h à 22h. Plats aux alentours de 60 Bs

Situé dans le Shopping Center, le Sal Negra est le lieu idéal pour prendre un petit déjeuner ou un jus de fruits en journée. Les tarifs sont un peu plus élevés qu'ailleurs. Si le cadre est quelconque, la carte est variée : on y sert aussi bien des plats nationaux que des soupes, des lasagnes, des pâtes, des steak-frites, des *milanesas* de poulet... Par contre, comme beaucoup d'établissements à Uyuni, le service laisse à désirer... Plusieurs touristes ont eu une expérience très déplaisante alors que d'autres ont adoré. Bref, autant se faire sa propre idée.

THE HOT SPOT €€

Calle Colon
✆ +591 7886 7888
Cuisine bolivienne moderne. Ouvert du mardi au dimanche de 16h à 22h. Menus à 100, 130 et 195 Bs. Réservation.

Ce tout nouveau restaurant tenu par deux jeunes frères enthousiastes est un véritable bijou ! Atmosphère chaleureuse et décoration moderne et funky. La cuisine proposée est délicieuse. Vous aurez le choix entre des menus fixes de 4, 5 ou 7 plats concoctés principalement avec des produits locaux et de saison. Options végétariennes et végétaliennes. Les assiettes sont de vraies œuvres d'art et offrent un kaléidoscope de saveurs. Le service est très attentionné. Une expérience gastronomique, disons-le, plutôt inattendue dans un désert de sel…

CERVEZA ARTESANAL UYUNENSE

✆ +591 73322268
https://www.facebook.com/cerveceria.Uyunense/

© CERVEZA ARTESANAL UYUNENSE

La brasserie artisanale a vu le jour en 2021, grâce à Josimar Pérez qui, après une préparation de 5 ans pour se former et acquérir les équipements nécessaires, a réalisé son rêve de créer une bière authentique, en utilisant l'eau locale et en travaillant avec des artisans *uyunenses*. Les recettes mettent en avant des ingrédients tels que le quinoa, les herbes et les fruits de la région, donnant ainsi naissance à des saveurs uniques. Elles incarnent l'essence de la terre d'Uyuni.

LEVEL CLUB

58 Potosí
✆ +591 7586 5669
Tous les jours de 18h à minuit. Sandwich entre 15 et 30 Bs. Cocktails entre 25 et 30 Bs.

Si malgré le froid, l'altitude et la fatigue, vous vous sentez toujours d'attaque pour une bonne bière entre amis, ne cherchez pas plus loin ! Ouvert depuis avril 2022, ce bar compte déjà des clients fidèles. Son secret ? Ses cocktails, ses rhums, ses whiskys et ses verres de Singani, proposés dans une atmosphère feutrée et agréable. C'est d'ailleurs le moment de mêler votre voix à la musique du karaoké, et de mettre à profit vos talents de chanteur. Fous rires garantis. Télévision à écran plat pour écouter les matchs de foot. Service amical et efficace.

SALAR DE UYUNI ★★★★

Le plus grand désert de sel de la planète peut être visité en l'espace de quelques heures ou d'une journée. Prenez le temps de passer par une agence de voyage pour des raisons de sécurité, et n'hésitez surtout pas à réserver si vous suivez un itinéraire plus serré. La plupart des grandes agences boliviennes peuvent vous prendre en charge à partir de l'une des principales villes du pays. Le Salar se visite toute l'année. Lors de la saison des pluies, en février et en mars, le Salar, se recouvre d'une pellicule d'eau, et devient un gigantesque miroir. Sinon, il s'apparente à une planète déserte et inhospitalière. Clichés spectaculaires garantis !

Géologie

▶ **Sous le Salar se trouve un trésor unique au monde :** le plus gros gisement de lithium connu à l'heure actuelle. On estime qu'entre 100 et 140 millions de tonnes de lithium seraient amassées sous la croûte de sel, diluées dans la saumure, soit plus de la moitié des réserves mondiales. À ce jour, la Bolivie possède officiellement 58 % des réserves mondiales. Un nouvel eldorado pour ce pays, l'un des plus pauvres du continent. Ce métal mou, doté d'un fort potentiel énergétique, sert à la fabrication des batteries de portables et des voitures électriques. Le marché explose et la tonne de lithium se négociait en 2019 à 12 000 US$ et devait continuer sa folle progression. Ce trésor attire l'appétit de plusieurs investisseurs dont le français Bolloré, mais le gouvernement bolivien veut garder la main sur la transformation de ce précieux minerai.

Pratique

▶ **Saisonnalité.** Salar d'Uyuni : on peut s'y rendre toute l'année. Mais attention, pendant la saison des pluies, certaines pistes sont fermées car il devient le plus grand miroir d'eau de la planète !
Sud-Lípez : de préférence pendant la saison sèche (mai à octobre). Le Sud-Lípez prend toute sa dimension avec un ciel dégagé. Sous la pluie, par contre, il devient austère pour certains, mais selon nous les paysages prennent alors une ampleur inouïe (on dirait que le ciel et que la terre ne font qu'un).

▶ **Préparer l'excursion.** Location de 4x4 avec un chauffeur-guide obligatoire. Malgré les vifs conseils, certains tenteront seuls l'aventure en 4x4. Vivement déconseillé ! Cependant, pour les plus têtus, voici quelques points GPS qui pourront s'avérer salvateurs sur le salar. Jirira : Sud 19 min 52'00" – Ouest 67 min 33'43". Uyuni : Sud 20 min 27'46" – Ouest 66 min 49'30". Colchani : Sud 20 min 18'06" – Ouest 66 min 56'14". Hôtel de Sel : Sud 20 min 19'45" – Ouest 67 min 02'47". Isla Incahuasi : Sud 20 min 14'26" – Ouest 67 min 37'35".
Si vous êtes amenés à choisir des compagnons de voyage, essayez de sonder vos affinités.
Avant de partir, n'oubliez pas de bien vous informer sur tous les aspects pratiques du voyage. Durée, lieux à parcourir, timing, repas, logement dans les refuges, état de la voiture, etc. Néanmoins, si nous insistons souvent sur la nécessité d'avoir un planning un peu élastique, c'est parce que dans ce genre de périple les pannes sont fréquentes et les correspondances pour le car ou le train deviennent forcément aléatoires.

▶ **Budget.** Les 4x4 se louent à Uyuni avec un chauffeur-guide ayant, en règle générale, de bonnes connaissances en mécanique. La location pour un circuit privé Sud-Lípez classique (3 jours, 2 nuits) coûte entre 650 US$ et 900 US$ en haute saison et entre 600 US$ et 800 US$ pendant la basse saison, jusqu'à six passagers. Les voyageurs partant le plus souvent à cinq ou six, les frais par personne se situent donc entre 120 US$ et 180 US$ environ selon la saison et l'agence. Ce qui, quoi qu'on en pense, est vraiment donné. On vous explique : 1 000 km de 4x4, l'essence, l'entretien, la paie du conducteur, la valeur intrinsèque du circuit… d'après nos calculs, les agences arrivent à peine à assurer l'amortissement des véhicules. Le prix pour un tour d'une demi-journée au Salar est de 100 US$ à 150 US$. Cette option n'est possible que lorsqu'il y a suffisamment de voitures disponibles à Uyuni.

▶ **Santé.** Le Sud-Lípez se trouve en moyenne à 4 000 m d'altitude. En plus de quelques jours sur place pour s'acclimater (4 à 5 jours minimum paraît raisonnable), nous conseillons de faire un peu de marche et de sport avant le départ. Ceci facilitera l'adaptation à l'altitude. Si, toutefois, des symptômes du mal d'altitude survenaient pendant le voyage, retournez aussitôt à Uyuni ou descendez à San Pedro de Atacama, les seuls endroits où vous trouverez une aide médicale d'urgence. Ici, plus que jamais, une pharmacie de voyage et une trousse de premier secours sont nécessaires. Pensez à acheter des *sorojchi pills*, à La Paz ou à Potosí, ou encore des *caramelitos* de coca (bonbons) au Museo de la Coca à La Paz, ce sont de très bon remède contre les symptômes du mal d'altitude.

▶ **Équipement.** Les nuits peuvent être glaciales, une température nocturne de -20 °C à -25 °C n'est pas rare. Et les logements rudimentaires n'offrent que des couvertures. Équipez-vous absolument d'un bon sac de couchage pour ce type de froid (certaines agences peuvent en fournir, renseignez-vous au préalable). Durant la journée, par contre, les réverbérations seront votre ennemi. N'oubliez pas de bonnes lunettes de soleil, une crème protectrice et une crème labiale. Ne partez pas seul sans expérience de conduite en 4x4, sans connaissance en mécanique, une bonne carte et des vivres en surplus.

Vêtements. Il faut combattre le froid pour ceux qui n'ont pas la possibilité de dormir dans les meilleurs hôtels. Le plus important est le duvet sarcophage. Vous pouvez en trouver à La Paz, dans la calle Graneros, en remontant à partir de l'intersection de la calle Illampu. Ces duvets, fabriqués par les immigrants coréens, sont très faciles à trouver. De plus en plus d'agences, toutefois, en louent à Uyuni (environ 50 Bs) et à La Paz. Une veste Gore Tex peut être très utile contre le vent glacial qui fouette la région. De même, si vous n'avez pas emporté de sous-vêtements thermiques, il est aisé de les trouver à La Paz dans le Shopping Norte (Socabaya, esq. Potosí), sous la marque : Angora Sport. On en trouve aussi dans les autres villes. Pour résumer : le sarcophage, la doudoune ou la veste Gore Tex, les gants, le bonnet aymara (l'uchu), les lunettes de soleil, la crème solaire, les chaussettes et sous-vêtements thermiques et… le maillot de bain et la serviette. L'explication est très simple : à mi-chemin entre les geysers Sol de Mañana et Laguna Verde, il y a des bains thermaux qui font du bien (avec une température au-dessus de 30 °C). Vers 13h, il y a souvent du monde maintenant.

Ne lésinez pas sur les bouteilles d'eau (mais l'agence devrait normalement les fournir en quantité suffisante, vérifiez au départ !). Prévoyez 2 bouteilles de 2l par personne pour les 3 jours, ce ne sera pas du luxe. Le soir, ne laissez pas les bouteilles dans le 4x4, car le froid risquerait de les faire exploser. Buvez au moins 1 l d'eau par jour. Des chewing-gums, biscuits, barres de céréales et fruits peuvent être très utiles. Pensez également à emporter un rouleau de papier hygiénique et du gel nettoyant pour les mains (de préférence sans alcool et sans Bisphénol A). Des petits magasins se trouvent parfois dans les refuges, vous y trouverez des biscuits, des boissons. Servez-vous de sacs poubelle. Que les merveilles que vous avez pu admirer restent intactes pour les voyageurs de demain et les générations futures.

Photos. Vous effectuerez une pause pour prendre des photos souvenirs sur le Salar avec le désormais classique effet de perspective : pensez à apporter des accessoires - ou des idées ! - pour personnaliser cet instant.

Un conseil futile, mais ô combien utile : le voyage est très long, parfois plus de 8 heures de route par jour. Quand, assis sur la banquette du 4x4, on commence à chercher l'improbable position qui nous permettra d'étirer nos jambes, le pire est d'être abreuvé de ce sous-produit de la musique bolivienne connue comme la « cumbia-chicha ». Chaque chauffeur possède un câble pour brancher votre téléphone, votre lecteur mp3 ou une clé USB sur l'autoradio, pensez à emporter avec vous votre musique préférée ! Vous pouvez concocter une petite playlist à cette occasion, mais pensez aussi aux personnes qui partageront cette aventure avec vous !

Salar d'Uyuni.

SALAR DE UYUNI ★★★★

Le Salar d'Uyuni, également appelé Salar de Tunupa, est situé à 3 658 mètres d'altitude et couvre une superficie de 10 582 km². Tout comme le Salar de Coipasa et le lac Poopó, il a été formé par la disparition du lac Tauca il y a plus de 14 000 ans. Il s'agit du plus grand désert de sel du monde.

Ce circuit est faisable toute l'année sauf en périodes de pluie. Il peut bien sûr se coupler avec un circuit plus long (4 jours) couvrant toute la région du Sud-Lípez. Partez tôt le matin : l'aube sur ce désert de sel peut être une véritable symphonie de couleurs.

Le trajet en 4x4 vous conduira tout d'abord à l'exploitation de sel de Colchani. On vous montrera le processus d'iodisation et de conditionnement du sel en vue de sa commercialisation.

Ensuite, demandez à vous arrêter aux Ojos del Salar, où vous ferez attention de ne pas tomber (il y a encore de l'eau sous le sel). Passage ensuite par le monument en sel du Dakar, puis par l'ancien hôtel de sel Playa Blanca, transformé depuis 2001 en boutique d'artisanat et petit musée (tout le monde s'y arrête, ce n'est pas un endroit pour les touristophobes). Il est probable que vous y ferez une pause déjeuner avant de pénétrer ensuite réellement sur le Salar…

Émotion garantie, ce sera sans nul doute l'un des moments forts de votre séjour en Bolivie. Pourtant, il n'y a rien, il n'y a que du blanc, à perte de vue, tout autour de vous. Seul le volcan sacré Tunupa, au nord, permet de vous orienter. Il est vivement recommandé de faire arrêter le véhicule et de marcher sur le Salar. Demandez au chauffeur de vous récupérer au bout d'une demi-heure. Il est difficile d'imaginer qu'il y a à peine une dizaine d'années des hommes et des lamas effectuaient régulièrement la traversée complète en 2 ou 3 jours.

Arrêt obligatoire à l'Isla Incahuasi (« la maison de l'Inca » en quechua) ou sur l'Isla del Pescado.

En fin d'après-midi, il est possible de rentrer à Uyuni ou, mieux, de poursuivre vers le nord afin de passer la nuit à Coquesa, dans l'un des refuges du village (il y en a même un construit en sel). Le coucher du soleil sur le Salar est un spectacle à ne manquer sous aucun prétexte. Possibilité pour les plus courageux d'effectuer une sortie de nuit à l'orée du Salar, pour observer les étoiles et admirer cette étendue de sel à la lumière de la lune. Un conseil : couvrez-vous bien !

Le lendemain, on entame l'ascension du volcan Tunupa (5 321 m).

Il sera ensuite temps de rejoindre Uyuni ou de poursuivre votre chemin vers le sud, en général les villages d'Atullcha, de San Juan ou de Coquesa.

COLCHANI ★

Chaque circuit passe par ce village minuscule, connu pour son petit musée consacré au commerce du sel et son extraction dans les alentours. Sur un rayon d'une centaine de mètres s'étalent sous vos yeux tous les métiers du sel : le plus dur, certainement, qui est d'amasser le sel à la pioche en de petites pyramides, le camionneur ou simplement les bicyclettes pour emmener le sac dans de gros sacs jusqu'à la maison de traitement, puis son conditionnement en petits sachets avant sa vente à Potosí ou à Cochabamba. Plusieurs étals vendent ces produits artisanaux.

GRUTA DE LAS GALAXIAS ★★

À 8 km d'Aquaquiza, au sud du Salar

Entrée : 20 Bs.

Découverte le 22 août 2003 par Nemecio Copa et Pelagio Huayta, cette grotte renferme des algues fossilisées, ou plus exactement des formations calcaires étonnantes qui ont été créées par la solidification du magma au contact de l'eau. À côté, on découvre un intéressant cimetière de chullpas (*Cueva del Diablo*, des tombeaux pré-incas). Un petit chemin semé de cactus pétrifiés qui ressemblent à des coraux conduit à un superbe mirador offrant une jolie vue à 360° sur les environs (dont le Salar au loin). Toilettes accessibles en bas.

ISLA DEL PESCADO ★★

Il est parfois préférable, surtout lorsqu'il y a beaucoup de touristes sur l'île voisine d'Incahuasi, de contourner celle-ci et de prolonger la route jusqu'à l'île du Poisson (souvent, les deux îles sont confondues pour économiser de l'essence), à 30 km plus loin dans la même direction depuis Uyuni. Il n'y a aucune infrastructure touristique sur cette île qui présente les mêmes caractéristiques que sa voisine, à savoir la présence de cactus géants, qui peuvent atteindre 10 mètres de haut. L'île est également habitée par des viscaches.

Salar de Uyuni.

ISLA INCAHUASI ★★

Entrée : 30 Bs.

© OLGA GAVRILOVA - SHUTTERSTOCK.COM

L'étonnante Isla Incahuasi (« maison de l'Inca », en langue quechua) offre un contraste remarquable avec la blancheur aveuglante du désert de sel. C'est une destination populaire de l'expédition au Salar d'Uyuni. Suivez le chemin balisé entre les nombreux cactus (qui peuvent atteindre dix mètres de hauteur) et progressez vers le sommet de l'île. L'effort en vaudra la peine, car de ce point de vue, vous jouirez d'un panorama tout simplement saisissant. Vous retrouverez aussi une billetterie, une cafétéria, des toilettes payantes et des tables de pique-nique.

SAN JUAN DEL ROSARIO ★

San Juan del Rosario se trouve entre le Salar d'Uyuni et celui de Chiguana. Le village sert souvent d'étape aux excursions qui quittent le Salar en direction du Sud-Lípez. À San Juan, on cultive le quinoa real, une plante qui s'accommode bien du sel, d'où son importance dans la région. Pour échanger des marchandises avec leurs voisins chiliens, l'unique solution était de traverser le grand désert blanc jusqu'à Uyuni, où l'on pouvait échanger son sel, son quinoa, sa laine de lama contre des denrées plus rares. Ne manquez pas la Nécropole et le petit musée attenant.

VOLCÁN TUNUPA ★★

Au nord du Salar.

Droit de trek de 30 Bs (dans la petite cabane en face de l'église du village de Coquesa). Compter 400 Bs pour un guide.

L'ascension du Tunupa (5 321 m) est assurément la moins compliquée des grands volcans de la région. Nuitée à Coquesa, où vivent une trentaine de familles, et début de la randonnée le lendemain matin. L'ascension jusqu'au premier mirador demande environ 3 heures. Après la visite d'un site archéologique (momies datant d'environ 1200 av. J.-C.), on poursuit la montée jusqu'au second mirador (demi-journée) ou, pour les plus courageux, jusqu'au cratère (2 jours). Pour faire monter l'adrénaline, songez à faire la descente en tyrolienne ! Préparez-vous à des vents forts.

HOSTAL DE SAL LOS LIPEZ €

San Juan del Rosario

✆ +591 7242 6848

À partir de 150 Bs par personne.

Au cœur du charmant village de San Juan del Rosario, voici un *hostal* rustique construit en briques de sel et tenu par une charmante famille. Les chambres sont très froides en hiver (mieux vaut s'équiper d'un bon sac de couchage, car il n'y a pas de chauffage !). On peut se réchauffer (lorsque la cheminée est allumée) dans la salle de restauration. La salle commune est conviviale, idéal pour se faire des amis pour gravir le volcan Tunupa ! Très populaire auprès des agences low cost d'Uyuni. Une adresse souvent bien occupée mais néanmoins de qualité.

HOSTAL LA MAGIA DE SAN JUAN €€

San Juan del Rosario

✆ +591 4645 1380

www.hostalmagiadesanjuan.com

Compter 350 Bs la simple, 400 Bs la double, 500 Bs la triple, 600 Bs la quadruple. Petit déjeuner et dîner inclus.

Cet hôtel des plus agréables propose 12 chambres qui entourent un patio couvert (vitres), dont 9 doubles, 2 triples et 1 quadruple, avec sanitaires privés et eau chaude. Les chambres, spacieuses et confortables, sont chauffées. L'ensemble est simple, propre et bien tenu. Les deux atouts majeurs sont le bar-restaurant, unanimement salué pour sa qualité (produits toujours frais, joli buffet pour le petit déjeuner) et la qualité de l'accueil. Bon rapport qualité-prix.

TAYKA DE SAL €€

Tahua
✆ +591 2271 2828
sal.taykahoteles.com/es
Selon la saison, compter 130 US$ la simple, 130 US$ la double, 135 US$ la matrimoniale, 157 US$ la triple.

Situé près du village de Tahua, voisin de Coquesa, à 3 700 m d'altitude (au nord du Salar), ce très bel hôtel est construit en blocs de sel extrait du salar, sur un promontoire qui domine toute la région, au pied du volcan Tunupa (que les marcheurs avertis feraient bien d'escalader pour la fantastique vue depuis son sommet). On apprécie la vue grandiose sur les îles Pescado et Incahuasi. Les chambres sont de bon confort. Ne manquez pas la marche vers le mirador de Pukara Chillima, ses ruines précolombiennes et la vue magnifique sur le Salar. Un bon choix.

EL PALACIO DE SAL €€€

À 25 km d'Uyuni
✆ +591 7179 0464
www.palaciodesal.com.bo
Géré par l'agence Hidalgo Tours. Chambre standard : 298 US$, Chambre double : 324 US$, triple : 350 US$. Wifi.

Le Palacio est un hôtel écologique réalisé entièrement en sel. Il propose 3 niveaux de chambre : la standard vous offre l'essentiel, la VIP a des fenêtres ou un patio extérieur pour contempler le paysage, et la suite qui reprend l'idée de la VIP, mais avec un salon en plus. Deux salons supérieurs permettent de prendre de la hauteur et d'admirer l'étendue blanche autour de cet hôtel unique. Spa. A noter la présence dans l'enceinte du restaurant El Meson, qui sert de délicieux plats qui est ouvert pour le petit déjeuner et le dîner. Un vrai coup de cœur !

LA LUNA SALADA €€€

À 25 km d'Uyuni
✆ +591 7121 2007
www.lunasaladahotel.com.bo
Compter entre 150 US$ et 350 US$ la chambre double, buffet petit déjeuner inclus. Wifi.

Sur une petite colline de Colchani surplombant le Salar, un hôtel somptueux, totalement réalisé en sel tout en conservant son esprit andin. Magnifique salle de restaurant et chambres vraiment confortables, avec chauffage, sanitaires privés et beaucoup d'eau chaude. Préférez celles à l'étage pour jouir d'une belle vue sur le Salar et d'un somptueux coucher de soleil. Chose importante, l'hôtel dispose d'un spa avec massages et sauna ainsi qu'une superbe vue afin de vous relaxer dans ce lieu magique. L'hôtel organise aussi ses propres excursions.

SUD-LÍPEZ ★★★★

Au sud du Salar d'Uyuni et jusqu'au Chili, déserts de sel, lagunes colorées, volcans et geysers se succèdent. Attendez-vous à avoir le souffle coupé devant la majesté des paysages du Sud-Lípez (et un peu aussi par l'altitude !). Si la Laguna Verde, au pied du volcan Licancabur, et la Laguna Colorada sont incontestablement les deux sites les plus visités, d'autres attractions naturelles méritent votre attention : les geysers Sol de Mañana, le bien nommé Desierto de Dalí, les eaux thermales, la Laguna Cañapa, une lagune d'une couleur bleue éclatante entourée de la montagne Cañapa et du Cerro Corina, la Laguna Honda, ou encore le volcan Ollagüe.

DESIERTO SALVADOR DALÍ ★★

Le désert de Dalí se trouve au sein de la réserve Eduardo Avarao à 4 750 mètres d'altitude et couvre une superficie d'environ 110 km². C'est un site absolument envoûtant. Il est appelé ainsi en raison de son évidente ressemblance avec certains tableaux du maître espagnol et membre du mouvement surréaliste. Tout y est : les couleurs, l'harmonie, le temps suspendu et, de temps à autre, un *ñandu* qui traverse la plaine à 80 km à l'heure ! Avis aux photographes : les paysages varient au cours de la journée en fonction du jeu des ombres et de la lumière.

DESIERTO SILOLI ★★

Le Siloli est considéré comme l'un des déserts les plus arides au monde ! Cette immense esplanade aride d'une trentaine de kilomètres de long, où passe une ancienne ligne de chemin de fer, est entourée de montagnes aux teintes rouge et marron. Les paysages sont spectaculaires, on peut notamment y admirer d'étonnantes formations rocheuses créées par les forts vents secs de la région. On ne manquera pas l'*Árbol de Piedra*, une formation ressemblant à s'y méprendre à un arbre fossilisé. Le village de San Pablo de Lípez se trouve au cœur du désert.

ALTIPLANO SUD

Árbol de Piedra dans le désert de Siloli.
© KTRIFONOV

SUD-LÍPEZ ★★★★

Depuis Uyuni, compter de 100 US$ à 180 US$ par personne, tout compris. Depuis Tupiza, compter environ 200 US$.

Circuit au départ d'Uyuni

Le circuit proposé est l'itinéraire classique réalisé par les agences d'Uyuni, qui rassemble les plus beaux sites de la région : 3 jours de périple inoubliable. On peut demander à le faire en sens inverse avec une nuit supplémentaire (plus cher). Il est préférable de terminer par le Salar et non par le trajet Villa Alota - Uyuni, qui ne présente aucun intérêt en fin de parcours.

Les groupes sont généralement constitués de 6 personnes. Votre agence vous placera avec des voyageurs ayant le même profil. Les logements sont précaires pratiquement partout pour les petits budgets, mais le confort s'accroît avec l'affluence de touristes. Ne vous attendez pas cependant au luxe ! Vous dormirez au mieux dans une chambre pour 2 et, au pire, dans des grands dortoirs pour 8 personnes, sans chauffage. Il est nécessaire d'apporter un bon sac de couchage. Le déjeuner, froid, est le plus souvent préparé par votre chauffeur et pris sur la route lors des étapes. Des repas chauds sont servis le soir dans les refuges. Aujourd'hui, il existe plusieurs hôtels de moyenne et haute catégorie qui satisferont les voyageurs un peu plus exigeants (sanitaires privés, eau chaude, etc.).

Jour 1. Départ d'Uyuni tôt le matin. Visite du Salar d'Uyuni et ses îles del Pescado ou Incahuasi. Arrivée à Coquesa (au nord du Salar) ou à San Juan de Rosario (au sud) en fin d'après-midi. Nuit dans un refuge proche du Salar.

Jour 2. Départ le plus tôt possible pour arriver à la Laguna Colorada en fin d'après-midi. L'entrée dans le Sud-Lípez constitue une apothéose. Après 10 minutes de trajet, l'alignement de volcans qui entoure le Sud-Lípez vous offre ses couleurs, gris, argent, blanc et rouge : un panorama splendide.

Le début du parcours passe par le désert de sel de Chiguana. La demi-heure suivante vous amène à la première lagune, Cañapa. Les 2 heures suivantes de trajet sont entrecoupées d'autres lagunes aux couleurs verdâtres (Hedionda, Tiercota et Honda). La lagune Hedionda est le repaire des flamants roses (superbes photos assurées). S'ensuit une immense esplanade désertique, le désert de Siloli, puis direction la montagne Agua de Perdiz qui présente des tons bleus et verts au creux de sa formation rocheuse. Son nom signifie « montagne eau de perdrix », ce qui est aussi surréaliste que le décor qui vous entoure actuellement.

Tout d'un coup, du fond de l'horizon, surgit une montagne conique et, dans son creux, la Laguna Colorada ! Ici, vous devrez vous acquitter du droit d'entrée de la réserve de faune andine Eduardo Avaroa.

Nuit en dortoir dans un refuge, le plus souvent celui de Huayllajara, où vous trouverez de petits magasins vendant biscuits, boissons et alcool et même des douches chaudes.

Jour 3. Il faut se lever tôt une fois de plus. À une heure de la Laguna Colorada, on découvre les geysers Sol de Mañana (4 850 m). Une heure plus tard, environ, se découvre la splendide Laguna Challviri. Après Challviri s'étend le désert de Dalí. Pour clore le parcours en beauté, voici la Laguna Verde, le diamant vert de la Bolivie que les agences chiliennes ont longtemps présentée comme leur propriété. Vous êtes à plus de 4 300 m d'altitude, ébloui par la métamorphose des eaux à 10h du matin. Derrière vous se dresse le volcan Licancabur (5 920 m).

Retour à Uyuni par le même trajet jusqu'à Villa Alota, puis San Cristobal. Puis vous traversez la vallée des roches et d'autres curiosités géologiques ; puis, enfin, Uyuni.

Bien entendu, vous pouvez effectuer des circuits plus longs, intégrant une nuit sur le Salar, l'ascension d'un volcan (Tunupa, Licancabur, etc.), la visite de San Pedro de Atacama au Chili, ou encore continuer vers le nord en direction du Salar de Coipasa et du Parc national de Sajama.

Circuit au départ de Tupiza

Ce trajet permet d'éviter le retour de la boucle classique qui consiste à refaire une partie de l'itinéraire puis à bifurquer via Alota, le moins intéressant du circuit.

Jour 1. Cap à l'ouest vers El Sillar, San Pablo de Lípez et la Laguna Morejon. Cette route vous fournit l'occasion de vivre le Sud-Lípez loin des pistes trop touristiques (même si tous les voyageurs se sont refilé l'info). Vous passez par des villages d'un autre âge, passez un col élevé (à près de 5 000 m) sur les flancs du volcan Uturuncu (6 008 m), riches en condors et en aigles. Nuit à Quetena Grande (4 200 m) avant de rejoindre le circuit classique.

Jour 2. Direction le désert de Dalí, puis le volcan Licancabur (5 920 m), la Laguna Verde en remontant ensuite vers les thermes et les geysers Sol de Mañana. On rejoint ensuite la Laguna Colorada et sa colonie de flamants. Nuit et coucher de soleil à Huayllajara (4 320 m).

Jour 3. Lever de soleil sur la Laguna Colorada, puis direction le désert de Siloli et l'arbre de pierre. Vous verrez ensuite 4 lagunes magnifiques lovées au pied du volcan Ollagüe (5 868 m) : les Lagunas Hedionda, Chiarkota, Cañapa et Negra. On prend le temps d'admirer le Salar de Chiguana et l'ancienne voie ferrée reliant la Bolivie au Chili, puis on se dirige vers le mirador du volcan Ollagüe. Nuit à Atullcha. Possibilité de visiter également la Gruta de las Galaxias, une incroyable formation naturelle.

Jour 4. On termine par l'apothéose du Salar d'Uyuni et de la Isla Incahuasi.

Plusieurs autres options sont possibles : un jour supplémentaire au début du circuit pour visiter Guadalupe et la Ciudad Roma, et découvrir la Laguna Celeste ; 3 jours supplémentaires vers le Salar de Coipasa, puis le Parc national de Sajama.

LAGUNA COLORADA ★★★

Une lagune majestueuse réputée pour ses couleurs ocre et rouille située à 4 280 m d'altitude. Vaste de plus de 6 000 hectares, ses eaux riches en minéraux foisonnent d'algues et de plancton attirant de nombreux flamants roses qui viennent se régaler. L'intensité des couleurs entre le blanc des sédiments (borax, gypse et sodium) et la couleur rougeâtre et bleue de l'eau est saisissante. En hiver, les bords de la lagune sont gelés et un vent glacial y souffle. Incroyable contraste entre la lagune le matin et en fin d'après-midi : plus vous viendrez tôt le matin et plus la lagune sera claire et transparente. Au fur et à mesure de la journée, le soleil contribuera à rendre cette lagune de plus en plus ocre.

Les couleurs sont éclatantes de beauté, nulle part ailleurs dans le monde vous ne verrez une chose pareille ! Montez encore un peu plus haut avec votre Jeep pour avoir une perspective en plongée de cette merveille de la nature où nidifie l'espèce de flamants roses James, la plus rare au monde… Ils sont nommés ainsi en l'honneur de l'expédition James de 1886, la toute première à identifier ces oiseaux et à cartographier la région (bien que, comme vous le voyez sur les cartes au 1/50 000e, il reste encore des montagnes non cartographiées…). D'autres espèces partagent le site : les flamants andins, les flamants chiliens, des lamas, des canards, des oiseaux. Le spectacle de la nature s'étale devant vous. Le bonheur malgré les conditions climatiques qui sont, finalement, le prix à payer pour avoir ce privilège.

LAGUNA VERDE ★★★

S'étendant langoureusement au pied du volcan Licancabur, la *laguna Verde* (lagune verte) est l'une des étapes les plus remarquables d'un périple dans le Sud-Lípez. La couleur vert émeraude assez surréaliste de ses eaux est due à une forte concentration de cuivre et de minéraux dans ses sédiments. Il faut la voir de préférence le matin. Baignade interdite ! Des renards traînent parfois autour de la lagune. N'hésitez pas à pousser la visite jusqu'à San Pedro de Atacama du côté chilien. Le passage de la frontière est situé au sud de la Laguna Verde, au Hito Cajón.

SALAR DE CHALVIRI ★★

Eaux thermales : 6 Bs, toilettes : 5 Bs.

Le Salar de Chalviri se trouve au sein de la réserve Eduardo Avaraoa à 4 369 mètres d'altitude. C'est ici que vous pourrez vous baigner dans des eaux thermales de Polques. Deux petites piscines en béton ont été construites ainsi qu'un refuge où vous vous acquitterez du droit d'entrée, où vous pourrez vous changer tranquillement et où vous sera généralement servi votre déjeuner. Le bain dans ces eaux chaudes, devant un tel panorama, est un enchantement. Mais en sortant, il vaut mieux avoir la serviette de bain à portée de main.

© BYELIKOVA OKSANA - SHUTTERSTOCK.COM

Les couleurs chatoyantes de la Laguna Colorada.

RESERVA NACIONAL DE FAUNA ANDINA EDUARDO AVAROA ★★★

Calle Avaroa ✆ +591 2693 2225

L'entrée de la réserve coûte 150 Bs par personne, gardez bien votre ticket, il vous sera demandé à la sortie du parc.

Créée en 1973 et amplifiée en 1981, la réserve s'étend sur une superficie de 7 147 km², au sud-ouest du département de Potosí, à la frontière avec l'Argentine et le Chili. C'est sans conteste la plus belle partie du Sud-Lípez, l'un des plus fascinants voyages qui soient. Tous les circuits de visite du Salar d'Uyuni et du Sud-Lípez de plusieurs jours passent par cette fantastique réserve.

Les excursions se font de préférence en saison sèche. Il fait plus froid entre mai et août, mais le temps est plus stable et plus lumineux. En été, de décembre à avril, il pleut régulièrement.

Parmi les sites les plus stupéfiants, on trouve différentes lagunes dont les plus fameuses sont la *laguna Verde*, la *laguna Colorada* et la *laguna Hedionda*, des formations géologiques comme l'*Árbol de Piedra* (l'arbre de pierre) et le désert de Dalí, ou encore les geysers de la zone géothermique de *Sol de Mañana*. Ses sommets les plus importants sont les volcans Licancabur et Uturuncu.

La réserve brille aussi par la richesse de sa flore et de sa faune : la réserve abrite environ 80 espèces différentes d'oiseaux, et il est fréquent d'y apercevoir les trois différents types de flamants (le flamant andin, le flamant chilien et le flamant James) et le condor andin. Parmi les autres espèces présentes : la *vizcacha de la sierra* (viscache, un rongeur de la famille des chinchillidés), le renard andin, ou encore le *ñandú cordillerano* (nandou de Darwin, une espèce voisine de l'autruche).

SALAR DE CHIGUANA ★

Ce désert de sel a donné son nom à la caserne située parallèlement à une improbable voie ferrée qui mène au volcan Ollagüe, à la frontière avec le Chili, qui culmine à 5 868 m. C'est ses fumerolles que l'on aperçoit au loin à partir de la vallée de lave fossilisée qui ressemble à la planète Mars. Dans ce volcan encore actif se trouve la mine la plus haute du monde… Son ascension se fait du côté chilien, et à sa base on peut apercevoir les ruines de deux campements des anciennes mines de soufre nommés Santa Rosa et Santa Cecilia.

SOL DE MAÑANA ★★

© SL-PHOTOGRAPHY - SHUTTERSTOCK.COM

Au sud de la *laguna Colorada*, cette zone désertique et volcanique, qui oscille entre 4 800 et 5 000 m d'altitude, est réputée pour ses nombreux geysers. L'activité géothermique produit des geysers et des fumerolles pouvant projeter des jets de vapeurs d'eau chaude à plus de 50 mètres de hauteur ! Déplacez-vous dans cette zone avec une précaution extrême, les geysers et les cratères sont très, très dangereux et ont déjà donné lieu à des accidents avec brûlures au troisième degré. À quelques kilomètres de là se trouvent des piscines thermales.

VOLCÁN LICANCABUR ★★★

Compter minimum 800 Bs pour le guide, par groupe, jusqu'à 5 personnes.

Au-dessus de la Laguna Verde se dresse le volcan Licancabur (5 920 m), telle une sentinelle gardant la frontière boliviano-chilienne, à l'extrême sud-ouest de la Bolivie. Il est flanqué du volcan Juriques (5 704 m). Certains chanceux pourront attaquer avec des bonnes chaussures et des poumons à toute épreuve l'ascension du Licancabur. Du haut de cette montagne qui sépare les deux pays se déploie un panorama fantastique. L'ascension dure une journée avec nuit au campement et requiert une très bonne condition physique et une forte résistance aux éléments.

LE SUD-LÍPEZ COMBINÉ AVEC LE CHILI

Rejoindre le Chili depuis la Bolivie est en effet l'une des possibilités qui vous est offerte quand vous souscrivez à l'un des tours organisés à Uyuni ou à Tupiza. Si vous décidez de partir depuis Tupiza, il vous faudra trois voire quatre jours. Celui-ci vous fera alors reprendre le tour classique, en remontant sur une journée vers Uyuni (Uyuni - Atullcha - Laguna Colorada - San Pedro de Atacama).

Le passage au Chili vers San Pedro de Atacama se fait à partir de la Laguna Verde. Le gros bourg touristique de San Pedro se trouve seulement à une demi-heure de la Laguna Verde et se situe à 2 500 m. Il y fait chaud, c'est un désert, et les alentours méritent au moins deux journées d'exploration : excursion aux geysers du Tatio et fin de journée à la vallée de la Lune, une seconde vers les Lagunas Altiplanicas (volcan Miscanti) et les villages de Toconao et Peine.

De San Pedro de Atacama, vous pouvez rentrer en Bolivie de trois manières. Vous pouvez revenir sur vos pas par la Laguna Verde et poursuivre le circuit du Sud-Lípez vers la Laguna Colorada. Vous pouvez également rejoindre Calama (au passage, ne ratez pas la visite des mines de Chuquiquamata, la plus grande mine à ciel ouvert du monde) et prendre le train des Andes vers Uyuni (pour les aventuriers, un train par semaine). Vous pouvez enfin choisir de remonter vers le nord côté chilien, via Tocopilla, puis le Salar de Surire (superbe) avant le lac Chungará et le Parc national de Lauca d'où vous pourrez passer la frontière dans le magnifique parc de Sajama en direction de La Paz.

Formalités. C'est sûrement au passage Hito Cajon, au sud de la Laguna Verde, que vous traverserez la frontière entre les deux pays pour rejoindre San Pedro de Atacama. Les Français n'ont pas besoin de visa pour voyager au Chili pour un séjour de moins de 90 jours. Une carte de touriste vous sera remise à l'entrée du territoire (attention de ne pas la perdre car elle vous sera demandée à la sortie du territoire). Il vous sera ensuite possible de renouveler une fois ces 3 mois. Même chose pour les Belges, les Suisses et les Canadiens.

Taux de change. Le peso chilien est noté $ (à ne pas confondre avec US$). En mars 2023, 1 € = 877 $, 1 000 $ = 1,14 € ; 1 Bs = 119 $, 1 000 $ = 8,35 Bs.

VOLCÁN UTURUNCU ★★

Quetena Chico

À partir du village de Quetena. Compter environ 500 Bs pour un guide.

L'ascension du volcan Uturuncu (6 008 m) ne présente pas de difficulté technique particulière ; en général il n'y a pas de neige jusqu'au sommet. Encore en activité, on peut parfois apercevoir des fumerolles et y sont enregistrés des séismes fréquents (mais de faible intensité). Son ascension se fait en une journée et est relativement facile car une ancienne route minière mène à 5 600 m, une des plus hautes routes du monde ! Le plus compliqué sera peut-être de s'accoutumer à l'altitude, et aux vents forts et frais, très courants.

TAYKA DE PIEDRA €€

San Pedro de Quemes

✆ +591 2271 2828

piedra.taykahoteles.com/es

Selon la saison, compter 130 US$ la simple, 130 US$ la double, 135 US$ la matrimoniale, 157 US$ la triple.

Situé au sud du Salar d'Uyuni, tout de pierre et de sable volcanique vêtu, cet hôtel surplombe le petit village de San Pedro de Quemes, jadis brûlé par les troupes chiliennes lors de la guerre du Pacifique en 1879. D'ailleurs, les ruines de l'ancien village jouxtent l'établissement. Celui-ci peut accueillir 47 personnes dans des chambres triples. La seule matrimoniale est un premier choix, avec son panorama grandiose sur le village et le coucher du soleil. Électricité et eau chaude à toute heure de la journée. Service de restauration.

TAYKA DEL DESIERTO €€

Ojo de Perdiz

✆ +591 2693 2987

desierto.taykahoteles.com/es

Selon la saison, compter 156 US$ la simple, 156 US$ la double, 164 US$ la matrimoniale, 199 US$ la triple.

Situé dans le superbe cadre du désert de Siloli à 4 600 m d'altitude, au lieu-dit Ojo de Perdiz (une résurgence d'eau douce qui attirait jadis les perdrix), à proximité de l'Arbol de Piedra et de la Laguna Colorada, ce refuge peut accueillir 47 personnes à ce jour. Toutes les chambres disposent de trois lits simples bien douillets (sauf une, matrimoniale), avec sanitaires privés. Eau chaude et électricité (solaires) de 18h à 22h environ. Service de restauration. Accueil enthousiaste. Souvent complet, donc pensez à réserver.

TUPIZA ★★★

47 500 habitants environ. Accessible depuis la frontière argentine, ce bourg charmant de caractère espagnol attire les voyageurs pour les couleurs variées de ses paysages et les étranges formations géologiques qui peuplent les alentours. Les canyons y sont nombreux et tout aussi impressionnants que dans le nord américain. Si vous voyagez en été et disposez de beaucoup de temps, vous pouvez y passer quelques jours agréables à vous baigner dans la rivière et à vous balader dans les formations géologiques environnantes. Tupiza est aujourd'hui une porte d'entrée de plus en plus populaire vers le Sud-Lípez et le Salar d'Uyuni.

Balade

Des montagnes multicolores d'où jaillissent des cactus géants, des canyons aux formes torturées, d'imposantes formations rocheuses dont les tons varient du blanc au rouge sang, des paysans rejoignant leur domicile au pas lent de leur monture... Le spectacle offert dans la région de Tupiza fascine et envoûte.

Parmi les balades les plus intéressantes : la Quebrada de Palmira et el Valle de los Machos, le Cañón del Duende, ainsi que la Quebrada Palala et el Sillar. Les paysages vermeil et grenat des environs de Tupiza se prêtent merveilleusement bien à de multiples balades à pied, à cheval, à vélo ou même en 4x4 pour les sites plus éloignés comme La Poronga. Possibilité également d'effectuer les visites « triathlon » (cheval, vélo et 4x4). Les agences de voyage locales proposent plusieurs circuits et peuvent aussi vous fournir une carte des environs pour mieux vous repérer.

À noter que les balades à cheval les plus classiques durent 3 heures, mais elles peuvent se prolonger pendant 5 heures, 7 heures, ou même plusieurs jours vers des vallées voisines, de petits villages coloniaux hors du temps et des paysages grandioses. Les environs de Tupiza méritent vraiment une découverte de plusieurs jours.

Et, bien sûr, on peut effectuer le circuit du Salar d'Uyuni et du Sud-Lípez au départ de Tupiza.

Histoire

Les troupes de l'Inca Tupac Yupanqui occupaient la région jusqu'à l'arrivée de l'Espagnol Diego Almagro et de ses troupes. Puis le village, construit en 1574, prit part dans l'histoire bolivienne et en particulier dans son apport essentiel dans la victoire de la bataille de Suipacha sur les Espagnols.

Lors de l'invasion péruvienne de 1840, le président d'alors, Ballivian, se réfugia à Tupiza et y réorganisa son armée avant de repousser l'armée péruvienne (bataille d'Ingavi, 1841).

En 1905 fut fondé à Tupiza le premier parti socialiste bolivien, en avance sur le reste du monde. Mais rapidement, le riche industriel Aramayo, lui aussi originaire de la région, mit fin à leurs prétentions.

Mais ce qui rendit Tupiza célèbre est plus insolite. En effet, en 1907, la caravane qui transportait les salaires des ouvriers d'Aramayo fut attaquée à hauteur de Huaca Huañusca, près de Tupiza. Les auteurs s'appelaient Robert Leroy Parker dit « Butch Cassidy » et Harry Alfonso Longabaugh dit « Sundance Kid ». Ils furent attrapés et tués peu après. Dans la ville, un tout petit musée retrace leur histoire avec des photographies et des objets leur ayant appartenu.

Tupiza.

Se restaurer

Pour le déjeuner, montez à l'étage du marché (Mercado Gil Duran, calle Florida) pour manger un *almuerzo* typique (12 Bs). En soirée, plusieurs « pizzerias » dans la rue Florida notamment, qui proposent toutes plus ou moins la même chose (pizzas, burgers, pâtes, plats traditionnels...). D'ailleurs, vous verrez parfois le serveur sortir du restaurant pour passer commande au restaurant voisin. Les cartes sont souvent bien plus détaillées que la réalité des plats proposés. Soyez préparé : vous n'aurez peut-être pas le plat souhaité... Les amateurs de « poulet frit avec frites » seront aux anges : il existe de nombreuses adresses au centre.

Transports

Le terminal de bus se trouve avenida Cnl. Pedro Arraya, à l'angle de Suipacha. Départs quotidiens vers les grandes villes boliviennes. Il y a une consigne pour garder vos bagages (ouverte de 6h à 20h30, compter environ 5 Bs par jour). La route entre Tupiza et Uyuni est dorénavant asphaltée à 90 %, les transferts entre les deux villes sont plus sûrs et plus rapides qu'auparavant. Départs pour :

- **Sucre.** Départs tous les jours vers 18h.
- **Tarija.** Compter environ 4h30 de trajet. La meilleure compagnie est Juarez dont les bus neufs et modernes partent à 10h et 16h pour 60 Bs.
- **Uyuni.** Départ à 10h30, compter 5h de trajet pour 50 Bs.
- **Oruro.** Départ à 13h, 16h30 et 17h30 avec Trans Illimani. Trans del Sur (qui a des toilettes à bord) part à midi, 16h30 et 20h pour environ 60 Bs à 80 Bs.
- **Cochabamba.** Tous les jours à 17h30 avec Trans del Sur pour environ 90 Bs.
- **Potosí.** Compter environ 4h30 de trajet. Expreso Tupiza (recommandé) part à 10h, 21h45 et 22h30 pour 40 Bs. Trans Ilimani part à 13h et 17h30 pour 50 Bs. Andesmar part à 9h et 20h pour 30 Bs. Flota Boquerón part à 10h et 22h pour 50 Bs. Expreso Panamericano part à 9h30. Flota Mundi à 21h30.
- **Villazón.** Départs entre 7h et 19h, environ 25 Bs.

CAÑÓN DEL DUENDE ★★

Situé à 9 km à l'ouest de Tupiza.

Dirigez-vous vers la Puerta del Diablo, et, avant de l'atteindre, prenez la piste principale vers la Quebraca Seca.

Voici l'occasion de faire une jolie balade dans les environs de Tupiza, que l'on peut coupler avec la visite de la Quebrada de Palmira (compter une journée entière à pied et une demi-journée à cheval). El Cañón del Duende est un canyon impressionnant, nommé ainsi en raison de la formation rocheuse à son sommet ressemblant étrangement à... un elfe (*duende*) ! C'est surtout un prétexte pour profiter des splendides paysages arides de la région, des curiosités géologiques aux multiples couleurs qui évoquent les bons vieux western avec Terence Hill.

MERCADOS ★

Le marché Gil Duran se trouve entre la calle Florida et l'avenida Chichas, c'est le marché de l'alimentation, on y trouve notamment le *comedor* pour manger des plats typiques de la région. Entre Santa Cruz et l'av. Chichas se tient le Mercado Negro, où l'on trouve un peu de tout. Le Mercado Campesino se tient tous les jours au sud de la ville et propose principalement des fruits et légumes de la région, mais aussi des produits argentins. Des marchés informels ouvrent les jeudis et samedis aux alentours de la gare ferroviaire (1 km environ, aussi les lundis).

LA PORONGA ★★

À quelques kilomètres de Tupiza, après avoir traversé de formidables paysages désertiques aux couleurs incroyables et variées, vous tomberez nez à nez avec un impressionnant monument naturel. Les locaux disent de cette formation rocheuse de forme phallique qu'il s'agirait d'un énorme membre sexuel masculin... Juste à côté, une autre formation rocheuse qu'on apparente, avec beaucoup d'imagination, au *Titanic*... À chacun son interprétation, mais voilà un très beau lieu qu'il est intéressant de visiter avant son départ pour le Sud-Lípez.

Coucher de soleil sur El Sillar.

QUEBRADA DE PALALA - EL SILLAR ★★

Situé à 17 km au nord-ouest de Tupiza.

A 3 km de Tupiza, cet admirable site exhibe de superbes formations rocheuses rougeâtres. Le chemin de Palala nous mène vers El Sillar (la selle), un impressionnant belvédère. Les roches ont été découpées par des phénomènes climatiques, leur conférant l'aspect d'une forêt pétrifiée. Il faut monter en altitude, par la route en direction de San Juan, pour pleinement apprécier la beauté du site. En été (décembre-mars), les pluies transforment les lieux en un véritable fleuve.

ALEXANDRO ADVENTURE TRAVEL

Av. Pedro Arraya

✆ +591 2694 4752

Compter près de 1 300 Bs/pers. pour le circuit de 4 jours à 6 pers. Circuit moto (3h) à 250 Bs et en quad à 350 Bs (5h).

Excursions dans le sud de Lípez et le Salar de 4 jours. Vous dormirez à Quetena, dans un refuge près de la Laguna Colorada, à l'Hotel de sel, et finirez à Uyuni. Les voyageurs apprécient en général l'ambiance agréable et soulignent que les visites sont différentes des autres agences. Propose aussi une visite des environs de Tupiza, avec tout l'équipement de sécurité requis, aussi bien à cheval (une ou deux journées), qu'à moto (3 heures) ou en quad (5 heures).

QUEBRADA PALMIRA - VALLE DE LOS MACHOS ★★

À 5 km à l'ouest de Tupiza

La Quebrada Palmira est un site naturel majestueux qui regorge d'étonnantes formations géologiques jalonnées de nombreux cactus. Si le site peut se parcourir à pied, nous vous recommandons cependant sa découverte à cheval, plus pittoresque. Si vous vous y rendez seuls, pensez à apporter un couvre-chef et beaucoup d'eau, car le soleil tape fort et il n'y a aucun commerce à proximité, puisque vous êtes en pleine nature ! La Puerta del Diablo est située à 5 km à l'ouest de Tupiza, le Cañón del Inca est situé 3 km plus loin.

▶ **Puerta del Diablo.** Vous passez tout d'abord par la Porte du Diable qui vous souhaite la bienvenue. Cette formation naturelle est une grande et fine paroi rocheuse qui semble avoir été taillée par l'homme.

▶ **Valle de los Machos.** Puis découvrez la vallée des Machos, aussi appelée Valle de los Penes : ces formations phalliques, également appelées cheminées de fée, sont des hautes tours de pierre érodées par les vents et les pluies. Vous traversez la vallée désertique, entourée de montagnes ocre habitées par des cactus géants et quelques aigles, comme autant de sentinelles gardant l'entrée des canyons aux formes étonnantes.

▶ **Cañón del Inca.** Au terme de cette balade aux décors dignes du Far West, vous atteignez le Cañón del Inca. Les plus vaillants se lancent dans l'ascension du canyon afin de profiter du panorama. Les amateurs d'escalade seront ravis !

Il est possible d'allonger le circuit et de se diriger ensuite vers la Quebrada Seca et le Cañón del Duende.

NATURAL ADVENTURE

Av. Pedro Arraya
✆ +591 6808 2818
www.tupizanaturaladventure.com
A partir de 190 US$ par pers. pour l'expédition de 4 jours au Salar. 22 US$ par personne pour la balade à cheval de 3h.

Une agence proposant les circuits classiques. Possibilité d'allonger le circuit « Salar d'Uyuni » avec le Salar de Coipasa, le parc national Sajama et de terminer à La Paz. Possibilité de débuter depuis San Pedro de Atacama (Chili). Certains circuits sont davantage axés sur la découverte des volcans du Sud Lipez (Uturuncu, Tunapa). Spécialistes des treks dans la région. Propose également des visites dans les environs de Tupiza. Les tarifs sont dégressifs en fonction du nombre de participants. Très bonne réputation et guides sympas.

TUPIZA TOURS

187 Avenida Chichas
✆ +591 2694 3003
www.tupizatours.com
Circuit de 4 jours : environ 1 600 Bs/p ; 5 jours : 1 950 Bs/p. Heure de cheval : 70 Bs/p. Réductions en basse saison.

Excellente agence solidement établie, la plus connue et sans doute la plus populaire. Circuit « Sal y Vino » combinant le circuit classique du Salar d'Uyuni de 4 jours, avec de nombreuses possibilités d'extension, notamment avec un circuit de 4 jours sur la route des vins de Tarija, ou encore une extension pour visiter le Parc national de Sajama. Départs possibles de Tupiza, Tarija, Potosi, La Paz ou encore de San Pedro de Atacama (Chili). Circuits et treks dans les communautés indigènes de Torre Huayco avec nuit dans un *albergue* communautaire.

AMAZONAS CENTRO ECUESTRE

Av. Barrientos ✆ +591 6790 4682
120 Bs par personne pour la promenade de 3h, 200 Bs pour celle de 5h et 280 Bs pour celle de 7h. Pour tous les niveaux.

C'est le moment d'attraper votre chapeau de cowboy, vos lunettes de soleil et votre bandana et d'arborer vos airs de John Wayne. Choisissez ensuite une excursion à cheval de 3, 5 ou 7 heures, et c'est parti pour une balade sur les terres chicheñas, aux côtés d'écuyers habiles et bienveillants. Ces derniers vous grouperont en paire avec votre Jolly Jumper, un magnifique cheval vigoureux et merveilleusement bien dompté, que vous mettrez au galop sitôt arrivé dans le canyon (Puerta del Diablo, Valle de los Machos, Canyon Inca). Une extraordinaire odyssée.

HOSTAL VALLE HERMOSO €

478 Avenida Pedro Arraya
✆ +591 2694 2592
www.vallehermosotours.com
Chambre simple à 90 Bs, double à 160 Bs (130 Bs avec sdb commune). Dortoir : 60 Bs. Petit déjeuner compris. Wifi.

Adresse établie de longue date pour le voyageur au long cours, proposant des chambres avec ou sans sanitaires privés, mais toujours avec eau chaude. TV câblée dans toutes les chambres. Accueil cordial. Parking et petite boutique. Une annexe est ouverte près du terminal de bus. Toutes sortes d'excursions sont proposées par l'agence Valle Hermoso Tours, intégrée à l'établissement principal. Les tours proposés vont en Bolivie, en Argentine, au Chili, et au Pérou ! Parmi les circuits offerts dans la région, le tour du Salar d'Uyuni se fait de 4 à 8 jours.

HOTEL JJ CRUZ €

19 Calle Florida
✆ +591 2694 5868
Chambre simple avec sdb à 100 Bs, double à 180 Bs et triple à 270 Bs, petit déjeuner compris. Wifi.

Des chambres somme toute assez basiques, mais propres, colorées et confortables. Toutes sont équipées de TV LCD, mais avec une salle de bain un peu petite. Plusieurs types d'hébergements : chambre simple, double, matrimoniale, triple, quadruple... Des chambres simples avec salles de bains communes sont disponibles pour les voyageurs au budget serré. Parties communes agréables. Service de laverie, parking. Hôtel situé en plein centre, bien tenu, sans chichis. Peu de charme, mais un établissement très pratique où l'accueil est très bon.

LOS SALARES HOSTAL & TOURS €

7 Calle Paraguay ✆ +591 7117 6606
lossalares.com/frances
15 US$ la chambre simple, 18 ou 21 US$ la double et 29 US$ la triple. Petit déjeuner inclus. Repas sur demande. Wifi.

Un petit établissement familial de couleur ocre rouge et composé de quelques chambres pas chauffées (sanitaires communs ou privés avec eau chaude en journée). Il est un peu excentré mais on s'y sent bien. L'ensemble est accueillant et bien tenu. L'hôtel dispose d'un sauna, d'un service de laverie et d'un garage. Santos Mollo, guide pendant 10 ans et actuel patron des lieux, propose d'agréables excursions vers le Salar d'Uyuni et le Sud-Lípez. Site internet en français.

La Torre del Huayco.

CASA VARGAS €€

77 Calle Chuquisaca
✆ +591 6700 0744
Chambres simples à 120, 140 & 160 Bs, doubles à 180, 200 et 220 Bs, triples à 270 Bs. Petit déjeuner compris. Wifi.

Au centre de Tupiza, cet établissement propose des chambres modernes impeccables et bien équipées. Carrelage, TV câblée, wifi... Préférez celles situées dans la partie arrière du bâtiment, elles sont moins bruyantes. Buffet petit déjeuner bien fourni. Terrasse en *rooftop* pour admirer le panorama. L'accueil est sympathique, mais les propriétaires devraient soigner l'entrée de l'hôtel, un peu en désordre. L'ensemble manque un peu de cachet, notamment les chambres situées dans le nouveau bâtiment, mais constitue malgré tout une option intéressante.

HOSTAL BUTCH CASSIDY €€

Av. Jose Luis San Juan Garcia
✆ +591 7944 8880
Chambre simple 120 Bs, double 150 Bs, triple 240 Bs. Excursion Lípez/Uyuni 1150 Bs (5 pers.) Balade à cheval 120 Bs.

En attendant le début de votre séjour dans le Sud Lípez, nous vous proposons d'aller passer quelques jours aux côtés du serviable et charmant Franklin, dans sa splendide auberge. Le prix de la chambre inclut l'accès à la cuisine, à la terrasse, au garage et, bien entendu, au wifi et au petit déjeuner. Et pour faire d'une pierre deux coups, son agence *Voy Tour*, située dans le gîte, propose des tours classiques sur le Lípez et Uyuni (4 jours). Leurs balades à cheval vous permettent d'ailleurs de découvrir les environs de Tupiza dans une atmosphère Far West.

HOTEL MITRU €€

187 Avenida Chichas
✆ +591 2694 3001
www.hotelmitru.com
Chambre simple à 250 Bs, double 310 Bs, triple 360 Bs, quadruple 400 Bs. Buffet petit déjeuner compris. Wifi, piscine.

Situé dans le centre-ville, à moins de 3 pâtés de maisons de la place principale, le Mitru est sans conteste l'hôtel le plus confortable de la ville ! 45 chambres propres et bien décorées. Celles qui donnent sur la piscine sont plus spacieuses. Douches chaudes, chauffage, TV câblée et petit déjeuner-buffet copieux. Ses jardins spacieux lui confèrent un aspect champêtre. L'agence Tupiza Tours, installée dans l'hôtel, propose divers circuits d'excellente qualité. De 11h à 22h, son restaurant *El Mordisco* propose des plats à la carte exclusivement pour les clients.

LA TORRE HOSTAL AND TOUR OPERATOR €€

220 Avenida Chichas ✆ +591 7675 1355
www.latorretours-tupiza.com
Avec salle de bains commune : chambre simple à 15 US$, double à 24 US$ et triple à 30 US$. Petit déjeuner compris. Wifi.

Cette auberge de jeunesse est gérée par l'agence de voyages « La Torre », à la très bonne réputation : les voyageurs ne tarissent pas d'éloge sur les tours proposés, notamment celui du Sud Lípez et du Salar d'Uyuni. Chambres confortables et propres (certaines sans fenêtres toutefois, et on aimerait un poil plus de déco), accueil sympathique, cuisine équipée à disposition et service de laverie. Petite terrasse au dernier étage. Une bonne structure dans l'ensemble.

GREEN PLANET €

10 Pasaje los Pinos
✆ +591 7238 9737
Du lundi au samedi de midi à 14h30. Salade, soupe, plat principal et dessert pour 15 Bs.

Tout le monde semble d'accord pour dire que c'est au Green Planet qu'il faut venir dîner. Tout y est agréable : leurs prix modiques, leur service, leur petite terrasse ensoleillée, et par-dessus tout, leur menu frais et léger, qui change chaque semaine, et qui ravive l'ardeur des voyageurs. C'est un réel plaisir de se délecter de la fraîcheur des plats (un atout, lorsqu'on pense à la chaleur écrasante de Tupiza), mais également de l'amabilité de chaque employé. Ici, on permet l'explosion des saveurs authentiques, fraîches et délicates des aliments du terroir.

THE ALAMO €

Av. Chichas
✆ +591 6047 9119
Cuisine locale & internationale. Ouvert tous les jours de 10h à 22h. Plats entre 15 Bs et 30 Bs.

Un drôle d'endroit sur deux étages, bourré d'objets hétéroclites, de photos de stars du cinéma... Flamant rose au plafond, table retournée, feu tricolore, moto, voiture, etc. Le plus drôle ce sont les plaques minéralogiques étrangères sans nom d'Etat... un petit raté ! L'établissement original, plus petit, a fermé ses portes et l'équipe se consacre dorénavant à celui-ci, bien plus grande, mais aussi un peu plus froid. On y mangera toutes sortes de plats, des *fajitas* au *pique macho* national. On peut aussi y venir juste pour boire une bière.

ALTIPLANO SUD

TORRE HUAYCO ★★

À proximité de Tupiza, vous découvrirez le petit village de Torre Huayco. 20 personnes vivent ici et 6 enfants fréquentent l'école. Un tout petit bourg où la majorité des habitants vivent de l'agriculture, des mines ou de l'élevage de lamas. Vous pourrez séjourner dans une auberge au cœur du village. L'argent récolté sert au développement de la communauté. Le village est situé dans un canyon aux nombreux points d'intérêt : la Torre, une formation naturelle qu'on croirait suspendue au temps, la Cresta del Condor, formation géologique de roche rouge en hauteur, et le cañón del Botellón, un canyon naturel dont la forme fait penser à une bouteille.

SAN VICENTE ★

Village fantôme, hanté par quelques militaires et des gardiens, San Vicente était jadis une mine. Autant vous prévenir : il n'y a pas grand-chose à voir. Mais il s'agit d'un lieu historique, où, le 4 novembre 1908, Robert LeRoy Parker (Butch Cassidy) et Harry Alonzo Longabaugh (The Sundance Kid) effectuèrent leur dernier coup, dérobant au sieur Carlos Peró de la compagnie minière Aramayo la modeste somme de 90 000 US$, au pied d'une colline appelée Huaca Huañusca . Ce butin n'était qu'une partie des 480 000 US$ que le gérant était censé transporter entre Tupiza et Quechisla. Les agences de voyage de Tupiza proposent cette excursion en Jeep.

Histoire

San Vicente est l'endroit où les fameux bandits trouvèrent refuge et connurent le repos éternel. Le gérant Peró avait donné l'alerte et des soldats débarquèrent d'Uyuni. On connaît la suite : une fusillade dans laquelle Sundance fut gravement blessé, puis le coup de pistolet de Butch pour apaiser les douleurs de son compère, et un dernier pour se faire justice soi-même. On les enterra dans le cimetière local. Toutefois, une excavation menée en 1991 ne fut pas très concluante : sur les dires d'un vieillard, on ouvrit une tombe qui conservait les restes… d'un mineur allemand ! Les deux bandits sont-ils bien morts ici ? Ou ont-ils réussi à s'échapper et à rentrer aux États-Unis ?

VILLAZÓN ★

Autant vous prévenir : Villazón mérite à peine qu'on s'y attarde 5 minutes. Ville frontière chaotique et sale, elle n'invite pas à venir découvrir la Bolivie depuis l'Argentine… Mais c'est toutefois une porte d'entrée pratique
depuis l'Argentine : elle permet de bifurquer vers Tarija en bus ou en taxi. Vous y emprunterez de très belles routes. Bref, passez la frontière, prenez votre décision, et filez rapidement vers votre destination.

Pratique

- **Pour traverser la frontière vers l'Argentine** et La Quiaca, nous vous conseillons d'échanger vos derniers *bolivianos* à Villazón. En effet, une fois la frontière passée, l'opération sera un peu plus complexe et les taux beaucoup moins intéressants. Ensuite, il vous suffit de vous rendre à pied vers le poste-frontière. Le passage est plutôt aisé même s'il est souvent bondé. Nous vous le rappelons ici : faites tamponner votre passeport par un tampon sortie au guichet de la Bolivie avant d'attendre pour votre entrée sur le territoire argentin, au guichet de ce dernier. Un nouveau tampon sera apposé sur votre passeport. Il vous sera alors possible de rester 90 jours sur le territoire argentin, sans visa. Aucun papier n'est à remplir. Une fois la frontière passée, le terminal de bus est accessible à pied et vous pourrez facilement rejoindre le reste du pays. Vous pourrez découvrir les jolis villages de la Quebrada de Humahuaca, une longue vallée colorée classée au patrimoine mondial de l'Unesco.
- **Attention lors de votre passage de la frontière.** Pour quitter le territoire bolivien ou argentin, il vous faut obligatoirement le tampon de sortie. À l'inverse, si vous entrez sur le territoire bolivien ou argentin, il vous faut le tampon d'entrée. L'un comme l'autre sont obligatoires. Si vous n'avez pas le tampon d'entrée lors de votre sortie du territoire, vous aurez sûrement de très gros problèmes. Cerise sur le gâteau, une lourde amende vous sera aussi infligée. Soyez vigilant ! Les Boliviens sont connus voire reconnus pour leurs « oublis » de tampon…
- **Coca.** Tous les produits contenant de la coca sont également interdits à la sortie du territoire bolivien. Là encore, les contrôles sont très stricts et les sanctions sévères.

Transports

- **Bus.** Le bus mène à Tupiza (environ 2 h pour 15 Bs à 25 Bs, réguliers) ou Tarija (départs à 9h avec Narvaez pour environ 60 Bs, 13h avec Sama pour 70 Bs, tarifs parfois bradés à moitié prix).

ALTIPLANO SUD

À noter : cette route est superbe, elle peut mériter un passage par Villazón, afin de jouir des magnifiques panoramas. Le spectacle en vaut la chandelle. En chemin, on s'arrête déjeuner à Yunchará, petit village égaré, où le menu (soupe + plat + entrée constituée de fèves – observez comme les locaux les mangent en quittant la peau) est servi pour 15-20 Bs.

▸ **Taxi.** Il faut compter environ 60-80 Bs l'aller simple pour Tupiza (souvent facturé 100-120 Bs car le chauffeur doit revenir à vide – en principe bien sûr…). Pour Tarija, compter 700 Bs (quatre personnes en principe, cinq peut-être). Excellente option pour profiter de cette très belle route en s'arrêtant pour prendre des photos (notamment aux lagunes et dunes de Tajzara, rajouter 100 Bs au moins).

RESERVA BIOLÓGICA CORDILLERA DE SAMA ★★

Pour avoir un avant-goût des paysages somptueux du Sud-Lípez, cette petite cordillère, nichée dans une réserve biologique de 108 500 ha, est accessible en 2h30 depuis Tarija, en empruntant la route de Tupiza. Visitez les magnifiques lagunes de Tajzara, à plus de 3 600 m d'altitude, les impressionnantes dunes de sable blanc et le sommet du Muyuloma. En hiver, pensez à apporter de quoi vous couvrir, car la température peut descendre jusqu'à -20°C. Possibilité d'observer le flamant James (*Phoenicoparrus jamesi*), l'espèce la plus rare de la planète, ainsi que deux autres espèces de flamants roses, le *P. andinus* et le *P. chilensis*.

LAGUNAS DE TAJZARA

Situés à l'ouest de la Cordillère, dans la municipalité de Yunchará, les lagons de Tajzara sont entourés de sommets culminant à plus de 4 000 mètres, qui traversent une section de l'ancienne route pré-inca. Votre guide vous fera passer par les lagons Grande et Pujzara, où vous pourrez profiter du paysage grandiose de cette faune et de cette flore sauvages. Possibilité d'effectuer une randonnée sur le sommet Muyuloma (1 000 m de dénivelé). Durant l'excursion, vous visiterez des ateliers de tissage artisanal, des églises, et probablement la communauté de Copacabana.

ALBERGUE DE PUJZARA €

✆ +591 7824 2556

60 Bs par personne, petit déjeuner inclus. Déjeuner à 30 Bs.

Géré par la communauté locale de Pujzara qui a récemment reçu une formation en tourisme, ce gîte propose des installations rustiques et une décoration traditionnelle qui vous permettra de profiter des vues imprenables sur la Cordillère et sur la lagune de Patancas. Il s'agit de la seule offre d'hébergement de la réserve biologique de Sama. Le refuge se trouve à 7 km du point de départ du célèbre trek du chemin de l'Inca. Jeux de société, salle de lecture, boutique d'artisanat. Guides locaux disponibles pour faire des visites des environs.

Les dunes de Tajzara dans la cordillère de Sama, un enchantement inattendu.

TARIJA ★★

330 000 habitants. Altitude moyenne : 1850 m. À Tarija se mélangent culture andalouse, gauchos argentins, esprit guerrier des peuples du Chaco, et l'enfer vert que chantaient les soldats de la guerre de 1933 contre le Paraguay. Ses traditions uniques, comme les fêtes de Pâques début septembre, vous transporteront dans un univers proche de celui de l'Espagne de la route de l'argent. À Tarija, où le temps semble s'être arrêté, la maison du vieux Don Moises Navajas, la casa Dorada, semble encore attendre les marchandises en provenance de Paris et l'on croit voir passer des caravanes de mules chargées d'argent. Tarija ou la Petite Andalousie...

Balade

La promenade dans l'avenida Panamericana (ou Costanera, ou de Las Américas), en bordure du río Guadalquivir, est très agréable. Longez les quais jusqu'au pont San Martín, vers le nord, pour ensuite monter sur la colline de San Juan et constatez l'incroyable érosion qu'elle endure depuis des lustres, principalement à cause d'une politique d'énergie inadéquate dans la campagne (pourtant le gaz naturel est surabondant en Bolivie). Mais attention, si vous vous trouvez à Tarija en saison sèche, le río Guadalquivir se transforme en ruisseau peu attrayant et cette promenade perd de son charme. On peut terminer cette balade par l'église de San Roque, le saint à qui est dédiée, pendant le mois de septembre, la fête patronale. Cette fête comporte des danses appelées Chunchos, très colorées mais quelque peu monotones, comparées à la Diablada, la Saya ou à celles du carnaval de Santa Cruz.

Histoire

La ville de Tarija fut fondée en 1574 par Luis de Fuentes, par ordre du vice-roi Toledo. Elle devint l'une des bases arrières des dominicains et des franciscains soucieux de protéger les guerriers indiens chiriguanos. Au moment de l'indépendance du pays, en 1825, les Chapacos choisirent de rester au côté de la Bolivie, bien qu'appartenant jadis aux provinces du río de La Plata (Argentine). Pour des raisons historiques d'abord, car les guérilleros chapacos comme Moto Mendez (ce n'est pas la Harley locale...) avaient lutté pour l'indépendance du haut Pérou. La deuxième raison était simplement économique. En 1825, la Bolivie étant le pays le plus riche et le plus peuplé d'Amérique du Sud, se rattacher à cette puissance régionale de 2,5 millions de km^2 paraissait un choix logique. Cependant, l'économie des deux pays a suivi des courbes inversées. L'histoire est bien capricieuse. La Bolivie, celle du Potosí d'antan, est maintenant le pays le plus pauvre, alors que l'Argentine, en dépit de la crise de 2001, est devenue l'un des pays les plus riches et les plus développés d'Amérique latine.
Pendant la guerre du Chaco, Tarija fut la base arrière des soldats boliviens (on peut lire sur cette guerre deux ouvrages dont un disponible en Bolivie, en langue française : La Laguna H-3, de Adolfo Costa du Rels, et le conte El Pozo de Augusto Cespedes, extrait du recueil Sangre de Mestizos, dans les librairies boliviennes également). La guerre du Chaco sonna l'éveil du nationalisme bolivien, avec la réunion, pour la première fois de son histoire, de Boliviens venus des quatre coins du pays et appartenant à toutes les classes sociales. Cette rencontre dans les champs de la mort a favorisé l'émergence des forces et une prise de conscience qui mèneront à la révolution de 1952, la troisième en importance des révolutions d'Amérique latine.

Victor Paz, l'enfant de Tarija. Tarija est le berceau de Victor Paz Estenssoro, quatre fois président de la Bolivie et l'une des personnalités les plus remarquables de l'histoire du pays. Il est issu d'une des familles les plus influentes de la société bolivienne et qui a donné, entre autres, le président Jaime Paz (le neveu de Victor) ainsi que l'ancien président de Y.P.F. (la compagnie argentine du pétrole), mort en 1995 dans un accident d'avion. Appelé en 1951 à la présidence de la République, un coup d'État de Mamerto Urrilagoitia l'oblige à s'exiler en Argentine. Il rentre triomphalement à La Paz après la révolution de 1952 qu'il tempérera fort bien. Il sera président de 1952 à 1956 et de 1960 à 1964. En 1964, le général Barrientos, celui qui assuma la terrible responsabilité d'ordonner l'exécution du Che, en octobre 1967, condamne Paz à l'exil après un nouveau coup d'État. En 1971, Paz revient sur la scène politique. Il participe au coup d'État d'Hugo Banzer Suarez, mais se trouve évincé du gouvernement en 1973. Il forme son dernier gouvernement (1985-1989) en prenant le pouvoir dans une situation de crise économique la plus forte de l'histoire bolivienne. Avec l'aide de l'expert américain Jeffery Sachs et de son ministre Gonzalo Sanchez de Lozada, il parvient à maîtriser une hyperinflation de 23 000 % par an. Mais le coût social en est trop élevé et Paz sonne le glas de la révolution de 1952, celle-là même qui l'avait porté au pouvoir.

Tourisme

La ville, aujourd'hui, est connue pour ses vignobles, dont la production s'affirme sur les tables boliviennes surtout, ainsi que pour le singani, un alcool à base de raisin blanc distillé.

© ARNAUD BONNEFOY

La piste de Tarija à Tupiza.

Les vallées de Tarija ont été aménagées par les Espagnols pour produire des vins. La meilleure marque de la région est aujourd'hui Campos de Solana, qui a remporté de nombreuses médailles ces dernières années (surpassant La Concepción, qui tenait jadis le haut du pavé). Les vins de Tarija ne sont peut-être pas aussi bons que ceux du Chili ou d'Argentine, néanmoins ils se laissent boire. En revanche, le singani Casa Real est à notre avis plus fruité et plus agréable que le Pisco péruvien. Question de goût évidemment… Plusieurs bodegas peuvent être visitées. La meilleure époque pour les visiter s'étend d'octobre à avril, les vendanges ont lieu de février à la mi-avril.

▶ **La plupart des agences** proposent des circuits dans les vignobles (Ruta del Vino), ainsi que des balades à cheval ou du VTT dans la campagne environnante. Deux excursions insolites et à ne pas manquer : le tour paléontologique et le périple vers la cordillère de Sama (dont les lagunes et dunes de sable de Tajzara). L'agence Tupiza Tours propose des circuits intéressants dans la région.

▶ **L'office de tourisme** (+591 4663 3581) est situé Calle 15 de Abril, il est ouvert du lundi au vendredi de 8h30 à 12h et de 15h à 18h. Il distribue de nombreuses informations sur Tarija et ses environs : carte de la ville, horaires et prix des bus au départ de la ville, points d'intérêt de la région. À visiter lors de votre arrivée en ville.

▶ **Se rendre en Argentine.** Depuis Tarija il est assez simple de passer la frontière pour aller en Argentine. Des bus directs se rendent à Salta, et vous pouvez également prendre un bus pour Bermejo (côté bolivien), passer la frontière et arriver à Aguas Claras (côté argentin). Ce poste frontière est nettement plus agréable et rapide que celui de Villazón, les touristes étant nettement moins nombreux. Les aventuriers pourront choisir de passer la frontière en bateau en traversant le Rio Bermejo.

Transports

▶ **Avion.** L'aéroport Capitán Oriel Lea Plaza (+591 4663 4554) se trouve à 3 km du centre.
BOA (+591 4665 4004) propose des vols pas chers vers La Paz (direct), Santa Cruz, Sucre, Cochabamba et Yacuiba. Ecojet (+591 4611 3427) a des départs quotidiens pour Cochabamba, Santa Cruz et Sucre.

▶ **Bus.** Les trajets en bus vers le nord sont assez éprouvants. Si vous avez le temps, faites un arrêt à Camargo (en été, où c'est la belle saison). C'est dans les vertes vallées de Camargo qu'est produit le plus ancien Singani bolivien : San Pedro, qui donnera naissance plus tard au Casa Real.
Pour Tupiza, il faudra bien compter 5 heures de route. La compagnie Juarez est la plus fiable.
Pour Yacuíba, compter 12 heures de trajet (magnifique) et entre 40 et 60 Bs.
Il existe aussi des départs vers l'Argentine notamment un bus direct pour Salta avec la compagnie Juarez le jeudi et dimanche à 19h30 (320 Bs en semi-cama, 410 Bs en cama, environ 11h de trajet). La façon la plus pratique pour se rendre à Salta, les bus sont récents et très confortables.

La ville aujourd'hui

Les habitants sont fiers de s'appeler Chapacos, un terme autrefois péjoratif destiné aux paysans, et qui signifie, en quechua, « celui qui aide le visiteur, celui qui est au service des autres ». On dit aussi que ses femmes sont les plus belles du pays (ce qui n'est pas faux !). À Tarija, on boit beaucoup quand on s'amuse. Les Chapacos sont d'excellents copains de fête tant qu'ils n'excèdent pas leur taux limite d'alcoolémie. Ce sont les gens les plus gais de la Bolivie. Et le parfum d'Andalousie qui souffle ici façonne peut-être les caractères. Faites la fête avec eux sans oublier qu'un verre de singani ça va ; deux, bonjour les dégâts… Si vous prévoyez de séjourner en Bolivie pendant la période de Pâques ou de Noël, ne manquez pas d'assister aux fêtes de Tarija, parmi les plus originales du pays. La Fiesta de San Roque qui se déroule chaque année à la mi-août est la plus impressionnante de toutes. Depuis quelques années, la ville est de plus en plus prisée par les Boliviens. La population a quasiment doublé en l'espace de 15 ans !

ALTIPLANO SUD

BODEGA DEL ABUELO ★★

Valle de la Concepción
✆ +591 4664 4544
Cuisine espagnole. Ouvert dimanche 11h-18h (possibilité de réserver les autres jours si groupe d'au moins 5 personnes).

Construite entre 1870 et 1880, cette bodega produit du singani depuis 1908, mais fait aussi resto, et c'est sa grande qualité. Tout ce qu'on y mange est délicieux. On y déguste *paella de mariscos*, ceviche, tablas de fromages et jambon du cru, gambas… Le cadre, qui respire bon le vieux temps d'avant (maison typique andalouse du début de XXe siècle joliment décorée, avec ses patios et ses orangers), accompagne parfaitement cette très belle expérience. Nos hôtes, Fito et Mirry, sont très accueillants. Bref, une halte à ne pas manquer dans la région.

BODEGAS LA CONCEPCIÓN ★

✆ +591 7186 3767
www.vinoslaconcepcion.com

Un vignoble connu et réputé en Bolivie, « le plus haut du monde » d'après leurs dires. La propriété vinicole, située à 28 km de Tarija dans la Valle de la Concepción, est un enchantement. Une visite très élégante où vous pourrez déguster avec raffinement du vin élaboré sur place, de l'excellent Singani, et différents fromages sur des tables en bois. Une adresse très conviviale pour un *piqueo* (qu'on pourrait traduire par apéritif) entre amis. Pour s'y rendre, prendre un *trufi* (taxi collectif) sur la Plaza Sucre. Départs réguliers.

CAMPOS DE SOLANA ★★

RN 1
✆ +591 4664 5498
www.camposdesolana.com
Visites du lundi au vendredi 9h-11h et 13h-16h, samedi 9h-11h. Compter environ 50 Bs la petite bouteille de Trivarietal.

Les propriétaires de Casa Real ne produisent pas que du Singani ! Campos de Solana emploie 120 personnes sur 200 ha de vignobles. La production de vin est de 1 200 000 litres par an, soit environ 1 500 000 bouteilles. Les cépages sont le Cabernet Sauvigon, le Riesling, le Franc Colombard et le Malbec. La visite se termine par une dégustation des produits élaborés sur place. Ce vignoble moderne se situe à Santa Ana, à 17 km au sud-ouest de Tarija. C'est l'une des plus jeunes bodegas, l'une des plus primées aussi (plus de 50 prix depuis 2000).

CAPILLA LOMA DE SAN JUAN DE TARIJA ✞ ★

Calle Bolivar

Cette petite chapelle blanche fut la première de Tarija, construite par des prêtres dominicains à partir de 1578. Celle-ci fut édifiée en l'honneur de l'évangéliste saint Jean. Les cloches et le tableau de la Vierge furent acheminés depuis l'Espagne. Ici fut signée la capitulation espagnole suite à sa défaite lors de la bataille de La Tablada (1817). Depuis son atrium, inauguré en 2014, vous pourrez apprécier une belle vue sur la partie sud-ouest de la ville.

CASA DORADA ★★

370 Calle Ingaví
✆ +591 4663 4201
Visites guidées du lundi au vendredi à 9h, 10h, 11h, 15h, 16h et 17h ; le samedi à 9h, 10h et 11h. Entrée : 5 Bs.

La Casa Dorada fut commanditée entre 1878 et 1903 par Moisés Navajas Ichazo, l'homme le plus riche de Tarija à l'époque et son épouse Esperanza Morales Serrano qui, n'ayant pas de descendants, décidèrent que l'Histoire retiendrait sa fortune par la magnificence de ses palais. Une profusion de styles, du versaillais au rococo ! Sa façade, or et argent, emprunte des tonalités assez intéressantes au gré des changements de lumière. On visite les pièces où habitaient les propriétaires et dont toute la décoration est restée en l'état.

CASA REAL ★★

Wine Road
✆ +591 4664 5498
casa-real.com
Visite des vignobles et dégustation entre 150 et 160 Bs.

Casa Real produit du Singani, boisson nationale bolivienne, avec le cépage Moscatel de Alejandría (muscat d'Alexandrie, originaire d'Afrique). Ce cépage n'est pas inconnu en France : on le cultive dans les Pyrénées-Orientales, pour produire le muscat-de-rivesaltes et le rivesaltes.

La maison produit environ 2 000 bouteilles de Singani par heure. Luis Granier, le fondateur, est décédé il y a peu. La distillation se fait sans additifs, la fermentation avec les graines et la peau, avant un procédé de clarification. Casa Real possède six alambiques venant de Cognac.

LA CASA VIEJA ★

Vallée de La Concepción
✆ +591 4666 2605
www.lacasavieja.info
Visites du lundi au vendredi de 10h à 18h.

Nous vous conseillons une visite de la « Casa Vieja » où l'on fabrique le vin d'une manière encore très artisanale. Il s'agit d'une vieille bâtisse typique qui s'agrandit en ce moment pour proposer des spectacles traditionnels (peña folklorique). Restaurant avec vue sur le vignoble ou à l'intérieur, où l'on propose des classiques du cru, comme le *piquante de lengua* ou le *chancho a la cruz*. Les bouteilles à vendre sont affublées de diverses ornementations colorées. Ce ne sont pas forcément de grands crus, mais c'est original.

HOSTERÍA BODEGA MUSEO D'VINO ★

Calle 6 de Julio
✆ +591 6737 0658
Visite du musée pour 5 Bs, de l'ensemble des installations pour 15 ou 20 Bs. Camping et hébergement possibles.

L'un des vignobles les plus iconoclastes du pays ! Le musée est un capharnaüm d'objets insolites : fossiles préhistoriques, vieilles machines à coudre, objets d'époque, peaux de pumas, bouteilles de vin âgées… C'est un tout petit producteur, 3 000 litres de vin par an tout au plus. On peut aussi dormir dans des chambres (70 lits), faire la fête, ou encore venir en volontaire pour travailler dans la vigne en saison (en échange, vous serez logé, nourri, blanchi)…

CASTILLO AZUL MOISES NAVAJAS ★

644 Calle Bolivar
Visites du lundi au samedi de 9h à 11h30.
La maison est un lieu privé, il faut demander la permission au propriétaire.

Fils d'un riche juif sépharade espagnol (dont l'origine de la fortune ne fut jamais connue, peut-être parce qu'il se convertit au christianisme et que la Couronne espagnole lui octroya une certaine somme d'argent), Moisés Navajas entreprit de bâtir le « Château bleu » juste après la Casa Dorada. Flanqué d'un grand jardin, il constituait une maison secondaire. Le propriétaire actuel est León Rengel Martínez depuis 1966. Il est interdit de modifier la couleur bleue d'origine.

IGLESIA SAN ROQUE ★★

Gral. Trigo

C'est l'église la plus emblématique de la ville, perchée sur les hauteurs de la calle General Trigo. Bâtie en 1606, elle abrite une bibliothèque avec 15 000 livres d'une grande valeur historique ainsi qu'un musée « Fray Francisco Miguel Mari » exposant des tableaux religieux de l'époque coloniale, dont le plus fameux est celui de San Francisco datant de 1680. Le soir, elle arbore un éclairage aux couleurs du drapeau bolivien. C'est ici qu'a lieu la plus grande fête de Tarija, la Fiesta de San Roque, le 16 août de chaque année.

CATEDRAL DE SAN BERNARDO DE TARIJA ★★

505 Calle La Madrid

La cathédrale de Tarija conserve l'une des statues religieuses les plus surprenantes de Bolivie. Il s'agit du « Cristo de Churitos », un christ taillé en bois et réalisé à partir de brins et de graines d'eucalyptus. L'œuvre, assez expressive, est due à un artisan du nord de la vallée de Tarija. À l'intérieur, vous retrouverez également des décorations à base de grappes de raisin, en référence aux nombreuses cultures de la région dont les franciscains sont à l'origine.

LAGO SAN JACINTO ★

Represa San Jacinto
Les micros s'y rendent du centre pour environ 5 Bs par personne.

Il s'agit d'un petit barrage. Belle vue sur une sorte de canyon depuis la piste qui le surplombe. On peut louer les services d'une barque pour se balader sur le lac artificiel aux eaux troubles. Le principal intérêt réside dans les petits restos installés le long de la rive qui servent les spécialités du cru : *doradito*, *sábalo*, *cangrejitos* (petits crabes), *pejerrey*… Attention, d'après les locaux, le plus grand restaurant n'est pas forcément le meilleur. Demandez plutôt à manger chez la dame du « Nuevo Amanecer », c'est frais et toujours bon.

MERCADO CAMPESINO ★

Froilan Tejerida

Tous les jours de 6h à 18h.

Ce marché propre et pas cher offre l'un des plus typiques concentrés culturels. Vous y verrez les habitants de Tarija, *chapacos* et *chapacas*, habillés de leurs costumes traditionnels : chapeau plat et grand foulard pour les dames, vêtement andalou pour les hommes, le tout donnant la touche de couleur dont la Bolivie a le secret. Les stands ne sont pas en reste, car on vend de tout sur ce *mercado* : vêtements, électronique, et bien sûr des étals colorés de fruits et légumes... Il est également possible d'y déguster des spécialités locales.

MUSEO NACIONAL DE PALEONTOLOGÍA Y DE ANTROPOLOGÍA ★

402 Gral. Trigo ✆ +591 4663 6680

mnpatarija.org

Ouvert du lundi au samedi de 9h à midi et de 15h à 18h. Entrée libre.

Vous êtes dans une des régions des Amériques les plus riches en vestiges de dinosaures et bêtes du jurassique et du crétacé. Le musée n'est peut-être pas très bien aménagé, mais les pièces des collections ont souvent plusieurs millions d'années. On découvre en particulier les squelettes impressionnants d'un paresseux géant (*Megatherium americanum*), d'un mammouth et d'un imposant tatou. À l'étage, on expose des poteries, des bijoux, des minéraux et des ossements.

MUSEO DEL CONVENTO FRANCISCANO ★

Calle Ingaví

✆ +591 7619 7811

www.franciscanosdetarija.com

Ouvert du lundi au vendredi de 15h à 19h.

Suite à l'expulsion des jésuites, les franciscains récupérèrent le bâtiment. Ce couvent est dorénavant un musée qui permet d'explorer différentes salles. La bibliothèque regorge de 15 000 ouvrages, conservés depuis l'époque coloniale. De nombreuses peintures coloniales représentant des figures classiques et reconnues, dont celle de saint François datant de 1680. La salle archéologique renferme des objets trouvés dans la région. On peut également visiter l'infirmerie du couvent.

PADCAYA ★

Padcaya

Situé à 45 km au sud de Tarija, sur la route de Bermejo en Argentine, Padcaya est un petit village colonial charmant qui mérite une visite, notamment pour ses ateliers de tannerie artisanale. La route depuis Tarija offre de superbes paysages entre montagnes et rivières. Peu de touristes en vue, mais on y trouve quelques hébergements et restaurants malgré tout. C'est le point de départ de plusieurs treks, dont celui de la vallée des condors. Si vous désirez observer la flore et la faune de la région, la Réserve naturelle de Tariquía n'est pas loin du village.

© HAROLD MARTINEZ - SHUTTERSTOCK.COM

Lago San Jacinto.

TARIJA VIVA TOURS BODEGAS

251 Calle Bolivar
✆ +591 4663 8325
www.vivatoursbolivia.com
Route des vins de 120 Bs à 170 Bs selon le circuit.

Il s'agit sans doute de l'agence réceptive la plus sérieuse de Tarija. Organise d'excellents circuits de la fameuse *ruta del vino*, avec visites de différents vignobles et des dégustations. Plusieurs formules. Propose également des visites des beautés naturelles des environs, cascades, canyons... Mais également des *paquetes* pour passer 3 jours à Tarija avec hôtels, repas et visites. Équipe sérieuse et efficace, professionnelle et enthousiaste. Recommandé.

LA RUTA DEL VINO

Introduits au XVIIe siècle, les vins de Tarija sont les plus hauts du monde, produits à partir de vignobles situés entre 1 700 et 2 200 m d'altitude. La Ruta del Vino est ce qui attire le plus les touristes dans la région : c'est ici qu'est produite la plus grande partie du vin bolivien. Il existe de très bons crus qui ne demandent qu'à être découverts...

Une visite d'une demi-journée permet de visiter quelques propriétés et de faire quelques dégustations. Nous vous conseillons de faire appel à Viva Tours ou à Tupiza Tours pour profiter pleinement de l'expérience.

TERMINAL DE BUSES - HUMBERTO ICHAZU

RN1
✆ +591 4663 6508
Pour s'y rendre, compter une demi-heure à pied depuis le centre. Sinon, en bus ou en taxi (15 Bs).

Depuis fin 2016, la ville est équipée d'un tout nouveau terminal. N'hésitez pas à rendre visite au centre d'informations touristiques sur la Plaza Luis de Fuentes y Vargas, vous pourrez vous procurer un fascicule contenant tous les bus avec heures de départ et prix.

Départs fréquents pour La Paz, Cochabamba, Santa Cruz, Sucre, Oruro, Bermejo (frontière avec l'Argentine)... Des nouvelles routes asphaltées ont été construites, les trajets sont dorénavant plus courts et moins pénibles.

CASA BLANCA HOSTEL €

645 Calle Ingavi
✆ +591 4664 2909
www.hostelcasablancatarija.com
Lit en dortoir à 60 Bs. Chambre simple à 115 Bs, double avec sdb privée à 180 Bs (160 Bs sans petit déjeuner). Wifi.

Cette auberge tenue par Clotilde, une jeune Française, et Luis, son ami bolivien, se trouve à deux pas de la place principale de la ville. Elle est très prisée par les *backpackers* pour ses dortoirs impeccables, son patio agréable (hamac, wifi) et ses barbecues festifs. Cuisine à disposition. Plusieurs activités sont organisées par les sympathiques propriétaires (randonnées en VTT, visite des plus beaux spots des environs, route des vins, etc.). Une chambre double avec salle de bains privée est aussi proposée. Prix très honnêtes.

RESIDENCIAL ROSARIO €

639 Uruguay
✆ +591 7279 3853
Chambre double avec salle de bain privée entre 70 Bs et 120 Bs (air conditionné dans la plus chère). Wifi.

À 5 minutes de la place principale, juste en face de l'Hostal Carmen, le Residencial Rosario offre des chambres partageant des sanitaires communs et entourant un joli patio. Eau chaude et parties communes bien tenues. Aussi quelques chambres simples (et un peu sombres) avec sanitaires privés. La déco est très orientée *seventies*. Cette auberge de jeunesse est le lieu idéal si vous désirez rencontrer d'autres voyageurs. Tarifs vraiment très corrects pour la ville. L'une des meilleures options dans cette gamme de prix à Tarija.

GRAND HOTEL CENTRAL TARIJA €€

762 Calle Sucre
✆ +591 7902 2358
130 Bs la chambre simple, 210 Bs la double et matrimoniale et 250 Bs pour la double avec balcon. Petit déjeuner inclus.

Une adresse correcte, moderne et confortable, avec sanitaires privés, même si quelques petits détails (d'entretien notamment) pourraient être améliorés. Toutes les chambres possèdent la TV câblée ainsi qu'une connexion Internet. Certaines sont un peu sombres, d'autres sont lumineuses, aussi assurez-vous d'en visiter plusieurs avant de faire votre choix. Petit déjeuner assez basique. Son emplacement et ses tarifs accessibles sont les principales qualités de cet hôtel.

HOTEL DEL SOL €€

782 Calle Sucre
+591 7824 0044
www.hoteldelsol.com.bo
Chambre simple : 230 Bs, double : 350 Bs, triple : 450 Bs, petit déjeuner compris. Wifi.

Un bon établissement situé en plein centre-ville. La rue peut être parfois bruyante, mais les chambres sont dotées d'une bonne isolation. Il dispose de chambres colorées, minimalistes, et impeccablement tenues. Toutes sont équipées avec climatisation et TV câblée. Certaines sont pourvues d'un balcon qui surplombe le marché central, idéal pour observer le quotidien des *tarijeños*. Service de cafétéria et bon petit déjeuner. Un hôtel assez classique, mais qui propose de bonnes prestations dans l'ensemble et ses tarifs sont attractifs.

HOTEL LOMA DE SAN JUAN €€

Calle Ingaví +591 4664 4522
Compter 250 Bs la chambre simple, 350 Bs la double, 450 Bs la triple et 400 Bs la suite, petit déjeuner inclus. Wifi.

Dans un édifice en briques rouges du plus bel effet, cet hôtel jouit d'une excellente réputation à Tarija. Il se trouve dans une zone calme de la ville, en face d'un agréable petit parc. Il propose des chambres spacieuses et lumineuses, dotées de TV et de chauffage, fait assez rare pour être mentionné, la majorité des salles de bains disposent d'une baignoire. Le buffet du petit déjeuner est simple, mais satisfaisant. Coin barbecue à disposition des voyageurs près de la petite piscine. Garage. Ambiance familiale et service attentionné.

HOTEL MITRU TARIJA €€

450 Av. Avaroa
+591 4664 3930
www.hotelmitrutarija.com
Chambre simple à 290 Bs, double à 395 Bs, triple à 499 Bs, quadruple à 614 Bs. Petit déjeuner compris.

Dans un style similaire à l'hôtel Mitru de Tupiza, cet établissement agréable, situé à deux *cuadras* de la Plaza Sucre, propose des chambres spacieuses, claires et bien équipées (TV LCD, frigo-bar, etc.). Entretien impeccable des chambres et des parties communes. Le restaurant ne fonctionne qu'avec des réservations. Situé dans le renfoncement d'une petite rue, l'établissement bénéficie d'une quiétude très appréciable. Possibilité de réserver des circuits dans toute la Bolivie avec Tupiza Tours. Sans doute le meilleur rapport qualité-prix de la ville.

HOTEL VIÑA DEL SUR €€

Hernando Siles
+591 7156 5942
www.vinadelsur.com
Chambre simple à 380 Bs et chambre double à 600 Bs. Buffet petit déjeuner compris. Wifi.

Situé à Miraflores, proche du pont Peregrino et à quelques minutes à pied du centre (et à seulement 7 minutes de l'aéroport). Cet établissement, partenaire de l'agence Viva Tours, propose 78 chambres classiques et confortables, avec TV câblée et wifi. Le buffet du petit déjeuner est varié et d'excellente qualité. L'hôtel est impeccablement tenu. Jolie piscine extérieure et petite piscine pour enfants, spa, sauna et un restaurant de bonne facture. Évènements musicaux folkloriques certains soirs. Un peu cher, mais des prestations de qualité.

LOS CEIBOS €€

612 Panamericana
+591 4663 4430
www.hotelosceibos.com
A partir de 400 Bs la chambre simple, 600 Bs la double, 790 Bs la triple. Restaurant, piscine, gym, spa, wifi.

Un superbe établissement, moderne et très bien équipé. Il possède un bar-restaurant ouvert toute la journée, une grande et belle piscine extérieure, un spa (sauna, bain à bulles, petite piscine chauffée) et une salle de sport bien équipée. Los Ceibos offre un large éventail d'hébergements, de la chambre simple à la suite. Les chambres sont spacieuses, confortables et charmantes. Toutes possèdent la TV câblée, Internet et un petit réfrigérateur. Service de qualité. Navette aéroport gratuite. Un des meilleurs hôtels de la ville.

VICTORIA PLAZA HOTEL €€

282 Calle La Madrid
+591 4664 2700
www.victoriaplazahoteltarija.com
Chambre simple à 350 Bs, double ou matrimoniale à 420 Bs, triple à 500 Bs, petit déjeuner compris. Wifi.

L'hôtel le plus traditionnel de Tarija, situé sur la très agréable plaza Luis de Fuentes y Vargas, possède tout ce qu'il faut pour accueillir les voyageurs. La façade de style Art déco retiendra votre attention. Les chambres sont confortables, spacieuses, lumineuses et très bien agencées avec un joli parquet au sol. Ne vous attendez pas à un excès de confort (salles de bains moyennes par exemple), mais on s'y sent bien avec sa belle vue sur la place principale et son restaurant international de bonne qualité. Parfois assez bruyant.

HOTEL LOS PARRALES €€€

Aranjuez

✆ +591 4664 8484

www.losparraleshotel.com

Compter 560 Bs pour une chambre simple, 696 Bs pour une double, suite à 1 205 Bs. Petit déjeuner inclus. Spa. Wifi.

Los Parrales est l'hôtel le plus luxueux de Tarija, situé assez loin du centre-ville. Dans un grand bâtiment de couleur jaune, 60 chambres tout confort (mais assez classiques) disposées au milieu d'une grande pelouse. Toutes sont très bien équipées. Piscine, gymnase, Spa, aire de jeux pour enfants, etc. Un grand salon sous un toit vitré vous permettra de profiter d'un bon moment, la tête dans les étoiles grâce à sa superbe vue panoramique. Idéal pour les familles ou les hommes d'affaires qui recherchent la tranquillité. Tarifs élevés.

LA ROTISERÍA €€

786 Gral. Trigo

✆ +591 4666 6636

Épicerie, sur place ou à emporter. Compter une moyenne de 40 Bs par personne pour une dégustation (tabla).

Voici un excellent endroit pour découvrir fromages, charcuteries et autres délices artisanaux de la région. On dégustera sur des *tablas* (plateaux de bois) : salamis, jambons, mortadelles, fromages crémeux ou plus mûrs, roquefort, mais aussi des sandwiches et des empanadas (ici nous sommes tout près de l'Argentine !). On peut également acheter ces produits dans la section épicerie, avec une myriade de produits frais à la coupe, des vins de la région, et aussi des produits importés. Tout cela à accompagner d'un bon vin du terroir !

GUAPITO PIZZA €

Calle Alejandro del Carpio

✆ +591 7119 1181

Cuisine italienne. Ouvert tous les soirs de 18h à 22h30. Compter environ 50 Bs par personne. Wifi.

Un nouvel établissement moderne et agréable proche de la Plaza Sucre. La décoration de la salle est soignée et l'atmosphère plaisante. Au menu : pizzas bien sûr, mais également pâtes *maison* (ravioli, cannelloni, lasagnes, spaghetti), plateau de fromages et quelques autres options, le tout à des tarifs défiant toute concurrence. Tout est fait maison, même les fromages ! Un bol tibétain de méditation fait office de cloche de cuisine, original... et zen ! Musique douce, service attentif. Un des meilleurs restaurants de la ville. Recommandé.

MERCADO CENTRAL €

Sucre

Spécialités boliviennes et de Tarija. Le midi uniquement. Compter de 7 à 25 Bs pour un repas.

Le tout nouveau Mercado Central accueille, comme dans tous les marchés de Bolivie, un *comedor* au premier étage. Une ribambelle d'établissements vous attend pour vous proposer les spécialités locales, à déguster attablé avec les locaux qui s'y pressent. L'occasion de goûter au *saice*, au *picante de pollo*, à la *sopa de mani* ou aux chorizos ! Au rez-de-chaussée, vous pourrez déambuler parmi les nombreux stands et acheter jus de fruits frais, fruits et légumes, viandes, pains, gâteaux... Il y a aussi parfois des évènements culturels au Mercado Central !

LA CASONA DEL MOLINO €€

Calle Bolivar

✆ +591 7870 1001

www.casonadelmolino.com

Parillera. Ouvert tous les jours de midi à 15h et de 19h à minuit.

Au bout de la calle Bolivar, ce restaurant est situé dans un superbe édifice historique. Le cadre est enchanteur : meubles rustiques, carrelage en damier et un agréable jardin. La spécialité de la maison est la viande grillée à la *parilla*. Le menu est assez vaste, le mieux est de commander une *parillada* pour deux qui offre un assortiment de ce que fait de mieux la maison. Un buffet de salades variées est à disposition. La cave est très fournie, vous aurez l'embarras du choix pour choisir votre vin. Les serveurs sont très attentionnés. Recommandé.

EL FOGÓN DE GRINGO €€

1051 Calle La Madrid

✆ +591 7825 6666

Parillera. Ouvert du lundi au samedi de 12h à 15h et de 18h30 à 23h. Le dimanche de midi à 15h. Compter environ 100 Bs.

Ce restaurant de viandes est sans aucun doute un des meilleurs de Tarija. Aucune déception en perspective. Jetez-vous sur les *achuras* en entrée (abats) puis sur le *bife de chorizo*, la *picanha*, la *colita de cuadril* ou le *chancho la cruz* avec tout l'enthousiasme du carnivore accompli. Toutes les viandes sont cuites à la parilla, dans le plus pur style argentin. À accompagner d'un bon vin du cru, cela va de soi. Excellent buffet d'accompagnements (salades, garnitures). Un peu cher mais ça vaut le coup. Service attentif et discret.

EL MARQUÉS €€

372 Calle La Madrid
✆ +591 4667 6080
Cuisine internationale, parilla. Ouvert tous les jours 8h-23h45. Compter environ 80 Bs. Almuerzo à 45 Bs. Wifi.

Sur la place Luis de Fuentes y Vargas, voici une charmante maison coloniale avec une belle décoration d'époque. Viandes à la parilla, plats traditionnels boliviens, poissons, pâtes, risottos... Vous trouverez sûrement votre bonheur sur la carte ! Formule *almuerzo* (entrée, plat, et dessert) de bonne facture. N'hésitez pas à vous promener dans cette grande bâtisse et visitez les étages : c'est impressionnant ! Héberge parfois des évènements culturels. Petite terrasse agréable pour siroter un verre et observer la place principale.

GATTOPARDO TABERNA €€

Calle La Madrid
✆ +591 4663 0656
Cuisine internationale. Ouvert tous les jours de 7h30 à 23h30. Compter environ 80 Bs pour un repas. Wifi.

La plus ancienne et la plus connue des tavernes de Tarija. Sur la place principale, on apprécie la terrasse et la grande salle qui évoque une brasserie à l'ancienne mais sans grand charme. Plats de viandes, pâtes, pizzas, sandwichs et une ou deux envolées mexicaines composent l'essentiel de la carte. Cuisine sans surprise mais de qualité. Propose aussi des glaces et un certain choix de liqueurs, cocktails et vins locaux. Se remplit vite le soir et le personnel est souvent débordé (mais les serveurs connaissent leur affaire). Une valeur sûre.

MACONDO DE PIZZA PAZZA €€

508 Calle Sucre ✆ +591 6186 7314
macondopizzapazza.negocio.site
Du lundi au samedi à partir de 17h30 dans la cafétéria et à partir de 18h30 dans la pizzeria.

Vous ne pourrez pas le manquer ! Situé dans l'ancien bâtiment du Club Social Tarija, se trouve ce superbe restaurant avec vue sur la place principale. N'hésitez pas à monter au 3e étage pour vous installer sur la plus belle terrasse de la ville. Au menu de bonnes pizzas et des plats internationaux qui varient de semaine en semaine. L'endroit accueille également une Peña (musique folklorique) tous les vendredis soir. L'établissement est aussi un hôtel et propose huit chambres charmantes à des prix attractifs pour l'emplacement.

BELÉN

591 Calle Colón
✆ +591 4667 5838
Salon de thé & petite restauration. Ouvert du lundi au samedi de 8h30 à 22h30.

La jeune chef María Belén Borda propose une carte originale à partir de produits frais et locaux. Le cadre est soigné avec de jolis luminaires et un mélange de matériaux qui donnent du cachet à l'ensemble. Au menu de ce ravissant café : petits déjeuners complets, hamburgers, bagels, assiette de tapas, *sanguchitos*, jus de fruits frais... Mais la grande spécialité du lieu ce sont les *tortas* et les gâteaux, à tomber ! ! Les locaux se retrouvent ici pour boire le thé ou un excellent café l'après-midi accompagné de sucreries de la maison.

LA BIFURCADA

135 Calle 15 de Abril
✆ +591 77241748
Bar rock. Ouvert du lundi au samedi de 19h jusqu'à 2h30.

La Bifurcada, qui a fêté ses 10 ans en 2021, est un lieu incontournable de la ville. Ce petit bar possède une atmosphère conviviale et feutrée à la fois. Lumières tamisées et excellente *playlist* complètent le tableau. L'ambiance est assez jeune et rock, et les prix très abordables. Et pour ne rien gâcher, le staff est sympathique. Propose également d'excellents burgers par l'intermédiaire de Chinese Monkey, qui tient sa petite baraque dans l'arrière-cour. Le meilleur bar de la ville pour siroter des *chuflays* ou des *Fernet/coca* jusqu'au bout de la nuit.

LA CACHARPAYA DE TARICANTO

Calle La Caña
✆ +591 7119 0650
Peña Folklorica. Ouvert les vendredis et samedis soirs à partir de 20h jusque tard.

Cette *peña* folklorique est située dans un grand édifice. La salle est chaleureuse et on s'installe pour dîner sur des tables en bois. La cuisine servie est de bonne qualité, on se régale en regardant les spectacles au programme. On peut aussi venir y boire un verre, danser et chanter avec les locaux. Le meilleur endroit pour écouter de la musique folklorique *tarijeña*, bolivienne, et argentine, et passer une bonne soirée. Ouvert le week-end seulement.

COIMATA ★

Coimata est un lieu de baignade agréable à 15 km de Tarija. Si vous êtes courageux, vous pouvez atteindre une cascade vraiment impressionnante, en 40 minutes de grimpette depuis les cascades du bas. Il faut un peu monter sur les pierres au début puis un sentier se dessine (on grimpe pour le panorama, il faut rester le long de la rivière et donc s'accrocher aux pierres si on veut se baigner dans les chutes du haut). De nombreux Tarijeños viennent y faire une *parrillada* le week-end. Pour se rendre à Coimata, prendre un *trufi* à l'angle de Campesino et Comercio, à Tarija. Compter environ 5 Bs par personne. Un taxi demande de 35 Bs à 50 Bs (aller simple).

LA PASARELA €€

Km 10 sur la route de Coimata

✆ +591 7189 0199

lapasarelahotel.com.bo

A partir de 440 Bs pour une chambre double, petit déjeuner inclus.

Une demeure au charme fou qui propose de nombreuses possibilités : 3 chambres matrimoniales, 2 chambres doubles avec lit supplémentaire, 2 chambres matrimoniales avec canapé-lit additionnel ou encore une chambre de 4 lits individuels. Propreté garantie. Toutes sont équipées de terrasses avec vue panoramique, télévision et films à libre disposition. Un peu à l'écart de la ville, on sent très bien dans ce très bel hôtel parfaitement reposant. Le restaurant sert des plats internationaux. Certainement l'un des meilleurs choix des environs.

SAN LORENZO ★

Villa San Lorenzo, comme on l'appelle également, est une petite bourgade coloniale alanguie, à 20 km au nord de Tarija. Ce fut le fief du célèbre guérillero « Moto » Méndez. On peut visiter sa maison. Au nord de San Lorenzo, à 20 minutes à pied, la Capilla de Lajas (chapelle) exhibe son intéressante architecture coloniale. Les festivités de San Lorenzo à Pâques sont réputées dans le pays. Dégustez au petit marché sur la place d'excellentes spécialités argentines : les *alfajores* et les *empanadas blanqueadas* (recouvertes de blanc d'œuf). Pour y accéder, des *micros* et des *trufis* partent régulièrement de Tarija au bout de la Calle Domingo Paz.

CASA DE EUSTAQUIO MÉNDEZ ARENAS ★★

Calle Teofilo Vaca Dols

Ouvert du mardi au dimanche de 9h à midi et de 15h à 18h. Entrée libre.

Dans la maison du révolutionnaire Eustaquio Méndez Arenas est installé un petit musée en son honneur. On y verra des objets lui ayant appartenu, et un petit coffret où reposent ses cendres.

Fils d'Espagnol, né en 1784 dans le village de Carachimayu, près de San Lorenzo. Il perdit une main… pour des raisons que l'on ne connaît pas vraiment. D'où son surnom « Moto » Méndez, le manchot Méndez. Il aurait perdu, soit sa main gauche, soit sa main droite (les légendes varient), soit au combat, soit après s'être enivré (il aurait alors frappé sa mère, et le lendemain, honteux, il se serait lui-même tranché la main). En 1812, il fomente sa propre guérilla dans la région de Tarija pour combattre les invasions espagnoles. Son tour de force eut lieu en 1816 quand pendant plus d'un an, il réussit à encercler les royalistes espagnols dans la ville de Tarija, à couper toutes leurs méthodes de communication, et surtout à éviter toute campagne depuis la ville. Le héros des pauvres et le père des Montoneros (premiers guérilleros modernes) combattit dans toutes les batailles de la région, ce qui l'éleva au rang de colonel. Il fut l'un des principaux opposants au ralliement de Tarija à l'Argentine, contre l'avis du congrès et de Simon Bolívar, el Libertador. L'armée de « Moto » Méndez vainquit finalement le contingent argentin en 1836. Il se fit tuer en 1849 lors de la bataille de Santa Bárbara dans la région de Tarija, une des nombreuses guerres civiles boliviennes.

EUSTAQUIO RESTO-BAR €

Plaza Principal

✆ +591 7022 9149

Cuisine de Tarija. Ouvert midi et soir.

Cette belle maison traditionnelle en adobe, particulièrement bien préservée, se trouve juste à droite de la cathédrale. Elle est bondée d'antiquités à l'intérieur, ce qui lui confère un certain cachet (on dirait un musée). Cuisine du terroir, élaborée exclusivement avec des produits bio et peu calorique. On peut déjeuner à l'intérieur ou dans le patio fleuri. Le restaurant est nommé ainsi en l'honneur d'Eustaquio « Moto » Mendez, un militaire qui a aidé à libérer Tarija du joug espagnol. Une halte locale, culturelle et agréable.

VALLÉES CENTRALES

Les vallées centrales comptent deux des principales villes boliviennes, au climat toujours printanier en raison de leur altitude (une vraie bouffée d'air frais après les frimas de l'Altiplano et les fièvres de l'Amazonie) : Sucre et Cochabamba. Sucre, la capitale constitutionnelle du pays, est dotée d'une superbe architecture coloniale espagnole. Elle est sans conteste l'une des plus charmantes villes d'Amérique du Sud, coup de cœur assuré ! Dans les environs, le marché de Tarabuco est l'un des plus pittoresques du pays. Prenez le temps de découvrir la culture Jalq'a, une communauté autochtone de tisserands réputée pour ses textiles traditionnels. Cochabamba, beaucoup moins visitée mais si accueillante, constitue une étape culinaire à ne pas négliger entre La Paz et Santa Cruz. Enfin, le sublime Parc National Torotoro, ses traces de dinosaures et ses formations géologiques spectaculaires, mérite qu'on y consacre quelques jours.

Puerto Villaroe
Rio Ichillo
SANTA CRUZ
VILLA TUNARI ★★
Naranjitos
4
Chimoré
Puerto Grether
Rio Ichilo
Cordillera de Cocapata
Morochata
106
Maso Cruz
Corani
Parc National Tunari
Cólomi
PARC NATIONAL CARRASCO ★★
COCHABAMBA ★★
Quillacollo
Sacaba
Tiraque
Sipesipe
SITE D'INKA RAKAY ★
Tolata
7
Chullchuncani
PUNATA ★
Taipacari
Parotani
Monte Puncu
CORDILLERA ORIENTAL
ARANI ★
Pocona
SITE D'INKALLAJTA ★★
Cliza
TARATA ★★
Pongo
Epinaza
PARC NATIONAL AMBORÓ
COCHABAMBA
Capinota
Toco
TOTORA ★★
Pojo
5
Comarapa
San Juan del Potrero
Anzaldo
Arque
Bolivar
Villa Viscarra
Mizque
Chujllas
San Isidro
Iturata
La Viña
Saipina
Sacaca
Huaylloma
PARC NATIONAL DE TORO TORO ★★★
Tintin
Peña Colorada
Aiquille

Vallées centrales
Llallagua
Uncia
Cala Cala
6
Pocoata
Macna
CORDILLERA CENTRAL
ORURO
1
Ventilla
Thola Palca
POTOSI
Tinguipaya
Yocalla
Tarapaya
POTOSÍ
Negro Tembo
Betanzos
Huari Pampa
Ocuri
POTOLO
Ravelo
SITE DE CONDOR KHAKA
MARAGUA
SUCRE
LA GLORIETA
YOTALA
Puente Mendez
Millares
Quiroga
Puente Arce
QUILA QUILA
5
Chuquichuqui
CHUQUISACA
Mojotoro
SITE PRÉHISTORIQUE DE CAL ORCKO
TARABUCO
LA CANDELARIA
Icla
Rio Pilcomayo
Pasorapa
Mojocoya
Zudañez
Nuevo Mundo
Villa Serrano
Tomina
Padilla
30 KM
Altitude (en mètres)
5000
4000
3000
2000
1500
1000
500
200
Route majeure
Route importante
Route secondaire
Routes bitumée ou non
Voie ferrée
Ville
Parc et réserve

PAGES

●● SUCRE ET SA RÉGION

271 Sucre est considérée à juste titre comme la plus belle ville de Bolivie et l'une des plus attrayantes d'Amérique latine. Mais outre sa beauté, son atmosphère du XVIIIe siècle et ses musées, la ville présente aussi l'intérêt d'être la capitale historique de la Bolivie. Dans les environs de Sucre, on ne manquera pas le marché de la petite ville de Tarabuco, célèbre pour la richesse de son folklore, et le site du cratère de Maragua, qui fait l'objet d'une randonnée spectaculaire.

SUCRE ★★★★

271 Sucre, c'est la ville blanche pour nuits blanches. Admirer l'architecture et visiter les musées pendant le jour, courir les bars et les cafés pendant la nuit, semble la meilleure façon de profiter de ce qui sera sans doute la *pascana* (étape du voyage où l'on mange et où l'on se repose avant de continuer le trajet).

●● COCHABAMBA ET SA RÉGION

296 Cochabamba et sa région bénéficient d'un climat tout à fait privilégié. Bien que la région n'attire pas autant les touristes que l'Altiplano ou Sucre, quelques sites méritent pourtant qu'on s'y attarde : le plus grand marché urbain du pays, appelé la Cancha, et des sites incas qui ont formé la culture *cochala* : le Chapare, le Parc National Torotoro et, bien évidemment, le Valle Alto. Celui-ci propose une véritable route des marchés qu'apprécieront les amateurs de couleurs, de culture vivante et de gastronomie. Les Cochalas ont la réputation d'être de bons cuisiniers, et donc de bons mangeurs !

COCHABAMBA ★★

296 Si La Paz reste façonnée par le caractère rigoureux de l'esprit aymara, Cochabamba accueille le visiteur avec un art de vivre qui sait marier sympathie, douceur et chaleur. Cochabamba est une autre halte agréable de Bolivie. Et bien que son architecture coloniale ait été malheureusement détruite dans sa plus grande partie, la ville ne manque pas d'atouts pour charmer ses hôtes.

SUCRE ★★★★

350 000 habitants. Altitude : 2 800 m. Charcas la belle, la ville aux quatre noms... Doyenne des cités coloniales d'Amérique du Sud, ce joyau d'art baroque et de la Renaissance est la plus européenne des cités de Bolivie et compte parmi les plus belles villes d'Amérique latine. Fondée sur ordre de Pizarro, en 1538, par Pedro de Anzures, marquis de Campo Redondo, Sucre était destinée à devenir le centre de la bourgeoisie espagnole.
L'agglomération est située dans un bassin de la Cordillère orientale, au pied des montagnes Sica Sica et Churuquella. Selon les habitants, la montagne la plus grande est le Macho (le mâle) et la plus petite la Hembra (la femelle), que l'écrivain uruguayen Eduardo Galeano évoque sous le vocable poétique de « montagnes amoureuses ».

Argent

Vous avez la possibilité de changer des dollars soit dans les banques, soit dans la rue Aniceto Arce, au coin de la rue Camargo, à côté du marché central. Vous avez également à votre disposition des bureaux de change dans la rue España et dans la rue San-Alberto. Vous pourrez, enfin, changer des dollars dans les agences de voyages ou les hôtels. De plus, la plupart des hôtels et des magasins acceptent le paiement en dollars. Vous trouverez de nombreux DAB autour de la Plaza 25 de Mayo.

Histoire

La cité fut baptisée quatre fois. Pedro de Anzures lui donna tout d'abord le nom de « Villa de La Plata », en raison des mines d'argent toutes proches. À cette époque, en devenant le siège de la fameuse Real Audiencia de Charcas, La Plata devint une cité d'importance majeure. Elle fut, dans un premier temps, une cour d'appel destinée à compenser la distance qui séparait la ville de Lima. Créée en 1561, la Real Audiencia eut immédiatement des attributions administratives et politiques. Grâce à son statut, La Plata devint un important centre intellectuel et culturel, et atteignit son apogée grâce au rayonnement de sa prestigieuse université Saint-François-Xavier et de son école juridique, la Real Academia Caroline. Ainsi, la ville devint le terreau des idéaux d'émancipation nourris par les révolutionnaires, qui proclamèrent son indépendance le 25 mai 1809.
Avant de prendre définitivement le nom de Sucre, en l'honneur du maréchal Antonio Jose de Sucre, l'une des principales figures de la guerre indépendantiste, les habitants de la région l'appelèrent Charcas, du nom des Indiens autochtones de la région andine. La ville fut ensuite appelée Chuquisaca (Choqueka : *puente de plata*, pont d'argent) du fait de l'importance des activités minières. Enfin, après l'émancipation, elle reçut son nom définitif.
Libre du joug espagnol, Sucre devint la capitale de la république de Bolivie. Pendant tout le XIXe siècle, elle resta un centre politique et l'une des villes les plus riches, grâce aux fortunes accumulées par son aristocratie créole.
Mais une guerre pour le pouvoir éclata entre Sucre et La Paz. La capitale fut définitivement transférée à La Paz en 1899 après le triomphe des fédéralistes. Siège de la Cour suprême de justice, Sucre ne put conserver, comme lot de consolation, qu'un statut de capitale constitutionnelle et juridique. Ce transfert porta un coup d'arrêt à la croissance et au développement de la ville.
L'architecture de Sucre est restée figée comme une carte postale du XIXe siècle, ce qui fait son charme. L'aristocratie de Sucre, attirée et séduite par l'art européen, essaya de le reproduire dans ses demeures et les espaces publics le style de l'ancien monde. Le tremblement de terre de 1948, en détruisant une grande partie de la ville, rompit cette harmonie architecturale, contraignant à une reconstruction moderne partielle de la cité. Le visiteur pourra observer une riche diversité de styles, éclectisme qui ne peut qu'accroître l'attirance que Charcas la belle sait exercer sur le visiteur. Il sera facile de se laisser entraîner, envoûté par le parfum colonial de ses petites ruelles et de ses patios secrets.
Sucre est aujourd'hui classée au patrimoine de l'humanité protégé par l'UNESCO.

© ABDESSLAM BENZITOUNI

La place du 25 mai et sa statue du maréchal Sucre est le cœur de la ville.

VALLÉES CENTRALES

Quartiers

La ville de Sucre est dominée par deux sœurs jumelles, les montagnes Sica Sica et Churuquella. Au pied de ces deux *cerros*, se trouve l'église de la Recoleta, qui couronne la cité. La place de la Recoleta offre un incroyable point de vue sur Charcas la belle. On prend la calle Dalence, une ruelle qui serpente vers la Plaza 25 de Mayo. Tout en descendant, on a déjà un aperçu des églises de la ville.

La vie de cette capitale juridique de la Bolivie se concentre dans la vieille ville d'environ 1 km², autour de la Plaza 25 de Mayo. Églises, musées, restaurants et marché s'organisent autour d'elle. Si vous vous trouvez loin de la place, vous n'avez qu'à lever les yeux, les campaniles de la cathédrale et de l'université San Francisco Xavier constituent de très bons repères. Le parc Bolívar et la gare se trouvent vers le nord-ouest.

Tourisme

Les églises et autres édifices de Sucre sont les témoins de la période de l'apogée de l'argent. Le baroque trône dans la plupart des églises, couvents et cathédrales qui témoignent d'une splendeur passée. Vous serez amenés à constater que les églises que vous désirez visiter sont parfois fermées. Il n'y a pas de quoi être surpris puisque, malheureusement, le gouvernement régional et l'Église n'ont signé aucun accord permettant de fixer les heures d'ouverture au public. Seules quelques églises abritant des musées proposent des horaires réguliers de visite. Pour le reste, il vous faudra acheter le journal de la ville et chercher les horaires de messes.

Sucre mérite largement deux jours de visite. Prenez le temps de flâner dans les ruelles, d'admirer l'architecture, de goûter à la vie nocturne et d'observer le contraste de couleurs entre le blanc, omniprésent, et les vêtements colorés des Tarabuqueños.

Si vous avez peu de temps à consacrer à Sucre, voici une sélection de nos sites préférés :

- **Musées :** la Casa de la Libertad (histoire), le musée ASUR (textile et art indigènes) et le joli Museo del Tesoro (pierres précieuses).
- **Monuments :** l'esplanade et le couvent de La Recoleta et sa superbe vue sur la ville, l'église San Felipe de Neri, son cloître et ses toits, l'église San Francisco et ses arcades.
- **Sans oublier de goûter à l'ambiance animée du marché** (Mercado Central), à l'atmosphère bucolique du Parque Bolívar, et de profiter de l'atmosphère tranquille de l'original Cementerio Central.

Transports

- **L'aéroport international Alcantarí** (+591 4693 3112), inauguré le 25 mai 2016, remplace l'ancien aéroport de Juana Azurduy de Padilla. Il est situé à 30 km de Sucre, dans la petite municipalité de Yamparáez, il vous faudra prendre un taxi pour rejoindre le centre-ville (45 min de course pour 100 Bs). Toutes les grandes villes du pays sont desservies (Santa Cruz, La Paz, Cochabamba et Tarija) grâce aux 4 compagnies aériennes : Amaszonas, BOA (Boliviana de Aviacíon), Ecojet et TAM.
- **Le terminal de bus** (+591 4645 6732) se trouve 52 Avenida Ostria Gutiérrez. La plupart des trajets étant assez longs et l'état des routes pas toujours très rassurant (particulièrement en saison des pluies...), n'hésitez pas à vous renseigner auprès des différentes

© DC_COLOMBIA - ISTOCKPHOTO

Vue de Sucre depuis le convent San Felipe.

VALLÉES CENTRALES

compagnies pour trouver celle qui propose le maximum de confort et de sécurité. Les prix et les horaires de départ sont inscrits à titre indicatif. Mieux vaut réserver son billet la veille.

Pour Potosí. Nombreux départs de bus tous les jours, entre 7h et 17h (compter 3 heures de trajet, entre 15 et 35 Bs) avec les compagnies Transtín Dirley, Trans Emperador, Real Audiencia, Villa imperial, Alfonso de Ibañez et Andes Bus. Les taxis collectifs sont un peu plus rapides et demandent 50 Bs environ.

Pour Oruro. Trans Azul et Illimani proposent plusieurs départs en soirée (tous les jours entre 18h30 et 21h). Compter 10 heures de route pour 50 Bs à 70 Bs.

Pour Cochabamba. Plusieurs départs en soirée (bus de nuit uniquement) avec Trans Real Audiencia, Mopar, Flota Copacabana et Transcopacabana (environ 10 heures de trajet, entre 70 Bs et 85 Bs).

Pour Santa Cruz. Nombreuses compagnies, départs groupés à 16h30, 17h et 17h30. Compter 16 heures de route pour un tarif d'environ 110 Bs. En raison de l'état de la route, l'avion peut être une très bonne alternative...

Pour Tarija. Expreso Tarija part à 16h, tous les deux jours. Andes Bus part tous les jours à 15h. Compter 16 heures de route pour 100 Bs à 120 Bs environ.

Pour Villazón. Deux départs par jour avec Villa Imperial via Potosí, et Trans 6 de Octubre. 15 heures de trajet pour 90 à 115 Bs.

Pour La Paz. Plusieurs départs en soirée (entre 16h et 19h30) avec Flota Copacabana, Transcopacabana, 10 de Noviembre et Illimani. Environ 12 heures de trajet, entre 100 Bs et 160 Bs. La plupart des compagnies marquent l'arrêt à Potosí et à Oruro.

CEMENTERIO GENERAL ★

Calle Junin

✆ +591 4645 1075

Ouvert du lundi au vendredi de 8h à 11h30 et de 14h à 17h30, le week-end de 8h à 17h30.

Les habitants de la ville sont très fiers de ce cimetière. Inauguré en 1892, alors que les premiers plans datent de 1790, il est l'œuvre de l'architecte Luis Nuñez del Prado. Inscrit au patrimoine mondial de l'Unesco en 2004, c'est un lieu agréable à visiter. Les ornements, les pins, les fleurs et les tombes elles-mêmes en font un endroit calme où les étudiants trouvent refuge pour travailler. À l'entrée, vous pouvez demander un guide officiel qui vous racontera en détail la vie des principales personnalités qui y sont enterrées.

CAPILLA DE LA VIRGEN DE GUADALUPE ★★

31 Calle Nicolas Ortiz

✆ +591 4645 2257

Ouvert de 10h-midi et 15h-17h, du lundi au vendredi, et de 10h à midi le samedi. Messes tous les jours à 8h.

La chapelle de la Vierge de Guadalupe se trouve sur la gauche, juste à côté de la cathédrale (accès par le musée). Bâtie en 1602 puis agrandie en 1617, elle est célèbre pour abriter le tableau de Notre-Dame de Guadalupe. Également connue sous le nom de la *Virgen Morena*, cette peinture est l'œuvre de l'artiste franciscain Diego de Ocaña. Une plaque d'argent et d'or d'un centimètre d'épaisseur, recouvrant le manteau de la Vierge, fut ajoutée au tableau en 1784. La Vierge de Guadalupe constitue l'ouvrage religieux le plus somptueux de toute l'Amérique. Se détachant en relief du tableau, la chasuble de la Vierge, fastueusement ornée, est un don de Charles Quint. Enrichie au fil des siècles par les fidèles qui lui ont ajouté d'innombrables pierres précieuses, elle réunit environ 27 000 perles fines, 19 000 diamants, 8 000 rubis et un nombre considérable d'émeraudes, de topazes, etc., d'une valeur estimée à 40 millions de dollars. Chaque année, le 8 septembre, jour de la fête de la Vierge, le tableau au cadre d'argent, protégé par un dôme de verre, est promené en procession dans toute la ville.

Le musée de la cathédrale, le plus important du pays, présente une belle collection de peintures signées par des artistes de grande renommée. On y admirera les œuvres de Bitti (un Italien appartenant à l'école espagnole), comme sa Virgen de las Frutas ; de Willem Key (Hollandais), dont on peut voir le tableau intitulé Piedad et de Fourchault (Flamand), une Adoration des bergers, ces deux derniers peintres appartenant à l'école flamande. On y verra également un saint François de Paule de Perez Holguin (Bolivien) qui fait partie de l'école de Charcas. Le musée expose également une collection d'ornements cultuels des évêques et archevêques de Charcas, finement travaillés en fil d'argent ; une autre encore, de nombreuses pièces d'orfèvrerie locale, et notamment le grand saint sacrement en or du Corpus Christi, avec des incrustations de diamants, d'émeraudes, de rubis, de topazes, d'améthystes et de perles ; des calices en or incrustés de pierres précieuses, des tabernacles, des anneaux, une croix en lapis-lazuli. Tout cela, paraît-il, est infime par rapport au trésor de la Vierge : deux grands coffres remplis de bijoux offerts par les fidèles et dont la valeur est encore inconnue. On parle parfois de vendre ce trésor pour payer les dettes de la Bolivie !

À noter que le billet d'entrée donne également accès à la cathédrale et au musée ecclésiastique.

HOSPITAL SANTA BÁRBARA ★

Calle Destacamento 111

Entrée libre.

Cet édifice est l'un des rares exemples subsistant de l'architecture civile de la Renaissance. L'hôpital fut fondé en 1544. Le bâtiment se compose de trois nefs : la nef du côté droit disposait à l'époque de seize lits destinés aux Espagnols, la nef de gauche quatorze lits destinés aux Indiens, et, la nef centrale seize lits pour les métis et les esclaves noirs. L'imposante façade du XVIIe siècle marque la période de transition entre le style Renaissance et le style baroque. L'édifice eut une grande influence sur l'architecture locale et fut maintes fois imité.

IGLESIA DE SANTA MÓNICA ★

Calle Arenales

Entrée libre.

Cette église de type Renaissance, édifiée par les augustins, est l'une des plus anciennes de Sucre (1564). L'intérieur de Santa Monica fut souvent remanié et, du plafond lambrissé d'origine, il ne reste qu'un grossier plafond en chevrons. Sa façade, considérée comme le meilleur exemple du baroque métis, est la partie la plus réussie de l'église et, avec celle de Santo Domingo, la plus originale de Sucre. À l'intérieur, vous pourrez admirer six magnifiques tableaux d'Ambrosio Villaroel, ainsi que quelques autres œuvres anonymes.

IGLESIA DE NUESTRA SEÑORA DE LA MERCED ★★★

Calle J.-J. Perez

Ouvert de 10h à 11h30 et de 15h à 17h30. Entrée : 10 Bs.

Construite de 1582 à 1630, l'église de La Merced est sans doute l'un des plus beaux monuments du pays. Sa façade, peinte, en stuc, est très simple et très agréable à regarder. L'église se compose de trois nefs avec des voûtes en caissons de style mudéjar. Présentant un mélange de styles Renaissance et baroque, elle est riche en retables baroques et en peintures. L'ordre des mercédaires a été fondé en Espagne vers l'année 1213. Son objet était de libérer les esclaves sous domination maure.

Les murs de l'église furent terminés vers 1582. Antonio de Montero fut engagé vers 1619 pour terminer l'œuvre, ce qui fut fait vers l'année 1630. Vue de l'extérieur, La Merced ressemble aux églises mexicaines de la Renaissance, tout comme l'intérieur, et ses voûtes en caissons paraissent marquées de la même influence. L'autel de l'église, sculpté dans du cèdre, est sans doute l'un des plus beaux d'Amérique latine. Les tableaux visibles à La Merced, et réalisés spécialement pour elle, sont l'œuvre de Melchor Perez de Holguin. Datant des années 1760, ils constituent un ensemble de vingt-quatre portraits des principaux saints de l'ordre. La beauté de l'orgue de La Merced, avec ses chérubins musicaux, ne le cède en rien à ceux de Santa Clara et de la cathédrale. Demander à monter dans les tours : si la montée est un peu raide, avec parfois peu d'espace, vous pourrez marcher sur les toits et bénéficier ainsi d'une superbe vue sur l'église San Felipe de Neri.

IGLESIA DE SANTO DOMINGO ★

Calle Bolívar

Ouvert les vendredis et dimanches soir. Entrée libre.

L'église se compose de trois nefs : la nef centrale est couverte d'une voûte à arêtes, et les deux nefs latérales sont couvertes de voûtes sur pendentifs. Le transept de l'église est couvert d'une croisée d'ogives de style gothique. L'imposante façade de Santo Domingo semble appartenir aux premières années du XVIIe siècle. L'ensemble de l'église a un aspect de forteresse, une impression que renforce la présence de pinacles pyramidaux sur les murs. Santo Domingo possède des œuvres d'une grande valeur artistique, notamment une superbe sculpture du Christ crucifié.

MERCADO CENTRAL DE SUCRE ★★

Calle Ravelo

Fermé le dimanche pour le grand nettoyage.

Un des plus beaux marchés de Bolivie. On y trouve absolument de tout. Toujours grouillant de monde, faites donc attention aux pickpockets. Le marché est disposé sur deux étages dans un bâtiment tout en béton, mais les rayons du soleil parviennent à s'infiltrer en donnant ainsi lieu à de très beaux jeux de lumière. Les étals de fruits et légumes sont colorés et on peut déguster sur place des jus frais. *Comedor* à l'étage. Ne manquez pas le restaurant 7 Linares à l'entrée du marché, qui sert les meilleurs *chorizos chuquisaqueños*, réputés dans tout le pays.

IGLESIA Y CONVENTO SAN FELIPE DE NERI ★★★

165 Calle Nicolas Oritz ✆ +591 4645 4333
Ouvert du lundi au samedi de 14h30 à 18h. Entrée : 15 Bs. Entrée par le collège Maria-Auxiliadora.

Le bureau universitaire, qui se trouve sur le trottoir d'en face, vous fournira un guide (gratuit). Ce couvent est dorénavant une école. L'entrée se fait par une petite porte calle Nicolas Ortiz, ne laissez pas la devanture peu avenante vous décourager, il s'agit ici d'un des plus beaux monuments de Sucre !

L'église fut construite à l'initiative de l'archevêque José de San Alberto (après l'édification de l'église de Santa Teresa à Cochabamba) qui la commanda à l'architecte Pedro Nogales. San Felipe possède de beaux autels néoclassiques et des tableaux des XVIIIe et XIXe siècles, parmi lesquels il faut mentionner les copies faites par Manuel Gumiel des toiles de l'école de Mengs. On y verra également La Messe de Le Tintico, peintre indien de la fin du XVIIe siècle. Vous pouvez visiter la crypte où sont enterrées les grandes figures de la nation, tel Garcia Pizarro, dernier président de la Real Audiencia.

Le cloître est magnifique, particulièrement vu des toits. Au-dessous, se trouvent une autre crypte et des catacombes où sœurs et pères se donnaient des rendez-vous clandestins. Prenez garde à ne pas vous cogner la tête en entrant et en sortant.

Le moment le plus intéressant de la visite est la promenade sur les toits de tuiles et de mosaïques. Elle fera la joie des photographes. On peut même monter dans un des deux clochers ! La beauté du panorama, à 360°, est à couper le souffle et l'on comprend pourquoi Sucre fut appelée la *Ciudad Blanca*.

© GRÉGORY ANDRE

MONASTERIO Y TEMPLO DE SANTA TERESA ✝ ★

461 Calle San Alberto
Messe le lundi et le dimanche à 7h.

Ce monastère de l'ordre des Carmes Déchaux a été fondé en 1665 par l'archevêque Fray Gaspar de Villarroel, avec l'aide de religieuses venues de Lima. Il imposa des règles strictes de conditions de vie dans le couvent. L'édifice, bâti avec une seule nef et qui comprend plusieurs autels latéraux, bénéficie d'une architecture harmonieuse. Il abrite plusieurs œuvres intéressantes de peintres de l'époque coloniale, notamment des tableaux de Manuel Gumiel.

MUSEF, MUSEO NACIONAL DE ETNOGRAFIA Y FOLKLORE 🏛 ★

74 Calle España
✆ +591 4645 5293
www.musef.org.bo
Ouvert du lundi au samedi de 8h30h à 16h et le dimanche de 9h à 13h. Entrée libre.

La maison abritant le musée a récemment été repeinte avec de surprenantes couleurs éclatantes, si cela interpelle, sachez que ce sont les couleurs originales qu'il y avait à l'époque ! Le musée présente deux collections permanentes et deux temporaires. Des vidéos sur les danses traditionnelles, les groupes ethniques, la musique, l'histoire et les coutumes de Bolivie sont projetées. Le MUSEF n'abrite hélas plus la superbe collection de masques folkloriques, qui a déménagé à La Paz.

PARROQUIA DE SAN LAZARO ✝ ★

Calle Calvo
Entrée libre.

L'église de Saint-Lazare est l'une des plus anciennes de l'Audience de Charcas, puisqu'elle fut construite en 1544. Elle servait de cathédrale provisoire jusqu'en 1559. Son rôle était de catéchiser les Indiens. Malheureusement, cette paroisse conserve très peu de sa structure originelle, si ce n'est ses murs extérieurs privés de toute décoration. À l'intérieur de l'édifice, on peut admirer un retable attribué à Andrés Hernandez, sculpteur du XVIe siècle, qui réalisa de nombreuses œuvres à Chuquisaca. On y voit également quelques toiles représentant les apôtres.

VALLÉES CENTRALES

MUSEO COLONIAL CHARCAS ★★

698 Calle Bolívar ✆ +591 4645 6100
Ouvert du lundi au vendredi de 9h à 12h et de 14h30 à 18h30, et le samedi de 9h30 à 12h. Entrée : 30 Bs.

C'est en 1570 que fut installé à Charcas l'Office de l'inquisition, dans cet édifice connu sous le nom de « la Casa del Gran Poder ». Datant de la première moitié du XVIIe siècle, il illustre une version locale de l'architecture maniériste ou post-Renaissance de cette période. Situé au coin de la rue, l'édifice présente une façade mise en valeur par deux arcs. Ceux-ci créent ainsi une sorte de chapelle externe dans laquelle était certainement installée la croix verte, symbole du tribunal de l'Inquisition. À l'intérieur, dans le corps de bâtiment principal situé sur un podium au-dessus du patio, on peut voir des arcs sur les trois côtés. Restaurée à la suite du tremblement de terre de 1948, la Casa del Gran Poder abrite le musée de Charcas. Il dispose de 23 salles d'exposition et la plupart d'entre elles sont consacrées à la peinture religieuse.

Musée d'art colonial. Situé au rez-de-chaussée du premier bâtiment, il fonctionne depuis 1939. Y sont exposés des riches tableaux de la période coloniale, répartis selon dix thèmes ou ambiances. Plusieurs écoles sont présentes, telle l'école italienne, avec F. de Trevisano et notamment sa Piedad ; l'école de Cuzco et Quito, avec des tableaux d'artistes anonymes ; l'école flamande, avec les toiles de F. Faurchault ou Wolfroet ; l'école française, avec une reliure en émail champlevé de Limoges. Parmi les œuvres d'artistes boliviens, on pourra voir des toiles de Perez Holguin (Saint Matthieu, Saint Jean l'Evangéliste, Naissance de la Vierge) ; de Gamarra (La Madeleine) ; de Castro et de A. Villaroel. La partie d'art contemporain est assez riche, elle se termine par une collection de portraits des anciens Présidents de la Bolivie. En parcourant les salons, on pourra également admirer de belles pièces de mobilier : cabinets, tapis, manuscrits, nombreuses pièces brodées, taillées et dorées, etc. L'ensemble des collections de ce musée fut réuni par l'Athénée des beaux-arts de Chuquisaca. Le tout fut offert à l'Université, en 1957.

Musée anthropologique. Ce musée, fondé en 1944, se trouve dans le grand salon du deuxième étage. Il se divise en trois sections : archéologie, folklore et ethnographie.

Dans la section archéologie, est exposée une collection de pièces appartenant aux cultures presto, puno, yampara, mojocoja, ina, yura, turupaya, chaqui, uruquilla et sauces. On y trouve également des céramiques et des pierres rares.

Dans la section ethnographie, on côtoie des crânes déformés, des momies, des objets fabriqués avec des plumes et utilisés par les tribus de l'Oriente bolivien, des pièces de céramique, des textiles, des inscriptions indigènes de la zone andine, des poupées habillées des vêtements typiques de chaque région, des pièces provenant des cultures pré-incas de l'Altiplano, etc. Dans la section folklore, les vitrines abritent des maquettes de danses folkloriques et des masques.

Collection de la princesse de la Glorieta. Cette collection, commencée en 1902, se trouve au deuxième étage du second édifice. Elle comporte deux cents tableaux européens et coloniaux de Perez Holguin, Caraval, Herrera, Valverde, et quelques autres. Vous y verrez aussi des meubles, dont des secrétaires et écritoires en bois provenant des missions de Chiquitos. Toute la collection fut à l'origine acquise par le Banco Central et ensuite offerte à l'Université. Dans le même bâtiment se trouve la galerie d'art moderne qui expose des tableaux de la période républicaine et du XXe siècle.

Museo Colonial Charcas.

MUSEO DE ARTE INDIGENA [ASUR] ★★★

314 Pasaje Iturricha
✆ +591 4 645 6651
Ouvert de 9h à 12h30 et de 14h30 à 18h du lundi au samedi. Entrée : 25 Bs. Photos interdites.

Le musée d'art indigène de la Fondation ASUR présente une collection de pièces archéologiques, de textiles, d'instruments de musique et de céramiques datant de 500 à 2000 ans. Il a été inauguré en 1986 dans le cadre du Programme de renaissance de l'art indigène de Bolivie. Son objectif principal est de revitaliser les textiles traditionnels et de générer des ressources complémentaires dans les communautés autochtones. Il compte aujourd'hui plus de 800 femmes tisserandes et 200 tapissiers et brodeurs. L'exposition principale est constituée de tapisseries provenant des communautés de la région Jalq'a (nord-est de Sucre), de Tinguipaya (hautes terres du nord de Potosí) et de Tarabuco (sud-est de Sucre) également nommée « Yampara ». Elle permet aux visiteurs de comprendre les techniques de fabrication des tissus les plus admirables et les plus réputés de Bolivie. Dignes d'être considérées comme patrimoine de l'humanité de par leur maîtrise, leur beauté et leurs sens profonds, ces œuvres font partie d'un héritage artistique et social inestimable. Le musée dispose de 9 salles d'exposition. Quatre d'entre elles sont consacrées aux textiles ethnographiques, tandis que les cinq autres traitent des rituels chamaniques et des pratiques funéraires de la période Tiwanaku. Un espace vidéo présente les différentes danses et cérémonies de la région (notamment le pujllay). Les visiteurs sont conviés à lire les cartels de chaque œuvre afin d'en comprendre davantage sur leurs contextes, leurs significations et leur élaboration. Ces textes informatifs sont rédigés en espagnol, et pour ceux qui ne parleraient pas cette langue, il suffit de demander aux employés de l'accueil de vous fournir les textes traduits (français, anglais, portugais, italien et allemand). Les salles et les espaces sont agréablement aménagés : c'est sans conteste l'un des plus beaux musées du pays. Son jardin, calme et impeccablement entretenu, est l'endroit parfait pour flâner sous le soleil, en après-midi, pour écrire à tête reposée dans son journal de bord ou pour pique-niquer entre amis. Attention : le musée fermera ses portes de 12h30 à 14h30, afin que ses employés puissent aller déjeuner. Mieux vaut alors arriver tôt le matin pour ne pas être pris à devoir quitter les lieux après seulement quelques minutes de visite. Sachez cependant qu'en gardant votre billet d'entrée, vous pourrez sans problème entrer de nouveau afin de terminer les salles d'exposition qui vous restait à visiter. Enfin, vous avez la possibilité d'acheter de superbes textiles, tapisseries, sacs en cuir, portefeuilles et céramiques, dans la boutique à l'entrée. A l'intérieur de celle-ci se trouve d'ailleurs une tisserande travaillant sur une somptueuse tenture jalq'a. Vous pourrez alors observer la méthode traditionnelle de fabrication de ces tissus légendaires. Vous aurez deviné que c'est alors le moment idéal de vous procurer un souvenir de voyage authentique, ravissant et qui respecte les caractéristiques du commerce équitable et du développement durable. Toutes les cartes de crédit sont acceptées.

Textiles de Tinkipaya

Tinguipaya, avec plus de 30 000 habitants, est considérée comme l'une des municipalités la plus pauvre de Bolivie. Leurs motifs (zigzag, losanges, et autres formes géométriques), colorés et lumineux, évoquent le monde d'en haut, appelé « Gloire ». Ils paraissent plus abstraits que ceux de Tarabuco et de Jalq'a.

Textiles de Jalq'a

Les motifs des tissus j'alqa, ont une symbolique particulièrement complexe qui se réfère aux mythes fondateurs de l'identité ethnique du groupe. A la grande différence de tissus tarabucos, les tapisseries j'alqa se caractérisent par la prédominance du figuratif et d'une absence quasi totale de géométries non figuratives. Les dessins illustrent un monde mythique, où règnent désordre et chaos. Dans une palette de tonalités volontairement obscurcies et dépourvues de contrastes, les tisserandes font surgir des animaux fabuleux appelés « khurus », sauvages et indomptables. Certains sont facilement reconnaissables tels les hiboux ou les crapauds, d'autres sont pourvus d'une anatomie improbable.

Textiles de Tarabuco

La plupart des communautés situées vers l'est, le nord et le sud-est de Sucre pratiquent un même style de tissage connu sous le nom de « tarabuco ». De tous les vêtements tissés dans cette région, celui dont la technique est la plus complexe est « l'aqsu », une sorte de cape portée par les femmes. Les dessins de l'aqsu tarabuco sont très différents de ceux de j'alqa. Leurs motifs sont tissés en bandes symétriques, donnant l'impression d'un certain ordre. Leurs thèmes sont de deux natures : soit des éléments de type abstrait répétitifs, soit des icônes (animaux, êtres humains, objets quotidiens ou festifs). Les Tarabucos reflètent en miniature leurs réalités ainsi que les paysages qu'ils dominent. Les motifs sont tissés avec de la laine de mouton, teinte dans des couleurs vives, ce qui détonne avec le fond tissé en coton blanc. De cette façon, non seulement la couleur, mais également la texture de la laine (qui fait apparaître les figures en relief) mettent en valeur chaque détail. Les tissages tarabucos ne jouent pas seulement sur les contrastes, mais aussi sur les dégradés de couleurs, et ce, surtout les ponchos masculins qui comportent de grands espaces où la couleur se dégrade tout doucement.

VALLÉES CENTRALES

MUSEO Y CONVENTO DE LA RECOLETA ✝ ★★★

Plaza Pedro Anzúrez ✆ +591 4645 1987
Ouvert du lundi au vendredi 9h-11h30 et 14h-16h30, le samedi 15h-17h. Visite guidée (40 min) obligatoire : 15 Bs.

La ville de Sucre est née à la Recoleta, ce couvent des franciscains fondé en 1600 par Fray Francisco Morales. Les quatre patios de la Recoleta présentent les mêmes caractéristiques : des arcs bilobés rampants. Dans le premier patio, on peut voir, sur la gauche, une cellule d'un moine franciscain, Fray Mamerto Esquiu, qui date du XIXe siècle. Des fresques ornent les murs de la galerie qui entoure le patio. Par le deuxième patio, on accède à l'entrée du cloître. Aujourd'hui, le cloître ne compte plus que trois prêtres et neuf novices. Les murs du patio sont ornés de peintures sur tissu qui représentent des scènes de la vie de prière et d'abnégation des franciscains. Donnant sur le même patio, une bibliothèque abrite une collection de vingt mille volumes, datant de 1600 à nos jours. Le troisième patio est connu sous le nom de patio des orangers. En le traversant, on accède à un jardin où l'on peut admirer un énorme cèdre, âgé de 1300 à 1400 ans. On l'appelle « l'arbre millénaire » déclaré monument historique en 1956 ! Là, se trouve également le potager du couvent. Dans le quatrième patio, on appréciera les colonnades ainsi qu'un tableau de San Pedro de Alcantara qui date de 1600. On revient ensuite dans le second patio qui donne accès au chœur de l'église. Une plaque commémorative marque l'endroit où le président Pedro Blanco fut assassiné.

Dans le chœur de l'église, une chaire *(la silleria)* sculptée, de 1674, rend hommage par ses motifs aux pères franciscains partis en mission d'évangélisation à Nagasaki, au Japon, où ils furent torturés, puis crucifiés ou empalés. Les femmes qui les accompagnaient, les clarisas, furent brûlées. Les sculptures de la chaire, réalisées par des artistes indigènes, illustrent leur martyre. Hélas, on ne peut voir qu'une partie de cet ouvrage ; l'autre a été perdue. Outre une bible datant de 1800, écrite en latin et en espagnol, on pourra admirer un tableau représentant l'Enfant Jésus et la Vierge Marie et un autre, illustrant le martyre des frères franciscains. L'église elle-même est postérieure au couvent puisqu'elle date de 1875. Composée d'une seule nef, avec une chapelle latérale, elle a été dessinée d'après les anciens plans du presbytère. La structure se compose de piliers polygonaux à chapiteaux dont le style est difficile à déterminer.

Du mirador, devant le couvent, on profite de l'un des plus beaux panoramas sur la ville. Sous les arcades, les amoureux viennent profiter du coucher de soleil...

MUSEO Y CONVENTO DE SANTA CLARA ✝ ★

212 Calle Calvo
✆ +591 4645 2295
Du mercredi au samedi de 10h à midi.

Fondé en 1636 par María de Ceballos, le monastère Santa Clara comporte un très beau cloître, de nombreuses cellules, quelques dépendances mais, surtout, une église d'une seule nef, prolongée par deux chœurs, le haut et le bas.

L'église, remaniée en 1920, montre une façade néoclassique, admirable par ses proportions. La simplification de la vie monacale due aux récentes réformes des conciles a entraîné l'adaptation successive des chœurs haut et bas pour les transformer en musée. Un musée riche des nombreuses œuvres d'art accumulées dans le monastère depuis des centaines d'années (peintures et sculptures de Gasar Miguel de Berrios). Dans le chœur supérieur, vous pourrez admirer de nombreux tableaux des écoles de Charcas et de Cuzco, des meubles de style baroque, des sculptures en bois, des livres anciens du XVIe au XVIIIe siècle et des ornements sacrés.

Au fond de la salle de l'ancien chœur supérieur, au milieu du mur, une petite fenêtre donne sur l'intérieur de l'église. C'est la *puerta del comulgatorio*, en bois taillé polychrome de style baroque métis. C'est par là que les sœurs recevaient la communion.

Dans la salle en dessous, ne manquez pas le superbe orgue du chœur. Cet instrument a été fait à Sucre en 1664, dans les ateliers du maître Pedro de Las Casas. Les portes extérieures s'ornent de peintures qui représentent le roi David et Santa Cecilia. Le soufflet, à pression manuelle, est en bois de cèdre et en plomb. L'ensemble date du XVIIe siècle.

PEINTURES RUPESTRES ★

Des nombreuses peintures rupestres, dont certaines dateraient de l'époque pré-colombienne, se trouvent dans les environs de Sucre. Les villages accueillant ces sites se nomment Patatoloyo, Taruca Wasy (25 km de Sucre), Incamachay (44 km), Pumamachay (46 km). C'est l'occasion d'une belle balade dans la cordillère environnant la ville blanche de Bolivie. Il est nécessaire de contacter un guide ou une agence à Sucre pour visiter tous ces sites hors des sentiers battus. Compter une journée entière de visite (avec les transports).

PARQUE BOLÍVAR ★

Calle Pilinco

L'ensemble du parc et des jardins Bolívar fut construit sur l'ancienne Alameda. Au milieu d'un grand espace rectangulaire, encadré d'amples avenues bordées de ceibos et autres arbres ornementaux, s'élèvent quelques pavillons entourés de fleurs. Ce qui attire l'attention, c'est l'aspect très européen de ce jardin, dont l'élément le plus étonnant est une imitation en miniature de la tour Eiffel et on peut effectuer un tour de barque sur une petite rivière artificielle censé représenter… la Seine !

Au bout du parc se trouve la Capilla de la Retonda. Ce monument fut érigé lors d'une période de lutte politique qui marqua les pages de l'histoire bolivienne vers la fin du XIXe siècle. Le 6 septembre 1850, le président de la République de l'époque, le général Isidoro Belzu, fut attaqué lors d'une promenade dans le prado de Sucre par un groupe d'opposants politiques, et gravement blessé. Une fois guéri, le président ordonna la construction d'un monument en l'honneur de la Vierge del Carmen, à l'endroit même de l'attentat, au bout de l'ancien Prado. Il s'agit d'un petit édifice de forme circulaire à deux niveaux : le niveau inférieur, constitué par vingt-quatre colonnes de style ionique, et le niveau supérieur avec ses petites fenêtres et sa coupole.

Un parc soigneusement entretenu où les familles aiment se balader le dimanche. Aire de jeux pour les enfants.

Tout en bas, à la sortie du parc, vous tomberez nez à nez avec une ancienne locomotive, témoignage d'un temps révolu où les trains arrivaient au pied de ce boulevard.

PARQUE CRETÁCICO ★★

RN 5

✆ +591 6710 7386

www.parquecretacicosucre.com

Ouvert du mardi au dimanche de 9h à 17h.

Entrée : 30 Bs. Droit photos : 5 Bs.

Le site Cal Orcko est le seul endroit au monde qui concentre des empreintes d'une large variété de dinosaures datant la fin de la période du Crétacé, il y a plus de 65 millions d'années. La majorité du territoire bolivien était à l'époque au niveau de la mer et proche de points d'eau. Il constitue une visite très intéressante, notamment pour les familles avec enfants. Votre guide vous mènera dans le petit musée exposant des fossiles d'il y a 68 millions d'années, découverts en 1994 sur le site de Francesa, le plus grand producteur bolivien de ciment. Des vidéos d'informations projetées dans le musée permettent d'appréhender le parc de manière intéressante. La visite continue par une balade dans le parc, où vous y verrez 24 reproductions grandeur nature de différentes espèces connues de dinosaures, dans des postures menaçantes. Depuis le mirador, on peut observer – de loin – la pièce maîtresse du lieu, une paroi de 1,5 km de long et 110 m de haut, où 462 empreintes de plus de 150 espèces ont été imprimées, dont 8 ont été formellement identifiées. À noter que de nombreuses empreintes ont disparu suite aux travaux effectués sur le site. Deux fois par jour, à 12h et 13h, il est possible d'aller au plus près de la paroi pour voir et photographier les empreintes de près (les moins de 12 ans ne sont pas admis). Un véritable voyage dans le temps !

Pour y accéder, rien de plus simple : des transferts en minibus sont opérés depuis la place principale près de la cathédrale, à 9h30, midi et 14h30. Visites guidées toutes les 30 minutes.

MUSEO DEL TESORO ★★

59 Plaza 25 de Mayo

✆ +591 4644 3366

Ouvert du lundi au vendredi de 9h à 12h30 et de 15h à 18h30, le samedi de 9h à 12h30.

Entrée : 25 Bs.

Le petit musée propose une découverte de la gemmologie et des minerais à travers une visite interactive. On y admire des trésors en argent, en or et pierres précieuses. On découvre aussi l'une des perles somptueuses de Bolivie, à savoir la Bolivianita (l'amétrine, cette pierre semi-précieuse jaune et violette que l'on ne trouve qu'ici, en Bolivie !). Demandez el Señor « Tintin », un guide français en or qui fera de votre visite un joli moment. La boutique du musée est tout aussi intéressante. Un musée à ne pas manquer à Sucre !

PALACIO DE LA PREFECTURA DE CHUQUISACA

Plaza 25 de Mayo

Fermé aux visiteurs.

C'est à une initiative du gouvernement Baptista que Chuquisaca doit la construction de son édifice le plus important du XIXe siècle. L'élément le plus remarquable, et sans doute le plus réussi, est le monumental escalier de type impérial, encadré par deux imposantes colonnes en marbre. Les appartements du palais sont aménagés dans un style néoclassique. Au milieu de la façade apparaissent les armes du pays. Toute la décoration à l'intérieur de l'arc est de type Art nouveau.

PARROQUIA SAN MIGUEL ★

27 Calle Arenales

Ouvert du mardi au vendredi de 18h30 à 19h30h et aux horaires de messes uniquement samedi et dimanche. Entrée libre.

À l'origine, cette église fut construite par les jésuites en l'honneur de saint Jean-Baptiste, mais après leur expulsion de Sucre, elle fut consacrée à saint Michel. San Miguel, dont la construction, selon le plan d'une croix latine, s'acheva en 1612, fait partie des monuments de style mudéjar (art d'influence islamique). Vous pourrez y admirer un somptueux plafond à caissons polychrome rouge et or. Les plafonds du presbytère ainsi que du transept et de l'église sont à caissons octogonaux.

Par sa décoration intérieure, l'église de San Miguel était le plus riche exemple de l'art mudéjar de toute la vice-royauté du Pérou. L'entrée de l'édifice est typique de l'architecture maniériste. Outre ses magnifiques retables du XVIIIe siècle, ses nombreux tableaux et sculptures, le plus grand trésor artistique de San Miguel est une série de toiles, peintes à la fin du XVIe siècle par le peintre maniériste Bernardo Bitti, et qui faisaient partie d'un ancien retable. Bitti était le plus grand peintre de l'Amérique coloniale et ses plus belles œuvres sont celles qu'on peut admirer à Chuquisaca.

Parmi les tableaux de l'église, on remarque surtout celui, très bien conservé, de l'Annonciation. Parmi les sculptures, on admirera surtout celle de San Juan Bautista, due au sculpteur Gaspar de la Cueva, originaire de Séville. Détail original, la tour de l'église (la plus haute de la ville) abrite un café, la Torre del Campanario, qui offre une magnifique vue sur les toits de la ville et permet de profiter de l'architecture envoûtante de l'église.

PLAZA 25 DE MAYO ★★★

Toute la vie de Sucre tourne autour de cette place, et c'est autour d'elle que s'organisent les activités administratives, commerciales et culturelles. Elle constitue également un formidable point central d'orientation pour le visiteur. Encadrée de somptueux édifices coloniaux tels que la Casa de la Libertad, la cathédrale et le Palacio del Gobierno qui abrite la préfecture, elle est considérée comme la plus grande de Bolivie. À midi et quand le soleil se couche, on vient s'y promener ou simplement s'asseoir sur l'un de ses bancs, protégés du soleil par les arbres. Au centre trône la statue du maréchal Sucre. Point de rencontre de la jeunesse et des amoureux, jadis, les promenades autour de la place obéissaient à un code tacite : les hommes circulaient dans un sens, alors que les femmes allaient dans le sens opposé, ce qui permettait à chacun de repérer la personne qui l'intéressait ou d'échanger des regards complices. Un homme qui accompagnait une dame devait suivre la direction empruntée par les femmes. Scrupuleusement respectée autrefois, cette charmante coutume tend aujourd'hui à disparaître, au profit de groupe d'étudiants s'y donnant rendez-vous. Les occasions de pèlerinage sont nombreuses et régulièrement la place est en fête, avec la présence régulière de musiciens, de danseurs... De nombreux vendeurs de *street food* et de boissons, dans des kiosques ou avec des étals mobiles, sont présents sur la place, c'est l'occasion de goûter aux *tucumanas*, de délicieuses *empanadas* boliviennes.

TEATRO GRAN MARISCAL DE AYACUCHO ★

Plaza Libertad

Visites selon les horaires des spectacles.

Ce théâtre date de la même époque que le palais du gouvernement. Sa construction répondait au besoin qu'éprouvait la ville pour accueillir des représentations d'opérettes et de zarzuelas. Elle a été conçue par l'architecte Domingo Camponovo comme une réplique de la « Scala de Milan », en Italie. Malheureusement, ni la décoration intérieure du théâtre ni la partie supérieure de la façade n'ont été achevées. Un vague air d'exotisme enveloppe l'édifice.

ASTA BOLIVIA

113 Calle Colon

✆ +591 7576 0843

Ouvert tous les jours de 9h à 20h.

Cyril, un Français installé depuis plusieurs années à Sucre, est à l'origine de la création de l'agence Asta Bolivia. Il propose des visites et des treks autour de la région de Sucre et dans tout le reste de la Bolivie. Bien intégré, il vous proposera un circuit sur mesure pour passer un magnifique séjour en Bolivie. Vente de billets d'avion nationaux et internationaux, vente de forfaits touristiques et croisières, assurances voyageurs, hôtels, etc. À noter qu´il possède aussi une auberge de jeunesse proche de l´agence. On recommande.

CASA DE LA LIBERTAD ★★★

11 Plaza 25 de Mayo
✆ +591 4645 4200
www.casadelalibertad.org.bo
Ouvert du lundi au vendredi de 8h à 16h et le dimanche jusqu'à midi. Visite guidée. Entrée : 15 Bs.

Vers la fin du XVIe siècle, les évêques et les archevêques de Charcas, ainsi que les jésuites, demandèrent à la couronne espagnole la création d'un « haut lieu d'enseignement ». Leurs demandes aboutirent à la fondation, dans un premier temps, de l'école San Juan Bautista, en 1621, puis, trois ans plus tard, de la « Real y Pontificia Universidad de San Francisco Xavier ».

L'université fut fondée par le père jésuite Juan de Frias Herran, en 1624, mais elle fonctionnait déjà en 1621, de façon informelle, dans les locaux de l'école jésuite. Pendant cette période, l'église de San Miguel accueillait tous les actes solennels et académiques.

Les bâtiments de l'université furent construits grâce aux apports économiques des jésuites. Le premier édifice, dont la construction s'acheva en 1701, fut celui que l'on connaît aujourd'hui sous le nom de la casa de la Libertad. Malgré les transformations dont ils ont fait l'objet pendant le XIXe siècle, les locaux de l'université ont gardé en général leur aspect originel. Franchi le portail, on arrive dans un patio rectangulaire typiquement colonial, au milieu duquel se trouve une grande fontaine en pierre. Les salles à visiter s'organisent autour de cette cour.

En entrant, au fond à droite, la première salle expose tous les objets en relation avec la colonie. À gauche, un portrait de Pedro de Anzures, marquis de Camporedondo et fondateur de la ville. Le blason de la ville porte un aigle bicéphale appuyé sur les piliers de la science et du savoir ; au-dessous, se trouvent les royaumes de Leon et de Castille ainsi qu'un drapeau représentant les croisades ; à l'arrière-plan se profilent, à droite, le cerro Rico et, à gauche, le cerro Porco. Les trois principales marques de noblesse étaient : une fille placée au couvent, la possession d'un blason que l'on peignait en particulier sur les portraits et, bien sûr, un nom à particule d'autant plus long que la célébrité d'un ancêtre.

À droite, à partir de l'entrée, est affichée une carte de la ville qui date de 1777 et où l'on distingue les deux montagnes qui dominent Sucre, Sica Sica et Churuquella, ainsi que, à l'extrême gauche, le lieu de la fondation de la ville. Contre un mur, gît un cercueil jadis utilisé par l'université. La vitrine au centre de la pièce expose d'importants documents concernant des dispositions et ordonnances du roi. On peut y lire : « yo, el rey » (moi, le roi), avec la signature royale à côté. Visible sur le mur d'en face, un portrait du roi Charles III est investi d'une forte valeur symbolique puisque c'est devant lui que les autorités espagnoles de la Real Audiencia venaient faire allégeance. Sur la gauche, un portrait de femme nous la montre vêtue d'une de ces robes caractéristiques de l'époque coloniale dont s'inspirèrent les polleras (jupons) des paysannes. En sortant, sur la droite, donnez un coup d'œil au portrait de don Ramon Garcia de Leon y Pizarro, la plus haute autorité des dernières années de la colonie et qui a dit une phrase célèbre : « La conquête débuta avec Pizarro et avec Pizarro elle finira. »

À côté de la première salle, s'ouvre le plus bel espace de la casa de la Libertad : le salon de la Independencia, d'une grande importance historique. Ici, fut réuni le premier congrès constituant de la Bolivie qui signa l'acte d'Indépendance le 6 août 1825. Sous un plafond à caissons et en chevrons, on peut admirer, au-dessus de la porte, une belle tribune taillée en bois de cèdre et dorée à la feuille d'or 24 carats.

En forme de « U », elle rappelle les chœurs du XVIe siècle. Sa décoration est de style baroque. À l'origine, au début du XVIIe siècle, ce salon fut la chapelle privée des jésuites. C'est pourquoi on y garde encore les chaires, marquées de leur emblème. Lorsque l'université fut fondée, on faisait passer dans cette salle les épreuves publiques de doctorat en droit et en philosophie. Ses quatre murs ont vu défiler un grand nombre des personnages qui ont écrit l'histoire de l'Amérique latine.

Au fond, sur la droite, on peut voir la chapelle connue sous le nom de « templete argentino ». On y trouve un portrait du général argentin Belgrano, créateur du premier drapeau argentin. Dans la vitrine est exposé le drapeau appartenant à la deuxième division auxiliaire argentine, battue par les Espagnols. Plus loin, en sortant de la chapelle, on traverse une salle qui commémore les héros de la Révolution. Au fond, un portrait de Zudanez, qui lança le premier cri révolutionnaire en Amérique latine. Sur le sol, un canon qui a servi à détruire les portes de la Real Audiencia de Charcas. On y voit également deux épées avec lesquelles ont combattu deux maréchaux : Sucre, lors de la bataille d'Ayacucho, et Ballivian, lors de la bataille d'Ingavi. À côté, se trouve le salon del Senado où se réunissait le Sénat. Y sont exposés les portraits de tous les présidents de la Bolivie, depuis la naissance du pays jusqu'à nos jours. Au fond, domine un énorme buste de Bolívar, datant de 1966 et sculpté dans une seule pièce de bois. Des deux tout premiers drapeaux boliviens exposés, l'un fut utilisé jusqu'en 1825. On peut y voir représentées les cinq provinces ayant signé l'acte d'Indépendance : Potosí, La Paz, Charcas, Cochabamba et Santa Cruz. Le deuxième drapeau, utilisé jusqu'en 1826, porte le premier blason de la ville. Cette même salle réunit, en outre, différents objets de l'époque républicaine. La quatrième et dernière salle est consacrée au maréchal Sucre, à sa vie et au rôle qu'il joua dans l'histoire du pays.

VALLÉES CENTRALES

CATEDRAL METROPOLITANA ✞ ★★

Plaza 25 de Mayo
✆ +591 4645 2257
Musée ouvert en semaine 10h-12h et 15h-17h, samedi 10h-12h. Messes les jeudis et samedis à 9h.

L'édifice religieux le plus important de la ville. Sa construction prit beaucoup de temps. Entre 1551 et 1561, on érigea une structure très simple, d'une seule nef, couverte d'une croisée d'ogives. Entre 1580 et 1623, on construisit le baptistère, la croisée du transept, la chapelle majeure et la sacristie. Entre-temps, l'édifice d'origine dut faire l'objet de réparations et l'on fut contraint d'y ajouter des chapelles destinées à renforcer la structure. Mais l'ensemble de l'église ne répondant toujours pas aux exigences architecturales, on décida, vers 1686, d'ajouter deux nefs supplémentaires pour remédier aux défauts de l'édifice. En 1688, furent érigés les murs des deux nefs, les arcs et l'on commença la construction des voûtes ainsi que celle de la tour. Malgré ces efforts successifs, la cathédrale s'avéra encore défectueuse. En 1712, une nouvelle réparation des voûtes fut nécessaire. Sous sa forme actuelle, la cathédrale, avec ses trois nefs couvertes de voûtes à croisée d'ogives, offre un ensemble harmonieux qui peut rivaliser avec les grandes cathédrales du Pérou. Côté Epître, la façade de l'architecte Gonzalez Merguete offre le meilleur exemple de baroque pur que l'on puisse voir à Charcas car elle ignore toute influence locale. Elle présente trois niveaux, décorés de colonnes drapées qui font toute son originalité. Pourtant cette façade ne plut pas, et personne à Charcas n'essaya de l'imiter. Elle reste, cependant, l'un des plus intéressants exemples du « baroque métropolitain » dans la Vice-Royauté du Pérou.

BIZ RENT A CAR ☛

703 Calle La Paz ✆ +591 6760 0018
www.biz.com.bo
Location de véhicules 4x4, entreprise expérimentée pour le Salar d'Uyuni, Sud Lípez, Cratère de Maragua, etc.

Une agence de location de voiture spécialisée dans le tourisme dans le Salar d'Uyuni et le Sud Lípez. Ils fournissent tout l´équipement nécessaire pour réaliser par vous-même votre voyage et ils vous donnent aussi de nombreux conseils pour parcourir cette zone aussi incroyable que complexe. Leurs véhicules 4x4 *off-road* sont modernes et ont un entretien impeccable. Le bureau principal de l´agence se trouve dans le centre, vous pourrez récupérer ou laisser les véhicules dans d´autres villes à un coût raisonnable. Bon à savoir, l´opératrice est francophone.

TEMPLO MUSEO SAN FRANCISCO DE ASÍS ✞ ★★

106 Calle Aniceto Arce
✆ +591 4645 1853
Ouvert du lundi au vendredi, de 8h30h à 12h et de 14h30 à 17h30. Entrée : 15 Bs.

L'église de San Francisco de Asís (saint François d'Assise) est l'un des plus vieux édifices du pays. En 1538, peu de temps après la fondation de la villa de La Plata par Pedro de Anzures, arriva à Chuquisaca Fray Francisco de Aroca. Pour pouvoir commencer son œuvre d'évangélisation, Fray Francisco fit bâtir une petite chapelle couverte de branchages. Elle fut remplacée, à la fin du XVIe siècle, par l'église actuelle. L'atrium de l'église, avec une chapelle dans le coin, fut érigé en 1790 par le père Juan Alejo Zelaya. Cette chapelle, où l'on endoctrinait les indigènes pendant le carême, offre l'un des rares exemples de « chapelle ouverte » en Amérique du Sud. Quant à l'église, l'historien Diego de Mendoza nous raconte dans une chronique qu'elle fut achevée en 1581 et qu'on y déposa les ossements des conquistadores. Il ajoute : « Elle est composée d'une seule nef, très gaie, et peut accueillir un grand nombre de fidèles. La croisée se trouve au niveau de la chapelle majeure et de deux chapelles collatérales. Toute l'église est fort bien décorée, la sacristie et l'antisacristie se marient bien avec l'ensemble. » En dépit de ce que rapporte don Mendoza, la construction de San Francisco ne fut pas si simple et prit beaucoup de temps : de 1577, date à laquelle l'architecte Juan de Vallejo sera rémunéré pour les travaux réalisés dans le couvent du même nom, à 1618, date à laquelle le presbytère sera doté du beau plafond lambrissé, visible encore aujourd'hui. En 1580, on réussit à finir la première partie de l'église. À partir de cette année-là, San Francisco fit l'objet de substitutions et d'amplifications. La chapelle majeure fut luxueusement reconstruite en 1595 et couverte d'un plafond lambrissé. De nos jours, San Francisco présente la structure de 1580, et s'étend sur une seule nef. Son chœur, assez haut, a un plafond lambrissé de forme octogonale. Du côté de l'Évangile, l'église reste inchangée et correspond à l'ancienne structure, alors que du côté de l'Épître, la structure est celle de la construction datant de 1592. Les deux clochers ont été érigés à cette époque.

On peut également visiter la crypte de l'église où de nombreux notables de la ville ont été enterrés. À noter que les photographies sont interdites à l'intérieur de l'église. Les messes du dimanche soir attirent beaucoup de monde de par leur singularité, puisqu'elles sont souvent accompagnées d'un groupe de rock avec batterie, guitare électrique et synthétiseur !

UNIVERSIDAD DE SAN FRANCISCO XAVIER DE CHUQUISACA ★

692 Calle Junín

Entrée libre.

Fondée le 27 mars 1624, cette université est l'une des plus anciennes du pays. La *Universidad Mayor, Real y Pontificia de San Francisco Xavier de Chuquisaca*, son nom complet, eut une grande importance historique, car c'est dans ses salles de cours qu'est né l'esprit révolutionnaire des peuples américains. En effet, San Francisco Xavier était à l'époque le plus important centre d'enseignement de ce côté de l'Amérique. Des étudiants de tout le vice-royaume du Pérou se croisaient dans ses couloirs. On y était très ouvert à toutes les pensées politiques et philosophiques en provenance du vieux continent. C'est d'ailleurs la Révolution française qui fut à l'origine des premiers élans révolutionnaires.

Du point de vue architectural, San Francisco Xavier est un véritable joyau, avec des arcs de style dorique dans sa partie inférieure et ionique dans sa partie supérieure. Vous pourrez entrer dans le grand patio et admirer la fontaine qui trône en son centre ou bien vous asseoir un moment dans le corridor sous le beau plafond à caissons. C'est d'ailleurs ce patio avec sa tour qui est représenté au dos du billet de 100 bolivianos ! En 1625, l'archevêque Cristobal Castilla y Zamora ordonna la construction de la principale salle de l'université, travail auquel participèrent des artistes métis. Le mobilier, dont le style imite celui du Cabildo Métropolitain de Rome, fut exécuté par l'artiste Sallestar. Nous vous conseillons de visiter la bibliothèque de la faculté de droit, connue comme Archivo Nacional et l'une des plus importantes de Bolivie (environ 70 000 volumes). Les premiers livres de la bibliothèque qui furent offerts par les jésuites, et des collections particulières s'y ajoutèrent par la suite. La bibliothèque occupe l'ancienne salle à manger du cloître des professeurs. On y trouve des dictionnaires en langues indigènes, des chroniques primitives, des bibliographies boliviennes, des registres de notaire, des lois et décrets, etc.

Dans l'édifice central de l'université, datant de 1926, on peut admirer le vitrail du salon Romero, réalisé par l'artiste Geüer.

▶ **À visiter :** le salon d'honneur où l'on peut voir deux panneaux muraux ainsi que des meubles et objets taillés en bois, d'une grande valeur artistique, et le salon du rectorat où un panneau mural illustre l'histoire de l'université.

Le musée anthropologique de l'université, qui se trouve dans la calle Bolívar, expose des objets et des œuvres d'art qui méritent le détour.

CONDOR TREKKERS

102 Calle Calvo

✆ +591 6335 8921

www.condortrekkers.org

Ouvert tous les jours de 9h à 19h.

Une partie des bénéfices de cette agence fondée en 2010 est reversée aux communautés traversées lors des visites et randonnées (« 100 % non-profit »). Cette agence propose un éventail de treks et de circuits : visites guidées de la ville, treks *Dinosaurs & Waterfalls*, *Local Village & Tarabuco*, ou encore *Maragua & Inca Trail*. Treks d'une journée ou s'étalant sur plusieurs jours, avec nuitées en refuge ou chez l'habitant. Son seul défaut est sa popularité : il n'est pas rare que les groupes soient surchargés. Possibilité de faire du volontariat avec eux.

RUTAS DEL SUR VIAJES Y TURISMO

79 Pasaje Eliodoro Aillon ✆ +591 4644 2537

www.rutasdelsur-bolivia.com

L'excursion à Trabuco n'a lieu que les dimanches. Son coût est de 76 US$ (inclus le transport, le guide et le déjeuner).

Maria Pilar a ouvert cette agence après avoir travaillé pendant des années dans le tourisme. Elle est une source intarissable de connaissances sur Sucre et sa région ! Tous les sites touristiques de la ville et des environs (dont le marché de Tarabuco bien sûr) sont au programme, mais aussi des excursions plus lointaines. Le service est personnalisé, le voyage se fait en fonction du budget du voyageur. Des guides parlent français. Sérieux et professionnel.

ECOTURISMO GREENTREKKERS BOLIVIA

123 Calle Aniceto Arce
✆ +591 7342 1645
www.greentrekkers.com
Réservation et paiement en ligne.

Menée par une équipe bolivienne dynamique, cette agence basée à Sucre organise des voyages dans tout le pays et bien sûr est spécialisé dans les treks dans les environs et dans la cordillère. Ils développent un tourisme qui favorise les communautés à travers des projets sociaux et environnementaux. Le professionnalisme est au rendez-vous avec plus de 14 ans d'expérience en tant que guides. N´hésitez pas à les contacter via leur page Facebook pour un devis.

INSIDE SUCRE BOLIVIA

744 Calle Junín
✆ +591 7287 2660
Ouvert tous les jours de 8h30 à 20h.

Une agence réceptive basée à Sucre qui propose des voyages sur toute la Bolivie. Leurs spécialités sont les visites et les excursions variées à Sucre et dans ses environs, ainsi que dans le sud du pays (Tupiza, Tarija). L'entreprise est sérieuse et elle pourra aussi organiser vos excursions plus proches comme Potosí, le Salar d'Uyuni et le Sud Lípez. Une équipe professionnelle et de confiance. Possibilité de contracter sur place une assurance pour votre séjour en Bolivie. L'agence propose également des billets d'avion à tarifs intéressants.

TURISMO SUCRE

320 Calle Dalence
✆ +591 4645 2936
www.turismosucre.com.bo

Appartenant aux propriétaires de l'hôtel Mi Pueblo Samary, Turismo Sucre est une agence sérieuse et réputée à Sucre. Des excursions au Salar d'Uyuni et dans tous les hauts lieux touristiques du pays sont proposées, ainsi que des transferts Sucre-Potosí, la visite de la communauté Jatun Yampara ou de différentes *haciendas* coloniales. Bref, les services touristiques offerts sont aussi bien dans la région de Sucre que dans toute la Bolivie. La visite de Jatun Yampara est la spécialité de la maison, nous vous la recommandons fortement !

B&B SANTA CECILIA €

386 Calle Potosí
✆ +591 4644 1304
Chambres double à 180 Bs (160 Bs la deuxième nuit), triple à 270 Bs (240 la deuxième nuit). Petit déjeuner compris.

Située juste à côté de la Casa Verde, voici une petite maison d'hôtes fort agréable. Sept chambres propres et bien tenues avec ou sans sanitaires privés, autour d'un patio. Les propriétaires, des professeurs d'université, habitent juste à côté. Ils viennent régulièrement s'assurer que tout va bien. Cuisine équipée à disposition, salon avec télé câblée, connexion wifi et une saine ambiance familiale. Les propriétaires organisent également des visites gratuites de la ville et des excursions à des tarifs compétitifs. Bons retours des voyageurs.

CASA SOLARIEGA HOSTAL B&B €

241 Calle Grau
✆ +591 7344 3895
www.casasolariegahostal.com
Chambre simple à 120 Bs, double à 200 Bs, triple à 260 Bs, quadruple à 320 Bs. Petit déjeuner compris.

Voici un hôtel très bien situé pratiquant des tarifs attractifs. Les chambres, disposées autour d'un patio central comme souvent avec l'architecture coloniale à Sucre, sont confortables et équipées de TV. Un bar ainsi qu'une jolie terrasse sont à disposition des voyageurs. Des chambres pour groupes sont également disponibles. L'ensemble est bien tenu, par contre le petit déjeuner est limité. Accueil cordial. Une bonne option pour les *backpackers*.

LA DOLCE VITA €

342 Calle Urcullo
✆ +591 6866 0199
www.dolcevitasucre.com
Avec sdb commune, compter 60 Bs la simple et 110 Bs la double. Avec sdb privée, compter 150 Bs la double. Wifi.

Ce petit hôtel sympathique est situé à seulement 3 *cuadras* de la Plaza 25 de Mayo. Dix chambres colorées et spacieuses, certaines avec sanitaires privés. Parquet au sol et table dans toutes les chambres. Une cuisine est à disposition, ou l'on peut vous proposer diverses formules de petits déjeuners. Réductions pour les séjours de 5 nuits et plus. Pas mal d'infos sur la ville et la région. Ambiance familiale et conviviale chez Jacqueline et Olivier, un couple franco-suisse qui sera ravi de partager un bon vin bolivien pour l'apéro. Recommandé.

GRAND HOTEL €

61 Calle Aniceto Arce
+591 4645 2461
www.grandhotel.boliviafull.com
Compter 130 Bs la chambre simple, 180 Bs la double et 270 Bs la triple. Petit déjeuner de 15 à 25 Bs. Wifi.

À quelques pas de la Plaza 25 de Mayo. L'entrée de l'immeuble, de type républicain, n'a rien qui attire l'attention, mais l'hôtel cache à l'intérieur un petit jardin très vert et fleuri autour duquel sont distribuées les chambres plutôt bien décorées. Toutes ont la TV câblée et le téléphone. Nous vous conseillons donc les chambres du premier étage, baignées l'après-midi par les rayons du soleil. Par contre évitez celles du rez-de-chaussée qui sont tristounettes. Bref un hôtel loin d'être parfait mais très bien situé et donc fonctionnel.

HOSTAL RECOLETA SUR €

205 Calle Ravelo
+591 4645 4789
Compter 120 Bs la chambre simple, 180 Bs la double, et 240 Bs la triple. Petit déjeuner compris. Wifi.

Autour de son superbe patio, l'auberge de jeunesse, située dans une ancienne maison coloniale, propose vingt chambres propres, simples et fonctionnelles, dans une ambiance à la fois rétro et moderne. La décoration des chambres est minimale, mais elles sont confortables et toutes équipées de TV et de salle de bains. Les chambres communiquent entre elles par des portes, elles sont donc faiblement insonorisées. Le buffet du petit déjeuner est assez limité, mais propose l'essentiel. Cet *hostal* est une excellente adresse pour les petits budgets.

KULTUR BERLIN HOSTEL €

326 Calle Avaroa
+591 7031 2079
www.kulturberlin.com
Chambre simple à partir de 75 Bs, double dès 200 Bs, petit déjeuner compris. Restaurant, café. Wifi.

Le Kulturberlin, c'est un peu le QG des *backpackers* à Sucre ! À la fois hôtel, auberge de jeunesse, restaurant, café, bar, discothèque, cinéma, tour-opérateur, école d'espagnol... Ici sont proposés lits en dortoirs et chambres privées, avec ou sans sdb privée. Situé dans un vieil immeuble colonial, l'ensemble est très accueillant. C'est le lieu idéal pour les petits budgets, mais aussi pour se faire des amis de voyage. Buffet du petit déjeuner copieux et varié. Ambiance résolument jeune et rock'n'roll, un peu bruyante vous vous en doutez.

PACHAMAMA HOSTAL €

450 Calle Aniceto Arce
+591 4645 3673
Chambre simple à 90 Bs, double à 140 Bs, triple à 210, lit en dortoir à 40 Bs. Wifi.

Une belle découverte. Prisé par les voyageurs français et francophones, l'ensemble est propre, confortable et agréable. Les chambres sont simples, avec une déco minimale, mais elles sont relativement spacieuses. Cuisine à disposition très bien équipée. On apprécie l'ambiance calme et familiale, les hamacs et les tables en pierre dans le patio fleuri ! Salon commun avec grand canapé et TV câblée. Un bon endroit pour rencontrer d'autres voyageurs, échanger et se refiler des bons plans... Très bon rapport qualité-prix. Accueil cordial.

CAPITAL PLAZA HOTEL €€

29 Plaza 25 de Mayo
+591 4642 2999
www.capitalplazahotel.com.bo
A partir de 380 Bs la chambre simple, 480 Bs la double et 600 Bs la triple, l'appartement. Petit déjeuner inclus. Wifi.

Dans ce magnifique hôtel, en pleine place principale, on imagine aisément les bals des Grands de la Bolivie coloniale et républicaine. Des salles de réception grandes comme la galerie des glaces, des patios superbes... composent un ensemble des plus agréables à l'œil. Patio, petite piscine, salle de billard. Le décor des chambres est quelquefois suranné, mais l'ensemble a quelque chose d'envoûtant : comme un rendez-vous avec l'Histoire, en quelque sorte. Bon petit déjeuner servi au restaurant qui propose également de la cuisine pour le déjeuner.

CASA KOLPING SUCRE €€

265 Pasaje Iturricha
+591 4642 3812
Chambres doubles de 300 Bs à 450 Bs, petit déjeuner compris. Wifi. Restaurant.

Tout proche de La Recoleta, donc un peu éloigné du centre mais dans un quartier très tranquille de la ville, cet hôtel sympathique propose 29 chambres de qualité très variable : préférer les chambres baptisées « Frida », « Diego » ou « Mamani » de loin supérieures aux chambres sombres des couloirs. Tarifs un brin excessifs, d'autant que le wifi et l'eau chaude se font souvent rares. Restaurant Munaypata correct sans plus, mais depuis sa terrasse, somptueuse vue sur la ville de Sucre avec possibilité d'utiliser le télescope !

CASA VERDE B&B €€

374 Calle Potosí
✆ +591 4645 8291
www.casaverdesucre.com
Chambre simple 120 Bs, doubles 290 Bs, triples 420 Bs et familiales 540 Bs. Petit déjeuner compris. Wifi.

Une jolie maison d'hôtes dans une maison de style colonial en plein centre de la ville. Le Casa Verde propose des chambres spacieuses et confortables, avec parquet au sol. L'ensemble est parfaitement entretenu. Le petit déjeuner servi dans le salon est bon et copieux. Petite piscine à disposition des voyageurs. Ambiance familiale chaleureuse. L'ensemble dégage un certain charme et le séjour laisse un excellent souvenir. Il y a une cuisine équipée et un patio agréable pour votre confort. Service très attentionné et professionnel. Coup de cœur.

HOSTAL ESPAÑA €€

138 Calle España
✆ +591 6376 0290
www.hostalespana.com.bo
Compter 176 Bs la chambres simple, 260 Bs la double, 260 Bs la matrimoniale, 360 Bs la triple. Petit déjeuner compris.

Un hôtel très agréable malgré une déco un peu vieillotte. Les chambres sont spacieuses et claires, mais dénuées de charme. Toutes ont une salle de bain privée et la TV câblée. Des petits appartements pour une à cinq personnes sont également disponibles. Superbe terrasse au dernier étage d'où vous aurez un magnifique point de vue sur les coupoles de San Francisco et San Miguel, ainsi que sur les toits coloniaux de la ville. Son emplacement est assez central et proche de tous les points importants de la ville. Petit déjeuner un brin décevant.

HOSTAL SUCRE €€

113 Calle Bustillos
✆ +591 6373 8746
www.hostalsucre.com.bo
Chambre simple à 180 Bs (165 Bs sans petit déjeuner), double à 280 Bs (250 Bs sans petit dej), triple à 360 Bs (315 Bs)

Cette jolie maison de type colonial possède deux patios très agréables, avec des petites fontaines à leur centre. L'ambiance est très accueillante, dès le hall de réception décoré, lui aussi, dans le style colonial. Les chambres, distribuées autour des patios, sont un peu sombres et de tailles variables mais tout à fait correctes. Toutes ont une salle de bain privée, une TV et le téléphone. Profitez de la cafétéria dans une belle salle du premier étage, avec meubles d'époques et quelques imposants tableaux de saints et d'anges.

HOTEL INDEPENDENCIA €€

31 Calle Calvo
✆ +591 4644 2256
www.independenciahotel.com
Chambre simple à 450 Bs, double à 550 Bs et triple à 700 Bs. Petit déjeuner inclus. Wifi.

Auparavant habitée par différents gouverneurs de Charcas (l'ancienne Sucre), la demeure coloniale du docteur Gutierrez Valenzuela, consul en Europe, est devenue un hôtel depuis une vingtaine d'années. Il propose 32 chambres avec le confort d'un 4-étoiles. Toutes les chambres sont agréablement meublées et bien équipées. Plusieurs patios, jardins et cours intérieures. Buffet petit déjeuner dans une grande salle de réception. Parfois un peu bruyant, car l'hôtel accueille régulièrement des groupes ; choisissez donc des chambres éloignées du patio central.

HOTEL MONASTERIO €€

140 Calvo
✆ +591 4641 5222
Chambre simple à 55 US$, double à 75 US$, triple à 95 US$, suite junior à 80 US$. Petit déjeuner compris. Wifi.

Un hôtel-musée disposant d'une sensibilité historique et restauré dans un manoir colonial du XVIe siècle. L'Hotel Monasterio fera de votre séjour un voyage dans le temps, avec des œuvres d'art disséminées un peu partout et sa belle histoire qui offre un voyage dans le temps. Il propose 36 chambres confortables avec meubles antiques et carrelage au sol. Toutes sont équipées de TV câblée, frigobar, wi-fi, coffre-fort... Nombreux services à disposition, dont un café-lounge et une terrasse panoramique. Très bien situé, à deux pas de la place centrale.

LA POSADA HOTEL BOUTIQUE €€

92 Calle Audiencia ✆ +591 4646 0101
www.hotellaposada.com.bo
Chambre simple à 385 Bs, double et matrimoniale à 560 Bs, triple à 665 Bs. Petit déjeuner compris. Wifi.

Ce boutique-hôtel de charme est installé dans une ancienne demeure coloniale entièrement rénovée. Les chambres sont vraiment agréables, bien équipées et impeccablement tenues. Les poutres en bois confèrent beaucoup de chaleur et l'ensemble possède un cachet certain. Toutes les chambres sont disposées autour de deux patios fleuris, loin du bruit de la circulation. Grande terrasse équipée de tables qui invitent à paresser au soleil. Excellent restaurant à demeure et service attentionné. Une très bonne adresse à deux pas de la place principale.

VILLA ANTIGUA HOTEL BOUTIQUE €€

237 Calle Calvo ✆ +591 4644 3437
www.villaantiguahotel.com
Chambre double à 525 Bs, triple à 585 Bs, appartement à 585 Bs et master suite à 625 Bs. petit déjeuner compris. Garage.

La Villa Antigua est située dans un ancien manoir du centre historique qui a été entièrement rénové. Cet hôtel-boutique propose des chambres confortables avec un magnifique parquet en bois et un beau mobilier, allant de la chambre simple à l'appartement. Le style moderne et minimaliste se télescope avec le style baroque propre à Sucre. Terrasses avec vue sur la ville, patio et grand jardin agréable. Salle de sport et sauna à demeure. Prestations de qualité.

EL HOTEL DE SU MERCED €€€

16 Calle Azurduy ✆ +591 4645 1355
Chambre simple à 370 Bs, double à 550 Bs, triple à 680 Bs et suite junior à 660 Bs, petit déjeuner inclus. Wifi.

Cet établissement du XVIIe siècle a été restauré dans le respect du style architectural de la « ville blanche ». Ce fut d'ailleurs le premier hôtel colonial de Sucre. Les privilégiés qui auront la chance d'y passer une nuit ne le regretteront pas : ce bel hôtel fleuri et confortable compte sur un personnel adorable et un service attentif. En plus, il est bien situé, à deux *cuadras* de la place principale. Délicieux petit déjeuner (buffet) et excellent service. Profitez de la fin de journée pour prendre un verre sur la terrasse et admirez le coucher de soleil.

ON HOTEL BOUTIQUE €€€

✆ +591 4645 1406
www.onhotelboutique.com
Suite exécutive à 517 Bs, double à 621, deluxe à 940 Bs, présidentielle à 1 096 Bs. Petit déjeuners à la carte. Spa.

Situé à 3 pâtés de maisons de la place principale, l'Om a été restauré et aménagé dans un manoir du XVIIIe siècle. Ses 9 suites sont dotées d'un charme irrésistible, sont meublées avec goût et contiennent chacune une grande salle de bain, un bureau, un coffre-fort, une télévision, un mini bar et une machine à café. La plupart d'entre elles sont pourvues d'une baignoire. Les clients de l'hôtel ont accès au spa, aux magnifiques espaces communs et surtout, au restaurant Casa Blanca qui propose un menu épatant. Service irréprochable. Une adresse formidable.

MI PUEBLO SAMARY €€€

349 Calle Dalence
✆ +591 7611 1190
www.samaryhotel.com
A partir de 480 Bs la chambre simple, de 590 Bs la double et la matrimoniale, 700 Bs la triple. Petit déjeuner compris.

Un magnifique hôtel de charme qui recueille les suffrages des visiteurs, et pour cause. Il s'agit de la reproduction d'un village colonial bâti autour de son église et de sa place principale. Une décoration traditionnelle raffinée, une atmosphère romantique, un accueil attentionné et un service de grande classe en font une adresse unique. Les chambres sont spacieuses, confortables et remarquablement équipées. Leur restaurant, le Qhawana, sert une variété de plats nationaux et internationaux, et leur bar, La Chichería, offre une sélection de cocktails originaux.

© MI PUEBLO SAMARY

© MI PUEBLO SAMARY

VALLÉES CENTRALES

PARADOR SANTA MARÍA LA REAL €€€

625 Calle Bolivar ✆ +591 4643 9630
www.parador.com.bo
Chambre simple à 514 Bs, matrimoniale à 581 Bs, suite à 663 Bs et suite master à 836 Bs. Petit déjeuner compris.

Un superbe hôtel colonial, le seul 5 étoiles de la ville. Chambres spacieuses et raffinées décorées avec soin et possédant toutes les commodités. Service irréprochable. Ensemble très élégant et luxueux. Spa avec bains à remous et sauna sur les toits avec vue sur la ville. Grande terrasse offrant un panorama magnifique sur Sucre. Deux restaurants, un café, six patios et plusieurs salons. Emplacement idéal et excellent buffet au petit déjeuner. L'un des plus beaux hôtels de Bolivie.

CONDOR CAFÉ €

102 Calle Calvo
✆ +591 7289 1740
www.condorcafe.net
Cuisine végétarienne. Ouvert du lundi au samedi 8h30-minuit et le dimanche 12h-minuit. Almuerzo à 20 Bs.

Joli café à la décoration ethnique très colorée où l'on peut prendre son petit déjeuner ou boire un bon jus de fruits ou un expresso élaboré avec du café bio des Yungas. Super menu le midi (entrée, plat, dessert et boisson !) avec des savoureux plats végétariens élaborés avec des produits locaux bio dont d'excellentes soupes, salades fraîches et lasagnes. Service très aimable. Une partie des profits sont reversés à des communautés de la région. Très populaire auprès des *backpackers*. Le lieu abrite également les bureaux de l'agence Condor Trekkers.

BIENMESABE - AREPAS & CACHAPAS €

280 Calle Calvo
✆ +591 7009 0039
Restaurant vénézuélien. Ouvert du lundi au samedi de 11h à 21h. Arepas à 20 Bs et cachapas à 24 Bs.

Originaires du Venezuela, *l'arepa* est un pain de maïs et la *cachapa* une galette épaisse de maïs (donc sans gluten !). Ces spécialités sont fourrées de viande et/ou de légumes et constituent un délicieux repas sur le pouce sain et bon marché, sur place ou à emporter. Cette nouvelle adresse rencontre un franc succès auprès des voyageurs à petit budget, mais pas que ! L'accueil chaleureux et on n'hésitera pas à vous renseigner pour faire votre choix. On adore !

FLORÍN CAFÉ €

567 Calle Bolívar
✆ +591 6863 3508
Cuisine bolivienne & internationale. Ouvert tous les jours à partir de 11h, jusqu'à 2h du matin. Compter environ 60 Bs.

Ce café restaurant tenu par des Hollandais attire grand monde pour son atmosphère conviviale. On y propose une grande variété de plats parmi lesquels vous trouverez *pique macho*, burgers, lasagnes mexicaines, steak de surubi, *tabla* de fromages ou mexicaine, sandwiches ou encore un bon camembert frit au miel ! Cocktails et autres alcools à prix corrects. Le tout dans une ambiance agréablement tamisée. Le vendredi et le samedi l'établissement ferme ses portes un peu plus tard. Bonne adresse principalement fréquentée par les *gringos*.

CHIFA & THAI €

70 Calle Calvo
✆ +591 7329 3369
Cuisine chinoise & thaïlandaise. Ouvert tous les jours 11h30-22h30. Fermé le dimanche. Almuerzo à 25 Bs. Compter 70 Bs.

Envie de manger autre chose que la traditionnelle cuisine bolivienne ? Essayez le meilleur restaurant asiatique de la ville ! Ouvert sous l'impulsion d'un chef bolivien passionné de cuisine orientale, il propose trois menus : chinois, thaïlandais et végétarien. Ne vous attendez pas cependant à une cuisine authentique, les recettes sont un brin « occidentalisées », mais c'est plutôt réussi dans l'ensemble. Le cadre est agréable avec du jazz en fond sonore. L'établissement propose également un grand choix de bières artisanales de Sucre, Potosí et La Paz.

LA POSADA €

92 Calle Audiencia
✆ +591 4646 0101
Cuisine traditionnelle & internationale. Ouvert de 7h à 22h. Almuerzo du jour à 40 Bs. Wifi.

Le restaurant du boutique-hôtel La Posada est situé dans une petite cour intérieure très agréable, à l'écart des bruits de la ville. Voici l'un des meilleurs endroits de la ville pour l'*almuerzo*, servi avec de la baguette fraîche ! Au menu soupe ou salade avec un plat principal au choix parmi 3 différents et un dessert du jour. Plats à la carte à tarifs très raisonnables compte tenu du cadre élégant. On sert aussi des sandwiches, des salades et des crêpes. Chaleureusement recommandé pour le déjeuner. Service rapide et attentionné.

CAFÉ MONTEROSSO €€

70 Calle Padilla
✆ +591 4643 5397
Cuisine italienne. Ouvert du mardi au samedi de 19h à 22h. Menu autour de 75 Bs.

La cuisine italienne est à l'honneur dans ce petit restaurant discret situé à 10 minutes à pied de la place principale. Si la lampe près de la porte est allumée, c'est ouvert, il faut frapper pour pouvoir entrer. On a alors l'impression de rentrer dans une maison privée et de venir dîner en famille. Originaire du Bel Paese, le chef Roberto concocte une savoureuse cuisine à base de produits frais locaux et d'autres importés d'Italie. Les pâtes maison sont à tomber ! Ne rater sans aucun prétexte le tiramisu... Atmosphère familiale et conviviale.

CASA BLANCA BY ON €€

300 Potosí
✆ +591 6969 7492
www.onhotelboutique.com
Du mardi au samedi de 7h à 15h, puis de 17h à 22h. Le dimanche de 7h à 14h. Compter près de 100 Bs pour un repas.

Pour les meilleurs brunchs en ville, dirigez-vous au restaurant de l'hôtel-boutique *On*, aménagé dans une cour intérieure moderne et enchanteresse. C'est dans ce décor raffiné que l'on s'attable devant des plats délicieux, brillamment concoctés, tels que des salades César, des paninis (choix variés), des soupes, des pâtes ou encore des côtelettes de porc, des steaks de bœuf et des suprêmes de poulet. Les assiettes d'œufs, chorizo et saucisse maison, pommes de terre et pain grillé sont parfaites pour bien commencer sa journée. Un incontournable.

LA COSECHA COCINA SOSTENIBLE €€

149 J.A. Martinez
✆ +56 9 4804 5121
Vendredi de 19h à 23h. samedi et dimanche de midi à 15h. Tables à l'air libre.

Que vous veniez pour les cuisses de canard confites accompagnées d'un bon syrah, les saucisses de canard émulsion de basilic et figues sèches ou seulement pour déguster les vins de la cave *Vendimia* (demandez au patron si vous pouvez y passer), ce restaurant de cuisine durable, spécialisé dans la viande de canard, d'agneau et de bœuf affiné, vous fera sans le moindre doute saliver d'envie lorsque vous vous retrouverez devant sa carte. Plaisirs gustatifs et mondains garantis.

EL HUERTO €€

86 Calle Ladislao Cabrera
✆ +591 7612 3300
www.elhuertorestaurante.net
Cuisine traditionnelle. Ouvert du mardi au dimanche de 12h à 15h30 et du mercredi au samedi de 19h à 22h. Menu à 60 Bs.

Fréquenté par les familles de Sucre (surtout le dimanche), El Huerto met à l'honneur les spécialités locales, mais aussi une cuisine d'auteur avec des créations originales du chef. L'ambiance est très agréable et accueillante, et une petite cour ensoleillée propose des tables à l'ombre des orangers. Les prix y sont (un peu) plus élevés qu'ailleurs, mais les plats sont très copieux. Nous vous conseillons d'essayer l'un des « picantes » de la maison, accompagné d'une bonne bière bien fraîche. Le menu du jour comprend entrée, soupe, plat et dessert.

EL SOLAR €€

66 Calle Nicolas Ortiz
✆ +591 7711 1044
Cuisine bolivienne, française & espagnole. Ouvert du lundi au samedi 11h30-23h. Plats de 45 Bs à 85 Bs à la carte.

Dans une atmosphère romantique avec une décoration baroque-chic du plus bel effet, El Solar propose des spécialités *chuquisaqueñ*as, espagnoles (*tapas*, *tortilla* de pomme de terre, paella...) et françaises. Cuisine de qualité à base de nombreux produits locaux et bio. Leur adaptation bolivienne du coq au vin est à mentionner. La formule du midi est particulièrement attrayante. Choix à la carte le soir et buffet permettant de composer sa salade en entrée. Le Solar attire aussi bien les touristes avertis que les gourmets locaux. Service attentif et élégant.

LOS BALCONES PLAZA RESTAURANTE €€

34 Plaza 25 De Mayo
✆ +591 4644 7610
Cuisine traditionnelle & internationale. Ouvert tous les jours de 12h à 23h. Plats de 45 Bs à 90 Bs.

Ce restaurant sert des viandes à la parilla, des plats *chuquisaqueños*, des poissons, des pâtes... C'est assez cher et la qualité est discutable, de plus le service peut être assez lent. Mais ce qui attire surtout les touristes, ce sont les grands balcons surplombant la place principale. On peut s'y installer et observer la vie *chuquisaqueña* avec un café, une bière Paceña ou Potosina. En fin de semaine, une intéressante animation de style *peña huari* est proposée.

PAPAVERO €€

1 Calle Estudiantes
✆ +591 7204 6380
Cuisine italienne. Ouvert tous les jours de 19h à 22h. Compter environ 80 Bs.

Niché au troisième d'étage d'un vieux bâtiment refait à neuf, le Papavero est un excellent restaurant italien embrassant le concept de *slow food*. Le chef a fait ses classes en Italie et il est assisté d'un pizzaiolo italien. Il n'hésitera pas à venir vous conseiller personnellement. Les produits sont choisis méticuleusement et la qualité s'en ressent fortement, les pizzas sont succulentes sans oublier les délicieuses pâtes *maison* ! La carte varie en fonction des produits frais disponibles. Ambiance chic et distinguée avec une musique douce. Un vrai coup de cœur.

CAFE LAS DELICIAS

50 Calle Estudiantes
✆ +591 6866 1010
Salon de thé. Ouvert tous les jours sauf le dimanche de 16h à 20h.

Très prisé par les habitants de la ville qui viennent boire le thé l'après-midi, ce salon de thé est une institution à Sucre. Il propose un large choix de pâtisseries boliviennes originales, dont le délicieux Masaco, gâteau de Sucre à base de banane et de fromage. Vous devrez passer commande à table et la serveuse vous donnera un ticket, qu'il faudra ensuite aller payer à la caisse, pour revenir à table pour donner la facture à la serveuse. Si la décoration rend l'endroit est un peu froid, l'atmosphère y est pourtant chaleureuse et amicale.

LA TAVERNE €€

35 Calle Aniceto Arce
✆ +591 7193 1640
www.lataverne.com.bo
Cuisine française & bolivienne. Du lundi au samedi de 11h30 à 22h30. Compter environ 120 Bs.

La Taverne est située en face de l'Alliance française et met à l'honneur autant la cuisine française (grand choix de viande, steak au poivre, filet mignon…) que bolivienne, dans le décor tranquille et reposant d'une maison coloniale soigneusement rénovée. Le chef Alvaro Michel propose une cuisine fine de haute volée ; les plats sont soigneusement présentés, la carte des vins est intéressante et le service est excellent. Formule économique pour l'*almuerzo*. Ambiance romantique. Réservation conseillée le soir. Tout simplement le meilleur restaurant de la ville.

GOBLIN BAR CERVEZA ARTESANAL

246 Calle Grau
✆ +591 7303 5722
Bar à bières. Ouvert du jeudi au samedi de 20h à 2h. Bières artisanales.

Ce bar mérite absolument une visite. Le Goblin brasse sa propre bière et propose des produits de qualité. Différentes bières artisanales élaborées avec des ingrédients sélectionnés par l'expert du bar sont proposées. On peut également y boire les traditionnels *chuflay* ou *cuba libre*, et grignoter un morceau (planches de fromage et de charcuterie, pizzas). Deux salles sobrement mais joliment décorées et un balcon agréable à l'étage. Ambiance détendue.

PROYECTO NATIVA €€€

737 La Paz
Du mardi au samedi de 18h30 à 22h30. Compter près de 120 Bs pour un dîner, sans les boissons.

De la haute cuisine gastronomique comme on l'aime, préparée avec des ingrédients locaux, souvent inconnus, et une présentation soignée et élégante. Considéré comme l'un des meilleurs restaurants de la planète, son menu inclut des plats tout à fait singuliers, tels que la glace aux piments rouges, la mousse de chicha (boisson de maïs fermenté) ou le filet mignon cuit sur la braise, sauce à la bière noire. Son chef, Juan Pablo Gumiel, est également propriétaire de *La Ramona* qui offre une tout autre cuisine (poulet frit, pizzas, hamburgers), tout aussi succulente.

JOY RIDE CAFÉ

14 Calle Nicolas Ortiz
✆ +591 4642 5544
www.joyridebol.com
Ouvert tous les jours de 7h à 1h. Plats internationaux à partir de 40 Bs.

Très touristique, le Joy Ride est pris d'assaut par les *backpackers* mais également par la jeunesse *chuquisaqueña*. À l'étage, salon cosy de style républicain avec, sur les murs, d'anciennes photos de la ville, salle de cinéma et même une piste de danse pour des soirées endiablées. Idéal pour boire un verre, grignoter un morceau ou regarder un film projeté sur écran géant. Bières belges et allemandes importées. Le week-end, le Joy Ride se transforme peu à peu en bar et l'on peut même danser sur les tables. Un bon endroit pour trouver des compagnons de voyage.

ALPACA ANDINA

64 Calle Calvo
✆ +591 7247 0488
Ouvert du lundi au samedi de 9h à 20h et le dimanche de 10h à 19h.

Voici une petite boutique intéressante proposant des vêtements 100 % laine d'Alpaga : des T-shirts, des sacs, des ponchos bien sûr, mais aussi des bonnets, des gants, des articles en cuir et des accessoires faits à la main par des femmes de l'association d'artisanat local TIK'A. Également de jolies cartes postales. Céline, la sympathique gérante française du magasin, est également guide touristique et spécialiste de la ville ! N'hésitez pas à la solliciter pour une visite originale de la ville ou même pour des cours de cuisine.

CHOCOLATES PARA TI

7 Calle Arenales
✆ +591 4645 5689
www.chocolatesparati.net
Chocolatier. Ouvert tous les jours de 8h30 à 20h30. A partir de 8,50 Bs pour 50 g de chocolat.

Cette chocolaterie a dépassé son concurrent, l'historique Chocolates Taboada, dans le cœur des habitants de la ville. Les fèves de cacao viennent de la région de Guanay, dans le Parc national Madidi, et permettent à 35 familles locales de subvenir à leurs besoins. Les fèves sont traitées à la fabrique de chocolat Para Ti de Sucre. Grande variété de chocolats : au quinoa, à la coca, au sel d'Uyuni, au piment, etc. Délicieux ! Une deuxième boutique se trouve à l'aéroport. D'autres boutiques se trouvent à La Paz, Santa Cruz, Oruro, Tarija, Cochabamba...

ORÍGENES

473 Calle Azurduy
✆ +591 4645 7091
www.origenes.com.bo
Du mardi à vendredi de 20h30 à 22h30 et le samedi de 20h à 22h.

Deux heures de spectacle au cours desquelles 17 danseurs présentent les diverses danses folkloriques boliviennes : c'est vraiment superbe et enrichissant. Le repas est de qualité. Une soirée à programmer sans faute sur votre agenda, si vous désirez en savoir plus sur la richesse culturelle du pays. Deux spectacles différents sont proposés : « Orígenes de mi Tierra » le mardi, jeudi et samedi à partir de 20h et « Magia de Bolivia » le mercredi et vendredi. Pas encore trop touristique, donc profitez-en ! Réservation conseillée.

LA QUIMBA

238 Calle Grau
✆ +591 7289 9233
Ouvert du jeudi au samedi de 17h30 à 23h.

Un espace culturel alternatif où on peut écouter jouer des musiciens locaux tout en grignotant un morceau ou en buvant un verre. À la carte des spécialités boliviennes, mais aussi des burgers végétariens. Le lieu est accueillant et on passe un agréable moment dans la petite cour. Concerts, expositions de peintures et de photos, les évènements culturels varient chaque semaine, n'hésitez pas à consulter leur page Facebook. Vous pouvez également assister à des rituels d'offrandes à la Pachamama le premier vendredi du mois. Ambiance chaleureuse.

PRINCIPADO DE LA GLORIETA ★

Dans les alentours de Sucre, on peut voir quelques maisons intéressantes, tel le palais de la principauté de la Glorieta, propriété de la famille Argandona. La Glorieta se trouve à 7 km de Sucre. À faire, si vous avez beaucoup de temps ; la visite peut être décevante, mais l'histoire de cette demeure et de ses propriétaires vaut la peine d'être contée… Pour s'y rendre, prendre le bus 4 à Sucre dans l'avenue Hernando Siles, derrière le marché. Vous pouvez également prendre un taxi sur la plaza 25 de Mayo. À noter que ce site se trouve dans un camp militaire, et que vous devrez probablement laisser vos numéros de passeport à l'entrée.

Histoire

Les intellectuels boliviens du XIXe siècle étaient très attirés et influencés par l'art européen, et Paris était le centre d'attraction des membres de l'aristocratie minière bolivienne. La Ville lumière présentait pour eux un énorme intérêt intellectuel et spirituel, et ils s'employaient à introduire dans leur pays toute œuvre d'art en vogue à Paris, même si celle-ci ne s'adaptait pas au décor déjà en place ni à l'esprit de leur pays natal. L'aristocratie bolivienne n'hésitait pas à « importer » des projets ou même à commander des copies exactes aux architectes qui arrivaient en Bolivie. Le résultat de cette fièvre européenne était exotique, mais la plupart du temps n'affluaient au pays que des copies médiocres de modèles européens.

CASTILLO DE LA GLORIETA ★

A 5 km au sud de sucre.
✆ +591 4646 0141
Ouvert du mardi au dimanche de 9h à 16h.
Entrée : 20 Bs, droit photos : 10 Bs.

Don Francisco de Argandona et son épouse faisaient partie du cercle des riches industriels miniers qui avaient réalisé leur fortune à l'époque de l'apogée de l'argent. La famille Argandona effectua de nombreux séjours en Europe et, vers 1900, reçut du pape le titre de princesse de la Glorieta pour l'épouse dona Clotilde. Le couple demanda à l'architecte Camponovo de dessiner le plan de leur résidence baptisée la Glorieta.

Ce palais offre un véritable échantillonnage de l'architecture éclectique européenne de la fin du siècle. Il montre bien que ses propriétaires ont succombé aux charmes des styles les plus divers. C'est pourquoi la Glorieta forme un ensemble hétéroclite, dont chaque partie affiche un style différent… Ainsi, de gauche à droite, on peut apprécier une tour octogonale de style roman, un corps de deux niveaux de style byzantin et un portail arabe aux arcs en plein cintre. Un palais florentin du XVe siècle se dresse au coin de l'édifice principal, qui est flanqué d'une chapelle couronnée par un clocher de style gothique. Après une succession de cinq façades hollandaises, l'ensemble s'achève par une longue galerie inspirée de la Renaissance française. La tâche de Camponovo exigeait un vrai tour de force puisqu'on lui demandait de réunir l'histoire de l'architecture en un seul palais. Paradoxalement, l'édifice présente une certaine unité (dans sa diversité) qui rend l'ensemble assez agréable. La décoration, qui emprunte ses éléments au goût français, est digne des palais européens de la fin du XIXe siècle.

YOTALA ★

À 18 km au sud de Sucre. 10 200 habitants. Villa de Yotala est un agréable village pittoresque avec son architecture coloniale, ses petites rues étroites, et son climat doux et plaisant. C'est une destination touristique prisée. On y vient pour se relaxer, camper, se baigner dans les rivières... Ne manquez pas de visiter l'admirable église avec sa Vierge de la Candelaria, sur la place principale. Les festivités de la Santa Rosa sont célébrées avec ferveur tous les ans, le 30 août. Au retour vers Sucre, on peut passer par l'Hacienda Nuccho, étonnante par ses colonnes de style néoclassique. Dans cette demeure mourut le président Ballivian (1873).

TARABUCO ★★

À 65 km au sud-est de Sucre. La petite ville de Tarabuco est réputée dans tout le pays pour la richesse exceptionnelle de son folklore : habits traditionnels et danses d'origine inca. Elle est fameuse pour son marché dominical. Ce jour-là, les paysans vendent notamment des céramiques et de beaux tissus faits main. Tapie dans une petite vallée, enchâssée au milieu de collines et couronnée d'eucalyptus, Tarabuco est entrée dans l'histoire bolivienne en 1816, lors de la bataille de Jumbate. Assiégés par les Espagnols, les villageois, conduits par une femme, Dona Juana Azurduy de Padilla, réussirent à battre les assiégeants et à libérer leur ville.

Se loger

On peut loger sommairement dans deux petits *alojamientos*, presque côte à côte, à une *cuadra* de la place principale (demandez par exemple l'Alojamiento El Turista ou el centro ecologico Juvenil). Si possible, arrivez le samedi après-midi, car les Yamparaez qui viennent pour le marché du dimanche arrivent la veille et font la fête de différentes manières : musique, feux d'artifice, courses de taureaux, danses, chicha... Pas pour tous, et avec une certaine dose d'aventure !

Transports

Une route assez large, bordée d'eucalyptus et traversant des petites vallées très vertes, mène à cette charmante ville, fondée en 1572, par ordre du vice-roi Francisco de Toledo. Il est conseillé de visiter au préalable le musée du textile à Sucre avant de se rendre à Tarabuco.

▸ **Bus.** Vous trouverez des bus et des camions depuis Sucre en direction de Tarabuco sur la Plaza Huallparimachi, au bout de la calle Calvo (un peu excentré). Les départs ont lieu chaque dimanche, entre 6h30 et 9h30 du matin. Le billet de bus coûte environ 35 Bs l'aller-retour. En camion, le prix varie selon la place choisie : à l'arrière, ou dans la cabine avec le « maestro » (entre 5 Bs et 10 Bs). Ces camions ne partent que lorsqu'ils ont fait le plein de passagers. Il faut compter environ 1 heure 30 de trajet.

▸ **Taxi.** Le prix est un peu élevé (au bas mot 35 US$ le trajet aller-retour). Le plus pratique est de se regrouper afin de partager les frais (40 Bs environ l'aller simple). La voiture viendra vous prendre à l'hôtel. Plusieurs agences de tourisme et certains hôtels proposent le transport regroupé avec visite guidée (40 Bs l'A/R).

Village et marché de Tarabuco.
© PATRICE ALCARAS

MERCADO CAMPESINO DE TARABUCO ★★★

Vous pouvez vous rendre à Tarabuco en taxi pour environ 40 Bs, en bus (l'arrêt est à proximité de la gare routière) pour 2 Bs et en van pour 10 Bs.

Tous les dimanches.

Ce marché très typique, fort bariolé, donne l'occasion d'admirer l'originale beauté des vêtements des autochtones, hommes et femmes. Un conseil : visitez le museo de Arte indigena (ASUR) de Sucre avant de vous rendre au marché, vous apprécierez d'autant plus le ballet multicolore des vêtements traditionnels de chaque communauté.

Les hommes sont vêtus d'une chemise large, avec une seule ouverture au niveau du col. Leur pantalon court, fait en *bayeta* (tissu très résistant) blanc cassé, est parfois rehaussé sur les côtés, le long des jambes, d'un galon coloré. Ils portent sur les épaules leur inséparable sac en laine tissée dans lequel ils gardent des feuilles de coca (la *chuspa*). Ils ceignent leur taille d'une large ceinture en cuir. L'accessoire le plus coquet de l'ensemble est le petit *poncho* de forme carrée qui arrive au niveau de la taille. Les hommes coiffent leurs longs cheveux en chignon ou les attachent en une simple queue. Sur la tête, ils portent la montera, inspirée du morrion espagnol, un casque très dur fait en cuir.

Les vêtements des femmes sont moins coquets que ceux des hommes. De couleur noire, ils comportent une jupe évasée et une blouse aux manches larges faites en tissu de bayeta. Autour de la ceinture, une sorte d'écharpe à rayures multicolores rompt la monotonie du noir. Leurs cheveux sont coiffés en nattes.

Peut-être à cause de l'afflux touristique, les prix des produits vendus sont parfois exorbitants, mais vous avez toujours la possibilité de marchander. À noter qu'il ne s'agit pas seulement d'un marché pour touristes où l'on vend des souvenirs ! C'est aussi très populaire auprès de la population locale. Il y a par ailleurs plusieurs marchés dans le marché, notamment un marché de fruits et légumes des plus intéressants. Dans un espace couvert, on peut se restaurer au *comedor* à très petits prix.

En conclusion, un passage par Tarabuco le dimanche est plus que recommandé et permet un grand bain de couleurs et d'odeurs… même si l'on y croisera des dizaines et des dizaines de voyageurs tout aussi curieux que vous. Le marché se trouve à environ une heure de Sucre, des *trufis* (taxis collectifs) font régulièrement la navette entre les deux villes. Une précision pour finir : les locaux n'aiment pas du tout être pris en photo. Soyez conscients et responsables, le plus discrets possible, et ne contribuez pas à dévoyer un marché qui, aujourd'hui encore, continue à être l'un des plus authentiques d'Amérique latine.

SAMAY WASI TARABUCO €

Calle Mendieta

✆ +591 4644 3425

Tous les jours de 11h à 17h.

Faisant à la fois office de restaurant, d'espace culturel et de galerie d'art, le Samay Wasi est un lieu de rassemblement où il fait bon de siroter un thé de coca en papotant avec les employés. Ces derniers vous serviront de délicieuses soupes (de cacahuètes, entre autres), salades et assiettes de viandes en sauce à un prix d'ami. Bons cocktails. Des expositions de peinture, de photographie et de produits artisanaux sont présentées, mais aussi des spectacles de théâtre et de danse traditionnelle (la *pujllay*). Ambiance chaleureuse et jolie présentation.

SNACK CUQUI €

Almuerzo à 25 Bs.

Chez la généreuse et affable Cuqui, on mange à l'intérieur (un peu sombre) ou sur l'une des quatre tables rouges posées sur le trottoir. Intéressant : on peut contempler la vie locale et s'essayer à prendre des photos avec une certaine discrétion. Si l'on fait fi des quelques alpagueurs (pas très encombrants), c'est un lieu agréable. La cuisine est bonne (*sopa de mani* à découvrir) et très copieuse. L'endroit parfait pour la pause déjeuner d'autant plus que le prix de l'*almuerzo*, qui comprend une soupe et un plat principal, est attractif.

LA CANDELARIA ★

La communauté de La Candelaria, à 25 km de Tarabuco en s'enfonçant un peu plus à l'intérieur de la vallée, mérite une visite pour son association de tisseuses quechua. La visite du petit musée (5 Bs par personne) est intéressante : on y découvre les tenues traditionnelles locales (de tous les jours ou pour le pujllay) ainsi que certains rites (le pukara comme offrande à la Pachamama). Par ailleurs, on peut y acheter des produits fabriqués par les habitants, entièrement faits main, dont 90% de la vente reviendra à l'artisan et 10% pour maintenir l'association et le musée. Si vous êtes motorisés, partez du côté de la route qui borde le canyon Icla.

MARAGUA ★★

À 60 km de Sucre. Le trek de la Cordillera de los Frailes vers Maragua est un des plus populaires dans les environs de Sucre, et à juste titre : les paysages traversés sont spectaculaires. La formation géologique du cratère de Maragua, avec ses strates rocheuses multicolores, ressemble en effet à un cratère de volcan. En son centre se trouve un cimetière. Les villages de Maragua et Irumpa sont habités par les Jalq'a, une communauté autochtone de tisserands aux techniques ancestrales.

Balade

- **La randonnée débute** par une offrande à la Pachamama à la Capilla de Chataquila, à 35 km de Sucre. De là, on descend le chemin préhispanique (communément appelé *Camino del Inca*), long de 4 km, jadis utilisé pour transporter les marchandises à dos de lama. On longe quelques précipices d'où fut jeté vivant l'Inca Tupac Katari et, après environ 2 heures 30 de marche, on arrive à Chaunaca. Cette partie ne nécessite pas spécialement de guide. Un pique-nique le long de la rivière dans la vallée, puis direction le « cratère » de Maragua, une curieuse formation géologique de 8 km de diamètre ressemblant à un coquillage. On passe par le mirador Santa Ana, par la Garganta del Diablo, une jolie cascade lovée dans un canyon, puis on traverse des champs de quinoa avant d'atteindre le centre du site. Possibilité de visiter les communautés.

- **Si vous randonnez par ici**, passez une nuit à Potolo, dans l'auberge ouverte par la fondation ASUR et gérée par les habitants du village. On y a construit un musée du textile et un musée des médecines traditionnelles. ASUR a créé des relations privilégiées avec les *curanderos* (guérisseurs) de la région et ceux-ci pourront tout vous expliquer sur les secrets de leur médecine. Possibilité aussi de visiter une famille de tisserands Jalq'a.

Pratique

Les agences de Sucre proposent ce trek (compter au minimum une journée, possibilité de résider dans un refuge communautaire si vous désirez prolonger l'aventure).

QUILA QUILA ★

Le magnifique site de Quila Quila se trouve à 27 km au sud-ouest de Sucre, entre les montagnes de Chataquila. Si vous avez déjà parcouru la zone de Río Abajo dans la région de La Paz, vous noterez la grande ressemblance des paysages : des vallées verdoyantes traversées par une rivière au faible courant et bordée de hauts arbres.

Balade

Cette petite expédition de 40 km en 4x4 commence à une altitude de 2 700 m. Après un trajet d'une vingtaine de minutes, on atteint une rivière, point le plus bas du parcours (2 600 m). Ensuite, commence une montée au milieu de montagnes, de petites collines vallonnées et de paysages érodés par le vent et le passage du temps. On atteint le point le plus élevé, à 3 250 m. Après la descente, on suit la vallée pour atteindre l'autre extrémité. Ici, la nature se transfigure en s'habillant de ses plus belles couleurs vertes. Quinze minutes après avoir franchi un point de contrôle, on arrive à Quila Quila. Vous pouvez commencer par rendre visite à la famille qui tisse le fameux tissu Jalq'a. Leur accueil est très chaleureux ; il se peut même qu'ils vous invitent à mâcher des feuilles de coca et à boire un verre de chicha. Salud !

Remarquez les portes de certaines maisons faites de *magüey* (cactus). Si vous voulez communiquer avec les gens du pays (les Lugareños), il faut vous faire accompagner de quelqu'un qui parle leur langue, le quechua. Sinon, tous vos louables efforts resteront vains ! Une promenade d'environ 4 heures vous mènera sur le lieu des gravures rupestres. Après la longue marche, vous pourrez vous offrir une petite baignade dans les *posas termales* (bassins d'eau thermale).

Pratique

Pour vous y rendre, vous avez le choix entre les services d'un guide ou les circuits proposés par une agence locale. Cependant, si jamais vous décidiez d'organiser vous-même votre séjour, munissez-vous de provisions, d'une tente et de sacs de couchage car vous ne trouverez sur place aucun hôtel ni restaurant.

COCHABAMBA ★★

632 000 habitants. Cochabamba est située à 2 560 m d'altitude. Au loin, on peut voir la montagne Tunari (5 023 m). Le centre-ville se situe entre les avenues Ayacucho à l'ouest, Heroinas au nord, San Martin à l'est et Aroma au sud. La Plaza 14 de Septiembre présente un ensemble architectural de style méditerranéen, avec des arcades, des vieux bazars, des cocotiers et la cathédrale de la ville.

Argent

Bureaux de change sous les arcades de la place (calle Nataniel Aguirre) ainsi que dans la calle Achá, en direction de l'avenida Ayacucho. Fermés le dimanche. Vous trouverez également des *cambistas* qui changeront vos billets au coin de la plaza et près d'Entel. Faire attention au taux de change, à l'état des billets et aux comptes.
Le Banco de La Paz de la Plaza 14 de Septiembre fait des avances aux possesseurs de la carte bancaire internationale. Des distributeurs automatiques Enlace sont disponibles au terminal terrestre, à côté de l'hôtel Portales et sur la Plaza 14 de Septiembre (Aguirre, esq. Achá, à côté du vendeur de journaux).

Histoire

En 1542, les premiers colons espagnols arrivent dans la vallée de K'jocha Pampa, près du village quechua de Kanata. Le 2 août 1572, sur ordre du vice-roi Francisco de Toledo, est fondée la ville d'Oropeza. Centre agricole à ses débuts, la ville s'établit près de la rivière Rocha et, très vite, développe sa vocation commerciale qui, dorénavant, la caractérisera. Avec l'apparition des métiers à tisser, s'y développa également un embryon d'industrialisation qui durera jusque dans les années 1850. Cet aspect est souvent ignoré des historiens de l'économie qui tendent à penser que la révolution industrielle n'a eu lieu qu'en Europe et en Amérique du Nord.
À partir de 1812, s'organise à Cochabamba la résistance face aux Espagnols. Cependant, après plusieurs batailles dans les vallées avoisinantes, l'armée espagnole entre dans Cochabamba. Goyeneche, qui commande l'armée, ne se doute pas que la bataille la plus terrible est encore à venir. Ce 27 mai, le général Goyeneche, qui se croit en terre conquise, devra affronter, sur la colline San Sebastien, une bien étrange armée. Comme dans une tragédie de Racine, des femmes, des vieillards, qui avaient pour la plupart perdu leurs enfants ou époux dans les batailles précédentes, défendront Cochabamba jusqu'à la mort. Après quoi, la ville sera saccagée. Cette épopée de femmes et hommes de la ville de Cochabamba est retracée dans le roman Juan de la Rosa de Nataniel Aguirre, soldat de Bolívar, qui signa là, probablement, le meilleur livre de la littérature bolivienne. Si vous êtes hispanisant, ne manquez pas de l'acheter.
Vers la fin du XIXe siècle, Cochabamba connaîtra un déclin économique provoqué par la fin du cycle de l'argent. Elle ne devra sa survie qu'à la production d'une étonnante boisson de maïs, fermentée avec de la salive dans de gigantesques amphores de terre cuite. C'est la chicha, la boisson quechua dont Cochabamba et le Valle Alto sont les meilleurs producteurs.
Après la réforme agraire de 1953, le Valle Alto sombrera dans une violence qui couvait déjà chez les paysans depuis la fin de la guerre du Chaco. Jesus Lara, écrivain cochala (1898-1980), a raconté dans ses romans *Surumi* et *Wiñaypaj* ces conflits qui ont fortement marqué la société de Cochabamba. Il s'en est suivi une série de « vendettas » entre paysans anciens *gamonales* (propriétaires terriens) et autres paysans, avec, pour enjeu principal, la possession des terres les plus fertiles.
Aujourd'hui, Cochabamba a cédé à Santa Cruz son rang de deuxième ville du pays. Pour la petite histoire, ses habitants se définissent eux-mêmes avec une certaine ironie comme les meilleurs « articles d'exportation de la Bolivie ». Plus de 100 000 d'entre eux vivent à Washington D.C. (première minorité hispanophone de la capitale des États-Unis).

Quartiers

À partir de San Martin et l'intersection avec la Aroma, commence « la Cancha », le plus grand marché urbain du pays. On trouve ici depuis la simple épingle jusqu'à une caravane de lamas, en passant par les chaussures de marques occidentales, les consoles de jeux et autres gadgets électroniques... La colline de San Sebastian marque le sud de la ville. Non loin de là, se trouve l'aéroport Jorge Wilsterman. Justement, c'est ainsi que s'appelle le club de foot de Cocha, que vous pourrez probablement voir évoluer sur le stade Capriles, vers le nord de la ville, dans le quartier de Cala Cala. C'est la plus belle partie de Cochabamba, avec El Prado, avec ses cafés et ses restos.

Se loger

Tous les budgets trouveront à se loger à Cochabamba : les plus huppés iront dans le quartier de Recoleta, au nord de la rivière. La majorité des adresses pour les petits budgets se trouve aux alentours du terminal de bus, notamment dans la rue Agustin López.

VALLÉES CENTRALES

Se restaurer

Cochabamba ne décevra point les visiteurs qui aiment la bonne table. La *sajra hora*, une coutume locale des plus agréables, consiste à se sustenter d'un demi-plat, vers 17h, avant le dîner. Parmi les spécialités, le *silpancho*, le *pique macho* que nous ne présentons plus, les *picantes* déclinés de diverses façons, l'*ají de papalisa* et une bonne douzaine d'autres mets abondants, délicieux, qui vous obligeront à de longues marches digestives sur le Prado. Sans oublier les les gâteaux à l'amande de Tila, une spécialité locale. Enfin, tout Cochala vous confirmera que la Taquiña est la meilleure bière au monde. Que les amateurs de Paceña le sachent ! Et la chicha enfin, qu'il faut aller déguster sur place, dans la Valle Alto…

Transports

Avion. L'aéroport Jorge Wilsterman (+591 4412 0400) est situé Avenida Guillermo Killman, au sud-ouest de la ville. Amaszonas propose deux vols quotidiens pour Santa Cruz. Agence au 879 Plazuela Constitución (+591 4426 6159). BOA propose des vols nationaux depuis/vers Sucre, Santa Cruz, La Paz, Potosi, Cojiba et Trinidad, internationaux depuis/vers Buenos Aires, Sao Paulo et Madrid. Agence au 202 Calle Jordan (+591 4415 0000).

Bus. Très bien équipé, le terminal de bus est situé Avenida Ayacucho (+591 4423 4600). Il offre toutes les commodités pour les touristes : distributeur automatique de billets, kiosque d'informations touristiques et une cafétéria agréable. Comme souvent, l'endroit est glauque le soir. Évitez de vous y promener seul très tard et choisissez des hôtels corrects, si vous souhaitez dormir non loin du secteur. Départs pour :

La Paz. Environ 8h de trajet. Bus directs, et d'autres qui font un arrêt à Oruro, ce qui oblige à prendre la correspondance. Très nombreux départs (toutes les heures environ de 5h à 23h) avec Cosmos et Expreso Cochabamba. Les compagnies Trans-Copacabana et Bolivar proposent des cars-couchettes pour les trajets de nuit.

Oruro. Départs toutes les 30 min entre 5h et 23h avec les compagnies Nobleza ou Bolivar. 5h de trajet. C'est également la solution la plus simple pour se rendre à Uyuni.

Santa Cruz. 10 à 12h de trajet selon la saison, la compagnie et la route. Départs toutes les 30 min entre 5h30 et 9h du matin, puis le soir entre 16h30 et 22h30. Compagnies Nobleza et Trans-Copacabana. Départs également av. 9 de Abril, esq. Oquendo avec des colectivos ou bus rapides (de 35 à 45 Bs).

Sucre. 12 heures de trajet. Préférez les compagnies bien équipées, comme Nobleza et Mopar, car le trajet est vraiment éprouvant. Départ entre 19h et 20h30.

Potosí. Départs en soirée entre 19h30 et 22h30 pour 12 h de voyage avec les compagnies Cosmos et Flota Copacabana.

Vallegrande. Départs tous les jours à 19h de Av. República et 6 de Augusto avec les compagnies Vallegrande ou Trans Carrasco.

Villa Tunari. Départs tous les jours entre 5h et 23h, dès que le colectivo est plein, Av. Republica y Oquendo avec Trans Carrasco. Compter 3h30 de route.

Torotoro. Départs quatre fois par semaine, les mercredis et samedis à 18h30, les jeudis et dimanches vers 17h45, depuis l'angle de Avenida 6 de Agosto et Avenida República (compter environ pour 5-6 h de route).

VALLÉES CENTRALES

La fontaine et la cathédrale de Cochabamba en arrière plan.

CONVENTO-MUSEO SANTA TERESA ★

344 Calle Mariano Baptista
✆ +591 4422 1252
Ouvert du lundi au samedi de 8h-12h et 14h-18h. Compter 25 Bs la visite guidée.

À l'origine ce monastère bâti en 1760 abritait des nonnes de l'ordre des Carmes déchaux. D'inspiration baroque, ce complexe religieux, avec son dôme dominant les toits en tuiles, comprend un grand patio central, une tour avec deux cloches et de nombreux corridors. Il a été entièrement restauré de 2013 à 2018. L'ensemble mérite une visite pour la beauté de son architecture coloniale. Les visites guidées ont lieu toutes les heures et durent un peu plus d'une heure.

CRISTO DE LA CONCORDIA ★★

Av. Heroínas
La zone est libre d'accès. Téléphérique : 6,50 Bs du mardi au dimanche de 10h à 17h.

Érigé au-dessus du jardin botanique de la ville, ce magnifique Christ blanc surplombe la ville du haut de ses 40,4 mètres. Il serait le second plus haut Christ au monde, derrière le Cristo Rey de Świebodzin en Pologne (et ses 52,5 m de hauteur !) mais légèrement devant le Christ Rédempteur de Rio de Janeiro (et ses 38 mètres) ! Pour un autre très beau point de vue sur la ville, rendez-vous au monument de La Coronilla, dédié aux femmes qui luttèrent le 27 mai 1812 contre l'armée espagnole de Goyeneche. Soyez vigilant aux abords de la statue, des pickpockets rôdent.

GRAN MERCADO LA CANCHA ★★

Av. Barrientos
Tous les jours de 7h à 20h.

Le marché commence à l'intersection de l'Avenida San Martín avec la calle Brasil et s'étend sur une aire indéfinissable, avec toutes sortes de produits agricoles, fermiers et de consommation courante. Il est composé de quatre *mercados* : Fidel Aranibar, La Pampa, San Antonio et Miamicito. Absolument fascinant ! Il comblera tous les amateurs de souk. On peut dénicher de magnifiques blousons en pur cuir pour pas grand-chose, ainsi qu'une foule de produits artisanaux à bons prix. Allez-y le mercredi ou le samedi, *días de feria*, lorsque l'activité est à son comble.

MUSEO ARQUEOLOGÍCO DE LA UNIVERSIDAD

Calle Nataniel Aguirre ✆ +591 4425 0010
www.museo.umss.edu.bo
Du lundi au samedi de 8h30 à 18h, le samedi jusqu'à 12h. Entrée : 30 Bs. Visite guidée sur demande, à 13h30 et à 16h.

Expose divers outils et objets de différentes cultures, notamment Tiahuanaco, Yampara, Sauce et Mojacoya, des céramiques Omereque, des fossiles, des textiles, des instruments, des costumes cérémoniels, mais aussi des squelettes, des fœtus de lamas, des crânes déformés… On y apprendra un peu plus sur les coutumes des Chipayas, une antique culture qui vit encore en semi-autarcie près du lac Coipasa. Intéressante section concernant la civilisation Tiwanaku.

PARQUE NACIONAL TUNARI ★★

Los Robles
✆ +591 4445 2534
www.sernap.gob.bo
Entrée libre.

Au nord de la ville, ce parc national créé en 1962 s'étend sur plus de 3 000 km². Le parc est habité par 80 000 personnes des communautés aymaras et quechuas. Trois zones touristiques sont principalement exploitées : une aire récréative à 10 km de la ville avec des sentiers et des cascades, le site de las cabañas de Cruzan à 15 km qui permet d'observer des techniques agricoles ancestrales, et les eaux thermales de Liriuni, à 20 km de la ville. Mieux vaut y accéder tôt pour parcourir les longs sentiers, pensez à apporter eau, casse-croûte et casquette !

PASEO EL PRADO ★

Av. Ballivián

Le Prado est la promenade centrale de Cochabamba, près du stade Felix Capriles. Une promenade agréable où il fait bon flâner sous les arbres la journée pour profiter de leur ombrage. La végétation du *paseo* constitue le poumon du centre-ville. Les immeubles modernes autour de la promenade tranchent avec l'architecture coloniale du reste de la ville. Le week-end, le *paseo* s'anime en soirée grâce à la jeunesse cochabambina. Ne manquez pas non plus la charmante plaza Colón et sa flore luxuriante, qui accueille régulièrement des évènements culturels.

PALACIO PORTALES ★

1392 Av. Potosí
✆ +591 7697 2313
www.fundacionpatino.org
Entrée : 20 Bs. Visite guidée en français du mardi au vendredi à 16h et 17h, samedi à 10h30 et 11h30, dimanche à 11h30.

L'actuel centre culturel et pédagogique fut bâti entre 1913 et 1922 par l'architecte français Eugène Bliaut sur ordre de Simon Iturri Patiño. Située dans le quartier Queru Queru, c'est sans doute la demeure la plus opulente et luxueuse jamais construite en Bolivie, avec ses influences néoclassiques françaises et italiennes, ses vitraux, ses escaliers en marbre et ses lustres en cristal vénitien. Vous pourrez de même y admirer une réplique de la chapelle Sixtine, des jardins à la française et une galerie d'art contemporain. D'aucuns penseront qu'inciter à visiter la maison de celui qui exploita tant d'années les mines boliviennes sans jamais en faire bénéficier son pays est de mauvais goût. Voyons ce que dit l'histoire officielle…

A la fin de XIXe siècle, le prix mondial de l'argent chuta, et l'ère de l'exploitation minière de ce précieux métal diminua pour laisser place aux industries de l'étain et du caoutchouc. Le Bolivien qui tira le plus profit de ce boom n'est nul autre que Simon Iturri Patiño. Né en 1860 près d'Oruro, d'un père basque et d'une mère quechua, on lui offrit, à un très jeune âge, l'acte de propriété d'une terre montagneuse qui s'avéra contenir l'un des plus précieux filons d'étain de la planète. Il ne fallut pas longtemps au jeune Patiño avant de créer sa fortune, en rachetant ses concurrents, en acquérant des fonderies à travers le monde et en fondant sa propre banque. En 1929, il mit sur pied le Comité international de l'étain, un organisme qui fonctionna jusqu'en 1985 pour maintenir les prix de ce métal. Trois ans plus tard, il créa la fondation Patiño, qui devait être un effort pour l'éducation, mais qui visait plutôt à former ses propres employés pour mieux les contrôler ultérieurement. Durant ces années, ses fonderies exploitaient plus de 60 % de l'étain mondial. Il édifia ainsi le plus puissant empire industriel et financier jamais créé en Bolivie. C'est au cours des années 40 qu'il devint l'homme le plus riche du monde. Dans son livre Les Prodiges (2009), le journaliste Malcolm Gladwell explique que la richesse de Patiño équivalait à près de 8 milliards de dollars en monnaie actuelle, le classant 26e sur la liste des personnes les plus fortunées de tous les temps, devant des personnalités telles que Bill Gates et Warren Buffett. Patiño mourut à Buenos Aires en 1947 à l'âge de 86 ans et fut enterré à Pairumani, pas loin de sa maison de campagne près de Cochabamba. Le Palacio Portales ne fut à aucun moment occupé par Simon I Patiño ni par aucun membre de cette illustre famille.

AMARU BOLIVIA

✆ +591 7278 5907
www.amaru-bolivia.com

Agence francophone basée à Cochabamba, Amaru Bolivia propose d'aller au-delà des sentiers battus pour rencontrer des modes de vie différents, des cultures vivantes et riches, des régions parfois méconnues, mais toujours passionnantes. Elle propose des séjours sur mesure pour découvrir la Bolivie avec des services de qualité, et soigne les détails pour faire des voyages authentiques et personnalisés. Au programme : carnaval d'Oruro, parc national Torotoro, parc national Madidi, mais aussi des découvertes de communautés locales... Authenticité et qualité garantie.

TAKUARAL TOURS

Calle San Martin
✆ +591 7270 7348
Agences à Santa Cruz et à Cochabamba.

Une agence bien implantée qui propose des excursions dans les alentours de Santa Cruz et de Cochabamba (parc national Torotoro, missions jésuites, Samaipata…), mais aussi dans tout le reste de la Bolivie (lac Titicaca, salar d'Uyuni…). Des circuits tout compris sont proposés, consultez la page Facebook de l'agence. Parfait pour les visiteurs qui commencent leurs séjours dans la partie orientale du pays. Propose également des billets d'avion à des tarifs intéressants. Une agence sérieuse qui propose de bons itinéraires et des prix corrects.

TUSOCO VIAJES

364 Calle Junín
✆ +591 7220 7682
www.tusoco.com

Tusoco est une agence qui vous permet de découvrir la Bolivie authentique en logeant dans des *lodges* et en vous fondant dans la culture locale des communautés indigènes à travers un service touristique de haute qualité en logement, alimentation, guides, transports... Les voyages peuvent commencer à partir de La Paz ou Santa Cruz, lieu d'arrivée des vols internationaux. Différents tours sont proposés, à la journée jusqu'à 25 jours. Les services sont personnalisés, le but est de voyager sereinement tout en étant au plus proche de la nature et de ses communautés.

CAXIATOURS

707 Calle Baptista
+591 7690 0019
caxiatours.com

Pour ceux qui souhaiteraient faire un *city tour* de Cochabamba, l'agence Caxio offre une excursion privée de 4h dans la capitale gastronomique de la Bolivie. Vous visiterez la Plaza Principal 14 de Septiembre, le Prado, le téléférique et plusieurs lieux incontournables au côté d'un guide qualifié. L'agence propose également des visites de villages, de sites archéologiques, des randonnées en montagne et à cheval, des journées d'escalade et des périples aux quatre coins de la Bolivie. Avec 35 années d'expérience, ils vous entraîneront dans une aventure fascinante.

HOSTAL ELISA €

834 Agustín Lopez
+591 6485 3030
Chambre simple à partir de 100 Bs, double à 140 Bs, triple à 200 Bs. Salle de bains privée. Wifi.

Cette grande auberge de jeunesse est l'adresse préférée des voyageurs à budget serré, surtout européens. Le bâtiment n'a rien d'extraordinaire, mais on s'y plaît vraiment. Les balcons fleuris donnent même un certain charme à l'endroit. Petites chambres propres avec TV câblée, avec salles de bains communes ou privatives. Agréable cour intérieure où l'on peut se poser à une table. Certains jeunes voyageurs peuvent y rester un peu tard le soir et être bruyants. Un autre petit point négatif : il n'y a pas de petit déjeuner proposé.

JANAJPACHA EKO-EXPERIENCE €

Avenida Santa Cruz, km 5
+591 7590 0253
Chambre matrimoniale avec sdb privée à 90 US$.

Partie intégrante de la communauté Janajpacha, cette structure propose un séjour dans un environnement naturel et des services thérapeutiques à l'écart de la grande ville, pas très loin des thermes de Liriuni. Auparavant nommé Planeta de Luz, l'établissement a été rénové en 2018. Parmi les services proposés : le sauna solaire, la piscine, les séances de méditation et de yoga, les massages… Restaurant à disposition. Un endroit recommandé pour faire une pause et recharger ses batteries.

RESIDENCIAL FAMILIAR €

554 Calle Sucre
+591 4442 7988
Compter de 100 Bs à 200 Bs la double, avec ou sans sanitaires privés. Wifi.

Dans une demeure républicaine (architecture du début de siècle), cet endroit calme et « familiar » continue à faire des adeptes, après maintes années au service des voyageurs boliviens et étrangers, principalement des groupes. Les chambres simples, mais confortables, sont disposées autour d'un agréable patio. Les literies sont un peu dures cependant. L'ensemble est malgré tout très bien tenu et il s'en dégage une atmosphère plaisante. Un endroit économique et pratique de par sa proximité au terminal de bus. Pas de restauration.

RUNNING CHASKI HOSTEL €

449 Calle España
+591 4425 0559
www.runningchaski.com.bo
Lit en dortoir à 69 Bs, chambre simple à 140 Bs, double à 210 Bs, triple à 350 Bs, quadruple 380 Bs. Petit déjeuner.

Voici un superbe *hostel* logé dans un édifice ancien à 4 cuadras de la Plaza Principal et proche du Prado. Plusieurs types d'hébergements sont proposés. Tous sont impeccables et confortables. Une cuisine est à disposition des voyageurs ainsi qu'un salon avec TV, au dernier étage de l'immeuble qui offre une superbe vue sur la statue du Christ. L'endroit est très chaleureux, avec également un restaurant, un magasin d'artisanat, et parfois des représentations culturelles (musique, danse). Un lieu propice aux rencontres. Recommandé !

EL JARDÍN €€

722 Calle Baptista
+591 4452 3821
À partir de 40 € la chambre double. Wifi.

Voici un excellent choix pour résider à Cochabamba ! Situé à une minute à pied du Prado, El Jardín Suites propose des chambres et des appartements spacieux, décorés avec soin, bien équipés et confortables. Une cuisine est mise à disposition des voyageurs. Un grand jardin permet de prendre l'air (ou le soleil) et de profiter d'une atmosphère bucolique en plein centre de la ville. De plus, Michael vous accueille en français et n'hésitera pas à vous prodiguer des conseils sur les visites et les restaurants de la ville. Le bon plan de la ville.

HOTEL CANADA €€

1000 Calle 25 de Mayo
✆ +591 4455 3315
www.hotelcanadacochabamba.com
Compter 140 Bs la chambre simple, 230 Bs la double et la matrimoniale, et 290 Bs la triple, petit déjeuner inclus.

Voici un bon hôtel situé à quelques pas du terminal de bus et du Mercado. Chambres confortables, avec TV câblée et salle de bains privée, mais toutefois assez bruyantes puisqu'elles donnent sur une rue assez fréquentée. La décoration est un brin désuète, mais les chambres sont toutes impeccablement tenues. Bon buffet petit déjeuner. Service de laverie. Le restaurant, ouvert aux non-résidents, propose une cuisine traditionnelle de Cochabamba de bonne qualité et à des tarifs très doux. Promotions sur le site internet de l'hôtel.

VIOLETTA'S APART HOTEL €€

464 Calle Lanza
✆ +591 4452 0257
À partir de 40 US$ la chambre simple et de 50 US$ la double. Petit déjeuner compris. Wifi.

Voici établissement recommandé pour les familles et les groupes, proche du paseo El Prado. Les chambres, sobrement décorées, sont spacieuses et bénéficient de la TV câblée, d'une connexion wi-fi et d'un minibar. Literie confortable. Des appartements avec cuisine privée équipée et salon sont également disponibles. L'ensemble est une peu vieillissante, mais l'entretien est régulier. Le buffet du petit déjeuner est satisfaisant. L'hôtel propose le change de devises, une laverie et un *room service*. Prestations correctes et accueil cordial.

HOTEL MONTSERRAT €€

342 Calle España
✆ +591 4452 1011
www.hotelmonserrat.com
Chambre simple à 230 Bs et 250 Bs, double à 350 Bs, triple à 420 Bs et quadruple à 500 Bs. Petit déjeuner compris. Wifi.

Cet hôtel est situé dans un bâtiment colonial, mais a commencé à recevoir les voyageurs en 2006. Le moderne se mélange avec bonheur à l'ancien autour de l'agréable patio. Certaines chambres ont une vue directe sur le Christ (à choisir en priorité !). D'autres sont plus sombres. Chacune possède la climatisation, la TV câblée et un frigo-bar. La déco est quand même assez kitsch dans l'ensemble. Le buffet du petit déjeuner est correct. Une bonne option dans cette gamme de prix, mais il faut savoir que c'est assez bruyant dans l'ensemble.

ARANJUEZ HOTEL €€€

563 Av. Buenos Aires
✆ +591 4428 0076
www.aranjuezhotel.com
Chambre simple à 80 US$, double à 90 US$, suite à partir de 100 US$, petit déjeuner compris. Wifi.

Un hôtel de type colonial lové dans un très beau jardin tropical aux fleurs exubérantes, proposant de solides prestations, un confort plus que correct et un service aimable. La décoration est particulièrement soignée et l'ensemble dégage un charme suranné plaisant. Chambres bien équipées et impeccablement tenues. Préférez les chambres avec vue sur le jardin, où l'on apprécie la petite piscine. L'une des suites, avec accès à une terrasse, est un premier choix. Charmant, élégant, bien tenu et recommandé dans cette gamme de prix.

TOLOMA GRAN HOTEL €€

690 Av. Oquendo
✆ +591 4466 4627
www.tolomahotel.com
Chambre double à partir de 72 US$. Buffet petit déjeuner compris. Wifi.

L'un des grands hôtels de la ville. Hôtel très luxueux proposant 54 chambres confortables à la déco moderne. Toutes sont équipées de la TV câblée, de l'air conditionné et de frigobar. Même si l'accueil est un peu froid, les prestations sont très satisfaisantes. Le buffet du petit déjeuner est relativement copieux. Par contre, le restaurant n'est clairement pas à la hauteur du standing de l'établissement. Sauna à demeure. Bien situé, cet hôtel est une bonne option pour séjourner à Cochabamba. Promotions régulières sur le site internet.

BERGHOTEL CAROLINA €€€

Comunidad Combuyo
✆ +591 7213 0003
www.berghotelcarolina.com
Chambre simple 1 010 Bs, double 1 300 Bs, suite avec terrasse 1 510 Bs. Inclus petit-déjeuner, déjeuner et dîner.

Ce joli établissement, de style chalet alpin, est situé au cœur du parc national Tunari. Inauguré en février 2015, il propose des services haut de gamme et 6 suites coquettes et spacieuses, où le bois est omniprésent. Toutes possèdent le chauffage et un balcon offrant une jolie vue sur la forêt. Restaurant en terrasse d'excellente facture. Propose un grand nombre d'activités dans le parc (randonnées, trekking, parapente, rafting, VTT, spa et relaxation, sauna sec finlandais, observation de la flore et la faune, visite d'une bodega...).

LA CASA DE MARGARITA €€€

449 Pasaje Juan José Quezada
✆ +591 4401 9495
www.lacasademargaritahb.com
Chambre simple à partir de 140 US$, double à 160 US$ et triple à partir de 257 US$. Petit déjeuner inclus.

La Casa de Margarita vous accueille dans un décor colonial champêtre et enchanteur. L'hôtel bénéficie d'un splendide jardin bien entretenu où il fait bon s'allonger sur le hamac pour lire au calme parmi les arbrisseaux, les pivoines et les *kantutas* (la fleur sacrée des Incas). Confortables, propres et bien tenues, les chambres disposent chacune d'une salle de bains privée, d'un coffre-fort, d'un set de serviettes, d'un petit bureau et d'une vue sur le jardin. Le petit déjeuner est phénoménal, et le restaurant de l'hôtel sert de délicieuses pizzas au four à bois.

GRAN HOTEL COCHABAMBA €€€

Plazuela Ubaldo Anze ✆ +591 4448 9520
granhotelcochabamba.com.bo
Chambre double et matrimoniale à 110 US$, suites à partir de 125 US$. Petit déjeuner compris. Wifi.

Premier hôtel de luxe à avoir ouvert ses portes en 1943, c'était alors le « rendez-vous de la haute société bolivienne ». Après avoir fermé ses portes pendant quelques années, il a rouvert en 2010. Entièrement rénové, il offre des chambres confortables avec écran plat et minibar. Les suites se parent d'un living, la suite présidentielle d'un petite piscine privée. Piscine, sauna et courts de tennis pour tous, ainsi qu'un bon restaurant et un café-bar où, le week-end, des artistes locaux viennent se produire. Une institution.

HOTEL DIPLOMAT €€€

611 Av. Ballivián
✆ +591 4425 0687
www.hdiplomat.com
À partir de 94 US$ la chambre double et de 127 US$ la suite junior, buffet petit déjeuner compris. Wifi.

Sur le Prado, un bon hôtel, qui s'enorgueillit de belles vues sur la ville (pas depuis toutes les unités néanmoins). Les 86 chambres sont confortables, bien qu'un petit effort sur la déco, un peu vieillotte, ne serait pas du luxe. Toutes sont bien équipées avec climatisation, frigo-bar, TV câblée et bureau. Le restaurant La Cascada sert une honnête cuisine locale et internationale. Sur la terrasse tout en haut, mirador, bar et salon de massage. Un bon compromis pour les hommes d'affaires et les touristes un peu plus exigeants. Navette pour l'aéroport.

LOS CASTORES €

Av. Ballivían
✆ +591 4425 9585
www.los-castores.com/Cochabamba
Salteñeria. Ouvert du lundi au vendredi de 7h15 à 15h, le week-end de 7h à 15h. À partir de 5 Bs l'unité.

Au sein de cette chaîne de fast-food (plusieurs établissements existent dans la ville), vous pourrez déguster de très bonnes *salteñas* dans un décor moderne et plutôt soigné. Les grandes baies vitrées donnent sur le Prado. Ces *empanadas* boliviennes contiennent de la viande (bœuf ou poulet), de l'œuf, des épices et sont accompagnées d'un petit bouillon. Plusieurs sauces sont proposées avec votre *salteña*, selon que vous le préférez doux, piquant voire très piquant. Une bonne adresse, sans prétention. Il y a quatre autres succursales à Cochabamba.

MERCADO 25 DE MAYO €

Calle Jordan
Ouvert tous les jours de 7h à 14h.

Inauguré en 1926, ce marché est situé dans un joli édifice, avec une structure métallique, bâti par des architectes allemands. Sa façade évoque le style art nouveau et son entrée se situe à la hauteur de la grille métallique. On y vend principalement des fruits, des légumes, des viandes... Des étals proposent également des *desayunos* (petits déjeuners), pains divers et jus de fruits frais. Le *comedor* du marché propose des *almuerzos* à bas prix ainsi que quelques plats succulents, notamment le *silpancho,* dans une ambiance animée et populaire.

TYPICA CAFÉ €€

661 Calle España
✆ +591 4430 1646
www.typicabolivia.com
Café. Ouvert tous les jours de 7h30 à 22h.

Après La Paz, Typica a ouvert l'un de ses fameux cafés à Cocha, avec la même recette. Une ambiance détendue, une déco originale bohème-chic faite de meubles rustiques et d'anciennes machines, et un univers musical adéquat, le tout dans une ancienne bâtisse pleine de charme. Au menu, d'excellents cafés de plusieurs origines, des snacks, des douceurs... Et même des options pour les allergiques au gluten. Juste à côté du Prado, c'est l'endroit idéal pour faire une pause, lire un livre, écrire ou consulter les réseaux sociaux avec un bon café.

BUFALO'S RODIZIO €

654 Av. Oquendo
+591 4425 1597

Churrasquería. Ouvert du mardi au samedi 12h-15h et 19h-22h30, le dimanche midi et le lundi soir. Buffet à 80 Bs.

La meilleure *churrasquería* de la ville se réclame même de servir les meilleures viandes du pays. Les amateurs de viandes grillées trouveront leur royaume. La salle est un brin quelconque, les tables à l'étage bénéficient d'une atmosphère plus intimiste. Plusieurs viandes cuites à la *parilla* à choisir : bœuf, porc, poulet... Des plats de surubi sont également à la carte. Le buffet de crudités en libre service est à la hauteur des plats de viande : ainsi, ceux qui désirent vivre en bonne intelligence avec leur cholestérol trouveront également leur bonheur.

EL PALACIO DEL SILLPANCHO €

Calle Baptista
+591 60737325

Cuisine traditionnelle. Ouvert tous les jours de 10h à 19h. Plats autour de 50 Bs.

Peu connu des voyageurs étrangers, El Palacio del Sillpancho est une institution, son nom serait un « synonyme de tradition de la gastronomie cochabambina ». Une seule spécialité dans ce restaurant à l'ambiance de cafétéria : le Silpancho, la milanaise panée en version locale, surmontée de deux œufs, ainsi que de tomates, oignons et poivrons émincés. Déclinée en plusieurs recettes, on peut en commander au bœuf (*carne de res*), au porc, au poulet...

PUNTO DE ENCUENTRO €

345 Calle Cobija
+591 4442 7903

Cuisine cochabambina. Ouvert tous les jours sauf le lundi de 10h30 à 19h. Compter environ 40 Bs par personne.

Le point de rencontre des Cochabambinos ! Il propose une cuisine traditionnelle de la région à des tarifs très doux. La spécialité de la maison est le *charque* (viande séchée) frit. On y sert aussi du *picante de lengua* (langue de bœuf pimentée), du *pique macho*, du *silpancho*, des *milanesas* (viande panée), de la *sopa de mani* (soupe de cacahuètes)... Les portions très copieuses satisferont les gros appétits ! Très populaire, ce restaurant fonctionne toute la journée et s'avère être une halte presque incontournable dans la région.

SUCREMANTA €

340 Esteban Arze
+591 6168 1515

Cuisine chuquisaqueña. Ouvert tous les jours de 11h à 15h. Plats autour de 25 Bs.

« Des recettes de grand-mère » dit le slogan, en fait des spécialités de Sucre. De l'excellent chorizo *chuquisaqueño*, au *picante de pollo* (un plat légèrement piquant de poulet accompagné de *chuño* et de riz), en passant par le *mondogo* (tripe), vous dégusterez des plats copieux (demandez le *medio plato* pour une personne) et d'un excellent rapport qualité-prix. Vous pourrez accompagner le tout d'un jus local. Terrasse plaisante sur le Prado même si vous serez sans doute importuné par l'un des nombreux mendiants que compte la ville.

TUNARI €

676 Av. Ballivián
+591 7221 8186

Cuisine traditionnelle. Ouvert tous les jours de 8h30 à 23h.

Une institution à Cochabamba depuis plus de 80 ans située sur le Prado. Malheureusement il semblerait qu'il n'ait pas évolué beaucoup depuis ! Très populaire le week-end pourtant le service peut être très long et, surtout, la qualité de la cuisine varie énormément d'un jour à l'autre... Vous pouvez tomber sur un bon jour ! On y sert une cuisine typique du cru : *picante de lengua*, *ranga blanca* (un potage avec des tripes et des patates), *chorizo criollo*, et bien sûr l'inévitable *pique macho*. Quelques plats de poissons grillés. Très populaire le week-end.

LA CANTONATA €€

409 Calle España
+591 4425 9222
www.lacantonata.com.bo/w

Cuisine bolivienne & italienne. Ouvert tous les jours de midi à 15h et de 19h à 23h. Compter environ 100 Bs.

Ce restaurant italien est une institution de la ville. Dans une salle agréable au style un brin désuet, on déguste d'excellentes pâtes, bien sûr, mais aussi des pizzas, de la viande, des poissons et des fruits de mer. Pas beaucoup d'originalité dans le menu, c'est très classique, mais la qualité est présente. On retrouve également sur la carte quelques recettes traditionnelles de la ville. La carte des vins propose de bonnes bouteilles nationales et internationales. Les desserts sont un peu en deçà des attentes, notamment le tiramisu. Service correct.

CASA DE CAMPO €€

618 Av Uyuni

✆ +591 4424 3937

Cuisine traditionnelle cochabambina. Ouvert tous les jours de midi à 23h30. Compter environ 100 Bs pour un repas.

Populaire auprès des locaux et des touristes de passage (et en particulier des groupes accompagnés de leurs guides), ce restaurant sert des spécialités de la région. La devanture de l'établissement est impressionnante et accueillante en même temps. Au menu le *chank'a de conejo* le *pique lobo*, le *picante de lengua* ou encore les brochettes de pacumutu. La qualité est souvent au rendez-vous et les quantités sont très généreuses. La salle, qui est grande et haute de plafond, offre une décoration soignée. Le service souriant et attentionné.

CAYENNA €€

Calle Jose Quezada

✆ 591 4454 7752

www.cayenna.com.bo

Bar-restaurant. Cuisine européenne. Ouvert tous les jours de 8h30 à 23h45. Compter environ 120 Bs pour un repas. Wifi.

Le nouvel endroit à la mode à Cochabamba ! Le Cayenna Bistro Café a ouvert sous l'impulsion de l'équipe du Paprika. Ambiance moderne avec une décoration soignée, un long bar et quelques écrans pour diffuser discrètement les évènements sportifs. Au menu des viandes évidemment, mais aussi des plats méditerranéens, des currys, des plateaux de fromages et charcuterie, des snacks... Mais c'est également un excellent endroit pour boire un excellent cocktail en soirée. Voici une bonne occasion d'explorer le quartier huppé de la Zona Norte !

LA ESTANCIA €€

786 Av. Uyuni

✆ +591 4424 9262

www.laestancia.com.bo

Cuisine argentine - Churrasquería. Ouvert tous les jours de 12h à 15h et de 18h30 à minuit. Compter environ 120 Bs.

Cette *churrasquería* est un établissement ouvert depuis 1978 ! Ce restaurant sert de la viande nationale et argentine de qualité. Pour tous les carnivores, c'est le paradis. Grand choix de viandes : *bife de chorizo*, *morcilla* (boudin noir), *matambre de cerdo* (porc), du poulet, etc. À accompagner d'un bon Tannat de Tarija. On y sert aussi du saumon, de la truite du lac Titicaca, du surubí d'Amazonie et des langoustes. Chaque commande vous ouvre les portes du bar à salades pour élaborer vos accompagnements. Atmosphère agréable, traditionnelle.

PAPRIKA €€

688 Chuquisaca

✆ +591 4466 2400

paprika.com.bo

Cuisine internationale. Ouvert tous les jours de 11h30 à 1h30 du matin. Compter environ 100 Bs pour un repas.

Une très bonne table (qui fait aussi bar), prisée des touristes gourmets et des Boliviens branchés. Dans un cadre résolument moderne, on dégustera d'excellentes fondues, des salades, des pâtes, des pizzas, et des plats traditionnels revisités tels que le *pique macho*. Les viandes sont particulièrement tendres : la spécialité du lieu ! Le steak est ainsi servi avec 5 sauces différentes. Les portions sont généreuses. Très bons cocktails. Bonne ambiance et service attentionné. La qualité de la cuisine justifie les tarifs un peu élevés.

QUINTA LAS AMÉRICAS €€

572 Calle Javier Baptista

✆ +591 4424 1817

www.quintalasamericas.com

Cuisine traditionnelle. Ouvert toute la semaine le midi et du mercredi au samedi le soir. Compter 100 Bs pour un repas.

Un restaurant-Peña typique qui propose des spécialités locales et des spectacles de musique folklorique depuis plus de 35 ans. À la carte : *pique macho*, *silpancho*, *charque*, *picante* de poulet, *lomito*, mais aussi des spécialités certains soirs comme le cochon entier cuit *a la cruz*... Le midi, formule *almuerzo* intéressante comprenant une soupe, un plat et un dessert. C'est un endroit fréquenté aussi bien par les locaux que par les groupes de touristes, mais qui garde malgré tout un certain charme et qui permet de passer une soirée distrayante.

PICASSO ROCK CAFÉ PUB

327 Calle España

✆ +591 7933 1345

Cuisine mexicaine, bar. Ouvert du lundi au samedi de 17h à 1h, jusqu'à 2h le jeudi et 3h vendredi et samedi.

Le Picasso est un lieu prisé par la jeunesse de Cochabamba. Ce bar propose d'excellents cocktails (mojitos, caïpirinha, chuflay...) à consommer de préférence lors de l'*happy hour* en début de soirée ! Et bien sûr un large éventail de marques de bières dont certaines à la pression. Quelques plats à la carte sont servis en semaine (pizzas, pâtes, tortillas, tacos, nachos, burgers et sandwiches). L'atmosphère est chaleureuse et vous ne manquerez pas de discuter avec vos voisins de table. Musique occidentale et latina. Bar très populaire en fin de semaine.

TREK D'INCACHACA

Pour les marcheurs aguerris uniquement. Cascades, possibilités de rafting, ruines et chemins incas, bosquets de kewiñas et de kayaras, vues panoramiques... Le trek commence à Colomi, à 50 km du centre-ville, puis passe par le lac Totorani avant de continuer par l'ancienne route inca. Suit la montée, assez raide, vers le col de Jucumari avant de redescendre dans la forêt de Chapare. Une nouveauté à essayer si vous êtes un bon randonneur : compter 6 heures de marche environ, dont 2 heures de montée au départ (rajouter 4 heures pour les transferts).

PUNATA ★

Le plus grand marché de la région s'y tient le mardi. Plus modeste, le marché aux pommes de terre a lieu le samedi matin. La chicha de Punata est censée être la meilleure du pays. À Punata, où l'on compte une *chichería* pour cinq habitants, on ne refuse jamais un verre ou une *tutuma* (un bol en bois élaboré avec la coque de calebasse) ! Rappelez-vous la façon dont Melgarejo châtia l'ambassadeur anglais. Ce nectar national disparut pendant la colonisation espagnole et fut remplacé par les vins du sud de la Bolivie. Avec l'arrivée des chemins de fer, la chicha aida à relancer l'économie de la région après la grave crise de la fin du XIXe.

INKA RAKAY ★

À 30 km de Cochabamba. Cette forteresse inca (sans doute un centre administratif) fut construite entre 1460 et 1470, et comprend pas moins de 17 édifices. On peut y accéder à partir du village de Sipe Sipe. La balade est aussi belle que la vue, magnifique, sur la vallée de Cochabamba. Tous les ans, le 21 juin, on y célèbre Willkakuti, le nouvel an aymara. À cette occasion on sacrifie des lamas, puis on remplit leurs gueules avec des feuilles de coca et de l'alcool, afin de les donner en offrande à la Pachamama. Les Kallawayas s'enduisent le visage avec le sang de l'animal pour les rituels, puis la viande est cuisinée et partagée avec la communauté.

ARANI ★

12 000 habitants environ. Ce village est célèbre pour son pain et sa magnifique église San Bartolomé, dédiée à Virgen María La Bella, dont la coupole est recouverte de faïence. L'intérieur de l'église s'orne de peintures du maître d'Arani qui fait partie de l'école de Potosí. Le 24 août, la Vierge Marie est célébrée avec faste. Sur la Plaza Principal, vous verrez les premiers eucalyptus, jadis importés d'Australie et qui font maintenant partie du paysage des vallées boliviennes. Près de 90% du village est habité par la communauté quechua. El Castillo, un château de style médiéval récemment achevé, est une autre attraction touristique du village.

TARATA ★★

Situé à guère plus de 40 minutes de voiture du centre de Cochabamba dans le fameux Valle Alto, ce village historique aux allures coloniales abrite un couvent franciscain du XVIIIe siècle, le couvent de San Jose, ainsi que la maison de deux sommités de l'histoire bolivienne : Melgarejo et Barrientos. Leur ancienne demeure est d'ailleurs devenue l'une des meilleures chicherias du village. L'église et la place principale sont très belles ainsi que l'architecture coloniale des maisons et le pont de Melgarejo. On peut facilement y passer une demi-journée. Le jeudi est le jour du marché. N'hésitez pas à goûter aux fameux *chorizos tarateños* !

TOTORA ★★

À 142 km de Cochabamba, sur la route de Sucre. 17 000 habitants environ. Il s'agit d'un très joli village dont la charmante architecture coloniale est l'une des mieux conservées du pays et qui représente 90 % des bâtiments du village. Un tremblement de terre en 1998 lui fut presque fatal, mais les édifices ont été superbement restaurés. On apprécie ses sept pont coloniaux, véritables emblèmes locaux, sa place principale est entourée de maisons de style arabe, son moulin, ainsi que La Pajcha, une cascade naturelle pittoresque haute de 30 mètres. Un petit musée permet aussi d'en apprendre beaucoup sur l'histoire de la coca dans les Yungas.

PARQUE NACIONAL CARRASCO ★★

Longeant en partie la route reliant Cochabamba à Villa Tunari, le Parc National Carrasco, établi en 1991, est réputé pour sa forêt tropicale humide d'une superficie de plus de 600 000 hectares hébergeant une riche flore (plus de 3 000 espèces de plantes sont répertoriées), et une faune variée (ours à lunettes, jaguar, tapir, le taruca (cerf andin)... Des circuits permettent de visiter cette « forêt des nuages » à partir de Villa Tunari, notamment la Cavernas del Repechon et le Rio San Mateo. Il est possible de rejoindre Chapare en 3 jours de trek en suivant le « sentier des nuages » qui descend de 4 000 m à 300 m d'altitude (guide indispensable).

INKALLAJTA ★★

Cette forteresse construite au XVe siècle par Tupac Yupanqui protégeait les vallées des attaques des Chiriguanos. 7 murailles entourent le site. Une longue muraille aurait supporté le toit de ce qui était le plus grand bâtiment couvert des Incas (appelé Kallanka, de dimensions 26x78 m) dans le Qulla Suyu, la province de l'Empire Inca qui s'étendait de Cuzco jusqu'à l'Argentine ! Sur place, on trouvera un centre d'informations (www.incallajta.org), une aire de camping et des guides.

Transports

Pour s'y rendre par ses propres moyens, prendre un bus de la rue Manuripi, à l'angle de República à Cochabamba. Avec une agence, compter une journée de visite.

PARQUE NACIONAL TOROTORO ★★★

Altitude : 2 700 m. Bien que situé dans le département de Potosí, on accède plus facilement à ce superbe site par Cochabamba (compter 5 à 6 heures de route). L'accès au parc se fait au village Torotoro, une paisible bourgade principalement dédiée au tourisme. Vous y verrez des empreintes de dinosaure fossilisées dans la pierre, juste à l'entrée du village mais aussi éparpillées un peu partout. Le 25 août, le village célèbre le rituel du Tinku, une bataille qui met face à face deux communautés quechua du Nord-Potosí. Bien qu'interdite par la loi, cette tradition perdure et démontre la richesse culturelle de ce pays où la réalité dépasse l'imagination.

Se loger

Les voyageurs au long cours trouveront une multitude de *guesthouses* à petits prix dans le village. Chaque hôtel/*guesthouse* du village possède son propre restaurant. Possibilité de se restaurer le midi près des sites principaux (grotte Umajalanta, canyon El Vergel).

Tourisme

Lors de votre arrivée, il faut s'enregistrer au bureau du parc (+591 6822 6393) situé Calle del Olvido, et s'acquitter du droit d'entrée (100 Bs pour 4 jours). Vous pourrez trouver un guide sur place (100 Bs/jour de 1 à 6 personnes).

Il faut compter au moins 3 jours entiers pour profiter des merveilles du site. En plus des sites à voir, les environs du village se prêtent parfaitement à de longues balades. Gardez votre billet avec vous en tout temps.

Transports

- **Bus.** Un bus part de Cochabamba tous les jours vers 15h45 du terminal de bus. Un autre bus part de l'angle de Av. Republica et Av. Barrientos vers 18h, Comptez de 5 à 6 heures de route et environ 30 Bs. La route est sinueuse et difficile, mais certaines parties sont désormais asphaltées.
- **Taxi.** Bien plus pratique, plus confortable et plus rapide que le bus (un peu moins de 4h de trajet depuis Cochabamba pour environ 50 US$). Idéal pour les petits groupes.

CEMENTERIO DE TORTUGAS ★

Situé dans le secteur Molle Cancha, à 3,5 kilomètres au sud-est de Torotoro, près de l'autoroute qui relie la ville de Rodeo à Torotoro.
Entrée : 15 Bs.

À une petite dizaine de minutes du village de Torotoro, ce cimetière des tortues a été et reste maltraité par les éléments. Vent, pluie et inondations ont peu à peu effacé les vestiges du temps. Les quelques fossiles de tortues, crocodiles et poissons sont aujourd'hui quasi inexistants sur le sol extérieur. Il ne vous reste donc plus qu'à vous rabattre sur le petit musée adjacent. Une visite un peu superflue, mais l'endroit vaut néanmoins le détour pour la couleur de la terre et le contraste qu'elle offre avec le paysage environnant.

CAÑONES TOROTORO & EL VERGEL ★★★

Balade à pied de 4-5 heures depuis le village. Comptez de 2 à 3 heures si vous venez en voiture jusqu'en haut du canyon.

Le canyon de Torotoro est l'une des merveilles du parc. Vous y arrivez par voiture ou en marchant depuis le village. Une fois passé le poste de garde, vous poursuivez votre chemin le long du lit d'une ancienne rivière. Vous atteindrez d'abord un théâtre naturel exposant de manière remarquable les différentes couches de pierre. Un peu plus loin, vous pourrez admirer, entre autres, les plus grandes marques immortalisées dans le sol : celles du passage d'un sauropode (herbivore). Chacune de ses traces mesure plus d'un mètre ! Quelques traces de carnivores l'entourent. On peut facilement lire les histoires qui se cachent derrière chacune de ces traces. En poursuivant son chemin, on atteint un pont naturel en pierre enjambant le *río*. On atteint ensuite un mirador construit récemment. Sur le modèle de celui du Grand Canyon américain, on surplombe le canyon sur un pont transparent en arc de cercle, métallique (et pas en verre, comme son confrère nord-américain). La vue est incroyable et le paysage vous transporte. On domine le fond du canyon de près de 300 mètres de haut. On poursuit la visite, en longeant le canyon avant d'entamer la descente. Le chemin est bien balisé, et après avoir descendu les quelque 700 marches, on arrive enfin au Vergel ! Dans un cadre paradisiaque, les cascades naturelles finissent leurs chutes dans des bassins. Bien que l'eau soit relativement fraîche, on parvient tout de même à s'y baigner. Comptez environ 40 minutes pour la remontée.

CIUDAD DE ITAS ★★★

Depuis le village, comptez 4 heures aller-retour en 4x4 pour accéder au site. Marche de 2 heures environ.

Située à environ 20 km au nord-est du village, la Cité d'Itas, surnommée la « ville de pierre », est un des sites incontournables du parc. Après une montée en 4x4 (indispensable) qui offre une vue époustouflante, vous voilà dans les hauteurs du site, à environ 4 000 m d'altitude. C'est parti pour un tour guidé de près de 4 km arpentant différents lieux de ce qu'on appelle la Cité d'Itas, un enchevêtrement de grottes et de formations rocheuses impressionnantes. Vous commencez par une caverne qui semblerait avoir été utilisée par des civilisations très anciennes (voire incas). Vous pourrez admirer des peintures rupestres sur la roche, représentant des hommes, des animaux, et des dessins géométriques, qui témoignent de cette présence humaine. Vous poursuivez votre visite en découvrant successivement des paysages époustouflants avant de vous enfoncer dans ce labyrinthe de cavités rocheuses toutes plus grandes et plus profondes les unes que les autres. Les viscaches jouent à cache-cache avec les visiteurs. Si le soleil pointe le bout de son nez, le jeu de lumière est saisissant avec une succession de couleurs vertes, rouges et oranges. Toutes ces formations prennent leur origine au moment où la mer bordait les lieux. Certaines cavités font penser à l'entrée de monuments gothiques. Majestueux ! Sur le chemin du retour, arrêtez-vous pour admirer la formation géologique qui constitue la carte postale de Torotoro : les « vagues rocheuses », une succession de montagnes aux formes et aux couleurs étonnantes !

Canyon El Verguel, Parque Nacional Toro Toro.

GRUTA DE UMAJALANTA ★★

Prévoir chaussures et tenue qui ne craignent ni l'eau ni la saleté. Location de l'équipement obligatoire : 10 Bs/pers.

Sur la route de la Ciudad de Itas, vous prendrez un embranchement vous menant directement au site de la grotte de Umajalanta. C'est ni plus ni moins la plus profonde de Bolivie avec ses 7 km de profondeur. Néanmoins, seuls 500 mètres peuvent être parcourus par les visiteurs. La grotte est en fait le déversoir de la rivière Umajalanta, « cascade » en aymara. Elle possède une entrée de 30 mètres de hauteur ! Une fois descendu de votre véhicule, vous parcourez quelques mètres pour arriver au poste de contrôle, ne manquez pas sur le chemin les empreintes de dinosaures. Au même endroit, vous louez un casque armé d'une lampe frontale. Des casiers vous permettent de déposer vos affaires fragiles (pensez à prendre votre cadenas). Attention : ne prenez que le strict minimum, car vous serez vite gêné par tout superflu lors de votre visite. Vous voilà paré pour la visite. Au programme : stalactites, stalagmites, colonnes et arbre de pierre. Vous passerez dans des passages étroits où il est parfois très difficile de se mouvoir. Des cordes ont été installées à certains endroits difficiles afin de pouvoir remonter en sécurité. Tout au bout de la visite, des poissons aveugles vous attendent dans des poches d'eau créées par la rivière souterraine, ce qui sous-entend que vous traverserez certainement des zones où vous aurez les pieds trempés... Plus proche de la spéléologie que de la simple visite de grotte. Attention, cette visite n'est pas recommandée pour les enfants et est réservée aux sportifs non claustrophobes seulement !

HUELLAS DE DINOSAURIO ★★

Le site regorge d'empreintes de dinosaures, dont plus de 2 500 ont été répertoriées ! Ces empreintes fossilisées datent du Crétacé supérieur. Il est raisonnable de penser que des milliers d'autres sont encore ensevelies. À l'entrée du village, à Carreras Pampa se trouvent les plus importantes empreintes provenant de différents dinosaures (sauropodes, théropodes et tridactyles), qui transitaient par le site durant leur migration. Des empreintes gigantesques sont visibles lors de la randonnée pour les canyons et de plus petites sur le chemin de la cave Umajalanta.

LLAMA CHAQUI ★

Au nord-ouest du village.

Llama Chaqui veut dire « pied de feu » en quechua.Ce sont les ruines d'un fort inca situé sur la crête d'une colline. Ces vestiges sont constitués d'une longue muraille qui encercle des restes de fondations circulaires et carrées. On peut observer des momies dans la nécropole ainsi que des céramiques. Le sommet de la colline offre également un superbe panorama sur les montagnes du parc. Ce site est situé à une vingtaine de kilomètres du village et n'est accessible qu'après une longue marche. À faire si vous passez quelques jours à Torotoro.

MUSEO PACHAMAMA WASI

Calle Guadalupe

✆ +591 7148 4139

Entrée : 10 Bs.

Ce petit musée sans grande prétention, « la maison de la Terre-Mère », est l'initiative d'un habitant du village. Vous pourrez découvrir une grande variété de fossiles et de céramiques trouvés dans les alentours et accumulés au fil des années. Mollusques et coquillages sont les stars de ce petit espace, rappelant qu'ici, auparavant, la mer était partout. La décoration est soignée, mais on fait vite le tour de ce musée. Une petite boutique permet de s'offrir un petit souvenir de Torotoro et de soutenir cette démarche originale.

SIETE VUELTAS ★

Siete Vueltas

Situé à environ 3 km du village, le site des « sept courbes » présente une impressionnante collection de fossiles incrustés dans la roche. Ceux-ci incluent des éponges, des coraux, des mollusques, des crustacés... On estime qu'un grand nombre de ces formes de vie invertébrées datent du Crétacé. On retrouve ces variétés de fossiles dans d'autres parties du parc, mais celles-ci ne sont pas encore ouvertes aux visiteurs. C'est une jolie promenade qui vous permet de voyager à travers les époques géologiques et d'admirer des paysages remarquables.

Le parc national Toro Toro offre des paysages surprenants.

CABAÑAS UMAJALANTA €€

Comunidad de Huayra K'asa
✆ +591 7274 6253
À partir de 250 Bs pour 2 personnes, petit déjeuner compris.

À environ 8 km du village, ce projet est géré par une communauté locale. Plusieurs bungalows en pierre au milieu de la nature, confortables et relativement bien maintenus. Les chambres sont bien agencées, avec un ameublement élégant, et bénéficient d'une belle vue sur les montagnes. Très bon petit déjeuner et restaurant à demeure servant une cuisine locale typique de qualité. Possibilité de faire un feu le soir. Plusieurs activités sont proposées, visites du parc national bien sûr, mais également des expériences avec la communauté Huayra K'asa.

COMO EN CASA €€

Calle del Olvido
✆ +591 7272 0973
Chambre double à 125 Bs, petit déjeuner compris. Restaurant ouvert le soir.

Il suffit de rencontrer la maîtresse des lieux pour comprendre que l'établissement est tenu par une personne de goût. Celle-ci a en effet vécu à Paris et en a gardé le souci de l'esthétisme. Les chambres sont vastes et soignées même si certaines mériteraient un petit coup de neuf. Mais c'est surtout dans la cuisine et l'accueil que l'hôtel atteint les sommets. La nourriture est excellente et le service véritablement charmant. Elle peut même vous préparer des sandwiches pour vos excursions ! Une halte très bien située, dont le patio intérieur ne gâche rien !

HOTEL EL MOLINO €€

Calle Charcas
✆ +591 7647 5999
www.elmolinotorotoro.com
Chambre simple à 140 Bs, double et matrimoniale à 220 Bs et triple à 300 Bs. Sdb privée et petit déjeuner inclus.

Cet établissement situé entre le village et le Cementerio de Tortugas a de l'allure, il ressemble à une grande *estancia*. L'endroit est isolé et bénéficie d'une quiétude très plaisante. Les chambres sont basiques, mais confortables. Les parties communes constituent le point fort d'El Molino avec un toit-terrasse pour admirer les étoiles, des salons et un grand jardin. Restauration à demeure. Propose des séjours tout compris, incluant plusieurs nuitées, tous les repas, et les visites du parc national. Une bonne option pour les groupes.

VILLA ETELVINA €€

Calle Charcas
✆ +591 7073 7807
Camping à 50 Bs/pers, chambre simple avec sdb commune à 240 Bs, double à 360 Bs, triple à 540 Bs. Petit déjeuner inclus.

Un bon endroit pour loger à Torotoro. Les bungalows, dispersés autour d'un grand jardin agréable, sont soignés. Les chambres sont sommaires, mais confortables. L'établissement possède également un excellent restaurant qui propose toutes sortes de plats nationaux et internationaux. Un buffet est proposé pour le dîner lorsque des groupes sont de passage. Le petit déjeuner compris est également de bonne qualité. Le soir, il n'est pas rare d'être invité à s'asseoir autour du feu pour contempler les étoiles. Le personnel est très attentionné.

VILLA TUNARI ★★

À 165 km de Cochabamba, Villa Tunari est l'étape idéale pour tous ceux qui n'ont pas le temps d'aller plus loin en Amazonie : on peut se baigner dans le rio Chapare et prendre plaisir à la flore et la faune de la région (orchidées et broméliacées géantes). En face de l'hôtel Las Araras, commence le Parque Nacional Carrasco, où l'on peut observer de nombreux oiseaux. En principe, les sentiers sont bien balisés. Le village possède une infrastructure touristique développée puisqu'en été de nombreux Cochabambinos s'y pressent. La cave des oiseaux aveugles et le Parque Ecoturístico Machía sont les deux attractions naturelles de la ville.

Transports

- **De Cochabamba**, prendre les bus qui partent de l'Avenida 9 de Abril, Esquina Oquendo. Départs réguliers entre 10h et 18h30 avec les compagnies 7 de Junio, 2 de Febrero, Germán Busch, Carasco et 14 de Septiembre.
- **À Villa Tunari**, les bus arrivent et partent du centre-ville, Avenida Integración et Calle Oruro.

PARQUE MACHÍA ★★

Avenida Integración
✆ +591 4413 6572
Ouvert tous les jours sauf lundi 9h30-16h. Entrée : 6 Bs. Prévoir eau et répulsif anti-moustiques.

Ce parc animalier a été créé à l'initiative de la communauté Inti Wara Yassi qui essaie de réapprendre la loi de la jungle à des animaux ayant toujours vécu en captivité. Pour les singes par exemple, après une première étape en laisse, ils sont remis en liberté dans le parc et réapprennent à se nourrir seuls. Ainsi, il n'est pas difficile d'en croiser tout le long du chemin. La balade comprend plusieurs circuits pédestres. Depuis les miradors, magnifique vue panoramique sur le río Espíritu Santo, la cordillère Orientale et les terres basses du Chapare.

HOSTAL MIRADOR €

Calle Tarija
✆ +591 7547 5435
Chambre simple entre 165 (sans air conditionné) et 215 Bs (avec air conditionné), matrimoniale entre 295 et 395 Bs.

Proche du centre de la ville, mais un peu à l'écart, cet hôtel propose des chambres convenables malgré des couleurs tape-à-l'œil d'un goût douteux. Possibilité de camper sur place. L'endroit est agréable pour séjourner, le jardin est bien entretenu et vous plonge dans l'ambiance exotique de Villa Tunari avec ses paons et ses tortues. Nombreuses activités sportives proposées. Mais le point fort de cet *hostal* est son restaurant à demeure avec une terrasse qui offre une belle vue panoramique sur le fleuve et qui donne son nom à l'endroit : le mirador.

HOTEL DE SELVA EL PUENTE €€

Pasaje La Sevillana ✆ +591 4458 0085
www.hotelchapare.com/es
Chambre double à 365, 430 et 470 Bs, triple à 530 Bs, quadruple à 630 Bs. Petit déjeuner inclus. Air conditionné.

En pleine forêt, cet hôtel est le seul de sa catégorie à l'écart de la route principale. Situé sur un terrain de 20 hectares, il offre 4 grands bungalows avec un total de 14 chambres allant de la double à la quintuple. Toutes sont confortables et impeccablement tenues. Buffet petit déjeuner tropical. Des hamacs sont à la disposition des visiteurs pour se détendre. Une jolie piscine trône au milieu du jardin et il y a également 14 *pozas*, des petites piscines naturelles, à seulement 10 min de marche d'El Puente. Un endroit destiné aux amoureux de la nature.

RESTAURANT SAN SILVESTRE €€

Avenida de la Integracion
✆ +591 7742 2730
Cuisine traditionnelle. Ouvert tous les jours de 10h à 22h. Compter environ 80 Bs pour un repas.

Certainement le meilleur restaurant de la ville ! L'endroit est accueillant avec ses tables disposées sous de grands carbets au milieu d'un jardin luxuriant. Le menu propose une cuisine tropicale avec plusieurs sélections de viandes, ede *surubí* (poisson d'Amazonie) et de pacu servi à toutes les sauces (à l'ail, au lait de coco...), du ceviche... Le tout à accompagner d'un jus de fruit de la passion ou de carambole, ou encore d'une bière fraîche. L'endroit offre également une jolie vue sur le fleuve. Service sympathique et attentionné.

ORIENTE

L'Oriente et sa route des missions rappellent l'existence d'une Bolivie des plaines, des Cambas (noms génériques des habitants des plaines en général), fort différente de celle des Kolas (surnom des Andins) et où l'économie du XXe siècle façonne l'espace et les mentalités. Ici, on se sent plus proche du Brésil et du Paraguay que des hauts plateaux. Les missions, souvent oubliées par les voyageurs des Andes un peu pressés, offrent un superbe patrimoine historique. Une Bolivie différente et complémentaire de celle des Andes et des vallées. Les mœurs en sont quelque peu différentes. Les Cambas sont ouverts et extravertis, quand on prête au Kollas une certaine réserve. Cent kilomètres à l'ouest de Santa Cruz, on peut visiter l'étonnante forteresse de Samaipata (El Fuerte) qui marque le point limite entre la Cordillère et l'Amazonie, gardienne symbolique d'une séparation entre deux mondes que tout semble opposer.

El Carmen
Menonita Rio Negro
Casarabe
Puente San Pablo
Monte Cristo
Santa Maria
Urubicha
Palestina
Ascensión de Guarayos
Peta Grande
CONCEPCIÓN
SAN JAVIER
Ucayaly
El Puente
Zapoco
San Ramon
Hardeman
San Pedro
San Julián
Santa Rosa del Sara
Cuatro Cañadas
Montero
Yapacaní
Warnes
El Cerro
PARQUE NACIONAL AMBORO
SANTA CRUZ
PORONGO
Comarapa
Santa Clara
BERMEJO
CUEVAS
SAMAIPATA
FUERTE DE SAMAIPATA
LA HIGUERA
VALLEGRANDE
Cabezas
Redencion Pampa
Ikavirenda
Gutierrez
La Brecha
50 KM

Oriente
BRÉSIL
NAL NOEL
ERCADO
Rio Verde
Nova Lacerda
Itanorte
Tapirapuã
Trindade
Rio Branco
Mercedes Soliz
Mirassol d'Oeste
Porto Esperidião
Cáceres
San Pedro
AN IGNACIO DE VELASCO
San Matias
Las Petas
SANTA ANA DE VELASCO
Candelaria
SAN RAFAEL DE VELASCO
Agua Azul
Buena Vista
San Fernando
Nueva Esperanza
Estancia Pompeya
SAN JOSÉ DE CHIQUITOS
Santo Corazon
Chochís
Florida
Palmera
Limoncito
SANTIAGO DE CHIQUITOS
ROBORÉ
Naranjos
El Carmen Rivero Torres
Ripio Blanco
PUERTO SUÁREZ
PUERTO QUIJARRO
Fortín Ravelo
PARAGUAY
Sierra Leon

Santa Cruz de la Sierra et sa région, c'est déjà un peu le Brésil. Entourée de vaste plaines où le bétail retrouve tous ses droits, cette grande ville n'arrête pas de grandir et de se développer. On se sent à mille lieues de Potosí ou d'Uyuni ! Mais Santa Cruz, qui en soi n'a pas forcément les faveurs des voyageurs, possède aussi et surtout un aéroport international où arrivent la plupart des vols en provenance d'Europe ou des pays voisins. C'est donc une bonne base pour commencer son voyage, en douceur, dans la chaleur tropicale qui fait du bien après un rude hiver. Dans les environs, on ne manquera bien sûr pas de visiter les magnifiques missions jésuites de la Chiquitania, Samaipata, le parc national Amboró, et de s'intéresser aux nombreux villages de colons, notamment japonais et mennonites *(menonitas)*, qui composent un mélange culturel des plus intéressants.

Samaipata est une petite bourgade à l'orée de la Serranía de los Volcanes (la chaîne des volcans) et à quelques kilomètres d'El Fuerte, une fortification inca (qui a été classée patrimoine de l'humanité par l'Unesco), ainsi que du magnifique parc national Amboró (un paradis pour les amateurs d'oiseaux) que l'on aborde par son versant sud. Cette région de Bolivie est superbe, elle est surnommée *México chico*, le petit Mexique : ceux qui connaissent le pays aztèque y trouveront en effet une ressemblance très frappante.

« Si vous frémissez chaque fois qu'une injustice se produit dans le monde, alors vous et moi nous sommes compagnons » Ernesto Che Guevara. Novembre 1995, le général des forces armées boliviennes, Mario Vargas Salinas, annonce un scoop au *New York Times* : il connaît l'endroit exact où sont les restes de Che Guevara, le plus célèbre guérillero de l'histoire. Il serait enseveli sous la piste d'atterrissage du village de Vallegrande. Les médias du monde entier s'y précipitent, CNN déploie les grands moyens, mais on ne trouvera aucune trace de la dépouille du révolutionnaire argentin.

En octobre 2017, pour commémorer le cinquantenaire de la mort du révolutionnaire, le président Morales décrète 5 jours d'hommages clôturés par une cérémonie à Vallegrande en présence d'officiels cubains, vénézuéliens, argentins et péruviens. Le Che est resté un mythe. Son assassinat, le 9 octobre 1967, annonce certes la fin d'une époque. Il savait que c'était ici, dans le Nouveau Monde, au cœur des traditions communautaires andines et centre-américaines, dans l'Amérique des missions jésuites et des révolutions – mexicaine, cubaine et bolivienne –, que l'utopie était peut-être plus à même de devenir réalité. Son choix de la Bolivie fut pourtant une fatale erreur politique. Si les mineurs, prolétaires andins rebelles et formés politiquement, épousèrent la cause guévariste, les petits paysans propriétaires des *microfundias* ne virent dans ce mouvement marxiste qu'une nouvelle tentative d'appropriation de leurs maigres champs. Le rêve d'un monde meilleur s'est arrêté un jour d'octobre 1967 à La Higuera, à moins qu'il n'y ait commencé.

Le *Petit Futé* fut le premier livre de voyage à décrire la Route du Che. Loin d'être encore très populaire auprès des agences touristiques, la région mérite pourtant le détour. Un parcours chargé d'émotion, avec des guides expérimentés et un accueil des gens simples qui habitent la région...

●● LES MISSIONS JÉSUITES DE CHIQUITOS

La visite des missions jésuites apporte une incontestable touche de romantisme au pays. Deux grands complexes de missions existaient dans les territoires de la Bolivie actuelle, celui de Moxos dans le département du Beni et celui de Chiquitos dans le nord-est du département de Santa Cruz.

La région de Chiquitos (aussi appelée Gran Chiquitania) s'étend de Santa Cruz de la Sierra jusqu'au nord du département de Santa Cruz, sur une superficie d'environ 220 000 km². Les missions de Chiquitos furent déclarées patrimoine de l'humanité par l'Unesco en 1990. Cet ensemble de neuf églises (seulement six sont au patrimoine mondial, les plus accessibles étant San Javier, Concepción et San José) fut édifié à partir des années 1690. Leur restauration commença dans les années 1970, à l'initiative de l'architecte suisse Hans Roth, qui récupéra aussi un trésor musical inestimable (plus de 5 000 œuvres locales). Le festival de musique baroque de Chiquitos, qui a lieu tous les deux ans entre fin avril et début mai, est l'un des plus réputés du continent et du monde entier.

La Gran Chiquitania bénéficie d'un climat privilégié et d'une nature généreuse. Cette région allie à ses beautés naturelles une population locale à l'accueil chaleureux et qui, loin des villes, a su conserver ses traditions, sa tranquillité et son art de vivre. Les villages ont aujourd'hui conservé l'héritage du passé jésuite dans l'architecture des très belles églises qui furent alors édifiées par les indigènes sous les ordres et les plans des pères missionnaires. Presque tous ont la même configuration : une place centrale où se dresse l'église flanquée de la demeure des missionnaires et entourée par les ateliers où une partie des indigènes travaillaient.

ORIENTE

●● LE PANTANAL

Le Pantanal est l'une des plus belles régions de l'Oriente. On oublie quelquefois que la Bolivie possède une partie (certes moindre, avec 15 % du Pantanal contre 85 % pour le Brésil) de cet extraordinaire écosystème. Beaucoup moins organisé qu'au Brésil, le tourisme y est aussi beaucoup moins coûteux. De plus, on aime à penser qu'un tourisme raisonné peut être un moyen de pression sur le gouvernement pour qu'il prenne des mesures de protection de ce milieu. Mais dans la réalité le manque d'infrastructures touristiques et la dangerosité de la région (de nombreuses « transactions » de la Bolivie vers le Brésil ont lieu ici) font du Pantanal bolivien une région assez hostile. Pendant la saison humide (de janvier à mars), c'est ici le royaume des moustiques. N'oubliez pas la moustiquaire et le vaccin contre la fièvre jaune (qui est d'ailleurs obligatoire pour pouvoir entrer sur le territoire brésilien). Le Pantanal, ce sont 300 000 km de plaines alluviales inondées partagées entre la Bolivie, le Brésil et le Paraguay. C'est aussi l'un des écosystèmes les plus fascinants et les plus fragiles de la planète. On y trouve la plus grande concentration d'oiseaux sur terre, des aras bleu jacinthe et des caïmans qui, la nuit, illuminent l'obscurité de leurs yeux étoilés.

SANTA CRUZ ★

1 450 700 habitants . Altitude : 400 m. Santa Cruz de la Sierra est devenue le pôle central du développement économique de la Bolivie, grâce à la manne du pétrole et du gaz. La région de Santa Cruz est riche en gaz naturel et la ville devrait se développer de plus en plus depuis la mise en service du gazoduc vers le Brésil. La plupart des entreprises ont installé leurs sièges sociaux dans la région. La ville est construite selon un plan original, autour de neuf anneaux concentriques *(anillos)* autour du centre-ville.

Argent

Plusieurs banques et guichets automatiques sont disséminés dans le Casco Viejo, mais aussi dans toutes les galeries marchandes de la ville.

Climat

Le centre de Santa Cruz est souvent balayé par un vent qui rafraîchit les températures tropicales mais qui recouvre les piétons de poussière et il n'est pas rare pour un Camba de devoir prendre quatre douches par jour !

- **Températures moyennes :** 24 °C d'avril à septembre. 28 °C d'octobre à mars.
- **Saison des pluies :** octobre à mars (voire avril).

Histoire

Fondée en 1561 par le capitaine espagnol Ñuflo de Chaves, la ville de Santa Cruz a été déplacée deux fois avant de s'installer définitivement le long du *río* Piray. La cité comptait au début du XXe siècle environ 20 000 âmes. Très vite, elle se transforma en une énorme ville avec le taux de croissance démographique le plus fort de tout le continent. Le miracle économique est à attribuer aux réserves de pétrole, à l'agriculture (soja, canne à sucre, riz, coton) et aussi au blanchiment des narcodollars.

Pratique

La plupart des vols internationaux en Bolivie arrivent à Viru Viru. Commencer le voyage en Bolivie ici est une façon originale et astucieuse de se familiariser avec le pays, tout en s'acclimatant à l'altitude en douceur. De plus, un vol depuis la France coûte souvent moins cher si votre point de départ et d'arrivée est Santa Cruz au lieu de La Paz. Prévoyez, par exemple, une excursion aux missions jésuites, puis quelques jours dans les environs de Samaipata et du parc Amboró avant de poursuivre votre route vers Sucre.

Se restaurer

Moins pimentée que dans les Andes, la cuisine locale est axée sur les pains de riz, les fabuleux *cuñapes*, des préparations à base de manioc et de fromage, et surtout une viande qui est sans conteste l'une des plus fines et savoureuses du pays. Les tarifs pratiqués sont un peu plus élevés que dans le reste du pays.

Tourisme

- **L'office de tourisme Infotur** (+521 3336 9681) se trouve dans le Museo de Arte Contemporaneo, au 591 Calle Ayacucho dans le Casco Viejo. Des infos sur la ville et ses environs. Une bonne base avant de se renseigner auprès des agences pour des tours organisés si besoin. Comme d'habitude, ne pas attendre de miracle mais le personnel est compétent (quand il est présent... En effet, il n'est pas rare d'attendre 30 minutes avant que le bureau n'ouvre réellement. Patience donc !).
- **La SERNAP** (+591 3339 4310) est le service national s'occupant des aires naturelles protégées en Bolivie. Il se trouve au 138 Calle 9 Oeste dans le Barrio Equipetrol. Les agents présents pourront vous fournir des autorisations pour visiter les parcs Noel Kempff et Amboró par exemple.

Transports

- **Avion.** L'aéroport de Santa Cruz de la Sierra, Viru Viru a été inauguré en 1983 et dessert de nombreuses destinations internationales et de multiples destinations nationales. Nombreuses liaisons (minivan, taxis, bus) vers le centre-ville.
Amaszonas (+591 3311 5393) propose des vols quotidiens depuis/vers les principales villes boliviennes, La Paz, Sucre, Cochabamba, Uyuni, Trinidad et Tarija. Vols directs depuis/vers Rio de Janeiro, Foz do Iguaçu et Cusco.
BOA (+591 3312 1343) est une compagnie aérienne qui est la propriété du gouvernement bolivien. Elle propose des vols a priori moins chers que les autres. Vols nationaux depuis/vers La Paz, Uyuni, Sucre, Cochabamba, Oruro, Tarija, Trinidad et Yacuiba. Vols internationaux depuis/vers Madrid, Buenos Aires, Salta, Sao Paulo et La Romana.
- **Bus.** La Linea 31 del Este est une des lignes de bus à effectuer la liaison Santa Cruz-Concepción-San Ignacio de Velasco dans la journée. Départs à 7h30, 8h, 11h, 14h et 17h de Santa Cruz, compter 6 heures de trajet pour arriver à Concepción. Arrêt d'une heure à San Javier, ce qui permet d'aller visiter la mission.
La Paz : les bus directs partent entre 16h et 20h. Voyez avec Flota Bolívar ou Trans Copacabana. Comptez de 16 à 20 heures selon la route empruntée pour des tarifs compris entre 85 Bs et 200 Bs selon le confort.

Cochabamba : départs tous les jours entre 7h et 10h et aussi le soir à partir de 18h. Comptez entre 8 et 12 heures selon la route empruntée pour des prix entre 60 Bs et 130 Bs environ (bus ordinaire/semi-cama/cama). La compagnie *Copacabana* possède un bus-cama qui part à 17h.
Sucre : départs entre 15h et 17h. Comptez 15 heures de route (beaucoup plus en saison des pluies), entre 90 Bs à 130 Bs (ordinaire/semi-cama).
Trinidad : départs entre 18h et 21h. Comptez 10 heures de route pour 55 Bs à 135 Bs selon le confort.
Vallegrande : Flota Vallegrande part tous les jours, en principe vers 8h et 18h30.
Puerto Suárez et Puerto Quijarro : départs entre 16h et 17h.
Tarija : départ entre 16h et 19h pour 20 à 22 heures de route pour 105 Bs à 160 Bs.
Yacuíba : compter entre 50 Bs et 120 Bs environ.

▸ **Train.** La compagnie Ferroviaria Oriental vous emmène depuis Santa Cruz de la Sierra aux frontières brésilienne (Puerto Quijarro) et argentine (Yacuíba). Départs et arrivées au Terminal Bimodal.
Vers San Jose, Roboré et Puerto Quijarro (Puerto Suárez). Avec l'Expreso Oriental : départ le lundi, mercredi et vendredi à 13h20. Compter environ 6h de trajet pour atteindre San Jose (45 Bs), 9h et demi pour Roboré (70 Bs), 12h30 pour Rivero Torrez (75 Bs) et 18h30 pour Puerto Quijarro (100 Bs).
Retour le mardi, jeudi et dimanche à 13h au départ de Quijarro, à 15h35 au départ de Rivero Torrez, à 18h55 de Roboré et à 23h05 de San Jose. Avec le Ferrobús : départ le mardi, jeudi et dimanche à 18h. Compter environ 5h pour gagner San Jose (120 Bs), 8h pour Roboré (130 Bs) et 13h pour Quijarro (235 Bs). Retour le lundi, mercredi et vendredi à 18h au départ de Quijarro.
Vers Charagua, Boyuibe, Villamontes et Yacuíba. Départ le jeudi à 15h30 vers Yacuíba (arrivée à 8h le lendemain, 47 Bs) via Charagua (arrivée à 23h, 22 Bs), Bouibe (arrivée à 2h30, 30 Bs) et Villamontes (arrivée à 5h13, 38 Bs). Retour le vendredi à 17h de Yacuíba, à 19h45 de Villamontes, à 22h35 de Boyuibe et à 1h35 de Chacaragua.

▸ **Taxis.** Vers l'aéroport, compter environ 80 Bs (plus cher de nuit). En ville, compter 12 Bs la course jusqu'au 2e *anillo*, 15 Bs et plus vers le 3e et le 4e, et jusqu'à 25 Bs en périphérie (attention, mettez-vous d'accord sur le prix avant de monter).
Taxis Expreso Samaipata (+591 3333 5067), situé au 1147 Avenida Omar Chavez Ortiz, esq. Soliz de Olguin, propose des taxis collectifs *(trufis)*. Véhicules de 4 passagers pour Samaipata (compter environ 2h30 de trajet). Départ dès que le taxi est complet, à partir de 6h du matin. Il suffit de vous présenter au bureau et d'attendre le prochain départ (assez fréquents).

La ville aujourd'hui

Cette ville cosmopolite est ainsi une bonne base pour organiser des échappées dans la partie orientale de la Bolivie. La ville décevra peut-être les amateurs de belles églises et de poésie urbaine. De plus, avec l'apparition des centres commerciaux géants, le centre historique est de plus en plus délaissé : il y avait ainsi plus de 400 commerces et maisons à vendre lors de notre passage en août 2019 ! Vous ne croiserez que peu de cholitas dans les rues du centre-ville. Ici la mode s'accorde beaucoup plus avec les standards nord-américains… En bref, si Santa Cruz est un pôle majeur de l'économie bolivienne, elle n'a que peu à offrir au visiteur de passage.
Santa Cruz est organisée autour de sept anneaux concentriques. La plupart des commerces et des institutions se trouvent en plein centre-ville (Casco Viejo). Les hôtels de bonne catégorie privilégient les quartiers excentrés comme Equipetrol ou Urbari. Aussi, faudra-t-il souvent prendre un taxi ou un bus pour se déplacer. Les horaires ici sont dictés par la chaleur.

ORIENTE

BIOCENTRO GÜEMBÉ ★★

Km. 5 Camino a Porongo
✆ +591 3370 0700
www.biocentroguembe.com
Ouvert tous les jours de 10h30 à 18h30, le restaurant de 8h30 à 22h. Entrée : 180 Bs par adulte l'été (140 Bs l'hiver).

Le biocentre de Güembé (prononcez Wenbé) regroupe principalement des oiseaux de la région, de magnifiques papillons, et de splendides orchidées qu'il est possible de voir au cours de la visite. Du côté du resort (bungalows et chambres confortables), deux petits lacs où l'on peut faire du kayak et observer de plus près la *isla de los monos* (l'île aux Singes), quelques piscines et un bon restaurant à la carte internationale. Recommandé, surtout en famille (jeux pour enfants). Un grand bol d'air frais à deux pas de Santa Cruz.

CASA DE LA CULTURA RAÚL OTERO REICHE ★

65 Calle Libertad
✆ +591 3334 5500
Ouvert du lundi au vendredi, de 8h à 12h et de 15h à 19h, le samedi et dimanche de 16h à 21h. Entrée libre.

Dans la rue qui va vers la poste, la Casa de la Cultura propose des expositions permanentes d'artistes boliviens. Il y a là une bibliothèque assez bien fournie pour en apprendre plus sur l'architecture et l'art bolivien, et en particulier celui des missions jésuites. Un panneau annonce des concerts. Si jamais le groupe Contra Punto est programmé, ne manquez pas d'y aller. De même, le groupe de danse Sombrero e Sao propose un éventail assez varié des danses de l'Oriente.

MUSEO DE ARTE CONTEMPORÁNEO SANTA CRUZ

Calle Sucre
✆ +591 3334 0926
Le lundi de 8h à 16h, du mardi au vendredi de 8h à 19h et le samedi de 16h à 20h. Entrée libre.

Ce petit musée réjouira les amateurs d'art avec ses expositions périodiques rassemblant des œuvres d'artistes locaux. Son équipe organise chaque mois, dans les galeries de l'établissement, des événements culturels tels que la diffusion de documentaires et de longs-métrages, des séminaires consacrés aux œuvres des artistes, des ateliers d'art et même des concours de musique. La visite est très rapide, mais s'avère tout de même agréable et divertissante.

LAS CABAÑAS DEL RÍO PIRAI ★

Avenida Roca y Coronado

Ce n'est pas une excursion à proprement parler, mais plutôt une *pascana*, terme qui appartient au vocabulaire de Santa Cruz et qui désigne une escale gastronomique. Tout le monde se presse le week-end dans les *pahuichis* (huttes traditionnelles). Les *cuñapes* sortent directement du fourneau de pierre et ils ont la taille d'un ballon de handball ! Non loin des nombreuses bicoques qui proposent des *pacumutus* ou du manioc *(yuca)*, le fleuve vous permettra de vous baigner.

PLAZA 24 DE SEPTIEMBRE ★★

Plaza 24 de Septiembre

La vie du Casco Viejo s'articule autour de la charmante Plaza 24 de Septiembre. Dominée par la magnifique cathédrale San Lorenzo, cette place est l'un des rares endroits de la ville où il fait bon traînasser. On y trouve des photographes qui vous proposent votre portrait tiré d'un daguerréotype, et le soir, des musiciens viennent taper le bœuf, des artistes se produisent, des étals d'artisanat proposent leurs articles… Les vendeurs de glaces ne sont jamais très loin non plus ! L'endroit parfait pour sentir le pouls de la ville.

MUSEO BENI ALTILLO

50 Calle Beni
✆ +591 3333 2783
Du mardi au vendredi de 8h à 19h et le samedi de 16h à 20h. Entrée libre.

Situé dans une vieille maison de la fin du XVIIIe siècle, dans la demeure de Juan Antonia Álvarez de Arenales, le héros de l'indépendance de Santa Cruz, ce musée présente l'histoire de la ville. Dans ses salles permanentes, vous retrouverez des informations sur la ville, son histoire, ses luttes civiques, son architecture et urbanisme, son développement économique et sa culture. Une multitude d'activités telles que des séminaires, des conférences et des concerts de musique sont proposées. Des expositions temporaires se tiennent également tous les mois.

LA RINCONADA ★★

Km. 7 camino a Porongo
✆ +591 6789 8902
www.larinconada.com.bo
Ouvert du mardi au dimanche de 9h30 à 18h. Entrée : 60 Bs, 160 Bs avec entrée à la piscine, 190 Bs avec buffet.

Située à une vingtaine de minutes de Santa Cruz, La Rinconada propose de passer un moment autour de son lac où trônent de magnifiques Victoria Amazónica (nénuphar géant), de ses piscines, de ses jardins et de son aquarium. Atmosphère bucolique, détente, activités... c'est l'endroit parfait pour faire un break en famille avec ses enfants, loin du tumulte urbain. Le restaurant propose une cuisine typique de qualité (à la carte la semaine, buffet le week-end) dans un cadre relaxant. Une alternative, plus intimiste, au Güembé Biocentro.

Plaza 24 de Septiembre.

BASÍLICA MENOR DE SAN LORENZO ★★★

Plaza 24 de Septiembre
✆ +591 3 332 4683
Du lundi au jeudi de de 15h à 17h, le vendredi et samedi de 15h à 20h et le dimanche de 6h30 à 22h.

La Catedral Metropolitana Basílica Menor de San Lorenzo de Santa Cruz, son nom intégral, domine la place principale de la ville. Jusqu'il y a peu de temps, dans les branches des tamarins, une dizaine de paresseux constituaient la principale attraction du lieu. En 2005, ces paresseux sont repartis vers le zoo, car ils commençaient à gêner la circulation croissante de la ville.

Au départ une modeste chapelle édifiée au XVIe siècle, elle fut substituée par une église en 1770. Puis, à l'époque du Maréchal Andrés de Santa Cruz en 1838, l'église est remplacée par la cathédrale actuelle, conçue par l'architecte français Philippe Bestrés. Sa façade est restaurée au milieu du XXe siècle. Cette magnifique cathédrale au style éclectique est bâtie avec des briques de la région, dont la couleur est étonnante. L'autel en argent de l'église de la mission jésuite de San Pedro de Moxos est conservé ici et on peut également admirer quatre reliefs sculptés de la même mission. La cathédrale se distingue aussi par ses voûtes en bois peintes.

Le modeste musée donne un bon aperçu de l'art religieux de cette partie de la Bolivie. Superbes chasubles en argent, des pièces taillées des Missions Jésuites. Peintures et sculptures d'époque. Pour quelques bolivianos supplémentaires, n'hésitez pas à monter les quelques marches qui vous mèneront au mirador ! De là, un magnifique panorama vous sera proposé. Au troisième et dernier étage, vous pourrez admirer le fonctionnement de l'horloge.

ZOOLÓGICO MUNICIPAL NOEL KEMPFF MERCADO

Av. Marcelo Terceros Bánzer
✆ +591 7506 4541
Ouvert tous les jours de 12h à 17h30h. Entrée libre.

Promenade traditionnelle des Cambas, il est le fruit du labeur du chercheur Noël Kempff, assassiné, en 1986, par des trafiquants de drogue. Le zoo concentre les différentes espèces qui peuplent l'Oriente. La section consacrée aux parabas (la famille des aras) est extraordinaire de même qu'une gigantesque cage où des oiseaux prospèrent, dans des conditions d'enfermement pas forcément supportables. Egalement des macaques, des pythons, des tapirs, des caïmans, des panthères...

CASA MELCHOR PINTO

50 Calle Sucre
✆ +591 3332 3082
Le lundi de 9h à 18h, du mardi au vendredi de 9h à 22h, le samedi de 15 à 22h et le dimanche de 11h à 18h. Entrée libre.

La Casa Melchor Pinto (CMP) est une grande maison du début du XXe siècle qui a été entièrement restaurée et qui se veut un centre culturel articulant les différents arts et promouvant l'identité et la culture de Santa Cruz à travers différentes expressions : musique, théâtre, peinture, sculpture, audiovisuel (vidéo et cinéma), photographie, danse et littérature. Elle accueille les artistes émergents et créant des groupes de danse, de théâtre, d'arts visuels et autres groupes artistiques. Visitez leur page Facebook afin de connaître leur programmation.

MUSEO ARTECAMPO : ARTE ORIGINARIO Y POPULAR ★★

Av. Jose Estenssoro ✆ +591 6784 4731
www.museoartecampo.com
Ouvert du jeudi au samedi de 15h à 18h. Durée approximative de la visite : 45 minutes Entrée libre.

Ce musée expose l'ouvrage de sept des quatorze associations qui travaillent avec Artecampo. Cette dernière, inaugurée en 1985, a pour but de contribuer à la revalorisation de l'identité culturelle des peuples autochtones de l'est de la Bolivie. Sa collection est composée d'œuvres représentatives en céramique, en bois, et en tissus, d'une immense qualité artistique et technique. L'exposition est très bien détaillée. L'établissement accueille une belle boutique d'artisanat.

ONG PROBIOMA

29 Calle 7 Este
✆ +591 3343 1332
web.probioma.org.bo

Cette ONG développe un excellent tourisme communautaire dont la finalité est l'amélioration des conditions de vie des communautés et la préservation des sites naturels, comme son nom l'indique. Ce concept considère la biodiversité comme son patrimoine principal, donc sa conservation devient primordiale. C'est un moyen de voyager de manière constructive, en partageant la vie des communautés et en aidant ainsi à améliorer leur quotidien et à préserver leur environnement. Probioma gère notamment un écolodge à l'orée du parc national Amboró.

ALAYA SANTA CRUZ

San Javierito Calle 17
✆ +591 7800 8798
www.alaya-bolivia.com

Fort de 10 ans d'expérience, Alaya est basée sur la fusion du savoir-faire franco-bolivien. Une combinaison qui lui permet d'allier qualité du service et authenticité. Alaya revendique un tourisme engagé hors du tourisme de masse en développant des circuits hors des sentiers battus. Découvrez la Bolivie autrement depuis Santa Cruz et les vallées orientales pour une progressive acclimatation à l'altitude. Un spécialiste dans l'organisation de circuits à la carte et de prestations sur mesure sans intermédiaires. Une agence sérieuse.

ROSARIO TOURS

146 Calle Arenales ✆ +591 3336 9977
www.rosariotours.com
Excursion à Samaipata à 2 250 Bs/3 pers. Excursion de 2 jours à San José de Chiquitos à 1 675 Bs/personne. Tout compris.

Tour-opérateur bolivien organisant des séjours dans les environs de Santa Cruz, mais aussi partout ailleurs en Bolivie. Dans les excursions proposées, il y a par exemple : le lac Titicaca, les Missions Jésuites et le Parc national Noel Kempff Mercado. Pour les amoureux de la nature, possibilité de réaliser des circuits sur ce thème avec pêche et observation des oiseaux. Enfin, vous pouvez aussi envisager, depuis Santa Cruz, un tour pour le Salar d'Uyuni avec le moyen de transport de Rosario Tours. Vous pouvez la contacter ou passer au bureau dans le centre-ville.

AMBORO TOURS

✆ +591 7261 2515
www.amborotours.com
Circuit de 3 jours 2 nuits au parc Amboro pour 2 personnes : 220 US$/pers ; pour 4 personnes : 180 US$/pers.

Si vous aviez songé partir à l'aventure au Parc national d'Amboró, au Pantanal, au Parc national Noel Kempff Mercado ou encore au Kaa Iya, cette superbe agence offre des excursions d'une à 4 journées à travers les départements de Santa Cruz et de Beni. Avec plus de 20 ans d'expérience, son équipe, amicale et professionnelle, sait proposer des destinations d'aventure hors des sentiers battus. Leurs services sont très flexibles et vous pourrez leur indiquer votre propre itinéraire selon vos goûts et vos intérêts. Page Web en français.

RUTA VERDE

318 Calle 21 de Mayo
✆ +591 3339 6470
www.rutaverdebolivia.com

Ruta Verde est une agence de voyages néerlando-bolivienne qui propose un florilège de tours différents depuis 2006 : les grands classiques (city tour de Santa Cruz, Salar d'Uyuni, lac Titicaca, parc national Madidi) mais aussi d'autres moins touristiques (route du Che, parc national Torotoro, observation de la flore amazonienne dans des écolodges, visite de villes coloniales ou d'autres parc nationaux tout aussi riches). Possibilité de réaliser également des tours privés. Agence professionnelle, expérimentée, et très populaire.

TURISMO ENLACE

140 Warnes
✆ +591 3336 1969
www.turismoenlace.com

Très bonne agence locale, qui peut vous balader partout autour de Santa Cruz, vers les missions jésuites (plusieurs options), Samaipata, le Refugio de los Volcanes, la route du Che, les parcs nationaux Amboró et Noel Kempff Mercado (plusieurs options, entre 4 et 7 jours). Possible aussi de visiter Potosí, Sucre, le Salar d'Uyuni, le lac Titicaca, Tiwanaku, mais aussi Rurrenabaque et le Beni... L'accent est mis sur l'écotourisme et le tourisme communautaire (notamment près des missions jésuites). Excellent accueil de toute son équipe. Recommandé.

AEROPUERTO INTERNACIONAL VIRU VIRU

Av. G77 ✆ +591 3385 2400

Pour le centre-ville, compter environ 70 Bs en taxi. Aussi un minibus régulier entre 5h et 20h, pour environ 5 Bs.

Il constitue la plaque tournante du trafic aérien national et international bolivien. Des bus qui relient l'aéroport au terminal de bus, de 6h à 20h, toutes les 20 minutes environ. Ceux-ci, numérotés 135, sont vert et blanc.

- **Réseau national :** vols quotidiens vers La Paz, Sucre, Uyuni, Cochabamba, Oruro, Tarija, Trinidad, Cojiba, Yacuiba.
- **Réseau international :** vols vers Cusco, Lima, Buenos Aires, Salta, Rio de Janeiro, Foz do Iguaçu, Sao Paulo, Santiago de Chile, Montevideo, etc.

TERMINAL BIMODAL TERRESTRE Y FERROVIARIA

Avenida Intermodal ✆ +591 7756 2335

Bureaux ouverts en semaine de 7h à 18h, le samedi de 7h30 à 12h30, le dimanche de 15h30 à 17h30.

Le Terminal Bimodal, rassemblant le terminal de bus et la gare ferroviaire, se trouve à moins de 2 km du centre-ville, juste avant le 3e anillo. Après 20h, nous vous conseillons de surveiller sérieusement vos bagages.

- **Train.** Départs vers Puerto Quijarro (Puerto Suárez) et vers l'Argentine par Yacuíba (cf. Ferroviaria Oriental). C'est une bonne option pour se rendre dans l'est du pays.
- **Bus.** Des bus pour presque toutes les villes du pays partent du terminal.

HOTEL AMAZONAS €

214 Calle Junín
✆ +591 3333 4584

Chambre simple à partir de 150 Bs, double de 200 Bs, triple de 270 Bs et quadruple de 300 Bs. Wifi.

Bien situé juste à seulement une *cuadra* de la place principale, cet hôtel tranquille fait l'affaire pour les budgets un peu justes. Pas de petit déjeuner mais le wifi gratuit, l'eau chaude et la TV câblée. Certaines chambres donnent sur le patio (un peu sombre). D'autres ont un balcon. Les matelas sont un peu mous, mais l'ensemble est propre. Ventilateurs dans toutes les chambres. L'ensemble est bien entretenu. L'hôtel attire une clientèle de touristes mais aussi de professionnels de passage dans la région. Accueil très sympathique.

HOTEL VIRU VIRU €

338 Calle Junín
✆ +591 7086 5068

À partir de 210 Bs la chambre double.

Une bonne adresse dans cette catégorie, à deux pas de la place principale. Hôtel vieillissant, mais prestations satisfaisantes. Chambres correctes équipées de l'air conditionné, de TV câblée, de frigo-bar, et de salle de bain privée. Certaines chambres sont un peu sombres. Prix à la baisse si vous optez pour le ventilateur. Le petit déjeuner, en supplément, est un peu limité. Piscine en plein air dans le patio. Service attentionné. Un peu plus cher que d'autres dans cette catégorie, mais sa situation géographique plaide en sa faveur.

NOMAD €

44 Rene Moreno
✆ +591 6926 5365
www.nomad316hostel.wixsite.com

Lit en dortoir mixte 55 Bs, lit en dortoir mixte pour femmes 60 Bs, chambre privée 160 Bs.

Auberge de jeunesse confortable située dans le centre, à quelques minutes à pied des musées et sites importants de la ville. Spacieuses et confortables, les chambres ont été entièrement rénovées et équipées de 12, 8 ou 4 lits simples et d'air conditionné. Bar sur la terrasse. L'hôtel dispose d'une connexion Wi-Fi gratuite dans toutes les zones, d'un personnel multilingue à votre disposition, d'un service de ménage quotidien dans chaque chambre, de serviettes, d'un service de blanchisserie et d'une bagagerie. Endroit idéal pour rencontrer des compagnons de voyage.

RESIDENCIAL IKANDIRE €

51 Calle Sucre
✆ +591 3339 3975
Chambre double à partir de 20 US$, triple de 30 US$. Petit déjeuner compris. Wifi.

Idéalement installée en plein cœur de la ville, cette *guesthouse* a été aménagée dans une maison coloniale au charme suranné. Elle offre 14 chambres un peu vieillissantes, mais plutôt agréables autour de patios calmes. Chambres climatisées avec TV câblée. Salles de bain généralement privées. Le petit déjeuner, compris dans les tarifs, est assez satisfaisant. Dommage cependant que l'accueil ne soit pas des plus sympathiques. Un établissement intéressant, notamment pour les petits budgets, mais qui devrait songer à améliorer son service à la clientèle.

COSMOPOLITANO HOTEL BOUTIQUE €€

70 Pari
✆ +591 3332 3118
www.cosmopolitano.com.bo
Chambre double à partir de 500 Bs, matrimoniale à 550 Bs, petit déjeuner inclus. Wifi.

Nous avons beaucoup apprécié ce nouvel hôtel, élégant et moderne. Les chambres sont disposées autour d'un patio où trône une petite piscine. Chaque chambre possède une décoration unique, avec un style épuré : parquet, boiseries, murs et linge blanc, et quelques antiquités disséminées ici et là. Toutes sont très bien équipées (climatisation, frigo-bar, TV câblée, produits de toilette). Le petit déjeuner est copieux et propose des produits de qualité. L'équipe est jeune et dynamique.

HOTEL BY ARMONÍA SCZ €€

96 Avenida Guapay
✆ +591 3346 4699
hotelbyarmoniascz.com
Chambres doubles à 39 US$, 49 US$ et 59 US$. Petit déjeuner compris. Wifi.

Dans une grande maison moderne, cet hôtel récent, situé à quelques *cuadras* du centre, propose des chambres très confortables à la décoration sobre et élégante. Une petite touche colorée donne une pointe de fraîcheur à l'ensemble. Toutes possèdent un téléviseur LCD et une connexion wifi. Entretien impeccable. Très bon petit déjeuner, avec œufs au choix, fruits et quelques spécialités locales (pain au fromage, tamales...), à déguster dans sa chambre ou dans le jardin. Une petite piscine permet de se rafraîchir. Quartier sûr et calme.

HOTEL K MISIONAL €€

Calle Ingavi
✆ +591 7846 6632
Compter 380 Bs pour une chambre simple et 480 Bs pour une double, petit déjeuner compris. Wifi.

Un très bon hôtel situé derrière la Plaza Principal ! Le vaste hall intérieur a été décoré par des artisans locaux dans le style des Missions Jésuites. Accueil plutôt charmant. Les chambres sont spacieuses et confortables avec air conditionné, TV câblée, frigo-bar et un wifi rapide. Demandez une chambre donnant sur l'extérieur, ce sont les plus claires (mais aussi les plus bruyantes). L'ensemble de l'établissement est impeccablement tenu. Le petit déjeuner buffet est très copieux, même si plus de fraîcheur aurait été appréciable !

HOTEL LP SANTA CRUZ CENTRO €€

290 Av. Ejército Nacional
✆ +591 3354 8888
www.lphoteles.com
Chambre double à partir de 65 US$. Petit déjeuner compris. Wifi.

Ouvert récemment et un peu excentré, cet hôtel moderne à la décoration design très minimaliste est une belle surprise. Les chambres d'un blanc immaculé sont extrêmement bien tenues, propres et très confortables. On peut choisir gratuitement son oreiller dans un menu ! Clientèle d'affaire essentiellement. AC, TV câblée et restaurant ouvert à midi. Service et accueil attentionné. Plusieurs établissements de cette chaîne d'hôtels sont disséminés dans la ville.

GÜEMBÉ BIOCENTRO RESORT €€€

Km 5, Camino a Porongo ✆ +591 3370 0700
www.biocentroguembe.com
Chambre double à partir de 920 Bs. Tarifs incluant petit déjeuner, visite guidée, utilisation du parc et des piscines.

Très beau complexe de standing international, proposant tous types d'hébergement, de la chambre double aux bungalows familiaux. L'ensemble est très bien tenu et de bon confort. Le Biocentro comprend des sentiers de découverte de la flore et de la faune tropicales (notamment un mariposarium et un mirador panoramique), des piscines, des lagunes, une île aux singes, des jeux pour enfants et un bon restaurant. Le cadre est enchanteur. Situé à 15 mn du centre, voici un très bon endroit où loger, loin de la fureur chaotique du centre, idéal pour les familles.

HOTEL CORTEZ €€€

280 Av. Cristóbal de Mendoza
✆ +591 3333 1234
www.hotelcortez.com
Chambre double à partir de 880 Bs. Petit déjeuner compris. Wifi.

Cet immense hôtel moderne propose plus d'une centaine de chambres confortables au décor feutré. Les prestations sont très sérieuses (wifi rapide, TV câblée, air conditionné, sauna, hammam et piscine) et le service est attentionné et professionnel. Le copieux buffet du petit déjeuner est ouvert de 4h30 à 10h. Deux restaurants à demeure. Adresse idéale pour l'homme d'affaires de passage ou le voyageur soucieux de confort, d'autant qu'elle se situe à deux pas de la rue Monseñor Rivero, qui propose un vaste choix de restaurants, cafés, etc. Un bon choix.

LOS TAJIBOS €€€

455 Avenida San Martín
✆ +591 3342 1000
www.lostajiboshotel.com
Chambre double à partir de 135 US$. Petit déjeuner compris. Wifi.

Luxueux et raffiné, joliment décoré, c'est un peu l'hôtel référence à Santa Cruz. Piscine de très bonne facture, bain à remous, spa, squash, gymnase, discothèque, salle de conventions. Les chambres qui donnent sur la piscine et le jardin tropical sont à privilégier. En passant par une agence à La Paz ou ailleurs, on peut parfois bénéficier, en basse saison, des week-ends à deux pour un prix bien attrayant. Tous les services (wifi, sauna, terrain de tennis, etc.) sont accessibles. Les lobbies devraient rapidement bénéficier d'un rafraîchissement global.

SENSES BOUTIQUE HOTEL PLAZA €€€

5 Calle Sucre
✆ +591 7166 6662
Chambre double à partir de 90 US$, triple de 130 US$ et suite de 200 US$. Petit déjeuner inclus. Wifi.

Cet hôtel 5 étoiles dans le centre historique de Santa Cruz est une valeur sûre, vous apprécierez sûrement la piscine et le bain à remous placés sur le toit de l'établissement. Bâtiment moderne et décor chic ; le plus de l'hôtel, c'est sa situation juste à côté de la cathédrale. Un bar à ciel ouvert donne une vue imprenable sur la ville. Les chambres sont confortables et spacieuses, idéales pour bien se reposer. Un excellent rapport qualité-prix, on recommande fortement.

EL ALJIBE €

Calle Potosi
✆ +591 3335 2277
www.elaljibecomidatipica.com
Cuisine cruceña. Ouvert du lundi au samedi 11h-23h et le dimanche 11h-16h. Almuerzo à 25 Bs. Plats autour de 35 Bs.

Un « musée-restaurant » historique ouvert depuis plus de 130 ans et installé dans une maison de style *chiquitania*. L'endroit a du charme avec sa décoration d'époque et ses différentes salles où trônent meubles antiques. Le patio, avec un ancien puits et un plan d'eau où s'ébattent des tortues, est particulièrement agréable. On y sert une honnête cuisine locale, avec des plats typiques de la région, comme le très bon *majadito de pato* (canard) ou le *picante de pollo* (poulet sauce piquante). Service attentionné et tarifs très doux.

IL BORGO €

256 Velasco
✆ +591 7810 1054
Cuisine italienne, pizzeria. Ouvert du mardi au dimanche 11h30-14h30 et 18h-23h, lundi 18h-23h. Compter environ 80 Bs.

Décidément, les *cruceños* sont friands de cuisine italienne ! Il Borgo est un agréable petit restaurant du Casco Viejo, avec une terrasse dans un patio et une salle cosy aux lumières tamisées. Cuisine honnête pour les tarifs pratiqués. Pizzas (individuelles notamment), pâtes, lasagnes, ravioli, gnocchi, viandes, salades... Les plats sont présentés avec soin et sont copieux. Bonne carte de vins. Musique d'ambiance discrète. Formules avantageuses pour l'*almuerzo*. Service sympathique. Le soir, l'endroit est romantique pour un dîner en couple.

ZANELLA RESTAURANTE €

Avenida Monseñor Rivero
✆ +591 3330 3530
Cuisine méditerranéenne. Ouvert du mardi au samedi 12h-15h et 19h-23h, dimanche 12h-15h. Compter environ 80 Bs.

Le projet culinaire de ce restaurant était de réunir les cuisines italiennes et espagnoles. Projet réussi tant la cuisine proposée ici est de qualité. Le cadre est moderne et manque un peu de chaleur, mais c'est vite oublié quand les assiettes arrivent sur la table ! Kriss Zanella, le chef et propriétaire italien, concocte d'excellentes paellas, des tapas, des viandes, des pâtes maison, des poissons, des risottos... Les produits sont frais. Restaurant bon marché au vu du résultat dans l'assiette ! Très bonne sélection de vins également.

BISTRO LA CASONA €€

222 Calle Arenales
✆ +591 3337 8495
www.bistrolacasona.com
Cuisine allemande & internationale. Ouvert du lundi au samedi de 11h30 à 23h. Plats de 50 Bs à 150 Bs. Wifi.

Ce restaurant situé dans une maison de 1890, et tenu par Axel Gockenbach, est devenu un classique de Santa Cruz au fil des années. On y propose toutes sortes de plats, allemands bien sûr, tels que le *schnitzel* ou le *schweinebraten*, mais le Bistro propose aussi une carte variée, et de nombreuses suggestions du jour. La présentation soignée, les produits de qualité et le service irréprochable ont gagné le cœur des *Cruceños*. Bières allemandes, alcools et vins sont à la carte. L'endroit est plaisant, notamment si vous dînez dans le patio. On adore !

CASA DEL CAMBA €€

1365 Av. Cristóbal de Mendoza
✆ +591 3342 7864
www.casadelcamba.com
Cuisine cruceña traditionnelle. Ouvert tous les jours de 11h30 à 23h. Compter environ 120 Bs pour un repas.

Ce grand restaurant au cadre agréable est un classique de Santa Cruz : *ceviche de lagarto* (queue de lézard), *chicharrón*, quelques *picantes* de langue ou de poulet, *majadito de charque* ou de *pato*, et des classiques comme la *milanesa*, à accompagner d'une *huari* bien fraîche. Privilégiez les formules « buffet » ou « parilla » qui consistent en un assortiment de différents mets, idéal pour goûter à toutes les saveurs. Service rapide. Musique folklorique certains soirs. Les prix sont bien plus occidentaux que locaux mais la qualité est au rendez-vous !

DOSSIER €€

72 Calle Velasco
✆ +591 6900 7168
Cuisine française. Ouvert du lundi au samedi midi-14h30 et 19h30-23h, le dimanche à midi. Menu dégustation à 145 Bs.

Un restaurant original dans un cadre plutôt banal. La salle est située à l'étage tandis qu'au rez-de-chaussée se trouve une boulangerie à la française vendant également quelques snacks. Le « Dossier » propose une cuisine française matinée d'influences boliviennes. Le midi, une formule *almuerzo* intéressante avec soupe, plat et dessert, dont le prix dépend du choix du plat principal. Le soir, un menu dégustation unique de plusieurs spécialités qui varie tous les mois, à accompagner d'une bouteille de vin bolivien (avec modération).

FABRIC NIKKEI SANTA CRUZ €€

Blvd. Ventura Mall ✆ +591 7560 6426
www.fabricsushi.com.bo
Tous les jours de 11h à 23h. Compter près de 120 Bs pour un repas. Options végétaliennes et végétariennes.

Après son ouverture en 2008, à Buenos Aires, Fabric Sushi a grandi au fil des années en présence et en reconnaissance jusqu'à devenir synonyme de cuisine japonaise en Amérique du Sud. Aujourd'hui, il continue de s'agrandir et de se réinventer en ouvrant une nouvelle succursale en Bolivie. Son menu, frais et varié, offre des tartares, des ceviches, des niguiris, sashimis et autres types de sushis. Le restaurant propose également un menu week-end et un menu de midi (110 Bs et 99 Bs) incluant deux entrées, un repas principal, une boisson et un dessert.

MICHELANGELO RISTORANTE €€

502 Chuquisaca
✆ +591 3334 8403
michelangelo.bo/en/michelangelo_en
Cuisine italienne. Ouvert du mardi au dimanche midi-14h30 et du lundi au samedi 19h-minuit. Plats entre 70 et 110 Bs.

Opérant depuis plus de trente ans, le Michaelangelo est un restaurant italien renommé et que d'aucuns recommandent volontiers. Le décor est assez kitsch et fait penser à ces vieux restaurants italiens d'antan. On n'attend plus que les mafiosos et tout y est. Le service est correct, la carte originale propose de nombreux plats italiens ainsi que des spécialités du jour, mais pas de pizzas (mais le patron est un local). Les plats sont inégaux, parfois l'attente est longue… À vous de juger mais nous n'avons pas été déçus lors de notre visite.

TAPEKUA €€

105 Calle La Paz
✆ +591 3334 5905
www.tapekua.com
Cuisine bolivienne & internationale. Ouvert du mercredi au samedi de 19h30 à 1h. Repas entre 100 Bs et 180 Bs.

Lieu où règnent la bonne ambiance et la camaraderie depuis 1989. L'établissement est géré par un couple franco-suisse, ce qui donne un style très européen à l'ensemble. La cuisine est très bonne, qu'elle soit bolivienne ou internationale. Ambiance bohème et décoration très originale. La réputation de l'établissement est telle que mieux vaut réserver pour s'assurer une table. Service attentionné. Des groupes de musique folklorique s'y produisent régulièrement. Idéal pour passer une bonne soirée en couple ou entre amis. Chaleureusement recommandé !

JARDÍN DE ASIA €€€

Av Marcelo Terceros Bánzer
✆ +591 6909 0140
www.lostajiboshotel.com
Cuisine japonaise. Ouvert tous les jours sauf le dimanche, de midi à 15h et de 19h à minuit. Environ 250 Bs le repas.

L'un des restaurants les plus chics de la ville. Ambiance très agréable, on se croirait à Londres ou à New York ! Cela dit, si nous vous recommandons d'y aller boire un cocktail, la cuisine japonaise laisse parfois un goût d'inachevé : parfois très bonne, parfois plus que moyenne. Nombreux sushis dont certains à base de caïman (*lagarto*) ! Plats asiatiques aussi avec des influences boliviennes. Soirées à thème avec promotions. Attention la facture fait mal au porte-monnaie ! Tentez votre chance, pourquoi pas, en général c'est plutôt bon…

CAFÉ PATRIMONIO

489 Calle Republiquetas
✆ +591 7000 7000
Ouvert tous les jours de 15h à 21h. Cafés entre 15 et 28 Bs. Viennoiseries.

Le Patrimonio, dans sa superbe cour intérieure truffée d'orchidées et de cactus, sert de délicieux cafés de spécialité 100 % boliviens et fraîchement torréfiés. Ses baristas, grands fervents de café, vous serviront de jolis *latté*, ainsi que des *cortados* et espressos, selon votre méthode d'extraction préférée : Chemex, Aeropress, Frenchpress... Le menu propose également une belle carte de vins, des assiettes de charcuteries et fromages, des gâteaux, des paninis et empanadas. Petite oasis de verdure où il fait bon se délasser l'esprit avec un bon roman.

HARD ROCK CAFÉ

Av. Cuarto Anillo
✆ +591 3388 8777
www.hardrockcafe.com
Cuisine internationale. Ouvert tous les jours de 12h à minuit, jusqu'à 1h le mardi et 2h le vendredi et le samedi.

Inauguré en février 2014, le Hard Rock Café de Santa Cruz ne déroge pas à la ligne de conduite de la célèbre chaîne : nourriture internationale, cocktails et musique rock bien sûr ! C'est plutôt cher et branché, mais l'ambiance y est festive le week-end avec des groupes live. Situé à côté de la chic galerie marchande de Ventura Mall, sur le 4e anillo. Toujours un très bon endroit pour se rappeler au bon souvenir des gloires du rock d'aujourd'hui ou d'hier. Et puis, pourquoi pas revenir avec un souvenir original estampillé au nom de la ville.

SBC - SANTA CRUZ BEER COMPANY

157 Av. Los Cusis
✆ +591 3340 3928
www.santacruzbeercompany.com.bo
Brasserie. Ouvert tous les jours de 13h30 à 17h, puis de 20h à minuit. Compter environ 80 Bs pour un repas.

La « plus grande brasserie de Bolivie » est le nouveau lieu à la mode à Santa Cruz. L'endroit est moderne et aéré, avec un grand jardin et des tables sous les arbres. Grand choix de bières artisanales, mais aussi alcools, hamburgers, snacks, plats, jeux... Tout est prévu ici pour passer une bonne soirée. Une autre adresse a ouvert près de la Plaza 24 de Septiembre, tout aussi branchée, mais sans espace ouvert. Le lieu incontournable de la ville !

SKYDIVE BOLIVIA

✆ +591 7162 0407
2 300 Bs par personne (le prix comprend la formation, le vol et le vidéo du saut). Poids maximum de 90 kilos.

Accrochez-vous, les sauts en tandem sont la meilleure façon de connaître et de ressentir toutes les sensations du parachutisme ! Vous serez attaché au parachute de l'instructeur et sauterez tous les deux à plus de 3 000 mètres de hauteur, avec une chute libre de près d'une minute et une vitesse pouvant dépasser 210 km/h. Un caméraman vous suivra pour enregistrer une vidéo de l'expérience, tant au sol qu'en chute libre, afin que vous puissiez en garder un souvenir agréable et inoubliable. L'agence est située à Saavedra, à 1h de voiture du centre de Santa Cruz.

MERAKI TEATRO BAR

159 Ballivián
✆ +591 7705 5939

En plein cœur de la ville, proche de la Plaza 24 de Septiembre, le Meraki Teatro Bar est l'espace culturel que les férus de culture doivent visiter. Les artistes, très bien mis en lumière et en son, s'enchaînent et présentent leurs œuvres. Danse, musique, théâtre, spectacles d'humour, stand up, poésie... Il y en a pour tous les goûts ! Des films, des documentaires, et des vidéos sont également projetés. Il y en a pour tous les goûts et vous serez vite emporté par la programmation des lieux. Consultez la programmation sur la page Facebook du bar.

PORONGO ★

À 22 km à l'ouest de Santa Cruz. Porongo est un village colonial de l'Oriente qui propose, surtout les jours de fête, un éventail de traditions et de jeux différents de ceux de la culture andine. Tâchez de vous y rendre le dimanche, la célébration de la messe rappelle l'ambiance des missions jésuites. Fête importante le jour de la Saint-Jean. Le site d'Espejos, à à 47 km de Santa Cruz, mérite également une visite. C'est un site paradisiaque où des cascades et des piscines naturelles invitent à paresser dans l'eau. Pour y accéder, il faut aller jusqu'à San José, puis tourner à droite dans un petit chemin. La piste n'est praticable qu'en 4x4.

LA ORILLA DE PORONGO €€

À 1 km au sud-ouest de la Plaza Principal
✆ +591 7008 2989
orilla-ecositio-bolivia.com
Cuisine internationale. Ouvert le samedi et le dimanche de midi à 16h. Buffet à 100 Bs, à la carte à partir de 25 Bs.

En pleine forêt, la Orilla offre un site exceptionnel avec piscine naturelle, plage de sable fin, terrains de volley et de pétanque. Les hamacs vous permettront de profiter des lieux, les yeux vers le ciel. Un restaurant buffet à la cuisine internationale fusion propose de vous accueillir le samedi et le dimanche pour le déjeuner et pour passer un bel après-midi. Produits de qualité. Des animations sont souvent organisées pour petits et grands. Possibilité de loger sur place dans des bungalows pour 2 personnes ou dans l'espace camping. Excursions proposées.

PARQUE NACIONAL NOEL KEMPFF MERCADO ★★★

Le Parc National Noel Kempff Mercado est l'un des plus extraordinaires parcs nationaux de l'Amazonie. Il est aussi l'un des plus grands (1 523 000 ha) et des plus intacts du bassin amazonien. D'une diversité altitudinale de 200 à 1 000 m, le parc est constitué d'un grand nombre d'habitats variés. Son histoire évolutionnaire couvre plus d'un milliard d'années depuis le Précambrien. Décor de perpétuelle jungle verte, de rivières, de savanes... On y trouve une faune riche et variée, ainsi qu'une flore luxuriante. Plusieurs cascades (et surtout Arcoiris et Ahifeld dans la partie nord du parc) donnent à ce site un caractère spectaculaire.

Faune et Flore

On y trouve des populations viables de nombreux grands vertébrés menacés d'extinction au plan mondial, une flore dont la diversité est estimée à 4 000 espèces et plus de 600 espèces d'oiseaux (plus d'espèces d'oiseaux que les États-Unis et le Canada réunis). Pour les vertébrés, les stars du parc se nomment : jaguar, tapir, singes, dauphins. L'Unesco a déclaré cette région patrimoine mondial. Et pour cause, le site contient toute une gamme d'habitats : forêts pluviales d'espèces de feuilles persistantes, forêts de palmiers, Cerrado, marécages, savanes, forêts-galeries et forêts sèches. Isolés pendant des millions d'années, les habitats du Cerrado que l'on trouve sur la Meseta de Huanchaca sont un laboratoire vivant idéal pour l'étude de l'évolution de ces écosystèmes.

Tourisme

Pour visiter ce site extraordinaire, il est indispensable de faire appel à une agence de Santa Cruz (ou autre). Le coût d'un tel séjour et les difficiles conditions d'accès au parc ont entraîné la disparition des rares campements. Une expédition dans le parc nécessite plusieurs jours et les tarifs pratiqués en dissuadent plus d'un : il n'est pas rare qu'il faille prendre un petit avion pour accéder à certains sites, puis se déplacer en barque, monter un bivouac, amener de quoi boire et se nourrir pour plusieurs jours, louer les services d'un guide qualifié...

Transports

- **Le parc national Noel Kempff Mercado** se situe à l'extrême nord-est du département de Santa Cruz. Il n'est accessible que par avion ou en 4x4. Les excursions pour s'y rendre sont assez chères, et l'option la plus intéressante est sans doute d'y aller à plusieurs.
Si vous désirez vous y rendre en 4x4, la ville la plus proche de l'entrée du parc est San Ignacio de Velasco (mission jésuite de Chiquitos).
En avion, c'est cher car pour s'y rendre depuis Santa Cruz, 2 heures 30 de vol sont nécessaires.
- **Si vous souhaitez organiser vous-même cette excursion**, c'est possible en étant bien débrouillard, mais reste extrêmement risqué. Négociez avec une petite compagnie aérienne de l'aéroport El Trompillo pour votre transport (par exemple, la compagnie Elorza, ou la compagnie Save, devrait vous demander aux alentours de 1 000 US$ pour 5 passagers au maximum pour l'aller-retour).

ORIENTE

SAMAIPATA ★★★

4 600 habitants environ. Le village fut tout d'abord pris par les Espagnols en 1618, qui gardèrent son nom quechua original, Sabay Pata. Habité pendant longtemps par des Indiens chiriguaros, il a conservé son aspect colonial. Il fut occupé, l'espace de quelques heures, par la troupe de guérilleros du Che, qui y organisèrent un *cabildo*, un dialogue ouvert avec la population locale, pour leur expliquer leur présence en Bolivie. Samaipata est un lieu de villégiature très agréable, et de nombreux étrangers s'y sont installés : d'après les locaux, pas moins de 22 nationalités s[illegible]ent représentées. On y croisera notar[illegible] beaucoup de « hippies ».

Balade

▶ **Mirador El Cerro.** Une balade agréable consiste à marcher jusqu'à ce mirador proche du village. L'ascension requiert quelques efforts mais vous serez récompensés par un superbe panorama sur Samaipata et ses environs. Compter environ une bonne heure de marche pour l'atteindre.

▶ **La Pajcha**. À 1 heure 30 de Samaipata en voiture (43 km au sud), les cascades de La Pajcha sont peut-être encore plus belles que celles de Cuevas. Les paysages alentour sont grandioses. Et puis près de ce site, rendez-vous à Condor Hike, un chemin de randonnée qui mène à une zone de nidification des condors.

Se restaurer

Les expatriés sont nombreux à Samaipata : de fait, l'offre culinaire est assez variée et internationale. Les nombreux jardins assurent des produits toujours frais et délicieux. Les établissements ouvrent et ferment au gré des saisons et des mouvements des « expats ». La colonie internationale de Samaipata vit aussi de son artisanat, mélange intéressant de styles et d'influences diverses. Pas mal de nomades vendent leur production (nourriture, bijoux, accessoires...), ici ou là dans le village. Vous trouverez également des petits restaurants locaux bon marché qui servent une cuisine traditionnelle tout à fait honnête.

Transports

▶ **En taxi privé**, compter environ 160 Bs à 220 Bs pour aller de Santa Cruz à Samaipata (et inversement). Des taxis collectifs *(trufis)* circulent toute la journée pour environ 30 ou 40 Bs, c'est la solution la plus rapide et la plus économique (compter entre 2h30 et 3h de trajet). La compagnie El Fuerte (+591 3944 6336), située Calle Sucre en face de La Cocina, propose des *trufis* vers et depuis Santa Cruz, mais également vers Cuevas, El Fuerte, les volcans, les peintures rupestres, etc. Tarifs raisonnables. Arrivée au 2ndo Anillo à Santa Cruz, proche du centre. Ensuite un taxi ne vous coûtera que quelques bolivianos.

▶ **Le stand de moto-taxis** se trouve proche du *mercado municipal*.

▶ **Si vous souhaitez vous rendre à Vallegrande**, il vous faudra attendre le bus quotidien qui passe sur la route principale Santa Cruz-Saipina. Postez-vous au niveau de la station-service. En principe, le bus passe entre 11h30 et 12h30 et entre 15h30 et 16h30.

▶ **Vers Sucre :** environ 120 Bs selon le siège. Départs quotidiens entre 16h et 20h. Compter environ 11 heures de trajet. Vous pouvez prendre les billets à la laverie *(lavaropa)* située en face de l'Hostal Andoriña, calle Campero.

▶ **Vers Cochabamba :** se rendre d'abord à Mairana, à environ 20 minutes de Samaipata. Un bus part vers 14h tous les jours sauf le jeudi et le samedi. Compter 8h de trajet sur des routes parfois au bord de précipices.

La ville aujourd'hui

Samaipata est le lieu de séjour préféré des Cambas pour le week-end. Ses bons restaurants, la Bohème, le lieu de rendez-vous de tout le village, ses bars éphémères, font alors le plein. Les excursions dans les alentours sont nombreuses. Le village constitue ainsi un parfait camp de base.

Le centre du village est la Plaza Principal, il est très facile de se repérer. Procurez-vous dès votre arrivée à Samaipata la carte touristique, on la trouve partout. Elle vous sera très pratique, surtout pour vous rendre dans les établissements un peu éloignés du centre.

ORIENTE

MUSEO ARQUELÓGICO 🏛 ★

Calle Bolivar
✆ +591 3944 6065
Ouvert du lundi au vendredi de 9h à midi puis de 14h à 18h. Le week-end, de 8h à 16h. Entrée : 50 Bs.

Le petit musée archéologique de Samaipata abrite des pièces trouvées à El Fuerte et fournit des informations sur le site. Nous vous conseillons de combiner cette visite avec celle des ruines mythiques de Samaipata. Des artefacts de différents peuples et périodes (surtout la période Mojocoyas) sont exposés, accompagnés d'explications en espagnol et en anglais. Vous pourrez d'ailleurs vous procurer votre entrée pour le fort au guichet du musée. De cette façon, vous n'aurez pas à faire la queue à El Fuerte. Vous pouvez demander une visite guidée si vous le souhaitez.

REFUGIO DE FAUNA SILVESTRE JACHA INTI

A 2 km (10 min de voiture) du centre de Samaipata.
✆ +591 7661 8454 - www.jachainti.com
Entrée : 20 Bs. Frais d'admission pour 30 jours de bénévolat : 200 Bs. Chambre double à 130 Bs par nuit.

Le refuge pour animaux sauvages Jacha Inti accueille des animaux vulnérables de la région de Santa Cruz. Vous pourrez rencontrer 5 espèces de primates, des chats sauvages, des coatis, nandous, lamas, perroquets et plusieurs animaux domestiques. L'établissement propose des balades à cheval, un service d'hébergement (chambre pouvant accueillir de 2 à 4 personnes, avec salle de bains privée) en plus d'un programme de volontariat de 30 jours où vous pourrez loger dans une chambre partagée.

TIERRA MADRE TOURS

Calle Rubén Terrazas ✆ +591 7131 0945

Proche de La Bohème, cette agence est tenue par le sympathique Federico, un Italien qui parle un peu le français. Spécialisée dans le trekking, l'équipe vous emmènera hors des sentiers battus dans des lieux incroyables. À noter qu'ils ont développé un écolodge reposant, le Refugio Los Andes, base de départ vers le Codo de los Andes et qui témoigne du passage du Che dans la région. Également des sorties organisées vers les sites de Roboré, Agua Caliente, Chochis... Une bonne adresse qui propose des excursions un peu plus axées sur l'aventure que les autres.

CHANE TOURS

Calle Campero
✆ +591 6347 5259
Tarifs variants selon le circuit choisi et le nombre de personnes y participant.

Cette petite agence familiale propose de visites en espagnol ou en anglais. Chané et son épouse s'efforcent de proposer de bons services et des prix raisonnables. Circuits proposés : El Fuerte, le parc national d'Amboró (treks de 1 à... 25 jours !), balades nocturnes pour observer la faune, le trek des condors, de l'ours, du jaguar, la cascade Pajcha, les peintures rupestres ainsi que la route du Che, à Vallegrande et à La Higuera. Des excursions hors de Samaipata sont également possibles. Une bonne option pour rayonner autour de Samaipata.

TUCANDERA TOURS

Calle Bolivar
✆ +591 7316 7735
www.tucanderatours.com

Réel coup de cœur pour cette petite entreprise familiale qui organise des excursions dans la forêt des fougères géantes, à El Fuerte, au refuge des colibris, au parc national Kaa-Iya et aux cascades de Cuevas et de La Pajcha. Elva Villegas Nuñez, la guide principale et propriétaire, est également biologiste. Véritable encyclopédie, elle vous partagera une mine d'informations fascinantes sur l'écologie, la faune et la flore de la région, et ce, avec un enthousiasme contagieux. Il est garanti que ces discussions resteront profondément ancrées dans votre esprit.

MICHAEL BLENDINGER TOURS

Calle Bolivar
✆ +591 3944 6227
www.discoveringbolivia.com
Guides en espagnol, en quechua, en anglais et en allemand.

Certainement l'agence la plus compétente de la région pour guider des excursions dans la nature. Michael, biologiste de formation, connaît la faune et la flore des environs par cœur. Lui et son agence se sont spécialisés dans des circuits d'observation de la faune (oiseaux en particulier). La sympathique Gaby, l'associée de Michael, se fera un plaisir de vous accueillir et de répondre à vos attentes avec toute l'équipe. L'agence propose de nombreux circuits incluant les classiques de la région et de nombreux treks. Une agence sérieuse et réputée.

ANDORIÑA HOSTAL, ARTE & CULTURA €

Calle Campero ✆ +591 7467 5541
www.andorinasamaipata.com
Dortoir à 70 Bs/personne, chambres simples à 90 Bs et 110 Bs, doubles à 130 Bs et 170 Bs. Petit déjeuner inclus.

Un hôtel charmant, bien décoré dans un style rustique, qui propose des chambres agréables et confortables (celles avec un balcon sont des premiers choix). Un peu alambiqué, avec beaucoup d'escaliers et pas mal de recoins pour bouquiner et discuter entre amis. Petite bibliothèque, exposition de photos, jardin et hamac Le café sert des snacks et une cuisine est mise à la disposition des voyageurs. Superbe ambiance et prestation d'ensemble. Accueil chaleureux.

EL JARDIN €

Calle Arenales
✆ +591 7310 1440
www.eljardinsamaipata.blogspot.com
Camping à 25 Bs/pers (sans tentes à louer), chambre sous coupole à 140 Bs avec sdb privée et à 110 Bs avec sdb commune.

Un paradis vert pour gagner en inspiration, apprendre et enseigner. Voilà le leitmotiv des gérants de cette propriété. Des *cabañas* en forme de dôme et des chambres plus classiques, pour cette très bonne adresse destinée aux petits budgets. Magnifique jardin relaxant. Cuisine équipée, restaurant et barbecue. Eau chaude et produits organiques. On peut aussi camper. Très bohème. Une atmosphère naturelle, sans chichis, un bon plan. Possibilité de faire du volontariat (réception, construction, jardinage) en échange d'une chambre et du déjeuner.

CABAÑAS CAMPECHE €€

Calle Arenales
✆ +591 7260 3881
Cabañas entre 900 Bs et 1 200 Bs par personne selon le nombre d'occupants et la saison.

Campeche est situé à quelques *cuadras* de la Plaza Principal. Les 10 *cabañas*, qui incluent une cuisine équipée, une terrasse et un barbecue notamment, sont très confortables, bien équipées et impeccables. Certains bungalows possèdent même une cheminée. Elles sont disposées dans un grand jardin fleuri et bien entretenu. Aire de jeux pour les enfants. Parking. Ce complexe tenu par deux Hollandais est l'un des plus confortables en ville (à 5 minutes à pied) et représente une excellente option pour un long séjour en famille ou entre amis.

RESIDENCIAL RIBERA €

Calle Rubén Terrazas
✆ +591 3944 6161
Chambres doubles de 150 Bs à 240 Bs selon la catégorie et la saison. Wifi.

Voici un établissement dans une grande bâtisse aérée recommandé pour les petits budgets. Les 10 chambres sont simples, impeccables, et toutes équipées de salle de bain privée et de TV. Elles sont disposées autour de deux patios ensoleillés. Carrelage au sol, décoration simple, mais de bon goût, et literie confortable. Jolie terrasse sur le toit avec vue sur le village et les montagnes. Les propriétaires sont très accueillants et vous prodigueront de très bons conseils pour vos visites. Une bonne adresse avec un excellent rapport qualité-prix.

FINCA LA VÍSPERA €€

A 10 min de la place principale à pied, 4 min en voiture.
✆ +591 7212 3636 - www.lavispera.org
Bungalows (de 2, 4, 7 et 13 personnes) à partir de 185 Bs/personne. Camping : 50 Bs/pers, 50 Bs par camping-car. Wifi.

Un peu à l'écart du village, à 15 min de marche, cet endroit respire la sérénité. On y cultive des plantes, des légumes, des fruits bio sur 5 hectares ! Les amoureux de la nature seront aux anges. Les bungalows sont modernes, décorés avec soin et espacés entre eux. Tous bénéficient d'une cuisine équipée, d'une terrasse privée et d'un coin barbecue. On peut également y poser sa tente ou son camping-car. Le jardin est en libre accès aux résidents. Le Café Jardín, est l'excellent restaurant de l'établissement. Pour les amateurs de choses simples et saines.

VIVERO SARITA HOSTAL €

22 Calle Sucre
✆ +591 7368 4035
À partir de 80 Bs par personne, petit déjeuner compris. Wifi.

Bien située, cette charmante petite maison d'hôtes familiale fait également office de pépinière ! Dans une jolie maison ancienne à l'angle de deux rues, chambres correctes, mais un peu vieillottes. Certaines possèdent un balcon donnant sur la rue. Très bon petit déjeuner traditionnel *casero* (maison) servi sur la terrasse du jardin. Celui-ci est évidemment superbement fleuri et l'accueil de la propriétaire est fort sympathique. Mieux vaut appeler ou envoyer un message sur la page Facebook pour se renseigner des tarifs et réserver.

LA POSADA DEL SOL €€

Calle Ezequiel Arteaga
✆ +591 3944 6366
www.laposadadelsol.info
Chambre simple avec sdb privée à 170 Bs, double 220 Bs, triple 420 Bs. Petit déjeuner continental compris. Wifi.

Une auberge familiale souvent recommandée, qui offre de superbes panoramas sur les alentours. Plusieurs choix pour se loger, et toutes les unités (assez simples) sont propres et confortables, avec de l'eau chaude dans les douches. On apprécie la cuisine dans le petit dortoir, bien pratique. Espace commun pour regarder une bonne sélection de DVD. Excellent accueil des sympathiques propriétaires qui peuvent organiser toutes sortes d'activités. Populaire et très agréable. Tarifs négociables. Très bon restaurant à demeure, La Luna Verde.

POSADA GUASU €€

Calle Rubén Terrazas
✆ +591 7845 6248
Chambres doubles à 300 Bs et 380 Bs, petit déjeuner inclus.

Située à quelques mètres de la Plaza Principal, une agréable maison d'hôtes tenue par la sympathique et souriante Lina Flores. Les 5 chambres, coquettes, sont surtout prisées par les couples. Certaines sont peu spacieuses, mais toutes sont confortables. Celles dans le jardin ont une salle de bain privée. Bon petit déjeuner préparé *minute* avec des produits frais et un excellent café. On peut regarder la TV, lire un livre dans le grand salon ou choisir de lézarder au soleil dans le jardin. Une adresse simple, chaleureuse et pleine de charme !

EL PUEBLITO BOUTIQUE HOTEL €€€

1000 Carratera Valle Abajo ✆ +591 3944 6383
www.elpueblitohotel.com
Chambre double et triple à 560 Bs sans petit déjeuner et à 700 avec petit déjeuner, bungalow à partir de 930 Bs. Wifi.

Réplique d'un petit village colonial, avec son square, son église, ses ruines, son cimetière… De vraies petites villas confortables (chacune avec une thématique particulière, par exemple la librairie, la taverne, la boulangerie, etc.), un restaurant, une piscine, un bain à remous et une multitude d'activités à découvrir font de cette adresse une vraie bonne surprise. Très belles vues. Une superbe structure, originale et d'un confort irréprochable. Sans oublier la décoration unique !

SAMAIPATA LANDHAUS €€

Calle Murillo
✆ +591 7217 4142
À partir de 240 Bs pour une chambre double. Wifi dans les espaces communs.

Un petit goût de Bavière en plein cœur de la Bolivie avec les sapins alentour, le décor alpin et les patrons allemands. Les *cabañas* peuvent loger entre deux et dix personnes. Elles disposent chacune de la TV câblée, d'une terrasse et d'un barbecue. Le copieux petit déjeuner, continental ou allemand, est servi entre 8h et 10h. Une salle de yoga, une piscine et un sauna finlandais complètent l'infrastructure. Échange de livres. Il y règne une atmosphère bucolique particulièrement agréable. Nombreuses activités et excursions proposées.

LA COCINA €

218 Calle Campero
✆ +591 6878 2105
Bar à burgers. Ouvert du jeudi au dimanche de 18h à 21h.

Situé presque en face du bar La Bohème, La Cocina propose les meilleurs burgers artisanaux de Samaipata, mais également des falafels, shawarmas… à accompagner de frites *maison* et d'une bière fraîche. Les pains et les buns sont fait maison. Grande variété de burgers, tous délicieux avec une viande de qualité. Possibilité de manger dans la salle ou à l'extérieur sur de grands tabourets. Équipe jeune et dynamique. La Cocina travaille également avec le bar La Bohème, les clients peuvent commander des burgers sans bouger du bar !

LA VIDA ES BELLA €€

Calle Avaroa
✆ +591 6774 1878
www.la-vida-es-bella-bolivia.com
Chambre double et triple à 60 US$. Chambre pour 4 personnes à 80 US$. Petit déjeuner compris. Wifi. Parking sécurisé.

Un hôtel récemment ouvert par Sylvain, un compatriote installé depuis longtemps à Samaipata et propriétaire du Latina Café. L'endroit propose 7 chambres immaculées et un grand appartement indépendant, équipés de TV, balcons et de petits réfrigérateurs. La déco est moderne et le tout est très confortable. Un grand jardin permet de profiter de l'atmosphère bucolique du village, tout en étant à quelques encablures seulement de la Plaza Principal. Votre hôte vous prodiguera d'excellents conseils touristiques sur Samaipata et sa région.

CAFE 1900 €

Plaza Principal
✆ +591 7607 7817
Cuisine traditionnelle, snacks. Ouvert tous les jours de 8h à 22h. Almuerzo de 30 Bs à 35 Bs (soupe et plat principal).

Ce restaurant sur la place principale a été ouvert ces dernières années par les propriétaires du Latina Café. Essentiellement des snacks, comme des sandwichs, croque-monsieur ou madame, mais aussi quelques plats et des *almuerzos*. Excellent chocolat fait maison. Goûtez le *sonso* (*yucca* fourré au fromage ou à la viande, frit ou au four), une spécialité de l'Oriente. Tables en terrasse face à la place, dans le petit patio et dans la salle décorée de vieilles publicités françaises. Bon café. Accueil souriant, bien que la cuisine pourrait être améliorée.

CAFÉ JARDÍN €

✆ +591 3 944 6362
lavispera.org/wp/en/cafejardin/

Cuisine internationale. Ouvert tous les jours de 8h à 18h. Plats entre 40 Bs et 60 Bs. Wifi.

Il faut marcher un peu pour atteindre le restaurant de la Finca La Vispera... Mais vous serez récompensés par un magnifique cadre bucolique. Le café est superbe, tout en bois, et offre une vue sur le grand jardin. Des plats concoctés *minute* avec ingrédients bio cultivés sur place. Petits déjeuners, snacks, soupes, crêpes, plats végétariens, desserts... Seuls quelques sandwichs sont non-végétariens. Le service, soigné, est parfois plus rapide qu'ailleurs ! Grand choix de thés *maison* ainsi qu'une herboristerie où vous pourrez acheter des produits *maison*. Recommandé.

LA CHAKANA €

Plaza Principal
✆ +591 6778 4350

Cuisine bolivienne & internationale. Ouvert tous les jours de 8h à 22h. Compter environ 60 Bs pour un repas.

Petit restaurant très populaire malgré des prix plus élevés que ses voisins, très orienté pour la clientèle touristique, proposant quelques plats traditionnels et des burgers, sandwichs... Plusieurs options pour les végétariens, nombreux dans le village ! Malheureusement la nourriture est de qualité moyenne, le service très lent, et le personnel peu avenant. Le cadre est cependant très agréable avec un petit patio agréable et une terrasse donnant sur la place. Fait aussi échange de livres et, le soir, les lieux se transforment en bar.

TÍA MARÍA €

Calle Rubén Terrazas
✆ +591 7029 4646

Cuisine bolivienne. Ouvert du jeudi au dimanche de 8h à 22h, le dimanche jusqu'à 16h. Almuerzo à 25 Bs.

Sur la place principale, voici un très bon restaurant pour goûter aux spécialités de la région : *picante de pollo, sopa de mani*... Les plats sont bons, les portions copieuses et le service agréable. Possibilité d'accompagner son repas avec une bière ou un bon vin du pays. Tables dans le patio de cette maison ancienne et dans une salle décorée d'objets antiques, ainsi que quelques tables en terrasse pour ceux qui ne sont pas découragés par l'atmosphère poussiéreuse du village ! Une bonne adresse, particulièrement recommandée pour le dîner.

LATINA CAFE €€

3 Calle Bolivar
✆ +591 3944 6153

Cuisine internationale. Ouvert du jeudi au lundi 18h-22h, samedi & dimanche midi-14h30. Plats de 35 à 65 Bs. Pas de CB.

Le Latina Café est un lieu incontournable de Samaipata. La cuisine est d'excellente qualité, avec des plats copieux et bien préparés : classiques de la cuisine bolivienne, curry de poulet, pizzas au feu de bois, pâtes, plats végétariens... La carte varie au gré des inspirations du chef. La salle est agréable et l'ambiance est décontractée avec une bonne musique en fond sonore. On peut également y venir pour y boire un verre, notamment lors de l'*happy hour* de 18h à 20h. C'est l'occasion idéale de goûter au *chuflay*, le cocktail national !

TIERRA LIBRE €€

70 Calle Sucre
✆ +591 7368 0762

Cuisine internationale. Ouvert tous les jours sauf le mardi de 12h à 22h. Plats de 35 Bs à 70 Bs. Wifi.

Tierra Libre est un restaurant niché dans une maison de type colonial avec une ambiance hippie-chic très réussie. Une carte internationale pour cette charmante adresse avec son patio sur l'arrière : le chef concocte toute sorte de plats selon son inspiration : des viandes, du poulet, des poissons, de la truite, des spécialités végétariennes, indiennes, et bien d'autres snacks et délices. C'est souvent surprenant et toujours une réussite. Groupe de musiciens certains soirs. Prisé des voyageurs comme des locaux, à juste titre.

LA BOHÈME

Calle Rubén Terrazas
✆ +591 6890 6567

Bar & petite restauration. Ouvert du mardi au dimanche de midi à minuit. Cocktails à 30 Bs. Happy hour 17h-19h.

Ce bar, ouvert en 2011 sous l'impulsion d'un couple australien, est rapidement devenu l'endroit incontournable de Samaipata. Bières, dont IPA, vins et cocktails ainsi que quelques snacks provenant de La Cocina, le bar à burgers d'en face. Ambiance décontractée que ce soit autour du bar, à une table, ou encore dans une salle où l'on peut se détendre sur des coussins. Belle déco, équipe internationale, et musique contemporaine bien choisie. Le coin *lounge* du village est fréquenté aussi bien par les touristes étrangers que les Cruceños en week-end.

CAFÉ TANGO

Calle Arce
✆ +591 6775 1418
Café végan & végétarien. Ouvert tous les jours sauf le lundi de 9h30 à 20h, le samedi et dimanche jusqu'à 21h30.

Un adorable petit café « conscient » tenu par une sympathique Argentine qui propose aussi bien des gâteaux, des pâtisseries et du café bio, que des snacks salés, dont des *empanadas* typiquement argentines, des salades et des sandwichs. Jus de fruits frais classiques et « détox ». La façade de l'établissement est particulièrement accueillante. Quelques tables dans la rue permettent de déguster son café en regardant le va-et-vient des passants. À consommer sur place ou à emporter. Un lieu incontournable pour les végétariens et les végétaliens.

VINOS 1750 - UVAIRENDA BODEGA Y VIÑEDOS

Carretera Valle Abajo
✆ +591 6907 7787
www.vinos1750.com
Visites guidées du lundi au vendredi de 9h à midi ou de 14h à 17h. Le week-end, la visite débute à 9h.

Cette bodega produit les vins « 1750 », élaborés à partir de différents cépages : Cabernet Sauvignon, Syrah, Malbec, Merlot et Tannat pour les vins rouges, Torrontés, Sauvignon Blanc, Pedro Giménez et Chardonnay pour les vins blancs. C'est l'occasion de goûter le fruit de ces vignobles perchés à 1 100 m d'altitude. Des visites guidées du domaine avec dégustation de 2 types de vin sont organisées tous les jours. Réservations sur la page Facebook de la bodega.

FUERTE DE SAMAIPATA ★★★

Situé à 5 km de Samaipata, en venant de Santa Cruz, El Fuerte (le fort), comme il est communément appelé, est le monument archéologique le plus important de l'Oriente. À près de 1 920 m d'altitude, ce site rupestre marque le point de rencontre entre l'extrémité des contreforts andins et le début des plaines de l'Oriente. Ce complexe cérémonial et administratif de la période préhispanique est inscrit au Patrimoine culturel de l'Humanité de L'Unesco depuis 1998.

Le secteur cérémonial, El Fuerte, est constitué d'une grande roche monolithique de grès de 220 m de long et 65 m de large. Cette structure est entièrement taillée et on y retrouve des représentations d'animaux (serpent, puma, jaguar), des formes géométriques, des canaux et d'autres figures mystico-religieuses. Les canaux servaient à transporter l'eau pour les rites de purification et de fertilité. Il y aurait également des figures astronomiques. El Fuerte est traversé en son centre par deux sillons verticaux. Les autochtones disent que, jadis, des chevaux de feu l'utilisaient comme plateforme pour s'élever vers le ciel. Cette légende a fourni du matériel aux théories d'Erich von Däniken sur la présence d'extraterrestres en Bolivie. Le site est protégé et on ne peut heureusement plus monter sur le rocher, la friabilité du terrain ayant déjà provoqué la disparition de plusieurs motifs. Plusieurs miradors, situés à des endroits stratégiques, permettent d'observer le monument. Le secteur administratif, s'il est nettement moins impressionnant, n'est pas dénué d'intérêt. Il est constitué de vestiges architecturaux de différentes

El Fuerte, Samaipata.

périodes : édifices culturels, agricoles, commerciaux, bâtiments administratifs et postes militaires.

Histoire

Selon une chronologie approximative, il fut : un centre rituel et cérémonial des Chanés del Gran Grigota (entre 800 et 1450 Apr. J.-C.), qui sculptèrent les figures dans la roche, un lieu de transit pour les Guaranis (entre 1300 et 1450), un centre cérémonial et administratif de l'Empire Inca (1450-1500), la capitale de Province du même empire (1500-1550), et finalement un Tambo et une colonie espagnole, constituant un fort permettant d'assurer la sécurité sur la route entre Lima (Pérou) et Asuncion (Paraguay).

Pratique

Le site est ouvert tous les jours de 9h à 16h30h (dernière visite à partir de 16h). L'entrée coûte 50 Bs par personne, et 100 Bs supplémentaires pour être accompagné d'un guide lors de votre visite.

Tourisme

- **Un chemin balisé** permet de visiter les différents points d'intérêt du site selon un ordre bien établi. Un feuillet explicatif (en espagnol et en anglais) est distribué lors de l'achat du ticket d'entrée. Vous pourrez profiter d'un panorama magnifique sur la Serranía de los Volcanes du parc Amboró. Si vous en avez le temps, et des chaussures de marche, essayez de monter sur la colline qui est juste en face du Fuerte.

- **Dans la nuit du 21 au 22 juin,** lors du solstice d'hiver, les rituels du Lucero del Alba (l'étoile du matin) sont reconstitués. Lors de cette fête, se réunissent les autorités des différentes cultures présentes dans la région : Guaranis, Quechuas et parfois même Aymaras. Des chamans officient des cérémonies païennes. Pensez à réserver votre logement à Samaipata en avance si vous désirez y assister !

- **Randonnée de 2 jours depuis El Fuerte jusqu'à Cuevas.** Le trajet « Las Lomas » est l'un des plus beaux circuits de randonnée des alentours et aboutit aux cascades de las Cuevas pour un bain mérité.

Transports

Compter environ 100 Bs l'aller-retour en taxi depuis Samaipata. À pied depuis Samaipata, il faut compter au moins 2 heures (montée assez forte à l'aller).

BERMEJO ★

Situé à 45 km de Samaipata, le petit village de Bermejo est la porte d'entrée sud du Parque Nacional Amboró, point de départ vers la Serranía des volcans d'une part, et la lagune de Volcan d'autre part. Les paysages subandins sont superbes. Bermejo est dominé par un gigantesque rocher de couleur rougeâtre, appelé le repos des guérilleros. Le Che et ses compagnons auraient en effet occupé les lieux à un certain moment. Quelques hébergements sommaires sont disponibles au village si vous désirez faire une halte. Pour ceux qui ont besoin de davantage de confort, vous pouvez opter pour le Laguna Volcan Resort qui dispose d'une belle piscine.

BELLA VISTA ★

De la route asphaltée entre Samaipata et Bermejo, une heure de piste défoncée (17 km) vous emmène à ce petit village se trouvant exactement sur « le coude des Andes ». Bella Vista est devenu une communauté modèle au niveau de l'écotourisme, ses habitants ayant réellement pris conscience de l'importance de protéger leur magnifique environnement. Un refuge vous sert de camp de base pour réaliser les excursions dans la région : des sentiers descendent vers le Rio Piojeras en passant par des cascades et des piscines naturelles plus qu'agréables. Superbes vues sur le Cerro Aguja et d'impressionnants pics montagneux recouverts de végétation.

CUEVAS ★★

À 20 km de Samaipata, sur la route de Santa Cruz, se trouvent les trois petites cascades de Cuevas. L'entrée coûte 20 Bs par personne. Les visiteurs y viennent principalement pour se baigner dans l'eau fraîche et se prélasser sur l'une des deux petites plages. Le chemin y menant, entouré d'une végétation luxuriante, est très bien est entretenu. N'hésitez pas à monter pour profiter du panorama offert par le mirador, la vue sur les environs est magnifique. On peut également louer une *cabaña* (bungalow) pour passer la nuit sur le site. On peut s'y rendre en taxi : compter environ 120 Bs environ l'aller-retour, incluant l'attente sur place.

PARQUE NACIONAL AMBORO ★★★

Située dans « le coude des Andes » (où les Andes orientales prennent une orientation vers le sud), cette réserve naturelle de 637 000 ha s'étage de 280 à 3 200 m d'altitude. Elle est un point de transition entre les Andes, le Chaco, l'Amazonie et les plaines de Santa Cruz et regorge d'une flore et d'une faune abondantes, avec 830 espèces d'oiseaux recensées, des mammifères comme l'ours andin, le jaguar, et diverses espèces de singes, pour certaines d'entre elles uniques au monde. La Bolivie possède 13 écosystèmes différents. Le parc Amboró, à lui seul, en compte 7…

Tourisme

Le parc est proche de Samaipata, sur son versant sud, et de Yapacani (dans ce cas, commencez les excursions depuis Buena Vista, sur le versant est). Les excursions à partir de Samaipata offrent les paysages les plus beaux, dont la cordillère des Volcans et le lac des Volcans. L'entrée la plus populaire maintenant est celle de Cerro La Rana (et non plus El Yunga…). Ce parc est l'un des mieux préservés de Bolivie en partie parce qu'aucune communauté n'y vit à l'intérieur. Le droit d'entrée du parc est de 100 Bs.

Transports

Depuis Samaipata, compter 200 Bs l'aller-retour en taxi vers l'entrée de Cerro La Mina, plus 150 Bs environ le guide pour trois personnes. On peut également rejoindre Buena Vista depuis Santa Cruz en prenant les taxis collectifs ou micros en direction de Yapacani (environ 30 Bs). Partir avec une agence reste le moyen le plus simple et le plus pratique pour visiter le parc.

BOSQUE DE HELECHOS GIGANTES ★

A 12 km de Samaipata, soit environ 45 min de route. Prévoir une demi-journée ou une journée de visite.

À partir du Cerro La Rana, un sentier mène jusqu'à cette forêt primaire restée intacte. Le taux d'humidité exceptionnel a permis à des espèces très anciennes de subsister jusqu'à aujourd'hui. Les oiseaux sont nombreux, on peut y voir également des singes. Les fougères (*helechos*) peuvent atteindre 13 m de hauteur et vivre jusqu'à 400 ans. Il existe plusieurs sentiers qui traversent cet écosystème presque unique au monde. Le circuit le plus populaire dure environ 4 heures (aller-retour).

LOMA DE CÓNDORES ★★

Compter 200 Bs l'excursion par personne.

Voilà une excursion très physique et exigeante avec sept heures de marche pour accéder au site. Mais au bout, la récompense est quasi assurée puisque vous dominerez un magnifique abreuvoir naturel où vous pourrez admirer les mythiques condors andins en plein vol. La balade se fait le long de la montagne, offrant des points de vue spectaculaires sur les splendeurs naturelles environnantes. Cette excursion est généralement couplée à celle de la cascade Pajcha. Parfait pour se tremper les pieds, ou davantage pour les plus courageux !

ORIENTE

Parc nacional Amboro.

SERRANIA DE LOS VOLCANES ★★

La journée vous coûtera environ 60 US$ par personne en pension complète et visites guidées comprises.

Quand l'aventure rime avec exotisme ! On accède à cette partie du parque nacional Amboró à partir du village de Bermejo. Du village, un sentier mène en 2 heures au village de « Los Volcanes » où vous serez chaleureusement accueilli par une dizaine de familles formant le village et constituant le cœur de ce projet de développement.

Cette partie du parc est à classer parmi les plus belles zones de randonnées de Bolivie. Le trajet de Bermejo à Los Volcanes est certainement le plus impressionnant, mélange d'environnement montagneux avec une touche de tropicalité. Nombreux passages à gué le long du Río Colorado que vous suivrez jusqu'à votre destination du jour. De grandes falaises de plusieurs centaines de mètres de dénivelé cernent cette petite vallée, des paysages d'une beauté inouïe !

Les quelques guides du village organisent des randonnées, plus à l'intérieur du parc : le mirador (4 heures aller-retour), la Vuelta (13 km, une journée), Torrecillas (4 heures aller-retour). Si vous aimez la randonnée, il serait impensable de ne pas consacrer une ou deux journées à explorer les alentours, à partir de votre camp de base de Los Volcanes, où l'accueil est exceptionnel même si les conditions de logement sont assez sommaires (vous pourrez tout de même prendre une douche). Si vous souhaitez visiter cette partie du parc, adressez-vous directement aux habitants du village. On ne voudrait jamais repartir de cet endroit exceptionnel, qui constitue un incroyable havre de paix, loin de tout ce que vous aurez pu voir en Bolivie.

EL REFUGIO LOS VOLCANES €€

Proche de Bermejo ✆ +591 3337 2042
www.refugiovolcanes.net
100 US$/p en chambre double ou triple et 110 US$/p en chambre simple. Comprend le petit déjeuner, 2 repas et le guide.

© ARNAUD BONNEFOY

À l'origine, un Allemand qui s'est fait construire un chalet colonial, depuis, ce site accueille des voyageurs du monde entier. Situé à la limite sud du parc Amboró, le chalet ne comporte que six chambres assez simples, mais bien tenues. Depuis les hamacs de la terrasse, superbe vue sur les « pains de sucre » environnants. Restaurant très copieux. Le Refugio vaut le détour pour les excursions proposées : 15 km de sentier aménagé dans la forêt où l'on peut observer 270 espèces d'oiseaux et une centaine d'orchidées différentes, des paysages à couper le souffle.

ORIENTE

REFUGIO ECOLÓGICO LA CHONTA €

Partie nord du parc national
✆ +591 6773 5333
lachontaamboro.wordpress.com
Dortoir à partir de 40 Bs et chambre privée à partir de 70 Bs. Petit déjeuner : 15 Bs, déjeuner ou dîner : 25 Bs.

Ce refuge écologique propose des cabanes et des dortoirs au confort basique. Des zones sont réservées aux campeurs. La cuisine sur place est élaborée avec des produits biologiques locaux. Toutes sortes d'activités sont proposées : balades en nature, baignades dans les piscines naturelles, observation de la faune et la flore, photographie, mais aussi visite de la communauté Carbones, cours de cuisine... Cette zone est encore moins visitée que le sud du parc !

LE MAYEN €€

999 Calle Warnes
✆ +591 3382 2625
www.lemayen.com.bo
Compter environ 800 Bs le bungalow. Petit déjeuner entre 45 et 60 Bs. Wifi au restaurant.

Situé à 32 km de Santa Cruz, à El Torno, Le Mayen est un complexe de 6 hectares proposant des *cabañas*, un restaurant de bonne facture (le Tapekuá), des cours de feng shui, des services relatifs au bien-être... Les *cabañas*, en fait de confortables petites maisons indépendantes, sont joliment décorées et bien équipées (cuisine, salon, terrasse, jardin...) Le restaurant, d'une capacité de 180 personnes, est superbe avec son mobilier alpin. Excellente cuisine internationale. C'est une véritable immersion dans la nature, à quelques pas du parc Amboró.

ORIENTE

VALLEGRANDE ★★

Le nom complet du village est Jesús y Montes Claros de los Caballeros del Vallegrande. Ce joli village colonial fut le QG des *rangers*, le bataillon des forces armées boliviennes qui affronta la guérilla d'Ernesto Che Guevarra, avec le soutien logistique de la CIA américaine. C'est ici, dans la petite école du village, que fut exposé le cadavre du guérillero mort, dont la célèbre photo du photographe bolivien, Freddy Alborta fit le tour du monde. C'est ici aussi qu'on découvrit les restes du Che en 1997 (qui furent transférés à Cuba).

Vallegrande n'aimait pas trop que l'on assimile le village à la mort du Che. Aujourd'hui, toutefois, le village semble s'être réconcilié avec son passé et reçoit avec sincérité les visiteurs nostalgiques… Ici, le Che est considéré comme un saint par beaucoup d'habitants qui le surnomment affectueusement « San Ernesto de La Higuera ». D'aucuns le voient même en thaumaturge. En effet, nombre de militaires impliqués dans son arrestation moururent de manière violente et inexpliquée. Le président de l'époque, le général Barrientos, mourut lui-même d'un accident peu après l'exécution du Che. Dans un pays aussi superstitieux que la Bolivie, il n'en fallait pas plus pour transformer l'homme athée en saint, fusse-t-il laïc.

Argent

La Banco Union (+591 3942 2249), située au 115 Calle Señor de Malta, dispose d'un DAB. Mais mieux vaut prévoir suffisamment de liquide pour votre séjour au préalable en cas de panne de celui-ci !

Transports

Pour s'y rendre, la Flota Vallegrande part du terminal de bus de Santa Cruz. Compter de 5 à 7 heures de route. L'arrivée dans cette petite ville, dominée par un Christ rédempteur, est assez spectaculaire.

- **Depuis Santa Cruz :** départs tous les jours de 8h à 13h et 21h. Des micros partent également en journée une fois pleins (environ 60-70 Bs).
- **Depuis Cochabamba :** dimanche à 19h, lundi à 18h et vendredi à 7h (horaire variable).
- **Depuis Sucre :** Le bus de Santa-Cruz passe entre 14h et 15h (horaire variable également).
- **Camions pour La Higuera :** départ les jeudis et dimanches, retour les vendredis et dimanches. Voyage assez éprouvant. Il vaut parfois mieux négocier avec un taxi (environ 350 Bs pour environ 3h).

Un mausolée a été inauguré en 2017 en l'honneur du Che.

FOSA DE GUERRILLEROS ★

Entrée libre.

C'est sur le terrain qui appartenait autrefois à l'armée que les troupes en place avaient décidé d'enterrer, à l'abri des regards, plusieurs guérilleros. C'est en 1998-1999 que les douze guérilleros enterrés dans quatre fosses communes ont été retrouvés. Des stèles avec leurs noms ont été érigées en leur honneur. Aujourd'hui, un petit accès permet de visiter ce site décoré par des artistes venus d'Argentine. On y trouve plusieurs guérilleros, dont Tania, l'une des seules femmes de la troupe. Pour vous y rendre, demandez aux gens du village.

LA LAVANDERÍA ★★

Señor de Malta

C'est ici, les 9 et 10 octobre 1967, au cœur de cet hôpital, que l'armée bolivienne exposa aux médias du monde entier le corps du mythique révolutionnaire et donna ainsi les preuves officielles de sa mort. Pour voir où le corps du Che fut exposé, il faut contourner le bâtiment de l'hôpital et se diriger vers l'ancienne laverie. Demander « la lavandería », tout le monde connaît. Attention, car l'hôpital est encore en état de fonctionnement. Vous passerez donc sûrement à côté de chambres ouvertes où les patients se reposent sur leur lit. Le silence est donc de mise.

MAUSOLEO DEL CHE ★★★

À côté de la piste d'atterrissage de l'aéroport.

Ouverture aléatoire. Se renseigner auprès du bureau touristique pour connaître les détails d'ouverture.

Un peu à l'écart de la ville, un nouveau complexe a ouvert ses portes en 2017. Situé juste à côté de la fameuse piste où était enterré le corps du Che, il est construit autour d'un grand mausolée où vous trouverez la fosse funéraire du Che et de plusieurs de ses compatriotes. Tout autour, des photos du révolutionnaire décorent les murs, des photos toutes plus surprenantes les unes que les autres. À côté du mausolée, un musée où vous trouverez des éléments importants sur la vie du Che ainsi que des explications détaillées sur les mouvements du groupe en Bolivie.

MUSEO ARQUEOLÓGICO REGIONAL ★

Plaza 26 de Enero

✆ +591 3942 2271

Ouvert tous les jours sauf le samedi de 10h à 12h et de 14h à 17h. Entrée : 15 Bs.

Au rez-de-chaussée de la Maison de la culture, ce petit musée propose trois salles d'exposition dédiées aux cultures locales installées dans la vaste vallée, avec des objets archéologiques d'origine amazonienne qui démontrent que la région était habitée avant l'arrivée des Espagnols. On peut y voir céramiques, objets funéraires, textiles et autres vestiges du passé. On expose aussi des répliques de peintures rupestres vieilles d'un bon millénaire.

HOSTAL JUANITA €€

123 Manuel Maria Caballero

✆ +591 3942 2231

Chambre double autour de 200 Bs, petit déjeuner compris.

Cette chambre d'hôtes est située dans une grande maison à proximité de la place principale avec un patio fleuri très agréable et coloré, un peu plus sophistiqué que la plupart des hébergements de la ville. La gérante de l'établissement, très croyante, vous recevra avec sourire et extrême gentillesse. Les chambres sont simples, mais agréables. Certaines chambres sont peu spacieuses, mais toutes sont bien entretenues. Le petit déjeuner servi au réveil est excellent, frais et très copieux ! Parking disponible à quelques mètres. Accueil chaleureux.

CABAÑA - BAR- RESTAURANTE EL MIRADOR €€

Escalante y Mendoza

✆ +591 3942 2341

Cuisine internationale. Ouvert du mardi au dimanche, de 10h à 22h. Plats entre 40 Bs et 90 Bs.

Situé sur les hauteurs du village, El Mirador est le meilleur restaurant de Vallegrande : poulet à la bière, paella espagnole, porc à la ségovienne, salade basque... Le tout à accompagner d'une bonne bière bolivienne. Très belle vue depuis la terrasse de cette grande maison qui surplombe la vallée. Des chambres sont également proposées : toutes sont impeccablement tenues et possèdent une salle de bain privée. Un lieu très romantique pour le dîner.

© JESS KRAFT - SHUTTERSTOCK.COM

La Lavandería où le corps du Che Guevara a été exposé aux médias du monde entier.

ORIENTE

LA HIGUERA ★★

Vallegrande, compter 2h de piste sinueuse pour atteindre ce hameau d'une quinzaine de maisons. En arrivant au village, la première chose qui frappe est l'énorme buste du guérillero qui domine la place. C'est ici que, le 9 octobre 1967, Che Guevara fut exécuté dans le petit bâtiment servant d'école. Son corps repose maintenant à Cuba, mais c'est à La Higuera que son souvenir est enterré. La plupart des habitants de plus de 50 ans vous affirmeront avoir rencontré le Che en personne, alors que, selon son *Journal de Bolivie*, le village était quasi déserté lors de son arrivée. Le trajet de Vallegrande à La Higuera est magnifique : vues somptueuses sur les ramifications de la cordillère des Andes et possibilité de voir des condors. Peu avant l'arrivée, vous traverserez le petit village colonial de Pucara dont presque toutes les façades de la place principale sont recouvertes d'effigies du Che. Dans cette petite bourgade, arrivèrent par mules les corps des guérilleros tombés dans la Quebrada del Churo et considérés moins importants par l'armée. Le Che fut, quant à lui, envoyé directement par hélicoptère jusqu'à Vallegrande.

La ville et ses habitants vivent ici au ralenti. Peu d'habitants perçoivent des revenus du tourisme. Néanmoins, plusieurs monuments, phrases et autres allusions au Che garnissent le village. Pénétrez dans la cour de la nouvelle école pour découvrir d'autres peintures ainsi qu'une petite exposition photo où vous découvrirez l'ensemble des personnalités déjà venues sur ces lieux. Un lieu chargé d'histoires donç mais qui mériterait un coup de pouce de l'État pour être à la hauteur du mythe révolutionnaire qu'est le Che. Si vous êtes dans les parages le 9 octobre, date de l'exécution du mythique guérillero, ne manquez surtout pas la fête commémorant ces évènements. Tout le village sort ses instruments de musique, l'alcool coule à flots.

Transports

Pas de bus desservant La Higuera, seulement quelques camions sporadiques. Toutefois, un minibus part tous les jours de Vallegrande à 9h pour le village de Pucara (2h de route). Il faut ensuite prendre un taxi ou une camionnette (encore 30 min), ou marcher. En taxi depuis Vallegrande, compter environ 250 Bs aller-retour.

Si vous n'avez pas la fibre aventurière nous vous conseillons vivement de passer par une agence de Samaipata et d'éviter ainsi de vous retrouver coincés plusieurs jours dans ce hameau.

© JEAN-BAPTISTE THIBAUT

Le Che est partout dans la ville.

LA ESCUELA - MUSEO DEL CHE ★

Ouvert sur demande. La voisine détient les clefs et demande 10 Bs pour l'entrée.

L'école où Ernesto Guevara a été interrogé et gardé prisonnier avant son exécution le lendemain, le 9 octobre 1967. Situé devant la plaza del Che, ce petit musée est consacré au révolutionnaire. En effet, la vraie école a été rasée puis reconstruite. A l'intérieur, vous trouverez de nombreux objets rappelant le souvenir du guérillero emblématique ainsi que des mots laissés par des visiteurs venus du monde entier. Les bureaux et chaises d'enfants sont d'origine. Une visite intéressante.

POSADA LA CASA DEL TELEGRAFISTA €

À l'entrée du village, sur la gauche.

✆ +591 6880 3815

A partir de 110 Bs par personne. Douches et toilettes communes. Camping à 20 Bs par personne. Petit déjeuner à 15 Bs.

Jean-Pierre et Aude Lebras, deux Français, ont ouvert cette auberge fin 2004. Située dans la maison historique du télégraphe (d'où étaient envoyées à l'armée bolivienne les indications sur l'emplacement de la guérilla) décorée avec beaucoup de goût, elle propose trois chambres ; le confort est relativement sommaire mais l'endroit très agréable. Plats végétariens et petit déjeuner servi dans le patio. Comme pour le reste du village, on s'éclaire à la bougie la nuit venue.

QUEBRADA DEL CHURO ★★★

Entrée : 10 Bs.

Le 26 septembre, le Che et les derniers guérilleros survivants décident d'aller, depuis La Higuera, en direction de Pocara. Sur le chemin, ils rencontrent l'armée. Des affrontements ont lieu et trois d'entre eux perdent la vie. Ils décident donc de rebrousser chemin en direction de Vallegrande. Après avoir traversé une forêt dense, ils arrivent au niveau de la Quebrada del Churo. Le río est alors si fort qu'il est impossible de traverser. Ils se retrouvent coincés ici. Dans cette vallée, ils sont dominés de toutes parts, et le Che révélera lui-même dans ses mémoires que la zone est très dangereuse et qu'ils ne doivent pas s'attarder. Ils croisent la route d'une paysanne et de ses chèvres, qui gardera le silence jusqu'au bout. Le 7 octobre au soir, ils croisent le chemin d'un autre paysan qui cultive alors ses pommes de terre. Celui-ci, effrayé, ira jusqu'à La Higuera et dénoncera la présence de la troupe révolutionnaire aux forces armées. Le 8 octobre, le piège se referme sur eux et l'armée occupe les versants aux alentours avant de descendre progressivement pour capturer, après six heures d'affrontement, le Che et plusieurs de ses collègues (d'autres arriveront à s'échapper). Les guérilleros capturés furent ensuite transportés vers La Higuera. La Quebrada del Churo représente la fin de la lutte pour le Che. Le lieu est marqué par une étoile, plus ou moins bien entretenue. Le lieu se situe à moins de 3 heures à pied aller-retour. Un panneau vous indique le chemin à suivre sinon demandez de l'aide aux habitants du village.

ALBERGUE LOS AMIGOS €€

Avenida 8 de Octubre

✆ +591 7108 8433

lahigueradelche.blogspot.fr

Auberge, restaurant, bar, boutique de souvenirs. Compter 80 Bs par personne. Petit déjeuner en supplément.

En pénétrant chez « Nanou » et « Kriss », vous comprenez que vous entrez chez des adorateurs du Che. On entre par la salle commune, où l'on y sert des plats bio concoctés avec des aliments cultivés sur place. Le bar est ouvert toute la journée et on s'y installe pour discuter du Che avec Christian. Plus loin, dans l'arrière-cour, on découvre les 5 chambres des lieux. La décoration est soignée et la propreté au rendez-vous. À côté du jardin se trouve une piscine. Dans cette ambiance bohème, on se sent comme chez soi. Volontariat possible et encouragé.

L'OR DU CHE

Quarante-cinq ans après l'exécution du Che, la société capitaliste contre laquelle il se battait fait de l'or avec lui. Ce ne sont pas les quelques bolivianos que vous dépenserez à La Higuera ou à l'hôtel de Vallegrande (si toutefois vous décidez de vous y rendre) qui sont en cause. Mais l'utilisation abusive de l'image du Che commença dès son décès, lorsque la photo prise par Korda, l'un des meilleurs photographes cubains, au cours d'une journée commémorant la révolution à La Havane, fut immédiatement reproduite par tous les journaux de l'Occident et bientôt visible sur des posters ou des tee-shirts. Ni Korda, ni la famille du Che n'ont touché le moindre centime depuis 1967, alors que depuis si longtemps l'exploitation de l'image du Che semble être un filon particulièrement rentable. Une image qui fait vendre de la bière anglaise, du vin italien, des montres, du café arabica, des tee-shirts, etc. Pendant des années, Fidel Castro ne pouvait espérer meilleur ballon d'oxygène pour son pays que la récupération des restes de son compagnon et ami, maintenant enterré dans le mausolée de Santa Clara. Le Che figure à Cuba à côté des traditionnelles reproductions de La Cène de Vinci qui orne toutes les maisons latino-américaines. Les cérémonies commémoratives à l'occasion du trentième anniversaire de la mort du guérillero, en octobre 1997, puis celles du quarantième anniversaire en 2007, ont servi à faire oublier les problèmes liés au blocus et à la *dolarización* de l'économie cubaine. Les cierges et les discours fleuves ont été de la partie sur la Plaza de la Revolución à La Havane. Ainsi, le Che a donc été récupéré à la fois par la société de consommation et par le socialisme cubain malade du blocus et de sa bureaucratie. Le Che vaut de l'or, lui qui se moquait de l'argent en signant de son surnom les billets du Banco Central de Cuba. Mais au-delà des pèlerinages, de la propagande, du fric ou de la mode, le Che reste le modèle de « l'homme nouveau » qu'il rêva de voir naître en Amérique latine. Et bien avant d'être sanctifié, dans les années 1960 déjà, ce Latino très remarquable faisait honneur à l'histoire de son continent, au même titre que les deux autres grands dont il s'inspira, Simón Bolívar et José Martí.

SAN JAVIER ★★

Un petit village dont la vie s'articule autour de la place principale et de l'église, la première mission de toute la région, fondée en 1691. Le père Martin Schmid y établit la première école de musique en 1730 et un atelier qui produisait violons, harpes et orgues. Quelques jolies promenades sont possibles dans les alentours du village, notamment au mirador « El Bibosi », à la sortie du village vers Concepción, aux chutes d'eau « Los Tumbos », ou encore à « Aguas Calientes », des petites sources d'eau chaude thermale d'origine volcanique, situées à 13 km au nord de San Javier.

Transports

La ligne de bus 102 qui relie Santa Cruz à Concepción s'arrête à San Javier.

IGLESIA DE SAN JAVIER ★★

Plaza Principal San Javier

Visites du mardi au samedi 8h-midi et 14h-18h, dimanche 10h-midi et 14h-17h. Entrée : 20 Bs. Messe à 19h30.

© ARNAUD BONNEFOY

Fondée en 1691 et dessinée par le père Schmid, c'est la première mission jésuite de la région. Comparée à sa sœur de Concepción, elle est moins chargée d'ornements, mais présente néanmoins des hauts-reliefs, comme cette coquille qui décore la fenêtre de sa façade. Ce détail ornemental révèle l'influence du style rococo introduit par les missionnaires bavarois, suisses et bohémiens. L'autel présente des peintures en hauts-reliefs remarquables. Les détails du toit, les faïences du sol qui sont, elles aussi, en relief, sont caractéristiques de son esthétique.

RESIDENCIAL CHIQUITANO €

Carretera Hardeman - Colonia Pirai

✆ +591 7735 2077

Chambre simple 130 Bs, double et matrimoniale à 220 Bs. Piscine. Wifi.

A 40 m de l'église, un bel hôtel familial proposant des chambres simples et propres, les plus chères bénéficiant de l'air conditionné. Carrelage au sol et déco minimaliste. Toutes sont confortables, mais visitez-en plusieurs avant de vous décider puisque les tailles varient énormément. Les espaces communs sont bien décorés. Une belle terrasse (*mirador*) offre une jolie vue sur le village et permet de se détendre dans un hamac et de prendre l'air le soir. Possibilité de garage moyennant un petit supplément. Personnel amical et attentif.

SAN XAVIER QUINTA ECO-RESORT €€

Carretera Hardeman - Colonia Pirai

✆ +591 6009 5267

Chambre double 550 Bs, triple 770 Bs, quadruple 880 Bs, cabane pour 7 pers (2 chambres) 1 850 Bs. Petit déjeuner.

Le meilleur établissement de San Javier possède une jolie piscine, un restaurant-bar, une petite sale de fitness et un garage à disposition des clients. Les chambres, toutes climatisées, sont sobres, mais confortables. Plusieurs types d'hébergements disponibles : bungalows, chambre double, triple, familiale, etc. Les logements sont espacés. Grand jardin permettant de profiter de la nature et de la quiétude de l'endroit. Recommandé pour les familles.

LA PASCANA €

Plaza Principal

✆ +591 6136 2063

Cuisine traditionnelle. Almuerzo du lundi au vendredi à 20 Bs (soupe + plat). Plats entre 20 Bs et 30 Bs. Bière.

Situé sur la place principale, la Pascana est le meilleur endroit de San Javier pour déguster la cuisine typique de la région. La formule pour l'*almuerzo* comprend une soupe et un plat principal. À découvrir : le *majado* (ou *majadito*), une spécialité de l'Oriente à base de riz, de viande et d'épices, mais aussi le *picante de pollo*, *la sopa de mani* (le week-end) et d'autres plats traditionnels. Possibilité d'accompagner son repas d'une bonne bière, mais attention la chaleur est souvent écrasante l'après-midi dans cette région...

L'HISTOIRE DES MISSIONS JÉSUITES

En arrivant au XVIe siècle, les Espagnols découvrirent dans la région une quarantaine de groupes ethniques différents. On estime que la population de la région représentait à cette époque un peu plus d'un million d'habitants. Lorsque, dans les années 1550, les Espagnols commencèrent à pénétrer dans le bassin de Moxos, les premières rencontres ne furent pas amicales. Et le processus d'évangélisation fut compliqué car les ethnies de la région étaient avant tout nomades. La création de villages ou missions n'alla donc pas de soi.

Ayant obtenu des rois d'Espagne et du Portugal le droit d'évangéliser les Indiens, les jésuites arrivèrent vers le début du XVIIIe siècle. Issue des familles de la bourgeoisie européenne, l'élite de l'Église catholique dut s'habituer à un nouveau mode de vie dans la forêt, avec des autochtones un peu réticents à la sédentarisation. Mais investis de tous les pouvoirs sur ces terres et leurs habitants, les jésuites finirent par bâtir dans l'Amazonie et le Chaco du Paraguay un empire qui couvrait environ 2 millions de km². Une véritable organisation militaire et communautaire régit ces républiques de Dieu qui durent affronter les attaques des *mamelucos* et des *bandeirantes*, les marchands d'esclaves. Les Indiens fabriquaient des canons rustiques appelés *takuaras*, taillés dans une bûche d'oranger et renforcés avec du cuir de vache et qui ne servaient que trois fois seulement. Les maisons étaient séparées par des jardins, et l'église, au centre, avec l'école, dominait l'ensemble architectural. Les temples et les missions de la Chiquitania furent construits dans un laps de temps assez réduit.

L'histoire des missions commença il y a deux siècles et demi, en 1749, lorsque le père jésuite Martin Schmid inaugurait l'épopée des missions jésuites dans les plaines de Chiquitos. Ce fut la dernière avancée de cet empire monumental que la Compagnie de Jésus avait établi dans le Nouveau Monde depuis près d'un siècle. Avec une volonté de fer et une troupe de clercs irréductibles, le padre Schmid se lança dans la plus humaniste des colonisations jamais connues. Il y avait longtemps déjà que les soldats de Jésus s'interrogeaient sur le rôle de l'Église dans ce fabuleux processus, dur et sanglant, qui avait mis face à face les conquistadors et les Indiens du Nouveau Monde. Martin Schmid pensait qu'il ne pourrait continuer l'œuvre de la mission que dans ces plaines surélevées, au nord de la ville de Santa Cruz de la Sierra. Aidé des Indiens chiquitanos, ce jésuite suisse commença, en 1749, l'édification de la mission de San Javier, première d'une longue série. Bientôt, la première république de Dieu vit le jour. Une école, un atelier de peinture et d'art plastique, une cuisine et une salle de musique furent ainsi érigés autour de l'église, sans oublier l'atelier où des luthiers chiquitanos fabriquaient leurs propres instruments de musique. Plus loin, des hommes s'amusaient avec un ballon de caoutchouc en mettant deux équipes face à face. Le jeu s'appelait « la sarina ». Le football est une vieille pratique chez les Latino-Américains…

Schmid, humaniste têtu, fonda en l'espace de quelques années une série de missions pour assurer l'aménagement de cette partie du Haut-Pérou. Au fil du temps, les Chiquitanos s'adaptèrent plutôt bien à cette colonisation paternaliste qui les mettait à l'abri des marchands d'esclaves du Brésil (les *bandeirantes*). Ce fragile équilibre, dans une société égalitaire à forte création culturelle, fut rompu, en 1767, lorsque les jésuites furent expulsés d'Amérique du Sud au profit d'intérêts moins spirituels.

En 1958, le père Martin, né à Strasbourg, revécut l'épopée du padre Schmid. Il descendit les Andes jusqu'au Beni pour rencontrer la tribu chimane, une des dernières à être restées à l'écart de la civilisation. Au nord de San Borja, là où d'autres jésuites avaient créé les missions de Moxos, le père Martin édifia tout seul la dernière mission du Nouveau Monde. En l'espace de vingt ans, il alphabétisa les Chimanes, et protégea la mission des compagnies de forêt qui avaient pris la place des marchands d'esclaves. Cet homme âgé, en dépit de la menace des *madereros*, les compagnies d'exploitation forestière qui défrichaient l'Amazonie à la recherche des bois précieux, continua à faire montre d'une volonté de fer pour préserver les acquis matériels que la mission avait su procurer aux Chimanes. Depuis son décès en 1997, l'utopie est à nouveau menacée, jusqu'au jour où un autre soldat de Jésus viendra reprendre le flambeau pour une nouvelle rencontre entre deux univers.

CONCEPCIÓN ★★

15 000 habitants environ. Sans doute le plus joli et le plus agréable village sur la route des missions Jésuites. Concepción possède des kiosques, des restaurants bon marché et quelques magasins. La vie s'articule autour de la place de l'église, énorme par rapport à l'agglomération, et au milieu de laquelle s'élève une imposante croix de JHS, symbole de l'ordre des Jésuites. À quelques *cuadras* de la place, les rues goudronnées laissent place à des pistes de terre ocre... Le dimanche, les habitants se retrouvent autour de la Represa Zapocó, une étendue d'eau, pour jouer au foot, faire un barbecue, pêcher ou encore piquer un plongeon.

Transports

La ville est située à une soixantaine de kilomètres de San Javier (compter une heure de trajet en voiture).

- Le terminal de bus se trouve à 4 *cuadras* de la place principale. Pour Santa Cruz : bus linea 102 (☒ +591 3964 3314), compter entre 5 et 6 heures de trajet, pour environ 35 Bs. Départs du lundi au vendredi à 7h30, 10h30, 13h, 15h, 18h30 et 22h30, le samedi et dimanche à 17h30 uniquement.
- À environ 80 km de Concepción, sur la route de San Ignacio, se trouve la commune de Santa Rosa de la Roca, la porte d'entrée du parc national Noel Kempff Mercado par voie terrestre. Compter ensuite environ 200 km de piste pour gagner l'entrée du parc.

CATEDRAL DE LA INMACULADA CONCEPCIÓN ✞ ★★★

Plaza Principal

Ouverte du lundi au samedi de 8h à midi et de 14h à 18h, le dimanche 10h à midi. Entrée : 25 Bs. Messes à 10h et 19h30.

L'église de Concepción est l'une des plus représentatives des Missions Jésuites. Elle a été fondée en 1709 par le père Lucas Cabellero, mais l'édifice en lui-même a été construit entre 1753 et 1756. Elle a été entièrement restaurée entre 1975 et 1982 par l'architecte Hans Roth. Au-dessus de sa magnifique entrée, vous pourrez lire « Casa de Dios y Puerta del Cielo » (La maison de Dieu et la porte des cieux), ce qui est une fort bonne introduction à la beauté de ce bâtiment de style baroque créole et aux ornements somptueux. La première chose qu'on remarque ce sont les piliers, énormes ! Chacun pèse entre 3 et 8 tonnes. L'entrée débouche sur la salle principale. Il n'y a pas deux fauteuils qui se ressemblent. Et, si l'on regarde attentivement, on remarque que chaque siège en bois porte, gravé sur le côté, un épisode de la Bible. C'est une salle immense, d'une surface totale d'environ 1 200 m². L'autel est richement décoré (baroque oblige). Le travail du bois témoigne d'une foisonnante invention décorative. On remarque la présence du symbole des jésuites dans la partie de l'autel la plus proche du ciel. Ce véritable joyau architectural, œuvre d'artistes indiens, témoigne de leur amour du métier et d'une habileté hors du commun.

Le billet d'entrée de l'église vous permet également de visiter le même jour le musée de l'église ainsi que le Museo Misional qui se trouve sur la place principale, mais il est également enrichissant d'assister à une messe.

MUSEO MISIONAL Y ESCUELA TALLER DE RESTAURACIÓN 🏛 ★

Plaza Principal

✆ +591 7500 6002

Ouvert du lundi au samedi 8h-midi et 14h-18h, dimanche 10h-midi. Entrée : 25 Bs avec l'entrée de l'église et son musée.

C'est dans cette demeure que naquit Hugo Banzer Suárez, dictateur et président bolivien. On y voit des objets de différentes églises, des photos (des différents stades de reconstruction) ainsi qu'un hommage à Hans Roth, initiateur de tous les travaux de restauration. Pendant la visite de l'atelier de restauration, les travaux se poursuivent sans interruption. Dans la salle à côté de l'atelier, travaillent les peintres chargés de la décoration de divers objets en bois sculpté.

LA CASONA 🛏 €

Avenida Jorge Rilian

✆ +591 3964 3064

Chambre simple à 100 Bs, double à 180 Bs, triple à 270 Bs. Petit déjeuner compris. Wifi.

À seulement 2 *cuadras* de la place principale ; dans cette ancienne demeure, les chambres sont agencées autour d'un grand patio agréable. Elles sont sobrement décorées, mais sont confortables et équipées de la TV câblée. Possibilité de bénéficier de la climatisation moyennant un supplément. Des fauteuils et des hamacs, disséminés dans les espaces communs, sont les bienvenus pour se prélasser après les visites. Bon petit déjeuner. Garage à disposition. Une adresse conseillée pour les petits budgets et les voyageurs au long cours.

© DC_COLOMBIA

Mission jésuite de Concepción.

HOTEL TERESITA SUITES €

Calle Ñuflo de Chávez
✆ +591 7902 2288
Chambre simple à 160 Bs, double à 300 Bs et triple à 365 Bs. Petit déjeuner compris. Wifi.

Idéalement situé à une *cuadra* de la place principale, cet hôtel à l'architecture traditionnelle propose des chambres impeccables équipées d'air conditionné et de TV câblée. Carrelage au sol et déco sommaire, mais le confort est là. Le joli patio parfaitement décoré avec des couleurs chaleureuses, de jolies frises typiques aux murs, de nombreuses plantes très bien choisies et d'incontournables hamacs, constitue un lieu de relaxation plaisant. Très bon petit déjeuner servi sous forme de buffet. Accueil amical. Une bonne adresse.

GRAN HOTEL CONCEPCIÓN €€

Calle Aurelio Lladó ✆ +591 3964 3031
www.granhotelconcepcion.com
Chambre simple à 200 Bs, double à 360 Bs, Triple à 510 Bs. Lit extra 100 Bs. Petit déjeuner inclus. Wifi.

Un petit hall très accueillant et un superbe jardin tropical exubérant flanqué d'une fontaine font le charme de cet hôtel à l'architecture baroque. La salle de restauration commune profite d'un cadre magnifique, grâce aux boiseries très bien entretenues. Chambres sobrement décorées avec salle de bain moderne, équipées de climatisation, de ventilateur et de petite TV câblée. Elles sont confortables et impeccablement tenues. Un bar et une piscine complètent agréablement l'ensemble, de bonne facture. Ensemble charmant et reposant. Accueil chaleureux.

APART HOTEL LAS MISIONES €€

4 Calle Lucas Caballero
✆ +591 3964 3021
Chambre simple à 150 Bs, double à 280 Bs et triple à 420 Bs. Petit déjeuner inclus. Wifi.

Située dans une ancienne demeure, à côté du poste de police et à moins d'une *cuadra* de la place principale, cette charmante maison d'hôtes propose 12 chambres à la déco un peu vieillotte, mais confortables et équipées de la climatisation, de TV câblée et d'un petit frigo-bar. Buffet bien fourni pour le petit déjeuner. Les parties communes sont charmantes, avec notamment de vieux objets et des photos d'époque, et propices à la détente. Il y a même une petite piscine transats pour se rafraîchir ! Un lieu agréable à l'ambiance familiale.

EL BUEN GUSTO €

Plaza Principal
✆ +591 3964 3117
Cuisine traditionnelle. Ouvert tous les jours midi et soir. Compter entre 30 et 60 Bs le repas. Bière, vin, alcool.

Autour d'un patio aux plantes tropicales, notre meilleur choix pour déjeuner ou dîner dans le village. L'endroit, simple, n'en est pas moins charmant avec son atmosphère typique. Choix d'*almuerzo* et de plats à la carte pour le déjeuner. Le soir, le buffet est constamment approvisionné et les plats proposés sont d'excellente qualité. Possibilité d'accompagner son repas d'un verre de vin rouge bolivien ou d'une bière. Endroit très agréable où il fait bon flâner. Bon accueil. Un détail ne trompe pas : l'endroit est très prisé par les locaux !

SAN IGNACIO DE VELASCO ★

50 000 habitants environ. Auparavant appelée San Ignacio de Loyola, San Ignacio de Velasco est la plus grande ville des missions, mais sans doute aussi la moins pittoresque. La vie s'articule autour de la place principale et du marché. L'agriculture étant l'activité la plus importante à l'époque, des lagunes et des barrages ont été crées afin de satisfaire les besoins en eau de la mission. Ainsi, la Laguna Guapomó à proximité est un endroit idéal pour se baigner ou pêcher. À environ 4 km de la ville se trouve la petite communauté de San Rafaelito de Sutuniquiña, entièrement dédiée à l'artisanat élaboré avec de l'argile (bocaux, assiettes, souvenirs..).

CATEDRAL DE SAN IGNACIO DE VELASCO ★

Plaza de Armas 31 de Julio

Ouverte du lundi au samedi de 8h à midi et de 14h à 18h, le dimanche de 10h à 16h.

© NORADOA - SHUTTERSTOCK.COM

Fondée en 1748, elle devient la plus grande église de Chiquitos lorsqu'elle est achevée en 1761. Un incendie, en 1948, la détruit et on édifie alors une église moderne, achevée en 1968. C'est pour cette raison qu'elle n'est pas classée au patrimoine mondial. Elle est reconstruite en 1998 dans le but de lui redonner son aspect initial. De l'église bâtie en 1948 subsiste de nos jours la tour de l'horloge, qui dénote clairement avec le style architectural typique de l'église.

APART HOTEL SAN IGNACIO €€

24 de Septiembre ✆ +591 3962 2157

aparthotel-san-ignacio.business.site

Chambre double avec lits séparés à 350 Bs, petit déjeuner compris. Wifi.

Situé au coin des rues Cochabamba et 24 de Septiembre, voici un très joli établissement à l'architecture aérée. Les chambres sont spacieuses, certaines triples sont en duplex, et toutes possèdent la TV câblée et un réfrigérateur. Carrelage au sol et literies confortables. Entretien impeccable. Le patio, avec ses nombreuses plantes, ses hamacs et sa jolie piscine, est l'endroit idéal pour se reposer après une journée sous la chaleur. Très bon buffet pour le petit déjeuner. Accueil chaleureux. Garage à disposition des clients. Recommandé.

HOTEL BOUTIQUE PARADOR SANTA ANA CHIQUITOS €€

Calle Libertad

✆ +591 3962 2075

www.paradorsantaana.blogspot.com

Chambre simple à 170 Bs, double à 250 Bs, triple à 320 Bs, petit déjeuner compris. Wifi.

Un « hôtel boutique » calme et charmant, tenu par un luthier possédant son propre atelier dans l'établissement. Les chambres, coquettes et confortables, s'organisent autour d'un très agréable patio. Chacune est impeccablement tenue et équipée de l'air conditionné et de la TV câblée. Atmosphère paisible. Le buffet du petit déjeuner est varié, et possibilité de dîner sur place à la demande. Prestations dans l'ensemble très satisfaisantes, Très bon rapport qualité-prix.

HOTEL CASCO VIEJO €€

Plaza 31 de Julio

✆ +591 3962 2159

www.hotelcascoviejo.com.bo

Chambre simple à 190 Bs, double à 290 Bs et triple à 390 Bs. Petit déjeuner compris. Wifi.

Cet établissement propose un large choix de chambres : simples, doubles, triples, matrimoniales et familiales. Un hôtel qui possède un certain charme avec des chambres bien entretenues et toutes équipées de TV câblée. Toutes ont une salle de bain privée et certaines possèdent un petit réfrigérateur. Préférez celles à l'étage, plus claires et mieux aérées. Les espaces communs sont également très soignés et agréables. Le buffet du petit déjeuner est varié et très satisfaisant. Service de laverie. Un hôtel un peu cher, mais de qualité !

LA MISIÓN €€

Plaza de Armas 31 de Julio
✆ +591 7466 0912
www.hotel-lamision.com
Chambre simple à 485 Bs, double à 525 Bs, lit additionnel 90 Bs. Petit déjeuner inclus. Wifi.

Cet hôtel est situé sur la place principale, dans un bâtiment rendant hommage au style architectural Jésuite. Vous serez accueilli par deux grandes statues en bois, typiques de la région. Il compte 32 chambres confortables disposées autour de deux patios, avec sanitaires privés, minibar, air conditionné, TV câblée et téléphone. Restaurant-bar dans le grand patio, et piscine à l'abri des regards. Excellent et copieux petit déjeuner. De jolies colonnes de bois sculptées embellissent le lieu. Un superbe établissement, mais la qualité du service est un peu aléatoire.

PASTELERIA Y PANADERIA JUANITA

Ruta Nacional 10
Pâtisserie, boulangerie, salon de thé. Ouvert du lundi au samedi de 7h à 19h.

En quête d'un endroit pour la *merienda* (le goûter) ? Ne cherchez pas plus loin, la boulangerie Juanita propose une multitude de gâteaux à accompagner d'un excellent café ou d'un chocolat chaud. Bien sûr en plus des gâteaux, Juanita propose un éventail de pâtisseries et de snacks salés, idéal pour prévoir un en-cas si vous partez visiter les environs. Ce petit établissement se trouve dans une rue parallèle à la Calle Comercio, proche de la place principale.

PIZZERIA NAPOLITANA €

10 Av. Santa Cruz
✆ +591 7538 0724
Pizzeria, cuisine bolivienne & brésilienne. Ouvert du mardi au dimanche midi et soir. Compter 50 Bs pour un repas.

Au coin de la place principale, ce sympathique restaurant possède une grande terrasse avec des tables et chaises en plastique, où s'attardent joyeusement les locaux. Excellentes pizzas servies sur une plaque chaude, ce qui n'est pas commun et permet de garder sa pizza chaude jusqu'à la fin du repas. Grand choix de plats nationaux boliviens et de spécialités locales. Quelques plats brésiliens sont également à la carte. Le tout à déguster avec une Paceña ou une Huari bien fraîche. Service rapide. La meilleure option de la ville.

SANTA ANA DE VELASCO ★

2 000 habitants environ. Datant de 1755, elle est la seule église des missions construite par la communauté indigène, 12 ans après l'expulsion des Jésuites. De ce fait, elle possède des caractéristiques rurales marquées et des dimensions modestes, en comparaison aux autres missions. L'état originel et la conservation d'éléments locaux authentiques constituent l'intérêt de l'église de Santa Ana. On peut y voir le seul orgue des missions de Chiquitos, ainsi que de nombreux ouvrages d'origine. Pour la visiter, il faut demander Don Lucho dans le village qui se fera un plaisir de vous ouvrir les portes de l'église (sauf entre midi et 14h !).

ORIENTE

POLLOS CRIS €

Av. Santa Cruz
✆ +591 3962 2408
Spécialités de poulet frit, hamburgers, poissons. Plats de 15 à 45 Bs. Alcool, vin, bière.

Rien de sensationnel ici, mais l'établissement est agréable avec sa petite terrasse. Le poulet est vraiment très bon, le poisson aussi, le tout est généralement servi avec du riz, de la salade, de la banane plantain et du *yuca* (manioc). Pour les plus courageux, il y a également de la *cola de lagarto* (queue de caïman) ! Le dimanche, le restaurant se transforme en *churrasqueria*. Le patron, Milton, est un personnage, vous aurez peut-être l'occasion de vous en apercevoir si vous discutez avec lui (et en français s'il vous plaît !).

EL TACÚ €

Plaza Principal
✆ +591 6781 4229
Cuisine traditionnelle. Compter environ 40 Bs par repas, en fonction des plats et du nombre de personnes.

Restaurant situé dans la maison à droite de l'église. La très sympathique Doña Ema continue d'accueillir les visiteurs dans sa maison. Il n'y a pas de panneau, mais ici tout le monde connaît ! Des plats traditionnels concoctés à base de produits frais locaux, parfois même issus de son propre jardin. Pas de carte ici, on est « comme à la maison ». C'est copieux, varié, et servi avec une gentillesse rare. Le jardin est très coloré, avec ses oranges, citrons et de nombreuses fleurs. Prévoyez de téléphoner un jour ou deux avant votre arrivée si vous voyagez en groupe.

SAN RAFAEL DE VELASCO ★

Construite en 1696, San Rafael est la seconde mission de Chiquitos. Le toit est rajouté en 1747 par le padre Martin Schmid. Restauré par des artisans locaux, l'intérieur est particulièrement éloquent (notamment l'autel en mica rose, les grandes peintures de la sacristie et la toiture en bois et jonc de la canne à sucre). L'ensemble n'est pas très impressionnant mais vaut malgré tout le détour. L'église est ouverte tous les jours de 8h à midi et de 14h à 18h. Si vous avez besoin d'un hébergement, la Pascana Rafaeleña (+591 7639 2747) est l'endroit adéquat ! Cette adresse familiale, sur la place principale, dispose de chambres sobres, mais bien tenues.

SAN MIGUEL DE VELASCO ★

San Miguel de Velasco est un village de 12 000 âmes situé à 37 km de San Ignacio de Velasco. Sa magnifique église, construite en 1721 par des disciples du padre Martin Schmid, est considérée comme une des plus importantes des Missions Jésuites de Chiquitos. On peut monter dans son clocher et admirer la vue sur son grand patio intérieur et sur la place principale. Il existe un petit atelier d'artisanat du bois où les indigènes continuent d'exercer leur art, ainsi qu'un petit musée ethno-folklorique abritant également l'école de musique de San Miguel. L'activité économique principale de la commune repose sur l'élevage de bovins et de chevaux.

SAN JOSÉ DE CHIQUITOS ★★

30 000 habitants environ. À 265 km à l'est de Santa Cruz. San José de Chiquitos a été fondée en 1697. Ses principales activités économiques sont l'élevage, l'agriculture, et le tourisme. Son église est la seule des missions de Chiquitania à arborer quatre structures principales toutes en pierre. Sa façade est sans doute la plus impressionnante de toutes mais elle est aussi la moins typique en raison de son architecture particulière. Elle évoque ainsi les missions du nord de l'Argentine et du Paraguay. San José possède aussi un musée présentant l'histoire de la région et de la ville ainsi que des peintures murales datant de l'époque jésuite.

Transports

- **Bus.** De Santa Cruz à San José. Départs de Autobús Trans Carretón depuis l'avenue Brasil (diagonale au Terminal Bimodal) à 17h et le Microbus 31 de Este depuis l'angle de l'avenue Suarez Arana et la rue Barrón à 16h. Sinon, le plus pratique est le train (pas tous les jours).
De San José à San Ignacio de Velasco. Bus Flota Universal près de la station d'essence au nord de la voie ferrée, environ 15 minutes de marche depuis le centre, départ à 7h pour environ 6 heures 30 de trajet.

LA RUTA DEL JAGUAR

Le ranch est situé dans le village de San Miguelito, à quelques kilomètres de San Miguel de Velasco. ✆ +591 6890 4589
www.wildlifeconservationtour.com
3 jours/4 nuits : 685 US$ par pers./2 personnes ; 474 US$ par pers./3 personnes ; 368 US$ par pers./4 personnes.
L'excellente initiative du centre San Miguelito Jaguar Conservation Ranch permet aux voyageurs de venir passer quelques jours dans une zone protégée afin de traquer plusieurs espèces de chats sauvages (jaguars, ocelots, pumas, jaguarondi, chats tigre et chats de Geoffrey) et autres magnifiques animaux de la région. Sur place, vos hôtes Duston et Anai vous proposeront des sorties personnalisées tout en vous partageant leur passion pour la préservation de la nature. L'agence Nick's Adventure organise cette visite depuis Santa Cruz. Expérience inoubliable.

PARQUE NACIONAL HISTÓRICO SANTA CRUZ LA VIEJA ★★

Carr. Chiquitos-Paraguay
✆ +591 3972 2084
Du lundi au vendredi de 9h à 16h. Entrée : 10 Bs.
Créé en 1989, ce site de 18 000 ha abrite les ruines de la ville originelle de Santa Cruz de la Sierra datant de 1561. Des panneaux explicatifs permettent de découvrir les ruines et différents miradors permettent d'apprécier la topographie de la *serranía* de San José, notamment la Velle de la Luna. Une sympathique balade à travers la végétation. On peut également se restaurer (petit déjeuner et brunch) et se baigner dans la piscine du complexe Balneario El Sutó.

HOTEL TURUBO €

Calle Bolivar
✆ +591 3972 2037
Chambre simple à 140 Bs, double à 160 Bs. Salle de bains privée. Air conditionné. Parking. Wifi.

Bien placé sur la place principale, c'est dans un ancien édifice que se trouve l'Hotel Turubo. Si la façade est prometteuse, l'intérieur mériterait un bon coup de neuf. Chambres avec ventilateur ou air conditionné (en supplément), claires et propres. Salle de bains privée, mais souvent sans eau chaude. Pas de luxe ici, mais les *backpackers* enthousiastes en feront leur affaire pour une nuit. Pour plus de calme, préférez les chambres situées à l'arrière de l'hôtel. Restaurant servant une cuisine locale satisfaisante. Accueil enthousiaste.

LAS CHURAPAS CLUB FAMILIAR €

Av. Ejercito Final
✆ +591 7575 8625
Chambre à partir de 120 Bs.

Ce « mini resort » est situé non loin de la place principale, dans un environnement qui respire la sérénité. C'est le lieu de rendez-vous des familles qui séjournent ici pour profiter des installations : grande piscine, jardin, barbecue et four à bois à disposition, et même des poneys ! Chambres simples et confortables, excellent buffet pour le petit déjeuner. Accueil amical des propriétaires qui vous feront sentir comme à la maison. Une bonne option, en famille ou entre amis.

HOTEL MISIONES DE CHIQUITOS €€

Plaza Principal San José de Chiquitos
✆ +591 7339 6156
misioneshotels.com
Chambre double à partir de 70 US$, petit déjeuner compris.

Sur la place principale, cet hôtel a bien des atouts. Les 12 chambres sont impeccables, confortables et équipées de climatisation, d'une connexion wifi, et de linge neuf. Des hamacs sont à disposition dans le patio, qui entoure une belle piscine, ainsi qu'un sauna. Le restaurant n'est pas en reste : excellente cuisine et un très bon petit déjeuner. On peut d'ailleurs admirer la mission depuis le second étage ! Et pour couronner le tout, le personnel est très chaleureux !

LA VILLA CHIQUITANA €€

Calle 9 de Abril
✆ +591 7315 5803
www.hotellavillachiquitana.com
Chambre double à partir de 400 Bs, triple à 555 Bs. Supplément en haute saison. Petit déjeuner compris.

Tenu par un couple de Français, cet hôtel-boutique élégant s'inscrit avec goût dans le panorama historique du village. Les hôtes s'en font volontiers les médiateurs en organisant pour leurs visiteurs des séjours thématiques les initiant à la richesse culturelle des lieux. Bâtie en terre et en bois, cette maison de style colonial offre 17 chambres confortables, spacieuses, ainsi que les plaisirs conjugués d'une terrasse, piscine et de nombreuses activités. Bar-restaurant avec plats boliviens et internationaux. Service personnalisé et très souriant.

San José de Chiquitos.

ROBORÉ ★★

Cette jolie petite ville est un bon point de départ pour parcourir la région ou en repartir. En effet, les trains en provenance et en direction de Santa Cruz ou du Pantanal s'arrêtent ici. Le centre historique, organisé autour de sa place principale, est plaisant. Quelques lieux intéressants à visiter dans les environs : le *chorro* de San Luis, la cascade Totaizales et celle de los Helechos ou bien le *balneario* San Miguel. Roboré constitue également une porte d'accès vers le parque nacional Kaa Iya del Gran Chaco, qui se trouve plus au sud. Limitrophe avec le Paraguay, cette réserve protégée est aussi grande que la Belgique !

Tourisme

▸ **L'accès au Parque Nacional Kaa Iya del Gran Chaco** se fait via la petite ville de Fortín Ravelo. Un permis est requis pour pouvoir pénétrer dans le parc. Renseignez-vous auprès des agences à Santa Cruz.

▸ **On peut également** partir effectuer une randonnée de 15 km dans la Serranía de Chochís, une chaîne de montagnes aux paysages somptueux située à 40 km de Roboré.

▸ **Les Totaizales** se situent à 5 km de Roboré et on y accède en voiture puis à pied sur un sentier raide de 1 200 m. Le lieu est composé de deux piscines naturelles d'eau froide, dont une a une cascade de 18 m.

▸ **Les Cascade de los Helechos** est considérée comme une destination complémentaires aux Totaizales. Pour s'y rendre depuis Roboré, il faut parcourir 4,2 km en voiture et 800 mètres à pied, avec un effort physique modéré lors de la montée et de la descente.

SANTIAGO DE CHIQUITOS ★

À 22 km de Roboré et à 450 km de Santa Cruz. 1 000 habitants environ. La mission jésuite de Santiago de Chiquitos, fondée en 1754, possède les cloches les plus anciennes de Chiquitania. Si elle ne mérite pas le détour à elle seule, plusieurs balades sont possibles dans les alentours de la ville. Outre la vallée de Tucava, on peut se baigner dans les *balnearios* du Río Aguas Calientes, suivre le circuit de Los Arcos y Cuevas permettant d'admirer des formations géologiques intéressantes, des grottes et des peintures rupestres lors d'un trek d'une journée, ou encore admirer le spectacle des cachuelas situées à un peu plus d'un kilomètre du village.

Tourisme

En juillet, le festival des *Abuelos de Santiago* (les grands-pères de Santiago) permet aux voyageurs d'admirer les villageois descendrent dans la rue, revêtus de leurs masques noirs, blancs et rouges, pour célébrer leur ville et montrer leur dévotion. N'hésitez pas à demander aux locaux s'ils ont un contact qui pourrait vous dénicher un masque : ils sont vraiment de toute beauté. Une tradition à ne pas manquer !

ORIENTE

© HELMDYCK - SHUTTERSTOCK.COM

Santiago de Chiquitos.

MIRADORES DEL VALLE DE TUCAVACA ★

Camino a Sagrado Corazon

Des paysages uniques attendent d'être découverts dans la réserve de Tucavaca. Possibilité de se rendre au début de la randonnée à pied ou en véhicule. On atteint tout d'abord le *mirador Chico*, qui offre une magnifique vue sur la vallée et sur Santiago de Chiquitos. 900 m plus loin, le *mirador Grande* permet d'admirer des monolithes naturels, des formations rocheuses étonnantes et surtout de bénéficier d'un panorama splendide sur la vallée de Tucavaca.

Santiago de Chiquitos.

TUCABACA TOURS

✆ +591 7133 9909

Excursion à l'Arco de Piedra pour 150 Bs par personne et à la Cueva de Miserendino pour 250 Bs par personne.

Agence de guides locaux qualifiés qui suggère des itinéraires de randonnée pédestre et de cyclisme. Le guide principal et directeur de l'entreprise, Don Roly, est extrêmement impliqué dans son travail et vous propose des excursions à l'Arco de Piedra, à la Cueva de Miserendino, au Santuario de Chochís, à Roboré et à différentes sources d'eau chaude. Il organise également des séjours de camping dans les environs, où vous pourrez visiter les peintures rupestres de Yororobá. Ses visites guidées se font en espagnol seulement. Hautement recommandé.

LOS ARCOS Y CUEVAS

Le départ du circuit *Los Arcos y Cuevas* se trouve à 2 km de la place principale du village. El Arco Grande, une formation géologique en forme d'arche, se trouve à plus de 4 km du point de départ. Il est recommandé de s'adjoindre les services d'un guide local pour pleinement profiter des beautés des paysages. Le guide vous mènera à travers la forêt et vous fera découvrir des peintures rupestres dans la *Cueva de Miserandino.* Ensuite vous atteindrez *Las Cuevas,* de superbes cavernes naturelles de grès. Compter une demi-journée de marche.

CHURAPA HOTEL BOUTIQUE €€

Plaza Principal ✆ +591 7468 9958

Chambre individuelle 170 Bs, double et matrimoniale 270 Bs, triple 350 Bs, quadruple 420 Bs. Petit déjeuner inclus.

Cette luxuriante oasis de tranquillité invite les voyageurs à venir profiter de ses grands jardins aux côtés des colibris et des oiseaux du paradis. Les 12 chambres ont été nommées d'après des éléments de la nature environnante (orchidée, abuelo chiquitano, jaguar...) et disposent de l'eau chaude, de la climatisation et d'une salle de bains privée avec serviettes et articles de toilette pour votre séjour. L'hôtel comprend également un parking, un barbecue, une salle de lecture, une blanchisserie et des services de guides locaux ou de transport sur demande.

HOTEL BEULA €€

Plaza de Santiago de Chiquitos

✆ +591 6200 0700

hotelbeula.com

Chambre simple à 300 Bs, double et matrimoniale à 350 Bs, triple 400 Bs, quadruple 450 Bs. Petit déjeuner compris. Wifi.

Situé sur la place principale, à droite de l'église, vous ne manquerez pas cet hôtel-boutique fleuri. Le meilleur hôtel de Santiago propose 11 chambres spacieuses et lumineuses, décorées avec soin, et équipées de l'air conditionné, de TV câblée, de frigo-bar... Chacune possède son identité et une décoration unique. L'endroit dégage un charme indéniable. Le petit déjeuner est proposé sous la forme d'un buffet complet et varié dans le patio. Service cordial et attentionné. L'endroit idéal pour se reposer après une journée de randonnée.

PUERTO SUÁREZ ★

19 830 habitants. Puerto Suárez, capitale de la province de Germán Busch, est un port situé sur les rives marécageuses du lac Cáceres qui communique avec le fleuve Paraguay à 10 km de la frontière brésilienne. Fondée en 1875 par Miguel Suárez Arana, un homme d'affaires bolivien elle était autrefois un centre commercial important pour le café et le caoutchouc. Les principales sources d'emploi sont aujourd'hui les usines pétrochimiques et électriques. Puerto Suárez fait office de porte d'entrée vers le Pantanal bolivien, depuis le bourg de San Matías plus précisément. Dans les environs, la mine de fer du Cerro Mutún est l'une des plus grandes au monde.

PUERTO QUIJARRO ★

17 500 habitants. Puerto Quijarro est une petite bourgade frontalière située à l'est de Puerto Suárez. De l'autre côté, c'est Corumbá et le Brésil. Située sur la Laguna Cáceres, qui communique avec le *río* Paraguay via la canal Tamengo, Puerto Quijarro est un important port fluvial de Bolivie. C'est ici que partent les bateaux pour l'Océan Atlantique via l'Hidrovía Paraná-Paraguay, une voie navigable qui débouche sur l'estuaire de La Plata à Buenos Aires. La gare ferroviaire est le terminus de l'Expreso Oriental. L'économie de cette ville de transit tourne autour de la production de céréales. La majeure partie de sa population est d'origine chiquitano.

HOTEL BALNEARIO EL TILUCHI €

Av. Emilio Keller
✆ +591 7734 6066
Compter environ 150 Bs pour une chambre double avec salle de bains privée et air conditionné. Parking. Wifi.

Situé un peu à l'écart du centre-ville, cet hôtel est un endroit où les familles viennent passer le week-end pour se divertir et profiter de la piscine, de taille confortable. Les logements n'ont rien d'extraordinaire, mais les chambres sont propres et confortables. Elles bénéficient toutes de l'air conditionné. La déco est inexistante, mais peu importe ! Pour ceux qui désirent davantage de confort que celui offert par les hôtels du centre-ville...

EL PANTANAL HOTEL RESORT €€

RN 4 ✆ +591 7210 3731
Hébergement, nourriture et visites, à partir de 135 US$ pour une personne seule et 190 US$ pour 2 (3 jours/2 nuits).

Situé à la frontière, entre Puerto Quijarro et Corumba, ce bel hôtel est intégré dans la nature. Il propose de bonnes prestations. Les chambres sont propres et spacieuses. C'est surtout un établissement familial, on peut même y passer uniquement la journée pour profiter de la jolie piscine, de la salle de jeux, du terrain de tennis... Le restaurant sert une bonne cuisine typique. Propose également des forfaits tout compris (hébergement, nourriture et visites). Une rénovation serait cependant la bienvenue et le personnel pourrait se montrer plus attentionné.

HOTEL JARDÍN DEL BIBOSI €€

495 Avenida Luis Salazar
✆ +591 3978 2044
Chambres simples de 180 à 480 Bs, doubles de 280 à 680 Bs. Wifi.

Une structure bien complète, avec plusieurs types de chambres, une piscine, un restaurant, Internet et même une agence de voyages. Plusieurs types de chambres sont disponibles : simples, doubles, triples et quadruples, de la chambre standard à la suite. La décoration est minimaliste, mais c'est confortable et propre. Restaurant de bonne facture à demeure. L'ensemble est plutôt bien tenu même si la façade donne un aspect un peu kitsch. Peu de charme, mais hôtel très commode. C'est assez cher, car l'établissement accueille souvent des groupes.

AMAZONIE

L'Amazonie bolivienne s'étend sur 1/3 du territoire du pays, sur l'ensemble des départements du Pando et du Beni, et le nord des départements de La Paz, Cochabamba et Santa Cruz. Elle se compose de forêt bien sûr, mais aussi de zones de pampas humides. Une acception plus stricte réduit l'Amazonie bolivienne a une partie forestière des seuls départements de La Paz, du Beni et du Pando.La modernisation s'installe peu à peu, on construit des routes, on désenclave des villages reculés, mais la magie opère toujours. Que d'oiseaux, de reptiles, de tortues, de dauphins, et de communautés aussi variées que menacées ! Un voyage en Amazonie est forcément imprévisible et aventureux, les distances sont longues, les trajets souvent épuisants, mais l'Eldorado se mérite. Aujourd'hui, Rurrenabaque, aisément accessible en petit avion depuis La Paz (un voyage en soi mémorable !), constitue le point d'entrée principale dans « l'enfer vert ».

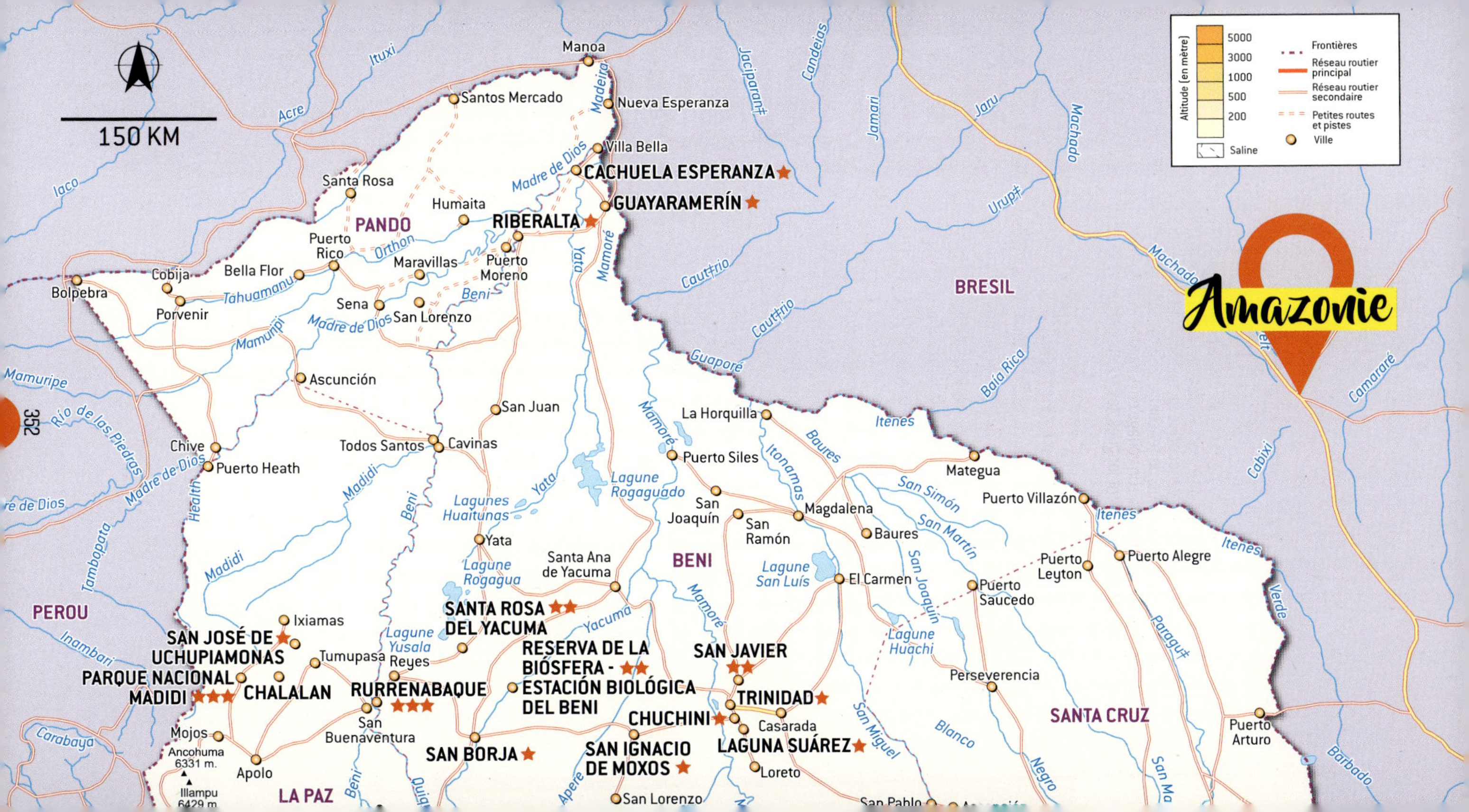

Amazonie
150 KM
Altitude (en mètre)
5000
3000
1000
500
200
Saline
Frontières
Réseau routier principal
Réseau routier secondaire
Petites routes et pistes
Ville
BRESIL
PEROU
PANDO
BENI
LA PAZ
SANTA CRUZ
CACHUELA ESPERANZA
GUAYARAMERÍN
RIBERALTA
SANTA ROSA DEL YACUMA
RESERVA DE LA BIÓSFERA - ESTACIÓN BIOLÓGICA DEL BENI
SAN JAVIER
TRINIDAD
CHUCHINI
LAGUNA SUÁREZ
SAN IGNACIO DE MOXOS
SAN BORJA
RURRENABAQUE
SAN JOSÉ DE UCHUPIAMONAS
CHALALAN
PARQUE NACIONAL MADIDI
Manoa
Santos Mercado
Nueva Esperanza
Villa Bella
Santa Rosa
Humaita
Puerto Rico
Maravillas
Puerto Moreno
Cobija
Bella Flor
Bolpebra
Porvenir
Sena
San Lorenzo
Ascunción
San Juan
Todos Santos
Cavinas
Chive
Puerto Heath
Yata
Santa Ana de Yacuma
Ixiamas
Tumupasa
Reyes
San Buenaventura
Mojos
Ancohuma 6331 m.
Illampu 6429 m.
Apolo
La Horquilla
Puerto Siles
San Joaquín
San Ramón
Magdalena
Baures
Mategua
Puerto Villazón
Puerto Alegre
Puerto Leyton
Puerto Saucedo
El Carmen
Perseverencia
Casarada
Loreto
San Lorenzo
San Pablo
Puerto Arturo
Lagune Rogaguado
Lagunes Huaitunas
Lagune Rogagua
Lagune Yusala
Lagune San Luís
Lagune Huachi
Ituxi
Acre
Iaco
Mamuripe
Río de las Piedras
Madre de Dios
Tambopata
Inambari
Carabaya
Heath
Madidi
Beni
Quiq
Orthon
Tahuamanu
Mamunpi
Madeira
Mamoré
Yata
Yacuma
Apere
Guaporé
Itenes
Baures
Itonamas
San Simón
San Martín
San Joaquín
San Miguel
Blanco
Negro
Paraguá
Verde
San Ma
Barbado
Cautário
Jaciparaná
Candeias
Jamari
Jaru
Machado
Urupá
Baía Rica
Camararé
Cabixi

PAGES

● ● AMAZONIE

L'Amazonie est l'un des joyaux de la Bolivie. En Europe, on est souvent loin de s'imaginer que ce pays, qui pour beaucoup rime avec Andes, Indiens, lamas et Altiplano, compte une vaste région couverte de forêts (parfois) encore vierges. La modernisation s'installe peu à peu, on construit des routes, on désenclave des villages reculés, mais la magie opère toujours. Que d'oiseaux, de reptiles, de tortues, de dauphins, et de communautés aussi variées que menacées ! Que de plantes médicinales, d'arbres aussi curieux que farfelus, de rencontres, de couchers de soleil languissants sur des rivières imperturbables... Un voyage en Amazonie est forcément imprévisible et aventureux, les distances sont longues, les trajets souvent épuisants, mais l'Eldorado se mérite.

À moins d'une heure de vol de La Paz, un autre monde s'offre à vous ! Rurrenabaque est la porte d'entrée du parc national Madidi de l'Amazonie bolivienne, et des Pampas del Yacuma. C'est un village paisible et charmant, où il fait bon s'attarder pour découvrir le mode de vie des locaux.

RURRENABAQUE ★★★

Le village possède un parfum d'aventures, de sérénité et de dernier bastion de la civilisation avant l'Amazonie. Au XIXe siècle, une fois la piste La Paz-Guayaramerin (qui traverse Rurrenabaque, à 430 km) achevée, Rurrenabaque devint le plus important pôle commercial et d'élevage extensif de bovins de cette partie du Béni. Malgré l'essor du tourisme, la ville demeure un gros village. Quelques rues forment le centre d'activité.

Argent

La Banco Union, sur la Calle Comercio, est la principale banque de Rurre. On peut aussi retirer de l'argent au DAB (Visa et MasterCard notamment). Attention le week-end, les distributeurs se vident rapidement !

Tourisme

Ce village très plaisant est devenu au fil des années une halte obligée pour tous ceux qui souhaitent se confronter à « l'enfer vert » de la partie amazonienne de la Bolivie. Cette extraordinaire aventure, que représente la découverte de cette merveille naturelle, présente ici de réels intérêts. On peut encore rencontrer un tourisme communautaire qui bénéficie réellement du tourisme sans mettre en péril l'âme et la culture des communautés traditionnelles indigènes (Mosetenes, Chimanes, Tacanas et Chamas notamment). Le voyageur est assommé par le cadre somptueux des lieux, au pied des derniers soubresauts des Andes, dans une chaleur étouffante.

Important : on compte environ une quinzaine d'agences et toutes n'œuvrent pas dans le sens d'un tourisme écologiquement responsable et socialement constructif… Soyez donc vigilants.

Le vaccin contre la fièvre jaune et un traitement anti-paludéen peuvent également être envisageables, même si rien ne vous sera demandé. Demandez conseil à votre médecin.

Toutes les agences citées organisent des voyages dans la pampa et dans la *selva* (forêt). La grande majorité des touristes choisissent soit un tour de 3 jours dans la pampa (sorties en bateau le long du río Yacuma et campement en bordure du río), en *selva* (de 3 à 5 jours, voire deux semaines) ou un combo des deux. Pourtant, bien d'autres possibilités existent et sont proposées.

Pas facile de choisir la bonne agence. La plupart proposent des parcours assez similaires, mais toutes n'offrent pas le même niveau de service (cuisine, guide, protection de l'environnement, connaissance de l'anglais ou du français…). Nous avons donc essayé de relever quelques très bonnes adresses, mais il existe d'autres agences moins chères. Fluvial Tours est l'agence la moins recommandable de toutes.

Il existe trois projets communautaires dans le Parc National Madidi : Chalalán (le plus cher et réputé, indigènes Quechua-Tacanas), San Miguel del Bala (pas toujours fantastique, indigènes Tacanas) et Mashaquipe (assez récent et relativement bon marché).

Une dernière précision : il faut en général entre 1h30 et 4 heures de bateau pour rejoindre votre lodge dans la selva, donc votre « journée » commence le plus souvent vers 14h, et le retour s'effectue à la même heure au plus tard. Ainsi, certains râlent parce qu'un 4j/3n devient le plus souvent un 3j/3n… Pour la pampa, il faut environ 3 heures de voiture pour rejoindre Santa Rosa depuis Rurre, plus 3 heures de bateau pour atteindre votre lodge, sauf dans le cas de Mashaquipe et de Bala Tours. À bon entendeur !

Droits d'entrée : l'entrée du parc national Madidi coûte 200 Bs par personne. L'entrée à la réserve des Pampas Del Yácuma de Santa Rosa revient à 150 Bs par personne.

Les « Jungle Tours » (selva), Parc National Madidi. Les agences disposent en général d'un ou plusieurs lodges le long des rivières Beni et Tuichi. On y reste entre 2 et 30 jours environ. Attention ! Ne comptez pas trop voir une vie animale abondante (sauf pour certaines espèces d'oiseaux et les papillons). On découvrira en revanche toute la richesse des plantes autochtones. Au tarif de l'agence, il convient de rajouter le droit d'entrée dans le parc national et souvent une taxe pour séjourner dans la communauté.

Madidi Travel gère le sanctuaire privé de Serere, sur une superficie de 4 000 hectares. Ouvert depuis 2003, il accueille une faune relativement abondante, dont le jaguar, le caïman noir, le paresseux ou l'anaconda. L'impact du tourisme est assez limité, car les groupes ne sont pas extensibles. On peut aussi contacter cette compagnie pour des projets de volontariat. Leur site est superbe et l'ambiance très « jungle » : pour ceux qui fuient les foules et le confort surfait, c'est une alternative parfaite (confort sommaire, mais on est au cœur de la forêt).

Les « Pampa Tours ». Las Pampas del Yacuma. La meilleure option pour observer la faune. À découvrir : pas moins de six espèces de crocodiles, des tortues, des anacondas, des dauphins roses, des paresseux, des singes, des toucans, des capybaras, des serpents (parfois venimeux)… et un grand nombre d'oiseaux. On peut aussi nager avec les dauphins roses dans la rivière Yacuma, une expérience rare et enivrante ! Il est utile de préciser qu'en raison d'un afflux parfois

mal maîtrisé de voyageurs, les circuits dans la Pampa font l'objet de critiques répétées quant à la préservation de l'environnement. Veillez à ce que votre guide sache respecter la faune et la flore. Le problème est que toutes les agences ou presque disposent de lodges qui se suivent à 100 m d'intervalle le long du río Yacuma ! Bruits de moteur pénibles…
Les circuits dans la Pampa reviennent autour de 1 000 Bs par personne environ (hors droit d'entrée au site).

Transports

Avion. La piste, à 5 minutes du centre de Rurre, est goudronnée depuis 2010. Elle peut être fermée en saison des pluies. Compter 35 minutes de vol depuis La Paz.
La compagnie Écojet, dont l'agence se trouve au 1221 Avenida Héroes del Pacífico à La Paz (+591 7790 8888), propose des vols le lundi, mercredi et vendredi depuis/vers La Paz. Compter environ 170 US$ l'aller-retour. Mieux vaut se procurer vos billets en agence. En principe, l'avion est un petit coucou de 27 places (sensations garanties !). Elle propose aussi des vols vers Trinidad, Guayaramerín et Riberalta.

Bus. Le terminal est situé juste à côté de l'aéroport à une dizaine de minutes du centre.

Bateau. Le port de Rurrenabaque propose des navettes vers San Buenaventura (de l'autre côté du fleuve). Départ des navettes toutes les dix minutes environ (5 Bs). De manière non régulière, départs de bateaux vers Riberalta (repas compris) en 6 jours. Se renseigner au port.

ESTACIÓN BIOLÓGICA JAGUARETÉ ★

À 17 km de Rurre. Chemin municipal nécessitant 30 minutes en véhicule et 30 minutes supplémentaires à pied. ✆ +591 7157 5132
www.refugio-jaguarete-rurre.com
Journée à partir de 350 Bs par personne (pour 2 à 3 personnes) et de 320 Bs (4 personnes et plus).
Ce complexe comprend un refuge pour les animaux emprisonnés en ville, qui sont réintroduits progressivement dans leur milieu naturel, un plan de reforestation, et surtout une forêt primaire captivante. On peut passer la nuit sur place dans des conditions rustiques mais correctes. Accueille également des volontaires désirant s'investir dans le projet. Vous pouvez contacter ce refuge financé par une fondation allemande pour plus d'informations, par exemple via le Cafe de la Jungla.

MUSEO ARQUEOLÓGICO Y ETNOGRÁFICO

Calle Marbán y 18 de Noviembre
Situé dans le centre d'interprétation culturel, avec les jardins thématiques et la bibliothèque municipale, ce musée archéologique et ethnographique présente des objets d'époque, historique et traditionnelle. Le petit bourg de Reyes se trouve dans le Beni, à environ 40 minutes de trajet au nord-est de Rurrenabaque, sur la route de Santa Rosa de Yacuma. Possibilité de faire une halte pour le visiter si vous vous rendez aux fameuses *pampas del Yacuma*.

Rurrenabaque.

BALA TOURS

Calle Santa Cruz
✆ +591 7408 9818
www.amazon-tours.org

Excursion de 3 jours 2 nuits à 1 400 Bs/personne (sans l'entrée dans la zone protégée). Visite de la jungle à 200 Bs.

Bala Tours est une agence implantée depuis des années qui se caractérise par le sérieux de ses guides et la qualité de ses logements. Différents circuits sont proposés dans le Parc national Madidi, dans l'écolodge « Tacuaral », et dans les Pampas del Yacuma, dans l'écolodge « Caracoles ». Les bungalows sont en bois, avec sanitaires communs ou privés, l'ensemble est propre et bien tenu. Les repas, très copieux, sont très corrects et l'ambiance est agréable. Si c'est possible, essayez d'avoir le guide Alexander, aux yeux de lynx !

MADIDI TRAVEL

Comercio
✆ +591 7152 4962
www.madidi-travel.com

Plusieurs circuits disponibles de 2 nuits à 5 nuits.

Cette agence possède un sanctuaire privé, Serere, à 3h de bateau du village. Leur lodge est aussi simple que reposant : une vraie immersion dans la jungle. Sanitaires privés avec eau froide dans tous les cas. La grande case commune réunit les convives le soir venu, pour de bons repas, copieux et variés. On sent que l'accent est définitivement mis sur l'écologie et le refus de toute concession à une improbable modernité, même si un certain confort est de mise. Des programmes de trois à cinq jours sont proposés. Pour les amateurs de simplicité et de bien-être.

CHALALÁN

Calle Comercio
✆ +591 7950 1972
www.chalalan.com

Séjours dans la selva de 2 à 5 nuits. L'écolodge se trouve à 5h de pirogue de Rurre, à San José de Uchupiamonas.

Chalalán a ouvert ses portes en 1997, grâce à l'ONG américaine Conservation International et à la Banque Interaméricaine de Développement. Considérée comme un modèle d'écotourisme communautaire et de conservation grâce, entre autres, à ses formations destinées aux locaux, elle a reçu au fil des années plusieurs prix internationaux. Vous vous embarquerez alors à pieds joints dans une aventure à travers la forêt tropicale, à découvrir les inestimables trésors naturels de la région, aux côtés de vos guides, de capucins, d'aras, et d'une flore sauvage luxuriante.

AMAZONIA & BALDEMAR

calle Vaca Diez
✆ +591 7112 6588
www.boaturistica.wordpress.com

Depuis 1994, l'extraordinaire Baldemar Mazarro accompagne les touristes dans la *selva*. Son agence, la plus abordable du coin, propose des visites dans la communauté Real Beni, où vous assisterez à une cérémonie pour la Pachamama, partirez en randonnées dans la jungle pour découvrir les plantes médicinales, les piscines naturelles, les plus beaux *miradors* et surtout, partagerez des moments précieux avec les locaux qui vous enseigneront à cuisiner des plats typiques et à fabriquer des bijoux. Possibilité d'aller pêcher sur la rivière et de camper en pleine forêt.

INDIGENA TOUR

Calle Busch
✆ +591 7151 0224
www.indigenatoursales.com

A partir de 190 US$ le circuit de 3 jours et 2 nuits.

Une agence membre de Green Action Alliance, avec un patron très motivé. Propose des tours respectueux de l'environnement dans la selva, la pampa et des circuits combinés. Le Bibosi Lodge, situé sur les rives de la rivière Yacuma, propose aussi bien des chambres privées que des dortoirs, pratique pour les groupes ! Le confort est sommaire, mais c'est très propre. Bon repas. Détail à noter pour ceux qui ne parlent pas l'espagnol, les guides parlent également un très bon anglais. Une agence recommandée pour les *backpackers* et les voyageurs au budget serré.

SADIRI LODGE

Tumupasa / San Jose de Uchipiamonas, La Paz, Bolivia.Tumupasa, près de San José de Uchupiamonas.
✆ +591 6514 9294 - www.sadirilodge.com

200 US$ par personne avec transport, gîte en cabane privée (douche avec eau chaude), repas, guides et expéditions.

Sadiri (« l'ancien lieu de repos ») est un projet de développement de tourisme durable conçu en 2009 par la communauté indigène de San José de Uchupiamonas. Elle se situe sur le sommet d'une montagne qu'il faudra gravir par un sentier de 5 km. Dans ce paradis des oiseaux, vous serez amené, en compagnie de votre guide local, à contempler les splendeurs et l'abondance extraordinaire de la forêt tropicale. Les cabanes, construites selon le style traditionnel Quechua-Tacana, sont équipées de douches avec eau chaude (électricité de 6h à 8h et de 17h à 22h).

TERMINAL DE BUS

RN 16

Le terminal est situé à côté de l'aéroport à dix minutes du centre. Consultez les horaires auprès des différentes compagnies, elles proposent toutes des départs pour La Paz. Compter entre 90 Bs à 160 Bs pour environ 18 heures de bus en *semi-cama*, très fatigant, terriblement cahoteux, et relativement dangereux (bus vétustes, routes au bord de précipices). Des taxis collectifs (*trufis*) font parfois le trajet pour environ 250 Bs par personne. Pour ceux qui ne souhaitent pas endurer ce calvaire, la compagnie aérienne Ecojet assure également le trajet La Paz-Rurre.

EL LOBO HOSTEL €

Calle Commercio

✆ +591 6939 9423

Chambre double à 175 Bs, triple à 210 Bs. Lit en dortoir à 55 et 70 Bs. Petit déjeuner compris. Wifi.

Petites chambres propres et simples avec vue sur le río Beni (la majorité des chambres n'ont pas de fenêtre, mais ont une ouverture dans le mur, même à l'étage). Avec les brises de la rivière, pas besoin de moustiquaires... C'est du moins ce qu'assurent les propriétaires ! Pas facile également de dormir lorsque les fêtards chantent toute la nuit... La présence d'un bar y est sûrement pour quelque chose ! L'établissement possède une agréable piscine, deux billards et des hamacs. L'endroit est apprécié des voyageurs au long cours.

HOSTAL TURISTICO SANTA ANA €

Calle Avaroa

✆ +591 7128 2751

Compter 50 Bs par personne avec sanitaires communs. Chambre simple à 120 Bs, double à 160 Bs et triple à 200 Bs.

Une petite posada bâtie autour d'un agréable jardin équipé de hamacs. Les chambres sont carrelées et offrent un confort acceptable, n'hésitez pas à en visiter plusieurs avant de faire votre choix. Les murs peints en rose et orange ne sont certes pas du meilleur goût, mais l'ensemble est bien entretenu. Accueil sympathique de la part des propriétaires. Connexion wifi dans les parties communes. Petit déjeuner correct. Une bonne adresse à petit prix.

HOTEL ORIENTAL €

Plaza Principal 2 de Febrero

✆ +591 7330 7023

Compter 100 Bs pour la chambre simple, 150 Bs la double, 210 Bs la triple. Petit déjeuner inclus. Wifi

Grand patio intérieur, magnifiquement fleuri. Hamacs pour faire oublier la chaleur. Les chambres n'ont rien d'extraordinaire (tout en étant correctes), mais leurs défauts sont rattrapés par le cachet général de l'hôtel, vraiment accueillant et calme, tout en étant très bien placé, en bordure de la belle place du village. Le petit déjeuner est correct (œufs, pains, confiture, fruits accompagnés d'un excellent café et d'un jus de fruits). A disposition des voyageurs : des prospectus sur les activités autour de Rurre. La meilleure adresse de cette catégorie.

LOS TUCANES DE RURRE €

Av. Aniceto Arce

✆ +591 3892 2039

Chambre simple à 90 Bs, double à 100 Bs, triple à 150 Bs et familiale à 200 Bs. Petit déjeuner compris. Wifi.

Voici un petit établissement prisé par les voyageurs à petit budget ! Chambres avec sanitaires communs ou privés, eau chaude (limitée !), ventilateur, et service de laverie. La literie est très correcte. L'ensemble est simple et bien entretenu. On apprécie le patio ensoleillé et les hamacs, ainsi que le wifi gratuit (assez faible tout de même...). Restaurant servant de bonnes pizzas (chef italien). Les petits déjeuners sont basiques. Le staff de l'établissement est serviable et peut vous aider à organiser voyages et excursions.

EL AMBAIBO €€

Calle Santa Cruz

✆ +591 7112 8121

Chambre simple à 200 Bs avec air conditionné, 100 Bs sans. Pour la chambre double comptez 250 et 180 Bs respectivement.

Une fois passé le grand hall un peu impersonnel, on découvre une piscine de bonne taille cernée de palmiers, et des chambres tout autour. Celles-ci sont spacieuses, confortables et bénéficient de l'air conditionné. Ce n'est pas le grand charme, mais l'ensemble tient la route. Et la piscine est si tentante les jours de forte chaleur ! Le petit déjeuner pourrait être amélioré. Les propriétaires sont sympathiques et attentifs, ce qui permet de passer outre les petits défauts de l'endroit. Très bon service et excellents conseils pour vos visites.

HOTEL MAYA DE LA AMAZONIA €€

Calle Comercio
✆ +591 7219 1765
www.hotelmayarurre.com
Chambre simple à 60 US$, double à 80 US$, triple à 100 US$. Petit déjeuner compris. Wifi.

En bordure du río Beni, ce joli établissement propose des chambres confortables avec air conditionné et TV câblée. Petite piscine au milieu du jardin exotique. L'ensemble est très bien tenu. Café et maté à toute heure sur l'une des deux terrasses. Excellent buffet pour le petit déjeuner disponible de 7h à 9h30. Sans doute le meilleur hôtel de Rurre, mais les tarifs ont explosé ces deux dernières années, et le rapport qualité-prix n'est plus avantageux...

HOTEL TURISTICO RIO BENI €€

Calle Comercio ✆ +591 6016 7652
Chambre pour 1 personne à partir de 250 Bs, 2 personnes à partir de 330 Bs. Petit déjeuner inclus. Wifi.

Il s'agit de l'ancien Hôtel Safari. Sont proposées 10 chambres (3 doubles et 7 en duplex), avec ventilateurs et air conditionné, très propres, et donnant sur le jardin : une immense pelouse au milieu de laquelle trône une agréable piscine, avec vue sur le río Beni. La décoration est sommaire, mais le confort est satisfaisant. Bon restaurant à demeure servant un petit déjeuner complet. Table de billard, terrain de volleyball. L'ensemble est très accueillant et le service attentif. Un bon endroit pour se relaxer après votre excursion dans la jungle !

LA ISLA RESORT (ISLA DE LOS TUCANES) €€

Calle Bolivar
✆ +591 3 892 2127
www.islatucanes.com
Chambre simple à partir de 200 Bs, double de 400 Bs. Petit déjeuner compris. Wifi.

Ce resort propose sept bungalows indépendants, avec TV câblée et frigobar, agréables, mais pas toujours des mieux tenus hélas. Jardin tropical, piscine, salle de jeux, beach-volley. Room service 24 heures. Petit déjeuner assez pauvre. Restaurant « Jenecheru » à demeure proposant un buffet lorsque le resort est plein. Dans l'ensemble, une structure intéressante et aux multiples services, mais qui gagnerait à être mieux gérée… surtout vu le prix affiché !

CAFE SELVA TROPICAL €

Calle Comercio
✆ +591 7112 0010
Café, snacks. Ouvert du lundi au samedi de 8h à 15h. Café bio, petits déjeuners, salades, sandwiches. Wifi.

L'ancien Cafe de la Jungla, au rez-de-chaussée de Rio TV, a repris un nom plus couleur locale. La spécialité ici c'est le café, notamment le café de Madidi. On y sert des petits déjeuners complets, avec confitures maison, de superbes sandwiches et des quiches. Thé, jus de fruits (bio), tartes sucrées, brownies et cookies sont aussi proposés, selon l'inspiration des propriétaires. La salle est agréable avec ses tables de machines à coudre recyclées et son atmosphère *arty*. Des produits faits maison sont également disponibles à la vente.

PANADERÍA PARÍS €

Calle Avaroa
✆ +591 7125 2630
Boulangerie. Ouvert tous les jours sauf le dimanche de 6h à 13h30 environ et de 16h à 19h.

Tenue par un Français, cette boulangerie est un excellent point de chute pour vos petits déjeuners. Les différents pains sont excellents (si vous souhaitez préparer des sandwiches). On y sert aussi des jus de fruits, du thé, du café, et des snacks salés, à consommer sur une agréable terrasse, ou à emporter. Les croissants, les pains aux raisins et les pains au chocolat recueillent tous les suffrages ! Situé à proximité de la plupart des tour-opérateurs, pour un petit déjeuner copieux avant de partir en expédition. Un point de chute incontournable de Rurre.

COMEDOR DEL MERCADO €

Av. Pando
Cuisine traditionnelle. Compter environ 15 Bs l'almuerzo (soupe + plat).

On trouve forcément son bonheur au marché, le matin comme à midi. C'est le lieu où la communauté se retrouve et échange et, même si vous ne souhaitez pas manger, y faire un tour est toujours intéressant, ne serait-ce que pour découvrir les produits locaux. Jus de fruits en bas, et *comedores* à l'étage, où l'on goûtera aux plats typiques (comme le *majadito de charque*…) s'accompagnant toujours d'une soupe. Pour ceux qui préfèrent cuisiner ou qui veulent préparer des sandwiches, on peut également y acheter fruits, légumes, viandes...

EL TILUCHI €

Av. Arce, entre Albaroa et Comercio

Cuisine traditionnelle du Beni. Ouvert tous les soirs de 18h à 22h. Compter environ 30 Bs pour un repas.

El Tiluchi est un petit restaurant populaire et bon marché proposant des spécialités typiques du Beni : la soupe de genou de bœuf, les *tripas rellenas* (tripes fourrées en général au riz et à la viande), le *churrasco* (viande grillée), et la spécialité du lieu : le *majadito* (riz cuit avec du poulet accompagné de bananes plantain et d'un œuf sur le plat). Le patron se fera un plaisir de vous décrire les différents plats. Petite terrasse à l'air libre, idéale pour observer le va-et-vient des locaux avec une bière fraîche à la main.

LUZ DE MAR €

Calle Avaroa

✆ +591 7320 2501

www.luzdemarrestaurant.com

Cuisine internationale. Ouvert du mardi au dimanche de 7h30 à 22h. Almuerzo à 15 Bs, entre 38 Bs et 55 Bs à la carte.

Ce sympathique petit restaurant est particulièrement intéressant à l'heure du déjeuner. Plusieurs choix de plats (végétariens ou non) pour la formule de l'*almuerzo* (soupe, plat et boisson), à un prix défiant toute concurrence. Également à la carte : steak au roquefort, *pique macho*, ainsi que des plats végétariens. Ambiance agréable et petite terrasse où se prélasser au soleil avec l'un des excellents cocktails maison. L'établissement propose également des pâtisseries et des desserts succulents. Service attentif et souriant. On adore !

CASA DE CAMPO €€

Calle Comercio

✆ +591 7199 3336

Cuisine internationale. Ouvert tous les jours 7h-12h et 14h-22h. Plats de 55 Bs à 75 Bs. Alcool, vin, bière. Wifi.

Dans une ambiance familiale, sur une agréable terrasse avec beaucoup de boiseries, voici une bonne table : les poissons notamment sont délicieux. Plusieurs options végétariennes et véganes sont également proposées. Le petit déjeuner, servi toute la journée, remporte tous les suffrages. Toutefois, sachez que l'attente peut être longue (tout est préparé au moment de la commande). Ici on est adepte de la *slow food* ! La sympathique maîtresse des lieux pourra aussi vous renseigner pour vos activités et excursions à Rurre. Fait aussi office d'hôtel-boutique.

JULIANO'S €€

Santa Cruz

✆ +591 7392 0085

Cuisine française & italienne. Ouvert tous les jours de 17h à 23h. Plats de 50 Bs à 80 Bs. Alcool, vin, bière. Wifi.

Certainement le meilleur restaurant de Rurrenabaque ! Juliano, un aventurier tunisien qui vit en Bolivie depuis plus de 30 ans après être passé par la France et le Texas, propose une bonne cuisine française et italienne mâtinée d'influences nord-africaines. Poissons et viandes sous toutes les sauces, servis généreusement. Les steaks sont particulièrement recommandés, un vrai délice ! Jolie carte de vins avec notamment un excellent malbec argentin. Le service est courtois et l'ambiance chaleureuse. Populaire et souvent rempli.

FUNKY MONKEY BAR

Calle Comercio

✆ +591 7255 9023

Restaurant-bar. Ouvert tous les soirs de 17h à minuit. Happy hour de 19h à 22h.

Le Moskkito a fait des émules... Ce bar-restaurant avec des tables en bois et une atmosphère « jungle » est un lieu où il est plaisant de passer la soirée et rencontrer d'autres voyageurs. Écran géant pour les rencontres sportives, billard, fléchettes... La carte habituelle avec de très bonnes pizzas, des hamburgers, des plats traditionnels et quelques plats de viande et de poisson. Plusieurs cocktails à la carte, notamment une excellente caipirinha. Animations fréquentes (karaoké, jeux). Service un peu lent, mais ambiance agréable.

MOSKKITO JUNGLE BAR

Calle Vaca Diez

✆ +591 6972 2681

www.moskkito.com

Restaurant-bar. Ouvert tous les soirs de 18h à minuit. Happy hour tous les soirs. CB acceptée. Wifi.

L'endroit incontournable de Rurre pour boire un verre le soir et pour rencontrer des voyageurs. Ouvert depuis 1999, il a brûlé en février 2012 et a rouvert cinq jours plus tard ! Le rendez-vous des routards après leur excursion dans la pampa/selva. Bar construit en bambou, musique internationale, d'excellents cocktails, carte du resto classique avec pizzas, pâtes, etc. Bref, un endroit où il y a du monde, de la musique, et où l'on ne s'ennuie pas. Tables de billard pour les amateurs. Écran géant pour les événements sportifs.

ZIP LINE CANOPY VILLA ALCIRA

Comercio
✆ +591 7330 7097

Cette association, intégrée par 20 familles d'une communauté indigène Tacana, propose un tourisme communautaire. Un écolodge, situé au sud-ouest de Rurre, en plein cœur de la forêt amazonienne, permet de résider sur place. Plusieurs activités sont proposées, notamment un parcours d'accrobranches *(zipline)*, du trekking dans la jungle, des excursions en bateau... Plusieurs formules : une demi-journée (de 8h à midi ou de 14h à 18h), une journée entière, et des séjours de plusieurs jours.

PARQUE NACIONAL MADIDI ★★★

Le Parc National Madidi, déclaré réserve par le gouvernement bolivien en 1995, couvre une surface de presque 1 900 000 ha. Il abrite environ 1 250 espèces d'oiseaux, des reptiles comme l'anaconda et le boa, des félins comme le puma et le jaguar, différentes espèces de singes, des crocodiles, et surtout 20 000 espèces de plantes ! Traversé par les bassins des rivières Madidi et Tuichi, le parc est mitoyen de la Réserve Nationale Tampopata au Pérou. Plusieurs options de tourisme communautaire sont proposées. La porte d'entrée du parc, El Bala, est situé à une heure de bateau de Rurrenabaque. Le billet d'entrée coûte 200 Bs par personne.

© ABDESSLAM BENZITOUNI

Dans le parc de Madidi, les communautés locales bénéficient de l'essor du tourisme écologique.

BERRACO DEL MADIDI €€

Comercio ✆ +591 7355 3251
www.berracodelmadidi.com

A partir de 560 Bs par jour et par personne. Ce tarif comprend un guide privé, une cabine, des repas et le transport.

Ce projet communautaire vise notamment les jeunes aventuriers aux petits budgets. Situé à environ 6 heures de pirogues de Rurre, le Berraco est un campement très rustique enfoui dans la forêt amazonienne. Pouvant accueillir jusqu'à 8 personnes, les tentes équipées sont installées sur une plateforme en bois avec toit de chaume et disposent d'un hamac et d'une table en bois. Il faut donc prévoir un peu d'équipement (sac de couchage, lampe de poche etc). Bonne restauration sur place. Plusieurs activités y sont proposées, randonnées dans la jungle, rafting, pêche...

CHALALÁN ECOLODGE €€

Calle Comercio
✆ +591 3 892 2419
www.chalalan.com

L'écolodge se trouve à environ 5 heures de pirogue de Rurre.

Chalalán est l'un des projets communautaires indigènes de préservation de l'environnement et de développement durable les plus en vue du parc national Madidi. Il propose des bungalows rustiques mais corrects (petite terrasse avec hamac). Plusieurs types de programmes sont proposés à la découverte de la jungle (animaux, plantes, etc.), entre 4 et 6 jours. Le site, au bord d'une lagune, est superbe. La cuisine est plutôt bonne et copieuse, les guides, des autochtones du village de San José de Uchupiamonas, situé à 2 heures environ, sont pour la plupart compétents.

SAN MIGUEL DEL BALA €€

Calle Comercio
✆ +591 3 892 2394
www.sanmigueldelbala.com

A partir de 75 US$ par jour et par personne, tout compris (logement, circuit, repas).

Cette auberge écologique est gérée par la communauté indigène Tacana. A flanc de colline, dans un style rustique, les bungalows sont assez confortables et jouissent d'un ravissant site. La nourriture, fraîche et délicieuse, est préparée dans l'auberge sur une base quotidienne par les membres de la communauté. L'hôtel organise également des visites guidées d'une demi-journée jusqu'à 5 jours, à travers la *selva* et la *pampa*, et vous permet d'intégrer une communauté locale. L'ensemble est de qualité, les guides sont fiables, bien qu'ils ne parlent pas tous anglais.

SAN BORJA ★

40 500 habitants. San Borja est la ville la plus proche d'El Porvenir, porte d'entrée de la réserve biologique du Beni et qui sera sans doute la raison de votre visite ici. Le quartier du marché est exceptionnel d'activité. Beaucoup de monde, des têtes de brigands aussi. Les gens regardent le *gringo* d'un œil interrogatif, preuve que le tourisme est encore anecdotique par ici. Le reste de la ville est particulièrement calme, sauf le soir où tout le monde a droit, en famille, à son tour de moto autour de la place. La vie est paisible dans ce gros bourg qui vit aujourd'hui essentiellement de l'élevage et de l'agriculture et où tout le monde se connaît.

Argent

La Banco Union (+591 3895 3513) se trouve au 52 Avenida Beni, proche de la Plaza 10 de Octubre.

Histoire

Propos rapportés par un habitant de San Borja : « Dans les années 1980, tous les alentours de San Borja se trouvaient en « zone rouge », c'est-à-dire contrôlés par les narcotrafiquants. Et tout le monde en profitait. La solidarité était de rigueur. Des paysans hébergeaient des laboratoires sur leurs terres. En échange, ils recevaient des vivres et de l'argent. À l'époque, seul le dollar comptait comme monnaie d'échange. Et tout le monde avait de l'argent. Il y en avait partout ! Et ils le dépensaient ! Le fin du fin pour le paysan était d'aller sur la place de San Borja et de faire jouer « la banda » (orchestre ou bande de mariachis). Rien que pour lui et aux yeux de tout le village ! Parfois, aussi, il y avait des règlements de comptes au pistolet sur la place publique. Tout le monde était armé. Le Far West en somme.

Se loger

Peu d'options pour se loger à San Borja ! L'Hostal Manara (+591 3895 3083), situé dans la Calle La Paz, propose des chambres propres avec douche privée pour environ 100 Bs. L'Hotel Jatata (+591 3895 3103) dans la Calle Oruro, à une centaine de mètres de la place principale, est la meilleure adresse du village. Comptez environ 180 Bs pour une chambre double avec petit déjeuner.

SANTA ROSA DEL YACUMA ★★

9 500 habitants environ. À environ deux heures de route de Rurrenabaque, Santa Rosa est situé en pleine savane dans les basses terres boliviennes, entre les systèmes fluviaux du Rio Beni et du Mamoré Rio de la plaine amazonienne. Ce petit bourg est surtout la porte d'entrée de Las Pampas del Yacuma, une aire protégée abritant une faune importante : *bufeos* (dauphins d'eau douce), caïmans, nandous, capybaras, paresseux, tortues, anacondas géants mais aussi de nombreuses espèces de singes et d'oiseaux. La majorité des agences de Rurrenabaque proposent des circuits de un à plusieurs jours dans les Pampas, renseignez-vous auprès d'elles.

Capibara dans la réserve de Santa Rosa, la pampa près de Rurrenabaque.

LAS PAMPAS DEL YACUMA ★★★

A environ 2 heures et demie de route de Rurrenabaque. Entrée : 150 Bs.

Lorsque les agences de Rurrenabaque parlent de la pampa, ils sous-entendent plutôt Las Pampas del Río Yacuma, une aire protégée couvrant 616 450 hectares. Transformée en territoire protégé en 2006, cette zone est rapidement devenue un incontournable pour les voyageurs, du fait qu'elle abrite de nombreuses espèces animales telles que le dauphin rose d'Amazonie (*Inia geoffrensis*), le cerf et la tortue des marais (cistude), le capybara (grand rongeur pouvant peser jusqu'à 65 kg), le chien des buissons, le tamanoir, le jaguar, le paresseux, l'anaconda, et différentes espèces de caïmans et de singes. Une grande variété d'oiseaux est présente comme le martin-pêcheur, le toucan, l'ara à gorge bleue (*Ara glaucogularis*), le héron, le cormoran, l'aigle ou encore le paradisier d'Amazonie. Bien sûr, vous ne rencontrerez pas toutes ces espèces, mais il est commun de tomber sur des dauphins, des caïmans, des paradisiers, des capybaras et des singes le long de la rivière. Le nandou d'Amérique et le paresseux peuvent également être aperçus sur la route menant à la réserve. La balade en pirogue vous permettra d'ailleurs d'observer davantage d'animaux que dans la forêt dense et feuillue. Outre les sorties en barque longeant la rivière Yacuma, vous pourrez aussi partir sur la piste de l'anaconda dans les marais, pêcher le piranha, ou encore nager avec les dauphins. Et bien que l'afflux considérable de touristes s'avère parfois un chouia agaçant, une excursion dans la pampa reste une aventure à ne rater sous aucun prétexte !

© GRÉGORY ANDRE

RESERVA DE LA BIÓSFERA - ESTACIÓN BIOLÓGICA DEL BENI ★★

Classée « Réserve de la biosphère » par l'Unesco en 1982, cette aire protégée recouvre 135 000 ha sur une altitude variant de 200 à 2 000 m. Les propriétés climatiques et géologiques de la zone lui confèrent des habitats favorables à une diversité naturelle exceptionnelle. Dotée d'un climat tropical chaud et humide, la température moyenne oscille entre 16° et 26 °C. Les paysages abritent une biodiversité riche et encore méconnue, et de nombreuses espèces endémiques y trouvent refuge. Pour l'instant, un inventaire provisoire a recensé 815 espèces de plantes et 852 espèces d'animaux, dont plus de 100 espèces de mammifères et 480 espèces d'oiseaux. La particularité de ce parc vient également de sa richesse culturelle puisque 25 communautés indigènes peuplent cette zone. En 1990, 30 % de la réserve ont été reconnus territoires indigènes tsimane (chimanes). Malheureusement, la zone est fortement menacée par l'avancée des terres agricoles et par l'exploitation pétrolière.

Tourisme

Quelques possibilités d'excursion guidée que nous vous conseillons (vous devez emporter votre équipement et votre tente pour des excursions de plus d'une journée).

- **Laguna Normandia** : demi-journée, à pied puis en canoë et pêche (à faire le jour de votre arrivée, en fin d'après-midi).
- **Tour de las Torres :** 1 jour à cheval, savane, de tour d'observation en tour d'observation.
- **Tour à Trapiche :** savane et forêt puis visite à un village chimane, à pied, 1 jour et demi.
- **Tour Pascana :** ensemble du parc, 2 jours et demi.

Transports

Le camp d'El Porvenir se trouve en pleine savane, à quelques heures de marche de la forêt tropicale et de ses villages chimanes, sur la route San Borja-Trinidad, à une cinquantaine de kilomètres de San Borja. Pour le rejoindre depuis San Borja prenez un 4x4 sur la place centrale (compter environ 300 Bs), ou consultez le bureau central de la réserve (ou une agence de voyage) à San Borja. Ou bien prenez le bus régulier (le bus noir et jaune du siècle dernier, c'est celui-là...) qui part du marché vers 11h tous les jours ; dès que le nombre de passagers justifie un départ !

OFICINA DE LA ESTACIÓN BIOLÓGICA DEL BENI

Calle Trinidad
✆ +591 3895 3898
sernap.gob.bo/beni

On vous donnera dans ce bureau de San Borja tous les renseignements nécessaires sur les possibilités d'excursion dans la Reserva de la Biosfera y Estación Biológica del Beni. Des gardes-forestiers partent une fois par semaine pour une patrouille de 4 jours dans la réserve (recensement des animaux, contact avec les chamanes, surveillance). Il est possible de les accompagner (emmenez votre tente et équipement personnel). Ils s'occupent de vos repas et des transports.

EL PORVENIR ECOLODGE €

✆ +591 7152 4962
www.madidi-travel.com/language/en/
Réservation via l'agence Madidi Travel.

Bâtiments en dur, 28 lits, douches, toilettes, une cabaña pour la restauration, une bibliothèque, un immense jardin parsemé de manguiers, de cocos, de palmiers qui servent de refuge à une colonie de perroquets près des dortoirs. Quelques rares touristes et missions scientifiques viennent séjourner dans ce camp. Le personnel est attentionné.

Vous pouvez vous loger, vous restaurer et organiser des excursions à partir de ce camp où vous trouverez guides, informations, logistique nécessaire à votre séjour. Les possibilités d'excursion (de 1 à 3 jours) sont nombreuses.

SAN IGNACIO DE MOXOS ★★

Fondée en 1689 par les missionnaires jésuites, cette tranquille bourgade d'Indiens moxos, située 92 km à l'ouest de Trinidad, possède une culture unique. Il faut venir le 31 juillet, date anniversaire de sa fondation, pour assister à la fête du saint patron du village, San Ignacio de Loyola. L'Ichapekene Piesta, ce festival haut en couleur qui mêle les traditions indigènes et jésuites, a permis au village de gagner le titre de « Capitale folklorique du Beni ». Il est inscrit au patrimoine culturel immatériel de l'humanité depuis 2012. Ne manquez pas la visite de l'église jésuite, qui a plus de 250 ans. Elle a été restaurée à plusieurs reprises.

Histoire

Le mythe de l'Eldorado poussa les Espagnols vers les terres de l'Amazonie en quête de « Candine », la cité où les rues étaient pavées d'or et d'argent. Selon les légendes, la plaine de Moxos devait abriter quelque part le royaume de Paititi (Eldorado) ainsi que celui des Amazones. En fait, et plus prosaïquement, avec ses hivers doux et ses étés pluvieux, cette région de la Bolivie actuelle, traversée par 34 rivières navigables, est très favorable à l'agriculture.

Ses habitants ont depuis longtemps compris l'intérêt de l'aménagement du territoire. Pour survivre aux pluies torrentielles qui transforment Moxos en un marais gigantesque, il leur fallut édifier 20 000 collines artificielles, créer des canaux de navigation et utiliser des techniques agricoles qui ne détruisent pas les sols fragiles et sablonneux de l'Amazonie. La civilisation de Moxos, peu connue il y a une décennie encore, était vraisemblablement en train de renaître à l'arrivée des premiers explorateurs. On estime que la population de la région représentait à cette époque un peu plus d'1 million d'habitants.

La civilisation de Moxos se développa dans les plaines et le bassin amazonien jusqu'au XIIIe siècle, date à laquelle elle disparut brutalement. Des indices, de plus en plus nombreux, semblent indiquer que ce sont les peuples de l'empire d'Enin qui donnèrent naissance à l'Empire inca. Et c'est dans ce qui fut l'empire d'Enin que se trouverait le célèbre Paititi, l'Eldorado. Au début du XXe siècle, le colonel Fawcett, fasciné par les légendes qui entourent ce lieu mythique, n'organisa pas moins de sept expéditions en Amazonie bolivienne. Ces voyages, qui finalement lui coûtèrent la vie, furent retracés dans son livre : Le Continent perdu.

On raconte aussi, dans le Beni, qu'à la suite de l'expulsion des pères jésuites vers la fin du XVIIIe siècle, les Indiens moxos furent peu à peu réduits en esclavage par des colonisateurs sans scrupule. Le système féodal ayant eu la vie belle jusqu'à la révolution de 1952, une longue époque noire commença. C'est alors qu'en plein milieu du XIXe siècle, un groupe de *Moxeños* décida de fuir l'exploitation des propriétaires terriens et de partir à la recherche de la « *Loma Santa* », la sainte colline, supposée abriter le Paititi, ou l'Eldorado. S'ensuivit un exode de populations (hommes, femmes et enfants) dont on perd toute trace. On dit que ces gens ont trouvé le chemin de la ville d'or de l'empire d'Enin. De nos jours encore, il arrive que quelqu'un dise avoir retrouvé les traces de la Loma. Et c'est ainsi qu'une famille, un homme ou un adolescent prend ses affaires et part sur les traces de l'empire d'Enin pour tenter d'accéder à la mythique cité de la mystérieuse civilisation de Moxos…

Se restaurer

Vous trouverez plusieurs restaurants corrects sur la place principale, notamment le Club Social « Moxos ». tout près, dans la Calle Santa Esteban, se trouve La Pascana del Gordo (+591 7390 8615), un restaurant familial qui propose des plats régionaux copieux et bon marché à l'heure du déjeuner.

Transports

- **Bus**. À partir de Trinidad. Départ le matin tôt, comptez au moins 4 heures de trajet en saison sèche (on traverse des rivières sur des barges).

MUSEO DE MOXOS ★★

Devant la Plaza Principal 31 de Julio.

Du lundi au vendredi de 10h à 16h.

Inauguré en 2008, ce musée dispose de 14 salles réparties en 4 espaces thématiques : l'identité de Gran Moxos, sa culture, ses traditions et sa religion. Des artéfacts de l'époque précolombienne (principalement des céramiques) et coloniale (argenterie, masques, instruments de musique) permettent de se faire une idée de la grandeur de cette civilisation. Certains locaux racontent qu'ils auraient trouvé tellement de trésors près de chez eux qu'ils ne savaient plus quoi en faire. Ils les utilisent aujourd'hui comme décoration et pots de fleurs dans leur maison.

CABAÑAS EL GRAN MOXOS €

Calle Sargento Pessoa

✆ +591 7025 2423

Cabane à 350 Bs la nuit. Petit déjeuner à 20 Bs par personne, déjeuner à 35 Bs et dîner à 35 Bs.

A seulement 5 *cuadras* du centre historique, cet établissement propose de magnifiques cabanes rustiques de deux étages pouvant accueillir jusqu'à 5 personnes. Parfaites pour les familles, leurs chambres sont équipées de plusieurs lits simples, d'un petit balcon, et de l'air conditionné. Au rez-de-chaussée, on retrouve un salon avec mini bar, une salle à manger et une salle de bains privée. En soirée, c'est un vrai bonheur de s'attabler dans le jardin pour déguster les délicieux plats de cuisine locale tout en faisant connaissance avec les autres voyageurs. Magique.

TRINIDAD ★

Trinidad faisait partie des missions de Moxos qui, contrairement à celles de Chiquitos, ne survécurent pas au passage des années, aux pillages et à l'avancée de la civilisation moderne. À partir de La Santísima Trinidad, on peut organiser des voyages dans la forêt vierge. La ville elle-même est sympathique et située à une demi-heure de Chuchini, ce qui permet d'avoir un aperçu rapide et très accessible de l'Amazonie bolivienne. En arrivant à Trinidad, une vague de chaleur humide vous frappe en pleine figure. Même pendant l'hiver austral, il n'est pas rare que le thermomètre indique 37,2 °C le matin.

Argent

La Banco Union se trouve au 118 de la Calle Cochabamba (+591 4 462 4500). Autour de la place principale, vous trouverez plusieurs banques et des « changeurs » officieux dans la rue (notamment avenida 6 de Agosto). Les trois banques au nord de la place disposent d'un DAB.

Histoire

La région du Beni fut peuplée par l'une des plus mystérieuses civilisations de la Bolivie : les Moxos. À l'époque du Moyen Âge européen, cette culture de la forêt maîtrisait les techniques nécessaires pour aménager les plaines de Moxos, inondées pendant la moitié de l'année par les rivières Mamoré, Itenez et toutes les autres du bassin de l'Amazone. Bâtie trop près des rivières, la future capitale du Beni et de l'Amazonie dut être déplacée à deux reprises lors de sa création. Le père Barace fut l'un des premiers missionnaires à s'aventurer sur les « plages désertes du Beni », comme le dit une célèbre chanson bolivienne.

Déserte... pas tant que ça puisque Barace fonda sa mission de la Santísima Trinidad avec l'aide des Indiens moxos. Barace finit par périr sous les flèches d'autres Indiens, mais son initiative permit que les Guarayos et les Moxeños fussent intégrés dans le système des missions. Cinquante ans plus tard, Trinidad et les missions de Reyes et San Ignacio de Moxos produisaient des violons, des flûtes et des harpes qui étaient exportées vers l'Europe. Les musiciens luthiers devinrent compositeurs à leur tour et produisirent quelques œuvres exceptionnelles que l'on peut entendre aujourd'hui grâce aux enregistrements de la Coral Nova, en Bolivie, et de Gabriel Garrido en Europe. Gabriel Garrido dut refaire le chemin de Barace, dans l'Amazonie, pour retrouver deux siècles plus tard de précieuses partitions parfois oubliées dans quelque armoire d'une arrière-grand-mère.

En 1996, la « *route argentaria* », un projet d'animation culturelle, dirigé par le grand sportif espagnol Miguel de la Cuadra, a fait venir à San Ignacio de Moxos de précieux violons et, surtout, des luthiers, principalement espagnols pour y donner un nouvel élan à la vie musicale. Cette initiative permit à plus de cinq cents jeunes de tous les pays du monde de parcourir la Bolivie et de terminer leur voyage par la route de l'argent, dans le Beni. Vers la fin du XIXe siècle, commença le cycle de la *goma*, le caoutchouc extrait des hévéas. Nicolas Suarez fut le Fitzcarraldo bolivien, mais à la différence de l'Irlandais il sut fort bien gérer ses actifs. Ce seigneur du Beni, qui frappait sa propre monnaie, vécut à Cachuela Esperanza, un village extraordinaire que vous pouvez désormais visiter. Durant la guerre de l'Acre contre le Brésil, ce fut lui qui organisa des milices pour combattre les sécessionnistes de cette province du nord du Beni.

Pratique

L'hôpital Trinidad (+591 3642 0776) est situé sur l'Avenida Simon Bolivar; urgences 24h/24.

Se loger

Les hôtels, comme tout le reste, sont assez chers. Trinidad ne compte pas de réseau électrique digne d'une ville de sa taille, d'énormes moteurs diesel fournissent ainsi l'énergie nécessaire au fonctionnement de la ville, d'où des prix plus élevés dès que l'on demande l'air conditionné.

Transports

- **Avion.** Amazonas, situé au 267 de la Calle 18 de Noviembre (+591 3462 2426), propose des vols de/vers La Paz via Rurrenabaque. Parfois vers Santa Cruz, San Borja et Cobija.

- **Bus.** Depuis La Paz, vous venez certainement de Rurrenabaque d'où en théorie il est plus facile, en saison sèche, de trouver un bus pour Trinidad. Les horaires sont extensibles. Si vous avez de la chance, le bus effectuera la distance en une quinzaine d'heures. Attention ! Les problèmes mécaniques ne sont pas rares et les « plantaisons » dans des ornières ou des rivières peuvent retarder le voyage de plusieurs jours. Depuis Santa Cruz, la route a été goudronnée et ne présente plus trop de problèmes.
Le terminal de bus se situe à 10 cuadras à l'est de la place principale.
Pour Santa Cruz, la plupart des départs s'effectuent le soir entre 19h et 21h30 environ, comptez 9 heures de route.
En saison sèche, départs vers Riberalta (de 20 à 30 heures de route) et Guayaramerín. Bus pour Magdalena tous les jours à 10h (8 heures de route). Bus pour Rurrenabaque tous les jours à 9h (de 15 à 16 heures de route), via San Borja (8 heures de route). Pour San Ignacio de Moxos, tous les jours à 8h (5 heures de route).

- **Bateau.** Si vous avez l'aventure dans le sang, vous voudrez peut-être naviguer sur le río Mamoré jusqu'à Guayaramerín. Compter 4 ou 5 jours de périple pour quelques 50 US$ par personne, dans des conditions rudimentaires, et si l'on vous accepte. Rendez-vous à Puerto Almacén (allez-y en moto-taxi depuis le marché Campesino) et demandez autour de vous si un départ est prévu.

AMAZONIE

Magnifique toucan de la forêt amazonienne.

MUSEO ETNO-ARQUEOLÓGICO DEL BENI « KENNETH LEE » ★

Avenida Ganadera
✆ +591 3462 2110
Ouvert du lundi au vendredi de 8h à 12h et de 15h à 18h. Entrée : 10 Bs.

Situé au nord de la ville (à moins de 10 min du centre en moto-taxi, 5 Bs), ce petit musée expose la collection de Kenneth Lee, qui découvrit la civilisation millénaire du Gran Moxos. Dans ses deux petites salles, on peut admirer différents objets ethnologiques et archéologiques : pièces précolombiennes, masques cérémoniels, poteries, figurines, céramiques, tissus anciens et outils moxos. Le bâtiment est agréable, inspiré des paillotes traditionnelles.

MUSEO ICTÍCOLA DEL BENI ★

Avenida Japón
✆ +591 3 462 1705
Entrée libre. Ouvert du lundi au vendredi de 8h à 15h, et le samedi de 7h30 à 12h.

Au nord de la ville, dans le campus de l'université, la Universidad Técnica del Beni Mariscal José Ballivian. Exposition impressionnante d'espèces amazoniennes, de poissons, de dauphins, de raies, de piranhas et de serpents, conservées dans d'énormes bocaux remplis de formol (plus de 420 espèces). Vous ne le regretterez pas ! La pièce maîtresse de l'endroit est un poisson amazonien, le paiche, dont le spécimen exposé pèse plus de 110 kg et mesure plus de deux mètres de long ! Un peu plus loin, quelques aquariums si vous avez le temps...

LA RUTA DEL BUFEO ★★

La visite débute à Puerto Ballivián, à 10 minutes du centre de Trinidad.

Ce voyage en bateau d'une journée, à travers la zone protégée d'Ibare-Mamoré, vous offre la chance d'aller observer les dauphins roses d'eau douce de l'Amazone (Inia de Bolivie). La plupart du temps, le circuit inclut une randonnée dans la jungle, une dégustation de plats typiques, la visite de l'arbre Mapajo (que les locaux appellent le « géant de l'Amazonie ») et des activités de partage avec les familles des communautés environnantes. L'agence La Ruta del Bufeo (+591 7281 8317) organise régulièrement cette visite guidée pour environ 150 Bs. Un incontournable.

MOXOS VIAJES & TURISMO

114 Av. 6 de Agosto
✆ +591 3462 1141
Agence ouverte du lundi au vendredi de 8h à 12h30 et de 14h30 à 18h30, le samedi le matin uniquement.

Propose des balades à cheval, des excursions de plusieurs jours incluant trek, pêche, observation des oiseaux… A découvrir : leur tour de 3 jours vers les Sirionο (et le village d'Ibiato), un groupe ethnique qui n'a pas eu de contacts très poussés avec l'Occident. Visite de la ville de Trinidad et attractions phares. Possibilité de réserver des croisières au cœur de la forêt amazonienne à bord du « flotel » *Reina de Enín*, mais aussi journée découverte de la rivière Mamoré et observation des dauphins. Réservation de billets d'avion et de bus.

PARAISO TRAVEL VIAJES Y TURISMO

138 Av. 6 de Agosto
✆ +591 7284 0007

Forte de ses 30 années d'expérience, cette agence propose des excursions à de bons tarifs le long du río Mamoré. Campements en forêt, balades à la découverte de la faune et de la flore locales, visite des communautés autochtones, observation des oiseaux (notamment de l'ara à gorge bleue, appelé *guacamayo barbazul* en espagnol, un perroquet en voie de disparition). Possibilité également de réserver hôtels et transports dans tout le pays et en Amérique du Sud.

REINA DE ENÍN ★★★

Calle Potosí
✆ +591 6840 2112
www.reinadeenin.com
Tarif pour une journée : 98 US$; 2 jours, une nuit : 348 US$; 3j/2n : 536 US$; 4j/3n : 586 US$. Tout compris.

Après avoir cessé son activité en 2016, la Reina de Enín est de retour depuis 2018 ! Ce bateau propose des croisières sur les rivières Mamoré et Ibare, pour une à six nuits. Les cabines sont confortables. Le bateau bénéficie de terrasse et de balcons pour profiter du paysage. Les tarifs incluent les 3 repas à bord et les activités. Parmi elles : kayak, tubing, pêche, visites à cheval, visites de communautés... L'occasion d'apercevoir la faune le long des rivières : capybaras, caïmans, dauphins, oiseaux... Pour ceux qui souhaitent se plonger au cœur de l'Amazonie.

HOSTAL SIRARI €

526 Av. Santa Cruz
✆ +591 7114 4354
Chambre double entre 180 Bs à 220 Bs.

Un *alojamiento* tenu par la sympathique doña Ana Karina offre une ambiance familiale agréable et des chambres bien confortables et variées, avec ou sans salle de bain, avec ventilateur ou air conditionné. Carrelage au sol. Des balcons en commun sont équipés de chaises et de tables, parfait pour boire un café ou jouer aux cartes tout en prenant l'air. Très propre, accueillant, dans un jardin parfaitement fleuri… où cohabitent pour notre plus grand plaisir deux superbes toucans. Le meilleur rapport qualité-prix de cette catégorie.

HOTEL SANTA ANITA €

354 Calle Antonio Vaca Diez
✆ +591 3462 2257
Chambre double standard à 180 Bs, executive à 280 Bs. Wifi.

Un des meilleurs plans de Trinidad ! Ce petit établissement familial propose des chambres climatisées bien tenues, équipées de TV câblée et de réfrigérateur, à un tarif raisonnable. Il y a même un hamac dans certaines chambres ! Les salles de bain sont impeccables. Bien sûr, la déco est un peu sommaire, surtout pour les chambres les moins chères, mais le confort est là. Le très bon petit déjeuner est servi sur place (renseignez-vous, car il est parfois compris dans le prix des chambres, parfois non…). Équipe attentive et serviable.

HOTEL BOUTIQUE DEL REY €€

374 Av. 6 de Agosto ✆ +591 6896 9562
Chambre simple à 450 Bs et matrimoniale pour 550 Bs.

Aménagé dans une ravissante demeure coloniale décorée de boiseries, de meubles antiques et de verdure, cet hôtel propose des chambres simples et matrimoniales disposants d'une salle de bains privée, d'un mini bar et d'une télévision. Leurs espaces communs, calmes et agréables (avec hamacs à la disposition des clients) offrent l'occasion de relaxer après une longue journée de marche sous le soleil écrasant. L'attention du personnel est soignée : vous bénéficierez d'un service à la clientèle personnalisé et professionnel tout au long de votre séjour.

LA CASONA €

Av. Cipriano Barace
✆ +591 3462 2437
Restaurant. Ouvert tous les jours de 8h à 23h30. Comptez environ 80 Bs pour un repas.

Si vous n'avez pas envie de faire d'effort, c'est l'adresse facile sur la place principale. Ce restaurant moderne n'a pas beaucoup de cachet, mais il est bien situé et il est ouvert du matin au soir. Au menu : pizzas, sandwiches, plats typiques, pâtes, mais aussi des desserts. C'est également un endroit sympathique pour prendre un verre ou un café. Rien d'exceptionnel, mais c'est pratique et, si vous vous installez en terrasse ou au balcon à l'étage, vous pourrez compter le nombre de fois que les motocyclistes font le tour de la place.

CHURRASQUERÍA LA ESTANCIA €€

57 Calle Ibare
✆ +591 3462 0022
Churrasquería. Ouvert tous les jours sauf le lundi de 11h à 15h et de 19h à 23h. Compter environ 60 Bs par personne.

Le paradis de la viande à la *parilla*. La salle est semi-ouverte sur l'extérieur. Vous pourrez déguster de délicieuses spécialités : le *bife de chorizo*, un classique, une *parilladita* (dégustation de différentes viandes), *churrasco* ou encore un plat typique, *le majadito de charque* (riz, viande séchée, bananes plantain et œuf sur le plat), le tout à accompagner d'un verre de vin bolivien. L'endroit accueille régulièrement des groupes locaux pour animer les soirées.

EL TABANO PUB €€

231 Calle Melitón Villavicencio
✆ +591 7112 4436
Spécialités de poissons. Ouvert du mardi au samedi midi et soir, le dimanche midi et le lundi soir.

Un excellent restaurant, qui fait également office de pub, où vous pourrez manger toutes sortes de poissons, mais aussi de la viande de crocodile (*lagarto*) et d'autres plats typiques de l'Amazonie bolivienne, tout en sirotant une bière bien fraîche, une caïpirinha ou encore un vin local. Grande salle carrelée. L'endroit est plein de luminaires et de boiseries, notamment des tables conçues avec des troncs d'arbre. Concerts le week-end. L'établissement ferme à 2h le vendredi et le samedi soir, pour prolonger la fête ! Ambiance chaleureuse.

PESCADERÍA DON PEDRITO €€

Calle Manuel Maraza

✆ +591 3 462 2545

Spécialités de poissons. Ouvert tous les jours de 11h à 23h. À partir de 60 Bs le plat à la carte. Formule almuerzo.

Restaurant à l'écart du centre-ville (allez-y en taxi). Le meilleur endroit pour manger du poisson qui est à la base de beaucoup de plats de Don Pedrito. On y sert également des *milanesa*, *chicharrón* (de poissons et de porc), *pique macho* à la mode locale, viande de crocodile (*lagarto*), chorizo *criollo*, *charque*... Bref vous aurez l'embarras du choix ! Mention spéciale au ceviche de Pacu (mariné dans du jus de citron), ou le surubi. Les prix sont très corrects étant donné la qualité. Terrasse aérée. Un des meilleurs plans de Trinidad.

CENTRO ARTESANAL MOXOS

Après le cementerio general de la Santisima trinidad.

✆ +591 7027 7127

Appeler au préalable.

Ce petit centre propose de l'artisanat local Moxos : céramiques, sculptures en bois, masques… On y déniche aussi le *nuvovo* en bambou, une flûte utilisée avec des tambours pour le Carnaval, et le *pifano* (aussi appelé *nujeru*), une flûte légèrement courbée au ton aigu et chaleureux, doté de six petits trous arrondis et fabriqué à partir de l'os supérieur de l'aile du jabiru (*Jabiru mycteria*), un grand échassier parent de la cigogne... Plus simples à transporter pour les voyageurs, des colliers et bracelets sont également à la vente.

RIBERALTA ★

99 070 habitants. Situé dans le nord du Beni, en pleine région amazonienne, à la confluence de deux rivières majestueuses (Mamoré et Beni), Riberalta est un des villages les plus plaisants de la Bolivie. Les deux principales industries locales sont le caoutchouc et la noix du Brésil. Dans tout le Beni, la moto est le moyen de transport préféré. Toutes les soirs, la place principale est envahie par des 200 cm^3 qui ronronnent autour des terrasses.

Argent

La Banco Ganadero dispose d'un distributeur mais qui ne fonctionne pas tout le temps. Si il est en panne, Prodem (calle Suarez) peut vous dépanner. Par sécurité, mieux vaut prévoir du liquide avant de venir.

Tourisme

Excellent point de départ pour des balades en Amazonie, il se situe par ailleurs à environ 80 km de Cachuela Esperanza, un véritable bijou d'histoire : on y admire les vestiges de l'empire familial des Suárez.

Transports

- **À partir de La Paz :** Flota Yungueña et Flota Totai, dans le quartier de Villa Fatima, proposent ce trajet en bus. Le voyage doit se faire pendant la saison sèche (mars à novembre). Réservez tout d'abord La Paz-Rurrenabaque (16 heures de voyage minimum). À Rurrenabaque, possibilité d'excursions vers les ruines incas, la jungle et les fleuves. Dès l'arrivée à Rurrenabaque, réservez le tronçon Rurrenabaque-Riberalta sur la très mauvaise route. Départ vers 9h tous les jours. Durée du voyage : 14 heures. Le trajet, superbe, traverse des rivières et longe des marais habités

© NATURALDS - SHUTTERSTOCK.COM

Riberalta.

de caïmans… mais le voyage est loin d'être confortable.

Pour quitter Riberalta. Le mieux est l'avion à moins que votre destination soit le Brésil. Dans ce dernier cas, nombreux bus vers la frontière Guayaramerin (3 heures en saison sèche), ou les bateaux à moteur. Il faut penser à remplir des formalités d'émigration, même si les visas ne sont pas nécessaires.
Vers Trinidad, il existe bien des bus qui circulent en saison sèche. Compter bien 25 heures de bus si tout va bien.

RESERVA MUNICIPAL AQUICUANA ★★

Environ 20 km au nord-est de Riberalta.
✆ +591 3852 3490

Cette superbe aire protégée se trouve au cœur de la forêt amazonienne. Une balade en pirogue sur le lac Aquicuana permet d'observer un grand nombre d'animaux sauvages. Son territoire est fréquenté par des jaguars, des singes, des tatous et divers serpents et amphibiens. Deux communautés se trouvent dans la réserve : Warnes et San José. On retrouve aussi l'écolodge Pisatahua, une retraite de plantes médicinales, plus particulièrement d'ayahuasca, située au sein même de la réserve.

HOTEL COLONIAL €€

745 Av. Placiddo Mendez
✆ +591 3852 3018
Chambre double à partir de 280 Bs, petit déjeuner compris. Wifi.

Un établissement vieux d'un siècle, confortable et accueillant. Les chambres possèdent frigobar, Internet et ventilateur qui brasse l'air moite, ou l'air conditionné pour les chambres les plus chères. Autant vous dire qu'on peut s'apercevoir que le bâtiment est très ancien… Une bonne rénovation s'imposerait. Parties communes où s'asseoir pour profiter de l'ambiance surannée du lieu. Joli jardin tropical. Le petit déjeuner est un peu chiche. Le Colonial jouit d'une excellente situation géographique pour profiter de la ville.

HOTEL JOMALI €€

Av. Nicolás Suárez
✆ +591 7284 9866
www.hoteljomali.com
Chambre double à partir de 200 Bs, petit déjeuner compris.

En plein cœur de la ville, à seulement 10 mètres de la place principale, le Jomali propose 14 chambres claires et spacieuses réparties autour d'un joli patio central. Toutes sont confortables, agréablement décorées et bénéficient de la climatisation et d'un mini bar. Les suites sont vraiment plaisantes. Buffet petit déjeuner basique, mais satisfaisant. Les parties communes sont idéales pour discuter en famille ou entre amis. Les propriétaires sont sympathiques et offrent un service de qualité. Garage à disposition des clients.

CHUCHINI ★

À 14 km de Trinidad, se trouve Chuchini, l'une des collines artificielles fabriquée par les Moxos pour leur surprenant système d'aquaculture. Le petit musée archéologique, en dépit de son dénuement, vous réserve peut-être l'une des découvertes les plus étonnantes de l'Oriente (nombreux vestiges). De Chuchini, une petite balade à pied vous mènera à l'orée de la réserve naturelle. On peut aussi nager dans le lagon, pêcher, ou bien parcourir la forêt en tyrolienne … Un site beaucoup moins fréquenté par les touristes que le Parc National Madidi et les Pampas del Yacuma. Quelques écolodges vous permettront un séjour en immersion dans la nature luxuriante.

Faune et Flore

La réserve naturelle de Chuchini abrite un grand nombre d'animaux. Les plus fréquemment observés sont les dauphins roses du fleuve Amazone, les singes, les alligators, les capyrabas et les piranhas. Elle compte également plus de 300 espèces d'oiseaux, dont des aras et des toucans. Si vous avez de la chance, vous pourrez également admirer des espèces plus rares, comme le puma, le jaguar, le tapir, le paresseux, le boa constrictor ou encore l'anaconda.

CHUCHINI AMAZON JUNGLE ECO TOURS

Carretera Loma Suárez ✆ +591 7284 2200
www.chuchini.org

Ouvert tous les jours sauf les mardis de midi à 18h. Entrée pour adulte à 20 Bs et pour enfant à 5 Bs.

Cette agence locale gérée par deux hôtes (un Bolivien, une Suissesse) propose depuis 2014, des excursions de 1 à 4 jours à travers la réserve naturelle de Chuchini (« la maison des jaguars »). Au programme, observation des crocodiles et des *bufos, les* dauphins roses d'Amazonie (*Inia Boliviensis*), pêche au piranha, balade à cheval et tyrolienne au-dessus d'un lac. L'agence possède son propre écolodge au cœur de la forêt, et accueille des volontaires tout au long de l'année.

GUAYARAMERÍN ★

39 000 habitants environ. Fondée en 1892 (sous le nom de Puerto Palmira), Guayaramerín est une petite ville frontière : une rivière d'une centaine de mètres de largeur la sépare de Gujara-Mirim, la ville jumelle côté Brésil. 5 minutes de bateau pour se retrouver dans un autre monde, le vaste Brésil. De fait, les gens d'ici parlent aussi portugais. Lors de la fièvre du caoutchouc, un projet titanesque de chemin de fer devait rallier cette région à l'océan Atlantique. Mais le train ne vit jamais le jour, et des milliers de travailleurs perdirent la vie dans la jungle tropicale. Nombreuses petites échoppes autour de la place centrale se restaurer.

Transports

- **L'aéroport** de Guayaramerín, pourtant une ville d'importance pour cette région peu peuplée, n'a pas de piste d'atterrissage asphaltée. L'avion atterrit sur un très long terrain, souvent impraticable pendant la saison des pluies.
- **Bus.** Flota Yungeña voyage vers Riberalta (départs quotidiens toute l'année), Rurrenabaque, Trinidad et La Paz en saison sèche seulement (40 heures de trajet si tout se passe bien).
- **Bateau.** Les bateaux-taxis qui traversent le río Mamoré vers le Brésil partent toutes les 10 minutes environ, en journée. Les plus aventuriers songeront à gagner Santa Ana del Yacuma (3 jours, compter au moins 20 US$), Trinidad (5 jours, dans les 30 US$) et Puerto Villaroel (8 jours en saison des pluies, au moins 35 US$). Départs dès qu'il y a assez de monde intéressé, renseignez-vous auprès de la capitainerie du port. Conditions plus que rudimentaires.
- **Passage au Brésil.** Il est autorisé de circuler librement entre les deux villes de Guayaramerín, du côté bolivien et brésilien, sans que vous ayez à présenter votre passeport. Il suffit de sauter dans l'un des très nombreux bateaux qui traversent la rivière.

La ville aujourd'hui

La région est malheureusement gangrenée par la criminalité et les trafics, et en 2010 un jeune couple de touristes français y a mystérieusement disparu sans laisser de trace. Le principal suspect de ces disparitions et meurtres a été condamné début 2014 à 30 ans de prison par un tribunal bolivien.

HOTEL ITAÚBA ECO RESORT €

1350 Av. Las Arenas
✆ +591 7113 0583

Restaurant ouvert tous les jours de 9h à 17h.

Ce complexe est situé un peu à l'écart de la ville, proche du terminal de bus. Posé sur les rives d'un lac, il offre un excellent restaurant avec la possibilité de passer la journée sur place et de s'adonner aux multiples activités proposées (baignade, pêche, canotage…). La cuisine typique est d'excellente qualité et l'accueil chaleureux. Pour ceux qui désirent résider sur place, des bungalows confortables sont à disposition ainsi qu'un espace pour camper. Un petit coin de nature charmant, idéal pour passer une journée distrayante.

HOTEL BALNEARIO SAN CARLOS €€

347 Calle 6 de Agosto
✆ +591 3855 3555

Chambre double à partir de 300 Bs, petit déjeuner inclus. Wifi.

Sans conteste le meilleur hôtel de la ville. Ambiance début du XXe siècle. Les chambres, sans être exceptionnelles, possèdent le confort nécessaire pour un séjour très agréable : TV, air conditionné, frigo-bar et salle de bain privée. Belle piscine au milieu d'un joli patio où vous prendrez votre petit déjeuner au frais. Table de billard. Le personnel est professionnel et attentionné. Les tarifs sont cependant assez élevés au regard des prestations.

LOS COCOS Y FAMILIA €

Calle Oruro
✆ +591 3855 4150
Cuisine traditionnelle. Plats à partir de 35 Bs.
Dans une grande *cabaña* de Jatata, ce restaurant offre une carte assez complète de plats typiques de la région. La grande salle, chaleureuse, est seulement surmontée d'un toit. La viande est succulente et les plats copieux, le service, quant à lui, est impeccable. Au menu : *parilla* accompagnée de riz au fromage, de yucca et de bananes plantain, *pacumuto*, *napoiltana* de poulet ou de porc (viande panée surmontée de sauce tomate), *pacu* à la plancha, *chicharron*... Prenez un taxi pour vous y rendre. La meilleure adresse de Guayaramerín.

CACHUELA ESPERANZA ★

Environ 1 700 habitants. Altitude moyenne : 118 m. Le voyageur qui arrivera, fourbu, jusqu'à Cachuela Esperanza, sera récompensé par l'un des sites les plus surréalistes de la Bolivie, juste en face du Brésil. Ce village est un véritable bijou d'architecture de la fin du XIXe siècle. À l'instar d'autres lieux d'Amérique latine dont la prospérité reposait sur une économie de rente (celle du caoutchouc en l'occurence ici, comme dans toute l'Amazonie), Cachuela n'a pas gardé grand-chose de ses splendeurs passées. C'est ici que Nicolás Suárez Callaú (1851-1940) installa le siège de son empire du caoutchouc. Aujourd'hui, il ne reste plus grand-chose...

La ville aujourd'hui

Aujourd'hui, ce sont surtout les Brésiliens d'en face qui viennent exploiter l'or de la rivière. Rien que devant le village, on peut voir deux dragues d'une dizaine de mètres. Et les Boliviens ? Ils travaillent dans les dragues, mais aucun n'est propriétaire ! Autrement dit, ils se contentent des miettes de leur propre richesse. On est bien dans des rapports Nord/Sud entre le Brésil et la Bolivie... Sinon, la région vit beaucoup de la noix du Brésil (la *castaña*), qui est manufacturée dans les entrepôts de Riberalta, centre de traitement bolivien de la *castaña* (environ 10 000 personnes vivent de cette industrie à Riberalta). Le reste de la population vit de l'élevage de bovins ou de l'exploitation du bois.

CACHUELAS ★

C'est ainsi qu'on appelle ces puissants rapides qui interrompent le cours du río Beni à 30 km au-dessus de son embouchure et qui par conséquent empêchent d'atteindre l'Amazone par voie fluviale. Ces *cachuelas* forcèrent Fitzcarraldo à accomplir son fameux périple jusqu'à Riberalta pour y rencontrer Nicolás Suárez. Dans les *cachuelas*, on pêche à mains nues, on se baigne en admirant les fastes de la nature. En saison sèche, les vagues des *cachuelas* peuvent atteindre 8 mètres de haut ! Une centrale hydroélectrique entre la Bolivie et le Brésil est en projet.

CASA DE NICOLÁS SUÁREZ CALLAÚ ★

Cherchez l'arrière-petit-fils de la famille Suárez pour qu'il vous raconte l'histoire incroyable de ce bijou d'architecture, qui a abrité pendant un temps l'école du village. Son ancêtre, le baron du caoutchouc, s'était payé le luxe d'avoir un mini-chemin de fer qui faisait la navette entre les entrepôts, où l'on conditionnait l'hévéa, et le bord de la rivière. De nos jours, cette résidence est un peu délabrée, cependant les fans d'histoire apprécieront.

NICOLÁS SUÁREZ CALLAÚ

LE MAGNAT DU CAOUTCHOUC

Ce pionnier de l'industrie bolivienne est né à Santa Cruz, en septembre 1851, puis passe son enfance à Trinidad. À 20 ans, il se lance dans l'exploitation de la quinquina, un arbuste d'où est tiré la quinine, un anti-paludéen naturel. Il ne tarde pas à découvrir l'intérêt de cultiver l'hévéa pour sa sève et fonde la Casa Suárez. À la fin du siècle, son entreprise parvient à fournir 60 % de la demande mondiale en caoutchouc. Il installe le siège de son empire à Cachuela Esperanza : à cette époque, il possède 150 000 km² de plantations d'hévéas et 2 000 personnes travaillent sous ses ordres, issues pour la majorité d'une population indigène réduite à l'état d'esclavage. Lors de la guerre de l'Acre (1899-1903), il mobilise ses travailleurs pour former une armée privée. Sa contribution à la défense de ce territoire (l'actuel Pando) fut capitale. Dans les années 1920, l'apparition du caoutchouc synthétique et de la concurrence asiatique sonnent le glas de son empire commercial. Il s'éteint le 9 janvier 1940 à Cachuela Esperanza.

Un empire à Cachuela Esperanza

C'est ici que Nicolás Suárez frappait sa propre monnaie et qu'il avait bâti un monument à la musique (tous les grands patrons de l'hévéa étaient fous d'opéra). Suárez avait, en Amazonie, un poids politique équivalent à celui du gouvernement de La Paz. C'était l'époque où l'on payait avec des livres sterling or, où l'on vivait comme des rois. Les locaux sauront raconter des bribes de l'histoire incroyable de cet aventurier que fut Nicolás Suárez. Ici, cet homme était considéré comme un saint. Cet homme riche sut développer la région. Il créa un hôpital, une école, une église, un théâtre et même une petite voie ferrée pour transporter sa production de *goma* (caoutchouc). Dans les années 1930, il débarqua dans ce coin perdu du monde qu'était Cachuela Esperanza et construisit, pierre après pierre, un véritable empire, vaste comme une bonne partie de la France. Les gens de l'époque eurent accès à des soins médicaux et à une éducation de première classe pour l'époque, à des emplois et un accès à la culture via le théâtre. Ses descendants ne surent pas gérer leurs querelles internes, et la révolution bolivienne de 1952 mit définitivement fin à l'empire de la Casa Suárez. Entre-temps, les locaux, les policiers et toute la population présente saccagèrent les lieux pour y dérober tout semblant de richesse. Aujourd'hui, il ne reste plus grand-chose mais suffisamment, cependant, pour s'imaginer ce qu'a pu être ce village il y a quelques décennies. Plusieurs bâtiments sont encore en très bon état : le théâtre, l'église, des dépôts qui servent aujourd'hui à loger les habitants, l'école (toujours en service, superbe) et les ruines du petit-fils Napoléon Suárez. Quelle bâtisse ! Son empire se reposait sur l'exploitation du caoutchouc, mais aussi sur le bétail, l'or et l'exploitation du bois.

D'un empire à l'autre...

Son petit neveu bâtira également un empire... dans un tout autre registre ! Dans les années 1970, Roberto Suárez Goméz fit fortune grâce au commerce de la cocaïne, en faisant notamment affaire avec le fameux Pablo Escobar. En 1980, il finance en partie le coup d'État du dictateur Luis García Meza. En 1983, il propose même au président Reagan de régler la dette extérieure de la Bolivie, s'élevant à 3 milliards de dollars, en échange de son amnistie et de celle de son fils. En 1988, il est condamné à 15 ans de réclusion pour trafic de drogue. Relâché en 1996, le « roi de la cocaïne » décède à Santa Cruz en juillet 2000.

ORGANISER SON SÉJOUR

Préparer son séjour en Bolivie nécessite quelques précautions indispensables. Si les risques sanitaires sont peu élevés dans les grandes villes, des vaccins ou traitements médicamenteux sont recommandés pour un séjour dans les lieux plus reculés, comme en Amazonie ou dans les zones rurales de l'Altiplano par exemple. S'il est relativement aisé de se déplacer en bus et en avion dans le pays, et qu'aucune planification particulière n'est nécessaire, passer par un agence à La Paz ou un réceptif basé ailleurs peut grandement vous faciliter le voyage. Certaines manifestations politiques, et notamment les *bloqueos*, peut aussi retarder votre circuit. Côté formalités, le visa s'obtient à l'arrivée et aucune déclaration préalable n'est à entreprendre, à part si vous souhaitez rester plus de 90 jours. Le peu de vols directs obligent le voyageur à faire de multiples escales, le voyage pour se rendre en Bolivie peut s'avérer long et fatiguant.

ARGENT

La monnaie est le boliviano, divisé en 100 centavos. Le code Iso de la monnaie bolivienne est : BOB. Les coupures sont de 10 (bleu), 20 (orange), 50 (violet), 100 (rouge) et 200 (marron clair) bolivianos. Les pièces de monnaie sont de 10, 20 et 50 centimes ainsi que de 1, 2 et 5 bolivianos. Pensez à avoir sur vous des coupures de 5, 10 ou 20 bolivianos pour les dépenses courantes (transports, taxis et nourriture). Les petites coupures sont souvent en mauvais état. Pour qu'elles soient valables, il faut que les deux numéros de série coïncident à droite et à gauche du billet. Dans la mesure du possible, tous les prix dans ce guide sont indiqués en bolivianos (Bs) et en dollars américains (US$), beaucoup utilisés dans le pays.

Taux de change : 1 € = 6,95 Bs, 10 Bs = 1,44 € ; 1 US$ = 6,92 Bs, 10 Bs = 1,45 US$ (été 2022). Le boliviano est indexé sur le dollar américain, malgré une certaine déflation par rapport à celui-ci ces dernières années.

BUDGET / BONS PLANS

Niveau de vie. Depuis 2014, grâce au président Morales, le salaire minimum est d'environ 1 440 Bs par mois, soit environ 207 US$, une augmentation soudaine de plus de 20 % alors que le salaire plafonnait régulièrement aux alentours de 1 000 Bs. On aura donc compris que la vie n'est pas chère en Bolivie mais que la population n'est pas très riche. On peut donc voyager à moindre frais en mangeant local (10-15 Bs un menu dans un marché), en voyageant avec des bus rudimentaires (guère plus de 80 Bs pour 20h de bus entre La Paz et Rurrenabaque) et en dormant comme on peut (camping si possible, dortoir le plus souvent). Une petite bouteille d'eau coûte 4 ou 5 Bs dans la rue ; une *salchipapa* (saucisse/frites) ou un hamburger pas plus de 6 ou 7 Bs, toujours dans la rue. Pour un coiffeur, compter entre 25 et 50 Bs la coupe. Pour un taxi, guère plus de 10 à 15 Bs la course... Un excellent restaurant, toutefois, ne demande pas plus de 90 Bs par plat, soit environ 10 €, ce qui est fort convenable ! Les vols intérieurs, avec BoA ou Amaszonas, sont très accessibles aussi (à partir de 50 US$ en général). On l'aura compris : on peut compter ses sous tous les jours pour dépenser le moins possible, ou se payer le luxe de petites folies de temps à autre, car la vie n'est vraiment pas chère en Bolivie pour un Européen. Essayez de grâce de ne pas ronchonner pour un rien et de ne surtout pas marchander comme un fou furieux pour 2 € !

Budget. Pour environ l'équivalent de 35 € par jour, sans compter les transports intérieurs, on peut bénéficier d'un logement de bonne qualité et d'une nourriture épicurienne dans les grandes villes. Dans les campagnes, ce budget peut être considérablement réduit.
Petit budget : environ 22 € par jour et par personne incluant une nuit dans une auberge de jeunesse, des repas pris sur le pouce (marché, bouis-bouis...) et des trajets en bus locaux.

Argent bolivien.

INTERVIEW

L'ASSURANCE VOYAGE, LE MEILLEUR MOYEN POUR PROTÉGER SA SANTÉ À L'ÉTRANGER

avec le DR CÉDRIC RAMAUT, directeur médical d'Allianz Travel

En cas de souci de santé sur place, que faut-il faire ?

Si l'on se trouve dans une situation urgente (accident grave, morsure d'animaux...), il est conseillé d'appeler les numéros d'urgence locaux. [illegible]s à l'hôpital, appeler son assisteur [illegible]clencher les procédures de prise en charge.

Est-il possible d'entrer en contact avec un professionnel de santé en cas de besoin ?

Allianz Travel dispose d'un service de téléconsultation médicale accessible en visio qui permet de s'entretenir avec un médecin 24h/24, 7 jours sur 7. La consultation se fait en français et des conseils sont donnés sur les démarches à effectuer. Une ordonnance peut également être délivrée.

S'agissant des frais médicaux, est-on forcément couvert par son assurance maladie et sa mutuelle à l'étranger ?

La sécurité sociale fonctionne uniquement dans les pays avec lesquels la France a passé des accords. Il faut pour cela demander sa carte européenne d'assurance maladie (CEAM). La sécurité sociale et la mutuelle couvriront alors les frais médicaux à l'étranger à hauteur de leur propre barème sous certaines conditions. Il est malgré tout conseillé de souscrire une assurance voyage, car la prise en charge des frais ne sera pas la même qu'en France.

Quel est le meilleur moyen de voir ses frais médicaux pris en charge ?

Dans les pays hors Europe, il est recommandé de souscrire à un contrat d'assistance avec un bon niveau de couverture des frais médicaux. Il est également important de choisir un assureur disposant d'un important réseau international dans le domaine médical.

En cas de problème médical, le rapatriement est-il prévu dans le contrat d'assurance ?

Oui, la majorité des contrats d'assurance voyage prévoit le rapatriement mais il n'est toutefois pas systématique. L'état de santé du patient peut nécessiter une hospitalisation / une immobilisation sur le lieu de séjour. Si le patient peut être traité sur place, l'assisteur l'orientera vers un médecin ou une structure médicale adaptée localement, et ce jusqu'à ce qu'il puisse à nouveau de voyager et rentrer chez lui.

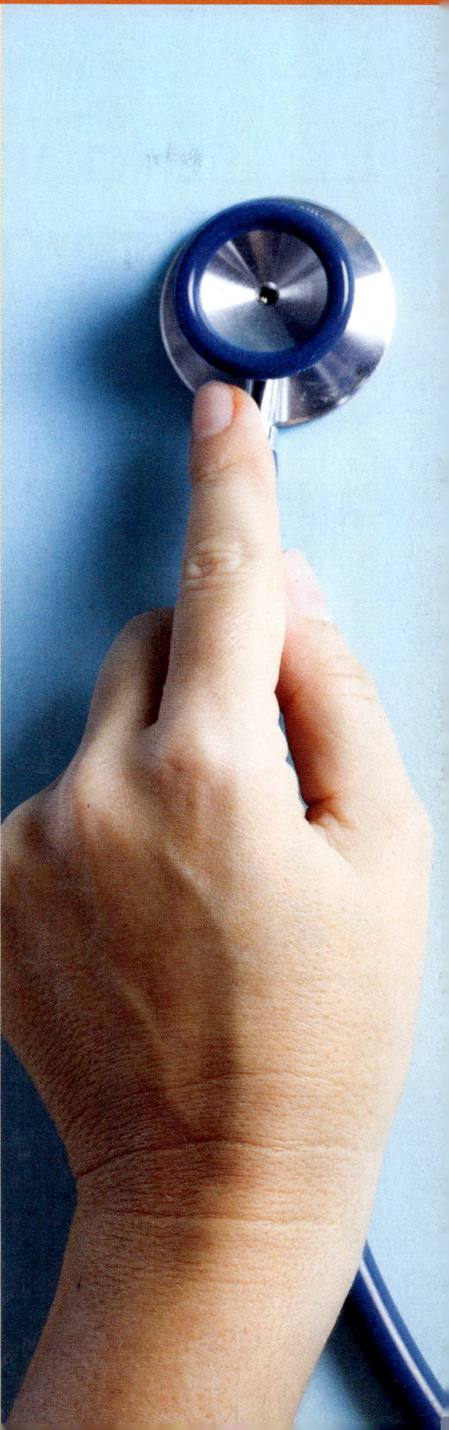

© NEIRFY

Budget moyen : 35-60 € par jour et par personne, incluant une nuit dans un hôtel avec sanitaires privés et eau chaude, des repas pris au restaurant, des bus plus confortables, éventuellement un ou deux vols intérieurs et des séjours tout compris en Amazonie (par exemple).
Gros budget : 65-110 € par jour et par personne, incluant une nuit dans un hôtel de standing international, d'excellents restaurants, des transferts privés et des vols intérieurs, plus d'éventuels séjours tout compris ici ou là.

Pourboire. Il est normalement déjà inclus dans l'addition, mais rien ne vous empêche de remercier un bon service ou une attention particulière... C'est une habitude que l'on a peu à peu perdue mais qui recouvre tout son sens pour « féliciter » ceux qui s'efforcent et le méritent. Vous aurez en récompense un très beau sourire, soyez-en sûr, et vous participerez à améliorer l'image du touriste français toujours un peu trop près de ses sous.

Marchandage *(pedir rebaja).* *« Rebájame Casero (ou Casera) ! «* Cette expression permet d'établir un lien de confiance avec le commerçant, tout en demandant une ristourne. Le marchandage fait partie des mœurs boliviennes, mais les réductions consenties ne dépassent que très rarement 25 % du prix initialement annoncé. Cependant, ne cherchez pas à dévaluer le prix de l'artisanat local puisque sa survie en dépend. Le prix juste est également un signe de sécurité et de qualité, en particulier lors d'une excursion. Il y a quelques années, de nombreux « chercheurs » nord-américains ont acheté des J'alqa (les meilleurs tissus de la Bolivie) à 5 US$ la pièce, car les paysannes ignoraient la valeur réelle de leurs produits. En fait, ces pièces valaient cent fois plus. Les Américains en question leur ont d'ailleurs consacré un musée à San Diego. De plus, les tissus J'alqa ont failli disparaître à jamais de la culture bolivienne, les femmes de la région ayant besoin de disposer de modèles antérieurs pour assurer la continuation de leur fabrication. Si dans d'autres pays d'Amérique latine, le marchandage fait partie du mode de vie, il s'utilise avec beaucoup plus de modération en Bolivie. S'il peut apparaître comme un jeu, il faut rappeler que payer un prix juste (certes difficile à définir) est une question de survie pour l'autochtone et de respect pour le visiteur envers ses hôtes.

Taxes. Puisque votre destination finale est hors de l'Union européenne, vous pouvez bénéficier du Duty Free (achats exonérés de taxes). Attention, si vous faites escale au sein de l'Union européenne, vous en profiterez dans tous les aéroports à l'aller, mais pas au retour. Par exemple, pour un vol aller avec une escale, vous pourrez faire du shopping en Duty Free dans les trois aéroports, mais pas dans celui de votre lieu de séjour au retour.

PASSEPORT ET VISAS

Visa. Pour un séjour inférieur à 30 jours, les ressortissants français, belges et suisses n'ont pas besoin de visa, seulement d'un passeport encore valable 6 mois à compter de la date de l'entrée sur le territoire bolivien. Cette autorisation d'entrée peut être renouvelée gratuitement 2 fois, en une visite, auprès du service d'immigration. Attention, si vous n'avez pas renouvelé votre autorisation, une amende vous sera exigée lors de votre sortie du territoire, proportionnelle au nombre de jours d'infraction (20 Bs par jour). Aucun visa n'est donc demandé pour tout séjour de moins de 90 jours. Si vous avez prévu de dépasser cette durée de séjour, il vous faut demander un visa à l'ambassade de Bolivie en France car impossible sur place (12, Avenue du Président Kennedy 75016 Paris ✆ 01 42 24 93 44 - www.emboliviafrancia.fr). Les conditions d'entrée en temps de pandémie étaient en perpétuelle évolution et nous vous conseillons vivement de vous renseigner sur le site www.diplomatie.gouv.fr pour connaître les dernières mises à jour.

Passeport. Tous les passeports délivrés en France sont désormais biométriques. Ils comportent votre photo, vos empreintes digitales et une puce sécurisée. Pour l'obtenir, rendez-vous en mairie muni d'un timbre fiscal, d'un justificatif de domicile, d'une pièce d'identité et de deux photos d'identité. Le passeport est délivré sous trois semaines environ. Il est valable dix ans. Les enfants doivent disposer d'un passeport personnel (valable cinq ans).

Conseil. Avant de partir, pensez à photocopier tous les documents que vous emportez avec vous. Vous emporterez un exemplaire de chaque document et laisserez l'autre à quelqu'un en France. En cas de perte ou de vol, les démarches de renouvellement seront ainsi beaucoup plus simples auprès des autorités consulaires. Vous pouvez également conserver des copies sur le site Internet officiel (mon.service-public.fr). Il vous suffit de créer un compte et de scanner toutes vos pièces d'identité et autres documents importants dans l'espace confidentiel.

PERMIS DE CONDUIRE

La location d'une voiture n'est pas conseillée pour les conducteurs non expérimentés. D'une part, les panneaux indicatifs sur les routes sont rares en Bolivie, d'autre part les pistes sont mauvaises et nécessitent réellement de l'expérience en conduite et en… mécanique. Rares sont les voies asphaltées et il vous faudra parfois un sacré 4x4 pour traverser quelques routes. Si vous n'avez pas l'habitude de conduire en montagne, méfiez-vous des routes sinueuses des Andes, qui peuvent constituer une épreuve même pour les automobilistes les plus aguerris… D'autant plus que les bonnes agences de voyage louent souvent pour le même prix un chauffeur en plus. Pour louer une voiture, il faut avoir plus de 25 ans, un permis international (même si, dans la pratique, un permis national suffit pour une location de courte durée), et posséder une carte bleue (Visa ou MasterCard) qui permettra de laisser un formulaire signé en guise de garantie (ne pas laisser en blanc la souche en dépôt comme ils vous le demandent…).

SANTÉ

▶ **Pour recevoir des conseils avant votre voyage,** n'hésitez pas à consulter votre médecin. Vous pouvez aussi vous adresser à la société de médecine des voyages du centre médical de l'Institut Pasteur au ✆ 01 45 68 80 88 (www.pasteur.fr/fr/centre-medical) ou vous rendre sur le site du ministère des Affaires étrangères à la rubrique « Conseils aux voyageurs » (www.diplomatie.gouv.fr/fr/conseils-aux-voyageurs/).

▶ **Votre carte bancaire ou votre mutuelle** vous accompagne souvent en cas de pépin à l'étranger. Si vous possédez une carte bancaire Visa® et MasterCard®, vous bénéficiez automatiquement d'une assurance médicale et d'une assistance rapatriement sanitaire valables pour tout déplacement à l'étranger de moins de 90 jours (le paiement de votre voyage avec la carte n'est pas nécessaire pour être couvert, la simple détention d'une carte valide vous assure une couverture). Renseignez-vous auprès de votre banque et vérifiez attentivement le montant global de la couverture et des franchises ainsi que les conditions de prise en charge et les clauses d'exclusion. Contactez-les avant votre départ pour connaître la marche à suivre en cas de problème sur place. Ils disposent en général d'une liste de médecins et d'hôpitaux avec lesquels ils collaborent ce qui vous évitera de procéder à l'avance de frais. Si vous n'êtes pas couvert par l'une de ces cartes, n'oubliez surtout pas de souscrire une assistance médicale avant de partir.

▶ **En Bolivie, le problème majeur reste le mal aigu des montagnes (MAM)**, ou Accute Mountain Sickness (AMS). Le fameux *sorojche* est dû aux difficultés pour une personne à s'adapter à la raréfaction de l'oxygène, conséquence directe de l'altitude. Avant votre départ, consultez votre médecin habituel, surtout si vous avez plus de 60 ans et que vous comptez vous rendre dans la partie andine de la Bolivie. Si vous arrivez en avion directement de France ou d'un pays situé à basse altitude, il est préférable de planifier une arrivée à Santa Cruz de la Sierra plutôt qu'à La Paz. Vous monterez ainsi graduellement en altitude lors de votre séjour et votre organisme s'y acclimatera d'autant mieux. Ne sous-estimez pas cette donnée, en effet plusieurs voyageurs arrivant directement à La Paz « perdent » quelques jours de leur voyage à s'acclimater. En revanche si vous venez du Pérou ou du Chili, une arrivée à La Paz ne vous posera pas de problème.

▶ **Eau.** Il n'est pas toujours facile de savoir si l'eau a été purifiée ou non. Vous pouvez ainsi purifier votre eau avec des comprimés désinfectants (Aquatabs®, Drinkwell Chlore®, Micropur®) que vous aurez eu soin d'emporter. Mais attention, les différents désinfectants ne protègent pas contre tous les microbes transmis par l'eau à moins que celle-ci ait été filtrée au préalable. Il vous faudra dans tous les cas faire preuve de la plus grande vigilance. Dans de très nombreux pays, et en particulier en Bolivie, l'eau est le principal ennemi du voyageur. Statistiquement, un voyageur sur deux est touché par la *turista* au cours des quarante-huit premières heures et 80 % des maladies contractées en voyage sont directement imputables à une eau contaminée.

▶ **Moustiques.** Le paludisme, ou malaria, étant une maladie courante en Bolivie, il est important de se protéger convenablement contre les piqûres de moustiques. La prévention nécessite un traitement antérieur au départ. Si vous ne craignez rien à partir de 2 000 m d'altitude, en dessous, il est impératif de vous protéger, surtout si vous comptez vous rendre dans la forêt amazonienne. Sur place, utilisez de puissants répulsifs et portez des vêtements adaptés (pantalon, sweat à manches longues, chaussettes). La nuit, la moustiquaire est de mise, complétée pour plus de sécurité par l'utilisation de sprays anti-moustiques. Ces précautions permettent également de se prémunir contre la dengue, la fièvre jaune, le virus Zika ou la leishmaniose, maladies véhiculées aussi par des espèces de moustiques présentes en Bolivie.

VACCINS OBLIGATOIRES

Pour partir en Bolivie, vous devez mettre à jour votre vaccination diphtérie-tétanos-polio-myélite. Les vaccins contre la fièvre typhoïde, les hépatites A et B, la rage sont conseillés. La vaccination contre la fièvre jaune est fortement recommandée et elle est obligatoire si vous venez de pays infectés (certains pays d'Afrique et d'Amérique du Sud). Il est recommandé de se faire vacciner au moins 2 semaines avant votre départ. Les maladies de type tropical sont nombreuses en Bolivie et peuvent frapper toute personne qui n'aurait pas respecté certaines consignes de sécurité. En région amazonienne, attention aux moustiques qui peuvent véhiculer de très nombreuses maladies (Zika, dengue, malaria, etc.).
Pour plus d'informations, vous pouvez consulter le site Internet du ministère de la Santé (www.sante.gouv.fr) pour connaître les centres de vaccination proches de chez vous.

SÉCURITÉ

Selon France Diplomatie (www.diplomatie.gouv.fr/fr/conseils-aux-voyageurs/conseils-par-pays-destination/bolivie), la Bolivie n'est pas un pays particulièrement dangereux et les agressions violentes contre les touristes sont assez rares. L'insécurité existe néanmoins, notamment dans les lieux touristiques où une petite délinquance se développe (*pickpockets*, vol à la tire…). Il convient donc de se montrer vigilant.

En raison des trafics (stupéfiants, contrebande) et de l'importante quantité d'armes en circulation, il est fortement déconseillé, sauf raison impérative, de se rendre ou de séjourner dans la zone frontalière avec le Brésil. Il est recommandé de ne pas s'attarder lors du passage aux frontières terrestres avec le Brésil, notamment à Guayaramerin (département de Béni). Le reste du pays est placé en vigilance renforcée.

Il est recommandé de s'inscrire sur la plate-forme Ariane, notamment dans le cas de déplacements dans des zones isolées (Salar de Uyuni, Sud-Lípez, Parc National Sajama, Amazonie) ou dans des régions difficiles d'accès, et surtout en saison des pluies (de décembre à avril pour les Yungas, l'Alto Beni, le Beni, etc.) afin de renseigner sur la plate-forme les itinéraires prévus.

DÉCALAGE HORAIRE

L'heure locale est à GMT -4. Il y a donc 5 heures de décalage avec la France en hiver (quand il est 20h à Paris il est 15h à La Paz) et 6 heures en été.

LANGUES PARLÉES

L'espagnol (*castellano)* est la langue dans toutes les villes. Dans les campagnes de l'Altiplano ou de l'Oriente, vous trouverez en général au moins quelques personnes qui parlent l'espagnol même si la langue d'usage sur place est différente (aymara, quechua, guarani, etc.). Même dans les grandes villes, très peu de personnes parlent anglais ou français.

COMMUNIQUER

Dans les principales villes en général, les hôtels, restaurants et cafés disposent d'une connexion wi-fi gratuite. Si votre téléphone est débloqué, l'achat d'une carte SIM locale vous permettra d'accéder à une connexion LTE. La compagnie Entel propose des forfaits mobiles intéressants passant de 1 à 12 Go (de 20 à 100 Bs). Il faudra apporter votre passeport avec vous lors de l'achat de la carte. Des cartes de recharge sont vendues dans plusieurs kiosques et épiceries. Pour ajouter des données numériques dans votre portable à partir de celles-ci, composez le *109* suivi du code PIN à 14 chiffres de votre carte prépayée, suivi de # et appuyez sur la touche d'appel. Par exemple : *109*12345678901234#. Une recharge de 20 Bs équivaut à 1 Go de données internet.

ELECTRICITÉ ET MESURES

La Bolivie utilise le système métrique, comme en France. L'électricité utilisée est 220V et 50Hz. La tension est la même qu'en France mais ses variations peuvent parfois endommager les ordinateurs (surtout en 110 volts) et une petite prise para-foudre peut être utile pour vos appareils électroniques, et en particulier pour votre ordinateur portable ! Les prises peuvent être à section soit ronde, soit rectangulaire, mais ayez un adaptateur sous la main (les prises de terre n'existent pas).

BAGAGES

Tenue vestimentaire. La diversité des climats boliviens oblige à des changements vestimentaires fréquents. La Bolivie est un pays andin sous les tropiques, ce qui veut dire que dans les Andes il fait beau (entre 15 °C et 20 °C) le matin, mais que le soir la température descend sensiblement plus bas. Les vêtements en coton ou en laine d'alpaga (que l'on trouve aisément sur place) sont les plus appropriés pour ces fantaisies climatiques. Une doudoune sera la bienvenue pendant les mois de l'hiver austral (mai à octobre). Une veste en Goretex sera fort utile pendant les mois d'août à octobre dans la partie andine, surtout pour les expéditions dans le Salar et le Sud-Lípez . Par ailleurs, dans le Chaco et la Chiquitania (Santa Cruz), des vents froids qui viennent du sud de l'Argentine, appelés *surazo*, peuvent faire chuter le thermomètre de 30 °C à 10 °C en l'espace de quelques heures et avec une forte humidité. Enfin, sachez que de novembre à mai, la saison des pluies sévit dans toute la Bolivie. Un parapluie coûte 20 Bs... Aux beaux jours, de rafraîchissantes baignades vous attendent dans les alentours de Tarija, Santa Cruz, sur l'Isla del Sol ou à Cochabamba. Aussi, n'oubliez pas votre maillot de bain.

Les filtres solaires sont indispensables en altitude et dans les régions tropicales. Si vous avez oublié d'en apporter, les pharmacies boliviennes en vendent des correctes. De bonnes lunettes de soleil (si vous les perdez, il existe plusieurs magasins dans la rue Eloy-Salmon à La Paz ou à Santa Cruz qui vendent des verres de très bonne qualité, mais un peu plus cher qu'en Europe). Si vous comptez ensuite voyager au Brésil ou dans d'autres pays d'Amérique latine, n'oubliez pas votre carnet de vaccination international (fièvre jaune obligatoire).

Sac de couchage dans les régions andines, et il faudra un très bon duvet si une expédition en 4x4 sur l'Altiplano en hiver est prévue. Pensez aux sacs intérieurs en laine polaire ou en soie qui ajoutent 5 °C et qui restent utiles pour des questions d'hygiène (sacs à viande) dans des régions plus chaudes.

Petite trousse à pharmacie. Il est indispensable d'emporter une petite trousse de secours (à transporter dans la soute) avec des produits de première nécessité : antidiarrhéique, antihistaminique (en cas d'allergies), antiseptique (pour les blessures superficielles), pommade pour les brûlures en cas de coups de soleil par exemple (fréquents en altitude), crème solaire à indice élevé, et crème après-soleil, crème labiale avec protection contre les UV, paracétamol, anti-inflammatoire, pansements, bandes, petits ciseaux, produit antimoustiques (type 5/5) si vous vous rendez dans l'Oriente, les Yungas, et en Amazonie, préservatifs, tampons (difficiles à trouver hors des grandes villes), sérum physiologique.

LES PHRASES CLÉS

Bonjour, je voudrais réserver un billet aller/retour pour...
Hola, me gustaría reservar un billete de ida y vuelta para....

J'ai raté mon avion. Je voudrais échanger mon billet s'il vous plaît.
Perdí el avión. Me gustaría cambiar mi billete, por favor.

Mon vol est très en retard. Ma correspondance sera bien assurée ?
Mi vuelo llega con retraso. ¿Llegaré a tiempo para coger el próximo vuelo?

Mes bagages ont été égarés, à qui dois-je m'adresser ?
Han perdido mi equipaje, ¿a quién debo dirigirme?

Louez-vous des voitures avec chauffeur ?
¿Alquilan coches con chófer?

Je n'ai presque plus d'essence. Où se trouve la station-service la plus proche ?
Apenas tengo gasolina. ¿dónde está la gasolinera más cercana?

S'Y RENDRE

Le prix moyen d'un vol aller-retour Paris-La Paz est de 1 200 €. Compter un peu moins pour un vol en direction de Santa Cruz de la Sierra. À l'aéroport, on vous demandera votre adresse de séjour : soyez alors certain de l'avoir sous la main. Les voyageurs arrivant directement à La Paz souffrent souvent du mal d'altitude, l'aéroport d'El Alto se trouvant à 4 100 mètres au dessus du niveau de la mer. Même léger, celui-ci peut vous faire perdre quelques jours de votre voyage. Enfin, il est également possible d'arriver en Bolivie par voie terrestre (Brésil, Argentine, Chili, Pérou, Paraguay). Assurez-vous alors de recevoir un timbre de sortie du pays que vous quittez et un timbre d'entrée en Bolivie. Évitez de voyager de nuit, car les agents frontaliers commencent souvent leur journée de travail vers 8h et ne pourront donc pas vous tamponner votre passeport. Ce dernier devra être valide pendant 6 mois à compter de la date de votre arrivée.

IBERIA

✆ +33 825 800 965
www.iberia.com

Iberia propose de nombreux vols à destination de Santa Cruz et de La Paz en partance de l'aéroport Paris-Charles-de-Gaulle ou d'Orly. Leurs vols effectuent généralement une escale à Madrid, puis parfois à Lima au Pérou. Comptez environ 20 heures de trajet (2h pour le vol Paris-Madrid, 13h pour le vol Madrid-Santa Cruz, et une heure pour le vol Santa Cruz-La Paz, en comptant le temps de correspondance à chaque aéroport). La compagnie espagnole propose, dans la plupart des cas, des tarifs plus compétitifs. Aucun vol direct depuis la France.

AIR FRANCE

✆ 09 69 39 36 54

Il n'existe aucun vol direct pour La Paz ou pour Santa Cruz depuis Paris. Cela dit, la compagnie française opère plusieurs liaisons par semaine entre Paris et Lima (Pérou) ou Bogotá (Colombie). C'est ensuite la compagnie aérienne Avianca qui vous permettra de rejoindre La Paz. Air France propose également des vols Paris - Santa Cruz de la Sierra via São Paulo (Brésil). Les réservations se font sur leur page Web où vous pourrez choisir vos sièges, vous informer sur le statut des vols en temps réel et consulter les meilleurs tarifs du moment.

LATAM

✆ +33 1 85 14 87 25

Latam propose de nombreux vols à destination de La Paz et de Santa Cruz, en partance de l'aéroport Paris-Charles-de-Gaulle ou d'Orly. Leurs vols effectuent généralement une escale à Madrid, à Santiago du Chili, à São Paulo au Brésil ou à Lima au Pérou. Comptez environ 20 heures de trajet (12h pour le vol Paris-São Paulo puis 3h pour le vol São Paulo-Santa Cruz, en comptant le temps de correspondance à chaque aéroport). Cette compagnie est issue de la fusion de deux compagnies sud-américaines, la compagnie brésilienne TAM et la compagnie chilienne LAN.

AVIANCA

4, rue Gramont
PARIS (2e)
✆ 01 44 50 58 60

Avianca est la nouvelle identité du groupe qui réunit les compagnies aériennes Avianca (Colombie), Taca (Amérique Centrale) et Aerogal (Equateur). Avianca assure la desserte de toute l'Amérique latine et plus particulièrement la Bolivie (La Paz et Santa Cruz de la Sierra) via Lima et Bogota. La vente de tickets se fait en ligne ou le plus souvent via l'intermédiaire d'une compagnie réalisant le vol Europe-Amérique du Sud avec escale (au Pérou, au Brésil, en Colombie...), puis Avianca assure le vol entre votre escale et la Bolivie.

SÉJOURS ET CIRCUITS

Vous trouverez ici tous les tours opérateurs, spécialistes, généralistes, et réceptifs. Les premiers sont spécialisés dans votre destination. Ils produisent eux-mêmes leurs voyages et sont généralement de très bon conseil car ils connaissent la région sur le bout des doigts. À noter que leurs tarifs se révèlent souvent un peu plus élevés que ceux des généralistes. Les agences réceptives sont des tours opérateurs présents dans le pays ; de ce fait, ils connaissent extrêmement bien la zone. C'est une option a privilégier pour un voyage sur mesure. Plusieurs sites sur internet permettent de comparer les offres de voyages (packages, vols secs, etc.) et d'avoir ainsi un panel des possibilités et donc des prix. Ils renvoient ensuite l'internaute directement sur le site où est proposée l'offre sélectionnée. Attention cependant aux frais de réservation ou de mise en relation qui peuvent être pratiqués, et aux conditions d'achat des billets.

AKAÏNA

4, rue Gabriel-Péri
GRENOBLE
✆ 04 76 86 30 26
www.akaina.fr
Ouvert du lundi au vendredi de 9h30 à 12h et de 14h à 18h30. Fermé le samedi.

Akaïna construit des voyages sur mesure, selon vos envies, pour vous donner le temps de découvrir les choses à votre rythme. En Bolivie, l'agence propose des treks de deux jours, des voyages de plusieurs semaines, mais aussi des séjours chez l'habitant pour une immersion totale dans la culture bolivienne... « Balades andines », « Nature et rencontres insolites » ou « Une aventure bolivienne » sont des exemples de circuits disponibles. Encadrement francophone. Possibilité de séjours alliant la découverte du Pérou ou du Chili.

ALMA VOYAGES

573, route de Toulouse
VILLENAVE-D'ORNON
✆ 05 56 87 58 46
www.alma-voyages.com
Ouvert du lundi au vendredi de 9h à 17h30 et le samedi de 9h à 12h.

Chez Alma Voyages, les conseillers connaissent parfaitement les destinations proposées et chaque client est suivi par un agent attitré ! Une large offre de voyages, avec émission de devis pour les voyages sur mesure, vous sera alors proposée. Alma Voyages pratique les meilleurs prix du marché et travaille notamment avec Kuoni, Beachcombers, Jet Tour, Marmara, Look Voyages... Si vous trouvez moins cher ailleurs, l'agence s'alignera sur ce tarif et vous bénéficierez en plus, d'un bon d'achat de 30 euros sur le prochain voyage... Catalogue sur le site Internet.

ALTIPLANO VOYAGE

Route de la Bouvarde
EPAGNY METZ-TESSY
✆ 04 50 46 90 25
www.altiplano-voyage.com
Ouvert du lundi au vendredi de 8h à 13h et de 14h à 18h.

Osez l'inédit ! Altiplano Voyage est une agence spécialiste des voyages sur-mesure en Bolivie. Leurs spécialistes connaissent parfaitement la destination et composent votre itinéraire aux dates de votre choix. Par exemple, le circuit « Trésors de Bolivie » vous fait découvrir les plus beaux sites du pays : les villes coloniales de Potosí et Sucre, l'incroyable Salar d'Uyuni, mais aussi la capitale La Paz et le fameux lac Titicaca. Vous pouvez également combiner votre itinéraire avec le Pérou ou le Chili. Demandez dès maintenant votre devis sur-mesure.

ANAPIA VOYAGES

5, Oletako Bidea - **ASCAIN / AZKAINE**
✆ 06 88 62 62 66 - www.anapiavoyages.fr
Sur rendez-vous uniquement.
Aix-en-Provence, Lyon ou Ascain.

Anapia voyages, a été fondé en 2010 par Sylvia, péruvienne, ex accompagnatrice de voyages. Basée au Pays basque et en Provence, avec son équipe exclusivement féminine de spécialistes par destination, elle propose des circuits nature, culture et surtout des rencontres. L'humain est au centre des itinéraires. En Bolivie, Anapia propose entre autres un itinéraire de 13 jours depuis La Paz à Uyuni, en séjournant dans des écolodges dans le Salar de Uyuni et en hôtel de charme à Sucre. Rendez-vous à Aix en Provence, Lyon et Paris.

CULTURE CONTACT

4, allée de l'Esplanade
GIGNAC
✆ 04 67 59 75 76
www.culturecontact.org

Inscrits dans les initiatives locales, les voyages équitables de Culture Contact sont conçus en partenariat avec les populations pour allier découverte, plaisir et convivialité dans le respect de chacun. Véritable alternative au tourisme conventionnel, ils placent l'homme et son environnement au centre du voyage. L'agence propose un séjour de deux ou trois semaines en Bolivie permettant de découvrir le pays depuis la forêt amazonienne jusqu'à l'Altiplano, avec nuitées et repas dans différentes communautés pour s'immerger dans la culture du pays.

NOSTALATINA

19, rue Damesme - **PARIS** (13e)
✆ 01 43 13 29 29
https://ann.fr/
Ouvert du lundi au samedi de 10h à 13h et de 14h à 18h.

La Bolivie en longueur, en largeur, en hauteur, et dans tous ses états : de la Paz haut perché au lac Titicaca, des villages pittoresques des Andes jusqu'au Salar d'Uyuni, de la jungle de l'Est à celle de l'Amazonie, de l'ascension des sommets mythiques de la Cordillère Royale au rafting dans le Yungas, du Sud Lipez au Nord-Ouest de l'Argentine ou à San Pedro de Atacama, sans oublier la route des missions et son festival de musique baroque… On trouve chez NostaLatina une connaissance parfaite du pays et une passion sans limite pour monter son voyage en Bolivie.

MELTOUR

103, avenue du Bac
LA VARENNE-SAINT-HILAIRE
✆ 01 73 43 43 43
www.meltour.com
Ouvert du lundi au vendredi de 9h à 19h.

Ce tour-opérateur, véritable spécialiste du voyage sur mesure depuis 24 ans, concocte tous les types de voyages vers une quarantaine de pays. Tous guidés en français, les circuits privatifs sur mesure ou les circuits regroupés proposent de découvrir différentes facettes d'un pays. N'hésitez pas à confier votre projet à cette équipe de spécialistes, pour préparer ensemble le voyage qui vous ressemble. En Bolivie, on choisira entre les circuits « L'essentiel de la Bolivie », « Les grands espaces de la Bolivie en 4x4 » ou « trek en Bolivie - sur la trace des Incas ».

LA ROUTE DES VOYAGES

10, rue Choron
PARIS (9e)
✆ 01 55 31 98 80
www.laroutedesvoyages.com
Ouvert du lundi au vendredi de 10h à 18h, et le samedi sur rendez-vous.

La Route des Voyages, c'est une agence dotée d'une équipe dynamique et enthousiaste dotée d'une vraie connaissance du terrain, couvrant un grand nombre de destinations sur le globe. Tous les voyages sont composés sur mesure, selon votre inspiration, votre budget, et les connaissances de la Route des Voyages, en fonction du nombre de participants et de leurs centres d'intérêt. En Bolivie on hésitera entre un « Circuit au Salar d'Uyuni et villes coloniales » ou un séjour autour du « Festival de musique baroque dans les missions jésuites ».

ALAYA

2690 Calle Abdon Saavedra
LA PAZ
✆ +591 7190 0116
www.alaya-bolivia.com

Voici une agence de voyages réceptive franco-bolivienne réputée, implantée à La Paz, à Santa Cruz ainsi qu'à Uyuni. Spécialiste dans l'organisation de circuits à la carte et de prestations sur mesure, elle est constamment à la recherche d'itinéraires originaux, sélectionnés pour leur authenticité et pour leurs trésors naturels et culturels. L'une de ses particularités intéressantes est que son équipe organise des séjours chez l'habitant sur l'île du soleil, à Tuni, Jalq'a, Villa Amboro, chez les Chipayas ou encore à San José de Uchupiamonas.

ALTITUDE TRAVEL

265 Calle Santa Cruz
LA PAZ
✆ +591 2245 2874
www.altitudealliance.travel

Voici une agence qui ravira aussi bien le public en général que les sportifs amateurs de sensations fortes. Elle opère autour de La Paz comme dans le reste de la Bolivie. Sont proposées des activités comme la descente en VTT de la route de la Mort, la location de quads, du trekking, de l'escalade… Un des produits phares est le tour qui offre la traversée du Salar d'Uyuni. Excellent service dans un environnement magnifique. Le groupe Altitude gère aussi le bus Road Runner qui assure un service tout confort entre La Paz et Uyuni.

AMARU BOLIVIA

COCHABAMBA
✆ +591 7278 5907
www.amaru-bolivia.com

Agence francophone basée à Cochabamba, Amaru Bolivia propose d'aller au-delà des sentiers battus pour rencontrer des modes de vie différents, des cultures vivantes et riches, des régions parfois méconnues, mais toujours passionnantes. Elle propose des séjours sur mesure pour découvrir la Bolivie avec des services de qualité, et soigne les détails pour faire des voyages authentiques et personnalisés. Au programme : carnaval d'Oruro, parc national Torotoro, parc national Madidi, mais aussi des découvertes de communautés locales… Authenticité et qualité garantie.

ASTA BOLIVIA

113 Calle Colon
SUCRE
✆ +591 7576 0843
Ouvert tous les jours de 9h à 20h.

Cyril, un Français installé depuis plusieurs années à Sucre, est à l'origine de la création de l'agence Asta Bolivia. Il propose des visites et des treks autour de la région de Sucre et dans tout le reste de la Bolivie. Bien intégré, il vous proposera un circuit sur mesure pour passer un magnifique séjour en Bolivie. Vente de billets d'avion nationaux et internationaux, vente de forfaits touristiques et croisières, assurances voyageurs, hôtels, etc. À noter qu´il possède aussi une auberge de jeunesse proche de l´agence. On recommande.

BOLIVIA AUTÉNTICA

189 Calle Sagárnaga
LA PAZ
✆ +591 2290 0125
www.boliviaautentica.com

Un tour-opérateur qui opère autour de La Paz (visite guidée de la ville, de la vallée de la Lune, randonnées à Chacaltaya), mais aussi au lac Titicaca et son Isla del Sol, à Tiwanaku, Uyuni, Los Yungas, Rurrenabaque, Tupiza… Bolivia Auténtica s'occupe également de vous faire découvrir les évènements culturels tels que carnavals, fêtes religieuses… Une bonne agence, que vous pouvez contacter directement dans ses bureaux qui se trouvent dans la très fréquentée rue Sagárnaga. Possibilité de faire vos réservations de vols, d'hôtels ou vos locations de voiture.

BOLIVIA EXCEPCIÓN

LA PAZ
✆ +56 2 2951 5476
www.bolivia-excepcion.com
Réservation en ligne ou par téléphone. Agence disposant d'un équivalent au Pérou : www.peru-excepcion.com

Spécialiste des voyages haut de gamme, cette agence sérieuse (qui opère également au Chili et en Argentine) emploie une équipe franco-phone et bolivienne rigoureusement sélectionnée pour ses compétences et connaissant le pays en profondeur. Les nombreux circuits thématiques (« Missions jésuites de Chiquitania », « Lac Titicaca », « Salinas », « Trekking archéologique », « Combiné Bolivie et Pérou », « Route des vins en Bolivie et en Argentine », etc.) ont été étudiés avec rigueur et bénéficient d'une organisation sans faille.

BOLIVIA MILENARIA

2193 Av. Sanchez Lima
LA PAZ
✆ +591 2272 0544

Bolivia Milenaria est une agence réceptive bolivienne qui propose des séjours sur toute la Bolivie, mais aussi au Pérou, Argentine et Chili. L'entreprise a été créée en 1996 et est engagée dans le respect de l'environnement et des cultures. De nombreuses destinations sont proposées et sont consultables sur le site Internet. Parmi elles : découverte de La Paz, Tiwanaku, le lac Titicaca, le parc Sajama, Sucre, l'Amazonie et le parc Madidi, circuits au Salar d'Uyuni... Les programmes sont personnalisés et sont adaptés à une clientèle cherchant un service de qualité.

CRILLON TOURS

1223 Av. Camacho
LA PAZ
✆ +591 2233 7533
crillontours.travel

Fondée en 1958, cette agence est une pionnière du tourisme en Bolivie. Avec sa flotte de bateaux qui sillonnent le Titicaca, Crillon est certainement la plus grosse agence de tourisme de Bolivie. Les circuits clés en main dans la région du lac (bateau jusqu'à Puno), à Cuzco et au Machu Picchu sont sa spécialité. L'agence possède notamment un superbe hôtel sur l'Isla del Sol. Crillon peut aussi organiser n'importe quel séjour en Bolivie, dans des conditions de confort les meilleures possibles. Deux options : circuits classiques ou luxueux.

ANTIPODE

6 Avenida 6 de Agosto
LA PAZ
✆ 09 70 44 04 77
www.antipode-bolivia.com

Thierry et Olivier, deux guides spécialistes de l'Amérique du Sud, ont créé en 2007 une agence située à Cusco, en plein cœur de la Cordillère péruvienne. Leur agence en Bolivie, elle, a ouvert en 2012. Ils vous proposent un combiné « aventure et culture » à travers les paysages extraordinaires de ces deux pays, des Andes à l'Amazonie, pour vivre l'intensité de ces décors et les richesses culturelles qu'ils abritent. Antipode, comme son nom l'indique, vous emmènera à la découverte de ces sites fabuleux par des chemins peu connus du tourisme classique.

DESTINATION AMÉRIQUE LATINE

2512 Sanchez Lima
LA PAZ
✆ +591 7156 4997
www.destinosamericalatina.com

C´est une agence bolivienne locale sans intermédiaires avec plus de quinze ans d'expérience en Bolivie et en Amérique latine. Elle dispose d'une collaboratrice francophone en France. Elle organise votre séjour en fonction de votre profil et de vos envies. L'agence propose également des voyages organisés (classiques, découverte, aventure, ou expédition en 4x4), des voyages privés à partir de deux personnes. Une entreprise sérieuse et sûre, des prix justes et un service de qualité.

GEO TREK

189 Calle Sagarnaga
LA PAZ
✆ +591 7880 7257
www.geotrek.tours
Agence ouverte du lundi au samedi de 9h à 12h et de 15h à 19h30.

Établie en 1995, cette agence propose plusieurs activités : andinisme, VTT, trekking, parcs nationaux, tours culturels et tours privés. Les circuits proposés sont nombreux et bénéficient d'un encadrement qualifié. En plus de proposer toute la destination Bolivie, cette agence propose aussi de louer des équipements pour les ascensions, des vélos pour notamment la route de la mort et aussi tout l´équipement nécessaire pour le camping. N'hésitez pas à passer les voir dans leur boutique Calle Sagarnaga ! Une bonne option pour votre voyage.

ECOTURISMO GREENTREKKERS BOLIVIA

123 Calle Aniceto Arce
SUCRE
✆ +591 7342 1645
www.greentrekkers.com
Réservation et paiement en ligne.

Menée par une équipe bolivienne dynamique, cette agence basée à Sucre organise des voyages dans tout le pays et bien sûr est spécialisé dans les treks dans les environs et dans la cordillère. Ils développent un tourisme qui favorise les communautés à travers des projets sociaux et environnementaux. Le professionnalisme est au rendez-vous avec plus de 14 ans d'expérience en tant que guides. N´hésitez pas à les contacter via leur page Facebook pour un devis.

INCA LAND TOURS

233 Calle Sagarnaga
LA PAZ
✆ +591 7754 4481
www.incalandtours.com
Ouvert tous les jours de 8h30 à 20h, le samedi jusqu'à 19h et le dimanche jusqu'à 17h.

Située sur la rue la plus touristique de La Paz, cette agence professionnelle propose depuis plus de 30 ans des excursions dans toute la Bolivie. Elle propose aussi bien des circuits sur le Salar d'Uyuni que des plongées dans l'Amazonie bolivienne. Dans les environs de La Paz elle propose les ascensions de l'Illimani, du Condoriri, du Huayna Potosi, de Chacaltaya... Tous les tours sont disponibles sur le site internet. Une agence sérieuse et responsable. Possède également des bureaux à Rurrenabaque, à Cuzco et à Puno (Pérou).

GASTON SACAZE

2355 Avenida Arce
LA PAZ
✆ +591 2244 0963
www.gaston-sacaze.com

Pour que votre périple à travers le lac Titicaca, le Salar d'Uyuni, Sucre, Potosí ou la cordillère Royale et ses sommets enneigés soit inoubliable, nous vous recommandons vivement l'agence Gaston Sacaze. Ces professionnels vous proposeront la formule de vos souhaits, des circuits thématiques, des modules au choix pour un séjour sur mesure en Bolivie comme dans toute l'Amérique du Sud pour visiter également les plus beaux coins du Chili, d'Argentine, du Pérou et de l'Equateur. Ce réceptif francophone est la référence sur le marché sud-américain.

PAPRIKA TOURS

1311 Caranavi
LA PAZ
✆ +51 54 242446
www.paprikatours.com

Paprika Tours est une agence de voyage francophone présente en Bolivie et au Pérou, spécialiste du circuit sur mesure. Les conseillers voyages sont des francophones vivant en Bolivie ou au Pérou et qui connaissent parfaitement ces pays. Paprika Tours offre à ses clients un service personnalisé, flexible et efficace, à des prix généralement inférieurs à ceux des agences situées en Europe. En outre, l'agence organise des voyages à date fixe pour des petits groupes de 12 participants maximum. Les départs sont indiqués sur leur page Web.

Paprika
TOURS
Agence locale francophone
Découvrez la Bolivie et le Pérou
Circuits sur mesure
Circuits en groupes de 12 personnes
Scannez
et découvrez !
www.paprikatours.com
info@paprikatours.com
+51 946772823 +51 54 242446

LATE BOLIVIA

15 calle Pajsi Luna
LA PAZ
✆ +591 7154 2077
www.latebolivia.com
Ouvert du lundi au vendredi de 9h à 12h et de 14h30 à 18h, le samedi de 10h à 13h.

Late Bolivia est une agence qui opère principalement en Bolivie, avec des tours faits sur mesure et des guides, des transports et une hôtellerie de qualité. Leur mission est de promouvoir l'échange entre les visiteurs et la population locale. Les tours bénéficient d'une assistance 24h/24 et 7j/7 pour faire face aux différents imprévus. C'est une entreprise sérieuse avec des circuits privés ou partagés, qui sont dirigés aussi bien à La Paz avec un *city tour* mais aussi dans les Yungas, le parc national Sajama, le Salar d'Uyuni, le lac Titicaca, Sucre et Potosí...

MUNDO QUECHUA

43 Av. Circunvalación - **LA PAZ**
✆ +591 7121 3352
www.mundoquechua.com

Personne ne connaît aussi bien la Bolivie que cette agence francophone fondée il y a une vingtaine d'années par Carlos Fiorilo, passionné du monde andin. Ayant cédé les rênes à son fils Amaru, ce n'est pas pour autant que la qualité et l'authenticité des circuits proposés se sont dégradées, bien au contraire ! Mundo Quechua priorise un tourisme durable et équitable avec des séjours chez l'habitant, des guides locaux compétents et des itinéraires hors des sentiers battus. Elle répondra à vos besoins avec une humanité et un professionnalisme remarquable.

LLAMA TREK

413 Sagarnaga
LA PAZ
✆ +591 6404 3058
www.llamatrekbolivia.com
Ouvert du lundi au vendredi de 9h à 19h.

La Bolivie, c'est le lac Titicaca et le Salar d'Uyuni, mais c'est aussi les sommets de la cordillère des Andes ! Et donc une infinie possibilité de réaliser des treks inoubliables (Nevado Sajama, Huayna Potosi, cordillère d'Apolobamba, etc.). Llama Trek, une agence fondée par des guides de montagne qualifiés (UIAGM), s'est spécialisée dans les plus belles ascensions et randonnées des cordillères de Bolivie, pour tous les niveaux, et avec un accompagnement très pro sur le terrain. Pour ceux attirés par la découverte et l'aventure !

MADIDI TRAVEL

947 Calle Linares
LA PAZ
✆ +591 2231 8313
www.madidi-travel.com

Cette agence professionnelle propose tous types de circuits en Bolivie, avec sérieux et professionnalisme, pour toutes les bourses et tous les goûts, ainsi qu'une multitude d'activités. Elle gère aussi un sanctuaire privé dans la jungle de Rurrenabaque, dans le Parc national Madidi, pour une expérience au plus près de la nature (politique très forte de protection de l'environnement et de développement durable). Leur objectif est de préserver et de protéger la Réserve de Serere, une merveilleuse zone de forêt tropicale et de lagons de plus de 4 000 hectares.

MOTO TRAILS BOLIVIA

7834 Calle 23
LA PAZ
✆ +591 7676 0771
www.mototrailsbolivia.com

Cette agence, créée par trois amis, est dirigée par Maurice Manço, un Franco-Bolivien. Comme son nom l'indique, elle est spécialisée dans les raids moto (sur mesure, accompagnés d'un guide, d'un véhicule logistique et d'un mécanicien) et les voyages à la carte (survols en avion et en hélicoptère du Salar d'Uyuni, etc.). Les raids sont particulièrement éprouvants et sont réservés aux motards expérimentés. De nombreux médias ont fait appel à cette agence sérieuse pour leurs reportages : Le Monde, France 2 pour « Rendez-vous en Terre Inconnue », Arte...

PUKA NINA BOLIVIE

2652 Av. Arce, Edificio Mila
LA PAZ
✆ +51 984 114 237
www.pukanina.com

Depuis plus de 15 ans, Puka Nina se définit comme la plus grande couturière de voyages dans les Andes, concevant et proposant des circuits classiques et originaux dans ces deux pays, et, bien sûr, répondant aux envies et capacités de chacun (budget, âge, condition). Vous y trouverez des circuits individuels sur mesure en français, comme celui de 21 jours partant de Lima puis se dirigeant vers Arequipa, puis Chivay, Puno, l'île du Soleil, La Paz, Sucre, Potosí, Uyuni, Villamar, le Sud Lípez et même Oruro. Agence de référence au Pérou et en Bolivie.

NAYRA TOURS

863 Calle Illampu - **LA PAZ**
✆ +591 6318 5559
www.nayra-tours.com
Site internet en français.

Cette agence menée depuis 1995 par Gloria, guide bolivienne francophone, vous propose de partir à la découverte de la culture et des richesses naturelles de la Bolivie à travers des destinations étonnantes telles que le Salar d'Uyuni. Pour les amoureux d'ornithologie, elle offre depuis quelque temps des voyages d'avitourisme. Spécialiste des tours privés sur mesure et des circuits en petits groupes, l'agence opère également au Pérou. Elle dispose d'excellentes infrastructures et de moyens de transport fiables pour garantir la satisfaction totale de ses clients.

PUNTA DEL CIELO TOURS

25 Calle Audencia - **SUCRE** ✆ +591 7579 1010

Punta del Cielo est une agence spécialisée sur toute la Bolivie, mais qui couvre principalement les attractions autour de Sucre. Avec eux, vous pourrez admirer des traces de pas des dinosaures en passant par le cratère de Maragua dans la cordillère de los Frailes (les traces observées appartiennent au dinosaure carnivore le plus grand du monde, elles mesurent 1,15 mètre chacune). Autre excursion à succès du Chuquisaca : la visite du marché artisanal de Tarabuco, en rentrant en contact avec une famille locale qui a conservé ses traditions et ses coutumes intactes.

ROSARIO TOURS

146 Calle Arenales - **SANTA CRUZ**
✆ +591 3336 9977
www.rosariotours.com
Excursion à Samaipata à 2 250 Bs/3 pers.
Excursion de 2 jours à San José de Chiquitos à 1 675 Bs/personne. Tout compris.

Tour-opérateur bolivien organisant des séjours dans les environs de Santa Cruz, mais aussi partout ailleurs en Bolivie. Dans les excursions proposées, il y a par exemple : le lac Titicaca, les Missions Jésuites et le Parc national Noel Kempff Mercado. Pour les amoureux de la nature, possibilité de réaliser des circuits sur ce thème avec pêche et observation des oiseaux. Enfin, vous pouvez aussi envisager, depuis Santa Cruz, un tour pour le Salar d'Uyuni avec le moyen de transport de Rosario Tours. Vous pouvez la contacter ou passer au bureau dans le centre-ville.

RUTA VERDE

318 Calle 21 de Mayo
SANTA CRUZ
✆ +591 3339 6470
www.rutaverdebolivia.com

Ruta Verde est une agence de voyages néerlando-bolivienne qui propose un florilège de tours différents depuis 2006 : les grands classiques (city tour de Santa Cruz, Salar d'Uyuni, lac Titicaca, parc national Madidi) mais aussi d'autres moins touristiques (route du Che, parc national Torotoro, observation de la flore amazonienne dans des écolodges, visite de villes coloniales ou d'autres parc nationaux tout aussi riches). Possibilité de réaliser également des tours privés. Agence professionnelle, expérimentée, et très populaire.

SERVIMASTER TOURS

947 Calle Linares
LA PAZ
✆ +591 7253 2355
www.servimastertours.com

Une agence du centre de plus de 20 ans qui propose des excursions autour de La Paz mais aussi dans le reste de la Bolivie et la région de Cuzco, au Pérou. Différentes activités sont proposées : VTT, trekking, escalade… Parmi les circuits les plus vendus : le lac Titicaca, le Salar d'Uyuni, le parc Madidi et la connexion avec le Pérou. L'agence est facile d'accès puisqu'elle se trouve dans l'hôtel Posada de Abuela et en plein milieu de la partie commerçante à l'intersection de Linares avec Sagarnaga. Plutôt pour les petits budgets, agence sérieuse.

TURISMO SUCRE

320 Calle Dalence
SUCRE
✆ +591 4645 2936
www.turismosucre.com.bo

Appartenant aux propriétaires de l'hôtel Mi Pueblo Samary, Turismo Sucre est une agence sérieuse et réputée à Sucre. Des excursions au Salar d'Uyuni et dans tous les hauts lieux touristiques du pays sont proposées, ainsi que des transferts Sucre-Potosí, la visite de la communauté Jatun Yampara ou de différentes *haciendas* coloniales. Bref, les services touristiques offerts sont aussi bien dans la région de Sucre que dans toute la Bolivie. La visite de Jatun Yampara est la spécialité de la maison, nous vous la recommandons fortement !

TAKUARAL TOURS

Calle San Martin
COCHABAMBA
✆ +591 7270 7348
Agences à Santa Cruz et à Cochabamba.

Une agence bien implantée qui propose des excursions dans les alentours de Santa Cruz et de Cochabamba (parc national Torotoro, missions jésuites, Samaipata…), mais aussi dans tout le reste de la Bolivie (lac Titicaca, salar d'Uyuni…). Des circuits tout compris sont proposés, consultez la page Facebook de l'agence. Parfait pour les visiteurs qui commencent leurs séjours dans la partie orientale du pays. Propose également des billets d'avion à des tarifs intéressants. Une agence sérieuse qui propose de bons itinéraires et des prix corrects.

TUSOCO VIAJES

364 Calle Junín
COCHABAMBA
✆ +591 7220 7682
www.tusoco.com

Tusoco est une agence qui vous permet de découvrir la Bolivie authentique en logeant dans des *lodges* et en vous fondant dans la culture locale des communautés indigènes à travers un service touristique de haute qualité en logement, alimentation, guides, transports… Les voyages peuvent commencer à partir de La Paz ou Santa Cruz, lieu d'arrivée des vols internationaux. Différents tours sont proposés, à la journée jusqu'à 25 jours. Les services sont personnalisés, le but est de voyager sereinement tout en étant au plus proche de la nature et de ses communautés.

TURISMO KOLLA

1323 Av. Camacho
LA PAZ
✆ +591 2220 3070
www.turismokolla.com
Agence ouverte du lundi au vendredi de 8h30 à 17h30, le samedi de 9h à 13h.

Une agence de 43 ans d´expérience, reconnue en Bolivie pour son professionnalisme et partenaire du tourisme durable Travelife. Elle opère sur toute la Bolivie et promeut la préservation de l´environnement et le tourisme responsable. Turismo Kolla est une entreprise sérieuse, vous pouvez la contacter en toute confiance pour organiser votre séjour. À noter que l´agence est aussi émissive et peut donc organiser vos séjours en dehors du pays, dans le cadre de circuits combinés. Également : location de voitures, billets d'avion, assurances voyage.

WANDERLUST TURISMO 591

1593 Av. Estados Unidos
LA PAZ
✆ +591 6803 8691
www.wanderlustboliviatravel.com

Une agence qui opère des tours organisés et aussi à la carte dans toutes les régions du pays, mais aussi au Chili, au Pérou et au Brésil. Une entreprise professionnelle et de qualité pour découvrir les paysages, cultures, traditions et coutumes locales. L'équipe est composée de guides professionnels locaux. Ils savent mettre une touche d´originalité dans leurs tours, avec notamment des choix de routes ou d'activités alternatives qui les différencient des circuits classiques proposés par certaines agences. Site internet en anglais et en espagnol.

© TERRA BOLIVIA

TERRA BOLIVIA

2682 Av. Ecuador
LA PAZ
✆ +591 7125 7378
www.terra-bolivia.com
Site Internet en français.

Installée à La Paz depuis 1998, Terra Bolivia propose 7 circuits thématiques dignes des plus extraordinaires aventures de votre vie. Son itinéraire de 20 jours sur l'Altiplano (La Paz, lac Titicaca, les Yungas, Tuni, Sucre, Potosí, Sajama, Uyuni et le Sud Lípez), sa traversée de la cordillère Royale (19 jours), et son odyssée de 3 semaines aux quatre coins de l'Amazonie bolivienne (Coroïco, Caranavi, Rurrenabaque, Trinidad, parc Madidi et d'Apolobamba) vous feront vivre des émotions profondes. Séjours chez l'habitant et des pratiques de tourisme écoresponsable.

TERRES PERUVIENNES

Quinta Leoncio Prado 19
AREQUIPA
✆ +51 959 373737
www.terresperuviennes.com

Une agence francophone sérieuse et de qualité tenue par une famille franco-péruvienne très investie et dévouée, et qui propose des circuits sur mesure pour découvrir le pays et ses merveilles. Attachée au développement durable, cette entreprise est engagée dans plusieurs actions auprès des populations locales et garantit un séjour sans accroc sur place. Un de ses principaux atouts est la qualité de suivi pendant la préparation du voyage et une fois sur place. Terres Péruviennes est référencée par le consulat du Pérou à Paris.

QUOTATRIP

www.quotatrip.com
Voyages sur mesure.

QuotaTrip est une nouvelle plateforme de réservation de voyage en ligne qui met en relation des voyageurs à la recherche d'expériences authentiques et uniques et des agences de voyages locales sélectionnées pour leurs compétences et leur sérieux. Le réseau de QuotaTrip couvre près de 200 destinations dans le monde entier. Le but de ce rapprochement est simple : proposer un séjour entièrement personnalisé aux utilisateurs. QuotaTrip promet ainsi l'assurance d'un voyage serein, sur mesure, sans intermédiaires et sans frais supplémentaires.

THAKI VOYAGE

Edificio Color, Dto. 4A738, Calle Chaco, Sopocachi - **LA PAZ** ✆ +09 77 21 51 60
www.thaki-voyage.com
Site Internet en français. Appel en Bolivie au prix d'un appel local en France.

Agence francophone proposant toutes sortes de circuits en privé et sur mesure, et ce, selon vos envies et votre budget. Anne, la co-fondatrice, est une alpiniste aguerrie, une passionnée d'andinisme et la première femme à avoir gravi les 13 sommets de plus de 6 000 m de Bolivie ! Co-autrice de l'ouvrage *Cordillère Royale : treks et alpinisme en Bolivie* (Glénat 2015), c'est grâce à elle que l'agence est reconnue pour son expertise en haute montagne. Jérôme, lui, est un spécialiste du terrain qui pourra vous organiser n'importe quel type de séjour. Une valeur sûre.

INTERVIEW

THAKI VOYAGE

RENCONTRE AVEC ANNE BIALEK ET JÉRÔME BENASSI

© THAKI VOYAGE

Bonjour Anne et Jérôme, pourriez-vous nous parler de vous ?

Anne. Je m'appelle Anne Bialek, je suis venue m'installer en Bolivie en 2007 pour vivre pleinement de ma passion pour la montagne, après une reconversion professionnelle.

Jérôme. Je suis Jérôme Benassi, et ai débarqué par hasard en Bolivie en 2002. Le destin a fait en sorte que je rencontre Anne, qui partageait les mêmes valeurs que moi, ce qui a donné naissance à Thaki.

Qu'aimez-vous le plus de votre travail ?

Anne. Je suis passionnée de voyages. C'est un vrai plaisir de créer des séjours de rêve à la carte. Notre travail consiste à aller sur le terrain pour rencontrer nos partenaires. Pour ma part, je me charge d'ouvrir de nouvelles voies en montagne ou en trek. On allie le plaisir et le travail.

Jérôme. J'ai vraiment de la chance de travailler de ma passion. Partir à la découverte de nouveaux endroits insolites avec un esprit d'aventurier m'enchante à chaque fois.

© THAKI VOYAGE

Quelle est la destination la plus incontournable en Bolivie ?

Anne. Pour moi évidemment, ce seront les montagnes. Nous n'avons rien à envier au Népal. Nous avons un terrain de jeux incroyable pour les amoureux des grands espaces. Pour être plus objective, je dirais le salar d'Uyuni, qui est un lieu unique au monde.

Jérôme. La région du Lípez avec ses lagunes colorées, et la région de Samawa, que nous avons découverte en 2016… Une exclusivité Thaki !

© THAKI VOYAGE

Que recherchez-vous à partager avec vos clients ?

Anne. De l'émotion et des sensations fortes. Je leur souhaite de vivre une profonde expérience.

Jérôme. L'émotion et l'effet de surprise qu'offre la Bolivie avec ses paysages et l'authenticité des Boliviens.

Avez-vous des conseils ?

Anne. Qu'ils prévoient suffisamment de temps, au moins 3 semaines.

Jérôme. Simplement vivre leur voyage et se laisser surprendre par ce pays qui surprend à coup sûr.

THAKI VOYAGE
www.thaki-voyage.com

INTERVIEW

LE VOYAGE-SUR-MESURE

AVEC STEVEN LE CHEVALIER ET MATHIEU VALLY DE QUOTATRIP

Quel est le concept de l'agence QuotaTrip ?

Quotatrip est la première plateforme de mise en relation entre voyageurs et agences locales. Grâce à elle, les voyageurs peuvent enfin échanger en direct avec des agences qui sont sur place et concevoir un voyage unique, au meilleur prix et 100% personnalisé.

Pourquoi voyager avec des agences locales ?

À l'inverse des agences traditionnelles, les agences locales sont des expertes de la destination choisie. Ce sont aussi les mieux placées pour concevoir des séjours qui sortent des sentiers battus. Elles sont ainsi en mesure de répondre à l'ensemble des envies, le voyageur rentre dans l'univers de l'equi-tourisme = le tourisme sans intermédiaire.

Quels sont les autres avantages pour les voyageurs ?

Il y a une multitude d'avantages. Cela permet notamment de ne pas voyager comme tout le monde, d'organiser de manière simple et rapide un séjour sur mesure et au meilleur prix. Fini les mauvaises surprises, les voyageurs posent toutes les questions qu'ils souhaitent et bénéficient d'un accompagnement sur mesure, de la conception du projet jusqu'à sa réalisation en toute sécurité car les agences référencées sont sélectionnées et recommandées par les journalistes des guides du Petitfute en toute impartialité.

Les démarches sont-elle simples à effectuer ?

Les sites de voyage en ligne font perdre beaucoup de temps aux internautes sans pour autant répondre entièrement à leurs désirs. QuotaTrip propose un formulaire simple et rapide qui permet de décrire les souhaits, les envies et les besoins. L'internaute reçoit aussitôt gratuitement et sans engagement les offres de trois ou quatre agences locales avec qui il peut ensuite échanger afin de personnaliser son projet grâce à la messagerie mise en place.

Quelles sont les destinations proposées ?

Notre plateforme propose plus de 21 000 projets de voyage sur plus de 100 destinations à travers le monde. De l'Amérique latine en passant par l'Asie et l'Afrique, nos mille agences partenaires sont là pour répondre à vos projets de voyage.

Décrivez votre projet de voyage. Echangez en direct avec les agences locales et partez au meilleur prix.

***Plus d'informations** : quotatrip.com*

© D.R

© D.R

© D.R

SE LOGER

Les infrastructures hôtelières en Bolivie se sont grandement améliorées au fil des années. À partir de 170 Bs la chambre double, on accède à des auberges convenables. Les *hostales* offrent généralement le meilleur rapport qualité/prix pour les petits budgets. Le pays dispose de toute la gamme d'hôtels habituelle dans les grandes villes. À la campagne, il peut s'avérer plus difficile de tomber sur des établissements de catégorie supérieure, bien que vous retrouverez de l'hôtellerie haut de gamme dans des destinations comme les Yungas, le lac Titicaca, Uyuni et les missions jésuites de Chiquitos. Dans les régions tropicales, le générateur s'arrête généralement vers 22h. Sans ventilateurs, les nuits peuvent être suffocantes, et que dire du bourdonnement des moustiques autour des oreilles... Dans le Sud-Lípez ou dans le parc Sajama, vous trouverez sans problème un lit dans un refuge. Évidemment, attendez-vous à un confort sommaire.

WORKAWAY €€

www.workaway.info

Abonnement annuel à la plateforme : 49 € pour un voyageur seul, 59 € pour deux voyageurs.

Ici, le système est simple : être nourri et logé en échange de services. Sur la page Web, vous entrez en contact avec vos futurs hôtes qui recherchent des volontaires pour les aider dans leur projet. Des fermes, des maisons à retaper, des vendanges, des cueillettes… Ce système de logement alternatif, s'il n'est pas de tout repos, est de plus en plus populaire parmi les voyageurs. Les hôtes proposent la plupart du temps le gîte et la nourriture en échange de cours d'anglais. Un bon deal mais surtout une expérience unique et des rencontres fort enrichissantes.

HI BOLIVIA €

119 Calle Guillermo Loayza

www.hostellingbolivia.org

Hébergement dans un centre HI en chambre partagée à 149 €/semaine. Cours d'espagnol privé (15 leçons) à 144 €/semaine.

Depuis plus de 20 ans, l'ONG Hostelling International continue de promouvoir l'éducation des jeunes à travers des programmes d'échanges et de volontariat principalement dans des villages isolés, mais aussi dans des grandes villes de la Bolivie. En fonction de leurs études et de leurs champs d'intérêts, ces jeunes pourront travailler dans le domaine de la santé, de l'éducation, du loisir et/ou de la protection de l'environnement. Avant de débuter leur volontariat, ils devront, durant 3 semaines, suivre des cours d'espagnol à l'auberge HI Sucre.

ÉCOLE D'ESPAGNOL - CONEXIONES ENTRE MUNDOS

1122 Pasaje Genoveva Ríos

COCHABAMBA

✆ +591 7174 5590

www.conexionesentremundos.com

Avec plus de 25 ans d'expérience, cette école de langues située à Cochabamba, invite les globe-trotters à venir séjourner dans leurs chambres privées ou, pour une immersion totale, avec une famille d'accueil ! Leur programme est adapté à chaque niveau, besoin et style d'apprentissage, et se base sur le cadre de référence pour les langues (A1, A2, B1, etc.). Et en plus de l'espagnol, ils offrent également des cours de quechua et d'anglais. Horaires flexibles.

WORLDPACKERS

www.worldpackers.com

Abonnement annuel à la plateforme : 49 US$.

Reposant sur le même principe que Workaway, Worldpackers est une plateforme en ligne qui met en relation des voyageurs souhaitant échanger leurs compétences contre un hébergement. Elle n'a que des hôtes vérifiés, contrairement à Workaway. Vous pouvez trier les opportunités de bénévolat par région, par durée et par date d'arrivée. Pour participer à un échange, il suffira de payer les frais d'adhésion puis de contacter votre hôte. En vous inscrivant dans cette communauté, vous vivrez certainement une expérience culturelle enrichissante des plus mémorables !

SE DÉPLACER

La Bolivie est dépendante du trafic aérien pour franchir rapidement les barrières naturelles. Depuis le début de pandémie COVID19, le réseau ferroviaire a interrompu ses services : il n'est désormais plus possible de se déplacer en train. Le bus est le moyen de transport le plus populaire et les gares routières sont en général bien organisées. Parmi les compagnies principales, on retrouve Trans Copacabana, Todo Turismo, Bolivia Hop et Expreso Tupiza. Vous pouvez acheter vos billets directement aux guichets de vente qui se trouvent dans les terminaux de bus ou bien sur les sites Web TicketsBolivia et Busbud. Pour les longs trajets, vous aurez le choix entre la classe standard (moins chère, moins confortable, sans toilette), la classe *semi cama* (bus de deux étages d'environ 40 sièges à inclinaison 140°, avec toilette et climatisation) et la classe *cama* (bus de deux étages de 24 sièges à inclinaison 160°, avec toilette et climatisation).

ORGANISER SON SÉJOUR

AMASZONAS

1649 Avenida Saavedra
LA PAZ
✆ +591 2222 0848
www.amaszonas.com

La compagnie aérienne Amaszonas propose des vols journaliers vers Cochabamba, Sucre et Santa Cruz. Il y a quelques années, elle proposait des vols directs pour Rurrenabaque, mais ce n'est plus le cas (Rurrenabaque est aujourd'hui desservie par la compagnie Ecojet). Amaszonas offre également des vols internationaux à destination d'Asuncion au Paraguay et d'Iquique au Chili. Elle possède plusieurs succursales à La Paz, à Cochabamba, à Sucre et à Santa Cruz. Les tarifs aller-retour sont abordables. Possibilité de réserver sur internet.

ECOJET

www.ecojet.com.bo

En pleine croissance ces dernières années, cette compagnie bolivienne est devenue un incontournable pour les voyageurs qui désirent se rendre à Rurrenabaque (3 vols par semaine, le lundi, mercredi et vendredi), à Riberalta ou à Guayaramerin, dans le département de Beni. Elle dessert également d'autres villes telles que Santa Cruz, Trinidad, Cobija et La Paz. Sans doute la compagnie aérienne la plus sérieuse du pays. Pour toute question, n'hésitez pas à les contacter sur WhatsApp : leur service à la clientèle est rapide et efficace.

BOA (BOLIVIANA DE AVIACIÓN)

1413 Av. Camacho
LA PAZ
✆ +591 2211 7993
www.boa.bo

Ouvert du lundi au vendredi de 8h30 à 18h30 et le samedi de 9h à 12h.

Cette compagnie low cost récente, qui appartient à l'État bolivien, est une des plus actives sur le marché domestique. Elle vole un peu partout : La Paz, Cochabamba, Santa Cruz, Oruro, Potosi, Tarija, Trinidad, Cobija, Yacuiba, mais pas à Rurrenabaque cependant. On peut réserver très rapidement sur le site web (avec carte bancaire), c'est pratique. BOA vole aussi vers Buenos Aires et Salta (Argentine), São Paulo, Lima, Miami, Madrid et à Barcelone.

IMBEX

7812 Calle 15 - **LA PAZ**
✆ +591 2212 1010
www.imbex.com

Location d'une voiture à partir de 53 US$ par jour. Pour un 4x4, à partir de 75 US$.

Agence de location de voitures jouissant d'une bonne réputation. Possibilité de louer une voiture à La Paz ou à Santa Cruz, ou encore faire un circuit et la déposer où vous voulez dans le pays. Une superbe option pour découvrir la Bolivie en toute liberté. Les véhicules (fourgons Toyota Hilux 4X4, Nissan X trail et Toyota Rav 4) sont généralement presque neufs et minutieusement vérifiés. On vient vous le remplacer immédiatement en cas de pépin mécanique. Vous pouvez aussi demander un chauffeur. Passeport, permis de conduire et carte de crédit requis.

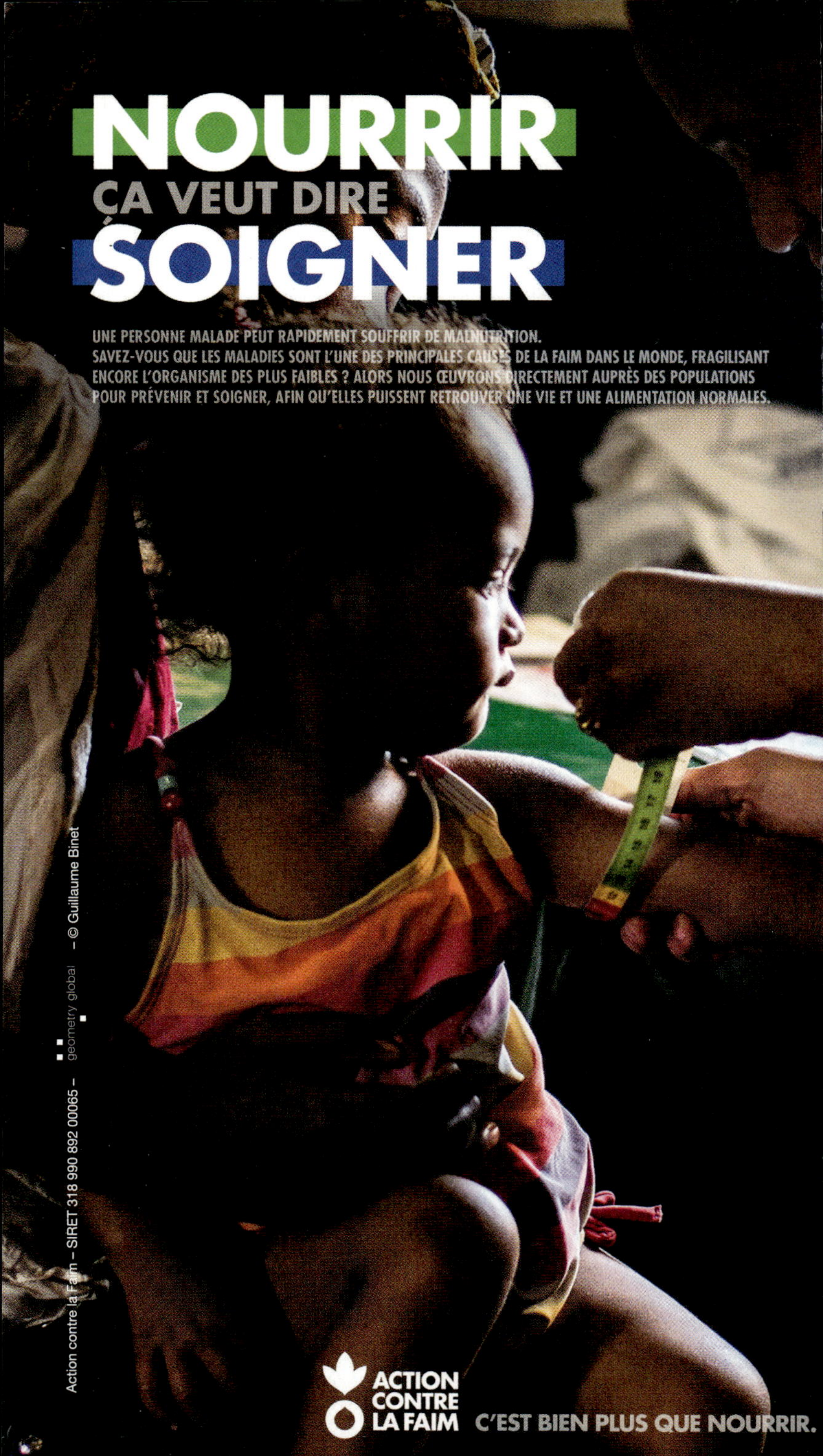
NOURRIR
ÇA VEUT DIRE
SOIGNER
UNE PERSONNE MALADE PEUT RAPIDEMENT SOUFFRIR DE MALNUTRITION.
SAVEZ-VOUS QUE LES MALADIES SONT L'UNE DES PRINCIPALES CAUSES DE LA FAIM DANS LE MONDE, FRAGILISANT ENCORE L'ORGANISME DES PLUS FAIBLES ? ALORS NOUS ŒUVRONS DIRECTEMENT AUPRÈS DES POPULATIONS POUR PRÉVENIR ET SOIGNER, AFIN QU'ELLES PUISSENT RETROUVER UNE VIE ET UNE ALIMENTATION NORMALES.
Action contre la Faim – SIRET 318 990 892 00065 – geometry global – © Guillaume Binet
ACTION CONTRE LA FAIM
C'EST BIEN PLUS QUE NOURRIR.

S'INFORMER

Pour s'informer sur la Bolivie avant votre voyage, vous avez déjà entre les mains l'outil adéquat : votre guide Petit Futé ! Il est également intéressant de consulter les sites internet des agences de voyage francophones qui proposent le plus souvent une présentation détaillée du pays (villes, principales attractions, culture, habitants, cuisine, folklore, festivités...). On trouve sur le Web quelques sites intéressants qui fournissent la possibilité de suivre les nouvelles de la Bolivie en direct et de s'informer. Internet peut pallier le manque d'un vrai office du tourisme en France. Les pages Web des principaux journaux boliviens sont en espagnol. Enfin, il ne faudra pas oublier de rejoindre le groupe Facebook « Les Français en Bolivie », qui accueille une communauté de voyageurs et d'expats francophones. C'est à cet endroit que vous pourrez publier vos questions, transmettre des recommandations et même vous associer à des groupes.

AZAFRÁN BOLIVIA

www.azafranbolivia.com

Véritable référence de la gastronomie bolivienne, Azafrán est un support de communication numérique qui a pour but d'informer le public sur le mouvement culinaire du pays. Elle se spécialise dans la diffusion d'informations sur les restaurants, traditions, produits locaux et producteurs de la Bolivie. Dix magazines imprimés auront été distribués dans les restaurants et les cafés de La Paz, mais le support a récemment évolué pour se concentrer uniquement sur les plateformes digitales. Vous y retrouverez recettes, événements, bons plans et reportages.

BOLIVIAN EXPRESS

bolivianexpress.org

Principal éditeur en langue anglaise de Bolivie, ce superbe magazine est distribué gratuitement en version imprimée dans tout le pays, mais aussi en ligne pour le reste du monde. Il publie chaque mois une série d'articles abordant des thèmes évocateurs, explorant des angles originaux et présentant des photographies inédites, avec, bien entendu, la Bolivie comme toile de fond. De plus, son organisation, Bx DocUnit propose un programme pour les personnes du monde entier qui souhaiteraient effectuer un stage de production documentaire tout en apprenant l'espagnol.

BOLIVIA TURISMO

www.boliviaturismo.com.bo

Certes ce site est en espagnol, mais c'est l'un des plus exhaustifs en ce qui concerne les différentes destinations de la Bolivie. Le visuel est agréable et facile à appréhender. De nombreuses villes et endroits incontournables, avec leurs attractions principales, mais également des infos pratiques (comment y aller, climat, etc.). Cependant le point fort du site est la description de destinations moins connues, comme Bermejo, Padcaya, ou encore Yacuiba. La page Facebook publie régulièrement des infos et de jolies photos de tout le pays.

BOLIVIA-ONLINE.NET

✆ +591 7220 0454

www.bolivia-online.net

Site en espagnol, anglais et allemand.

Revue touristique, présentant la petite vingtaine d'hôtels-boutiques s'étant associés pour offrir aux voyageurs des conditions de confort plus ou moins similaires dans un environnement de charme, un peu partout dans le pays. En outre, les principales régions touristiques sont présentées. On peut télécharger la revue gratuitement sur ce site : vous aurez ainsi du matériel pour organiser votre séjour du mieux possible ! Il offre un panorama assez complet de toutes les adresses disponibles (restaurants, hôtels, etc.). Pertinent pour trouver des offres de bénévolat.

RESTER

Soyons réalistes, en partant quinze jours « faire de l'humanitaire » avec une association, on soulage sa conscience mais on ne fait rien pour les populations locales. Un véritable engagement demande temps et réflexion. Renseignez-vous bien sur l'association avec laquelle vous envisagez de partir car, dans ce secteur, on trouve beaucoup d'organisations qui, même avec les meilleures intentions du monde, n'apportent finalement que peu d'aide réelle au pays. Mais à côté de ces missions, existent aussi des chantiers solidaires intéressants pour aller à la rencontre de la population, pour nettoyer une forêt, aider à la préservation d'une espèce...

Pour étudier ou poursuivre vos études supérieures, il vous faut prendre contact avec le service des relations internationales de votre université. Préparez-vous alors à des démarches longues. La Bolivie compte 11 universités publiques et autonomes, ainsi que de nombreuses universités privées.

ACTION CONTRE LA FAIM

102, rue de Paris - **MONTREUIL**
✆ 01 70 84 70 70
www.actioncontrelafaim.org
Par téléphone de 9h à 13h et de 14h à 18h.

ONG internationale spécialisée dans la lutte contre la faim dans le monde, active dans les domaines de la nutrition, santé, sécurité alimentaire, de l'eau, de l'assainissement. L'association intervient dans des situations de crise. Le but étant de rendre les populations autonomes d'un point de vue de la nutrition, en apportant une aide concrète et en formant les intervenants locaux qui prendront le relais. Ses missions de volontariat durent de trois mois à un an en Afrique, Asie, Amérique, Europe centrale, dans le Caucase, au Moyen-Orient et dans les Caraïbes.

AEFE

23, place de Catalogne -
ARIS (14e)
✆ 01 53 69 30 90
www.aefe.fr

Cette agence, sous tutelle du ministère des Affaires étrangères, anime et gère un réseau de près de 500 établissements d'enseignement français à l'étranger, dans près de 140 pays. 370 000 élèves fréquentent ces établissements. Offres d'emploi à l'international pour les titulaires de la fonction publique et informations sur la politique pédagogique, la scolarité et l'orientation émaillent le site Internet de cet organisme qui soutient également l'association Anciens des lycées français du monde et le Lycée Français International Georges Pompidou à Dubaï.

BUSINESS FRANCE

77, Boulevard Saint-Jacques
PARIS (14e)
✆ 01 40 73 30 00
Ouvert en semaine de 8h30 à 18h30.

L'Agence pour le développement international des entreprises françaises travaille en étroite collaboration avec les missions économiques. Le site Internet recense toutes les actions menées, les ouvrages publiés, les événements programmés et renvoie sur la page du Volontariat International en Entreprise (VIE). Fondée en 2015, cette structure est née de la fusion entre Ubifrance et l'Agence française pour les investissements internationaux. Elle est affiliée au Ministère de l'Europe et des Affaires étrangères et au Ministère de l'Économie et des Finances.

VIE - VOLONTARIAT INTERNATIONAL EN ENTREPRISE

✆ 04 96 17 26 50
mon-vie-via.businessfrance.fr

Le VIE est destiné aux jeunes de 18 à 28 ans. Il s'effectue en entreprise, dans une ONG, dans une collectivité locale ou dans un service de l'État – allant de l'ambassade à l'établissement culturel en passant par le consulat. Par ailleurs, il peut durer de 6 à 24 mois et être renouvelé une fois, de deux ans au plus. Enfin, sa rémunération mensuelle est constituée d'un salaire fixe de 749,33 € et d'une indemnité supplémentaire dont le montant varie selon la mission.

INDEX

D

E

F

Q

R

S

T

EDITION

Directeurs de collection et auteurs : Dominique AUZIAS et Jean-Paul LABOURDETTE

Auteurs : Mathilde GODBOUT, Grégory ANDRE, Corentin LAPLACHE-TSUTSUI, Baptiste THARREAU, Mathias DESHOURS, Juliette COURTOIS, Priscilla PARARD, Sylvie DEL COTTO, Romain RISSO, Amandine GLÉVAREC, Jean-Baptiste THIBAUT, Abdesslam BENZITOUNI, Arnaud BONNEFOY, Hervé FOISSOTTE, Fabrice PAWLAK, Lise PATHE, Jean-Paul LABOURDETTE, Dominique AUZIAS et alter

Directeur Editorial : Stéphan SZEREMETA

Rédaction Monde : Laure CHATAIGNON, Morgane VESLIN, Pierre-Yves SOUCHET, Natalia COLLIER, Julie BEZ

Rédaction France : Briséis CREAC'H-MENUT, Audrey VEDOVOTTO, Marie VIGNERON, Nicolas WODARCZAK, Mélanie PEILLET

FABRICATION

Maquette et Montage : Romain AUDREN, Julie BORDES, Delphine PAGANO

Iconographie et Cartographie : Anne DIOT, Julien DOUCET

WEB ET NUMERIQUE

Directeur Web : Louis GENEAU de LAMARLIERE

Technical Project Manager : Hervé MARION

Développeurs : Guillaume BARBET, Adeline CAUX

Intégrateur Web : Mickael LATTES, Antoine DION

Webdesigner : Caroline LAFFAITEUR

Community Traffic Manager : Alice BARBIER, Noémie LE SAUX

DIRECTION COMMERCIALE

Directeur commercial : Guillaume VORBURGER

Coordinatrice des Régies commerciales : Manon GUERIN

Account Manager Marketplace : Leila ROUGEOT

Responsable Régies locales : Michel GRANSEIGNE

Responsables Développement régie inter : Jean-Marc FARAGUET, Guillaume LABOUREUR et Camille ESMIEU

Assistante commerciale Régie internationale : Leila ANTRI-BOUZAR

Chefs de Publicité Régie nationale : Caroline AUBRY, François BRIANCON-MARJOLLET, Perrine DE CARNE MARCEIN, Jonathan TOUTOUX

Régie BOLIVIE : Alexandre GALLEE

DIFFUSION ET PROMOTION

Directrice des Ventes : Bénédicte MOULET assistée d'Aissatou DIOP

Responsable des ventes : Jean-Pierre GHEZ assisté de Nelly BRION

Relations Presse-Partenariats : Jean-Mary MARCHAL

ADMINISTRATION

Président : Jean-Paul LABOURDETTE

Directrice des Ressources Humaines : Dina BOURDEAU assistée de Sandra DOS REIS et Eva BAELEN

Directrice Administrative et Financière : Valérie DECOTTIGNIES

Comptabilité : Guillaume PETIT, Aminata BAGAYOKO, Jeannine DEMIRDJIAN et Adama DIABY

Recouvrement : Fabien BONNAN assisté de Sandra BRIJLALL

Responsable informatique : Elie NZUZI-LEBA

PETIT FUTÉ BOLIVIE

LES NOUVELLES EDITIONS DE L'UNIVERSITE
18, rue des Volontaires - 75015 Paris.
✆ 01 53 69 70 00 - Fax 01 42 73 15 24
Internet : www.petitfute.com
SAS au capital de 1 000 000 € - RC PARIS B 309 769 966
Couverture : Les couleurs chatoyantes du Laguna Colorada © Byelikova Oksana - Shutterstock.com
Impression : CORLET IMPRIMEUR - 14110 Condé-en-Normandie
Achevé d'imprimer : avril 2023
Dépôt légal : 13/05/2023
ISBN : 9782305045238

Pour nous contacter par email, indiquez le nom de famille en minuscule suivi de @petitfute.com
Pour le courrier des lecteurs : info@petitfute.com

IMPRIMÉ EN FRANCE